W0052588

Fantasy

Herausgegeben von Friedel Wahren

Jennifer Roberson

Schwerttänzer

**Erster Roman
des Schwerttänzer-Zyklus**

Schwertsänger

**Zweiter Roman
des Schwerttänzer-Zyklus**

WILHELM HEYNE VERLAG
MÜNCHEN

HEYNE SCIENCE FICTION & FANTASY
Band 06/9137

Titel der Originalausgaben
SWORD-DANCER
SWORD-SINGER
Übersetzungen aus dem amerikanischen Englisch
von Karin König

Dieser Band enthält die Romane
SCHWERTTÄNZER
(erstmals erschienen 1993 als Heyne-Buch Nr. 06/5072)
und
SCHWERTSÄNGER
(erstmals erschienen 1993 als Heyne-Buch Nr. 06/5073)
Das Umschlagbild malte Jon Sullivan

Neuausgabe 5/2001
Redaktion: Friedel Wahren
Copyright © 1986 und 1988 by Jennifer Roberson O'Green
Erstveröffentlichungen bei Daw Books, Inc., New York
Copyright © 1993 der deutschsprachigen Ausgaben
by Wilhelm Heyne Verlag GmbH & Co. KG, München
http://www.heyne.de
Printed in Germany 2001
Umschlaggestaltung: Nele Schütz Design, München
Technische Betreuung: M. Spinola
Satz: Schaber, Satz- und Datentechnik, Wels
Druck und Bindung: Elsnerdruck, Berlin

ISBN 3-453-18803-9

Inhalt

ERSTER ROMAN

Schwerttänzer

1

Während meiner Arbeit habe ich alle Arten von Frauen kennengelernt. Einige wunderschön. Einige häßlich. Einige genau dazwischen. Und — ich bin weder senil noch ein Mann, der nach Heiligkeit strebt — wann immer sich die Gelegenheit bot (mit oder ohne Ermutigung von meiner Seite), habe ich mit den Wunderschönen geschlafen (obwohl sie manchmal mit *mir* geschlafen haben), die Häßlichen allesamt übergangen (denn ich bin kein unersättlicher Mann) und mir ziemlich regelmäßig die Unterhaltung mit den Frauen der dritten Kategorie erlaubt, denn ich gehöre nicht zu denen, die sich abwenden, wenn Unterhaltung und andere Belustigungen offen dargeboten werden. Daher schnitten auch die Frauen der dritten Kategorie gut ab.

Aber als *sie* in das heiße, staubige Wirtshaus kam und die Kapuze ihres weißen Burnus abstreifte, wußte ich, daß nichts, was ich jemals gesehen hatte, an sie heranreichen konnte. Ruth und Numa konnten es sicher nicht, obwohl sie das Beste waren, was das Wirtshaus zu bieten hatte. Ich war von dieser neu hinzugekommenen Frau so beeindruckt, daß ich meinen Aqivi in die falsche Kehle bekam und so heftig würgen mußte, daß Ruth von meinem rechten und Numa von meinem linken Knie rutschten. Ruth klopfte mir eine Zeitlang den Rücken, und Numa — die es wie immer gut meinte — goß mir noch mehr Aqivi ein und versuchte, ihn in eine Kehle zu gießen, die bereits von dem Zeug brannte.

Zu dem Zeitpunkt, als es mir, nicht gerade geschickt, gelang, mich den beiden zu entziehen, hatte die Vision in dem weißen Burnus den Blick von mir abgewandt und sucht den Rest des Wirtshauses mit Augen ab, die so blau waren wie Nordische Seen.

Nun habe ich niemals einen Nordischen See *gesehen*, da ich selbst ein Südbewohner bin, aber ich wußte ganz genau, daß jene zwei Teiche, die sie als Augen benutzte, zu den Erzählungen über die Naturwunder des Nordens paßten, die ich gehört hatte.

Das Abstreifen der Kapuze offenbarte einen Kopf voller dicker, langer Haare, so gelb wie die Sonne, und ein Gesicht, so weiß wie Schnee. Zwar habe ich bisher auch noch keinen Schnee gesehen, denn im Süden gibt es nur Sand, aber dies war die einzig mögliche Beschreibung des Aussehens einer Frau, die ganz offensichtlich keine geborene Südbewohnerin war. Ich bin ein geborener Südbewohner, und *meine* Haut ist so dunkel gebrannt wie eine Kupfermünze. Oh, ich vermute, daß ich wohl irgendwann einmal hellhäutiger war — tatsächlich muß das so gewesen sein, wenn man die Blässe der Partien meines Körpers bedenkt, die nicht dem Tageslicht ausgesetzt sind —, aber meine Arbeit bringt es mit sich, daß ich mich draußen in der Sonne, der Hitze und den Sandstürmen aufhalte, so daß meine Haut irgendwann dunkel und zäh wurde und — an allen notwendigen Stellen — Hornhaut bildete.

Seltsamerweise schwand die Schwüle in dem Wirtshaus. Es schien kühler, angenehmer zu werden. Aber vielleicht war dies eher auf einen Schock zurückzuführen als auf irgend etwas sonst. Götter des Valhail, Götter der Hoolies, aber welch ein frischer Luftzug war diese Frau!

Was sie in diesem kleinen, abgelegenen Wirtshaus *wollte*, konnte ich mir nicht vorstellen, aber ich stellte das gütige, großzügige Schicksal, das sie in meine Reichweite geführt hatte, nicht in Frage. Ich pries es einfach und beschloß zu diesem Zeitpunkt und an diesem Ort, daß ich, egal wen sie suchte, dessen Platz einnehmen würde.

Ich beobachtete bewundernd (und mit leisem Seufzen), wie sie sich umwandte, um sich in dem Raum umzusehen. Das gleiche tat auch jeder andere Mann in diesem Raum. Man sieht nicht oft solch frische und ursprüngliche Schönheit, nicht wenn man in einer so abgelegenen Stadt wie — *Hoolies*, ich konnte mich noch nicht einmal an ihren Namen erinnern — festsitzt.

Auch Ruth und Numa beobachteten sie, aber ihre Bewunderung wurde vollständig von einem ganz anderen Gefühl überlagert — einem Gefühl namens Eifersucht.

Numa schlug mich in dem Versuch, meine Aufmerksamkeit zu erringen, leicht auf die Wange. Zunächst schüttelte ich sie ab und beobachtete noch immer die Blondine, aber als Numa begann, ihre Nägel in meine Haut zu graben, sah ich sie mit meinem zweitbesten Sandtigerblick an. Normalerweise funktioniert dies und erspart mir die Mühe, meinen *besten* Sandtigerblick zu gebrauchen, den ich für besondere (im allgemeinen tödliche) Gelegenheiten aufbewahre. Ich habe sehr früh erkannt, daß meine grünen Augen — die dieselbe Farbe haben wie die des Sandtigers — Menschen mit schwächerer Konstitution oft einschüchtern. Niemand spottet über eine so greifbare Waffe. *Ich* tue es sicher nicht. Und so verfeinerte ich meine Technik, bis sie perfekt war und ich mich an den Reaktionen erfreuen konnte.

Numa jammerte ein wenig. Ruth lächelte. Grundsätzlich waren die beiden Mädchen die ärgsten Feinde. Da sie die einzigen Frauen in dem Wirtshaus waren, kämpften sie oft um neue Eroberungen — die sehr häufig staubig und schmutzig waren und nach der Punja stanken, aber immerhin *neu* waren. Dies war ziemlich einmalig in dem muffigen Wirtshaus aus Adobeziegeln, dessen Wände sich einst einer karmesinroten Farbe und Karneol und Kalk rühmen konnten. Die Farben waren — wie die Mädchen — nach Jahren des Mißbrauchs und der nächtlichen Besprühungen mit ausgespucktem oder verschüttetem Wein, Bier und Aqivi und tausend anderen Giften verblaßt.

Mein Blut war das frischeste in der Stadt (und ich war überdies frisch gebadet), aber bevor ich die Mädchen zu einem Ringkampf veranlaßte, hätte ich sie lieber beide genommen. Sie schienen durchaus zufrieden damit zu sein, mich zu teilen, und auf diese Art bewahrte ich den Frieden in einem sehr kleinen Wirtshaus. Ein Mann ist bemüht, sich keine Frau zum Feind zu machen, wenn er in einer langweiligen, stickigen Stadt festsitzt, die nichts außer zwei Wirtshausmädchen zu bieten hat, die jede Nacht (und jeden Tag) ihre Tugend verkaufen. Hoolies, es gab nichts *anderes* zu tun. Für sie nicht *und* für mich nicht.

Nachdem ich Numa auf ihren Platz verwiesen hatte (und mich fragte, ob ich noch immer den Frieden zwischen den beiden aufrechterhalten könnte), wurde ich mir der Erscheinung bewußt, die neu an meinen Tisch gekommen war. Ich schaute auf und bemerkte, daß diese beiden blauen Augen mich mit direktem und aufmerksamem Blick fixierten, der mich sofort davon überzeugte, daß ich die Irrtümer meines Lebensweges, welche auch immer diese sein mochten, korrigieren sollte. Ich würde sogar welche erfinden, um sie ändern zu können. (Hoolies, welcher Mann *würde* dies nicht tun, wenn *sie* ihn anschaute?)

Als sie an meinem Tisch innehielt, wurden von einigen der Männer in dem Wirtshaus gemurmelte, überaus eindeutige Vermutungen laut bezüglich des Grades ihrer Tugend. Es überraschte mich nicht sonderlich, denn ihr fehlte ein Hauch von Bescheidenheit und die mit süßem Gesicht ausgedrückte Zurückhaltung der meisten Frauen des Südens (außer natürlich bei Wirtshausmädchen wie Ruth und Numa oder bei freien Frauen, die Fremde geheiratet und die südlichen Bräuche abgelegt hatten).

Diese Frau erschien mir nicht wie ein Wirtshausmädchen. Sie erschien mir auch nicht wie eine freie Frau, denn sie wirkte selbst für diese Art Frauen ein bißchen zu unabhängig. Sie erschien mir wie gar nichts mir Bekanntes, außer wie eine wunderschöne Frau. Aber tatsächlich schien sie etwas zu beabsichtigen, und dieses Etwas war mehr als nur ein einfaches Stelldichein.

»Sandtiger?« Ihre Stimme war rauh und tief, und der Akzent war eindeutig nordisch. (Und ach so kühl in der stickigen Wärme des Wirtshauses.) »Seid Ihr Tiger?«

Hoolies, sie *war* auf der Suche nach mir!

Nach einem besinnlichen Augenblick inneren Erstaunens und innerer Verwunderung lächelte ich sie freundlich und lässig an. Es wäre nicht gut, ihr zu zeigen, wie sehr sie mich beeindruckt hatte, nicht wenn ich *sie* beeindrucken sollte. »Zu Euren Diensten, Bascha.«

Eine schwache Linie erschien zwischen geschwungenen blonden Brauen, und ich erkannte, daß sie das Kompliment nicht verstanden hatte. In südlichem Dialekt bedeutet das Wort Bascha *Schöne.*

Aber die Linie glättete sich wieder, als sie Ruth und Numa ansah, und ich sah einen leicht humorvollen Schimmer in diesen Gletscheraugen erscheinen. Ich bemerkte das kaum sichtbare Zucken ihres linken Mundwinkels. »Ich habe Arbeit für Euch, wenn Ihr wollt.«

Ich wollte. Ich entsprach ihrem Wunsch nach Geschäften sofort, indem ich beide Mädchen von meinen Knien schubste (und ihnen beiden gemäßigt erfreute Klapse auf feste, runde Hinterteile gab) und reichliches Trinkgeld versprach, wenn sie sich eine Weile entfernen würden. Sie schauten mich als Antwort haßerfüllt an, sahen dann sie haßerfüllt an. Aber sie gingen.

Ich zog einen Stuhl unter dem Tisch hervor und schob ihn der Blondine zu. Sie betrachtete ihn einen langen Moment ohne etwas zu sagen und setzte sich dann hin. Der Burnus stand am Hals offen, und ich starrte auf die Stelle in der Hoffnung, er würde sich vollständig öffnen. Wenn ihr übriger Körper zu ihrem

Gesicht und ihrem Haar paßte, war er es durchaus wert, allen Ruths und Numas der Welt zu entsagen.

»Ein Geschäft.« Die Stimme klang ein wenig angespannt, als wollte sie jeglicher Vertraulichkeit in unserem Gespräch zuvorkommen.

»Einen Aqivi?« Ich goß mir ein Glas ein. Durch ein Schütteln ihres Kopfes wurde ihr Haar wie ein seidener Vorhang bewegt, und mein Mund wurde trocken. »Macht es Euch etwas aus, wenn *ich* etwas trinke?«

»Warum nicht?« Sie zuckte leicht die Achseln, und weiße Seide kräuselte sich. »Ihr habt bereits damit angefangen.«

Ihr Gesicht und ihre Stimme waren sanft, aber das Glitzern in ihren Augen blieb bestehen. Die Temperatur fiel entschieden. Ich überlegte, nicht zu trinken, beschloß aber dann, daß es dumm wäre, Spielchen zu spielen, und nahm einen großen Schluck Aqivi. Dieses Glas glitt bedeutend sanfter die Kehle hinab als das letzte.

Über den Rand meines Glases hinweg sah ich sie an. Nicht viel älter als zwanzig, dachte ich. Jünger, als ich auf den ersten Blick angenommen hatte. Zu jung für den Süden. Die Wüste würde die Flüssigkeit aus ihrem schönen, blassen Körper saugen und eine ausgetrocknete, staubige Hülle zurücklassen.

Aber mein Gott, sie war wunderbar. Es war nicht viel Sanftheit in ihr. Nur ein Hinweis auf einen stolzen, festen Körper unter dem weißen Burnus und ein stolzes, festes Kinn unter der nordischen Haut. Und Augen. Blaue Augen, die mich unentwegt fixierten, ruhig abwartend, ohne Lockung oder Anzüglichkeit.

Tatsächlich ein Geschäft, aber schließlich gibt es verschiedene Formen der Geschäftsabwicklung.

Unwillkürlich richtete ich mich auf meinem Stuhl auf. Frühere Geschäfte mit Frauen hatten mir gezeigt, wie leicht sie durch meine breiten Schultern und meine kräftige Brust zu beeindrucken waren. (Und durch mein Lächeln, aber am Anfang verwende ich es immer sparsam. Es hilft dabei, das Charisma aufzubauen).

Unglücklicherweise schien diese Frau in keiner Richtung sonderlich beeindruckt zu sein, ob mit Charisma oder ohne. Sie sah mich nur fest an, ohne Scheu oder Koketterie.

»Man hat mir gesagt, daß Ihr Osmoon den Händler kennt«, sagte sie mit ihrer rauhen nordischen Stimme.

»Old Moon?« Ich machte mir nicht die Mühe, meine Überraschung zu verbergen, und fragte mich, was diese Schönheit von einem alten Relikt wie ihm wollte. »Was wollt Ihr von einem alten Relikt wie ihm?«

Ihre kühlen Augen waren verhangen. »Geschäfte.«

Sie schien nicht sehr gesprächig zu sein. Ich bewegte mich auf dem Stuhl und ließ meinen eigenen Burnus am Hals aufklaffen. Ich wollte ihr meine Krallenkette zeigen, die ich um den Hals trage, um sie daran zu erinnern, daß ich ein Mann war, der Konsequenzen zog. (Ich weiß nicht, welche *Art* von Konsequenzen genau, aber zumindest zog ich welche).

»Moon spricht nicht mit Fremden«, gab ich zu bedenken. »Er spricht nur mit seinen Freunden.«

»Ich habe gehört, *Ihr* seid sein Freund.«

Einen Moment später nickte ich nachdenklich. »Wir kennen uns schon lange.«

Einen kleinen Augenblick lang lächelte sie. »Und seid Ihr auch ein Sklavenhändler?«

Ich war froh, daß ich den Aqivi schon getrunken hatte. Wenn diese Frau wußte, daß Moon mit dem Sklavenhandel zu tun hatte, wußte sie eine Menge mehr als die meisten Nordbewohner.

Ich betrachtete sie etwas genauer, gab aber meine Wachsamkeit nicht auf. Sie wartete. Ruhig, gefaßt, als hätte sie dies schon viele Male getan, und die ganze Zeit über stellten ihre Jugend und ihr Geschlecht es in Abrede.

Ich erschauderte. Plötzlich schienen alles rauchige

Licht innen und alles Sonnenlicht draußen nicht mehr auszureichen, ein ungewohntes, eisiges Frösteln abzuwehren. Es war, als hätte die nordische Frau den Nordwind mit sich gebracht.

Aber natürlich war *das* nicht möglich. Vielleicht gibt es Magie auf der Welt, aber wenn es sie gibt, dann ist sie Einfaltspinseln und Narren vorbehalten, die eine Stütze brauchen.

Ich runzelte ein wenig die Stirn. »Ich bin ein Schwerttänzer. Ich beschäftige mich mit Kriegen, Rettungsaktionen, Eskortierungsaufträgen, Scharmützeln, hin und wieder ein wenig gutbezahlter Rache ... alles, was einen Lebensunterhalt mit dem Schwert ermöglicht.« Ich berührte das goldene Heft von Einzelhieb, indem ich hoch und kurz hinter meine linke Schulter faßte. »Ich bin ein Schwerttänzer. Kein Sklavenhändler.«

»Aber Ihr kennt Osmoon.« Sanfte, aufrichtige Augen, überzeugend unschuldig.

»Viele Leute kennen Osmoon«, wich ich aus. »*Ihr* kennt Osmoon.«

»Ich kenne seinen *Ruf*.« Eine feine Unterscheidung. »Aber ich würde ihn gern kennenlernen.«

Ich taxierte sie ganz offen, und sie konnte deutlich sehen, was ich tat. Es ließ sie erröten, und ihre Augen glitzerten ärgerlich. Aber bevor sie den Mund zum Protest öffnen konnte, lehnte ich mich über den Tisch. »Ihr werdet noch Schlimmeres als *das* erfahren, wenn Ihr Old Moon nahekommt. Er würde seine goldenen Zähne für eine ›Bascha‹ wie Euch hergeben, und Ihr würdet das Tageslicht nie wiedersehen. Ihr würdet so schnell an irgendeinen Tanzeerharem verkauft werden, daß Ihr ihn nicht einmal mehr in die Hoolies wünschen könntet.«

Sie starrte mich an. Ich dachte, ich hätte sie vielleicht mit meiner Offenheit schockiert. Das wollte ich. In ihren Augen war kein Verständnis zu entdecken. »Tanzeer?« fragte sie verwirrt. »Hoolies?«

Soviel darüber, wie ich sie mit Fakten über das südliche Leben abschreckte. Ich seufzte. »Ein Nordbewohner würde vielleicht Prinz anstelle von Tanzeer sagen. Und ich habe keine Ahnung, wie die Übersetzung für ›Hoolies‹ lautet. Es ist der Ort, von dem die Priester sagen, daß die meisten von uns dorthin unterwegs seien, wenn wir dieses Leben einmal verlassen. Mütter drohen ihren Kindern gern damit, wenn sie böse sind.« Das hatte meine nicht getan, denn soweit ich weiß, starb sie, unmittelbar nachdem sie mich in einem Loch in der Wüste zurückgelassen hatte.

Oder ging einfach fort.

»Oh.« Sie dachte darüber nach. »Gibt es keine Möglichkeit, den Händler *auf neutralem Boden* zu treffen?«

Der weiße Burnus öffnete sich ein wenig weiter. Ich war verloren. Es gab keine Ausflüchte mehr. »Nein.« Es machte mir nichts aus zu erklären, daß ich, wenn Moon Ansprüche auf sie erheben würde, mein Bestes geben würde, um sie für mich selbst zu kaufen.

»Ich habe Gold«, schlug sie vor.

Das alles und auch noch Geld. Ein wirklicher Glücksfall. Ich lächelte milde. »Und wenn Ihr losgeht und etwas davon hier draußen in der Wüste blinken laßt, meine naive, kleine, nordische ›Bascha‹, wird man Euch ausrauben *und* entführen.« Ich nahm noch einen Schluck Aqivi und achtete darauf, daß mein Ton unbeteiligt klang. »Warum wollt Ihr Moon treffen?«

Ihr Gesicht zeigte sofort einen verschlossenen Ausdruck. »Geschäfte. Das sagte ich bereits.«

Ich runzelte die Stirn, fluchte in mein Glas und merkte, daß sie auch das nicht verstand. Auch gut. Manchmal werde ich grob, und meine Ausdrucksweise ist nicht die vornehmste. In meinem Beruf gibt es nicht viele Gelegenheiten, Kultiviertheit zu lernen. »Seht, Bascha — ich bin bereit, Euch mit zu Moon zu nehmen und aufzupassen, daß er nicht mit der Ware schachert, aber Ihr werdet mir sagen müssen, warum Ihr ihn sehen wollt. Ich fische nicht gern im trüben.«

Ein Fingernagel tippte auf das narbige Holz des whiskybefleckten Tisches. Der Nagel war kurz gefeilt, als sei er — und die anderen — nicht dazu gedacht, weiblicher Eitelkeit zu dienen. Nein. Nicht bei dieser Frau. »Ich habe nicht die Absicht, einen Schwerttänzer anzuheuern«, sagte sie kalt. »Ich möchte nur, daß Ihr mir sagt, wo ich Osmoon den Händler finden kann.«

Ich starrte sie gereizt an. »Ich habe Euch gerade *gesagt*, was passieren wird, wenn Ihr ihn allein trefft.«

Der Nagel tippte wieder auf. Die kaum wahrnehmbare Spur eines Lächelns wurde sichtbar, als wüßte sie etwas, das ich nicht wußte. »Ich werde es darauf ankommen lassen.«

Zu den Hoolies mit ihr, wenn es das war, was sie wollte. Ich sagte ihr, wo sie ihn finden konnte und wie und was sie ihm sagen sollte, wenn sie ihn fand.

Sie sah mich an, und blonde Brauen trafen sich, als sie die Stirn runzelte. »Ich soll ihm sagen: ›Der Sandtiger spielt mit‹?«

»Genau.« Ich lächelte und erhob mein Glas.

Einen Augenblick später nickte sie langsam, aber ihre Augen verengten sich nachdenklich. »Warum?«

»Mißtrauisch?« Ich lächelte mein lässiges Lächeln. »Old Moon schuldet mir etwas. Das ist alles.«

Sie sah mich noch einen Moment länger an, schätzte mich ab. Dann erhob sie sich. Ihre Hände, die sie auf dem Tisch aufstützte, waren langfingrig und schlank, aber nicht zierlich. Sehnen bewegten sich unter der hellen Haut. Kräftige Hände. Kräftige Finger. Sehr kräftig für eine Frau.

»Ich werde es ihm sagen«, stimmte sie zu.

Sie wandte sich um und ging davon, auf die mit Vorhängen versehene Tür des Wirtshauses zu. Mir lief das Wasser im Mund zusammen, als ich das viele gelbe Haar ansah, das sich über die Falten des weißen Burnus ergoß.

Hoolies, was für eine Frau!

Aber sie war fort, zusammen mit der Illusion der Kühle, und abgesehen davon ist es nie gut, Phantasien um eine Frau zu entwickeln, denn es fordert Wünsche heraus, die nicht immer befriedigt werden können (oder zumindest nicht auf die richtige Art). Also bestellte ich einen weiteren Krug Aqivi, rief Ruth und Numa zurück und verbrachte den Abend im geselligen Gespräch mit zwei Wüstenmädchen, die vielleicht nicht in eine Männerphantasie paßten, aber nichtsdestoweniger warm, willig und freigebig waren.

Das genügt auch, danke.

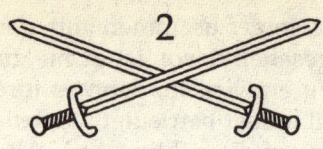

2

Osmoon der Händler war nicht glücklich, mich zu sehen. Er starrte mich aus seinen kleinen schwarzen Schweinsaugen an und bot mir noch nicht einmal etwas zu trinken an, woran ich ganz klar erkennen konnte, wie ärgerlich er war. Ich fächelte den Rauch des Sandelholzräucherwerks, der zwischen uns hindurchschwebte, fort (und wünschte, er würde die Öffnung des Stangendaches seines safrangelben Hyorts erweitern) und wartete ab.

Der Atem zischte zwischen seinen goldenen Zähnen hervor. »Du schickst mir eine Bascha wie diese, Tiger, und sagst mir dann, ich soll sie für *dich* aufbewahren? Warum hast du dir die Mühe gemacht, sie zuerst zu mir zu schicken, wenn du sie für dich selbst wolltest?«

Ich lächelte ihn versöhnlich an. Es war selbst für den Sandtiger nicht ratsam, ehemalige und zukünftige Verbündete zu ärgern. »Diese Frau braucht besondere Behandlung.«

Er verfluchte den Gott der Sklavenhändler, eine unglaubliche Abfolge von Namen für eine Gottheit, die ich selbst noch niemals hatte anrufen müssen. Offengesagt denke ich, daß Old Moon sie erfunden hat. »Besondere Behandlung!« stieß er hervor. »Besondere Zähmung, meinst du. Weißt du, was sie getan hat?«

Da ich es nicht wissen konnte und er es mir bald erzählen würde, wartete ich erneut ab. Und er erzählte es mir.

»Sie schnitt fast ab, was von der Männlichkeit meines besten Eunuchen übrigblieb!« Moons beleidigter Blick forderte zu unterwürfigen Entschuldigungen auf. Ich wartete lediglich weiter ab und versprach nichts. »Das arme Ding rannte schreiend aus dem Hyort, und ich konnte ihn nicht vom Hals seines Geliebten wegbringen, bis ich schließlich versprach, das Mädchen zu schlagen.«

Das ersparte mir eine Erwiderung. Ich sah ihn an. »Du hast sie *geschlagen?*«

Moon sah mich etwas beunruhigt an und lächelte schwach, wobei der Reichtum an Gold zu sehen war, der in seinem Mund glänzte. Ich bemerkte, daß sich meine Hand zu dem Messer an meinem Gürtel bewegt hatte. Ich beschloß, sie dort zu lassen, und sei es nur, um Wirkung zu erzielen.

»Ich habe sie nicht geschlagen.« Moon sah auf mein Messer. Er wußte, wie tödlich genau und schnell ich damit umgehen kann, auch wenn es nicht meine beste Waffe ist. Diese Art Ruf kommt einem zugute.

»Ich konnte es nicht tun — ich meine, sie ist eine Nordbewohnerin. Du weißt, wie diese Frauen sind. Diese ... diese *Nordbewohnerinnen.*«

Ich überhörte den letzten Teil der Erklärung. »Was *hast* du mit ihr gemacht?« Ich sah ihn eindringlich an. »Du *hast* sie immer noch hier ...«

»Ja!« Seine Zähne schimmerten. »He, Tiger, denkst du, ich bin so vergeßlich, daß ich solche Dinge außer acht lasse?« Er war wieder beleidigt und runzelte die Stirn. »Ja, ich habe sie hier. Ich mußte sie festbinden wie ein Opferlamm, aber ich habe sie hier. Du kannst sie mir vom Hals schaffen, Tiger. Je eher, desto besser.«

Ich war etwas verdutzt über seine Bereitwilligkeit, einen so wertvollen Vorteil aufzugeben. »Ist sie verletzt? Willst du sie deshalb nicht mehr?« Ich starrte ihn an. »Ich kenne dich, Moon. Du würdest zweimal betrügen, wenn der Einsatz hoch genug wäre. Sogar bei *mir.*« Ich starrte ihn noch eindringlicher an. »Was hast du mit ihr gemacht?«

Er rang abwehrend die beringten Hände. »Nichts!

Nichts! He, Tiger, die Frau ist unversehrt.« Das Händeringen hörte auf, und seine Stimme veränderte sich. »Nun ... fast unversehrt. Ich mußte sie auf den Kopf schlagen. Es war die einzige Möglichkeit, sie davon abzuhalten, *meine* Männlichkeit abzuschneiden ... oder mir einen Fluch aufzuerlegen.«

»Wer war so dumm, sie an ein Messer herankommen zu lassen?« Ich war wenig beeindruckt von Moons Erzählungen über ihre Hexenkraft *oder* dem Bild des Sklavenhändlers, der den Teil seines Körpers verlor, den er so bereitwillig von seinem Besitz fernhielt, um Temperament und Preis zu erhöhen. »Und außerdem sollte ein Messer in den Händen einer Frau keine große Bedrohung für Osmoon den Händler darstellen.«

»Messer!« schrie er erzürnt. »*Messer?* Die Frau hatte ein Schwert, das so lang war wie deines!«

Das machte mich stutzig. »Ein *Schwert?*«

»Ein Schwert.« Moon starrte mich jetzt auch an. »Es ist sehr scharf, Tiger, und es ist verhext ... und sie weiß, wie man damit umgeht.«

Ich seufzte. »Wo ist es?«

Moon murmelte etwas zu sich selbst, stand auf und schlurfte über die aufgeschichteten Teppiche zu einer messingbeschlagenen Holzkiste. Er lebte gut, aber nicht großspurig, denn er wollte keine übertriebene Aufmerksamkeit auf sich ziehen. Die örtlichen Tänzeer wußten von seinen Geschäften, und weil sie einen guten Anteil von seinem Gewinn einheimsten, ließen sie ihn in Ruhe. Aber andererseits wußten sie auch wieder nicht genau, wie lukrativ die Geschäfte waren. Wüßten sie es, würden sie zweifellos einen größeren Anteil von ihm fordern. Vielleicht sogar seinen Kopf.

Moon hob den Deckel seiner Kiste und stand mit den Händen auf den Hüften darüber. Er starrte auf den Inhalt, beugte sich aber nicht hinab, um etwas herauszunehmen. Er starrte nur hinein, und dann sah ich, wie seine Hände über den Stoff seines Burnus rieben, braune Handflächen über schwere gelbe Seide, bis ich ungeduldig wurde und ihm sagte, er solle sich beeilen.

Er wandte sich um und sah mich an. »Es ... es ist da drinnen.«

Ich wartete.

Er machte eine ungeduldige Geste. »Hier. Willst du es haben?«

»Das sagte ich bereits.«

Eine fette Hand machte sich an der Kiste zu schaffen. »Nun ... hier ist es. Du kannst es dir holen.«

»*Moon* ... Hoolies, Mann, wirst du mir das Schwert der Frau jetzt bringen? Was ist denn so schwer daran?«

Er war ganz entschieden unglücklich. Aber einen Augenblick später sprach er ein Gebet für irgendeine andere unaussprechliche Gottheit und versenkte die Hände in der Kiste.

Er brachte ein in einer Scheide steckendes Schwert hervor. Schnell wandte er sich um und eilte durch den Hyort zurück, warf mir dann das Schwert zu, als sei er erleichtert, es loslassen zu können. Ich schaute ihn überrascht an. Und wieder rieben braune Handflächen über gelbe Seide.

»Hier«, sagte er atemlos, »*hier*.«

Ich runzelte die Stirn. Moon ist ein harter, gerissener Mann, ein Kind des Südens mit allen entsprechenden Eigenarten. Sein ›Handels‹-Unternehmen erstreckt sich in alle Teile der Punja, und mir war niemals zu Ohren gekommen, daß er so etwas Ähnliches wie Angst gezeigt hätte ... außer natürlich, wenn die Umstände eine Vorstellung rechtfertigten, die dieses Gefühl beinhaltete. Aber jetzt war es anders. Jetzt waren Unsicherheit und Begreifen und Nervosität im Spiel, alle zusammen eingebunden in einen großen Klumpen schreiender Angst.

»Wo ist das Problem?« fragte ich sanft.

Moon öffnete den Mund, schloß ihn wieder und öffnete ihn erneut. »Sie ist eine Nordbewohnerin«, murmelte er. »*Das* ist es.«

Er deutete auf das in der Scheide steckende Schwert, und schließlich verstand ich. »Ach so, du denkst, das Schwert sei verhext. Eine nordische Hexe, nordische Magie.« Ich nickte sanft. »Moon ... *wie* oft habe ich dir gesagt, daß Magie etwas ist, was Gauner gebrauchen, die andere Leute hereinlegen wollen? Vor allem glaube ich gar nicht, daß es Magie *gibt* ... aber das, was es gibt, ist kaum mehr als ein Spiel für leichtgläubige Narren.«

Sein fest zusammengepreßter Mund forderte mich heraus. Was das anging, konnte Moon niemals ein Verbündeter sein.

»Betrug«, erklärte ich ihm. »Unsinn. Überwiegend Illusion, Moon. Und das, was du über nordische Magie und Hexen gehört hast, ist nur eine Ansammlung von Geschichten, die von südlichen Müttern erfunden wurden, die sie ihren Kindern als Gute-Nacht-Geschichte erzählen. Glaubst du *wirklich*, diese Frau sei eine Hexe?«

Er war offensichtlich davon überzeugt, daß sie es war. »Nenn mich einen Dummkopf, Tiger. Aber ich sage dir, daß *du* einer bist, weil du die Wahrheit nicht sehen willst.« Eine Hand schoß vor, um auf das Schwert zu zeigen, das er in meinen Schoß hatte fallen lassen. »Sieh dir *das* an, Tiger. Berühre *das*, Tiger. Sieh dir diese Runen und die Umrisse an und *sage* mir, daß es nicht die Waffe einer Hexe ist.«

Ich sah ihn stirnrunzelnd an, aber plötzlich war er nicht mehr eingeschüchtert oder beeindruckt. Er ging einfach zurück zu seinem Teppich auf der anderen Seite des Weihrauchbehälters und plazierte sein Hinterteil darauf, wobei er seine Unterlippe schmollend vorschob. Moon war beleidigt: Ich hatte an ihm gezweifelt. Nur eine Entschuldigung würde seinen guten Willen wiederherstellen. (Einmal abgesehen davon, daß ich nicht viel Sinn darin sehe, eine Entschuldigung für etwas auszusprechen, das keinen Sinn *ergibt*.)

Ich berührte die Scheide und ließ die Finger prüfend über das harte Leder gleiten. Schlichtes, schmuckloses Leder, ähnlich dem meinen. Ein Harnisch, kein Schwertgürtel, was mich ein wenig erstaunte. Aber letztendlich erstaunte es mich noch mehr, daß Moon dieses Schwert als die Waffe der Frau bezeichnete.

Das Heft war silbern, von geschickten Händen in gewundenes Flechtwerk und bizarre Formen gebracht. Ich versuchte diese Formen zu erkennen, indem ich sie genau ansah. Ich versuchte, die Ausgestaltung zu verstehen. Aber alles verschmolz zu einer einzigen gewundenen Linie, welche die Augen verwirrte und nach innen auf sich selbst lenkte.

Ich blinzelte, kniff die Augen ein wenig zusammen und ergriff das Heft, um die Klinge aus der Scheide zu ziehen ...

... und fühlte das kalte, brennende Kribbeln auf meinen Handflächen, das sich in meinen Handgelenken festsetzte.

Ich ließ das Heft sofort los.

Moons Knurren, das durch seine Einfachheit überzeugte, drückte selbstgefällige Befriedigung aus.

Ich schaute erst ihn stirnrunzelnd an, dann das Schwert. Und als ich dieses Mal das Heft ergriff, tat ich es schnell und mit zusammengebissenen Zähnen. Ich riß die Klinge aus der Scheide.

Meine rechte Hand, die um das silberne Heft geklammert war, schloß sich. Sie schloß sich fast krampfartig fester um das Heft. Einen Moment lang dachte ich, daß meine Haut mit dem Metall verschmolzen, mit den gewundenen Formen eins geworden sei, aber fast augenblicklich zog sich meine Haut zurück. Als sich meine Finger lockerten und das Heft losließen, fühlte ich den alten, kalten Hauch des Todes meine Seele berühren.

Tipp, tipp. Ein Nagel gegen die Seele. *Tiger, bist du da?*

Hoolies, *ja!* Ich war da. Und hatte die Absicht dazu-

bleiben, lebendig und gesund, dieser Berührung ungeachtet, dieses gebieterischen, fragenden Tones.

Aber fast unmittelbar nachdem ich das Heft losgelassen hatte, fiel das Schwert — das nun frei war — in meinen Schoß.

Kalte, kalte Klinge, die meine Oberschenkel verbrannte.

Ich stieß es sofort aus meinem Schoß auf den Teppich.
Ich wollte ganz von ihm fortkommen und aufspringen,
um noch mehr Distanz zwischen das Schwert und meine Haut zu bringen ...

Und dann dachte ich, wie dumm es wäre — *bin ich
nicht ein Schwerttänzer, der jedes Mal mit dem Tod handelt,
wenn er den Kreis betritt?* —, und ich tat es nicht. Ich saß
nur da, trotzte der unerwarteten Reaktion meines Körpers und starrte auf das Schwert hinab. Ich fühlte die
Kälte seiner Haut, als berühre sie noch immer die meine. Ich würde es mißachten, wenn ich könnte.

Ein nordisches Schwert. Und der Norden ist ein Ort
des Schnees und des Eises.

Der erste Schock war vorbei. Meine Haut, die sich an
die Nähe des fremdartigen Metalls gewöhnt hatte, zog
sich nicht mehr über meinen Knochen zusammen. Ich
atmete tief ein, um das Toben in meinen Eingeweiden
zu beruhigen, und betrachtete das Schwert dann genauer. Aber ich berührte es nicht.

Die Klinge zeigte eine helle, perlmutterartige, lachs-
rosa Färbung mit einem leichten Hauch bläulichen
Stahls — der eigentlich nicht wie Stahl aussah. Schil-
lernde Runen zogen sich das gewundene Querstück
hinab. Runen, die ich nicht entziffern konnte.

Ich nahm Zuflucht zu meinem Beruf, um mein
Gleichgewicht wiederherzustellen. Ich riß ein dunkel-
braunes Haar von meinem Kopf und zog es über die
Schneide. Das Haar wurde problemlos geteilt. Die
Schneide der eigenartig gefärbten Klinge war mindestens so scharf wie Einzelhiebs einfache Schneide aus
bläulichem Stahl, was mir nicht sonderlich gefiel.

Ich nahm mir nicht die Zeit zum Nachdenken. Zähneknirschend hob ich das Schwert vom Teppich auf und ließ es mit starren, zitternden Händen in seine Scheide zurückgleiten — und fühlte die Kälte wegschmelzen.

Einen Moment lang starrte ich das Schwert nur an. Verborgen in seiner Scheide war es ein Schwert. Nur — ein Schwert.

Einen Augenblick später. Ich sah Moon an. »Wie gut ist sie?«

Die Frage überraschte ihn ein wenig. Und mich überraschte sie sehr. Ihr Können mochte Moon beeindruckt haben (der eher daran gewöhnt ist, daß sich Frauen lieber vor seine rundlichen Füße werfen und um Gnade bitten, als zu versuchen, in sein fettes Fleisch zu schneiden), aber ich kann mir etwas Besseres vorstellen als ein Schwert in den Händen einer Frau. Im Süden gebrauchen Frauen keine Schwerter und, soweit ich weiß, gebrauchen sie sie im Norden auch nicht. Das Schwert ist eine Waffe für Männer.

Moon sah mich ärgerlich an. »Gut genug, daß du noch einmal darüber nachdenken solltest. Sie zog das Ding hier drinnen heraus, und alles, was ich tun konnte war, sie festzubinden.«

»Wie *hast* du sie denn gebändigt?« fragte ich mißtrauisch. Er tippte mit einem rotlackierten Fingernagel kurz an seine goldenen Zähne und zuckte die Achseln. »Ich schlug sie auf den Kopf.« Er seufzte, als ich ihn stirnrunzelnd ansah. »Ich wartete, bis sie mit dem Versuch beschäftigt war, den Eunuchen zu verstümmeln. Aber selbst *dann* durchbohrte sie mir noch fast den Leib.« Eine ausgebreitete Hand liebkoste einen Teil des weichen, in Seide gehüllten Bauches. »Ich hatte Glück, daß sie mich nicht getötet hat.«

Ich grunzte geistesabwesend und erhob mich, wobei ich das nordische Schwert an seiner schlichten Lederscheide festhielt. »In welchem Hyort ist sie?«

»In dem roten«, sagte er sofort. Meine Güte, wie dringend er sie loswerden *wollte*, aber das kam mir gerade recht. »Und du solltest mir danken, daß ich sie hierbehalten habe, Tiger. Es wollte sie noch jemand anderer sehen.«

Ich blieb ruckartig an der Tür stehen. »Jemand *anderer?*«

Er tippte erneut gegen seine Zähne. »Ein Mann. Er hat keinen Namen genannt. Groß, dunkelhaarig — dir sehr ähnlich. Er klang wie ein Nordbewohner, aber er sprach gutes Wüstisch.« Moon zuckte die Achseln. »Er sagte, er sei hinter einer nordischen Frau her ... einer, die ein Schwert trägt.«

Ich runzelte die Stirn. »Du hast sie nicht herausgegeben ...?«

Erneut beleidigt, schraubte Moon sich hoch. »Du hast sie mit deiner Nachricht hierhergeschickt, und ich habe diese Nachricht respektiert.«

»Tut mir leid.« Ich sah den Sklavenhändler stirnrunzelnd an. »Er ging wieder?«

»Er hat hier übernachtet und zog weiter. Er hat das Mädchen gar nicht gesehen.« Ich grunzte. Dann verließ ich den Hyort.

Moon hatte recht: Er hatte sie wie ein Opferlamm verschnürt, die Handgelenke an die Knöchel gebunden, so daß sie halb gebeugt saß, aber zumindest hatte er dafür gesorgt, daß sich der Rücken richtig rundete. Das tut er nicht immer.

Sie war bei Bewußtsein. Ich war mit Moons Methoden eigentlich nicht besonders einverstanden (oder mit seinen Geschäften, wenn ich welche mit ihm machen mußte), aber zumindest war die Frau noch hier. Er hätte sie an jeden übergeben können, der hinter ihr her war.

»Der Sandtiger spielt mit«, sagte ich gelassen, und sie wandte den Kopf, um mich sehen zu können.

Ihr ganzes herrliches Haar war über ihre Schultern und über den blauen Teppich gebreitet, auf dem sie lag.

30

Osmoon hatte ihr den weißen Burnus abgestreift (denn er wollte sehen, was er bekommen würde, wie ich vermute), hatte aber nicht die knöchellange, gebundene Ledertunika entfernt, die sie darunter trug. Diese ließ ihre Arme und das meiste ihrer Beine unbedeckt, und ich sah, daß jeder Zentimeter ihres Körpers glatt und straff mit Muskeln durchsetzt war. Sehnen bewegten sich unter dieser hellen Haut, als sie sich auf dem Teppich regte, und ich erkannte, daß das Schwert wahrscheinlich trotz allem *wirklich* ihr gehörte, so unwahrscheinlich das auch schien. Sie hatte den Körper und die Hände dafür.

»Ist es Eure Schuld, daß ich so festgehalten werde?« fragte sie.

Das Sonnenlicht brannte sich seinen Weg durch den karmesinroten Stoff des Hyort. Es umhüllte sie mit einem unheimlichen karneolartigen Glanz und veränderte den blauen Teppich zu einer Farbe dunkelsten Weines, der Farbe von altem Blut.

»Es ist meine Schuld, daß Ihr so festgehalten werdet«, bestätigte ich, »denn sonst hätte Moon Euch schon längst verkauft.« Ich beugte mich hinab, zog mein Messer heraus und durchschnitt ihre Fesseln. Sie zuckte zusammen, als die steifen Muskeln protestierten. Daher legte ich ihr Schwert hin und massierte die langen, festen Waden und Schultern, die zart in abgehärtete Muskeln eingebunden waren.

»Ihr habt mein Schwert!« Vor Überraschung ließ sie meine Hände gewähren.

Ich dachte daran, meinen Händen zu erlauben, ein wenig tiefer zu gleiten, entschied mich aber dann dagegen. Sie mochte nach ein paar Tagen Gefangenschaft steif sein, aber wenn sie die Reflexe zeigte, die ich ihr zutraute, würde ich Schwierigkeiten bekommen. Es war unsinnig, mein Glück vorzeitig herauszufordern.

»Falls es Euer Schwert *ist*«, sagte ich.

»Es ist meines.« Sie stieß meine Hände weg und erhob sich, wobei sie ein Stöhnen unterdrückte. Die Ledertunika reichte bis zur Mitte der Oberschenkel, und ich sah die mit blauem, zu ihren Augen passendem Faden gearbeiteten seltsamen Runenglyphen einen Rand um den Saum und den Kragen bilden. »Habt Ihr es aus der Scheide genommen?« fragte sie, und da war etwas in ihrem Ton, das mich stutzig machte.

»Nein«, sagte ich nach einem Moment bedeutungsschwerer Stille.

Sie entspannte sich ganz offensichtlich. Ihre Hand liebkoste das seltsame Silberheft, und es gab kein Anzeichen dafür, daß sie dieselbe eisige Taubheit spürte, die ich erfahren hatte. Sie berührte es fast wie einen Liebhaber, als heiße sie einen Geliebten nach langer Zeit willkommen.

»Wer seid Ihr?« fragte ich plötzlich, denn ich war von einer eigenartigen Empfindung befallen. Runen auf der Klinge des Schwertes, Runen auf der Tunika. Diese gewundenen, verschwommenen Formen, die in das Heft eingearbeitet waren. Die Todesahnung, wenn ich es berührte. Was wäre, wenn sie eine Art Vertraute der Götter wäre, von diesen gesandt, um zu entscheiden, ob meine Zeit gekommen sei und ob ich es wert sei, einen Platz ewiger Ruhe — oder Qual — in Valhail oder Hoolies zu erlangen?

Und dann fühlte ich mich auf abscheuliche Art lächerlich, weil ich vorher nie viel über mein Ende nachgedacht hatte. Schwertkämpfer kämpfen einfach, bis jemand sie tötet. Wir verbringen keine Zeit damit, uns über nebensächliche Kleinigkeiten wie unsere letztendliche Bestimmung Gedanken zu machen. *Ich* tue dies bestimmt nicht.

Sie trug die gleichen Schuhe wie ich, über Kreuz gebunden bis zu den Knien. Die Schnürbänder waren golden und unterstrichen noch die Länge ihrer Beine, was sie fast auf eine Höhe mit mir brachte. Ich sah sie überrascht an, als sie sich erhob, denn ihr Kopf reichte bis an mein Kinn, und nur sehr wenige *Männer* erreichen diese Größe.

Sie runzelte ein wenig die Stirn. »Ich dachte, Südbewohner wären klein.«

»Die meisten sind es. Ich aber nicht. Aber immerhin — ich bin kein typischer Südbewohner.« Ich lächelte sanft. Helle Augenbrauen hoben sich. »Und schicken *typische* Südbewohner Frauen in eine Falle?«

»Ich habe Euch in eine wenig schlimme geschickt, um Euch vor einer schlimmeren zu bewahren.« Ich grinste. »Es stimmt, es war eine List und vielleicht eine etwas unangenehme, aber sie hat Euch vor den Klauen eines lüsternen Tanzeers gerettet, nicht wahr? Als Ihr Moon sagtet: ›Der Sandtiger spielt mit‹, wußte er genug, um Euch festzuhalten, bis ich hierherkam, anstatt Euch dem Meistbietenden zu verkaufen. Da Ihr so sehr darauf bestanden habt, ihn ohne meine persönliche Unterstützung zu sehen, mußte ich etwas unternehmen.«

Ein kurzes Glitzern in ihren Augen. Anerkennung. »Dann geschah es zu meinem — *Schutz.*«

»Auf umständliche Art.«

Sie warf mir einen scharfen, abschätzenden Seitenblick zu und lächelte dann leicht. Sie band sich eifrig das Schwert um und richtete es so, daß das Heft über ihre linke Schulter hinausragte, so wie Einzelhieb auch meine überragte. Ihre Bewegungen waren schnell und geschmeidig, und ich zweifelte keinen Moment daran, daß sie einen Eunuchen, der sowieso nur sehr wenig zu verlieren hatte, fast hatte verstümmeln *können.*

Meine Hände zitterten, als ich mir die innere Reaktion meines Körpers auf die Berührung des nordischen Schwertes in Erinnerung rief. »Warum erzählt Ihr mir nicht, welche Art Geschäfte Ihr mit Old Moon tätigen wollt, denn vielleicht kann ich Euch helfen«, sagte ich heftig in dem Wunsch, die Empfindung und das Wiedererleben zu bannen.

»Ihr könnt mir nicht helfen.« Eine Hand strich das

Haar hinter ein Ohr, während sie die Lederriemen befestigte.

»Warum nicht?«

»Ihr könnt es eben nicht.« Sie verließ den Hyort mit schwungvollen Schritten und marschierte über den Sand zu Moons Zelt.

Ich holte sie ein. Aber bevor ich sie aufhalten konnte, hatte sie das Schwert mit dem silbernen Heft gezogen und den Türvorhang geradewegs vom Rahmen abgetrennt. Dann trat sie ein, und als ich hinter ihr hineinsprang, sah ich sie die tödliche Spitze der schimmernden Klinge in die Grube von Moons brauner Kehle legen.

»In meinem Land könnte ich Euch für das töten, was Ihr mir angetan habt.« Aber sie sagte dies lässig, ohne Gefühlsregung. Eine unvoreingenommene Beobachtung, fehlende Leidenschaft, und dennoch machte dies ihre Drohung um einiges realistischer. »In meinem Land würde ich Feigling genannt werden, wenn ich Euch nicht tötete. Nicht *An-ishtoya* oder auch nur einfach *Ishtoya*. Aber hier bin ich eine Fremde, die Eure Bräuche nicht kennt. Darum werde ich Euch leben lassen.« Ein Blutstropfen rann unter der in Moons Fleisch einschneidenden Schwertspitze hervor. »Ihr seid ein einfältiger, kleiner Mann. Es ist kaum zu glauben, daß Ihr bei der Beseitigung meines Bruders eine Rolle gespielt haben sollt.«

Armer, alter Moon. Seine Schweinsaugen waren aufgerissen, und er schwitzte dermaßen, daß ich überrascht war, das Schwert nicht von seinem Hals abrutschen zu sehen. »Euer Bruder?« quiekte er.

Das maisfasernfarbene Haar hing ihr über die Schultern. »Vor fünf Jahren wurde mein Bruder jenseits der Nordgrenze entführt. Er war zehn, Sklavenhändler ... *zehn Jahre alt!*« Ein Anflug von Gefühl schlich sich in ihren Ton ein. »Und wir wissen, wie sehr Ihr unser blondes Haar, die blauen Augen und die helle Haut schätzt,

Sklavenhändler. Im Lande der dunkelhäutigen, dunkelhaarigen Menschen könnte es nicht anders sein.« Die Schwertspitze bohrte sich ein wenig tiefer hinein. »Ihr habt meinen Bruder entführt, Sklavenhändler, und *ich will ihn zurückhaben.*«

»*Ich* habe ihn nicht entführt!« Wütend schluckte Moon gegen den Druck des Schwertes an. »Ich handele nicht mit Jungen, Bascha, ich handele mit Frauen!«

»Lügner.« Sie war sehr ruhig. Für eine Frau, die einen Mann mit einem Schwert in Schach hielt, tatsächlich sehr ruhig. »Ich weiß von den Perversionen des Südens. Ich weiß, wie hoch der Preis ist, den ein Junge aus dem Norden auf dem Sklavenmarkt erzielt. Ich habe fünf Jahre lang Zeit gehabt, alles über dieses Geschäft zu lernen, Händler, also solltet Ihr mich nicht anlügen.« Sie streckte ihren sandalenbekleideten Fuß aus und stieß ihn in seinen fetten Bauch. »Ein blonder, blauäugiger, hellhäutiger Junge, Sklavenhändler. Mir sehr ähnlich.«

Moons Augen schnellten in stummem Flehen zu mir herüber. Einerseits wollte er, daß ich etwas unternahm. Andererseits wußte er aber auch, daß eine Bewegung von mir sie umstimmen könnte, die Klinge doch in seine Kehle zu stoßen. Also tat ich das Vernünftigere und wartete ab.

»Vor fünf Jahren?« Sein Burnus war bereits durchgeschwitzt und zeigte ockerfarbene Flecke auf gelber Seide. »Bascha, ich weiß nichts davon. Fünf Jahre sind eine lange Zeit. Nordische Kinder sind tatsächlich beliebt, und ich sehe oft welche. Wie kann ich wissen, ob Euer Bruder dabei war?«

Sie sagte nichts Hörbares, aber ich sah, wie sich ihr Mund bewegte. Er formte ein Wort. Und dann färbte sich das helle Blut, obwohl das Schwert nicht tiefer in Moons Kehle eingedrungen war, zu einem dunklen Blaurot und glänzte an seiner Kehle.

Moon stieß erschrocken den Atem aus. Er entwich mit einem Zischen, und ich sah ihn eine eisige Rauchwolke bilden. Er antwortete sofort. »Es ... gab da einen Jungen. Vielleicht ist es fünf Jahre her, vielleicht auch länger. Es war bei einer Punjadurchquerung.« Er zuckte mit den Achseln. »Ich sah in Julah einen kleinen Jungen, aber ich kann nicht sagen, ob es Euer Bruder war. Es gibt viele nordische Jungen in Julah.«

»Julah«, echote sie. »Wo ist das?«

»Südlich von hier«, belehrte ich sie. »Eine gefährliche Gegend.«

»Gefahr ist nebensächlich.« Sie stieß Moon noch einmal in den Bauch. »Nennt mir einen Namen, Sklavenhändler.«

»Omar«, sagte er jämmerlich. »Mein Bruder.«

»Auch ein Sklavenhändler?«

Osmoon schloß die Augen. »Es ist ein Familienbetrieb.«

Sie nahm das Schwert fort und steckte es ohne nach der Scheide zu tasten wieder ein. Dazu gehörte Erfahrung. Dann fegte sie ohne ein Wort an mir vorbei und ließ mich mit dem zitternden, schwitzenden, jammernden Moon zurück.

Er legte seine zitternden Finger auf den Schwertschnitt an seinem Hals. »Kalt«, sagte er. »So ... *kalt*.«

»So sind viele Frauen.« Ich ging der Nordbewohnerin nach.

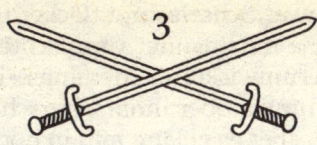

3

Ich holte sie bei den Pferden ein. Sie hatte bereits eines gesattelt und mit Wasserschläuchen bepackt, einen kleinen, graubraunen Wallach, der nicht weit von meinem kastanienbraunen Hengst entfernt angebunden war. Der weiße Burnus war irgendwo in einem von Moons Hyorts verschwunden, so daß sie bis auf ihre Veloursledertunika unbekleidet war. Auf diese Weise wurde eine Menge heller Haut der Sonne ausgesetzt, und ich wußte, sie würde sich röten und noch vor Einbruch der Nacht Unannehmlichkeiten bereiten.

Sie schenkte mir keine Beachtung, obwohl ich wußte, daß sie mich bemerkt hatte. Ich lehnte mich mit der Schulter gegen die rauhe Rinde einer Palme und beobachtete sie, als sie die mit Quasten geschmückten, bernsteinfarbenen Zügel über den Kopf des Graubraunen warf und ihn mit einem Arm umschlang, während sie den Sattel festzurrte. Das silberne Heft ihres Schwertes glänzte im Sonnenlicht, und ihr Haar brannte gelblichweiß über ihrem von der Tunika verhüllten Rücken.

Mein Mund wurde wieder trocken. »Ihr wollt nach Julah?«

Sie warf mir einen Seitenblick zu und befestigte die Schnallen des Sattelgurtes. »*Ihr* habt den Sklavenhändler gehört.«

Ich zuckte die Achseln. »Seid Ihr jemals dort gewesen?«

»Nein.« Der Sattelgurt saß perfekt, sie griff mit den Händen in die gestutzte borstige Mähne und schwang sich federleicht hinauf, wobei sie ein langes Bein über den flachen Sattel warf, der mit einer grobgewebten

Decke bedeckt war. Scharlachrot, Ocker und Braun, die sich in der Sonne miteinander vermischten. Als sie ihre Füße in die lederumwickelten Messingsteigbügel stellte, schob sich die Tunika über ihren Oberschenkeln hoch.

Ich schluckte, aber es gelang mir, in normalem Ton zu sprechen. »Vielleicht braucht Ihr Hilfe, um nach Julah zu gelangen.«

Die blauen Augen zeigten keinen Argwohn. »Vielleicht.«

Ich wartete ab. Sie auch. Innerlich grinste ich, denn Konversation war nicht ihre Stärke. Aber andererseits ist Konversationskunst bei einer Frau nicht unbedingt eine Tugend.

Wir sahen uns an: Sie auf einem nervösen, graubraunen Wallach, der mit einer Schicht safrangelben Staubes bedeckt war, und ich (der ich mit dem gleichen Staub bedeckt war, da ich direkt von dem Wirtshaus hierher gekommen war) zu Fuß und lässig gegen eine Palme gelehnt. Trockene, ausgefranste Palmwedel boten wenig Schatten. Ich schielte hinauf zu der Frau auf dem Pferd. Noch immer abwartend.

Sie lächelte. Es war ein ausgesprochen persönliches Lächeln, aber nicht speziell für mich gedacht — als würde sie innerlich lachen. »Ist das ein Angebot, Sandtiger?«

Ich zuckte erneut die Achseln. »Ihr müßt die Punja durchqueren, um nach Julah zu gelangen. Seid Ihr *dort* jemals gewesen?«

Sie warf ihr Haar zurück. »Ich bin niemals vorher überhaupt im Süden gewesen … aber ich bin ganz gut bis hierher gekommen.« Die darauffolgende Pause war bezeichnend. »Allein.«

Ich knurrte und kratzte träge an den Narben, die sich über meine rechte Wange ziehen. »Ihr seid gut bis zu dem abgelegenen Wirtshaus gekommen. Aber *ich* habe Euch *hierher* gebracht.«

Der kleine Graubraune tänzelte und wirbelte den

Staub auf, der kurzzeitig in die warme Luft stieg und dann wieder heruntersank, um sich erneut mit dem Sand zu vermischen. Ihre Hände auf den aus Pferdehaar und Baumwolle geflochtenen Zügeln zeigten eindrucksvolle Sachkunde. Ihre Handgelenke wiesen Geschicklichkeit und Kraft auf, als sie das Pferd leicht unter Kontrolle brachte. Es war unruhig mit einem Reiter auf seinem Rücken. Aber sie schien sein schlechtes Benehmen kaum zu bemerken. »Ich habe es Euch schon einmal gesagt — es ist für mich nicht nötig, einen Schwerttänzer anzuheuern.«

»Die Punja ist meine Heimat«, erklärte ich ihr freundlich. »Ich habe den größten Teil meines Lebens hier verbracht. Und wenn Ihr die Brunnen oder die Oasen nicht kennt, werdet Ihr es niemals schaffen.« Ich streckte eine Hand aus, um gen Süden zu zeigen. Die Hitze flimmerte. »Seht Ihr das?«

Sie schaute hin. Die Meilen der Wüste erstreckten sich endlos. Und wir waren noch nicht einmal in der Punja.

Ich erwartete, daß sie mich erneut zurückweisen würde. Immerhin war sie eine Frau. Manchmal wird der Stolz der Frauen durch die Dummheit, beweisen zu wollen, daß sie allein zurechtkommen, völlig gebrochen.

Sie starrte in die Wüste hinaus. Selbst der Himmel war am Horizont ganz bleich und bot nur einen messingblauen Rand dar, der mit einem staubigen Graubeige verschmolz.

Sie zitterte. Sie *zitterte*, als ob sie frieren würde.

»Wer hat das so geschaffen?« fragte sie plötzlich. »Welch einfältiger Gott hat gutes Land in nutzlose Wüste verwandelt?«

Ich zuckte die Achseln. »Eine Legende besagt, daß der Süden einst kühl und grün und fruchtbar gewesen sei. Und dann bekämpften sich zwei Zauberer, um herauszufinden, wer Anspruch auf die ganze Welt hätte.« Sie wandte den Kopf, um auf mich herabzusehen, und ich spürte ihren klaren, direkten Blick auf mir. »Vermutlich töteten sie sich gegenseitig. Aber erst, nachdem sie die Welt genau geteilt hatten: in den Norden und den Süden, die beide so verschieden sind wie Mann und Frau.« Ich lächelte hinterhältig. »Findet Ihr nicht auch?«

Sie setzte sich bequemer im Sattel zurecht. »Ich brauche Euch nicht, Schwerttänzer. Ich brauche *Euch* nicht — ich brauche Euer Schwert nicht.«

Als ich sie ansah, wußte ich, daß sie sich damit nicht auf Einzelhieb bezog. Eine Frau allein in der Welt, wunderschön oder nicht, lernt schnell, was die meisten Männer wollen. Ich war da nicht anders. Aber ich hätte von ihr nicht solche Direktheit erwartet.

Ich zuckte erneut die Achseln. »Ich versuche nur zu helfen, Bascha.« Aber ich hätte ein Schwert — *beide* Schwerter — gegeben, wenn sie mir auch nur die kleinste Chance gewährt hätte.

Ich sah das Zucken in ihrem Mundwinkel. »Seid Ihr pleite? Ist das der Grund, warum ein Schwerttänzer Eures Rufes seine Dienste als *Führer* anbietet?«

Diese Vermutung traf meinen Stolz. Ich runzelte die Stirn. »Ich ziehe mindestens einmal im Jahr nach Julah. Jetzt ist es wieder soweit.«

»Wieviel verlangt Ihr?«

Meine Augen wanderten ein wohlgeformtes Bein entlang. So hell, zu hell. Ich öffnete den Mund, um zu antworten, aber sie kam mir zuvor, indem sie genau den Preis nannte, den ich gerade hatte nennen wollen. »In *Gold*.«

Ich lachte sie an, erheitert durch ihre Erkenntnis des Wertes, den sie für mich als Frau hatte. Das machte das Spiel etwas erfreulicher. »Warum entscheiden wir das nicht, wenn wir nach Julah kommen?« schlug ich vor. »Ich fordere immer einen fairen Preis, der sich nach dem Grad der Schwierigkeiten und der Gefahren richtet. Wenn ich Euer Leben mehr als einmal rette, erhöht sich der Preis entsprechend.«

Ich erwähnte nicht, daß ein Mann hinter ihr her war und ich davon wußte. Wenn sie ihn kannte und gefunden werden *wollte*, würde sie das sagen. Ihr Verhalten zeigte, daß sie es nicht wollte. Und wenn dies so war, konnte sich der Preis schneller erhöhen, als sie dachte.

Sie verzog den Mund, aber ich bemerkte das Glitzern in ihren Augen. »Verhandelt Ihr *immer* auf diese Art?«

»Das kommt darauf an.« Ich ging hinüber zu meinem eigenen Pferd und durchsuchte meinen Lederbeutel. Schließlich warf ich ihr einen Burnus in einem hellen Scharlachrot zu. »Hier. Zieht das an, sonst seid Ihr bis zum Mittag gebraten.«

Der Burnus war ein wenig protzig. Ich haßte es, ihn zu tragen, aber ab und zu war er ganz praktisch. So zum Beispiel, wenn einer der hiesigen Tanzeer meine Gesellschaft bei einem Essen wünschte, um Geschäfte zu besprechen. Ein paar goldene Quasten hingen hier und dort von den Ärmeln und der Kapuze herab. Ich hatte einen Schlitz in die linke Schulternaht geschnitten, so daß das Heft von Einzelhieb ungehindert hindurchstoßen konnte. Es ist wichtig, das Schwert leicht aus der Scheide ziehen zu können, wenn man in Geschäften wie den meinen unterwegs ist.

Sie hielt den Burnus hoch. »Ein wenig zu fein für Euch.«

Sie zog ihn über den Kopf, richtete die Falten so, daß ihr eigenes Schwert frei lag, und schob die Kapuze zurück. Er war ihr viel zu groß, fiel in undeutlichen Wellen und Falten herab, die ihre Umriße nur erahnen ließen, aber er stand ihr dennoch besser als mir. »Wie bald können wir Julah erreichen?«

Ich band den Hengst, tätschelte einmal warnend seine linke Schulter und sprang dann in meinen abgedeckten Sattel. »Das kommt darauf an. Wir könnten es in drei Wochen schaffen ... es kann auch drei Monate dauern.«

»Drei Monate!«

»Wir müssen die Punja durchqueren.« Ich schob die ausgebleichten Quasten meiner scharlachroten Zügel zurecht. Hier draußen behält nichts für lange Zeit seine Farbe. Letztendlich schluckt die Farbe Braun alles andere. In all ihren Schattierungen und Variationen.

Sie runzelte ein wenig die Stirn. »Dann sollten wir keine Zeit mehr verschwenden.«

Ich sah ihr zu, wie sie den kleinen graubraunen Wallach wendete und sich gen Süden richtete. Zumindest wußte sie, in welche Richtung sie reiten mußte.

Der Burnus schlug im Wind Wellen wie das karmesinrote Banner eines Wüstentanzeers. Das Heft ihres nordischen Schwertes leuchtete silbern und reflektierte in der Sonne. Und all dies Haar, so weich und seidig gelb ... nun, es würde leicht sein, ihr auf den Fersen zu bleiben. Ich schnalzte meinem Hengst zu und ritt hinter der Frau her.

Wir ritten eine Weile in vernünftiger Geschwindigkeit Seite an Seite. Mein kastanienbrauner Hengst war nicht allzu begeistert davon, sich dem kleinen graubraunen Wallach anpassen zu müssen, denn er bevorzugte eine schnellere, aufgeregtere Gangart (leidlich oft ist dies ein voller Galopp, durchsetzt von zwischenzeitlichen Versuchen, mich von seinem Rücken zu entfernen), aber nach einer kurzen ›Diskussion‹ entschlossen wir uns zu einem Kompromiß. Ich würde die Richtung bestimmen und er die Gangart.

Bis er eine andere Möglichkeit sah.

Die Frau beobachtete mich, wie ich der kurzzeitigen Auflehnung des Hengstes begegnete, aber ich konnte nicht erkennen, ob sie mein Können schätzte oder nicht. Der Hengst wird von niemandem sonst freiwillig geritten, denn er hat eine mürrische, überhebliche Art, und ich habe erfolgreich Wetten auf ihn abgeschlossen, wenn jemand dachte, er würde bei den üblichen morgendlichen Feindseligkeiten gewinnen. Aber wir beide haben einen Handel abgeschlossen, nach dem er das Feuerwerk liefert und ich dafür sorge, daß es gut aussieht. Wann immer ich dann mit ein paar in meiner Gürteltasche klimpernden Münzen davonkomme, bekommt er eine Extraration Hafer. Das funktioniert ziemlich gut.

Die Frau sagte kein Wort, als sich der Hengst schließlich beruhigt hatte und den Staub aus seinen Nüstern schnaubte, aber ich bemerkte, daß sie mich mit ihren blauen Augen unauffällig musterte.

»Das ist kein nordisches Pferd, das Ihr da reitet«, erklärte ich im Plauderton. »Er ist ein Südbewohner, wie ich. Welche Pferde gibt es bei Euch im Norden?«

»Größere.«

Ich wartete. Sie fügte nichts mehr hinzu. Ich versuchte es noch einmal. »Sind sie schnell?«

»Schnell genug.«

Ich runzelte die Stirn. »Seht, es wird eine lange Reise. Wir könnten sie genausogut mit einer gepflegten Unterhaltung verkürzen.« Ich machte eine Pause. »Auch mit einer schlechten Unterhaltung.«

Sie lächelte. Sie versuchte, es hinter dem Vorhang aus Haaren zu verbergen, aber ich sah es. »Ich dachte, Schwerttänzer wären im allgemeinen mürrisch«, sagte sie zögernd, »und lebten nur dafür, Blut zu verspritzen.«

Ich schlug eine ausgebreitete Hand gegen meine Brust. »Ich. Nein? Ich bin ein friedlicher Mann, im Herzen.«

»Aha.« Und alle Weisheit dieser Welt lag in dieser einen Silbe.

Ich seufzte. »Habt Ihr einen Namen? Oder reicht *Blondie*?«

Sie antwortete nicht. Ich wartete und entfernte Spitzkletten aus der gestutzten Mähne meines Hengstes.

»Delilah«, sagte sie schließlich mit leicht verzogenem Mund. »Nennt mich Del.«

»Del.« Irgendwie paßte das nicht zu ihr, es klang zu

hart und kurz — und zu männlich — für eine junge Frau ihrer Anmut und Schönheit. »Seid Ihr wirklich hinter Eurem Bruder her?«

Sie warf mir einen Seitenblick zu. »Denkt Ihr, ich hätte diese Geschichte, die ich dem Sklavenhändler erzählt habe, erfunden?«

»Vielleicht.« Ich zuckte die Achseln. »Es ist nicht mein Job, ein moralisches Urteil über meine Arbeitgeberin zu fällen, sondern nur, sie nach Julah zu bringen.«

Sie lächelte andeutungsweise. »Ich *suche* meinen Bruder. Das hat nichts mit ›hinterher sein‹ zu tun.«

Das stimmte. »Habt Ihr denn tatsächlich eine Ahnung, wo er sein könnte oder was ihm passiert sein könnte?«

Ihre Finger kämmten die hochstehende Mähne des Graubraunen. »Wie ich dem Sklavenhändler schon gesagt habe, wurde er vor fünf Jahren entführt. Ich habe seine Spur bis hierher verfolgt ... jetzt bis Julah.« Sie sah mich direkt an. »Sonst noch Fragen?«

»Ja.« Ich lächelte sanft. »Warum, zu den Hoolies, verfolgt ein Mädchen wie Ihr ihren verlorengegangenen Bruder? Warum kümmert sich Ihr Vater nicht darum?«

»Er ist tot.«

»Ein Onkel?«

»Er ist tot.«

»*Andere* Brüder?«

»Sie sind *alle* tot, Schwerttänzer.«

Ich sah sie an. Ihr Ton klang aufrichtig, aber ich habe gelernt, mehr auf das zu hören, was die Leute *nicht* sagen, als auf das, was sie sagen. »Was ist passiert?«

Ihre Schultern bebten unter dem scharlachroten Burnus. »Räuber. Sie kamen ungefähr zur selben Zeit in den Norden, als wir nach Süden wollten, in das Grenzgebiet. Sie kamen herüber und griffen unsere Karawane an.«

»Und entführten Euren Bruder ...«, ich wartete nicht auf ihre Antwort »... und töteten alle anderen.«

»Alle außer mir.«

Ich setzte mich auf und griff in ihre mit Quasten versehenen Zügel. Ockerfarbene Quasten, und verblaßte orangefarbene. »Warum zu den Hoolies«, fragte ich, »haben die Angreifer *Euch* verschont?«

Einen Augenblick lang waren die blauen Augen hinter den gesenkten Lidern verborgen. Dann sah sie mich gerade an. »Ich habe nicht gesagt, daß sie es taten.«

Eine Minute lang sagte ich gar nichts. In meinem Kopf tauchte eine Vorstellung von Räubern aus dem Süden auf, die das bezaubernde nordische Mädchen anfaßten, und das gefiel mir ganz und gar nicht. Aber das bezaubernde nordische Mädchen sah gerade zu mir zurück, als ob sie genau wüßte, was ich dachte, und damit fertigwerden würde und sich durch mein Wissen weder gedemütigt noch überrascht fühlte. Es war einfach eine Tatsache des Lebens. Ich fragte mich kurz, ob Moon erwähnt hatte, daß derjenige, der hinter ihr her war, einer der Angreifer war. Aber — sie hatte von fünf Jahren gesprochen. Zu lang für einen Mann, der hinter einer Frau her war.

Aber nicht zu lang für eine Frau, die ihren Bruder suchte.

Ich ließ ihre Zügel los. »Und jetzt seid Ihr zu einer ermüdenden Jagd in den Süden gekommen und sucht nach einem Bruder, der genausogut tot sein könnte.«

»Vor fünf Jahren war er nicht tot«, sagte sie kühl. »Und er war nicht tot, als Osmoon ihn sah.«

»*Wenn* er ihn gesehen hat«, gab ich zu bedenken. »Glaubt Ihr, er würde Euch die Wahrheit sagen, während Ihr ihm ein Schwert an die Kehle haltet? Er hat Euch genau das erzählt, was Ihr hören wolltet.« Ich runzelte die Stirn. »Nach fünf Jahren ist es fast unmöglich, Bascha. Wenn Ihr so entschlossen seid, Euren Bruder zu finden, warum habt Ihr dann erst so spät mit der Suche begonnen?«

Sie lächelte nicht und zeigte auch auf keine andere

Art, ob meine Verärgerung sie berührte. »Ich mußte erst dieses Gewerbe lernen«, erklärte sie mir ruhig. »Eine abgewandelte Tradition.«

Ich schaute auf das silberne Heft, das über ihre Schulter hinausragte. Eine Frau, die ein Schwert trug — ja, das widersprach der Tradition ganz entschieden. Im Norden *und* im Süden. Aber meine Vermutungen bezüglich des Gewerbes, auf das sie sich bezogen hatte, waren wahrscheinlich nicht richtig.

Ich grunzte. »Zeitverschwendung, Bascha. Nach so langer Zeit im Süden — ich bin sicher, daß er längst tot ist.«

»Vielleicht«, stimmte sie zu. »Aber ich werde es genau wissen, wenn ich nach Julah komme.«

»O Hoolies«, sagte ich voller Abscheu. »Ich habe nichts Besseres zu tun.« Ich starrte auf ihren karmesinroten Rücken, als sie mir voran weiterritt. Dann stieß ich dem Hengst die Fersen in die glatten Seiten und schloß wieder zu ihr auf.

Wir übernachteten draußen unter den Sternen und bereiteten uns eine Mahlzeit aus getrocknetem Cumfafleisch. Es ist nicht das, was man eine Delikatesse nennen würde, aber es macht satt. Das Beste daran ist, daß es nicht mit Salz haltbar gemacht wird. In der Punja ist gesalzenes Fleisch das *letzte*, was man brauchen kann, von einem Minimum Salz mal abgesehen, daß zum Überleben nötig ist. Cumfa ist ziemlich mild und geschmacklos, aber es wird mit einem Öl zubereitet, das es weich und schmackhaft macht, und das ist das Beste für eine Wüstendurchquerung. Ein wenig davon reicht für lange Zeit, und es ist leicht, so daß es die Pferde nicht belastet. Ich habe mich recht gut daran gewöhnt.

Del war sich aber nicht so sicher, ob sie viel davon hielt, obwohl sie zu höflich war, um ihre Abneigung zu äußern. Sie kaute darauf herum wie ein Hund auf einem etwas unangenehm schmeckenden Knochen. Sie mochte es nicht, aber sie wußte, daß genau das von ihr erwartet wurde. Ich lächelte vor mich hin, kaute auf meiner eigenen Ration herum und spülte das Fleisch mit ein paar Schluck Wasser hinunter.

»Gibt es im Norden kein Cumfa?« fragte ich, als sie schließlich das letzte Stück hinuntergewürgt hatte.

Sie legte eine Hand über den Mund. »Nein.«

»Es dauert etwas, bis man sich daran gewöhnt.«

»Hmmmm.«

Ich hielt ihr die Lederbota* hin. »Hier. Das wird helfen.«

Sie schluckte hörbar, schloß die Bota dann wieder und gab sie mir zurück. Sie sah ein wenig blaß um die Nase aus.

Ich beschäftigte mich damit, das Fleisch wieder einzuwickeln, das ich ausgepackt hatte. »Wißt Ihr, was Cumfa ist?«

Ihr Blick sprach Bände.

»Ein Reptil«, belehrte ich sie. »Aus der Punja. Bösartig. Die erwachsenen Tiere können bis zu zwanzig Fuß groß werden, und sie sind zäh wie altes Stiefelleder — ungefähr so groß im Umfang.« Ich hielt meine zu einem Kreis geschloßenen Hände hoch, wobei sich die Daumen und die Finger nicht ganz berührten. »Aber wenn man ein Jungtier fängt und ausschlachtet, hat man immer etwas zu essen. Ich habe zwei Beutel voll davon, und das sollte uns noch weiter bringen als nur durch die Wüste.«

»Ist das *alles*, was Ihr zu essen dabeihabt?«

Ich zuckte die Achseln. »Wir können mit Karawanen handeln. Und wir können an einer Reihe Siedlungen haltmachen. Aber dies wird unser hauptsächliches Nahrungsmittel sein.« Ich lächelte. »Es verdirbt nicht.«

»Hmmmm.«

»Ihr werdet Euch daran gewöhnen.« Ich räkelte mich

---

* lederne Feldflasche

genüßlich und lehnte mich zufrieden im Sattel zurück. Hier war ich, mit einer wunderschönen Frau in der Wüste allein. Ich hatte einen vollen Bauch, und der Sonnenuntergang kündigte eine kühle Nacht an. Die Sterne rundeten das Ganze ab. Wenn wir die Punja erst einmal erreicht hatten, würde sich alles ändern, aber im Moment war ich ziemlich glücklich. Ein wenig guter Aqivi hätte es noch verbessert, aber als ich das Wirtshaus verlassen hatte, um Del hinterherzugehen, hatte ich nicht mehr genug Geld gehabt, um auch nur eine Bota davon zu kaufen.

»Wie weit ist es bis in die Punja?« fragte sie.

Ich schaute sie an und sah, daß sie ihr Haar zu einem einzigen Zopf flocht. Es schien mir eine Schande zu sein, all das wundervolle Haar zusammenzubinden, aber ich konnte mir vorstellen, daß es bei all dem Sand ein wenig hinderlich war. »Wir werden sie morgen erreichen.« Ich bewegte mich im Sattel. »Nun, da wir jetzt vertrauter miteinander sind, könntet Ihr mir eigentlich sagen, wie es dazu kam, daß Ihr mich in dem Wirtshaus aufsuchtet?«

Sie band den Zopf mit einem Lederband zusammen. »In Harquhal hörte ich, daß Osmoon der Händler die beste Informationsquelle sei. Aber Osmoon zu finden erwies sich als so schwierig, daß ich mich nach der nächstbesten Möglichkeit erkundigte: nach jemandem, der ihn kannte.« Sie zuckte die Achseln. »Drei verschiedene Leute sagten, daß ein bekannter Schwerttänzer, der sich Tiger nenne, ihn kennen würde, und ich sollte nach *ihm* suchen anstatt nach Osmoon.«

Harquhal ist eine Stadt nahe der Grenze. Es ist ein rauher Ort, und wenn sie solche Informationen aus den Leuten, von denen ich wußte, daß sie ohne die richtige Ermutigung sehr verschlossen waren, herausbekommen hatte, dann war sie besser, als ich gedacht hatte. Ich betrachtete sie abschätzend. Sie sah nicht sehr zäh aus, aber etwas in ihren Augen konnte einen Mann schon dazu veranlassen, mehr als nur ihren Körper wahrzunehmen.

»Darum kamt Ihr in das Wirtshaus, um nach mir zu suchen.« Ich tastete nach den Narben auf meinem Kinn. »Ich denke, ich bin mitunter leicht zu finden.«

Sie zuckte die Achseln. »Sie haben Euch beschrieben. Sie sagten, Ihr wärt zäh wie altes Cumfafleisch, aber da wußte ich noch nicht, was sie damit meinten.« Sie schnitt eine Grimasse. »Und sie erwähnten die Narben in Eurem Gesicht.«

Ich wußte, daß sie danach fragen wollte. Jeder tut das, besonders die Frauen. Die Narben sind ein Teil der Legende, und es macht mir nichts aus, darüber zu sprechen.

»Sandtiger«, belehrte ich sie und sah ihren verwirrten Blick. »Wie die Cumfa leben auch sie in der Punja. Gemeine, tödliche Bestien, die den Geschmack von Menschen nicht verschmähen, wenn diese so zuvorkommend sind, in das Lager eines Sandtigers zu spazieren.«

»Wie Ihr?«

Ich lachte. »Ich ging absichtlich in das Lager. Ich ging hinein, um ein großes männliches Tier zu töten, das unser Lager in Angst und Schrecken versetzte. Er riß ein paar Fetzen aus meiner Haut und zog mir einmal kräftig durchs Gesicht — wie Ihr seht —, aber ich habe ihn besiegt.« Ich berührte die Krallenkette, die an einer schwarzen Schnur um meinen Hals hing. Auch die Krallen sind schwarz und bösartig gekrümmt. Mein Gesicht ist ein deutlicher Beweis dafür. »Das ist alles, was von ihm übriggeblieben ist. Die Haut kam in meinen Hyort.« Wieder dieser verwirrte Blick. »Ein Zelt.«

»Daher nennt man Euch jetzt Tiger.«

»Sandtiger — kurz Tiger.« Ich zuckte die Achseln. »Ein Name ist so gut wie der andere.« Ich beobachtete sie einen Augenblick lang und beschloß, daß es meinem Ruf nicht schaden würde — oder meinen Chancen —, sie näher in die Geschichte einzuweihen. »Ich kann mich sehr genau an den Tag erinnern, an dem es passierte«, sagte ich mitteilsam und bereitete mich auf die Erzählung vor. »Der Sandtiger hatte Kinder geraubt, die sich zu weit von den Wagen entfernt hatten. Niemand hatte ihn aufspüren und außer Gefecht setzen können. Zwei der Männer waren draußen getötet worden. Der Shukar versuchte es mit magischen Zaubern, aber sie versagten — wie die Magie das oft tut. Also sagte er, wir hätten die Götter irgendwie verärgert, und dies sei unsere Strafe, daß aber derjenige, der die Bestie töten könne, durch die Dankbarkeit des Stammes belohnt werden würde.« Ich zuckte die Achseln. »Also nahm ich mein Messer und ging in das Lager, und als ich wieder herauskam, lebte ich, und der Sandtiger war tot.«

»Und seid Ihr durch die Dankbarkeit Eures Stammes belohnt worden?«

Ich grinste sie an. »Sie waren *so* dankbar, all die jungen, heiratsfähigen Frauen fielen vor mir nieder und baten mich, sie zur Frau zu nehmen — natürlich eine nach der anderen. Und die Männer feierten mich und gaben mir alle möglichen Dinge, um meine Großartigkeit zu würdigen. Für den Salset ist dies Belohnung genug.«

»Wie viele Frauen habt Ihr genommen?« fragte sie ernst.

Ich kratzte an den Narben in meinem Gesicht. »Tatsächlich blieb ich bei keiner von ihnen. Ich war nur hin und wieder für sie da.« Ich zuckte die Achseln. »Ich war damals noch nicht bereit für *eine* Frau, wenn mehrere da waren. Das bin ich noch immer nicht.«

»Warum habt Ihr den Stamm verlassen?«

Ich schloß ein Auge und schielte zu dem hellsten Stern hinauf. »Ich wurde einfach unruhig. Selbst ein Nomadenstamm wie die Salset kann beengend werden. Also ging ich allein fort und lernte den Beruf des Schwerttänzers, bis ich den siebten Grad erreichte und selbst einer wurde.«

»Zahlt sich das im Süden aus?«

»Ich bin ein sehr reicher Mann, Del.«

Sie lächelte. »Das sehe ich.«

»Und ich werde noch reicher sein, wenn wir diese Sache beendet haben.«

Sie befestigte den Lederriemen, der ihr Haar zu einem schimmernden Zopf zusammenband. »Aber Ihr glaubt nicht wirklich, daß wir ihn finden werden, nicht wahr?«

Ich seufzte. »Fünf Jahre sind eine lange Zeit, Del. Es könnte ihm alles mögliche zugestoßen sein. Besonders, wenn er mit Sklavenhändlern zu tun hatte.«

»Ich habe nicht die Absicht aufzugeben«, machte sie deutlich klar.

»Nein. Das habe ich auch nicht angenommen.«

Sie zog den Burnus über ihren Kopf, faltete ihn dann sorgfältig zusammen und legte ihn neben ihren Sattel. Sie war den ganzen Tag darunter verborgen gewesen. Als ich plötzlich all das helle, weiche Fleisch sah, wurde ich wieder — überdeutlich — daran erinnert, wie sehr ich sie begehrte. Und einen verzückten Augenblick lang stiegen Hoffnungen auf, als sie mich ansah.

Ihr Gesicht war vollkommen ausdruckslos. Ich wartete auf eine Ermutigung, aber sie sagte nichts. Sie zog nur ihr Schwert aus der Scheide und steckte es neben sich in den Sand. Mit einem ziemlich langen, geheimnisvollen Blick in meine Richtung legte sie sich hin und wandte mir den Rücken zu, wobei eine Hüfte gen Himmel drängte.

Die Klinge schimmerte lachs- und silberfarben im Sternenlicht, und die Runen schillerten.

Ich zitterte fröstelnd. Und das erste Mal seit vielen Nächten brauchte ich meinen Burnus nicht auszuziehen. Statt dessen streckte ich mich auf meiner Decke aus und starrte in die Sterne, während ich mich in den Schlaf zwang.

Hoolies, was für eine Art, eine Nacht zu verbringen ...

4

Für unerfahrene Augen ist die Grenze zwischen der Wüste und ihrem älteren, tödlicheren Bruder kaum erkennbar. Aber für jemanden wie mich, der dreißig sonderbare Jahre damit verbracht hatte, durch den veränderlichen Sand zu reiten, ist die Grenze zwischen der Wüste und der Punja so klar wie der Tag und zweimal so hell.

Del verhielt ihr Pferd genau wie ich und sah sich neugierig nach mir um. Ihr Zopf hing über ihre linke Schulter hinab, und das Ende kitzelte die Hügel ihrer Brust unter der karmesinroten Seide. Ihre Nase war vom Sonnenbrand rosa, und ich wußte, daß ihr übriges Gesicht auch bald so aussehen würde, wenn sie nicht die Kapuze des Burnus darüberziehen würde.

Ich zog meine eigene über den Kopf, obwohl ich sie weniger dringend brauchte. Einen Augenblick später folgte sie meinem Beispiel. Ich deutete nach vorn. »Das, meine nordische Bascha, ist die Punja.«

Sie schaute in die Ferne. Der Horizont verschmolz mit den Dünen zu einer einzigen Masse aus staubigem Beige. Hier draußen sind sogar die Farben des Himmels ausgetrocknet. Er ist ein Fleck hellen, gelblichen Graus, wie sehr heller Topas, mit einer Spur bläulichen Stahls, dem die Klinge des Horizonts entgegenkommt. In Richtung Süden, Osten und Westen gab es nichts, Meilen über Meilen des Nichts. Hoolies nennen wir es manchmal.

Del schaute den Weg zurück, den wir gekommen waren. Er war trocken und auch staubig, obwohl ein Versprechen in dem Land liegt, das einem sagt, daß es irgendwo enden wird. Auch die Punja gibt ein Versprechen, aber sie singt ein Lied vom Tod.

Ihr Gesichtsausdruck war verwirrt. »Es sieht nicht anders aus.«

Ich deutete auf den Sand zu Füßen des Pferdes. »Der Sand. Schaut Euch den Sand an. Seht Ihr den Unterschied?«

»Sand ist Sand.« Aber bevor ich sie für eine derart dumme Feststellung rügen konnte, rutschte sie von ihrem staubbedeckten graubraunen Wallach herab und kniete sich hin. Mit einer Hand nahm sie etwas Sand auf.

Sie ließ ihn durch ihre Finger rinnen, bis ihre Hand leer war bis auf ein Schimmern durchscheinender Silberkristalle. Sie machen das tödliche Geheimnis der Punja aus. Die Kristalle nehmen die Hitze der Sonne auf und speichern sie, verstärken und reflektieren sie und vervielfältigen dabei ihre Helligkeit und Hitze tausendfach, bis alles auf dem Sand entflammt.

Del rieb mit den Fingern gegen ihre Handfläche. »Ich sehe den Unterschied.« Sie erhob sich und schaute über die endlose Punja. »Wie viele Meilen?«

»Wer kann das sagen? Die Punja ist eine ungezähmte Bestie, Bascha, sie kennt keine Zäune, keine Pfähle, keine Grenzen. Sie reicht so weit sie will, wie der Wind, freier als jeder Nomade.« Ich zuckte die Achseln. »An einem Tag kann sie Meilen von einer Siedlung entfernt sein, aber innerhalb von zwei Tagen kann sie die letzten Ziegen und Babys verschlungen haben. Darum ist ein Führer so wichtig. Wenn man sie vorher noch nicht durchquert hat, kennt man ihre Zeichen nicht. Man kennt auch die Wasserstellen nicht.« Ich deutete mit der Hand südwärts. »Dort draußen, Bascha, ist der Tod der Oberherr.« Ich sah, wie sie den Mund verzog. »Ich dramatisiere nicht. Ich übertreibe nicht. Die Punja erlaubt keines von beidem.«

»Aber man *kann* sie durchqueren.« Sie sah mich an

und wischte ihre staubigen Hände an dem karmesinroten, mit Quasten versehenen Burnus ab. »Ihr habt sie durchquert.«

»Ich habe sie durchquert«, stimmte ich zu. »Aber bevor Ihr über die unsichtbare Grenze den Silbersand betretet, solltet Ihr Euch der Gefahren schon bewußt sein.«

Der kleine Graubraune rieb seine Nase an ihr und forderte Aufmerksamkeit. Del legte eine Hand auf sein Maul und die andere unter seinen breiten, gerundeten Kiefer und kraulte die festen Muskelschichten. Aber ihre Augen und ihre Aufmerksamkeit waren bei mir. »Dann solltet Ihr mir besser sagen, welche es sind.«

Sie hatte keine Angst. Ich dachte, sie täusche es nur vor, obwohl ich sie nicht für eine schwache, dumme Frau hielt, die versuchte, sich wie ein Mann zu geben, aber das traf nicht zu. Sie *war* stark. Und, was noch wichtiger war, sie war bereit zuzuhören.

Der Hengst schnaubte, um den Staub aus seinen Nüstern zu entfernen. In der stillen, warmen Luft hörte ich das Klappern von Pferdegebissen, das Geräusch schwerer Quasten gegen Messingverzierungen. Ein Insekt summte vorüber und strebte einem buschigen, zuckenden, kastanienbraunen Pferdeohr zu. Der Hengst schüttelte heftig den Kopf, um sich von der Plage zu befreien, und stampfte in den Sand. Dadurch wurde Staub aufgewirbelt, noch mehr Staub, und er schnaubte erneut. In der Wüste bildet alles einen Kreislauf. Ein Rad, das sich in der sanften Rauhheit der Umgebung ewig dreht.

»Luftspiegelungen«, erklärte ich Del. »Tödliche Täuschungen. Man glaubt, man sähe endlich eine Oase, aber wenn man sie erreicht, entdeckt man, daß sie von Sand und Himmel verschlungen worden ist und in der Luft verschwimmt. Wenn man sich nur einmal zu oft irrt, hat man sich schon zu weit von einer wirklichen Oase, einer wirklichen Quelle entfernt. Man wird sterben.«

Sie wartete schweigend ab und kraulte noch immer das Fell ihres kleinen graubraunen Pferdes.

»Es gibt den Samum*«, sagte ich, »und den Schirokko. Sandstürme könnte man sie nennen. Und die Sandstürme der Punja klagen und schreien und heulen, während sie Euch die Haut von den Knochen ziehen. Und es gibt Cumfa. Und es gibt Sandtiger.«

»Aber Sandtiger kann man besiegen.« Sie sagte es sanft, so sanft, während ich sie stirnrunzelnd ansah und herauszufinden versuchte, ob sie es ernst meinte oder mich nur wegen meines Namens oder meines Rufes hänselte.

»Es gibt Borjuni«, fuhr ich schließlich fort, »Diebe, die nur um ein weniges besser sind als die Aasfresser der Wüste. Sie machen Jagd auf unbedarfte Reisende oder Karawanen. Sie stehlen alles, selbst den Burnus von Eurem Körper, und dann töten sie Euch.«

»Und?« sagte sie, als ich eine Pause einlegte.

Ich seufzte. Wann war bei ihr genug wirklich genug? »Und immer sind dort die Stämme. Einige sind friedlich, wie die Salset und die Tularain, aber einige sind es nicht. Die Hanjii und die Vashni sind gute Beispiele dafür. Beide sind Kriegerstämme, die dem menschlichen Opfer frönen. Aber ihre Rituale unterscheiden sich.« Ich machte eine Pause. »Die Vashni praktizieren die Vivisektion**. Die Hanjii sind Kannibalen.«

Einen Augenblick später nickte sie einmal. »Sonst noch was?«

»Ist das nicht genug?«

»Vielleicht ist es das«, sagte sie schließlich. »Vielleicht ist es mehr als genug. Aber vielleicht sagt Ihr mir auch nicht alles.«

»Was wollt Ihr hören?« fragte ich barsch. »Oder glaubt Ihr, ich erzähle Ammenmärchen?«

---

* heißer Wüstenwind
** Lebendsezieren

»Nein.« Sie schirmte ihre Augen mit einer Hand ab und schaute gen Süden, über den glitzernden Sand. »Aber Ihr habt nichts von Magie gesagt.«

Einen Moment lang sah ich sie scharf an. Dann schnaubte ich unfein. »Alle Magie, die *ich* benötige, ist jene, die dem Kreis innewohnt.«

Das Sonnenlicht verstärkte das strahlende Karmesinrot ihrer Kapuze und brachte die Goldquasten zum Glänzen.

»Schwerttänzer«, sagte sie sanft, »Ihr tätet besser daran, das, was solche Macht in sich trägt, nicht herabzusetzen.«

Ich fluchte. »Hoolies, Bascha, Ihr klingt wie ein Shukar. Als wolltet Ihr mich glauben machen, Ihr seid voller Mysterien und Magie. Seht, ich würde niemals behaupten, daß es keine Magie gibt, denn es gibt sie sehr wohl. Aber sie ist das, was man daraus macht, und bisher habe ich sie nur in der Form erlebt, daß Dummköpfe damit um ihr Geld oder ihr Wasser betrogen wurden. Sie ist in erster Linie ein betrügerisches Spiel. Bis das Gegenteil bewiesen wird.«

Del sah mich einen Moment lang ungläubig an, als fälle sie ein Urteil. Und dann nickte sie leicht. »Ein Skeptiker«, stellte sie fest. »Vielleicht auch ein Narr. Aber letztendlich ist es Eure Entscheidung. Und ich bin kein Priester, der versucht, Euch anderweitig zu überzeugen.« Sie wandte sich um und ging davon.

Automatisch streckte ich die Hand aus und griff nach den Zügeln des kleinen, graubraunen Wallachs, als er versuchte, ihr zu folgen. »Wo, zu den Hoolies, wollt Ihr hin?«

Sie blieb stehen. Sie stand auf der unsichtbaren Grenze. Sie antwortete mir nicht. Sie zog nur ihr glänzendes Schwert und trieb es in den Sand, als zerteile sie einen Menschen, und dann ließ sie das Heft los. Es ragte aus dem Sand heraus. Die runenbesetzte Klinge war halb bedeckt. Und dann setzte sie sich nieder, mit gekreuzten

Beinen, und schloß die Augen. Ihre Hände lagen entspannt in ihrem Schoß.

Die Hitze quälte mich. Wenn man sich bewegt, ist es nicht so schlimm. Ich kann sie dann vergessen und mich auf den Weg konzentrieren. Aber noch immer auf dem Pferderücken sitzend, mit dem todbringenden Sand in nur einem Steinwurf Entfernung, konnte ich nur die Hitze fühlen ... und ein seltsames Erstaunen, das durch die Handlungen der Frau bedingt war.

Geschlossene Augen. Gesenkter Kopf. Still. Ein Umriß in scharlachroter Seide, mit gekreuzten Beinen im Sand sitzend. Und das nordische Schwert, das aus fremdartigem Stahl (oder etwas anderem) gemacht war, das Heft in die Luft ragend.

Ich fühlte den Schweiß ausbrechen. Er erschien auf den Brauen, auf dem Bauch, in den Hautfalten unter meinen Armen. Die Seide meines Burnus preßte sich gegen meine Haut und blieb dort kleben. Ich nahm einen beißenden Geruch wahr.

Ich schaute zu dem Schwert. Ich glaubte zu sehen, daß sich die Umrisse in dem Metall veränderten. Aber dazu wäre Magie erforderlich, eine mächtige, persönliche Magie, und es gibt davon nur sehr wenig auf der Welt.

Außer im Umkreis eines Schwerttänzers.

Schließlich erhob Del sich und befreite das Schwert aus dem Sand. Sie schob es über ihre Schulter in die Scheide zurück, ging zurück zu dem Graubraunen und streifte ihm die quastenverzierten Zügel über die zuckenden Ohren.

Ich runzelte die Stirn. »Was hatte das alles zu bedeuten?«

Sie stieg schnell auf. »Ich habe um Erlaubnis gebeten, weiterreiten zu dürfen. Das ist im Norden so üblich, wenn man eine gefährliche Reise antritt.«

»*Wen* habt Ihr gefragt?« knurrte ich. »Das Schwert?«

»Die Götter«, sagte sie ernst. »Wenn Ihr allerdings

nicht an Magie glaubt, werdet Ihr auch kaum an Götter glauben.«

Ich lächelte. »Ein Volltreffer, Bascha. Nun, wenn die Götter — oder dieses Schwert — Euch die Erlaubnis erteilt haben, können wir genausogut weiterreiten.« Ich machte eine Geste. »Nach Süden, Bascha. Reitet nur nach Süden.«

Die südliche Sonne ist für jeden hart. Sie hängt wie ein unheilvoller Gott der Hoolies am Himmel und starrt mit einem einzigen Zyklopenauge herunter. Ein Burnus ist nützlich, um die Haut zu schützen, aber er hält die Hitze nicht gänzlich ab. Die Beschaffenheit der Seide, die sich überhitzt, produziert selbst Hitze und brennt auf der Haut, bis man sich darunter windet und kühlere Stellen sucht.

Nach einer Weile brennen die Augen vom Blinzeln in die Helligkeit, und wenn man sie schließt, sieht man nur karmesinrote Lider, durch die die Sonne hindurchbrennt. Der Sand der Punja glitzert grell. Zuerst erscheint er als hübscher grau-bernsteinfarbener Samt, der sich über Meilen erstreckt und mit durchsichtigen Edelsteinen übersät ist. Aber die Edelsteine brennen, und der Samt zeigt keine Sanftheit.

Und da ist die Stille, die bedrückende Stille, außer dem Geräusch von Hufen, die durch den Sand gezogen werden, und dem gelegentlichen Knarren von Sattelleder unter darüberliegenden Decken. Die Pferde des Südens werden für die Hitze und die Grellheit gezüchtet. Die lange Stirnmähne schützt ihre Augen und bildet eine Art Isolierung gegen die Hitze. Ihre Haut ist glatt wie Seide, ohne überflüssiges Fell. Manches Mal hatte ich mir gewünscht, daß *ich* mich so gut, und auch so klaglos, anpassen könnte wie ein gutes Wüstenpony.

Die Luft flimmert. Man schaut über den Sand und sieht den stumpfen Horizont, den stumpfen Himmel, die stumpfen Farben. Man kann fühlen, wie sie einem das Leben aussaugen, der Haut die Feuchtigkeit entziehen, bis man sich wie eine trockene Hülle fühlt, die bereit ist, bei der ersten Wüstenbrise in Millionen von Einzelteile zu zerfallen. Aber die Brise kommt niemals, und man betet, daß es so bleiben möge, denn wenn sie kommt, bringt sie den Wind mit sich und den Samum und den tödlichen Sand, der scharf ist wie Cumfazähne, die einem ins Fleisch schneiden.

Ich sah Del an, rief mir die Frische ihrer Haut in Erinnerung und wußte, daß ich sie niemals verbrannt oder zerrissen sehen wollte.

Wir tranken sparsam, aber der Wasserspiegel in meinen Botas sank erstaunlich schnell. Nach einiger Zeit ist man sich der Flüssigkeit überbewußt, auch wenn man sie sorgfältig einteilt. Zu wissen, daß man sie in Reichweite hat, ist fast genauso schlimm, als wenn man wüßte, daß man keine hat. Sie zu haben bedeutet, sie auch zu wollen, weil man sie sofort haben kann. Das ist ein guter Test für die Willenskraft, und viele Leute bemerken dann, daß diese nicht zu ihren Charaktereigenschaften zählt. Del hatte sie. Aber das Wasser wurde dennoch weniger.

»Dort ist eine Quelle«, sagte ich schließlich. »Vor uns.«

Sie wandte den Kopf, als ich zu ihr aufschloß. »Wo?«

Ich zeigte es ihr. »Seht Ihr diese dunkle Linie? Das ist eine Reihe Felsen, die die Zisterne bezeichnet. Das Wasser ist nicht das beste — es ist leicht brackig —, aber es ist naß. Es wird genügen.«

»Ich habe noch Wasser in meinen Botas.«

»Ich auch, aber hier draußen geht man niemals an einer Quelle vorbei. Es gibt in der Punja keine Anhäufung von Reichtümern. Auch wenn man seine Botas gerade aufgefüllt hat, hält man an. Manchmal kann ein Bad den ganzen Unterschied der Welt bedeuten.« Ich machte eine Pause. »Wie geht es Eurer Nase?«

Sie berührte sie und machte ein klägliches Gesicht. »Wund.«

»Wenn wir eine Allapflanze finden, werde ich eine Salbe bereiten. Sie wird die Schmerzen lindern und hält die Sonne von empfindlichen Körperstellen fern.« Ich grinste. »Es hat keinen Zweck, das abzulehnen, Bascha — Eure zarte nordische Haut ist einfach nicht für die Hitze der Punja geeignet.«

Sie verzog den Mund. »Aber Eure ist es.«

Ich lachte. »Meine Haut ist zäh wie Cumfaleder, erinnert Ihr Euch? Die Punja ist meine Heimat, Del ... genauso wie jeder andere Ort.« Ich schaute hinaus über den flimmernden Sand. »Falls es so etwas wie eine Heimat gibt, wenn man ein Schwerttänzer ist.«

Ich weiß nicht, warum ich das gesagt habe. Und warum gerade zu ihr. Frauen gebrauchen solche Dinge manchmal als Waffen, indem sie mit Worten statt mit Klingen kämpfen.

Aber Del hatte ein Schwert. Und es schien so, als äußere sie niemals ein überflüssiges Wort.

»Es gibt sie«, sagte sie leise. »Oh, es gibt sie. Es gibt immer eine Heimat im Kreis.«

Ich sah sie scharf an. »Was wißt *Ihr* über Kreise, Bascha?«

Del lächelte leicht. »Denkt Ihr, ich trage das Schwert nur, um damit Eindruck zu schinden?«

Nun, es *hatte* Erfolg. Selbst wenn sie nicht mit dem Ding umgehen könnte. »Ich habe gesehen, wie Ihr Old Moon damit bedroht habt«, gab ich widerwillig zu. »Ja, Ihr könnt damit umgehen. Aber im Kreis?« Ich schüttelte den Kopf. »Bascha, ich glaube nicht, daß Ihr versteht, was ein Kreis wirklich bedeutet.«

Ihr Lächeln verschwand nicht. Aber auch nicht ihr Schweigen.

Der kastanienbraune Hengst bahnte sich seinen Weg durch dunkles, umbrafarbenes Gestein hinab. Nach dem durch den Sand gedämpften Hufschlag war es seltsam, wieder Hufe auf Stein aufschlagen zu hören. Dels

Graubrauner folgte mir hinab, und beide Pferde beschleunigten ihren Gang, als sie Wasser witterten.

Ich schwang mich vom Rücken des Kastanienbraunen und ließ ihn los, denn ich wußte, er würde nicht fortlaufen, wenn Wasser so nahe war. Del stieg von dem Graubraunen ab und wartete ruhig, während ich nach dem richtigen Platz suchte. Schließlich fand ich meine Richtung in den übereinandergetürmten Felsen, schritt die Entfernung ab, kniete mich dann hin und grub den eisernen Griff aus. Es war verbogen und rostig, aber meine Hand empfand ihn als glatt genug. Ich knirschte mit den Zähnen, zerrte daran und stöhnte vor Anstrengung, als ich dann den schweren Eisendeckel von der Zisterne zog.

Del kam bereitwillig heran und zerrte den Graubraunen hinter sich her. Das machte mich als erstes stutzig; das und die Tatsache, daß sich der Kastanienbraune weigerte zu trinken. Del sprach mit ihrem Pferd, flüsterte einschmeichelnde Worte in ihrem nordischen Dialekt und sah mich dann verwirrt an. Ich schöpfte etwas Wasser heraus, roch daran und tauchte dann die Spitze meiner Zunge in die Flüssigkeit in meiner Handfläche.

Ich spuckte aus. »Es ist verdorben.«

»Aber ...« Sie unterbrach sich. Es gab nichts weiter zu sagen.

Ich schob den Deckel wieder über die Zisterne und holte aus einer meiner Taschen ein Stück verkohltes Holz heraus. Del beobachtete mich schweigend, während ich ein schwarzes X auf das Metall malte. Der Sand würde es sehr bald bedecken und die Markierung abreiben, aber zumindest hatte ich getan, was ich konnte, um andere Reisende zu warnen. Nicht jeder würde so vorsichtig sein wie wir. Ich habe Männer gekannt, die schlechtes Wasser getrunken hatten, weil sie sich nicht selbst helfen konnten, sogar nachdem sie wußten, daß es verdorben war. Es ist ein schmerzhafter, scheußlicher Tod.

Ich nahm eine meiner Botas und goß reines Wasser in meine hohle Hand, die ich dann dem Kastanienbraunen unter das Maul hielt. Er schlürfte es auf, und es war nicht viel, aber genug, um seine Kehle anzufeuchten.

Einen Moment später versorgte Del auch ihren Graubraunen, wobei sie das Wasser aus ihrer letzten Bota verwendete. Wir waren nicht scharf geritten, hatten uns Zeit genommen, ohne die Pferde zu treiben, aber jetzt würden sie eine lange Strecke zu bewältigen haben, bevor sie richtig trinken konnten.

Ich schob Del meine letzte Bota zu, nachdem der Graubraune ihre geleert hatte. »Trinkt etwas.«

»Ich brauche nichts.«

»Ihr trocknet aus.« Ich lächelte sie an. »Es ist in Ordnung. Es hat nichts damit zu tun, daß Ihr eine Frau seid. Es ist diese nordische Haut. Sie ist hier draußen von Nachteil, so sehr ich sie auch bewundere.« Ich machte eine Pause und sah, wie sich ihre Mundwinkel nach unten zogen. »Trinkt, Bascha.«

Schließlich trank sie, und ich konnte sehen, wie gut es ihr tat. Sie hatte sich kein einziges Mal beklagt oder auch nur gefragt, wie weit es zur nächsten Wasserstelle sei. Ich schätzte diese Art Standhaftigkeit, besonders bei einer Frau.

Sie schob die Bota zurück. »Und Ihr?«

Ich wollte ihr sagen, daß ich zäh sei und die zusätzlichen Meilen gut ohne Wasser aushalten konnte. Aber ich tat es nicht, weil sie etwas Besseres verdiente. Also trank ich ein paar Schlucke und befestigte die Bota dann wieder an meinem Sattel.

Ich deutete gen Süden, wie immer. »Wir haben genug Wasser, um eine Oase zu erreichen, die ich kenne. Dort werden wir die Botas auffüllen. Und dann werden wir direkt zur nächsten Wasserstelle reiten, aber wenn auch die verdorben ist, müssen wir umkehren.«

»Umkehren.« Sie warf den Kopf herum, um mich anzusehen. »Ihr meint — nicht weiterreiten nach Julah?«

»Das meine ich.«

Sie schüttelte den Kopf. »Ich werde nicht umkehren.«

»Ihr werdet es müssen«, belehrte ich sie einfach. »Wenn Ihr noch weiter in die Punja hineinreitet, ohne genau zu wissen, wo die nächste Wasserstelle ist, werdet Ihr es niemals schaffen.« Ich schüttelte den Kopf. »Ich werde Euch zu der Oase führen, Bascha. Und dann werden wir entscheiden.«

»*Ihr* werdet nichts entscheiden.« Ihre Wangen röteten sich.

»Del ...«

»Ich *kann* nicht umkehren«, sagte sie. »Versteht Ihr nicht? Ich muß meinen Bruder finden.«

Ich seufzte und versuchte, die Gereiztheit aus meiner Stimme herauszuhalten. »Bascha, wenn Ihr ohne Wasser dort hineinreitet, werdet Ihr so tot sein wie der Rest Eurer Familie und Eurem Bruder nichts mehr nützen.«

Haarsträhnen, die sich gelöst hatten, umrahmten ihr Gesicht. Ihre Nase war rot und auch ihre Wangen. Ihre so sehr blauen Augen waren beständig auf mein Gesicht gerichtet. Sie beobachtete mich so eindringlich, daß ich mich wie ein Pferd bei der Abschätzung durch einen potentiellen Käufer fühlte, und ich war mir meiner selbst nicht mehr sicher. Sie beobachtete mich wie ein Schwerttänzer, der Schwächen in meiner Verteidigung suchte, um mich kurz darauf niederzustechen.

Ein Muskel an ihrem Kinn zuckte kurz. »Ihr habt keine Familie. Oder aber — Ihr schert Euch keinen Deut darum.« Es gab keinen Raum für Zweifel in ihrem Ton. Sie war zutiefst überzeugt davon.

»Keine Familie«, stimmte ich zu und sagte nicht mehr.

Verachtung flammte in ihrem Ton auf. Nicht deutlich genug, um als Beleidigung verstanden werden zu können, aber deutlich genug für mich. »Wenn Ihr Familie hättet, würdet Ihr vielleicht verstehen.« Sie sagte dies in einem schroffen Ton. Sie wandte sich um, schwang sich

in den Sattel und richtete die Zügel. »Beurteilt nicht —
und wertet nicht ab —, was Ihr nicht verstehen könnt,
Sandtiger. Als Schwerttänzer solltet Ihr es besser wissen.«

Meine Hand schoß vor, bekam einen ihrer Zügel zu
fassen und hielt den Graubraunen fest. »Bascha, ich
weiß es besser. Und ich weiß es besser, als daß ich *Euch*
abwerten würde.« Soviel gestand ich ihr zu. »Aber ich
weiß auch, wann sich eine Frau zum Narren macht, indem sie sich Gefühlen überläßt, wenn sie sich besser auf
das erprobte Wissen eines Mannes verlassen sollte.«

»*Sollte* ich?« fragte sie. Beide Hände waren um die
Zügel gekrampft. Einen kleinen Augenblick lang dachte
ich, sie würde mich mit irgendeinem abscheulichen
Fluch belegen, aber sie tat es nicht. Sie zog sich lediglich
so lange in Schweigen zurück, bis sie ihre Gedanken gesammelt hatte, und seufzte dann leicht. »Im Norden
sind Verwandtschaftsbande die stärksten, die es gibt.
Diese Bande beinhalten Macht und Stärke und Kontinuität, wie die Geburten von Söhnen und Töchtern für
jeden Mann und jede Frau. Es ist schlimm genug, wenn
ein einziges Leben verloren wird — ob das eines Jungen
oder das eines Mädchens, das eines alten Menschen
oder das eines Kindes —, weil es bedeutet, daß die Linie
unterbrochen wird. Jedes Leben ist für uns wertvoll,
und wir trauern darum. Aber wir bauen auch wieder
auf, pflanzen neu an und ersetzen.« Der Graubraune
schüttelte heftig den Kopf, und sein Geschirr klirrte.
Automatisch gab sie ihm mit der Hand einen leichten
Schlag auf den Hals. »Meine ganze Familie wurde getötet, Tiger. Nur mein Bruder und ich überlebten, und Jamail haben sie entführt. Ich bin ein Kind des Nordens
und meiner Familie, und ich werde tun, was ich tun
muß, um meinen Bruder wieder nach Hause zu bringen.« Ihre Augen blickten entschlossen, ihr Ton war es
noch mehr, wenn sie auch ruhig gesprochen hatte. »Ich
werde trotz allem weiterreiten.«

Ich sah zu ihr auf, zu ihr, die in ihrem Stolz und ihrer Weiblichkeit so großartig war. Und doch war da mehr als nur Weiblichkeit. Da war auch Willenskraft und die vollkommene Erkenntnis dessen, was sie zu tun beabsichtigte.

»Dann sollten wir losreiten«, sagte ich kurz angebunden. »Wir verschwenden Zeit, wenn wir hier draußen in der Hitze herumstehen und darüber reden.«

Del lächelte leicht und verzichtete für den Moment auf eine Antwort.

Außerdem war es nur ein Kampf. Nicht der vollständige Krieg.

5

Seht!« rief Del. »Bäume!«
Ich blickte an ihrem ausgestreckten Arm vorbei
und sah die Bäume, die sie meinte. Große, hochaufge-
schossene Palmen mit schlaffen, kalkfarbenen Wedeln
und dornenartigen, zimtfarbenen Stämmen.

»Wasser«, sagte ich zufrieden. »Seht Ihr, wie grün
und kräftig die Wedel sind? Wenn sie braun und verbrannt und schlaff sind, dann weiß man, daß es kein
Wasser gibt.«

»Habt Ihr daran gezweifelt?« Ihr Ton klang bestürzt.
»Ihr habt mich hierhergebracht und wußtet, daß vielleicht kein Wasser da sein würde?«

Sie klang nicht böse, nur erstaunt. Ich lächelte nicht.
»In der Punja gibt es niemals eine Garantie für Wasser.
Und ja, ich habe Euch in dem Wissen hierhergebracht,
daß vielleicht kein Wasser da sein würde, weil Ihr mir
sehr eindringlich klargemacht habt, wie wichtig es Euch
ist, Euren Bruder zu finden.«

Del nickte. »Ihr denkt, ich sei eine Närrin. Eine alberne, geistlose Frau.« Es war nicht wirklich eine Herausforderung. Es war eine Feststellung.

Ich wandte den Blick nicht ab. »Ist es wirklich wichtig, was ich denke?«

Einen Augenblick später lächelte sie. »Nein. Nicht
wichtiger, als das, was ich über *Euch* denke.« Und sie
ritt weiter, auf die Oase zu.

Dieses Mal war das Wasser klar und wohlriechend.
Wir tränkten die Pferde, nachdem wir es getestet hatten, und füllten dann alle Botas. Del zeigte sich überrascht darüber, solchen Luxus in der Punja zu finden:

Die Bäume boten genug Schatten, und es gab Gras, dikkes Punjagras, hügelig, hellgrün, zusammengehalten von einem verflochtenen Netz mit zahlreichen Verbindungspunkten. Der Sand war hier feiner und kühl. Wie immer staunte ich über die vielen Gesichter der Punja. Sie ist solch ein seltsamer Ort. Sie lockt. Sie saugt dich auf und narrt dich mit ihren unzähligen Chamäleoneigenschaften. Und dann tötet sie dich.

Die Oase war groß, umgeben von einer flachen, von Menschen gemachten Felsenmauer, die gebaut worden war, um Schutz gegen den Samum zu gewähren. Palmen begrenzten das Gitterwerk des Grases. Die Oase war groß genug, um mehrere kleinere Stämme und vielleicht eine oder zwei Karawanen auf einmal einige Wochen lang versorgen zu können, sofern man den Tieren nicht erlaubte, frei zu grasen. Das freie Grasen kann eine Oase vollständig zerstören, und in der Punja sind nicht viele Leute bereit, eine weitere Versorgungsmöglichkeit mit Nahrung und Wasser, auch für die Tiere, aufzugeben. Was normalerweise geschieht, ist, daß die Nomaden für eine oder zwei Wochen ein Lager aufschlagen und dann durch den Sand zu einer anderen Oase ziehen. Auf diese Weise erholt sich die Oase rechtzeitig, um anderen Reisenden als Zuflucht zu dienen, obwohl eine Oase gelegentlich trotzdem von gedankenlosen Karawanen zerstört wird.

Die Zisterne war nicht wirklich eine Zisterne, sondern eher ein Wasserloch. Es wurde von einer unterirdischen Quelle gespeist, die aus einem tiefen Spalt in der Erde hervorsprudelte. Ein zweiter von Menschen aufgebauter Steinkreis bildete einen Teich, der von einer Seite zur anderen mehr als zwei Meter lang war und in einem größeren, von den Göttern gemachten Kreis aus felsigem, übereinanderliegendem Gestein lag, der aus dem Sand herausragte wie eine keilförmige Mauer und einen zufällig entstandenen Halbkreis bildete. Innerhalb dieses größeren Kreises gab es den besten Weidegrund mit zwar faserigem Gras, dem die süße Saftigkeit des Gebirgsgrases fehlte, das aber dennoch nahrhaft war.

In manchen Jahreszeiten habe ich die Quelle als bloßes Rinnsal kennengelernt, das den Teich kaum bis an den Rand des Steinkreises füllen konnte. Und während dieser Jahreszeiten nähere ich mich ihr mit gezogenem Schwert, denn gelegentlich belegten andere Reisende die Quelle auf unglaubliche Weise mit Beschlag und duldeten nicht, daß andere sie störten. Es gab Zeiten, in denen ich um einen einzigen Schluck kämpfen mußte. Einmal tötete ich einen Mann, damit ich mein Pferd tränken konnte.

In dieser Jahreszeit sprudelt die Quelle reichlich und füllt den Teich, wobei das Wasser gegen die grünlichen Felsen schwappt. Und so breiteten Del und ich, nachdem wir abgesattelt und unsere Pferde getränkt hatten, unsere Burnusse aus, setzten uns in dem spärlichen Schatten der Palmen und des Felsenringes nieder, ruhten uns aus und genossen die Rast.

Sie legte den Kopf zurück und gab ihr Gesicht dem Sonnenlicht preis. Die Augen waren geschlossen. »Der Süden unterscheidet sich so sehr vom Norden. Es ist so, wie Ihr gesagt habt — sie sind in Erscheinungsform und Temperament so verschieden wie Mann und Frau.« Sie lächelte. »Ich liebe den Norden mit seinem Schnee und dem Eis und den Blizzards. Aber der Süden hat seine eigene rauhe Schönheit.«

Ich knurrte. »Die meisten Leute erkennen das niemals.«

Del zuckte die Achseln. »Mein Vater hat seinen Kindern beigebracht, sich alle Orte — und alle Menschen — mit Offenheit und Leidenschaft anzusehen und mit der Bereitschaft, die Lebensart anderer zu verstehen. Man sollte so lange nicht nach dem äußeren Erscheinungsbild urteilen, sagte er, bis man versteht, was unter der Kleidung *oder* der Haut ist. Und wichtig ist vielleicht auch das Geschlecht des Menschen.« Eine Spur verzerrten Humors war in ihrem Ton erkennbar. »Ein Urteil aufgrund südlicher Gebräuche zu fällen, ist meiner Meinung nach schwieriger. Wie dem auch sei, ich behaupte nicht, den Süden schon zu verstehen, aber ich mag sein Erscheinungsbild.«

Ich schlug nach einem Insekt, das versuchte, sich seinen Weg unter die Haut meines Oberschenkels zu bahnen, der nun durch das Fehlen des Burnus bloßlag. Ich war überwiegend nackt, nur mit dem Velourdhoti bekleidet, den die meisten Schwerttänzer tragen. Ungehinderte Bewegungsfreiheit ist im Kreis wichtig. »Die meisten Leute bezeichnen die Punja nicht als einen *schönen* Ort.«

Del schüttelte den Kopf, und der blonde Zopf schlängelte sich um ihre Schulter, während eine Eidechse hinter ihr über die Felsen lief.

»Sie *ist kein* schöner Ort. Sie ist trostlos und gefährlich und böse wie die Schneelöwen in den Bergen des Nordens. Und wie diese kommt sie alleine zurecht und vertraut auf ihre Zuversicht und Kraft. Der Schneelöwe tötet ohne Bedenken, aber das macht ihn nicht weniger lebendig.« Sie seufzte, ihre Augen waren noch immer hinter den Lidern mit den hellgelben Wimpern verborgen. »Seine Wildheit ist ein Teil von ihm. Ohne sie wäre ein Löwe kein Löwe.«

Eine gute Beschreibung der Punja. Ich schaute sie an — sie hatte den Kopf noch immer zurückgelehnt, um der Sonne zu huldigen — und fragte mich, wie ein so junges Mädchen schon so weise sein konnte. Ein derartiges Wissen setzt Jahre der Erfahrung voraus.

Und dann, als ich sie ansah, dachte ich nicht mehr an Weisheit. Nur noch an sie.

Ich stand auf. Ich ging zu ihr hinüber. Sie öffnete die Augen nicht, also beugte ich mich hinab, hob sie auf, trug sie zum Teich und tauchte sie unter. Sie kam spritzend und Wasser spuckend hoch, erschreckt und böse. Nasse Hände griffen nach den Felsen und hielten sich daran fest, während sie mich anstarrte, und das Haar klebte ihr am Kopf.

Ich wartete ab. Und einen Moment später sah ich die Spuren der Anspannung von ihrem Gesicht und die Starre von ihren Schultern verschwinden. Sie seufzte, schloß die Augen und überließ sich ganz dem Wasser.

»Saugt es auf«, sagte ich zu ihr. »Ihr müßt Eure Haut durchtränken, bevor wir den nächsten Teil der Reise antreten.«

Ihre Antwort bestand darin, daß sie vollständig untertauchte. Ich beobachtete die Luftblasen einen Moment lang und wandte mich dann meinem Sattel zu, um ein wenig Cumfafleisch aus der Tasche zu nehmen.

Ich hörte das Knurren, bevor ich die Bestie sah. Ich hatte keine Ahnung, wann sie aus ihrem Lager in den Felsen hervorgekommen war, aber sie schlich, die schwarzen Krallen ganz ausgestreckt und den kurzen Schwanz in Bewegung, durch das Gras und den Sand. Lange Reißzähne führten im Bogen von der Oberseite des Maules herab und umschlossen den mächtigen Unterkiefer. Grüne Augen glühten in dem keilförmigen, sandfarbenen Kopf.

Ein Männchen. Gut im Futter und muskulös. Sandtiger werden nicht übermäßig groß, das brauchen sie nicht. Sie sind ganz einfach kleine, bedrohliche Bündel: mit kurzen Beinen, einem Stummelschwanz und praktisch ohne Ohren. Ihre Augen sind groß und vor einem Angriff seltsam unscharf, als seien ihre Gedanken ganz woanders. Aber das trifft nicht zu. Und der entwaffnend schwache Blick — ein Vorspiel zum rasiermesserscharfen Angriffsblick — kann sich als tödlich erweisen, wenn man sein Opfer wird. Sandtiger haben, unabhängig von ihrer Größe, mehr Kraft in ihren Hinterteilen und Hüften als ein voll ausgewachsenes Pferd, und ihre Kiefer können den Arm eines Mannes mit einem einzigen Biß brechen.

Den Tiger zu sehen erweckte genügend Gedanken, um einen Menschen zum Ertrinken zu bringen. Bilder flammten in meinem Kopf auf. Eine andere Katze. Ein anderes Männchen. Bereit, mir die Eingeweide aus meinem Bauch zu reißen. Oder die Haut von meiner Kehle zu ziehen.

Es war sehr lange her, seit ich einen Sandtiger gesehen hatte. Sie sind nicht mehr so häufig anzutreffen. Das ist einer der Gründe, warum mein Name perfekt zu meinem Beruf paßt — ein Sandtiger wird von manchen als ein Mythos angesehen, als eine erfundene Geschichte und als Einbildung. Es war nichts Mythisches um diesen hier.

Nur um mich.

Einzelhieb lag, zusammen mit meinem Sattel, in seiner Scheide auf dem Boden. Ich verfluchte meine eigene Dummheit, daß ich mich so sehr um Wasser gesorgt und meinen persönlichen Schutz außer acht gelassen hatte. Eine Nachlässigkeit wie diese konnte sich als tödlich erweisen.

Ich stand fest auf dem Boden, denn ich wußte, daß der Angriff erfolgen würde, wenn ich mich jetzt bewegte. Der Tiger würde auf jeden Fall angreifen, egal, was ich tat, aber ich wollte ihn nicht dazu ermutigen.

Hoolies, ich wollte das nicht. Nicht noch einmal.

Meine Hand fuhr zu meinem Messer und schloß sich um das Heft. Der Schweiß machte es rutschig. Ich fühlte den Knoten, der sich in meinem Bauch bildete.

Ihr Götter, nicht *jetzt.*

Die schmalen grünen Augen zeigten den verräterischen, verschwommenen, unscharfen Blick. Aber ich bemerkte, daß sich der Blick zu ändern begann.

Hinter mir hörte ich das Plätschern des Wassers. »Bleibt im Wasser, Del.«

Sie rief in fragendem Ton etwas zurück, aber der Tiger sprang los, und ich hörte nicht, was sie mich gefragt hatte.

Das Messer war augenblicklich aus seiner Hülle heraus und flog auf die Katze zu, aber sie war wendiger, als ich erwartet hatte. Anstatt mir an die Kehle zu springen und mit ihrem ganzen massiven Gewicht auf meinen Schultern und meiner Brust zu landen, landete diese Katze auf meinen Gedärmen und drückte mir alle Luft ab.

Ich fühlte, wie sich die Hinterbeine zusammenschlossen, die Krallen sich ausbreiteten und öffneten, als ich unter dem Anprall niederging. Mein Messer tauchte in festes Fell und Haut, und ich hörte den furchterregenden Schrei des Schmerzes und der Wut, den der Tiger von sich gab.

Meine linke Hand legte sich um die Kehle der Katze und war bemüht, ihr weit aufklaffendes Maul von meinem verwundbaren Bauch fortzustoßen. Die Hand, die das Messer hielt, war glitschig von Katzenblut. Ich roch den Gestank des Todes, von verwestem Fleisch im Atem des Tigers und hörte sein Knurren und seine leisen Schreie, während er darum kämpfte, seine spitz zulaufenden Fänge in mich zu schlagen. Ich kämpfte genauso hart darum, mein Messer tiefer zu stoßen, in irgendeinen Lebensbereich.

Er holte mit einem der mächtigen Hinterbeine aus und zog seine Krallen über meinen Oberschenkel. Er verletzte mich. Aber das machte mich auch wütender. Ich habe genug Sandtigernarben, die ich vorzeigen kann. Ich brauche nicht noch mehr.

Dann hörte ich den Schrei eines Weibchens und bemerkte, daß Del und ich über ein Lager mit Jungen gestolpert waren. Ein Sandtiger ist an sich schon gefährlich genug, aber ein Männchen mit einer Gefährtin ist noch schlimmer, und ein Weibchen mit Jungen ist das schlimmste von allem.

Und da war Del ...

Es gelang mir, mich herumzurollen und über das Männchen zu gelangen. Diese Position widersprach seiner Natur und veranlaßte ihn dazu, noch härter zu kämpfen, aber ich stieß das Messer tiefer in ihn und hörte den furchtbaren Schrei einer Katze im Todeskampf. Es erfreute mich nicht, das tut es niemals, aber ich hatte keine Zeit für eine Rechtfertigung. Ich sprang auf die Füße und wandte mich zu dem Weibchen um …

… aber da stand bereits Del, das nordische Schwert mit beiden Händen umklammernd.

Licht erhellte die runenbesetzte Klinge. Sie stand ruhig vor dem Weibchen wie eine lebende Skulptur, das Wasser lief an ihren Armen und Beinen herab, das Haar war zurückgestrichen, und die Zähne waren bedrohlich und genauso wild sichtbar wie die der Katze. Wenn ich nicht das Heben und Senken ihres Brustkorbes als Beweis dafür, daß sie atmete, gesehen hätte, hätte ich sie für eine Statue gehalten.

Dann unterbrach ich meine Bewunderung für sie und bewegte mich.

»Nein!« schrie Del. »Diese gehört mir!«

»Seid keine Närrin!« fuhr ich sie an. »Ein Weibchen ist weitaus gefährlicher als ein Männchen.«

»Ja«, stimmte sie zu, und einen Augenblick später — nachdem ich sie angesehen hatte — verstand ich die Bedeutung ihres Lächelns.

Das Weibchen kroch mit langsamen, ruckartigen Bewegungen aus dem schwarzen Loch in dem dunkelgrünen Felsen heraus. Sie war kleiner als ihr Gefährte, aber weitaus verzweifelter. Irgendwo hinter ihr in den Felsen waren ihre Jungen, und sie würde alles tun, um sie zu beschützen. Del würde wie eine Feder in einem Samum vor ihr zu Boden gehen. Die Katze erhob sich aus dem Sand und sprang gerade hoch, die Hinterbeine angezogen, um damit Del zu treffen. Ich verschwendete keine Sekunde mit der Frage, ob ich es tun könnte, sondern ich tat es einfach. Ich schnellte mich genauso kräftig wie die Katze ab und stieß ihr eine Schulter in die Rippengegend, als wir in der Luft aufeinandertrafen.

Ich hörte Dels Fluch und wußte, daß sie ihren Schwertstreich hatte zurückhalten müssen, entweder das, oder sie hätte es riskieren müssen, mir den Kopf abzuschlagen. Die Katze ging mit einem Gurgeln und Knurren zu Boden, der Atem entwich, dann knurrte sie erneut, als ich mich über sie stellte. Ich stieß meinen linken Unterarm unter ihren Kiefer, zog ihren Kopf aus dem Sand hoch und durchtrennte ihre Kehle mit einem Messerstreich.

Mein Oberschenkel schmerzte. Ich starrte auf ihn hinab, als ich dann gekrümmt über dem toten Weibchen saß, und erkannte, daß mich das Männchen ziemlich stark erwischt hatte. Noch mehr Narben. Dann sah ich zu Del hinauf und sah, daß sie vor Wut stärker glühte als irgendeine Sonne.

»Sie gehörte *mir!*« schrie sie. »Mir!«

Ich seufzte und fuhr mit einem Unterarm über meine schweißnasse Stirn. »Wir sollten nicht darüber streiten. Sie ist tot. Das ist es, was zählt.«

»Aber Ihr habt sie getötet, und sie gehörte *mir*. Ihr habt mir meine Beute streitig gemacht.«

Ich starrte sie an. Sie war weiß vor Wut, und ihre starren Finger umklammerten noch immer das Schwert. Einen Moment lang hatte ich den seltsamen Eindruck, sie könnte mit dieser tödlichen Klinge zu einem tückischen Schlag ausholen. »*Del* ...«

Sie stieß eine Reihe nordischer Wörter aus, die ich nicht verstand, aber auch nicht verstehen mußte. Die Frau beherrschte die fürchterlichsten Flüche, die ich jemals gehört hatte, und ich bin selbst ziemlich gut darin. Ich hörte sie zu Ende an und ließ sie ihre Wut ausleben. Dann sprang ich auf die Füße und stellte mich vor sie. Die Spitze des Schwertes lag auf meiner Brust.

Fast augenblicklich erschauderte ich. Die Klinge war kalt, *kalt*, selbst in der glühenden Hitze der südlichen Sonne. Es legte erneut diesen Finger in meine Seele und klopfte an.

Es klopfte: *Tiger, bist du da?*

Ich machte einen taumelnden Schritt zurück. »Diese Katze hätte Euch töten können.« Ich sagte dies barsch, mehr als Reaktion auf das Schwert als aus Verärgerung aufgrund ihres Verhaltens. »Benehmt Euch nicht wie eine Närrin, Del!«

»Närrin?« platzte sie heraus. »*Ihr* seid der Narr, Schwerttänzer! Macht ein Mann einem anderen Mann seine Beute streitig? Beschützt ein Mann einen anderen Mann, wenn er vollständig vorbereitet *und* bereit ist, die Situation selbst zu klären?«

»Vergeßt Ihr nicht etwas?« hielt ich ihr vor. »Ihr seid kein Mann, Del. Hört auf zu versuchen, wie einer zu handeln.«

»Ich bin ganz einfach *ich!*« schrie sie. »Einfach Del! Wertet mich nicht ab, nur wegen meines Geschlechts!«

»Hoolies, Frau, benehmt Euch nicht, als hättet Ihr Sand im Gehirn.« Ich ging an ihr vorbei zum Wasser.

»*Ihr* habt Sand im Kopf, Schwerttänzer«, sagte sie verbittert. »*Ihr* seid der Narr, wenn Ihr glaubt, ich sei hilflos und weich und unfähig.«

Ich beachtete sie nicht. Mein Oberschenkel brannte, und die einzig mögliche Reaktion auf diese Vorwürfe war einzulenken. Außerdem war ich hungrig, und Wut klärt niemals einen Streit, auch nicht im Kreis. *Besonders* nicht im Kreis. Also zog ich meine Schuhe aus, ging über den Steinkreis ins Wasser und hinterließ Luftblasen, als ich unter die Oberfläche sank.

Als ich wieder auftauchte und mich an den Felsen festhielt, sah ich, wie sich Del ihren Weg in das Sandtigerlager suchte. Das trieb mich sofort aus dem Wasser. Ich ging tropfend über den Sand zu ihr und brüllte ihr eine Frage zu, aber als ich die Stelle erreichte, kam sie schon wieder heraus. Nachdem sie aus den Felsbrocken herausgekrabbelt war, warf sie den schweren Zopf zurück und sah zu mir auf. In ihren Armen hielt sie zwei Sandtigerjunge.

Sie schrien und bissen sie, die Pranken schlugen auf ihre Hände ein, aber die Krallen von Sandtigerjungen können die Haut erst durchdringen, wenn sie drei Monate alt sind. Darum sind die Eltern so darauf bedacht, sie zu beschützen, und so gefährlich. Die Jungen haben noch sehr viel länger keine angeborenen Verteidigungskräfte als die meisten anderen Tiere der Punja. Diese hatten sogar noch ihre Milchzähne, was bedeutete, daß sie erst halbwegs entwöhnt waren.

Ich fluchte, während ich den ganzen Sand volltropfte. »Ihr wollt sie behalten?«

»Ohne Hilfe werden sie sterben.«

»*Mit* Hilfe werden sie sterben.« Ich hockte mich hin, beachtete den Schmerz in meinem zerkratzten Oberschenkel nicht und streckte die Hand nach einem der Jungen aus. Ich konnte es nicht leugnen — mit ihren zwei Monaten waren sie ausgesprochen niedlich. Und fast so anschmiegsam wie ein Cumfa. »Es wird besser für sie sein, wenn ich sie jetzt töte.«

Del sprang zurück. »Wagt es nicht!«

»Bascha, sie sind hilflos«, belehrte ich sie. »Es sind *Sandtiger*junge, um Valhails willen! Es leben schon genug Sandtiger in der Oase. Jeder weitere kostet Menschenleben.«

»Menschen können auf sich selbst aufpassen. Diese Jungen können es nicht.«

Ich seufzte erneut und ließ es zu, daß das Junge meinen Finger mit Beschlag belegte. »Jetzt können sie sich nicht selbst beschützen. Ihre Zähne sind stumpf, und ihre Krallen wachsen noch. Aber in einem Monat werden sie Reißzähne und Krallen haben und alles töten, was sich bewegt.«

Das Junge knabberte an meiner Hand. Es tat nicht weh. Das schnurrende Knurren war nur eine ganz schwache Erinnerung an das wütende Brüllen, das ich von seinem Vater gehört hatte.

Del schubste das Junge in meine Arme und wiegte

das andere. »Sie sind noch Babys, Tiger. Sie haben eine Chance verdient, am Leben zu bleiben.«

Ich sah sie stirnrunzelnd an, aber das Junge knabberte weiter an meinem Finger, bis es in meinen Armen einschlief. Sie hatte recht. Ich konnte es nicht tun. Harter, alter Tiger, professioneller Schwerttänzer.

Ich zog das Junge zu meinem Burnus hinüber, legte es hin, beobachtete seinen Schlaf und fluchte. »Was zu den Hoolies wollt Ihr mit ihnen *tun?*«

Del ließ ihren Zopf auf die Nase ihres Jungen baumeln. Es schlug auf die Haare und quengelte tief in der Kehle. »Wir werden sie mitnehmen.«

»Quer durch die Punja?« fragte ich ungläubig. »Hoolies, Bascha, ich weiß, es ist den Frauen vorherbestimmt, etwas bemuttern zu wollen, aber wir werden schon Glück haben, wenn wir *uns selbst* durchbringen. Wir können uns nicht mit zwei Sandtigerjungen belasten.«

»Wir haben keine andere Wahl.« Sie sah mich fest an. »Ihr habt ihre Eltern getötet. Ihr habt ihre Versorgung abgeschnitten. Jetzt schuldet Ihr ihnen etwas.«

»Hoolies!« Ich fluchte. »Warum muß ich auch eine verrückte nordische Frau mit verrückten nordischen Ansichten aufgabeln. Und überhaupt — das letzte, was ich gehört habe, war, daß *Ihr* das Weibchen töten wolltet. Macht mich nicht zum Bösewicht.«

Ihre Augen waren unglaublich blau unter hellen, sonnengebleichten Brauen. »Ihr seid, was Ihr seid, Schwerttänzer.«

Ich seufzte und gab auf. »Seht, ich muß ein wenig schlafen. Wir werden darüber sprechen, wenn ich aufwache.« Sie hörte sofort auf, mit dem Sandtigerjungen zu spielen. »Ich dachte, Ihr wolltet weiterreiten, sobald wir Wasser aufgenommen und uns ausgeruht hätten.«

»Das will ich auch. Aber ich kann es nicht, bevor ich nicht ein wenig geschlafen habe.« Ich sah ihr verwirrtes Stirnrunzeln. »Bascha, die Krallen von Sandtigern sind giftig. Wenn sie Euch schwer genug erwischen, lähmen sie Euch — so daß sie sich eine gemütliche Mahlzeit erlauben können.« Ich deutete auf meinen Oberschenkel. Das Wasser hatte das Blut anfänglich abgewaschen, aber jetzt rann noch mehr davon langsam mein Bein hinab. »Das ist nicht schlimm, aber es ist doch besser, wenn ich ein wenig schlafe. Also, wenn Ihr nichts dagegen habt ...« Ich unterdrückte einen Seufzer der Anstrengung und legte mich auf meinen Burnus, in die Nähe des schlafenden Jungen. Es — er — schlief weiter, und einen Moment später tauchte auch ich in das Reich des Vergessens ein.

6

*D*er Kreis. Ein einfacher in den Sand gezeichneter Umriß. Dunkel gegen das Licht; die Oberflächlichkeit des Kreises als Unterbrechung in der seidigen Beschaffenheit des schimmernden Sandes. Und doch, selbst in der Stille schrie der Kreis laut das Versprechen des Blutes. Sein Geruch war greifbar.

Ich schlüpfte lautlos aus meinem Burnus und ließ ihn hinabgleiten. Weiche Seide, ihr Gleiten ein zischendes Flüstern, sich kurz aufbauschend und dann als eine gegen den Sand hellbraune Lache liegenbleibend. Umbrabronzefarben gegen elfenbeingrau.

Ich öffnete meine Schuhe, streifte sie ab und stieß sie zur Seite. Flink löste ich meinen Harnisch und ließ ihn auf meine Schuhe fallen: ein Stapel geölten Leders, durch meinen Schweiß beflecktes, hellgelbes Ocker. Und in dem Moment, als er fiel, zog ich das Schwert aus der Scheide.

Einzelhieb, dessen Name legendär war. Eine bläuliche Klinge, ein goldenes Heft. Im Sonnenlicht glitzernd.

Ich trat an den Rand des Kreises. Ich wartete. Der Sand unter meinen Füßen war heiß, doch aus seiner Hitze zog ich meine Kraft. In der Wüste geboren und aufgewachsen, war die südliche Sonne für mich eine energiespendende Kraft.

Meine Gegnerin sah mich an. Sie hatte wie ich die Schuhe und den Burnus abgestreift und war nur noch mit einer Velourledertunika bekleidet, die mit blauen Runenglyphen gesäumt war. Und sie trug das Schwert. Das lachsrot-silberne Schwert mit den Formen darauf, fremdartige, bösartige Formen, die sich auf dem Metall wanden.

Ich betrachtete es. Es berührte mich nicht, weil wir erst noch in den Kreis eintreten mußten, aber noch immer spürte

ich den Atem des Todes. Kalt. So kalt. Sich ausbreitend, um
meine Seele zu berühren. In der Hitze des Tages fröstelte ich.

Und Del sang. Sie sang ihren nordischen Gesang.

Ich wurde ruckartig wach und bemerkte, daß ich ge-
zittert *hatte*, denn Dels Hand lag auf meiner Braue, und
sie war kühl, kühl und sanft auf meiner heißen Haut.

Ihr Gesicht schwebte über mir. So hübsch, so jung, so
hart. Fast makellos schön, und doch waren da Kanten
unter der Weichheit. Die Ahnung kalten, harten Stahls.

»Euer Fieber ist gesunken«, sagte sie und nahm ihre
Hand fort.

Einen Augenblick später rollte ich mich auf die Seite und stützte mich auf einem Ellenbogen auf. »Wie
lange?«

Sie kniete jetzt ein Stück weiter entfernt bei der Fels-
mauer hinter uns. Ihre Hände lagen auf ihren Oberschenkeln. »Die Nacht über. Ihr habt ein wenig erzählt.
Ich habe die Wunde gesäubert.«

Ich schaute in diese aufrichtigen Augen und sah erneut den geraden Blick eines offensichtlichen Gegners,
der soeben dabei war, den Kreis zu betreten. Hinter ihrer linken Schulter prangte das nordische Schwert in
seiner Scheide ruhig in seinem Geschirr befestigt, der
Glanz von mit Runen versehenem Silber, das im gleißenden Sonnenlicht fast weiß schien. Ich dachte an den
Traum und fragte mich, was ich erzählt hatte.

Aber aus irgendeinem Grunde konnte ich sie nicht
danach fragen.

Sie trug jetzt wieder den karmesinroten Burnus. Ihr
Haar war wieder gelöst. Die Haut auf ihrer Nase war roter als zuvor und würde wohl bald aufplatzen und sich
schälen. Dieses blonde, blonde Haar und diese blauen,
blauen Augen zeigten die Unterschiede zwischen dem
Norden und dem Süden überdeutlich, obwohl ich wußte, daß das nicht nur mit physischen Merkmalen, sondern auch mit der Kultur zusammenhing. Mit der Umgebung. Wir dachten ganz einfach unterschiedlich.

Und das sollte zwischen uns treten.

Ich taxierte das kleine Lager. Del wußte, was sie tat. Beide Pferde waren gesattelt und bepackt und warteten ruhig in der Hitze. Die Köpfe waren gesenkt, die Augen gegen das Sonnenlicht halb geschlossen, Hautpartien zuckten, als der Hengst und der Wallach versuchten, sich von lästigen Insekten zu befreien.

Ich schaute zu Del, bereit, eine Bemerkung zu machen, und sie reichte mir ein Stück gebratenes Fleisch. Aber ich wußte, daß es kein Cumfafleisch war.

Vorsichtig probierte ich es.

»Sandtiger«, sagte sie. »Ich dachte, das Männchen könnte zu zäh sein, also habe ich das Weibchen gebraten.«

Der erste Bissen befand sich bereits in meinem Mund, aber ich schluckte ihn nicht hinunter. Er saß an meinen Zähnen fest und füllte meinen Mund vollständig aus, obwohl es kein so großer Bissen gewesen war. Der *Gedanke* daran, ein Tier zu essen, nach dem ich benannt worden war, traf mich wie etwas, das dem Kannibalismus nahekam.

Del lächelte nicht. »In der Punja ißt man das Fleisch, das man bekommen kann.« Aber da war ein Schimmern in ihren Augen.

Ich runzelte die Stirn. Kaute. Antwortete nicht.

»Übrigens habe ich die Jungen mit Cumfafleisch, das ich mit Milch vermischt habe, gefüttert, also mußte ich es durch irgend etwas ersetzen.«

»Milch?«

»Sie sind erst halbwegs entwöhnt«, erklärte sie. »Das Weibchen hatte noch Milch, also habe ich die Jungen angelegt. Es hat keinen Zweck etwas zu verschwenden, was noch übrig war.«

»Sie haben bei ihrer toten Mutter getrunken?«

Del zuckte leicht die Achseln. Ich hatte das Gefühl, sie wußte, wie seltsam das klang. »Sie war noch warm. Ich wußte, daß die Milch noch eine Stunde oder so nicht verderben würde, also dachte ich, es sei den Versuch wert.«

Ich mußte ihr zugute halten, daß ich mit keinem Gedanken daran gedacht hatte. Aber andererseits, *ich* würde mir nicht so viele Gedanken um Junge machen, die in einem Monat gefährlich werden würden. Vertraue einer Frau ... »Was habt Ihr mit ihnen vor?«

»Sie werden auf Euer Pferd gepackt«, erklärte sie mir. »Ich habe in Euren Satteltaschen Platz geschaffen, denn in meinen war keiner. Sie werden keine Mühe machen.«

»Sandtigerjunge auf *meinem Pferd?*«

»*Ihm* macht es anscheinend nichts aus«, erwiderte sie. »Warum sollte es Euch etwas ausmachen?«

Ach, Hoolies, manche Frauen sind einfach unvernünftig. Also kümmerte ich mich nicht weiter darum. Ich aß das geröstete Tigerfleisch auf, das gar nicht so schlecht schmeckte, zog den Burnus über meinen Kopf und stand auf. Mein Oberschenkel tat immer noch weh, aber das Gift hatte meinen Körper verlassen. Die Krallenspuren zogen sich vom Saum meines Dhoti bis zur Mitte des Oberschenkels, aber sie waren nicht allzu tief. Sie würden mich einige Tage behindern, aber meine Haut heilt schnell.

»Seid Ihr bereit loszureiten?« Ich trank einen letzten Schluck und eilte zu dem Hengst.

»Seit dem Morgengrauen.«

Ich glaubte, einen leichten Anflug von Tadel in ihrer Stimme zu hören. Und das gefiel mir nicht. Ich schaute sie an, als sie ihren kleinen Graubraunen bestieg, und dann wurde mir der Grund klar. »Ihr seid immer noch böse auf mich, weil ich das Weibchen getötet habe!«

Del stellte die Füße in die Steigbügel und nahm die Zügel auf. »Sie gehörte mir. Ihr habt sie mir genommen. Ihr hattet kein Recht dazu.«

»Ich habe versucht, Euer *Leben* zu retten«, erklärte ich. »Zählt das gar nichts?«

Sie saß auf dem Wallach, die karmesinrote Seide ihres

Burnus schimmerte fast im Sonnenlicht. »Das zählt«, stimmte sie zu. »Oh, das tut es, Tiger. Eine ehrenhafte Tat, die Ihr da vollbracht habt.« Ihr nordischer Akzent verzerrte die Worte. »Aber, um Eurer Ehre neuen Glanz zu geben, habt Ihr meine befleckt.«

»Das ist richtig«, stimmte ich zu. »Das nächste Mal werde ich Euch sterben lassen.« Ich wandte ihr den Rükken zu. Es ist sinnlos, mit einer Frau zu diskutieren, wenn sie sich verteidigt oder ihre Gedanken auf etwas anderes gerichtet sind. Ich bin schon früher in solchen Situationen gewesen, und es gibt *niemals* eine einfache Lösung. (Und da ich das als erster zugebe, habe ich mich bisher niemals auf einen Streit um das Recht, einen *Sandtiger* zu töten, eingelassen und, um Valhails willen, das Prinzip ist dasselbe.)

Der Hengst trat etwas zur Seite, als ich mich hinaufschwang, was es mir erschwerte, die Füße in die Steigbügel zu stellen. Ich hörte das zischende Peitschen seines Schweifes, als er in beständigem Protest gegen meine Laune damit ausschlug. Er senkte den Kopf, und die Messingverzierungen rasselten. Ich hörte ein leises, fragendes Wimmern aus einer der Satteltaschen, und es wurde mir noch einmal überdeutlich klar, daß ich zwei Sandtigerjunge im Gepäck hatte. Erst hatte ich meinen Namen bekommen, weil ich einen getötet hatte, dann hatte ich zwei weitere getötet, und nun schleppte ich ihre Jungen durch die Wüste wie ein törichter Narr.

Oder wie eine weichherzige Frau.

»Ich nehme sie auf mein Pferd«, bot Del an.

Sie hatte bereits gesagt, daß ihre Satteltaschen zu voll waren. Das Angebot ergab keinen Sinn, es sei denn als Friedensangebot. Oder, was eher wahrscheinlich war, als Anspielung darauf, daß ich nicht mit meinem Pferd umgehen konnte.

Ich schaute sie stirnrunzelnd an, setzte den Hengst in Trab und ritt über den Sand los. Das Rückgrat unter meinem Sattel wand sich einen Moment lang auf alarmierende Weise — wenn der Hengst protestiert, meint er dies ziemlich ernst —, und ich wartete auf das Stoßen seines Kopfes und das Schlagen des Schweifes, die sein Aufbäumen ankündigten. Es sähe ihm ähnlich zu warten, bis ich eine Satteltasche voller Sandtiger, ein verletztes Bein und einen Bauch voller Ärger hatte, bevor er mich abwarf. Dann hätte ich endgültig die Nase voll.

Aber er bockte nicht. Er beruhigte sich, hielt aber den Rücken noch ein wenig durchgebogen, um mich an seine Stimmung zu erinnern, und ging dann, seiner Meinung nach, ziemlich ruhig weiter. Del schloß auf ihrem problemlosen Graubraunen zu mir auf und behielt die Satteltaschen im Auge. Aber ich hörte keine Protestlaute mehr von den Jungen und dachte mir, sie seien eingeschlafen. Wenn sie irgendeine Art von Verstand hätten, würden sie sich auf Dauer ruhig verhalten. Ich freute mich nicht darauf, sie auszupacken.

»Nun?« fragte ich. »Wie soll es weitergehen? Habt Ihr die Absicht, sie als Haustiere aufzuziehen?«

Sie schüttelte den Kopf. Unter der Kapuze konnte ich ihr Haar nicht sehen, aber ihr Gesicht, das durch die glänzende Seide auch im Schatten blieb, war kreidebleich. Ausgenommen ihre sonnenverbrannte Nase. »Es sind wilde Tiere. Ich weiß, daß Ihr recht habt: in einem Monat werden sie tödlich gefährlich sein. Aber — ich möchte ihnen diesen Monat lassen. Warum sollten wir sie verhungern lassen, nur weil ihre Mutter tot ist? In ein paar Wochen werden sie entwöhnt sein, dann können wir sie freilassen.«

Ein paar Wochen. Sie war völlig verrückt. »Und was wollt Ihr ihnen anstatt Milch zu fressen geben?«

»Wir haben nur Cumfafleisch. Das muß reichen.« Sie spitzte ein wenig den Mund, und ich sah ein Glitzern in ihren Augen. »Wenn ein menschlicher Mund es schlukken kann, können das auch Sandtiger.«

»Es ist nicht *so* schlecht.«

»Es ist furchtbar.«

Nun, das stimmte. Da führte kein Weg daran vorbei. Aber es ist das Beste für eine Durchquerung der Punja, wo genießbares Wild selten und fast in jedem Falle schlauer ist als man selbst.

Ich blinzelte, als mich das Sonnenlicht auf dem Silberheft ihres Schwertes blendete. Das so widersinnigerweise einer Frau gehörte. »Wißt Ihr wirklich, wie man es gebraucht?« Ich berührte das Heft Einzelhiebs, das über meine Schulter ragte. »Oder tragt Ihr es hauptsächlich, um Männer abzuschrecken, mit denen Ihr lieber nichts zu tun haben wollt?«

»Es hat *Euch* nicht abgeschreckt.«

Ich würdigte diese Bemerkung keiner Antwort.

Einen Augenblick später lächelte sie. »Mich das zu fragen ergibt genausoviel Sinn, als wenn ich *Euch* das fragen würde.«

»Was, wie ich annehme, ein ausdrückliches Ja bedeuten soll.«

»Ausdrücklich«, stimmte sie zu. »Ja.«

Ich schielte mißtrauisch zu ihr hinüber. »Es ist keine Frauenwaffe.«

»*Normalerweise* nicht. Aber das bedeutet nicht, daß sie das nicht sein *kann*.«

»Unten im Süden bedeutet es das.« Ich sah sie stirnrunzelnd an. »Ernsthaft, Bascha — Ihr wißt genausogut wie ich, daß nur sehr wenige Frauen auch nur mittelmäßig mit einem *Messer* umgehen können, geschweige denn mit einem Schwert.«

»Vielleicht weil uns die Männer zu oft nicht lassen.« Sie schüttelte den Kopf. »Ihr urteilt zu schnell. Ihr leugnet mein Können, erwartet aber, daß ich Eures anerkenne.«

Ich streckte den Arm aus und beugte die Finger meiner Hand. »Weil Ihr nur mich — und meine Größe — anzusehen braucht, um zu wissen, daß keine Frau gegen mich antreten und mich besiegen könnte.«

Sie schaute auf meine Finger, auf meine Hand. Und dann sah sie mich an. »Ihr seid größer, viel größer, das ist wahr. Und zweifellos erfahrener als ich. Aber wertet mich nicht so leichtfertig ab. Woher wollt Ihr wissen, daß ich den Kreis nicht selbst betreten habe?«

Ich ließ meine Hand auf den Oberschenkel herabfallen. Sie schlichtweg auszulachen wäre unbarmherzig und unnötig hart, aber ich konnte doch nicht den kleinen Rest eines Geräusches verbergen, das zu einem belustigten Schnauben wurde.

»Wollt Ihr den Beweis?« fragte sie.

»Wie — indem Ihr gegen mich antretet? Bascha ... kein *Mann* ist siegreich gegen mich angetreten, sonst wäre ich nicht hier.«

»Nicht in einem Kampf auf Leben und Tod. In einem Scheinkampf.«

Ich lächelte. »Nein.«

Ihr Mund verzog sich. »Nein, natürlich nicht. Es wäre unerträglich für Euch, wenn Ihr entdecktet, daß ich so gut bin, wie ich behaupte.«

»Ein guter Schwerttänzer sagt *niemals*, wie gut er ist. Er braucht es nicht.«

»Aber *Ihr.* Durch stillschweigende Folgerungen.«

»Das glaube ich nicht.« Ich grinste. »Ich würde nicht sagen, daß mein Ruf auf stillschweigenden Folgerungen begründet wurde. Das wäre unfair gegenüber Einzelhieb.« Ich bewegte meine linke Schulter und schüttelte das Heft ein wenig.

Del öffnete überzeugend erschüttert den Mund. »*Ihr habt Euer Schwert benannt.*«

Ich sah sie stirnrunzelnd an. »Jedes Schwert hat einen Namen. Eures nicht?«

»Aber — Ihr habt ihn *mir* genannt.« Sie zügelte den Wallach und sah mich an. »Ihr habt mir den Namen Eures Schwertes genannt.«

»Einzelhieb«, stimmte ich zu. »Ja. Warum?«

Sie hob die linke Hand, als wolle sie ihr eigenes

Schwertheft zum Schutz berühren, und hielt dann in der Bewegung inne. Und ihr Gesicht war bleich. »Was hat Euer *Kaidin* Euch gelehrt?« Sie stellte die Frage fast rhetorisch, als könne sie die Gedanken, die sich in ihrem Kopf formten, nicht glauben. »Hat er Euch nicht gelehrt, daß Ihr die Macht Eures Schwertes einem anderen übertragt, wenn Ihr ihm seinen Namen nennt?« Ich antwortete nicht, und sie schüttelte bedächtig den Kopf. »Eine Magie zu *teilen*, die persönlich, nur für einen Menschen gedacht ist, bedeutet ein Sakrileg. Es widerspricht allen Lehren.« Bleiche Brauen sanken herab. »Habt Ihr so wenig Vertrauen in die Magie, Tiger, daß Ihr Euren eigenen Anteil daran leugnet?«

»Wenn *Kaidin* ein nordisches Wort für Shodo — Schwertmeister — ist, dann muß ich sagen, daß er mich Respekt gegenüber einer achtbaren Klinge gelehrt hat«, sagte ich. »Aber — ein Schwert ist immer noch ein Schwert, Del. Es braucht einen Mann, der ihm Leben gibt. Nicht Magie.«

»Nein«, sagte sie. »Nein. Das ist Blasphemie. Im Norden lehren uns die *Kaidin* etwas anderes.«

Der Hengst stampfte im Sand, während ich sie stirnrunzelnd ansah. »Wollt Ihr bei der Behauptung bleiben, Ihr hättet bei einem richtigen Schwertmeister gelernt?«

Sie schien kein Interesse daran zu haben, meine Fragen zu beantworten, sondern nur daran, mir ihre zu stellen. »Wenn Ihr nicht an Magie glaubt, wie seid Ihr dann zu Eurem Schwert gekommen?« fragte sie. »Bei wem habt Ihr es getränkt? Welche Macht beansprucht es?« Ihre Augen ruhten auf Einzelhiebs goldenem Heft. »Wenn Ihr mir seinen Namen nennen könnt, dann könnt Ihr mir auch alles darüber erzählen.«

»Wartet«, sagte ich. »Wartet einen Moment. Zunächst einmal, wie ich zu Einzelhieb gekommen bin, ist meine persönliche Sache. Und ich habe niemals behauptet, daß ich nicht an Magie glaube, ich habe nur deren Qualität angezweifelt — oder ihren *Sinn*. Aber was ich wissen möchte, ist, warum Ihr so klingt, als wäret Ihr in der Lehre gewesen.«

Sie bekam wieder ein wenig Farbe. »Weil es so ist. Ich habe ein wenig von meinem Vater und meinen Onkeln und Brüdern gelernt, aber — später war da mehr. Ich war *Ishtoya*.« Sie preßte die Lippen zusammen. »Schülerin meines Schwertmeisters.«

»Eine Frau.« Ich konnte den leichten Beiklang des Unglaubens in meiner Stimme nicht verbergen.

Überraschenderweise lächelte sie. »Mädchen, nicht Frau, als mein Vater zum ersten Mal ein Schwert in meine Hände legte.«

»*Dieses* Schwert?« Ich deutete mit einer Kopfbewegung auf die Waffe, die über ihre Schulter ragte.

»Dieses? Nein. Nein, natürlich nicht. Dies ist meine Blutklinge. Mein *Jivatma*.« Wieder ruhten ihre Augen auf Einzelhieb. »Aber — habt Ihr keine Angst, daß sich Euer Schwert gegen Euch richten könnte, jetzt, wo Ihr mir seinen Namen genannt habt?«

»Nein. Warum sollte es das? Einzelhieb und ich gehen den Weg gemeinsam. Wir passen aufeinander auf.« Ich zuckte die Achseln. »Es ist mir egal, wer seinen Namen kennt.«

Sie schauderte ein wenig. »Der Süden ist so — anders. Anders als der Norden.«

»Das ist wahr«, stimmte ich zu und dachte, es sei eine Übertreibung. »Und wenn Ihr mir damit sagen wollt, daß Ihr ein Schwerttänzer seid, dann klingt das nicht sehr überzeugend.«

Ihre Augen begannen zu glitzern. »Ich werde meinen Tanz für sich selbst sprechen lassen, falls wir uns jemals im Kreis begegnen sollten.«

Ich sah sie scharf an und dachte an meinen Traum, an die verhüllte, mit einer Kapuze bekleidete Gestalt einer Frau, die für einen Tanzeer geeignet schien, scharf wie eine Klinge und doppelt so gefährlich.

Schwerttänzer? Ich bezweifelte es. Ich bezweifelte es, weil ich es bezweifeln mußte.

Del runzelte die Stirn. »Tiger — ist das eine Brise, die ich spüre?« Sie schob ihre Kapuze zurück. »Tiger ...«

Wir hatten auf den Pferderücken nebeneinander gestanden, gen Süden gewandt. Ich wandte mich im Sattel um, schaute den Weg zurück, den wir gekommen waren, und sah, daß sich der Himmel schwarz und silbern verfärbt hatte, was bedeutete, daß der Sand bereits aufflog.

Der Sturm hing in der Luft und verschlang alles, was ihm in den Weg kam. Auch die Hitze. Es ist ein außerordentlich eigenartiges Gefühl zu spüren, wie die Hitze aus der Luft gesaugt wird. Das Haar steht aufrecht, die Haut prickelt, und der Mund wird sehr, sehr trocken. Wenn die Wüste kalt wird, so wird es auch das Blut, aber aus Angst, ganz egal, wie tapfer man ist.

»Tiger ...?«

»Ein Samum«, sagte ich rauh, wirbelte herum und faßte meine Zügel fester, als der Hengst unruhig zu werden begann. »Wir sind nur ein paar Meilen von der Oase entfernt. Dort finden wir Schutz, hinten in den Felsen. Del — *lauft dorthin!*«

Sie tat es. Ich sah den Graubraunen aus den Augenwinkeln, als Del an mir vorbeischoß. Die Ohren des Wallachs waren zurückgelegt und seine Augen halb geschlossen, den Sturm vorausahnend. Kein Pferd geht gern dem Sturm entgegen, und ein in der Wüste aufgezogenes Pferd schon gar nicht, also sprach es für Dels Fähigkeit, mit Pferden umzugehen, daß sie es schaffte, dem Hengst davonzureiten, wenn auch nur für einen Moment. Unsere Spuren waren im Sand gut sichtbar, und Del folgte ihnen problemlos, wobei sie dem aufkommenden Wind trotzte.

Es ist erschreckend, *in* einen gefährlichen Samum zu reiten. Alle Instinkte schreien dir zu, umzukehren und in die entgegengesetzte Richtung zu fliehen, so daß man ihm nicht zu begegnen braucht. Ich hatte mich niemals vorher einem Samum zugewandt und mochte das Gefühl absolut nicht. Es brachte mich zum Schwitzen, und ich fühlte mich kränklich. Und es ging mir nicht allein so: Eine Schweißspur zeichnete sich auf dem Hals des Hengstes ab, und ich hörte sein rauhes Atmen. Er machte einen kleinen Sprung, scherte dann aus und überholte Dels Graubraunen fast augenblicklich.

»Schneller!« schrie ich ihr zu.

Sie saß tief geduckt im Sattel, und ihre Hände hielten die Zügel vorn am Hals des Wallachs. Die karmesinrote Kapuze flatterte hinter ihr her, wie auch meine eigene hinter mir herflatterte, wobei die Quasten in dem eigenartigen umbragrünen Licht schillerten. Alles andere wandelte sich zu Graubraun und hing über unseren Köpfen wie das Schwert eines Scharfrichters. Nur daß es, wenn es fallen würde, so schnell fallen würde, daß wir den Schlag nicht merken würden.

Ein kalter Wind blies. Er trieb mir die Tränen in die Augen und den Sand in den Mund und riß und zerrte an meinen Lippen. Der Hengst taumelte, schnaubte zur Warnung und bekämpfte seine eigenen Dämonen in dem Wind. Ich hörte Del rufen, wandte mich rechtzeitig im Sattel um und sah, wie sich ihr kleiner Graubrauner in völliger Panik aufbäumte und nach vorn warf. Sie versuchte, ihn zu beruhigen, aber der Wallach war verschreckt. Und das kostete uns wertvolle Zeit.

Ich riß den Hengst herum und eilte zurück zu Del. Als ich sie erreichte, stand sie auf dem Boden und kämpfte von dort mit dem Graubraunen, denn ihn zu reiten war unmöglich geworden. Aber jetzt war sie der Gefahr ausgesetzt, niedergetrampelt zu werden, und ich schrie ihr zu, das Pferd loszulassen.

Sie schrie etwas zurück, und dann war die Welt braun und grün und grau, und meine Augen schmerzten.

»Del! *Del!*«

»Ich kann Euch nicht sehen!« Ihr Rufen wurde vom Wind verzerrt, von ihrem Mund gerissen und in das Jammern des Windes hinausgeschleudert. »Tiger — ich kann *nichts* sehen!«

Ich sprang von dem Hengst, schlug ihm an die linke Schulter und spürte, wie er sich hinkniete, sich zusammen- und auf die Seite rollte, wie man es ihm beigebracht hatte. Er lag ruhig, mit geschlossenen Augen und den Kopf in den Nacken zurückgelegt, in Erwartung meines Befehls aufzustehen. Ich hielt mich an den Zügeln fest, kniete mich neben ihn und rief nach Del.

»Wo seid Ihr?« rief sie.

»Folgt einfach meiner Stimme!« Ich rief weiter, bis sie mich erreicht hatte. Ich sah einen schwachen Umriß vor mir auftauchen, eine Hand vor sich ausgestreckt. Ich ergriff die Hand, zog sie zu mir heran und schob sie zu dem Hengst hin. Sein Körper würde uns gegen den ärgsten Sturm schützen, aber dennoch würden wir durchgerüttelt und vielleicht bewußtlos werden, wenn der Samum lange anhielt.

Dels Atem rasselte. »Ich habe mein Pferd verloren«, keuchte sie. »Tiger ...«

»Das macht nichts.« Meine Hand lag auf ihrem Kopf und zwang sie hinunter. »Bleibt nur unten. Rollt Euch zusammen, und bleibt ganz nah bei der Stute. Noch besser bleibt Ihr ganz nah bei mir.« Ich zog sie näher heran und legte einen Arm um sie, glücklich über die berechtigte Ausrede, sie zu berühren. Endlich.

»Ich habe mein Messer und mein Schwert«, erklang ihre gedämpfte Stimme. »Wenn Ihr Eure Hände behalten wollt, laßt Ihr sie da, wo sie hingehören.«

Ich lachte sie an und bekam zu meinem Leidwesen den Mund voll Sand. Dann war der Samum mit aller Macht um uns, und ich dachte ans Überleben, anstatt daran, Del zu verführen.

Nun, dafür war später noch Zeit.

7

Während eines Samums zählt man die Sekunden oder Stunden nicht. Man kann es nicht. Man liegt nur an sein Pferd gekauert da und hofft und betet, daß sich der Sturm austoben wird, bevor er einem das Fleisch von den Knochen zieht und das Gehirn im Sand verstreut.

Die Welt ist erfüllt von dem wütenden, todverkündenden Heulen des Windes. Die scheuernde Liebkosung von körnigem, stechendem Sand. Das beharrliche Austrocknen der Haut, der Augen und des Mundes, bis man nicht einmal mehr wagt, an Wasser zu *denken*, denn daran zu denken ist eine Qual allererster Güte.

Der Hengst lag so still, daß ich einen Moment lang dachte, er sei tot. Und dieser Gedanke erfüllte mich mit einem kurzen, überwältigenden Aufwallen der Angst, denn ein Mann zu Fuß ist in der Punja ein leichtes Opfer für viele Räuber. Sand. Sonne. Tiere. Menschen. Und alle können gleichermaßen tödlich sein.

Aber es war nur ein kurzer Moment der Angst — nicht weil ich unfähig wäre zu empfinden (obwohl ich dies tatsächlich normalerweise nicht zugebe) —, sondern weil ich es nicht riskieren konnte zu versuchen, es herauszufinden. Ich selbst war im Moment am Leben, und sich zu viele Gedanken um den Hengst zu machen, könnte für mich den Tod bedeuten, was mehr oder weniger meiner persönlichen Philosophie widerspricht.

Del war völlig verdreht zusammengerollt, das Gesicht gegen die Knie gedrückt, und lag auf der Seite. Ich hatte sie an meine Brust gezogen und meinen Körper als zusätzlichen Schild um ihren herumgelegt. Dadurch blieb etwas von *mir* dem Wind und dem Sand ausgesetzt, aber ich machte mir mehr Sorgen um ihre nordische Haut als um meine südliche, die — wie sie gesagt hatte — zäh war wie altes Cumfaleder. So lag Del geborgen zwischen dem Rücken des Hengstes und meiner Brust, von uns beiden gegen den größten Ansturm des Sturmes geschützt.

Ein großer Teil meines Burnus war bereits zerfetzt, wodurch ich bis auf den Dhoti fast nackt war. Ich spürte das unablässige Stoßen des Windes und des Sandes, während sie gegen meine Haut rieben. Nach einer Weile ging der Wind in einen anhaltenden Luftzug über, den ich gut ertragen konnte. Und zumindest hatte Del nicht sehr darunter zu leiden. Ich hatte das Gefühl, daß sie, wenn sie *ihren* Burnus verloren hätte, mehr als nur karmesinrote Seide verloren hätte. Wahrscheinlich den größten Teil ihrer Haut.

Ihr Rücken lag an meiner Brust, das Kreuz eng gegen meine Lenden gepreßt. Da ich nie zu der standhaften Sorte Mann gehört habe, wenn es darum ging, den Freuden des Fleisches — oder gelegentlich auch des Geistes — zu entsagen, machte es das Ganze für mich auf mehr als eine Art hart. Aber die Umstände ermutigten sicherlich nicht zu intimen Wünschen, weshalb ich mich zurückhielt und mich hauptsächlich darauf konzentrierte, einfach zu atmen.

Atmen scheint leicht zu sein, meistens. Aber das ist es nicht, wenn man bei jedem Atemzug Sand schluckt. Ich sog die Luft flach ein und versuchte, meine Atmung zu drosseln, aber das ist nicht einfach, wenn man tief einatmen möchte. Meine Nase und mein Mund waren von einem Teil meiner Kapuze bedeckt, aber es war nicht gerade das wirksamste Filtersystem. Ich legte die Hand schützend über mein Gesicht, streckte die Finger aus, um meine Augen zu schützen, und wartete so geduldig wie möglich ab.

Aber nach einer Weile glitt ich vom Rand der Welt in

eine watteähnliche Leere mit nur ganz schwach wahrnehmbaren Umrissen.

Ich wachte auf, als der Hengst aufsprang und sich so
heftig schüttelte, daß er einen Regen aus Sand und
Staub in alle Richtungen versprühte. Ich versuchte,
mich zu bewegen, und bemerkte, daß ich steif und verkrampft war und jede Faser meines Körpers schmerzte.
Die Muskeln und Sehnen protestierten heftig, als ich
mich langsam ausstreckte. Das Stöhnen unterdrückend,
nach dem es mich verlangte (man sollte das Fundament
einer Legende nicht erschüttern), schob ich mich langsam in eine sitzende Position hoch.

Ich spuckte aus. In meinem Mund war kein Speichel
mehr übriggeblieben, ich spie statt dessen Sand aus.
Meine Zähne knirschten. Ich konnte nicht schlucken.
Meine Augen waren mit zusammengeballtem Sand verkrustet. Vorsichtig schälte ich die Schicht ab und löste
meine Lider, bis ich beide Augen zusammen öffnen
konnte, ohne Angst vor eindringendem Sand haben zu
müssen.

Ich blinzelte. Zog eine Grimasse. Nichts läßt einen
Mann sich innerlich *und* äußerlich scheußlicher fühlen,
als einen Samum zu überleben.

Andererseits ziehe ich den Schmutz dem Tod vor.

Langsam streckte ich die Hände aus und ergriff Dels
Schulter. Schüttelte sie. »Bascha, es ist vorbei.« Es kam
nicht viel mehr aus meiner Kehle als ein rauhes Krächzen. Ich versuchte es erneut. »Del ... kommt.«

Der Hengst schüttelte sich erneut und ließ die Messingverzierungen klirren. Ein überwältigendes Schnauben entfernte den meisten Staub aus den verklebten
Nüstern. Ich sah Augenlider und Wimpern, die genauso
verklebt waren wie meine, selbst unter der braunen
Stirnmähne. Und dann gähnte er gewaltig.

Ich richtete mich mühsam auf und streckte mich, um
die verknoteten Sehnen zu lösen. Dann sah ich mich

langsam um und fühlte das vertraute Schaudern mein Rückgrat hinablaufen.

Die Nachwirkungen eines Samums verlaufen bedrükkend still. Nichts ist mehr das gleiche, aber alles *sieht* gleich *aus*. Der Himmel ist tief und sandfarben und leer, der Sand ist flach und sandfarben und leer. Und so ist auch des Menschen Seele. Er hat den wilden Sandsturm überlebt, aber selbst das Wissen, überlebt zu haben, ist nicht so aufregend, wie es sein könnte. Angesichts solcher Kraft und solch unbeseelten Zorns — und der ehrfurchtgebietenden Macht einer elementaren Kraft, die kein Mann je zu bändigen hoffen könnte —, ist alles, was man empfindet, die eigene Sterblichkeit. Die Vergänglichkeit. Und eine überwältigende Schwäche.

Ich ging zu dem Hengst und benutzte die Überreste meines zerfetzten Burnus, um seine Nase endgültig zu säubern. Er schnaubte erneut, aber ich verfluchte ihn nicht wegen des Schwalls verklumpten Sandes und Schleims, der mich einsprühte. Er ließ niedergeschlagen den Kopf hängen. Pferde fürchten, was sie nicht verstehen können, und verlassen sich darauf, daß der Reiter sie beschützt. In einem Samum beschützt einen nur das Glück.

Ich tätschelte ihm die staubige kastanienbraune Nase und säuberte vorsichtig seine Augen. Als ich damit fertig war, stand Del auf.

Sie war in besserer Verfassung als der Hengst, aber nicht viel. Ihre Lippen waren aufgesprungen, grauweiß, auch nachdem sie den Sand ausgespuckt hatte. Ihr Gesicht und ihr Körper zeigten eine einheitliche Farbe, die Farbe des Sandes. Nur ihre Augen zeigten ihre wahre Farbe, und sie wirkten jetzt noch blauer durch die wunden, roten Ränder.

Sie räusperte sich und spuckte erneut aus, dann sah sie mich an. »Nun, wir leben.«

»Für den Moment.« Ich sattelte den Hengst ab, stellte die Satteltaschen auf den Boden und zog den Burnus ganz aus, um ihn damit abzureiben. Die Angst hatte ihn zum Schwitzen gebracht, und er war mit klebrigem Sand überzogen, wodurch seine Farbe von Dunkelkastanienbraun zu Gelblichgrau gewechselt war. Vorsichtig begann ich den Sand abzukratzen und hoffte, daß seine Haut nicht zu wund war, um uns nicht mehr tragen zu können.

Del ging steif zu den Satteltaschen hinüber und pfiff durch die Zähne, als sie merkte, wie sehr ihr alles weh tat. Sie kniete sich hin, öffnete eine der Satteltaschen und zog die beiden Sandtigerjungen heraus.

Ich hatte sie völlig vergessen. Und ich hatte den Hengst sich auf die Seite legen lassen, ohne auch nur an die Folgen zu denken, wenn er sich auf die Satteltasche gelegt hätte, in der die Jungen befördert worden waren. Zerdrückte Jungen.

Del, die dies fast gleichzeitig erkannte, sah mich anklagend an. Dann zuckte sie zusammen, setzte sich geradewegs hin und wiegte die Jungen in ihrem Schoß.

Allem Anschein nach waren sie unverletzt und nicht von Sand verklebt. Geschützt durch die Satteltasche, hatten sie den gesamten Samum verschlafen. Nun entdeckten sie sich gegenseitig wieder und griffen sich an, wobei sie in Dels Schoß umhertobten wie Kätzchen.

Nur daß sie keine waren.

Ihre grünen Augen zeigten bereits die verschwommene Drohung erwachsener Sandtiger. Ihre kleinen Stummelschwänze waren aufrecht in die Luft gestreckt, während sie umherkrochen und sich kabbelten. Während ich sie beobachtete, dankte ich Valhail, daß ihre Krallen noch im Wachstum und ihre Reißzähne noch unentwickelt waren. Del wäre zerkratzt, vergiftet, betäubt worden und hellwach gewesen, wenn sie ihr Fleisch verspeist hätten.

Schließlich öffnete ich eine der Botas und reichte sie ihr. Del nahm sie mit zitternden Händen und achtete nicht auf die Jungen, die umherrollten und stolperten und sich an ihre Beine klammerten. Etwas von dem Wasser rann aus ihrem Mund und hinterließ dunkle Linien in dem staubbedeckten Gesicht. Sie legte eine gewölbte Hand unter ihr Kinn, in dem Versuch, die wertvollen Tropfen aufzufangen.

Ihre Kehle bewegte sich, als sie schluckte. Wieder. Wieder. Dann gebot sie sich selbst Einhalt und reichte die Bota zurück, wobei sie auf ihre feuchte Hand schaute. Ihre Haut hatte die Feuchtigkeit fast sofort aufgesaugt.

»Ich wußte nicht, daß sie *so* trocken werden würde.« Sie blinzelte durch verklebte Wimpern. »Vorher war es heiß, als ich vom Norden herüberkam. Aber dies ist ... schlimmer.«

Ich schluckte eine enorme Menge Wasser hinunter, verschloß die Bota wieder und stopfte sie in die Satteltasche. »Wir können umkehren.«

Del starrte mich mit so verschwommenen Augen an wie die der Jungen, die noch immer in ihrem Schoß umherkrabbelten. Sie war ... irgendwo anders. Und dann erkannte ich, daß sie diese Erfahrung auf ihre Art verarbeitete, ihre Angst anerkannte und damit ihre Macht über sie vertrieb. Ich konnte sie durch ihren Körper wandern und ihre Sehnen verknoten sehen, bis sie unter ihrer staubigen Haut hervorstanden, sich wieder entknoteten und durch ihren Körper liefen, wie die Wellen von Cumfaspuren im Sand.

Sie seufzte ein wenig. »Wir werden aber weiterreiten.«

Ich leckte meine gesprungenen Lippen und stöhnte innerlich bei dem Schmerz. »Wir riskieren es, in einen weiteren Samum zu geraten, Bascha. Es ist selten nur einer, wenn es zwei geben kann. Oder auch drei.«

»Wir haben diesen überlebt.«

Ich schaute auf ihre Kiefer: Fest an ihrem Platz bildeten sie eine klingenähnliche Linie unter ihrer Haut, scharf geschnitten und schmal. »Ihr Bruder bedeutet

Euch *so* viel, obwohl es möglich wäre, daß Ihr bei dem Versuch, ihn zu finden, sterben könntet?«

Sie sah zu mir zurück. In diesem Moment spiegelten ihre Augen ihre Seele wider, und was ich sah, beschämte mich wegen meiner Frage, wegen meiner selbst. Wegen meiner taktlosen, unüberlegten Annahme, daß sie ihr Leben höher bewertete als das ihres Bruders.

Ich war allein auf der Welt, wie ich es immer gewesen war, und die Erkenntnis solcher familiärer Ergebenheit ist für mich nicht leicht zu verarbeiten.

Solch bindende, *mächtige* Blutsverwandtschaft ist mir fremd wie das Schwert, das sie trug. Und die Frau selbst.

Del erhob sich, umfing die Jungen an ihren dicken, festen Bäuchen und schob sie zurück in die Satteltasche. Sie beachtete ihr Wimmern und die stummen Proteste nicht, als sie die Lederschnallen schloß. Ihr Rückgrat war unglaublich steif. Ich hatte sie mit meiner Frage zutiefst verletzt.

Ich sattelte still wieder auf. Danach schwang ich mich hinauf und reichte Del die Hand; sie benutzte meinen angespannten Fuß als Steigbügel und saß hinter mir auf.

»Halbe Rationen«, belehrte ich sie. »Sowohl beim Wasser als auch beim Essen. Und das gilt auch für die Jungen.«

»Ich weiß.«

Ich stieß meine Fersen in die staubigen Flanken des Hengstes, hakte die Zehen in die Steigbügel. Ich erwartete sicher, daß er gegen das zusätzliche Gewicht protestieren würde — er war mehr als stark genug, eine schwerere zweite Last als Del zu tragen; er liebte es lediglich, sich aufzuregen —, aber er tat es nicht. Ich fühlte mich erleichtert bei seinem ersten Schritt vorwärts und auch, als er dann eine Bewegung machte, die an ein ergebenes Achselzucken erinnerte. Er ging. Wir ritten wieder Richtung Süden.

Einen Samum zu überleben, saugt alle Kraft und allen Mut auf. Ich wußte, daß wir nicht mehr viel länger so weitermachen konnten. Der Hengst stolperte und ging im Zickzack, ich schwankte im Sattel wie ein weinseliger Mann, und Del fiel gegen meinen Rücken. Die Jungen hatten es wahrscheinlich am bequemsten von uns allen. Fast beneidete ich sie.

Die verdorbene Quelle hatte auch unseren Kurs verdorben. Da wir zu der Oase geritten waren, folgten wir nicht mehr dem kürzesten Weg nach Julah. Es bedeutete, daß wir sogar weiter reiten mußten, bis wir wieder Wasser fanden. Ich wußte es. Und ich hatte das Gefühl, Del wußte es auch. Aber der Hengst wußte es nicht.

Ein Pferd kann die Notwendigkeit zur Einteilung nicht erkennen. Es will nur. *Braucht*. In der Punja, wenn die Sonne auf einen glühenden Teppich kristallinen Sandes brennt, wird Wasser zu einer wertvolleren und nützlicheren Sache als Gold, Edelsteine und Nahrung. Und ich habe Zeiten erlebt, in denen ich mehr als bereit war, ein Jahr meines Lebens zu geben für einen Schluck kalten, lieblichen Wassers.

Auch *warmen* Wassers.

Der Sand hatte uns ausgetrocknet, die Haut ausgelaugt. Wir starben langsam von außen nach innen vor Durst. Der Hengst taumelte und schwankte und verfiel in einen abgehackten Lauf über den blendenden Sand. Mir ging es nicht viel besser, obwohl ich zumindest reiten konnte, anstatt zu laufen.

Zweimal rüttelte ich Del wach, als ich zu Boden glitt, um etwas Wasser für den Hengst in meine Hände zu gießen, aber sie verzichtete auf ihre eigene Ration. Das tat ich auch. Ein Nippen kann zu einem Schluck werden, ein Schluck zu einem anhaltenden Zug, und das reduziert die Vorräte so schnell, daß man seinem eigenen Tod entgegeneilt.

Und so wurde das Wasser zum Eigentum des Hengstes und wir zu Schmarotzern.

Ich spürte ihre Hand auf meinem bloßen Rücken. »Woher stammen diese Male?«

Ihre Stimme klang vor Trockenheit rauh. Ich wollte ihr fast raten, nicht zu sprechen, aber zumindest hinderte uns das Reden daran, unmittelbar in die Erstarrung zu entgleiten.

Ich zuckte die Schultern und genoß das Gefühl nordischer Haut auf südlicher. »Ich bin seit über zehn Jahren Schwerttänzer. Das fordert seinen Tribut.«

»Warum tut Ihr es dann?«

Ein erneutes Achselzucken. »Es ist ein Beruf.«

»Also würdet Ihr etwas anderes tun, wenn Ihr die Möglichkeit dazu hättet?«

Ich lächelte, obwohl sie es nicht sehen konnte. »Ein Schwerttänzer zu sein *war* meine Möglichkeit.«

»Aber Ihr hättet bei ... wem, den Salset? ... bleiben — und die Arbeit mit dem Schwert ganz vermeiden können.«

»Ungefähr so sicher, wie Ihr Eurem Bruder den Rücken zukehren könntet.«

Sie nahm die Hand von meinem Rückgrat.

»Ihr behauptet, *Ihr seid* ein Schwerttänzer«, sagte ich. »Welche Geschichte steckt dahinter? Es ist nicht unbedingt die Art Leben, die eine Frau sich selbst aussucht.«

Ich dachte, sie würde nicht darauf antworten. »Ein Pakt«, sagte sie dann, »ein Pakt mit den Göttern, der eine Frau, ein Schwert und alle Magie eines Menschen umfaßt.«

Ich schnaubte. »Natürlich.«

»Ein Pakt«, sagte sie. »Sicher versteht Ihr das, Tiger ... oder gibt es so was hier im Süden nicht?«

»Mit den Göttern?« Ich lachte, aber nicht ... *sehr* unfreundlich. »*Götter*. Welch ein Vorwand. Und die Schwachen, die sich nicht auf sich selbst verlassen können, wissen sicher, wie man ihn gebraucht.« Ich schüttelte den Kopf. »Seht, ich will mit Euch nicht über Religion diskutieren — das hat nie zu etwas geführt. Ihr glaubt, was Ihr wollt. Ihr seid eine Frau, vielleicht braucht Ihr das.«

»Ihr glaubt an nicht vieles, nicht wahr?« fragte sie. »*Gibt* es für Euch etwas?«

»Ja«, antwortete ich bereitwillig. »Eine warme, willige Frau ... ein scharfes, einwandfreies Schwert ... und ein Schwerttanz im Kreis.«

Del seufzte. »Wie tiefsinnig ... und wie überaus vorhersagbar.«

»Vielleicht«, stimmte ich zu, obwohl dieser Spott meinen Stolz etwas verletzte. »Aber was ist mit Euch? Ihr behauptet, ein Schwerttänzer zu sein, also wißt Ihr, was der Kreis bedeutet. Ihr wißt von der Verpflichtung. Ihr wißt von der Vorhersagbarkeit.«

»Im Kreis?« Ich hörte eine Spur Überraschung in ihrem Ton. »Der Kreis ist nie vorhersagbar.«

»Eine Frau auch nicht.« Ich lachte. »Vielleicht passen der Kreis und Ihr demgemäß gut zusammen.«

»Nicht weniger als eine Frau und ein Mann.«

Ich dachte, daß sie vielleicht lächelte. Aber ich wandte mich nicht um, um es herauszufinden.

Später machte Del mich darauf aufmerksam, daß der Hengst müde sei. Da er schon seit einiger Zeit stolperte und taumelte, gab ich ihr recht.

»Dann sollten wir ihn ausruhen lassen«, sagte sie. »Wir sollten laufen.« Sie wartete nicht auf meine Antwort. Sie glitt einfach von seinem staubigen Rücken.

Und landete in einem Gewirr von Armen und Beinen.

Ich zügelte den Hengst, sah auf sie hinunter und bewunderte die deutlichen Umrisse ihrer langen Beine, denn der Burnus war zu ihren Hüften hochgerutscht. Einen Moment lang, nur einen Moment, verschwand meine Verworrenheit, und ich lächelte.

Del schaute müde zu mir hinauf. »Ihr seid schwerer als ich. Steigt ab.«

Ich lehnte mich in dem flachen Sattel vor und schüt-

telte meinen rechten Fuß, bis ich ihn aus dem Steigbügel befreit hatte. Dann schob ich das Bein salopp über
den Rücken des Hengstes und den Sattel und rutschte
hinab, wobei ich mit meinem bloßen Leib am linken
Steigbügel entlangkratzte. Und beachtete es nicht.

Als ich den Wunsch meiner Beine bemerkte, unter
mir einzuknicken, klammerte ich mich am Sattel fest,
bis ich meine Knie ruhig halten konnte. Del blieb auf
dem Sand ausgestreckt liegen, obwohl sie den Burnus
inzwischen sittsam zurechtgerückt hatte.

»Keiner von uns beiden ist in der Verfassung, zu Fuß
zu gehen«, belehrte ich sie. Aber ich bückte mich, bekam ein muskulöses Handgelenk zu fassen und zog sie
auf die Füße. »Hängt Euch an mich, wenn Ihr wollt.«

Wir taumelten als bizarre, lebende Kette durch die
Wüste: ich, der ich den Hengst führte, und Del, die sich
in das Geschirr eingeklinkt hatte, das Einzelhieb hielt.

Obwohl er zwei Schritte vor uns war, erging es dem
Hengst nicht viel besser, denn er mußte noch mehr Beine in Einklang bringen. Er stolperte und trat Sand gegen meine Knöchel, der eine weitere Schicht über der
bereits vorhandenen bildete. Und obwohl meine Haut
an die Hitze und das Sonnenlicht gewöhnt ist, konnte
ich doch immer noch die bloßliegenden Teile meines
Körpers fühlen, somit also alles außer den Stellen, die
von meinem Dhoti und meinem Harnisch bedeckt waren und in dem glühenden Glanz kochten. Aber zumindest konnte ich es besser ertragen als Del, die noch immer in karmesinrote Seide eingehüllt war. Der Stoff hatte Risse, und die meisten der goldenen Quasten waren
verschwunden, aber ich vermißte derart fragwürdigen
Zierat nicht. Zumindest beschützte sie das, was übriggeblieben war, ein wenig.

Wir wanderten. Immer gen Süden. Pferd und Mann
und Frau.

Und die zwei Sandtigerjungen, die dies alles nicht bemerkten.

102

Der Hengst spürte es als erster. Er blieb jäh stehen, der Kopf schwang schwerfällig ostwärts und warf mich beinahe um. Seine Nüstern weiteten sich, als er laut ausblies, und ich sah, wie sich seine Ohren steif nach vorn richteten. Ostwärts. Und zeigte mir damit genau die Richtung an, aus der die Bedrohung nahte.

Ich blinzelte. Schaute. Beschattete meine Augen mit einer Hand. Und machte schließlich aus, was von Osten auf uns zu kam.

»Hoolies«, sagte ich leise.

Del stand nahe bei mir und ahmte meine Geste mit einer bleichen Hand nach. Und ihre Verwirrung war so offensichtlich wie ihre Bestürzung. Ihre nordischen Augen konnten es nicht erkennen. Ich konnte es. Deutlich.

Über dem Horizont erhob sich ein Schatten, ein okkergelber Fleck vor einem bleichen, blauen Himmel. Ein hauchfeiner Sandschleier, fließend, fließend und seine Ankunft vorbereitend. Und als der Schleier mit der wogenden Front einer Reihe von Reitern verschmolz, berührte Del meinen Arm.

»Vielleicht teilen sie ihr Wasser mit uns«, sagte sie.

»Das glaube ich nicht.« Das war alles, was ich sagen konnte, ohne sie anzuschnauzen.

»Aber die Höflichkeit des Reisenden ...«

»In der Punja gibt es so etwas nicht. Hier draußen gibt es nur eine einfache Philosophie: Verteidige dich selbst. Niemand wird es für dich tun.« Ich wandte die Augen nicht von der herannahenden Reihe von Reitern ab. »Del ... bleibt hinter mir.«

Ich hörte das zischende Geräusch eines Schwertes, das herausgezogen wird.

Ich blickte sie über die Schulter streng an und sah grimmige Entschlossenheit in ihrem Gesicht. »Steckt es weg!« fuhr ich sie an. »Zieht in der Punja *niemals* die Klinge blank, außer wenn Ihr die Gebräuche der Wüste kennt. Bascha — *steckt es weg!*«

Del schaute einen langen Moment lang an mir vorbei

zu den herannahenden Reitern. Ich wußte, daß sie versucht war, meinen Befehl zu mißachten. Es war in jeder Linie ihrer Körperhaltung sichtbar. Aber sie tat, was ich gefordert hatte. Langsam. Und als ich zurückschaute und die wellenförmige schwarze Linie wie einen schwankenden Spiegel in der Hitze schimmern sah, atmete ich tief, tief ein.

»Del, *sagt* kein Wort. Überlaßt mir das Reden.«

»Ich kann für mich selbst sprechen.« Kühl, nicht abwehrend, eine einfache Erklärung.

Ich fuhr herum und umfing ihr Gesicht mit den Händen. Unsere Gesichter waren nur Zentimeter voneinander entfernt. »Tut, was ich sage! Ein vorlautes Mundwerk im falschen Moment kann uns das Leben kosten. Versteht Ihr?«

Ihre Augen, die an mir vorbeisahen, weiteten sich plötzlich. »Wer *sind* diese Männer?«

Ich ließ sie los und wandte mich um. Die Reihe von Reitern tauchte vor uns auf und verteilte sich in einem exakten Halbkreis, der uns den Fluchtweg wirkungsvoll in drei Richtungen abschnitt. Der vierte lag offen und offensichtlich einladend hinter uns: Wir würden tot sein, bevor wir aufgestiegen wären, wenn wir dumm genug wären, es zu versuchen.

Wie ich waren auch sie halb nackt. Wie ich waren sie von der Sonne dunkel gebrannt, aber ihre Arme waren mit spiralförmigen Narben von gleichmäßigem Blau überzogen. Nackte Brüste zeigten Muster unterschiedlicher Dichte eines blauen Rosettenmusters. Jeder Junge, der die Pubertät erreicht, liegt im Wettstreit mit seinesgleichen, das Rosettenmuster zu gestalten, das seine Mutter — oder nächste weibliche Verwandte — bei einem schmerzhaften Skarifizierungsritual[*] in seine Haut einritzt. Aber eines war allen diesen Rosettenmustern gemeinsam: Jedes war mit einem gelben, genau in die

---

[*] Stichelung oder Ritzung der Haut

Mitte plazierten Auge geschmückt. Schwarzes Haar war eingeölt, zurückgestrichen und mit Kordeln verschiedener Farben durchzogen worden. Schwarze Augen sahen Del und mich unverwandt und gierig an.

»Ihre *Nasen* ...«, sagte sie entsetzt.

Nun, sie hatten welche. Aber jede Nase war von einem flachen emaillierten Ring durchbohrt. Die Farbe der Ringe bezeichnete, zusammen mit den Kordeln in ihren Haaren, ihren Rang. Die Farben änderten sich, wenn sie in ihrem Kastensystem auf- oder abstiegen. In diesem Stamm war nichts unveränderlich außer der Grausamkeit.

»Hanjii«, sagte ich kurz.

Del atmete hörbar beunruhigt ein. »Die *Kannibalen?*«

»Sie werden uns ein Bad nehmen lassen«, klärte ich sie auf. »Dann schmecken wir besser.«

Ich überhörte ihren gemurmelten Kommentar und wandte meine Aufmerksamkeit dem Krieger zu, der einen goldenen Ring durch die Nase trug, der den höchsten Rang und die entsprechende Autorität anzeigte. Ich gebrauchte den Wüstendialekt, als ich ihn ansprach. Er gilt in der Punja als allgemeingültige Sprache.

Ich erzählte ihm die Wahrheit. Ich ließ nichts aus, außer daß Del mich angeheuert hatte, um sie durch die Punja zu führen. Und das aus gutem Grund: für die Hanjii sind Frauen Sklaven. Nicht-Menschen. Wenn ich erwähnt hätte, daß Del auch nur einen kleinen Teil Autorität mir gegenüber ausübte, selbst wenn es um so etwas Einfaches wie eine Arbeitgeber-Arbeitnehmer-Beziehung ging, wäre ich als Nicht-Mann und daher als bestens geeignet für ihre kannibalistischen Riten angesehen worden. Da ich nicht im Herdfeuer enden wollte, bemühte ich mich, Dels Wert als Individuum herabzusetzen. Zweifellos hätte mir dies ihre Feindschaft eingebracht, wenn sie es gewußt hätte, aber ich hatte schließlich nicht vor, es ihr zu erzählen.

Außer natürlich, wenn ich es müßte.

Ich beendete meine Geschichte und hoffte, daß Del den Mund halten würde.

Goldring beriet sich mit den anderen. Sie alle sprachen Hanjii mit ein paar unbeholfenen Slangbegriffen in Wüstisch, so daß ich ihnen einigermaßen folgen konnte. Das Hauptthema der Unterhaltung war, daß sie schon seit einiger Zeit kein Festmahl mehr gehabt hatten und sich fragten, ob unsere Knochen ihren ziemlich unersättlichen Göttern gefallen würden. Ich fluchte innerlich und hoffte, daß sich meine Befürchtungen nicht auf Del übertragen würden.

Schließlich beendeten die Hanjii ihre Diskussion und sahen uns nur bedeutungsvoll an. Was noch schlimmer war. Und dann ritt Goldring vor, um uns aus einer Entfernung zu betrachten, die der Einschüchterung förderlich war.

Aber ich war nicht eingeschüchtert. Nur angespannt. Das ist ein Unterschied.

An Goldrings geflochtenem Gürtel über dem kurzen Lederschurz, den er trug, hingen vier Messer. Die anderen hatten alle zwei oder drei, was bedeutete, daß er tatsächlich einen sehr hohen Rang bekleidete.

Er deutete auf den Hengst. »Jetzt.«

Das bedurfte keiner Erklärung. Ich wandte mich zu Del um. »Sie haben uns zum Abendessen nach Hause eingeladen.«

»Tiger ...«

Ich brachte sie mit einer gegen ihren Mund gepreßten Hand zum Schweigen. »Ein armseliger Scherz. Sie haben noch nichts entschieden. Wir sollen aufsteigen und mit ihnen reiten.« Ich seufzte und tätschelte dem Hengst die staubige Flanke. »Tut mir leid, alter Junge.«

Unter Aufbringung aller Energie, die mir noch verblieben war (die Hanjii sind gnadenlos, wenn es darum geht, jene zu quälen, die sie für schwach halten), sprang ich auf den mit einer Decke geschützten Sattel und beugte mich hinunter, um Del eine

Hand zu reichen. Ich mußte mich sehr zusammennehmen, um nicht vom Sattel zu fallen, als sie sich hinter mir hinaufschwang.

Ihre Hände, die meine Taille umfaßten, waren eiskalt. Was das betraf, meine waren es auch.

8

Wie die Hanjiimänner glauben auch die Hanjiifrauen, daß Skarifizierung die Schönheit steigert. Ich habe die Ergebnisse davon schon früher gesehen und kann es mir daher erlauben, dem ein wenig distanziert zu begegnen. Del, die so etwas noch nicht gesehen hatte, reagierte genauso, wie ich es erwartet hatte: entsetzt und angewidert. Aber, Valhail sei Dank, auch äußerst schweigsam.

Die Frauen gehen barbusig, um die Muster zu zeigen, die sich um ihre Brüste ziehen, wobei jede Linie in hellem Karmesinrot eingefärbt ist. Wie die Männer tragen auch sie Ringe durch die Nase, allerdings flache, silberne. Frauen erlangen die Rangfarben nicht nach demselben System. Ihr Rang wird durch Heirat oder Konkubinat bestimmt, und nur wenn die eine oder andere ihr Ziel erreicht hat, wird das Skarifizierungsritual an ihr vollzogen.

Man kann immer sagen, wenn eine Hanjiifrau noch Jungfrau ist, denn ihre Haut ist weich und unverdorben, ihre Nase frei von Silber. Für einen Mann wie mich, der makellose Frauen bevorzugt, ist es leicht, die älteren Frauen mit ihren Narben und Färbungen und Nasenringen zu übersehen und statt dessen die jüngeren anzusehen. Aber es gibt ein Problem: Die Hanjii glauben, daß keine Frau länger als bis zu ihrem zehnten Lebensjahr Jungfrau bleiben sollte, wodurch die makellosen Mädchen wirklich sehr jung waren.

Und ich habe nie viel von kleinen Babys gehalten.

»Ich habe das Gefühl, ich bin übertrieben gekleidet.« Dels Flüstern kroch über meine Schulter zu meinem

Ohr, und ich grinste. Das *war* sie. Hanjiifrauen tragen nur einen kurzen Leinenschurz. Dels Tunika und mein geborgter Burnus bedeckten sie fast ganz.

Was ich *vorzog*, mitten in einem Hanjiilager.

»Behaltet Eure Kapuze auf«, wies ich sie an und war angenehm überrascht, nur Stille als Antwort zu hören. Die Frau begann zu verstehen.

Wir wurden von allen vierzig Mitgliedern der Kriegergruppe begleitet, durch eine Herde staubiger Schafe (Schafe waren die vorrangige Nahrungsquelle des Stammes; die zweite waren Menschen) zu einem gelben Hyort genau in der Mitte des kreisrunden Lagers. Die Hanjii nennen sie nicht Hyort, aber ich konnte mich nicht an die richtige Bezeichnung erinnern. Dort wurde uns gesagt, wir sollten absteigen, was Del und ich bereitwillig taten.

Goldring sprang von seinem Pferd und verschwand in dem Hyort. Als er wieder herauskam, wurde er von einem Mann begleitet, dessen Haut großzügig mit Narben überzogen und mit den Farben aller vorstellbaren Wüstenschattierungen gefärbt war: Zinnoberrot, Ocker, Umbra, Grünspan, Karneol, Sienna und viele mehr. Sein Nasenring war eine flache Platte aus Gold, die bis auf seine Oberlippe herunterhing. Es mußte schwierig sein, damit zu essen, zu trinken oder zu sprechen, dachte ich, aber schließlich streitet man nicht mit einem Hanjii, der von sich glaubt, er sei wunderschön.

Abgesehen davon war dieser Mann der Shoka selbst.

Bevor irgend jemand irgend etwas sagen konnte, riß ich Einzelhieb aus der Scheide, kniete mich hin, die schwieligen Knie in den heißen Sand gepreßt, und legte mein Schwert vorsichtig vor den Shoka. Das Sonnenlicht, das von der Klinge widergespiegelt wurde, blendete. Ich blinzelte. Aber ich bewegte mich nicht noch einmal.

Ein Dutzend oder mehr Messer tauchten aus den engsten Gürteln auf, aber niemand griff an. Angemessen ergeben wartete ich mit gesenktem Kopf ab, dann — als ich die Zeit der Ehrerbietung für ausreichend hielt — erhob ich mich, ging zur rechten Seite des Hengstes herum und öffnete die größte der Satteltaschen.

Ich zog die beiden stürmischen Sandtigerjungen daraus hervor, trug sie zu dem Shoka zurück und beugte mich hinab, um sie zu seinen beschuhten Füßen abzusetzen.

»Ein Geschenk.« Ich sprach wüstisch. »Für den Shoka der Hanjii, möge die Sonne auf sein Haupt scheinen.«

Ich hörte Del erschrocken und wütend einatmen — es waren immerhin *ihre* Tiere —, aber sie hielt klugerweise den Mund.

Ich stand vor dem Stammesanführer der Hanjii und hoffte, daß ihre nordischen Götter eine gute Meinung von ihr hatten, da sie so oft mit ihnen sprach. Das ganze Unternehmen war riskant. Ich hatte gehört, daß andere es geschafft hatten, sich ihren Weg aus dem Feuer für das Festmahl mit Geschenken freizukaufen, aber niemand konnte vorhersehen, was das Auge — und somit die Nachsicht — eines Hanjiishoka ansprechen würde.

Die Jungen entdeckten sich gegenseitig neu und begannen, im Sand umherzurollen, grollend und quietschend und ganz allgemein in dem Bemühen, grimmig zu klingen — wenn auch ohne große Wirkung. Der Shoka sah einen langen Augenblick auf sie hinab, wie auch alle anderen. Ich beobachtete sein Gesicht anstelle der Jungen und hielt den Atem an.

Er war ein älterer Mann, höchstwahrscheinlich ein *alter* Mann. Es war unmöglich, sein Alter sicher zu bestimmen. In der Punja wird die Jugendlichkeit sehr schnell aus den Gesichtern herausgedörrt, und ich habe dreißig Jahre alte Menschen gesehen, die wie fünfzig aussahen. (Oder älter.) Dieser Krieger war mir gute dreißig oder vierzig Jahre voraus, was bedeutete, daß er besonders gefährlich war. Man wird hier nicht sechzig oder siebzig Jahre alt, ohne einige häßliche Tricks zu lernen. Besonders bei den Hanjii.

Er starrte auf die Jungen hinab, die dunkle Stirn gefurcht, so daß die von grauen Fäden durchsetzten schwarzen Brauen über seiner scharfen Nase zusammentrafen. Die Hanjii sind keine hübsche Menschenrasse, mit all ihren Narben und Färbungen und Nasenringen, aber sie sind beeindruckend. Und ich war pflichtschuldig beeindruckt.

Plötzlich beugte sich der Shoka herab und nahm eines der Jungen auf, wobei er dessen wütendes Grunzen und sein Protestgeschrei ignorierte. Er zog die dunklen Lippen zurück, um seine sich ausbildenden Reißzähne zu begutachten, spreizte dann vorsichtig jede seiner Pranken und fühlte nach den im Wachstum begriffenen Krallen. Schwarze Augen wanderten zu der Krallenkette an meinem Hals und dann zu den Narben auf meinem Gesicht.

Er knurrte. »Der Shoka hat von einem Tänzer gehört, der der Sandtiger genannt wird.« Wüstensprache ohne Akzent, wobei er jedoch die Hanjiigewohnheit gebrauchte, sich selbst in der dritten Person zu nennen. »Nur der Sandtiger würde mit Sandtigerjungen in einer Satteltasche an seinem Pferd in die Wüste reiten.«

Ein hohes Lob von einem Hanjii. Widerwilliger Respekt. (Widerwillig, weil die Hanjii sich selbst für den zähesten Stamm der Wüste halten. Während sie Mut untereinander bewundern, hassen sie es zuzugeben, wenn diese Eigenschaft auf andere zutrifft.) Ich war überrascht, daß er mich erkannt hatte, aber ich sagte nichts dazu. Statt dessen schaute ich ernst zu ihm zurück. »Er ist tatsächlich der Sandtiger.«

»Der Sandtiger hat den Hanjii ein großartiges Geschenk gemacht.«

»Das Geschenk ist verdient.« Vorsichtige Ausdrucksweise: genug Nachlässigkeit, um den Ruf der Hanjii zu unterstreichen, genug Überzeugung, um seine Anerkennung zu gewinnen. »Der Sandtiger hat von der Wildheit der Hanjii gehört und wünschte nur, er könnte etwas zu der Legende beitragen. Wer außer dem Shoka der Hanjii würde Sandtiger in seinem Lager halten?«

Wer außer dem Shoka der Hanjii würde das *wollen*? Die Jungen würden sich als sehr ungestüme Haustiere erweisen, aber wenn irgendein Stamm ihnen das Wasser reichen könnte, dann die Hanjii. Ich hätte den Shoka darauf aufmerksam gemacht, aber höchstwahrscheinlich würde ihn ihre Wildheit erfreuen.

Der alte Mann lächelte und zeigte harzgeschwärzte Zähne. »Der Shoka wird Aqivi mit dem Sandtiger teilen.« Er schob das Junge Goldring zu und verschwand im Hyort.

»Eine knappe Rettung«, murmelte ich Del zu. Es wäre nicht gut, die anderen merken zu lassen, daß ich mit ihr sprach, denn eine Frau ist allgemeiner Unterhaltung nicht wert. »Kommt.«

Schweigend folgte sie mir in den Hyort.

Der Shoka erwies sich als sehr zuvorkommend, großzügig mit Aqivi und mit Komplimenten. Als wir die erste Bota geleert hatten, waren wir gute Freunde, die sich gegenseitig erzählten, welch hervorragende Krieger sie waren und daß wahrscheinlich kein Mensch sie besiegen könnte. Natürlich war das zufälligerweise *wahr*. Wenn irgend jemand den Shoka jemals besiegt hätte, wäre er in den Kochtopf gewandert und hätte seine Reise zur Sonne angetreten. Und was mich betraf, wenn jemand *mich* besiegt hätte, würde ich auch nicht zusammen mit einem mit regenbogenfarbenen Narben versehenen Shoka und einer blonden nordischen Frau, die klug genug war, den Mund zu halten, in einem Hanjiihyort sitzen.

Als wir die zweite Bota geleert hatten, waren wir damit beschäftigt, uns gegenseitig mit unseren Kampftaten zu beeindrucken, und dann kam die Rede auf Frauen. Nun galt es ausführlich zu berichten, wie viele Eroberungen wir während der Jahre gemacht hatten, wann wir zum ersten Mal unsere Unschuld verloren hatten — er behauptete mit acht, ich übertrumpfte ihn und behauptete mit sechs, bis ich mich daran erinnerte, daß ich in *seinem* Hyort war und ›zugab‹, daß ich mich geirrt hatte — und über Taktiken. All das machte mir Dels stille, unmittelbare Gegenwart sehr bewußt.

Nach einer Weile versuchte ich, das Gespräch in andere Bahnen zu lenken, aber der Shoka war ganz zufrieden damit, stundenlang weitschweifig über all seine Frauen und Konkubinen zu reden und darüber, wie ermüdend es war, so viele Frauen zufriedenzustellen, wie glücklich er aber auch sei, daß die Sonne ihn mit unendlicher körperlicher Kraft und einem ausgezeichneten Werkzeug ausgestattet hatte.

Einen entsetzlichen Moment lang dachte ich, er würde einen Vergleich vorschlagen, aber er schüttete einen weiteren Schluck Aqivi hinunter und schien dieses Thema vergessen zu haben. Ich stieß einen tiefen Seufzer der Erleichterung aus, den ich aber unterbrach, als ich Dels unterdrücktes Kichern hörte.

Es erregte auch die Aufmerksamkeit des Shoka.

Er sah sie aus seinen schwarzen Augen, die mich plötzlich an Osmoons erinnerten — klein, tiefliegend, schweineähnlich und voll gerissener Tücke — forschend an. Er streckte die Hand aus, strich die Kapuze zurück und entblößte helles Haar, ein blasses Gesicht und blaue, blaue Augen.

Nur war er es, der tief einatmete. »Der Sandtiger reitet mit einer Frau der Sonne!«

Die Sonne ist ihre Hauptgottheit. Solange er Del als so gesegnet betrachtete, war unsere Sicherheit mehr oder weniger gewährleistet. Ich warf ihr einen strengen Blick zu und sah den reinen Ausdruck in ihren Augen und das schwache, höfliche Lächeln auf ihren Lippen.

»Der Shoka möchte sie besser sehen.«

Ich sah schnell zu dem alten Mann zurück, als ich den herausfordernden Ton in seiner Stimme wahrnahm, und sah, wie gierig seine Augen über die burnusverhüllte Gestalt wanderten.

»Was soll ich tun?« murmelte sie zwischen zusammengepreßten Lippen.

»Er will Euch sehen. Ich denke, es ist ungefährlich. Er glaubt, Ihr wärt von der Sonne gesegnet. Kommt, Del — legt den Burnus ab.«

Sie erhob sich, zog den karmesinroten Burnus über den Kopf und ließ ihn zu einem hellen Stapel Seide mit goldenen Quasten zu ihren Füßen sinken. Sie war staubig und matt vor Erschöpfung, aber nichts von alledem tat ihrer makellosen Schönheit und ihrem außergewöhnlichen Stolz Abbruch.

Der Shoka stand plötzlich auf, streckte die Hand aus und wirbelte Del herum, bevor sie etwas sagen konnte. Ich war sofort auf den Füßen, aber alles, was er tat, war, sich das an ihrer Schulter befestigte Schwert anzusehen.

Ich sah, was er sah: wie die fremdartigen Formen auf dem Heft fast lebendig schienen und sich im Silber wanden. Ein Korb voller Schlangen, zu lebenden Knoten verschlungen ... die züngelnde Flamme aus einem Drachenmaul, die zur Bekleidung einer Frau wurde, der Schurz eines kämpfenden Kriegers ... nordisches Netzwerk ohne Anfang, ohne Mitte, ohne Ende ... zahllose, namenlose Dinge, alle in das Metall eingraviert.

Innerlich schauderte ich, als ich mir die Berührung dieses Schwertes in Erinnerung rief, wie *kalt*, wie kalt sich der Stahl anfühlte. Wie es meine Seele berührt und etwas gesucht hatte, was ich weder geben noch begreifen konnte.

Ich sah, wie der Shoka das Schwert betrachtete und dann Del. Einen Augenblick später sah er mich an. »Die Frau trägt ein Schwert.« Alle Freundlichkeit war verschwunden.

Ich verfluchte mich, daß ich vergessen hatte, ihr das Schwert und den Harnisch abzunehmen und beides als meines auszugeben.

Ich machte einen vorsichtigen Atemzug. »Die Sonne scheint auch im Norden jenseits der Punja«, sagte ich deutlich. »Die Sonne, die auf das Haupt des Shoka scheint, scheint auch auf ihres.«

»Warum trägt sie ein Schwert?« fragte er.

»Weil sich die Bräuche im Norden, wo die Sonne auch scheint, von denen des Shoka und des Sandtigers unterscheiden.«

Er brummte. Ich konnte spüren, wie die Spannung von Del abstrahlte. Wir standen fast Schulter an Schulter, aber selbst zu zweit gegen einen würde uns der Tod drohen. Einen Shoka zu töten, würde uns lediglich einen schmerzhafteren, langsameren Tod in den Kochtöpfen der Hanjii einbringen.

Er sah sie erneut an. Alles an ihr. Er kaute auf seiner Zungenspitze herum. »Der Shoka hat noch niemals eine Frau mit heller Haut bemalt.«

Der Gedanke an Dels Schönheit, die von Narben und Farben verdorben werden sollte, machte mich krank. Aber ich verbarg es vor ihm. Tatsächlich gelang es mir, ihn anzulächeln. »Die Frau gehört dem Sandtiger.«

Seine Brauen schossen in die Höhe. »Will der Sandtiger gegen den Shoka der Hanjii kämpfen?«

Hoolies, er erhob Ansprüche auf sie. Die Hanjii reden mit ausgesuchter Höflichkeit immer um ein Thema herum, bis man schließlich allmählich herausfindet, was sie wirklich meinen. Mich dazu aufzufordern, mit ihm um Del zu kämpfen, war seine Art, mir zu sagen, daß er hundertprozentig erwartete, daß ich sie ihm ohne Diskussion überlassen würde, denn kein Mann kämpft freiwillig gegen einen Hanjii-Krieger.

»Er will, daß Ihr kämpft.« Del hatte es gerade begriffen. Und sie war sehr ruhig, wenn man bedachte, daß der Kampf auf Leben und Tod geführt werden würde.

»Es sieht so aus, als würde er es auch erreichen. Ich meine — ein Teil des Handels, den wir eingegangen sind, ist, daß ich Euch sicher nach Julah bringe und nicht in das Bett eines alten Mannes.« Ich grinste. »Haben schon mal zwei Männer um Euch gekämpft?«

»Ja«, sagte sie grimmig, was mich überraschte. Aber ich war überhaupt nicht mehr überrascht, nachdem ich darüber nachgedacht hatte. »Tiger — lehnt ab.«

»Wenn ich ihm sage, daß ich nicht kämpfen will, bedeutet das, daß ich ihm nachgebe«, erklärte ich. »Es bedeutet, daß ich Euch ihm zum Geschenk mache.«

Del straffte die Schultern und sah dem Shoka in die Augen. Es war für eine Frau nicht klug, das zu tun. Und es wurde noch schlimmer, als sie die Bräuche völlig umkehrte und ihn direkt ansprach. »Wenn der Shoka um die nordische Frau kämpfen will, wird er zuerst mit der Frau kämpfen müssen.«

Direkt ausgedrückt, war der Shoka verblüfft. Und ich auch, um ehrlich zu sein. Sie hatte nicht nur die Regeln der üblichen Hanjii-Höflichkeit gebrochen, sondern ihn auch direkt bedroht.

Sein Nasenring schlug gegen seine Lippe. Jede Sehne seines Körpers stach unter seiner sonnengebräunten Haut hervor. »Krieger kämpfen nicht gegen *Frauen*.«

»Ich bin keine *Frau*«, sagte sie trocken, »ich bin ein Schwerttänzer wie der Sandtiger. Und ich werde gegen Euch kämpfen, um es zu beweisen.«

»Del«, sagte ich.

»Seid ruhig.« Sie hatte jegliche Höflichkeit abgelegt. »*Diesen* Kampf werdet Ihr mir nicht stehlen.«

»Bei allen Göttern des Valhail«, zischte ich, »seid nicht eine solche Närrin!«

»Hört auf, mich eine Närrin zu nennen, Ihr einfältiger Sandaffe!«

Der Shoka grunzte. »Vielleicht wäre es besser, wenn die Frau mit dem Sandtiger kämpfen würde.«

Del erkannte den Humor in seinen Worten nicht, besonders als ich laut lachte. »Ich werde kämpfen«, sagte sie bestimmt. »Gegen jeden.«

Ein Glitzern zeigte sich in den schwarzen Augen des Shoka. Er lächelte. Das bannte meine kurzzeitige gute Stimmung und Dels Verärgerung wirkungsvoll, und wir tauschten stirnrunzelnd bestürzte Blicke.

»Gut«, sagte er. »Der Sandtiger und die Frau werden kämpfen. Wenn der Sandtiger siegt, gehört die Frau ihm ... und dann wird er gegen den Shoka der Hanjii kämpfen, um zu bestimmen, wer von uns sie bekommen soll.« Seine Augen schweiften von meinem Gesicht zu Dels. »Wenn die Frau siegt ...« Sein Ton drückte sowohl überzeugten Unglauben als auch vollendete Höflichkeit aus »... ist sie keinem Mann verpflichtet und erhält ihre Freiheit.«

»Die habe ich bereits«, murmelte Del, aber ich winkte ab.

Hoolies, der Shoka war gerissen. Er wußte, daß ich gewinnen würde und somit gezwungen wäre, seinem Wunsch nachzukommen, mit mir um Del zu kämpfen. Er glaubte keinesfalls, daß Del fähig wäre, mich nach Kriegermanier zu besiegen. Daher war er sich sicher, sie am Ende zu bekommen, denn der Shoka würde ausgeruht sein und ich nicht — *und* er würde meine Gewohnheiten im Kreis gesehen haben, was einen Vorteil bedeutete, den jeder Mann gern hätte. Das würde seinen Sieg noch mehr versüßen.

Ich sah Del an und bemerkte die Erkenntnis in ihren Augen. Dann sah ich, wie sich ihr Gesicht straffte und herausfordernde Entschlossenheit in ihre Züge trat — und ich empfand den ersten Hauch von Angst.

Ich konnte den Kampf nicht ablehnen. Das zu tun, würde meinen Ruf ruinieren. Aber während ich sicher war, diesen Ruin zu überleben, würde der Shoka so beleidigt sein, daß er vergessen könnte, daß er uns am Leben lassen wollte. Wir würden unzweifelhaft zu einer Mahlzeit werden. Außerdem gab es keine Möglichkeit, daß ich absichtlich gegen eine Frau verlieren würde. Es gibt so etwas wie Stolz.

Del lächelte. »Wir sehen uns im Kreis.«

»Ach, Hoolies«, sagte ich angewidert.

Innerhalb weniger Minuten machte die Neuigkeit im Lager die Runde. Jeder wußte, daß sich die nordische Frau und der Sandtiger in einem Kreis für Schwerttänzer begegnen würden. Die Hanjii haben keine Schwerter, aber sie schätzen einen guten Tanz. Und sie sind Meister mit dem Messer. Wenn ich Del erst besiegt hätte, würde ich Einzelhieb aufgeben und den Shoka mit meinem Messer, das nicht meine stärkste Waffe ist, bekämpfen müssen. Auch damit bin ich gefährlich genug, aber das Schwert ist meine Magie, und ich habe mich mit Einzelhieb in Händen immer unglaublich sicher gefühlt.

Del hatte sich nicht die Mühe gemacht, den Burnus wieder anzuziehen. Wir standen außerhalb des Hyort, gut sichtbar für das ganze Lager, und ihre helle Hautfarbe und ihre makellose Haut riefen viele Bemerkungen hervor. Mich beachteten sie kaum.

»Ich kann den Kampf ablehnen«, belehrte ich sie leise. »Ihr wißt das. Die Regeln müssen eingehalten werden.«

Sie warf mir einen rätselhaften Blick zu. »Ich bewundere Eure Bescheidenheit.«

»Del ...«

»Ich tanze, um zu siegen«, sagte sie geradeheraus. »Ihr müßt keine Angst haben, Eurem Namen oder Eurem Stolz zu schaden, indem Ihr Euch einer Frau gewachsen zeigt, die beim ersten Streich zu Boden gehen wird. Die Hanjii werden nicht enttäuscht werden.«

»Del, ich möchte Euch nicht verletzen. Aber wenn ich mich zu sehr zurückhalte, werden sie es merken.«

»Also haltet Euch nicht zurück«, schlug sie vor.

»Ich möchte mich nur im voraus schon für eventuelle Schnitte und Prellungen entschuldigen.«

»Aha.«

Ich sah sie stirnrunzelnd an. »Del, kommt ... seid diesbezüglich ernst.«

»Ich *bin* ernst. Ich glaube aber nicht, daß *Ihr* es seid.«

»Natürlich bin ich ernst!«

Sie sah mich abwehrend an. »Wenn Ihr wirklich ernst wärt, würdet Ihr aufhören zu reden und Euch einfach ein Urteil über mich als Tänzer anstatt als Frau bilden.«

Sie hatte recht, so sehr ich es auch haßte, das zuzugeben. Niemals zuvor hatte ich mich für Verletzungen *entschuldigt*, die ich einem Gegner zufügen könnte. Das Ganze erschien mir auf einmal lächerlich, also ging ich nicht weiter darauf ein und starrte grimmig zu den sich versammelnden Hanjii.

Del begann, leise und sanft zu singen.

Wir waren beide müde und sonnenverbrannt und vom Sand aufgerieben und unsicher wegen des uns bevorstehenden Tanzes. Dels Gesicht war ausdruckslos, aber ich konnte es ihren Augen ansehen. Trotz ihrer stolzen Worte bezweifelte ich, daß sie jemals zuvor gegen einen Mann gekämpft hatte.

Und ich selbst fühlte mich hilflos und erschöpft. Ich wußte, daß sie mich mit all ihrer Kraft und all ihrem Können bekämpfen würde und von mir erwartete, daß ich dasselbe tun würde —, und wußte doch, daß ich durch das Wissen, daß sie eine Frau war, gehemmt sein würde. Es war für sie von Vorteil. Und ich hatte nicht die Absicht, es einzugestehen.

Sie sang noch immer sanft, als uns der Hanjii-Krieger mit dem goldenen Nasenring in den in den Sand gemalten Kreis führte. Del öffnete ihre Schuhe und stieß sie beiseite, und ich tat es ihr nach. Wir waren beide ungeschützt, denn wir hatten unsere Harnische zusammen mit den Burnussen im Hyort des Shoka gelassen. Und dann zog sie ihr Schwert aus der Scheide.

Ich hörte erschreckte Ausrufe, heftiges Atmen, erstauntes Gemurmel. Nun, ich konnte den Hanjii nicht wirklich einen Vorwurf machen. Kalter, glatter Stahl kann jeden erschrecken, der nicht daran gewöhnt ist. Aber eigentlich war Dels Schwert nicht wirklich aus glattem *Stahl.*

Aber kalt? Ja. Unzweifelhaft. Sie zog dieses Ding im grellen Sonnenlicht der Punja aus der Scheide, und der Tag veränderte sich sofort. Es war nicht nur so, daß sie eine Fremde aus dem Norden oder eine Frau mit einem Schwert war. Es war, als hätte die schwarze Wolke eines Sommersturmes das Gesicht der Sonne verdunkelt und die Hitze gebannt.

Heiß? Ja. Das war es immer noch. Aber ich fühlte, wie sich die Haut straffte und sich über meinen Knochen anhob, und ich zitterte.

Sie stand unmittelbar außerhalb des Kreises. Barfuß, mit bloßen Beinen und bloßen Armen. Abwartend. Mit diesem unirdischen Schwert leicht in einer Hand.

Ich warf einen kurzen Blick auf Einzelhieb. Blauer Stahl, glänzend im Sonnenlicht. Geschliffen und poliert und bereit, wie Einzelhieb es immer war. Aber — es gab einen Unterschied. Ein so vorzügliches Schwert es auch war, es veränderte doch nicht den Verlauf des Tages.

Zusammen betraten wir den Kreis und gingen in die Mitte, zu dem blutroten Teppich, der genau inmitten des Kreises ausgelegt war. Wir legten unsere Waffen vorsichtig ab.

Einzelhieb war um Zentimeter länger und sicherlich schwerer als ihr namenloses nordisches Schwert. Nein, nicht namenlos … nur für mich unbenannt. Ich hatte das Gefühl, daß die Waffen genauso wenig zusammenpaßten wie wir.

Vielleicht war es das, was die Hanjii so erregte. Sie zogen sich um den Kreis zusammen wie Männer, die auf einen Hundekampf wetten.

Del und ich gingen zu entgegengesetzten Seiten des Kreises und traten hinaus, wobei wir uns ansahen. Es würde ein Wettlauf zu den Schwertern in der Mitte werden, dann käme der eigentliche Schwerttanz, voller Finten und Hiebe, Fußarbeit und blitzenden Klingen.

Ihre Lippen bewegten sich noch immer im Gesang. Und als ich sie ansah, wurde ich wieder von meinem Traum heimgesucht: eine nordische Frau, die ein nordisches Schwertlied sang und mich über den Kreis hinweg ansah.

Ich fühlte ein unirdisches Zittern mein Rückgrat hinablaufen. Ich schüttelte es mühsam ab. »Viel Glück, Del«, rief ich ihr zu.

Sie neigte den Kopf und dachte darüber nach. Sie lächelte, lachte und dann rannte sie zu ihrem Schwert.

9

Dels Schwert lag in ihren Händen und schlug auf mich ein, bevor ich Einzelhieb auch nur berühren konnte. Ich spürte den Wind — seltsam in dieser Hitze, einen *kühlen* Wind —, als die nordische Klinge zum bizarren Gruß über meinen Kopf peitschte. Dann hielt ich Einzelhieb in Händen und stand ihr gegenüber, und sie trat zurück. Aber der erste Streich war geführt, und er gehörte ihr.

Ich erwiderte ihn nicht sofort. Ich trat zurück, glitt durch den Sand zum Rand des Kreises und beobachtete sie. Ich beobachtete, wie sie das Schwert hielt, und begutachtete ihren Griff. Ich beobachtete, wie sich ihre Oberschenkel beugten und die Muskeln spielten. Ich beobachtete, wie sie mich beobachtete.

Und ich beobachtete das Schwert.

Es hatte ein Silberheft, und die Klinge war von einem hellen, zarten Rosaton; nicht rosa wie Blumen oder Frauen, sondern rosa wie wässeriges Blut. Es war scharf. Hart, geschliffen, bereit, genau wie Einzelhieb. Aber meine Klinge war blank. Runen rannen an Dels Klinge wie Wasser hinab, von dem gewundenen, zierlichen Querstück bis zur Spitze. Im Sonnenlicht schimmerten sie wie Diamanten. Wie Eis. Hart, kalt, Eis.

Und einen kurzen Augenblick lang, während ich auf die Klinge sah, hätte ich schwören können, daß sie noch immer in ihrer Scheide steckte: nicht in einer Lederscheide, sondern in einer Eisscheide. Eisgeschützt gegen die Hitze der südlichen Sonne.

Und gegen das Können eines südlichen Schwerttänzers.

Del wartete ab. Über den Kreis hinweg wartete sie einfach ab. Es lag keine Spannung in ihrem Körper, keine Energie wurde durch lauernde Bereitschaft verschwendet. Geduldig, gelassen wartete sie ab und taxierte mich, wie ich sie taxierte, mein Können mit den Augen eines Schülers einschätzend, dem die Rituale des Tanzes von einem Shodo beigebracht werden. Oder, in ihrer Sprache, von einem *Kaidin*.

Silbern. Weißes, blendendes Metall, das lachs- und rosafarben schimmerte, durch das Sonnenlicht verstärkt. Und als sie das Schwert hochschwang, um den Beginn des Tanzes zu bekunden, schien der Bewegung der Klinge ein lachs- und silberfarbener Schweif zu folgen, wie eine Sternschnuppe, die eine Rauch- und Flammenspur hinter sich herzieht.

Hoolies, was *war* dieses Schwert?

Aber der Tanz hatte begonnen, und ich hatte keine Zeit mehr für Fragen oder Einbildungen.

Del bewegte sich in einer Flamme gelben Haares um den Kreis herum, griff zum Schein an, lachte und rief mir in ihrer nordischen Sprache Ermutigungen zu. Die Muskeln ihrer Waden und Unterarme spielten, die Sehnen standen wulstig hervor, wann immer sie die Stellung veränderte. Ich überließ ihr den Großteil des Tanzes und bildete mir währenddessen ein Urteil über ihre Technik.

Zweifellos enttäuschte meine Vorstellung die Hanjii, weil ihr der Einsatz fehlte, aber ich war zu sehr damit beschäftigt zu versuchen, eine schwache Stelle in Dels Verteidigung zu entdecken, als daß ich daran gedacht hätte.

Genau wie sie stand ich auf den Fußballen, das Gewicht nach vorn verlagert, gleichmäßig verteilt. Ich glitt langsam durch den Sand, aber ich vertraute nicht auf die geschmeidige Schnelligkeit, die ihre Hauptstärke zu sein schien. Mein Tanz ist ein Tanz der Kraft, der Ausdauer und der Strategie. Ich bin zu schwerfällig für Geschmeidigkeit, zu muskulös für leichte Schnelligkeit, obwohl ich durchaus nicht langsam bin. Aber Dels aufrechte Haltung und erstaunlich präzise Klingenführung ließen mich wie einen schwerfälligen Koloß aussehen.

Wir bildeten noch immer keine Einheit. Es war kein richtiger Schwerttanz, weil keiner von uns wirklich gegen den anderen im Tanz antreten wollte. Zumindest wollte *ich* nicht gegen Del im Tanz antreten. Sie selbst schien nichts dagegen zu haben.

Einzelhieb schlug jeden ihrer Angriffe mit Leichtigkeit zurück. Ich hatte eine größere Reichweite, ein längeres Schwert. Sie war schneller, konnte aber nicht nahe genug herankommen, so daß ihr Vorteil sich nicht bezahlt machte. Andererseits war ich eindeutig behindert durch den Wunsch, sie nicht zu verletzen. Ich brachte meine Kraft und Erfahrung nicht ein, scheute mich, sie endgültig zu besiegen. Wir tanzten zurückhaltend, uns gegenseitig ausreizend, uns entschlossen umkreisend, weder gewinnend noch verlierend, und wurden beide zunehmend erschöpfter.

Ein wenig Schwerttanz. Der Samum hatte uns der Energie beraubt, unabhängig davon, was unter diesen absonderlichen Umständen an größeren Anstrengungen gefordert war. Des Stolzes ungeachtet, hatte keiner von uns die Ausdauer, eine angemessene Vorstellung zu geben. Wir folgten lediglich mechanisch den Ritualen, ohne das Können und die Techniken zu zeigen, die ein von einem Shodo ausgebildeter Schwerttänzer normalerweise darbietet.

Aber schließlich war Del nicht wirklich ein Schwerttänzer, auch wenn sie behauptete, von einem *Kaidin* ausgebildet worden zu sein. Ich bin Südbewohner, aber ich bin auch professioneller Schwerttänzer, und eine der Verantwortlichkeiten dieses Berufes ist es, bezüglich aller das Schwert betreffenden Gebräuche auf dem laufenden zu bleiben.

Und Frauen gehörten nicht dazu, auch nicht im Norden.

Aber sie war gut. Unglaublich gut. Auch wenn sie durch die Müdigkeit und die Hitze langsamer war, auch wenn sie unter Druck handelte, war ihr Können doch deutlich sichtbar. Ihre Schwertführung war im allgemeinen auf einen kleinen Bereich begrenzt, wodurch die unerwartete Kraft in ihren Handgelenken und die Unterschiede unserer Kampfstile aufgezeigt wurden. Da ich sehr groß bin, ist meine Reichweite viel größer als die der meisten Gegner. Einzelhieb ist daher auch entsprechend länger und schwerer. Was mir einen Vorteil gegenüber vielen Männern verschafft. Aber kaum gegenüber Del.

Sie wandte kaum gefährliche Streiche oder Schläge an, die ihr Gleichgewicht hätten überfordern können. Sie zeigte in keinem Moment die Ungeduld, die Männer oft dazu verleitet, draufgängerische Kampfmuster zu versuchen, die wenig mehr bewirken, als daß sie einen ermüden oder dem Gegenschlag preisgeben. Ich wandte einige meiner Listen an und versuchte, ihr meinen Kampfstil aufzuzwingen (was sie natürlich aus ihrem eigenen herausbringen und mir den Sieg erleichtern würde), aber sie ging nicht auf meine ›Vorschläge‹ ein. Sie tanzte nur.

Kühl, so kühl tanzte sie. Abblockend, täuschend, sofort parierend. Ausweichend. Zustoßend, fest und mit unglaublicher Unterarm/Handgelenk-Beherrschung. Sie erwischte meine eigene Klinge wieder und wieder und wirbelte sie zur Seite. Ausgeglichen, so ausgeglichen tanzte sie.

Hoolies, und wie die Frau tanzen konnte!

Aber dennoch forderte die Müdigkeit allmählich ihren Tribut. Dels Gesicht nahm plötzlich eine alarmierend rötliche Färbung an. Es war bereits von der Sonne verbrannt, und die zunehmende Färbung bestätigte lediglich, daß sie am Rande eines unmittelbar bevorste-

henden Zusammenbruchs stand. Das Zusammenwir-
ken von Sonne und Hitze und Sand würde sie besiegen,
lange bevor ich es konnte.

Insbesondere weil ich genauso abgekämpft war wie
sie und mehr als bereit, diese Farce zu beenden.

Wieder und wieder senkte Del den Kopf, um mit den
Brauen über den Arm zu reiben und damit den Schweiß
wegzuwischen, der ihre Sicht behinderte. Auch ich war
schweißbedeckt und mir bewußt, daß er mir über den
Bauch, den Rücken und die Brauen hinablief. Aber ich
bin eher daran gewöhnt und auch daran gewöhnt, es
nicht zu beachten, und ich ließ nicht zu, daß es mich beeinträchtigte.

Ich machte mir Sorgen um sie. Ich machte mir so große Sorgen, daß ich den Grund des Schwerttanzes, nämlich den Sieg, vergaß. Dels Klinge wand sich unter meiner heraus, schoß hoch und traf die Unterseite meines
linken Unterarmes. Das Blut quoll so schnell hervor,
daß es den gelblichgrauen Sand scharlachrot färbte.

Einen Moment lang zögerte ich (was dumm war),
dann hob ich erneut zur Abwehr mein Schwert.

Dels Zähne waren so fest zusammengebissen, daß die
Muskeln ihres Kiefers hervorstanden, wodurch ihr Gesicht zu einer Maske aus zerbrechlichem Marmor wurde. Seide und Satin und unendlich verführerisch. Und
ebenso ganz entschieden gefährlich. »Kämpft gegen
mich ...«, keuchte sie. »Baut nicht nur Eure Verteidigung auf — *kämpft* gegen mich.«

Also tat ich es. Ich trat vor und täuschte einen Streich
vor, den ich dann blitzschnell gegen sie richtete. Ich
schlug die flache Seite meiner Klinge gegen ihren Ober-
arm und schlug hart genug, um sofort Striemen zu verursachen. Wenn ich die Schneide benutzt hätte, wäre
ihr Arm an der Schulter abgetrennt worden.

Die Hanjii waren nur noch ein verschwommener Eindruck. Ein Teil von mir hörte ihre Stimmen murren und
murmeln, aber der größte Teil von mir war auf den Tanz

konzentriert und auf meine Gegnerin. Das Atmen wurde schwer und schmerzhaft, weil ich mich heiß und müde und ausgetrocknet fühlte, aber irgendwie mußte ich meine Kräfte für den zweiten Kampf bewahren. Wenn ich es Del erlauben würde, mich zu sehr zu ermüden, würde ich unter dem Messer des Shoka viel zu schnell zu Boden gehen.

»Ich tanze, um zu *siegen* ...« Del stürzte durch den Kreis auf mich los. Ich muß es zugeben, das Überraschungsmoment war auf ihrer Seite. Ihr Schwert fuhr leicht durch meine Abwehr, glitt an meinem Handballen und weiter an der Rippengegend entlang.

Ärgerlich schlug ich die flache Seite ihrer Klinge mit der bloßen Hand beiseite (im allgemeinen nicht empfehlenswert, aber sie hatte mit diesem Zug meinen Stolz getroffen), bekam ihr Handgelenk zu fassen und preßte es fest genug, daß sie das Schwert fallen lassen mußte. Ihr gerötetes Gesicht wurde vor Schmerz weiß. Ich ließ mich davon nicht beeindrucken, sondern hakte einen Fuß um ihre Füße und zog daran.

(Es war nicht eigentlich ein Zug, der auch von den Shodo anerkannt würde, aber schließlich ging dies längst über einen den Ritualen entsprechenden Tanz hinaus.)

Del ging zu Boden. Hart. Sie biß sich auf die Lippe, die sofort blutete, und sie schwankte so entsetzlich, daß sie mir beinahe leid tat. Sie hatte mir zweimal blutige Verletzungen zugefügt, aber ich hatte sie jetzt mit einem einzigen Zug entwaffnet, und sie stolperte und fiel auf den Rücken, wodurch ihre Kehle ungeschützt meiner Klinge preisgegeben war. Ich mußte nur die Spitze meines Schwertes an ihren Hals legen und sie auffordern, sich zu ergeben, und der Tanz wäre schon beendet.

Aber nicht mit Del. Ihr Schwert war außer Reichweite, aber der Teppich nicht. Ich hatte ihn vergessen. Sie nicht. Sie zog ihn vom Sand hoch, warf ihn über Einzelhieb, um die Klinge zu entschärfen, und warf mir dann eine Handvoll Sand ins Gesicht.

Zu den Hoolies mit dem Schwert und dem Tanz! Ich ließ es fallen und stürzte mich auf Del, blind, aber nicht hilflos. Beide Hände legten sich um einen schlanken Knöchel. Ich hörte sie aufschreien und fühlte ihren Widerstand, ihr Kämpfen, aber ich zog sie, Zentimeter für Zentimeter zu mir heran. Durch den Sand, der meine Sicht behinderte, sah ich ihre Hand sich nach dem nächstgelegenen Schwert ausstrecken — mein eigenes —, aber beide waren außer Reichweite.

»*Ich* brauche kein Schwert, um zu siegen«, spottete ich, bemüht, nicht laut zu keuchen. »*Ich* kann Euch mit bloßen Händen töten. Wie hättet Ihr es gern, Bascha?« Ich legte die Hände um ihre Kehle und beugte mich über sie, die Knie auf beiden Seiten neben ihren Hüften. »Ich kann Euch erwürgen oder Euch das Genick brechen, oder ganz einfach auf Euch *sitzen* bleiben, bis Ihr erstickt.« Ich machte eine Pause. »Ihr könnt mir gar nichts tun — Ihr könnt Euch noch nicht einmal bewegen — warum beenden wir diese kleine Farce also nicht einfach? Ergebt Ihr Euch?«

Blut von ihrer zerbissenen Lippe war über ihr Gesicht verschmiert und vermischte sich mit dem Sandstaub. Ihre Brüste bebten, als sie krampfhaft zu atmen versuchte, was mich nur dazu brachte, alles zu vergessen, was den Sieg betraf, und sie auf andere Art zu ersticken, nämlich mit meinem Mund auf dem ihren.

Del drehte die Hüften und stieß mit einem Knie aufwärts zwischen meine gespreizten Oberschenkel. Heftig.

Als ich mein furchtbar abscheuliches und demütigendes Schauspiel beendet hatte, bei dem ich mich in den Sand erbrochen hatte, erkannte ich, daß der Tanz endgültig vorüber war.

Also blieb ich einfach dort liegen und versuchte, wieder zu Atem zu kommen und meine Fassung wiederzuerlangen, während mehr als hundert Hanjii-Krieger und doppelt so viele Frauen und Konkubinen dies alles schweigend beobachteten. Schweigend und erstaunt.

Aber ich fand, die Frauen sahen verdächtig zufrieden aus.

Del stand mit ihrem runenverzierten Schwert fest in einer Hand über mir. »Ich muß Euch auffordern, Euch zu ergeben«, erklärte sie. »Seid Ihr in Ordnung?«

»Seid Ihr jetzt glücklich?« krächzte ich und versagte es mir, dem Drang nachzugeben, den Teil meines Körpers zu umfangen, den sie beinahe zerstört hatte. »Ihr habt mich praktisch in einen Eunuchen verwandelt, und das noch, ohne ein Messer zu gebrauchen.«

Dels Gesichtsausdruck zeigte angemessene Reue, aber in ihren Augenwinkeln sah ich etwas glitzern. »Es tut mir leid«, sagte sie. »Es war ein Trick. Es war nicht fair.«

Zumindest *gab* sie es *zu*. Ich lag einfach auf der Seite und sah zu ihr hinauf und wünschte mir, die Kraft zu haben, sie in den Sand zurückzustoßen. Aber ich wußte, daß jede Art heftiger — oder auch vorsichtiger — Bewegung den Schmerz wieder aufleben lassen würde, und also tat ich es nicht. »Hoolies, Frau, warum habt Ihr nicht ganz einfach Euer Schwert benutzt? Ihr könnt einen Mann nicht mit einem *Knie* besiegen!«

»Ich muß Euch auffordern, Euch zu ergeben«, erinnerte sie mich. »Oder wollt Ihr den Schwerttanz fortführen?«

»Das war kein Tanz«, erwiderte ich. »Kein *richtiger*. Und ich glaube nicht, daß ich jetzt irgend etwas fortführen kann.« Ich schielte zu ihr hinauf. »In Ordnung, Bascha ... ich ergebe mich. *Dieses* Mal. Und ich denke, daß sogar der Shoka damit zufrieden sein wird, daß die Frau den Sandtiger besiegt hat.«

Sie strich gelöstes Haar mit einer Hand zurück. »Ihr habt recht, es war nicht richtig. Mein *Kaidin* wäre wütend. Aber — es ist ein Trick, den mir meine Brüder beigebracht haben. Der Trick einer Frau.«

Ich setzte mich auf und wünschte, ich hätte es nicht getan. »Eure Brüder haben Euch *das* beigebracht?«

»Ihr sagtet, ich brauchte einen Vorteil.«

»Vorteil!« sagte ich angewidert. »Hoolies, Del — Ihr habt mich fast fürs Leben ruiniert. Wie fändet Ihr es, wenn Ihr *das* auf dem Gewissen hättet?«

Sie sah mich einen langen Moment lang an, zuckte leicht die Achseln, wandte mir den Rücken zu und ging durch den Kreis zu dem Shoka. Als ich schließlich auf den Füßen stand (und versuchte, so zu tun, als ginge es mir gut) und Einzelhieb wieder umgebunden hatte, legte der Shoka selbst ihr den Harnisch um, obwohl er beflissen vermied, das Schwert zu berühren. Ein Zeichen großen Respekts, denn normalerweise hielten sich die Hanjii von allem fern, was mit Schwertern zu tun hatte. (Und meistens auch von allem, was mit Frauen zu tun hatte.)

Er sah mich an, als ich zu ihnen trat. »Der Tanz war gut. Die Frau war gut. Der Sandtiger war nicht so gut.«

Insgeheim stimmte ich mit ihm überein, aber ich sagte es nicht laut. Irgendwie ließ mein Stolz das nicht zu.

Insbesondere vor Del.

»Die Hanjii brauchen starke Krieger«, verkündete der Shoka. »Hanjii-Frauen ziehen nie genug auf. Der Shoka wird die nordische Frau zur Gemahlin nehmen und das Blut der Hanjii verbessern.«

Ich starrte ihn an. Del, die den Dialekt nicht verstand, sah mich scharf an. »Was hat er gesagt?«

Ich lächelte. »Er will Euch heiraten.«

»Mich *heiraten!*«

»Ihr habt ihn beeindruckt.« Ich zuckte die Achseln und weidete mich an ihrem erschrockenen Gesichtsausdruck. »Er will Kinder von Euch haben — Hanjii-Krieger.« Ich nickte leicht. »Seht Ihr jetzt, was Ihr bekommt, wenn Ihr auf schmutzige Tricks zurückgreift?«

»Ich *kann* ihn nicht heiraten«, stieß sie zwischen zusammengebissenen Zähnen hervor. »Sagt ihm das, Tiger.«

»Sagt *Ihr* es ihm. Ihr seid diejenige, die ihn so sehr beeindruckt hat.«

Del sah mich an, sah den Shoka einen Moment lang an und dann wieder mich. Sie sah mich noch immer an. Aber ihr fehlten offensichtlich die Worte.

Mir nicht, aber ich konnte auch keinen diplomatischen Weg erkennen, es dem Mann zu verweigern. Schließlich räusperte ich mich und versuchte das einzige, was mir einfiel: »Die Frau ist mehr als nur die Frau des Sandtigers, Shoka. Sie ist seine Ehefrau, von der Sonne gesegnet.«

Er starrte mich aus bösartigen schwarzen Augen an. »Der Sandtiger hat dies dem Shoka nicht vorher gesagt.«

»Der Shoka hat nicht danach gefragt.«

Del runzelte die Stirn und beobachtete uns beide.

Der Shoka und der Sandtiger verbrachten endlose Minuten damit, sich gegenseitig anzustarren. Schließlich brummte der alte Mann und gab seinen Anspruch auf. »Es war vereinbart: Wenn die Frau gewinnt, soll sie frei wählen können. Die Frau wird wählen.«

Ich stieß einen erleichterten Seufzer aus. »Wählt einen von uns aus, Bascha.«

Del sah mich einen langen, stillen Moment lang an und erwog gütig beide Möglichkeiten. Ich wußte, das geschah alles zu meinem Nutzen, aber ich konnte nichts sagen oder es riskieren, beschuldigt zu werden, ihre Entscheidung beeinflußt zu haben.

Und sie wußte das.

Schließlich nickte sie. »Die Frau hat einen Ehemann, Shoka. Die Frau erwählt ihn.«

Ich übersetzte ihre Worte.

Wenn auch nichts sonst, so sind die Hanjii doch ein ehrenwertes Volk. Der Shoka hatte gesagt, sie könne wählen. Sie hatte gewählt.

Er konnte sein Wort nicht zurücknehmen, oder er würde vor all seinen Leuten das Gesicht verlieren. Ich fühlte mich erheblich besser.

Dann sah mich der Shoka mit Feindseligkeit in den Augen an, was noch weitaus schlimmer ist als Bösartigkeit. Feindseligkeit könnte ihn veranlassen, etwas zu *tun*.

Er tat es. »Der Shoka hat dem Sandtiger nichts versprochen. Er muß sein Schicksal erleiden. Da die Frau ihn frei erwählt hat, muß auch sie es erleiden.«

»Uh, oh«, murmelte ich.

»*Was?*« flüsterte Del.

»Wir sind frei«, belehrte ich sie, »zumindest seinen Worten nach.«

Del öffnete den Mund, um mich etwas zu fragen, aber sie schloß ihn wieder, als der Shoka eine ungeduldige Geste machte. Einen Moment später kam Goldring mit seinen neununddreißig Gefolgsleuten auf einem Pferd heran. Er führte zwei Pferde mit sich: Dels graubraunen Wallach und meinen kastanienbraunen Hengst.

»Geht«, sagte der Shoka und machte das Zeichen der Sonnensegnung. Ein ziemlich endgültiger Segen.

Ich seufzte. »Das habe ich befürchtet.«

»*Was?*« fragte Del.

»Es ist das Sonnenopfer. Sie werden uns nicht töten oder kochen — sie lassen die Sonne es besorgen.«

»Tiger . . .«

»Steigt auf, Bascha. Es ist Zeit zu gehen.« Ich schwang mich auf den Hengst. Kurz danach bestieg sie den graubraunen Wallach.

Goldring führte uns in die Wüste. Wir ritten eine oder zwei Stunden lang immer wieder im Kreis, bevor er uns ein Zeichen gab abzusteigen, und selbst da hatte ich noch nicht das Gefühl, daß Del ganz verstanden hatte. Zumindest nicht, bis zwei weitere Krieger unsere Pferde am Zügel faßten.

Ich tätschelte den Hengst, als er fortgeführt wurde.

»Viel Glück, Alter. Denk an all deine Tricks.« Ich grinste, als ich sie mir selbst in Erinnerung rief. Einige hatte ich ihm beigebracht, die meisten kannte er von Geburt an, wie das bei Pferden manchmal ist.

Del sah zu, wie man ihr den Graubraunen fortnahm. Und dann verstand sie.

Keiner von uns sagte etwas. Wir beobachteten nur, wie die Hanjii in die Linie des Horizonts hinein außer Sicht ritten, eine wogende Linie, Schwarz vor Braun. Die Sonne brannte auf unsere Köpfe und erinnerte uns so an ihre Gegenwart. Und ich wünschte, sie *wäre* ein Gott.

Denn dann hätten wir vernünftig mit ihr reden können.

Del wandte sich um und sah mich streng an. Sie wartete.

Ich seufzte. »Wir laufen.« Ich beantwortete ihre ungefragten Fragen. »Und ich hoffe, wir werden von einer Karawane gefunden.«

»Wie wäre es, wenn wir den Hanjii folgten? Zumindest wissen wir, wo sie sind.«

»Wir sind der Sonne geweiht worden«, belehrte ich sie. »Wenn wir zurückgehen, werden sie uns bestimmt kochen.«

»Hier draußen werden wir sowieso kochen«, sagte sie angewidert.

»Das *ist* in groben Zügen die Idee.«

Wir sahen uns an. Dels Stolz und Abwehr kämpften auf ihrem sonnenverbrannten Gesicht mit der Erkenntnis, aber der Erkenntnisanteil siegte.

Sie sah mich in verwirrtem Eingeständnis an. »Wir könnten hier draußen sterben.«

»Noch sind wir nicht tot. Und ich bin zäh wie altes Cumfaleder, wenn Ihr Euch erinnert.«

»Ihr seid verletzt.« Bestürzung überlagerte das trockene Mißbehagen in ihrem Ton. »Ich habe Euch verletzt.«

Der Schnitt war nicht tief, eigentlich nur ein schmaler Kratzer an den Rippen entlang. Er hatte ziemlich geblutet, aber jetzt war er trocken, begann zu verkrusten und würde mich nicht sehr behindern.

Als ich mir den ziemlich schmerzhaften Trick in Erinnerung rief, den sie im Kreis an mir angewandt hatte, war ich versucht, sie denken zu lassen, daß der Schwertschnitt schlimmer sei, als er wirklich war. Aber ich beschloß, daß das angesichts der Situation äußerst dumm wäre.

»Es ist nichts«, belehrte ich sie. »Nur ein Kratzer. Seht selbst.«

Sie berührte die Wunde mit sanften Fingern und sah, daß ich die Wahrheit gesagt hatte. Ihr Mund verzog sich. »Ich dachte, ich hätte Euch schlimmer verletzt.«

»Nicht beim Tanz gegen *mich*«, erwiderte ich. »Ihr hattet Glück, daß Ihr nahe genug herangekommen seid, um mir auch nur solch einen kleinen Schnitt zuzufügen.«

»Das war kein richtiger Tanz. Es war ein Witz. Und Ihr wart nicht sehr ausdauernd«, fauchte sie zurück. »Ihr wart ziemlich schnell am Boden, als ich mit dem Knie zustieß. Und Ihr habt geheult wie ein Baby.«

Ich sah sie stirnrunzelnd an. »Genug, Frau. Wißt Ihr, wie schwer es für mich war, auf dem Pferd hier heraus zu reiten?«

Sie lachte, was mir nicht sehr dabei half, meine zerzausten Federn wieder zu glätten. Dann erinnerte sie mich an die Umstände, und das Lachen verging uns. »Warum haben sie uns die Waffen gelassen?«

»Wir sind ein Sonnenopfer. Es wäre Blasphemie, wenn wir unvollständig zu der Göttin gelangten. Und die Hanjii glauben, daß ein Mann ohne Waffen unvollständig ist. Es würde das Opfer schmälern. Was *Euch* betrifft ... nun, ich vermute, Ihr habt Euch im Kreis als wert erwiesen.«

»Wofür auch immer es mir gedient haben mag.« Sie

runzelte die Stirn. »Wenn ich vielleicht *verloren* hätte, wären wir nicht hier.«

»Das wären wir nicht«, stimmte ich zu. »Wenn Ihr verloren hättet, hätte ich mit dem Shoka kämpfen müssen. Und wenn *ich* verloren hätte, wärt Ihr seine Frau geworden und am ganzen Körper mit Narben versehen und gefärbt worden. Und das ist etwas, was ich nicht verantworten könnte.«

Sie sah mich einen Moment lang ausdruckslos an. Dann trat sie von mir fort und zog ihr Schwert. Wieder beobachtete ich, wie die Klinge in den Sand gesteckt wurde und sie auf dem Sand ihre Stellung mit gekreuzten Beinen einnahm. Das Heft stand starr aufrecht, dem Sonnenlicht entgegen. Die Figuren wanden sich im Metall.

Ich zitterte. Runzelte die Stirn. Wollte sie anklagen, ein verhextes Schwert zu tragen, wodurch ihr sofort jegliche Fairneß abgesprochen worden wäre, wenn es zu einem richtigen Schwerttanz käme.

Aber Del rief wieder ihre Götter an, und dieses Mal rief auch ich ein wenig die meinen an.

10

Innerhalb von zwei Stunden war Del über und über rot. Die Sonne saugte alle die Stellen ihres Körpers aus, die der Burnus verdeckt hatte, und jetzt bekam sie fast Brandblasen. Nie zuvor hatte ich bei einem Sonnenbrand eine solche Färbung gesehen, solch entzündet rote Haut. Gegen das blonde Haar, die Brauen und die blauen Augen wirkte die Verbrennung doppelt schlimm.

Ich konnte nichts dagegen tun. Die Haut würde anschwellen, bis etwas getan werden würde, und die Haut selbst würde es tun, indem sie blasige, mit Flüssigkeit gefüllte Taschen bilden würde, die aufplatzen und dringend benötigte Feuchtigkeit über andere Blasen verspritzen würden. Und dann würde sie wieder verbrannt werden, wenn die Haut — der die Feuchtigkeit fehlen würde — auf ihren Knochen ausdörren würde, bis sie nur noch eine rissige Hülle wäre, die unglaublich straff über spröde Knochen gespannt wäre.

Hoolies, ich haßte diesen Gedanken. Und doch war ich hilflos.

Wir wanderten. Anzuhalten würde nur bedeuten, die Hitze, den Schmerz, die Sinnlosigkeit unserer Situation zu verstärken. Die Bewegung vermittelte den Eindruck, von einer Brise umspielt zu werden, obwohl sich nichts rührte. Ich hatte beinahe Sehnsucht nach einem Samum. Aber dann war ich auch froh, daß keiner kam, denn der Wind und der Sand hätten uns die verbrannte Haut von den Knochen gescheuert.

Zum ersten Mal in meinem Leben hätte ich gerne gesehen, wie Schnee aussah, und aus erster Hand erfahren, ob er kühl und weich und nass war, wie es die Leute behaupteten. Ich dachte daran, Del zu fragen, ob es wahr sei — aber ich tat es nicht. Warum sollte man über etwas reden, was man nicht haben konnte? Besonders, wenn man es brauchte.

Die Punja ist voller Mysterien, das Mysterium ihres eigenen Sandes eingeschlossen. In einem Augenblick wandert man auf hartem Untergrund, im nächsten Augenblick stolpert man in eine Mulde loser, tiefer Weichheit, die an den Füßen zieht, einen behindert und die Anstrengungen beim Weitergehen erheblich steigert. Der armen Del stand eine schlimmere Zeit bevor als mir, weil sie es nicht wußte und die feinen Unterschiede in der Erscheinungsform des Sandes nicht erkennen konnte. Schließlich sagte ich ihr, sie solle in meine Fußstapfen treten, und sie verfiel wie ein verirrtes, verwirrtes Hündchen hinter mir in diesen Rhythmus.

Als die Dunkelheit kam, warf sie sich in den Sand, preßte sich flach hinein und versuchte, die plötzliche, unerwartete Kühle in sich aufzusaugen. Dies ist eine weitere Gefahr in der Punja: Die Tage sind heiß und brennend, aber bei Nacht kann man — wenn man ungeschützt ist — vor Kälte zittern und beben. Wenn die Sonne hinter dem Horizont versinkt, seufzt man vor Erleichterung: Erlösung von der Hitze. Und dann wird die Punja kalt, und man friert.

Nun, kalt ist relativ. Aber nach der brennenden Hitze der Tage scheinen die Nächte unglaublich kalt zu sein.

»Schlimmer«, murmelte Del. »Schlimmer als ich dachte. So viel *Hitze*.« Sie saß im Sand, das blanke Schwert auf ihren roten Oberschenkeln ruhend. Als ich mir die Kälte des fremdartigen Metalls in Erinnerung rief, hätte ich es ihr am liebsten fortgenommen und meine eigene Haut damit berührt.

Aber dann rief ich mir auch das betäubende Kribbeln in Erinnerung, den knochentiefen Schmerz, der allem Schmerz, den ich jemals empfunden hatte, so unähnlich war. Und das wollte ich nicht noch einmal erleben.

Ich sah, wie ihre Hände das Metall liebkosten; am Heft die Formen nachzeichneten; an der Klinge sanft die Runen berührten, als könne ihr dies Aufschub gewähren. So seltsame Runen, in das Metall eingearbeitet. Im Zwielicht schillernd. Sie ließen die Klinge in rosigem, schimmerndem Aufflackern leuchten.

»Was ist es?« fragte ich. »Was ist es *wirklich*?«

Dels Finger liebkosten das schimmernde Schwert. »Mein *Jivatma*.«

»Das sagt mir gar nichts, Bascha.«

Sie sah mich nicht an. Sie starrte nur über die sich verdunkelnde Wüste. »Eine Blutklinge. Eine *benannte* Klinge. Voll des Mutes und der Kraft und des Könnens eines ehrenhaften Kämpfers und all der Macht seiner Seele.«

»Wenn sie so mächtig ist, warum bringt sie uns dann nicht hier heraus?« Ich war ein wenig mißlaunig.

»Ich habe Euch etwas gefragt.« Sie sah mich noch immer nicht an. »Aber ... es gibt so viel Hitze ... so viel Sonne. Im Norden wäre es keine Frage. Aber *hier* ... Ich glaube, seine Kraft ist genauso geschwächt wie meine.« Sie fröstelte. »Es ist jetzt kühl, aber das ist verkehrt. Es ist einfach — *ein Kontrast*. Keine ehrliche Kühle.«

Und dennoch, trotz ihrer so arg verbrannten Haut und trotz ihrer verlorenen physischen Abwehr, war Del doppelt kühl. Sie steckte das Schwert in die Scheide und rollte sich zu einer Kugel zusammengekauerten Elends zusammen. Ich hatte meinen eigenen Anteil am Mißbehagen: Die Haut ist so verbrannt, daß sie sich unglaublich heiß anfühlt, selbst wenn die Nacht kühl ist. Und so brennt und friert man gleichzeitig.

Ich hatte das Verlangen, sie zu berühren, sie festzuhalten und ihr etwas von der feurigen Hitze meiner eigenen verbrannten Haut abzugeben, sie zu wärmen, aber sie schrie bei meiner Berührung auf, und ich erkannte, daß es ihr zu weh tat. Die Sonne hatte ihre nordische Haut versengt, während meine südliche Haut lediglich gebräunt war.

Wir lagen Seite an Seite, dösend und wachend und uns schließlich ganz einfach in der glückseligen Erleichterung des Schlafes verlierend, bevor wir wieder erwachen und der Kreis von neuem beginnen würde.

Gegen Mittag ist die Sonne so heiß, daß sie einem die Fußsohlen von den Füßen brennt und man, um zu vermeiden, den Fuß lange auf dem Sand ruhen zu lassen, mit seltsamen, abgehackten Schritten geht. Die Zehen winden sich und biegen sich über den Fuß zurück, bis sie sich verkrampfen, und dann findet man sich auf einem brennenden Fuß hüpfend wieder, während man den Krampf aus dem anderen reibt. Wenn die Hitze zu schlimm wird und der Krampf noch schlimmer ist, setzt man sich nieder, bis man wieder stehen kann, und dann geht man wieder ein Stück weiter.

Wenn man harte Fußsohlen hat wie meine, kann man länger auf dem Sand stehen, und die Zehen biegen sich weniger. Man muß seltener anhalten, und man vermeidet, mit dem Gesäß den Sand zu berühren. Aber wenn die Fußsohlen wie Dels sind — weicher, dünner, weißer —, ist jeder Schritt von heftigen Schmerzen begleitet, egal wie schnell man auf den anderen Fuß hüpft. Nach einiger Zeit stolpert man, und dann fällt man, und dann hat man reichlich damit zu tun, nicht zu schreien, weil die Füße brennen, die Haut entflammt ist und die Augen so heiß sind, daß man kaum noch sehen kann.

Aber man schreit nicht. Zum Schreien braucht man Feuchtigkeit, und jetzt hat man keine mehr übrig.

Del stolperte. Fiel fast. Blieb stehen.

»Bascha ...?«

Ihr Haar hob sich gegen die bläuliche Röte ihrer Haut, die Blasen gebildet hatte und jetzt verklebende Säfte absonderte, weiß ab. Ich sah, wie sie vor Schmerz und Erschöpfung zitterte.

»Tiger ...« Es war kaum mehr als der Hauch einer Stimme. »Das ist keine gute Art zu sterben.«

Ich sah hinab und bemerkte, wie sich ihre Zehen vom Sand aufwärts rollten, wie sie ihr Gewicht ständig verlagerte: Fuß zu Fuß, Hüfte zu Hüfte, bis sie in einen Rhythmus verfiel, auf den sie sich konzentrieren konnte. Das hatte ich früher schon gesehen. Einige Menschen verlieren den Bezug zu ihrer physischen Bewegung, wenn die Sonne auf ihr Gehirn brennt. Bei Del schien es noch nicht ganz so weit zu sein, aber es war nahe daran. Zu nahe.

Ich streckte die Hand aus und strich ihr das Haar aus dem Gesicht. »*Gibt* es eine gute Art zu sterben?«

Sie nickte leicht. »Im Kampf, ehrenhaft. Wenn man ein Kind trägt, das besser und stärker sein wird. Wenn das Herz und die Seele und der Körper nach endlosen Jahren des Lebens schwächer werden. Im Kreis, allen Ritualen entsprechend. Das sind gute Arten. Aber dies ...« Eine ausgestreckte Hand, zitternd, umfaßte alles, was wir von der Punja sehen konnten. »... dies ist, als würde man eine hochwertige Kerze völlig abbrennen, so daß nichts zurückbleibt ...« Der Atem rasselte in ihrer Kehle. »Verschwendung ... *Verschwendung* ...«

Ich streichelte ihr Haar. »Bascha, schimpft nicht so darüber. Das saugt alle Kraft aus Euch heraus.«

Sie sah mich erbost an. »Ich will nicht so sterben!«

»Del — wir sind weit davon entfernt zu sterben.«

Unglücklicherweise war das so.

In der Wüste, ohne Wasser, platzen die Lippen auf, bis sie bluten und man mit geschwollener Zunge an der Feuchtigkeit leckt. Aber Blut schmeckt salzig und macht durstig, und man verflucht die Sonne und die Hitze und den Sand und die Hilflosigkeit und die absolute Sinnlosigkeit von allem.

Aber man geht weiter, man geht weiter.

Wenn man die Oase sieht, glaubt man es nicht, denn man weiß, daß sie eine Spiegelung ist, und fragt sich doch, ob sie real ist. Das ist der Gipfel der Qual, messerscharf geschliffen. Sie gleitet schmerzlos durch einen hindurch, und dann, wenn man überrascht hinsieht, geht es einem durch und durch, und was vom Geist übriggeblieben ist, versickert im Sand.

Die Oase wird deine Rettung sein, sie wird dein Tod sein.

Sie bewegt sich mit deiner Bewegung und verschiebt sich über den brennenden Sand, zuerst nahe, dann weiter entfernt, dann wenige Zentimeter vor deinen Füßen.

Schließlich schreist du auf und fällst auf deine verbrannten, schmerzenden Knie, wenn die Vision verblaßt und dich mit einem Mund voll heißem Sand zurückläßt, der deine Kehle verklebt und dir Übelkeit verursacht.

Aber dir kann nicht übel sein, weil nichts in deinem Bauch ist, was du erbrechen könntest.

Nichts.

Noch nicht einmal Gallenflüssigkeit.

Als ich zu Boden sank, zog ich Del mit mir. Aber sie stand fast sofort wieder auf und taumelte weiter. Ich beobachtete sie, wie sie vorwärts ging. Auf Händen und Knien, halb bewußtlos, beobachtete ich, wie die nordische Frau durch den Sand voranstolperte.

Südwärts. Unbeirrbar.

»Del«, krächzte ich. »Bascha … *wartet* …«

Aber sie wartete nicht. Und das brachte mich wieder auf die Füße.

»Del!«

Sie sah sich noch nicht einmal um. Ich spürte ein Gefühl des Unglaubens darüber aufkommen, daß sie mich so einfach zurücklassen konnte (ein Mann denkt gern, daß er zumindest ein *wenig* Gefühl erweckt), aber dann wurde es von der Leere der Angst ersetzt. Sie setzte sich in meinen Eingeweiden fest und trieb mich zu einem stolpernden Lauf an.

»Del!«

Sie torkelte noch immer vorwärts: taumelnd, schwankend, fast fallend, aber beständig in Richtung Süden. In Richtung Julah. In Richtung auf alles Neue, was sie über ihren Bruder erfahren könnte. Armer, hübscher Junge (wenn er seiner Schwester ähnlich war), dessen wahrscheinliches Schicksal das scheußlichste von allen war.

Dann war es besser zu sterben, dachte ich grimmig.

Aber das sollte man seiner Schwester nicht sagen.

Ich holte sie ziemlich schnell ein, denn auch wenn ich durch die Hitze und den Sand und die Sonne am Rande eines Fieberwahns schwankte, ging es mir doch nicht so schlecht wie Del. Nicht annähernd so schlecht.

Und als sie herumfuhr, um mich anzusehen, wußte ich, daß es ihr noch viel schlechter ging.

Dels Gesicht war geschwollen, verkrustet, so schlimm versengt, daß sie kaum etwas sehen konnte. Ihre Augenlider waren riesige, runzelige Blasen, die die Haut auseinanderzogen, bis sie aufplatzen würden, verkrusten würden und wieder aufplatzen würden, bis sie weinen würde, ohne daß Tränen flossen.

Aber es war das, was hinter den Lidern zu sehen war, was meine Seele frieren ließ: der erste Hauch von Kälte, den ich seit Tagesanbruch spürte. Ihre Augen, so blau und mit einem so fremdartigen Schimmern, waren mit Leere gefüllt.

»Hoolies«, krächzte ich verzweifelt, »Ihr seid sandkrank.«

Sie starrte mich mit blinden Augen an. Vielleicht erkannte sie mich noch nicht einmal. Aber als ich eine Hand ausstreckte, um sie am Arm zu berühren, weil ich sie dazu bringen wollte, sich auf den Sand zu setzen, bevor sie aufgrund all der Schmerzen und des Fieberwahns Amok laufen würde, versuchte sie, ihr Schwert aus der Scheide zu ziehen.

Es lag keine Anmut in ihren Bewegungen, keine Geschmeidigkeit. Es war nur eine ungeschickte, zerfahrene Bewegung, als sie versuchte, das Schwert von ihrem Harnisch zu reißen.

Ich bekam ihren linken Arm zu fassen. »Bascha ... nein!«

Der andere Arm fuhr mit der Bewegung fort. Ich sah das nutzlose, über Kreuz führende Ausstrecken der rechten Hand, die sich um das silberne Heft schloß, das über ihre linke Schulter herausragte. Wie immer machte mich das von der Klinge reflektierende Sonnenlicht fast blind. Aber es tat zu weh zu blinzeln.

Ich ergriff ihren anderen Arm. Ich spürte ihren sofortigen Rückzug: meine Berührung, sanfter als normal, war noch immer zu viel für ihre von Blasen übersäte Haut. Ihr schmerzhaft eingezogener Atem war in der Stille der Wüste als Zischen zu hören.

»Del ...«

»Schwert.« Das Wort hatte keine Gestalt, keine erkennbare Klangmodulation. Nur — ein Geräusch. Ein abgehacktes, geflüstertes Wort.

Eine Bitte. »Bascha ...«

»Schwert.« Ihre Augen waren außer Kontrolle, wie der Blick eines Sandtigerjungen. Es war unheimlich, und einen Moment lang hätte ich sie beinahe losgelassen.

Ich seufzte. »Nein, Bascha, kein Schwert. Die Sandkrankheit macht Euch verrückt — Ihr wißt nicht mehr, was Ihr tut. Vielleicht würdet ihr mir das Herz herausschneiden.« Ich versuchte zu lächeln, aber die Bewegung ließ meine Lippen aufplatzen und erneut bluten.

»*Schwert.*« Bemitleidenswert.

»Nein«, belehrte ich sie sanft, und sie begann zu weinen.

»*Kaidin* hat gesagt ... *An-Kaidin* hat gesagt ...« Sie konnte in ihrer Benommenheit kaum sprechen. »*An-Kaidin* hat gesagt ... Schwert ...«

Ich verstand den Unterschied sofort. *An-Kaidin*, nicht *Kaidin*.

»Kein Schwert.« Sanft überrumpelte ich sie. »*Der Tiger* sagt nein.«

Erneut traten ihr die Tränen in die Augen. Das rechte gab seine Flüssigkeitsreserve in Form eines einzigen über ihre Wange laufenden Tropfens ab. Aber die Träne erreichte nicht einmal ihr Kinn. Die Haut saugte sie sofort auf.

»Bascha«, sagte ich rauh, »Ihr müßt mir zuhören. Ihr seid sandkrank und werdet tun müssen, was ich Euch sage.«

»*Schwert*«, sagte sie und entzog beide Handgelenke meinem Griff.

Verbrannte Haut platzte auf, austretende Flüssigkeit vermischte sich mit Blut. Aber ihre Hände lagen jetzt auf dem Heft ihres Schwertes, schlossen sich darum, zogen es hinauf und dann seitwärts, als sie es gewaltsam herauszog. Eine Karikatur ihrer normalerweise geschmeidigen Bewegungen. Aber wie ungeschickt die Bewegung auch gewesen sein mochte, so blieb doch die Tatsache, daß Del ein Schwert in Händen hatte.

Ich bin kein Narr: ich trat schnell zurück. Männer behaupten, ich sei im Kreis ohne Furcht. Sollen sie. Es kommt dem Ruf zugute. Aber jetzt war ich nicht im Kreis. Mir gegenüber stand eine schwer sandkranke Frau mit einem glitzernden Schwert in Händen.

Ihr Griff verlagerte sich. Die Klinge zeigte zu Boden, parallel zu ihrem Körper. Beide Hände hielten das Heft an dem gewundenen Kreuzstück. Sie hob das Schwert langsam zu ihrem Gesicht hinauf und preßte dann den Schwertknauf gegen ihre aufgesprungenen, blasigen Lippen.

»*Sulhaya*«, flüsterte sie und schloß die Augen.

Ich beobachtete sie aufmerksam. Ich wollte ihr die Waffe abnehmen, aber sie war zu unberechenbar. Ihr Können, das sie beanspruchte, machte sie doppelt gefährlich: Kein Mann riskiert es, gegen eine Klinge *und* eine sandkranke Frau anzutreten. Noch nicht einmal gegen eine Frau ohne die geringsten Schwertkenntnisse.

Sie flüsterte dem Schwert etwas zu. Ich runzelte die Stirn, denn mich beunruhigte der Ton in ihrer Stimme. Ich bin schon früher mit Sandkrankheit konfrontiert gewesen und weiß, in welchem Maß sie einem Mann — oder eine Frau — den Verstand rauben kann und nichts zurückläßt als Wahnsinn. Sie ist im allgemeinen tödlich, denn so ziemlich die einzige Möglichkeit, daß Menschen diese Krankheit *bekommen*, ist, wenn sie ohne Wasser oder Schutz oder irgendeine Hoffnung auf Rettung in der Wüste gefangen sind.

So wie Del und ich.

»Bascha ...«, begann ich erneut.

Sie wandte sich von mir ab. Unbeholfen sank sie mit dem Schwert auf die Knie: schrecklich verbrannte Haut auf sepiafarbenem Sand. Die Velourledertunika, die sie trug, lag straff an ihrem Körper an — eine Scheide um ein Schwert —, und doch überlegte ich zum ersten Mal nicht, was dieser geschmeidige Körper für meinen eigenen tun könnte. Ich sah sie nur an und fühlte Verzweiflung in mir aufkommen, als sich die Frau der Schwäche der Sandkrankheit ergab.

Hoolies, welch eine Verschwendung.

Sie kniete, kroch aber nicht vorwärts. Ihr Rückgrat war gestreckt. Vorsichtig steckte sie die Spitze der Klinge in den Sand und drückte das Heft nach unten, in dem Versuch es fest hinein zu bohren. Aber sie war zu schwach, und der Sand war zu fest. Schließlich war ich es, der sich auf den Knauf lehnte und das Schwert in den Boden stieß, so daß es aufrecht stand, wie es sein sollte.

Erst jetzt spürte ich den Schmerz, der in meiner Handfläche brannte. Er fraß sich den Arm hinauf bis zur Schulter und pochte derart, daß ich darunter erzitterte, und erst als ich die Hand fortriß, ließ das grausige Gefühl nach.

»*Del*«, sagte ich scharf und schüttelte meine brennende Hand. »Bascha — was zu den Hoolies *ist* dieses Schwert?«

Ich fühlte mich ein wenig wie ein Narr, als ich diese Frage aussprach — ein Schwert ist immerhin nur ein Schwert —, aber die noch immer gegenwärtige Explosion des Schmerzes in meiner Hand bestätigte, daß die nordische Klinge tatsächlich mehr als ein Stück Stahl war, das zu einer tödlichen Waffe geformt worden war. Meine Handfläche kribbelte. Ich besah sie mißtrauisch, rieb sie heftig mit meiner anderen Hand und sah Del an.

Einfache Tricks und Unsinn, für leichtgläubige Menschen gedacht. Aber ich bin kein leichtgläubiger Mann.

Und obwohl ich schnell mit Spott bei der Hand bin, erkenne ich den Geruch echter Magie, wenn er die Luft, die ich atme, durchdringt.

Wie jetzt.

Del antwortete mir nicht. Ich war nicht sicher, ob sie mich gehört hatte. Ihre Augen waren fest auf das Heft gerichtet, das auf gleicher Höhe mit ihrem Gesicht war. Sie sagte etwas — einen Satz in ihrer nordischen Sprache — und wiederholte es viermal. Sie wartete: Nichts tat sich (zumindest schien es mir so). Sie wiederholte den Satz erneut.

»Del, das ist lächerlich. Hört auf.« Ich streckte die Hand aus, um das Schwert aus dem Sand zu reißen. Ich tat es nicht. Mehrere Zentimeter davor hielt meine Hand inne, als ich mir das scheußliche Gefühl betäubender Schwäche in Erinnerung rief, das verwirrende, schmerzhafte Kribbeln, das wie Eis durch meine Venen geronnen war.

Eine Art Zauber?

Vielleicht. Aber das würde bedeuten, daß Del eine *Hexe* wäre ... oder etwas Ähnliches.

Noch immer konnte ich das Heft nicht anfassen. Ich konnte mich nicht *überwinden*, obwohl mich nichts daran hinderte, es zu tun. Nichts außer einem extremen Widerwillen, die Verzauberung erneut zu erfahren.

Del verbeugte sich und bog ihren Körper nach unten dem Sand zu. Ihre Hände waren flach aufgedrückt, die Finger gespreizt. Ihre Brauen berührten den Sand dreimal. Ein Blick zum Schwert. Dann wurde die Huldigung wiederholt.

Der blonde Zopf, der jetzt weiß gebleicht war, schlug auf dem Sand auf. Ich sah, daß die Sandkörner an der verbrannten Haut an ihrer Stirn kleben blieben, an der Nase, an ihren Lippen. Und als sie sich erneut in widerlicher Ehrerbietung vor dem Schwert verbeugte, sah ich, wie ihre rauhen Atemzüge den Staub unter ihrem Gesicht aufwirbelten.

Puff ... Puff ... Puff ...

Staub flog auf: elfenbein- und umbrafarben.

Ich sagte nichts. Sie war jenseits aller Worte aus einem menschlichen Mund.

Sie kniete in vollständiger Ehrerbietung da. Und dann streckte sie sich unbeholfen aus, bis sie erschöpft auf dem Sand lag. Sie legte ihre Hände unmittelbar über der Sandoberfläche um die schimmernde Klinge. Ich sah, wie ihre versengten und rot verbrannten Knöchel von der Anspannung ihrer Hände weiß wurden. »*Kaidin, Kaidin*, ich bitte dich ...« Die Hälfte der Worte wurden in der Sprache des Südens, die andere Hälfte in der des Nordens gesprochen. Also war der Bezug zu allen Dingen verloren. »*An-Kaidin, An-Kaidin, ich bitte dich ...*«

Ihre Augen waren geschlossen. Ihre Lider waren vom Flüssigkeitsverlust und vom Sand verklebt. Er bildete Krusten auf ihrem Gesicht, wo das anschwellende Wundsein die wunderschönen Linien ihrer makellosen Wangen unkenntlich machte. Und ich fühlte einen solchen Zorn in mir aufsteigen, daß ich mich hinunterbeugte, ihre Hände von dem Schwert löste und — während ich mich auf die Verzauberung vorbereitete —

die Klinge aus ihrem behelfsmäßigen Altar im Sand riß.

Ein Schmerz schoß meinen Arm hinauf und in die Brust. Eiskalt. Scharf wie ein Dolch, obwohl nichts in meine Haut einschnitt. Es war einfach kalt, *so kalt*, als würden mein Blut, meine Knochen, meine Haut gefrieren.

Ich erschauderte. Meine Hand schien am dem Heft festzukleben, selbst als ich versuchte, das Schwert loszulassen. Licht erfüllte meinen Kopf, flammendes Licht, ganz purpurfarben und blau und rot. Wie blind schaute ich in die Wüste und sah nichts als das Licht.

Ich rief etwas. Fragt mich nicht, was. Aber während ich es rief, schleuderte ich das Schwert mit aller mir verbliebenen Kraft von mir. Und ich hatte in diesem Moment nicht mehr viel Kraft.

Meine Hand, Valhail sei Dank, löste sich. Mehrere Schichten meiner Haut waren in Streifen abgeschält worden und hafteten noch immer an dem Griff. In meiner Hand blieb das Muster des Heftes, die gewundenen, fremdartigen Umrisse nordischer Bestien und Runen. Flüssigkeitsperlen quollen in die in meine Hand gesengten Muster. Ausgetrocknet. Aufgesprungen. Mit einer weiteren Hautschicht abgelöst.

Ich zitterte. Ich umklammerte mein rechtes Handgelenk mit der anderen Hand und versuchte, es ruhig zu halten, versuchte, den schreienden Schmerz zu mildern. Heißes Metall brannte. Sengte. Ich hatte schon früher Verbrennungen gesehen. Aber das — *das* war etwas anderes. Mehr. Das war *Zauberei*. Eiskalte Zauberei. Der personifizierte Norden.

»Hoolies, Frau!« schrie ich. »Welche Art Zauberin seid Ihr?«

Noch immer ausgestreckt sah Del zu mir hoch. Ich sah das völlige Nichtbegreifen in ihren Augen. Äußerste Verwirrung. Ihr Mund stand offen. Die Ellenbogen bewegten sich, hoben sich. Sie drückte sich vom Boden hoch, obwohl sie es fast nicht schaffte. Sie erhob sich auf ein Knie und stützte sich mit zitternder Hand im Sand ab.

»Die Magie«, sagte sie verzweifelt, »die Magie gehorchte nicht . . .«

»*Magie!*« Es widerte mich an. »Welche Macht schafft das — dieses *Ding* zu führen? Kann es den Tag abkühlen? Kann es unsere verbrannte Haut lindern? Kann es das Angesicht der Sonne von uns wenden und uns statt dessen Schatten gewähren?«

»Das alles, ja. Im Norden.« Sie schluckte, und ich sah, wie die verbrannte Haut an ihrem Hals aufsprang. »*Kaidin* hat gesagt . . .«

»Es ist mir egal, was Euer Schwertmeister gesagt hat!« Ich schrie. »Es ist nur ein Schwert. Eine Waffe. Eine Klinge. Dafür gedacht, Haut und Knochen zu durchschneiden, Arme und Beine und Genicke zu durchtrennen — einen Menschen zu töten.« Und doch, als ich die Macht, die ich gespürt hatte, geleugnet hatte, schaute ich wieder auf meine Hand. Gebrandmarkt von den Erfindungen des Nordens. Eisgebrandmarkt von der Magie.

Del wankte. Ich sah das Zittern ihres Armes. Einen Moment lang lag Verstehen in ihren Augen. Und Bitterkeit. »Wie könnte ein *Südbewohner* auch wissen, welche Macht einem Schwert innewohnt . . .«

Ich streckte die Hand nach oben, ergriff mit einer Hand Einzelhiebs erhitztes Heft, wobei ich das Stechen in meiner frisch verletzten Hand ignorierte, und riß ihn aus der Scheide. Ich hielt die Spitze der Klinge nur wenige Zentimeter vor ihre Nase. »Die Macht eines Schwertes liegt in dem Können des Menschen, der es führt«, sagte ich deutlich. »Es gibt nichts anderes.«

»O doch«, sagte sie, »das gibt es. Aber ich bezweifle, daß Ihr es jemals erkennen werdet.«

Und dann rollten ihre Augen zurück in die Höhlen, und sie sank haltlos in den Sand.

»Hoolies«, sagte ich angewidert und steckte Einzelhieb weg.

Ich hörte die Pferde zuerst. Schnauben. Das Quietschen von Leder. Klappernde Pferdegebisse. Das Knarren von Holz, und Stimmen.

Stimmen!

Del und ich lagen auf dem Sand ausgestreckt wie Stoffpuppen, zu schwach, um weiterzugehen, zu stark, um zu sterben. Wir lagen auf Armeslänge voneinander entfernt. Als ich den Kopf drehte und sie ansah, sah ich die Kurve ihrer Hüfte und ihren sonnengebleichten Zopf, lange, feste, verbrannte Beine mit weißen Schrammen über den Knien.

Und Sand, der auf ihrer sonnengerösteten Haut verkrustet war.

Als ich es schaffen konnte, wandte ich den Kopf zur anderen Seite. Ich sah eine Frau mit dunklem Gesicht, die in einen blauen Burnus gewickelt war, und ich erkannte sie.

»Sula.« Es kam als ein Krächzen heraus, das auf meiner geschwollenen Zunge erstarb.

Ich sah, wie sich ihre schwarzen Augen weiteten. Ihr breites Gesicht zeigte äußerstes Erstaunen. Und dann verwandelte sich das Erstaunen in Dringlichkeit.

Sie wandte sich um, rief etwas, und einen Augenblick später kamen andere Wagen heran. Leute versammelten sich um uns. Ich hörte die überraschten Ausrufe, als man mich erkannte. Mein Name wurde von den Männern an die Frauen, von den Frauen an die anderen Frauen, von den anderen Frauen an die Kinder weitergegeben.

Mein *alter* Name, der überhaupt kein Name ist.

Wie die Salset verstehen auch die Nomaden die Wüste. Es waren nur sehr wenige anweisende Worte notwendig, bis sie Del und mich in kühle, nasse Kleidung eingewickelt hatten und die Wagen näher heranbrachten, um uns etwas Schatten zu gewähren. Es wurde sofort ein Lager errichtet. Die Salset sind gut darin: ein Hyort hier, einer dort, bis auf einem kleinen Streifen Wüste eine zusammengedrängte Traube davon dastand. Und sie nennen es Zuhause.

Ich konnte nicht sprechen, obwohl ich Sula und den anderen Frauen sagen wollte, sie sollten sich zuerst um Del kümmern. Meine Zunge war zu geschwollen und schwer in meinem ausgetrockneten Mund, und das Atmen machte mir Mühe. Schließlich, nachdem Sula mich ständig beruhigte, gab ich auf und ließ sie ihre Arbeit tun.

Als die Kleider auf meinem versengten Körper getrocknet waren, feuchtete Sula sie erneut in den hölzernen Wasserfässern an, die an den Wagen befestigt waren. Nach der fünften Anwendung mit nassem Leinen rief sie nach Allasalbe, und ich versank in glückselige Betäubung, als die kühle Salbe verkrustetes Gewebe aufsaugte und den Schmerz auslaugte. Und Sula, gedankt sei den Göttern des Valhail, hob meinen Kopf und ließ mich das erste Mal seit zwei Tagen trinken.

Mein letzter klarer Gedanke galt Del, als ich mir in Erinnerung rief, wie seltsam sie sich verhalten hatte. Als sei das Schwert mehr als nur ein Schwert. Als erwarte sie von dem Schwert, daß es uns aus unserer mißlichen Lage befreien würde.

Einzelhieb, so sehr ich ihn auch respektiere und bewundere, ist nur ein Schwert. Kein Gott. Kein Mensch. Kein magisches Wesen.

Ein Schwert.

Aber auch mein Retter.

* * *

Meine Verletzungen sind immer schnell geheilt, aber dennoch dauerte es Tage, bis ich mich wieder als Mensch fühlte. Meine Haut schälte sich in Fetzen und

Schichten ab, so daß ich mich wie ein Cumfa im Fell-wechsel fühlte, aber die regelmäßige Anwendung von Allasalbe hielt die neue Haut feucht und weich, bis sie sich normal festigen konnte. Der Sandtiger, der immer dunkel wie ein Kupferstück gewesen war, sah jetzt so aus, als habe eine unglückliche Frau ein vollständig aus-gewachsenes Baby geboren. Ich war überall schmutzig und rosig, außer an den Stellen, die der Dhoti bedeckt hatte.

Und da das ein Teil meines Körpers ist, auf den ich in mehr als einer Beziehung angewiesen bin, empfand ich außerordentliche Dankbarkeit.

Aber Del war sehr krank. Sie lag in Sulas kleinem orange- und ockerfarbenem Hyort, verloren im Deliri-um der Sandkrankheit und der schwarzen Welt der In-fusion, an die Sula sie mehrmals am Tage anschloß. Selbst die Allasalbe konnte ihre Schmerzen nicht voll-ständig lindern.

Ich stand unmittelbar hinter dem Türschlitz und sah hinab auf den Umriß unter der safrangefärbten Leinen-decke. Alles, was ich sehen konnte, war ihr Gesicht. Noch immer verbrannt. Noch immer voller Blasen. Sich noch immer schälend.

»Sie kann nicht mit euch sprechen.« Sula benutzte den Salset-Dialekt, den ich so lange nicht gehört hatte. »Sie ist bewußtlos. Bewußtlose sprechen nicht.«

»Es wird *vorbeigehen*.« Das war mehr Wunschdenken als irgend etwas sonst. Die Sandkrankheit ist eine ern-ste Angelegenheit.

»Vielleicht.« Sie tat mir nicht den Gefallen zu zwei-feln.

»Aber sie wird jetzt gut versorgt«, erinnerte ich sie.

»Sie bekommt wieder Wasser und das Zeug, das du ihr gibst. Die Sandkrankheit wird vergehen.«

Sula zuckte die Achseln. »Sie kann nicht mit Euch sprechen.«

Ich sah wieder zu Del. Sie jammerte und schrie in ihrer benommenen Betäubung und flüsterte in ihrer nordischen Sprache. Ich hörte *Kaidin*, wieder und wieder, aber wenn sie von dem Schwert sprach, so konnte ich das Wort nicht erkennen.

Resigniert schüttelte ich den Kopf. »Dumme, kleine Bascha. Ihr hättet im Norden bleiben sollen.«

Ich wollte nachts in dem Hyort schlafen, aber Sula — die die Salset-Bräuche kannte — wollte es nicht zulassen. Ich war ein unverheirateter Mann und sie eine unverheiratete Frau, die sich dennoch umeinander kümmerten. Also schlief ich draußen in eine Decke eingerollt, die nach Ziege und Hund roch und Erinnerungen an eine Zeit vor vielen Jahren in mir wachrief. Erinnerungen, die ich lieber vergessen hätte, aber ich konnte es nicht.

Jeden Tag betätigte ich mich in dem Versuch, die Starre aus meinen Muskeln zu bekommen und die sanfte neue Haut zu dehnen, bis sie mir besser passen würde. Ich übte stundenlang mit Einzelhieb und amüsierte mich, wenn sich alle Kinder versammelten, um mich mit ihren neugierigen schwarzen, vor Erstaunen weit geöffneten Augen zu beobachten, und doch spürte ich in mir eine Rastlosigkeit. Besorgnis. Ich konnte sie nicht abschütteln. Und als ich zwischen den Hyorts und Wagen hindurchging und mir meine Kindheit bei dem Stamm in Erinnerung rief, fühlte ich mich bedrückt und schlecht und verstört. Verstört — der Sandtiger. Ich wollte fortgehen — *mußte* fortgehen —, aber ich konnte nicht gehen. Nicht ohne Del.

Ich meine, ich hatte mit ihr einen Handel abgeschlossen, eine Arbeit für sie zu erledigen. Ich mußte sie zu Ende bringen, oder mein Ruf würde leiden.

Der Shukar kam und sah mich aufmerksam an, prüfte die Narben des Sandtigers auf meinem Gesicht und die Krallen, die um meinen Hals hingen, und ging wieder weg, ohne etwas zu sagen. Aber erst jetzt hatte ich die Bitterkeit in seinen Augen bemerkt: seine Erinnerung an die Vergangenheit, die Gegenwart, die Zukunft. Schlauer alter Mann. Gerissener alter Shukar. Er ging von mir fort, aber erst nachdem ich den häßlichen Zug um seinen Mund gesehen hatte.

Ihr Götter, der Mann haßte mich.

Aber nicht mehr, als ich ihn haßte.

Die Männer weigerten sich, mit mir zu sprechen, was nicht besonders überraschend war. Auch sie erinnerten sich. Die älteren Frauen schenkten mir keinerlei Beachtung: Die Gebräuche der Salset erlauben einer verheirateten Frau nicht, mit einem anderen Mann zu sprechen oder Interesse an ihm zu bekunden, es sei denn aus traditioneller Höflichkeit. Ich verdiente sie am wenigsten. Zumindest nicht von jenen Frauen, die alt genug waren, um sich von früher her an mich zu erinnern.

Aber die jungen Frauen konnten sich ganz und gar nicht an mich erinnern, und die jungen, *unverheirateten* Frauen — die mehr Freiheiten hatten als ihre Schwestern — beobachteten mich mit gierigen, schimmernden Augen. Und dennoch, obwohl mir dies ein Gefühl von Größe und Zähigkeit und Stärke hätte verleihen sollen, bewirkte es, daß ich mich klein fühlte, und schwach. Und wachsam war.

Die Salset sind ein reizvolles Volk. Sie sind nicht so dunkelhäutig wie die Hanjii mit ihrer spiralförmig gefärbten Haut. Die Salset sind von goldbrauner Farbe und haben glatte Haut. Haare und Augen sind einheitlich schwarz. Meist sind sie klein und schlank, obwohl viele der älteren Frauen — wie Sula — eine Neigung zum Dickwerden haben. Sie sind geschmeidig und schnell, wie Del, aber sie sind kein Kriegerstamm.

Sie sind Nomaden. Sie wandern. Sie leben jeden Tag bewußt, von Sonnenaufgang bis Sonnenuntergang, und ziehen mit dem Sand. Kommend, gehend, bleibend. Sie haben einen außerordentlichen Freiheitsdrang, feste Traditionen und eine große Liebe füreinander, die einen Außenstehenden beschämt, weil er sie nicht teilen kann.

154

Sie erweckten in *mir* ein Gefühl der Scham, was sie auch beabsichtigten, denn ich bin kein Salset, wenn ich auch einst bei ihnen gelebt hatte. Ich konnte damals kein Salset sein und auch heute nicht. Aufgrund meiner Größe, meiner Statur, meiner Farbe, meiner grünen Augen und braunen Haare, meiner Kraft und natürlichen Begabung mit dem Schwert.

Ich war fremd für sie, damals, jetzt, für immer. Und die ersten sechzehn Jahre meines Lebens hatten sie versucht, mir dies auszutreiben.

11

Die Sandkrankheit ist eine erschreckende Sache. Sie verwandelt das Gehirn in ein Sieb: Einige Erinnerungen sickern durch, andere werden zurückgehalten. Jene, die es verliert, werden durch Träume und Visionen ersetzt, die so real sind, so *sehr* real, daß man sie glauben muß, bis dir jemand sagt, daß sie es nicht sind.

Ich sagte Del, daß sie nicht real seien, aber sie hörte nicht zu. Sie lag auf einem Teppich in Sulas orange-okkerfarbenem Hyort, und ihre physische Genesung schritt langsam voran, aber ich war mir nicht sicher, wie es in ihrem Kopf aussah. Ihre Haut war großzügig mit Allasalbe bestrichen. Sula hatte sie in angefeuchtetes Leinen gewickelt, um die sich abschälende Haut feucht zu halten. Sie erinnerte weniger an einen lebenden Menschen als an einen toten, der eine zerstörte Hülle abstreift. Aber zumindest atmete sie.

Und träumte.

Ich verfiel in eine tägliche Routine: Essen, allgemeine Übungen, Essen, Schwerttraining, Gesellschaft für Del. Jeden Nachmittag saß ich stundenlang bei ihr, sprach mit ihr, als könne sie mich hören, und versuchte, sie wissen zu lassen, daß jemand bei ihr war. Ich weiß nicht, ob sie mich hörte. Sie flüsterte und jammerte und sprach, aber ich konnte nur wenig verstehen. Ich beherrsche ihre nordische Sprache nicht.

Manchmal sprach keiner von uns beiden. Wir teilten langanhaltendes, vertrautes Schweigen — Sula hatte ihre Stammespflichten —, während Del schlief und ich die gewirkten Wände des Hyort anschaute und versuchte (zumeist ohne Erfolg), mich wieder auf die Salset einzustimmen. Es war über sechzehn Jahre her, seit ich den Stamm verlassen hatte, wobei ich gedacht (und gehofft) hatte, die Salset nie wiederzusehen. Aber es hatte sich in der Zwischenzeit nicht viel geändert. Sula war eine Frau in mittlerem Alter, anstatt der jungen Frau, die ich in Erinnerung hatte. Die Kinder waren alle erwachsen geworden und spiegelten die traditionellen Tendenzen und Glaubensrichtungen des Stammes wider, indem sie ihre Kinder so aufzogen, wie sie selbst aufgezogen worden waren. Auch der alte Shukar war der gleiche geblieben, seltsam unverändert auf seine eigenartige, altersose Art: wild, rauh, bitter — fest wie ein zum Bersten gefüllter Weinschlauch und voll eines hilflosen Zorns, wann immer er mich ansah.

Aber ich erinnerte mich der Zeit, als es kein hilfloser Zorn gewesen war.

In Sulas Hyort sitzend, dachte ich darüber nach, wie die Zeit alle Dinge, außer der Punja und all ihren Lebewesen, verändert hatte. Wie die Zeit *mich* verändert hatte.

Die Zeit und eine unbarmherzige Verzweiflung.

Sula trat leise ein. Ich beachtete sie nicht, denn ich war an ihr ruhiges Kommen und Gehen gewöhnt, aber dieses Mal ließ sie ein in Leder gewickeltes Bündel in meinen Schoß fallen, und ich sah sie überrascht an.

Sie war reich gekleidet, in Kobaltblau, das Blau einer sternenlosen Punjanacht. Schwarzes, aus dem Gesicht gestrichenes Haar, das von Silberfäden durchzogen war. »Ich habe sie für dich aufbewahrt«, sagte sie. »Ich wußte, daß ich dich wiedersehen würde, bevor ich sterbe.«

Ich sah in ihr goldenes Gesicht und bemerkte die Sonnenlinien um ihre Augen verstreut, ihre herabhängenden Wangen, die Schwerfälligkeit ihrer Hüften, Brüste und Schultern. Aber vor allem sah ich die Ruhe in ihren schwarzen Salsetaugen und erkannte, daß Sula mich wegen dessen anerkannte, was ich aus mir gemacht hatte, und nicht wegen dessen, was ich gewesen war.

Langsam packte ich das Bündel aus und brachte die beiden Gegenstände zum Vorschein. Den kurzen Speer, der an einem Ende abgestumpft und am anderen Ende zugespitzt war, mit einem Stück gebrochenen Steins sorgfältig geschärft und um Längen zu groß für den Jungen, der ihn geführt hatte. Nun hatte der Speer etwa die Länge meines Armes. Einst war er halb so groß gewesen wie ich.

Das Holz war dunkler, als ich es in Erinnerung gehabt hatte, bis ich sah, daß es noch immer Blutflecke aufwies, die im Laufe der Jahre gedunkelt waren. Der überhängende, nicht ausgewogene Schwerpunkt des Speeres war von Krallen- und Bißspuren gezeichnet. Als ich ihn wieder in Händen hielt und die Erinnerung wieder wachgerufen wurde, empfand ich rundum erneut die Gefühle, die ich vor so vielen Jahren durchlebt hatte.

Erstaunen. Entschlossenheit. Verzweiflung. Angst natürlich. Und Schmerz.

Aber am heftigsten den blinden, ungezähmten Trotz, der mich beinahe getötet hätte.

Der andere Gegenstand war genauso, wie ich ihn in Erinnerung gehabt hatte. Ein Stück Knochen, das in der Form eines wilden Tieres geschnitzt war. Eines Sandtigers, um genau zu sein. Vier stämmige Beine, ein Stummelschwanz, ein fauchendes, weit geöffnetes Maul, das die kleinen Stoßzähne freigab. Die Zeit hatte den Knochen in ein cremiges Gelbbraun verfärbt, fast die Farbe eines wirklichen Sandtigers. Die eingeritzten Augen und die Nase waren fast glatt abgewetzt. Aber ich konnte die Umrisse noch immer erkennen.

Jetzt waren meine Hände größer. Der Knochentiger paßte leicht in die Handfläche meiner rechten Hand. Ich konnte meine Finger über dem Spielzeug schließen und es so vor der Sicht anderer schützen. Vor etwa sechzehn Jahre hatte ich das nicht gekonnt. Also hatte ich ihn jede

Nacht gestreichelt und die magischen Worte in die kleinen knochigen Ohren geflüstert, wie der Zauberer es mich gelehrt hatte, und von einer bösartigen Bestie geträumt, die kommen würde, um meine Feinde zu fressen.

O ja, ich glaube an Magie. Ich weiß es besser, als daß ich daran zweifeln würde. Wenn auch vieles daran nicht mehr ist als Tricks und Fingerfertigkeit von Scharlatanen, so gibt es doch wahre Magier auf der Welt. Und wahre Magie mit derartiger Macht, daß sie sogar ein Leben völlig verändern kann, wenn dies dringend erforderlich ist.

Aber diese Art Macht fordert ihren Preis.

Ich umschloß das Spielzeug mit meiner rechten Hand und drückte den glatten, gelben Knochen gegen meine Handfläche, die die Spuren des Eisbrandes des nordischen Schwertes trug, und sah Sula an.

Ich sah das Mitgefühl in ihren Augen, ein allumfassendes Verständnis für die Gefühle, die der Speer und das Spielzeug hervorriefen. Und ich legte beides zurück in ihre Hände. »Heb sie für mich auf ... als Erinnerung an die guten Nächte, die wir miteinander verbracht haben.«

Sie nahm sie an, aber sie preßte die Lippen zusammen. »Es überrascht mich, daß du sie als gute Nächte bezeichnen kannst, nach den schlechten Tagen ...«

Ich unterbrach sie. »Ich habe beschlossen, die Tage aus meiner Erinnerung zu streichen. Ich bin jetzt der Sandtiger. Die Tage davor sind vergessen.«

Sie lächelte nicht. »Die Tage davor sind *nicht* vergessen. Das kann nicht so sein. Das sollte nicht so sein. Nicht was den Shukar betrifft, nicht was mich betrifft, nicht was den Stamm betrifft ... nicht was dich betrifft. Die Tage davor sind das, was dich zum Sandtiger *gemacht* hat.«

Ich machte eine abwehrende Geste. »Ein Shodo hat mich zum Sandtiger gemacht. Nicht die Salset.« Innerlich wußte ich es besser. Und beschloß, es zu leugnen. »Hier sagt mir niemand, woran ich mich erinnern soll, was ich denken soll, was ich sagen soll ... was ich mir wünschen soll.« Ich sah sie grimmig und stirnrunzelnd an. »*Nicht ... mehr.*«

Unbeeindruckt von der übertriebenen Bestimmtheit, lächelte Sula. In ihrem Gesicht zeigte sich die Gelassenheit, die ich immer mit ihr in Verbindung gebracht hatte. Aber in ihren Augen lag bittersüßes Wissen. »Der Sandtiger wandert nicht mehr allein?«

Sie meinte Del. Ich sah zu dem in Leinen gewickelten, sonnenverbrannten nordischen Mädchen und öffnete den Mund, um Sula zu sagen, daß der Sandtiger — ob als Mensch oder als Tier — *immer* allein wandert (denn er ist ein außerordentlich einsiedlerisches wildes Tier). Dann erinnerte ich mich seltsamerweise daran, wie ich einen männlichen Sandtiger getötet hatte, der versucht hatte, seine Gefährtin und seine Jungen zu schützen.

Ich lächelte. »*Dieser* wandert nur zeitweise mit der nordischen Frau.«

Sula, die am Boden kniete, wickelte den Speer und den Knochen wieder in das Ledertuch ein. Sie neigte abschätzend den Kopf, während sie Del beobachtete. »Sie ist sehr krank. Aber sie ist auch stark. Andere, die nicht so verbrannt und krank waren, sind gestorben, aber sie nicht. Ich glaube, sie wird sich erholen.« Sula sah mich an. »Du mußt Sand im Kopf gehabt haben, als du eine nordische Frau mit in die Punja genommen hast.«

»Es war ihre Entscheidung.« Ich zuckte die Achseln. »Sie hat mir Gold angeboten, damit ich sie nach Julah hinüberbringe. Ein Schwerttänzer sagt niemals nein zu Gold — besonders wenn er schon eine Weile keine Arbeit hatte.«

»Ein Chula sagt auch nicht nein zu Gold — *oder* zu einer gefährlichen Unternehmung —, wenn ihm dies die Freiheit erkauft, nach der er sich sehnt.«

Sula erhob sich und verließ den Hyort in gebückter Haltung, bevor ich eine Antwort ersinnen konnte.

Ich spürte den ganz leisen Hauch einer Berührung an meinem Bein, schaute überrascht hinab und fand Dels Augen geöffnet und auf mich fixiert. »Was meint sie? Was wollte sie damit sagen?«

»Bascha! Del ... sprecht nicht ...«

»Meine Stimme ist nicht verbrannt.« Sie formulierte die Worte sorgfältig, ein wenig unbeholfen. Ihre Lippen waren noch immer von Blasen bedeckt, noch immer aufgesprungen. Kein Lächeln — sie konnte es nicht zustande bringen —, aber ich sah es in ihren Augen.

Blaue Augen, blauer als ich sie in Erinnerung hatte. Die Wimpern und das Haar von der Sonne heller gebleicht. Neue Haut, intensiv rosa, zeigte sich in den Rissen der sich abschälenden alten Haut.

Ich runzelte die Stirn. »Konzentriert Euch auf Eure Erholung, nicht aufs Reden.«

»Ich *werde* überleben, Tiger — auch wenn das bedeutet, daß Ihr Sand im Gehirn habt, weil Ihr mich in die Punja gebracht habt.«

»Ihr habt Sula gehört.« Ein Vorwurf.

»Ich habe alles gehört«, antwortete sie. »Ich habe nicht die *ganze* Zeit geschlafen.« Und plötzlich hatte sie Tränen in den Augen. Verwirrt versuchte sie sie vor mir zu verbergen.

»Es ist in Ordnung«, sagte ich ihr. »Ich halte Euch nicht für schwach, zumindest nicht für *nachhaltig* schwach. Einfach für müde von Eurer kurzzeitigen Sandkrankheit.«

Ihre Kehle bewegte sich, als sie schwer schluckte. Alte Haut sprang auf. »Sogar als ich mich verloren hatte und gedanklich umherirrte, wußte ich, daß Ihr hier wart. Und ... irgend etwas sagte mir, daß Ihr auch hier sein würdet, wenn ich mich wiedergefunden hätte.«

Ich zuckte verwirrt die Achseln. »Ja, nun ... das habe ich Euch geschuldet. Ich meine, Ihr bezahlt mich, damit ich Euch nach Julah bringe. Ich kann kaum fortgehen und Euch zurücklassen. Das wäre schlecht für meinen Ruf.«

»Und ein Schwerttänzer sagt niemals nein zu Gold.« Ironie, ein wenig.

Ich grinste sie an und fühlte mich besser als seit Tagen. »Ihr seht ein, daß ich meinen Preis erhöhen muß, nicht wahr? Ich habe Euch gesagt, daß ich den Preis danach berechne, wie oft ich Euer Leben retten muß.«

»Dies war erst einmal.«

»*Dreimal.*«

»Drei!«

Ich zählte es an den Fingern ab. »Sandtiger. Hanjii. Und jetzt diese Rettung.«

Sie starrte mich so durchdringend an, wie sie nur konnte. »*Zuerst* habt Ihr uns in die Irre geführt.«

»Das waren die Hanjii. Es war aber nicht mein Fehler.«

»Es war nicht Euer Verdienst, daß die Salset uns gefunden haben«, erklärte sie. »Das geschah nach dem Willen der Götter.« Sie machte eine Pause. »*Meiner* Götter.«

Ich runzelte die Stirn. »Darüber werden wir uns unterhalten, wenn wir Julah erreicht haben. Und nebenbei gesagt, vielleicht muß ich Euch noch ein paar Mal mehr retten — in diesem Falle steigt mein Preis noch höher.«

»Vergeßt Ihr nicht etwas? Die Hanjii haben all mein Gold genommen.« Ihre Augen glitzerten. »Ich kann Euch nicht mehr bezahlen.«

»Nun gut, dann müssen wir eine andere Vereinbarung treffen.« Ich lächelte sie lässig und zweideutig an.

Sie zischte mir in ihrer unverständlichen nordischen Sprache etwas zu. Dann lachte sie kläglich. »Vielleicht *werden* wir eine andere Vereinbarung treffen müssen. Eines Tages.«

Ich hatte dies erwartet und nickte wohlüberlegt. Und lächelte.

Del seufzte. »Nordisch, südlich — ihr seid alle gleich.«

»Wer ist gleich?«

»Die *Männer*.«

»Das flüstert Euch die Sandkrankheit ein.«

»Das flüstert mir die *Erfahrung* ein«, erwiderte sie. Und dann sanfter: »Wollt Ihr mir davon erzählen?«

»Euch wovon erzählen?«

Ihre Augen ließen mein Gesicht nicht los. »Von Eurem Leben bei den Salset.«

Ich fühlte mich, als hätte mich jemand in die Eingeweide getreten. Mit Sula über meine Vergangenheit zu sprechen war eine Sache — sie war ein Teil davon gewesen —, aber einem Fremden davon zu erzählen war etwas, das ich nicht wollte. Selbst Sula berührte dieses Thema nur am Rande, denn sie wußte, wie heikel es war. Aber als mich Del mit ihren blauen Augen in ruhiger Erwartung fixierte (und da ich wußte, daß sie gerade durch ihre eigene Art Hölle gegangen war), dachte ich, daß ich es ihr vielleicht erzählen *sollte*.

Ich öffnete den Mund. Ich schloß ihn fast augenblicklich wieder.

»Das ist persönlich.«

»Sie hat gesagt, daß die Vergangenheit Euch zu dem gemacht hat, was Ihr seid. Ich *weiß*, wer Ihr seid. Ich möchte wissen, wer Ihr *wart*.«

Eine nervöse Anspannung ergriff meinen Körper. Die Muskeln verknoteten sich. Der Magen drehte sich. Der Schweiß brach auf meiner neuen Haut aus. »Ich *kann nicht*.«

Ihre Augen fielen zu, die Lider waren zu schwer, um geöffnet zu bleiben.

»Ich habe Euch mein Leben anvertraut. Ihr habt dieses Vertrauen verdient. Ich *weiß*, was Ihr von mir erwartet, Tiger — was Ihr erhofft —, denn Ihr verbergt Euer Gesicht, aber nicht Eure Augen. Die meisten Menschen machen sich noch nicht einmal Gedanken darum.« Ihre

Mundwinkel verzogen sich leicht, wie zu einem verzerrten Lächeln. »Erzählt mir, wer Ihr wart, damit ich sehen kann, wer Ihr seid.«

»Hoolies, Del — es ist nichts, was sich für eine höfliche Unterhaltung eignen würde.«

»Wer hat jemals behauptet, Ihr wäret höflich?«

Ein unzweideutiges Lächeln, wenn auch etwas zaghaft. »Dies sind Eure Leute, Tiger. Seid Ihr nicht glücklich, sie wiederzusehen?«

Ich rief mir in Erinnerung, wie eng sich nordische Verwandtschaftskreise standen. Das war es, was sie hierhergebracht hatte, Widrigkeiten zum Trotz. »Ich bin kein Salset«, belehrte ich sie einfach, denn ich erkannte, daß ich ihr so viel schuldete. »Niemand weiß, *was* ich bin.«

»Nun — die Salset haben Euch aufgezogen. Hat das keine Bedeutung?«

»Es hat Bedeutung. *Es hat Bedeutung.*« Es brach unerwartet heftig aus mir heraus, ein Strom höhnischer Bitterkeit. »Ja, die Salset haben mich aufgezogen ... *zu den Hoolies*, Del. Als Chula.« Ich wollte das Wort ausspukken, damit ich seinen faulen Geschmack niemals wieder schmecken müßte. »Es bedeutet Sklave, Del. *Ich hatte noch nicht einmal einen Namen.*«

Sie riß die Augen auf. »*Sklave!*«

Ich sah in ihr erschrockenes, mitleidiges Gesicht und sah ein Entsetzen, das so ausdrucksvoll war wie mein eigenes. Aber keinen Abscheu (in der Punja ist Sklaverei ein Makel, dem man nur im Tode entkommt). Statt dessen Einfühlungsvermögen, ehrliches, offenes Einfühlungsvermögen, ebenso wie Erstaunen.

Vielleicht glaubt man im Norden nicht an Sklaverei (oder aber man hält es nicht für ein entsetzliches Los), aber die Sklaverei im Süden beschert einem — besonders in der Punja — ein Leben äußersten Elends. Vollständige Erniedrigung. Ein Sklave ist unsauber. Verdorben. Gefangen in einem Leben, das weniger ist als ein

Leben. Im Süden ist ein Sklave ein Packtier. Ein Sklave ist ein Lasttier, das gezwungen ist, Schläge, Flüche und Herabsetzungen auszuhalten. Es ist eine Knechtschaft sowohl des Geistes als auch des Körpers. Ein Sklave ist keine Person. Ein Sklave ist kein Mensch. Er ist weniger als ein Hund. Weniger als ein Pferd. Weniger als eine Ziege.

Ein Sklave entwickelt Selbsthaß.

Im Süden ist ein Sklave lediglich ein *Ding*.

Ein Haufen Schmutz am Boden.

Und dort mußte ich lernen zu schlafen, wenn ich überhaupt schlafen konnte.

Ich hörte das innerliche Zischen von Dels eingezogenem Atem und erkannte, daß ich die Worte laut ausgesprochen hatte. Und ich wollte sie zurücknehmen, sie zwischen meinen Zähnen zermalmen und wieder durch meine Kehle hinunterschlucken, wo sie verborgen ruhen konnten, nicht ausgespien wie schlechte, stinkende Galle.

Aber es war zu spät. Ich hatte sie ausgesprochen. Sie konnten nicht ungesagt gemacht werden.

Ich schloß die Augen und fühlte diese starre Trostlosigkeit meine Seele erneut erfüllen, wie es in der Kindheit so oft der Fall gewesen war. Und den Zorn. Die Enttäuschung. Die Wut. All die wahnsinnige Angst, die einem Jungen den Mut gegeben hatte, einem voll ausgewachsenen männlichen Sandtiger mit nichts als einem groben Holzspeer gegenüberzutreten.

Nein. Nicht Mut. Verzweiflung. Denn dieser Junge wußte, daß er seine Freiheit gewinnen konnte, wenn er diese Bestie tötete.

Oder wenn er zuließ, daß die Bestie ihn tötete.

»Also habt Ihr ihn getötet.«

Ich sah Del an. »Ich habe mehr getan, als ihn nur zu töten, Bascha ... ich habe den Tiger *heraufbeschworen*.«

Dels Lippen öffneten sich. Ich sah, daß sie zu einer

Frage ansetzte, sie aber dann nicht stellte. Als würde sie allmählich begreifen.

Ich atmete tief ein. Und zum ersten Mal in meinem Leben erzählte ich einer Frau die Geschichte, wie ich meine Freiheit erlangt hatte.

»Es gab einen Mann. Einen Zauberer. Und die Salset ehrten ihn, wie sie jeden, der Macht hatte, ehrten.« Ich zuckte leicht die Achseln. »Für mich war er mehr als das. Er war ein Gott, der vor meinen Augen lebendig geworden war, denn er versprach mir die völlige Freiheit.« Ich erinnerte mich seiner Stimme sehr genau: ruhig, sanft, beruhigend — die mir sagte, ich könne frei sein. »Er sagte, ein Mann erkenne seine Freiheit immer in dem, was er für sich selbst tun kann, darin, wie er Träume heraufbeschwört und sie in die Realität umsetzt; daß ich, wenn ich fest genug an mich glaubte, alles haben könne, was ich mir wünsche; daß eine Magie wie die seine nur wenigen bekannt war, daß aber jene, die *ich* benötigte, für jedermann erreichbar sei.« Ich atmete tief ein und erinnerte mich an alles, was er gesagt hatte. »Und daher, als ich ihm folgte, obwohl ich dafür geschlagen wurde, wußte er über mein Elend Bescheid und tat, was er konnte, um es zu lindern. Er gab mir ein Spielzeug.«

»Ein *Spielzeug*?«

»Einen aus einem Knochen geschnitzten Sandtiger.« Ich zuckte die Achseln. »Ein Schmuckstück. Er sagte, ein Spielzeug könne einem Kind die Freiheit des Geistes geben, und die Freiheit des Geistes sei die Freiheit des Körpers. Am nächsten Tag war er fort.«

Del sagte nichts. Sie wartete ruhig ab.

Ich sah hinab auf meine Handfläche, die das Brandzeichen des nordischen Schwertes trug. Und ich hielt es für möglich, daß Del die Größe der Macht, die ich heraufbeschworen hatte, verstehen konnte, da sie ihren eigenen Maßstab dafür hatte.

»Ich nahm das Spielzeug und sprach damit. Ich gab

ihm einen Namen. Ich gab ihm eine Geschichte. Ich gab ihm eine Familie. Und ich gab ihm einen großen und furchtbaren Hunger.« Ich rief mir den Widerhall meiner geflüsterten Worte, die ich in die elfenbeinfarbenen Ohren gezischt hatte, wieder in Erinnerung. »Ich bat um Befreiung in der Art, daß ich sogar den Shukar davon überzeugen könnte, daß ich meine Freiheit verdiente. Ich bat darum, daß der Tiger zu mir kommen möge, damit ich ihn töten könne.«

In Stille eingebunden wartete Del ab.

Ich rief mir die glatte Mattierung des Knochens unter meinen Fingern in Erinnerung. Wie ich ihn gestreichelt, ihm zugeflüstert hatte; wie ich den Gestank des Dunges und der Ziege ausgeschlossen hatte, den Schmerz eines von Peitschenstriemen übersäten Rückens, die gefühlsmäßige Qual eines Jungen, der zu einem Lasttier erniedrigt wurde, als es nötig gewesen wäre, ein Mann zu sein.

Wie ich alles ausgeschlossen hatte, von meinem Tiger träumte und der Freiheit, die er mir bringen würde.

»Er kam«, sagte ich. »Der Tiger kam zu den Salset. Sobald ich es hörte, verspürte ich Freude: *Ich würde meine Freiheit erlangen*, aber dann erkannte ich, was der Preis für diese Freiheit sein würde.« Ich fühlte das vertraute, krank machende Rumoren in meinen Eingeweiden. »Mein Tiger kam, weil ich ihn heraufbeschworen hatte. Ein lebendiger Sandtiger, groß und wild, wie ich es mir nur wünschen konnte, erfüllt von einem großen und furchtbaren Hunger. Und um diesen Hunger zu stillen, begann er jedes Opfer zu verschlingen, dessen er habhaft werden konnte.« Ich wandte mich nicht vor Dels direktem Blick ab. »Kinder, Bascha. Er fraß Kinder.«

Ein sanfter, ruhiger Atemzug des Begreifens entrang sich ihren Lippen.

Ich schluckte schwer, und mir war kalt in der Wärme des Hyorts. »Die Salset verstehen nichts von Waffen und vom Töten, denn sie sind ein Stamm, der als Nahrung und zum Handeln Ziegen züchtet. Als der Sandtiger Kinder zu stehlen begann, sahen die Stammesältesten keine Möglichkeit, wie sie ihm auflauern und ihn töten könnten. Sie *versuchten* es — zwei Männer verfolgten ihn zu seinem Lager und versuchten ihn mit ihren Messern zu töten, aber er tötete sie. Und daher sagte uns der Shukar — nachdem all seine Magie umsonst gewesen war —, daß dies eine Bestrafung für unbekannte Vergehen sei und daß derjenige von allen Göttern des Stammes für immer gesegnet wäre, der die Macht der Bestie brechen könnte.« Ich erinnerte mich überdeutlich an seine Rede. Der alte, böse Mann, der niemals gedacht hatte, daß sich ein *Chula* mit der Bestie befassen könnte. »Es war an mir, es zu tun. Und so präparierte ich heimlich meinen Speer, denn der Stamm hätte niemals zugelassen, daß ein Chula so etwas versucht. Und als ich soweit war, ging ich dem Tiger selbst nach.«

Ihre Hand lag auf meiner zusammengepreßten Faust. »Euer Gesicht ...«

Ich schnitt eine Grimasse und kratzte mit einem abgebrochenen Fingernagel über die Narben. »Ein Teil des Preises. Ihr habt Sandtiger gesehen, Del. Ihr wißt, wie schnell, wie tödlich sie sind. Ich ging nur mit meinem Speer hinter meinem heraufbeschworenen Tiger her — aus irgendeinem Grund hatte ich nicht für wirkliche Wildheit gesorgt, als ich meine Beschwörungsformel sprach. Ich hatte Glück, daß diese Narben alles waren, was er mir hinterließ.« Ich seufzte. »Aber dennoch, er hatte vier Kinder gefressen und drei Männer getötet. Es war das Risiko mehr als wert.«

In ihren Augen flammte etwas auf. »Ihr *wißt* nicht, daß Ihr ihn heraufbeschworen habt! Es könnte Zufall gewesen sein. Dieser alte Zauberer hat Euch gesagt, was Euch *jeder* hätte sagen können: Glaube fest genug an etwas, und du wirst es zumeist bekommen. Sandtiger kommen in der Punja häufig vor — das habt Ihr mir selbst gesagt. Werft Euch nichts vor, womit Ihr vielleicht gar nichts zu tun habt.«

Nach einer Weile lächelte ich. »Ihr seid eine Zauberin, Bascha. Ihr wißt, wie die Zauberei vonstatten geht. Sie ist verwirrend. Sie ist gefährlich. Sie gibt einem, was man will, wenn man es richtig erbittet, und fordert dann ihren Preis.«

Ihr Kiefer straffte sich. »Was veranlaßt Euch dazu zu sagen, ich sei eine Zauberin?«

»Dieses Schwert, Bascha. Dieses unheimliche, verzauberte Schwert mit all den Runenzeichen im Metall.« Ich hob die Hand und zeigte ihr zum ersten Mal die vom Eis gezeichnete Handfläche. »Ich habe seinen Kuß gespürt, Del ... Ich habe ein Ausmaß seiner Macht gespürt. Versucht nicht, einem Mann gegenüber die Wahrheit zu leugnen, der Zauberei erkennt, wenn er sie riecht ... oder wenn er sie *spürt*. Dieses Schwert *stinkt* nach nordischer Zauberei.«

Del wandte den Kopf ab und starrte unverwandt auf die gewirkte Wand des Hyort. Ich sah, wie sie schluckte. »Es stinkt nach mehr als das«, sagte sie rauh. »Es stinkt genauso sehr nach Schuld und Blutschuld wie *ich*. Und auch ich werde den Preis zahlen.« Aber gerade, als ich den Mund öffnen wollte, um ihr eine Frage zu stellen, forderte sie mich auf zu beenden, was ich begonnen hatte.

Ich seufzte. »Ich kroch in der Hitze des Tages in das Lager, als der Tiger schlief. Er war gesättigt von dem Kind, das er zuvor gefressen hatte. Ich packte ihn mit dem Speer an der Kehle und hielt ihn an der Wand fest, aber als ich näher herankroch, um mein Werk zu bewundern — weil ich dachte, er sei tot —, kam er wieder zu sich und erwischte mich hier.« Ich berührte erneut die Narben, die Abzeichen meiner Freiheit. »Aber mein Gift war etwas stärker als seines, denn er starb, und ich nicht.«

Del lächelte ein wenig. »Und so gewannt Ihr Eure heraufbeschworene Freiheit.«

Ich sah sie finster an und erinnerte mich. »Es gab keine Freiheit. Ich kroch vom Lager fort — krank vom Gift der Katze — und starb fast in den Felsen. Ich lag dort drei Tage: halbtot, zu schwach, um nach Hilfe zu rufen … und als der Shukar und die Stammesältesten auf der Jagd nach der Katze dorthin kamen und sie tot vorfanden — wobei niemand für sich beanspruchte, diese Tötung erwirkt zu haben —, sagte der alte Mann, seine Magie habe letztendlich genützt.« Es tat weh zu schlucken. Meine Kehle war angefüllt mit Bitterkeit und erinnerter Qual. »Ich kehrte nicht zurück. Sie nahmen an, ich sei auch gefressen worden.«

»Aber — *irgend jemand* muß Euch gefunden haben.«

»Ja.« Ich lächelte ein wenig. »Nun ja, sie war jung und schön. Und ledig.« Das Lächeln verblaßte. Ich verbarg mein Gesicht vor Del. »Nicht jeder hat mich wie einen Chula behandelt. Ich war groß für mein Alter — mit sechzehn so groß wie ein Mann —, und einige der Frauen machten sich das zum Vorteil. Ein Chula darf sich nicht verweigern. Und — ich wollte es nicht. Es war die einzige Art Freundlichkeit, die ich kennenlernte … in den Zelten der Frauen … nachts.«

»Sula?« fragte sie zaghaft.

»Sula. Sie nahm mich mit in ihren Hyort und heilte mich. Und dann rief sie den Shukar zu mir und sagte ihm, er könne nicht abstreiten, daß ich den Tiger getötet hätte. Nicht mit diesen Narben auf meinem Gesicht. Meinem *Beweis*.« Ich schüttelte den Kopf, als ich mich daran erinnerte. »Vor dem gesamten Stamm mußte er mich zum Mann erklären. Er mußte mir das Geschenk der Freiheit machen. Und als die Worte gesprochen waren, gab Sula mir — die dem Sandtiger die Krallen abgeschnitten hatte — diese Kette.« Ich verflocht meine Finger in dem Band. »Ich habe sie seitdem immer getragen.«

»Der Tod des Jungen, die Geburt des Mannes.« Sie schien zu verstehen.

»Ich verließ den Stamm an dem Tag, an dem ich mir die Krallen umlegte. Ich habe die Salset nie wieder gesehen — bis zu dem Tag, an dem sie uns fanden.«

»Die Katze, die allein wandert.« Del lächelte leicht. »Seid Ihr Euch so sicher, daß Ihr für das hier zäh genug seid?«

»Der Sandtiger ist für *alles* zäh genug.«

Sie sah mich kurz herausfordernd an und schloß dann die Augen. »Armer Tiger. Ich kenne Euer Geheimnis. Jetzt sollte ich Euch meines erzählen.«

Aber sie tat es nicht.

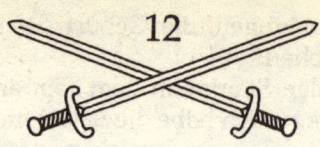

12

Dels Krankheit heilte langsam. Sie war, wie sie behauptete, wie eine alte Frau: lahm, steif, schlaff. Zuerst die befeuchteten Leinenwickel, dann die Allasalbe, und Sula wandte oft ein Öl an, das auch aus der Allapflanze gemacht war, damit die neue Haut nicht riß und durch ungewohnte Bewegungen aufplatzte. Schließlich verblaßte einiges von der lebhaften Rosafärbung, und sie ähnelte allmählich wieder mehr der Del, die auf der Suche nach einem Schwerttänzer namens Sandtiger in das Wirtshaus gekommen war.

Nachdem meine Gefühle für die Salset hervorgebrochen und laut ausgesprochen worden waren, fühlte ich mich ein wenig, als seien die Höllenhunde von meiner Seele verbannt worden. Obwohl ich zweifellos für den größten Teil des Stammes ein Fremder blieb, betrachtete *ich* mich nicht mehr als Außenseiter. Ich unterschied mich noch immer von ihnen, aber die Unterschiede waren erträglich geworden. Ich war nicht mehr der namenlose Junge, dessen einzige Vergangenheit, Gegenwart und Zukunft die eines Chula war.

Als die junge Frau mich ansah, schaute ich jetzt zurück.

Und als der Shukar, als er eines Tages vorbeiging, leise eine Beschimpfung murmelte, trat ich ihm in den Weg und bot ihm die Stirn.

»Der Chula ist fort«, belehrte ich ihn. »Jetzt gibt es nur noch den Sandtiger — einen vom Shodo ausgebildeten Schwerttänzer des siebten Grades, und ein solcher Mann verdient die übliche Höflichkeit der Salset.«

Sechzehn Jahre bei den Salset hatten gewisse Verhaltensweisen in mir verankert. Sechzehn Jahre *fort* von den Salset hatten sie nicht völlig ausgelöscht, wie ich bemerkte. Selbst als ich ihn herausforderte, empfand ich die alten Gefühle der Bedeutungslosigkeit und Nutzlosigkeit, die sich aus einem Winkel meines Seins erhoben. Es war schwer, ihm ins Gesicht zu sehen, seinen Augen zu begegnen, denn es war mir zu viele Jahre lang lediglich erlaubt gewesen, auf seine Füße zu sehen.

Ein Shukar muß immer respektiert, verehrt werden. Er ist anders als alle anderen, mehr als ein Mensch. Er hat Magie. Er ist heilig. Von den Göttern berührt. Die Berührung wurde bewiesen durch den tief weinroten Fleck auf seinem fahlen Gesicht, der sich vom Kinn bis zum linken Ohr erstreckte. Die Salset haben keine Könige, keine Oberhäupter, keine Kriegsführer. Sie verlassen sich auf die Stimme der Götter (Shukar bedeutet in der Sprache der Salset *Stimme*), und die Stimme sagt ihnen, was sie tun und wohin sie gehen sollen. Er ist die Gesetzmäßigkeit der Tage, der Ewigkeit, bis die Götter einen anderen erwählen.

Diesem alten Mann vor dem Rest des Stammes die Stirn zu bieten, war meine erste wirkliche Tat der Freiheit und Unabhängigkeit. Selbst als gerade befreiter Chula war ich unfähig gewesen, dem Mann entgegenzutreten. Ich war ganz einfach von ihm fortgegangen, von den anderen, von der Erinnerung an meinen heraufbeschworenen Tiger.

Das Alter hatte die goldene Pigmentierung seiner Haut aufgesaugt. Er trug einen safranfarbenen Burnus, der um den Saum mit Kupferstickerei beschwert war. Sein Haar, das einst schwarz gewesen war, war jetzt vollständig ergraut. Ich roch den scharfen Geruch des Öls, das er benutzte, um es aus seinem Gesicht zurückzuhalten, damit die ganze Welt die weinrote Markierung der Götter auf seinem Gesicht sehen konnte, die Markierung, die seinen Rang anzeigte. Seine Autorität. Und seine schwarzen Augen, die auf mein Gesicht gerichtet waren, hatten nichts von ihrem Haß für mich verloren.

Wohlüberlegt zog er die Lippen von den Zähnen zurück wie ein Hund, der seine Macht zeigt, und spuckte auf den Boden genau vor meinen rechten Fuß. »Ich schulde dir keine Höflichkeit.«

Nun, ich hatte nicht wirklich etwas anderes erwartet. Aber die Verweigerung der üblichen Höflichkeit (die größtmögliche Beleidigung nach den Salset-Gebräuchen) tat dennoch weh.

»Shukar, du bist die Stimme der Götter«, sagte ich. »Bestimmt haben sie dir gesagt, daß der Sandtiger geht, wohin er will — *unabhängig* davon, was das Jungtier einmal war.« Nun hatte ich seine Aufmerksamkeit errungen. Er erwiderte meinen Blick, als ich seinen Augen direkt begegnete. »Du hast mir keine Höflichkeit erwiesen, als ich die Katze vor so vielen Jahren tötete«, erklärte ich und erinnerte ihn damit an seinen Fehler, sich nicht wie ein richtiger Shukar verhalten zu haben. »Ich beanspruche sie jetzt, vor dem gesamten Stamm. Willst du dich vor deiner Pflicht drücken? Willst du Schande über die Salset bringen?«

Ich ließ ihm keine Wahl. Vor so vielen Leuten (von denen mich viele *nur* als den Sandtiger kannten) weiß sogar ein verbitterter alter Mann, daß er sich den Notwendigkeiten beugen muß. Ich hatte die Höflichkeit, die mir gebührte, nicht gefordert, als ich den Sandtiger getötet hatte, und hatte den Shukar damit einer sehr unangenehmen Pflicht enthoben. Nun forderte ich sie mit jedem Recht und jeder Berechtigung. Er mußte die Forderung anerkennen.

»Zwei Pferde«, sagte ich. »Wasser und Nahrung für zwei Wochen. Wenn ich darum bitte.«

Sein Mund arbeitete. Ich sah, wie gelb seine Zähne vom Bezanüssekauen, einem leichten Narkotikum, geworden waren. Eine übliche Gewohnheit in der Punja. Vermutlich steigert es die Magie, vorausgesetzt man hat sie bereits. »Wir haben dir erneut dein Leben gegeben«, sagte er schroff. »Wir haben dich und die Frau vom Sand zurückgefordert.«

Ich verschränkte die Arme. »Ja. Aber das ist etwas, was die Salset für jeden tun müssen. Dem Stamm gehört meine Dankbarkeit für diese Rettung, aber *du* mußt meine Bitte um Höflichkeit anerkennen.« Müßig strich ich mit einem Finger an der schwarzen Kordel um meinen Hals entlang und ließ die Krallen klappern. Um ihn daran zu erinnern, wie ich meine Freiheit gewonnen hatte.

Um ihn daran zu erinnern, daß er absolut keine Wahl hatte.

»Wenn du darum bittest«, sagte er bitter und wandte mir den Rücken zu.

Ich sah ihm nach, als er davonging. Ich erkannte die Genugtuung bei diesem Sieg, aber sie war nicht so süß, wie ich erwartet hatte. Wenn einem Menschen widerwillig das gegeben wird, was ihm ohnehin zusteht, hat er keinen Spaß daran.

* * *

Del war eher auf den Füßen, als ich es erwartet hatte, aber sie bewegte sich nur mühsam und mit Hilfe eines Stockes. Zuerst protestierte ich, bis sie etwas in ihrer nordischen Sprache herunterrasselte, was ärgerlich und ungeduldig zugleich klang, und da *wußte* ich, daß sie fast wieder in Ordnung war.

Ich stieß ein erleichtertes Seufzen aus. Wir hatten in dem Hyort eine kurzes, eigenartiges Gefühl der Nähe geteilt, als sie in der Sandkrankheit gefangen lag. Während es einerseits etwas Besonderes gewesen war, hatte es mich andererseits doch auch aus der Fassung gebracht. Das Zusammenleben mit den Salset ließ mein hart erkämpftes Gleichgewicht, das ich in den Jahren, seit ich fortgegangen war, sorgfältig aufgebaut hatte, durcheinandergeraten. Es machte mich Dingen und Gefühlen gegenüber verletzlich, die ich hinter mir gelassen hatte. Der Sandtiger hatte seine Wachsamkeit gemindert, wenn auch nur kurz, und das war etwas, was ich mir ganz einfach nicht leisten konnte. Ich war ein professioneller Schwerttänzer und verdiente mir meinen Lebensunterhalt, indem ich gefährliche, anspruchsvolle Arbeit verrichtete, zu der nur wenige andere bereit waren. Es gab keine Zeit, keinen Raum für Sentimentalitäten oder Gefühle außer denen, die zum Überleben notwendig waren, wenn ich so weitermachen wollte.

Del kam heraus, als ich im Schatten einer Plane außerhalb von Sulas Hyort herumtrödelte. Sie hatte wieder ihre von einem Gürtel gehaltene Tunika angezogen (Sula hatte sie gereinigt und gebürstet), und die blaue Saumeinfassung hob sich glänzend von dem Wildleder ab. Der größte Teil der rosafarbenen neuen Haut hatte sich gestraft und nahm langsam eine normalere (wenn auch etwas dunklere) Farbe an. Sie war wieder überall weich und hellgolden. Das sonnengebleichte Haar war mit einem blauen Band zurückgebunden, wodurch sich die Linien ihrer Kiefer- und Wangenknochen deutlicher hervorhoben. Sie war dünner, langsamer geworden, aber sie bewegte sich noch immer mit der Anmut und Leichtigkeit, die ich bewunderte.

Ich bewunderte sie so sehr, daß ich spürte, wie mein Mund trocken wurde. Wenn ich nicht so sicher gewesen wäre, daß sie noch immer schwach und leicht zu ermüden war, hätte ich sie vielleicht neben mich herabgezogen, um die Frage der Bezahlung mit etwas anderem als Goldmünzen zu erörtern.

Dann bemerkte ich, daß sie ihren Harnisch trug und das Schwert in Händen hielt.

»Del ...«

»Tanzt mit mir, Tiger.«

»Bascha ... Ihr wißt es besser.«

»Ich muß es tun.« Es gab keine Möglichkeit, es ihr

auszureden. »Ich werde nichts wert sein, wenn ich nicht tanze. *Ihr* wißt das.«

Noch immer lässig ausgestreckt, sah ich zu ihr auf. Aber der Ton meiner Stimme war nicht im geringsten lässig. »Hoolies, Frau, Ihr wäret fast gestorben. Das kann noch immer passieren, wenn Ihr in den Kreis eintretet.« Ich schaute auf ihr gezogenes Schwert, runzelte die Stirn und sah, wie sich die Muster der Verzierung im Metall zu bewegen schienen und meine Augen verwirrten. Ich blinzelte.

»Ihr seid nicht *so* gut.«

Ich wandte den Blick von dem Schwert ab, und sah statt dessen sie an. »Ich bin«, erklärte ich ernst, »der beste Schwerttänzer in der Punja. *Vielleicht sogar* im Süden.« (Ich hielt es für wahrscheinlich, daß ich der beste Schwerttänzer im Süden *war*, aber ein Mann muß sich einen Hauch von Bescheidenheit bewahren.)

»Nein«, sagte sie. »Wir haben uns nicht richtig gegenseitig geprüft.«

Ich seufzte. »Mit einem Schwert seid Ihr gut — das habe ich gesehen, als wir vor den Hanjii tanzten —, aber Ihr seid kein Schwerttänzer, Bascha. Kein *richtiger*.«

»Ich habe es gelernt«, sagte sie, »genauso, wie Ihr es gelernt habt. Und davor haben mich mein Vater, meine Onkel und meine Brüder unterrichtet.«

»*Ihr* habt es gelernt?« fragte ich. »*In aller Form?*«

»Mit allen damit verbundenen Ritualen.«

Ich beobachtete sie. Ich konnte ihr zugestehen, daß sie mit ihrem Vater und ihren Onkeln und Brüdern trainiert hatte, denn sie *war* gut — für eine Frau —, aber eine regelrechte Lehre? Selbst in bezug auf den Norden bezweifelte ich, daß es einer Frau erlaubt sein würde, eine Beziehung ähnlich der, die ich mit meinem Shodo hatte, einzugehen.

»Auf formale Art, hm?« fragte ich. »Nun — Ihr *seid* schnell. Ihr seid geschmeidig. Ihr seid besser, als ich erwartet hatte. Aber Ihr habt nicht die erforderliche Kraft, die Ausdauer und die Kälte.«

Del lächelte leicht. »Ich bin eine Nordbewohnerin — eine *Zauberin*, wie er behauptet —, und er sagt, ich sei nicht kalt.«

Ich hob eine Augenbraue. »Ihr wißt, was ich meine. Die *Kaltblütigkeit*.«

»Kaltblütigkeit«, echote sie und ließ das Wort auf der Zunge zergehen.

»Ein Schwerttänzer ist mehr als nur ein Meister der Klinge, Bascha«, erklärte ich. »Mehr als jemand, der die Rituale des Tanzes beherrscht. Ein Schwerttänzer ist auch ein Mörder. Jemand, der ohne Reue tötet, wenn er muß. Ich meine damit nicht, daß ich ohne guten Grund töte, einfach aus Spaß — ich bin kein Borjuni —, aber wenn das Geld und die Umstände stimmen, werde ich Einzelhieb aus der Scheide ziehen und in den ersten Bauch stoßen, der es erfordert.«

Del schaute zu mir hinab. Ich hatte mir nicht die Mühe gemacht aufzustehen. »Versucht ihn in meinen Bauch zu stoßen«, schlug sie vor.

»Hoolies, Frau, Ihr habt Sand im Kopf«, sagte ich angewidert.

Sie starrte mich an, als ich keine Anstalten machte aufzustehen. Einen Augenblick später änderte sich ihr Gesichtsausdruck. Sie lächelte. Ich wußte genug, um mich jetzt vor ihr in acht zu nehmen. »Ich werde mit Euch handeln, Tiger.«

Ich knurrte.

»Tanzt mit mir«, sagte sie. »Tanzt mit mir — und wenn wir meinen Bruder finden, werde ich Euch mit etwas anderem als Gold bezahlen. Mit etwas — *Besserem*.«

Ich würde nicht sagen, daß es leicht war, einen unveränderten Gesichtsausdruck beizubehalten. »Vielleicht *finden* wir Euren Bruder niemals. Also, was für ein Handel ist das?«

»*Wir werden ihn finden.*« Ihre Gesichtshaut war gespannt. »Tanzt jetzt mit mir, Tiger. Ich brauche es. Und wenn wir nach Julah kommen und keine Spur von ihm finden können, überhaupt keine ... werde ich den Handel dennoch anerkennen.« Sie zuckte leicht die Achseln. »Ich habe kein Gold. Ich habe noch nicht einmal Kupfermünzen.«

Ich sah sie an. Ich ließ meine Augen nicht über ihren Körper wandern, denn ich bin nicht *völlig* unsensibel. Und, nebenbei gesagt, wußte ich schon, was sie anzubieten hatte.

»Handelt, Bascha!«

Das Schwert glitzerte im Sonnenlicht. »Tanzt mit mir, Tiger!«

Ich sah zu ihrer Waffe. »*Dagegen?* Nein. Gegen ein anderes Schwert.«

Ihre Gesichtshaut straffte sich. »*Dies* ist mein Schwert.«

Langsam schüttelte ich den Kopf. »Keine Geheimnisse mehr, Bascha. Das Schwert ist mehr als ein Schwert, und es ist jemand hinter Euch her.«

Sie wurde weiß, so weiß, daß ich dachte, sie würde ohnmächtig werden. Aber das tat sie nicht. Sie gewann ihre Fassung wieder. Ich bemerkte eine nur ganz schwache Anspannung ihrer Kiefermuskeln.

»Das ist meine Privatsache.«

»Ihr habt es nicht einmal gewußt«, beschuldigte ich sie. »Was ist privat an einer Sache, die *ich* Euch erzählen muß?«

»Ich habe es erwartet«, sagte sie kurz. »Es kommt nicht überraschend. Es ist eine — Blutschuld. Ich schulde vielen *Ishtoya* etwas. Wenn dies einer ist, werde ich die Verantwortung übernehmen.« Sie stand aufrecht vor mir. »Aber das hat nichts mit dem zu tun, was ich *Euch* zu tun bitte.«

»Ihr habt mich in den Kreis eingeladen«, sagte ich sanft. »Und Ihr fordert mich dazu auf, gegen ein verzaubertes Schwert zu tanzen.«

»Es ist nicht — verzaubert«, sagte sie nüchtern. »Nicht wirklich. Ich leugne nicht, daß diesem Schwert Macht innewohnt ... aber sie muß *beschworen* werden — ungefähr genau so, wie Euer Tiger beschworen werden mußte.« Auf indirekte Art forderte sie mich heraus. »In diesem Kreis, gegen den Sandtiger, wird mein Schwert ein Schwert sein.«

Ich sah auf meine Handfläche hinab. Schloß die Hand, um das Brandzeichen auszuschließen. Aber das schloß die Erinnerung an den Schmerz oder die Macht, die ich gespürt hatte, nicht aus.

Mein Harnisch lag rechts von mir. Ich zog Einzelhieb aus der Scheide und erhob mich. »Der Kreis wird klein sein«, sagte ich sachlich. »Der Tanz wird kurz und langsam werden. Ich möchte nicht zu Eurem Tod beitragen.«

Del zeigte bei einem wilden kurzen Lächeln die Zähne. »*Kaidin* Sandtiger, Ihr macht Eurer *Ishtoya* Ehre.«

»Nein, das tue ich nicht«, versicherte ich ihr sanft. »Ich *passe* mich ihr nur *an*.«

Innerhalb von Wochen war sie wieder geschmeidig und biegsam geworden, flink wie eine Katze, aber nicht so flink wie *diese* Katze. Ich hielt mich im Kreis zurück und spielte mit ihr, denn ich wollte sie nicht überfordern. Sie wußte es, ich wußte es, aber sie konnte nicht viel dagegen tun. Ein paar Mal versuchte sie mich zu treffen, indem sie schneller tanzte und in einem Schwall komplizierter Angriffs- und Verteidigungsmuster mit dem schimmernden Schwert auf mich losstürzte, aber ich schlug sie mit den Strategien, die ich vor langer Zeit gelernt hatte, zurück. Es war nicht schwierig. Es würde Zeit brauchen, bis sie ihren Rhythmus und ihre Kraft wiedererlangen würde.

Unsere Kampfstile waren sehr unterschiedlich. Das sollte bei einem Mann und einer Frau zu erwarten sein, es paßte, aber Dels Angriffsmuster waren schneller und kürzer und auf einen sehr viel kleineren Raum beschränkt. Es bedurfte großer Kraft und Flexibilität in den Handgelenken selbst, sowie auch in den Armen und den Schultern, und es bewies, daß sie tatsächlich richtig ausgebildet worden war. Aber von einem Shodo — oder, in ihrer Sprache *Kaidin?* Ich bezweifelte das. Außerdem setzte sie bei ihrem geübten Tanz keine Rituale ein. Sie bewegte sich nur, bewegte sich gut, wenn man einmal davon absah, daß ich keine formalen Muster erkennen konnte. Keine Handschrift. Nichts was auf eine formale Ausbildung hinwies. Nichts was das Kennzeichen eines wahren *Meisters* trug, kein Handschriftenmuster, das einen Schwerttänzer als einen ehemaligen Studenten dieses oder jenes Shodo auswies.

Aber dennoch, mit ihrem gelblich-weißen Haar, das vom Schweiß dunkel geworden war, ihren gelenkigen Beinen, die sich so geschmeidig im Kreis bewegten, war es leicht sich vorzustellen, daß sie von *jemandem* unterrichtet worden war. Und jemand sehr Gutem.

Aber nicht gut genug, um gegen den Sandtiger zu tanzen.

Tatsächlich, so war es.

Nach einigen kurzen Wochen mit Wandern, Laufen und Tanzen waren Dels Schnelligkeit und Kraft wiederhergestellt. Sulas Allaöl verhinderte, daß ihre Haut aufriß, und die natürliche Gesundheit und Vitalität besorgten den Rest. Fünf Wochen nach unserer Errettung aus dem Sand bestiegen Del und ich die Pferde, die ich von dem Shukar gefordert hatte, und ritten fort von den Salset.

Als wir uns gen Süden wandten, beobachtete Del mich mit beunruhigender Offenheit. »Die Frau sorgt sich um Euch.«

»Sula? Sie ist eine gute Frau. Besser als alle anderen.«

»Sie muß Euch sehr geliebt haben, als Ihr beim Stamm wart.«

Ich zuckte die Achseln. »Sula kümmerte sich um mich. Sie hat mich vieles gelehrt.« Ich rief mir einige der

Lektionen in der Dunkelheit und Intimität ihres Hyorts in Erinnerung. Wenn ich jetzt an die füllige, gealterte Frau dachte, fragte ich mich, wie ich sie begehrt haben konnte, aber das Aufflackern des Unglaubens verblaßte schnell zu Verständnis. Auch wenn Sula damals, als ich den Sandtiger getötet hatte, nicht jung und schön gewesen wäre, hätten ihre Freundlichkeit und Wärme sie dennoch zu etwas Besonderem gemacht. Und sie hatte mich zum Mann gemacht, auf mehr als eine Weise.

»Ich hatte nichts, was ich ihr hätte geben können«, sagte Del. »Um ihr zu danken.«

»Sula hat das nicht getan, um *Dankbarkeit* zu bekommen.« Aber dann sah ich das ehrliche Bedauern in ihrem Gesicht und bereute sofort meine Barschheit.

»Ich fühle mich schlecht«, sagte sie leise. »Sie verdiente ein Gastgeschenk. Irgend etwas, um ihre Freundlichkeit und Großzügigkeit anzuerkennen.« Sie seufzte. »Im Norden würde ich als herzlose, gedankenlose Person angesehen werden, die keine Höflichkeit verdient hat.«

»Ihr seid im Süden. Ihr seid weder herzlos noch gedankenlos *oder* wertlos«, erklärte ich. Dann grinste ich. »Wann habt Ihr vor, *mir* zu danken?«

Del sah mich nachdenklich an. »Ich glaube, ich konnte Euch besser leiden, als Ihr dachtet, ich würde an der Sandkrankheit sterben. Ihr wart netter.«

»Ich bin niemals nett.«

Sie dachte erneut nach. »Nein. Wahrscheinlich nicht.«

Ich führte mein Pferd neben ihres, so daß wir Seite an Seite ritten. Ich war von der Wahl, die der Shukar für uns getroffen hatte, angenehm überrascht gewesen: Es waren beides gute Wallache, kleine, in der Wüste aufgezogene Ponys. Ich hatte einen Falben mit gestutzter schwarzer Mähne und einem ebensolchen Schweif, und Del ritt einen sehr dunklen Fuchs, der mit einem weißen Streifen von den Ohren bis zum Maul gekennzeichnet war. Die scharlachroten Decken über unseren flachen

Sätteln waren ein wenig abgenutzt, aber die Qualität *unter* den Sätteln und Decken war ohnehin wichtiger. Aber jemand hatte die Quasten von den geflochtenen gelben Zügeln abgeschnitten.

»Was habt Ihr vor zu tun, wenn wir nach Julah kommen?« fragte ich. »Es ist fünf Jahre her, daß Euer Bruder entführt wurde. Das ist hier unten eine lange Zeit.«

Del zupfte an dem azurblauen Burnus, den Sula ihr gegeben hatte, und legte ihn um ihren Harnisch zurecht. Sula hatte auch mir einen gegeben, einen cremefarbenen, von Seide eingefaßten mit brauner Stickerei. Sowohl Del als auch ich hatten sofort Schlitze für die Schwerter in die Schultern geschnitten. »Osmoon sagte, sein Bruder Omar sei der Händler, der mir etwas über Jamail und sein Sklavenschicksal erzählen könnte.«

»Woher wollt Ihr wissen, daß Omar noch immer in Julah ist?« fragte ich. »Sklavenhändler kommen viel herum. Und woher wollt Ihr wissen, daß er bereit sein wird, Euch überhaupt etwas zu erzählen, selbst wenn er noch in Julah *ist*?«

Del schüttelte den Kopf. »Ich *kann* es nicht wissen ... nicht bevor wir da sind. Aber ich habe Pläne für bestimmte Fälle.«

Mein Falbe reckte den Hals, um an der gestutzten, hochstehenden Mähne von Dels Fuchs zu knabbern. Ich löste meinen Fuß aus dem Steigbügel, streckte mein Bein zwischen den Pferden aus und schlug mit der Ferse gegen die Nase des Falben. Er hörte auf zu knabbern. »Ich glaube nicht, daß Ihr viel Erfolg haben werdet, Bascha.«

»Warum nicht?« Sie ließ ihre Zügel ein wenig knallen und das Zaumzeug klappern, womit sie dem Fuchs klarmachen wollte, daß er sich nicht wieder von dem Falben anstiften lassen sollte.

Ich seufzte. »Ist es nicht offensichtlich — sogar für *Euch*? Es stimmt, daß die hiesigen nordischen Jungen von Tanzeers und vermögenden Kaufleuten, die eine

Vorliebe für solche Dinge haben, hochgeschätzt werden. Aber das ist nicht die Regel. Normalerweise sind es die nordischen *Mädchen*, die als so wertvoll erachtet werden.« Ich sah sie fest an. »Wie, zu den Hoolies, könnt Ihr denken, Ihr würdet etwas herausfinden, wenn jeder Sklavenhändler in Julah versuchen wird, *Euch* zu entführen?«

Ich sah einen Ausdruck der Erkenntnis ihr Gesicht und ihre Augen erfüllen und ihre Haut leicht anspannen. Ein Muskel zuckte an ihrem Kinn. Dann zuckte sie die Achseln. »Ich werde mein Haar schwarz färben. Meine Haut bemalen. Und hinken.«

»Werdet Ihr auch stumm sein?« Ich grinste. »Euer Akzent ist nordisch, Bascha.«

Sie schaute mich an. »Vermutlich habt Ihr Euch bereits eine Lösung einfallen lassen.«

»Tatsächlich ...« Ich zuckte die Achseln. »Laßt *mich* nach ihm suchen. Das wird sicherer sein und wahrscheinlich schneller gehen.«

»Ihr kennt Jamail nicht.«

»Sagt mir, wonach ich schauen soll. Nebenbei gesagt, es kann nicht so viele nordische Jungen in Julah geben, die — wie alt, fünfzehn? — sind. Ich halte es nicht für schwierig, ihn ausfindig zu machen, vorausgesetzt, er lebt noch.«

»Er ist noch am Leben.« Sie war absolut davon überzeugt.

Ich hoffte zu ihren Gunsten, daß es so war.

»Staub«, sagte Del barsch und deutete nach Osten. »Ist das ein weiterer Samum?«

Ich sah die Wogen von Sand, die sich im Osten erhoben. »Nein. Es sieht nach einer Karawane aus.« Ich riß meinen Falben aus seiner Lethargie, indem ich ihm die Fersen in die Flanken stieß. Das plötzliche Rucken seines Kopfes zeigte an, daß er halbwegs eingeschlafen war. Hoolies, ich vermißte die Stute. »Laßt uns nachsehen.«

»Laden wir uns damit nicht Ärger auf? Nach den Hanjii ...«

»Das sind keine Hanjii. Kommt, Bascha!«

Als wir die Karawane deutlich ausmachen konnten, merkten wir, daß sie angegriffen wurde, wie Del befürchtet hatte. Aber die Angreifer waren keine Hanjii, es waren Borjuni. Obwohl die Wüstenräuber äußerst gefährlich sind, zögern sie im allgemeinen sehr lange, bevor sie ihre Opfer töten. Sie lieben es, zuerst mit ihnen zu spielen.

Ich sah Del an. »Ihr bleibt hier.«

»Wollt Ihr eingreifen?«

»Wir brauchen Gold, wenn wir in Julah Informationen kaufen wollen. Eine Möglichkeit daran zu kommen ist, einer Karawane, die angegriffen wird, zu helfen. Der Führer ist immer unglaublich dankbar und im allgemeinen sehr großzügig.«

»Nur wenn Ihr am Leben bleibt, um die Belohnung entgegenzunehmen.« Del legte ihre Zügel in einer Hand zurecht — der linken. »Ich werde Euch begleiten.«

»Habt Ihr Sand im Kopf?« fragte ich. »Seid keine Närrin ...«

Sie zog mit der rechten Hand ihr Schwert. »Ich wünschte wirklich, Ihr würdet aufhören, mich eine Närrin zu nennen, Tiger.« Dann trieb sie ihr Salsetpferd mit der flachen, runenversehenen Seite der Klinge an und galoppierte direkt auf die schreienden Borjuni zu.

»Gott der Hoolies, *warum* hast du mich mit dieser Frau belastet?« Und ich ritt hinter ihr her.

Eigentlich war die Karawane von Vorreitern bewacht worden. Die meisten von ihnen waren tot oder verwundet, obwohl ein paar von ihnen noch immer versuchten, eine Verteidigung aufzubauen. Die Borjuni waren nicht übermäßig viele, aber das war bei ihnen auch nicht nötig. Sie reiten schnelle, an das Lenken mit den Knien gewöhnte Pferde, die es ihnen erlaubten zuzuschlagen, sich umzuwenden, fortzuspringen und sich erneut umzuwenden, um zu beenden, was sie begonnen hatten. Borjuni kämpfen niemals im Stand, wenn sie umherwirbeln und reiten können.

Ich löste meine Anspannung mit einem schauerlichen Schrei und ritt direkt mitten hinein, in der Absicht, die Borjuni zu überraschen. Das tat ich auch, aber unglücklicherweise waren auch die Vorreiter der Karawane überrascht. Anstatt anzugreifen, während die Borjuni einen Moment lang überrascht waren, standen sie nur da und schauten.

Dann schrie Del von der anderen Seite der Wagen her auf, und das Handgemenge flammte erneut auf. Aus den Augenwinkeln gewahrte ich ihr Vorbeireiten auf dem Fuchs mit flatterndem und zerknittertem Burnus und silber-weiß glitzerndem Schwert, das dann rot und naß wurde. Einen Moment lang war ich erstaunt über ihre Bereitschaft, Blut fließen zu lassen. Aber einen Moment später war ich viel zu beschäftigt, um mir Gedanken darüber zu machen.

Ich verwundete zwei und tötete drei Räuber und stand dann dem Führer der Borjuni gegenüber. Er trug glänzende silberne Ohrringe und eine Kette aus menschlichen Fingerknochen um den Hals. Sein Schwert war die gewundene Klinge der Vashni. Es ist ungewöhnlich, einen Vashni außerhalb seines Stammes anzutreffen. Sie sind einander zutiefst ergeben, aber gelegentlich verläßt ein Krieger den Stamm, um seinen eigenen Weg zu gehen.

Außer natürlich, wenn er ausgestoßen wird, was ihn doppelt gefährlich werden läßt. Er muß der Welt etwas beweisen.

Die Zähne des Vashni waren weiß und in seinem rotbraunen Gesicht entblößt, als er auf seinem kleinen Punjapferd auf mich zukam, die gewundene Klinge hinter der Schulter verborgen, so daß er einen schwungvollen Schlag an meinem Hals anbringen und damit sofort den Kopf von den Schultern trennen könnte. Ich bückte mich, aber ich hörte das pfeifende Zischen, als die Klinge über meinen Kopf hinwegfegte. Einzelhieb war bereit, als der Vashni herumwirbelte, um es erneut zu versuchen, und der Krieger taumelte in einem wirren Knäuel von Armen und Beinen langsam vom Pferd. *Ohne* Kopf.

Ich sah mich nach meinem nächsten Gegner um und stellte fest, daß keine mehr da waren. Die, die übriggeblieben waren, waren alle tot, oder zumindest fast. Und dann sah ich Del, die noch mit ihrem letzten Gegner beschäftigt war.

Sie war von ihrem Salsetpferd herabgeglitten. Das Schwert in ihren Händen war blutbefleckt, und sie stand aufrecht und wartete. Ich sah den Borjuni zu Pferde heranpreschen, in der rechten Hand sein Schwert, in der linken Hand ein Messer. Auf die eine oder andere Art würde er die Frau am Boden töten.

Außer wenn Del von seinem heulenden Schrei oder der Standhaftigkeit seines Pferdes unbeeindruckt bleiben würde. Sie wartete ab, und als er heranschoß und das Schwert in einem tödlichen Streich senkte, duckte sie sich darunter hinweg. Gebückt stieß sie auf die Beine des Pferdes ein und durchtrennte Verbindungssehnen.

Das Pferd fiel unter dem Borjuni zur Seite. Aber der Mann stand wieder aufrecht, bevor er auch nur den Boden berührt hatte, und das Messer flog aus seiner Hand in Dels Richtung. Ich sah ihr Schwert aufblitzen, zustoßen und das Messer zur Seite schlagen. Und als er zu Fuß auf sie zurannte, blitzte das Schwert erneut auf.

Borjunistahl und die nordische Klinge berührten sich kein einziges Mal. Ruhig ließ sich Del unter seinem Stoß flach fallen, ließ ihn das Gleichgewicht verlieren, rollte sich herum, kam mit der Klinge in Händen seitlich wieder auf die Füße und bohrte sie ihm in den Bauch.

Erst als der Körper zu Boden fiel, bemerkte ich, daß ich den Atem angehalten hatte. Ich atmete ein und ritt dann langsam hinüber zu Del. Sie wischte ihr Schwert an der Kleidung des Borjuni ab, der tot im Sand lag, und steckte die Klinge wieder in die Scheide.

»Das habt Ihr nicht zum ersten Mal gemacht«, stellte ich fest.

»Das? Nein, ich habe noch nie eine Karawane gerettet.«

»Ich meine: Ihr habt schon früher Menschen bekämpft und getötet.«

Sie strich gelöstes Haar hinter die Ohren. »Ja«, bestätigte sie kurz.

Ich seufzte und nickte. »Es scheint, als hätte ich Euch die ganze Zeit unterschätzt ... Zauberin.«

Sie schüttelte den Kopf. »Keine Zauberei. Nur einfache Schwertarbeit.«

Die *Hoolies* war das! Aber ich beließ es dabei, denn eine Stimme schrie nach unserer Aufmerksamkeit. »Wir werden gerufen. Wollen wir gehen?«

»Ihr geht. Ich muß mein Pferd einfangen. Ich komme gleich nach.«

Ich ritt hinüber zum Leitwagen und begrüßte einen fetten Eunuchen mit hoher Stimme, der mit Edelsteinen und seidenen Gewändern bekleidet war.

»Schwerttänzer!« rief er. »Bei allen Göttern des Valhail, ein *Schwerttänzer!*«

Ich glitt von meinem Falben und wischte Einzelhiebs blutbefleckte Klinge an der nächstgelegenen Leiche ab. Ich steckte das Schwert über meine Schulter hinweg zurück in die Scheide und sagte ein kurzes Begrüßungswort auf wüstisch.

»Ich bin Sabo«, erklärte der Eunuch, nachdem die üblichen Höflichkeiten ausgetauscht worden waren. »Ich diene dem Tanzeer Hashi, möge die Sonne lange und warm auf ihn scheinen.«

»So möge es sein«, stimmte ich ernst zu. Ich sah mich um und bemerkte, wie viele der Vorreiter die Borjuni getötet hatten. Von zehn waren nur noch zwei am Leben, und sie waren verwundet. Dann runzelte ich die Stirn. »Seid ihr *alle* Eunuchen?«

Er sah sofort zur Seite und vermied es, meinen Augen zu begegnen, ein Eingeständnis der Einfalt. »Ja, Schwerttänzer. Wir sind die Eskorte für meine Herrin Elamain.«

Ich sah ihn erstaunt an, als Del heranritt und von ihrem Fuchs glitt. »Ihr eskortiert eine Lady mit nur einer Handvoll *Eunuchen* durch die Punja?«

Sabo machte ein beschämtes Gesicht. Noch immer sah er mich nicht an. Eine Handbewegung deutete ein Schuldgeständnis an. Er würde verantwortlich gemacht werden, selbst wenn es nicht seine Idee gewesen war. »Mein Herr Hashi bestand darauf. Die Herrin soll seine Braut werden, und er ... er ...« Sabos Augen streiften kurz mein Gesicht und sahen dann wieder fort. Er zuckte die Achseln. »*Ihr* versteht.«

Ich seufzte. »Ja. Ich denke, das tue ich. Er wollte nicht, daß die Tugend der Dame aufs Spiel gesetzt würde. Statt dessen setzt er ihre Sicherheit aufs Spiel.«

Ich schüttelte den Kopf. »Es ist nicht dein Fehler, Sabo, aber du hättest es besser wissen sollen.«

Er nickte, sein Dreifachkinn schwabbelte gegen den hohen, mit Edelsteinen besetzten Kragen, der aus seinen weinroten Gewändern herausragte. Er war dunkelhäutig und schwarzhaarig, aber seine Augen waren von einem hellen Braun. »Ja. Natürlich. Aber was geschehen ist, ist geschehen.«

Er lächelte schlau, und der Ausdruck der Scham verschwand sofort. »Und jetzt, wo *Ihr* hier seid, um uns zu helfen, brauchen wir uns nicht länger zu fürchten.«

Del lächelte ironisch. Ich mißachtete es. Sabo spielte mir direkt in die Hände. »Ich könnte mir vorstellen, daß der Tanzeer — *erfreut* — sein würde, seine zukünftige Braut wiederzubekommen.«

Sabo verstand. Und er hatte eine natürliche Begabung für Dramatik. »Aber *natürlich!*« Seine hellbraunen

Augen weiteten sich. »Mein Herr Hashi ist ein großzügiger Herr. Er wird Euch für diesen großmütigen Dienst reich belohnen. Und ich bin sicher, daß die Herrin selbst genauso dankbar sein wird.«

»Die Herrin *ist* dankbar«, sagte die Stimme der Herrin.

Ich schaute mich um. Sie trat aus einem stoffverhangenen Wagen heraus, kam heran und vermied es dabei sorgfältig, die Leichen zu berühren, die auf dem Sand verstreut lagen. Sie raffte ihre Gewänder, während sie sich bewegte, und ich sah schmale, mit goldenen Quasten besetzte blaue Pantoffeln an ihren Füßen.

Dem Diktat der Wüstengebräuche folgend, trug sie einen Schleier vor dem Gesicht. Er fiel von den schwarzen Zöpfen herab, die auf ihrem Kopf aufgetürmt und mit emailliertem Schmuck festgesteckt waren. Aber der Schleier war farblos wie Wasser und doppelt so durchsichtig. Sie sah mich aus einem makellosen dunklen Gesicht und klaren, goldenen Augen an.

Sie ließ sich mit einer einzigen geübten, anmutigen Bewegung im Sand nieder und küßte meinen Fuß, der staubig und schweißbedeckt und ohne Zweifel unglaublich übelriechend war.

»Lady ...« Bestürzt zog ich den Fuß zurück.

Sie küßte den anderen und sah mich dann mit einer Haltung dankbarer Verehrung an. »Wie kann diese arme Frau Euch danken? Wie kann ich mit Worten sagen, was ich bei dem Gedanken daran empfinde, vom Sandtiger gerettet worden zu sein?«

Bei Valhail, sie *kannte* mich!

Sabo keuchte überrascht. »Der Sandtiger! Ihr Götter des Valhail, ist es wahr?«

»Natürlich ist es wahr«, fuhr die Herrin ihn an, milderte ihre Worte aber mit einem Lächeln. »Ich habe von dem Schwerttänzer mit den Narben im Gesicht, der die Krallen trägt, die ihn gezeichnet haben, gehört.« Ich half ihr mit einer blutbefleckten Hand auf. Ich fühlte mich schmutzig und übelriechend und nicht geeignet für solch gewähltes Gehabe.

»Du liebe Güte«, rannte Del.

Ich sah sie mißtrauisch an, runzelte die Stirn, wandte mich dann wieder der Lady zu und lächelte. »Ich *bin* der Sandtiger«, gab ich bescheiden zu, »und ich wäre überaus glücklich, Euch zum Tanzeer zu begleiten, der sich glücklich schätzen darf, mit einer so bezaubernden Dame wie Euch verbunden zu sein.«

Del schaute ziemlich erstaunt, daß ich es geschafft hatte, solch gewandte Rede zu bewältigen, und ich war es auch. Aber es hatte eine hübsche Wirkung auf die errötende Braut, denn sie errötete noch stärker und wandte den Kopf in mitleidheischender Verlegenheit ab.

»Die Herrin Elamain«, stellte Sabo vor. »Verlobt mit dem Fürsten Hashi von Sasqaat.«

»Wer?« fragte Del, und ich fragte: »Von wo?«

»Lord Hashi«, erwiderte er geduldig. »Von Sasqaat.« Sabo winkte mit einer beringten Hand. »Hier entlang.« Er sah Del einen Moment lang an. »Wer seid Ihr?«

»Del«, sagte sie. »Einfach Del.«

Der Eunuch schaute ein wenig verwirrt drein, weil er vielleicht etwas mehr Informationen von einer Frau erwartet hatte, die mit dem Sandtiger unterwegs war, aber sie sagte nicht mehr und schien auch nicht die Absicht zu haben. Ihre Augen, so dachte ich, machten einen verdächtig amüsierten Eindruck. Ich hatte das sichere Gefühl, daß sie all diese Dankbarkeit als ziemlich komisch empfand.

Elamain legte eine sanfte, kühle Hand auf mein Handgelenk, das von Borjuniblut bedeckt war. Es schien ihr nichts auszumachen. »Ich möchte, daß Ihr mit mir in meinem Wagen nach Sasqaat fahrt. Es wäre mir eine Ehre.«

Dels Brauen hoben sich. »Es ist schwierig, die Karawane zu beschützen, wenn er *im* Wagen ist, anstatt ihn von außen zu bewachen.«

Elamain warf ihr einen schnellen unsicheren Blick aus großen, goldenen Augen zu. Neben dieser dunklen Wüstenschönheit schien Dels Hellhäutigkeit wie ausgewaschen. Weißblondes Haar breitete sich über ihren Rücken aus und hing ihr in die Augen, Staub und Blut bedeckten ihr Gesicht. Ihr Burnus war zerrissen und verfärbt. Beide sahen sich, wie sie so beieinanderstanden, so ähnlich wie eine Königin und die niedrigste Küchenmagd — besonders für einen Mann, der viel zu lange von widerspenstigen Frauen umgeben gewesen war.

Elamain lächelte mich an. »Kommt, Tiger. Begleitet mich in meinen Wagen.«

Fest entschlossen, daß Del nicht das letzte Wort haben sollte (oder daß irgend etwas, was sie sagen würde, auch nur den geringsten Einfluß auf meine Entscheidung und mein Verhalten haben sollte), warf ich ihr einen milden Blick zu und lächelte dann die Lady an. »Es wäre mir eine Ehre, Prinzessin.«

Elamain führte mich zu ihrem Wagen.

13

Die Lady war angemessen dankbar. In der Intimität ihres sehr privaten Wagens, der sanft über den Sand holperte, zeigte mir Hashis Braut, daß sie keine sittsame Jungfrau war, sondern eine erfahrene Frau, die wußte, was sie wollte, und es zu bekommen versuchte. Im Moment war zufälligerweise ich es, was rundum äußerst zufriedenstellend war.

Es war nicht leicht gewesen, mit Del zu reiten. Ich hatte sie von dem Moment an begehrt, als sie in das Wirtshaus gekommen war, aber ich wußte, daß sie mich wahrscheinlich mit ihrem Messer aufspießen würde, wenn ich mir unerwartet — und ohne dazu ermutigt worden zu sein — eine Vertrautheit herausnahm. Die Nacht, in der sie ihr blankgezogenes Schwert zwischen uns legte, hatte mir deutlich klargemacht, wie sie über die Angelegenheit dachte, und ich bin noch nie jemand gewesen, der etwas mit Gewalt versucht, wenn es nur ein wenig Geduld bedarf. *Dann* wurden wir ohnehin von den Hanjii aufgelesen, und alle Gedanken daran, Del zu lieben, waren mir ziemlich schnell vergangen.

Besonders nachdem sie mich gedemütigt hatte.

Dels Vorschlag bezüglich der ›Bezahlung‹ meiner Dienste, wenn wir Julah erreichen würden, hatte mich dazu gebracht, mit Hoffnung vorwärts zu streben und mich insgesamt heiß vor Ungeduld werden lassen, aber — noch einmal — *Geduld* war das, was notwendig war. Nun, sie vergeht einem mit der Zeit. Del war nicht verfügbar, aber Elamain war es.

Junge, süße, verführerische, hungrige Elamain. Nur

ein Narr oder ein Heiliger mißachtet eine wunderbare, dankbare, liebebedürftige Frau.

Und wie ich bereits zuvor erwähnte, bin ich keines von beidem.

Wir mußten natürlich leise sein. Es wurde erwartet, daß Hashis Braut makellos und unberührt ankäme. Wie sie einem frischgebackenen Ehemann erklären wollte, daß sie keine Jungfrau mehr war, sollte nicht mein Problem sein, und ich ließ es nicht zu, daß es mein Empfinden allzu lange belastete. Es gab andere Dinge, an die ich denken mußte.

Viele Frauen lieben es, den Sandtiger zum Schnurren zu bringen. Ich vermute, daß dies vorrangig damit zusammenhängt, daß ich diesen Name trage. Gelegentlich, wenn die Zeit und die Frau richtig sind, macht es mir nichts aus, denn ich kann mir wirklich nicht helfen. Aber ich belehrte Elamain, daß es dumm wäre, von mir zu erwarten, ich solle diskrete Stille bewahren, wenn sie andererseits alles in ihrer Macht Stehende tat, damit ich wie eine große, zahme Katze schnurrte.

Sie lächelte nur und biß mich in die Schulter. Also biß ich sie auch.

Wo Del währenddessen war — oder was sie tat —, wußte ich nicht. Wenn sie überhaupt einen Sinn dafür hatte, würde sie sich mit Sabo anfreunden, der wahrscheinlich sehr überzeugend sein konnte, wenn es daran ging, seinem Herrn zu erklären, daß großzügiger Dank angemessen war. Aber ich kannte Del lange genug. Obwohl ich sie für offensichtlich ziemlich vernünftig hielt, war sie doch auch eine Frau und daher nicht einschätzbar. Und neigte in diesem Fall wahrscheinlich zu einem nicht sehr vernünftigen Verhalten.

»Wer ist sie?« fragte Elamain, als wir leicht schwitzend in den Kissen und den Seidenstoffen lagen.

Ich dachte daran zu fragen, wen sie meinte, aber ich tat es nicht. Ich hielt Elamain auch nicht für dumm. »Sie ist eine Frau, die ich nach Julah führe.«

»Warum?«

»Sie hat mich dafür angeheuert.«

»Angeheuert.« Elamain sah mich an. »Keine Frau *heuert* den Sandtiger *an*. Nicht mit Gold.« Ihre Zungenspitze war zu sehen.

»Tut sie das für dich?« Und sie tat etwas sehr Einfallsreiches mit der Hand. Nachdem ich mich erholt hatte, sagte ich ihr nein, Del täte das nicht. Ich sagte ihr nicht, daß ich noch keine Möglichkeit gehabt hatte festzustellen, ob Del es *konnte*.

»Wie ist es damit?«

»Elamain«, stöhnte ich, »wenn du willst, daß dieses erfreuliche kleine Rendezvous ein Geheimnis *bleibt*, dann denke ich, du solltest besser aufhören.«

Ein tiefes Lachen erklang aus ihrer Kehle. »Es sind Eunuchen«, sagte sie. »Wen kümmert es, was sie wissen? Sie wünschen sich nur, *sie* könnten dies mit mir tun.«

Wahrscheinlich. Dennoch, ich habe zumindest *ein wenig* Anstand und das sagte ich ihr.

Elamain ignorierte meine Bemerkung. »Ich mag dich, Tiger. Du bist der Beste.«

Wahrscheinlich sagte sie das zu jedem Mann, aber dennoch tat es mir gut. Das ist immer so.

»Ich will, daß du mit mir kommst, Tiger.«

»Ich *gehe* mit dir — zumindest bis Sasqaat.«

»Ich will, daß du bei mir *bleibst*.«

Ich sah sie überrascht an. »In Sasqaat? Aber du wirst heiraten, Elamain ...«

»Wegen der Heirat muß nichts aufhören«, sagte sie verdrießlich. »Es ist unbequem, das gebe ich zu, aber ich habe nicht die Absicht, nur *deswegen* damit aufzuhören.« Sie lächelte jetzt wieder und damit wurde auch erneut die Einladung in ihren Augen sichtbar. »Willst du nicht mehr, Tiger?«

»Diese Frage ist für uns unbedeutend.«

Sie kicherte und glitt wieder auf mich hinauf. »*Ich*

will mehr, Tiger. Ich will dich *ganz*. Ich will dich *behalten*.«

Diese Art Gespräch macht jeden Mann nervös. Besonders mich. Ich küßte sie, wie sie es wollte, und tat auch alles andere, was sie wollte, aber tief in mir hatte ich das unangenehme Gefühl des Vereinnahmtwerdens.

»*Elamain hat den Sandtiger ...*«, flüsterte sie heiter und leckte an meinem Ohr.

Im Moment war dies tatsächlich so.

* * *

Als die untergehende Sonne den Horizont in Magentarot und Amethyst entflammte, umritt ich auf meinem graugelben Salsetwallach den äußeren Rand des kleinen Lagers. Insgesamt gab es acht Wagen: Elamains persönliches Transportmittel und jene für ihre Dienerinnen und das Gepäck. Die Fahrer waren alle Eunuchen, die Dienerinnen alle Frauen, und ich war der einzige normale Mann auf Meilen im Umkreis. Wäre Elamain nicht so zuvorkommend gewesen, wäre ich vielleicht durch all die Damen beunruhigt gewesen. Aber so, wie es jetzt war, hatte ich keine Zeit — und keine Kraft — für eine andere.

An einer Stelle hielt ich an und schaute hinaus in die purpurfarbene Wüste, versunken in die nachdenkliche Betrachtung von Elamains unerwarteten — und nicht zu leugnenden — Fähigkeiten, als Del angeritten kam. Ich Haar war neu geflochten und zurückgebunden. Sie hatte sich den Staub der Wüste aus dem Gesicht gewaschen, aber ich war zu erfüllt von Elamain, um ihren außerordentlich sanften Gesichtsausdruck zu bemerken.

»Sabo sagt, daß wir Sasqaat ohne Schwierigkeiten erreichen werden, jetzt, wo der Sandtiger die Karawane anführt«, sagte sie.

»Das werden wir wahrscheinlich.«

Del kicherte. »Macht sie Euch glücklich, Tiger? Oder — sollte ich sagen — macht Ihr *sie* glücklich?«

Ich sah sie an. »Kümmert Euch um Eure eigenen Angelegenheiten.«

Ihre hellen Brauen hoben sich in spöttischer Überraschung. »O nein, habe ich Euch beleidigt? Sollte ich auf die Knie sinken und Eure Füße küssen?«

»Das reicht, Del.«

»Die ganze Karawane weiß es«, sagte sie. »Ich hoffe, es ist Euch klar, daß dieser Lord Hashi von Sasqaat als ziemlich reizbarer Mann gilt. Sabo sagt, er tötet jeden, der ihm im Wege ist.« Sie schaute genau wie ich hinaus in die sich verdunkelnde Wüste und verbreitete Unparteilichkeit. »Was wird er sagen, wenn er herausfindet, daß Ihr mit seiner Braut geschäkert habt?«

»Dafür kann er *mich* nicht verantwortlich machen«, erklärte ich. »Sie gibt nichts, was sie nicht schon vorher gegeben hätte.«

Del lachte offen. »Dann ist die *Dame* keine Dame. Nun, ich habe kein Mitleid mit Hashi. Ich vermute, daß er das bekommen wird, wofür er bezahlt hat.«

Ich sah sie scharf an. »Was meint Ihr?«

»Sabo erzählte mir, daß Elamains Vater mehr als glücklich war, seine Tochter zu vermählen. Offensichtlich war sie … unbesonnen in ihren Zuneigungen. Er war so versessen darauf, Hashi um ihre Hand anhalten zu sehen, daß er den Brautpreis reduzierte. Hashi bekommt Rabatt.« Sie zuckte die Achseln. »Gebrauchte Ware, wie es scheint.«

»Ihr seid *eifersüchtig*.« Etwas verspätet dämmerte es mir.

Del grinste. »Ich bin nicht eifersüchtig. Warum sollte ich?«

Wir sahen uns an. Del aufrichtig amüsiert und ich ganz allgemein verstimmt.

»Warum sollte Sabo gerade *Euch* all das erzählen?«

fragte ich. »Hashi ist sein Herr. Wie könnte er soviel über Elamain wissen?«

Del zuckte die Achseln. »Er sagte, jeder wüßte es. Die Dame hat einen schrecklichen Ruf.«

Ich runzelte die Stirn und bewegte mich auf dem flachen Sattel. »Aber wenn *Hashi* es nicht weiß . . .« Ich überlegte.

»Es scheint wahrscheinlich, daß er es erfahren würde«, erklärte Del. »Aber ich vermute, man kann nicht sagen, was ein Wüstenprinz tun würde — ich habe oft genug gehört, wie habsüchtig sie sind, wie eifersüchtig und besitzergreifend. Wie schändlich sie ihre Frauen behandeln — obwohl dies im Süden allgemein akzeptierter Brauch zu sein scheint.« Sie warf mir einen sanften Blick zu. »Wie behandelt Ihr *Eure* Frauen, Tiger?«

»Macht weiter so, und *Ihr* werdet es niemals erfahren.«

Sie lachte. Ich ritt fort, um eine Runde in die andere Richtung zu drehen, und Del lachte.

Ich hielt es absolut nicht für witzig.

Es dauerte nicht lange, bis Elamain allen Anspruch darauf, eine umsichtige, tugendhafte Frau zu sein, aufgab und sich offen zu ihrer augenblicklichen Leidenschaft bekannte, indem sie so nah wie möglich bei mir blieb, selbst wenn ich der Karawane auf der Suche nach Borjuni voranritt. Sie veranlaßte einen der verletzten Eunuchen bei diesen Gelegenheiten, in ihrem Wagen zu fahren, und nahm sein Pferd für sich selbst. Unter all den fließenden Stoffen trug sie die seidenen Jodhpurs der Wüstentanzeers und ritt selbstsicher im Herrensattel. Auch außerhalb des Wagens trug sie den durchsichtigen Schleier, aber jeder wußte, daß dies nur Heuchelei war. Wenn man ganz ehrlich war, hatte Elamain kein Recht, den Schleier zu tragen, der die tugendhafte Weiblichkeit symbolisierte, aber niemand hatte den Mut, ihr zu sagen, was sie zweifellos ohnehin wußte.

Zu meiner Überraschung bemühte sich Elamain, Del besser kennenzulernen. Sie bat Del sogar mehr als einmal in ihren Wagen. Ich habe keine Ahnung, worüber sie sprachen. Frauengespräche interessierten mich nicht im geringsten. Ich fragte mich unbehaglich, ob Elamain über etwas sprechen wollte, was sie und Del gemein hatten — mich —, aber keine von beiden sagte es mir jemals.

Ich fragte mich auch, was Del antworten würde, wenn ich das Thema *wäre*. Sie konnte meinem Ruf ungeheuer schaden, wenn sie Elamain erzählte, daß wir intim gewesen wären. Auf der anderen Seite war Del Del, und ich konnte nicht von ihr erwarten zu lügen. Und da ich Elamain kannte, bezweifelte ich, daß sie Del glauben würde, selbst wenn diese Vertrautheit leugnen *würde*. Es war insgesamt sehr verwirrend, und ich beschloß, daß es mutiger war, über das Ganze einfach nicht zu grübeln.

Dennoch konnte ich nicht umhin mich zu fragen, wie Del über das alles dachte. Die Situation zwischen uns war seltsam. Einerseits wußte sie, daß ich sie begehrte. Sie wußte auch, daß sie versprochen hatte, mit mir zu schlafen, wenn die Reise nach Julah beendet wäre, also gab es keinen Grund für Geziertheit oder Spielereien.

Andererseits zerstreute der geschäftsmäßige Beigeschmack der ganzen Situation alle Hoffnungen und reduzierte sie auf nichts weiter als einen Vertrag. Ich würde sie nach Julah bringen, sie würde bezahlen. Vorher, als nur Del und ich zusammen waren, war ich mit der Hoffnung vollauf zufrieden. Jetzt, wo Elamain so nah war (und so *aktiv*), entdeckte ich, daß meine Gefühle für Del zwiespältig waren. Unzweifelhaft wollte ich diesen hellhäutigen, seidenweichen Körper noch immer, aber die Hoffnung hatte sich von Ungeduld zu Akzeptanz gewandelt.

Es schien mir nicht, als sei Elamains Unersättlichkeit der Grund dafür, daß nichts für Del übrigblieb.

Die Frau forderte den ganzen Mann. Wir gaben alle Ansprüche auf eine Geschäftsbeziehung auf. Ich blieb nachts bei ihr im Wagen, und gelegentlich zogen wir uns auch während des Tages für eine Weile zurück. Ihre Dienerinnen — die gut ausgebildet waren — sagten niemals ein Wort. Auch die Eunuchen verhielten sich ruhig. Nur Sabo sah besorgt aus, aber er äußerte Elamain oder mir gegenüber nichts.

Und was Del betraf: Sie machte noch nicht einmal mehr Witze darüber. Ich hielt es für ein wenig Eifersucht, die ihre helle Haut grün werden ließ, aber ich war nicht ganz sicher. Del schien kein eifersüchtiger Typ Frau zu sein, und alle eifersüchtigen Frauen, die ich gekannt hatte, konnten sich nicht so — *normal* verhalten. Ich war mir noch nicht einmal bohrender Blicke bewußt, wenn ich ihr den Rücken zuwandte.

Dachte sie also so wenig an mich, daß eine Affäre mit einer anderen Frau keine Bedeutung hatte? Oder war es ganz einfach so, daß sie dachte, es sei den Ärger nicht wert?

Ich mochte diesen Gedanken nicht. Ich entschied mich, daß es deshalb sei, weil sie dachte, sie könne nicht mithalten. Was dumm war, denn Del konnte mit allem mithalten. Sauber *oder* schmutzig.

Schließlich näherte sich Sabo mir. Wir ritten an der Spitze der Karawane, und in der Ferne lagen die unförmigen, sandfarbenen Umrisse Sasqaats, der Stadt Hashis.

»Lord«, begann er.

Ich lehnte den Ehrentitel ab. »Tiger reicht auch.«

Er sah mich aus seinen beredten, hellbraunen Augen an. »Lord Tiger, darf ich sprechen? Es ist eine etwas delikate Angelegenheit.«

Natürlich. Ich hatte es erwartet. »Sprich, Sabo. Du kannst offen zu mir sprechen.«

Er spielte mit den geflochtenen, scharlachroten Zügeln, die rundlichen Finger glitzerten vor Ringen. »Lord

Tiger, ich muß Euch warnen, denn mein Herr ist kein ruhiger Mann. Er ist nicht eigentlich *grausam*, aber er ist eifersüchtig. Er wird alt, und mit jedem zusätzlichen Jahr fürchtet er stärker, seine Männlichkeit zu verlieren. Seine Vitalität hat bereits etwas nachgelassen, und daher versucht er, dies zu verbergen, indem er den größten Harem der Punja unterhält, damit jeder denken soll, er sei noch immer jung und stark und zeugungskräftig.« Die Augen, in dunklen, fleischigen Falten versenkt, spähten besorgt zu mir. »Ich spreche von persönlichen Angelegenheiten, Lord Sandtiger, denn ich muß es tun. Sie betreffen auch die Lady Elamain.«

»Und daher auch mich.«

»Und daher auch Euch.« Er zuckte mit einer unbehaglichen Bewegung die Achseln, wodurch die goldene Stickerei seines weißen Burnus in der Sonne glitzerte. »Es steht mir nicht zu, mich bei meinen Herrschaften einzumischen, aber ich muß es tun. Ich muß Euch warnen, denn mein Herr Hashi könnte sehr böse sein, weil seine Braut keine Jungfrau mehr ist.«

»Sie war jedoch schon *vor* mir keine Jungfrau mehr, Sabo.«

»Das weiß ich.« Er versicherte sich, daß alle seine Ringe fest saßen. »Ich bin sicher, daß mein Lord Hashi es auch weiß ... aber er würde es niemals zugeben. Niemals.«

»Dann ist alles, was er tun muß, darüber hinwegzusehen, daß seine Braut ein wenig erfahrener ist, als er erwartet hatte.« Ich lächelte. »Er sollte sich wirklich nicht beklagen. Wenn irgend jemand Hashis verlorene Vitalität wiederherstellen kann, dann *sie*.«

»Aber — wenn sie es nicht kann?« Sabo zeigte seine Angst offen. »Wenn sie es nicht kann und er bei ihr versagt, wird er böse sein. Gewaltig böse. Er wird die Lady verantwortlich machen, nicht sich selbst, und er wird einen Weg suchen, sie zu bestrafen. Aber da sie durch ihren Vater eine Dame mit einem gewissen Ruf ist, kann er sie nicht töten. Also wird er nach jemand anderem suchen, an dem er seinen Ärger und seine Enttäuschung auslassen kann, und er wird es für sehr naheliegend halten, sich an den Mann zu halten, der für die letzte ›Defloration‹ seiner Braut verantwortlich war.« Seine Stimme klang entschuldigend. »Jeder in Sasqaat kennt, so denke ich, den Ruf der Lady. Aber *niemand* wird es aussprechen, denn er ist der Tanzeer. Er wird *Euch* bestrafen, wahrscheinlich *Euch* töten, und niemand wird es zu verhindern versuchen.«

Ich lächelte und zog meine linke Schulter hoch, so daß sich das Schwert ein wenig bewegte. »Einzelhieb und ich haben eine Übereinkunft getroffen. Er paßt auf mich auf, und ich passe auf ihn auf.«

»Ihr könnt in Gegenwart des Tanzeer keine Waffen tragen.«

»Dann werde ich den Tanzeer nicht gegenübertreten.« Ich sah ihn offen an. »Sicherlich kann ihm sein treuer Diener sagen, wie hilfreich ich gewesen bin, und eine angemessene Belohnung vorschlagen, die man mir durch *seine* Bediensteten zukommen lassen kann.«

Sabo war erstaunt. »Ihr würdet *mir* vertrauen, daß ich Euch Eure Belohnung bringen würde?«

»Natürlich. Du bist ein ehrenwerter Mann, Sabo.«

Sein braunes Gesicht wurde blaß, bis er an ein häßliches, kränkliches Kind erinnerte. Ich dachte, er habe eine Art Anfall. »Niemand ...«, begann er, hielt inne, begann erneut. »*Niemand* hat das jemals zu mir gesagt. Es heißt immer Sabo *hier,* Sabo *da.* Renn, so schnell es dein fetter Bauch zuläßt, Eunuch. Ich bin in ihren Augen kein Mann, nicht einmal für meinen Lord Hashi, der nicht wirklich schlecht ist. Aber die anderen ...« Er brach ab und schloß den Mund.

»Sie können grausam sein«, sagte ich leise. »Ich weiß das. Ich bin vielleicht kein Eunuch, Sabo, aber ich verstehe es. Ich habe meine eigene Art Hölle erlebt.«

Er starrte mich an. »Aber — was immer es auch war

202

— Ihr habt es überstanden. Ihr müßt es überstanden haben. Der Sandtiger wandert frei ... und unversehrt.«

»Aber der Sandtiger erinnert sich auch an Zeiten, in denen er nicht frei umhergehen konnte.« Ich lächelte und schlug ihm auf die schlaffe Schulter. »Sabo, die Hölle ist das, was man daraus macht. Einige von uns müssen sie erleiden, um bessere Menschen zu werden.«

Er seufzte. Seine Brauen zogen sich zusammen. »Vielleicht sollte ich mich nicht beklagen. Ich bin leidlich reich, denn mein Lord Hashi ist großzügig mir gegenüber.« Er wedelte mit seiner beringten Hand. »Ich esse, ich trinke, ich kaufe Mädchen, um auszuprobieren, wieviel Männlichkeit mir geblieben ist. Sie sind freundlich. Sie wissen, daß ich es mir nicht ausgesucht habe — was man mir als Junge angetan hat. Aber es ist nicht dasselbe wie Freiheit.« Er sah mich an. »Die Freiheit, eine Frau wie Elamain zu nehmen, wie Sie es tun, oder eine wie die blonde nordische Frau.«

»Die blonde nordische Frau ist meine Arbeitgeberin«, erklärte ich sofort. »Nicht mehr als das.«

Er sah mich mit äußerst ungläubiger Miene an, und ich konnte es ihm nicht verübeln. Und dann traf mich wieder einmal blitzartig der Gedanke, warum ich nicht zumindest *versucht* hatte, Del näherzukommen. Ein Schwert auf dem Sand hat den Sandtiger niemals zuvor aufgehalten!

Aber andererseits war es noch nie ein Schwert wie Dels Schwert gewesen, aus hartem, kaltem Eis gearbeitet und mit fremdartigen Runen versehen, die einen schmerzhaften Tod versprachen.

Dennoch, eigentlich war es überhaupt nicht das Schwert der Grund. Es war Del selbst und diese alte Integrität und der Stolz. Vielleicht hätte dies einen anderen Mann nicht aufgehalten, aber ganz sicher hatte es mich aufgehalten.

Ich seufzte zutiefst widerwillig.

Sabo lächelte. »Manchmal muß ein Mann kein Eunuch sein«, sagte er ausweichend. Ich verstand ihn sehr gut.

Ich schaute mich um, suchte nach Del und sah sie am Ende der Karawane reiten. Die Sonne schien strahlend auf ihr Haar hinab. Sie lächelte schwach, aber das Lächeln war nach innen gerichtet und galt niemandem. Sicherlich nicht mir.

14

Elamain war während unseres letzten Stelldicheins in ihrem Wagen hinreichend überzeugend. Wir näherten uns Sasqaat allmählich und daher mit jedem Augenblick dem Ende unserer Affäre. Sie sagte, sie wolle nichts versäumen, was ich zu geben hätte. Zu diesem Zeitpunkt war ich nicht sicher, daß überhaupt *irgend etwas* zu geben übriggeblieben war — aber sicherlich versuchte ich es.

»Knurre für mich, Sandtiger.«

»Elamain.«

»*Mir* ist es egal, wer davon weiß. Jeder *weiß* es. Macht es dir etwas aus? Knurre für mich, Tiger.«

Also knurrte ich. Aber ganz sanft.

Danach seufzte sie, schlang einen Arm um meinen Hals und schmiegte ihr Kinn an meine Schulter. »Tiger, ich will dich nicht verlieren.«

»Du wirst heiraten, Elamain, und ich werde nach Julah weiterziehen.«

»Mit *ihr.*«

»Natürlich mit ihr. Sie hat mich angeheuert, damit ich sie dahin bringe.« Ich fragte mich, wieviel Del ihr über unser Vorhaben erzählt hatte oder ob dies überhaupt schon Gegenstand ihrer Unterhaltungen gewesen war.

»Kannst du nicht eine Weile in Sasqaat bleiben, Tiger?«

»Dein Ehemann könnte etwas dagegen haben.«

»Oh, *ihm* macht das nichts aus. Ich werde ihn so erschöpft halten, daß er froh sein wird, wenn ich einige Zeit mit jemand anderem verbringe. Nebenbei gesagt, warum sollte uns ein Ehemann an unserem Vergnügen hindern?«

»Er wird etwas größeres Anrecht auf deine Gunst haben als ich, Elamain. Ich glaube, so funktioniert eine Ehe.«

Sie seufzte und schmiegte sich fester an mich. Schwarzes Haar kitzelte meine Nase. »Bleib eine Weile bei mir. Oder bleib in Sasqaat, und dann werde ich dich in den Palast rufen lassen. Wegen deiner Belohnung.« Sie kicherte. »Habe *ich* dich nicht genug belohnt?«

»*Mehr* als genug.« Dies kam von Herzen.

»Nun, ich will mehr für dich. Ich werde dich Hashi vorstellen — respektvoll natürlich und angemessen —, und ich werde ihm erzählen, wie wundervoll du warst, als du die Karawane gerettet hast. Wie du all die fürchterlichen Borjuni allein niedergestreckt und mich persönlich aus ihren Fängen befreit hast.«

»Ich *war* nicht allein, und du warst nicht *in* ihren Fängen. Jedenfalls noch nicht.«

Sie seufzte entsagend. »Dann werde ich ein wenig lügen. Es wird dir eine höhere Belohnung einbringen. Willst du keine Belohnung, Tiger?«

»Ich liebe Belohnungen«, gab ich zu. »Ich habe noch nie eine abgelehnt.«

Ein tiefes Lachen entrang sich ihrer Kehle. »Was wäre, wenn ich dir sagte, daß ich dir eine weitaus größere Belohnung verschaffen werde, als du dir vorstellen kannst?«

Ich schaute sie nachdenklich an, konnte aber nicht viel mehr als seidiges, schwarzes Haar und eine zarte, dunkle Braue sehen. Dennoch, ich hatte gelernt, die Lady nicht zu unterschätzen. »Was führst du im Schilde?«

»Das ist *mein* Geheimnis. Aber ich verspreche dir — du wirst es nicht bedauern.«

Ich fuhr mit dem Finger die Linie ihrer Nase nach. »Bist du sicher?«

»Du wirst es nicht bereuen«, flüsterte sie. »O Tiger ...
du *wirst* es nicht bereuen.«

Was natürlich bedeutete, daß ich es doch bereuen
würde.

Del und ich mußten in einem der anderen Räume warten, als wir Hashis Palast in Sasqaat erreicht hatten. Sabo eskortierte Elamain strahlend in den Hauptteil des
Palastes und ließ uns zurück, aber er versprach, uns Bescheid zu geben, sobald er konnte. Das tat er auch. Innerhalb einer Stunde umgab uns ein Schwarm Diener
und führte uns in getrennte Zimmer. Damit wir ein Bad
nähmen, sagten sie.

Es bedurfte keines Zwanges, damit ich in die große
eingelassene Badewanne stieg, die mit heißem Wasser
und süßduftendem Öl gefüllt war. Ich sprang hinein,
bevor jemand es vorschlagen konnte, nachdem ich Schuhe, Burnus, Dhoti und Harnisch abgelegt hatte. Die
staubigen, schweißdurchtränkten Kleider verschwanden sofort und wurden von wertvollen Seidenstoffen
und weichen Lederschuhen ersetzt. Meine Diener waren ausschließlich Frauen, was mich nicht im geringsten
störte. Ich fragte mich aber, ob sie Del auch Frauen zu-
geteilt hatten oder wenigstens Eunuchen.

Zwei der Dienerinnen stiegen mit mir ins Bad und begannen, meine Haare und auch meinen restlichen Körper zu waschen. Dies führte zu Gekicher und halbwegs
ernsten Vorschlägen für eine andere Art, sich eines Ba-
des zu erfreuen, so daß es kaum länger dauerte, als ich
erwartet hatte. Als ich herauskletterte, war ich sauber
und schläfrig und sehr, sehr entspannt. Alles, was ich
jetzt brauchte, war ein gutes Mahl.

Ich kaute geräuschvoll auf frischen Früchten, während ich mich anzog. Die Trauben waren hervorragend,
und die Orangen auch. Die Melonen waren kühl und
saftig und wohlschmeckend. Der dazu gereichte Wein
war leicht, aber etwas zu süß, um eine gute Begleitung

zu den Früchten zu bilden. Er war auch ziemlich schwer. Als ich den sauberen Dhoti und den dunkelblauen Burnus, der mit echt goldener Stickerei versehen war, angezogen hatte, fühlte sich mein Kopf benebelt und schwer an.

Einer der Palasteunuchen kam und führte mich in die große Empfangshalle. Sie war mit seidenen und mit Quasten versehenen Stoffen in allen Farben herausgeputzt, so daß sie fast an einen riesigen Hyort erinnerte. Der Boden war mit verwirrend gemusterten Mosaiken ausgelegt, die sich auf dem ganzen Weg hinauf bis zum Podium, auf dem ein goldener Thron stand, wiederholten. Der Thron war unbesetzt.

Weitere Eunuchen standen um den Thron und das Podium herum, alle in großartige Gewänder gehüllt und alle mit großen, gebogenen Schwertern ausgerüstet, die um ihre rundlichen Taillen gebunden waren. Fast unbewußt hob ich mit der automatischen Geste, die mir sagte, daß Einzelhieb sicher in seiner Scheide ruhte, meine linke Schulter an.

Aber er war nicht dort. Ich hatte Einzelhieb im Baderaum zurückgelassen.

Hoolies, ich hatte mein Schwert vergessen!

Ich wollte mich umdrehen und den Raum wieder verlassen, aber einer der Eunuchen versperrte mir den Weg. »Mein Lord Hashi kommt bald. Ihr müßt warten.«

»Ich habe meine Waffen zurückgelassen. Ich gehe sie holen.« Innerlich ärgerte ich mich, daß ich so dumm gewesen war.

»Ein Mann betritt die Gegenwart des Tanzeers nicht mit Waffen.«

Ich sah ihn an. »Ich gehe niemals *un*bewaffnet.«

»Aber jetzt«, sagte Del hinter mir. Ich fuhr herum, und sie zuckte die Achseln. »Sie haben mir meine auch genommen.«

»Ihr laßt sie Euer wundervolles Schwert behalten?«

Sie sah mich vielsagend an, und ich glaubte zu verstehen. Ich bemerkte für einen Moment einen fremden Ausdruck in ihren Augen, eine Mischung aus Besitzanspruch, Besorgnis und Anerkennung. »In der Scheide«, antwortete Del. »Aber wenn sie es *aus* der Scheide ziehen ...« Sie brach ab. Zuckte leicht die Achseln. »Man kann mich nicht verantwortlich machen.«

»*Wofür?*« fragte ich. »Was geschieht, wenn jemand außer Euch das Schwert aus der Scheide zieht?«

Del lächelte kaum merklich. »*Ihr* habt es aus der Scheide gezogen. *Ihr* habt Eure Hand an das Heft gelegt. Ihr könnt besser erklären, was dann geschieht, als ich es kann.«

Sofort erinnerte ich mich des brennenden Schmerzes in meiner Hand, meinem Arm, meiner Schulter, der durch die Knochen und das Fleisch und das Blut floß. Heiß und kalt, alles auf einmal. Ich schwitzte. Ich zitterte. Fühlte mich krank. Nein, sie brauchte keine Angst zu haben, daß dieses Schwert in eines anderen Mannes Hände fallen könnte. Niemand konnte es benutzen, das wußte ich. Absolut niemand, außer Del.

Einen Augenblick später schüttelte ich den Kopf. »Nein. Nein, ich kann nichts erklären. Dieses — dieses *Ding* ist anders als alles, was ich kenne.«

»Ich auch.« Und sie lächelte.

Ich sah sie an. »Wenn das wahr wäre, dann wärt Ihr, so glaube ich, die Richtige für diesen Mann.« Ich deutete auf den leeren Thron des Tanzeers.

Sie zuckte die Achseln. »Vielleicht.«

Dann vergaß ich, über magische Schwerter und Hexenkraft und alte Männer zu diskutieren, denn ich sah, was sie Del angetan hatten. Fort war das sich ungezwungen bewegende nordische Mädchen, die für sich selbst in Anspruch nahm, ein Schwerttänzer zu sein, und an ihre Stelle war eine Frau getreten, die auf Wüstenart in rosenfarbene Seide gehüllt war, die bewirkte, daß ihr hübscher Körper verlockender war denn je. Immer wenn sie sich bewegte, teilten sich die Schleier und gaben den Blick auf noch mehr Schleier oder auch blitzartig auf ein langes, helles Bein frei. Ihr helles Haar glänzte vom Waschen, war auf dem Kopf aufgerollt und mit goldenen, mit türkisen Steinen besetzten Nadeln hochgesteckt worden. Aber die Diener hatten den Schleier weggelassen, weil sie vielleicht annahmen, daß sie keine wirkliche Lady war, wenn sie mit einem Schwerttänzer, der der Sandtiger genannt wurde, quer durch die Punja ritt.

»Lacht mich nicht aus«, sagte sie ärgerlich. »*Ich* wollte meine Tunika anbehalten, aber sie wollten es nicht zulassen.«

»Wer lacht? Ich bin viel zu beschäftigt mit Schauen.«

»Schaut mich nicht an.« Sie musterte mich stirnrunzelnd. »Hat Eure Mutter Euch keine besseren Manieren beigebracht?« Dann schlug sie sich mit der Hand auf den Mund, als sie sich daran erinnerte, daß ich keine Mutter *hatte.*

»Vergeßt es«, sagte ich zu ihr. »Laßt uns nur versuchen, uns für das zu stärken, was kommen mag.«

Sie runzelte ein wenig die Stirn. »Warum? Was glaubt Ihr, was kommen wird?«

Ich dachte über das nach, was Elamain gesagt hatte, *wann* sie es gesagt hatte, und wie sie es ausgedrückt hatte. »Macht Euch keine Gedanken. Ihr würdet es nicht verstehen.«

Sie verzog den Mund. »Würde ich das nicht?«

Aber ich antwortete ihr nicht, denn ich war zu beschäftigt damit, den verwelkten alten Mann anzustarren, der mit Sabos Hilfe von einer Seitentür her auf das Podium zukam.

Er war uralt. Er war gebeugt und runzelig und hatte Schüttellähmung, aber seine schwarzen Augen glitzerten grimmig, als er seinen Platz auf dem Thron einnahm. Ich machte Del ein Zeichen, und sie wandte sich ebenfalls um und trat automatisch an meine Seite, als wir uns langsam dem Thron näherten.

»Mein Lord Hashi, Tanzeer von Sasqaat!« kündigte Sabo an. »Möge die Sonne lange und warm auf ihn scheinen!«

Die Sonne hatte sicherlich *lange* auf ihn geschienen. Er mußte fast neunzig Jahre alt sein.

»Nähert Euch dem Thron!« rief Sabo.

Da Del und ich bereits dabei waren, genau das zu tun, gingen wir einfach weiter.

»Mein Lord Hashi möchte Euch wissen lassen, daß er für die Dienste, die Ihr ihm geleistet habt, als Ihr seine Braut vom sicheren Tod errettet und sie unversehrt zu ihm gebracht habt, dankbar ist. Ihr werdet belohnt werden.« Sabos Gesichtsausdruck zeigte ein ganz schwach verschwörerisches Lächeln.

Del und ich blieben vor dem Podium stehen. Ich vollführte die traditionelle Wüstengeste des Respekts: Ich legte eine Hand mit gespreizten Fingern über das Herz, während ich den Kopf geneigt hielt. Del sagte und tat nichts. Sie war offenbar gewarnt worden, daß eine Frau niemals mit einem Tanzeer spricht, bis er sie beachtet und zum Gespräch auffordert.

Hashi winkte Sabo, sich zu entfernen. Der Eunuch trat fünf Schritte hinter den Thron zurück und wartete still, das Gesicht völlig ausdruckslos. Dann beugte sich der alte Tanzeer auf seinem Thron vor.

»Ihr seid der Schwerttänzer, den sie Sandtiger nennen?«

»Ich bin der Sandtiger.«

»Und die Frau reist mit Euch?«

»Ich führe sie nach Julah.«

»Julah ist nicht so schön wie Sasqaat«, sagte Hashi barsch, mit der schnellen Verärgerung älterer Leute.

Ich lächelte nicht. Alte Männer sind nicht einschätzbar. Alte Tanzeer sind nicht einschätzbar und dazu noch gefährlich.

»Der Tanzeer in Julah ist zu jung für seine Stellung«, fuhr Hashi fort. »Er weiß nichts. Er läßt seine Diener ohne Disziplin wild umherlaufen, und er handelt mit Sklaven. Es ist kein Wunder, daß die Stadt zu einem Pfuhl für gewöhnliche Diebe, Borjuni, Schwerttänzer, bucklige Händler und Sklaven sowie anderes verwegenes Gesindel geworden ist.« Seine schwarzen Kulleraugen hingen an meinem Gesicht. »Sasqaat ist ein friedlicher Ort und viel sicherer.«

»Aber ich muß nach Julah gehen«, sagte Del ruhig, und ich zuckte zusammen.

Hashi sah sie an. Seine mageren Hände griffen nach den Armlehnen seines Thrones. Die Venen standen hervor wie Quetschungen, die sich über seine marmorierte Haut zogen. Der gesunde dunkle Teint, den er einst gehabt hatte, war mit den Jahren grau geworden und hatte ihn aschfahl und kränklich aussehend zurückgelassen. Es war kein Wunder, daß er im Bett nichts mehr ausrichten konnte. Ich fragte mich nur, wie Elamain auf ihn reagiert hatte.

»Elamain, du kannst eintreten«, rief Hashi.

Ich sah mich überrascht um, sah, wie sich eine schmale Seitentür öffnete, und einen Augenblick später betrat Elamain die Halle. Sie war ähnlich wie Del gekleidet, obwohl die Farben ihrer Kleidung zartes Gelb und Braun anstelle der fahlen Rosatöne aufwiesen, die Del trug.

Sie kam süß lächelnd herein, das schwarze Haar hing lose um ihren wohlgerundeten Körper bis zu den Knien herab. Ich hatte es noch niemals zuvor ganz gelöst gesehen und verschluckte fast meine Zunge. Ihr Lächeln nahm ein wenig zu, als sie mich ansah, und ich schaute sofort zu Hashi, um zu sehen, ob er es bemerkt hatte.

Er hatte. Seine Augen funkelten. »Meine Lady Elamain hat mir erzählt, wie freundlich Ihr zu ihr gewesen seid, und wie besorgt. Wie sorgfältig Ihr ihre Tugend bewahrt habt.« Er lächelte. »Obwohl allgemein bekannt ist, daß Elamain keine hat.«

Ihr Lächeln gefror. Ihr makelloses Gesicht wurde sehr

ruhig, und ihre Augen verwandelten sich von Gold zu Schwarz, als sie sich weiteten. Auch ich fühlte mich nicht sehr wohl.

»Aber ich werde sie sowieso haben«, fuhr Hashi mit seiner rauhen, dünnen Stimme in leichtem Plauderton fort. »Ich bin ein alter Mann, weit über meine beste Zeit hinaus, und es ist mir nichts sonst in diesem Leben geblieben. Es wird mir ein wenig Freude bringen, die schönste Frau der Punja zur Gemahlin zu nehmen — und sicherzustellen, daß sie nie wieder bei einem Mann liegen wird.« Er lächelte ein arglistiges Lächeln, das aus den dunklen Schatten seiner Seele zu kriechen schien. »Elamain hat viele Bettgenossen verschlissen. So viele Männer, daß ihr Vater fürchtete, er könne sie niemals angemessen verheiraten. Nun, ich habe gesagt, ich würde sie ihm abnehmen. Ich würde sie zur Frau nehmen. Und ich würde sicherstellen, daß sie *genau* entdeckt, was es bedeutet, jemanden so sehr zu begehren und zu wissen, daß sie ihn niemals bekommen wird.«

Elamain war so blaß, daß ich dachte, sie würde tot umfallen. Aber das tat sie nicht. Sie ließ sich auf dem Mosaikboden vor dem Podium auf die Knie nieder. *»Mein Lord ...«*

»Ruhe! Dieser Schwerttänzer hat dich mir übergeben, wofür ich ihm dankbar bin, und ich habe die volle Absicht, ihn so zu belohnen, wie du es erbatest.« Er beachtete sie nicht weiter und sah mich an. »Wißt Ihr, was meine Braut vorgeschlagen hat? Geschickt, wie ich zugeben muß — sie war großartig.« Er grinste. Er hatte den größten Teil seiner Zähne bereits verloren. »Sie sagte, es sei üblich für einen Ehemann und die Ehefrau, Hochzeitsgeschenke auszutauschen, Geschenke von so besonderer Art, daß sie in höchstem Grade persönlich sind und daher um so vieles wertvoller. Ich habe zugestimmt. Ich habe ihr angeboten, daß sie alles haben könne, was in meiner Macht steht.« Er nickte. »Sie sagte, sie wolle *Euch* haben.«

»Mich?«

»Euch.« Seine Augen durchbohrten mich. »Ihr müßt gut sein, wenn Elamain Euch für mehr als nur ein paar Nächte haben will. Das hat sie nie zuvor getan.«

»Lord Hashi ...«, bemühte ich mich.

»Ruhe, Schwerttänzer. Ich bin noch nicht fertig.« Er sah Elamain an. »Sie sagte, ich solle ihr den Sandtiger zum Hochzeitsgeschenk machen, denn sie hätte ein ebenso phantastisches für mich.« Erneut dieses fast zahnlose Grinsen. »Sie sagte, wenn ich ihr den Sandtiger zum Geschenk machte, würde sie mir eine hellhäutige, hellhaarige, blauäugige, nordische Frau zum Geschenk machen. Für mich allein.«

Meine Hand fuhr zu meiner linken Schulter hinauf und blieb leer. Einzelhieb war fort. Ebenso mein Messer. Ich sah, daß Del dieselben erfolglosen Bewegungen vollführte, und dann stand sie sehr ruhig da. Sie sah mich nicht an.

»Sie *ist* großartig.« Hashi sah Del an. »Und ich denke, ich werde sie nehmen.«

Ich bemerkte, daß eine Gruppe großer, schwerer Eunuchen hinter mir und neben mir standen. Die gefährlichen, gebogenen Schwerter lagen blank in ihren Händen.

Ich atmete tief ein. »Wir sind freie Menschen«, erklärte ich Hashi. »Wir sind keine Chula, mit denen Ihr Euren Launen gemäß handeln könnt.« Ich sagte ihm nicht, daß er nicht damit durchkäme, weil es ihm wahrscheinlich doch gelingen würde.

»Ich handele mit gar nichts«, sagte Hashi. »Elamain macht mir ein Geschenk, das ich annehme.« Er lächelte. »Aber ich fürchte, ich kann ihr nicht dieselbe Gunst erweisen. Ihr, Sandtiger, habt bereits Euren Spaß mit Elamain gehabt, und das ist etwas, was kein Mann noch einmal haben wird.« Er nickte, die Falten seines Halses zitterten. »Aber ich werde Euch hierbehalten, so daß sie Euch sehen kann und an ihre Dummheit erinnert wird.

Und solltet Ihr beabsichtigen, mich erneut zum Hahnrei zu machen, so werde ich es verhindern.« Er lachte. »Ich werde Euch zum Eunuchen machen lassen.«

Das war das letzte, was ich hörte, denn ich sprang ihm an seine lange, dünne Kehle und ging unter einem Dutzend Wächtern zu Boden.

15

Hashi hatte dem Wein etwas zugesetzt. Das erkannte ich, als ich aufwachte, denn ich war fast ohne Kampf zu Boden gegangen, und das sieht mir gar nicht ähnlich. Die Merkwürdigkeiten hatten mich tatsächlich überlistet (und ich bin nicht dumm). Ich wußte, daß mich die Eunuchen schnell überwältigen würden.

Aber nicht so *leicht*.

Hashis Großzügigkeit hatte dramatisch geendet. Ich hatte noch immer meinen eigenen Raum, aber dieses Mal befand ich mich nicht in einem Baderaum. Ich befand mich in einer winzigen Zelle irgendwo im Inneren des Palastes. Und ich trug eisernen Schmuck.

Ich saß mit dem Rücken gegen eine kühle, harte Wand. Mein Kopf schmerzte dumpf von den Nachwirkungen des vergifteten Weines und dem Schlag, den ich in der Halle bekommen hatte. Meine Handgelenke waren in Eisen eingeschlossen und an einer Wandkette befestigt, was die Bewegungsfähigkeit erheblich beeinträchtigte. Dasselbe war mit meinen Knöcheln geschehen. Meine Beine lagen vor mir ausgestreckt, die Knöchel eingeschlossen und am Boden befestigt. Solange ich ruhig dort sitzenblieb, hielt sich mein Ungemach in Grenzen. Aber ich war noch nie gut im Stillsitzen.

Ich schloß wegen der Schmerzen in meinem Kopf für einen Moment die Augen, öffnete sie dann wieder und besah mir den Schaden, der meinem Körper zugefügt worden war. Bei dem Handgemenge war mir der Burnus abgestreift worden, so daß ich die blauen Flecke sehen konnte, die über und unter dem Wildlederdhoti auf meiner Haut erschienen waren. Auch meine Schuhe fehlten, und ich bemerkte, daß der kleine Zeh meines rechten Fußes als ziemlich bizarrer Gruß an die anderen Zehen zur Seite hinausragte. Mein restlicher Körper schien jedoch heil zu sein, obwohl er sich ziemlich wund anfühlte. Niemand hatte ein Schwert oder ein Messer gegen mich benutzt, so daß nur die blauen Flekken mein Bemühen bewiesen. Es gab keine Hieb- oder Schnittwunden. Dafür war ich sehr dankbar.

Die Zelle war ein dunkler, enger Ort und roch nach Urin und Fäkalien. Nicht nach meinen eigenen, so verzweifelt war ich noch nicht. Aber es schien mir offensichtlich, daß der oder die vorherigen Bewohner einige Zeit hier gefangengehalten worden waren. Man kann den Gestank einer engen Beschränkung nicht so schnell vertreiben, selbst wenn man den Ort von oben bis unten abwäscht. Und das hatte niemand getan.

Mein Nacken war steif. Ich konnte mir gut vorstellen, daß ich schon eine geraume Zeit in der Zelle war. Dem Gefühl in meinem Bauch nach zu urteilen, wahrscheinlich die ganze Nacht. Ich war dem Verhungern nahe. Auch war ich unheimlich durstig, aber das konnte eher mit dem vergifteten Wein zu tun haben als mit irgendwelchen natürlichen Faktoren. Ich untersuchte meine Eisenfesseln und befand sie für sehr solide. Ich konnte nicht daraus entkommen, es sei denn, jemand schloß sie für mich auf. Und das schien nicht sehr wahrscheinlich. Die einzige, die sie aufschließen würde, war Del, und sie war genauso eine Gefangene wie ich — wenn auch auf andere Art.

Elamain würde auch keine Hilfe sein. Sie war wahrscheinlich zu sehr mit dem Versuch beschäftigt, den alten Mann zu beschwatzen. Sabo? — Ich bezweifelte es. Er war der Diener des alten Mannes. Also — ich war gefangen.

Und ich hatte Angst, denn kein Mann möchte daran denken, seine Männlichkeit zu verlieren.

Übelkeit ballte sich in meinem Bauch zusammen, die

ich in die Zelle ausspucken und dem Gestank hinzufügen wollte. Ich konnte die scharfe Klinge *sehen*, Hashis teuflisches Gelächter *hören* und den Schmerz *fühlen*, wenn sie zu schneiden begannen. Ich biß die Zähne zusammen, hob das Gesicht und versuchte, das Bild zu verdrängen, wobei ich so sehr zitterte, daß ich Gänsehaut bekam. Lieber tot als entmannt!

Die Tür zum Verlies öffnete sich leise, aber ich hörte es. Ich hätte alles gehört, was eine Annäherung ankündigte. Warum wollte Hashi es so bald geschehen lassen? Oder war es Elamain, die kam, um Verzeihung zu erbitten?

Nun, das würde sie nicht tun. Nicht Elamain.

Und es war nicht Elamain und auch nicht Hashi und seine Eunuchendiener. Die Tür zu meiner Zelle rasselte und öffnete sich quietschend, und es war Del.

Ich starrte sie in der Dunkelheit an, wild entschlossen, in dem Moment, wo ich aus den Eisenfesseln befreit wäre, bis zum Tode zu kämpfen. Aber jetzt würde es nicht nötig sein. Es war *Del.*

Sie hielt in dem engen Durchgang inne und bückte sich dann, um in die Zelle zu gelangen. Ihr weißblondes Haar fiel über ihre seidenbekleideten Schultern und über ihre Brüste, als käme sie aus dem Bett eines Mannes.

Hashis? Der Gedanke machte mich krank, krank und böse und — vielleicht — mehr als nur ein bißchen eifersüchtig.

»Geht es Euch gut?« Ihre geflüsterte Frage zischte in die Dunkelheit.

»Wie seid Ihr hier herunter gekommen?« fragte ich erstaunt. »Wie zu den *Hoolies* habt Ihr das geschafft?«

Sie wartete ab, während ich all meine halb zusammenhanglosen Fragen stellte, und zeigte dann den großen Eisenschlüssel, der von ihrer Hand herabbaumelte. Eine beredte Antwort auf alle meine Fragen.

»*Beeilt Euch!*« zischte ich. »Bevor sie mich holen!«

Del lächelte. »Dieser alte Tanzeer hat Euch wahnsinnige Angst gemacht, nicht wahr? Der Sandtiger, Schwerttänzer der Punja, von einem kleinen, alten Mann zu Tode geängstigt.«

»Das wärt Ihr *auch*, wenn Ihr ein Mann und an meiner Stelle wärt.« Ich rasselte mit den Fesseln. »*Kommt*, Del. Zögert nicht.«

Sie kicherte, betrat die Zelle und kniete sich hin, um meine Knöchel zu befreien. Ich konnte nichts dagegen tun — in dem Moment, in dem meine Beine frei waren, zog ich sie an, um den Teil meiner Anatomie zu schützen, den Hashi verändern wollte.

»Wie seid Ihr an den Schlüssel gekommen?« fragte ich. Die wahrscheinlichste Antwort fuhr mir sofort durch den Kopf. »Ich vermute, Ihr seid im Gegenzug mit Hashi ins Bett gegangen.«

Del hielt einen Augenblick inne, als sie die Hand ausstreckte, um meine Handgelenke zu befreien. »Und würde es Euch denn etwas ausmachen, wenn es so wäre?«

Ihr gelöstes Haar streifte meine blanke Brust und mein Gesicht.

»Hoolies *ja*, Frau! Was *denkt* Ihr?«

»Was ich denke?« Sie befreite mein rechtes Handgelenk. »Ich glaube, Ihr zieht sehr voreilige Schlüsse, Tiger.«

Ich hatte den Eindruck, sie sei ein wenig ärgerlich. Vielleicht ein wenig verbittert. Ich weiß nicht, warum. Es war schließlich nicht *Del*, die hier unten in einer Zelle gefangen war und auf die Kastration wartete.

Ich spähte in ihr Gesicht und versuchte, ihren Ausdruck zu beurteilen. »Ihr *habt* mit diesem kleinen Punja-Knirps geschlafen.«

Sie befreite mein linkes Handgelenk. »Ich habe Euch freibekommen, nicht wahr?«

Ich erhob mich auf die Knie und faßte sie an der Schulter, hielt sie mit meinen großen Händen gefangen.

»Wenn Ihr glaubt, daß ich meine Männlichkeit im Austausch für diese Art Opfer behalten will und es mir *nichts ausmacht,* habt Ihr Sand im Kopf.«

»Aber Ihr *würdet* es tun«, sagte sie. »Jeder Mann würde das. Und ob es ihm etwas ausmacht? Ich weiß es nicht. Wißt Ihr es?«

»Ob es mir etwas ausmacht? Hoolies *ja,* Del. Ich möchte nicht, daß Ihr denkt, ich wüßte nicht zu schätzen, was Ihr für mich getan habt.«

Ihr Lächeln war nicht wirklich ein Lächeln, nur ein Verziehen des Mundes. »Tiger, eine Frau verliert ihre Unschuld nur einmal — richtig? Sie überlebt — richtig? ... und lernt, was es heißt, einen Mann zu erfreuen. Aber dieser Mann — vielleicht ein Mann wie der *Sandtiger* —, der seine Männlichkeit verliert, überlebt vielleicht *nicht.* Richtig?«

Bevor ich antworten konnte, entzog sie sich meinen Händen und ging gebückt aus der Zelle hinaus. Ich folgte ihr und fluchte leise in mich hinein.

Ich haßte den Gedanken daran, wie Del in Hashis Bett lag. Ich haßte den Gedanken daran, daß sie es für mich getan hatte, auch wenn sie schon vor Jahren gelernt *hatte,* wie man einen Mann erfreut. Aber vor allem haßte ich mich selbst, denn tief drinnen war ich erleichtert. *Erleichtert,* daß sie es getan und mich damit vor einem Leben als Eunuch bewahrt hatte, was sicherlich bei weitem schlimmer und erniedrigender war als das Leben eines Sklaven der Salset.

Aber erleichtert zu sein ist nicht dasselbe, wie *glücklich* zu sein.

Ich war überhaupt nicht glücklich.

Oben an der engen Verliestreppe wartete Sabo. Er warf mir einen dunkelblauen Burnus und einen mit Münzen gefüllten Lederbeutel zu. »Belohnung«, sagte er. »Für die Errettung der Lady und meiner selbst. Hashi ist vielleicht nicht dankbar, aber *ich* bin es.« Er lächelte. »Ihr habt mich wie einen Mann behandelt, Sandtiger. Das wenigste, was ich tun kann ist, sicherzustellen, daß *Ihr* einer bleibt.«

Ich sah, wie Del ihm den Eisenschlüssel aushändigte. »*Du* hast ihr den Schlüssel gegeben!«

Sabo nickte. »Ja. Ich habe Hashis Wein mit Betäubungsmittel versetzt, und als er eingeschlafen war, holte ich Del aus ihrem Raum und brachte sie dann hierher.«

Ich sah sie an. »Also habt Ihr *nicht* ...«

»Nein«, stimmte sie zu. »Aber Ihr wart sicher bereit zu glauben, daß ich es getan *hätte*.« Sie stürmte an mir vorbei, an Sabo und verschwand.

Ich sah den Eunuchen an. »Ich habe einen furchtbaren Fehler begangen. Und ich habe einen Narren aus mir gemacht.«

Sabo lächelte, und die schlaffen Wangen wurden faltig. »Jeder macht Fehler, und jeder Mann ist mindestens einmal im Leben ein Narr. Ihr habt es zumindest hinter Euch.« Er berührte mich kurz am Arm. »Kommt hier entlang. Ich habe Pferde für Euch bereitgestellt.«

»Einzelhieb«, sagte ich, »und mein Messer.«

»Bei den Pferden. Kommt jetzt.«

Del wartete in der Dunkelheit eines schattigen Ganges. Sie hatte die durchsichtigen rosa- und rosenfarbenen Schleier gegen einen einfachen Burnus aus aprikosenfarbener Seide, der mit weißen Verzierungen versehen war, ausgetauscht. Der Kragen des Burnus stand offen, und ich sah darunter ihre Ledertunika. Wie bei mir fehlten auch bei ihr das Schwert und das Messer.

Ich dachte an ihr Schwert und fragte mich, ob Sabo dasselbe ungute Gefühl wie ich erfahren hatte, als er das Heft berührte. Aber ich erinnerte mich an Dels Worte: In der Scheide war das Schwert harmlos.

Harmlos. Nein. Nicht ganz.

»Wo?« flüsterte sie Sabo zu.

»Direkt vor uns. Dort ist eine Tür, die zum Hinterhof des Palastes führt, wo sich die Ställe befinden. Ich habe dafür gesorgt, daß Pferde für Euch bereitstehen und Eure Waffen.«

Ich streckte die Hand aus und ergriff seinen Arm. »Herzlichen Dank, Sabo.«

Er lächelte. »Ich weiß. Aber ich *konnte* nichts anderes tun.«

Del beugte sich vor, schlang ihm die Arme um den Hals und küßte ihn fest auf eine schlaffe, braune Wange. »*Sulhaya*, Sabo«, flüsterte sie. »Das bedeutet in der nordischen Sprache ›Danke‹ und alles, was man sonst daraus entnehmen will.«

»Geht«, sagte er. »Geht, bevor ich den Wunsch verspüre mitzukommen.«

»Das könntest du«, stimmte ich zu. »Komm mit uns, Sabo.«

Seine hellbraunen Augen wirkten in dem dunklen Gang schwarz. »Nein. Mein Platz ist hier. Ich weiß, Ihr haltet nicht viel von meinem Lord Hashi, aber er war einst ein ehrenwerter Mann — ich habe beschlossen, ihn so in Erinnerung zu behalten. Ihr geht, und ich werde bleiben.« Er deutete mit dem Kopf zur Tür. »Geht jetzt, bevor die Stallburschen ungeduldig werden und die Pferde wegbringen.«

Del und ich verließen ihn. Aber wir gingen in dem Wissen, daß es Sabo war, der uns befreit hatte, und nicht eine der Fähigkeiten, die zu haben wir behaupteten.

Wir eilten aus dem Palast auf den Stall zu und waren froh über die Dunkelheit. Ich schätzte die Zeit auf ungefähr Mitternacht. Es war kaum Mondlicht zu sehen. Wir fanden die Pferde, banden sie sofort los und schwangen uns ohne Verzögerung hinauf. Ich fühlte Einzelhiebs vertrauten Harnisch über dem kurzen Sattelknauf hängen, zusammen mit einem darangebundenen Messer. Dankbar zog ich mir den Harnisch über den Kopf, schnallte ihn um meine Hüften und zog dann den Burnus darüber.

Del hatte ebenfalls ihren Harnisch angelegt. Das Silberheft ihres Zauberschwertes stand hinter ihrer Schulter hervor. »Kommt, Tiger«, flüsterte sie drängend, und wir ritten aus dem Tor hinaus, das von einem von Sabo bezahlten Wächter geöffnet worden war.

Wir klapperten durch die engen Straßen von Sasqaat Richtung Süden. Ich dachte nicht daran, die Nacht in der Stadt zu verbringen. Es wäre vielleicht schlau, einen Platz genau vor Hashis Nase zu finden, aber ein Tanzeer ist eine *uneingeschränkte* Autorität in einer Wüstenstadt, und er könnte ohne weiteres befehlen, daß die Stadt abgeriegelt und Haus für Haus durchsucht würde. Besser war es, sich ein für allemal aus diesem Ort zu entfernen.

»Wasser?« fragte Del.

»In den Satteltaschen«, sagte ich. »Sabo hat an alles gedacht.«

Wir ritten weiter durch die Straßen, wobei wir den Alarm vom Palast erwarteten. Aber kein Warnsignal erklang. Und als wir aus den Stadttoren hinausritten und die zusammengeduckten Hütten, die den äußeren Rand von Hashis Herrschaftsbereich bildeten, passierten, entspannten wir uns allmählich. Zum ersten Mal in meinem Leben war ich froh, die Punja zu sehen.

»Wie weit ist es bis Julah?« fragte Del.

»Mindestens eine Woche. Eher zwei. Ich bin noch nie über Sasqaat dorthin gegangen. Ich denke, das ist ein kleiner Umweg.«

»Und wo ist dann die nächste Wasserstelle?«

»In Rusali«, sagte ich. »Es ist größer als Sasqaat, zumindest nach dem zu urteilen, was ich von Sasqaat gesehen habe.«

»Zu viel«, sagte sie leidenschaftlich.

Ich stimmte ihr von ganzem Herzen zu.

Wir ritten die halbe Nacht hindurch und in die frühen Stunden der beginnenden Dämmerung hinein, denn da wir befürchteten, daß der Tanzeer Männer hinter uns her geschickt hatte, wagten wir nicht anzuhalten. Ich bezweifelte, daß er dies tun würde. Hashi hatte nicht wirklich etwas verloren. Da war Del, aber für einen Mann wie den alten Hashi wäre es keine große Sache, ein halbes Dutzend Mädchen zu kaufen oder mehr. Zugegeben, keine würde *Del* sein, aber schließlich kannte er sie nicht und würde daher nicht wissen, was er verpaßt hatte.

Und was mich betrifft ... nun, er konnte jemand anderen zum Eunuchen machen. Nicht mich.

Als es hell wurde, hielten wir schließlich an, um uns auszuruhen. Del rutschte von ihrem Fuchs, verhielt einen Moment im Steigbügel und begann dann, das Pferd abzusatteln. Ich beobachtete sie einen Moment, besorgt um ihr Wohlergehen, stieg dann selbst ab und sattelte mein eigenes Pferd ab. Sabo hatte es sogar geschafft, daß wir unsere eigenen Salsetpferde bekommen hatten. Ich vermißte die Stute noch immer, aber der Falbe war mir zumindest ein wenig vertraut.

Ich band den Wallach an, gab ihm eine Ration von dem Hafer, den Sabo wohlüberlegt unseren Satteltaschen hinzugefügt hatte, breitete dann eine Decke aus und ließ mich darauf nieder. Meine Knöchel und Handgelenke schmerzten von den Eisenfesseln. Der Rest meines Körpers war auch ziemlich müde.

Del warf mir eine Bota in den Schoß. »Hier.«

Ich öffnete sie und trank dankbar. Ich fühlte mich ein wenig menschlicher, als ich sie dann wieder verschloß und zur Seite stellte. Ich streckte mich auf dem Rücken liegend aus und fuhr fort, meine Arme und Beine vorsichtig zu strecken, wobei sich verspannte Sehnen lösten, als ich mich bewußt lockerte.

Ich schlief fast ein. Aber ich schreckte wieder auf, als ich sah, wie Del, die auf ihrer ausgebreiteten Decke saß, ihr Schwert aus der Scheide zog und die mit Runen versehene Klinge begutachtete.

Ich rollte mich auf die rechte Seite und stützte den Kopf auf meinen gebeugten Ellenbogen. Ich beobachtete, wie sie die Klinge schräg hielt, sie hin und her drehte und den Stahl in der gleißenden Sonne auf Schäden untersuchte. Ich sah, wie dieses Licht die Klinge entlanglief: malvenfarben und phantastisch violett, orchideenrosa und ockergolden. Und durch dies alles hindurch schien das weiße Licht nordischen Stahls.

Oder welches Metall auch immer es sein mochte.

»Also«, sagte ich, »es ist Zeit für eine richtige Erklärung. Was genau *ist* dieses Schwert?«

Del strich sonnengebleichtes Haar hinter ihr linkes Ohr. Alles, was ich sehen konnte, war ihr Profil, die sanfte Rundung eines makellosen, abweisenden Gesichtes. »Ein Schwert.«

»Seid mir gegenüber jetzt nicht so verschlossen«, warnte ich. »Ihr habt die letzten paar Wochen damit verbracht, Andeutungen über Eure Ausbildung als Schwerttänzer zu machen, und ich weiß aus persönlicher Erfahrung, daß dieses Schwert irgendeine Art magischer Fähigkeiten hat. Also dann, ich warte. Was *ist* es?«

Sie sah mich noch immer nicht an und fuhr fort, jeden Zentimeter des Schwertes zu überprüfen. »Es ist ein *Jivatma*. Meine Blutklinge. Sicherlich wißt Ihr, was das bedeutet.«

»Nein.«

Schließlich sah sie mich an. »Nein?«

»Nein.« Ich zuckte die Achseln. »Es ist kein südlicher Begriff.«

Sie zuckte ebenfalls leicht die Achseln und hob eine Schulter. »Es ist ... ein Schwert. Ein echtes Schwert. Ein benanntes Schwert. Eines das ... vorgestellt wurde.« Ihr Stirnrunzeln sagte mir, daß sie nicht die südlichen Worte finden konnte, die klarmachen würden, was sie sagen wollte.

»Zwei Fremde, die einander vorgestellt werden, sind

keine Fremden mehr. Sie *kennen* sich. Und wenn sie sich *gut* kennenlernen — dann werden sie mehr, sogar mehr als Freunde. Gefährten. Schwertgenossen. Bettgenossen. Einfach — mehr.« Ihr Stirnrunzeln verstärkte sich. »Ein *Jivatma* wird nach Erkenntnissen höchsten Ranges mit einem *Ishtoya* verbunden. Ich ... *sorge* für mein Schwert ... mein Schwert sorgt für mich.« Sie schüttelte ratlos den Kopf. »Es gibt keine südlichen Worte dafür.«

Ich dachte an Einzelhieb. Ich hatte Del oft genug erklärt, er sei einfach ein Schwert, eine Waffe, eine Klinge, aber das war er nicht. Ich konnte nicht ausdrücken, was er *war*, genauso, wie sie nicht erklären konnte, was ihr Schwert war. Einzelhieb war Macht und Stolz und Rettung. Einzelhieb war meine Freiheit.

Aber ich spürte, daß ihres mehr war.

Ich sah auf die Runen auf der Klinge. Die Umrisse auf dem Heft. In den Farben des Sonnenaufgangs veränderte sich das Schwert ständig.

»Kalt«, sagte ich. »Eis. Dieses Ding ist aus Eis gemacht.«

Dels rechte Hand war um das Heft gelegt. »Warm«, sagte sie. »Wie Fleisch und Blut ... genauso wie ich aus Fleisch und Blut bin.«

Das Grauen lief mein Rückgrat entlang. »Sprecht nicht in Rätseln.«

»Das tue ich nicht.« Sie lächelte nicht. »Es ... lebt nicht. Nicht wie Ihr und ich. Aber es ist auch nicht ... *tot*.«

»Blutklinge«, sagte ich. »Ich schätze, sie hat sich satt getrunken?«

Del sah hinab auf die Klinge. Der Sonnenaufgang verwandelte das lachsfarben-silbrige Karminrot in die Röte der Dämmerung. »Nein«, sagte sie schließlich. »Nicht bevor ich *mich* satt getrunken habe.«

Das Grauen kehrte zurück, zusammen mit einem Rachegefühl. Ich legte mich wieder zurück auf meine Decke, starrte hinauf in den beginnenden Tag und fragte mich, ob ich mich auf etwas eingelassen hatte, was um einiges bedeutsamer war als nur Begleiterpflichten.

Ich schloß die Augen. Ich legte einen Arm über die Augenlider, um die blendende Sonne abzuhalten. Und ich hörte sie eine sanfte, kleine Melodie singen, als besänftige sie das Schwert.

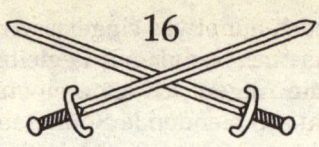

16

Rusali ist eine typische Wüstenstadt, angefüllt mit Menschen aller Stämme und Rassen. Reiche und arme, saubere und schmutzige, üble und kranke, gesunde und verkrüppelte. (Tatsächlich paßt Rosali ziemlich genau zu der Beschreibung, die Hashi von Julah gegeben hatte.)

Del hielt es nicht für nötig, ihre Kapuze aufzuziehen, als wir durch die engen, sandigen Straßen ritten, und sie zog vieler Menschen Aufmerksamkeit auf sich. Männer blieben auf der Straße stehen, um sie anzuschauen, und die käuflichen Frauen schimpften untereinander laut über nordische Leute, die ihnen ihr Geschäft streitig zu machen versuchten.

Ich erkannte dann, daß ich einen Fehler gemacht hatte. Ich hätte von der Vorderseite in die Stadt reiten sollen, wie jeder Mann, der Gold am Gürtel trug. Statt dessen war ich dort hereingekommen, wo ich gewöhnlich hereinkam, wobei ich selbst wie ein Dieb Schleichwege suchte. Ich bin niemals ein Dieb *gewesen*, aber manchmal stellt ein Schwerttänzer fest, daß die Geschäfte in Randgebieten der Stadt besser gehen.

»Beachtet sie einfach nicht, Del.«

»Das passiert mir nicht zum ersten Mal, Tiger.«

Nun, es war das erste Mal, seit sie mit *mir* unterwegs war. Und mir mißfiel die Art, in der die Männer sie anstarrten. Geile, lüsterne Narren, die auf der Straße eine Frau suchten.

»Wir müssen die Pferde loswerden«, sagte ich, um das Thema zu wechseln.

Del sah mich stirnrunzelnd an. »Warum? Brauchen wir sie nicht, um nach Julah zu gelangen?«

»Nur für den Fall, daß der alte Hashi *doch* beschließt, seine Leute hinter uns herzuschicken, sollten wir die Pferde wechseln. Vielleicht erschwert dies die Verfolgung ein wenig.«

»Das wird Hashi nicht tun.« Sie schüttelte den Kopf. »Er hat Elamain, die ihn beschäftigt.«

»Elamain wird ihn *umbringen!*« Ich konnte nicht anders. Mir den alten Mann in ihrem Bett *vorzustellen*, reichte aus, um mich zum Lachen zu bringen.

Del sah mich von der Seite an. »Ja, nun ... dann wird er nicht länger unser Problem sein.«

Ich lächelte und dachte darüber nach. »Wir werden trotzdem die Pferde wechseln. Ich werde diese verkaufen und dann woandershin gehen, um andere zu kaufen. Auf diese Weise wird niemand mißtrauisch werden.« Ich sah mich auf der Straße um. »Dort — ein Wirtshaus. Wir können uns etwas zu essen und zu trinken besorgen. Hoolies, ich habe Durst auf etwas Aqivi.« Ich glitt von meinem Falben und band einen der Zügel an dem Ring in der sandfarbenen Wand fest.

Das Wirtshaus war dunkel und stickig vom Rauch des Huvakrauts. Er bildete eine dünne, grünliche Schicht bis hinauf zu den tief eingelassenen Balken des aus Lehm gebauten Wirtshauses. Es gab kaum Fenster, nur ein paar Löcher, die in die Lehmziegel gehauen waren. Ich wäre fast umgekehrt und wieder hinausgegangen und hätte Del mit mir gezogen.

Doch sie war nicht nahe genug, um sie zu packen. Sie setzte sich auf einen Stuhl an einem leeren Tisch. Nachdem ich sie einen Augenblick stirnrunzelnd betrachtet hatte, tat ich es ihr gleich.

»Dies ist kein Ort für Euch«, belehrte ich sie.

Sie hob ein wenig die Brauen. »Warum nicht?«

»Es ... es ist einfach so.« Ich versicherte mich, daß Einzelhieb locker in seiner Scheide steckte. »Ihr verdient etwas Besseres.«

Del sah mich einen langen Augenblick lang an. Ich

konnte ihren Gesichtsausdruck nicht deuten. Aber ich glaubte einen Schimmer von Nachdenklichkeit und mehr als eine Spur Überraschung in ihren Augen zu sehen.

Dann lächelte sie. »Ich fasse es als Kompliment auf.«

»Es ist mir gleich, als *was* Ihr es auffaßt. Es ist eine Tatsache.«

Gereizt sah ich mich nach der Bedienung um und rief nach Aqivi.

Aber ich hörte auf mich umzusehen, als ich Dels entsetzten Atemzug hörte.

Und dann schaute ich zu dem großen, hageren, blonden Nordbewohner, der das Wirtshaus betrat, und ich wußte, warum sie ihn anstarrte.

Fast augenblicklich sprang Del auf. Sie rief ihm etwas in der nordischen Sprache zu und erregte damit seine Aufmerksamkeit.

Es kam mir in den Sinn, daß dieser Mann ihr Bruder sein könnte. Aber nein, ich wußte es fast sofort besser. Der große Nordbewohner sah wie dreißig aus, nicht wie fünfzehn.

Dann kam mir in den Sinn, daß dieser Mann jemand sein könnte, der hinter ihr her war, einer der *Ishtoya*, denen sie, wie sie behauptete, etwas schuldete. Und es war ziemlich offensichtlich, daß dies auch Del in den Sinn gekommen war, denn sie hatte ihr nordisches Schwert gezogen.

Die Unterhaltung in dem Wirtshaus brach fast sofort ab, als die Gäste einer nach dem anderen die Gegenüberstellung bemerkten. Und dann hörte ich die Stimmen eine nach der anderen wieder lauter werden. Und alle Bemerkungen bezogen sich auf die Tatsache, daß einer der Nordbewohner eine Frau war und noch dazu eine Frau mit einem Schwert.

Meine rechte Hand schmerzte. Zuerst glaubte ich, es sei der Eisbrand in der Handfläche, aber dann erkannte ich, daß es damit nichts zu tun hatte. Es hatte etwas mit meinem Wunsch zu tun, mein *eigenes* Schwert zu ziehen, um Del zu verteidigen.

Aber eigentlich sah sie nicht so aus, als brauche sie Hilfe.

Das Wirtshaus war eng, stickig und ungemütlich. Das einzige Licht kam von der geöffneten Tür und den Löchern, die als Fenster dienten. Der Geruch des Huvakrautes war ekelerregend, fast erstickend. Die Atmosphäre war so dick, daß man sie mit dem Messer hätte schneiden können.

Oder mit einem Schwert.

Del wartete ab. Sie wandte mir den Rücken zu, so daß sie mit dem Gesicht zu der geöffneten Tür stand. Der Nordbewohner war nur als Silhouette sichtbar, ohne klare Konturen. Aber ich konnte seinen Harnisch sehen. Ich konnte das aus Knochen gefertigte Heft seines Schwertes sehen, das hinter seiner Schulter hervorstand. Seine Hände waren deutlich sichtbar leer.

Del stellte ihm eine Frage. Seine Antwort wurde von einem Kopfschütteln begleitet, welches mir zeigte, daß er etwas verneinte. Del sprach erneut mehrere Minuten lang und ließ die fremd klingenden Silben weich über ihre Zunge rollen.

Wieder schüttelte der Nordbewohner den Kopf. Seine Hände blieben leer. Aber ich verstand ein paar Worte. Eines lautete *Ishtoya*. Ein anderes lautete *Kaidin*.

Einen Moment später nickte Del. Ich konnte ihr Gesicht nicht sehen. Aber sie versenkte das Schwert wieder in seiner Scheide, und ich wußte, daß sie zufriedengestellt worden war.

Der Nordbewohner machte ein nachdenkliches Gesicht, und dann nahmen seine Augen den warmen, interessierten Glanz an, den die meisten Männer zeigten, wenn sie Del begegneten, und ich sah sein anerkennendes Lächeln.

Er schlenderte zum Tisch hinüber und setzte sich hin, als Del auf den verbliebenen Stuhl deutete. Der Aqivi wurde gebracht, mit zwei Gläsern. Del goß eines ein und reichte es dem Nordbewohner. Das andere nahm sie für sich selbst. Also ergriff ich den Krug und trank daraus.

Das einzige, was ich ihrer Unterhaltung entnehmen konnte, war das Wort Alric, worin ich seinen Namen vermutete. Alric war groß. Alric war stark. Alric sah so aus, als könne er Bäume ausreißen.

Als Kontrast lag sein weißblondes Haar in sanften Locken um seine breiten Schultern. Er trug einen in Wüstenfarben gestreiften Burnus — bernsteinfarben, honigfarben und rotbraun —, und er trug ein großes Schwert. Ein gebogenes Schwert. Ein südliches Schwert, kein nordisches wie Dels. Und ich erkannte seine Herkunft: Vashni. Ein *Nordbewohner* mit einem Vashni-Schwert. Für mich war das gleichbedeutend mit einem Sakrileg. Schlimmer noch, er hatte sogar südliche Sonnenbräune erlangt. Sie war nicht annähernd so dunkel wie meine, aber es würde im Notfall helfen.

Ich trank einen Schluck aus meinem Krug voll Aqivi und bemerkte, daß in mir Voreingenommenheit für Dels neuen Freund zu schwären begann.

Ich hörte den Namen Jamail und erkannte, daß sie Alric von ihrem vermißten Bruder erzählte. Er hörte aufmerksam zu, runzelte die Stirn und stieß einen leidenschaftlichen Kommentar zwischen den weißen Zähnen hervor. Wahrscheinlich irgend etwas über den Sklavenhandel im Süden. Ich selbst bin nicht gerade stolz auf diese Handhabung, aber nichts gab *ihm* das Recht, meine Wüste zu kritisieren.

Del sah mich an. »Alric sagt, es gäbe Sklavenhändler, die *speziell* mit Nordbewohnern handeln.«

»So verdienen sie mehr Geld«, stimmte ich zu.

Del wandte sich sofort wieder an Alric und sprach so schnell weiter, daß ich bezweifelte, etwas verstehen zu können, selbst wenn ich ihren Dialekt beherrscht hätte.

Nach einiger Zeit langweilte ich mich. »Del.« Ich wartete einen Moment. »Del, ich werde die Pferde verkaufen.« Ich wartete weiter, aber sie hatte mich anscheinend gar nicht gehört. Schließlich räusperte ich mich geräuschvoll. »*Del*.«

Sie sah mich erschrocken an. »Was ist?«

»Ich werde die Pferde verkaufen.«

Sie nickte und wandte sich sofort wieder Alric zu.

Ich erhob mich, so daß der Stuhl über den Lehmboden scharrte und sah die beiden einen Moment lang an. Dann ging ich aus dem Wirtshaus hinaus und wünschte, der große Trottel wäre niemals südlich der Grenze aufgetaucht.

Draußen band ich die Pferde los, stieg auf meinen Falben und führte Dels Fuchs die Kopfsteinpflasterstraße hinunter. Es war spät am Nachmittag, fast Abend, und ich verspürte allmählich riesigen Hunger. Aber Alric der Nordbewohner hatte einen schalen Geschmack in meinem Mund hinterlassen.

Warum interessierte sich Del so für ihn? Brachte nicht *ich* sie nach Julah? Warum dachte sie, *er* könne ihr etwas erzählen?

Sie war wirklich sofort auf ihn eingegangen. Als ob ich gar nicht dagewesen wäre. Und ich hatte auch nicht den Glanz in seinen blauen Augen übersehen, als er sie anschaute, und auch nicht seinen gierigen Gesichtsausdruck. Del hat diese Wirkung auf Männer.

Dennoch, ich konnte kaum etwas dagegen tun. Sie war eine freie nordische Frau, und mir war schon klar geworden, daß sich nordische Frauen einer völlig anderen Art Freiheit erfreuten als die Frauen im Süden. Wodurch sich Del hier in einer gefährlichen Situation befand, denn jede Frau, die kommen und gehen kann wie es ihr beliebt, wird von allen als Freiwild angesehen.

Ich fluchte, während ich die Straße hinunterritt und mir meinen Weg zwischen den Fußgängern hindurch bahnte. Ich konnte nicht gut zum Wirtshaus zurückkehren und dem Nordbewohner sagen, er solle sich verdrücken. Immerhin hatte Del einen guten Grund, mit ihm zu reden. Tatsächlich sogar zwei. Alric könnte ganz einfach etwas über ihren Bruder wissen, obwohl es unwahrscheinlich war. Er kam aus ihrer Heimat. Das war vielleicht eine ausreichend starke Verbindung, daß sie mich völlig vergessen und sich ihm zuwenden konnte. Das gebogene Schwert, das er trug, wies ihn ziemlich deutlich als Kämpfer aus. Er konnte sogar ein Schwerttänzer sein.

In diesem Falle könnte Del mich *entlassen* und ihn einstellen. Als ich schließlich einen ortsansässigen Pferdehändler fand, war ich ärgerlich und gereizt und geladen. Ich verkaufte die Pferde, steckte das Geld ein und ging davon, ohne jedoch Ersatzpferde gekauft zu haben. Das konnte ich am Morgen tun. Also ging ich zurück zum Wirtshaus, um Del aus Alrics großen, nordischen Händen zu befreien.

Sie war nicht da. An unserem Tisch saßen vier Südbewohner. Del war nirgends zu sehen. Und auch Alric nicht.

Ich spürte Übelkeit in mir aufkommen. Dann wurde ich böse.

Ich trat zu dem Mädchen, das den Aqivi an den Tisch gebracht hatte. »Wo ist sie hingegangen?«

Das Mädchen war dunkelhaarig, dunkeläugig und eitel. Zu einer anderen Zeit hätte ich es vielleicht zu würdigen gewußt. Aber jetzt hatte ich andere Sorgen.

»Was wollt Ihr von *ihr?*« Sie lächelte gefällig. »Ihr habt *mich*.«

»Ich will nicht *dich*«, belehrte ich sie grob. »Ich suche *sie*.«

Das Lächeln des Mädchens verlor sich. Sie warf den Kopf herum, wobei dunkle Locken um üppige Brüste wallten. »Dann vermute ich, daß sie *Euch* nicht will, denn sie ging mit dem Nordbewohner fort. Was wollt Ihr überhaupt mit einer nordischen Frau, Beylo. Ihr seid Südbewohner.«

»In welche Richtung sind sie gegangen?«

Sie schmollte und deutete dann mit dem Kopf gen Westen. »Dort entlang. Aber ich glaube nicht, daß sie von Euch gefunden werden will. Sie schien sehr glücklich zu sein, daß sie mit ihm gehen konnte.«

Ich murmelte ein mürrisches Dankeschön, warf ihr eine Kupfermünze aus dem Beutel zu, die Sabo mir gegeben hatte, und ging hinaus.

Ich bahnte mir meinen Weg durch die belebte Straße und blieb sehr oft stehen, um die Verkäufer zu fragen, ob einer von ihnen eine große nordische Frau mit einem großen nordischen Mann gesehen hatte, der südlich gekleidet war. Sie alle hatten sie gesehen. (Wer könnte Del vergessen?) Natürlich behaupteten sie alle, sie seien nicht *sicher*, daß sie es gewesen wäre — bis ich ihrer Erinnerung mit weiteren Münzen aus Sabos Belohnung nachhalf.

Rusali ist nun mal ein überfülltes Kaninchengehege. Wenn ich die Information nicht kaufen würde, müßte ich Wochen damit verbringen, die Straßen und Sackgassen und Wohnungen zu durchkämmen.

Mein Hunger nahm bei der Suche zu, was meine Stimmung absolut nicht verbesserte. Außerdem war ich müde, was nicht erstaunlich war. Als ich stehenblieb, um darüber nachzudenken, erkannte ich, daß ich während der letzten zwei Monate viel durchgemacht hatte, dank Del. Zerkratzt von einem Sandtiger, von einem Samum verschlungen, von den Hanjii ›bewirtet‹, zum Sterben in der Punja zurückgelassen (und zu einer ausgetrockneten Hülle gebraten), gefangengenommen vom Hashi von Sasqaat. (Und Elamain natürlich.) Und alles dies die Arbeit eines Tages, könnte man sagen, außer, daß dieser Tag viel zu lang zu werden schien und dieser Arbeiter müde wurde.

Die Schatten wurden länger, als die Sonne unterging, und färbten die Gassen und Straßen dunkelbraun und gelbbraun-topasfarben. Ich ging jetzt vorsichtiger weiter und rechnete mit fast allem. Rusali ist, wie die meisten Wüstenstädte, ein Ort mit sehr verschiedenen Stimmungen und Vorlieben, einschließlich verzweifelter. Ich haßte den Gedanken, daß Del ohne Schutz darin herumlief.

Natürlich war sie mit Alric nicht wirklich ohne Schutz. Er sah so aus, als könne er sie beschützen, aber soweit *ich* es beurteilen konnte, war er selbst ein Sklavenhändler. Und Del, die in seine Hände gefallen war wie eine reife Frucht, würde eine zu große Versuchung bedeuten. Gerade jetzt konnte sie gefesselt, geknebelt und gefangen in irgendeinem übelriechenden Raum liegen und auf die Überführung zu einem reichen Tanzeer warten.

Oder (was mir im Moment noch schlimmer erschien) würde der große Nordbewohner sie für sich selbst behalten?

Bei diesem Gedanken knirschte ich mit den Zähnen. Ich konnte es direkt vor mir sehen: zwei blonde Köpfe, helle Arme, helle Beine, geschmeidige, weiche Körper, die in der entspannten Umarmung der Befriedigung ineinander verschlungen waren.

(Ich konnte sehen, wie Del ihm das gab, was sie mir nicht geben würde, und das alles nur, weil er Nordbewohner war, nicht Südbewohner, und daher mehr Anspruch hatte.)

Und ich konnte sehen, wie er über Dels Erzählungen über unsere Reise lachte und den großen, dummen Südbewohner lächerlich machte, der sich Sandtiger nannte, weil er keinen richtigen Namen hatte, da er gleichzeitig geboren und verlassen worden und als Sklave anstatt als Mann aufgezogen worden war.

Zu dem Zeitpunkt, als sich die blanke Scheibe des Mondes erhob und die meisten Ladenbesitzer ihre Türen und Fensterläden schlossen, war ich bereit, alles zu töten, was Alric dem Nordbewohner auch nur *ähnlich* sah.

Was auch der Grund dafür ist, daß ich eine gelbe Melone zerteilte, die von ihrem Stapel vor dem Wagen eines Verkäufers gerollt war.

Ich stand da und fühlte mich närrisch und dumm und verlegen, als die zerschnittenen Hälften sauber zu Boden rollten. Von Einzelhieb tropfte der Saft und das Mark.

Ich schaute mich verstohlen um. Niemand war, dank Valhail, Zeuge meiner Dummheit geworden. (Oder zumindest bemerkten sie es nicht.)

Der Verkäufer war nicht in der Nähe, so daß ich die sauberere Hälfte der Melone aufhob, abwischte und mitnahm.

Ich hatte Hunger, und sie war köstlich.

Die Diebe kamen aus den Schatten heraus wie Ratten und umkreisten mich in der Gasse. Es waren sechs, was bedeutete, daß es sehr eifrige Diebe sein mußten, denn jeder von ihnen würde im Schnitt entsprechend weniger bekommen. Instinktiv suchte ich sicheren Halt auf der sandbestreuten Gasse, spannte die Muskeln an und wartete.

Sie kamen sofort näher, nicht unerwartet. Ich stieß einem von ihnen die Schale meiner Melone ins Gesicht, zog Einzelhieb und wirbelte herum, um die Diebe hinter mir anzugreifen, die erwartet hatten, ich würde die Diebe *vor mir* angreifen. Demzufolge waren sie ziemlich überrascht, als ich einem von ihnen den Kopf abschlug, einem anderen die Kehle durchschnitt, die eine Waffe umfassende Hand eines dritten abschlug — und herumwirbelte, um mich gegen die ersten drei zur Wehr zu setzen.

Derjenige, der Melonensaft im Gesicht hatte, rief den anderen beiden etwas zu, befahl ihnen, mich zu überwältigen, aber es würde ihnen nichts einbringen. Nicht jetzt, wo sich die Vorteile so plötzlich gewandelt hatten.

Die drei schlichen vorsichtig um mich herum, bewaffnet mit Messern und südlichen Stichwaffen, aber sie griffen nicht an.

Ich bewegte mein Schwert langsam hin und her. Ermutigend. »Na los, Männer. Einzelhieb hat Hunger.«

Drei Paar Augen schauten auf das Schwert. Sahen, wie meine Hände um das Heft lagen. Sahen das Lächeln auf meinem Gesicht.

Sie fuhren zurück. »Schwerttänzer«, murmelte einer von ihnen.

Ich lächelte noch breiter. Es gibt Zeiten, in denen man von seinem Titel profitiert. Im Süden wird ein Schwerttänzer als in höchstem Grade erfahren im Umgang mit Waffen angesehen, ob er sein Können nun bei einem gewöhnlichen Diebstahl einsetzte oder einem Borjuni oder sogar einem Krieger das Leben nahm. Das Schwerttanzen besteht sogar innerhalb seiner eigenen Lehre aus vielen verschiedenen Graden, die zu zahlreich sind, um sie im einzelnen aufzuzählen. Es genügt zu sagen, daß jemanden einen Schwerttänzer zu nennen im Jargon der Diebe gleichbedeutend damit war, ihn als tabu anzusehen. Unberührbar.

Natürlich gab es noch eine andere Erklärung. Diebe greifen generell aus drei Gründen nicht gern Schwerttänzer an: Der erste ist, daß Schwerttänzer entweder viel Geld haben oder gar keines. Warum sollte man sein Leben riskieren, wenn die Beute vielleicht ärmlicher ist als man selbst? Der zweite Grund ist, daß Schwerttänzer sozusagen Waffenverwandte sind, und man greift nicht seine eigene Art an.

Der dritte (und wichtigste) Grund ist der, daß Schwerttänzer unbestreitbar viel besser töten können als gewöhnliche, einfache Diebe, denn davon leben wir.

Ich lächelte. »Wollt ihr mich in einen Kreis begleiten?«

Sie lehnten alle ab (in angemessen höflichem Ton, wie es mir schien) und erklärten, sie hätten woanders dringende Geschäfte zu erledigen. Sie entschuldigten sich und verschwanden in die Dunkelheit. Ich wünschte ihnen eine gute Nacht, wandte mich um und suchte den nächstgelegenen Leichnam, um Einzelhieb zu reinigen ... und merkte, daß ich einen sehr verhängnisvollen Fehler gemacht hatte.

Es gab nur zwei Leichen anstatt drei. Der dritte Mann, dem die rechte Hand fehlte, war noch sehr lebendig — zusätzlich dazu, daß er ein wenig aufgeregt war, weil ich ihn einer Hand beraubt hatte.

Aber es war die linke Hand, in der das Messer lag. Als ich herumfuhr, warf er sich gegen mich und bohrte das Messer in meine rechte Schulter, durch Fleisch und Muskeln hindurch, bis es durch den Lederharnisch aufgehalten wurde, als es knirschend Knochen berührte.

Er war zu nahe, als daß mir Einzelhieb von Nutzen gewesen wäre. Ich ergriff mein eigenes Messer mit der linken Hand, während ich ihm mein Knie in den Schritt stieß. Ich dankte Del rasch im Geiste, weil das ihre Idee gewesen war, wechselte das Messer dann in die rechte Hand und warf es, wobei ich den Schmerz in meiner Schulter verfluchte. Nichtsdestoweniger war ich erfreut zu sehen, daß das Messer genau sein Herz traf. Er taumelte zu Boden. Dieses Mal blieb er liegen.

Ich stolperte zu der nächstgelegenen Wand, lehnte mich dagegen und fluchte erneut, während ich versuchte, meine verwirrten Sinne neu zu ordnen. Einzelhieb lag in der Gasse, wo ich ihn fallengelassen hatte, stumpf von Blut. Es war nicht der Ort, wo man ein gutes Schwert lassen sollte, aber ich war im Moment ein wenig außer Gefecht gesetzt.

Das spitze Loch in meiner Schulter war keine tödliche Wunde, aber es blutete schreckerregend. Außerdem schmerzte es höllisch. Ich stopfte Händevoll meines Burnus in die Wunde und preßte meine linke Hand gegen den Stoff, um die Blutung zu stoppen. Als ich es ertragen konnte, holte ich mir das Messer und das Schwert zurück. Mich zu bücken gab mir fast den Rest, aber ich wankte wieder auf die Füße, sammelte mich und verließ die Gasse dann so schnell ich konnte. Diebe respektierten einen Schwerttänzer vielleicht, wenn er in guter Verfassung ist, aber man bohre ein Messer in ihn, und jedermann hat mit ihm leichtes Spiel.

Ich wußte, wenn ich mich auch nur annähernd so verhielt, als sei ich schwer verwundet, würde ich Schwierigkeiten bekommen. Also ließ ich den Arm beim Gehen ganz natürlich herunterhängen, obwohl ich fühlte, wie das Blut unter meinem Burnus ungehindert hervorquoll. Ich hatte keine andere Wahl. Ich mußte zu dem Wirtshaus zurückgehen, um mich zusammenzuflicken, bevor ich die Jagd nach Del fortsetzen konnte.

Das schwarzäugige Flittchen war dort, und ihre Augen weiteten sich, als ich das Wirtshaus betrat. (Nun — hineinstolperte.) Ich schätze, es ging mir in dem Moment nicht sehr gut. Sie verfrachtete mich auf den nächsten Stuhl, goß eine große Portion Aqivi ein und flößte sie mir ein. Ohne ihre Hilfe hätte ich alles verschüttet, denn meine rechte Hand war nutzlos, und die linke war ziemlich zittrig.

»Ich habe Euch gesagt, daß Ihr mit mir besser dran wärt als mit ihr«, tadelte sie.

»Vielleicht.« Der Raum begann sich in sehr seltsamen Mustern zu drehen.

»Kommt mit in mein Zimmer.« Sie stemmte ihre rechte Schulter unter meinen rechten Arm und half mir hoch.

Ich grinste sie benebelt an. »Ich glaube nicht, daß du heute nacht viel von mir haben wirst, Bascha.«

Sie lächelte keß zurück. »Das könnt Ihr noch nicht wissen, Beylo. Marika kennt viele Dinge, die einen Mann wiederherstellen, sogar einen, der ein bißchen zu wenig Blut hat.« Sie knurrte leise. »Kommt, Beylo. Ich helfe Euch.«

Das tat sie. Sie brachte mich durch den mit Perlschnüren versehenen Eingang in eine kleine Kammer, in der es aber zumindest ein Bett gab. (Natürlich.) Wahrscheinlich ein vielbesuchtes.

Ich setzte mich auf den Bettrand, schaute sie durch verhangene Augen an und versuchte, einen angemessen energischen Ton zustande zu bringen. »Ich werde heute nacht hier schlafen. Aber morgen früh muß ich mich auf den Weg machen nach Julah, also laß mich nicht zu lange schlafen. Der Tanzeer erwartet mich.«

Marika stemmte die Hände in die Hüften und lachte mich aus. »Wenn das Eure Art ist, mir zu sagen, ich solle meine Finger aus Eurem Geldbeutel lassen, dann spart Euch Euren Atem. Ich werde auf Euch *und* auf Euer Geld aufpassen. Ich weiß genug, um mich nicht mit dem Sandtiger anzulegen.«

Ich sah sie mit verschwommenem Blick an. »Kenne ich dich?«

»Ich kenne *Euch*.« Sie grinste. »*Jeder* kennt Euch, Beylo. Euch und dieses Schwert und die Krallen um Euren Hals.« Sie beugte sich hinab, zeigte etwas von ihren Reizen, streichelte mit sanfter Hand über meine rechte Wange und liebkoste meine Narben. »Und diese«, flüsterte sie. »Niemand sonst hat sie.«

Ich murmelte etwas, und irgendwie schwanden mir dann die Sinne. Aqivi auf leeren Magen hat diese Wirkung. (Wobei wir gar nicht den Messerstich mit dem damit verbundenen Blutverlust erwähnen wollen.) Wenn Marika erwartet hatte, daß der Sandtiger seine legendäre Kühnheit unter Beweis stellen würde, dann würde sie warten müssen.

Das letzte, woran ich mich erinnere, ist, wie mir Marika die Schuhe auszog und etwas darüber sagte, sie wolle meine Wunde reinigen und meinen abgespreizten Zeh untersuchen. Weitere Nahrung für die Legende, dachte ich flüchtig und schlief ein.

17

Als ich erwachte, blickte ich in zwei fest auf mich gerichtete Augenpaare. Wartende Augen. Beide waren blau. Und ein Paar gehörte Del.

Ich setzte mich abrupt hin, schrie vor Schmerz auf und sank zurück in die Kissen.

Del legte mir die Hand auf die Stirn. »Ihr Narr«, bemerkte sie. »Bewegt Euch nicht soviel.«

Als mein Kopf aufhörte, sich zu drehen, und sich der Schmerz auf ein erträgliches Maß reduzierte, öffnete ich die Augen erneut. Del schien völlig heil und gesund zu sein, nicht anders als am Tag zuvor. Sie trug noch immer den aprikosenfarbenen Burnus, der ihren inzwischen warm lohfarben-goldenen Teint unterstrich. Helles Haar war zu einem dicken Zopf zusammengebunden, der über eine Schulter fiel.

»Woher wißt Ihr es?« fragte ich.

Sie saß vorgebeugt auf ihrem Stuhl, die Ellenbogen auf den Knien, das Kinn in den Händen. »Alric brachte mich hierher zurück, um auf Euch zu warten. Aber Ihr tauchtet nicht auf. Wir hingen mehrere Tage hier herum, und schließlich sagte Marika uns, wo Ihr wart.«

Ich sah an Del vorbei zu dem großen Nordbewohner hin, der gegen die Wand gelehnt dastand wie ein großer, gefährlicher Bär. »Was habt Ihr mit ihr gemacht?«

Der Bär zeigte kurz die Zähne. »Ich habe sie mit nach Hause genommen. Nach Süden. Habt Ihr nicht genau das erwartet?«

Ich versuchte mich aufzusetzen, aber Dels Hände drängten mich zurück, und ich war zu schwach, um zu protestieren. Ich bedachte Alric mit einem ziemlich unhöflichen Namen in südlichem Dialekt. Er antwortete mit einem gleichermaßen verletzenden Begriff in derselben Sprache, ohne Akzent. Im Augenblick waren wir quitt und starrten einander an.

Del seufzte. »Hört auf. Dies ist weder die richtige Zeit noch der richtige Ort.«

»Was hat er mit Euch gemacht?« fragte ich sie und übersah, daß sich das bedrohliche Gesicht des Bären verfinsterte.

»*Nichts*«, erklärte sie sehr bestimmt. »Denkt Ihr, daß mich *jeder* Mann in sein Bett bekommen will?«

»Jeder Mann, der nicht bereits tot ist — oder kastriert.«

Del lachte. »Ich vermute, ich sollte Euch für dieses Kompliment dankbar sein, ob es nun zweideutig oder anders gemeint war. Aber im Moment mache ich mir eher Sorgen um Euch.« Sie fühlte erneut meine Stirn und überprüfte kritisch meine verbundene Schulter. »Was ist passiert?«

»Ich habe *Euch* gesucht.«

Das mußte sie erst einmal verdauen. »Ach so«, sagte sie schließlich. »Ich verstehe. Es ist *mein* Fehler.«

Ich zuckte die Achseln und wünschte mir dann, ich hätte es nicht getan. »Wenn Ihr geblieben wärt, wo ich Euch zurückgelassen hatte, läge ich jetzt nicht mit einer Messerwunde in der Schulter flach.« Ich schaute kurz zu Alric. »Ihr habt ihm zu leicht vertraut, Bascha. Was wäre gewesen, wenn *er* ein Sklavenhändler gewesen wäre?«

»*Alric?*« keuchte Del. »Er ist ein Nordbewohner!«

»Richtig«, stimmte ich zu, »und wir wissen beide, daß jemand hinter Euch her ist. Wegen Eurer Schuld.« Ich sah sie stirnrunzelnd an. »Ihr wißt genausogut wie *ich*, daß Ihr dachtet, Alric sei derjenige, als Ihr ihn zuerst saht. Nun — er könnte es noch immer sein.«

Del schüttelte den Kopf. »Nein. Das ist geklärt. Es gibt bestimmte Rituale beim Eintreiben einer Blutschuld. Wenn Alric ein *Ishtoya* wäre, der hinter mir her ist, dann hätten wir dies im Kreis bereinigt.«

Alric sagte in ihrer gewundenen nordischen Sprache etwas zu ihr, das mich ausschloß und verdrießlicher machte denn je. Ich habe es nie besonders gemocht, mich schwach und krank zu fühlen. Meine Stimmung leidet darunter. Natürlich half es da auch nicht besonders, daß Alric hier war.

Alric sagte etwas zu Del, das sie erzürnte. Sie erwiderte etwas sehr kurz, sehr abgehackt, aber mit unglaublich vielen Stimmnuancierungen: Unglauben, Erstaunen, Ablehnung und etwas, das ich nicht deuten konnte. Etwas wie — Entdeckung. Und sie sah mich scharf an.

Alric wiederholte seinen Satz. Del schüttelte den Kopf. Ich öffnete den Mund, um sie zu fragen, über was zu den Hoolies sie sich stritten, aber sie legte mir eine Hand auf den Mund.

»Seid still«, befahl sie. »Ihr habt schon genug Blut verloren ... es würde nichts nützen, sich zu beschweren. Also werden Alric und ich dem ein Ende setzen.«

»*Wem* ein Ende setzen — dem Beklagen oder dem Bluten?« fragte ich, nachdem sie die Hand fortgenommen hatte.

»Wahrscheinlich beidem«, bemerkte Alric und lächelte zufrieden.

»Wie?« fragte ich mißtrauisch.

Sein Grinsen wurde breiter. »Mit Feuer natürlich. Wie sonst?«

»*Wartet* einen Moment ...«

»Seid still«, sagte Del energisch. »Er hat recht. Marika hat die Wunde verbunden, aber sie blutet noch immer. Wir müssen etwas unternehmen und werden daher Alrics Vorschlag versuchen.«

»*Sein* Vorschlag war das?« Ich schüttelte den Kopf. »Bascha, er würde mich lieber tot sehen. Dann hätte er Euch für sich selbst.«

»Er *will* mich nicht!« Del sah mich an. »Er hat bereits eine Frau und zwei kleine Kinder.«

»Dies ist der Süden«, erinnerte ich sie. »Männer haben das Recht, mehr als eine Frau zu haben.«

»*Das Recht?*« fragte sie scharf. »Oder ist es nicht so, daß sie sie sich einfach *nehmen?*«

»Del ...«

»Er ist ein Nordbewohner«, erinnerte sie mich, was irgendwie unnötig war. »Er hält nichts von einer Vielzahl von Ehefrauen.«

Alric grinste bärig. »Del könnte mich jedoch dazu überreden, diesen Brauch zu übernehmen.«

Ich starrte ihn an, was lediglich bewirkte, daß er sich noch mehr amüsierte. Er war groß und stark und sah unzweifelhaft gut aus, wie er auch unzweifelhaft seiner selbst sicher war.

Ich hasse Männer wie ihn.

»Was werdet Ihr tun?« fragte ich.

Alric deutete auf eine Kohlenpfanne auf dem Boden. Ich sah, daß darin bereits ein Messer mit beinernem Griff lag, dessen Klinge rot glühte. »*Das* werden wir tun.«

Ich biß auf die Innenseite meiner Wange. »Gibt es keine andere Möglichkeit?«

»Nein.« Del sagte es so prompt, daß ich zu argwöhnen begann, sie freue sich darauf.

»Wo ist Marika?« Ich dachte, daß die Bedienung mir vielleicht die nötige Unterstützung geben könnte.

»Marika kümmert sich draußen um ihre Geschäfte«, sagte Del rasch. »Ihre *anderen* Geschäfte — diejenigen, die Ihr unterbrochen habt, als Ihr ihr Bett mit Beschlag belegtet.«

»Das Messer ist soweit«, kündigte Alric in einem Ton an, der erstaunlicherweise unverstellt fröhlich klang.

Ich sah Del an. »Tut *Ihr* es. Ich traue ihm nicht.«

»Das hatte ich vor«, sagte sie heiter. »Alric wird Euch festhalten.«

»Mich festhalten?«

Sie beugte sich hinab und wickelte ein Tuch um den Messergriff. »Ich glaube, sogar der Sandtiger wird dies als schmerzhafte Erfahrung empfinden. Wahrscheinlich wird er sehr schreien.«

»Ich schreie nicht.«

Dels gehobene Augenbrauen drückten entschiedenen Zweifel aus. Dann senkten sich Alrics große Pranken auf meine Schultern. Seine rechte Hand war gefährlich nahe an der Wunde, was ihn mir nicht sympathischer machte. »Vorsicht, Nordbewohner.«

Sein Gesicht hing über meinem. »Ich könnte mich auf Euch *setzen* . . .«

»Tut Euch keinen Zwang an.«

Del gab mir ein Glas Aqivi. »Trinkt das!«

»Ich brauche keinen Drink. Tut es einfach.«

Sie lächelte schief. »Dummer Tiger.« Dann legte sie die rotglühende Klinge auf die blutende Wunde, und dann war es mir egal, was Alric von mir dachte (oder auch Del). Ich schrie laut genug, um das ganze Gebäude einstürzen zu lassen. Ich versuchte, vom Bett zu springen, aber der Nordbewohner lehnte sich auf mich, und ich sprang nirgendwohin. Ich lag einfach da und fluchte und schwitzte und fühlte mich schlecht und nahm den Geruch meines brennenden Fleisches wahr.

»Das macht Euch Spaß«, warf ich Del schwach durch zusammengebissene Zähne hindurch vor.

»Nein«, sagte sie. »Nein.«

Vielleicht sagte sie noch etwas anderes, aber ich hörte sie nicht. Irgendwie trat ich einfach für eine Weile ab.

Ich erwachte in einem seltsamen Raum an einem seltsamen Ort und in einem seltsamen Bewußtseinszustand. Ich fühlte mich schwebend und losgelöst, auf seltsame Weise gefühllos, aber ich bemerkte, daß ich nicht mehr in Marikas kleinem Zimmer war.

»Del?« krächzte ich.

Eine Frau betrat den Raum, aber es war nicht Del. Sie war schwarzhaarig und schwarzäugig wie Marika, aber es war auch nicht sie. Sie war auch in höchstem Grade schwanger. »Del ist bei den Kindern.« Sie sprach ohne Akzent, in vertrautem südlichem Tonfall. Sie lächelte. »Ich bin Lena. Alrics Frau.«

»Dann ... ist er *wirklich* verheiratet?«

»Mit zwei kleinen Kindern und einem weiteren unterwegs.« Sie tätschelte ihren dicken Bauch. »Nordische Männer sind kräftige Teufelskerle, nicht wahr?«

Ich sah sie stirnrunzelnd an und fragte mich, wie sie so fröhlich und unbeschwert sein konnte, wo Del im Haus war, die jede Art von Anziehung für einen Mann bot, den sie *selbst* als kräftig bezeichnete. (Was für mich nicht unerwartet kam.) »Wie geht es mir?« fragte ich mürrisch.

Lena lächelte. »Viel besser. Alric und Del haben Euch vor ein paar Tagen hierhergebracht. Seitdem habt Ihr geschlafen, aber Ihr seht viel besser aus. Wenn der Sandtiger der Mann ist, der er angeblich sein soll, solltet Ihr bald wieder auf den Beinen sein.«

Der Sandtiger fühlte sich ein wenig grün um die Nase. Aber das sagte ich ihr nicht.

»Ich werde Del holen.« Lena verschwand.

Einen Augenblick später kam Del herein. Ich bemerkte ein seltsames Lauern in ihren Augen, und ich fragte sie nach dem Grund.

»Weil Ihr wieder mit dem Thema Alric anfangen wollt, nicht wahr?«

»Sollte ich nicht?«

Sie sah mich an. »Ihr verhaltet Euch sehr dumm bezüglich dieser Sache, und das wißt Ihr. Alric hat uns angeboten, in seinem Haus zu wohnen, das kaum groß genug für ihn selbst, Lena und die Kinder ist. *Ihr* bewohnt das einzige Schlafzimmer! Wir anderen teilen uns das Vorderzimmer.«

Ich fühlte mich fast augenblicklich unbehaglich, was

genau das war, was sie beabsichtigt hatte. »Dann sagt ihm, daß wir uns auf den Weg machen, sobald ich kann.«

»Das weiß er.« Del zog sich einen dreibeinigen Stuhl ans Bett. »Was ist mit Euch geschehen, Tiger? Marika konnte es uns nicht sagen.«

Ich fühlte den Verband an meiner rechten Schulter und fragte mich, wie die ausgebrannte Wunde wohl aussehen mochte. »Diebe. Einer von ihnen hatte Glück.« Ich machte eine Pause. »Kurzzeitig.«

»Es tut mir leid«, sagte Del schuldbewußt, »ich *hätte* in dem Wirtshaus bleiben sollen. Dann wärt Ihr nicht verletzt worden. Aber Alric wollte mich mit nach Hause zu seiner Frau und seinen Kindern nehmen. Er ist sehr stolz auf sie.« Sie zuckte die Achseln. »Ich bin eine Nordbewohnerin, und er hat lange Zeit niemanden aus seiner Heimat gesehen.«

»Was *macht* er hier?«

Sie lächelte ein wenig. »Träumen nachjagen. Wie jeder. Er kam vor mehreren Jahren in den Süden, um sich mit seinem Schwert zu verdingen. Dann traf er Lena und blieb hier.«

»Er hätte sie mit in den Norden nehmen können.«

»Das hätte er tun können. Aber er liebt den Süden.« Sie runzelte ein wenig die Stirn. »Man muß nicht hier geboren *sein*, um den Süden zu mögen, das wißt Ihr.«

Ich setzte mich versuchsweise auf. Im Moment ging es mir gut. Ich wandte mich um, so daß ich mich gegen die Wand lehnen und den verletzten Arm über meine Rippen legen konnte. »Er will nicht mehr Frauen haben?«

Das Stirnrunzeln verschwand, als sie lächelte. »Er hat nur *eine* — und ich glaube, sie könnte etwas dagegen haben. Tiger ... es gibt keinen Grund, auf Alric eifersüchtig zu sein.«

»Ich bin nicht eifersüchtig. Nur — beschützend. Dafür habt Ihr mich angeheuert.«

»Ich verstehe.« Del erhob sich. »Ich hole Euch etwas zu essen. Ihr seht hungrig aus.«

Das war ich. Ich widersprach nicht, als sie es brachte. Ich vertilgte Brot und Fleisch und Ziegenkäse. Es gab keinen Aqivi, also einigten wir uns auf Wasser. (Harmloses Zeug.) Del wartete, während ich aß, um sich zu versichern, daß es dem Patienten gutging. Und als sie sich auf dem Stuhl vorbeugte, stolperten Alrics Kinder herein. Ich hörte auf zu kauen und schaute erstaunt zu, wie sie beide gleichzeitig versuchten, auf Dels Schoß zu klettern.

Es waren beides Mädchen mit schwarzen Haaren und dunkler Haut wie ihre Mutter, aber beide hatten die blauen Augen ihres Vaters. Eine interessante Kombination. Sie konnten nicht viel älter als zwei und drei Jahre sein und waren beide wackelig und unbeholfen, aber darum um so niedlicher.

Ich beobachtete Del mit den Mädchen. Sie konnte gut mit ihnen umgehen und zeigte Zuneigung, ohne sie damit zu ersticken. Eine ungekünstelte Verhaltensweise, die offensichtlich ankam. Die Mädchen sahen glücklich und zufrieden aus.

Ebenso, was das betraf, Del. Sie lächelte abwesend, strich lockiges schwarzes Haar zurück und schien für den Augenblick meine Anwesenheit im Raum vergessen zu haben.

Ich unterbrach den Augenblick jäh. »Und Ihr geht zurück in den Norden, wenn Eure Angelegenheit hier erledigt ist? Um nach jemandem wie Alric zu suchen und nordische Babys zu bekommen?«

»Ich ... weiß nicht. Ich meine ... ich habe noch nicht darüber nachgedacht. Ich habe tatsächlich noch nicht viel weiter gedacht, als bis dahin, Jamail zu finden.«

»Was geschieht, wenn Ihr ihn nicht findet?«

»Das habe ich Euch schon einmal gesagt: Ich habe diese Möglichkeit noch nicht erwogen. Ich *werde* ihn finden.«

»Aber wenn Ihr ihn *nicht* findet«, beharrte ich. »Del ... seid realistisch. Es ist gut und schön, auf Rettung und Rache zu sinnen ... aber Ihr müßt alle Aspekte berücksichtigen. Jamail *könnte tot sein* ... und dann müßt Ihr Euch Gedanken über die Gestaltung Eurer Zukunft machen.«

»Das werde ich *dann* tun.«

»Del ...«

»Ich weiß es nicht!« Erstaunt bemerkte ich Tränen in ihren Augen.

Ich sah nun überrascht auf das, was ich mit meiner Frage angerichtet hatte.

Del schluchzte. »Ihr hackt immer auf mir herum, Tiger. Ihr sagt mir immer wieder, daß ich ihn nicht finden werde, daß ich meinen Bruder *wahrscheinlich* nicht finden kann. Weil eine Frau keine Chance hat, einen Jungen ausfindig zu machen, der fünf Jahre zuvor entführt wurde.

Aber Ihr irrt Euch. Seht Ihr das nicht?« Ihre Augen waren fest auf mein Gesicht gerichtet. »Mein Geschlecht spielt keine Rolle. Es ist die Aufgabe. Das ist alles. Das ist es, was getan werden muß. Und ich kann es tun. Ich *muß* es tun.«

»Del, ich wollte nicht ...«

»Doch, das wolltet Ihr. Das wollen sie alle. Alle jene Männer, die mich anschauen und eine Frau mit einem Schwert sehen. Die innerlich — und auch offen — über die Spiele einer einfältigen Frau lachen. Und mir nachgeben. *Mir nachgeben*, weil sie mich in ihr Bett kriegen wollen; sie würden fast jede Dummheit begehen, um mich dorthin zu bekommen.«

Sie warf den Zopf zurück. »Doch es handelt sich nicht um Einfalt, Tiger. Es ist notwendig. Eine Pflicht. Ich *muß* Jamail finden. Ich *muß* Tage, Wochen und sogar Monate auf die Suche nach ihm verwenden, denn wenn ich dies nicht tue ...« Sie hielt unvermittelt inne, als seien alle Gefühle, die sie zu dieser Erklärung getrieben hatten, auf einmal hervorgebrochen und hätten eine leere Hülle zurückgelassen.

Aber sie fuhr dennoch fort. »Denn wenn ich dies nicht tue, dann habe ich an meinem Bruder versagt, an mir selbst, an meinen Verwandten, an meinem *Kaidin* ... und an meinem Schwert.«

Das Essen war vergessen. Eine nach der anderen kletterten die Mädchen von Dels Schoß herunter und gingen fort, erschreckt durch den Zorn und den Kummer in ihrer Stimme. Tränen rannen unverhüllt über ihr Gesicht, und sie wischte sie nicht fort.

Ich atmete vorsichtig ein. »Was ein Mensch tun kann, Del, hat Grenzen. Ein Mann oder eine Frau.«

»Ich kann es tun. Ich muß.«

»Laßt es nicht zur Besessenheit werden.«

»*Besessenheit!*« Sie schaute mich an. »Was würdet *Ihr* tun? Was würdet *Ihr* tun, wenn alle aus Eurer Familie außer einem unmittelbar vor Euren Augen getötet worden wären?« Sie schüttelte den Kopf. »Alles, was ich tun konnte, war *zusehen*. Ich konnte ihnen nicht helfen, konnte nicht fortlaufen, *konnte noch nicht einmal hinsehen* —, bis mich einer der Mörder am Genick packte und mich zwang zuzusehen, wie sie die Männer töteten und die Frauen vergewaltigten, meine Schwestern, meine *Mutter*, und lachten, während ich schrie und weinte und schwor, jeden von ihnen zu kastrieren.« Sie schloß für einen Moment die Augen und öffnete sie dann wieder. Jetzt waren keine Tränen mehr darin zu sehen, nur eine stille Entschlossenheit. »Das hat mich genauso zu dem gemacht, was ich bin, wie die Salset den Sandtiger geprägt haben.«

Ich setzte den Teller neben mir ab. »Ich dachte, Ihr hättet erzählt, Ihr seid den Mördern entkommen.«

»Nein.« Ihr Mund war ein dünner, grimmiger Strich.

»Dann ...« Ich beendete den Satz nicht.

»Sie wollten uns beide verkaufen, Jamail und mich. Alle anderen waren tot.« Sie hob eine Schulter an. Ihre linke, die kein Schwert trug. »Aber ... ich entkam. *Nachdem* sie mit mir fertig waren. Und ... ich ließ Jamail zurück.«

Einen Moment später stieß ich einen langen schweren Seufzer aus. »O Bascha, es tut mir leid. Ich habe Euch ungerecht beurteilt.«

»Ihr habt weder mich *noch* meine Aufgabe ernst genommen.«

»Nein.«

Del nickte. »Ich weiß. Nun, es war egal. Ich habe Euch nur dazu benutzt, um die Punja zu durchqueren.« Sie zuckte die Achseln. »Ich habe einen Pakt mit den Göttern geschlossen. Mit meinem Schwert. Ich brauche nicht wirklich jemand anderen.«

»Dieses Geheimnis habt Ihr schon einmal erwähnt«, sagte ich. »Ist es das, was Ihr mir gerade erzählt habt?«

»Ein Teil davon«, stimmte sie zu. »Der andere Teil ist ... vertraulich.«

Und sie erhob sich und verließ den Raum.

Ich sah meinen Gegner über den Kreis hinweg an. Ich sah hellblondes Haar, von der Sonne lohfarben-golden gebrannten Teint, Sehnen unter festem Fleisch. Und ein Schwert, in geschmeidigen Händen.

»Gut«, stellte die vertraute Stimme fest, und ich erwachte ruckartig aus dem kurzen Tagtraum.

Ich runzelte die Stirn. Alric sah mich über den zufälligen Kreis hinweg an, den er in den Staub der Gasse hinter dem Haus gezeichnet hatte. Das gebogene Vashni-Schwert lag in seinen Händen, aber er hatte die Haltung der Kampfbereitschaft abgelegt. »Was ist gut?« fragte ich.

»Ihr«, antwortete er. »Ihr genest schnell.« Er zuckte die Achseln. »Ihr braucht keine Übung mehr.«

Wir hatten drei Tage lang geübt. Meine Schulter schmerzte höllisch, aber ein Schwerttänzer lernt, den Schmerz zu verdrängen und ihn schließlich ganz zu überwinden. Oft hat man keine Möglichkeit, sich völlig auszukurieren. Man kämpft, man kuriert sich aus, man kämpft wieder. Wann immer es nötig ist.

Alric schnippte ein Büschel Gras von seiner gefährlich gebogenen Klinge. Ein bloßer Fuß verwischte einen Teil des Kreises. Die Übung war beendet. Es waren keine in den Staub gezeichneten Kreise mehr nötig.

Ich sah hinüber zu den Mädchen. Sie saßen still an die schattige Wand gelehnt, mit großen Augen und kleinen Fäusten vor den Mund gepreßt. Alric hatte ihnen erlaubt zuzusehen, aber nur, wenn sie sich dabei ruhig verhielten. Das hatten sie getan. Mit ihren zwei und drei Jahren benahmen sie sich besser als die meisten Erwachsenen.

»Wir sind fertig«, sagte er zu ihnen und erlöste sie damit. Beide Mädchen standen auf und rannten vor das Haus.

Ich beugte mich hinab, hob meinen abgelegten Harnisch auf und schob Einzelhieb wieder in seine Scheide. Sand knirschte unter meinen bloßen Füßen. Sich hinabzubeugen tat weh, aber nicht so sehr wie am Tanz teilzunehmen, auch wenn es nur Übung war.

Ich befestigte den Harnisch über meinen Armen und schloß die Schnallen. »Warum ein Vashni-Schwert?« Ich deutete mit dem Kopf auf Alrics Klinge. »Warum nicht ein nordisches Schwert — so eines wie Dels?«

»Eines wie Dels?« Alrics helle Brauen hoben sich ruckartig. »Ich hatte *niemals* ein Schwert wie Dels.«

Ich runzelte die Stirn und verwischte den Kreis beiläufig mit einem schlenkernden Fuß. »Ihr seid ein Nordbewohner. Und ein Schwerttänzer — mehr oder weniger.«

Unbeeindruckt durch meine Spöttelei nickte Alric. »Schwerttänzer, Nordbewohner, ja. Aber nicht von Dels Kaliber.«

»Eine Frau . . .?«

»Nun, es stimmt, daß das ungewöhnlich ist«, stimmte er zu und ging zu der Bota hinüber, die er im Schatten einer sandfarbenen Wand deponiert hatte. »Und daher ist es ungewöhnlich, daß *Del* damit begonnen hat.« Er entkorkte die Bota, trank einige Schlucke und hielt sie mir dann in stummer Einladung entgegen.

Ich hörte auf, den Kreis zu verwischen, und ging hinüber, um die Bota entgegenzunehmen. Wir setzten uns hin und lehnten uns gesellig gegen die Wand, die ein wenig warm war, obwohl sie tief im Schatten lag. Im Süden bedeutet Schatten nicht notwendigerweise Kühle.

Ich trank meinen Anteil Aqivi. »Nein. Ich würde niemals behaupten, daß Del etwas anderes *als* ungewöhnlich sei. Aber das erklärt mir nicht, warum Ihr ein Vashni-Schwert benutzt.«

Alric zuckte die Achseln. »Durch einen Kampf«, sagte er. »Mein Gegner war ein Vashni. Ein sehr unangenehmer Typ. Er hat es geschafft, mein nordisches Schwert zu zerbrechen.« Er hob Schweigen gebietend die Hand, als ich den Mund aufmachte, um einen Einwand zu erheben. »Nein — es war kein Schwert wie Eures. Es war — einfach ein Schwert. Und es zerbrach. Ungefähr in dem Moment, in dem ich die gebogene Linie der Vashni-Klinge bewunderte. Ich beschloß, daß ich nicht *mein* Schwert brauchte, um ihn zu töten. Also riß ich ihm das seine aus den Händen ... und tötete ihn damit.« Er lächelte, während er stolz die schimmernde Klinge betrachtete. Das Heft war aus einem menschlichen Oberschenkelknochen gearbeitet. »Ich habe es für mich behalten.«

»Del nennt ihres ein *Jivatma* — eine Blutklinge ...« Alric nickte. »Was bedeutet das?«

Er zuckte die Achseln und trank noch etwas Aqivi, als ich ihm die Bota reichte. »Wonach es klingt. Eine Klinge, die speziell dafür gearbeitet wurde, Blut zu fordern. Zum Töten. Oh, ich weiß — man kann sagen, daß *jede* Klinge für diesen Zweck geeignet ist —, aber im Norden ist das anders. Zumindest wenn man ein Schwerttänzer ist.« Er reichte mir die Bota zurück. »Die Rituale sind im Norden anders, Tiger. Das ist der Grund, warum Ihr und ich nicht gut zueinander passen — unsere Kampfstile unterscheiden sich zu sehr. Und ich könnte mir vorstellen, daß sogar Del und ich Schwierigkeiten hätten, die Rituale richtig auszuführen.«

»Warum?«

»Weil unsere Kampfstile ähnlich sein würden. *Zu* ähnlich, um eine ausgezeichnete Ergänzung zu bilden. Klingenführung, Bewegungsabläufe, Fußarbeit ...« Er zuckte die Achseln. »... obwohl wir bei verschiedenen *Kaidin* gelernt haben; alle Nordbewohner kennen viele der gleichen Tricks und Rituale innerhalb des Kreises. Und so wäre es ein unmöglich durchführbarer Tanz.«

»Aber nicht, wenn es bei dem Tanz um Leben oder Tod ginge.«

Alric sah mich an. »Selbst wenn ich ihr Feind wäre, würde ich niemals mit ihr tanzen.«

Meine Brauen hoben sich bis zum Haaransatz. »Eine Frau ...?«

»Das spielt keine Rolle.« Er runzelte nachdenklich die Stirn und beobachtete seinen rechten Fuß, den er in den Schmutz stieß. »Im Süden besteht der Schwerttanz aus verschiedenen Graden. Ein Schüler arbeitet sich so weit durch die Grade, wie er kann. Ihr habt, soweit ich gehört habe, den siebten Grad erreicht.« Als ich nickte, fuhr er fort. »Hier würde ich in den dritten Grad eingestuft werden. Im Norden bin ich besser als das, aber die Vergleiche treffen nicht wirklich zu. Es ist, als würde man einen Mann und eine Frau vergleichen — das kann man einfach nicht.« Blaue Augen trafen meine grünen. »Im Grunde will ich damit sagen, daß der höchste Grad der Ausbildung im Norden keinen entsprechenden Grad im Süden kennt. Es ist keine Frage des *Könnens* — zumindest nicht ausschließlich. Es ist eher eine Frage der völligen, bedingungslosen Hingabe und Entschlossenheit, eine vollständige Auslieferung des Willens an die Rituale des Tanzes.« Er schüttelte den Kopf. »Es ist schwer für mich, es auszudrücken, Tiger. Ich denke, die beste Erklärung ist, einfach zu sagen, daß Del — wenn sie mir die Wahrheit gesagt hat — *Ishtoya* des *An-Kaidin* war. Und alles, was ich darüber sagen kann, ist das, was ich darüber weiß, und das ist nicht viel. Ich stand niemals so hoch.« Er trank erneut. »Sie muß die Wahrheit gesagt haben. Sonst müßte sie das nordische Schwert gestohlen haben ... und eine benannte Klinge kann nicht gestohlen werden.«

Eine benannte Klinge. Da war es wieder. Eine bedeutsame Unterscheidung. »Auch *mein* Schwert trägt einen Namen.«

»Und eine Legende.« Alric lächelte und schlug die Bota gegen meine Hand. »Ich weiß alles über Einzelhieb. Die meisten Schwerttänzer wissen es. Aber — nun, es ist nicht dasselbe. Ein *Jivatma* ist etwas mehr als das. Nur der *An-Kaidin* verleiht es auserwählten *An-Ishtoya*, jenen Schülern, die ihren Wert bewiesen haben.«

»Wie kommt es, daß *Ihr* keines habt?«

»Ich habe keines, weil ich in der rituellen Rangordnung niemals hoch genug stand, um damit belohnt zu werden.« Er sagte es ziemlich leichthin, als ob die Qual dieses Wissens Jahre zuvor verblaßt wäre. Alric, so glaubte ich, war zufrieden mit seinem Los. »Was es nun eigentlich *ist* — das ist schwer zu erklären. Mehr als ein Schwert. Weniger als ein Mensch. Es lebt nicht *wirklich*, obwohl mancher sagen würde, daß es das tut.« Er zuckte die Achseln. »Ein *Jivatma* hat besondere Eigenschaften. Wie Ihr oder ich. In dieser Hinsicht hat das Schwert ein Eigenleben. Aber nur, wenn es mit dem *An-Ishtoya*, der sich sein ...« Er hielt bezeichnenderweise einen Moment inne. »... oder die sich ihr Recht darauf verdient hat, der oder die den Namen des Schwertes kennt und das Lied zu singen weiß, zusammengefügt wird.« Er zuckte die Achseln. »*Ishtoya*, die den höchsten Rang vom *An-Kaidin* zugesprochen bekommen, sind keine *Ishtoya* mehr. Es sind *An-Ishtoya*. Und dann selbst *Kaidin*, wenn sie sich dafür entscheiden. Oder Schwerttänzer.«

»*Kaidin* — *An-Kaidin*.« Ich runzelte die Stirn und sann über die Klangabstufungen nach. »Del nannte ihren Schwertmeister immer *Kaidin*, ohne die Vorsilbe.«

Kurz darauf nickte Alric. »Die Vorsilbe dient der Ehrung. *Kaidin* — *Ihr* würdet es Shodo nennen — bedeutet Schwertmeister. Lehrer. Hochgradig erfahren, aber ein Lehrer. Ein *Kaidin* ist jemand, den alle *Ishtoya* kennen. Aber — *An-Kaidin* bedeutet mehr. Ein *An-Kaidin* ist der Höchste der Hohen. Ich glaube, sie läßt die Vorsilbe weg, weil sie verleugnen möchte, was geschehen ist.«

Ich runzelte die Stirn. »Was geschehen ist?«

Alric strich sich mit dem Unterarm die Haare aus dem Gesicht. »Es gibt — *gab* — nur einen *An-Kaidin* an der alten Schule, die für den ganzen Norden übriggeblieben ist. Noch nie haben irgendwelche Schulen die alte ersetzt, und viele *Ishtoya* ziehen es vor, den alten Wegen zu folgen anstatt den neuen.«

»Es gab?« fragte ich scharf.

»Er wurde vor einem Jahr getötet, wie ich hörte. Bei einem rituellen Kampf gegen einen *An-Ishtoya*.«

Das kann passieren. Auch den Besten. Es ist nicht immer leicht, ein Blutvergießen im Kreis zu verhindern, selbst wenn es nur ein Scheinkampf ist.

Der große Nordbewohner mit dem gebogenen Vashni-Schwert schaute auf Einzelhieb. »Schwerter sind hier im Süden — *anders*. Aber im Norden sind sie Schwerter und nichts als Schwerter. Eine benannte Klinge, ein *Jivatma*, ist aus einem Material gearbeitet, das mehr ist als bloßes Stahl. Der *An-Kaidin* macht sie für die besonderen Schüler, die *An-Ishtoya*, die eines Tages den Platz des *An-Kaidin* einnehmen werden. Da ich nur ein *Ishtoya* war, habe ich niemals die Gelegenheit gehabt, mehr über die Blutklingen zu erfahren. Aber — es ist genau das: ein durch Blut besänftigtes Schwert. Und das erste Blut wird stets sorgfältig ausgewählt, denn das Schwert nimmt all das Können des Lebens an, das es tötet.«

Ausgewählt. Ich sah ihn scharf an. »Also — wollt Ihr sagen, daß der *An-Kaidin* nicht durch einen Unfall getötet wurde. Daß jemand das Können des *An-Kaidin* zu übernehmen wünschte.«

Alrics Gesicht war angespannt. »Ich habe gehört, daß es vorsätzlich geschah.«

Ich dachte an das nordische Schwert. Ich erinnerte mich der fremdartigen Umrisse in dem Metall, an das Gefühl von Eis und Tod. Als ob das Schwert lebte. Als ob mich das Schwert kannte. Als ob es *mich* töten wollte, wie es den *An-Kaidin* getötet hatte.

Alric spielte an dem Heft seines Vashni-Schwertes. Ich fragte mich zerstreut, ob *es* einen Namen hatte. »Einen *An-Kaidin* zu töten kann, wie Ihr Euch denken könnt, mit dem Tode bestraft werden«, sagte er leise. »Eine Blutschuld ist nichts, was man sorglos mit sich herumträgt.«

»Nein«, stimmte ich zu.

Er sah mich offen an. »Im Norden gibt es eine Sache, die sich Blutschuld nennt. Man schuldet sie den Verwandten eines Mannes — oder einer Frau —, dessen Tod unverdient war. Eine Person, oder zwei oder sogar mehr als zwanzig können schwören, die Schuld einzutreiben.«

Ich nickte einen Moment später und dachte über den Mann nach, der Del verfolgte. Hatte er geschworen, die Blutschuld einzutreiben? »*Wie* wird die Schuld eingetrieben?«

»Im Kreis«, antwortete Alric. »Dieser Tanz geht dann um Leben und Tod.«

Ich nickte erneut. Ich war nicht übermäßig überrascht. Ich bezweifelte nicht, daß der Tanz durch das begangene Verbrechen gerechtfertigt war. Ein Mann wurde getötet, ein Lehrer wurde von seinem Schüler umgebracht. Weil der Schüler das Können benötigte, das dem Mann *innewohnte*, und nicht nur das, was er gelehrt hatte.

Ich stieß den Atem zwischen zusammengebissenen Lippen zischend aus. Ich dachte daran, wie verzweifelt Del das Massaker an ihrer Familie rächen wollte, und die Versklavung ihres Bruders und die Erniedrigung, die sie unter den Händen der südlichen Mörder erlitten haben mußte. Es war, so dachte ich, eine Blutschuld, die man ihr schuldete. Eine, die ihr gegenüber mehr als gebührend war, ungeachtet des Preises.

Ich wußte sehr genau, daß Del fähig war, alles zu tun, was sie wollte.

Uneingeschränkt alles.

Egal, was es kosten würde.

18

Alric gab mir die Bota. Aber bevor ich sie öffnen und einen Schluck trinken konnte, kamen die zwei kleinen Mädchen um die Seite des Hauses herumgerannt.

Sie gingen direkt zu Alric, zogen ihn an beiden Armen und plapperten in einer ziemlich unverständlichen Mischung aus nordischem und südlichem Dialekt auf ihn ein. Ich war mir nicht sicher, wie vieles dieser Unverständlichkeit mit ihrem Alter zu tun hatte und wie vieles mit ihrer Zweisprachigkeit.

Alric seufzte und stand auf. »Wir sollten hineingehen. Lena hat sie geschickt, uns beide zu holen.« Dann sagte er etwas auf Nordisch zu den kleinen Mädchen, und beide rannten wieder davon.

»Gute Läuferinnen«, bemerkte ich.

»Für Mädchen.« Er grinste. »Del würde mir das Fell über die Ohren ziehen, wenn sie mich das sagen hörte. Nun, das wäre ihr gutes Recht. Im Norden kennen die Frauen mehr Freiheit.«

»Das habe ich bemerkt.« Ich bog um die Ecke des Lehmhauses und ging gebückt durch die Tür hinein, die entschieden zu niedrig war für Nordbewohner, oder auch für Südbewohner wie mich.

Und blieb stehen.

Alrics Haus war klein. Zwei Räume. Ein Schlafzimmer, das ich gern wieder an Alric und seine Familie übergeben hatte, und ein Vorderzimmer, das Del und mir nachts als Schlafraum diente. Es war keine Frage, daß das Haus mit vier Erwachsenen und zwei Kindern reichlich überbelegt war.

Ganz abgesehen davon, daß es jetzt noch einen Erwachsenen mehr beherbergen mußte und der Raum damit noch kleiner wirkte.

Del saß mit gekreuzten Beinen auf einem Fellteppich aus gekräuseltem safrangelbem Ziegenhaar. Sie sah Alric und mich eintreten, sagte aber nichts. Eingebunden in Schweigen saß sie mit dem Schwert über den Oberschenkeln da.

Es war ungeschützt.

Ich trat zur Seite, so daß Alric eintreten konnte. Lena stand im dunklen Teil des Raumes. Ihre Töchter waren neben ihr, jede an einer Seite. Niemand sagte etwas.

Ich sah den Fremden an. Er trug einen mausgrauen Burnus. Die Kapuze war vom Kopf heruntergezogen. Er hatte, wie ich, braune Haare. Er war, wie ich, groß. Und ziemlich genauso schwer. Andere Fakten konnte ich wegen des Burnus nicht ausmachen. Aber ich sah das Schwertheft, das über seine linke Schulter ragte, und ich wußte, daß der Jäger seine Beute letztendlich aufgespürt hatte.

Der Fremde lächelte. Der Einschnitt einer alten Narbe teilte sein Kinn diagonal. Sein Gesicht wirkte verlebt. Sein Haar zeigte graue Fäden. Ich hielt ihn für gut zehn Jahre älter als mich, was bedeutete, daß er mehr als vierzig Jahre alt sein mußte. Seine Augen waren so blau wie Dels und Alrics, aber er sah mir am ähnlichsten.

Er entbot mir den Wüstengruß: die Hand mit gespreizten Fingern über das Herz gelegt und sich kurz verbeugend. »Sie sagt, Ihr seid der Sandtiger.« Eine kühle, weiche Stimme, mit nordischer Färbung.

»Der bin ich.«

»Dann bin ich wirklich erfreut, diese Legende endlich persönlich zu treffen.«

Ich lauschte auf einen sarkastischen Unterton, ein Maß an Verhöhnung. Aber da war nichts dergleichen. Ich konnte auch keine Unhöflichkeit erkennen. Aber deswegen mochte ich ihn nicht mehr.

»Sein Name ist Theron.« Das war Del, sehr bestimmt. »Er war der Schatten, der kein Schatten war.«

Theron nickte leicht. »Ich kam aus dem Norden hierher, um die *An-Ishtoya* zu suchen, aber die Umstände, die sich gegen mich verschworen hatten, kosteten mich immer wieder Zeit. Jetzt endlich sind sie mir wohlgesonnen.«

Neben mir atmete Alric schwer. »Wie viele von Euch sind hier?«

»Nur ich.« So ruhig. So sicher. »So habe ich es gewollt.«

»*Ach so*«, sagte ich scharf. »Wenn Del Euch tötet, wird niemand anderer die Jagd aufnehmen.«

»Für den Zeitraum eines Jahres«, stimmte Theron zu. »Ein nordischer Brauch, der durch Übereinkommen und die Rituale des Kreises bindend ist. Da Ihr ein Schwerttänzer seid — ob nun ein südlicher oder nicht —, nehme ich an, daß Ihr versteht.«

»Erklärt es mir trotzdem.«

Für kurze Zeit verschwand Therons Lächeln. Aber dann nahm er es wieder auf. »Sie schuldet vielen Leuten im Norden eine Blutschuld. *Ishtoya, Kaidin, An-Ishtoya, An-Kaidin*. Viele wünschen ihren Tod, aber nur einer kann ihn im Kreis fordern — für den Zeitraum eines Jahres. Wenn dieses Jahr vorüber ist, kann sie erneut jemand — oder mehrere — aufsuchen.«

»Es gehört mehr dazu als das«, sagte Alric scharf.

Therons Lächeln verbreitete sich. »Ja. Um fair zu sein, Südbewohner, sollte ich auch erwähnen, daß die *An-Ishtoya* eine Wahl treffen kann. Obwohl ich die Erlaubnis erhalten habe, sie zu einem Tanz herauszufordern, muß ich der *An-Ishtoya* doch auch die Chance gewähren, völlige Begnadigung zu erlangen.«

»Wie?« fragte ich.

»Indem ich nach Hause zurückkehre«, sagte Del. »Ich kann nach Hause gehen und mich dem Urteil aller *Kaidin* und *Ishtoya* stellen.«

»Das klingt vernünftiger, als ihm im Kreis gegenüberzutreten«, erklärte ich ihr deutlich.

Del zuckte die Achseln. »Ich würde fast absolut sicher des vorsätzlichen Mordes für schuldig befunden werden. Es ist eine Blutschuld, die von mir gefordert wird. Das Eingeständnis eines unverdienten — und unnötigen — Todes.«

»Also leugnet Ihr nicht, den *An-Kaidin* getötet zu haben.«

»Nein«, sagte Del überrascht. »Niemals. Ich habe ihn getötet. Im Kreis.« Ihre Hände umklammerten das Schwert. »Es geschah für die Klinge, Tiger. Um meine Klinge mit Blut zu tränken. Weil ich mehr Schwertmagie brauchte, als der *An-Kaidin* mich gelehrt hatte.«

»Warum?« fragte ich ruhig. »Warum benötigt Ihr sie *so sehr*? Ich habe Euch tanzen gesehen, Bascha, auch wenn es nicht ernst war. Ich kann nicht glauben, daß Euch so viel Können fehlte, daß Ihr zusätzliches vom *An-Kaidin* benötigt.«

Sie lächelte leicht. »Dafür danke ich Euch. Aber ja — ich brauchte das Können des *An-Kaidin*. Ich *brauchte* es ... also nahm ich es mir.« Einen Moment lang sah sie auf ihr Schwert hinunter und liebkoste das schimmernde Metall. »Es waren mehr als zwanzig Räuber, Tiger. Mehr als zwanzig Männer. Würde sich denn der *Sandtiger* so vielen Männern in der Absicht nähern, sie alle zu töten?«

»Nicht allein«, antwortete ich. »Ich lebe noch, weil ich nur selten ein Narr bin, und *niemals* dann, wenn es gilt, den Vorteil abzuschätzen.«

Del nickte. Ihr Gesicht zeigte keinerlei Finsterkeit oder Angst. Abgesehen von den ständigen Bewegungen ihrer Finger entlang der Klinge, schien sie in überaus guter Verfassung. »Sie wurde mir geschuldet, Tiger. Die Blutschuld von mehr als zwanzig Männern. Niemand konnte sie fordern außer mir. Es gab niemanden, den ich sie für mich fordern lassen *wollte*. Meine Pflicht.

Mein Wunsch. Meine Bestimmung.« Die Andeutung eines Lächelns zeigte sich in ihren Mundwinkeln. »Ich bin nicht so dumm zu behaupten, ich könnte als Frau allein mehr als zwanzig Männer töten. Also habe ich den *An-Kaidin* in mein Schwert genommen und war nicht länger eine Frau allein.«

Ich fühlte ein ganz leichtes Frösteln. »Bildlich gesprochen.«

»Nein«, sagte Del. »Das ist die Abschreckung, Tiger. Eine benannte Klinge, deren Durst nicht gestillt ist, ist lediglich ein Schwert. Besser als gut. Aber nur kaltes Metall, ohne Leben und Geist und Mut. Um das zu bekommen, um ein *Jivatma* zum Leben zu bringen, wird es in den Körper eines starken Mannes getaucht, den stärksten, den man finden kann. Um *Kaidin* zu werden, sucht sich der *An-Ishtoya* einen angesehenen Feind und umhüllt das Schwert mit seiner Seele. Das Schwert nimmt den Willen des Mannes an.« Sie zuckte leicht die Achseln. »Ich brauchte großes Können und Macht, um die Schuld einzufordern, die mir die Mörder schuldeten. Also nahm ich sie mir.« Sie sah Theron nicht an. Sie sah mich an. »Der *An-Kaidin* wußte es. Er hätte sich weigern können, mich im Kreis zu treffen ...«

»*Nein*«, sagte Theron scharf. »Er hätte sich niemals geweigert. Er war ein ehrenwerter Mann. Er konnte nicht, ganz bewußt, seiner *An-Ishtoya* die Chance verwehren, sich selbst zu beweisen.«

Nun sah sie ihn an. »Merkt Euch: Der *An-Kaidin* traf die *An-Ishtoya* im Kreis, und die Blutklinge wurde getränkt.«

Ich seufzte leise. »Wie sie gesagt hat, es ist vollbracht. Und — ich denke, vielleicht hatte sie einen Grund für das, was sie getan hat.«

Therons Gesicht verhärtete sich. »Möglicherweise würden der *Kaidin* und der *Ishtoya* übereinkommen, daß ihre Belange den Tod rechtfertigten. Es ist aber auch möglich, daß sie sie einstimmig des vorsätzlichen Mordes beschuldigen und darauf ihren Tod befehlen würden.«

»Was Euch Eurer Prämie berauben würde.«

Theron schüttelte den Kopf. »Wenn sie sich entscheidet, nach Hause zurückzukehren, um ihr Urteil zu empfangen, werde ich meinen Lohn bekommen. Wenn sie zum Tode verurteilt wird, werde ich meinen Lohn bekommen.« Er lachte laut. »Ich kann auf keinen Fall verlieren.«

Ich bemerkte, daß ich eine deutliche Abneigung gegen Theron entwickelte. »Es sei denn, sie wählt den Kreis.«

Theron lächelte wieder. »Ich hoffe, sie tut es.«

»Er ist ein Schwerttänzer«, sagte Del heiter. »Er wurde von demselben Mann ausgebildet wie ich. Theron war einer der wenigen *An-Ishtoya*, die wählen konnten, ob sie Schwerttänzer oder *An-Kaidin* werden wollten.«

Ihr Gesicht war ruhig, als sie mich ansah. »Versteht Ihr, Tiger? Er war ein *An-Ishtoya*. Der Beste der Besten. Nur *An-Ishtoya* haben die Wahl, zu lehren oder zu kämpfen.« Sie seufzte leise. »Theron ist Schwerttänzer geworden, anstatt *Kaidin*, und daher wurden die niederen Rangfolgen der *An-Kaidin* dem jüngeren, stärkeren Mann, der sie brauchte, versagt. Einem Mann, der vielversprechende *Ishtoya* zum höchsten Rang hätte bringen können.«

»*An-Ishtoya*«, sagte ich. »Der Beste der Besten.«

»Ihr habt es gehört«, sagte Theron direkt. »Ihr habt gehört, wie es war, als der alte *An-Kaidin* — der Meister, der *mich* ausgebildet hat! — dieser *An-Ishtoya* die Wahl gelassen und wie sie ihn zurückgewiesen hat. Wie sie ihn in den Kreis eingeladen hat, so daß sie den Durst ihrer Klinge stillen konnte, bevor diese das Blut eines anderen zu schmecken bekam.« Die ernste Höflichkeit war aus seinem Ton verschwunden. »Ihr habt *ihre* Wahl gehört.«

»Das ist eine Blutfehde«, sagte Del ruhig. »Schwerttänzer gegen Schwerttänzer. *An-Ishtoya* gegen *An-
Ishtoya.*« Sie lächelte. »Und, da Theron auch das haben
wollte, Mann gegen Frau. So kann er beweisen, daß er
überlegen ist.«

Theron sagte etwas auf nordisch. Der Ton war fast ein
Singsang, und es war nicht schwer für mich, eine for-
melle Herausforderung darin zu erkennen. Ich habe
über die Jahre hinweg meinen eigenen Anteil gegeben
und bekommen.

Als er bereit war, nickte Del einmal. Sie sagte leise etwas, ebenfalls auf nordisch. Und dann stand sie auf und
trat aus dem schattigen Haus ins Tageslicht.

Theron wandte sich um und folgte ihr. Und als er an
mir vorüberging, lächelte er. »Ihr dürft gern zusehen,
Schwerttänzer. Es sollte immer ein Zeuge bei der Eintreibung einer Blutschuld anwesend sein.«

Ich wartete, bis er vom Haus fortgegangen war. Ich
sah Alric an. »Ich glaube nicht, daß ich diesen Sohn einer Salsetziege sehr mag.«

Alric nickte mit ernstem Gesicht. Er sagte etwas zu
Lena und den Mädchen — bat sie, im Haus zu bleiben — und folgte mir hinaus.

Der Kreis, den Alric und ich benutzt hatten, war fast
verwischt. Hier und da sah ich Spuren der gebogenen
Linie, aber wir hatten große Teile davon mit bloßen und
mit Schuhen bekleideten Füßen beseitigt. Nun mußte er
erneut gezogen werden.

Ich schaute Theron an. Langsam entledigte er sich der
Schuhe, des Gürtels, des Harnischs. Aller Dinge außer
seines Dhotis. In den Händen hielt er das blankgezogene Schwert, und ich sah die fremdartigen Runen.

Einen kurzen Augenblick lang sahen wir einander an:
Nordbewohner und Südbewohner. Abschätzend. Es
war nicht unser Tanz, aber wir maßen uns. Denn er
wußte genausogut wie ich, daß, wenn er Del besiegte,

der nächste Gegner im Kreis ein Schwerttänzer namens Sandtiger sein würde.

Flink entledigte sich Del ihres Burnus. Zog die Schuhe aus und stellte sie zur Seite. Öffnete den Harnisch und legte ihn zu den Schuhen. Nur mit der Tunika bekleidet, das *Jivatma* in Händen, wandte sie sich um und sah Theron an. »Ich möchte den Sandtiger bitten, den Kreis aufzuzeichnen.«

Theron lächelte nicht. »Einverstanden: Er wird den Kreis aufzeichnen. Aber er soll nicht als Schiedsrichter fungieren. Der Sandtiger wäre wohl kaum unparteiisch gegenüber der Frau, in die er sein *anderes* Schwert versenkt.«

Ich glaubte, Del würde es sofort abstreiten. Aber sie ließ ihn denken, was er wollte.

Ich wollte reden, dem Nordbewohner das Gesicht polieren.

»Ich werde als Schiedsrichter fungieren.« Alric, neben mir. Wie ich, sah auch er Theron an.

Der ältere Mann neigte zum Zeichen des Einverständnisses den Kopf. »Das wäre genauso gut. Als Nordbewohner werdet Ihr die erforderlichen Rituale etwas besser kennen.« Eine weitere Stichelei an meine Adresse. Oder war sie für Del gedacht? Es war schwer zu sagen, denn es bestand die Möglichkeit, daß Theron sie in Wut bringen wollte.

Aber ich hatte Del noch nie wütend gesehen, nicht *wirklich* wütend, und ich bezweifelte, daß dies ausreichen würde.

»Tiger«, sagte sie. »Ich wäre froh, wenn Ihr den Kreis in den Sand zeichnen würdet.«

Für einen Tanz war der Platz heimtückisch. Für einen Übungskreis war er gut genug gewesen, denn wir hatten keinen besseren. Die Gasse zwischen dieser und der nächsten Reihe Häuser war nicht besonders breit, obwohl an der Kreuzung dieser Gasse mit einer anderen, die im rechten Winkel davon abging, mehr Raum war.

Der Untergrund war festgetreten, aber auch mit einem Belag aus Sand und weichem Schmutz bedeckt. Alric und ich hatten einen großen Teil unserer Zeit damit verbracht, unabsichtlich um den Kreis herumzuschlittern und zu versuchen, die Füße unter unseren Körpern zu halten. Zu Übungszwecken war dies alles schön und gut. Für einen wirklichen Schwerttanz war ein fester Stand lebensnotwendig.

Del und Theron warteten. Ich sah an dem grimmigen Zug um Alrics Mund, daß er genausogut wie ich um die Tragweite eines hier durchgeführten echten Tanzes wußte. Aber die Sache war beschlossen. Del und Theron hatten sie beschlossen.

Ich zog Einzelhieb aus der Scheide und begann, den Kreis zu zeichnen.

Als das vollbracht war, steckte ich mein Schwert weg und sah beide Tänzer an. »Bereitet Euch vor.«

Theron und Del betraten den Kreis, legten die Schwerter genau in die Mitte und traten wieder heraus.

Ich schaute auf die am Boden liegenden Waffen. Dels kannte ich. Zumindest so gut, wie ich sie kennen *konnte*. Therons war mir fremd. Kaltes, fremdartiges Material, Stahl, der kein Stahl war, wie Alric ihn beschrieben hatte. Dels Schwert schimmerte in dem inzwischen vertrauten lachsrot-silbernen Farbton. Therons schimmerte ganz hell purpurfarben.

Sie sahen sich über den Kreis hinweg an. Für mich bestand die Vorbereitung darin, sich außerhalb des Kreises in Positur zu begeben. Eine Position einzunehmen, die in sich selbst Geschwindigkeit, Kraft und Strategie beinhaltete. Einen Moment der inneren Sammlung und Selbstabschätzung, bevor der Geist den Muskeln sagte, was sie tun sollten. Und das war es, was ich von ihnen erwartete.

Ich hatte natürlich mit den nordischen Ritualen gerechnet. Ich hatte nur vergessen, wie verschieden doch all die Ähnlichkeiten sein konnten. Del und Theron standen ruhig zu beiden Seiten des Kreises, und sie sangen.

Leise. So leise, daß ich es kaum hören konnte.

Vertrauen. Klarheit. Triumph, Mahnung. Dies alles, und mehr.

Ein Todesgesang? Nein. Ein Lebensgesang. Das Versprechen des Sieges.

Alric nahm seinen Platz ein. Als Schiedsrichter galt sein Wort, wenn entschieden wurde, daß der Tanz gewonnen oder verloren war. Selbst wenn es offensichtlich sein würde, daß einer der Tänzer tot war, verlangte das Ritual eine Erklärung.

Ich zog mich zurück. Meine Aufgabe war vollendet. Theron hatte recht. Es gab für mich keine Möglichkeit, unparteiisch zu sein. Aber nicht, weil Del und ich das Bett miteinander geteilt hätten.

Sondern weil ich es *wollte.*

Aber auch, weil ich die Frau als mehr kennengelernt hatte denn nur als Frau.

Ich lächelte leicht. Verzerrt. Schüttelte den Kopf. Alric sah mich über den Kreis hinweg stirnrunzelnd an, denn er verstand nicht, aber ich machte mir nicht die Mühe, es zu erklären. Solche Dinge sind einfach zu persönlich.

»Tanzt«, sagte Alric. Das war alles, was die beiden wollten. Sie erreichten ihre Schwerter gleichzeitig. Ich sah Dels Hände blitzartig abwärts stoßen und blitzartig wieder aufwärts stoßen und sah Therons Hand abwärts stoßen und aufwärts stoßen.

Und dann hörte ich auf damit, auf ihre Hände zu schauen. Ich hörte auf damit, auf ihre Gesänge zu lauschen. Denn die Schwerter waren lebendig geworden.

Del hatte mir einmal erzählt, eine benannte Klinge lebe *nicht.* Aber sie hatte *ebenfalls* gesagt, sie sei auch nicht tot. Und während ich die Szene bestürzt beobachtete, begriff ich den Widerspruch dieser Erklärung. Den Widerspruch dieser Schwerter selbst.

Lachsfarben-silbern, glitzernd im Sonnenlicht. Und

Therons: hell purpurfarben. Und doch, sie veränderten sich. Die Farben veränderten sich, vom Heft zur Spitze hinab, bis ich im Sonnenlicht Regenbogen sah. Nicht die Art, die nach einem Regen erscheint, sondern Regenbogen der Dunkelheit und des Lichts. Hellrosa, blaurot-purpurfarben, eine Schattierung von seltsamem Violett. Alle Farben der Nacht. Alle Farben eines Sonnenuntergangs, die aber ihre dunklere Seite zeigten. Keine Pastelltöne. Keine wässerigen Schattierungen. Unheimliche Leuchtkraft. Rauhe Farben, bis zur Nacktheit entblößt.

Beide Klingen verschwammen. In Händen, die zu flink für mich waren, als daß ich den sprunghaften Mustern, die ich nie zuvor gesehen hatte, hätte folgen können. Aber ich *konnte* sie sehen, ganz deutlich, weil jede Klinge bei der Bewegung das Muster in der Luft hinterließ. Sie zeichneten ein Band reinster Farbe, einen Streifen bleifarbenen Lichts, wie das Nachglühen einer Fakkel, die zu schnell davongetragen wird.

Als würden die Klingen die Luft selbst zerschneiden, so wie ein Messer in Fleisch einschneidet.

Sie tanzten. Und wie sie tanzten. Herumwirbelnd, schwebend, Scheinangriffe vollführend, gleitend, den Tag auseinanderreißend, um an seiner statt gespenstische Erhitzung zurückzulassen: kobaltblau, bleifarbenes Purpur, grünliches, unheimliches Rosa.

Als ich dazu in der Lage war, hörte ich auf, die Schwerter zu beobachten. Statt dessen beobachtete ich die Tänzer, um zu lernen, was ich lernen konnte. Um das Geschenk aufzunehmen, das sie mir anboten, das Geschenk des nordischen Stils.

Er unterschied sich, wie ich schon sagte, erheblich von meinem eigenen. Mit meiner Größe, Kraft und Reichweite ist meine beste Strategie die Ausdauer. Ich kann die Waffe gegen die Besten schwingen. Ich kann hacken und schlagen und schwingen, stoßen und kontern und nichts schuldig bleiben. Ich zwinge meine

Gegner nieder. Ich kann ihnen gegenüberstehen und sie bezwingen, ihre Stöße abblocken und aufhalten. Oder ich kann auch mit dem schnellsten Mann tanzen, denn trotz meiner Größe bin ich schnell. Wenn auch nicht so schnell wie Del.

Theron, physisch in etwa mein Ebenbild, hätte vielleicht besser daran getan, meinen Stil nachzuahmen. Aber er war nicht dazu ausgebildet. Wie Del setzte auch er die geschmeidige Kraft der Handgelenke und Unterarme ein und vollführte schnelle, heftige Bewegungen. Es erinnerte sehr stark an den Unterschied zwischen einem Stilett und einer Axt, wenn man seinen Kampfstil mit meinem vergleichen wollte. Er hätte auf einem Fleck stehenbleiben und gegen ihr Schwert angehen können, aber das war nicht Therons Art. Und ich konnte vorhersagen, daß es sie nicht besiegen würde.

Ehrlich gesagt, hatte ich der Dame einen schlechten Dienst erwiesen. In all meiner Anmaßung und dem Stolz auf meinen Ruf (der natürlich begründet war), hatte ich es abgelehnt, ihre außergewöhnlichen Fähigkeiten anzuerkennen. Ich hatte gespottet, in überaus großem Vertrauen darauf, daß eine Frau niemals einem Mann im Kreis begegnen und ihn besiegen könnte. Noch nicht einmal einen unfähigen Tänzer. Aber ich hatte ihr Können zu voreilig unterschätzt. Jetzt sah ich es deutlich und erkannte meinen Fehler.

Ebenso Theron. Ich konnte es an seinen Augen ablesen. Der unerfreuliche Zweikampf war jetzt mehr als nur eine einfache Bestimmung der Schuld oder der Unschuld. Er war über die Eintreibung einer Blutschuld hinausgegangen. Er war unter den Schutz seines männlichen Stolzes geschlüpft und hatte sich in die Eingeweide gebohrt, gerade als sich ihre Schwertspitze in seine Knöchel bohrte.

Del war mehr als gut. Del war besser als Theron.

Fremdartiger Stahl klirrte, drehte sich, kreischte. Klinge gegen Klinge in dem Mißklang des Tanzes. Gleitbewegung, Gleitbewegung, Schritt. Das Klingen des Stahls. Das Scharren bloßer Füße auf dem Sand, der auf hartem Untergrund auflag.

Ein Gitterwerk aus Farbstreifen schimmerte im Sonnenlicht. Hier ein Muster, dort ein Muster, das Maßwerk einer Flamme. Lachsfarben-silbern, hellpurpurfarben und alle dazwischenliegenden Farben.

Der Schweiß rann an ihren Körpern hinab. Er verlieh dem blassen Bronze von Dels gebräunter Haut Glanz. Bloße Arme, bloße Beine, ein nacktes Gesicht mit zurückgebundenem weißblondem Haar. Ich sah grimmige Entschlossenheit in ihrem Gesicht. Die völlige Aufgabe des Bewußtseins an den Tanz, den sie gegen einen guten Gegner tanzte.

Es war ziemlich eindeutig, daß Theron kämpfte, um zu töten. Im Kreis ist der Tod nicht zwingend. Der Sieg zählt. Wenn ein Mann besiegt ist und sich auf Befragung ergibt, wird ein Sieger bestimmt. Sehr häufig ist der Tanz kaum mehr als eine Vorführung oder eine Erprobung reinen Könnens. Ich habe schon zuvor einfach aus Freude an der Sache gekämpft, gegen gute und gegen schlechte Gegner. Ich habe auch getanzt, um zu töten, obwohl mich die Tode nie erfreut haben. Was mich erfreut, ist das Überleben.

Del, so dachte ich, würde überleben. Theron, so dachte ich, vielleicht nicht.

Eine Brise kam auf. Sie wühlte den dünnen Belag safranfarbenen Sandes auf. Wurde zu Wind. Hob den Sand auf und blies ihn mir in die Augen. Ungeduldig wischte ich den Sand fort.

Aber der Wind blieb. Nahm zu. Fegte durch den Kreis wie das umherwirbelnde Spielzeug eines Kindes. Und dann sah ich, wie er sich in der Mitte des Kreises zu einem Wirbelwind sammelte: ein Staubdämon, der an Füßen züngelte. Züngelte, züngelte, wuchs, bis sogar Theron und Del auseinandergingen, weil der Dämon sie dazu veranlaßte.

Ein Wirbeln, Wirbeln, Wirbeln, so schnell, daß das Auge nicht folgen konnte. Der *Geist* konnte es nicht, egal, wie angestrengt ich hinschaute. Und dann explodierte die Wolke in einem Schauer aus Sand und Staub, und an der Stelle des Staubdämons stand ein Mann.

Eine Art Mann. Nicht wirklich ein — *Mann.* Eher ein Wesen. Klein. Weder häßlich noch gutaussehend. Nur — eine Art formloser Gestalt mit einer ganz schwachen Andeutung menschlicher Konturen. Es hing zwischen Del und Theron in der Luft und schwebte im Kreis umher.

»Ich bin Afreet«, verkündete es. »Mein Meister wünscht ein Schwert.«

Wir alle vier starrten es lediglich an.

»Ich bin Afreet«, wiederholte es ein wenig ungeduldig. »Mein Meister wünscht ein Schwert.«

»Das sagtest du bereits.« Das Wesen sah nicht sonderlich gefährlich aus, nur ein wenig seltsam. Also beschloß ich, daß uns eine Unterhaltung nicht schaden könnte.

Winzige Züge verdichteten sich in einem winzigen mißgebildeten Gesicht. Es runzelte die Stirn. Es starrte uns genauso an, wie wir es anstarrten.

Ich sah, wie sich Hände formten. Füße. Ohren bildeten sich aus, und eine Nase. Aber das Wesen war nackt. Ganz offensichtlich war das Wesen männlich. Und plötzlich wußte ich, was es war.

»*Ein* Afreet«, sagte ich. »Das ist kein Eigenname, sondern eine Beschreibung dessen, was es *ist.*«

»Also, was *ist* es?« fragte Del leicht angewidert.

»Ich bin Afreet«, verkündete der Afreet. »Mein Meister wünscht ein Schwert.«

Gleichzeitig traten Theron und Del einen Schritt von dem winzigen schwebenden Wesen zurück. Ich erwartete fast, daß sie ihre Schwerter hinter ihre Rücken halten würden, als wollten sie sie verstecken.

Anscheinend erwartete dies auch das Afreet. Es —
er — lachte.

Und wenn man jemals einen Afreet lachen gehört
hat, mag man den Klang nicht besonders.

»Ich bin Afreet«, begann er. »Mein Meister ...«

»Das wissen wir, das wissen wir«, unterbrach ich ihn.
»Leg eine andere Platte auf, kleiner ...« Pause
»... *Mann*. Wer ist dein Meister, und warum wünscht er
ein Schwert?«

»Mein Meister ist Lahamu, und Lahamu wünscht ein
mächtiges Schwert.«

»Also hat er dich losgeschickt, eines zu besorgen.« Ich
seufzte. »Kleiner Afreet, du erschreckst mich nicht. Du
bist nur eine Manifestation seiner Macht und kein Maßstab dafür. Geh nach Hause. Geh zurück zu Lahamu.
Sage ihm, er soll sein Schwert auf andere Art erlangen.«

»Tiger«, sagte Del unbehaglich. »Nicht *Ihr* steht so
nah bei ihm.«

»Er kann Euch nicht verletzen«, belehrte ich sie. »Oh,
ich vermute, er könnte Euch Sand ins Gesicht werfen
oder Euch an den Haaren ziehen, aber das ist wohl auch
schon alles. Er ist nur ein Afreet. Ein Wichtigtuer. Kein
wirklicher Dämon.«

»Aber dieser Lahamu *ist* einer?« fragte sie. »Es ist
nicht sehr klug, seinen Diener so schlecht zu behandeln.«

»Lahamu ist kein Dämon.« Das war Alric, von der anderen Seite des Kreises her. »Er ist ein Tanzeer. Rusali
ist seine Domäne.«

»Ein Tanzeer mit einem *Afreet*?« Das klang selbst für
mich seltsam. »Wie ist *das* zustande gekommen?«

»Lahamu befaßt sich mit Magie.« Alric zuckte die
Achseln. »Er ist nicht der gescheiteste Mann im Süden,
Tiger. Er hat den Titel geerbt, was bedeutet, daß er ihn
nicht unbedingt verdient.« Alric sah den Afreet an. »Ich
habe einige seltsame Geschichten über ihn gehört, aber
ich glaube nicht, daß ich sie dort wiederholen sollte, wo

kleine Ohren sie hören können. Sagen wir einfach, daß er nicht für seinen — Menschenverstand bekannt ist.«

»Ach so.« Ich sah den kleinen Afreet stirnrunzelnd an. »Das heißt, er ist hinter einem *magischen* Schwert her.«

Der Afreet lachte erneut. »Hinter einem magischen, nordischen Schwert, mit magischen Fähigkeiten. Mit Macht. *Besser* als südliche Schwerter, die nur in den Händen eines Tänzers gut sind, oder zumindest sagt mein Meister das.«

Ich nickte. »Lahamu könnte sich auch vorstellen, ein Schwerttänzer zu sein, nicht wahr?«

»Das habe ich Euch bereits gesagt.« Soweit Alric. »Vielleicht will er ein wenig von Eurem Ruhm stehlen, Tiger.«

Der Afreet starrte ihn an. »Lahamu ist *vieles*.«

Jetzt lachte *ich*. »Tut mir leid, kleiner Afreet. Gerade jetzt ist dafür keine Zeit. Wir sind im Moment ein bißchen zu beschäftigt.«

Das winzige Gesicht schaute böse. »Mein Meister wünscht ein Schwert. Mein Meister wird ein Schwert *bekommen*.«

»Wie?« fragte ich sanft. »Will er, daß du eines stiehlst?«

»Den Tänzer stehlen, das Schwert stehlen.« Ein afreetisches Grinsen ließ spitze Zähne sehen. »Aber nicht die Frau, sondern den *Mann*.«

Theron hatte keine Chance. Ich sah seine Klinge aufwärts schwingen, als wolle er den Afreet zweiteilen, aber der Wirbelwind verschluckte ihn ganz. Und mit ihm sein nordisches Schwert.

Ein dünner Staubschleier legte sich erneut auf den Boden. Alric und ich blinzelten uns über den Kreis hinweg an. Er war leer bis auf Del, die mich anstarrte. »Ich dachte, Sie hätten gesagt, daß dieses kleine — Wesen — nichts *tun* könne.«

»Ich schätze, ich habe mich geirrt.«

»Sagt ihm, er soll Theron zurückbringen! Sagt ihm, ich sei noch nicht fertig mit ihm.« Del runzelte die Stirn. »Außerdem, wenn Lahamu so sehr ein nordisches Schwert wünschte, warum nahm er dann nur eines, wenn er zwei haben konnte?«

»Ich *glaube* die Antwort zu wissen, aber ich glaube nicht, daß sie Euch sehr gefallen wird.«

Ihr Blick war ruhig. »Warum nicht?«

»Weil Lahamu, als Südbewohner, wahrscheinlich nicht viel von Frauen hält.« Ich zuckte die Achseln. »Theron hatte höheres Ansehen.«

Del runzelte die Stirn. Dann fluchte sie. Leise, ganz leise.

»Spielt das eine Rolle?« fragte ich verärgert. »Zumindest ist Theron aus dem Weg. Ihr solltet Lahamu dankbar sein, daß er den Afreet losgeschickt hat.«

»Dankbar? Daß er meinen Kampf verdorben hat?« Sie sah mich stirnrunzelnd an. »Ich wollte Theron besiegen — *ich* wollte ihn schlagen.«

»Ihn besiegen? Oder ihn töten?«

Sie hob das Kinn an. »Ihr denkt, ich wäre zu beidem nicht fähig?«

»Ich denke, Ihr seid zu beidem fähig.«

Del sah mich lange an. Ich sah die Feinheiten eines wechselnden Mienenspiels in ihrem Gesicht. Aber dann wandte sie sich ab und trat aus dem Kreis heraus, und ich wußte, daß der Tanz beendet war.

Aber nur der gegen Theron.

19

Alric kaufte von dem Geld, das ich ihm gab, zwei Pferde und Geschirre, und drei Tage später verließen Del und ich ihn. Ich dankte dem großen Nordbewohner und seiner Frau für ihre Gastfreundschaft, entschuldigte mich dafür, daß ich sie aus ihrem Schlafzimmer vertrieben hatte, umarmte jedes der kleinen Mädchen und beließ es dabei.

Dels Abschied war ein bißchen schwieriger als meiner, zumindest was die Mädchen betraf. Sie hob jedes der Mädchen hoch, flüsterte etwas in sein Ohr, umarmte es, küßte es und ließ es dann wieder herunter. Es war ein seltsamer Zwiespalt, dachte ich: eine Frau mit einem Kind, eine Frau mit einem Schwert.

Ich bestieg meinen blau-falbenfarbenen Wallach und wartete darauf, daß Del auf die graue Stute klettern würde, die Alric gekauft hatte. Die Stute war klein, fast zart, und doch bemerkte ich den täuschend breiten, tiefen Brustkasten und die breiten Schultern, die von Ausdauer und Schnelligkeit zeugten. Mein eigener Blaufalbe war größer und sehniger, fast plump mit seinem kantigen Kopf, den hageren Flanken und den mächtigen Hüften, aber in Wirklichkeit war er um nichts schlechter als andere Pferde, zumindest was die Klassenunterschiede betraf. (Wenn überhaupt, dann stammte er überhaupt aus einer sehr viel *niedrigeren* Klasse.) Ein anderes Pferd hatte an seinem schiefergrauen Schweif geknabbert, wodurch er kurz und sehr zerzaust war und jetzt kaum mehr als Fliegenwedel nützlich war.

Ich sah Alric halb stirnrunzelnd, halb amüsiert an. Er wußte, was ich meinte. Ich hatte ihm genug Geld für ausgezeichnete Pferde gegeben, und er hatte wohlüberlegt Pferde von einwandfreier Qualität ausgesucht. Um so besser konnte man sie bei anderen Leuten in Julah eintauschen.

Seufzend erinnerte ich mich der rotbraunen Stute. Es würde Jahre dauern, bis ich wieder ein solches Pferd fand.

Die Reiseunterbrechung (wenn man es so nennen konnte) in Rusali hatte die Punja in unseren Vorstellungen verblassen lassen. Als wir aber wieder draußen über den Sand ritten, wurden wir schnell an die harte Realität erinnert und daran, wieviel Glück wir gehabt hatten, daß uns die Salset noch lebend gefunden hatten. Del streifte ihre aprikosenfarbene Kapuze ab und zog die Schultern gegen die Hitze der Sonne hoch. Ich rieb über meine wunde Schulter und fragte mich, wie lange es dauern würde, bis die Schmerzen nachlassen würden. Ein rechtshändiger Schwerttänzer kann es sich nicht leisten, sehr lange untauglich zu sein, oder er verliert mehr als nur einen Schwerttanz.

»Wie weit ist es bis Julah?« fragte Del.

»Nicht weit. Zwei oder drei Tage.«

Sie wandte sich im Sattel um. »So nah?«

Ich stellte mich für einen Moment in den Steigbügeln auf und versuchte, den Falben aus einem holprigen, schlenkernden Trab in eine bequemere Gangart zu bringen. Bei dieser Geschwindigkeit würden mir alle Zähne aus dem Mund fallen. »Soweit ich mich erinnere, liegt Rusali ein Stück nordwestlich von Julah. Natürlich hängt alles von den Launen der Punja ab, aber wir sollten nach ein paar Tagesritten dort sein.« Ich knirschte mit den Zähnen und richtete mich erneut auf, indem ich meine Kehrseite von dem flachen Sattel abhob. »Närrisches Pferd ...«

Del verlangsamte ihre graue Stute. Da er nicht mehr mit der Stute mithalten mußte, verfiel mein Falbe neben ihr in eine bequemere Gangart.

»Besser?« fragte Del ruhig.

»Ich werde dieses Untier verkaufen, sobald wir in Julah sind.« Ich sah die Ohren mit den schwarzen Spitzen sich in meine Richtung drehen. »Ja, *dich*.« Ich sah Del an. »Nun, habt Ihr Euch schon entschlossen, was Ihr tun werdet, wenn wir unser Ziel erreichen?«

»Das habt Ihr mich schon einmal gefragt.«

»Und Ihr habt mir niemals richtig geantwortet.«

»Nein«, stimmte sie zu, »und ich weiß nicht, ob ich es Euch jetzt eher erzählen möchte als *damals*.«

»Weil Ihr es nicht wißt.«

Sie sah mich schief und mit einem düsteren Stirnrunzeln an. »Ich vermute, *Ihr* habt einen Plan.«

»In der Tat ...« Ich grinste.

Del seufzte und strich eine Strähne sonnengebleichten Haares hinter ihr rechtes Ohr. Das silberne Heft ihres nordischen Schwertes — ihres *Jivatma* — schimmerte im Sonnenlicht. »Ich hätte es wissen müssen ... in Ordnung, was ist es?«

»Ich werde Sklavenhändler werden«, erklärte ich. »Einer, der zufälligerweise eine prächtige nordische Bascha in seinem Besitz hat.« Ich nickte. »Dieser Händler ist kein Laie. Er erkennt sehr genau, wie groß die Nachfrage nach nordischen Jungen und Mädchen ist. Und da es nicht immer so einfach ist, sie zu stehlen, hat er beschlossen, sie zu züchten.«

»Sie zu *züchten!*«

»Ja. Also, da er eine erstklassige Zucht-›Stute‹ an der Hand hat, muß er sie mit einem nordischen Mann zusammenbringen.«

Helle Brauen zogen sich über ihrer Nase zusammen. »Tiger ...«

»Er darf nicht zu alt sein, weil *sie* es nicht ist«, erklärte ich. »Er sollte jung und stark und kraftvoll sein und so gut aussehen wie sie. Auf diese Weise werden die Kinder mit größerer Wahrscheinlichkeit hübsch sein. Was ich *brauche*, ist eine Kopie von ihr, nur daß es ein Mann sein soll.« Ich hielt erwartungsvoll inne.

Del sah mich an. »Ihr wollt mich als Köder benutzen, um meinen Bruder ausfindig zu machen.«

»Ihr habt den Nagel auf den Kopf getroffen, Bascha. Ich werde dem Mann, der ihn hat, einen Handel anbieten: sozusagen die Fäden aufrollen. Er kann das erste Kind aus dieser Verbindung und mein Gold bekommen, so daß er mit seiner eigenen Zucht nordischer Sklaven beginnen kann.«

Del schaute auf ihre geflochtenen Zügel hinab. Die Finger zupften an der Baumwolle.

»Del ...?«

»Es könnte funktionieren.« Ihr Ton war gedämpft.

»Natürlich wird es funktionieren ... solange Ihr auf meine Vorschläge eingeht.«

»Und die wären?« Ein Paar klarer, blauer Augen heftete sich auf mein Gesicht.

Ich atmete vorsichtig und zögernd ein. Aber jetzt waren Ehrlichkeit und Offenheit vonnöten. »Ihr werdet meine Sklavin sein müssen. Eine echte Sklavin. Das heißt, daß Ihr den Halsring tragen und mir als fügsame Sklavin dienen müßt, unterwürfig und still.«

Einen Moment später verzog sich ihr Mund. »Ich glaube nicht, daß ich darin sehr gut wäre.«

»Wahrscheinlich nicht«, stimmte ich trocken zu, »aber es ist die einzige Chance, die wir haben. Wollt Ihr diese Chance *ergreifen?*«

Sie wandte sich ab und fuhr mit starren Fingern durch die dunkelgrauen Stoppeln der kurzgeschnittenen Mähne der Stute. Die aprikosenfarbene Kapuze rutschte ihr vom Kopf und lag zerknittert um ihre Schultern. Die einst buttergelbe Färbung ihres Haares war fast vollständig von einem sonnengebleichten, platinweißen Farbton überlagert worden, aber dieser eine Zopf glänzte noch immer wie Maisfasern.

»Del?«

Sie sah unbeweglich zu mir zurück und nahm die Hände von der geschorenen Mähne. »Was würde geschehen, wenn wir einfach dort hineinreiten und nach einem fünfzehnjährigen Jungen suchen würden?«

Ich schüttelte den Kopf. »Zum einen würde man wissen wollen, warum speziell ich ihn kaufen wollte. Zum anderen würde man mir ein Angebot machen, sobald man Euch erblickte. Und wenn man erführe, daß Ihr eine freie, nordische Frau seid, würde man Euch einfach *stehlen*.« Ich lächelte nicht, es war nicht lustig. »Aber wenn Ihr bereits eine Sklavin seid, wird man einfach versuchen, mich zu überreden, Euch zu verkaufen. Und ich werde natürlich jedes Angebot ausschlagen.«

»Ihr mögt Geld«, bemerkte sie. »Ihr mögt doch Geld *sehr*.«

»Aber ich würde nicht im *Traum* daran denken, Euch zu verkaufen«, erwiderte ich. »Zumindest nicht, bevor Ihr mich auf die Art bezahlt habt, die wir vereinbart haben.«

»*Das* werdet Ihr nicht bekommen, bevor wir meinen Bruder gefunden haben.«

»Und das werden wir nicht *tun* können, wenn wir das andere nicht versuchen.«

Del seufzte und knirschte so fest mit den Zähnen, daß die Muskeln ihrer Wangen hervorstanden. »Ihr würdet mir dann mein Messer fortnehmen ... und mein Schwert.«

Ich malte mir aus, dieses Schwert erneut in den Händen zu halten. Ich dachte daran, was Alric mir über das Stillen seines Durstes im Blut eines Feindes gesagt hatte.

Oder im Blut eines angesehenen *An-Kaidin.*

»Ja«, sagte ich zu ihr. »Sklaven tragen normalerweise keine Messer und Schwerter.«

»Und Ihr werdet mir ein eisernes Halsband umlegen.«

»So ist es üblich.«

Sie fluchte. Zumindest *glaube* ich, daß sie fluchte. Ich hätte Alric zum Übersetzen gebraucht. »Gut«, stimmte sie schließlich zu. »Aber — ich denke, ich werde es bedauern.«

»Nicht wenn *ich* Euer Besitzer bin.«

»Eben *darum.*«

Der erste Schmied, den wir in den Randgebieten Julahs fanden, war überaus bereit, ein eisernes Halsband für Del zu fertigen. Ich hatte bereits ihr Schwert — mit Harnisch und Scheide — an meinen Sattel gebunden, und ihr Messer steckte in meinem Gürtel.

Sie gab einen ziemlich widerspenstigen Sklaven ab, wie sie da im Sand saß und darauf wartete, daß ihr Hals in Eisen gelegt würde.

Ich beobachtete den Schmied an seinem Amboß, wie er den Ring mit flinker Fingerfertigkeit und Können in Form hämmerte. Er hatte Del nur einmal angesehen und gesagt, er würde keine Zeit verschwenden: Eine Bascha wie sie wäre sicher beträchtlich viel Geld wert. Ich sollte es nicht riskieren, sie zu verlieren. Del, die seinen rauhen Dialekt und seinen vulgären südlichen Slang nur halb verstand, sah ihn böse an, als ich ihm sagte, er solle sich beeilen.

Seine Zähne waren von der Bezanuß gelb gefärbt. Er spie einen Strahl ätzenden Saft und Speichel aus. »Warum habt Ihr ihr nicht schon vorher ein eisernes Halsband umgelegt?«

»Ich habe sie von einem Mann gekauft, der glaubte, Sklaven hätten ein Recht auf Würde.«

Er schnaubte, spie erneut aus und traf den Käfer, auf den er gezielt hatte. »Dummheit«, sagte er zu mir. »Kein Sklave hat ein Recht auf Würde.« Er hämmerte ein wenig heftiger. »Ihr solltet besser eine Kette haben. So, wie *sie* schaut, würde ich sagen, daß sie sich bei der ersten Gelegenheit aus dem Staub machen wird.«

»In Ordnung.« Ich biß mir fest auf die Zähne.

»Dann sagt ihr, sie soll ihren Hintern hierher bewegen.«

Ich machte ihr ein Zeichen. Del kam, langsam. Der Schmied sah sie lange und gründlich an und sagte etwas, das ihm ihr Messer im Bauch eingebracht hätte, wenn sie ihn verstanden hätte. Aber der Tonfall war für sie erkennbar. Sie wurde rot, dann weiß, und ihre Augen wurden dunkel vor Wut.

Ich konnte nichts dagegen tun. Sklaven sind im Süden weniger als nichts wert und daher Beleidigungen aller Art ungeschützt ausgesetzt. Del würde ein Ziel für fast alle Arten von Schmähungen sein. Solange der Schmied sie nicht wirklich verletzte, konnte ich nur wenig tun.

»Sagt Ihr das zu *ihrem* Nutzen oder zu meinem?« fragte ich heiter.

Er starrte mich an, der Speichel troff ihm aus dem Mund, das Gesicht war von der Hitze des Schmiedefeuers gerötet. »Sie spricht die südliche Sprache nicht?«

»Nur ein wenig. Nicht die Unflätigkeiten, die Ihr von Euch gebt.«

Er wurde unangenehm. Ich auch. Er taxierte meine Größe, die Waffen und die Sandtigerkrallen um meinen Hals erneut.

»Sagt ihr, sie soll sich hinknien.« Er spie erneut aus. Der tote Käfer wurde auf den Rücken geschnipst, die Beine ausgestreckt.

Ich legte meine Hand auf Dels Schulter und drückte sie. Sie kniete sich nach einem Moment des Zögerns hin.

»Die Haare.« Er spie aus.

Del kniete im Sand, der aprikosenfarbene Burnus blähte sich im Wind des Blasebalgs auf. Ihr Kopf war folgsam gebeugt, aber ich konnte aus der Anspannung ihres Körpers ersehen, daß sie diese Haltung überhaupt nicht mochte. Nun, ich auch nicht.

Kurz darauf schluckte ich, kniete mich auf ein Knie und hielt den Zopf aus dem Weg, wobei ich mit schwieligen Fingern über weiche Haut strich. Ich konnte ihr

Zittern spüren. Sie sah mich kurz an, und ich sah Trostlosigkeit und Angst und Dunkelheit in ihren Augen.

Ich begann mich zu fragen, drängender denn je, was die Mörder ihr angetan hatten.

Der Schmied legte ihr das drehbare eiserne Halsband mit der Kette daran um. Das Schloß wurde durch Ösen gezogen und dann geschlossen. Er gab mir den Schlüssel.

Del: mit eisernem Halsband und einer Kette wie ein Hund. Zumindest bei den Salset habe ich *diese* Erniedrigung nicht kennengelernt.

»Ihr solltet besser vorsichtig sein«, bemerkte der Schmied. »Wenn sie merkt, daß Ihr Euch so sorgt, wird sie Euch bei der ersten Gelegenheit aufspießen.«

Ich vergaß, daß Del an einer kurzen Kette war. Ich stand so schnell auf, daß ich sie mit hochriß. »Wieviel?« fragte ich, als ich wieder klar reden konnte.

Er nannte seinen Preis. Viel zu hoch, aber ich war zu sehr darauf bedacht, seine Schmiede zu verlassen, als daß ich gefeilscht hätte. Ich bezahlte ihn und wandte mich sofort den Pferden zu, wobei ich kaum bemerkte, daß ich Del wie einen Hund an der Leine hinter mir her zog. Ich war ärgerlich. Ich war ärgerlich und empfand Ekel, weil ich ein Sklave gewesen war und nun *sie* dazu veranlaßte, sich wie einer zu verhalten, obwohl sie das freieste Wesen war, das ich je gesehen hatte.

»Ich kann nicht aufsteigen«, sagte Del ruhig, als ich meinen Fuß in den Steigbügel des Falben stellte.

Ich wandte mich um, runzelte die Stirn und erkannte verspätet, daß ich sie sogar der Fähigkeit beraubt hatte, die einfachsten Bewegungen auszuführen. Aber unter den Augen des aufmerksamen Schmieds konnte ich ihr nicht die eigene Kette aushändigen. Also bestieg ich mein Pferd vorsichtiger, führte Del — zu Fuß — zu ihrer Stute hinüber und beobachtete, wie sie hinaufkletterte. Ihr Gesicht war blaß und hart und angespannt, und ich hatte das Gefühl, daß es meines auch war.

»Ihr solltet sie laufen lassen«, sagte der Schmied. »Sonst wird sie überheblich.«

Del sagte nichts. Ich auch nicht. Ich hielt nur meine Hand mit aller Entschlossenheit meines Körpers von Einzelhieb weg und schnalzte dem Falben zu.

Wegen der Kette mußten Del und ich nahe beieinander bleiben. Wegen der Kette war ich so böse, daß ich rot sah. Ich hatte mich so sicher in der Rolle eines Sklavenhändlers verfangen, wie ich Del in Eisen geschlossen hatte. Ich konnte sie auf den Straßen Julahs nicht freilassen, wenn wir mit unserem Trick Erfolg haben wollten. Gedankenlos hatte ich erklärt, daß es das war, was wir tun würden. Nun taten wir es, und ich glaube, es machte uns beide krank.

Ich atmete tief ein. »Es tut mir leid, Bascha.«

Sie antwortete nicht.

Ich besah mir ihr Profil. »Del ...«

»Mögt Ihr Eure Frauen so?« Keine Bitterkeit, nicht die Spur davon, und irgendwie machte das die Frage noch schlimmer. Als ob sie glaubte, daß ich es mochte.

»Ich würde den Platz mit Euch tauschen, wenn ich könnte.« Und wußte, daß ich es so meinte.

Del lächelte leicht. »Das würde nicht funktionieren, Tiger. Und außerdem — seid Ihr nicht schon an diesem Platz gewesen?«

»Sozusagen«, stimmte ich grimmig zu, und damit war die Unterhaltung beendet.

Julah ist eine reiche Stadt. Sie begrenzt die Punja auf einer Seite, und auf der anderen Seite kokettiert sie mit den Südlichen Bergen. Sie genießt den Reichtum der Tanzeer, die die Goldminen in den Bergen besitzen, und der Sklavenhändler, die mit menschlichem Fleisch spekulieren statt mit Erz. Die Nähe zu den Bergen bedeutet, daß Julah reich an Wasser ist, und für jeden, der die Punja auf dem Weg nach Norden durchquert, ist es die letzte Bastion der Sicherheit und Bequemlichkeit. Es war schwer zu glauben, daß Del und ich so weit gekommen waren.

Wir fanden Omars Haus schnell, nachdem man uns einmal die richtige Richtung gewiesen hatte. Es war in einem hellen Orchideenblau gestrichen und in Ockergelb gedeckt, von Palmen und Laubwerk umgeben, die es von der Straße, der Sonne und von neugierigen Augen abschirmten. Der mit einem Turban bekleidete Torwächter warf einen Blick auf Del, wußte, welche Geschäfte ich mit Omar machen wollte, und ließ uns passieren. Ein Diener nahm unsere Pferde, und ein weiterer führte uns ins Haus, wo er uns in einen kühlen, privaten Vorraum führte. Ich setzte mich hin. Als Del sich auch hinsetzten wollte, sagte ich, sie solle es nicht tun.

Omar war unglaublich höflich. Anstatt uns warten zu lassen (wir hatten keine Verabredung), trat er fast sofort ein. Er wartete, bis ein dritter Diener Effangtee serviert hatte, und setzte sich dann selbst auf ein safranrotes Kissen.

Wie sein Bruder Osmoon war auch er mollig. Und schwarzäugig. Aber seine Zähne waren seine eigenen, denen der Prunk von Osmoons Goldgebiß fehlte. Er trug einen hellen rosafarbenen Turban und dunklere Kleidung mit Perlenstickerei am Hals. Seine Hände waren mit Ringen geschmückt. Der Sklavenhandel in Julah schien profitabler zu sein als der Wüstenhandel, den sein Bruder betrieb.

»Osmoon sendet Euch seine guten Wünsche.« Ich trank Effangtee und vollführte die Begrüßungsrituale, die viel Zeit in Anspruch nehmen, auch wenn sie die wahren Gefühle eines Besuchers verbergen. Aber ich beherrsche sie und weiß, wie ich den ganzen Tag lang freundlich über belanglose Themen sprechen kann.

Omar durchschaute das. Er begrüßte mich und machte dann ein Zeichen, die Rituale auszulassen. »Was ist Euer Geschäft?«

»Das Eurige«, sagte ich ruhig. »Man hat mir gesagt, Ihr wüßtet, wenn es nordische Männer zu kaufen gibt.«

Sein Gesicht zeigte nichts als höfliches Interesse. »Wer will das wissen?«

Ich überlegte, ob ich lügen sollte. Falsche Namen sind nützlich, genauso wie falsche Geschäfte. Aber zu viele Menschen kennen den Sandtiger. Omar könnte mich vom Sehen kennen, und mein Ruf eilt mir normalerweise voraus. Das liegt in der Natur der Sache. »Ich bin als der Sandtiger bekannt. Ein Schwerttänzer. Und manchmal ein Sklavenhändler.«

Seine schwarzen Augenbrauen hoben sich, während er eine hellgrüne Traube aus einer Schüssel pflückte, die auf dem niedrigen lackierten Tisch zwischen uns stand. »Ich kenne einen Mann, der der Sandtiger genannt wird. Er hat Narben wie Ihr und trägt die Krallen. Er ist tatsächlich ein Freund meines Bruders, aber er hat, meines Wissens nach, niemals zuvor mit Sklaven gehandelt.«

»Nein«, stimmte ich zu, »aber nach einer Weile wird man es leid, den Reichtum anderer zu sehen, die ähnliche Geschäfte betreiben wie Ihr. *Mein* kümmerlicher Wohlstand ist nur durch die Kraft der Arme entstanden.«

Omar hatte es sorgsam vermieden, Del anzusehen. Als Sklavin hatte sie kein Interesse an unserem Gespräch. Aber nun ließ er seine Augen zu ihr abschweifen und über ihre verhüllte Gestalt gleiten. »Ihr wollt verkaufen?«

»Ich will *kaufen*.« Ich sagte dies sehr bestimmt. »Einen nordischen Mann, den ich mit dieser nordischen Frau zusammenbringen kann.«

Seine schwarzen Augen kehrten ruckartig zu mir zurück. »Ihr wollt sie *züchten?*«

»Vorausgesetzt, ich finde einen passenden Mann für sie.«

Er spie Traubenkerne aus. »Wieviel wollt Ihr ausgeben?«

»Soviel wie nötig. Aber ich werde auch das erste Kind
dem Händler überlassen, der mir den richtigen Jungen
verkauft.« Tatsächlich hatten wir nicht viel Geld von Sabos Belohnung übrigbehalten. Ich dachte daran, ihren
Bruder zu finden, über den Preis zu verhandeln und
mich dann zurückzuziehen, um es zu überdenken.
Dann würde ich Del befreien, ihr ihre Waffe wieder aushändigen, und anschließend würden wir einen Plan machen.

»Ich werde sie kaufen«, sagte Omar, »aber ich kann
Euch keine nordischen Jungen verkaufen. Ich habe
keine.«

»Keine?«

»Keine.« Er kniff die fleischigen Lippen zusammen.

»Wer hat denn welche?«

Keine Antwort.

Ich seufzte. »Seht, ich werde das, was ich suche, mit
oder ohne Eure Hilfe finden. Wenn jemand hier in Julah
ein Monopol auf Nordbewohner hat, werdet Ihr ohnehin keinen Verlust haben, wenn Ihr es mir sagt.«

Omar redete eine Weile um den heißen Brei herum,
denn er wollte keinen potentiellen Kunden verlieren,
aber schließlich bestätigte er, daß es ein Monopol gab,
und sagte mir, wer es hatte. »Aladar. Aber er ist der
Tanzeer. Ihr müßt seinen Mittelsmann treffen, wenn Ihr
kaufen oder verkaufen wollt.«

»Wer ist sein Mittelsmann?«

Omar nickte. »Ich werde es Euch natürlich sagen,
Freund meines Bruders ... für einen Preis, der dem
Sandtiger angemessen erscheint.«

Manchmal kann ein Ruf den Geschäften schaden.
Aber schließlich bekam ich den Namen, den ich haben
wollte, und er bekam seine Belohnung.

»Honat«, sagte Omar.

»Wo?«

»In Aladars Palast natürlich.«

Also ritten Del und ich zu Aladars Palast. Natürlich.

20

Aladars Palast war ziemlich beeindruckend, selbst wenn man, wie wir, durch den Hintereingang hereinkam. Die Lehmwände waren weiß gekalkt. Geschmackvoll gedeckte Bogengänge waren mit einem Rapport von Mosaikmustern in Mandarinfarben, hell Kalkfarben und Kanariengelb versehen. Sogar im Stallraum knirschte creme- und kupferfarbener Kies unter unseren mit Schuhen bekleideten Füßen. Palmen und Zitrusbäume gaben dem Ganzen einen Anstrich kühler Geräumigkeit.

Und das alles, so dachte ich, war mit Aladars Sklavenhandel bezahlt worden.

Ich dachte einen Moment daran, Del bei den Pferden zu lassen, aus Angst, unser Mittelsmann Honat könnte Gefallen an ihr finden und die Angelegenheit erheblich komplizieren. Dann beschloß ich aber, daß sie bei mir auf lange Sicht sicherer war, denn es wäre für die Sklavenhändler sehr viel einfacher, sie *ohne* mich zu erwischen, als wenn sie direkt neben mir saß oder stand.

Honat war ein schmieriger kleiner Mann mit einer überraschend tiefen Stimme. Seine Finger waren sehr kurz und seine Handgelenke ziemlich breit, was mich an eine Kröte erinnerte. Auch seine Augen waren krötenartig (torfgrün und hervorstehend) und gefielen mir nicht besser.

Er trug einen hellgrünen Turban, der mit einem glänzenden Smaragd befestigt war. Ziemlich protzig für den Mittelsmann eines Tanzeers, dachte ich. Seine Gewänder waren aus goldenem Gewebe, und er trug kleine goldene Slipper an den fetten, breiten Füßen. Ich überragte ihn. Ebenso Del, aber das schien ihn nicht im geringsten zu stören. Er zupfte einen Moment lang gedankenvoll an seinem fliehenden Kinn (während er sie aus bösen, krötenartigen Augen anstarrte) und bedeutete mir dann, mich auf ein grell blutrotes Kissen zu setzen. Das tat ich, wobei ich die Kette ausreichend lang ließ, damit Del — die stehenblieb — nicht erdrosselt werden würde.

Honat sah sie erneut an. »Die Frau darf sich setzen.«

Nun, ein Fortschritt. Aber sie mußte sich auf die gewebten Teppiche setzen, denn es gab keine weiteren Kissen, die sowieso nicht für Sklaven gedacht waren. Zu dem Zeitpunkt war Del bereits gut darin, den Kopf unterwürfig gesenkt zu halten. Ich hatte keine Ahnung, welche Gedanken ihr durch den Kopf gingen, aber zumindest wußte auch Honat dies nicht.

Er fragte mich nach meinen Wünschen, und ich erzählte die ganze Geschichte noch einmal, wobei ich deutlich machte, daß ich nicht die Absicht hatte zu verkaufen, sondern nur zu kaufen. Als ich die Zuchtpläne ansprach, leuchteten seine Augen auf. Ich war mir nicht sicher, ob diese Antwort gut oder schlecht war.

Honat sah Del erneut sehr genau an und befahl ihr, den Kopf zu heben. Nachdem ich den Befehl in der südlichen Sprache, die sie verstehen konnte, wiederholt hatte, tat sie es.

Der Mittelsmann lächelte sein schmieriges kleines Lächeln. »Kinder von dieser Frau würden tatsächlich wunderhübsch sein. Ich verstehe, warum Ihr einen Partner für sie haben wollt.«

»Habt Ihr einen?«

Er winkte mit der Hand, die eigenartigerweise unberingt und ungeschmückt war. »Wir haben mehrere. Es ist nur eine Frage der Auswahl des Geeignetsten.«

Wie wahr. Ich kannte Jamail noch nicht einmal vom Sehen und konnte mich nicht von Del beraten lassen, denn ein Sklave hat kein Mitspracherecht beim Verkauf

oder Kauf eines Mitsklaven. Aber Del würde ihn ansehen *müssen*, denn anders würde ich ihn nicht erkennen
können. Dels Beschreibung von ihm würde mir nicht
viel nützen. Nach fünf Jahren ähnelte Jamail höchstwahrscheinlich nicht mehr dem Zehnjährigen, den Del
in Erinnerung hatte.

»Ich suche nach einem Jungen«, erklärte ich. »Vielleicht fünfzehn, sechzehn ... nicht älter. Jung genug,
um sicherzustellen, daß er noch viele Jahre zu leben hat,
denn — wie Ihr wißt — hat ein Mann länger Zeit sich
fortzupflanzen als eine Frau. Selbst *diese* wird fast ein
Jahr brauchen, um ein einziges Kind auszutragen.«

Honat, der noch immer Del anstarre, nickte verste-
hend. »Wir haben zwei junge nordische Knaben. Ich
kann nicht genau sagen, wie alt sie sind — sie wurden
als Kinder *erworben*, versteht Ihr, und Kinder wissen ihr
Alter manchmal nicht genau.«

Er wartete freundlich auf meine Antwort.

»Ich möchte sie sehen.« Mehr würde er aus mir nicht
herausbekommen.

»Alles zu seiner Zeit«, versprach Honat glatt. »Zuerst
muß ich das mit meinem Herrn besprechen. Er entscheidet, ob wir kaufen oder verkaufen.« Die Krötenaugen
zuckten erneut in Dels Richtung. »Ich halte es für wahrscheinlich, daß er mehr Interesse daran hätte, *diese* zu
erwerben, als einen anderen zu verkaufen.«

»*Diese* ist nicht zu verkaufen.« Genauso glatt. »Ich habe ein Vermögen für sie bezahlt. Ich erwarte, ein noch
größeres zu gewinnen, indem ich ihre Kinder verkaufe.«

Honat sah mich prüfend an. Sein Gesicht war völlig
ausdruckslos, obwohl ich in seinen Augen einen ganz
schwachen Anschein von Widerwillen entdeckte. »Ihr
seid kalt, Sandtiger. Selbst *ich* rede in Gegenwart einer
Frau nicht so fröhlich davon, Kinder zu verkaufen, die
sie gebären wird.«

Innerlich verfluchte ich mich selbst. War ich *zu* kalt, *zu*
gefühllos für einen Sklavenhändler? Ich hatte angenom-

men, daß sie eher unmenschlich wären. (Oder war ich nur unachtsam, weil ich wußte, daß nichts an der Geschichte stimmte?)

Ich zuckte ungezwungen die Achseln. »Die Arbeit des Sandtigers hat ihn gelehrt, kalt zu sein. Hat Honats Arbeit ihn das nicht gelehrt?«

Seine Augen verengten sich etwas. »Ist sie Jungfrau?«

Ich runzelte die Stirn. »Wir reden nicht über diese Frau, Honat. Und wenn Ihr darauf beharrt, werde ich meine Geschäfte woanders tätigen.« Ich tat so, als wollte ich mich erheben, und war mir sicher, daß mich der Mittelsmann zum Bleiben bewegen würde.

Das tat er. Er wollte den potentiellen Gewinn nicht verlieren, denn als Aladars Mittelsmann hatte er das Recht auf Prozente aus dem Verkauf irgendwelchen Eigentums.

Honat lächelte. »Wenn Ihr mich entschuldigt, Tiger, werde ich nachfragen, ob mein Herr damit einverstanden ist, daß Euch die Sklaven gezeigt werden.« Er erhob sich, wobei er vorsichtig auf seinen breiten Krötenfüßen balancierte. »Bitte erfrischt Euch. Dort ist gekühlter Wein.« Eine nackte Hand flatterte in Richtung der auf dem Tisch stehenden Karaffe. Er ging.

Ich sah Del an. »Und? Denkt Ihr, er hat es geglaubt?«

»Zwei nordische Jungen«, sagte sie grimmig. »Aber vielleicht ist keiner von ihnen Jamail.«

»Ich werde Euch mit mir nehmen, um sicherzugehen, daß wir einen angemessenen Partner finden.«

Ich goß ein Glas Wein ein und hielt es ihr hin. »Hier. Dieser Unsinn hat lange genug gedauert. Es ist mir *egal*, ob Honat zurückkommt und sieht, daß ich Euch wie einen Menschen anstatt wie ein Ding behandele.«

Sie lächelte leicht, dankte mir und nahm den Wein mit Händen entgegen, an denen die Knöchel vor Anspannung weiß hervorstanden. Ich erkannte, daß sie zutiefst besorgt war, um sich selbst *und* um ihren Bruder. Hier, innerhalb des Palastes, war sie eine Sklavin. Sie würde als solche behandelt werden. Niemand würde darauf hören, wenn sie behauptete, eine freie Frau zu sein. Und wenn es dazu käme, daß sie Jamail gegenüberstehen würde, könnte er alles verderben. Und es würde für uns alle alles vorbei sein.

Del gab mir das geleerte Weinglas zurück. Und Honat betrat den Raum, gefolgt von zwei blonden Jungen. Ich saß da und sah sie beide an, während sich Honat auf dem Kissen gegenüber meinem niederließ. Dann sah ich Del an.

Alle Farbe war aus ihrem Gesicht gewichen. Sie atmete abgehackt und rauh, während sie die beiden Jungen anstarrte. Ich sah, wie sie sich in die Oberlippe biß. Das, was sie sah, machte sie wütend und krank, aber ich sah kein Erkennen in ihren Augen. Nur Enttäuschung.

Honat lächelte. »Diese beiden Sklaven sind jung und stark und — wie Ihr zweifellos erkennen werdet — gesund. Wie geschaffen für die Zucht.«

Beide waren nackt. Sie standen ruhig vor Del und mir, starrten mit frostigen Gesichtern, frostigen Augen über unsere Köpfe hinweg, vermieden es, mir in die Augen zu schauen, als wenn mich nicht zu sehen bedeuten würde, daß ich auch sie nicht sähe und damit ihre Erniedrigung gemildert würde.

Ich umfaßte Dels Kette mit meiner Hand so hart, daß es weh tat. Ich hatte das Bedürfnis, den Jungen zuzurufen, daß ich *kein* Sklavenhändler war, daß ich in der Hoffnung gekommen war, einen von ihnen zu befreien. Ich erkannte die überwältigende Versuchung, sie beide zu befreien, unabhängig von ihrer Identität. Sie einfach die Männer sein zu lassen, die sie eigentlich sein sollten.

Ich spürte Dels Augen auf mir, blickte sie langsam an und sah Verständnis und Einfühlungsvermögen in ihrem Gesicht. Vorher hatte sie lediglich Mitleid wegen meiner Vergangenheit gehabt. Jetzt verstand sie sie gänzlich.

Ich wünschte mehr als alles auf der Welt, ihren Bruder für sie zu finden.

»Nun?« fragte Honat, und ich erkannte, daß ich das Schauspiel fortsetzen mußte.

»Ich weiß nicht«, sagte ich. »Sie sehen sehr jung aus.«

»Ihr sagtet, Ihr *wolltet* sie jung.« Honat runzelte die Stirn. »Sie werden wachsen. Sie sind Nordbewohner. Nordbewohner werden groß und schwer, wie Ihr selbst.« Torfgrüne Augen taxierten kurz mein eigenes Gewicht und meine Größe, die Voraussetzung, die das Schwerttanzen erbrachte. »Noch etwas Wein?«

»Nein«, antwortete ich geistesabwesend und stellte Dels Glas auf den Tisch. Ich stand auf, ließ ihre Kette fallen und ging zu den Jungen. Ich mußte die Form wahren. Also ging ich langsam um sie herum und überlegte, wobei ich sie nicht berührte, wie man es bei einem Pferd tun würde, denn ich konnte mich nicht dazu durchringen, aber ich tat alles andere, was mir einfiel. »Wie kann ich sicher sein, daß sie beide potent sind?« fragte ich steif. Die Sklaverei kann einen Mann auch ohne Klinge kastrieren. Ich hatte es selbst kennengelernt, bevor mir Sula meine Männlichkeit wiedergegeben hatte.

»Beide haben Palastsklavinnen mit einem Kind.«

»Aha.« Ich stützte die Hände auf die Hüften. »Wie kann ich sicher sein, daß es *diese* zwei waren?«

Honat lächelte. »Ihr seid ein schlauer Mann, Sandtiger. Ich könnte fast glauben, daß Ihr für den Handel geboren seid.«

Ich vermute, daß er das als Kompliment verstanden wissen wollte. Es machte mich krank, auch wenn ich ihn ebenfalls anlächelte. »Ich will von keinem Mann übervorteilt werden, Honat. Noch nicht einmal von dem Mittelsmann des Tanzeers.«

Er spreizte die breiten, ungeschmückten Hände. »Ich bin ein ehrlicher Mann. Wenn ich es nicht wäre, so würde es bald bekannt werden, und niemand würde mit mir

Geschäfte machen. Mein Herr würde mich fortschicken. Ich versichere Euch, diese beiden Jungen sind ideal für Eure Zwecke. Welchen wollt Ihr?«

»Keinen«, sagte ich kurz. »Ich werde weitersuchen.«

Honats dunkle Augenbrauen schossen zur Stirn hoch, die vor Überraschung gefurcht war. »Aber wir sind die einzigen, die speziell mit Nordbewohnern handeln, mein Herr und ich. Ihr müßt mit uns Geschäfte machen.«

»Ich mache meine Geschäfte, mit wem ich will.«

Honat starrte mich an. Ich hatte den Eindruck, daß er sich sein Urteil über mich bildete und auf etwas wartete. Dann lächelte er und klatschte in die Hände, womit er die Jungen entließ. Sie wandten sich um und gingen hintereinander aus dem Raum. »Natürlich könnt Ihr Geschäfte machen, mit wem Ihr wollt«, stimmte Honat bereitwillig zu, als besänftige er ein störrisches Kind. Er hob die schwere Karaffe hoch, als ich mich wieder hinsetzte. »Hat Euch der Wein geschmeckt? Er stammt aus den eigenen Weinbergen meines Herrn.«

»Ich habe keinen Wein getrunken«, belehrte ich ihn gereizt. »Ich ziehe Aqivi vor.«

»Ah.« Es war ein Aufschrei der Entdeckung, und dann warf Honat die Karaffe auf mich, während er nach Hilfe schrie.

Als ich auf den Füßen war und Einzelhieb blankgezogen hatte, war der Raum von kräftigen Palastwachen erfüllt. Es waren weder Eunuchen noch kleine Jungen, und jeder hatte ein Schwert in der Hand.

Der Wein tropfte von meinem Gesicht und dem Burnus. Ich hatte die Karaffe aus dem Weg geschlagen, aber das hatte mich wertvolle Zeit gekostet. So schnell ich auch bin, Honat hatte doch die Verzögerungstaktik dazu benutzt, außerhalb meiner Reichweite zu gelangen. »Ein ehrlicher Mann, seid Ihr das?« knurrte ich.

»Honat tut das, was ich ihm befehle.« Die leise, ruhige Stimme kam von der Wand her. »Dafür bezahle ich ihn.« Aus einer Geheimtür trat ein Mann hervor, der nur Aladar sein konnte.

Er war ein Tanzeer, gut. Er trug wertvolle Seidenstoffe und Edelsteine, die ihm das Aussehen eines Wüstenprinzen verliehen. Sein hellbraunes Gesicht war glatt und jugendlich und von einem sorgfältig getrimmten schwarzen Bart und einem Schnurrbart umrahmt. Er hatte eine leichte Hakennase, die ihm das Aussehen eines Räubers gab. Mahagonifarbene Augen sahen sehr, sehr schlau aus. Und auch ehrlich belustigt.

»Der Sandtiger, nicht wahr?« Er strich sich über den Bart, der vor Duftöl glänzte. Aladar war ein reizvoller Mann, wenn man sie weich wie Honig mag. »Ich habe mich immer gefragt, wie sein Brüllen klingen würde.«

»Kommt etwas näher. Ihr könnt dann sein Brüllen hören *und* seine Krallen spüren.«

Aladar lachte. Seine Stimme erklang in einem warmen, klaren Bariton. »Das glaube ich nicht. Ich bin vieles, aber nicht dumm. Ich werde Abstand halten, vielen Dank, bis der Sandtiger sicher eingefangen und seiner Krallen entledigt ist.« Seine Augen ruhten auf Einzelhieb. »Ich bin dankbar dafür, daß Ihr selbst ein Angebot gemacht habt. Das erspart mir einige kleinere Unannehmlichkeiten.«

»*Ich?*« Ich sah ihn stirnrunzelnd an. »Ich biete Euch nichts an, Sklavenhändler.«

»Nun, dann *nehme* ich es mir.« Aladar schien von dem Wechsel der Ausdrucksweise unbeeindruckt. »Ich denke, Ihr werdet meinen Zwecken sehr dienlich sein. Was die Frau betrifft ...«, er sah Del einen Moment lang an, »... so sagtet Ihr, Ihr würdet sie nicht verkaufen, also ist die einzige Möglichkeit, sie zu bekommen, die, sie Euch zu stehlen. Aber andererseits — Sklaven können keinen eigenen Besitz haben, nicht wahr? Und ganz gewiß nicht andere Sklaven besitzen.«

Wenn man Aladar und Honat nicht mitzählte (von denen keiner sehr kampfbereit wirkte), standen uns sechs Männer gegenüber. Keine schlechte Sache, wenn man bedenkt, daß ich Del neben mir hatte. Ihr Hals steckte in Eisen, aber nicht ihre Hände.

»Fragt Ihr Euch, warum ich Euch will?« Aladar strich sich erneut über den Bart. Edelsteine glitzerten an seinen Fingern und spiegelten sich in seinen Augen wider. »Ich bin ein sehr reicher Mann, der beabsichtigt, noch reicher zu werden. Ich besitze Goldminen und Sklaven und handele regelmäßig mit beidem. Beide sind für mich gleich wichtig. Wie sonst sollte man Arbeiter finden, um diese Minen zu betreiben?« Er lächelte. »Mit diesen Armen und Schultern, Freund Schwerttänzer, könntet Ihr die Arbeit von drei Männern verrichten.«

Ich spürte, wie mein Mund trocken wurde. Der *Gedanke* daran, wieder zum Sklaven zu werden, beunruhigte mich so sehr, daß ich die Klinge der Panik durch mein Denken schneiden fühlte. Aber etwas anderes entsetzte mich noch mehr.

»Sie ist keine Sklavin«, erklärte ich ihm deutlich. »Sie ist eine freie nordische Frau.«

Aladar hob die Augenbrauen bis zu seinem bronzefarbenen Turban mit dem blinkenden Granatauge an. »Warum trägt sie dann ein eisernes Halsband, und warum kommt Ihr als Sklavenhändler zu mir?«

Ich benetzte mir die Lippen. »Das ist eine zu lange Geschichte. Aber Ihr macht einen Fehler, wenn Ihr denkt, Ihr könntet sie für Euch selbst nehmen, denn sie ist keine Sklavin.«

»Sie ist es jetzt.« Er lächelte. »Und Ihr auch.«

Ich riß Dels Messer aus meinem Gürtel und warf es ihr zu. Dann forderte ich Aladars Leute dazu auf, uns beide zu fassen.

»Beide?« fragte Aladar. »Seht Euch die Frau noch mal an, Schwerttänzer ... sie hat den Wein getrunken, der für Euch bestimmt war.«

Ich schaute hinüber. Del schwankte. Das Messer fiel aus ihren schlaffen Händen. »Tiger ...«

Sie war bewußtlos, bevor sie auf dem Boden aufschlug. Ich fing sie mit einem Arm auf und ließ sie sacht zu Boden gleiten. Dann wirbelte ich herum und ließ Einzelhieb die Kehle des am nächsten stehenden Mannes kitzeln.

»Ihr könnt sicherlich nicht alle *sechs* besiegen«, bemerkte Aladar.

»Ruft noch ein paar mehr herein«, schlug ich vor. »Man kann es genausogut zu einer wirklichen Herausforderung werden lassen.«

Aladar tippte mit einem langen, polierten Fingernagel gegen einen Zahn. »Ich *habe* mir schon immer *gewünscht*, Euren Schwerttanz zu sehen.«

»Nehmt Euch selbst ein Schwert«, forderte ich ihn auf. »Tanzt mit mir, Aladar.«

»Oh, ich fürchte, das geht nicht.« Es klang ernsthaft bedauernd. »Ich muß mich um andere Dinge kümmern, und ich mag den Anblick meines eigenen Blutes nicht.« Er gab Honat ein Zeichen zum Rückzug. »Es wird ein trauriger Anblick sein, wenn dem Sandtiger die Zähne und die Krallen gezogen werden, aber ich kann keinen Sklaven dulden, der wertvolle Zeit darauf verwendet, an Rebellion zu denken. Aber Ihr braucht Euch keine Sorgen zu machen. Ich werde den Kampf von meinem geheimen Kabinett aus miterleben, von wo aus ich auch alle Handlungen Honats beobachten werde.«

Er ging. Ebenso Honat. Und ich war allein mit einer bewußtlosen Del und sechs bewaffneten, fanatisch treuen Männern.

»Kommt her!« Ich sagte dies mit einem Selbstbewußtsein, das ich absolut nicht empfand. »Tanzt mit dem Sandtiger.«

Zunächst taten sie das. Einer nach dem anderen. Es war ein Wettbewerb der Schnelligkeit und Kraft, des Könnens und der Strategie, und jeder von Aladars Leuten kämpfte einwandfrei. Dann, als zwei von ihnen unter Einzelhieb zu Boden gegangen waren, erkannten sie, daß ich sie töten würde. Und sie nicht nur auf die Probe stellte. Ich würde sie *töten*. Und das machte sie zornig. Ich hörte Aladars wütenden Schrei von irgendwo tief in den Mauern, und dann griffen mich die verbliebenen vier Männer an.

Ich bewegte mich sofort in Richtung Wand, so daß mich niemand von hinten angreifen konnte. Ich ließ mir an drei Seiten Raum, und Einzelhieb und ich sind sehr schnell. Ich hieb durch einen Zaun aus Stahl, der wieder und wieder auf mich zukam. Ich traf mehrere Arme und ging weiter, um noch mehr zu treffen. Das Problem war, daß sie nicht die Absicht hatten, mich zu töten. Sie wollten mich lediglich überwältigen.

Es ist sehr entmutigend, wenn du ein paar Feinde töten willst und sie dich lediglich fangen wollen.

Meine Schulter schmerzte. Ich ließ Einzelhieb noch immer fliegen und losschlagen, um Klingen, Arme und Rippen zu treffen, aber die vier Männer konzentrierten sich zusammen auf mich, was es für mich erschwerte, mich mit einen Feind im besonderen zu befassen, wenn ich mich um drei weitere kümmern mußte. Ich hätte sie am liebsten alle verflucht, aber man verschwendet seinen Atem nicht für solche Dinge, wenn das eigene Leben (oder die Freiheit) auf dem Spiel steht.

Die Wand scheuerte gegen meinen Rücken. Ich fühlte einen Wandbehang hinter mir, der gegen meine Taille flatterte. Dann wurde der Wandbehang zur Seite geschoben, und ein Arm kam aus der Wand hervor und umschloß meine Kehle.

Aladar. Aladar in seinem höllischen geheimen Kabinett.

Ich hielt Einzelhieb mit einer Hand im Gefecht. Mit der anderen Hand faßte ich nach dem verbliebenen Messer, das in meinem Gürtel steckte. Aladars Arm war fest um meine Kehle geschlossen, und seine Leute wichen zurück. Warum sollten sie kämpfen, wenn er es für sie tun würde?

Ein roter Nebel schob sich vor meine Augen, der meine Sicht behinderte. Ich sah vier Augenpaare, die mich beobachteten, und darunter Dels schlaffen Körper auf dem Teppich. Ich riß das Messer heraus und versuchte, es hinter meinen Rücken zu stechen, aber einer von Aladars Leuten wurde angesichts der Bedrohung seines Herrn munter und schnitt mir mit dem Schwert über die Knöchel.

Das Messer polterte zu Boden. Ebenso Einzelhieb. Ich griff hinter mich und versuchte, beide Hände um Aladars Kopf zu verhaken. Alles, was ich erwischte, war ein Armvoll Turban, der abrutschte und in verknoteten Streifen kostbaren Stoffs zu Boden fiel.

Unglücklicherweise fiel Aladars Arm nicht mit herunter.

Einer seiner Männer war es leid. Vielleicht sah er, daß sein Herr nicht so große Fortschritte machte, wie er hoffte. Was auch immer der Grund war, er ballte eine große Faust und schlug mir damit unter die Rippen, was wirkungsvoll bewies, wie wenig Atem ich noch hatte.

Danach brauchte Aladar nicht mehr lange, um mir den Atem ganz zu nehmen, und als ich in die Dunkelheit hinüberglitt, hörte ich ihn fluchen.

»Doppelte Gewichte!« keuchte er. »Ich will nicht, daß er auch nur die geringste Chance hat, auf dem Weg zur Mine zu entkommen.«

Und das war es, wie man so sagt.

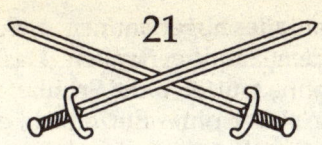

21

Doppeltes Gewicht bedeutete Ketten um den Hals, die Taille, die Handgelenke, die Knöchel. Es bedeutete so schweres Eisen, daß es mich bei jedem Schritt herunterzog, aber ich brauchte nicht viele Schritte zu gehen, denn die Wachen warfen mich auf einen Wagen und fuhren schnell in die Berge.

Ich lag ausgestreckt auf dem Wagen (das heißt: so ausgestreckt, wie man liegen kann, wenn man Eisen trägt). Die Ketten klapperten gegen die Bodendielen, während der Wagen über die Furchen auf dem Weg rollte. Ich war voller blauer Flecke und Schnitte, ich war zerschunden und hatte Schmerzen, und meine Kehle schmerzte wie die Hölle.

Aber vor allem hatte ich Angst.

Die Leute haben mich als tapferen Mann bezeichnet. Als furchtlosen Mann. Als den Mann, der sich allem und jedem stellt, ohne zurückzuweichen oder auch nur mit der Wimper zu zucken. (Natürlich ist nichts davon wahr, aber man kann sich nicht über eine Legende lustig machen, wenn es diese Legende ist, die einen antreibt.) So habe ich meine Angelegenheiten weitergeführt, ohne mir Gedanken darüber zu machen, daß, ja, daß auch der Sandtiger Angst haben könnte, und jetzt — als ich die Sklaverei erneut vor Augen hatte — erkannte ich, daß ich von meinem eigenen Ruf ein wenig verleitet worden war. Ich *wußte*, daß ich um nichts tapferer war als jeder andere Mann. Man steht seinen Fehlern irgendwann von Angesicht zu Angesicht gegenüber, wenn das, was man am meisten fürchtet, in unmittelbare Nähe rückt.

Man hatte mir alles abgenommen, außer dem Wildlederdhoti und den Sandtigerkrallen. Das hieß, daß ich ohne Burnus, ohne Gürtel, ohne Schuhe, ohne Harnisch war. Und ganz sicher ohne Einzelhieb, aber das überraschte mich nicht. Was mich aber überraschte war, daß man mir erlaubt hatte, die Krallen zu behalten.

Es sei denn, es wäre irgendeine niederträchtige Art der Vergeltung von Aladars Seite. Wie konnte man besser unter das Fell des Sandtigers gelangen, als wenn man den Sklaven, mit denen er Tag für Tag arbeiten würde, seine Identität kundtat?

Möglich. Aladar erschien mir als der Typ Mann, der es gleichermaßen genoß, psychische Qualen wie physische Härte anzuwenden. Er hatte vielleicht vor, mich als eine Art Kontrolle zu benutzen, etwa nach dem Motto: *Der Sandtiger ist ein starker, tapferer, unabhängiger Mann. Seht ihr, wie schlecht er jetzt dasteht? Seht ihr, wie er gedemütigt wird? Seht ihr, wie er das tut, was man ihm sagt?*

Zur Hölle.

Ich zog mich hoch, hörte die Mißklänge von eisernen Kettengliedern und Manschetten und kniete mich auf den Boden des Wagens. Ich wurde von einem vollen Kontingent Palastwachen eskortiert: zwanzig Mann. Auf eine Weise war dies ein Kompliment. Zwanzig Mann für einen, und noch dazu für einen Mann, der so schwer in Ketten gelegt war, daß er kaum atmen, geschweige denn sich bewegen konnte.

Natürlich war das auch zweckmäßig. Aladar *wußte* wahrscheinlich, daß ich die dringende Absicht hatte freizukommen. Er wußte wahrscheinlich, daß ich vorhatte, den Weg zurück zum Palast zu finden und Del zu befreien. *Unzweifelhaft* wußte er, daß ich ihn von Kopf bis Fuß aufschlitzen wollte, mit jeder Waffe, die ich finden könnte.

Ich würde es auch tun. Wenn ich erst einmal freikam.

Auf dem gesamten Weg zur Mine plante ich meine

Flucht. Ich weigerte mich, an den Transport zu denken. Ich weigerte mich, mir vorzustellen, wie es sein würde, wieder ein Chula zu sein.

Erst als ich zu der Mine kam, erkannte ich, daß Aladar sich wirklich um nichts Sorgen machen mußte. Ich würde Glück haben, wenn ich *überlebte*.

Die Wachen brachten mich in die Tunnel. Sie führten mich tief ins Innere des Berges: in Serpentinen, um Biegungen, Strecken hinauf, Strecken hinunter, um Biegungen, um Biegungen, um *Biegungen* ... bis ich jede Orientierung verlor und mich wahrhaftig hilflos fühlte.

Die Tunnel waren mit Männern angefüllt. Ein Gang war bis zum Bersten mit Männern belegt, die keine Menschen mehr, sondern Abfall waren und deren Hilflosigkeit und Wertlosigkeit ausgenutzt wurde. *Chula*. Arme und Beine. Jeder der Männer trug wie ich Eisen, aber die Taillenkette war ungefähr zehn Meter lang und an eine weitere Kette angeschlossen. Diese verlief an der Wand entlang und war bei jedem Mann im Felsenuntergrund verschraubt. Die Männer waren ungefähr fünfzehn Meter voneinander entfernt aufgestellt worden. Das verschaffte jedem von ihnen einen begrenzten Raum, in dem er arbeitete. In dem er lebte. Der Gestank im Tunnel verriet mir, daß niemand jemals von der Wand losgemacht wurde. Noch nicht einmal, um sich zu erleichtern.

In dem harten, starren Fackellicht sah ich den Toten. Er lag am Felsboden: ein schlaffer, hingestreckter Körper ohne Leben. Er stank, wie Tote dies tun. Und ich war sein Ersatz.

Der Körper wurde von der Kette losgemacht. Ich hörte das Eisen fallen und auf den Fels klirren. Dann versetzte mir ein Wachposten einen Stoß in die Nieren, und ich machte einen Schritt nach vorn.

Dann wieder zurück. Grob. Ruckartig. Ich *konnte* mich nicht überwinden, den Platz des toten Mannes einzunehmen.

Schließlich halfen die Wachposten nach. Ich spürte das Zerren von Eisen an meinem Hals, an den Handgelenken, an der Taille, an den Knöcheln, als sie mich an der Wand anketteten und sich versicherten, daß die Kettenglieder hielten. Ich hörte das metallische Klirren. Ich hörte die Stimme eines der Wächter, gelangweilt, er leierte die Anweisungen monoton herunter. Ohne Klangänderungen. Nur — Lärm.

Ich mußte mit Hammer und Meißel gegen die Wand hämmern und Brocken des Gesteins abschlagen, um das Erz freizulegen, das in hölzernen Wagen aus der Mine hinaustransportiert wurde. Jeder Mann, der bei dem Versuch erwischt wurde, seine Ketten zu durchschlagen oder die Bolzen aus der Wand zu brechen, wurde mit nach draußen genommen, ausgepeitscht und drei Tage lang am Pfahl aufgehängt. Ohne Nahrung und Wasser.

Wenn ich gut arbeiten würde, leierte der Wachposten weiter herunter, würde ich zweimal am Tag Essen bekommen: morgens und abends. Ich mußte auf dem Tunnelboden an meinem Platz schlafen. Wasser wurde dreimal am Tag herumgereicht, nicht mehr und nicht weniger. Man erwartete von mir, von der Morgendämmerung bis zur Abenddämmerung zu arbeiten, mit Unterbrechungen zu den Morgen- und Abendmahlzeiten.

Dies, so sagte er, sei mein Leben. Für den *Rest* meines Lebens. Er ließ Hammer und Meißel vor meine Füße fallen und ging mit den anderen Wächtern davon, wobei er das Licht mitnahm.

Ich stand mit dem Gesicht zur Wand da. Alles war schwarz, schwarz und bleiern purpurfarben. Nur wenige Fackeln waren an den Wänden befestigt, und nur die Hälfte davon war entzündet. Meine Augen würden sich daran gewöhnen, das wußte ich, denn der Körper stellt sich um, wo er nur kann ... aber ich war mir nicht sicher, ob ich das sehen *wollte*, was ich tat.

Ich fühlte, wie mir der Schweiß auf der Haut ausbrach. Meine Haut weitete sich über den Knochen, als mich ein Schauder nach dem anderen überfiel. Meine Eingeweide verzerrten sich, bis ich dachte, sie würden platzen. Eisen rasselte. Ich konnte es nicht verhindern. Ich konnte das Zittern nicht verhindern.

Der Gestank des Tunnels überwältigte mich: Urin. Fäkalien. Angst. Hilflosigkeit. Tod. Das Wissen um die Wertlosigkeit.

Ich schloß die Augen, legte die Stirn gegen das Gestein und bohrte die Finger in den Fels. Mein Bewußtsein, mein Körper, mein Geist waren von Dunkelheit umhüllt. Alles, was ich sehen konnte, war Wahnsinn. Er erfüllte alle meine Sinne, bis ich wieder klein war, so klein, *so klein*.

Selbst bei den Salset hatte ich mich nicht so hilflos gefühlt, so angstvoll, *so klein*.

Ich zwang mich, die anderen anzusehen. Sie saßen zusammengekauert da, alle an die Wand gedrückt, und sahen mich offen an. Ich war angekettet, wie auch sie angekettet waren, und genauso ohne Hoffnung. Ich sah auf ihre aufgebrochenen, schwieligen Hände, ihre überentwickelten Schultern, ihre leeren, starren Augen und erkannte, daß sie seit Monaten hier sein mußten. Vielleicht seit Jahren.

Keiner von ihnen schien auch nur noch eine Spur von Menschenwürde übrigbehalten zu haben. Und ich erkannte, während ich sie ansah, so wie sie mich ansahen, daß ich in mein eigenes Gesicht blickte.

Die Sonne ging unter, entzog dem Tunnel noch mehr Licht und ließ mich in dem Mosaik aus zusammengeflickter Dunkelheit zurück: schmutziges Violett, Enzianblau, blaurotes Schwarz. Und ein Schimmer glänzenden Fuchsienrots, wann immer ich die Augen schloß. Die Abendmahlzeit war vor meiner Ankunft eingenommen worden. Jetzt schliefen die Männer. Ich hörte ihr Schnarchen, ihr Stöhnen, ihre Schreie, ihr Wimmern. Hörte das beständige Rasseln von Eisen. Hörte das Keuchen meines eigenen Atems, als er in einer Kehle pulsierte, die von einer Symphonie der Angst zugeschnürt wurde.

Nachdem mein Appetit zunächst verschwunden war, kehrte er schließlich zurück. Er steigerte sich bei der schweren Arbeit, die darin bestand, Gesteinsbrocken herauszubrechen und auf Karren zu laden, die von daran angeketteten Sklaven gezogen wurden, doch die Essensrationen blieben unverändert gering. Ich ging hungrig und erschöpft schlafen und wachte eine oder zwei Stunden später mit sich verkrampfendem Magen und sich verkrampfenden Muskeln wieder auf. Morgens war ich wie betäubt von einem Schlaf, der mich nicht erfrischt hatte. Das Wasser war lauwarm und faul und verursachte oft Ruhr, aber ich trank es, denn es gab nichts anderes. Ich schlief im Schmutz des Tunnelbodens, gewöhnt an eingeschränkte Bewegungen und die Notwendigkeit, mich in meiner eigenen Ecke zu erleichtern wie ein verwundetes Tier. Es war mir bewußt, daß ich erniedrigt und gedemütigt und meine Gesundheit geschädigt wurde. Ich wußte, daß ich ein Chula war. Und dieses Wissen löschte die Jahre aus, die ich als freier Schwerttänzer verbracht hatte.

Die Alpträume kehrten zurück. Dieses Mal war da keine Sula, die sie vertrieb. Dieses Mal lebte ich in den tiefsten Tiefen der Hölle. In Gedanken an den vergangenen Tagen der zeitlich bedingten Freiheit festzuhalten, hieß am Wahnsinn festzuhalten, und darum dachte ich überhaupt nicht mehr daran.

Der Kreis war in den Sand gezeichnet. Die Schwerter lagen in der Mitte. Ein zweihändiges südliches Schwert mit goldenem Heft und einer blau gefärbten Stahlklinge. Ein zweihändiges nordisches Schwert: mit silbernem Heft und mit Runen versehener Klinge, das einen Sirenengesang von Eis und Tod sang.

Eine Frau, die nahe am Kreis stand. Abwartend. Das weiße

Haar glänzend. Die blauen Augen ruhig. Die golden schimmernden Glieder entspannt. Abwartend.

Ein Mann: sonnengebräunt, dunkelhaarig, grünäugig. Groß. Kräftig gebaut. Abgesehen davon, daß sich, gerade als er dort stand und darauf wartete, den Tanz zu beginnen, sein Körper veränderte. Gewicht verlor. Substanz. Kraft. Er schmolz von ihm ab, bis er zu einem Skelett mit ein wenig brauner, über die Knochen gespannter Haut war.

Er streckte eine Hand zu der Frau hin aus. Die Frau, die seinen Todesgesang sang.

* * *

Der Tag wurde zur Nacht, die Nacht wurde zum Tag.

— *tagnachttagnachttagnacht* . . .

— bis es keinen Tag und keine Nacht oder auch *tagnacht* mehr gab — nur einen Mann in einer Mine und die Mine in dem Bewußtsein des Mannes —

Er saß zusammengesunken da, das Rückgrat gegen die Wand gelehnt. Ein abgehärteter Körper, der nackt am Boden kauerte. Die Arme über den Knien. Die Hände herabbaumelnd. Die Stirn auf den Armen.

Bis ein Fuß an seinem Eisen rasselte und er schließlich aufsah.

Der Tanzeer war reich gekleidet, in Goldstoffe mit karmesinroter Verzierung. Er war ein gepflegter Mann. Er war ein Mann, der stolz auf seine Erscheinung war. In seiner rechten Hand trug er einen kleinen Elfenbeinstab, einen dekorativen Marschallstab, geschnitzt und geriefelt. Perlmuttartig weiß.

Eine kurze Geste mit dem Stab. Der Wächter verhakte einen Fuß in die Eisenkette und rasselte daran, bis der angekettete Mann aufsah.

Eine zweite kurze Geste mit dem Stab. Eine Fackel wurde näher herangebracht. Schwefelfarbenes Licht ergoß sich aus der Flamme, um das Gesicht des Mannes zu beleuchten, der den Tanzeer ansah. Der Tanzeer sah ein Tier, keinen Mann. Ein schmutziges, schmieriges, stinkendes Tier, bekleidet mit einem zerrissenen Wildlederdhoti. Heruntergekommen zu nicht mehr als Haut und zähen Sehnen, über einen Rahmen gespannt, der einmal eine kräftige, beeindruckende Anmut gezeigt hatte. Das Gesicht war weitgehend unter staubigem Haar und einem verfilzten, matten Bart verborgen. Aber aus diesem Gesicht spähte ein Paar grüner Augen heraus, die gegen das blendende Fackellicht anblinzelten.

»Stellt ihn auf die Füße«, befahl der Tanzeer, und der Wächter riß den Kopf des Mannes auf eine Art hoch, die diesem sehr wohl bekannt war.

Aufgerichtet war der angekettete Mann groß, viel größer als der Tanzeer. Aber er stand nicht in der Haltung eines großen Mannes da, der mit seiner Größe zufrieden ist. Er stand mit gesenkten Schultern da, als sei es schwierig, ihr Gewicht zu tragen.

Der Tanzeer runzelte die Stirn. »Er *ist* der Schwerttänzer, nicht wahr?« fragte er den Wächter, der mit den Achseln zuckte und sagte, daß dies, soweit er wisse, derselbe Mann sei, der drei Monate zuvor hergebracht worden war.

Der Tanzeer hakte die Spitze seines Stabes unter die verklumpte Kordel um den Hals des angeketteten Mannes. Er rüttelte an den Klumpen und sah, daß die Klumpen tatsächlich — unter dem Schmutz — Krallen waren.

Zufrieden ließ er die Kordel an den Hals des Mannes zurücksinken und nickte. »Nehmt ihn von der Wand ab. Bindet ihn mit doppeltem Gewicht und bringt ihn in den Wagen. Es ist Zeit, daß ich ihn erneut im Palast bewirte.«

Vor der unbewachten Frau führte der Tanzeer den Mann vor, den er aus der Mine mitgebracht hatte. Er erzählte der Frau, was dem Mann in der Mine passiert war. Er beobachtete ihr Gesicht, ihre Augen, ihre Haltung. Er sah, was er die ganze Zeit gesehen hatte: Würde, Kraft, stillen Stolz und völlige Abgeschlossenheit. Er hatte sie in drei Monaten nicht brechen können.

Aber er hatte den Mann gebrochen, und er dachte, das könne ausreichen, um die Frau zu brechen.

Er wandte sich von ihr ab und sah den Mann an, der nach seinen eigenen Ausscheidungen stank. »Auf die Knie«, sagte er und deutete mit dem Elfenbeinstab zum Boden.

Langsam sank der Mann auf die Knie, die so oft gestoßen worden waren, daß sie ständig verfärbt waren. Blauschwarz, auf blaß kupferfarbener Haut, die mit Schmutz und Meißelwunden marmoriert war; mit Erz- und Gesteinstücken gesprenkelt war, die unter der Oberschicht der Haut eingeschlossen waren. Die Ketten rasselten gegeneinander und auf den mosaikartig ausgelegten Boden und wanden sich um seine Knie wie die Eingeweide einer eisernen Schlange.

Der Tanzeer sah die Frau an. »Er wird tun, was immer man ihm sagt. *Was immer* man ihm sagt.«

Die Frau erwiderte den Blick des Tanzeer kerzengrade. Ihr Unglaube war offensichtlich.

Der Tanzeer gestikulierte mit seinem Stab. »Hinunter«, sagte er. »Auf das Gesicht.«

Der kniende Mann, der einmal jung gewesen war, bewegte sich, wie sich ein alter Mann bewegt. Beugte sich vor. Legte die Handflächen flach auf die gemusterten Steine. Die Sehnen standen unter der mit Krusten übersäten Haut hervor.

Er streckte sich am Boden aus.

Der Tanzeer streckte einen beschuhten Fuß aus. »Küsse ihn. Küsse ihn — Chula.«

Und schließlich brach die Frau. Mit einem unartikulierten Wutschrei sprang sie den Tanzeer wie ein weiblicher Sandtiger an, und eine Hand krallte sich in sein Gesicht. Die andere schoß zu seinem verzierten Messer hinab und riß es heraus — riß es in dem Moment heraus, als sich der Mann am Boden von den Steinen hochstemmte und die Glieder einer Eisenkette um die Kehle des Tanzeer schlang.

Seine Lippen gaben die Zähne frei. Aber anstatt zu grollen, sagte er ein Wort. Ein rauhes, gebrochenes Wort: »*Schlüssel.*«

»Wo?« fragte die Frau den Tanzeer. Und als er es ihr sagte, holte sie sie aus dem mit Edelsteinen besetzten Beutel, der an seinem mit Edelsteinen besetzten Gürtel hing.

Sie ignorierte das eiserne Halsband um ihren eigenen Hals. Statt dessen schloß sie die Manschetten um seine Knöchel, seine Taille, seinen Hals auf — und schließlich, während er die Kettenglieder um den Hals des Tanzeers fester anzog, öffnete sie die Manschetten um seine Handgelenke.

Er warf sie alle von sich. Der Schlangenwindungen entledigt, als hätte er sich seiner Haut entledigt. Und all das Eisen fiel klirrend zu Boden und zerbrach die sorgfältig gelegten Muster.

Mit dem Eisen warf er die Gefangenschaft von sich ab, so heftig er nur konnte, und sie sah an Stelle des Tieres eine Spur des Mannes, den sie gekannt hatte. Nur eine Spur, aber eine Spur war besser als nichts. Sie lächelte versuchsweise. »Tiger?«

Ich schob Aladar an der nächstgelegenen Wand hoch und nahm das Messer entgegen, das Del mir hinhielt. Ich setzte die Spitze an seinem flachen, stoffbekleideten Bauch an und zeigte ihm die Zähne. »Eine Kralle ist mir geblieben, Tanzeer. Willst du sie spüren?«

Er starrte mich an, vom Schock safranfarben, aber er gab nicht auf. Dafür war er zu stolz.

Ich warf Del einen kurzen Blick zu. Ich hatte nicht viel Stimme übrigbehalten — drei Monate des Schweigens, außer dem gelegentlichen Aufschreien im Schlaf, hatten mich der Redegewandtheit beraubt — aber sie schien meine verkürzte Sprechweise ausreichend gut zu verstehen. »Schwerter und Messer. Kleidung. Alles. Ich werde warten.«

Sie rannte davon und ließ mich mit Aladar allein.

Ich zitterte. Die Reaktion hatte eingesetzt. Ich konnte fast meine Ketten klirren hören, abgesehen davon, daß ich sie nicht mehr trug. Aber ich hörte sie. Ich höre sie noch immer.

Ich atmete tief ein. Und zeigte Aladar erneut die Zähne. »Ein zehnjähriger Junge, vor fünf Jahren. Ein Nordbewohner. Aus Omars Sklavenbestand. Jamail. Sieht aus wie sie.« Das war alles, was ich hervorbringen konnte. Ich wagte nicht, ihn sehen zu lassen, wie zittrig ich war. Es würde nicht schwer für ihn sein freizukommen. Die Mine hatte mir die Kräfte, die Geschmeidigkeit und die Schnelligkeit geraubt. Alles, was mir geblieben war, war Haß.

Eine wilde, tödliche Wut.

»Erwartet Ihr von mir, daß ich über das Schicksal jedes Sklaven in Julah Bescheid weiß?« fragte er.

Da hatte er recht. Aber ich auch, und es drückte gegen seine Kehle. »Was ist mit *ihm* geschehen?«

»Er war ein *Chula!*« zischte Aladar. »Ich kaufe sie, ich verkaufe sie ... ich kann nicht den Verbleib jedes einzelnen verfolgen!«

Das kleine Messer war nicht so hilfreich wie eine richtige Waffe, aber seine Schneide war sehr scharf. Es schnitt sehr leicht durch den Stoff. Ich hatte das Gefühl, es würde genauso leicht durch Haut hindurchschneiden. »Ich werde Euch aufschlitzen, Tanzeer, und Eure Eingeweide über den Boden verstreuen wie Schnüre, damit Ihr darüber tänzeln könnt.«

Offensichtlich glaubte er mir. Gut so, ich meinte es auch so. »Ich hatte einen solchen Jungen«, gab er zu. »Ich habe ihn vor drei Jahren fortgegeben.«

»*Wohin?*«

»Zu den Vashni.« Sicherlich, Aladar wußte, was er

sagte. Seine Blässe vertiefte sich. »Ich schenkte ihn dem Häuptling.«

Zur Hölle. »Ihr handelt mit den Vashni?« Keiner sonst tat das. Ich fragte mich, ob er log.

Aladar schluckte schwer. »Ich mußte es tun. Mit diesem besonderen Stamm. Ich brauchte Zugang zu den Bergen, zu der Mine, zum Gold. Da — da die Vashni dort siedeln, hatte ich keine andere Möglichkeit. Also — sandte ich ihnen alle Arten von Dingen, einschließlich Chula. Einer von ihnen war ein nordischer Junge. Er war zwölf.«

Das Alter paßte. »Wo?« fragte ich grimmig.

Aladars braune Augen waren schwarz vor Angst und Haß.

»Reitet einfach Richtung Süden, ins Vorgebirge. Die Vashni finden Euch, auch wenn sie es nicht wollen.«

Das war zweifellos wahr. »Der Name des Jungen?«

»Ich weiß es nicht!« schrie Aladar. »Erwartet Ihr von mir, daß ich den Namen eines *Chula* kenne?«

»Tiger«, sagte Del.

Ich wandte den Kopf und sah, daß sie wieder ihre Tunika trug, komplett mit Messer und Harnisch. Ein weißer Burnus lag über ihrem anderen Arm.

Sie ließ alles auf einen Haufen fallen, als sie die Hand zur Schulter hob, um ihr Schwert zu ergreifen. »Zieht Euch an«, sagte sie ruhig. »Ich passe auf Aladar auf.«

Ich trat von ihm zurück. Del sah mir ins Gesicht, als ich dem Tanzeer den Rücken zuwandte. Etwas in ihren Augen sagte mir, daß ich nicht in so gutem Zustand war, wie ich gehofft hatte. Das verzierte Messer rutschte in meinen Händen. Vom Schweiß. Dem Schweiß der Anspannung und Erregung.

Ich ließ Del an mir vorbei zu Aladar gehen. Vorsichtig bückte ich mich und hob den schwarzen Burnus auf, konzentrierte mich darauf, einen Schlitz in die Schulter zu schneiden, durch den Einzelhiebs Heft hindurchpassen würde. Der Schlitz zerriß. Die Spitze des Messers traf einen Finger. Ich spürte es nicht. Meine Hände waren zu sehr voller Schwielen.

Ich schlüpfte in meinen Harnisch und war erschrokken, als ich entdeckte, daß ich die Schnallen nicht aufmachen mußte. Nein. Ich mußte neue Löcher bohren. Um den Harnisch enger zu machen. Aber das würde warten müssen.

Die Schuhe waren schwierig zu schnüren. Schließlich verknotete ich die Schnürsenkel. Zog mir den Burnus über den Kopf und war froh, den größten Teil meines stinkenden, vernarbten Äußeren verbergen zu können. Ich fühlte eine Woge der Schwäche über mich hereinbrechen, die mich aufzusaugen drohte.

Ich wandte mich um. Del beobachtete mich. Ich spürte, wie mein Gesicht langsam heiß wurde. Der Schweiß brannte in meinen Achselhöhlen. Ich hielt Einzelhieb in Händen, aber ich erhob ihn nicht. Ich zog ihn nicht aus der Scheide. Ich sah Del an, und ich sah, wie sie sich wieder Aladar zuwandte und ihn auf ihrer mit Runen versehenen Klinge aufspießte.

»Nein ...« Aber der Schrei war kaum mehr als ein Ziehen in meiner Kehle. »Zu den Hoolies, Frau, *das war mein Vorrecht zu töten!*«

Del antwortete nicht.

»Bascha ... *meine* ...«

Sie antwortete noch immer nicht.

Mein Mund öffnete sich. Schloß sich wieder. Ich sagte nichts. Ich beobachtete, wie sie die Klinge herauszog. Der Körper, der gegen die Wand gelehnt war, sank langsam zu Boden. Er blutete schwach durch goldenen Stoff mit karmesinroter Verzierung.

Del wandte sich um, und schließlich antwortete sie mir. »Das war für Euch.« Die sanfte Stimme klang unglaublich vertraut. »Für das, was er Euch angetan hat.«

Ihre Miene war unergründlich. Ich sah die starre Härte der Knochen unter heller Haut und bemerkte, daß sie ihre Sonnenbräune verloren hatte. Sie war wieder eine nordische Bascha, wie ich sie ursprünglich gesehen hatte.

Und eine unglaublich gefährliche Frau.

In meiner Kehle war nicht viel Platz für meine Stimme. »Del — ich nehme mein Vorrecht zu töten *selbst* wahr.«

Sie sah mich gerade an. »Nicht dieses Mal, Tiger. Nein.«

Irgend etwas hüpfte tief in meiner Brust. Ein Krampf. Irgend etwas Sprunghaftes. »Habt Ihr so den *An-Kaidin* getötet? Habt Ihr auf diese Weise Eure Klinge mit Blut getränkt?«

Ich sah sie vor Schreck zusammenzucken. Ihr Gesicht wurde noch blasser. Hatte ich sie mit meiner Frage so sehr getroffen? Del war sich bewußt, daß ich wußte, was mit ihrem Schwertmeister geschehen war und wie es geschehen war. Aber das war noch lange kein Grund.

Oder war es der *Ton* meiner Anklage gewesen, der diese Reaktion bei ihr hervorgerufen hatte?

»Das war für *Euch*«, sagte sie schließlich.

»War es das?« krächzte ich. »Oder war es für Del?«

Sie sah auf ihr Schwert hinunter. Blut rann von der Klinge herab. Es füllte die Runen aus und tropfte dann von dem Stahl, um sich auf dem Mosaikboden zu sammeln.

Ihr Mund verzog sich kurz, aber es war kein Zeichen von Heiterkeit. Es war Del, die mit einem Gefühl kämpfte, das ich nicht benennen konnte. »Für uns beide.« Aber sie sagte es so leise, daß ich mir nicht sicher war, was sie gesagt hatte.

Drei Monate getrennt. Wir schuldeten einander nichts. Nicht jetzt. Die Angelegenheit war über ein Arbeitgeber-Arbeitnehmer-Verhältnis hinausgegangen. Del und ich waren frei und konnten unsere getrennten Wege gehen.

»Jamail ist bei den Vashni«, erzählte ich ihr. »Ein Gebirgsstamm.«

»Ich habe es gehört.«

»Werdet Ihr hingehen?«

Ihr Kinn stach messerscharf unter der angespannten Haut hervor. »Ich werde gehen.«

Einen Moment später nickte ich. Ich war unfähig, etwas anderes zu tun.

Del hob ihren weißen Burnus auf. Sie steckte das Schwert wieder in die Scheide hinter ihrer Schulter — sie würde es später reinigen, wie ich wußte — und verließ den Raum.

Aber erst, nachdem sie Aladars Körper von dem juwelenbesetzten Beutel befreit hatte.

Ich liebe praktische Frauen.

22

Del erkaufte sich unseren Weg in ein verrufenes Wirtshaus auf der verrufenen Seite Julahs. Wir bildeten ein seltsames Paar. Ich war nicht sehr überrascht über die eigenartigen Blicke, die man uns zuwarf, als wir die enge Lehmtreppe in den zweiten Stock zu dem kleinen Raum hinaufstiegen, den Del für uns gemietet hatte. Sie bestellte ein Bad mit viel heißem Wasser, und als die Bedienung über die Extraarbeit maulte, schlug Del ihr mit der flachen Hand ins Gesicht. Während der Abdruck noch immer rot auf der gelbbraunen Haut glühte, versprach Del ihr Gold, wenn sie sich beeilte.

Ich saß auf dem Rand des schäbigen, zerknitterten Feldbettes. Ich sah Del offen an und erinnerte mich, wie leicht sie die Schwertklinge in Aladars Bauch gestoßen hatte. Für mich, hatte sie gesagt. Aber ich war schon lange daran gewöhnt, selbst zu töten, wenn es sein mußte. Ich konnte mir nicht vorstellen, warum sie es für mich tun wollte. Oder was an mir ihre tödliche Antwort ausgelöst hatte.

Nein. Es war wahrscheinlicher, daß sie es für ihren Bruder getan hatte und für die Behandlung, die sie in Aladars Händen erfahren hatte.

»Ihr werdet Euch besser fühlen, wenn Ihr wieder sauber seid«, sagte Del.

Der Burnus verbarg mich fast völlig. Aber ich konnte meine beschuhten Füße sehen und die schwieligen Hände. Die Finger- und Fußnägel waren gespalten, gebrochen, fehlten, waren zurückgezogen, geschwärzt. Kerben und eingewurzelter Erzstaub verfärbten die hell kupferfarbene Haut. Auf meinem linken Handrücken war eine gezackte Narbe, zugeheilt: Ein Meißel war einmal abgerutscht, in den zitternden Händen eines sterbenden Mannes, der neben mir angekettet gewesen war.

Ich drehte meine Hände um und besah mir die Handflächen. Einst waren sie von jahrelangem Schwerttanzen schwielig gewesen. Er war erst Monate her, daß sie die reizvolle Sinnlichkeit von Einzelhiebs Heft erfahren hatten, und doch wußte ich, daß es zu lange her war.

Die Tür krachte auf. Del fuhr herum, die Hände am Heft des Schwertes. Sie zog die nordische Klinge nicht aus der Scheide, denn es waren die Bedienung und ein dicker Mann. Er rollte einen hölzernen Bottich in den Raum, stellte ihn schwungvoll auf und ging. Das Mädchen begann, nach und nach Eimer mit heißem Wasser heranzuschleppen und in den Bottich zu schütten.

Del wartete, bis der Bottich gefüllt war. Dann bedeutete sie der Magd zu gehen, die mich daraufhin einmal fest ansah und dann tat, was Del ihr bedeutet hatte. Sie ging. Und einen Augenblick später auch Del.

Ich zupfte an den Knoten meiner Schnürbänder. Zog sie auf, streifte das Leder ab. Ließ Burnus und Dhoti fallen. Entledigte mich schließlich des Harnischs und des Schwertes. Und stieg in das heiße Wasser, wobei es mir egal war, daß alle Schnitte und Risse und Kratzer bei der Hitze laut protestierten.

Ich glitt in den Bottich hinein, bis mir das Wasser an die Brust reichte. Vorsichtig lehnte ich den Kopf an den Rand des Bottichs und übergab mich der Hitze. Ich bemühte mich noch nicht einmal um die Seife. Ich weichte nur ein. Und dann schlief ich ein.

— das Rasseln von Eisen ... der Klang des Hammers auf den Meißel, des Meißels auf den Stein ... das Wimmern und Schreien schlafender Männer ... die Seufzer Sterbender ...

Ich wachte ruckartig auf. Verwirrt bemerkte ich strohgelbes Licht im Raum, das schräg durch das Lattenfenster hindurchschien ... ein *Raum*, kein Tunnel! Keine Fackeln mehr. Keine Dunkelheit mehr. Kein *Eisen* mehr.

Eine Hand an meinem Rücken. Seife in Haut einmassierend, bis ich mit gelbbraunem Seifenschaum bedeckt war. Dels Hand drückte meinen Kopf zurück, als ich ihn zu heben begann. »Nein. Das mache ich. Entspannt Euch.«

Aber das konnte ich nicht. Ich saß steif in dem Bottich, während sie schrubbte und die braune Seife in die schmutzige Haut rieb. Ihre Hände waren stark, sehr stark. Sie knetete die verspannten Schultern, den Hals, das Rückgrat.

»Entspannt Euch,« sagte sie weich.

Aber ich konnte es nicht. »Was hat dieser Bastard Euch getan?«

Ich konnte ihr Achselzucken spüren. »Es spielt keine Rolle mehr. Er ist tot.«

»Bascha.« Ich streckte die Hand aus und bekam eine der ihren zu fassen. »Sagt es mir.«

»Werdet Ihr es *mir* sagen?«

Sofort war ich wieder in der Mine, verschlungen von Dunkelheit und Verzweiflung. Ich fühlte die Leere, die am Rande meines Bewußtseins lauerte. »*Nein.*« Mehr konnte ich nicht hervorbringen, keinen weiteren Laut. Ich konnte nicht. Ich konnte es ihr nicht sagen.

»Rasieren?« fragte sie. »Und Ihr braucht einen Haarschnitt.«

Ich nickte. Wusch mir das Haar und den Bart. Nickte erneut.

Mit Rücksicht auf meine Sittsamkeit wandte sie sich ab, während ich mich im Bottich hochwuchtete, die Körperpartien wusch, die Del nicht gewaschen hatte, mich abspülte und tropfend über den Boden zu dem rauhen Sacktuch auf dem Feldbett ging. Dort lag auch ein sauberer Dhoti und ein brauner Burnus. Ich trocknete mich ab, zog den Dhoti an und sagte ihr, sie könne sich umdrehen.

Das tat sie. Ich sah kurz Mitleid in ihren Augen aufflackern. »Ihr seid zu dünn.«

»Ihr auch.« Ich setzte mich hin. »Befreit mich aus diesem Rattennest, Bascha. Macht mich wieder zum Mann.«

Sorgfältig schnitt sie mir die Haare. Sorgfältig nahm sie mir den Bart ab. Ich beobachtete ihr Gesicht, während sie sich um meines kümmerte. Die Haut lag straff über den Knochen. Aladar hatte sie drei Monate lang im Haus gefangengehalten. Der Honigteint war verblaßt. Abgesehen von dem Sonnenreif in den Haaren erinnerte sie sehr an die nordische Frau, die ich in dem kleinen Wirtshaus in der namenlosen Stadt am Rande der Punja getroffen hatte.

Abgesehen davon, daß ich jetzt wußte, was sie war. Keine Hexe. Keine Zauberin, obwohl mancher sie wegen des *Jivatma* und seiner Macht vielleicht als solche bezeichnen könnte. Nein. Del war einfach eine Frau, die versessen darauf war zu tun, was immer sie tun mußte. Ganz egal, um was es dabei ging.

Schließlich lächelte sie. Ich spürte sanfte Hände kurz die Krallenspuren auf meinem Gesicht berühren. »Sandtiger.« Das war alles, was sie sagte. Alles, was sie zu sagen brauchte.

»Hungrig?« Als sie nickte, legte ich den Burnus und Einzelhieb an, und wir gingen hinunter in den Gastraum.

Das Essen war stark gewürzt und mit scharfem Nachgeschmack. Nicht das beste, nicht das schlechteste. Sicherlich besser als das, was ich in der Mine kennengelernt hatte. Und ich mußte feststellen, daß ich nicht viel mehr essen konnte, als ich in den letzten drei Monaten gegessen hatte. Mein Magen rebellierte. Und so wandte ich mich statt dessen dem Aqivi zu.

Schließlich streckte Del die Hand aus und legte sie über mein Glas. »Nicht mehr.« Freundlich, aber fest gesagt.

»Ich trinke, was ich will.«

»Tiger ...« Sie zögerte. »Zuviel davon wird Euch krank machen.«

»Es wird mich *betrunken* machen«, berichtete ich sie. »Und gerade jetzt ist betrunken zu werden genau das, was ich möchte.«

Ihre Augen blickten sehr direkt. »Warum?«

Ich dachte, daß sie wahrscheinlich wüßte, warum. Aber ich sagte es trotzdem. »Es wird mir helfen zu vergessen.«

»Das könnt Ihr nicht vergessen, Tiger. Genausowenig, wie Ihr Eure Zeit bei den Salset vergessen könnt.« Sie schüttelte leicht den Kopf. »Es gibt auch Dinge in *meinem* Leben, die ich gern vergessen würde. Ich kann es aber nicht, also lebe ich damit. Ich überdenke sie, finde mich damit ab, weise ihnen ihren Platz zu. Auf diese Weise beeinflußen sie die anderen Dinge nicht, die ich tun muß.«

»Habt Ihr denn die Blutschuld vergessen?« Ich konnte nicht anders, der Aqivi machte mich feindselig. Ich sah auf ihr blaß werdendes Gesicht. »Wie habt Ihr Euch *damit* abgefunden, Bascha?«

»Was wißt Ihr von Blutschuld, Sandtiger?«

Ich zuckte unter der braunen Seide die Achseln. »Ein wenig. Ich erinnere mich, wie sich der Chula fühlte, als er erkannte, daß seine Zauberei — sein *Wunschdenken* — einen Traum hatte wahr werden lassen, auf Kosten unschuldiger Leben.« Ich seufzte. »Und da gibt es noch eine Geschichte über einen *Ishtoya*, der einen *An-Kaidin* getötet hat. Wegen einer Blutklinge.« Ich schaute auf das Heft, das hinter ihrer Schulter hervorstand. »Es mußte in dem Blut eines erfahrenen Mannes getränkt werden, damit der *Ishtoya* Vergeltung suchen konnte.«

»Es gibt Zwänge in dieser Welt, die die Bedeutung anderer Dinge verdrängen.« Ein flacher, unbewegter Tonfall.

»Selbstsüchtig.« Ich trank noch mehr Aqivi. »Ich habe

gesehen, was Ihr mit Aladar gemacht habt, und ich weiß, daß Ihr fähig seid zum Zweck der Vergeltung zu töten. Aus einem Bedürfnis heraus.« Ich machte eine Pause. »Besessenheit, Bascha. Würdet Ihr mir da nicht zustimmen?«

Del lächelte leicht. »Vielleicht.« Und das Wort hatte eine Schneide, wie die Klinge ihres nordischen Schwertes.

Ich setzte mein randvolles Glas ab. »Ich gehe zu Bett.«

Del ließ mich gehen. Sie sagte kein Wort.

Eine dunkle Gestalt näherte sich vom Ende des Tunnels. Das Licht hinter ihr war grell und zeichnete scharf ihren Umriß ab: eine Silhouette ohne Form. Einfach ein Etwas in einem schwarzen Burnus. Und in seinen Händen lag ein Schwert, ein nordisches Schwert mit silbernem Heft und mit fremdartigen Runen versehen.

Die Gestalt näherte sich langsam dem ersten Sklaven. Er war fünf Männer unterhalb von mir angekettet. Das Schwert glitzerte kurz in dem kalten Licht auf. Ich sah, wie zwei Hände es erhoben, die Spitze gegen die hervorstehenden Rippen des Mannes hielten und zustießen. Die Klinge glitt leise hinein, tötete, ohne das geringste Geräusch. Der Mann sackte in seinen Ketten zusammen. Nur das Rasseln des Eisens sagte mir, daß er tot war.

Zurückgezogen. Blut schimmerte auf der Klinge, aber in dem seltsamen Licht, das vom anderen Ende des Tunnels kam, erschien es schwarz, nicht rot.

Die Gestalt kam näher. Der nächste Mann starb, genauso leise wie der erste. Der nächste. Blut troff von der Klinge. Als sich die Gestalt näherte, sah ich, daß sie eine Kapuze trug, und der schwarze Burnus war keineswegs schwarz, sondern weiß.

Zwei weitere Männer starben, und dann stand die Gestalt vor mir: Del. Ich blickte in ihr von der Kapuze bedecktes Gesicht und sah blaue, blaue Augen, blaße, helle Haut und einen

Mund. Einen Mund, der mit Blut gefüllt war, als hätte sie das getrunken, was aus jedem Mann herausgelaufen war, den sie getötet hatte.

»Bascha«, flüsterte ich.

Sie hob das Schwert und legte die Spitze gegen meine Brust. Ihre Augen ließen nicht von meinem Gesicht ab.

Das nordische Schwert durchdrang meine Haut und sank in mein Herz. Lautlos, bis auf das Rasseln der Ketten, sank ich gegen die Wand.

Ich starb.

Ich erwachte und fühlte eine Hand auf meiner Schulter. Ich setzte mich ruckartig auf, griff nach Einzelhieb und erkannte, daß es Del war. Und erkannte, daß ich mich, in meiner betrunkenen Benommenheit, auf den Boden gelegt hatte, als sei ich noch immer in der Mine. Und ich erkannte, daß es meine eigene Angst war, die ich roch und die die Dunkelheit erfüllte.

Ich hörte meinen Atem in der Stille des Raumes abgerissen rasseln, und ich konnte das Geräusch nicht verhindern.

»Tiger.« Del kniete neben mir. »Ihr habt geträumt.«

Ich legte einen Arm über die Augen und wußte, daß ich mehr als das getan hatte. Ich hatte geweint. Diese Erkenntnis und die damit verbundene Demütigung waren furchtbar.

»Nein«, sagte sie sanft, und ich wußte, daß sie es gesehen hatte.

Ich zitterte. Ich konnte nichts dagegen tun. Ich fror und hatte Angst und fühlte mich krank von zuviel Aqivi, verloren im Grenzland zwischen Illusion und Realität. Der Aqivi rollte in meinem Bauch herum und drohte mir aus dem Mund zu quellen. Ich verhinderte es nur dadurch, daß ich den Kopf auf meine aufgestellten Knie legte. Zitternd fluchte ich mehrmals, bis sich Dels Arm von hinten um meinen Hals legte und sie mich wie ein Kind drückte.

»Es ist alles gut«, flüsterte sie in die Dunkelheit. »*Es ist alles gut.*«

Ich befreite mich aus ihren Armen und sprang auf die Füße, während ich sie ansah. Die Kerze war verglommen, aber das Mondlicht kroch durch die Leisten, die das Fenster verdeckten. Es neigte sich über ihr blaßes Gesicht und teilte es in Streifen: dunkel — hell — dunkel — hell. Ihre Augen blieben in den Schatten verborgen.

»*Ihr* wart es.« Das Zittern erfolgte erneut. »Ihr.«

Sie kniete am Boden und sah zu mir herauf. »Ihr habt von mir geträumt?«

Ich versuchte, gleichmäßig zu sprechen. »Einen nach dem anderen habt Ihr sie getötet. Mit Eurem Schwert. Ihr habt sie aufgespießt. Und dann kamt Ihr zu mir.« Ich sah das von der Kapuze verdeckte Gesicht vor mir. »Hoolies, Frau, *Ihr stacht dieses Schwert so leicht in mich hinein, wie Ihr es bei Aladar getan habt!*«

Stille. Das Echo meiner Anklage verklang.

»Ich habe es gesehen.« Ihre Stimme war kaum mehr als ein Flüstern, und ich bemerkte eine winzige Spur von Verzweiflung. »Ich habe es gesehen. In dem Moment, in dem ich mich von Aladar abwandte, sah ich den Haß in Euren Augen. Den Haß auf *mich*.«

»Nein.« Es brach sofort aus mir heraus. »Nein, Del. Ich haßte mich. *Mich.* Weil ich es so oft getan habe und mit weniger Gewissensbissen — weniger *Grund* — als Ihr.« Ich bewegte mich, denn ich konnte nicht stillstehen. Ich schritt auf und ab. Wie eine eingesperrte Katze. »Ich sah mich selbst, als ich sah, wie Ihr Aladar tötetet. Und es ist niemals leicht, sich selbst zu sehen und, letztendlich, genau zu erkennen, wer man ist.«

»Ein Schwerttänzer«, sagte sie. »Wir beide. Keiner von uns ist besser oder schlechter als der andere. Wir sind, was wir aus uns gemacht haben, weil wir einen Grund dazu hatten. Rechtfertigung. Durch die Besessenheit.« Sie lächelte leicht. »Ein Chula: durch seinen eigenen Mut befreit. Frei, um ein Schwert aufzunehmen. Eine Frau: durch Vergewaltigung und Mord befreit. Frei, um ein Schwert aufzunehmen.«

»Del ...«

»Ihr sagtet einmal, ich sei nicht kalt genug. Das habe ich widerlegt.« Sie schüttelte den Kopf. Der Zopf schlug gegen ihre rechte Schulter. »Ihr hattet unrecht. Ich *bin* kalt, Tiger, zu kalt. Meine Schneide ist zu scharf geschliffen.« Sie lächelte nicht. »Ich habe mehr Männer getötet, als ich zählen kann, und ich werde sie weiter töten, wenn ich muß — wegen meiner ermordeten Angehörigen ... des entführten Bruders ... der Vergewaltigung.« Das Mondlicht ließ ihr helles Haar schimmern. »Euer Traum war richtig, Tiger. Ich würde hundert Aladars töten ... und niemals zurücksehen, wenn die Körper fallen.«

Ich sah sie an. Ich sah den stolzen Schwerttänzer an, der auf dem harten Holzboden eines schmutzigbraunen, südlichen Wirtshauses kniete, und wußte, daß ich jemanden ansah, der alle Opfer der Welt wert war, weil sie sich ihre eigene Welt geschaffen und sie akzeptiert hatte.

»Was habt Ihr getan?« fragte ich rauh. »Was habt Ihr Euch selbst angetan?«

Del schaute zu mir hinauf. »Wenn ich ein Mann wäre, würdet Ihr das dann auch fragen?«

Ich sah sie an. »Was?«

»Wenn ich ein Mann wäre, würdet Ihr das dann auch fragen?«

Aber sie kannte die Antwort bereits.

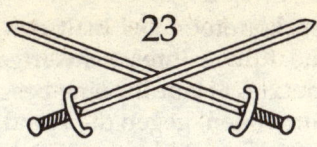

23

Del und ich verließen Julah nicht sofort. Tatsächlich aus zwei Gründen: Aladars Mörder wurde von den Palastwachen gesucht, und ich war noch nicht in der Verfassung, schon fortzureiten. Drei Monate in den Minen hatten ihren Tribut gefordert. Ich brauchte Nahrung, Ruhe, Übung. Und vor allem brauchte ich Zeit.

Aber Zeit war etwas, was wir nicht hatten. Jetzt, wo wir Jamail so nahe waren (sowohl Del als auch ich waren ziemlich sicher, daß Aladar uns die Wahrheit darüber gesagt hatte, daß er Jamail als Geschenk fortgegeben hatte), war sie verständlicherweise begierig darauf, die Vashni aufzuspüren. Aber sie wartete. Mit mehr Geduld, als ich je bei irgend jemandem gesehen hatte, von mir selbst ganz zu schweigen.

Wir sprachen nicht wieder über vergangene Erfahrungen oder Gründe für das, was wir geworden waren. Wir sprachen statt dessen über Pläne, um Jamail aus dem Besitz der Vashni zu entwenden. Ich hatte keine großen Erfahrungen mit diesem Stamm, aber über die Jahre hatte ich einiges erfahren. Im Gegensatz zu den Hanjii waren sie nicht offen feindselig gegenüber Fremden. Aber sie waren gefährlich. Daher mußten wir entsprechend planen.

»Keine Sklaven- oder Sklavenhändler-Geschichten mehr«, belehrte ich Del am dritten Tage unserer Freiheit. »Das hat uns beim letzten Mal zu viele Unannehmlichkeiten eingebracht. Wenn dieser Vashni-Häuptling eine Vorliebe für nordische Sklaven hat, wollen wir es nicht riskieren, Euch auch noch zu verlieren.«

»Ich dachte mir schon, daß Ihr vielleicht zu diesem

Schluß kommen könntet.« Del hielt den Kopf gesenkt, während sie die Klinge ihres Schwertes mit weichem Sämischleder putzte. »Habt Ihr eine bessere Idee?«

Ich kauerte am Boden, gegen die Wand gelehnt. Diese Haltung war zur Gewohnheit geworden, obwohl da jetzt keine Ketten mehr waren. »Nicht wirklich. Vielleicht wäre es das beste, wenn wir einfach dorthin ritten und die Lage erkundeten.«

»Wir müßten etwas haben, was der Häuptling haben will«, erinnerte Del mich. »Was sollte ihn sonst dazu bringen, Jamail aufzugeben?«

Ich kratzte an den Narben in meinem Gesicht. »Wir haben noch immer fast alles Geld, was in Aladars Beutel war. Und den Beutel selbst, der wegen all der Edelsteine ein kleines Vermögen wert sein dürfte.« Ich zuckte abwesend mit der linken Schulter. »Wenn es soweit ist, wird er uns vielleicht *belohnen* wollen, weil wir ihn von Aladar befreit haben. Mir scheint, das hebt die Handelsverbindung auf.«

Die nordische Klinge schimmerte. Del sah zu mir herüber. Wenn sie ihr Haar offen trug, war es wie Platinseide im safranfarbenen Sonnenlicht. »Ich habe Euch angeheuert, um mich durch die Punja zu führen, nach Julah. Ich habe Euch nicht angeheuert, damit Ihr Euer Leben für meinen Bruder aufs Spiel setzt.«

»Mit anderen Worten, Ihr glaubt nicht, daß ich schon wieder mit dem Schwert kämpfen kann — wenn es dazu kommt.«

»Könnt Ihr es denn?« fragte sie ruhig.

Wir kannten beide die Antwort. Drei Tage aus der Mine heraus, drei Monate darin. »Ich sagte, ich würde gehen.«

»Dann gehen wir.« Sie legte die Schwertspitze an den Rand der Lederscheide und schob die Klinge hinein. Ein zischendes Geräusch: Stahl gegen das innen mit Vlies überzogene Leder.

Am Morgen ritten wir los.

Wir ritten wieder auf zwei anderen Pferden in die Ausläufer der Südlichen Berge. Dels Pferd war ein weißer Wallach, der von Kopf bis Fuß großzügig schwarz gesprenkelt war. Er hatte seltsam wachsame, fast menschliche Augen und eine fransige, scheckige Mähne und Schweif. Mein eigenes Pferd war ebenfalls ein Wallach, aber weniger bunt als Dels. Er war ein einfaches, wenig bemerkenswertes braunes Pferd. Nicht rotbraun, nicht wie meine alte Stute. Ihm fehlten schwarze Punkte, die schwarze Mähne und der schwarze Schweif. Einfach — braun. Wie seine Persönlichkeit.

Wir ritten aus dem Sand heraus auf den verdunstenden harten Untergrund der Grenze zwischen der Wüste und den Ausläufern der Berge. Mit jedem Schritt verwandelte sich die Erde, wie ein Chamäleon. Zuerst Sand, dann höckerige Flecken trockenen, dünnen Grases, dann ein Untergrund, der eher an natürlichen Humusboden erinnerte.

Ich beobachtete Dels Wallach. Er hatte eine seltsame Art auszugreifen. Er schien sich fast zu zieren, wie eine Frau. Ich hätte es Del gegenüber erwähnt, aber ich konnte mich nicht daran erinnern, daß sie sich je geziert hätte.

Auf jeden Fall war der gesprenkelte Wallach voll von *etwas*. Er zierte sich, tänzelte, blies durch geblähte Nüstern und warf meinem Wallach schüchterne Blicke aus schaurig menschlichen Augen zu.

»Ich glaube, ich weiß, warum er kastriert wurde«, sagte ich schließlich. »Als Hengst wäre er, glaube ich, ein Reinfall.«

Del zog die Brauen hoch. »Warum? Er ist ein sehr gutes Pferd. Vielleicht ein bißchen launisch — aber es ist nichts verkehrt an ihm.«

»*Es*«, erinnerte ich sie. »Es ist nichts *Männliches* in ihm geblieben. Und ich könnte wetten, daß auch nichts Männliches in ihm war, als er noch *unversehrt* war.«

Del entschloß sich, nicht auf meine Bemerkung zu

antworten. Nun, er — *es* — war ihr Pferd. Vielleicht empfand sie so etwas wie Loyalität.

Wir ließen die Verdunstungsebene hinter uns, das trockene, höckerige Gras, das Geflecht gesünderen Wachstums. Pferdehufe klapperten auf schieferfarbenem Tonschiefer, auf grau-grünem Granit. Wir stiegen aufwärts, obwohl kaum eine Steigung zu erkennen war. Die Südlichen Berge sind selbst an den höchsten Gipfeln gemessen nicht sonderlich hoch. Von den abfallenden Hängen, die mit verkümmerten Bäumen und katzenkrallenartigem Gestrüpp gesprenkelt waren, verliefen stahlblaue Tonschieferfälle Richtung Wüste.

Del schüttelte den Kopf. »Nicht wie der Norden. Überhaupt nicht wie der Norden.«

Ich lehnte mich vor und stand halbwegs in meinen Steigbügeln, während der braune Wallach eine gezackte Tonschieferklippe umging. »Kein Schnee.«

»Nicht einmal das.« Del stieß ihr gesprenkeltes Pferd mit den beschuhten Hacken an und zwang es so, mir zu folgen. »Die Bäume, die Felsen, die Erde … sogar der *Geruch* ist anders.«

»Sollte sein«, stimmte ich zu, »wenn man bedenkt, daß es die Vashni sind, die Ihr riecht, nicht die Berge.«

Ich brachte mein Pferd zum Stehen. Der Krieger saß in ungefähr zwanzig Schritt Entfernung auf seinem rotbraunen Pferd. Um seinen nackten braunen Hals hing eine Elfenbeinkette aus menschlichen Fingerknochen.

Del blieb neben mir stehen. »Das stimmt.«

Wir warteten. Der Krieger auch.

Er war jung. Wahrscheinlich um die siebzehn Jahre alt. Aber das erste, was ein Vashni-Mann kennenlernt, ist ein Schwert. Eine Vashni-Frau, die ein Kind gebärt, durchtrennt die Nabelschnur mit dem Schwert ihres Mannes. Und dann wird das männliche Kind damit beschnitten.

Nein, man sollte einen Vashni-Krieger nicht unterschätzen. Auch nicht die jungen.

Dieser war fast völlig nackt, nur mit einem Leder-schurz und einem Gürtel bekleidet. Sogar seine Füße waren nackt. Seine bronzene Haut war eingeölt, um tödliche Glätte zu bewirken. Er trug sein schwarzes Haar lang, länger als Dels. Wie sie hatte er es zu einem Zopf geflochten. Aber dieser eine Zopf war in eine Fell-hülle gewickelt. Von seinen Ohren hingen Ohrringe aus geschnitzten Knochen herab. Von welchem Teil des menschlichen Körpers *sie* stammten, konnte ich nicht sagen.

Er versicherte sich unserer vollen Aufmerksamkeit. Dann wandte er sich um und eilte gen Süden. Über sei-nen Rücken, der bis auf einen dünnen Harnisch nackt war, war ein traditionelles Vashni-Schwert gebunden. Da es ungeschützt war, blendete die gefährlich geboge-ne Klinge. Das Heft bestand aus einem menschlichen Oberschenkelknochen.

»Kommt«, sagte ich zu Del. »Ich glaube, wir werden erwartet.«

Der junge Krieger führte uns in das Vashni-Lager: Ei-ne Ansammlung von gestreiften Hyorts war dicht an dicht gegen die seitlichen Bergabhänge abgesteckt. Wir ritten durch eine Empfangsgesellschaft des Stammes: zwei parallele Reihen von Vashni, die sich wie eine Schlange durch das Lager wanden. Krieger, Frauen, Kinder. Alle waren ruhig. Alle schauten nur. Und alle trugen als Putz die Knochenreste von Männern, Frauen, Kindern.

»Sie sind *schlimmer* als die Hanjii«, flüsterte Del mir zu.

»Nicht wirklich. Die Vashni glauben nicht an lebendi-ge Opfer wie die Hanjii. Die Trophäen, die Ihr seht, sind ehrenhafte Trophäen, in ehrenhaftem Kampf errun-gen.« Ich machte eine Pause. »*Toten* Menschen abge-nommen.«

Unser Führer führte uns zu dem größten Hyort, glitt von seinem Pferd und bedeutete uns, ebenfalls abzusteigen. Dann winkte er mich vorwärts. Aber als Del auch vortrat, schüttelte er bestimmt den Kopf.

Ich sah Del an und bemerkte den inneren Kampf auf ihrem Gesicht. Sie hätte sich gern mit dem Krieger unterhalten, aber sie wußte es besser und tat es nicht. Statt dessen trat sie zurück zu ihrem gesprenkelten Pferd. Aber ich hatte bereits die Verzweiflung in ihren Augen gesehen.

»Sprecht Ihr Vashni?« fragte sie.

»Einige Worte. Aber sie sprechen die Wüstensprache. Die meisten Leute im Süden sprechen sie. Bascha ...« Ich berührte sie nicht, obwohl ich es wollte. »... Del, ich werde aufpassen, was ich sage. Mir ist bewußt, was dies für Euch bedeutet.«

Sie seufzte tief. »Ich weiß. Ich ... weiß. Aber ...« Sie schüttelte den Kopf. »Ich glaube, ich habe einfach Angst, daß er trotz allem nicht hier sein könnte. Daß er an jemand anderen verkauft worden ist und wir weiter suchen müssen.«

Es gab nichts, was ich noch hätte sagen können. Also ließ ich sie bei den Pferden zurück, wie es die meisten mit einer Frau tun würden. Ich wandte ihr den Rücken zu und betrat den Hyort des Häuptlings, wo ich dann ihrem Bruder von Angesicht zu Angesicht gegenüberstand.

Ich blieb jäh stehen. Der Türvorhang fiel hinter mir zu. Del würde nicht hineinsehen können. Sie würde ihren Bruder nicht sehen können, wie ich ihn sehen konnte: mit Zöpfen, wie ein Vashni. Mit einem Lendenschurz, wie ein Vashni. Fast nackt, wie ein Vashni. Aber blond. Mit blauen Augen. Mit heller Haut. Wie Del. Und ohne Schwert und der Kette aus Fingerknochen.

Was bedeutete, daß er nicht — ganz — ein Vashni war.

Er war fast so groß wie Del. Aber nicht ganz. Er hatte fast Dels Gewicht. Aber nicht ganz. Und das würde er niemals haben. Denn ich wußte, als ich ihn ansah, daß sein physisches Wachstum durch Kastration beeinträchtigt worden war.

Ich habe dies schon zuvor gesehen. Man kann es in den Augen sehen, wenn nicht an anderen Merkmalen. Nicht alle werden dick, wie Sabo. Nicht alle verweichlichen. Nicht alle sehen so ganz anders aus als ein normaler Mann.

Abgesehen von den Augen. Abgesehen von der seltsamen, fast schaurigen physischen Unreife. Eine fortdauernde Unreife. Ich verriet in keinster Weise, daß ich wußte, wer er war. Ich verriet in keinster Weise, daß ich wußte, *was* er war. Ich stand einfach ruhig da, wartete und versuchte auf meine Art mit dem Entsetzen und dem Schreck und dem Kummer fertig zu werden.

Um Dels willen, weil sie meine Stärke brauchen würde.

Jamail trat zur Seite. Ich sah den alten Mann auf einem Teppich am Boden des Hyort sitzen. Der Häuptling aller wilden Vashni: mit weißen Haaren, runzlig, gelähmt. Und halb blind. Sein rechtes Auge war vollständig von einem Film überzogen. Sein linkes zeigte Anzeichen desselben Leidens, wenn auch nicht in so fortgeschrittenem Stadium. Und doch saß er unbeugsam aufrecht auf seinem Teppich und wartete darauf, daß Jamail an seine Seite zurückkehrte.

Als der Junge dies tat, ergriff der alte Mann einen weichen, hellhäutigen Arm und ließ ihn nicht wieder los.

Hoolies. Wie im Namen von Valhail gehe ich *damit* um?

Aber ich wußte es. Und als der alte Häuptling nach meinen Geschäften mit den Vashni fragte und ohne Zweifel erwartete, daß ich einen Handel wünschte, erzählte ich es ihm. Alles. Und ich sagte ihm die ganze Wahrheit.

Als ich geendet hatte, sah ich Jamail an. Er schaute aus Dels blauen Augen zurück. Er hatte kein einziges

Wort gesagt oder auch nur einen Ton des Unglaubens, des Kummers, der Erleichterung von sich gegeben. Ein anderer Mann hätte vielleicht gesagt, daß der Junge Angst hatte, seine Gefühle zu zeigen, Angst vor Strafe. Aber ich wußte es besser. Ich sah, wie der alte Mann an seinem nordischen Eunuchen hing und wußte, daß der Häuptling ihn niemals verletzen würde. Das würde er genauso wenig, wie ein hartes Wort zu ihm zu sagen.

Aber er sprach zu mir. In der Wüstensprache erzählte mir der alte Mann Jamails Sichtweise der Geschichte. Soweit er sie kannte. Es stimmte, daß Aladar einen nordischen Sklavenjungen als Teil eines Handelsvertrages angeboten hatte. Es stimmte, daß Jamail als bewegliche Ware angenommen worden war. Aber es stimmte nicht, daß er ein solcher geblieben war. Es stimmte nicht, daß er als Chula behandelt worden war. Es stimmte nicht, daß die Vashni ihn kastriert hatten. Es stimmte nicht, daß die Vashni ihm die Zunge herausgeschnitten hatten.

Und so wußte ich, warum Jamail nicht sprach. Als Stummer konnte er es nicht. Als Kastrierter wollte er es vielleicht nicht.

»Aladar«, sagte ich nur.

Der alte Mann nickte einmal. Ich sah das Zittern seines Kinnes. Die Tränen, die sich in seinen schwachen Augen bildeten. Die zerbrechliche Kraft in seinen gelähmten Händen, als er Jamails Arm festhielt. Sein Mund verzog sich, als er die Worte seiner Frage formte: »Wird die nordische Frau einen Mann haben wollen, der kein Mann ist?«

Ich sah Jamail an. Für immer in physischer Unreife gefangen, sah er mehr wie Del aus als er sollte. Aber ich wußte es besser, als daß ich auch nur einen Augenblick lang gedacht hätte, daß das, was ihr Bruder erlitten hatte, ihre Absichten ändern würde.

Dennoch konnte ich nicht für sie sprechen. »Ich denke, das wird die Frau selbst entscheiden müssen.«

Einen Moment später nickte der alte Mann erneut. Er machte eine Geste der Zustimmung. Ich erhob mich, sammelte allen Mut, den ich aufbringen konnte, und ging hinaus, um Jamails Schwester zu berichten.

Del hörte mir in starrem Schweigen zu. Sie sagte nichts, als ich zu sprechen aufhörte. Sie ging hinein.

Es stand mir nicht zu, ihr zu folgen. Aber Del sprach die Wüstensprache nicht, und Jamail konnte dem Häuptling ihre Worte nicht übersetzen. Also bückte ich mich erneut in den Hyort hinein.

Jamail weinte. Ebenso Del. Ebenso der alte Mann. Aber sie alle taten dies lautlos.

Del sah mich nicht an. »Fragt den Häuptling, ob er Jamail gehen läßt.«

Ich fragte. Der alte Mann sagte weinend ja.

Sie schluckte. »Fragt Jamail, ob er mitkommen will.«

Ich fragte. Jamail nickte schließlich. Einmal. Aber ich sah eine helle Hand sich zu der mit Leberflecken übersäten Hand des alten Mannes schleichen, um sich in allzu offensichtlicher Abhängigkeit daran festzuklammern.

Del weinte jetzt nicht mehr. »Tiger — würdet Ihr dem Häuptling meinen Dank ausdrücken? Sagt ihm — *Sulhaya*.«

Ich sagte es ihm. Und dann erhob sich Jamail, weil der Häuptling es ihm befohlen hatte, um das Zelt mit seiner Schwester zu verlassen.

Del hieß ihn stehenbleiben, indem sie ihm eine Hand leicht auf die Brust drückte. Sie sprach leise in der nordischen Sprache, mit Tränen in den Augen, und als sie geendet hatte, umarmte sie den Bruder, den sie fünf lange Jahre lang gesucht hatte, und gab ihren Anspruch auf ihn auf.

Einen Augenblick später folgte ich ihr aus dem Zelt hinaus.

Auf der Reise von den Ausläufern der Berge zu der Oase am Rande der Punja hatte Del, die mit unbewegtem Gesicht auf ihrem Pferd saß, kein Wort gesprochen. Und jetzt, als sie in den stummen Schatten von sechs Palmen mit dem Rücken gegen die felsige Mauer der Zisterne gelehnt saß, sah ich den Keim entsetzten Verstehens in ihren Augen aufgehen.

Ein Ziel, das man erreicht hat, bringt oft keine Freude. Nur einen flüchtigen Hauch von Befriedigung bei der Erkenntnis, daß die Sache erledigt ist, aber auch den ersten Geschmack des mißlungenen Höhepunkts. In diesem Falle wurde der Geschmack durch das zusätzliche Wissen verdorben, daß das, was sie getan hatte, umsonst gewesen war.

Nun, nicht völlig *umsonst*. Aber ihr schien es so.

»Sie waren gut zu ihm«, erklärte ich ihr. »Zwei Jahre lang hat er mit Aladar in der Hölle gelebt. Die Vashni hießen ihn willkommen. Sie gaben ihm Würde.«

»Ich bin *leer*« war alles, was sie sagte.

Ich hörte die Qual aus ihrem Tonfall heraus, als ich mich neben sie setzte. Als die Sonne unterging, hatte sie in der Nähe einer der Palmen ein Feuer entfacht, wozu sie sowohl das Anmachholz, das wir in unseren Satteltaschen mit uns führten, als auch einige abgestorbene Palmwedel verwendet hatte. Wir hatten auf ausgebreiteten Teppichen gesessen, zu Abend gegessen, still überlegt, persönlichen Gedanken nachhängend, und beobachtet, wie die Sonne über der Wüste unterging. Jetzt gab es, abgesehen von dem vom Wind gepeitschten Feuer und dem Schnauben der angepflockten Pferde, absolut keine Geräusche.

Del wandte mir ihr Gesicht zu, und ich sah die Qual in jeder Linie. »Warum bin ich so *leer?*«

»Weil Euch das, was Ihr Euch am meisten wünschtet, durch Umstände genommen wurde, die Ihr nicht ändern könnt.« Ich lächelte leicht. »Dafür gibt es keinen Kreis, Bascha. Keinen Tanz. Keinen *Kaidin* oder *An-Kaidin*, der Euch zeigt, wie Ihr dies mit Können und Übung überwinden könnt. Nicht einmal ein magisches Schwert kann helfen, weder ein im Norden noch ein im Süden geschmiedetes.«

»Es tut weh«, sagte sie. »Es tut *so* weh.«

»Das wird es noch lange tun.«

Wir saßen Schulter an Schulter an die Zisternenmauer gelehnt. Ich konnte die Wärme ihrer Haut durch die dünne Seide meines Burnus spüren, durch die dünne Seide ihres eigenen. Keiner von uns trug den Harnisch, und wir hatten unsere Schwerter kurz nach dem Absteigen wieder in die Scheiden gesteckt. Aber beide Waffen lagen in Reichweite. Keiner von uns beiden war ein Narr.

Ich überlegte, wie es dazu gekommen war, daß ich mir hin und wieder einen gewissen Grad an relativ starkem männlichen Interesse an der Frau neben mir herausgenommen hatte. Wie es dazu gekommen war, daß ich ihr hin und wieder physische Gefälligkeiten aufgedrängt hatte, als sie kein Bedürfnis danach hatte, wo ich doch wußte, daß so viele Frauen geneckt und umarmt und geküßt werden wollten, bis sie sich hingaben. Aber Del war nicht wie die meisten Frauen. Del war Del, in erster Linie Schwerttänzer, und ich achtete sie dafür.

Aber nicht in dem Maße, daß ich die Tatsache verdrängen konnte, daß ich sie mehr begehrte denn je.

Es wurde offensichtlich, daß ihre Gedanken den meinen sehr ähnlich waren. Ich sah ihren Mund weicher werden, ein schwaches Lächeln sich langsam ausbreiten. Sie sah mich von der Seite an. Vielsagend in seiner Direktheit. »Es gab ein Geschäft, Schwerttänzer«, sagte sie. »Einen Handel, den wir vereinbart haben, weil Ihr den Kreis nicht auf andere Weise mit mir betreten wolltet. Die Bezahlung für die Dienste eines Schwerttänzers, weil ich keine andere Münze hatte.«

Ich hob die linke Schulter, die jetzt nicht Einzelhiebs Gewicht trug. »Wir haben Aladars Geldbörse aufgeteilt. Das ist genug Bezahlung, Bascha.«

»Ist das ein *Nein?*« fragte sie erstaunt. Und auch belustigt. Sie fühlte sich durch den Gedanken, daß ich sie nun doch nicht haben wollte, nicht beleidigt. Aber sie schien auch nicht besonders erleichtert zu sein. »Nachdem Ihr so geduldig gewartet habt?«

Ich lächelte. »Geduld ist der Lauf der Welt. Nein, Bascha, es ist genaugenommen kein *Nein*. Einfach — ein unsicheres Ja.« Ich streckte die Hand aus und schob eine sonnengebleichte Haarsträhne hinter ihr Ohr. »Ich will Euch nicht aufgrund eines Handels. Ich will Euch nicht, wenn Ihr das Gefühl habt, daß es sein muß. Und auch nicht aus Dankbarkeit.« Die Schwielen an meinen Händen blieben an der Seide ihres Burnus hängen und rissen daran. »Und ich will es auch nicht, wenn Ihr Euch nur ganz einfach einsam und leer fühlt, weil Eure Suche beendet ist.«

»Nein?« Helle Brauen hoben sich ein wenig. »Das ist nicht der Sandtiger, den *Elamain* kannte, nicht wahr?«

Ich lachte laut auf. »Nein, Valhail sei Dank. Nein.«

Dels Hände — die genauso voller Schwielen waren wie meine — fühlten sich auf meinem mit Seide bedeckten Arm kühl an. »Das ist nicht der Grund, Tiger. Aber wenn wir *beide* nehmen, geben, teilen würden — auf gleicher Basis ... ungeachtet der Gründe?«

»Auf gleicher Basis?« Im Süden weiß ein Mann, der mit einer Frau im Bett liegt, wenig von Gleichheit, denn er wird von Kindheit an gelehrt, daß er der unzweifelhaft Überlegene ist.

Es sei denn natürlich, er wächst als Chula auf.

Del lachte leise. »Betrachtet es als Schwerttanz.«

Ich dachte sofort an meine Träume. Del und ich, in einem Kreis. Einander gegenüberstehend. Das Bild ließ mich lächeln. Der Kreis, den sie jetzt anbot, hatte nichts mit Träumen zu tun. Zumindest nicht mit *jenen* Träumen, die von völlig anderer Art waren.

»Frei angeboten, frei angenommen.« Ich dachte darüber nach. »Ein interessanter Gedanke, Bascha.«

»Nicht viel anders als Elamain.« Del lächelte nicht, aber ich sah, wie sich ihr Mundwinkel verzog.

»Ihr seid dabei.« Ich wandte mich um und umfing sie mit den Armen ...

... gerade als die Stimme des Fremden aus der sich vertiefenden Dämmerung erklang ...

... aber absolut nicht die eines Fremden.

Die Stimme gehörte einwandfrei zu Theron, der Del zu einem Tanz herausforderte.

Therons Stimme?

Del und ich sprangen sofort auf, mit gezogenen Schwertern. Im Licht des Vollmondes sah ich den Mann sich von der anderen Seite der Zisterne her nähern. Er ging zu Fuß. Aber hinter ihm, in der Ferne, stand ein Pferd. Ein sehr bekanntes Pferd.

Meine Stute ...

Ich unterbrach den Gedanken sofort. Theron war absichtlich — und klugerweise — abgestiegen und hatte sich zu Fuß genähert, so daß unsere eigenen Pferde uns nicht warnen würden.

Und in unserem beiderseitigen Verlangen (oder Liebe — nenne man es, wie man wolle) hatten wir ihn nicht gehört. Wir hatten ihn schlichtweg nicht gehört.

Er trug den mausgrauen Burnus. Die Kapuze war zurückgeschoben. Noch immer braunhaarig, wie ich, mit einer Spur von Grau. Noch immer groß, wie ich. Aber jetzt schwerer, weil die Mine mir zu viel Gewicht abgefordert hatte.

Theron sah Del an. »Wir haben einen Tanz zu Ende zu bringen.«

»*Wartet* einen Moment«, sagte ich. »Der Afreet hat Euch *mitgenommen.*«

»Aber jetzt bin ich hier, und das geht Euch nichts an, Südbewohner.«

»Ich denke, vielleicht *doch*«, erklärte ich. »Wie seid Ihr davongekommen? Was genau wollt Ihr hier?«

»Das sollte klar sein. Die Frau und ich haben noch eine Rechnung zu begleichen.« Er sah Del direkt an und überging mich völlig. »Ich bin hierhergekommen, um einen Tanz zu beenden.«

»Vielleicht.« Es hatte mich noch nie gestört, mich einzumischen. »Aber bevor Ihr beide Euer unerledigtes Geschäft beendet, verlange ich ein paar Antworten.«

Theron lächelte nicht. »Was den Afreet betrifft, so hat er keinen Herrn. Wie auch Rusali keinen Tanzeer hat.«

Nun, das überraschte mich nicht wirklich. Alric hatte gesagt, daß Lahamu nicht besonders gescheit war. Und Theron war ganz bestimmt ein gefährlicher Gegner.

Ich sah den gefährlichen Mann an. Ruhig legte er die Schuhe, den Burnus, den Harnisch ab. Alles, außer seinem Dhoti. In den Händen hielt er das blankgezogene Schwert, und ich sah erneut die fremdartigen Runen, schillernd auf dem sehr hell purpurfarbenen Stahl, der kein — wirklicher — Stahl war.

Wieder standen wir uns gegenüber. Wieder sah ich den Mann, der sie töten wollte, und ich dachte daran, ihn selbst zu töten.

Aber es war Dels Tanz. Nicht meiner.

Del entledigte sich ihres Burnus, ihrer Schuhe, ihres Harnischs. Legte sie beiseite. Mit dem blankgezogenen Schwert in Händen wandte sie sich um, um mich anzusehen. »Tiger«, sagte sie ruhig.

Ich ging fort von den Teppichen und der Zisterne, näher an das Feuer heran. Ich steckte Einzelhiebs Spitze in den Sand und begann den Kreis zu ziehen. Der Mond schien hell genug, um sehen zu können. Das Feuer leuchtete mir. Mehr als genug, um dabei zu sterben.

Der Kreis war gezogen. Einzelhieb steckte wieder in der Scheide. Ich bedeutete ihnen, die Schwerter in die Mitte des Kreises zu legen. Lautlos befolgten sie dies und traten wieder hinaus.

Sie sahen sich über den Kreis hinweg an. Im silbrigen Mondlicht bildete er einen flachen Ring der Dunkelheit, eine dünne, schwarze Linie im aschgrauen Sand. Aber die Linie schwankte. Sie bewegte sich auf dem Sand wie eine sich seitwärts windende Schlange. Weil die vom Wind bewegten Flammen des aufflackernden Feuers, obwohl sie keinen Anfang und kein Ende hatte, ihr ein gewisses Maß an Leben verliehen. Eine Erscheinungsform der Unabhängigkeit.

»Haltet Euch bereit.«

Ich hörte die sanften Gesänge. Ich schaute auf die Schwerter in der Mitte des Kreises. Beide mit silbernem Heft. Beide mit Runen auf der Klinge. Beide fremdartig für meine Augen.

Langsam schlenderte ich zu der Zisternenmauer. Ich setzte mich hin. Das Gestein fühlte sich an meinem Gesäß hart an. Aber nicht so hart wie das Wort, das ich aussprach.

»*Tanzt*«, sagte ich, nur dies.

Sie trafen sich im Kreis, rissen die Schwerter hoch und umkreisten sich in dem unaufhörlichen Tanz um Leben und Tod. Ich sah, wie Theron sie jetzt genauer abschätzte, als erinnere er sich nur zu genau, wie außerordentlich gut sie war. Keine männliche Überlegenheit mehr. Er nahm sie ernst.

Barfuß glitten sie durch weichen Sand, der durch die vom Feuer verursachten Schatten noch weicher erschien. Die gebogene Linie des Kreises schwankte in dem Licht. Solch eine dünne Linie, dünn wie eine Klinge. Damit *ich* beurteilen konnte, wenn einer der Tänzer aus dem Kreis heraustrat.

Ich sah das silberne Aufblitzen, als sich beide Schwerter trafen und sangen. Und alle Farben strömten heraus und zerrissen die Dunkelheit in ein leuchtendes Band. Kleine Wellen, Kurven, Spiralen, Winkel, so scharf abgegrenzt wie die Schneide eines Messers, das durch die Schatten schneidet. Ich erkannte deutliche Muster, als ob Del und Theron sie zu einem bestimmten Zweck webten. Ein kurzes Eintauchen hier, ein Schnörkel da, eine plötzliche Finte.

Angriff, Gegenangriff, Angriff. Parade und Gegenstoß. Die Dunkelheit war von Licht erfüllt. Meine Ohren wurden taub von dem Krachen behexten Stahls.

Schenkel spannten sich an, Sehnen rollten. Handgelenke hielten fest, während sie ein gespenstisches Leuchten freisetzten. Dels Gesicht erschien in dem schwankenden Licht starr, ausdruckslos vor Anspannung. Aber ich sah, daß Theron lächelte.

Die Bewegung war so fein, daß ich sie beinahe verpaßte. Hauptsächlich bemerkte ich, daß sich die Geräusche verändert hatten, das Klirren und Zischen mit Runen versehener Klingen. Dann sah ich, daß sich auch die Muster zu ändern begannen. Wie das komplizierte Flechtwerk zu einem Hieb hier, einem Hieb dort wurde, dreist und agressiv, bis die Hiebe an meine eigenen erinnerten.

Theron stand in der Mitte des Kreises und ließ nordischen Stahl auf nordischen Stahl hageln, aber sein Kampfstil war deutlich südlich.

Ich blieb nicht länger auf der Zisternenmauer sitzen. Ich stand am Rande des Kreises und sah den Mann stirnrunzelnd an, der in einem Stil gegen Del zu tanzen begann, den sie nicht kannte, nicht kennen *konnte*.

Aber das, so dachte ich, konnte auch Theron nicht. Anderenfalls hätte er ihn in dem ersten Tanz angewandt, *bevor* der Afreet eintraf.

Er unterbrach ihr Muster. Einmal. Zweimal. Ein drittes und letztes Mal. Er schlug ihr das Schwert aus den Händen.

»*Del* . . .« Aber sie brauchte meine Warnung nicht. Sie

sprang hoch und über seine Klinge hinweg, ließ sich dann fallen und rollte fort. Ihre Hände umfaßten keine Klinge mehr, aber sie ging auch der seinen aus dem Weg.

Ich beobachtete ihn genauer. Ich sah das Leuchten in seinen blauen Augen und die Befriedigung in den geschwungenen Linien seines Mundes. Er war kein Mann, der fair kämpfte, er war Theron. Nicht jetzt. Vielleicht irgendwann einmal. Vielleicht, als er ihr zuvor gegenübergestanden hatte. Aber jetzt zeigte der Blick des Mannes etwas *Fremdes*. Als habe er sich auf irgendeine Weise einen Stil angeeignet, der ihm bisher gefehlt hatte.

»*Del*...« Dieses Mal wartete ich nicht. Nicht einmal auf Theron. Ich tauchte einfach über die gebogene Linie, fing Del in meinen Armen auf und trug sie aus dem Kreis hinaus.

Auch das *Jivatma* lag außerhalb des Kreises. Del, die mich ärgerlich verfluchte, stemmte sich in eine aufrechte Position. »*Was tust du, du Dummkopf*...?«

»Dein Leben retten«, sagte ich grimmig und drückte sie wieder nach unten. »Wenn du mir eine Gelegenheit gibst, kann ich es erklären.«

»*Was* erklären — wie du diesen Tanz für mich verloren hast?« Del war lebhaft, beeindruckend wütend. Und gerade, als sie darum kämpfte, mir Flüche ins Gesicht zu schleudern, verlor sich ihre südliche Klangfärbung völlig.

Theron ging durch den Kreis. Als der Gesang verstummt war, blieb das Schwert untätig in seiner Hand. Die Dunkelheit war wieder dunkel, bis auf den silbrigen Mond.

»Gebt den Tanz verloren«, sagte er, »oder ergebt Euch. Das ist die einzige Wahl, die ich Euch lasse.«

»Weder noch«, antwortete Del. »Dieser Schwerttanz ist noch nicht beendet.«

»Ihr habt den Kreis verlassen.«

Auch im Süden ist der Brauch derselbe. Aus dem Kreis heraus: aus dem Tanz heraus. Sie hatte keine andere Wahl, als den Tanz verlorenzugeben oder sich zu ergeben.

»Das war nicht meine Wahl!« schrie sie. »*Ihr* habt gesehen, was er getan hat!«

»Er hat den Tanz *für Euch* verloren gegeben.« Theron lächelte. »Was getan ist, ist getan, *Ishtoya*.« Er machte eine kurze Pause. »Verzeihung. Euer Rang ist *An-Ishtoya*.«

»Ich bin ein Schwerttänzer«, schleuderte sie ihm entgegen. »Kein Rang. Nur der Tanz gilt.« Sie kämpfte kurz. »Tiger ... laß mich *hoch* ...«

»Nein.« Ich hielt sie erneut fest. »Konntest du die Veränderung nicht spüren? Konntest du den Unterschied nicht spüren?« Ich schaute über die Schulter zu Theron. »Er ist nicht der Mann, dem du in dem Kreis in Rusali gegenüberstandest. Er ist jemand völlig anderer.«

»Nicht ganz«, sagte Theron. Er stand in der Nähe des Kreisumfangs. Das silberne Heft seiner Blutklinge lag leicht in seiner Hand. »Ich bin derselbe Mann, Sandtiger. Nur das *Schwert* ist anders.«

Del runzelte die Stirn. »Es ist dasselbe Schwert. Es ist *Euer* Schwert.«

»Was habt Ihr getan?« fragte ich scharf. »Was *genau* habt Ihr Lahamu getan?«

»Ich habe ihn getötet.« Theron zuckte die Achseln. »Der Tanzeer war dumm genug, mein *Jivatma* aufzunehmen. Selbst Ihr müßtet wissen, daß das niemand außer mir tun sollte. Aber ich war klug genug, ihn gewähren zu lassen.« Er sah Del lächelnd an. »Eine Lektion von Euch, *An-Ishtoya*. Wenn man eine besondere Tötung braucht, dann bekommt man sie, wie immer man will.«

»Ihr habt es erneut getränkt.« Del versteifte sich in meinen Armen zu völliger Unbeweglichkeit. »Ihr habt *Euer Jivatma erneut getränkt ...*«

»*Ihr* ruft Wind und Sturm und Eis mit Eurem herbei«, belehrte Theron sie. »*Ihr* saugt alle Macht eines Banshee-Sturmes mit diesem Schwert auf! Ich weiß *so* viel — das tut jeder Schüler, der die Geschichte der *Jivatmas* gelernt hat —, auch wenn ich nicht den richtigen Namen dieser Metzgerklinge kenne.« Er entblößte bei einem höllischen Lächeln weiße Zähne. »Und wie schlägt man Delilahs berühmtes nordisches *Jivatma*? Mit Hitze. Mit Feuer. Mit aller Macht des *Südens*, eingehüllt in diese Klinge.«

»Theron — es ist verboten, das Schwert erneut zu tränken ...« Aber ihr Protest wurde nicht beachtet. Ich war nicht sicher, ob er ihn *gehört* hatte.

Eine große Hand liebkoste die glühenden Runen. »Ihr habt es gespürt, nicht wahr? Eine Schwäche. Eine Wärme. Ein Nachlassen Eurer Kraft. Anderenfalls hätte ich niemals dieses Schwert aus Euren Händen schlagen können.« Er lächelte. »Ich weiß es, *An-Ishtoya*. Und Ihr auch. Aber es ist für mich wichtig, zu siegen. Ich werde alle möglichen Methoden anwenden. Also — ja, ich habe mein Schwert erneut getränkt. Ich habe den verbotenen Zauber gebraucht.«

Del preßte die Lippen zusammen, die in ihrem Gesicht blaß wirkten. »Der *An-Ishtoya* hätte Schande über den *An-Kaidin* gebracht.«

»Das bezweifle ich nicht«, stimmte Theron zu. »Aber der *An-Kaidin* ist auch tot.«

Del machte keine Anstrengungen, jetzt irgendwo hinzugehen. Also ließ ich sie los, setzte sie vorsichtig ab und schüttelte mir den Sand von den Händen. »Wenn das Schwert erneut zu tränken das bedeutet, was ich denke, dann habt Ihr mehr als südliche Hitze erlangt. Dann habt Ihr den südlichen Stil erlangt.« Und er war kräftig genug, um Schaden anzurichten.

»Ja«, stimmte Theron zu. »Der Tanzeer war fast so gut wie Ihr — vielleicht im dritten Grad, anstelle des siebenten —, aber er kannte die Rituale. Er paßte zu meiner natürlichen Begabung. Der Stil ist leicht wirkungsvoll anwendbar.«

»Wahrscheinlich«, stimmte ich zu. »Natürlich, gegen *einen anderen* südlichen Schwerttänzer sieht die Sache entschieden anders aus.«

Ich legte den Harnisch, den Burnus, die Schuhe ab und ließ alles in den Sand fallen. »Ich bin an der Reihe, Bascha.«

»Es ist *mein* Kampf ...«, sagte sie. »Tiger — du kannst nicht — du bist noch nicht fit für den Kreis.«

Sie hatte recht. Aber uns blieb keine Wahl. »Du mußt nach Hause gehen«, teilte ich ihr nüchtern mit. »Du kannst den Kreis nicht wieder betreten — du bist zu ehrenwert, um zu betrügen. Aber ich kann es. Ich kann deinen Platz einnehmen.«

»Tust du das, um mich für die Tötung Aladars zu bezahlen?«

Ich lachte. »Nicht im geringsten. Ich will diesen Sohn einer Salset-Ziege einfach *besiegen*.« Ich grinste sie an. »Geh nach Hause. Stelle dich deinen Anklägern. Du hast eine Chance bei ihnen. Mehr als du sie bei Theron hast, der die Absicht hegt, dich in Stücke zu schneiden.« Ich schüttelte den Kopf. »Del — er hat den Ritualen des Tanzes entsagt. Er hat Mittel gesucht, die er nicht hätte suchen sollen. Es gibt keine Wahl in bezug auf ihn.« Ich nahm Einzelhieb mit in den Kreis.

Theron hob offen die Brauen. »Und gibt die Frau den Tanz verloren? Ergibt sich die Frau?«

»Die *An-Ishtoya* beugt sich den Notwendigkeiten«, antwortete ich. »Akzeptiert Ihr einen *Ishtoya* des siebten Grades an ihrer statt?«

Der Schwerttänzer lächelte. »Aber wer wird als Schiedsrichter fungieren? Wer wird den Tanz beginnen?«

Ich ging an ihm vorbei und legte Einzelhieb in die Mitte des Kreises. »Im Süden tun wir eine Menge Dinge alleine.«

Er nahm die Herausforderung ruhig an. Er betrat den Kreis und legte sein erneut getränktes Schwert neben Einzelhieb. Beide Waffen hatten die gleiche Größe. Waren wahrscheinlich gleich schwer. Theron und ich paßten in Größe und Reichweite genau zueinander, aber mir fehlte jetzt das Gewicht. Und vielleicht die Geschwindigkeit und die Kraft. Denn der größte Teil des Könnens, das ich zu haben beanspruchte, war in Aladars Mine geblieben.

»Wollt Ihr mir etwas sagen, bevor wir anfangen?« fragte ich.

Theron nickte stirnrunzelnd.

»Woher habt Ihr diese Stute?«

Es war offensichtlich nicht die Frage, die er erwartet hatte. Er sah mich einen Augenblick lang finster und unheilvoll an, seufzte dann ein wenig und zuckte die Achseln. Einsicht war nicht seine Stärke. »Ich habe sie in der Wüste gefunden, an einer Oase. Sie stand über einem Hanjii-Krieger. Einem sehr *toten* Hanjii-Krieger.«

Ich lächelte. Ich schlug vor zu beginnen.

Theron sang. Ich tanzte nur.

Lärm: Das Klirren von Klinge gegen Klinge, das Scharren von Füßen im Sand, das Einsaugen rauher, kurzer Atemzüge. Knurren und halbe Flüche brachen gegen unseren Willen heraus. Das kreischende Zischen von südlichem Stahl gegen eine fremdartige Klinge, die im Norden geschmiedet und im Blut eines Feindes getränkt worden war... und erneut getränkt in der Haut und dem Blut eines südlichen Tänzers.

Farbe: von Therons Schwert, nicht von meinem, aus dem schwarzen Nachthimmel fließend, der vom Licht des Mondes, der Sterne, des Feuers erfüllt war, alles auf die nördliche Klinge übertragen, als sie aus den Schatten losschlug, um mich mit ihrem Licht zu blenden, diesem allesumgebenden Licht.

Soviel Lärm ... Soviel Farbe ...

Soviel —
— *Feuer* —
Soviel —
— *Hitze* —
So viel —
— *Licht* —
Aber alles, was ich kannte, war Schmerz.

»Tiger ... *nein* ...«

Erschreckt fand ich zu mir selbst zurück. Ich sah die gespenstischen Lichter vor mir und Theron in ihrer Mitte. Und spürte das verunsichernde Fehlen des Gleichgewichts meines Schwertes.

Einzelhieb.

Ich schaute hinab. Sah die zerbrochene Klinge. Hörte das Kreischen von Therons Schwert, als es durch die Dunkelheit abwärts schlug und den Himmel dahinter erhellte.

»Tiger ... *nein* ...«

Dels Stimme. Ich warf mich zur Seite. Fühlte den eisigen Luftzug des Winterwindes, das Brennen eines Punjasommers. Hörte Therons zufriedenes Lachen.

»*Kein Schwert*, Theron!« schrie Dels Stimme. »Ihr entehrt Euren *An-Kaidin!*«

Die Lichter erstarben. Der Winter/Sommer verging. Ich fand mich mit einem zerbrochenen Schwert in der Hand im Sand kniend wieder, während Theron stirnrunzelnd zu mir hinabsah.

Einzelhieb.

Ich schaute ausdruckslos auf die zerbrochene Klinge. Eine Schande? Nein. Bläulicher Stahl, von einem Shodo gesegnet, bricht niemals. Nicht durch normale Mittel.

Ich schaute auf die erneut getränkte Waffe, die Theron in Händen hielt. Auf die fremdartigen Figuren auf dem Heft, die fremdartigen Runen auf der Klinge. Und ich haßte dieses Schwert. Haßte die Macht, die es zu mehr machte als nur zu einem Schwert. Einzelhiebs Vernichtung.

Behext. Verzaubert. Magisch gemacht. Die Klinge eines Betrügers, nicht mehr.

Einzelhieb.

»Ergebt Euch«, sagte er, »oder gebt den Kampf verloren. Für die Frau und für Euch selbst.«

»Nein.« In meinem Zorn, in meinem Entsetzen, war dieses eine Wort alles, was ich hervorbringen konnte. Aber ich dachte, es wäre genug.

Theron seufzte. »Ihr habt kein Schwert. Wollt Ihr mit den Händen kämpfen?«

»Nein.« Dieses Mal von Del, während sie an den Rand des Kreises trat.

»Bascha.« Aber sie hielt das Schwert in ihrer Hand ...

... und legte es in meine.

»Nimm sie«, sagte sie leise, so daß nur ich es hören konnte. »Gebrauche sie. Ihr Name ist Boreal.«

Theron rief etwas. Etwas über das Brechen von Schwüren. Etwas, das mit dem Schwert zusammenhing. Den Namen des Schwertes, bekanntgemacht. Aber in diesem Moment spielte es keine Rolle. In diesem Moment gehörte das Schwert mir.

Boreal: kalter Winterwind, der aus den Nördlichen Bergen herausschrie. Kalter Banshee-Sturmstoß, der die Haut an dem eiskalten Heft gefrieren ließ. Und doch frohlockend in dem Eis. Ich frohlockte im Wind. Ich frohlockte im Schmerz. Weil ich das alles brauchte, um zu gewinnen.

Boreal: *ein Schwert.* Ein Schwert aus fremdartigem Metall. Der personifizierte Norden. Durch Dels ganze Kraft ermächtigt. Und durch das Können eines toten *An-Kaidin.*

Der nordische Schwerttänzer hatte keine Chance gegen den südlichen.

Und wie wir tanzten, Theron und ich. Und wie wir unser Bestes taten, um uns gegenseitig die Kehlen aufzuschlitzen, um uns gegenseitig das Herz herauszuschneiden. Keine Geschicklichkeit, keine komplizierten, glühenden Muster. Kein fein abgewogenes Maßwerk. Einfach Kraft, im Kreis freigelassen. Ein elementarer Zorn.

Schneiden, schlagen, stoßen. Eine Klinge auffangen und versuchen, sie zu zerbrechen. Angriff, sich dem Kampf stellen, Gegenstoß. Versuchen, den Kopf von den Schultern zu schlagen.

Das erneut getränkte Schwert machte ihn gut. Das erneut getränkte Schwert machte ihn besser. Aber nicht besser, als mich Dels machte.

— *Feuer* —

— *Licht* —

— *Schmerz* —

Und ein klagender Winterwind.

»Tiger?«

Ich erwachte: Stille. Ich öffnete die Augen: Morgen. Ich bereitete mich auf den Schmerz vor: es passierte nichts. »Del?«

Keine sofortige Antwort. Ich lag flach auf dem Rükken, rollte mich auf den Bauch. Ich lag ausgestreckt innerhalb des Kreises. Ich erinnerte mich undeutlich daran, daß ich zusammengebrochen war, nachdem ich Dels Schwert in Therons Bauch geschoben hatte.

Ich wandte den Kopf, um über die Schulter zu sehen. Ja — noch immer tot. Das mußte auch sein, mit all seinem Blut und seinen Eingeweiden, die über den Sand ausgebreitet lagen.

Ich wandte mich wieder um. »Del?«

Dann sah ich sie. Sie kniete außerhalb des Kreises, wollte ihn noch immer nicht durch ihre Gegenwart entweihen. Für sie galten, unabhängig von dem, was geschehen war, die Rituale noch immer.

Hoolies. Ich stand langsam auf. Spürte für einen Moment Erde und Himmel die Plätze tauschen. Wartete. Rieb mit einer Hand über sandige, brennende Augen.

»Das ist ein Schwert, Bascha.« Alles andere wäre zuviel gesagt.

»Kann ich es zurückhaben?«

Ich schaute hinter mich und sah das Schwert im Kreis liegen. Ich war nicht sicher, daß sie es mich berühren lassen würde.

Del lächelte. »Es wird nicht beißen, Tiger. Nicht mehr. Du kennst seinen Namen.«

Ich holte das Schwert und reichte es Del aus dem Kreis hinaus. »Das also ist der Schlüssel? Der Name?«

»Ein Teil davon. Nicht der ganze. Der Rest ist — persönlich.« Helle Brauen zogen sich zusammen. »Ich kann es nicht sagen. Du bist Südbewohner, kein Nordbewohner — ich kenne die Sprache nicht. Und es braucht Jahre, um zu verstehen. Einen *An-Kaidin*, der einem die Rituale beibringt, die dazugehören.«

»Du bist ein *An-Kaidin*.«

»Nein.« Sie sah an mir vorbei auf Therons Körper. »Nicht mehr, als *er* es war. *An-Kaidin* töten niemals.«

Ich schaute zurück zu dem Körper. »Begrabt ihr eure Toten, oben im Norden?«

»Ja.«

Also begrub ich ihn unter einer Palme, unter der südlichen Sonne.

Vom Sattel ihres gesprenkelten Pferdes aus sah Del auf mich hinab. »Es ist ein Schwert«, sagte sie, »das ist alles. Theron ist tot. Keiner außer Theron kannte den wahren Namen der Klinge, also wird es für dich niemals das sein, was es für ihn war. Aber — es ist dennoch ein Schwert. Ein *Schwert*schwert — nichts magisches. Kein *Jivatma*. Aber es funktioniert.«

»Ich weiß, daß es funktionieren wird.« Das Heft war in meinen Händen ein Heft. Nicht schauerlich, verwirrend kalt. Nichts als fremdartige Figuren. Runen, die ich nicht kannte. Und wenn Del sie kannte, so sagte sie es nicht.

»Aber — es ist nicht Einzelhieb.«

»Nein«, stimmte sie zu. »Tut mir leid, Tiger. Ich weiß, was er dir bedeutet hat.«

Ich seufzte und fühlte den inzwischen vertrauten Grad der Gram in meinen Eingeweiden. *Kein Einzelhieb mehr* — »Ja, nun, der Aqivi ist verschüttet. Nichts, was ich tun kann.«

»Nein.« Sie schaute einen Moment gen Norden. »Jetzt, wo ich mich entschlossen habe, denke ich, daß ich mich bereitmachen sollte. Es ist ein langer Ritt durch die Punja.«

»Erinnerst du dich an all die Merkpunkte, wie ich es dir gesagt habe?«

»Ja.«

Ich nickte. Wandte mich der Stute zu und schwang mich in den flachen, mit einer Decke bedeckten Sattel, nachdem ich mein Schwert in die Scheide gesteckt hatte. Wartete darauf, daß es sich versenken würde. »Reite los, Del. Du wirst nicht jünger.«

»Nein.« Sie lächelte leicht. »Aber ich bin nicht so sehr alt.«

Nein. Das war sie sicher nicht. Zu jung für den Süden. Zu jung für einen Mann wie den Sandtiger.

Andererseits ... »Mein Angebot gilt«, sagte ich. »Du hast noch ein ganzes Jahr Zeit, bevor sie jemand anderen hinter dir herschicken können. Und es ist ziemlich offensichtlich, daß du jeden Schwerttänzer im Kreis besiegen würdest.« Ich grinste, denn ich wußte, daß sie erwartete, daß ich *außer den Sandtiger* hinzufügen würde. »Das bedeutet Freiheit, Del, für eine Weile. Reite mit mir, und wir werden uns mit *beiden* Schwertern verdingen.«

»Nein.« Die Sonne glänzte auf ihrem weißblonden Haar. »Es ist besser, wenn wir das ein für allemal regeln. Wenn es eine Möglichkeit gibt, daß die Blutschuld vergeben wird ...« Sie runzelte leicht die Stirn. »Ich spreche keine Entschuldigungen aus. Auch nicht an jene, die um den *An-Kaidin* trauern, den ich getötet habe. Aber — ich würde lieber frei sein, ihnen allen gegenüberzutreten, die letztendliche Entscheidung zu kennen — anstatt ewig davonzulaufen.«

Ich lächelte. »Gut. Es hat keinen Sinn zu laufen, wenn man gehen kann.« Ich *gab* der Stute zu *verstehen*, daß sie sich Richtung Rusali wenden sollte. Zur Abwechslung fügte sie sich. »Ich werde Alric sagen, was du tust. Ich glaube, er würde es gern wissen.«

Del nickte. »Auf Wiedersehen, Tiger. *Sulhaya.*«

»Du sollst dich nicht bedanken.« Ich streckte die Hand aus und tätschelte den gefleckten Hals ihres Pferdes. »Reite nach Hause, Del. Es hat keinen Sinn, Zeit zu verschwenden.«

Sie stieß dem Wallach die Fersen in die Flanken und eilte von mir fort.

Ich zügelte die Stute, als sie buckelte, und bedauerte den Verlust des Wallachs. Sie wollte auch laufen, aufholen und auch vorwärts eilen. Mithalten. Beweisen, daß sie unzweifelhaft die *beste* war.

Ich grinste. »Fast genau wie ich, altes Mädchen.« Ich tätschelte ihren wuchtigen, kastanienbraunen Hals. »Bist du froh, daß du mich wiederhast?«

Wie es Pferdeart ist, antwortete sie nicht. Und so zügelte ich sie — wobei ich ihren mürrischen Protest ignorierte — und dirigierte sie Richtung Osten.

Aber ich ließ sie nicht laufen. Man kann nur schwer denken, wenn ein Pferd wie die Stute losgeht, weil man nie weiß, wann sie die Schulter oder den Kopf senkt und einen aus dem Sattel katapultiert. Es ist nicht besonders lustig. Und eines Tages könnte es sich sogar als verhängnisvoll erweisen.

Also ließ ich sie gehen, um mein Leben zu schützen und damit ich ein wenig nachdenken, die Dinge in meinem Kopf hin und her wenden konnte.

... ich kann nicht nach Julah gehen. Nicht jetzt, wo Aladar tot ist. Also werde ich es vollständig umgehen und auf anderem Weg nach Rusali reiten ...

Ich hielt an. Brachte die Stute zum Stehen, obwohl sie stampfte und seitwärts ausbrach, ihren Unwillen herausschnaubte und somit anzeigte, daß sie wünschte, ich möge zu einem Entschluß kommen.

Ich achtete nicht auf sie und sah starr hinter Del her. Starrte.

In der Ferne konnte ich den Schleier safranfarbenen Staubes sehen, der von einem gen Norden eilenden Pferd aufgewirbelt wurde. Ich konnte den weißen Fleck ihres seidenen Burnus sehen ...

»O Hoolies, Pferd, wir haben etwas Besseres zu tun ...«

... also ließ ich die Stute laufen und wandte mich gen Norden.

ZWEITER ROMAN

Schwertsänger

ZEREMONIELL DER MACHT

Del sang, und das Schwert wurde in ihren Händen lebendig.

Zuerst traute ich meinen Augen nicht. Mondlicht ist oft trügerisch. Ich glaubte, es seien Wolken, die über die Mondsichel zogen und dadurch seine Leuchtkraft beeinträchtigten. Aber wenn es überhaupt etwas bedeutete, so zollte der Mond dem Schwert Tribut. Sein Licht wurde merklich vom Leuchten der Klinge überstrahlt.

Es begann an der Spitze. Zunächst war es nur ein undeutlicher Lichtfleck. Ein Funke, unbeweglich und beständig, hervorquellend wie ein Blutstropfen aus einer durch einen Dorn verletzten Fingerkuppe. Er *pulsierte*, als *atme* er. Und dann kroch er aufwärts, Finger für Finger, Tropfen für Tropfen, langsam, wie eine Kette aus Punjakristallen. Stirnrunzelnd beobachtete ich, wie aus einigen viele wurden, bis die doppelschneidige Klinge vor Licht glänzte, wobei sich die Funken zu einem Ganzen verbanden.

Pulsierend. Hell — heller — *leuchtend* ... dann fast vollständig verblassend, bis er sich wieder erneuerte.

Del sang weiter, und die Klinge entflammte ...

Für Barry Malzberg,
der mich im Schundhaufen der Scott Meredith Agentur
entdeckte
und mir half, meinen Traum Wirklichkeit werden zu lassen
(während er mich warnte, daß es so kommen könnte);
und
Mark O'Green,
der es mich wieder und wieder schreiben ließ (und wieder),
bis es mir richtig geriet.

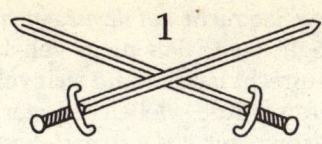

1

»Von Flöhen gebissen... querköpfig... hängeohrig...« — ich holte tief Luft — »... dreimal verfluchter Sohn einer Salsetz*iege!*«

Oder ähnliche Empfindungen. Das Problem war, daß ich ziemlich inkonsequent war und irgendwo an dem zerbrechlichen Rand des Unbehagens und der Katastrophe stand.

Er antwortete nicht. Zumindest nicht verbal. Physisch, ja, und zwar inbrünstig. Er buckelte und sprang und schnaubte und vergrub dann die Nase im Sand. Da er gleichzeitig mit kraftvoller Präzision die aussagekräftigen Hinterbeine anhob, hatte ich keine große Chance.

Mein Sattel hat, dank Valhail, keinen großen Knauf, sondern kaum mehr als eine Erhebung aus starrem Leder, die so geformt ist, daß sie sich dem Rücken des Hengstes und meinem Körper anpaßt. Ich hatte den Sattel unter dem Aspekt der Bequemlichkeit während der langen, heißen Stunden gekauft, die wir bei dem einen oder anderen Auftrag für die Durchquerung der Punja brauchen würden. Und jetzt war ich heilfroh darüber, diesen gewählt zu haben. Ein Mann, der der drohenden Gefahr gegenübersteht, im Sturzflug vom Pferd zu fallen — mit dem Kopf voran und dem Bauch nach unten, sich Schultern und Nacken zerkratzend —, möchte nicht unbedingt seinen besten Körperteil vorne am Sattel aufgespießt sehen, während sich seine restlichen Knochen im Sand verteilen.

Tatsächlich hatte ich andere Sorgen. Wie zum Beispiel, wo mein Schwert landen würde. Selbst der lebhafteste Schwerttänzer unterhält seinen Gegner im

Kreis normalerweise nicht *auf dem Kopf stehend.* Das eröffnete die Möglichkeit, daß mein geliehenes Schwert ohne Scheide aufrecht landen und sich vollständig in etwas hineinbohren würde, vielleicht sogar in mich.

Oder — (*laßt mir nur ein wenig Hoffnung*) — in den Hengst selbst. Mit dem Gesicht voran rutschte ich über das abschüssige Vorderteil meines Sattels (wobei ich den Bauch und alles andere, was dazu in der Lage war, einzog) und hing, wenn auch nur kurz, nahe am Kopf des Hengstes.

Was ihm zutiefst mißfiel, denn er war kein Tier, das es gern hat, wenn bei einem großen, fluchenden Mann der Kopf eingezogen ist wie bei einem halbrohen Ei das Dotter.

Die Hinterbeine senkten sich wieder. Jetzt mußte sich der Kopf wieder heben. Weil ich wußte, was wahrscheinlich geschehen würde, wenn ich nicht sofort etwas unternahm, schlang ich die Arme und Beine um alle Pferdeteile, die ich greifen konnte, und klammerte mich fest.

Schwierig.

Ich bin groß. Ich bin stark. Es hätte funktionieren können.

Unglücklicherweise nutzte der Hengst mein Erschrecken.

Der Kopf eines Pferdes ist härter als der Bauch eines Mannes. Ein Pferd ist stärker als ein Mensch. Aber ich entdeckte, *wie* hart und wie *stark* es wirklich war, als mich der Hengst zur Seite stieß wie einen Klumpen schmutziger Seide.

— *luftgeboren* —

O Hoolies.

Ich landete mit dem Schwerpunkt auf meiner eingezogenen rechten Schulter, aber auch auf einer Seite des Gesichts und dem unteren Ende meines Schwertes, das in seiner Scheide diagonal über meinem Rücken im Harnisch hing. Was bedeutete, daß es, während ich nicht allzu tief in den Sand eintauchte, gerade genug Hebelwirkung *ausübte*, um mich auf Gesicht und Bauch zurückzuschleudern, als ich mich zweckmäßigerweise über die Schulterblätter abgerollt hatte.

Ich schluckte genug Sand, um eine neue Wüste anzulegen, und begann dann, meine Lungen über die Grenze zwischen meinem Land, dem Süden, und Dels Land, dem Norden, auszuhusten.

Del. *Sie* bedeutete ein wenig Hilfe. Während ich trocken hustete und mich erbrechen wollte und würgte und entdeckte, daß ich eine zerbissene, blutige Lippe hatte, stieg sie ab (auf normale Art) und ging los, um den Hengst wieder einzufangen, der aus einem nicht erkennbaren Grund in nordwestlicher Richtung davonlief.

»... von *Flöhen* gebissen ...« Ich spie Sand aus. »... *dick*köpfig ...« Noch mehr Sand. »... *hänge*-ohrig ...« Dieses Mal Blut. Ich berührte meine Lippe mit einem zögernden Finger und spürte den von Salz und Sand verursachten Schmerz in der Wunde. »... dreimal verfluchter Sohn einer Salset*ziege!*«

Ich setzte mich auf. Sah Del fürchterlich stirnrunzelnd an, als sie den Hengst zurückbrachte. Ihr Gesichtsausdruck war höflich und zurückhaltend, die personifizierte Unschuld. (Sie ist sehr gut darin.) Sie schien ganz sicher nicht amüsiert *oder* besonders besorgt oder mitfühlend. Aber ein genauerer Blick in arglose blaue Augen sagte mir, daß sie lediglich abwartete, bis ihre Zeit gekommen war.

Ich leckte meine Lippen. »Ich sollte ihn den Cumfa zum Fraß vorwerfen.« Ich mußte wegen der geschwollenen Lippe vorsichtig sprechen, aber es war deutlich genug, was ich meinte.

»Ein langer Ritt auf einem einzigen Pferd.« *So* mild. So beiläufig, daß es Wut hervorrief.

Ich schaute. Del untersuchte den Hengst nach Verletzungen.

»*Er* ist in Ordnung.« Ich machte eine Pause. »Er ist *in Ordnung*.«

»Ich sehe nur nach.«

Ich schaute sie etwas eindringlicher an und beobachtete geistesabwesend die klaren Linien ihres Gesichts, während sie so ernsthaft mit dem Zustand des Hengstes beschäftigt war. Viel mehr konnte ich nicht von ihr sehen, denn sie war in einen weißen Seidenburnus gehüllt, der ihre Arme und Beine und weiblichen Kurven, so aufregend sie auch waren, ausgezeichnet verbarg. Im Süden ist das der Sinn eines Burnus bei einer Frau: sie vor männlichen Augen zu schützen, die anderenfalls beim Anblick eines wohlgestalteten Knöchels vor Verlangen entflammen würden.

Das Problem war, daß der Brauch eher Schwierigkeiten *verursachte,* als daß er sie vermied. Ein wohlgestalteter Knöchel, der weitere anatomische Annehmlichkeiten verspricht, ist kaum mehr als eine Einladung, Phantasien über den restlichen Körper der Frau zu entwikkeln.

Natürlich genügte bei *Del* weit weniger als ein Knöchel. Ein Blick aus diesen blauen, blauen Augen, und ich war … nun …

O Hoolies. Ich und jeder *andere* Mann.

Geschickt und sanft glitten ihre Hände an den Vorderbeinen hinab, wobei sie kurz die Sehnen untersuchte, dann führte sie ihn ein paar Schritte vorwärts, um seinen Gang zu beobachten, und nahm schließlich den Sattel, die Satteltaschen und die Decken ab, um sich seinen Rücken anzusehen. Wo das Geschirr gewesen war, war er naß, aber das war zu erwarten gewesen.

»Das ist bei ihm so«, belehrte ich sie. »Das weißt du. Du hast gesehen, daß das auch vorher schon so war.«

Sie schürzte die Lippen und hob helle Brauen. »Dieses Mal ist es ein wenig schlimmer.«

»Wie bei mir.« Ich stand auf, zuckte zusammen und rollte den Kopf von einer Seite zur anderen. »Del …«

»Dem Hengst geht es gut.« Sie wandte sich um. »Wie geht es dir, Tiger?«

Jetzt fragt sie. »Gut.« Ich bewegte die Handgelenke, die Finger, hob die Schultern an und ließ sie wieder fallen. Dann zog ich das Schwert aus der Scheide, um sicherzugehen, daß meine Waffe unbeschädigt war, wie es jeder Schwerttänzer tun würde, und zwar so oft wie nötig.

Hoolies. Diese dreimal verfluchte Klinge eines nordischen Metzgers!

Sie gehört nicht mir. Nicht wirklich, obwohl ich sie gebrauche, wenn ich muß. Sie ist geliehen, einem toten Mann abgenommen, der keine Verwendung mehr dafür hatte. Ich haßte ihn, tot wie er war. Ich haßte *es*, obwohl diese letztere Empfindung ziemlich dumm war. Aber das Schwert anzusehen, es zu berühren, es zu tragen, es für meinen Beruf zu gebrauchen, erinnerte mich hin und wieder daran, daß meine eigene vom Shodo geweihte, aus bläulichem Stahl gefertigte Klinge tot war wie der Mann, den ich im Kreis unter dem Mond getötet hatte.

Einzelhieb.

Nun, es hat keinen Sinn zu jammern, wenn der Aqivi bereits verschüttet ist.

Aber ich haßte dieses Ding. Es hatte auch keinen Sinn, das zu leugnen. Oder zu leugnen, daß es mich auf eine seltsame, unerklärliche Art ängstigte.

Das Schwert war nordisch. Nicht südlich, wie Einzelhieb gewesen war, wie *ich* war. Im Norden geschmiedet, im Norden getränkt. Ein *Jivatma*, von Del als Blutklinge bezeichnet, weil der Mann, der sie gemacht hatte, einen angesehenen Feind auserwählt hatte, um die Klinge zu tränken, sie mit Blut zu tränken, während eines mir unbekannten nordischen Rituals. Hier im Süden ist es anders.

Das Sonnenlicht lief die Klinge hinab. Fremdartige Runen, die in gleichermaßen fremdartiges Metall eingearbeitet waren, wurden in dem Licht lebendig und wanden sich, obwohl es nur eine Illusion war ... oder zumindest habe ich das immer angenommen. Meiner Meinung nach gibt es keine Magie. Ich bin nicht Theron, der die Klinge getränkt hat, und ich kenne nicht ihren Namen oder den Schlüssel, um das Schwert zum Leben zu erwecken.

Aber *er* hatte es getan, im Kreis, bevor ich ihn tötete. *Er* hatte es getan, und ich hatte all die strahlenden Lichter dessen gesehen, was Del die Palette der Götter nannte: Purpurfarben, Violetttöne, Magentarot, alle von unheimlicher Leuchtkraft. Jedes Schwert hatte eine Seele (mangels eines treffenderen Ausdrucks), sowie auch einen Namen, und jene Seele zeigte sich in einem strahlenden Flechtwerk des Lichts, einem kaum wahrnehmbaren Gitterwerk sichtbarer Farben. Normalerweise war dies nur erkennbar, wenn es gut aufgelegt war, aber etwas davon zeigte sich in der Klinge auch, wenn sie ruhte: Dels war lachsfarben-silbern, Therons ein ganz helles Purpurrot.

Oder war so gewesen, bevor er starb.

Es war ein hervorragender Tanz gewesen, solange er angedauert hatte. Eine Erprobung des Könnens, der Kraft, der Übung und, auf einer Seite, der Hinterlist. Und wie wir tanzten, Theron und ich, im Namen einer nordischen Frau!

Ein Schwerttänzer namens Delilah.

Mit grimmig zusammengepreßten Lippen seufzte ich, wobei ich die Luft durch die Nase ausstieß. Das gewundene Heft war kühl in der Hitze des Tages. Zu kühl. Nicht einmal als wir endlose Stunden lang durch die brennende südliche Sonne geritten waren, wurde das ungeschützte Metall warm. Ein seltsames, unheimliches Silbern, eis-weiß/blau-weiß, wie die Schneestürme, die Del beschrieben hatte. Aber Schnee und Schneestürme sind mir fremd, wie auch das Schwert. Unter der südlichen Sonne geboren, mit der Hitze und dem Sand und den Simumen vertraut, konnte ich die Dinge nicht verstehen (oder mir vorstellen), von deren Existenz in ihrem kalten nordischen Land sie mir erzählt hatte.

Alles, was ich kenne, ist der Kreis.

»Eines Tages«, sagte sie, »wirst du deinen Frieden mit Therons Schwert machen müssen.«

Ich schüttelte den Kopf. »Wenn wir einmal die Zeit haben werden, den Shodo aufzusuchen, der mich ausgebildet hat — oder einen seiner Lehrlinge —, werde ich dieses Ding gegen ein richtiges Schwert eintauschen, ein *südliches* Schwert, etwas, dem ich vertrauen kann.«

»Vertraue *diesem*«, sagte sie ruhig. »Zweifle niemals an ihm oder an dir selbst. In deinen Händen kennt es keine Magie. Jetzt, wo Theron tot ist, ist es nur mehr ein Schwert. Das weißt du. Ich habe es dir gesagt.«

Sie hatte es mir gesagt, ja, weil sie wußte, wie ich diesbezüglich empfand. Wegen des Verlusts von Einzelhieb. Für einen Schwerttänzer, einen Mann, der seinen Lebensunterhalt mit dem Schwert verdient, ist eine gute Klinge mehr als nur ein Stück Stahl. Sie ist eine Verlängerung seiner selbst, genauso ein Teil von ihm wie die Hand oder der Fuß, wenn auch erheblich tödlicher. Deine Waffe lebt, atmet, hat Vorrang vor so vielem anderem, denn ohne sie bist du nichts.

Für mich war diese Klinge *weniger* als nichts. Einzelhieb dagegen hatte mir Freiheit gegeben.

Therons Schwert, so wußte ich, war nicht wirklich tot, aber es lebte auch nicht. Nicht wie Dels Klinge. Aber es hatte etwas, etwas *Seltsames*. Wenn ich meine Hände um das gewundene Heft legte, fühlte ich mich stets wie ein Fremder, ein Eindringling, kaum besser als ein Dieb. Und ich fühlte stets ein seltsames, leichtes Zucken in dem Heft, ein Zurückweichen, als sei das Schwert bei meiner Berührung erschrocken. Als erwarte es, daß die Haut eines anderen die seine in diesem eigenartigen Wechselspiel zwischen Mann und Schwert berührte. Mehr als einmal hatte ich den Wunsch verspürt, es Del gegenüber zu erwähnen, aber ich hatte es nicht getan. Irgend etwas hielt mich davon ab. Stolz vielleicht. Oder vielleicht einfach der Unwille zuzugeben, daß ich *etwas* empfand. Ich bin kein Mann, der viel von Magie hält, und der letzte, der zugeben würde, daß er solche Macht in einem Schwert empfand. Selbst wenn sie weitgehend aufgelöst war. Einerseits könnte sie mir einreden, daß ich mir Dinge einbildete.

Andererseits könnte sie mir einreden, daß ich das *nicht* tat.

Del versteht Schwerter. Wie ich, ist auch sie ein Schwerttänzer, so unwahrscheinlich das auch klingt. (Hoolies, es hatte bei *mir* lange genug gedauert, bis ich das eingesehen hatte. Auch jetzt noch schrecke ich ein wenig davor zurück, wenn sie den Kreis betritt, um mit mir einen Übungskampf auszuführen. Ich bin es einfach nicht gewohnt, einer *Frau* gegenüberzustehen — zumindest nicht im Kreis.)

Unsere Gebräuche sind so verschieden, *zu* verschieden für den Süden, wo die Sonne und der Sand alles bestimmen. Del hatte ihr möglichstes getan, um meine Einstellungen zu ändern (und ändert sie täglich etwas mehr), aber teilweise sehe ich in ihr noch immer die Frau, nicht den Schwerttänzer.

Natürlich ist ein Schwerttanz so ziemlich das *letzte*, was ein Mann von Del wollen könnte. Tanzen, ja, aber nicht im Kreis. Nicht mit einer *Stahl*klinge ... oder aus welcher anderer Art Metall auch immer das *Jivatma* gemacht war.

Im Süden hat eine Frau nichts mit Waffen irgendeiner Art zu tun. Sie kümmert sich um das Haus, den Hyort, den Wagen, um die Kinder, die Hühner, die Ziegen, um den Mann, der sie sein nennt.

Aber Del ist eine Nordbewohnerin, keine Südbewohnerin. Del hat kein Haus oder einen Hyort oder einen Wagen, keine Kinder, Hühner oder Ziegen. Und sie hat, mit allergrößter Entschiedenheit, keinen Mann, der sie sein eigen nennt, denn Del gehört einzig und allein Delilah.

Natürlich weiß *ich* es besser, als daß ich es versuchen würde.

Ich weiß es besser. Dennoch versuche ich es.

Ich sah Del an und wußte besser als die meisten, was unter dem Burnus, unter der ärmellosen, knöchellangen, mit Runen versehenen Ledertunika und der schimmernden Seide verborgen lag.

Sie ist groß. Schlank, aber kraftvoll. Mit schmaler Taille, aber breiten Schultern. Zäh. Durchtrainiert. Weitaus stärker als eine gewöhnliche Frau. Es ist absolut nichts Zerbrechliches an Del, obwohl sie durch und durch Frau ist und alle Teile ganz eindeutig am richtigen Platz sind.

Eine blauäugige, hellhaarige, hellhäutige Bascha, obwohl das Haar nach einigen Jahren unter südlicher Sonne fast weiß geworden war und die Haut einen lohfarbenen, cremigen Goldton angenommen hatte.

Wir sind so verschieden, Delilah und ich. Ich bin ein wahrer Sohn der Wüste: die Haut dunkel gebrannt wie eine Kupfermünze, das dunkelbraune Haar unregelmäßig annähernd bronzefarben getönt, die grünen Augen in einem Fächer sonnengebrannter Falten, die, wenn sie sich ausbreiteten, die Farbe zeigten, die ich bei meiner Geburt gehabt hatte, vor ungefähr dreißig Jahren. Damals heller, wenn auch noch immer dunkler als die cremige Farbe eines Nordbewohners.

Ich bin groß, breit, schwer, aber erheblich schneller, als ich aussehe. Das Schwerttanzen lehrt selbst den langsamsten Mann, wie er sich bewegen muß — oder es lehrt ihn, wie er sterben muß.

Ich sah Del an, weil es guttut, Del anzusehen. Aber ich sah auch auf das Schwertheft, das über ihre linke Schulter herausragte. Ich kannte es jetzt gut. Besser als ich wollte, denn ich war gezwungen gewesen, es kennenzulernen.

All die Monate, in denen ich Del beobachtet hatte, wie sie es mit gefährlichem Können und Anmut geführt hatte, wobei ich wußte, daß es mehr war als einfach nur ein Schwert, hatte ich Zeit gehabt zu lernen, es zu respektieren, es sogar zu *fürchten*, weil es mehr war als nur ein Schwert. In ihren Händen wurde es *lebendig* und zu einem Gegenstand furchteinflößender Macht.

Boreal: aus nordischen Bansheestürmen geboren, im Körper eines der besten Schwertmeister des Nordens getränkt. *Ihres* Schwertmeisters — ihres *An-Kaidin* —, eines Mannes, den sie ehrte und respektierte, der ein entschlossenes, fünfzehn Jahre altes Mädchen angenommen hatte, das erpicht war auf eine höchst persönliche Rache, und sie die Führung einer Waffe gelehrt hatte, die fast so tödlich war wie jene, die sie schließlich in ihn stieß.

Boreal. Die in meinen Händen (wenn ich sie mir auch nur kurz ausgeliehen hatte) beim Klang ihres Namens zum Leben erwacht war, mich rettete, Del rettete und den Mann vernichtete, der uns töten wollte.

Aber Boreal gehörte Del. Ich hatte keinen Anteil daran. Nicht mehr als an Therons Klinge, die jetzt Einzelhieb ersetzte, wenn auch nur vorübergehend.

Notwendigkeit ist oft unangenehm.

Ich steckte das Schwert in die Scheide und beachtete es dann nicht weiter, denn ich war an sein Gewicht auf meinen Schultern gewöhnt. Ich nahm Del die Zügel des Hengstes aus der Hand und führte ihn ein paar Schritte fort.

»Sieh mal, alter Junge«, begann ich, »du und ich, wir haben uns geeinigt. Ein solcher Gefühlsausbruch kann geduldet werden, wenn wir in einem Dorf oder einer Stadt oder einem Lager sind und es letztendlich um Geld geht, aber nicht, wenn nur du und ich und Del und dieses sandkranke Pferd, das ihr gehört, da sind.« Ich tätschelte seinen Hals. »Verstehst du? Du könntest einen von uns hier draußen in der Wüste verletzen, und das ist keine so gute Idee.«

Er blies schnaubend aus braunen Nüstern und zuckte mit einem büscheligen Ohr. Dann entblößte er die Zähne in dem beiläufigen Versuch zu beißen.

»Zärtlich wie immer.« Ich preßte den Daumen auf die zupackende Lippe, und er wandte den Kopf ab, wobei er beredt mit den Augen rollte.

Del nahm ebenfalls die Zügel ihres Pferdes auf — eines mageren, ausgewaschen scheckigen, grauweißen Wallachs mit ausgefranstem Schwanz und dem Temperament einer alten Frau, die noch immer versucht, sich geschickt zu zieren — und sah mich an.

»Wie lange noch bis Harquhal?«

»Ich denke, bis zum Einbruch der Nacht.« Ich hob die Hand schützend über die Augen und blinzelte in den südlichen Himmel, der in der Wärme zu schimmern schien. »Natürlich verlieren wir durch dieses schwachsinnige Pferd Zeit.«

»Dann sattele es, und los geht's.«

»Wir haben es eilig, nicht wahr?« Ich zog den Hengst zurück zu der Stelle, wo sein Geschirr lag, und beugte mich hinab, um es aufzuheben. »Der Norden wird noch immer da sein, Del ... er ist es seit Jahren.«

Sie stieg auf und schwang ein langes Bein und einen schlanken Fuß mit seiner südlichen, bis zum Knie kreuzweise gebundenen Sandale aus ihrem wogenden, weißen Seidenburnus heraus. »Und es ist sechs Jahre her, daß *ich* dort war.«

»Nicht *ganz* sechs«, korrigierte ich sie. »Du warst mindestens neun Monate bei mir, ungeachtet mehrerer Gefangenschaften.« Ich grinste, als sie mich unter sonnengebleichten, blonden Brauen stirnrunzelnd ansah. »Selbst wenn wir *weitere* fünfeinhalb Jahre brauchen würden, Bascha, wäre er noch immer da.«

»Du vergißt dich selbst, Sandtiger.« Ihr Ton war plötzlich kühl. Ich hörte auf, den Hengst zu satteln, und wandte mich um, um sie direkt anzusehen. »Es bleiben uns nur zwei Monate, bevor das Jahr, das mit Theron vereinbart war, verstrichen ist ... und dann werden sie einen anderen Schwerttänzer schicken, um die fällige Blutschuld einzutreiben.«

Keine spaßige Angelegenheit, weder in bezug auf Del noch auf jemand anderen. Was ihr bevorstand, war ernst. Wenn Del sich in der angegebenen Zeit weigern würde, in den Norden zu gehen, um die Verhandlung aufgrund ihrer Blutschuld über sich ergehen zu lassen, würde die Aufgabe, sie zu töten, jedem Mann zukommen oder mehreren. Nordbewohner, Südbewohner, Schwerttänzer, Krieger, Räuber, es war ganz einfach egal. Ihr Mörder würde für die Ablösung der Blutschuld, die für die Ermordung ihres *An-Kaidin* fällig war, belohnt werden.

Del war schuldig. Sie *hatte* den *An-Kaidin* getötet. Sie bekannte die Blutschuld offen und leugnete die Verantwortlichkeit nicht. Das war in den Augen der nordischen *An-Kaidin* und aller ihrer Schüler, der *Ishtoya* und *An-Ishtoya,* ihr Schuldspruch.

Hoolies, auf eine verdrehte Art verstand sogar *ich* den Grund dafür.

Aber jeder, der sie wollte, würde an mir vorbeikommen müssen.

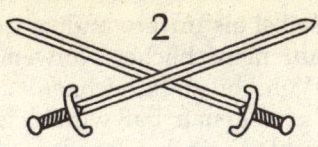

2

Die Sonnenuntergänge in der Wüste sind großartig. Ich bin nie der Mann gewesen, der Bilder mit Worten malen kann, aber oft, wenn ich dies am Ende des Tages beobachtete, wünschte ich es zu können. Es macht seltsam ruhig und zufrieden, wenn man die Sonne unter die strahlende Schneide des Horizonts gleiten und die ocker- und umbrafarbene Wüste sich mit dem Leuchten reicherer Farben überziehen sieht: Kupfer, Kanariengelb, Safran und Zinnoberrot. Die Wüste wird in ein Paradies der Farbstoffe verwandelt, in eine Ansammlung von Farben auf der Palette der Götter, die sich von jenen unterschied, die Del kannte oder mit Boreal schuf.

Sonnenuntergang. Da ist etwas, das an ruhigen inneren Orten über die Weltordnung spricht, heute und morgen, damals und jetzt und in alle Ewigkeit.

Ich zügelte meinen kastanienbraunen Hengst, schaute gen Westen, beobachtete, wie die Sonne unterging, und erkannte die Zufriedenheit, die mir durch meine Begleiterin zuteil wurde. Del schwieg, beobachtete genau wie ich und empfand, wie ich wußte, vielfach die gleichen Gefühle und teilte die Stille. Es waren viele Dinge unbekannt zwischen uns, vieles unausgesprochen, denn wir waren beide durch Umstände geformt worden, die weit über Wissen oder Macht hinausgingen. Wir waren eine seltsame Mischung, diese Frau und ich: beide Schwerttänzer, gefährlich, tödlich, geweiht, den Ritualen des Kreises genauso treu ergeben wie einander. Und leugneten doch, auf unsere eigene, unabhängige, sture Art, jegliche gegenseitige Ergebenheit, sondern zogen es vor, aus unzähligen, lächerlichen

Gründen, uns selbst als unverwundbar gegenüber dem normalen Verlauf menschlicher Notwendigkeiten, Bedürfnisse und Wünsche zu bezeichnen.

Und wußten ganz genau, daß wir uns gegenseitig genauso sehr brauchten wie den Tanz.

Der Sonnenuntergang vergoldete Dels Gesicht. Sie hatte die Kapuze abgestreift, so daß die Seide um ihre Schultern lag und das Haar und das Profil freigab. Sie glühte über und über: altes Gold, elfenbeinfarben, eisweiß. Ihr Profil war makellos, die Vorderansicht sogar mehr als das. Innerlich lächelte ich und dachte an das Bett, das wir in Harquhal teilen würden. Ein *Bett*bett, keine auf dem Boden ausgebreitete Decke oder den nackten Sand. Wir hatten bis jetzt kein richtiges Bett geteilt, da wir so lange auf die Punja beschränkt waren.

Aber jetzt ließen wir die tödliche Punja weit hinter uns, wechselten aus den Dünen und der Ebene in die gestrüppreiche, hügelige Hochwüste, die die Grenzgebiete ankündigte. Es war bereits kühler als in den sehr heißen Tagen, die wir auf dem blendenden Sand verbracht hatten, wobei wir die empfindlichen Augen im Schatten der Burnuskapuzen verborgen hatten.

Hier gab es karge, faserige Gräser mit roten Flecken, die gegen andere Bodendecker ankämpften, gegen das Gestrüpp und die Dornen von jadefarbenen Kreosoten, deren Wachstum sich wie zufällig vollzog, und gegen große Gruppen dorniger Bäume mit fedrigen, silbergrauen Blättern. Sogar gegen die Blüten zerbrechlicher Blumen, die, unerwartet zäh, aus dem Gitterwerk gewebeartiger Bodendecker herauskletterten und gegen die Quasten größerer, unempfindlicherer Gräser, die ihre geriffelten, glänzenden und wie Fähnchen aussehenden Blätter in der leisesten Brise schwingen ließen.

Hier gab es Wasser. Hier gab es Wild. Hier gab es das Versprechen eines einfacheren Überlebens als in den unfruchtbaren Sandwogen, genannt Punja.

Harquhal. Es erhebt sich aus der Wüste wie ein klotziger Haufen Schmutz, von sanftabfallenden Hügeln und gelblich-grauen, festen Mauern umgeben, die seine vielen Gesichter vor der Bedrohung kapriziöser, von Norden aus der Punja herauswehender Samume verbargen. Es ist charakteristisch für den Süden, daß Städte, Dörfer, nur halbwegs befestigte Wohngebiete sowie auch die zahllosen Oasen durch von Menschen erbaute Mauern oder Hügel oder natürliche Felsformationen geschützt werden, so daß die tödlichen Sandstürme, genannt Samume, nicht fortblasen können, was Männer, Frauen und Kinder durch harte Arbeit erbaut haben. In der Punja ist dies eine Notwendigkeit. Der Sand, der niemals gesättigt ist, schluckt Städte und Ansiedlungen ganz, wenn sie nicht angemessen geschützt werden, wobei er die Flüche mächtiger Tanzeers und elender, armer Menschen gleichermaßen verachtet.

Ich habe Mauern gesehen, die von gleichgültigen Bewohnern dem Verfall preisgegeben und innerhalb von Stunden fortgeweht wurden, wobei die darin befindlichen Wohnungen von einem zehrenden, unersättlichen Wind zerstört wurden. Ich habe Zisternen und natürliche Quellen gesehen, die ständig mit erstickendem Sand gefüllt waren, obwohl wir im Süden, in der Punja, keine Quelle zuviel haben. Ich habe blankgescheuerte Skelette gesehen, die bis auf den letzten Rest sauber abgenagt waren, allein durch den Wind, den Sand und die Hitze. Pferd, Hund, Ziege. Mann, Frau. Kind.

Es gibt keine Gnade im Süden, nicht von Menschen, nicht von Tieren, nicht von den Elementen. Es gibt nur die Dinge, wie sie sind und für immer sein werden, unaufhörlich, unveränderlich, von keinen Bitten um Nachsicht oder Vergebung bewegt.

Wenn es Götter gibt, die diese Bitten hören, so verbringen sie ihre Zeit damit, die Finger fest in nutzlose Ohren zu drücken.

Del seufzte. »Ich dachte, wenn ich wieder nach Hause zöge, würde mein Bruder bei mir sein.«

So viel ausgedrückt mit so wenigen Worten! Del hortete Gedanken und Gefühle wie Handelsware und dosierte beides mit ernsthafter, reiflicher Überlegung und in unvorhersehbaren Augenblicken. Sie hatte wochenlang nichts über Jamail gesagt, hatte all die Qual, die aus einer fruchtlosen Suche entstanden war, in sich eingeschlossen.

Fünf Jahre lang hatte sie sich peinlich genau darauf vorbereitet, den jüngeren Bruder aufzuspüren und zu befreien, der für den profitablen Handel mit südlichen Sklavenhändlern, die den wahren Wert blauäugiger, blonder nordischer Jungen in einem Land dunkelgesichtiger Menschen kannten, von Räubern entführt worden war. Fünf Jahre lang war sie bei einem Shodo in die Lehre gegangen — in der nordischen Sprache bei einem *An-Kaidin* —, um die Bedingungen des Schwerttanzes zu erlernen und sich zu einer menschlichen Waffe herauszubilden, mit dem einzigen Ziel, Jamail zu retten. Obwohl sie wußte, daß das nicht die Aufgabe einer Frau war, aber auch weil sie wußte, daß niemand anderer es tun würde, daß nicht einmal mehr jemand da war, den es kümmerte. Die Räuber hatten ihr sowohl die Verwandten als auch die Unschuld genommen.

Umsonst. Nein, nicht ganz. Sie *hatte* Jamail gefunden, aber es war wenig übriggeblieben, was zu retten gewesen wäre.

Ohne Zunge, kastriert, mit durch Jahre südlicher Sklaverei verändertem Bewußtsein und verändertem Körper, war Jamail nicht mehr der zehnjährige Bruder, den sie angebetet hatte. Nur ein Kind-Mann, der nun niemals ein *Mann* sein konnte, ganz egal wie sehr er sich dies auch wünschen mochte, ganz egal wie sehr *sie* sich dies auch wünschen mochte. Jamail, Delilahs geliebter Bruder, der bei dem wilden Stamm im Süden bleiben wollte, den er lieben gelernt hatte.

Ich wollte sie berühren, aber unsere Pferde standen zu weit voneinander entfernt. Statt dessen nickte ich.

Und kurz darauf lächelte ich, in dem Bemühen, die Stimmung zu verbessern, und zuckte die Achseln. »Nun, du hast *mich*.«

Schließlich warf sie mir einen schiefen und sehr beredten Blick aus den Augenwinkeln zu, ohne auch nur den Kopf zu drehen. »Das ist immerhin etwas, denke ich.«

»Etwas«, stimmte ich milde zu, und beschloß, Dels Ton ganz einfach zu übergehen. »Ich *bin* immerhin der Sandtiger.«

»Immerhin.« Sie wandte den Kopf, um gen Norden zu schauen. »In Harquhal gibt es Essen. *Richtiges* Essen, etwas anderes als getrocknetes Cumfafleisch und Datteln.«

Ich nickte strahlend. »Und auch Aqivi.«

»Wir haben kein Geld für Alkohol.«

»Erwartest du, daß ich *Ziegenmilch* trinke?«

Sie sah mich einen Moment nachdenklich an. »Beides riecht ungefähr gleich. Worin läge der Unterschied?«

»Der Unterschied wäre ungefähr genauso groß, als würdest du Boreal für Therons Schwert eintauschen.« Ich blieb unvermittelt stehen, als ich sie vor Entsetzen versteinern sah. Und dann erkannte ich, was ich getan hatte. »Del — Del, es tut mir leid ...« Und ich fragte mich: *O Hoolies, wie konnte ich so dumm sein?* »Del — es tut mir *leid* ...«

Sie war weiß vor Wut, als sie ihren gesprenkelten Wallach neben den Hengst führte. Sie schien nicht zu bemerken, daß der Hengst die Ohren zurücklegte und die von südlichen Gräsern und vom Korn gelbgefärbten Zähne zeigte.

Aber ich bemerkte es. Ich bemerkte auch die starre Hand, die sich ausstreckte, um mein Handgelenk zu ergreifen. Und sich darum schloß. Fester, als es mir genehm war.

»Niemals«, sagte sie bestimmt, »darfst du ihren Namen wieder laut aussprechen.«

Nein. Nein, natürlich nicht. Ich wußte es besser. Ich *wußte* es besser. »Del ...«

»Niemals«, sagte sie erneut und nahm ihre Hand von meinem Handgelenk.

Es waren Spuren darauf zu sehen. Sie verblaßten, während ich sie betrachtete, aber das Gefühl verblaßte nicht. Sicherlich würde auch die Erinnerung daran nicht verblassen. Niemals.

Ich bewegte meine Hand, um zu sehen, ob sich alle Finger bewegen ließen. Sie ließen sich bewegen. Del ist nicht *so* stark. Aber stark genug. Ich fühlte mich sowohl schuldig als auch ärgerlich, daß sie mir so leicht gebieten konnte.

»Es tut mir leid«, wiederholte ich und wünschte, ich könnte mehr sagen.

Dels Mund war ein dünner Strich. Seine Verkrampftheit zerstörte die Symmetrie ihres Profils, zeigte mir aber auch die Intensität ihres Mißbehagens. »Ihr Name ist geweiht.« Dies wurde in angespanntem, undefinierbarem Tonfall gesagt, und doch hörte ich den Unterton des Schreckens, der Angst und der Verzweiflung heraus.

»Del ...«

»*Geweiht*, Tiger.« Del atmete hastig aus, und ich sah einen Teil der Anspannung ihren Körper verlassen, um von offenkundiger Qual ersetzt zu werden. »Es ist alles ein Teil der Macht, der Magie ... wenn du ihren Namen anderen gegenüber enthüllst, sind alle Rituale umsonst ...« Sie brach jäh ab und suchte Verständnis in meinem Gesicht. »Die ganze Zeit, all die Jahre, die Hingabe ... das Opfer ist umsonst ...«

»Del, ich weiß ... *ich weiß*. Du hast es mir gesagt. Es war ein Versehen, nicht mehr.« Ich zuckte die Achseln, fühlte mich sehr unbehaglich und wußte, daß ich ihre Gefühle sogar in diesem Moment entwertete, da ich versuchte, meine Schuld zu mildern. »Ich verspreche, ich werde ihren Namen niemals wieder aussprechen.«

»Wenn jemand anderes es gehört hätte — ein anderer Nordbewohner, der so ausgebildet wurde wie ich und weiß, wie man die Magie hervorlockt, wie man das *Jivatma* zerstört ...« Erneut brach sie ab, rieb dann eine Hand an ihrem Gesicht und strich herabfallendes helles Haar aus blauen Augen. »Ich habe genug Schwierigkeiten durch die Blutschuld. Ein Mann wurde ausgesandt, um mich zurückzuholen, um mich zu töten. Er könnte mir mein Können, meine Kraft, meine Klinge nehmen — alles mit einem einzigen Wort.«

»Aber *ich kenne* ihren Namen. Du hast ihn mir genannt.«

»Ich habe ihn dir genannt.« Ihr Ton war jetzt leblos. »Ich hatte keine andere Wahl. Aber du bist ein *Südbewohner*, dem die Magie, die Macht, das Wissen fehlen. Du weißt nichts vom *Jivatma* und was es bedeutet. Und doch konntest du erkennen, wie *sie* dir von Nutzen war und deinen Bedürfnissen entgegenkam.«

»Aber nicht, wie sie dir von Nutzen ist.«

»Nein. Nein, natürlich nicht.« Verwirrt und stirnrunzelnd schüttelte sie den Kopf, und der Vorhang ihres Haares schlug Wellen. Sie hatte es in letzter Zeit nicht zu einem Zopf geflochten, sondern es lose über die Schultern und den Rücken hinabfallen lassen. »Es gibt Rituale — persönliche, private Rituale ... die vielleicht niemand sonst kennt. Nur ich, wenn ich das Schwert zu meinem eigenen mache.« Ihre Augen ruhten auf dem über meine linke Schulter hinausragenden Heft, das durch den so großzügig in die Naht meines rostbraunen Burnus geschnittenen Schlitz freilag, so daß nichts mich behindern würde, wenn ich es benötigte. Therons *Jivatma*, das durch seinen Tod machtlos geworden war. »Wenn *Theron* ihren Namen gewußt hätte, so hätte er dich getötet. Und hätte *mich* getötet ...«

»... und hätte das Schwert getötet.« Ich nickte. »Ich verstehe, Del.«

»Nein«, sagte sie, »das tust du nicht. Aber das kann

ich auch nicht von dir erwarten. Nicht jetzt. *Noch* nicht. Nicht bis ...« Und plötzlich zuckte sie die Achseln und beschloß ganz offensichtlich, nicht zu beenden, was sie zu sagen begonnen hatte, als sei ich nicht vorbereitet genug, es zu hören. »Es ist nicht wichtig. Nicht das Verständnis, noch nicht. Wichtig ist nur, daß du niemals wieder ihren Namen aussprichst, nicht laut, zu niemandem.«

»Nein.«

»*Nein*, Tiger.«

Ich nickte. »Nein.«

Ihr Blick war so direkt, daß ich versucht war wegzusehen, aber ich tat es nicht. Ich sah sie eine Antwort in meinem Gesicht suchen, einen Ausdruck, dem sie vertrauen konnte, unausgesprochene Versicherungen, aber genauso bindend wie Worte, wenn nicht sogar bindender. Es hatte viele Dinge zwischen uns gegeben — Tod, Leben, Überleben, mehr als bloße Zuneigung, mehr als bloße Lust —, das sehr viel zählte, aber ich wußte, als ich sie jetzt ansah, daß für sie nichts so viel zählte wie ein Mann, der sein Wort hielt.

Kurz darauf wandte sie ihren Wallach gen Norden, Richtung Harquhal. Sie sagte nichts mehr über das Schwert oder mein Versprechen ewigen Schweigens, aber ich wußte, daß dieser Ausrutscher nicht vergessen war. Oder jemals vergessen sein würde.

Hoolies, ich hatte es nicht so gemeint. Aber eine Entschuldigung war nicht genug, egal wie ernst sie gemeint war. Im Kreis bedeutet es einem toten Mann nichts, die Entschuldigung seines Mörders zu hören.

Harquhal ist typisch für die meisten Städte im Süden. Lehmmauern schützen sie vor dem Wind und weisen Handabdrücke und geometrische Muster auf, die bei der Errichtung aufgedrückt worden waren. Risse werden mit frischen Klumpen lehmigen Morasts verschmiert, deren richtiger Platz peinlich genau ertastet wird, womit dem Wind und dem Sand auch die kleinste Chance zum Eindringen verweigert wird. Aber Mauern, wie auch Absichten, sind vergänglich. Zelte und Stände und Wagen kauerten sich wie zufällig rund um den Umkreis der Mauern wie Küken um eine Henne und ignorierten solche Dinge wie Simume und kleinere Schwesterstürme.

Harquhal ist auch typisch für die meisten Grenzstädte. Da sie sowohl Nordbewohnern als auch Südbewohnern dienlich sind, haben sie keine Nationalität und weniger Rechtschaffenheit. Obwohl es angeblich im Süden liegt, ist Harquhal dem Land, das ich meine Heimat nenne, nur zufällig treu. Hier hält der Reichtum das Zepter in der Hand.

Del und ich hatten davon wenig. In den Wochen, seit wir Jamail in den Bergen in der Nähe von Julah bei den Vashni zurückgelassen hatten, hatten wir durch erfolgreiche Wetten und durch hin und wieder ein paar seltsame Arbeiten überlebt, zum Beispiel das Eintreiben von Punjamünzen für einen habsüchtigen Kaufmann, der dann versuchte, uns auf betrügerische Art aus unserem Auftrag zu drängen, durch die Errettung des entführten Sohnes eines mächtigen Tanzeers, der sich die Hamidaareligion zu eigen gemacht hatte, die der Unreinheit der Frauen anhing, während die ganze Zeit über der geraubte *Sohn* in Wahrheit eine Tochter war, als Begleitschutz für eine Karawane, die von einem Gebiet in ein anderes zog, und anderen verschiedenartigen Anstellungen.

Wobei natürlich nichts davon außerordentliche Fähigkeiten mit dem Schwert oder den Einsatz von List erforderte. Nichts, das dem Ruf des Sandtigers, des legendären südlichen Schwerttänzers, dessen Können im Kreis kein Mann gleichstand, etwas hätte hinzufügen können.

Unglücklicherweise war da jetzt eine Frau. Und sie *hatte* bemerkenswerte Fähigkeiten mit dem Schwert gezeigt und einen abtrünnigen Schwerttänzer seines Lebens beraubt. Was die List betraf, so hatte Del damit wenig im Sinn. Sie redete, wie ihr der Schnabel gewachsen war, sprach geradeheraus, war unduldsam gegenüber südlichen Schmeicheleien, die oft nicht viel mehr als Zeitverschwendung waren. Und die Zeit war ihr Feind.

Der schlimmste Teil unserer Reise lag hinter uns. Die Punja lag weit hinter uns. Was jetzt vor uns lag, wenn wir erst einmal aus Harquhal heraus waren, war der Norden.

Hoolies. Ich war ein *Südbewohner* — was wollte ich im Norden?

Nichts. Außer Del, die auf mehr als nur auf zufällige Art mit dem Land des Schnees und der Bansheestürme verbunden war.

Die durch mehr als nur zufällige Umstände mit der mächtigen nordischen Magie verbunden war.

Vor einem windschiefen, aus Lehmziegeln erbauten Wirtshaus, das mit einem Gitterwerk aus geflochtenen Ästen gedeckt war, schwang ich mich mürrisch aus dem Sattel und band die mit Quasten versehenen Zügel an einen knorrigen Pfosten, der krumm in den Boden geschlagen worden war. Ich hörte den Klang von Gelächter und Fröhlichkeit aus dem Inneren, männlicher und weiblicher, roch den stechenden Geruch des Huvakrauts, das Aroma gebratenen Hammelfleischs und den scharfen Geruch von Wein und Aqivi.

Auch den süß-sauren Geruch von Urin, denn der Hengst erleichterte sich.

Fluchend sprang ich zurück und stolperte fast über meine eigenen beschuhten Füße, denn ich wollte vermeiden, daß mein Burnus bespritzt würde. Der Hengst rollte ein Auge in meine Richtung und verzog hellbraune Nüstern, die dicht mit Barthaaren bewachsen waren. Ich startete erneut meine endlose Litanei wenig schmeichelhafter Pferdebezeichnungen.

Del umging die dampfende Pfütze, als sie abstieg und ihren Wallach an einen anderen Pfosten band. Geistesabwesend hakte sie ihre linke Hand um das herausragende Heft ihres Schwertes, ließ es zweimal gegen den Rand der verborgenen Scheide schlagen, um die Leichtigkeit der Bewegung zu prüfen, und nickte dann. Ich hatte sie dies schon zuvor tun sehen, viele Male. Es ist eine Gewohnheit, obwohl unterschiedlich in der Ausführung, die jeder Schwerttänzer entwickelt.

Wir alle haben charakteristische Eigenarten. Einige davon erhalten uns am Leben.

»Ich nehme an, du willst beim ersten Tageslicht weiterreiten.« Ich wartete darauf, daß sie zu mir aufschloß.

Sie zuckte die Achseln. »Wir müssen zunächst einiges kaufen. Nahrung, Kleidung …«

»Kleidung!« Ich runzelte die Stirn. »Ich gebe zu, daß wir sauberere Kleidung gebrauchen könnten, aber warum sollten wir gutes Geld für Dinge ausgeben, die wir bereits haben?«

Sie schob den fadenscheinigen, zinnoberroten Vorhang an der Tür zur Seite. »Wenn du mit nichts anderem als einem Dhoti und einem Burnus bekleidet nach Norden ziehen und dir deine wertvollsten Körperteile abfrieren willst, dann bitte. Aber *ich* habe nicht die Absicht, mich totzufrieren.« Und sie trat gebückt ein und vergaß, wie üblich, daß ich bei Eingängen, die für kleinere Menschen gebaut sind, mehr Platz brauche als sie.

Ich schob den Vorhang aus meinem Gesicht und sah stirnrunzelnd hinter ihr her, während ich ihr folgte. Dann hustete ich. Der Rauch des Huvakrautes zog durch die offenen Dachsparren, schwebte langsam durch den Raum und wirbelte in übelriechenden, ockergrünen Rauchringen umher. Ich verabscheue dieses Laster, denn ein Schwerttänzer braucht im Kreis all seine Geschicklichkeit. Natürlich hatte Del meine Meinung wegen der Tatsache, daß ich mit großer Hingabe Aqivi trank, nicht ernst genommen und erklärte, daß ein Mann mit einem Bauch voller Aqivi nicht weniger wahrscheinlich sterben wird, als ein Mann mit einem Kopf voller Huvaträume.

(Nun, Del und ich stimmen nicht immer in allem überein. Manchmal stimmen wir in nichts überein.)

Sie blinzelte und wedelte mit der Hand vor ihrem Gesicht herum, wobei sie gereizt durch den Rauch spähte, um einen freien Tisch zu suchen. Und, wie gewöhnlich, wenn Del ein Wirtshaus (oder jeden anderen Ort, was das betrifft) betritt, brandete in einem Durcheinander von gezischelten Kommentaren eine unruhige Unterhaltung auf, gemurmelte Fragen, deftige Mutmaßungen.

Ich seufzte. Wünschte, ich hätte Einzelhieb. Entblößte in einem trägen, freundlichen, an die ungefähr zwei Dutzend Männer gerichteten Grinsen die Zähne. Die Männer sahen von Del zu mir, um abzuschätzen, ob ich in der Lage wäre, die nordische Bascha zu beschützen.

Ich halte mich nicht für eingebildet. Es ist jedoch eine Tatsache: ich bin groß, stark, schnell. Es gibt eine gewisse gefährliche Kantigkeit in meinem Gesicht, meiner Haltung, meinen Augen, die von den Anforderungen meines Berufes geprägt wird. Und es gibt Zeiten, in denen ich mehr als bereit bin, mit jeglichen Abenteuern zu prahlen, die erforderlich sind. Ich kämpfe, wenn ich muß, und das mit Genuß, aber nur, wenn es keine andere Möglichkeit gibt.

Müßig ließ ich den Blick durch den Raum schweifen und ließ sie sehen, was ich tat. Genauso müßig kratzte ich an den Narben in meinem Gesicht. Tiefe Narben, alte Narben, vier deutlich sichtbare Krallenspuren, die sich von der rechten Wange zum Kinn hin zogen, unmißverständlich von einer Bestie, die einige Menschen als mythisch bezeichnet hätten: dem tödlichen Punja-Sandtiger, von dem ich meinen Namen hatte.

Meine Ehrenauszeichnung, sozusagen. Männer, die

Schwerttänzer kannten, identifizierten mich dadurch sofort.

(Nicht jeder trägt die Kennzeichnung seines Berufes und Sachkenntnis im Gesicht. Ich mag es eher. Es spart Zeit.)

»Keinen Ärger«, murmelte Del leise. Halb Vorschlag, halb Befehl.

Ich schlug eine ausgebreitete Hand über mein Herz. »Mußt du das überhaupt sagen?«

Sie brummte. Wedelte weiteren Rauch fort. Schritt durch engbesetzte Tische hindurch zu einem kleinen Tisch in einer Ecke am hintersten Ende des Wirtshauses.

Noch immer lächelnd folgte ich ihr und beobachtete, wie jedermann sie betrachtete, sogar die Wirtshausmädchen, die die Stirn runzelten, auf der Unterlippe kauten und gedankenvoll an den Fingernägeln knabberten. Und die, wenn sie schnell genug waren, erkannten, daß sie ihre erwählten Partner lieber sofort verführen sollten, wenn sie die offensichtlich geteilte Aufmerksamkeit zurückerlangen wollten.

Eines der Mädchen, das auf dem Oberschenkel eines hageren, jungen, sich wie zufällig an einem Tisch räkelnden Mannes saß, stand sofort auf und kam auf mich zu, wobei sie meine Sicht auf Del verdeckte. Schwarze Haare, dunkle Haut, braune Augen. Ein typisch südliches Mädchen: mit üppiger Figur, unverschämtem Gesichtsausdruck, sechzehn oder siebzehn Jahre alt, in voller Blüte. Aber das würde schnell vergehen. Ich wußte es, die Wüste saugt die Frauen aus, bevor sie dreißig sind.

»Beylo.« Sie lächelte, wobei schiefe Zähne und ein seltsam reizvoller Überbiß sichtbar wurden. »Beylo, willst du deinen Wein mit Jemina teilen?« Ihre Hände lagen auf meinem Arm und liebkosten mich durch den dünnen Stoff meines Burnus. »Ich kann dir Huva bringen und viele, viele Träume.«

»Das bezweifle ich nicht.« Ich schaute an ihr vorbei auf den jungen Mann, den sie verlassen hatte; er hatte auffällig schwarzes Haar, blaue Augen, die Andeutung eines frischen Schnurrbartes und einen trübseligen Gesichtsausdruck. Er war nicht ärgerlich und schien nicht die Absicht zu haben, gegen ihren Treuebruch etwas zu unternehmen. Das Schauspiel belustigte ihn eher, was zumindest eine willkommene Abwechslung zum normalerweise gekränkten männlichen Stolz war, der stets nach Wiederherstellung verlangt. (Meistens blutiger.) »Aber du hast schon einen Partner, Bascha, und ich auch.«

Jemina zuckte eine dunkle, nackte Schulter und mißachtete den offenen Ausschnitt, der noch tiefer rutschte und den größten Teil einer drallen Brust freigab. »Er ist ein *Junge*, Beylo ... du bist ein Mann.«

Nun, ja, ich schenkte ihr einen eingehenden Blick. »Bascha, ein anderes Mal.« Ich schob sie aus dem Weg und sah Del, offensichtlich amüsiert, an dem kleinen Tisch sitzen.

Nun gut, es wäre zuviel zu hoffen, daß sie *eifersüchtig* wäre.

Ich zog mir einen Stuhl heran, setzte mich und runzelte die Stirn, als mich die ungleichen Beine des Stuhles schwanken ließen und mich gänzlich umzukippen drohten. Ich verkeilte den Stuhl an der Wand, balancierte erhebliches Gewicht vorsichtig aus und schaute erneut auf, um Dels verzogenen Mund zu sehen. Und dann sah sie an mir vorbei und hoch, um das Barmädchen zu beobachten, die sie abschätzig ansah.

Auf ein neues. Ich seufzte. »Bascha ...«

»Wein?« fragte sie. »Aqivi?« Sie schob schwarze Locken hinter eine Schulter. »Ich *arbeite* für meinen Unterhalt, Beylo. Ich bin keine ordinäre Hure.«

Es sei denn natürlich, daß der Preis stimmte. Ich seufzte erneut und tastete nach meiner dünn gewordenen Münztasche. Ein paar Kupfermünzen klimperten, kaum genug für eine vollständige Mahlzeit und all den Aqivi, nach dem es mich verlangte.

Meine Augen schweiften hoffnungsvoll zu Del ab. Sie tippte mit schlanken Fingern auf die beschädigte, klebrige Tischplatte, seufzte und winkte dem Mädchen mit einer Hand. »Stew«, sagte sie, »und den billigsten Wein, den Ihr habt.«

»Wein!« Betrübt sah ich sie an. »Ein paar Kupfermünzen mehr würden uns einen Krug Aqivi bescheren.«

»Wein«, sagte Del kühl, und das Mädchen wandte sich mit einem Wippen mehrschichtiger Röcke ab, das mir deutlich zeigte, wie sehr ich in ihrer Gunst gesunken war.

Ich lehnte mich vor und verlagerte mein Gewicht auf einen aufgestützten Unterarm. »Wie kannst du vorschlagen, *Kleidung* zu kaufen, wenn wir noch nicht einmal genug Geld für eine richtige Mahlzeit haben?«

»Ich kann dies tun, weil ich auf unnötige Ausgaben für unnötige Dinge verzichte.« Sie machte eine Pause und strich eine Haarsträhne zurück. »Wie Aqivi.«

Ein Faden des Huvarauchs zog von dem Balkenwerk herab. Ich wedelte ihn fort. »Aqivi ist kaum *unnötig*, wo ich doch die letzten drei oder vier Wochen damit verbracht habe, auf unserem Weg durch die Punja Wasser zu trinken.«

Jemina kehrte zurück und knallte zwei hölzerne Schalen mit Lammstew, einen halb aufgegangenen Laib braunen Brotes, eine schmutzige Steingutflasche und ein Paar abgenutzter Holzbecher, die von grünlichem Kupfer zusammengehalten wurden, vor uns hin.

Del lächelte süß. »Trink Wein!«

Ich hätte antworten können, aber ich war zu sehr damit beschäftigt, an dem Stew in meiner Schale zu schnuppern. Hammel ist keines meiner bevorzugten Gerichte, obwohl ich daran gewöhnt bin. Es ist besser als Hund. Und bestimmt besser als gebratener Sandtiger, den Del mir einmal gemeinerweise serviert hatte.

Kurz darauf zog ich mein Messer und schnitt ein Stück von dem harten Brot ab, hob die Schale hoch und bereitete mich darauf vor, wässeriges Stew in meinen Mund zu schöpfen.

Ich bereitete mich darauf vor. Aber es kam nicht dazu. Nicht, als ich den Ausdruck auf Dels Gesicht sah, während sie durch den vollen Schankraum sah, ihn durchbohrte.

Entsetzen. Ärger. Mißtrauen. Und eine kalte, anwachsende Wut, die wie Eis in ihren Augen glitzerte.

Bei allen namenlosen Göttern des Valhail, ich schwöre, ich habe noch nie einen Blick wie diesen gesehen. Weder bei einem Mann, noch bei einer Frau.

Noch nicht einmal bei einem Schwerttänzer.

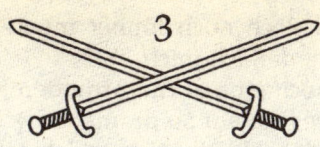

3

Sie stand langsam auf, ganz langsam, bis die Tischplatte auf gleicher Höhe mit ihrem Oberschenkel war. Eingehüllt in den Burnus, war das meiste von ihr verborgen. Aber ich kannte sie. Ich wußte, wie sie sich bewegte, wie sie sich straffte, wie sie abwartete. Ich wußte, wie ich ihre Absichten einschätzen mußte, indem ich nur in ihren Augen las.

»Del ...«

Sie sah mich nicht einmal an.

Ich wandte ruckartig den Kopf und suchte den Raum ab, in dem Versuch zu sehen, was sie sah. In dem Versuch zu sehen, was sie erregt hatte, was die Frau, die ich kannte, so sehr verändert hatte, indem es sie zu einem lauernden Tier machte.

Ich sah nichts. Nun, nicht *nichts*. Ich sah Männer. Einfach Männer. Über Tische gebeugt, sich auf Stühlen räkelnd, Geschichten erzählend, Witze, Gerüchte. Und Bardamen, die ihren Geschäften nachgingen. Und Rauch und Lampenlicht und Schatten.

»Del ...« Ich wandte mich um, runzelte die Stirn und sah die Farbe langsam aus ihrem Gesicht weichen. Ihre nordische Gesichtsfarbe war nie sehr intensiv, aber jetzt gab es einen ganz entschiedenen Unterschied. Jetzt sah sie aus wie eine Frau, die seit drei Tagen tot war.

Langsam sank sie auf ihren Stuhl zurück. Ihre auf den Tisch gestützten Hände versuchten noch immer, ihr Gleichgewicht zu halten, die Finger ausgebreitet, starr und zitternd. *Zitternd*, ich hatte Del niemals zittern sehen.

»Könnte es sein, daß ich mich irre?« fragte sie sich selbst mit seltsamer, tonloser Stimme. Dann wieder, kraftvoller, und doch noch immer merkwürdig tonlos: »Könnte es sein, daß ich mich *irre?*«

Ich wandte noch einmal ruckartig den Kopf, um herauszufinden, was sie auf so dramatische Weise berührt hatte. Und wieder sah ich Männer. Ich sah, wie sich einer von ihnen von seinem Stuhl erhob, sich umwandte und sich zielbewußt der Tür näherte. Er duckte sich unter dem Vorhang hindurch und war fort. Ich hörte Del langsam und geräuschvoll ausatmen.

»Was zu den Hoolies ...« Eine erhobene Hand schnitt mir das Wort ab. Ich wartete, noch immer besorgt wegen des kurzzeitigen Zitterns ihrer Hände, und allmählich wich der undurchdringliche, blinde Ausdruck aus ihren Augen, und Del sah mich an. Dieses Mal, denke ich, sah sie mich.

»Es ist etwas Persönliches«, sagte sie nur und schüttete einen Becher Wein in sich hinein.

Del trinkt nicht viel. Es sieht ihr nicht ähnlich, den Wein hinunterzuschütten, aber jetzt sah ich, wie sie den Becher an den Mund hielt, als könne die Flüssigkeit ihre Kräfte wiederherstellen. Ich beobachtete, wie sich ihre Kehle bewegte, als sie wiederholt schluckte und den Wein trank wie ein Mann, der Dämonen zu vertreiben versucht.

Oder eine Frau, die mit ihren eigenen kämpft.

»Persönliche Angelegenheiten sind eine Sache.« Ich fing den Becher mit einer Hand ab, nahm ihn ihr fort und stellte ihn entschieden auf den Tisch. »Dies ist eine andere. Vielleicht sollest du darüber reden.«

»*Vielleicht* sollte ich einen Krug Aqivi bestellen, um dich zum Schweigen zu bringen«, sagte sie scharf. Und dann entschuldigte sie sich mit angespanntem Mund für ihren Ton.

Aber nicht für die Worte. Ich lächelte. »Eine wirkungsvolle Bestechung. Soll ich Jemina zurückrufen?«

»Nein.« Del starrte auf das kalt werdende Hammelstew. »Nein, wir müssen das Geld zusammenhalten.«

»Dann laß uns den Wein behandeln, wie er behandelt werden sollte.« Ich füllte ihren Becher wieder auf. »Mit langsamer und wohlerwogener Wertschätzung.«

»Er ist sauer.«

Ihre Farbe kehrte gleichzeitig mit ihrer feurigen Stimmung zurück. »Ja, er ist sauer«, sagte ich milde. »Und im Moment bist du das auch.«

»Aber du weißt nicht ...« Sie unterbrach sich.

»Nein«, stimmte ich zu, »ich weiß es nicht. Es sei denn, du erzählst mir davon.«

»Es ist etwas Persönliches«, wiederholte Del.

Ich rührte mit einem Stück Brot in erstarrtem Stew, formte Inseln aus dem Fleisch und baute Kanäle in die Sauce. Sanft sagte ich:

»Du weißt mehr über mich als irgendein anderes lebendes Wesen.«

Ihr Blick war scharf, verdutzt, sie dachte darüber nach, beherrschte sich schnell wieder und schüttelte den Kopf. »Ich kann nicht. Nicht jetzt.«

»Dieser Mann ...«

»Nicht jetzt.«

Es gibt in bezug auf Del Zeiten, in denen Schweigen die beste Strategie ist. Demgemäß wandte ich meine Aufmerksamkeit dem sauren Wein und dem Hammelstew zu, während Jemina mir von der anderen Seite des verrauchten Wirtshauses schöne Augen machte.

Am Morgen jagte Del mich mit einer nicht allzu sanft gegen meine Rippen geschmiegten Faust aus dem Bett. Als ich gekränkt gegen solch schlechte Manieren protestierte, warf sie mir lediglich Dhoti, Harnisch und Burnus zu und schlug vor, ich solle alles so bald wie möglich anziehen, da sie für heute morgen Pläne für uns gemacht habe.

»Pläne?« Ich zog mich an, schlüpfte in den Harnisch und prüfte das Gewicht der geborgten Klinge. »Welche *Art* Pläne?«

»Beschaffung«, sagte sie knapp und zog den Vorhang mit einem Ruck auf.

Diese Bewegung war zuviel für den zerschlissenen Stoff, der unser kleines Gastzimmer vom Flur trennte. Der Vorhang teilte sich, und Del stand mit einer Handvoll fadenscheinigen grünen Stoffes da. Mit einem verwirrten Zungenschnalzen warf sie ihn zur Seite.

»Du fühlst dich heute morgen nicht wohl, nicht wahr?« Ich hob die Satteltaschen auf und verließ ihr voran den muffeligen, niedrigen Raum. »Wenn du vielleicht einen größeren Teil der letzten Nacht aufs *Schlafen* anstatt aufs Denken verwandt hättest ...«

»Du hast geschnarcht.«

Aha. Mein Fehler also, ich hätte es wissen sollen. Demgemäß hüllte ich mich in Schweigen und ging hinunter in den Schankraum, um das Frühstück zu bestellen.

Del hatte ebenfalls keinen Appetit, doch sie war zu diszipliniert, um Nahrung nicht anzunehmen, wenn sie angeboten wurde, da sie nicht wußte, wann wir wieder eine Mahlzeit bekämen, aber ganz offensichtlich genoß sie sie nicht. Ungeduldig kaute sie auf hartem Brot herum, löffelte gewürztes Kheshi in sich hinein und trank scharfe Ziegenmilch. Und sagte mir dann, ich solle mich beeilen, als ich daran dachte, eine zweite Schale Kheshi zu bestellen.

Ich sah sie gereizt und stirnrunzelnd an. »Hoolies, Del, wir brauchen nicht über die Grenze zu *rennen.*«

»Wir brauchen auch nicht hier herumzubummeln. Tiger, du weißt, daß es ein Zeitlimit gibt.«

»Zeitlimit hin oder her«, sagte ich mürrisch. »Ein Mann muß essen, Del. Oder er wird absolut nicht von Nutzen sein, wenn du ihn brauchen solltest.«

Das brachte sie zum Schweigen, wie ich es mir gedacht hatte. Sie erinnerte sich daran, daß ich sie freiwillig begleitete. Ich konnte gehen, wann immer ich wollte. Und indem ich Del daran erinnerte, daß ich ihr die bestmögliche Hilfe gewähren wollte, ließ ich all ihre rechtschaffene Entrüstung schrumpfen.

Es ist schwer, mit jemandem böse zu sein, der einem die Hand hinhält. Außerdem zeugt dies von einem schlechten Charakter.

Ich betrachtete Dels Gesichtsausdruck. Und dann schickte ich die Bedienung ruhig mit der zweiten Schale Kheshi fort, stand auf und hob meine Satteltaschen erneut auf. Schweigend wies ich auf die Tür.

Del machte auf dem Absatz kehrt und marschierte hinaus.

Es wurde deutlich, daß sich Del besser an Harquhal erinnerte als ich, obwohl es fast ein Jahr her war, seit sie hier gewesen war. Sie führte mich auf direktem Weg zu einem kleinen Laden, der sich in die Schatten einer Mauer duckte, und untersuchte dort unsagbar lange, was wie Stapel pelzartiger Felle, geschmeidigen Leders und schwerer, gefärbter Stoffe aussah. Da ich es satt hatte, ihr wie ein Träger zu folgen, der zu Diensten einer südlichen Dame wartet, setzte ich die Taschen an der Tür ab und begann meine eigenen Untersuchungen.

Der Laden roch nach gegerbtem Leder und stinkendem Fell sowie nach anderen Gerüchen, die ich nicht zu benennen vermochte. Gewöhnt an Wüstenseiden und Gazestoffe, konnte ich nicht verstehen, was ein Mensch mit so viel Gewicht und Volumen anfangen wollte. Aber Del verstand es anscheinend. Sie wählte schließlich die Dinge aus, die sie haben wollte, und gab dem Ladenbesitzer fast all unser Geld.

»*Sulhaya*«, sagte sie, als er die Felle in langen biegsamen Bündeln um weiches Leder rollte und zuband.

Er antwortete in Dels unverständlicher, nordischer Sprache. Ich betrachtete ihn genauer. Er war alt und daher weißhaarig, und der Süden hatte seine Haut geröstet, aber seine Augen waren so blau wie Dels. Kein Südbewohner. Er war eindeutig ein Nordbewohner, was bedeutete, daß Del anscheinend wußte, was sie tat.

Ein gewisser Trost, denke ich, wenn man berücksichtigte, daß *ich* es nicht wußte.

Die Augen des alten Mannes ruhten auf Dels Schwertheft, das über ihre linke Schulter ragte. Boreals Heft ist auf eine Art gestaltet, daß das Auge irregeführt wird, daß der Betrachter in eine Art Trance versetzt wird, wenn er das Heft zu lange anstarrt. Das Silber ändert sich ständig, eine Form verschmilzt zu einer anderen, dann zu einer weiteren, bis man die Zeit vollständig vergißt und nur noch an die sich bewegenden Formen in dem Metall denkt. Und ihnen zu folgen versucht, um zumindest *eine* zu erkennen, bevor die Klinge das Aussehen des Hefts annimmt und einen vollständig verwirrt.

»An-Ishtoya?« fragte der alte Mann, und Del blieb jäh stehen.

Ihre Gesicht war frostig, zu einem makellosen Schauspiel unbeweglicher Schönheit erstarrt. Aber hart wie Stein und ähnlich leblos.

An-Ishtoya. Der höchste Rang, den ein Nordbewohner kennenlernen kann, als Schüler, als Lehrling, im Kreis. Der Rang wird vom *An-Kaidin*, dem Schwertmeister, verliehen, der höher steht als die Lehrer selbst, dem *Kaidin*, dem Höchsten der Hohen. Sie war *Ishtoya* — Schülerin — gewesen und dann *An-Ishtoya* — die Höherstehende —, vom *An-Kaidin* selbst dazu ernannt.

Aber Del hatte dem allem den Rücken gekehrt, sich statt dessen Schwerttänzer genannt, wie es ihr freistand, und war somit durch keine anderen Rituale als die gebunden, die der Kreis bestimmte.

Der alte Mann war eindeutig in ihre streng behütete Privatsphäre eingedrungen. Aber sie reagierte nicht wie so oft bei mir. Vielleicht aufgrund seines Alters. Vielleicht, weil er ein Nordbewohner war. Vielleicht auch, weil er besser wußte, was das Wort und alles damit Zusammenhängende bedeutete.

»Nein«, sagte sie kurz darauf. »Schwerttänzer.«

Etwas bewegte sich kurz in seinen Augen. Aber sein Gesicht — ein Gewebe aus Linien und Falten, die tief in eine Haut eingraviert waren, die heller war als meine eigene — änderte sich nicht. Er schaute erneut auf Boreal und nickte dann. Einmal. »Singt gut«, sagte er in südlicher Sprache und wandte sich ab, um einen anderen Kunden zu bedienen.

Ich schulterte die Satteltaschen, nahm eines der gerollten Bündel auf und verließ den Laden unmittelbar vor Del. Als sie heraustrat, blieb ich stehen, um sie neben mich treten zu lassen.

»*Singt* gut«, sagte ich verwirrt. »Hat er nicht ›tanzt‹ gemeint?«

Del hatte ihre Rolle aus Fellen unter einen Arm geklemmt. Ihr Gesicht war ausdruckslos. »Nein«, sagte sie. »Das hat er nicht.«

Soviel zu der Erwartung einer Antwort *oder* weiterer Erklärungen. Da ich es jedoch besser wußte, als daß ich sie gedrängt hätte, ließ ich es dabei bewenden.

Wir beluden unsere Pferde sorgfältig, denn wir wußten, daß Harquhal unsere letzte Ansiedlung vor der Grenze war. Und wenn wir erst einmal die grauen Mauern verlassen hätten und gen Norden zögen, würde ich in meiner Umgebung ein Fremder sein. Del würde uns führen, während ich ihr nur folgen konnte, da ich den Norden nicht kannte. Unsere Rollen würden vertauscht sein, und ich war mir nicht sicher, ob ich das mochte.

Obwohl Del dies ohne Zweifel tun würde.

Sie schwieg noch immer, als wir ihren zögerlichen Wallach und meinen ungestümen Hengst aus dem aus Latten gebauten Stall hinter dem Wirtshaus hinausführten. Über breiten Hinterteilen trugen unsere Pferde jetzt die Rollen aus Fellen und Leder, die oben und seitwärts herausragten. Der Hengst war sich noch nicht sicher, ob er solche Maßnahmen gutheißen sollte. Er ging mit seinen massiven Hinterbeinen seltsam erhöht, wie auf Zehenspitzen. Das häufige geräuschvolle Schlagen seines Schwanzes sagte mir deutlich, daß er erwog, einen Kommentar dazu abzugeben, wie das nur ein Pferd kann.

Er schnaubte, stieß mit seiner Nase — absichtlich — gegen meine rechte Schulter und knabberte daran.

»Hör auf damit«, schlug ich vor und war mir vollkommen der Vorderhufe bewußt, die so nahe an meinen eigenen Fersen stampften.

Er tat es nicht, und so stieß ich eine riesige Faust in Richtung seiner Nase, als er wieder auf meine Schulter abzielte. Die Faust und die Nase verbanden sich. Er fuhr sofort zurück, nickte und ruckte am Ende geflochtener, blau gefärbter Zügel mit dem Kopf, während ein Auge in unschuldigem und verwirrtem Erstaunen umherrollte. Aber das Auge urteilte auch gerissen. Ich lächelte, winkte mit einem warnenden Finger und sah die schräggestellten Ohren sich aufrichten. Sofort legte er sie wieder an, aber er hatte aufgegeben. Er war nicht so sehr böse, als vielmehr verstimmt, weil ich ihn bei seinen Tricks erwischt hatte, und mit Verstimmungen konnte ich umgehen.

Del schüttelte den Kopf. »Ich weiß nicht, warum du ihn behältst. Er macht mehr Ärger, als er wert ist.«

»Das kommt darauf an«, sagte ich, denn ich erinnerte mich daran, daß der Hengst, trotz aller Berechnung, einen meiner Feinde getötet hatte. Unglücklicherweise war ich nicht dabei gewesen, um es zu bezeugen. »Was den Grund betrifft, denke ich, daß es zum größten Teil Gewohnheit ist. Wie ein Mann, der seine nörgelnde Frau Jahr für Jahr für Jahr behält.«

Sie warf mir einen vielsagenden Blick zu und weigerte sich, darauf einzugehen. »Eines Tages wird er dich vermutlich töten.«

»Oh, das glaube ich nicht. Er schlägt mich vielleicht immer wieder einmal auf den Kopf, aber letztendlich denke ich, daß er mich eher mag.« Ich tätschelte den festen, flachen Kiefer. »Wir sind uns sehr ähnlich.«

»Voller Tricks«, stimmte Del zu und sah dann an mir vorbei zu dem Wirtshaus, wo wir den größten Teil des vorigen Abends verbracht hatten.

Ich schaute ebenfalls hin und sah nichts. Aber als ich wieder zu ihr zurückblickte, bemerkte ich, daß *sie* etwas sah.

Und wußte, daß sie es würde erledigen müssen, bevor wie Harquhal verließen.

Ich seufzte. Nickte. Hielt an. »Na los«, sagte ich. »Erledige es.«

Sie warf den Kopf herum. »Du *weißt* es?«

»Ich weiß, daß es dich niemals ruhen lassen wird«, sagte ich ruhig. »Geh, Bascha! Sieh nach, ob er da ist. Wenn nicht, können wir in dem Wissen von hier fortreiten, daß du zumindest nachgeschaut hast ... Wenn er da ist, nun ...« Ich zuckte die Achseln. »Das ist deine Sache, Bascha.«

»Aber ... du weißt nicht, *warum* ...« Sie brach ab und schüttelte ein wenig den Kopf. Seidenhelles Haar, ungeflochten, glitt über seidenbedeckte Schultern. »Das kannst du nicht.«

»Vielleicht bin ich dickköpfig, aber ich bin nicht völlig dumm«, erklärte ich ihr barsch. »Gestern abend hast du einen Mann gesehen, und bis du ihn wiedersiehst und das wie auch immer geartete Verlangen, das dich letzte Nacht wachgehalten hat, befriedigst — in einem *richtigen Bett*, könnte ich hinzufügen —, wirst du launisch sein wie eine schwangere Frau.«

Sie öffnete prompt den Mund, um gegen den letzten Teil meines Kommentars zu protestieren. Del mag es nicht, wenn ich mich über Frauen amüsiere oder sie irgendwie wegen ihres Geschlechts abwerte. Nun, meistens tue ich dies aus dem Wunsch heraus, sie zu nekken, und hoffe auf eine verbale Auseinandersetzung. Einmal habe ich es getan, weil Frauen im Süden wenig Beachtung finden. Del hatte meine Einstellung weitreichend verändert, aber auch die Sklaverei hatte sich verändert. Ein Mann, der als Sklave aufgezogen wird, erleidet seine eigene Art von Erniedrigung und lernt schnell, andere nicht so zu beurteilen, wie er selbst beurteilt wird.

Aber nach einem Moment stellte sich heraus, daß Del überhaupt nicht auf die Neckerei einging. Sie kniff lediglich verbissen den Mund zusammen. Ihr Gesichtsausdruck war grimmig. »Es ist etwas, das ich tun muß.«

»Das weiß ich. Das habe ich gerade *gesagt*.«

»Ich werde ehrlich sein. Es wird ein Schwerttanz werden.«

Ich lachte fast, beschränkte mich aber auf ein Lächeln, als ich erkannte, daß sie meiner Reaktion große Bedeutung beimaß. »Wenn er Schwerttänzer ist, wird es fair sein. Wenn er keiner ist, wird es ein Witz werden.«

Helle Brauen zogen sich zusammen. »Tiger ...« Aber sie unterbrach sich, verschloß in sich, was immer sie hatte sagen wollen, und ließ mich in das Angesicht der Qual sehen.

»Geh«, sagte ich sanft. »Ich werde da sein, Bascha.«

Wir banden die Pferde an, verließen sie und zogen denselben karmesinroten Vorhang zur Seite, den wir am Abend zuvor zur Seite gezogen hatten. Huvagestank hing in dem Wirtshaus, und der Rauch war fast undurchdringlich. Es war noch zu früh, als daß sich dieser Ort mit Männern gefüllt hätte, die Träume in Alkohol, Rauch und Frauen suchten.

Aber nicht zu früh für den Mann, den Del suchte.

Schließlich sah er sie herankommen. Ich erkannte ihn nur an der Überraschung in seinen Augen, der Bewunderung, der kleinen Flamme des Verlangens. Er war eindeutig ein Südbewohner, vom Haar und von der Haut her dunkel, mit tiefliegenden, hellbraunen Augen. Sein Alter konnte ich nicht bestimmen, abgesehen von den Kennzeichen, die besagten, daß er sein Leben in der Wüste verbracht hatte, denn die Sonne hatte ihren Tribut gefordert. Seine Zähne hoben sich strahlend weiß vom Dunkelbraun seines Gesichts ab.

Del beachtete die anderen an seinem Tisch nicht. Sie trat einfach an eine Ecke des Tisches, lehnte sich ein wenig vor, um sicherzugehen, daß er ihre Worte hören würde, und forderte ihn auf, ihr im Kreis gegenüberzutreten.

Und der Mann war offensichtlich überrascht. »Kreis?« echote er verwirrt und in offenkundigem Unglauben. Und dann erholte er sich und lachte. »Bascha, ich werde dich gern im *Bett* treffen, aber niemals in einem Kreis.« Er ließ das Kichern und Lachen verklingen und lächelte milde, aber ich sah die kaum wahrnehmbare Linie verwirrter Bestürzung zwischen den dunklen Brauen.

Mit einer flüssigen Bewegung und einem kurzen, zischenden Gleiten zog Del Boreal aus der Scheide und hielt sich das Schwert dann quer vor die Brust, das Heft an der Taille, die Handgelenke angespannt, und die Spitze reichte mindestens fünf Zoll über Dels Kopf hinaus. Es war ein diagonaler Strich aus Stahl, der aller Augen auf die Klinge und die Frau zog. Die Bewegung war makellos ausgeführt worden, offensichtlich gut geübt. Ihre Haltung — und damit ihre Absicht — war auf dramatische Art eindrucksvoll und wurde durch Dels Geschlecht beredt unterstrichen. Kein Mann in dem Wirtshaus konnte dies mißverstehen.

Man könnte sagen, es sei keine große Sache, ein Schwert aus der Scheide zu ziehen. Aber Del trug, wie auch ich, den Harnisch so, daß die Scheide diagonal über den Rücken gebunden war. Es ist weitaus bequemer, wenn man eine gleichmäßige Verteilung des Gewichts herstellt, weitaus ausgeglichener, als wenn der schwere Stahl lose herabhängt und gegen die Beine schlägt, aber die Leichtigkeit, das Schwert in die Scheide zu stecken oder herauszuziehen, ist erheblich beeinträchtigt. Es ist ein Zeichen des Stolzes (oder der Eitelkeit — wie man will), daß ein wahrer Schwerttänzer, der sorgfältig in der Kunst des Schwerttanzes unterrichtet wurde, den Harnisch immer auf diese Weise trägt.

Aber es war ein Schwert, und dies war der Süden, und Del war eindeutig eine *Frau*.

Er lachte, der Südbewohner. Und hielt dann inne, als die anderen innehielten, plötzlich, entsetzt, als sie die lachsfarben-silberne Spitze an die Haut seiner Kehle legte.

Leichthändig, schweigend zerteilte sie den Stoff seines Burnus. Ich sah, wie sich auf ihrem Gesicht etwas bewegte, etwas Unergründliches, nur daß ich diesen Ausdruck schon einmal zuvor gesehen hatte. Als Del Jamail das erste Mal erblickt hatte — und was ihm angetan worden war —, fünf Jahre nach seinem Verschwinden.

Sie nickte einmal, aber ich hatte den Eindruck, daß es überwiegend ihr selbst galt. Wie zur Erhärtung ihres Vorsatzes. »Tretet in den Kreis.«

Ich sprach es fast mit ihr, so vertraut waren die Worte. Die ewige Herausforderung eines Schwerttänzers, zu üben, zu kämpfen, zu *tanzen*. Zum Spaß oder auf Leben und Tod.

Verlangen wurde durch Verärgerung gesteigert. Die Nasenflügel des Südbewohners blähten sich. »Frau«, sagte er, »geht nach Hause. Geht nach Hause und kümmert Euch um Euren Mann.«

Dels Ton war sehr ruhig. »*Ihr* seid mein Mann«, belehrte sie ihn. »Ich werde mich im Kreis um Euch kümmern.«

Er hatte mit Begleitern gewürfelt. Jetzt verstreuten geschmeidige Hände Würfel und Münzen und Becher, als er wütend den Tisch leerfegte.

Boreal schnitt in seine Kehle ein.

Er fluchte. Del lächelte, aber nur ein wenig. »Tanzt mit mir«, forderte sie ihn auf, in dem verführerischen Gesang des Kreises.

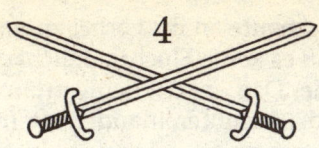

4

Ich sah das Blut an seiner Kehle. Nur ein paar Tropfen, karmesinrot vor brauner Haut. Frisches Blut und frei von Eis. Del hatte das Schwert nicht gestimmt.

Er spie auf die Klinge. »Ich kämpfe nicht gegen *Frauen.*«

Die Spitze wechselte die Lage. Erhob sich. Drückte auf die Unterseite seines Kinns, hob es an, so daß er, um dem versprochenen Schnitt zu entgehen, den Hinterkopf zurücklegen mußte.

»Nein?« fragte Del. »Aber Ihr habt gegen *mich* gekämpft, vor fast sechs Jahren.« Ihre Augen verengten sich. »Kämpft erneut gegen mich, Südbewohner. Jetzt, wo ich weiß *wie.*«

Seine Freunde murmelten böse und waren offensichtlich unbeeindruckt von Dels Haltung. Um jeglichen Anstrengungen ihrerseits vorzubeugen, trat ich näher heran und fixierte die Männer bewußt mit einem Blick, der, wie ich wußte, beunruhigend wirkte, weil er das wilde Starren des Sandtigers auf der Lauer nachahmte, mit den grünen Augen und allem anderen. Ich machte, wenn auch schweigend, sehr deutlich, daß der Kampf eine Sache zwischen der Frau und dem Mann bleiben sollte. Anderenfalls würden sie persönlich, und zwar jeder von ihnen, mit *mir* kämpfen müssen. Jetzt oder später, sie hatten die Wahl.

Es funktionierte. Es funktioniert oft. Ich hatte es sorgsam angewandt, als ich zum ersten Mal auf die Ähnlichkeit aufmerksam gemacht worden war, denn ich war klug genug, einen Vorteil nicht zu mißachten, innerhalb oder außerhalb des Kreises.

Dels Gegner schaute an ihr vorbei zu mir und machte sich bewußt, daß es keine Fluchtmöglichkeit geben würde, absolut keine. Daß er kein Schwerttänzer war, wußte ich. Wir sind uns untereinander oft fremd, aber es gibt Möglichkeiten, es zu erkennen. In bezug auf ihn war es einfach, denn sein Schwert war an der Seite befestigt.

Also *würde* es ein Spaß werden. Kein Schwerttänzer. Kein Nordbewohner. Aber eindeutig ein Feind. Und einer, auf den sie seit fast sechs Jahren Anspruch erhob, was bedeutete, daß er zweifellos einer der Räuber war, der ihre Familie zerstört hatte.

Ich stieß einen langsamen Atemzug des Erkennens und des Mitgefühls aus. Rache konnte ich verstehen.

Hellbraune Augen flackerten hin und her, versuchten, das zu erwartende Verhalten seiner Begleiter zu beurteilen, die Gesamtlage im Raum. Jetzt lachte niemand mehr. Und es lächelte auch niemand, noch schaute jemand fort.

Da ich selbst Südbewohner war, wußte ich, was er empfand. Und ich wußte, daß es seinen Stolz genauso sehr verletzen würde, den Kampf zu umgehen, wie die Angelegenheit selbst. Del war eine *Frau*.

Seine Lippen zogen sich über seine Zähnen. »Ja«, sagte er, *»ja.«*

»Draußen«, sagte Del kühl und wandte ihm den Rükken zu, um das Wirtshaus zu verlassen.

In jeder Stadt oder Ansiedlung macht das Gerücht eines Schwertkampfes schnell die Runde in der Bevölkerung. In einer Grenzstadt wie Harquhal, zum Bersten gefüllt mit Meuchelmördern, Dieben, Räubern und ähnlichen, macht solch ein Gerücht noch schneller die Runde. Während sich der Südbewohner darauf vorbereitete, der Frau gegenüberzutreten, kamen die anderen daher heran, um zuzuschauen. Aus den Läden und Schatten und von Freizeitspielen kamen sie heraus wie Sandschnecken unter einem Stein.

Ruhig streifte Del ihren Burnus ab. Sie ließ die Seide in den Sand gleiten und achtete nicht auf die lüsternen Kommentare. Mit bloßen Armen und bloßen Beinen war sie in ihren Augen nackt.

Für mich kaum. Denn ich habe mich an die weiche Ledertunika gewöhnt, die sich so eng an ihre Taille anschmiegte. Und sie saß wegen der Harnischbänder straff um die Brüste und die Schultern. Aber als ich sie mit ihren Augen sah, sah ich wieder nur die Frau. Nicht Del. Nicht den Schwerttänzer. Nur die nordische Bascha.

Und in diesem Moment, nur einen Augenblick lang, vergaß ich all die Wahrheiten, die wir geteilt hatten, und dachte nur an mich selbst.

Aber nur sehr kurz. Und dann war Del wieder *Del*.

Sie öffnete ihren Harnisch, legte ihn auf die Seide und warf mir einen geheimnisvollen Blick zu. »Sandtiger, zeichnest du den Kreis?«

Eine nette Art, alle Zuschauer wissen zu lassen, wer ich war. Für gewöhnlich erkannten sie den Namen, die meisten von ihnen. Mit Sicherheit jene, die mich am meisten interessierten. Die Freunde des Südbewohners sahen mich scharf an, murmelten untereinander, beobachten das Schwertheft, das über meine Schulter ragte, *und* die Narben in meinem Gesicht. Und sahen nicht sehr glücklich aus.

Ich lächelte leicht und machte eine kleine Geste mit dem Kopf, womit ich ihre unbeabsichtigte Hochachtung anerkannte. Aber vor allem schätzte ich sie ein: einer, zwei, drei, vier. Vielleicht Räuber, vielleicht nicht: vielleicht nur Männer, die sich im Wirtshaus in das Würfelspiel mit Dels Gegner eingelassen hatten. Aber das war unwichtig. Ich grenzte sie ab, strich sie aus. Dann richtete ich meine Aufmerksamkeit erneut auf Dels Frage.

Im Kodex des wahren Tanzes war die Einladung eine Ehre. Aber dies hier war kaum mehr als eine Karikatur.

Ich legte die Hand um das Heft des nordischen

Schwertes und hörte ein Echo unheimlichen Gelächters. Therons vielleicht. Vielleicht sogar die Seele des Mannes, in dessen Blut er die Klinge vor so langer Zeit getränkt hatte.

Das Schwert zischte aus der Scheide und schimmerte im Sonnenlicht. Ein zweites Zischen folgte dem ersten: eingezogene Atemzüge von allen, die sich versammelt hatten, um den Schwerttanz anzusehen. Ich setzte die Spitze auf die Erde und sah den umbrafarbenen Sand fortwirbeln, als ob ich Haut zerteilte. Ein weiteres Zischen und Flüstern der Magie. Nun, so sollte es sein. Der Kreis wurde aus sich selbst gemacht, ich war nur das Werkzeug.

Del trat in den Kreis und wartete.

Normalerweise müssen Rituale beachtet werden. Anforderungen des Tanzes, um die Ehre der weitergegebenen Lehren zu wahren. Es spielte keine Rolle, daß sie im Norden geboren und trainiert worden und er ein Südbewohner war, denn das Lernen ist weitgehend dasselbe, mit ähnlichen Ritualen. Aber dies war kein wahrer Schwerttanz. Der auserwählte Gegner wußte wenig, wenn überhaupt etwas, vom Tanz selbst. Er wußte nur, daß er gegen eine Frau kämpfen mußte, um seinen Stolz zu pflegen und sein Leben zu erhalten.

Grund genug, wie ich wußte, um ihn gefährlich werden zu lassen.

Er stieß einen abscheulichen, südlichen Fluch aus und streifte seinen Burnus ab. Darunter trug er die dünnen, bauschigen Jodhpurs und die seidene, schärpenartige Tunika eines Wüstenmannes, nicht den kurzen Lederdhoti eines Tänzers. Vielleicht war er ein Räuber, aber nichts an seiner Kleidung oder seiner Erscheinung wies ihn als solchen aus, anders als bei einem berufsmäßigen Schwerttänzer.

Del wartete. Er band das Schwert los, zog es aus der Scheide, warf das Leder auf seinen Burnus. Er sagte leise etwas zu seinen vier Begleitern, die mich sofort ansahen und sich verrieten, denn ich wußte in dem Moment, daß er ihnen gesagt hatte, sie sollten die Frau töten — und mich —, wenn er starb. Obwohl es offensichtlich war, daß er nicht erwartete, zu sterben.

Er trat in den Kreis —

— und *stürzte los*.

Sie ist so schnell, so sehr *schnell* ist Del! Füße glitten mit dem verlockenden Zischen bloßer Haut auf feinkörnigem Staub durch den warmen Sand. Wolken stoben auf, zogen umher und belegten unsere Körper mit stumpfen, körnigen Leichentüchern: hell umbrafarben, ocker-bronzefarben, gelblich grau.

Die Leichentücher, so dachte ich, waren nur allzu passend. Die Frau konnte uns alle töten.

Ich beobachtete ihre Bewegungen. Ich beobachtete, wie die anderen ihre Bewegungen beobachteten. Alles Männer. Es war in diesem Augenblick keine Frau hier, unter solchen Umständen niemals.

Außer Del.

Ich beobachtete ihre Bewegungen: unvoreingenommene Abschätzung. Bewunderung, wie immer. Und Stolz. Zweischneidiger Stolz. Erstens darauf, daß die Frau dem Ritual des Tanzes innerhalb des Kreises Ehre machte, und zweitens, daß sie meine rechte Hand war, meine linke Hand, Begleiterin, Schwertgefährtin, Bettgefährtin.

Zweischneidig? Natürlich. Stolz ist immer eine zweischneidige Angelegenheit. Was Del betrifft, so ist die zweite Klinge die schärfste von allen, in bezug auf *mich*, denn für den Sandtiger bedeutet, von Stolz auf Del zu sprechen, auch von Besitzgier zu sprechen. Sie hat mir einmal gesagt, daß ein Mann, der stolz auf eine Frau ist, allzu häufig stolzer auf seinen Besitzanspruch *an* sie ist, und nicht auf die Frau, weil sie sie selbst ist.

Ich sah, wie sie sich anspannte, aber — nun, Del und ich sind nicht immer einer Meinung. Und außerdem, wenn es so wäre, wäre das Leben wahrhaft langweilig.

Ich beobachtete Del und natürlich auch die Männer, die sie beobachteten, aber ich beobachtete auch den Mann, der ihr im Kreis gegenüberstand. Ich sah die ungeschulte Handhabung seines Schwertes, das im Sonnenlicht glänzte: ein Stoß hier, eine Finte dort, Hieb, Ausfall, Streich, Stoß ... und immer in dem Versuch, das Blitzen und Schimmern des Sonnenlichts in ihre Augen zu lenken. Er wußte genug, um *das* zu wissen, normalerweise eine geschickte List. Ein anderer Gegner hätte vielleicht geblinzelt oder in das blendende Licht geschielt und damit den Vorteil abgegeben. Del tat das nicht. Aber schließlich war Del daran gewöhnt, mit Boreal ihr eigenes Licht zu beschwören. Das südliche Schwert, das der Mann gebrauchte, war ihrem eigenen kaum ebenbürtig.

Ich wußte, daß sie ihn töten würde. Aber *er* wußte es nicht. Er hatte es noch nicht erkannt.

Nur wenige Männer erkennen das, wenn sie den Kreis mit Del betreten. Sie sehen nur *sie* und bemerken kaum das Schwert in ihren Händen. Statt dessen lächeln sie. Sie glauben, sie wären geduldig und großmütig, weil sie einer Frau gegenübertreten müssen, und noch dazu einer wunderschönen Frau. Aber weil sie wunderschön ist, werden sie ihr alles geben, um nur einen Moment ihrer Zeit mit ihr zu teilen, und geben so ihr Leben.

Sie tanzte. Lange Beine, lange Arme, der südlichen Sonne preisgegeben. *Schritt. Schritt. Gleiten. Sprung.* Kleinste Verlagerung des Gleichgewichts von einer Hüfte auf die andere. Sehnen, die unter der festen Haut ihrer Arme spielten, während sie parierte und erwiderte. Alles aus den Handgelenken, bei Del. Ein zartes Flechtwerk der Schwertspitze vor dem messingfarbenen Nachmittagshimmel, während sie die Waffe ihres Gegners mit einem Gitterwerk aus Stahl blockierte.

Del hatte noch nie die Veranlagung zum Morden. Auch jetzt nicht, nicht ganz. Sie ist ein Schwerttänzer, wie ich. Aber in diesem Gewerbe wird der Tanz — eine ritualisierte Darstellung hochtrainierten Könnens mit dem Schwert — allzu oft ernst, und Menschen sterben.

Ich seufzte leicht, während ich sie beobachtete. Sie *spielte* nicht eigentlich mit ihm, denn sie war zu gut geschult, als daß sie im Kreis Hochmut gezeigt hätte, aber ich konnte erkennen, daß sie das Können ihres Gegners als schlechter als ihr eigenes beurteilt und anerkannt hatte. Das würde ihr kein Lächeln entlocken, nicht Del. Es würde sie nicht unvorsichtig machen. Aber es *würde* sie dazu veranlassen, mit ihrem eigenen unbegrenzten Repertoire die Grenzen seines Könnens auszutesten und ihm zu zeigen, was es bedeutete, mit jemandem ihres Formats in den Kreis zu treten.

Ungeachtet ihres Geschlechts.

Und ich beobachtete den Mann. Den südlichen Kämpfer, der die nordische Frau so sorglos unterschätzt hatte. Ich sah die schlaffe Nässe schweißdurchtränkten schwarzen Haares, das glatt an seinem Nacken klebte und nicht länger seine Bewegungen begleitete. Ich sah das verräterische Erröten der Wut und Enttäuschung, vermischt mit fruchtloser Anstrengung, seine Gesichtszüge verdunkeln. Und ich sah die gleichgültige Überheblichkeit des Mannes in den braunen Augen in verspätete Anerkennung umschlagen. Er wußte. Letztendlich wußte er und wußte auch, daß es nichts gab, was er tun konnte.

Außer sterben.

Mit einem kaum wahrnehmbaren, leichten Schlag schlug Del sein Schwert zur Seite und ritzte seine Hand auf, bevor er auch nur zwinkern konnte. Und dann, als er den Atem einzog, um laut zu schreien, schnitt sie in seine bloßen Handflächen ein, die kein Schwert mehr umfaßten. Entsetzt starrte er sie an.

Sie balancierte leicht auf beiden Füßen aus und war deutlich in der Lage, erneut zuzuschlagen. Aber sie tat es nicht, zunächst jedenfalls. Sie beobachtete ihn nur, und ich sah das seltsame Glitzern in ihren Augen. »Habt Ihr so viele nordische Frauen entführt, daß Ihr Euch an diese nicht erinnern könnt?« Ihr Ton war täuschend sanft. »So viele *nordische Baschas?*«

»Afreet!« schrie er. »Dschin!«

»Mensch«, spottete sie, »und Frau. Oder verbietet der alberne, männliche Stolz es Euch, die Wahrheit anzuerkennen?«

»Del«, sagte ich leise, »das ist nicht der Punkt.«

Ich sah die kaum wahrnehmbare, zögernde Überraschung, die Erkenntnis in ihren Augen. Nein, das war *nicht* der Punkt. Ihr Gesicht rötete sich, die Linie ihres Mundes verhärtete sich. »Ich will Ajani«, sagte sie.

Braune Augen weiteten sich in offenem Erstaunen und verengten sich dann, als er die Stirn runzelte. »Ajani«, echote er. »Warum?«

»Aus genau demselben Grund«, belehrte sie ihn. »Ich beabsichtige, ihn zu töten.«

Er lachte rauh. »*Männer* haben das versucht, Bascha. Und noch immer ist Ajani wohlauf.«

»Vorläufig.« Sie bewegte ruckartig ihr Schwert, und die Klinge schnitt durch die Luft, wobei sie geschickt die Spitze seiner Nase traf. »Ajani«, sagte sie sanft.

Er trat sofort aus dem Kreis heraus. Aber dies war kein Schwerttanz, Del folgte ihm ruhig. Er schwankte zum Rand des größeren, menschlichen Kreises, wurde gegen seine Freunde gedrängt, die ihn aufzuhalten versuchten — und wußte, daß der Kampf verloren war. »Norden«, sagte er mürrisch.

»Aber Ihr seid *hier*, Südbewohner.«

Er spie neben sich aus. »Ich reite nicht mehr mit Ajani.«

»Nein?« Helle Brauen hoben sich. »Wurde er schließlich langweilig, dieser Reichtum, der mit dem Diebstahl von Kindern verdient wurde?«

Nasenflügel blähten sich. »Und habe ich *Euch* gestohlen?«

Ich dachte in dem Moment, sie würde ihn töten. Aber ihre Selbstbeherrschung funktionierte einwandfrei. »Ihr habt es versucht, Südbewohner. Aber das Glück und die Götter bewahrten mich davor.«

»Warum jagt Ihr mich dann jetzt?« Er streckte seine blutenden Hände aus. »Ihr seid frei, Bascha. Welchen Sinn hat das ganze?«

»Überhaupt keinen«, sagte sie sanft. »Dies ist lediglich die Eintreibung einer noch offenen Blutschuld.«

Es war Dels Kampf, nicht meiner. Aber ich wünschte, sie würde ihn beenden.

»Blutschuld . . .«

»Ajani«, sagte sie, »und ich lasse Euch laufen.«

Hoffnung flackerte auf, wurde fast augenblicklich ausgelöscht. Ich wußte, was er dachte. Sein Leben war wertvoll, aber das war auch sein Stolz, besonders in Gegenwart von Freunden. Von einer Frau verschont, behielt er ersteres und verlor letzteres. »Ich bin ein rechtschaffener Mann.«

Del hob vielsagend die Schulter. »Rechtschaffene Männer sterben genauso leicht wie andere.« Sie machte eine ruckartige Bewegung mit dem Kopf. »Tretet zurück in den Kreis. Nehmt das Schwert auf. Ich werde Euch *so* viel gewähren, mehr als Ihr und die anderen mir gewährt haben.«

Ganz offensichtlich wollte er ablehnen. Aber er war durch seinen eigenen Stolz und das Schweigen der anderen gebunden. Langsam trat er zurück in den Kreis und nahm das Schwert mit blutenden Händen wieder auf. Er wandte sich um, der Frau zu, offensichtlich unerschrocken. Wenn überhaupt, so war er ärgerlich. Nicht darüber, daß er sein Leben verlieren würde, sondern daß eine Frau das Werkzeug dazu sein würde.

Del lächelte. Ich sah ihre Lippen einen dünnen Strich bilden, sich teilen und dann einen schwachen Laut hervorbringen. Nur einen kleinen Gesang, aber genug, um den Mann zu erzürnen.

Genug. Kein Übermaß. Lediglich die nordische Frau, die auf den kraftlosen Vorhang aus Stahl zuschritt und ihn ohne Anstrengung teilte, um drei Zoll der lachsfarben-silbernen Klinge in schwitzende, angestrengte Haut zu stoßen.

Sie leugnen es, jeder und jeder einzelne von ihnen, sogar noch wenn das Blut aus ihren Körpern fließt und den südlichen Sand tränkt. Auch wenn sie nicht sprechen können, sie formen die Worte mit dem Mund, verweigern ihr den Sieg, weil ihre Körper ihnen etwas anderes sagen. Blutig, mit zerbissenen Lippen, die nassen Gesichter mit Sand überpudert, die geweiteten Augen voller Erstaunen, Entsetzen, Verzweiflung.

Und immer dieses Verleugnen.

Sie wandte sich von dem hingestreckten Körper ab und sah mich an. Das nordische Schwert, blutgefärbt, hing lose in ihrer Hand. Die fremdartige Klinge, mit gleichermaßen fremdartigen Runen, ließ eine Schnur nasser Rubine in den umbrafarbenen Sand tropfen, Tropfen für Tropfen für Tropfen, bis die einzigartige tödliche Kette ihre Form verlor und nichts anderes mehr war als einer Pfütze aus Blut, die schnell vom Staub aufgesaugt wurde.

Del hob fast unbewußt eine Schulter an — ein Kommentar, eine Antwort auf meine unausgesprochene Frage —, und dann nickte sie, nur einmal, ein gleichermaßen persönlicher Austausch.

Sie wandte sich um. Beugte sich über den Körper. Ich sah eine Hand nach seiner Kehle greifen, etwas ergreifen und losreißen. Und dann vorsichtig, sorgfältig, mit ernsthafter Überlegung, trat sie aus dem Kreis und reinigte ihre Klinge an seinem Burnus.

Sie beobachtete seine Begleiter, während sie dies tat, und taxierte die Männer, die das gleiche so unverhohlen bei ihr getan hatten. Abschätzige Blicke und Absichten. Sie war kein Gedankenleser, beanspruchte aber für sich ein ungeheures Verständnis für die Menschen. Dieses

Verständnis macht sogar *mich* die meiste Zeit unruhig.

Ich bemerke, daß ich im Kopf Unterhaltungen führe, in denen ich Fragen und Hypothesen beantworte, um ihren Wert zu prüfen, bevor ich Del die Chance gebe, einen ihrer stechenden Verweise loszulassen.

Del straffte sich. »Ajani«, sagte sie ruhig in die abwartende Stille, scheinbar für alle, aber sie beachtete besonders die vier Männer, die nun eines fünften beraubt waren. »Ich will ihn. Ich werde bezahlen.«

Ich schaute Del ins Gesicht. Sie hoffte, daß irgend jemand ihr die Information geben würde, die sie haben wollte, erwartete es aber nicht wirklich. Sicherlich nicht so offen, nach dem, was sie getan hatte. Wenn wirklich jemand Ajanis Aufenthaltsort kannte, würde er wahrscheinlich warten, bis er Del allein sprechen konnte. Fern von den vier Südbewohnern, die sie so feindselig ansahen.

Sie hatte sie alle mit dem Schwerttanz und ihrer Herausforderung zum Schweigen gebracht. Aber das Schweigen dauerte nur kurz, sehr kurz. Bald unterhielten sich die Männer untereinander und verfochten ihre Beurteilung des Kampfes, dem sie gerade beigewohnt hatten. Ich habe so etwas selbst unzählige Male nach Tänzen, die ich selbst bestritten hatte, gesehen und gehört. Aber dies war Del. Dies war eine Frau, eine Nordbewohnerin, die so mit Leichtigkeit einen ihrer eigenen Gefährten getötet hatte, die jetzt ruhig durch die Menge zum Wirtshaus schritt, um zu warten.

Soviel zu unseren ersten Bemühungen.

Die Menge zerstreute sich ziemlich schnell. Die meisten Männer gingen in das Wirtshaus, um Alkohol zu kaufen, über den Schwerttanz zu diskutieren und Blicke auf die nordische Bascha zu werfen. Ich hielt keinen dieser Männer zurück, aber als sich die Begleiter des toten Mannes über den Körper beugten und ihn fortbringen wollten, gebot ich ihnen Einhalt.

»Die Münzen gehören ihr«, belehrte ich sie. »Der Brauch des Kreises: Der Sieger bekommt alles.«

Sie machten es mir nicht leicht. Einer von ihnen — mit schwarzen Augen, pockennarbig und mit angegrautem, dunklem Haar — spie auf meine Füße. Den anderen dreien gefiel das, obwohl keiner von ihnen etwas sagte. Das war auch nicht nötig, denn ich konnte es in ihren Augen lesen.

Als ich nichts unternahm, bedachte mich der pockennarbige Mann mit einem wenig schmeichelhaften Namen — der etwas damit zu tun hatte, eine unnatürliche Neigung zu männlichen Ziegen zu haben —, während ich lediglich freundlich nickte und mich hinabbeugte, um die Münztasche des toten Mannes mit meinem Messer abzuschneiden. Und dann richtete ich mich auf und forderte jeden von ihnen in den Kreis.

Ein Kreis, vier gegen einen.

Aber sie wußten es besser. (Es ist nicht einfach Überheblichkeit. Ich *bin* so gut, weil ich von einem Meister unterrichtet wurde, und ich habe sehr lange Zeit sehr hart an meinem Beruf gearbeitet.) Sie wußten es besser und gingen fort, als ich auf ihren Anwurf antwortete.

Ich ging hinein, um nach Del zu sehen, und fand sie an einem kleinen Tisch in einer Ecke des Wirtshauses. Und nicht allein. Es war weniger Zeit erforderlich gewesen, um die gewünschte Information aufzutreiben, als ich gedacht hatte. Und außerdem von einer unerwarteten Seite: Jeminas junger Mann vom Abend zuvor, mit dem Hauch eines neu entstehenden Schnurrbartes auf der Oberlippe.

Er trug eine seidene Tunika, hellblau und mit einer jadegrünen Schärpe gebunden, bauschige Jodhpurs in glänzendem Karmesinrot, die in hohen schwarzen Stiefeln steckten, und einen einfachen safranfarbenen Burnus, der lose und offen um ihn hing. Er kam an den Tisch, deutlich abwartend, und hielt eine Tonschale in der Hand. Als ich herantrat, lächelte der Junge, wandte sich um, um die Schale mit Schwung abzusetzen, und drehte sich dann wieder zu mir.

Und ich sah unter dem dünnen Stoff des Burnus, an seinem schmalen Rücken in den Gürtel gesteckt, den Umriß scharfer, mit Griffen versehener Waffen, deren Namen ich nicht kannte.

Dieser Junge war es also wert, daß man ihn sich genauer ansah.

»Aqivi«, sagte er warm und deutete auf die Schale. »Viel besser als der Hauswein.«

»Warum?« fragte Del direkt. »Wenn Ihr Informationen habt, dann verschwendet meine Zeit nicht mit unnötigen Höflichkeiten.«

Das nahm ihm völlig den Wind aus den Segeln. Zweifellos war er es gewohnt, daß sein gutes Aussehen bei Wirtshausmädchen und ähnlichen Frauenpersonen fast sklavische Aufmerksamkeit erlangte. Dels Direktheit, die so unerwartet kam, schockierte ihn. Ihre Erscheinung insgesamt reichte aus, um die meisten Männer völlig ihres Stolzes zu berauben und sie zu verlegenem Schweigen oder gestotterten Entschuldigungen zu veranlassen.

Der Junge stotterte nicht und entschuldigte sich auch nicht. Er machte eine anmutige Geste und setzte sich. Auf meinen Stuhl. Ich türmte mich betont über ihm auf. Schließlich schaute er, von überraschter Unschuld bewegt, zu mir herauf. Und stand wieder auf.

Er war alles in allem kleiner und leichter als ich und mit Sicherheit erheblich jünger. Ungefähr in Dels Alter, dachte ich, was bedeutete, daß er um die zwanzig Jahre alt sein mußte. Sein Gesicht kämpfte noch mit dem Mannestum, denn es zeigte noch die unbestimmte Sanftheit der Jugend, während es sich aber auch unerbittlich dem Erwachsensein näherte. Er war schnell, wendig, geschmeidig. Vielleicht ein Dieb. Sicherlich ein Opportunist. Er lobte Dels Schwertkünste.

Sie beugte sich vor, die Unterarme auf dem Tisch ruhend. Sie hatte den Burnus noch nicht wieder angezogen, und daher lagen die Arme bloß. Unter der hellgoldenen Haut bewegten sich die Sehnen. Die kurzzeitige Anspannung deutlich abgegrenzter Muskeln war offensichtlich für jemanden, der sie zu lesen wußte.

»Ich bin ein Schwerttänzer«, sagte sie kühl. »Was ich mit diesem Mann gemacht habe, ist ein Teil meines Berufes. Es war *besser* für mich, gut zu sein.«

Offensichtlich hatte der Tod des Räubers sie erzürnt. Im allgemeinen gibt sie den Jungen etwas mehr Seil, bevor sie die Schlinge festzieht.

Blaue Augen flackerten unter schwarzbewimperten Lidern. Der Junge lächelte, nickte, die Lippen angefeuchtet, die Handflächen an scharlachroten Jodhpurs abwischend. Dann hakte er die Daumen in seinen Gürtel und sah mich an. Ich hatte mich noch nicht gesetzt. Mein Körper, der ihm so nah war, diente dazu, ihn ein wenig einzuschüchtern. Jedoch nicht genug. Ich beurteilte ihn als einen dieser einfältigen Jugendlichen, die zu sehr voller Leben waren, als daß irgend etwas — oder irgend jemand — sie sehr lange hätte einschüchtern können.

»Ich habe gehört, was Ihr draußen gesagt habt«, erklärte er uns, »über Ajani. Ich könnte Euch vielleicht helfen.«

»Könntet Ihr?« Dels Ton war eisig. »Wo ist er?«

Der Junge löste seine Daumen aus dem Gürtel und spreizte geschickte Hände. »Ich bin fremd in diesem Land und weiß wenig über die Namen der Orte. Aber ich könnte Euch dorthin bringen.«

»Könntet Ihr?« Dels Frage war rhetorisch. »Gegen eine Belohnung natürlich.«

»Man hat eine ausgesetzt.« Ich setzte mich, lächelte freundlich und bediente mich des Aqivi, den der Junge so weitsichtig besorgt hatte.

»Eine kleine Belohnung«, antwortete er. »Ich möchte Euch nur auf Euren Reisen begleiten.«

Ich setzte den Becher ab, der Aqivi blieb unangetastet. »Sie hat einen Partner«, sagte ich bestimmt.

»Euch *beide!*« fügte der Junge eilig hinzu. »Den Sandtiger und seine Frau.«

Den Sandtiger und seine Frau. Natürlich sah Del ihn stirnrunzelnd an. Aber bevor sie etwas sagen konnte, bedeutete ich dem Jungen, sich auf den einzigen übriggebliebenen Stuhl zu setzen. Die Tatsache, daß er sich meiner Identität bewußt war, versetzte mich in einen großmütigen Bewußtseinszustand. Sobald ich die Bedienung dazu bringen konnte, einen dritten Becher Aqivi zu servieren, lud ich den Jungen dazu ein, den Aqivi mit mir zu teilen.

»Du bringst uns zu Ajani, solange wir dir erlauben, mit uns zu reiten?« Ich nickte gedankenvoll. »Da die einzige Möglichkeit, daß du uns irgendwohin bringst, darin besteht, *daß* du mit uns reitest, scheint es ein einfacher Handel zu sein.«

Er legte den safranfarbenen Burnus zurecht, während er den Stuhl zurückzog. »Ich meine, danach«, sagte er.

»Warum?« fragte Del.

Er zuckte die Achseln und grinste uns beide schief und unschuldig an. »Ich bin fremd hier im Süden ... auch im Norden, wenn wir dorthin reisen. Wenn ich überhaupt Ruhm erlangen will, muß ich mich auskennen. Mit *Euch* beiden zu reisen ...«

»Ruhm?« unterbrach ich seine glatte Erklärung. »Du willst ein *Panjandrum** werden?«

Das brachte mir verwirrte Blicke von beiden ein.

»Panjandrum«, wiederholte ich, »ein Mann von einem gewissen Ruf.«

Der Junge dachte darüber nach. Ein zaghaftes Lächeln breitete sich aus. »Panjandrum«, echote er. »Ich mag das.« Er nickte und probierte, ob es paßte. »Ein Mann von einem *gewissen Ruf.*«

---

* Pascha, großes Tier

»Das ist die höfliche Umschreibung.« Ich kratzte an den Narben auf meiner Wange. »Ich nenne dir gern auch die anderen, da du so gewandt bist mit dem Wort.«

»Panjandrum«, murmelte er gedankenvoll.

Ich seufzte und trank Aqivi. Del runzelte die Stirn.

»Ja«, sagte er. »Bellin die Katze, ein Panjandrum.«

»Bellin die *Katze?*« Ich war überrascht und fragte mich, ob sein kindisches Verlangen nach Glanz und Ruhm ihn dazu veranlaßt hatte, einen Namen anzunehmen, der dem meinen ähnlich war. Oder, genauer gesagt, meinem tierischen Namensvetter.

»Bellin.« Er lächelte und winkte mit der Hand vage in Richtung Süden. »Ich war die meiste Zeit meines Lebens auf See, segelte hierhin und dorthin. Ich dachte, es sei Zeit zu entdecken, was es bedeutet, eine Landratte zu sein.«

»Und du hast dir den Süden ausgesucht?« Ich konnte mir gastlichere Orte vorstellen.

Er zuckte die Achseln. »Das schien annehmbar.«

Was bedeutete, daß er in dieser Sache wenig Auswahl gehabt hatte. Ich nickte und trank noch mehr Aqivi.

»Bellin die Katze«, sagte Del leise. »Warum wollt Ihr ein ...?« Sie machte eine Pause, um das fremdartige südliche Wort ihrer nordischen Zunge anzupassen. »... ein Panjandrum werden?«

»Das wollte ich immer schon.« Sein Grinsen und seine Fröhlichkeit waren ansteckend. »Ein Mann sollte auf irgendeine Art Spuren hinterlassen ... sich seinen Platz unter anderen Männern — und Frauen — sichern.« Er zuckte erneut die Achseln, wobei sich die safranfarbene Seide kräuselte. »Ich denke, wenn ich sowieso hier sein muß, dann kann ich genausogut alles in meiner Macht Stehende tun, um sicherzugehen, daß ich ein *jemand* bin.«

Ihr Ton war unendlich sanft. »Ein bescheidener Mann würde etwas anderes vorziehen.«

»Ein bescheidener Mann würde das«, stimmte Bellin

414

ruhig zu. »Aber niemand aus meinem Bekanntenkreis würde mir jemals *diese* Eigenschaft zuschreiben.«

Zumindest war er ein ehrlicher Angeber. »Warum gehst du dann nicht los und verdienst dir deinen Ruhm?« fragte ich. »Warum willst du dich uns anschließen?«

Er streckte geschmeidige Hände aus. »Welchen Sinn macht es, zu kämpfen und sich abzurackern und zu leiden, wenn man es nicht muß? Mit dem Sandtiger und seiner Frau zu reiten garantiert mir fast, ein Panjandrum zu werden, lange bevor ich es auf andere Weise würde.« Sein Lächeln war entwaffnend. »Könnt Ihr es mir vorwerfen, daß ich versuche, Vorteil aus einer Gelegenheit zu schlagen?«

»Ich bin nicht die *Frau* des Sandtigers«, sagte Del ärgerlich. »Mein Name ist Del. Ich habe etwas mit Ajani zu erledigen. Wißt Ihr, wo er ist?«

Bellin wählte die diplomatische Antwort. »Es sollte nicht schwer sein, ihn zu finden.«

»Oh?« Helle Brauen hoben sich. »Dann schlage ich vor, daß Ihr das tut. *Jetzt.*« Sie schnalzte mit den Fingern, um ihn zu entlassen.

»Aber . . .«

»Du solltest lieber gehen.« Ich erhob anerkennend meinen Becher. »Danke für den Aqivi.«

Mit ernster Würde erhob sich der Junge, schüttelte die Falten aus seinem Burnus und ging irgendwo hin. Wieder sah ich die Umrisse seltsam geformter Waffen, die in seinem Gürtel steckten.

Del schaute mich über den Tisch hinweg nachdenklich an. Ihr Gesichtsausdruck war nachdenklich, während sie sich langsam einen Becher Aqivi eingoß.

»Denkst du, er weiß etwas?« fragte ich.

»Nein.«

»Glaubst du, wir werden ihn wiedersehen?«

Ihre Augen waren klar. »Wenn er die Information, die ich brauche, nicht hat, sollten wir es besser nicht.« Sie trank und verzog angewidert den Mund. »Ich habe keine Geduld für Dummköpfe *oder* Möchtegern-Panjandrums.«

Ich lachte und goß erneut etwas von dem Aqivi des Möchtegern-Panjandrums in meinen Becher.

5

Ohne mich zu Rate zu ziehen (natürlich), änderte Del ihre Meinung. Wir würden Harquhal, wie sie mir sagte, erst am *nächsten* Morgen verlassen. Sie wollte eine Nacht abwarten, um zu sehen, ob jemand mit wahren Informationen über Ajani herausrücken würde.

Ich stimmte sehr bereitwillig zu. Del hatte ihre Entscheidung getroffen, und ich hatte keine Lust, mit ihr zu streiten. Zum einen war es schön, wieder in einem richtigen Bett zu schlafen und in einem südlichen Wirtshaus unter Männern zu trinken, in dem Wissen, daß ich solche Annehmlichkeiten mit der Dämmerung hinter mir lassen würde. Zum anderen war es nicht schwer, die Dinge aus Dels Sichtwinkel zu betrachten. Eine Bande südlicher Räuber hatte die Karawane ihrer Familie an der Grenze überfallen und alle außer Del und ihrem jüngsten Bruder brutal getötet. Man brauchte nicht viel Phantasie, um herauszufinden, was die Räuber Del *und* Jamail angetan hatten, bevor sie entkommen konnte. Ich hätte mich an ihrer Stelle genauso der Rache verschrieben. Sie wollte Ajani, den Anführer, und ich hatte nicht die Absicht, sie davon abzubringen.

Der Tag war nicht so langweilig, wie er hätte sein können. Del war ziemlich ruhig, in persönlichen Gedanken versunken, doch jetzt, da unsere Namen bekannt waren — dank Dels Zutun und einem geselligen Bellin —, kamen Männer heran und fragten mich nach meinen Heldentaten. Del mieden sie weitgehend, da sie nicht in der Lage waren, einer Frau zu verzeihen, daß sie einen der Ihren in einem Kreis getötet hatte — was bisher eine

417

streng männliche Domäne gewesen war —, aber sie waren äußerst redselig mir gegenüber. Es dauerte nicht lange, und ich war der Mittelpunkt der Aufmerksamkeit, trank kostenlosen Aqivi und erklärte, wie es dazu gekommen war, daß ich der beste Schwerttänzer des Südens geworden war.

(Andere südliche Schwerttänzer würden diese Tatsache vielleicht bestreiten, aber *ich* würde dies so lange nicht tun, wie diese großzügigen Individuen das Bedürfnis hatten, mir Drinks zu spendieren. Nebenbei gesagt, ist es wahrscheinlich wahr, Dels Können ungeachtet. Und außerdem ist sie Nordbewohnerin.)

Als die Nacht hereinbrach, änderte sich nicht viel, obwohl der Aqivi und der Wein zäher flossen und die Geschichten weitschweifender wurden, sogar wenn ich sie erzählte. Und ich war mir Bellins lächelnden Gesichtes am Rande der Menge bewußt, sehr bewußt. Er beobachtete mich, er beobachtete die anderen und empfand offensichtlich die Freude an dem mit, was er selbst so sehnlichst zu erfahren wünschte: dem Ruhm.

Ich hätte ihm sagen können, daß der Name des Spiels *nicht* Ruhm war. Überleben hieß es. Ich wußte niemals, wem ich im Kreis begegnen würde oder wann, und ich wußte *sicherlich* niemals, wie es ausgehen würde. Ich bin gut, sehr gut, aber ich bin auch Realist. Jeder Mann kann besiegt werden, abhängig von unzähligen Umständen.

Das Gespräch wandte sich schließlich Del zu, aber eher nebenbei. Niemand wollte in bezug auf sie viel sagen, aber unterschwellig war Neugier verschiedenster Art spürbar. Sie wollten alle wissen, wie es dazu gekommen war, daß der Sandtiger mit einer nordischen Bascha unterwegs war, die sich selbst als einen Schwerttänzer bezeichnete, obwohl dies Blasphemie gleichkam.

Ich erzählte ihnen nicht alles. Ich erzählte ihnen *genug*. Genug, um ihr Interesse anzustacheln und sie dazu zu bringen, sich zu fragen, ob die nordische Bascha tatsächlich so gut *war*, wie sie schien. Ich empfand es als offensichtlich, aber niemand ändert seine Meinung über Nacht. Auch ich nicht. Und die Götter wußten, daß *ich* Grund genug hatte, es besser zu wissen, da Del sowohl das Bett als auch den Beruf mit mir teilte, ganz abgesehen vom Lebensstil.

Und so gab ich ihnen ein bißchen was zum Kauen, wobei ich sehr genau wußte, daß sie von einer blonden, blauäugigen Frau träumen würden, wenn sie in dieser Nacht ins Bett kröchen. Als ich gerade daran dachte, fragte ich mich, ob es nicht vielleicht Zeit wäre, selbst ein wenig ins Bett zu kriechen.

Mit Del natürlich, was bei weitem besser war, als nur von ihr träumen zu dürfen.

Aber es schien, als würde ich trotz allem darauf beschränkt bleiben, denn Del war verschwunden. Irgendwann zwischen dem ersten und dem letzten Krug Aqivi war meine nordische Bascha verschwunden.

Ich ging aus dem Wirtshaus hinaus in die Nacht. Fakkelschein malte bizarre Schatten auf die Wand und ließ Ecken, Biegungen und Gassen zu schwarzen Taschen werden. Es war nicht sehr spät. Häufig gingen Leute vorbei. In der Ferne hörte ich den Stundenruf, die neunte Stunde nach Mittag. Und dann hörte ich die Schritte hinter mir.

»Ein ganzes Leben, Sandtiger.« Bellin trat an meine linke Seite. »Vielleicht eines Tages . . .«

»Vielleicht wirst du eines Tages ein alter Mann sein und im Bett sterben.« Ich lächelte ihn nicht an, denn das Thema war nicht besonders amüsant. »Ein Mann erzählt Geschichten, um sein Publikum zu erfreuen, und schmückt sie im Verlauf aus.«

»Dann ist keine davon wahr?«

»Leidlich wahr.« Ich schaute ihn offen an. »Ich lüge nicht, Bellin. Lügen verursachen Schwierigkeiten.«

Irgendwie traurig kratzte er sich seinen dürftigen

Schnurrbart. »Das weiß ich zur Genüge.« Er grinste. »Noch etwas Aqivi?«

»Kein Platz mehr.« Ich lehnte mich mit der rechten Schulter gegen den senkrecht stehenden Stützpfeiler neben mir und blinzelte ihn an. »Was willst du, Bellin?«

»Das habe ich Euch gesagt. Mit Euch reisen.«

»Del und ich reiten allein.«

»Ich wäre nicht im Weg.«

Ich grunzte. »Was wir tun, tun wir nicht aus Spaß oder für den Ruhm, Junge. Es ist unser Beruf.«

»Das weiß ich. Ich bin nicht *ganz* dumm.« Sein Lächeln strafte den leichten Vorwurf seiner Worte Lügen. »Ihr könntet mir eine Chance geben, es auszuprobieren.«

Ich seufzte. »Du kommst nicht aus diesem Gewerbe. Weißt du überhaupt, was ein Schwerttänzer ist?«

Bellins weiße Zähne schimmerten. »Das hängt davon ab«, sagte er fröhlich. »Einige, vielleicht die *meisten*, sind ehrbare Leute, die stolz sind auf ihre Arbeit. Aber andere, denke ich, sind nicht besser, als, sagen wir ...« Sein Lächeln wurde breiter und geriet an einer Seite schief. »... ein Pirat.«

Ich runzelte die Stirn. »Was ist ein Pirat?«

Er blinzelte. Dachte einen Moment über die beste Antwort nach. Nickte dann leicht und hob eine Schulter in beredtem Achselzucken. »Ein Mann, der auf den Meeren segelt und ...«, er hielt inne, »*rettet*, was andere versäumen, angemessen zu schützen.«

»Aha.« Ich nickte. »Ein Borjuni, würden wir in der Punja sagen, abhängig von der von ihm angewandten Grausamkeit. Hier oben, so nahe an der Grenze, wäre das beste Wort vielleicht *Dieb*.«

Bellin die Katze lachte. »Vielleicht«, räumte er ein und war nicht im geringsten verblüfft durch meine Offenheit.

»Schwerttanzen ist ein *wenig* anders«, erklärte ich.

»Wir sind nicht zu dem Zweck unterwegs, den Reichtum eines Gegners an uns zu bringen.«

»Nein. Nur sein Leben.« Bellin seufzte und schaute hinauf zum Mond, einem messerscharfen Halbmond, der die Mauern erglühen ließ.

»Ich bin kein Pirat mehr.«

»Aber immer noch ein Dieb.«

Er blinzelte mir zu, ganz Unschuld. »Ich wäre lieber ein Panjandrum.«

Ich konnte nicht anders, ich lachte. Bellin die Katze war so ziemlich das einnehmendste und natürlichste Individuum, dem ich je begegnet war, besonders wenn man bedachte, daß das, was er erstrebte, Affektiertheit geradezu hervorrief. Ich sah ihn von der Seite an. Jung, Jahre jünger als ich selbst, aber schließlich fühlte ich mich manchmal direkt noch älter, wenn Del in der Nähe war.

Und das erinnerte mich: Jetzt war sie es nicht.

Bellin sah, daß ich stirnrunzelnd die unmittelbare Umgebung absuchte. »Sie sagte, sie würde bald zurück sein.«

Das ließ mich herumfahren. »Was?«

Zuvorkommend wiederholte er seine Feststellung.

Ich runzelte die Stirn. »Das hat sie *dir* gesagt?«

Er kratzte sich am Kinn. »Ihr habt nicht zugehört.«

»Jetzt hör mal gut zu …« Aber ich brach ab, denn grundsätzlich stimmte es.

»Sie sagte, sie würde zum Wirtshaus zurückgehen, die Pferde in den Stall bringen und Euch dann holen.«

Mich holen. Mich *holen*, wie eine Mutter, die ihr unpünktliches Kind nach Hause holt.

Ich sah ihn unheilvoll und stirnrunzelnd an. Ein sehr kühler junger Mann war Bellin, so freigiebig mit seinen Informationen. »*Weißt* du irgend etwas über Ajani?«

Er war damit beschäftigt, die Falten seines safranfarbenen Gewandes zu richten. Verzögerungstaktik.

»Ajani«, sagte ich sanft.

»Der Name ist bekannt.«

»Erinnere dich daran, was ich über Lügen gesagt habe, Junge. Wie sie dich am Ende zum Stolpern bringen können.«

»Nur, wenn man ungeschickt ist.« Er grinste, griff unter dem Gewand an seinen Rücken und nahm aus seinem Gürtel drei seltsam geformte Äxte oder etwas Ähnliches. Ich hatte solche Gegenstände nie zuvor gesehen.

Nachlässig, ohne Anstrengung, begann Bellin die Katze sie in die Luft zu werfen, kopfüber, von einer Hand in die andere, bis die Waffen kaum mehr waren als ein nebelhaftes Wirbeln von Holz und Leder und Stahl. »Auf dem Schiff«, erzählte er mir, »wurden wir oft sehr unruhig. Dies ist eine Art, die Zeit zu verbringen.«

Von der anderen Seite des Pfostens her, wohin ich schneller ausgewichen war, als beabsichtigt — und die Zeche mit meinem aqivirren Kopf bezahlte —, beobachtete ich die fliegenden Äxte. Hinauf. Hinunter. Rundherum. Näher an seinem Kopf, als mir lieb war. Und all diese Bewegungen machten mich allmählich benommen.

Bellins Hände waren geschmeidig und außerordentlich schnell. Zweifellos war er ein hervorragender Taschendieb, obwohl seine meisterliche Beherrschung der Äxte das Handeln auf einer insgesamt höheren Ebene anzeigte.

Er fing sie eins, zwei, drei auf, hörte auf, sie zu werfen, und gab mir eine.

Ich begutachtete sie schweigend. Insgesamt ungefähr eineinhalb Fuß lang, aber seltsam geformt. Eine Seite des Schafts war grob als abgeflachte Stahlklinge ausgearbeitet, ziemlich scharf, ganz ähnlich der einer normalen, einfach geschliffenen Handaxt. Aber die andere Seite war ein abgerundeter Knauf aus Metall. Der hölzerne Griff war für besseren Halt mit Leder umwickelt. Meiner Meinung nach war das Gleichgewicht unausgewogen, aber offensichtlich kam Bellin perfekt damit zurecht.

»Versucht es«, schlug er vor.

»Um *was* damit zu tun? Diesen Pfosten spalten?« Ich schaute den besagten Pfosten an. »Gerade jetzt denke ich, daß ich das brauche.«

»Nein. Nein — hier. Seht!« Und er warf eine Axt über die Straße in einen hölzernen Pflock, wo sie steckenblieb.

Ich blinzelte über die Entfernung hinweg und sah den axtgeschmückten Pflock lange Zeit an. Dann die Axt in meiner Hand. Schließlich Bellin selbst. »Es sind Leute auf der Straße«, belehrte ich ihn streng.

Nun, es *waren* Leute dort gewesen. Die meisten waren in Panik geraten und hatten die Straße verlassen, nachdem sie bemerkt hatten, was Bellin warf. Oder sie hatten sich in den Staub geworfen und ihn nach allen Regeln der Kunst verflucht.

»Ich weiß«, sagte er strahlend und nickte zustimmend. »Ein Teil des Tricks ist natürlich das Zeitgefühl, das ist die wahre Herausforderung.« Sein Lächeln war angesprochen unschuldig. »Einmal habe ich sogar nicht getroffen.«

»Oh-hoh.« Ich gab ihm seine Axt zurück, als sich Del von links näherte, und wollte zu ihr gehen. »Vielleicht sprechen wir uns eines Tages wieder.«

»Glaubt Ihr, es besteht eine Chance, daß ich Euch begleiten könnte?« fragte Bellin und folgte mir.

Ich spürte das Gewicht von Therons Schwert auf meinen Schultern. »Wo wir hingehen«, belehrte ich ihn, »ist kein Platz für drei. Und es geht um eine persönliche Angelegenheit.«

Bellin blieb stehen. Seufzte. Nickte. Und versenkte zwei weitere Äxte in den Pflock, erneute — und lautere — Flüche mißachtend.

Dels Brauen waren gehoben, als ich sie einholte. Da ich in ihrem Gesicht lesen konnte, zuckte ich zur Antwort die Achseln. »Zeitvertreib.« Ich stolperte über einen Schatten, was ihr ein kurzes, gehauchtes Schnauben der Erheiterung entlockte. »Er will uns wirklich begleiten.«

»Nein.«

Wir bogen um eine Ecke und gerieten in eine engere, verlassene Straße. »Das habe ich ihm gesagt.« Wir stießen zweimal mit den Ellenbogen zusammen, während wir gingen, und ich hörte Del seufzen. Nun, ich hatte eine Menge Aqivi getrunken. »Ich habe es ihm gesagt ...«

Ich konnte ihr nicht sagen, was ich *ihm* gesagt hatte, denn vier Umrisse lösten sich aus den Schatten und griffen uns an.

»O Hoolies«, murmelte ich und riß Therons Schwert aus der Scheide, »hätten sie das nicht machen können, als ich *nüchtern* war?«

Das war natürlich eine rhetorische Frage, und Del verschwendete keine Zeit mit einer Antwort. (Obwohl sie zweifelsohne eine hatte.) Ich hörte das Winseln von Boreal, als Del sie aus der Scheide zog. Ich hörte auch ein Bruchstück eines Gesangs und wußte, daß Del für die Punja-Würmer nicht allzu große Anstrengungen aufwenden würde. Sie stimmte das Schwert, was bedeutete, daß sie noch weniger Chancen hatten als zuvor.

Das Licht war schlecht, aber nur einen Moment lang. Dels Klinge brannte lachsfarben-silbern in der Dunkelheit, und ich sah vier dunkle südländische Gesichter plötzlich zum Relief werden: ganz Flächen und Hohlräume und schwarze Flecken für die Augen und Münder. Sie blinzelten, fluchten und kamen dann mit bemerkenswerter Entschlossenheit heran.

Zwei von ihnen griffen mich an, und zwei Del. Zumindest hatten sie soviel gelernt, als sie sie im Kampf beobachtet hatten.

Sie trugen sackartige Gewänder über ebenso sackartigen Jodhpurs und Tuniken. Dieses Übermaß an Gewebe macht es schwieriger, Haut von Stoff zu unterscheiden und den Teil zu durchbohren, der zählt, bevor er zurückstechen kann. Ich zerriß ein Gewand, durchschnitt eine seidene Schärpe, erwischte eine Rippe, aber kaum mehr. Er war sehr schnell, oder ich war langsamer geworden. (Möglicherweise aufgrund angesichts des Aqivi, der in meinem Kopf und Bauch umherschwappte.)

Etwas stach in mein linkes Handgelenk. Durch göttliche Vorsehung bestimmt, wie es sich herausstellte. Der Schmerz schleuderte mich direkt aus dem Alkoholnebel heraus und machte mich erheblich aufmerksamer. Ich spießte einen Mann am Bauch auf, schnitt in das andere, weiter unten liegende Teil, so daß er sein Schwert ganz fallen ließ und sich darauf konzentrierte, seine Eingeweide daran zu hindern, hervorzuquellen und seine Seidenstoffe zu füttern.

Ich fand mein Gleichgewicht wieder, wandte mich um und sah Del einen ihrer Angreifer töten. Und dann, als sie herumfuhr, um den vierten ins Jenseits zu befördern, stellten wir fest, daß dies nicht nötig war. Der pokkengesichtige Südbewohner war gerade im Begriff, flach aufs Gesicht zu fallen, wobei er sehr bestürzt darüber war, sich tot zu finden, und landete ohne Protest am Boden.

Aus seinem Rückgrat ragte eine von Bellins Äxten heraus.

Del und ich sahen die Axt einen Moment lang an und schauten dann auf. Der Möchtegern-Panjandrum näherte sich ruhig, beugte sich über den Körper und zog die Axt heraus. Das Geräusch war anders als das, was beim Herausziehen eines Schwertes entsteht. Ich beschloß, daß letzteres weniger beunruhigend war für einen Mann, der zu sehr dem Aqivi zugesprochen hatte.

Bellin inspizierte die Klinge, säuberte sie an dem Gewand des toten Mannes und sah uns an. »Ich habe den Pfosten schon wieder verfehlt.«

Ich seufzte. »Du kannst trotzdem nicht mitkommen.«

Er dachte darüber nach, nickte, machte auf dem Absatz kehrt und marschierte davon. Wobei er mit seinen drei tödlichen Äxten jonglierte.

»Nun«, bemerkte Del, »zumindest ist der Junge aufmerksam.«

»Junge?« Ich sah sie stirnrunzelnd an. »Er ist in deinem Alter, mindestens.«

Sie sah Bellin nach. Dann wieder mich an. »Nun«, sagte sie erneut, »ich denke, er erscheint mir so jung, weil ich mit dir geritten bin.«

Ich würdigte dies keiner Antwort.

Del grinste und hob helle Brauen. »Nun, was hast du ihm gesagt?« Sie säuberte Boreal und steckte sie wieder in die Scheide. »Was hast du gesagt, bevor wir unterbrochen wurden?«

Ich grunzte und erledigte meine eigenen Säuberungspflichten. »Daß dieses Leben zu kurz für ihn sei, um es damit zu verschwenden, mit uns umherzuziehen.«

»Ist das der Grund, warum *du* mit *mir* kommst?«

»Du weißt, warum ich mitkomme.«

»Nein«, sagte sie, als wir erneut die Straße entlangeilten, »du hast es mir nie gesagt. Du hast mich damals einfach eingeholt und bist seitdem immer bei mir gewesen.«

»*Und* ich vermute, du bedauerst es.«

Sie warf mir einen schrägen Blick zu und musterte mich von oben bis unten. »Hast du mir jemals *Grund* gegeben, es zu bedauern?«

Ich kratzte wild an einer schmerzenden Armwunde und versuchte, ein Rülpsen zu unterdrücken. »Nicht ich, Bascha. Du *brauchst* mich.«

Del antwortete nicht, was ich als ausreichende Antwort empfand. Die Frau kann raffiniert sein, aber nicht unfaßbar.

»Hier«, sagte sie, »das Wirtshaus.«

»Paß auf«, warnte ich.

Del sagte nichts. Sie ging einfach hinein und ließ mir den Vorhang ins Gesicht schlagen.

Wieder.

Später, viel später, schreckte ich aus dem Schlaf in Wachsamkeit, höchste Wachsamkeit, als Del aus dem Bett schlüpfte. Schwerttänzer, die inmitten von Feinden am Leben bleiben wollen, lernen sehr schnell, wie man den Schlaf wahrnimmt, wann immer es möglich ist, und auch, wie man bereitwillig aufwacht, ohne daß beim Übergang etwas verlorengeht.

Ich dachte zuerst, sie wolle sich in den für diesen Zweck bereitgestellten Nachttopf erleichtern. Aber statt dessen hob sie ihr Schwert vom Boden in meiner Nähe auf, zog es aus der Scheide und ging zwei Schritte in die Mitte des Raumes. Dort kniete sie nieder, nackt, das helle Haar wild um ihre Brüste und die Schwertklinge dazwischen gepreßt.

Es gab keine Lampe, aber der Halbmond warf gedämpfte Beleuchtung durch mit Latten versehene Fenster. Die Frau kniete auf dem Boden, eingehüllt in Schatten und silbriges Mondlicht. Und ich hörte, wie sie zu singen begann.

Es war ein kleines Lied. Kaum mehr als das Flüstern eines Geräusches, durchzogen von einem Zischen zurückgehaltener Lautstärke. Sie wollte mich also nicht wecken, obwohl Del meine Schlafgewohnheiten inzwischen genauso gut kannte wie ihre eigenen.

Ich habe ein minderwertiges Gehör. Für mich ist Musik wenig mehr als Geräusche, laute, leise, hohe oder tiefe Töne. Ich hatte sie schon zuvor singen hören, wenn sie sich für den Kreis vorbereitete, aber es hatte mir nichts gesagt. Es waren nur — *Geräusche*. Irgendeine persönliche Bitte an ihre Götter oder an ihr Schwert. Gesang des Lebens, Gesang des Todes, für mich ein und dasselbe. Kaum mehr als eine charakteristische nordische Eigenart. Theron hatte das auch getan.

Aber Del sang noch immer, und das Schwert erwachte in ihren Händen zum Leben.

Zuerst traute ich meinen Augen nicht. Mondlicht ist oft trügerisch. Wolken, dachte ich, die über den Halbmond zogen und so seine Leuchtkraft beeinträchtigten. Aber wenn es überhaupt etwas bedeutete, dann zollte der Mond dem Schwert Tribut. Sein Licht wurde merklich vom Leuchten der Klinge überstrahlt.

Ich sah auf die Spitze. Zunächst war da nur ein kaum wahrnehmbarer Lichtfleck. Ein Funke, unbeweglich und beständig, hervorquellend wie ein Tropfen Blut aus einer von einem Dorn verletzten Fingerkuppe. Er *pulsierte*, als würde er leben, als würde er *atmen*. Und dann kroch er stetig aufwärts, Finger für Finger, Perle für Perle, langsam, wie eine Kette aus Punjakristallen. Stirnrunzelnd sah ich einen zu mehreren und mehrere zu vielen werden, bis die doppelseitige Klinge in Licht erglühte, indem sich die Funken zu einem Ganzen vereinten.

Pulsierend. Hell — heller — strahlend ... dann fast völlig verblassend, bis er sich wieder erneuerte.

Del sang weiter, und die Klinge brach in Feuer aus.

»Hoolies, Del ...« Ich fuhr hoch, unbeholfen in meiner Hast, in der Absicht, ihr das Schwert aus den Händen zu schlagen und nur erreichend, daß ich beinahe flach aufs Gesicht fiel. Verstrickt in Bettzeug (und von zu viel Aqivi benebelt), taumelte ich. In den Flammen wirkte ihr Gesicht starr.

Ich erwartete zu sehen, daß ihre Haare Feuer fangen würden, aber das geschah nicht, noch berührten die Flammen ihre Haut. Sie hingen an dem Schwert, betörten die doppelseitige Klinge, züngelten scheu um die Runen. Und starben dann, erstickten, als ihr Gesang schwankte. Ihre Augen waren fest auf die Runen gerichtet.

Ich streckte die Hand aus, aber etwas in ihrem Gesicht hinderte mich daran, das Schwert zu berühren. Ich wußte, daß ich es ungestraft tun konnte, denn den Namen des *Jivatma* zu kennen erlaubte mir ein gewisses Maß an Vertraulichkeit: eine Befähigung, einen Teil der Macht, die Del in vollem Umfang beherrschte, zu berühren. Einmal hatte ich, aus Unwissenheit und bevor ich den Namen kannte, das versilberte Heft mit seinen sich ständig verändernden Formen ergriffen und ganze Hautschichten meiner Handfläche eingebüßt. Sie war wochenlang von Eis gebrandmarkt gewesen. Jetzt waren die Verbrennungen fort, aber nicht die Gefühle, die sie hervorgerufen hatten.

Wegen dieser Gefühle und Dels Augen unterließ ich es, das Schwert zu berühren.

Der letzte der Funken verglühte. Das Pulsieren wurde vom Mondlicht besiegt. Das Schwert war wieder nur ein Schwert, ohne jegliche Magie.

Ich holte tief Luft und befeuchtete meine Lippen. »Ich habe es nie zuvor *das* tun sehen.«

»Ich habe dafür gesorgt, daß du es nicht sehen konntest.« Die Klinge, jetzt ruhig, wurde von den beidseitigen Wasserfällen hellen Haares, die über ihre Schultern hingen, verborgen.

Ich seufzte in dem Bewußtsein, daß zuviel Aqivi meine Sinne getrübt hatte. Die erste erschreckte Reaktion war vorbei und ließ mich mit dem Geschmack der herben Nachwirkungen und dem Gefühl der ersten Stiche eines Kopfschmerzes zurück. »Was, bei den Hoolies, hast du getan?«

»Um Rat gefragt.« Del erhob sich, nahm die Scheide, die ich für sie aufgehoben hatte, und steckte Boreal hinein. »Ich bin … verdreht.«

»Verdreht?« Ich hob die Augenbrauen. Ihre Glieder waren gerade wie immer.

Sie runzelte die Stirn und zuckte die Achseln. »Verdreht … gefesselt … geteilt …« Sie hielt inne und spürte der Bedeutung ihrer Worte nach, deren eigentliche Aussage in meiner Sprache eine andere Bedeutung hatte. Obwohl sie die südliche Sprache gut spricht, wenn auch mit seltsamem Akzent, gibt es Zeiten, in denen unsere entschieden unterschiedliche Herkunft die Verständigung erschwert, wenn nicht schlichtweg unmöglich macht.

»Durcheinander«, übersetzte ich. »Verwirrt.«

»Verwirrt«, echote sie. »Ja.« Sie legte das Schwert in der Scheide wieder neben meines auf den Boden, ganz nahe am Bett, kletterte ins Bett und zog sich die Bettdecke um die Schultern. »Was soll ich tun?«

Del gibt mir nicht oft Gelegenheit, auch nur *vorzuschlagen*, was sie tun könnte. Aber eine direkte Frage unterstrich das Ausmaß der Verwirrung, die sie jetzt eingestand.

Ich setzte mich auf die Kante des Bettes. »Hat das irgend etwas mit dem Mann zu tun, den du heute nacht getötet hast?« Ich schaute zum Mond hinauf. »*Letzte* Nacht?«

Del seufzte. Ihr Gesichtsausdruck war nachdenklich. »Nichts und alles, alles zugleich.«

»Er *war* einer der Räuber ...«

»O ja. Ich erinnere mich an ihn. Ich erinnere mich an sie alle.« Sie schüttelte in gleichgültigem Abtun den Kopf. »Zuerst dachte ich, daß es nicht so wäre, weil ich es nicht glauben konnte ... aber ich konnte ihre Gesichter nicht vergessen, wenn ich es *wollte* ... zu oft sehe ich sie in meinen Träumen.«

»Ja, nun, sogar Hunde träumen.«

Ein schwacher Versuch unvorbereiteten Einfühlungsvermögens. Sie lächelte noch nicht einmal. »Ich will es nicht, Tiger. Ich will sie niemals vergessen, bis die Blutschuld beglichen ist.«

»Selbst dann wirst du sie vielleicht nicht vergessen.«

Ein schlanker Arm verließ den Schutz der Bettdecke. Sie glättete Falten, die über ihre Knie hochgerutscht waren, die sie bis zum Kinn hochgezogen hatte. Kurz darauf berührte sie mit einer seltsam verletzlichen Geste meine Schulter, fand eine alte Narbe und streichelte darüber. Wieder und wieder.

»Ich habe mich gut gefühlt, als ich ihn tötete«, sagte sie.

Ihr Ton strafte ihre Worte Lügen. »Aber nicht gut genug.«

Die Finger hielten einen Moment inne und nahmen dann ihre müßige Bewegung wieder auf. »Ich habe einen Schwur abgelegt.«

»Ich weiß. Zu viele Dinge, Bascha ... und darum bist du verwirrt.« Ich fing ihre Hand auf und hielt sie ruhig. »Was hast du das Schwert gefragt?«

»Welches Risiko ich auf mich nehmen soll.«

Ich runzelte die Stirn. » *Welches* Risiko?«

Del schob die Haare hinter ihr linkes Ohr. »Wenn ich Ajanis Spur verfolge, kann die Suche Wochen dauern. Monate. Sogar *Jahre*.« Ihr Mund verzog sich. »Länger als die Zeit, die mir bleibt, bis mein Urteil vollzogen wird.«

»Und dennoch, wenn du nach Norden gehst, um dich dem Urteil deiner Gleichrangigen und Lehrer zu stellen, könntest du Ajanis Spur verlieren.« Ich nickte. »Keine leichte Entscheidung.«

»O doch. *Zu* leicht.« Sie nahm ihre Hand fort und faßte mit beiden Händen an ihren Nacken. Hakte etwas auf. Hielt es im Mondlicht von sich. Eine Kette aus schwerem Bernstein, rotbraun in dem schräg einfallenden Licht. »Ich habe sie gemacht«, sagte sie ruhig. »Vor zehn Jahren habe ich sie gemacht, als Geburtsgeschenk für meine Mutter.«

Ich erinnerte mich daran, wie sie etwas vom Hals des Südbewohners genommen hatte, den sie getötet hatte. Wie sie es in ihrer Faust umschlossen hatte, ohne ein Wort darüber zu verlieren.

»Risiko«, sagte ich ruhig. »Ajani jagen — gestern, heute, morgen —, während andere dich jagen.«

Ihre Hand umschloß die Kette. »Ich schulde meinem *An-Kaidin* so viel.«

»Und darum hast du ihn um Rat gefragt.« Ich hörte erneut, am Rande meines Kopfes, ihren Gesang, sah wieder das flammende Schwert. »Was hat er gesagt, Bascha?«

»Nichts«, flüsterte Delilah schließlich, und eine Träne rann ihre Wange hinab.

Wir waren Gefährten. Schwertgefährten, Bettgefährten. Aber in vielen Dingen waren wir einander fremd und hatten Angst zu verletzen, wo Gefühle vielleicht nicht erwünscht waren. Da wir so lange nur in uns selbst verschlossen gewesen waren, jeder von uns, war es schwierig, den Schlüssel umzudrehen und uns *auf*zuschließen, Dinge zu sagen, die wir zu sagen wünschten, Dinge zu teilen, die geteilt werden sollten. Und so hatten die nordische Frau und der südliche Mann, geboren aus der Gewalt, geformt durch eine grimmige Entschlossenheit, jene zu überwältigen, die uns geschlagen hatten, gelernt, nichts von Ängsten zu sagen, weil sie wußten, daß dieses Eingeständnis solche Ängste Wahrheit werden lassen könnte.

Die Tatsache, daß Del weinte, war genug, um meinen Kopf ausreichend von der Aqivi-Benommenheit zu befreien. Und das Wissen, daß ich in eine entzweiende Verwirrung eingetaucht war. Sollte ich Trost geben? Oder sollte ich mich zurückziehen, um ihr die Abgeschiedenheit zu ermöglichen, die sie so oft von mir erbat?

Hoolies, wie gehen andere Männer damit um?

Nun ... Frauen hatten schon früher in meiner Gegenwart geweint. Aber das waren südliche Frauen, mit völlig anderen Einstellungen und Absichten. Ich hatte gelernt, Tränen als Warnsignal für ein Eingebundensein zu nehmen, das dann meinem Lebensstil nicht länger förderlich war.

Aber dies war Del. Dies war eine Frau, die Gleichheit

forderte und keine besonderen Vergünstigungen oder Rücksichten aufgrund ihres Geschlechts benötigte und wollte.

Zumindest schluchzte sie nicht. Sie wischte sich auch nicht hastig die Tränen fort, wie eine andere Frau es vielleicht getan hätte — und getan hatte. Eine Frau, die offensichtlich befürchtete, ich könnte entdecken, daß sie irgendwie, unter all der Verwirrung, ein völlig anderer Mensch geworden und meines Interesses nicht mehr wert war.

Del — *weinte* nur. Leise. Ohne Getue. Sie saß einfach da und ließ die Tränen ihr Gesicht hinablaufen.

O Hoolies ... *warum ich?*

Nun, da war eine Sache ...

Sie rührte sich, als ich sie berührte, womit ich ihr auf die beste Art, die ich kannte, zeigte, wie sehr ich sie, ungeachtet ihrer Verfassung — und Tränen —, noch immer wollte. Aber anscheinend war das nicht das, was *sie* wollte.

»Nicht jetzt«, sagte sie barsch und rückte ab.

»Ich dachte nur ...«

»Ich *weiß*, was du dachtest.« Ihr Gesicht war naß, aber es rannen keine Tränen mehr über ihre Wangen. Statt dessen sah sie mich stirnrunzelnd an. Diesen Gesichtsausdruck verstand ich nur zu gut. »*Das* ist nicht immer die Antwort, Tiger ... auch wenn das für dich — oder für jeden anderen Mann — etwas schwer zu verstehen ist.«

Ich gestehe ihr zu, daß sie weiß, wie und wo sie treffen kann. Und mein Stolz nahm, wie immer, Schaden. Mein Gefühl der Hilflosigkeit nahm in direktem Verhältnis zu dem plötzlichen Schrumpfen des Verlangens zu.

»Hoolies, Del, was willst du von mir? Ich versuche, dir zu helfen ...«

»*Mir* helfen? Dir selbst zu helfen, meinst du.« Sie stand auf, riß die dünne Decke vom Bett, um sie um ihren Körper zu wickeln, trat an das mit Latten versehene Fenster und schaute hinaus.

Ich blieb ohne Decke und mit sehr wenig Geduld zurück. Ich ließ das einzige, schwere Kissen auf meinen Schoß plumpsen, froh über *etwas* Bedeckung, und starrte vor mich hin. »Was, bei den Hoolies, soll ein Mann *tun*, Del? Raten? Besonders bei *dir*. Du bist so stachelig, daß ich nie weiß, wann du vorhast, mich zu pieksen.«

»Ich habe es nie *vor*«, sagte sie. »Es passiert einfach. Du forderst es heraus, manchmal.«

»Wie jetzt?« Ich nickte. »Gut. Das nächste Mal werde ich dich allein lassen.«

Sie seufzte tief. »Manchmal will eine Frau einfach festgehalten werden.«

»Und manchmal ist ein Mann mehr als bereit, *einfach* festzuhalten«, schoß ich zurück, »aber du mußt ihm wenigstens einen Hinweis geben.«

Sie sagte nichts.

»Besonders du«, erklärte ich. »Ich weiß nie, ob ich mit dem Schwerttänzer oder mit der Frau im Bett liege. So gut, wie du im Kreis bist, Del, bist du mehr Mann als Frau. Ich weiß, daß es so sein muß, und ich weiß warum. Aber im Bett will ich *dich*, nicht die *An-Ishtoya*.«

Sie schloß für einen langen Moment die Augen. Als sie sie wieder öffnete, waren sie trocken, aber seltsam verletzt. »Du hast mehr von mir bekommen als jeder andere Mann«, sagte sie sanft, »außer Ajani.«

Ich konnte den Blick nicht abwenden. Kurz darauf erhob ich mich, stieß das Kissen zur Seite, durchquerte den Raum zu der Frau. Erinnerte mich, daß der selbstbesessenen *An-Ishtoya*, dem tödlichen, nordischen Schwerttänzer, ihre Kindheit gestohlen worden war.

Und so hielt ich sie fest, hielt sie nur fest, und das war genug für uns beide.

6

Sand wurde vom Schmutz abgelöst, verkümmertes Gras von dickmaschigem Rasen, Kreosoten von speerartigen Bäumen und sprießenden Sträuchern, die ich nicht benennen konnte. Sogar der *Geruch* änderte sich. Ich schnupperte und mochte ihn nicht, schmeckte ihn auf der Zunge und erkannte, daß er von den Bäumen kam. Ein beißender, aufdringlicher Geruch, nicht viel anders als der Geruch des Huvakrauts, obwohl er nicht die gleiche Wirkung hatte.

Auch das Land selbst veränderte sich. Die verstreut liegenden Hügel von Harquhal verschmolzen hier zu einer Familie, indem sie sich an den Händen und Köpfen und Schultern berührten. Und mehr versprachen. In der Ferne konnte ich Berge sehen, die aus der Erde himmelwärts wuchsen.

Wir schlugen uns nordwärts und folgten dem Handelsweg aus Harquhal heraus. Mit jedem Schritt brachte mich der Hengst weiter vom Süden fort, weiter von dem fort, was ich kannte, und stieß mich in ein fremdes Land, wie ein Schwert durch den Bauch eines Mannes. Ich mochte das Bild nicht besonders, aber das sagte ich Del nicht.

Nun, ich bezweifle, daß sie überhaupt sehr viel Interesse gezeigt hätte. Sie war in Schweigen versunken, ungewöhnlich still, selbst für ihre Verhältnisse. Und doch spürte ich Erwartung, eine Vorahnung, die nichts mit Angst oder Besorgtheit zu tun hatte, oder mit dem Unbehagen, das ich empfand. Del war verschlossen, aber nicht, weil sie sich zurückzog. Sondern weil das, was sie empfand, äußerst persönlich war: Delilah kam nach Hause.

Ich wußte es sofort, obwohl sie selbst nichts sagte. Es war eine Veränderung ihrer Haltung. Ein kaum wahrnehmbares Aufrichten des Rückgrats, ein Straffen der Schultern, ein Anheben des Kinns. Und ein zögerndes, wunderbares Lächeln, das ihr Gesicht erhellte.

Es war eine bemerkenswerte Verwandlung, die mir darüber hinaus Gewißheit verschaffte.

Del hielt ihren gesprenkelten Wallach an einem kleinen Steinhügel an. Sie schwang ein Bein über seinen Rücken und glitt hinab, wobei sich der Burnus kurz am Steigbügel verfing. Sie riß ihn geistesabwesend los, entfernte sich von ihrem Pferd und beachtete es nicht, als es zu folgen versuchte. Kurz darauf gab es auf, wandte sich ab und neigte den Kopf, um ihn in hügeliges, torfartiges Gras zu versenken. Del beachtete es nicht. Sie kletterte lediglich hinter dem Steinhügel aufwärts und zog Boreal aus der Scheide.

Sie schaute nach Norden. Hinter und unter ihr konnte ich nichts sehen außer Dels Rücken, ganz in cremefarbene Seide gewickelt. Sie hob das *Jivatma*, hielt es quer zur Sonne, so daß Licht auf der Klinge tanzte, ließ es dann sinken und küßte den Stahl einmal, zweimal, dreimal in einer Geste der Ehrung und Weihung.

»*Sulhaya*«, sagte sie laut, womit sie ihren nordischen Göttern dankte.

Ich zitterte. In der Sonne war es warm, aber ich fror bis auf die Knochen. Dann verging die Kälte, und mir war wieder warm; ich war zurückgelassen mit der quälenden Erinnerung an etwas, das ich nicht erklären konnte.

Sonnenlicht glitzerte von Boreals bloßer Klinge. Del hatte das *Jivatma* nicht gestimmt, und doch sah ich den ganz schwachen Hauch lachsfarben-silberner Färbung. Als wisse das Schwert, genau wie Del es wußte, daß es letztendlich heimgekehrt war.

Ich bewegte mich unbehaglich im Sattel. »Bascha ...«

Del wandte sich um. Ihr Gesicht und ihre Haltung waren verändert. Ich sagte nichts mehr.

Sie steckte das Schwert wieder zurück in die Scheide. Der Moment war vorbei, sie war wieder Del, aber mit einem neuartigen Lächeln auf den Lippen. Einem Lächeln, das ich noch niemals gesehen hatte, und ich wünschte, es gälte mir.

»So«, sagte sie, »ich bin zu Hause. Jetzt mußt du eine Entscheidung treffen.«

»Eine Entscheidung treffen?«

Sie zeigte auf den Steinhügel. »Dort liegt die Grenze.«

Das hatte ich schon herausgefunden. Aber ich schaute dennoch hin. Der Hügel stellte eine große Unbekannte dar. Einen Ort, an dem sich keine Sandtiger tummelten.

Ihre Stimme war sehr ruhig. »Ich könnte es verstehen.«

Ich sah sie an. Ich sah Verständnis und Mitgefühl in ihren Augen. Sie war noch nicht ganz einundzwanzig Jahre alt, altersmäßig bedeutend jünger, aber an Einsicht weitaus älter als ich. Manchmal haßte ich sie dafür, jetzt haßte ich mich. »*Würdest* du das?«

Vernünftigerweise gestand sie dann ein: »Vielleicht nicht.«

Hoolies. Ja, sie tat es. Genauso sehr, wie ich selbst es tat. Und daher, gegen jede Vernunft, und sei es nur, um ihr zu beweisen, daß sie unrecht hatte, ritt ich über die Grenze.

Und wünschte mir sofort, ich hätte es nicht getan. Irgend etwas war hier *falsch*.

Del, die dies anscheinend nicht bemerkte, ging hinunter, um ihren grasenden Wallach einzufangen. Sie drehte ihn um, führte ihn zum Hengst hinauf und stieg schweigend auf. Und dann sah sie mich an und dankte mir, wobei sie den nordischen Ausdruck gebrauchte.

»Was?« Ich war überrascht.

»Danke«, wiederholte sie, diesmal in der südlichen Sprache.

Etwas Feuchtkaltes rann mir das Rückgrat hinab. »Du brauchst mich nicht.« Vor lauter Streitsucht und Unbehagen kam es sehr viel barscher heraus, als ich vorgehabt hatte. (Manchmal macht mich die Wahrheit, verstrickt in unbenannte Gefühle, ein klein wenig mürrisch.) »Du *brauchst* mich nicht. Nicht wirklich. Das wissen wir beide. Du brauchst niemanden. Nicht, solange du das Schwert trägst.«

Del runzelte die Stirn. Dann verzog sich ein Mundwinkel. »Auf deine eigene, besondere Art bist du genauso unbezahlbar wie mein Schwert.«

»Aha.« Ich setzte den Hengst mit einer Kniebewegung in Gang. »Erzähl mir mehr, Bascha!«

»Nein«, antwortete sie unwillig. »Weil du fischst, Tiger, und ich sehe nirgendwo einen See.«

»Ich mache *was?*«

Sie öffnete den Mund, schloß ihn, betrachtete mich einen Moment lang, öffnete dann erneut den Mund und sagte mir, was fischen bedeutete. Und was in diesem Falle die Fische waren.

»Du *ißt* sie?« Ich war entsetzt. Fisch klang nach abstoßenden Lebewesen, mit ihren Schuppen und Flossen und Kiemen.

Ihre Brauen zogen sich in einer Falte zusammen. »Bei all deinen Reisen von Harquhal nach Julah hast du doch bestimmt Fisch probiert. Julah ist, glaube ich, nicht so weit vom Meer entfernt ... und Harquhal ist nicht so weit vom Norden entfernt. Gehen Männer nicht fischen?«

Ich runzelte die Stirn. »Ich habe nie viel Zeit in Harquhal verbracht ... und was Julah betrifft, wie sollte ich wissen, wie nahe es am Meer ist? Ich bin nie über die Berge gereist.«

Erstaunen teilte helle Brauen und schickte sie in Bögen zum Haaransatz. »Hast du dir niemals Karten angesehen?«

»*Natürlich* habe ich mir Karten angesehen. Ich kenne die Punja, nicht wahr? Ich weiß, wo alle Ländereien liegen, nicht wahr? Und die festen Dörfer und alle Wasserlöcher. Ich weiß ...«

Del hob eine Hand. »Ja. Ich verstehe. Tatsächlich, entschuldige. Ich bezweifle deine Weisheit nicht.« Ihr Ton war so sanft, ihr Gesichtsausdruck so ernst! Was bedeutete, daß sie nichts von dem meinte, was sie sagte, und es nur sagte, um Wirkung zu erzielen. (Oder um mich zum Schweigen zu bringen.) »Ich dachte nur, daß es seltsam erscheint, daß du dir bezüglich der Grenzen und dessen, was dahinterliegt, so unsicher bist.«

»Und ich vermute, du *bist* dir sicher.«

»Ich habe es gelernt«, sagte sie ruhig. »Es war Teil meiner Ausbildung, das Land kennenzulernen, das ich durchqueren wollte. Ich habe alles hier gespeichert.« Sie berührte ihren Kopf. »Zusätzlich zum Erlernen des Schwerttanzes müssen wir auch Mathematik, Sprachen und Geographie lernen.«

Nun, das erklärte, warum Del und einer oder zwei andere nordische Schwerttänzer, die ich getroffen hatte, meine Sprache so gut beherrschten. Die südliche Sprache ist leicht zu lernen, aber das Desert — die Sprache der Punja — ist es nicht. Del hatte mich zum Übersetzen gebraucht. Sie konnte es jetzt ein wenig, weil sie es von mir aufgeschnappt hatte, aber zumeist unterhielten wir uns in der südlichen Sprache. Das war mir ganz natürlich erschienen.

Was Mathematik und Geographie betraf, so waren mir diese Begriffe völlig fremd, waren nicht mehr als Klänge.

Meine Lehre war allein dem Schwerttanz gewidmet gewesen, den physischen Formen und Ritualen, die den Schwerttanz so einheitlich machten. Ich hatte meine Zeit damit verbracht, zu lernen, wie man sich bewegt, wie man kämpft, wie man tötet, und es war für nichts anderes Raum gewesen.

Ich zuckte die Achseln. »Wir sind verschiedene Menschen, Bascha ... aus verschiedenen Bräuchen geboren.«

Schließlich nickte sie nachdenklich. »Manchmal vergesse ich das. Für uns gibt es immer den Kreis, und den Tanz ... es ist schwierig, sich daran zu erinnern, daß es mehr für uns gibt als nur Schwerter und Kreise und das Tanzen. In diesen Dingen sind wir uns so ähnlich ... in anderen so sehr verschieden.«

Del war geradezu redselig. Das Überschreiten der Grenze zum Norden hatte anscheinend viele ihrer persönlichen Probleme gelockert, die sie so sorgfältig gehütet hatte, und stellte ihr frei, von Dingen zu sprechen, die normalerweise keiner von uns erwähnte.

»Ja, nun, du bist eine Frau, und ich bin ein Mann«, erklärte ich freundlich. »Da muß es Unterschiede geben.«

Dels Gesicht war ausdruckslos. »Das muß sein«, stimmte sie zu, »auch wenn es keine geben sollte.«

»O Del ... nun, laß uns nicht davon anfangen. Du weißt, daß ich der erste bin, der anerkennt, was du geleistet hast. Hoolies, Bascha! Ich bin derjenige, der mit dir gekämpft hat, erinnerst du dich? Ich weiß, wozu du fähig bist. Halte ich mich zurück? Weiche ich aus? Behandele ich dich anders, weil du eine Frau bist?«

Sie dachte einen Moment darüber nach. »Nicht mehr als üblich.«

»*Sulhaya*«, sagte ich mürrisch und versank in Schweigen.

Del sagte den Rest des Tages auch nicht viel. Sie schien sich an jedem Schritt des Wallachs, der sie weiter vom Süden fortbrachte, zu erfreuen, während ich mich selbst hin und wieder dabei ertappte, über die Schulter zurückzuschauen. Bald, zu bald, wurde die Weite der Wüste durch die Unmittelbarkeit des Nordens ersetzt. Es gab nichts mehr, von dem ich hätte behaupten können, daß es mir vertraut war. Ich war wirklich ein Fremder, abgeschnitten von den mir bekannten Dingen.

Ich saß zusammengekauert auf dem Hengst und verlor mich in Gedanken, denn ich war so gewöhnt an seinen Rhythmus, daß ich ihn ungestraft unbeachtet lassen konnte, außer wenn er seine Gangart änderte. Im Moment tat er das nicht. Er trottete vorwärts, aufwärts, die Ohren zuckten in alle Richtungen, und das messingbeschlagene Zaumzeug klimperte mit jedem Nicken seines Kopfes.

Rund um uns herum schwoll der Boden an wie Blasen auf einem Handballen. Über uns kauerten die Berge, die darauf warteten, uns einzuschließen.

Ich erschauderte kurz. Bewegte mich im Sattel. Bewegte mich erneut, stirnrunzelnd nordwärts schauend, in Richtung auf die Berge. Ich öffnete den Mund, um Del etwas zu sagen, schloß ihn aber wieder mit einem lauten Geräusch, und verachtete mich zutiefst, weil ich es fast laut gesprochen hätte.

Aber etwas hier war *falsch*.

Es ließ die Haare auf meinem Körper zu Berge stehen. Etwas bewegte sich unter meiner Kopfhaut. Sie schmerzte, und ich kratzte heftig, wobei ich jedoch sehr genau wußte, daß es keine bohrende Krankheit war, sondern etwas Unbekanntes. Etwas Undefinierbares. Und etwas, das mich vielleicht in Dels Augen zu einem ausgesprochenen Narren machte.

Ich sog tief den Atem ein, in dem Versuch, das anwachsende Empfinden der Verkehrtheit abzuschütteln. Ich wollte nur erneut Atem ablassen, aber statt dessen sprudelten Worte heraus. »Ich *mag* es einfach nicht.«

Es überrascht mich sogar selbst, so herausgeplatzt zu sein, so entschieden und endgültig. Del fuhr herum und schaute mich an, der obere Teil ihres Körpers bewegte sich in dem sanften Rhythmus ihres Pferdes. »Magst was nicht?«

Ich schaute stirnrunzelnd auf die gestutzte Mähne des Hengstes hinab. Meine Finger zupften unwillkürlich an den losen Fäden der geflochtenen Baumwollzügel. Ich sah breite Fingernägel, einige seltsam gefurcht, andere schmal und narbentragend, und mit Erzsplittern gesprenkelte Knöchel. Das Gewicht, das ich in der Gefangenschaft verloren hatte, war durch eine aufbauende Ernährung zurückgekehrt, aber die Narben waren eine Erinnerung beständigerer Art. Es war noch gar nicht so lange her, daß Del und ich der Gefangenschaft des Tanzeers Aladar entkommen waren: ich der Goldmine, Del den unerwünschten Aufmerksamkeiten. Nur eine Sache von Monaten.

»Tiger ... was magst du nicht?«

Da war es wieder. Und ich hatte keine bessere Antwort. »Ich weiß nicht«, sagte ich widerwillig. »*Es*.«

»Es«, wiederholte sie offen, nach verwirrtem Überlegen. Ich hob die Schultern und rollte sie, prüfte den Sitz des Harnischs und das Gewicht meines Schwertes. Nein, nicht meines, Therons. »Bascha ... *spürst* du nichts?«

»O doch«, antwortete sie bereitwillig.

Das erleichterte mich unermeßlich. »Dort. Siehst du? Ich bin nicht verrückt. Da *ist* etwas Seltsames ... etwas Unheimliches ...«

»Seltsam?« fragte sie. »Ich glaube nicht. Was ich spüre, ist ein Gefühl von *Heimat*.«

Ja, nun, das war verständlich. Aber ich, ich spürte etwas anderes. Ich fühlte mich entschieden verwirrt. »Del ...«

Sie zügelte ihren gesprenkelten Wallach. Dementsprechend blieb auch der Hengst stehen. Del legte die gespreizten Hände auf den flachen Knauf ihres Sattels und stützte sich auf die ausgestreckten Arme, wobei sie das Gewicht vom Rumpf auf die Handgelenke verlagerte. »Was du empfindest«, sagte sie, »ist Angst.«

»Ang ...«

»Angst«, wiederholte sie und überging meinen bestürzten Einwand. »Du bist noch nie zuvor aus dem Süden herausgekommen. Du hast deine Heimat noch niemals zuvor verlassen.«

»Del, ich bin kein *Kind* ...«

»Kinder nehmen Veränderungen eher an als Erwachsene.« Ihr Gesicht war ernst. »Ich weiß, was du empfindest. Ich habe es selbst empfunden, als ich in den Süden zog, um Jamail zu finden. Als ich erst einmal die Grenze zwischen unseren Ländern überschritten hatte, wußte ich, daß ich nicht wieder zurückgehen konnte, bis meine Arbeit beendet war. Ich wußte, daß ich abgeschnitten war, verleugnete mein früheres Leben. Das, was ich zu tun hatte, war wichtiger als alles andere in meinem Leben ...«

»Aber ich *habe* keine Arbeit zu erledigen.« Jäh unterbrach ich sie. »Ich bin nur hier, weil ich Lust hatte mitzukommen.«

Del seufzte und schob eine herabhängende Locke ihres Haares hinter ein Ohr.

Ich biß die Zähne zusammen und versuchte, mich in Geduld zu üben. »Da ist noch *etwas anderes*«, sagte ich. »Etwas *mehr*. Sage mir, ich sei verrückt, wenn du willst, aber ich spüre es. Ich *weiß*, daß es hier ist.«

Del sah sich um. Jeder Schritt brachte uns ein wenig höher hinauf, und wir stiegen beständig aus der weiten Flachheit des Südens heraus. Hier, mit Hügeln und Erhebungen und Mulden um uns herum, war es schwer zu glauben, daß die Punja überhaupt existierte. »Es könnte regnen«, bot sie schließlich an. »Vielleicht ist es das, was du spürst.«

»Hoolies, Bascha, wir reden nicht von *Regen*, hier — reden wir von etwas völlig anderem, von etwas *Ernstem*.« Ich starrte sie an. »Und wenn du es nicht spürst, bist du taub, stumm und blind.«

Ihr Kiefer spannte sich an. »Bin ich das?«

Ich atmete tief ein. Schob einen seidenen Ärmel bis

zum Ellenbogen hoch und legte einen muskulösen Unterarm frei. Natürlich standen die dunklen Haare aufrecht. »Nun?« fragte ich.

Del schaute auf meinen Arm. Schaute mich an. Etwas zeigte sich in ihrem Gesicht, irgendeine Form eines inneren Aufruhrs, den sie bekämpfte, damit er sich nicht zu offen zeigte. Ich beobachtete, wie sorgfältig sie sich die Worte zurechtlegte, die sie zu gebrauchen gedachte. »Ich denke, daß du dir vielleicht selbst eingeredet hast, daß da etwas Seltsames sein muß ...«

»Mir selbst eingeredet?« Ich ließ sie nicht zu Ende kommen. »O nein, Bascha, dazu brauchte es keines Einredens. Es ist *wirklich*. Ich bilde mir nichts ein.«

Del seufzte leise. »Du selbst hast mir erzählt, daß du nicht an Magie glaubst, daß sie für dich nicht existiert ...«

»Was ich dir gesagt habe, ist, daß ich sie nicht *mag*«, sagte ich deutlich. »Oh, sie existiert, in Ordnung. Wie, warum oder in welcher Form, kann ich nicht erklären. Alles, was ich weiß, ist, daß die meisten Leute sie nicht zu gebrauchen verstehen und sie daher falsch gebrauchen.« Ich schüttelte den Kopf und sah mich unruhig um. »Es ist etwas am Norden ...«

»Es ist *nichts* am Norden«, unterbrach sie mich schroff. »Es ist etwas an dir. Am Sandtiger, der sich nicht darum kümmert, was andere vielleicht glauben, der ihre Gefühle ins Lächerliche zieht. Und jetzt kann er nicht mit seinen eigenen umgehen.« Sie ließ einen Fuß aus dem Steigbügel rutschen, warf ein Bein über den Sattel und glitt hinab, um auf dem Boden auf mich zu warten. »Komm herunter, Tiger, und ich werde dir zeigen, daß das, was du spürst, Aberglaube ist.«

»Was?«

Sie sah zu mir hoch. »Wir werden das klären, Tiger, ein für allemal, damit ich mir dein Murren nicht mehr anhören muß.« Sie deutete mit einem Finger zum Boden. »Komm herunter!«

Ich erwog zu erklären, daß ihr Ton etwas zu wünschen übrigließ — sie hätte *fragen* können, anstatt zu befehlen —, aber ich entschied, daß es den Streit nicht wert war. Also stieg ich ab und wartete.

Del ging von den Pferden fort und bedeutete mir zu folgen. Ich tat es murrend und blieb stehen, als sie in einer Mulde zwischen zwei kleinen Erdwällen anhielt.

»Nun?« fragte ich.

»Zieh dein Schwert aus der Scheide und stecke es in den Boden.«

Sie lächelte nicht. »Tu so, als wäre er der Bauch eines Mannes.«

Ich schaute mir den Boden aufmerksam an, dann sah ich sie an. »Was soll geschehen?«

»Nichts«, sagte Del zwischen zusammengebissenen Zähnen. »*Überhaupt* nichts wird geschehen, und dann wirst du sehen, daß du Unsinn redest.«

Ich seufzte. »In Ordnung. Es ist in Ordnung, Bascha ... nimm einen Mann beim Wort.«

»Ich nehme das Schwert beim Wort.«

Ich sah sie stirnrunzelnd an. Sie tat absichtlich geheimnisvoll, einfach um mich zu verwirren. (Das klappt auch fast immer.) Aber dieses Mal weigerte ich mich, Del gewinnen zu lassen. Ich zog Therons Schwert aus der Scheide und steckte die Klinge in die Erde.

Nichts geschah.

»Da«, sagte Del, »siehst du ...«

Tatsächlich, ich *sah* es, so lange ich konnte. Und dann explodierte der Boden um uns herum.

Einen irrsinnigen Moment lang hatte ich das Bedürfnis, laut aufzulachen. Ich wollte ihr Gesicht hineinreiben, laut ausrufen, daß ich *recht* gehabt hatte.

Aber ich tat es nicht. Ich war zu sehr mit dem Versuch beschäftigt zu atmen.

Schließlich hörten meine Augen auf zu tränen, meine Ohren hörten auf zu klingeln, meine Brust hielt in ihren Anstrengungen inne. Ich setzte mich auf. Spuckte Dreck aus. Nieste. Zupfte mir Gras aus den Haaren. Spähte durch den beißenden Rauch und sah Del fast das gleiche tun. Sie war also wohlauf. Das bedeutete, daß ich ungestraft hämisch grinsen konnte.

Obwohl ich nicht ganz sicher war, ob ich das noch *wollte*.

Das Schwert stand aufrecht zwischen uns, unberührt von dem Sturm, der uns beide zu Boden geschleudert hatte. Die Erde um es herum war verbrannt, aber die Klinge zeigte keine Asche- oder Kohlespuren. Sie glühte in einem hellen, schillernden Purpur.

Ich stand langsam auf und klopfte Schmutz und Asche von meinem Burnus. »Nun«, sagte ich leichthin, »Zeit, sich ein neues Schwert zu besorgen.«

Del blieb sitzen. Sie betrachtete die glühende Klinge. Ich sah Erstaunen und Unglauben. Sorgfältige Überlegung. Die Linie zwischen ihren Brauen vertiefte sich, als sie Therons Schwert stirnrunzelnd ansah. Zu sich selbst sagte sie: »Das sollte es nicht tun. Theron ist *tot*.«

»Glaubst du mir *jetzt*?«

Sie schaute nicht einmal auf. »Berühre es, Tiger!«

Ich riß fast den Mund auf. »Es berühren? *Das* berühren? Nach dem, was es zuvor getan hat? Du bist sandkrank, Bascha. Wir lassen das Ding für den nächsten Dummkopf, der vorbeikommt, hier im Boden stecken, und dann soll er sich *damit* amüsieren!«

Sie schüttelte den Kopf. »Das können wir nicht. Es ist ein *Jivatma* — für eine bestimmte Person gemacht. Es würde das Schwert entehren, es zu verlassen. Wir sollten es nach Staal-Ysta bringen, um es in Staal-Kithra angemessen zu begraben.«

Sie ratterte fremdartige Namen herunter, aber ich war zu aufgeregt, um sie auch nur nach einem davon zu fragen. »Hoolies, Del, es hätte uns beide töten können.«

»Nein«, sagte sie ruhig, »das glaube ich nicht.« Sie kaute auf ihrer Unterlippe herum und schaute von dem Schwert zu mir. Zweimal, dann noch einmal. Nachdenklich. Nach innen gekehrt. Als dächte sie über etwas Neues und völlig Unerwartetes nach. Und dann lächelte sie zaghaft, so zaghaft, als erkenne sie etwas, und sie lachte, als sei das, was sie überlegt hatte, auch eine Antwort auf eine Frage. »Das Kind geht dahin, wo der Mann vielleicht nicht hingeht ...« Der Satz verflog, aber das Leuchten in ihren Augen nicht. »Vielleicht *kann* ich trotz allem siegen.«

»Del ...«

Aber sie stieß sich vom Boden hoch und ignorierte meine begonnene Frage. Sie zeigte auf das Schwert. »Ich schwöre, du kannst es berühren. Du kannst es gebrauchen. Es ist nur ein Schwert.«

Eine gewisse Vorsicht ließ mich schroff antworten. »Das hast du schon einmal gesagt.«

Sie kniff die Lippen zusammen und nickte. »Ja. Das habe ich. Es war nur ein Schwert. Und es ist es wieder, ich verspreche es.«

»Warum *glüht* es dann?«

»Weil du es irgendwie gestimmt hast. Nicht richtig — du kennst die Rituale nicht —, aber irgendwie hast du die Seele in der Klinge berührt.« Del zuckte die Achseln. »Es gibt da zu vieles, was ich dir nicht sagen kann, weil du kein *Ishtoya* bist. Es gibt Geheimnisse, Tiger, die nur die *An-Kaidin* kennen.«

»*Du* kennst sie.«

»Ja«, sagte sie, »ich kenne sie. Aber ich bin ein Schwerttänzer, kein *An-Kaidin,* es ist nicht an mir, es dir zu sagen.«

»Dann zieh *du* es aus dem Boden.«

Del seufzte. »Das kann ich nicht. Du hast es *gestimmt*, Tiger. Nur ein bißchen — nicht genug, um es dazu zu bringen, dir genauso zu dienen, wie es Theron gedient hat —, aber genug, um es die Unterschiede zwischen uns bemerken zu lassen.« Sie wandte den Kopf nach links, in Richtung des Hefts von Boreal. »Bevor du seinen Namen kanntest, konntest du mein Schwert nicht berühren, ohne seine abwehrende Macht zu spüren. Nun, ich kann Therons Schwert nicht berühren.«

»Dann kann ich es auch nicht. Ich kenne den Namen dieser dreimal verfluchten Klinge nicht besser als *du*.«

Del lächelte milde. »Anscheinend kümmert das ihn oder sie nicht.«

»›Ihn oder sie‹«, murmelte ich düster und wandte beiden den Rücken zu.

Del wartete, bis ich den Hengst, der wegen der Explosion davongaloppiert war, eingefangen hatte und wieder im Sattel saß. »Du bist der Sandtiger«, sagte sie ruhig. »Wie willst du ohne Schwert leben?«

Delilah wußte sehr treffend, wie sie an meinen Stolz, zusätzlich zu meiner Männlichkeit, appellieren konnte. Aber ich entschied, daß es nicht funktionieren sollte. »Ich werde ein anderes Schwert bekommen.«

»Wo?« Mit beredter Übertreibung streckte Del die leeren Hände aus und sah sich um. »Gibt es einen Schwertbaum in der Nähe? Werden sie gesät und geerntet wie Getreide?«

Ich zeigte ihr die Zähne und rang mir ein mildes Lächeln ab. »Ich kann im nächsten Dorf eines kaufen.«

»Und wenn sich uns jemand nähert, bevor wir eines erreichen, was tust du dann?«

Mein Lächeln erstarb, die Frage machte Sinn. »Ich *kann* nach Harquhal zurückgehen, wo es massenweise Schwerter gibt.«

Dels Hand fiel herab. »Dann tu es«, sagte sie barsch. »Und warum bleibst du nicht auch gleich dort?«

Ich lächelte selbstgefällig, meines Sieges sicher. »Weil du das nicht willst.«

Ich hatte eine Reaktion erwartet, aber nicht die, die ich bekam. Bei meinen Worten schaute sie Therons Schwert an, das noch immer im Boden steckte. Wandte ihren Blick dann mir zu. Überlegte kurz etwas und mochte das Ergebnis nicht. Sie öffnete den Mund, schloß ihn fest und murmelte etwas zu sich selbst, während sie stirnrunzelnd in Richtung der Berge sah, als trügen sie die Schuld.

»Ich genüge mir«, sagte sie in grimmiger Entschlossenheit. »Ich *werde* mir genügen, egal was du sagst.« Und dann verfiel sie wieder einmal in verbittertes Schweigen und schloß mich erneut aus.

Dies war überhaupt nicht das, was ich erwartet hatte. Irgend etwas störte sie, und es war ernst. Sicherlich mehr, als ich unserer kleinen Auseinandersetzung an Wert beigemessen hätte, wenn man bedachte, daß sie überwiegend ein Vorwand dafür war, Spannung abzubauen.

Sie traf ihre Entscheidung. Schweigend beobachtete ich, wie Del ihr Pferd einfing und aufstieg. Sie zog die fordernde Nase des Hengstes von den sich kräuselnden Lippen fort und wandte das Tier nordwärts, wobei sie die beschuhten Fersen gegen die Haut seiner Flanken stieß. Natürlich versuchte der Hengst zu folgen, erneut die Führung zu übernehmen und den Wallach an seinen Platz zu verweisen, aber ich hielt ihn zurück. Er schnaubte, stampfte, zerrte an straff gespannten Zügeln. Schlug geräuschvoll mit dem Schweif und versuchte, sich den Hügel hinabzuschleichen, als würde ich es nicht bemerken.

Ich bemerkte es. Ich ließ ihn schleichen. Hinüber zum Schwert, das noch immer im Boden steckte. Ich sah stirnrunzelnd darauf hinab und haßte das blasse, purpurfarbene Glühen. Es erinnerte mich an Theron, der die Nacht während unseres letzten Tanzes mit dem Schwert lebendig gemalt hatte. Nun war es kaum noch ein Schatten seines früheren Selbst, aber der Schatten war mehr, als ich ihm zugestehen wollte.

Dels Wallach schnaubte. Ich schaute hinter ihr her und sah, daß sie nicht wartete. Sie ritt zügig nach Norden, zügig aufwärts, versessen auf die Erfüllung ihrer Bestimmung. Bereit, mich zurückzulassen.

O Hoolies.

Ich seufzte. Sah mich um. Nein, Schwerter wachsen nicht auf Bäumen, noch werden sie wie Getreide gesät und geerntet. Und nur die Götter wußten, wann ich ein neues bekommen könnte.

Hoolies. Ich haße es, wenn Del recht hat.

Ich beugte mich hinab und ergriff das Heft, wobei ich undeutlich bemerkte, daß sich die Haare auf meinem Körper beruhigt hatten und der Schmerz fort war. Das Gefühl der Verkehrtheit ließ nach und ließ mich erleichtert zurück, als hätte ich die Blase durchstochen.

Zähneknirschend zog ich daran. Das Glühen wurde schwächer und erstarb dann. Die Klinge glitt aus der Erde. Es war wieder nur ein Schwert.

Und ich war ein Narr. Wieder einmal.

7

Bei Sonnenuntergang verließen wir den Weg und schlugen seitlich an einem Hügel unser Lager auf, wobei wir vorgesehene Lagerplätze in einer windgeschützten Höhle, die aus dichtem Rasen herausgekerbt worden war, mieden. Wir richteten uns dort ein wie Zecken bei einem Hund, banden die Pferde an, entzündeten ein Feuer und nahmen unser Abendessen aus den Satteltaschen: getrocknetes Cumfafleisch, zähe Datteln, einen Laib gepreßtes Brot, eine Bota sauren Wein. Nichts davon war besonders appetitanregend, aber es tat seinen Dienst. Und es war *südliche* Nahrung. Ich empfand eine seltsame Dringlichkeit, mich so lange wie möglich an das zu halten, was ich kannte. Bald, zu bald, würde ich überhaupt nichts mehr kennen.

Ich aß, trank und saß zusammengekauert auf meiner Decke, als der letzte Streifen Sonnenlicht am Himmel verblaßte. Ich beschloß zu reden, denn das war besser als die nordische Stille. »Ein rauher Ort, der Norden.«

Del hörte auf, Wein in ihren Mund zu spritzen. Sie runzelte verwirrt die Stirn. »Rauh?«

Ich hob eine Schulter. »Rauh. Hügelig.« Ich machte eine wogende Bewegung mit einer Hand. »Kein ebener Boden.«

»Hier nicht«, stimmte sie zu. »Wir befinden uns jetzt in den Ausläufern, den Niederungen. Bald werden wir im Hochland sein ... und danach in den Bergen. Und dort gibt es Wiesen und Täler ... genug ebenen Boden, auf dem man etwas anbauen und leben kann.« Sie wischte sich einen Tropfen vom Kinn, seufzte und strebte von mir fort, während sie sprach, obwohl sie physisch nirgends hinging. »Die Wälder wiederzusehen und das Gras und die Reinheit des Schnees ...«

»Schnee?« Ich wandte den Kopf, um sie anzusehen. »Wir werden in Schnee kommen?«

»Ja, natürlich ... unser Ziel sind die Berge jenseits des Reiverpasses.«

Sie war unglaublich sachlich. Hochland, Niederungen, Berge und Reiverpaß ... ich erwog, sie darauf hinzuweisen, daß ich ihre nordische Geographie nicht kannte und auch nicht den nordischen Schnee.

Ich nahm die Bota, als sie sie mir reichte, trank Wein und reichte sie zurück. Del nahm sie an, tat aber nichts damit, sondern beobachtete mich statt dessen. »Du bist immer noch verwirrt, nicht wahr?«

Verwirrt. Nun, so konnte man es auch nennen. Alles, was ich wußte, war, daß schon wieder etwas meine Haare zu Berge stehen ließ.

Ich seufzte verdrießlich und stieß einen Schuh in das Gras, in die Erde. »Ich schwöre, es ist etwas *hier*.«

»Ich dachte, es ginge dir besser.«

»Das stimmte. Es ist wiedergekommen.« Das war es, und zwar ungefähr in dem Moment, als wir unsere Decken ausgebreitet hatten. Stetig aufgebautes Unbehagen. Ich hatte versucht es abzuschütteln, aber es wurde statt dessen stärker. »Sieh mal, Del, ich weiß, wie das klingt — was glaubst du, wie *mir* das gefällt —, aber ich weiß nicht, was ich dir sagen soll. Ich spüre nur etwas, *fühle* etwas ...« Ich schüttelte den Kopf und brach ab. »Es ist, als wäre man mit einem gefährlichen Gegner im Kreis. Man weiß nicht, *was* er tun wird, aber man weiß, daß er es tun wird.«

»Abergläubischer Südbewohner.« Del grinste und schüttelte den Kopf. »Ich will mich nicht über dich lustig machen, Tiger — nicht wirklich. Aber du hast schon ein- oder zweimal fast dasselbe zu mir gesagt, als ich von etwas sprach, das ich nicht richtig erklären konnte. Du pflegtest mich Zauberin zu nennen, erinnerst du dich? Nordische Zauberin.« Sie neigte den Kopf ein wenig. »Aber wie soll ich dich nennen?«

»Einen Narren«, sagte ich gereizt. »Warum nicht? Ich fange an zu glauben, daß ich einer *bin*.«

»Kein Narr«, sann Del. »Nein, mehr, glaube ich. Etwas völlig anderes.«

Ich fuhr herum. »Was?«

Sie zuckte leicht die Achseln und verschloß und öffnete die Bota. »Was du mit Therons Schwert gemacht hast . . .« Sie verstummte.

»Nun?« Ich setzte mich aufrecht. »Ja?«

Del runzelte erneut die Stirn. »Ich könnte lügen und sagen, es sei nichts gewesen. Aber es *ist* etwas gewesen, Tiger.«

Ich fluchte mit entschiedener Barschheit. »Und hast du vor, mir zu sagen, was es war?«

Sie schüttelte den Kopf. »Ich kann nicht. Ich weiß es selbst nicht. Nur daß — nun . . . du sagst, du *spürst* hier etwas, und offensichtlich hast du es getroffen.«

»Getroffen.« Ich nickte. »Ich verstehe — ich habe es getroffen. Mit diesem Schwert.«

»Ich weiß nicht, wie . . .«

»Hoolies, Del, es gibt anscheinend eine ganze *Menge*, was du nicht weißt.« Ich ließ mich auf meine Decke fallen.

Sie seufzte. »Es läuft immer auf Geschichten heraus . . . Erzählungen von diesem und jenem. Wer weiß, was die Wahrheit oder was Lüge ist und ob es einen Unterschied gibt?«

Ich runzelte die Stirn. »Geschichten sind nützlich. Schau dir nur diesen Jungen an, Bellin, der mit uns reisen wollte . . . und wer bist *du* dann, daß du deine Wirkung leugnen willst? Ich bezweifle nicht, daß die Männer ständig über die blonde, blauäugige Bascha reden, die ein Schwert führt wie ein Mann.«

»Ich führe es *wegen* eines Mannes.« Del sah auf die Bota hinab und hob eine Schulter an. »Jetzt wäre ich wahrscheinlich — wenn die Räuber uns niemals gefunden hätten — verheiratet, würde Babys bekommen, einen Haushalt führen, einen Mann versorgen ... all die Dinge tun, die eine Frau normalerweise tut.« Sie hob den Kopf und schaute über das Feuer hinweg in die dahinter liegende Dunkelheit.

»Aber wer will entscheiden, ob ich mit jenem Leben glücklicher wäre, anstatt mit dem, das ich führe?«

»Aber *dieses* Leben entstand aus einer Tragödie.«

»Ja. Und wenn dieses Leben aufzugeben bedeuten würde, daß ich meine ganze Verwandtschaft wiederbekommen würde, dann würde ich es tun. *So.*« Sie schnippte mit den Fingern. »Aber das würde es nicht bedeuten. Ich bin, was ich bin, und habe, was ich habe. Es gibt kein Zurück.«

Ich richtete mich auf einen Ellenbogen auf. »Was, wenn es eines *gäbe*, Del? Was, wenn deine Blutschuld erlassen wäre? Du hast Jamail zurückgelassen. Es steht keine Familienschuld mehr aus. Was würdest du dann tun?«

Ihr Gesicht war unter ihrem Haar verborgen. »Ich bin ein Schwerttänzer, Tiger. Das ist mein Leben, ich habe es erwählt.«

»Für einen Zweck«, sagte ich ruhig, »und dieser Zweck ist fast erfüllt.«

Sie wandte den Kopf und sah mich an. »Und wenn ich dasselbe zu dir sagen würde?«

Ich schüttelte den Kopf. »Das würde nicht passen, Del. *Ich* wurde Schwerttänzer ...«

»... aus dem Verlangen nach Rache heraus«, beendete sie meinen Satz gelassen.

»Belüge dich selbst nicht noch mehr als mich, Tiger. Du bist, was du bist, weil du stark genug gehaßt hast, um zu überleben, um diesen Haß anzuerkennen und ihn zu gebrauchen.« Sie runzelte ernst die Stirn und versuchte, die passenden Worte zu finden. »Was die Räuber mir angetan haben, war nicht viel anders als

454

das, was die Sklaverei dir angetan hat. Es hat uns zerbrochen, gebeugt, neu erschaffen, Hingabe aus der Zerstörung herausgeschält... Widerstand aus der Verzweiflung.« Sie zog den Atem ein, ließ ihn wieder ausströmen. »Ich dachte, ich würde das niemals sagen — es ist nichts, worauf man stolz sein kann, angesichts vergossenen Familienblutes —, aber ich werde es einfach sagen, dir, der es verstehen sollte: Ich bin damit *besser* dran, ungeachtet des Grundes.«

Ich dachte kurz an all die Jahre der Sklaverei. Sie wurden so mühelos abgetan. Ich war jetzt schon länger frei, als ich jemals Sklave gewesen war, aber die Erinnerungen blieben bestehen. Ich würde sie niemals vergessen.

Ich bin, was auch immer ich bin, sagte ich. *Ich bin, was ich aus mir gemacht habe, ungeachtet der Gründe.*

Aber ich konnte es ihr nicht sagen.

Ich stand auf, zog meinen Burnus zurecht und bewegte das Schwert leicht in der Scheide. »Ich denke, ich werde mich etwas umsehen.«

Del sah hinter mir her, machte aber keine Anstalten, mir zu folgen. Ich wandte mich um und begann auf die Spitze des Hügels zu klettern.

Niederungen, so hatte sie sie genannt. Nur *Ausläufer,* unbedeutend im Vergleich zu den Bergen. Aber ich war mir bereits einer Bedrücktheit bewußt, die meinen Geist zum Schweigen brachte. Ich war an die weiten Ausdehnungen der südlichen Wüste gewöhnt, an das unfruchtbare Land des Sandes und der Sonne. Hier gab es Vegetation im Überfluß, reiche, würzige Erde, die von einem Versprechen auf Leben sang, das ich nie gekannt hatte, und sogar eine Luft, die anders roch und schmeckte. Die Niederungen erhoben sich, in eigenartiger Umkehrung zu ihrem Namen, rund um mich herum.

Ich schaute hinaus in die Ferne und mochte die Dichte der Nacht nicht. Im Süden erscheint selbst die tiefste Dunkelheit noch ziemlich hell. Das rührt daher, daß der

Mond, der Licht über die Meilen flachen Sandes verbreitet, keine Hindernisse kennt. Licht fließt ungehindert und stetig am Boden entlang. Aber hier, wo es Hügel und Berge und Bäume gibt, kämpft das Mondlicht um die Herrschaft und verliert fast immer.

Ich erschauderte. »Ich mag es nicht«, sagte ich leise. »Und ja, ich habe einen Grund ... ich kenne es einfach noch nicht.«

Unter mir wieherte der Hengst. Er redete mit mir oder mit dem Wallach oder vielleicht mit sich selbst. Der Klang wurde deutlich herangetragen und klang näher, als er war. Als ich hinabsah, konnte ich das Feuer sehen und den Schatten von Dels Silhouette, die zufrieden vor den Flammen zusammengekauert saß.

Nun, sie *würde* zufrieden sein. Sie war schließlich zu Hause, nach vielen Jahren.

Irgend etwas stach mich in den Rücken. Ich fluchte. Fuhr herum. Verlor mich in den plötzlich auftauchenden Schatten und stolperte über einen Stein. Fluchte erneut gegen den Schmerz in meinem großen Zeh an. Der Stein rollte davon, polterte und verfing sich an einem anderen. Dort blieb er liegen. Ich sah ihn deutlich, Seite an Seite mit dem zweiten. Und einem dritten und einem vierten ... bei siebenundzwanzig hörte ich auf zu zählen.

Steine. Einfach nur Steine. Aber seltsam abgerundete, glatte, als seien sie geformt und sorgfältig poliert worden. Einer nach dem anderen ergossen sie sich zu einer langen, gebogenen Linie, wie eine Halskette aus Punjakristallen. Schwarz im Licht eines abnehmenden Mondes, bei Tageslicht, bei *Sonnen*licht vielleicht von anderer Farbe. Ich folgte ihrer Spur, bis der letzte wieder auf den ersten traf — oder darauf getroffen wäre, wenn ich ihn nicht von seinem Platz gestoßen hätte.

Die regelmäßige Anordnung war erfreulich. Ich war ein Schwerttänzer, geboren als Kind des Kreises, und hier stand ich einem weiteren gegenüber, einem nördlichen statt einem südlichen, aus Steinen gebildet statt aus einer in den Sand gezeichneten Linie, aber nichtsdestoweniger ein Kreis. Dadurch fühlte ich mich besser. Erheblich besser.

Ich fühlte mich dadurch äußerst *gut.*

Grinsend beugte ich mich hinab und nahm den von seinem Platz gerutschten Stein auf. Er war kühl, seidig, schmeichelnd in meine Handfläche geschmiegt. Seine Berührung nahm mir den letzten Rest des Unbehagens und ersetzte es durch Freude, eine intensive, dauerhafte Freude, die mich den Stein liebkosen ließ. Widerwillig beugte ich mich hinab und legte ihn zurück in die Kahlheit der Mulde, die ich aufgedeckt hatte. Zufrieden nickte ich, denn die Symmetrie war wiederhergestellt.

Eine Woge des Wohlbefindens erfüllte mich. Ich fühlte mich nicht länger unter Druck oder niedergeschlagen, sondern von einer tödlichen Zufriedenheit erfaßt.

Und dem Bedürfnis, sie zu teilen.

Ich richtete mich auf. »He, Del!« Echos hallten im Überfluß. »Hast du Lust zu üben? Es ist gerade hell genug, um es interessant werden zu lassen — und irgend jemand hat uns freundlicherweise einen Kreis hinterlassen.« Ich betrat ihn, stieg über den Stein, den ich in der Hand gehalten hatte, und zog Therons Schwert aus der Scheide. Das hell purpurfarbene Schimmern war verschwunden, aber das Mondlicht ließ das Silber erglühen. In dem Glanz sah ich die Runen, die in die Klinge gebrannt waren, und fühlte ihre Fremdartigkeit erneut wirken. Aber das Unbehagen war vollkommen verschwunden. Was ich jetzt empfand, war selbstzufriedene Freude, ein Vorgefühl wahren Vergnügens. Es war fast sexueller Natur. »Komm, Del ... dir könnte ein wenig Übung nicht schaden!«

Sie erklomm den Hügel langsam, ein Schatten inmitten anderer Schatten. »Warum schreist du so?« fragte sie barsch. »Ich habe den Frieden dieser Nacht genossen, und du zerstörst ihn mit deinem Lärm.«

Ich machte eine Geste. »Siehst du den Kreis? Ich dachte, wir könnten ein wenig üben.«

Del runzelte die Stirn. »*Welchen* Kreis? ...« Und dann verstummte sie jäh, den veränderten Tonfall ihrer Frage unterdrückend. »Komm heraus«, sagte sie schroff. »Komm *jetzt* sofort heraus!«

»Warum, zu den Hoolies?«

Sie ging nicht auf meine Frage ein. »Hast du irgend etwas berührt? Irgend etwas im Kreis oder an dem Kreis selbst?«

»Ich habe einen Stein zurückgelegt, nachdem ich ihn aus Versehen zur Seite gestoßen hatte. Warum?«

Del fluchte. Helles Haar entflammte im fahlen Mondlicht. Ihre Augen lagen in Schattenmulden verborgen. »Es ist ein Lokikreis, Tiger. Ich kann nicht hineinkommen, nicht jetzt — aber du kannst noch immer herauskommen. Tu es *jetzt*, bevor sie erwachen.«

»Bascha, du machst dich lächerlich. Es ist nichts hier ...«

Doch, *jetzt*. Und ich spürte es kommen.

Irgend etwas riß mich auf die Knie. Das Schwert fiel mir aus den Händen, als ich nach vorn schwankte und die Hände auf dem Gras spreizte. Irgend etwas *hatte* mich, und doch konnte ich überhaupt nichts fühlen. Keine Finger, keine Stricke, keine Fallen. Nur eine *Macht*, und diese Macht zog mich hinab in ein widerliches Wechselspiel mit der Erde.

Ich lag flach ausgestreckt auf dem Bauch und wurde festgehalten. Mein Gesicht, das zur Seite gewandt war, lag im Gras und dem Dreck darunter, in einer kalten, feuchten Dunkelheit, die in die Augen und in die Nase und in den Mund eindrang.

Ich wollte schreien, aber ich schluckte nur Dreck und Gras.

Mich windend, versuchte ich freizukommen. Versuchte, mich dem Griff, der mich mit unerbittlicher Kraft festhielt, zu entziehen. Ganz schwach hörte ich Del rufen, aber ihre Worte ergaben keinen Sinn. Meine Ohren waren mit Gras verstopft.

Ich spuckte und hustete, versuchte zu atmen, versuchte halb erstickt, Dreck und Feuchtigkeit auszuspeien.

Ich war mir einer völlig unpassenden Dringlichkeit meines Körpers bewußt, eines Bedürfnisses, mich in die Erde zu erleichtern, wie ein Mann in eine Frau. Das erweckte in mir den Wunsch, mich zu übergeben.

Der Rasen war *lebendig*. Er strich an meinem Körper entlang und verband dann seine Wurzeln und Halme mit meinem Haar, meinen Fingern und Zehen. Er kitzelte Mund und Nasenlöcher und wollte in meine Augen eindringen, als er sich mit meinen Wimpern verflocht. Ich kniff die Augen zusammen und versuchte erneut zu schreien, aber der geöffnete Mund machte lediglich hereinkriechendem Rasen den Weg frei. Ich würgte, als kleine Halme meinen Rachen kitzelten.

Hoolies, Bascha, *tu* was!

Das tat sie. Sie riß die Kette herunter, die sie trug, und warf sie in den Kreis. »Nehmt das statt dessen!« rief sie. »Nehmt das, und laßt mir den Mann!«

Ich war, das wußte ich, kaum mehr als ein wie ein Mann geformter Wall am Boden, halb von der Erde und dem Rasen verschlungen. Einen Moment länger, und es wäre überhaupt nichts mehr von mir übrig. Aber irgend etwas dachte über das Angebot nach. Überdachte Dels Worte. Taxierte das Geschenk, das sie darbot.

Und akzeptierte es.

Ich wand mich aus dem Dreck und Gras frei, wobei ich die Proteste reißender Wurzeln und zerrissenen Grases hörte. Ich stolperte, fiel, rappelte mich wieder hoch und versuchte, über den Steinkreis hinweg hinauszustürzen.

»Das Schwert«, schrie Del. »Überlasse ihnen kein *Jivatma!*«

Irgendwie erreichte ich es, hielt es fest und brachte es

aus dem Kreis, wo Del mein Handgelenk ergriff. Ich war schwach und verwirrt. Sie zog mich fort.

»Bascha ...«

»Wir müssen wieder packen und aufsatteln, so schnell wir können, und *beten*, daß die Kette im Moment ausreicht«, sagte sie fest. »Später kann ich mit den Göttern sprechen und sie um ihr Eingreifen bitten.«

Ich ließ das Schwert fallen, das ich wieder mühsam in die Scheide gesteckt hatte, und bückte mich, um es aufzuheben. »Del ...«

»Wir dürfen keine Zeit verschwenden, Tiger. Die Loki sind ebenso launisch wie gierig.«

»Aber was *sind* sie?« Ich versuchte, die Nachwirkungen zu überwinden, aber ich konnte es nicht. Wut und Entsetzen erweckten in mir den Wunsch, meinen Leib vollständig zu entleeren. »Was, zu den Hoolies, hatte mich in den Klauen?«

Sie ließ mich los, als wir das Lager erreichten, und machte sich daran, Gegenstände in die Satteltaschen zu stopfen. »Ich werde es dir später erklären.« Und als ich mich nicht schnell genug bewegte, um ihr zu folgen, richtete sie sich auf und fixierte mich mit einem ärgerlichen, festen Blick. »Im Süden wurde von mir erwartet zu tun, was auch immer du sagtest, *wenn* du es sagtest, weil du das Land besser kanntest als ich. Dies hier ist der Norden — willst du nicht dasselbe umgekehrt tun?«

Der Punkt ging an sie. Ich nickte zitterig und ging davon, um die Pferde bereitzumachen.

Zumindest *versuchte* ich, die Pferde bereitzumachen. Der Hengst, das verdrehte Tier, das er nun einmal war, beschloß, daß er seine Arbeit für diesen Tag getan hatte und nun ausruhen wollte. Ich konnte es ihm nicht wirklich vorwerfen. Wie ich hatte auch er gegessen, getrunken und sich entspannt — und war bereit nachzusinnen über was auch immer Pferde nachsinnen, wenn sie nichts besseres zu tun haben. Und nun störte ich ihn.

Ich dachte an Dels Dringlichkeit und die möglichen

zusätzlichen Bedrohungen durch den Lokikreis. Ich hatte keine Lust, mich über den Hengst aufzuregen, obwohl er mehr als bereit war, sich über mich aufzuregen.

»Tiger — kommst du?«

Ich knallte den Deckengurt und die Decke auf den Rücken des Hengstes, sah, daß beides ins Rutschen geriet, als er seitwärts tänzelte, fing es auf, hielt es fest, entging geschickt einem Stoß seines Kopfes, ergriff den Sattel, schwang ihn hinauf. Der Hengst, der sehr geschickt in dieser Art Tanz war, versuchte, dem abrutschenden Sattel auszuweichen. Ich gab nicht nach, ließ ihn herunterplumpsen und wich einem tapsenden Huf aus. »Nicht jetzt«, bestimmte ich fest, dem Hengst, nicht Del gegenüber, die sowieso zu beschäftigt war, um mich zu hören.

Er stampfte, schnaubte, erwischte mit dem harten Knochen seines Kopfes einen Ellenbogen und schubste mich zur Seite. Mit pferdeartigem Nachdruck.

»Tiger...« Ängstlich und ungeduldig.

»Del, ich *komme*...« Ich fluchte, stieß dem Hengst einen Ellenbogen in die Rippen und schubste ihn zurück. Dann wiederholte ich die Bewegung, als der Kopf streitlustig herumschwang.

Nase traf Ellenbogen. Ellenbogen gewann.

»Das ist kein Spiel, Tiger.«

»Nein, das ist es bestimmt *nicht*...« Ich zog den Deckengurt mit grimmiger Entschlossenheit an, befestigte die Schnallen und fuhr herum, um sie aufzuzäumen, »... aber manchmal muß ich *ihn* davon überzeugen.«

Sie klang verwirrt, dringlich, ungeduldig. »Überzeuge ihn ein anderesmal.«

Ein Huf landete auf meinem Fuß. Ich trug Sandalen, es tat weh. »Du *Mist*...« Aber ich unterbrach mich, als der Kamm des Hügels Feuer fing. »Was, zu den Hoolies, ist *das*?«

»Die Loki wollen uns noch immer«, sagte Del grimmig. »Die Kette war nicht genug.«

Ein hell glänzender Fels taumelte über den Kamm des Hügels. Er zog einen Feuerschweif nach sich.

»Hoolies ...« Aber ich beendete den Satz nicht. Dels übermütiger Wallach beschloß, das Ganze abzukürzen und loszurennen.

Der Pflock landete am Boden. Da es jetzt frei war, wenn es auch das Seil und den Pflock mit sich zog, stürzte das gesprenkelte Pferd an dem Hengst vorbei und jagte in rasendem Lauf den Hügel hinab.

Mein Pferd, das den Wettkampf liebte, beschloß, sich ihm anzuschließen. Und hätte es auch getan, ziemlich plötzlich, wenn ich nicht Dels Decke vom Boden aufgehoben und über seinen Kopf geworfen hätte. Da es nun nichts mehr sehen konnte, beendete es seine Flucht und blieb zitternd, schnaubend und schwitzend stehen.

»Nicht jetzt«, erinnerte ich den Hengst und schwang mich in den Sattel. »Del, wenn du kommen willst, dann *beeile* dich.«

Sie kam und zog eine Satteltasche hinter sich her. Sie reichte sie hinauf, so gut sie konnte und ohne übertriebenen Aufwand, aber der Hengst, der das unerwartete Schaben von Leder auf seinen Schultern spürte, als ich die Satteltaschen an den Sattelknauf hängte, sprang zur Seite. Die Decke rutschte ihm vom Kopf, und der Anblick brennender Felsen spiegelten sich in seinen hervortretenden Augen.

Ich fluchte, holte die Zügel und die Satteltaschen ein, sortierte sie und riß den Hengst in Dels Blickrichtung herum. Hinter ihr richtete sich der Hügel mit seiner unirdischen Flammenkrone auf.

»Er geht durch«, warnte ich. »Mach dich bereit zu springen — ich ziehe dich hinter mich hinauf ...«

Der Hengst kämpfte gegen mich, ich kämpfte gegen *ihn*, und Del wartete am Boden. Ich riß ihn herum, riß ihn erneut herum, ließ ihn steigen. Und dann beugte ich mich hinab, während ich ihn laufen ließ, und streckte einen Arm aus.

Del spannte sich an, streckte die Hand aus, streckte sich. Ich ergriff sie, zog sie im Lauf hinauf. Sie schlang ein Bein hinauf und klammerte sich mit den Beinen an den Hengst und mit beiden Armen an mich.

Ich schrie, und wir flohen.

Ein Blick zurück zeigte mir Rinnsale schmelzenden Steins, die über den Kamm des Hügels liefen. Sie krochen mit erschreckender Genauigkeit auf die verstreuten Überreste unseres Lagers zu.

Del preßte sich gegen meinen Rücken. »Halt nicht an, Tiger. *Denk* noch nicht einmal daran anzuhalten.«

Das tat ich auch nicht, weil ich es nicht *konnte*. Der Hengst hatte seinen eigenen Kopf.

8

Ich war nicht glücklich. Mit jedem ausgreifenden Schritt des Hengstes — der hinauf, hinunter und rund um Hügel raste, die ich kaum sehen konnte — buckelte und sprang er und senkte den Kopf, um seiner Lust kundzutun, beide Reiter abzuwerfen. Das einzige, was ihn davon abhielt, den Kopf zwischen die Läufe zu klemmen und es *wirklich* zu tun, war das Gelände. Er konnte nicht mehr sehen als wir und hatte — dank Valhail — nicht die Absicht, in der Dunkelheit etwas zu Gefährliches zu versuchen.

Aber ich war noch immer nicht glücklich. Denn jeder Sprung und Satz zog entweder den Sattel vollständig unter mir weg (kein schönes Gefühl) oder stieß ihn heimtückischerweise gen Himmel, wobei meine Oberschenkel und mein Gesäß und andere, empfindlichere Teile meines Körpers heftig angeschlagen wurden.

Hoolies, ich könnte mich glücklich preisen, wenn ich überhaupt noch reden konnte, wenn er fertig war, und erst recht, wenn ich es in einer Tonlage tun können wollte, die wenigstens annähernd männlich sein sollte.

Del klammerte sich an mich, indem sie beide Arme um meine Mitte gelegt hatte. Der Ritt muß für sie noch unangenehmer gewesen sein. Sie hatte keine Steigbügel, keinen Sattelknauf, keine Hinterpausche — nichts, was auch nur annähernd einem Sitz glich — und war dazu verurteilt, auf dem harten Leib des Hengstes auf und ab zu hüpfen. Der Hengst war glatt, und Del trug Seide. Ich wußte, daß sie mit jedem seiner Schritt in Gefahr geriet.

»Nicht anhalten!« wiederholte sie. »Um nichts auf der Welt!«

»Hoolies, Bascha, ich kann ihn nicht einfach *laufen* lassen. Er wird wahrscheinlich stolpern und sich ein Bein brechen, oder den Hals, oder *unseren* Hals ...« Ich brach ab, fluchte, versuchte wieder zu Atem zu kommen, als der Sattel gegen tiefer gelegene Körperteile stieß.

Sie klammerte sich fester. »Wenn uns die Loki fangen, werden wir uns wünschen, wir *hätten* uns den Hals gebrochen. Halte nicht an, Tiger. Noch nicht.«

Im Moment entschied der Hengst für uns. Das Zaumzeug wurde von großen, starken Zähnen festgehalten, und bis ich es wieder in die weichen, zahnlosen Teile seines Maules hinunterziehen konnte, war meine Kontrollfunktion unbedeutend. Alles, was ich tun konnte, war zu versuchen, ihn von dem schlimmsten Gelände fernzuhalten.

Wir ritten immer weiter abwärts, Richtung Süden. Vielleicht bemerkte der Hengst das und wollte nach Hause. Es kam mir in den Sinn, daß ich sie vielleicht irgendwie ermutigen könnte, ihre Flucht den ganzen Weg über die Grenze hinweg fortzusetzen, aber ich wußte, daß das nicht fair wäre. (Dem Hengst gegenüber schon. Nur Del würde zweifellos protestieren, aber ich war hauptsächlich mit dem Wohlergehen meines Pferdes beschäftigt.)

Und dann änderte er plötzlich die Richtung und wandte sich nach Westen. Nicht mehr auf pfeilgeradem Weg nach Hause, sondern in diagonaler Richtung über die flachen Vorläufer, die Del Niederungen nannte. Er wurde langsamer, atmete schwer und versuchte tückische Steigungen und Gefälle zu umgehen. Ich nahm die Gelegenheit wahr, um das Zaumzeug aus den Zähnen freizuziehen, und begann, meinen Willen einzusetzen, um die übereilte Flucht zu stoppen.

»Tiger ...«

»Ich will ihn nicht *töten*, Del! Was auch immer diese Lokiwesen sind, ich werde mich mit ihnen beschäftigen, wenn ich muß ... im Moment muß ich dieses Pferd beruhigen.«

»Alles, was ich meinte ...«

»Später.« Ich sagte es schärfer, als ich beabsichtigt hatte, denn ich war zu sehr mit dem Hengst beschäftigt, um meinen Tonfall zu dämpfen. Ich spürte, wie sie sich in meinem Rücken anspannte, hatte aber nicht die Zeit, verletzte Gefühle zu beschwichtigen. »Langsam, alter Junge ... langsam ... beruhige dich, okay? Langsam, jetzt ... *langsam* ... halt alle vier Beine zusammen — ich denke, wir werden sie später noch brauchen.«

Er wurde langsamer und schnaufte schwer. In dem schwachen Mondlicht sah ich Schweiß auf seinem Hals und seinen Schultern. Ich schüttelte grimmig den Kopf. Er war ein zu gutes Pferd, um es bei einer sinnlosen Flucht zu verbrauchen.

Del ließ sich hinuntergleiten, als wir langsamer wurden. Ich ließ den Hengst auslaufen, ritt in einem Kreis zurück und sah sie im glühenden Mondlicht stehen. Sie hielt Boreal in den Händen.

»Willst du mich aufschlitzen oder den Hengst?«

»Keinen von beiden«, sagte sie, »im Moment.« Ihr Gesicht war grimmig. »Was ich dir zu sagen *versuchte*, war, daß du anhalten solltest ... es gibt da etwas, was ich tun muß.«

Ich schnaubte ungalant. »Unsichtbare Wesen bekämpfen?«

»Noch nicht«, sagte sie kühl. »Zuerst werde ich andere Methoden ausprobieren.«

Ich führte den Hengst im Kreis um sie herum. »Tu das, was du willst, Bascha — ich muß mich um mein Pferd kümmern.«

»Ich brauche *dich* nicht dafür.« Bestimmt. »Das Ritual erfordert Dinge, die du nicht tun kannst, weil du ein Südbewohner bist, der diese Dinge nicht kennt, absolut unbedarft bist und nicht einmal ein eigenes Schwert hast.« Mondlicht glitt an ihrer mit Runen versehenen Klinge hinab. »Verzeih mir meine Offenheit, Tiger, aber du bist kein Mann, der viel Gnade vor den Göttern finden würde. Sie bevorzugen Gläubige, nicht Skeptiker.«

»Ich bin aus gutem Grund skeptisch.« Ich brachte den Hengst zum Stehen, glitt hinab, löste die Schnalle und nahm ihm alles ab, außer dem Zaumzeug. Ich überprüfte die Beine und die Hufe. »Wie ich bereits zuvor sagte, Religion ist eine Krücke. Sie wird von Leuten gebraucht, die nicht wissen, wie man Verantwortung für sein eigenes Leben übernimmt, und wird *mißbraucht* von jenen, die ein perverses Bedürfnis danach haben, Schwächeren ihren Willen aufzuzwingen.« Ich versteifte mich, als der Hengst den Kopf gegen meine Schulter preßte und heftig zu reiben begann, wobei er meinen Burnus durchtränkte und die bloße Haut befeuchtete. »Hoolies, Del — glaubst du, ich hätte nicht auch mit den Göttern gesprochen, als ich als Sklave bei den Salset war? Glaubst du, ich hätte nicht um Freiheit gebeten?«

»Und du hast sie bekommen, Tiger.«

»Weil ich sie mir *selbst* verschafft habe, nicht durch irgendeinen besonderen Appell an launische Götter.«

Sie seufzte, zuckte die Achseln und schüttelte den Kopf. »Im Moment muß das warten. Aber ich verspreche dir, was auch immer du im Süden gekannt hast, ist im Norden anders. Du wirst Macht begegnen, von der du niemals zu träumen gewagt hättest, nicht einmal in den Tiefen des Aqivirausches. Ich *verspreche* dir, Tiger, daß du hier unglaubliche Dinge sehen wirst. Dinge, die sich vielleicht sogar als tödlich erweisen können.«

»Aha. Wie diese Lokiwesen.«

Del schüttelte den Kopf. »Hast du vergessen, was beinahe mit dir passiert wäre? Wie die Loki versucht haben, dich zu vereinnahmen?«

»Ich habe nichts vergessen«, fauchte ich zurück. »Ich weiß nicht, was da hinten genau geschehen ist, Del, aber ich *weiß*, daß es nichts mit Lebewesen zu tun hatte. Was ich gespürt habe, war Zauberei.«

Sie seufzte. »Kümmere dich um dein Pferd, Tiger. Ich werde mich um unsere Zukunft kümmern.«

Ich beruhigte mich und kümmerte mich um den Hengst, der in der Kühle der Nacht dampfte. Ich bedeckte ihn mit einer Decke und führte ihn herum, immer wieder, und tat mein bestes, um zu vermeiden, daß mich der verspielte Kopf umstieß. Er war müde, aber nicht erschöpft. Zu oft dachte er sich solche kleinen Dinge aus, um mir das Leben zu vergällen.

Del entfernte sich von uns und erklomm einen grasbewachsenen Hügel, um auf dem ausgezackten Kamm zu rasten.

Boreal war ein Silberstreifen in ihrer Hand, der das Mondlicht zurückwarf. Und dann, während ich im Kreis ging und der Hengst hinter mir hertrottete, sah ich sie das aufgerichtete Schwert langsam in die Erde stecken und sich hinknien.

Leise begann Del zu singen.

Ich hatte es schon zuvor in dem Raum in Harquhal gehört. Ich hatte es auch schon zuvor *gesehen*. Langsam, Perle für Perle, Tröpfchen für Tröpfchen, verströmte die Klinge ein Leuchten, das die Hügelspitze mit einem lachsfarben-silbernen Schein überflutete.

Er lief das Schwert *hinauf*, nicht hinab. Füllte die Runen aus, sprang über die beidseitige Klinge, streckte sich, um das Heft und die Kreuzstücke zu umschmeicheln. Drehte sich, wand sich, pulsierte und veränderte seine Gestalt vor den Schatten.

Ich sog den Atem ein, der dann in meiner Brust umhersprang. Ich dachte erneut an den Kreis aus Steinen, genannt Lokikreis, wo das Gras lebendig geworden war und versucht hatte, einen Mann zu verschlingen. Die Erinnerung ließ mich erschaudern, was mich wiederum ärgerlich machte. Plötzlich verwirrt, schüttelte ich es ab. Nordische Zauberei, wie ich wußte, nicht mehr. Keine

Macht aus sich selbst, führungslos und frei. Was ich empfunden hatte, erforderte einen Mann, es zu gebrauchen, oder eine Frau, es zur Wirkung zu bringen. Macht benötigte eine Quelle und jemanden, der sie beherrscht.

Ich schaute zu Del, die ihr Schwert ansang. Und wo, fragte ich mich, war der Unterschied? Hier war ein Schwert, das durch einen Gesang erglühte, durch eine Frau. Dort hatte ich einen Stein berührt, war in einen Kreis eingetreten und war fast verschlungen worden.

Gab es wirklich einen Unterschied?

Unbehaglich schaute ich Del an. Sie bildete eine Silhouette vor dem Glühen der Klinge und sang noch immer ihren leisen, kleinen Gesang. So leicht stimmte sie das Schwert und beschwor die Macht herauf.

Macht. Genau wie sie versprochen hatte.

»Hoolies«, murmelte ich laut. »Was tue ich hier?«

Der Hengst wieherte, ging weiter und stieß mich gegen die rechte Schulter, als ich ihn im Kreis wieder zurückführte.

Del kam kurz darauf von dem Hügel zurück. Der Hengst war trocken, ruhig und graste zufrieden am Ende seines Haltestricks, wobei es ihm scheinbar nichts ausmachte, daß sein Pferdefreund nicht da war. Was das betraf, war er vielleicht sogar *froh*. Dels alberner Wallach hatte ständig verliebtes Interesse an dem Hengst gezeigt, der die Gunst nicht erwidert hatte. Alles, was er zurückgegeben hatte, war ein gelegentliches Zwicken oder Treten. Ich hatte gewaltsam Schlimmeres verhindert.

Ich saß zusammengekauert mit einer Bota voll Wein auf einer Decke und wartete darauf, daß sie mir das Wer, das Wie und das Warum erklären würde.

»Wie geht es dem Hengst?«

»Gut. Er wird wahrscheinlich am Morgen etwas wund sein, aber nicht so sehr, daß man sich Sorgen machen müßte.« Ich schaute zu ihr hinauf. »Ich habe kein

Feuer entfacht, weil ich dachte, wir müßten vielleicht erneut flüchten.«

Sie seufzte und kauerte sich nieder. »Noch nicht. Jetzt nicht. Vielleicht später.«

»Dann können wir am Morgen zurückgehen und den Rest unserer Sachen holen.«

»Nein.« Sie schüttelte den Kopf. »Das wäre zu riskant, und es wird sowieso nichts mehr da sein. Nichts, was sich zu holen lohnen würde. Die Loki sind — zerstörerisch.«

Ich seufzte. »Brennende Felsen und Illusion scheinen keine *so* große Bedrohung zu sein.« Ich zuckte die Achseln, kratzte an meinen Narben und klimperte mit der Krallenkette um meinen Hals. »Nicht, wenn man schnell laufen kann.«

»Illusion?«

»Was ich empfunden habe«, antwortete ich. »Du weißt genausogut wie ich, daß gar nichts davon real war.«

Del nahm die Bota von mir entgegen und trank. »Du bist ein Narr«, sagte sie freundlich, nachdem sie sie abgesetzt hatte. »Wie oft hast du mich vor den Gefahren des Südens gewarnt und gesagt, ich sollte niemals etwas trauen, das ich nicht kenne, noch mich zu einem Ziel machen?« Sie schaute mich direkt an, als sie mir die Bota zurückgab. »Ich warne dich hier vor ähnlichen Dingen, im Norden, *meiner Heimat*, und du willst mir — oder den Gefahren — keinen Glauben schenken.« Sie neigte den Kopf. »Warum, frage ich mich? Weil ich eine Frau bin?«

Ich lehnte mich entspannt zurück, ließ die Bota auf meinen Bauch plumpsen und schaute in den sternenübersäten Himmel. »Warum begründest du immer alles mit deinem *Geschlecht*, Del? Ich gebe zu, daß südlichen Frauen nicht der gleiche Respekt erwiesen wird wie Männern — ich *gebe* es *zu!* —, aber müssen wir immer die Schuld für alles auf der Welt darauf schieben, wie unsere Körper geformt sind? Hoolies, Bascha, es *gibt* andere Dinge zu bedenken!«

»Dann wirst du mir vielleicht zuhören, wenn ich dir sage, welche es sind.«

Ich hob den Kopf und sah sie an. Es war ihr ernst. »Dinge wie brennende Felsen und Illusionen.«

»Es war keine Illusion«, sagte sie kühl. »Was geschehen ist, ist geschehen. Die Loki sind mächtig und hartnäckig und arbeiten auf eine Art, die niemand jemals ganz verstehen wird. Die Erde und das Gras gegen dich zu richten war nur eine Spielart ihrer Macht. Eine *Neckerei*, Tiger. Die Loki mögen solche Dinge.«

Ich nickte weise und gab damit nach. »So, du sagst also, daß sie richtige Wesen sind, diese Loki. Nicht nur eine Manifestation der Macht eines Zauberers.«

»Sie sind Geister, Dämonen, Satane ... nenne sie, wie immer du willst. Sie sind *böse*, Tiger, und ihr einziges Lebensziel ist es, Sterbliche in den Tod zu treiben — oder in den Wahnsinn ... manchmal geht letzteres dem ersteren voraus.«

»Warum?«

»Warum?« Ich hatte sie sprachlos gemacht. Sie sah mich an, war schlichtweg verwirrt. »*Warum?*«

»Warum?« Ich zuckte die Achseln. »Haben sie keinen Grund?«

»*Brauchen* Dämonen einen Grund?«

Ich spreizte die Hände. »Eines habe ich mich immer gefragt. Einerseits gibt es all jene Geschichten, die sich mit dem Bösen beschäftigen, das menschliche Gestalt annimmt, um sterblichen Menschen das Leben zu erschweren — und doch scheint andererseits niemals jemand zu wissen, warum dies geschieht. Diese Wesen scheinen einfach ohne besonderen Grund zu existieren ... was mich zu der Frage bringt, ob sie nicht einfach kleine Teile der Geschichte eines Erzählers sind, die irgendwie dem magischen Wort ›Ende‹ entkommen sind.« Ich lächelte. »Du hast mich zuvor einen Skeptiker genannt. Nun, das würde ich nicht abstreiten. Ich glaube kaum, daß ich mehr an deine bösen Dämonen als an deine nordischen Götter glaube.«

Del schnappte fast nach Luft. »Tiger, *du* warst das da oben! *Du* warst es, den die Loki beinahe töteten! Wie kannst du so dumm sein?«

Ich erinnerte mich der Dinge, die ich empfunden hatte, während ich im Boden festgehalten wurde. Aber zugeben, daß sie *real* gewesen sein könnten — nein, das vermochte ich nicht. Man kann es Sicherheit durch Ignoranz nennen, wenn man will, aber ich war überzeugt davon, daß, solange ich mich weigerte, an solche Dinge wie die Loki zu glauben, sie keine Macht über mich haben könnten. »Ich bin nicht dumm. Ich gehöre nur nicht zu den Männern, die von Tricks und Illusion überzeugt werden.«

Ich seufzte, als sie ungläubig den Kopf schüttelte. »Hast du jemals darüber nachgedacht, daß es, nur weil wir manche Dinge nicht erklären können, nicht bedeutet, daß es keine Erklärung gibt? Einen anderen Grund als Magie oder Götter oder Böses?« Ich tätschelte die Bota. »Ich weiß nicht, woher der Wein kommt, Bascha, aber es muß eine Erklärung geben. Ich glaube nicht, daß Wein *Magie* ist.«

Ihr Stimme klang eigenartig. »Wein wird aus *Trauben* gemacht, Tiger. Wußtest du das nicht?«

Ich zuckte die Achseln, es war mir gleichgültig. »Es gibt vieles, was ich nicht weiß, Del. Nenn mich ignorant, dumm, verrückt ... ich denke nur, es gibt wichtigere Dinge, über die man nachdenken muß, wie zum Beispiel, wie man überlebt.«

»Ja«, stimmte sie zu. »Und das könnte genauso wichtig sein, wenn man erwachten Loki begegnet.« Sie seufzte, veränderte ihre Lage und umschlang ihre aufgestellten Knie. »Ich schwöre, Tiger, Loki sind real. Und *ich schwöre*, sie können gefährlich sein.«

»Also hast du die Kette deiner Mutter in den Steinkreis geworfen, um sie zu besänftigen, und hast dann durch dein Schwert zu deinen Göttern gesprochen.« Ich nickte. »Das klingt ziemlich einleuchtend.«

»Die Kette war aus Kernholzblut gemacht, Tiger ... aus Blut, das aus einem verletzten Baum fließt und später verhärtet. Kernholz besitzt Macht. Der Mensch, der den Stein besitzt, der aus seinem Blut gemacht wird, hat an dieser Macht, an diesem Schutz, Anteil. Ich habe es den Loki als Bestechung gegeben. Sicher hast du dasselbe mit anderen Menschen gemacht.«

Ich grunzte.

»Es könnte genügen«, sagte sie, »aber vielleicht auch nicht. Die Loki handeln nicht anständig. Also habe ich die Götter gebeten, zu unseren Gunsten einzugreifen, die Loki davon zu überzeugen, in ihren Kreis zurückzukehren.«

Ich runzelte geistesabwesend die Stirn und kaute gedankenvoll auf meiner Unterlippe. »Im Süden verkörpert ein Kreis Macht. Darum findet ein Schwerttanz immer darin statt.«

»Es *ist* Macht in einem Kreis. Das macht die Linie, die kein Ende kennt, sondern nur Kontinuität. Es bedeutet Leben, Tiger ... der personifizierte Kreislauf«. Sie legte sich auf den Boden zurück wie ich, kreuzte die Knöchel und strich mit den Fingern über ihren flachen Bauch. »Ich habe es schon immer als seltsam empfunden, daß der Schwerttanz, der vielen den Tod bringt, in einem Kreis ausgeführt wird.«

»Der Grund dafür ist, daß, wenn einer stirbt, der andere lebt.« Ich zuckte die Achseln. »Ich weiß nicht, Bascha ... ich habe nie darüber nachgedacht.« Ich rollte mich herum, streckte die Hand aus und ergriff ihr Handgelenk. »Und ich könnte mir andere Dinge vorstellen, die sich vielleicht als bessere Ablenkung erweisen.«

Das Handgelenk lag schlaff in meiner Hand. »Nicht so nahe bei den Loki.«

Ich erstarrte. »Was?«

Sie neigte den Kopf und sah mich ernst an. »Loki werden von starken Gefühlen angezogen, wie Fliegen von verdorbenem Fleisch. Sich zu vereinigen ist das stärkste Gefühl von allen ... es ist allgemein bekannt, daß ein Mann und eine Frau, die zusammen sind, die Loki anlocken. Sie fordern die Loki auf, Besitz von ihnen zu ergreifen.« Sie schüttelte den Kopf. »Es ist besser, dieses Risiko zu vermeiden.«

Ich erinnerte mich der Dringlichkeit, die ich empfunden hatte, das Bedürfnis nach Erleichterung, als sei die Erde eine Frau gewesen. Loki? Nein. Ich schob diesen Gedanken energisch zur Seite. Wie konnte eine Manifestation des Bösen einen solch unglaublich *menschlichen* Trieb beeinflußen?

»Willst du damit sagen, daß wir nicht ...«

»Nicht heute nacht«, sagte sie. »Vielleicht nächste Woche.«

»Nächste *Woche* ...«

»Loki schlafen gern mit Männern und Frauen«, erklärte Del mir nüchtern, »wegen der Gefühle, die sie durch die Haut anstatt nur durch andere erfahren. Oft verführen sie einen dazu. Es ist der leichteste Weg, Kontrolle zu erlangen, einen menschlichen Körper zu erlangen ...«

»*Ich* würde gern einen menschlichen Körper erlangen ...« Ich sah mich um. »Hoolies, Del, du bist ein Mensch, und *ich* bin ein Mensch, und soweit ich es übersehen kann, sind keine Loki in der Nähe. Warum vergessen wir sie also nicht einfach und denken über *uns* nach.«

»Ich *denke* über uns nach, Tiger.« Sie klang unendlich geduldig, als sei ich ein Kind. »Ich denke darüber nach, wie wir am Leben bleiben — und gesund —, so daß wir, wenn die Zeit kommt, Freude daran haben *können*, wieder Bettgefährten zu sein, ohne uns Sorgen um die Loki machen zu müssen.«

Ich stieß mich vom Boden ab und klemmte mir die

Bota unter einen Arm. »Hoolies, Frau ... du bist sandkrank.«

Del richtete sich auf einen Ellenbogen auf. »Wohin
gehst du?«

»Ich setze mich zu meinem Hengst. Ich denke, *er* wird
eine bessere Gesellschaft sein.«

»Oder die Loki werden es sein.«

»Loki, Schmoki«, murrte ich. »Gerade jetzt wäre fast
alles willkommen. Sogar eine verliebte, weibliche Loki ... zumindest würde ich davon *etwas* profitieren.«

»Es wäre vielleicht das letzte, was du jemals bekommen würdest, Tiger.«

Ich hatte nicht erwartet, daß sie mich hören konnte.
»Ja, nun ... ich habe schon immer gedacht, daß das eine
interessante Art zu sterben sein könnte. Wenn ich es
müßte, meine ich.«

»Du würdest es müssen«, rief sie. »So funktioniert
das mit den Loki.«

Ich seufzte. »Großartig.« Ich blieb stehen, tätschelte
den Hengst, setzte mich hin und schob eine neugierige
Nase zur Seite, während ich die Bota entkorkte.

»Nun, Alter, wie funktioniert das bei *dir*?«

Del lachte rüde.

9

Ich erwachte bei Sonnenaufgang, weil mir kalt war. Nein, nicht nur deshalb — ich *fror*. Irgendwie hatte ich während der Nacht meine Decke an Del verloren, die jetzt in zwei Decken gehüllt schlief. Dieser Diebstahl war eigentlich nichts Neues, obwohl mich die Gewöhnung daran nicht unbedingt glücklicher machte. Normalerweise hätte ich einfach meine Decke zurückgeholt und versucht weiterzuschlafen, aber die aufgehende Sonne hielt mich davon ab.

Sie *tat* mir nicht wirklich etwas, die Sonne, aber ich konnte sie einfach nicht mißachten, nicht einmal, um meine gestohlene Decke wiederzuerlangen. Ihr Aufstieg am Himmel war etwas, das man sich ansehen sollte, also sah ich es mir an. Zitternd, frierend, völlig ausgekühlt von der Morgenkälte, beobachtete ich, wie sie über den Horizont stieg und die Welt erglühen ließ.

Und was für eine Welt das war ... das ganze Hochland und die Niederungen und alles dazwischenliegende, hoch und niedrig, hügelig und flach, sich von grasbedecktem Grund zu entfernten, mit Sägezahn bedeckten Bergspitzen erstreckend. Im Süden bestehen die Farben überwiegend aus Braun-, Gold- und Orangetönen. Del und ich waren, dank des Hengstes, in einer sanften Mulde eines Tales mit niedergedrücktem, grünem Samtteppich, der im Morgenlicht erglühte, geborgen. Wir waren, wenn auch nur kurz, in südliche Seide eingehüllt, die mit nordischem Tau benetzt war.

Ich habe Tau ein- oder zweimal gesehen, im Grenzland bei Harquhal. Aber ich hatte Del die Wahrheit gesagt: meine Erfahrungen erstreckten sich nicht weiter in den Norden als bis zu der Grenzstadt und allem, was jenseits davon lag. Die Punja war mein Reich, und alle Lager, Oasen und ummauerte Stadtstaaten, die das Sandgewirr ausmachten, der mich geboren hatte. Dazusitzen und die Sonne in den Himmel über *nordischen* Bergen aufsteigen zu sehen war etwas ganz Außergewöhnliches.

Und beschäftigte mich längere Zeit.

Ich schaute zu Del. Sie war das Fleisch in einer Wurstpelle aus gewebten Ziegenhaardecken, deren Ekken irgendwo unter fest aufgelegten Hüften und Schultern verborgen waren. Helles Haar hatte sich freigekämpft und verbarg einen Großteil ihres Gesichts, aber ich sah die Linie ihrer Augenbrauen über geschlossenen Augen, die sonnengebleichten, fedrigen Brauen, das winzige Spurennetz von Sonnenlinien an den Winkeln ihrer blaugeäderten Lider. Im Süden gehen die Frauen sowohl aus Gründen der Eitelkeit als auch aus Gründen der Bescheidenheit verschleiert. Del, die so frei und leicht lebte, unterwarf sich derselben Art von Beanspruchung wie südliche Männer und litt mehr darunter als jeder von uns. Nordische Haut gedeiht nicht unter unserer bösen Sonne.

Außer daß es nicht mehr die südliche Sonne und die nordische Haut war, sondern umgekehrt. Wir hatten die Plätze getauscht, Del und ich, und jetzt litt *ich* darunter und zitterte in der Kälte.

Ich erhob mich, fluchte leise, ließ erstarrte Gelenke und Sehnen knacken, rollen und springen. Das ist eine Gefahr für jeden professionellen Schwerttänzer — die Knochen nehmen die Schläge hin, aber nach einer Weile protestieren sie mit verläßlicher Regelmäßigkeit —, aber ich hatte noch nie einen ähnlichen Grad der Steifheit erfahren. Ich fühlte mich richtiggehend *alt*.

Ich sah stirnrunzelnd auf Del hinab, die noch immer schlief. Dann lehnte ich mich hinüber, um meinen Harnisch und mein Schwert aufzunehmen.

Und das *tat* ich auch — mit einem Schrei, der das Blut erstarren ließ und über das ganze Tal hallte, denn eine laute Gruppe Reiter kam über den nächstgelegenen Hügel galoppiert.

Sicherlich um uns zu töten. Sie alle hatten ihre Schwerter blankgezogen.

Es war ein sonderbarer Tagesanfang. Hier war ich, hier war Del (sie erwacht, dank Valhail, schnell, wenn unser Leben auf dem Spiel steht), Rücken an Rücken, die Schwerter blankgezogen, die Füße gespreizt, die Luft mit den Schwertspitzen durcheinanderwirbelnd, und wir versuchten die ganze Zeit herauszufinden, was geschah und warum es geschah. Wir waren zu Fuß und zahlenmäßig unterlegen — es waren vier gegen zwei —, aber wir hatten gegen schlimmere Dinge angekämpft und gewonnen, auch unter schlechteren Bedingungen.

Aber zunächst griffen sie nicht an. Sie kamen mit gezogenen Klingen angaloppiert, schrien und jagten dahin, alle in helle Seidenstoffe mit glänzenden Messingverzierungen gekleidet, aber sie machten keine Anstalten, uns zu töten. Statt dessen umkreisten sie uns, schlossen uns ein und bedrängten uns mit ihren Pferden. Und dann wurden sie langsamer. Und blieben stehen.

Dunkle südliche Gesichter. Schwarze Haare, braune Augen, weiße Zähne. *Viele* weiße Zähne. Sie grinsten uns von den schnaubenden Pferden herab an, offenkundig zufrieden mit sich selbst.

Borjuni, schlicht und einfach, denen jegliches Gewissen abging. Warum sie sich nördlich der Grenze aufhielten, wußte ich nicht, aber ich hatte das Gefühl, sie würden es mir sagen.

Hoolies, sagte ich zu mir selbst, sie werden zunächst mit uns spielen wollen.

Del zitterte. Es war nicht aus Angst, das wußte ich, sondern aus einem Gefühl heraus, das weitaus stärker war als das. »Sie sind es«, flüsterte sie. »O ja, sie *sind* es ... ich erinnere mich an ihre niederträchtigen Gesichter.«

Die einzige Möglichkeit, dieses Spiel zu gewinnen, bestand darin, es ihnen aus der Hand zu nehmen. Aber das konnte ich nicht, wenn mir Dels Verlangen nach Rache in die Quere kam. »Bascha«, sagte ich, »warte. Bitte verhalte dich ruhig. Ich verspreche dir, du wirst deine Chance bekommen.«

»Tiger ...«

»Warte einfach ab.« Aber *ich* tat das nicht. Statt dessen lächelte ich freundlich zu den südlichen Straßenräubern hinauf. »Aus Harquhal?« fragte ich beiläufig. »Seid ihr hinter jemand Bestimmtem her?«

Einer von ihnen nickte. Er hatte eine zerquetschte Nase und eine Narbe über einer Wange. »Die Frau hat einen Kameraden getötet.«

»Auf der Straße oder im Kreis?«

Er wandte den Kopf und spie aus.

Jetzt war ich an der Reihe zu nicken. »Im Kreis«, sagte ich leichthin. »Das sitzt euch in den Knochen, nicht wahr — daß eine Frau einen Mann besiegen konnte? Daß *diese* Frau euren Freund besiegt hat?«

»Tiger ...«

»Warte ab, Del. Im Augenblick ist das eine Angelegenheit zwischen südlichen Männern.« Ich spürte, wie sie sich versteifte, aber sie verhielt sich ruhig. Ich lächelte den Sprecher mit der zerquetschten Nase erneut an. »Nun? Seid ihr geschäftlich hier? Oder aus persönlichem Vergnügen?«

Vier Männer tauschten Blicke aus.

»Genauer gesagt«, fragte ich, »hat Ajani euch geschickt?«

Der narbengesichtige Borjunianführer spie erneut aus. »Ajani braucht sich nicht mit einem Sohn einer Ziege wie dir abzugeben. *Wir* werden uns um euch kümmern.«

»Denkt noch einmal nach«, schlug ich vor. »Wäre

Ajani euch dankbar, wenn ihr dem Sandtiger einen Kampf verwehren würdet?«

Dieses Mal tauschten sie längere, verwirrte Blicke aus. Alle vier runzelten die Stirn. Ich hatte den Borjunistolz angegriffen, was vielleicht meine einzige Waffe war.

Ich neigte den Kopf in Dels Richtung. »Es war ein fairer Tanz, im Kreis, zwischen eurem Freund und dieser Frau. Er wußte es, ich wußte es und jeder andere auch. Sie ist ein Schwerttänzer, wie ich. Unsere Tänze sind immer fair.«

Sie waren wenig angetan. Dunkle Gesichter schauten stirnrunzelnd auf uns hinab. Pferde stampften und wurden unruhig, wobei das glänzende Messing klimperte.

»Ist Ajani kein fairer Mann?« Ich hörte Dels wütendes Keuchen. »Kann er einen ehrenhaften Kampf nicht genießen?« Ich wußte, solange ich sie im Gespräch hielt, würden sie nicht angreifen. Ich wollte sie von Übergriffen abhalten, so daß wir eine bessere Chance hätten. »Ich habe gehört, daß er Mut bewundert, egal in welcher Form.«

Das konnten sie kaum bestreiten. Schmeichelei kann nützlich sein.

Das Stirnrunzeln vertiefte sich. Der Anführer murmelte den anderen etwas zu und trieb sein Pferd dann mit einem Kniedruck einen Schritt vorwärts. »Ajani *ist* fair. Ajani *ist* mutig. Er mag nichts mehr als einen ehrenhaften Kampf ...«

»Auch zwischen einem Mann und einer Frau?«

Er sah Del an. »Ajani kämpft nicht mit Frauen ...«

»Nein ... er *stiehlt* sie nur.« Ich lächelte und stieß mit der Ferse warnend gegen Dels Fuß. »So weit zu Ajanis Ehre.«

»Ajanis *Ehrgefühl* ist jetzt nicht ausgeprägter als vor sechs Jahren«, sagte Del schroff, wie auf ein Stichwort, »und auch eures nicht.« Sie trat einen Schritt vor, von mir fort und sah sie über ihre Klinge hinweg an. »Erinnert ihr euch nicht an das junge Mädchen, die vor fast sechs Jahren entkam? Die unschuldige nordische Bascha, die Ajani für sich selbst ausgesucht und später verloren hatte, weil er zu selbstsicher wurde, da er dachte, er habe sie eingeschüchtert?«

Sie sagten nichts, sahen sie nur an. Ich konnte ihr Gedächtnis arbeiten sehen.

»Ihr *solltet* es.« Ihre Stimme war voller Haß. »Ihr habt euch an mir vergriffen, jeder einzelne von euch, nachdem die anderen tot waren, bis Ajani Euch zurückpfiff und mich für sich selbst nahm.« Jetzt war es an Del auszuspeien, im Süden eine entschiedene Beleidigung. »Euretwegen bin ich hier. *Euretwegen* ist euer Freund tot. Macht niemand anderen für seinen — oder euren eigenen — Tod verantwortlich.«

Innerhalb von fünf Jahren wird ein Mädchen zur Frau. Es verändert sich außerordentlich. Del hatte sich natürlich auch verändert, aber auf eine Art, die weit über die einer normalen Veränderung zur Frau hinausging. Das Unglück hatte sie dazu gezwungen, und die Entschlossenheit hatte sie geformt. Und Wut und Haß. Genauso wie die Erinnerung.

Nun war diese Erinnerung vorgetreten und hatte sie ins Gesicht geschlagen. Und hatte auch *sie* ins Gesicht geschlagen.

Die Jahre zogen vorbei.

»Wo ist Ajani?« fragte sie leise. »*Er* ist derjenige, den ich will. Ihr seid in meinen Augen Ziegendreck.«

Die Gesichter verdunkelten sich. Die Augen glitzerten. Südliche Beschimpfungen ergossen sich von den Lippen. Aber als sie nicht antworteten, was ich auch nicht erwartet hatte, begann Del zu singen.

Ein kleines Lied, ein leises Lied, ein tödliches, gefühlvolles Lied mit einer tiefen Bedeutung. Ich hatte es schon zuvor gehört, in Träumen und Nicht-Träumen, und erkannte es als das, was es war. Ein Todeslied. Ein

Lebenslied. Das Versprechen des Anfangs und des Endes, alles zugleich, für denjenigen, der der Frau gegenüberstand.

Sie sang, und sie kamen auf sie zu, wie sie es beabsichtigt hatte. Aber sie waren langsam. *Zu* langsam. Boreal wurde in Dels Händen lebendig, und es war zu spät für die Männer mit normalen Schwertern. Für Männer mit normalem Haß. Viel zu spät für Männer, die noch niemals einem *Jivatma* gegenübergestanden hatten.

Zu spät auch für mich. Denn Del und ihr Schwert ließen das Tal in Flammen aufgehen und zerteilten die Luft, indem sie einen wütenden Bansheesturm aus tödlichen nordischen Höhen, wo der Winter die Oberhand hat, herabbeschworen.

— *kalt* —

Nein, Del, sagte ich, nicht mich. Ich bin kein Feind.

Aber ob sie mich hörte, ob sie mich *erkannte*, zeigte sie nicht. Ihre Welt war Boreal.

Meine Welt war Schmerz. Schmerz und Starre und Feuer in den Knochen, das durch alle meine Gelenke und jeden Muskel lief und sogar durch die steife Haut. Mir war so heiß, daß ich mich schüttelte und zitterte und verkrampfte, mir die Unterlippe zerbiß, ohne darauf zu achten, daß Blut in meinen Mund lief, das Kinn hinab und auf meinen Hals tropfte. Es war heiß, das Blut, so *heiß* ...

»Tiger.«

Ich fuhr hoch. Die Knochen klapperten, die Zähne waren zusammengebissen, und erneut spritzte Blut.

»Tiger, bitte ... es ist vorbei. Ich habe aufgehört. Ich *verspreche* es.«

Die vertraute Stimme. Die vertraute Hand auf meiner Stirn, die Haare zurückschob, den Schweiß fortwischte und tiefeingegrabene Linien glättete. Eine zweite Hand, die die meine berührte, beide berührte, die Haut bearbeitete, um hervorstehende Sehnen und steife Haut zu entspannen. Besänftigend, ausgleichend, die Krämpfe fortzaubernd, die Starre meiner Finger mildernd, die so fest das Heft von Therons Schwert umschlossen.

»Laß es los«, sagte sie. »Sie sind tot. Du brauchst es nicht mehr. Du kannst das Schwert loslassen.«

Noch nicht.

»Tiger ...« Sie hielt inne. Versuchte es erneut. »Es war mein Fehler. Ich vergaß — vergaß alles, außer dem, was sie meiner Familie angetan hatten, diese Männer. Ich habe nur die Morde gesehen, die Vergewaltigungen, die Verstümmelungen ...« Sie hielt erneut inne. Und begann erneut. »Ich dachte an meine Familie, und an mich, und an sie. Ich habe nicht an dich gedacht.«

Mir war es so *heiß* ...

»Tiger, ich schwöre, ich wollte nicht *dich* verletzen. Das weißt du. Du *weißt*, daß ich Boreal nie gegen dich verwenden würde. Nicht absichtlich.«

Ich ließ brennende Augenlider aufplatzen. »Es ist mir ziemlich egal, ob du mich absichtlich oder *un*absichtlich tötest. Das Ergebnis ist dasselbe.«

Sie beugte sich herab, um mit den Lippen über meine Stirn zu streifen. »*Sulhaya*«, sagte sie, aber sie sagte es zu jemand anderem.

Haare kitzelten meine Nase. Ich zitterte vom Kopf bis zu den Zehen, ließ aber das Schwert schließlich los. »Was, zu den Hoolies, ist geschehen?«

Del seufzte, richtete sich wieder auf und schob ihre Haare hinter die Ohren. »Ich habe das Schwert gestimmt. Vollständig. Ich habe nichts zurückgehalten und habe Boreal ihre Freiheit gegeben, die Chance, ihre wahre Macht zu zeigen. Und das hat sie getan. Sie hat sie alle getötet und fast auch dich.«

»Warum ist es so heiß?«

»Das ist es nicht. Du bist *kalt* ... das ist ein Teil der Macht eines *Jivatma*.«

»Menschen zu gefrieren?«

»Alle Macht zu gebrauchen, die ihm zur Verfügung

steht.« Dels Gesicht war angespannt, also *war* sie besorgt gewesen. »Es gibt vieles, was ich dir über meine Blutklinge nicht sagen kann. Zu vieles ist heilig, was Teil der Rituale und der Ausbildung ist, aber du weißt, daß jedes eine ganz spezifische Macht berührt. Boreal ist — besonders. Die Rituale waren anspruchsvoll und schwierig — ich hätte jederzeit versagen können, und sterben. Aber ich versagte nicht, und sie zerbrach nicht, und als die Bluttat vollendet war, war Boreal vollständig. Sie war *erwacht*...« Ihre Stimme versagte. Sie zuckte die Achseln. »Mein *Jivatma* stammt vom Norden. Mehr als ich oder jeder andere Mensch. Sie *ist* der Norden, Tiger... und sie kann auf meine Bitte hin jede Facette ihrer Macht benutzen.«

»Deine Bitte.« Ich versuchte nicht, mich zu rühren, außer daß ich die Finger bewegte, die vom Ergreifen des Heftes noch immer verkrampft waren. »*Deine* Bitte, Bascha.«

»Ja. Natürlich. Sie wird niemand anderes Bitte nachkommen.«

»Aber ich kenne ihren Namen.«

Del nickte. »Das ist etwas. Ein wenig. Mehr als jeder andere weiß. Aber du kennst *sie* nicht.« Sie runzelte die Stirn und versuchte, die passenden Worte zu finden. »Darauf kommt es an, auf das Kennen. Darauf kommt es an, Tiger.«

»Vermutlich.« Ich wischte mir mit dem Handrücken langsam über Kinn und Lippe und schmeckte Blut. »Führe mich niemals ein, Bascha. Nicht formell. Ich glaube nicht, daß wir uns vertragen würden, dein zorniges Schwert und ich.«

Dels Gesichtsausdruck war verwirrt. »Jetzt ist nicht die Zeit, vielleicht... es wäre, glaube ich, besser, zu einem anderen Zeitpunkt, aber ich kann es nicht länger beiseite schieben... nicht, wenn du Besseres verdienst, was du nach allem, was du getan hast, tust... und tun *wirst*, wie ich hoffe.«

Eine seltsame, komplizierte kleine Rede, und zum größten Teil unverständlich. Ich runzelte die Stirn. »Was?«

Del atmete tief ein, hielt den Atem an, stieß ihn plötzlich wieder aus. »Willst du mit mir kommen?«

Ich blinzelte. »Ich dachte, daß täte ich irgendwie bereits.«

»Ich meine — kommst du *mit* mir. In den hohen Norden. Ins Hochland und weiter... den ganzen Weg bis zum Dach der Welt. Wo es sehr kalt ist, und sehr gefährlich.«

»Es ist bereits kalt, und es ist bereits gefährlich.« Ich rieb über mein wundes Gesicht. »Was, zu den Hoolies, hast du mit mir *gemacht?*«

Del schaute fort. »Dich beinahe getötet. Genauso, wie ich die anderen getötet habe.«

Ich versuchte mich aufzusetzen und entschied, daß zu liegen die bessere Möglichkeit war. Ich unterdrückte ein Stöhnen und sank wieder zurück. »Bin ich noch ganz?«

»Ja. Aber...« Sie schwieg.

Das gefiel mir nicht sonderlich. »Aber? Du sagtest ›aber‹? Aber was, Del?«

»Der Hengst ist fortgelaufen.«

Ich setzte mich auf und wünschte, ich hätte es nicht getan. Ich fluchte leise. Starrte hinaus zu der Stelle, an der der Hengst angepflockt gewesen war.

Sie hatte recht. Er war fort.

Ebenso die Borjuni.

Nun, nein. Sie waren nicht eigentlich *fort*. Nicht vollständig. Teile von ihnen waren geblieben. Vielleicht alle, in diesem Falle, aber Del und Boreal hatten gründliche Arbeit geleistet, als sie sie zerteilt hatten. Ich machte mir nicht die Mühe, die Beine zu zählen oder sie mit den passenden Köpfen und Körpern zusammenzubringen. Das hätte zuviel Zeit erfordert. Alle Teile waren fest gefroren und mit glitzerndem Eis bedeckt. Der Boden war weiß vom Frost, obwohl er bereits in der Sonne zu schmelzen begann.

Del hatte mich von den Teilen fortgebracht oder mich dazu bewogen, mich selbst davon zu entfernen. Alles, was ich sehen konnte, waren Klumpen in der Ferne. »Was ist mit *ihren* Pferden geschehen?«

»Sie sind davongelaufen.«

Ich legte mich wieder hin und dachte über das nach, was ich gesehen hatte.

»Tiger — es tut mir leid um den Hengst.«

Aber tat es ihr auch leid um die Männer? Wahrscheinlich nicht. Ich war auch nicht sicher, ob es *mir* darum leid tat. »Sag mir das noch mal, wenn wir ein paar Tage gewandert sind.«

»Ich weiß, daß er dir eine Menge bedeutet hat ...«

»Gequetschte Zehen, zerbissene Finger, ein zertrümmerter Kopf, Stöße, Prellungen.« Ich zuckte die Achseln. »Ich kann ganz gut ohne das alles leben.«

»Aber ...«

»Vergiß es, Del. Er ist fort. Zumindest im *Moment*. Wer weiß, ob er nicht später wieder auftaucht? Das hat er schon früher getan.«

Sie nickte, sah aber nicht besonders glücklich aus. »Ich muß eine Antwort finden, Tiger. Bevor wir weitergehen, muß ich es wissen.«

»Wissen, ob ich mit dir zum Dach der Welt gehe?«

»Ja. Um mein Bürge zu sein.«

Ich runzelte die Stirn. »Wozu?«

»Ich muß mich meinen Anklägern stellen und mein Urteil in Empfang nehmen. Wenn ich einen Bürgen habe, jemanden, der zu meinen Gunsten spricht, könnte das helfen. Und jemand vom Format des *Sandtigers* ...«

»Spar dir das, Del. Leere Heuchelei ist nicht dein Stil, und ich bezweifle, daß sie hier oben überhaupt meinen Namen kennen.« Ich schrak zusammen. »Warum bin ich so steif?«

»Weil du fast erfroren bist«, fauchte sie ungeduldig.

»Es *war* ein Sturm, den ich heraufbeschworen habe, und zwar ein schlimmer. Ein Bansheesturm... Tiger — kommst du mit?«

»Im Moment gehe ich nirgendwohin.«

»*Tiger*...«

Ich seufzte. »Ja. Ja. Ich komme mit. Wenn es dich glücklich macht. Hoolies, ich habe nichts Besseres zu tun.«

»Ich *brauche* dich, Tiger.«

Sie war furchtbar hartnäckig. Ich schaute sie an. »Ich sagte gerade, daß ich mitkomme. Hast du außer mir auch noch deine Ohren eingefroren?«

»Es wird — Dinge geben, die du tun mußt.«

Der letzte Teil ihres Satzes kam sehr schnell heraus, als habe sie Angst, ich würde einen Rückzieher machen, wenn sie es offen sagte. Aber in diesem Moment war schlafen das einzige, was ich tun wollte, und keinesfalls darüber diskutieren, wohin ich gehen würde, mit wem und warum.

Irgend etwas bohrte noch immer in mir. Und ich hatte gelernt auf diese Art Bohren zu achten, besonders, wenn Del damit zu tun hatte. »Bascha ...«

»Wenn ich niemanden mitbringe, niemanden, der für mich spricht, werden sie meiner Erklärung nicht gewogen sein«, sagte sie leise, mit abgewandtem Gesicht. »Ich habe einen angesehenen und ehrenwerten Mann getötet, einen Mann, der von jedem Schüler und Lehrer, ungeachtet seines Status, geliebt wurde. Ich *verdiene* es, verurteilt zu werden ... aber ich würde es vorziehen zu leben.«

Durch eine beengte Kehle sog sie heftig den Atem ein und wich meinem Blick nicht länger aus. »Ist es falsch, daß ich mir das wünsche, Tiger? Ist es falsch, daß ich dich um Hilfe bitte?«

Das hatte sie nie zuvor getan. Allein dadurch wußte ich, wie ernst es ihr war.

»Ich werde mitgehen«, stimmte ich zu. »Ich werde

tun, was immer sie von mir verlangen. Aber noch nicht. Nicht jetzt. Nicht heute. *Morgen* früh.« Ich gähnte. »In Ordnung, Bascha?«

Sie berührte meine Stirn und strich eine Locke dunklen Haares zurück. »*Sulhaya*, Sandtiger. Du bist ein wertvoller Schwertgefährte.«

Ich grunzte. »Aber kein wertvoller *Bettgefährte*. Zumindest nicht, solange Loki herumlungern.«

Del seufzte. »Es dauert nur eine Woche, Tiger. Kannst du nicht so lange warten?«

»Eine Woche hier, eine Woche da ... sehr bald bist du eine alte Jungfer, und mir ist alles vergangen.« Ich ließ ein Lid platzen. »Denkst du, das kann passieren? Denk nur einmal zurück an unsere Reise durch die Punja, während wir Jamail nachjagten.«

»Ich habe einen *Führer* angeheuert, keinen Bettgefährten.«

»Du hast den Beischlaf versprochen, um mich in den Kreis zu bekommen«, gab ich zurück, »nach deiner kurzen Beschäftigung mit der Sandkrankheit. *Ich* erinnere mich, Del, auch wenn du es nicht kannst ... oder *behauptest*, es nicht zu können. Typisch Frau, Bascha — zu versprechen, was immer sein muß, um einen Mann nach ihrer Pfeife tanzen zu lassen.«

»Und du hast recht gut getanzt, soweit ich mich erinnere ...«, ein Lachen schwang in ihrem Ton mit, »... im *Kreis*.«

Ich öffnete beide Augen. »Wovon redest du jetzt?« fragte ich. »Werde ich wieder tanzen, wenn ich mit dir gehe? Wirst du auch für mich singen, zusätzlich zu dem Gesang für dein Schwert?«

Alle Farbe wich aus ihrem Gesicht. Und kehrte dann wieder zurück; sie sah jetzt ärgerlich aus. »Ich tue, was ich tun muß«, fauchte sie, »und das, bei den Göttern, wirst auch *du* tun.«

Ich schloß erneut die Augen. »Ich glaube, ich bedaure es bereits.«

Del stand auf und schlenderte davon. »Bedaure, was immer du willst.«

Aber sie kam zurück, um eine zusammengefaltete Decke unter meinen Kopf zu legen und eine weitere über meinen Körper zu breiten.

Frauen: sie umsorgen oder peinigen dich.

10

Tiger«, sagte sie, »wir müssen gehen.«

Vielleicht, aber ich war nicht bereit dazu. Ich blieb genau dort, wo ich war.

Del schlug eine Ecke meiner Decke um. »Wir *müssen* gehen«, teilte sie mir ernst mit. »Sie tauen allmählich alle auf.«

Ich runzelte unter der Decke die Stirn. »*Wer* beginnt ... oh!«

Ich schlug die Decke zurück, setzte mich auf und blickte grollend hinaus in den Nachmittag. Ich schaute absichtlich nicht zu den Borjuniresten. »Wenn du Hunger hast, können wir unterwegs essen«, sagte Del. »Ich möchte hier nicht länger bleiben.«

Etwas in ihrer Stimme erregte schnell meine Aufmerksamkeit. Del hatte schon zuvor getötet, und zwar oft, und sie würde zweifellos erneut töten. Sie hatte gelernt damit umzugehen, wie es ein Schwerttänzer muß, hatte keine Freude, keine Befriedigung, keinen abartigen Spaß am Tod. Sie war sachlich und völlig professionell, behielt für sich, was sie empfand, aber jetzt klang sie seltsam. Seltsam und sonderbar aufgewühlt.

Ich sah meine tüchtige Schwertgefährtin an und merkte, daß sie Angst hatte.

»Del.« Ich richtete mich auf Knie und Zehen auf. »Bascha, was ist es?«

Sie erhob sich im selben Moment, als ich mich erhob, und trat zurück. Die Haltung ihrer Schultern war anders, irgendwie eingezogen, nach vorn gerollt, als fühle sie sich sehr verletzlich. Del ist nicht unfähig, normale Gefühle zu empfinden — ich habe sie erschreckt, böse, erfreut und völlig heiter erlebt —, aber normalerweise schließt sie die tiefsten Gefühle in sich ein, aus Angst, zuviel preiszugeben. Sie trägt einen Schild, das tut Del, und hält ihn sogar bei mir aufrecht.

Jetzt war der Schild gesenkt. Del war ganz eindeutig entgeistert.

Sie trat noch weiter zurück, nachdem ich mich ganz erhoben hatte. Boreal lag in einer Hand. »Wir müssen gehen«, sagte sie.

»Hoolies, Del, was stimmt nicht?«

»Dieser *Ort!*« schrie sie plötzlich, und das Echo hallte wider. »Es war hier ... es war *hier* ...«

Sie war nicht in der Lage fortzufahren. Aber in dem Moment, als ich mich vorbeugte, um sie zu berühren, wandte sie sich ab und drehte mir den Rücken zu. Sie ging über das Gras davon, vorbei an gefrorenen Borjuni, und hielt auf der anderen Seite des winzigen Tales inne. Das Schwert umfassend, blieb sie stehen und fiel auf die Knie.

»Hier ...«, sagte sie, »... es war *hier* ...«

Ich konnte sie kaum hören. Langsam näherte ich mich ihr, ohne sie stören zu wollen, aber ich wußte dennoch, daß es vielleicht das beste wäre. Del hatte die Selbstbeherrschung verloren.

Sie wiegte sich vor und zurück und umfaßte die blankgezogene Klinge. Sie preßte sich das Heft gegen den Mund und wand die Hände um die Kreuzstücke. Sie drückte Boreal an sich, als könne das Schwert Trost spenden.

Nun, das hatte es schon zuvor getan. Während es eine furchtbare Strafe ausgeführt hatte.

»Das wußte ich nicht«, flüsterte sie. »Ich habe es nicht *gewußt* — ich habe es nicht erkannt. Ich wollte mich selbst erleichtern, und dann wußte ich es wieder.« Sie atmete stoßweise. »Wie konnte ich es nicht wissen?«

Ich schaute mich auf der abgeflachten Felsspalte zwischen den Ausläufern der Berge um. Ockergold und lavendel, Sonnenlicht, das auf schwertgeborenem Frost und Feuchtigkeit glitzerte. Solch ein hübsches kleines Tal, mit solch einer häßlichen Geschichte. »Man kann es leicht genug vergessen, glaube ich, wenn man bedenkt, was geschehen ist.«

»Was geschehen ist«, wiederholte sie schwach. »Weißt du, was geschehen ist?«

Ich wußte es nicht, nicht genau. Del hatte es mir nie erzählt.

»So viele von ihnen«, sagte sie, »alle in südlichen Seidenstoffen umherwirbelnd ... rufend und schreiend und lachend ... uns herausfordernd, ihnen zu trotzen ...« Sie schwankte, ergriff die Klinge fester, der Atem zischte gegen das Heft. »Wir haben sie willkommen geheißen, denn wir wußten nicht, was sie vorhatten. Aber sie nahmen es sich, sie *nahmen* es sich und schmähten uns für unsere Höflichkeit, wobei es ihnen gleichgültig war, wen sie töteten und wie.« Ihre Augen waren fest geschlossen. »Die Kinder töteten sie sofort, denn mit ihnen wollten sie sich nicht abgeben ... die Männer hackten sie in Stücke ... die Frauen behielten sie für sich und gebrauchten sie, bis sie starben. Diejenigen von uns, die übrigblieben — diejenigen von uns, die nicht zu jung oder zu alt waren —, wollten sie als Sklaven haben.«

»Del.«

»Es waren nur *zwei* von uns übrig ... Jamail und ich selbst. Die anderen waren alle tot.«

»*Del.*«

»Er war ein Mann, und deshalb bewachten sie ihn. Aber ich war eine Frau, und ich gehörte Ajani. Seine Angelegenheit, nachdem er mich einmal dazu gemacht hatte.« Ihre Augen waren wieder geöffnet und starrten ins Nichts. »Aber Ajani wurde unvorsichtig ... und daher konnte ich fliehen. Und ließ meinen Bruder zurück.«

»Bascha ...«

»Ich habe ihn *verlassen!*« schrie sie. »Und du hast gesehen, was aus ihm geworden ist — was aus ihm *gemacht* wurde!«

Es war kein Schrei der Angst oder des Schmerzes, sondern der Wut und der Erkenntnis. Ein ärgerlicher, gedrosselter Schrei, der zu einem klagenden Schrei blinden Selbsthasses anwuchs. Sie war außer sich, das war Del. Sie war aus sich herausgetreten.

Und ich konnte mir vorstellen, warum.

Ich streckte die Hand nach unten, ergriff ihre Schultern, zog sie vom Boden hoch. Ich ignorierte die Klinge in ihren Händen, selbst als sie mit dumpfem Ton auf unebenes, hügeliges Gras fiel. Ich umfaßte sie und hielt sie und zwang sie, mich anzusehen. »Gib dir *niemals* selbst die Schuld!«

»Ich habe ihn *verlassen* . . .«

». . . weil du es mußtest. Weil es keine Wahl gab. Weil du vorhattest, auch ihm zur Flucht zu verhelfen, sobald du eine Möglichkeit gefunden hättest.«

»Sie nahmen ihn mit in den Süden . . .«

». . . und verkauften ihn, wie sie es auch mit dir vorhatten.« Ich wollte sie schütteln, aber alles, was ich tat, war, ihre Arme zu umfassen. »Du hast dir selbst im Namen der Familie und der Pflicht mehr angetan, als irgend jemand sonst, den ich kenne. Aber es *hört auf*, Del . . . es muß! Du kannst dich nicht ewig deswegen verzehren. Hast du nicht genug gelitten?«

Ihre Stimme war tonlos. »Nicht soviel wie Jamail.«

»Er ist, was er ist!« zischte ich. »Stumm. Kastriert. Nicht mehr der Junge, den du kanntest. Und das *kann* er niemals wieder sein, Del . . . er wird es niemals wieder sein, jetzt . . . und das mußt du erkennen.«

»Er war *zehn* . . .«

». . . und du warst fünfzehn. *Du* hast genausoviel verloren wie er, wenn auch auf andere Art.« Ich atmete stoßweise. »O Bascha, Bascha, glaubst du, das wüßte ich nicht? Ich *schlafe* mit dir, erinnerst du dich? Ich weiß, daß deine Träume unruhig sind.«

Sie zitterte in meinen Händen. »Ich will ihn«, sagte sie, »ich will Ajani.«

»Ich weiß. Ich weiß, Del. Aber du hast deine Entscheidung bereits getroffen.«

»Habe ich das?« Ihre Stimme klang verbittert.

»Nun, zumindest hast du schon früher eine gute Nachahmung davon geliefert — als du mich batest, für dich zu bürgen und zu tun, was immer sonst ich tun muß, um sie davon zu überzeugen, daß du leben solltest.« Ich ließ sie los. »Wenn du lieber hinter Ajani herjagen willst ...«

»Das ist nicht *fair*, Tiger!«

»Erzähl mir etwas Neues.« Ich streckte die Hand aus, hob Boreal auf — ich konnte das jetzt tun — und gab sie Del. »Du solltest dich besser jetzt entscheiden, Bascha. Wenn wir Ajani jagen, wäre es am besten, wenn wir nach Harquhal zurückgingen und versuchten, jemanden aufzustöbern, der weiß, wo er ist. Sicherlich könnte er bald wissen, wo *wir* sind. Er scheint treu ergebene Männer zu haben.«

»Und tote«, sagte sie nüchtern.

»Und wie viele bleiben dann übrig?«

Del zuckte die Achseln. »Zehn. Fünfzehn. Es waren zwanzig oder so. Ich konnte sie nicht alle zählen ... ich war nicht die ganze Zeit bei Bewußtsein.« Sie zuckte erneut die Achseln, diesmal heftiger, als wolle sie zusätzliche Erinnerungen abschütteln. »Ich habe fünf getötet, aber das ist nicht genug. Nicht, bis ich Ajani habe.«

»Es ist deine Entscheidung, Del.«

Sie sah mich unverhohlen flehend an. »Was würdest *du* tun, Tiger?«

»Es ist deine Entscheidung, Bascha.«

»Aber hast du denn keine Meinung? Du hast doch *immer* eine Meinung.«

»Ich habe eine, ja. Aber ich weiß es besser, als daß ich sie äußern würde.« Ich lächelte schief. »Wenn ich dir sagen würde, was *ich* tun würde, und du dich auch ent-

494

schließen würdest, es zu tun, könntest du später denken, daß es keine gute Idee war. Und dann würde ich die Schuld dafür bekommen, weil ich es zuerst vorgeschlagen hatte.«

Sie öffnete den Mund, um zu widersprechen, überlegte es sich aber und schloß ihn wieder. Sie nickte mürrisch.

»Du kannst ihm jetzt nachjagen«, sagte ich ruhig. »Du kannst ihn verfolgen, ihn stellen, ihn töten. Das ist es, was du tun willst. Aber es könnte länger als zwei Monate dauern — und dann wärest *du* genauso wie Ajani.«

Del schaute auf ihr Schwert.

»Oder du kannst nach Hause zurückkehren, dich deinen Anklägern stellen und akzeptieren, welche Bestrafung auch immer sie erheben — und *dann* Ajani verfolgen.«

»Wenn sie mich leben lassen.«

»Wenn sie uns *beide* leben lassen.« Ich lächelte, als sie mich erschrocken ansah. »Du hast mich so weit gebracht, Del. Ich werde es durchstehen.«

»Aber wenn sie mich zum Tode verurteilen, wie es ihr Recht ist ...«

»Recht Schmecht«, erwiderte ich. »Wenn sie dumm genug sind, es zu versuchen, werden sie gegen uns beide kämpfen müssen.«

Del schaute weiter hinab. Und dann lächelte sie ein wenig, lachte ein wenig, nickte. »Wäre *das* nicht eine erzählenswerte Geschichte?«

»Bellin hätte zweifellos Spaß daran.« Ich wandte mich um und ging zu den Decken zurück. »Laß uns aufbrechen, Bascha. Wir haben einen langen Weg vor uns, egal welchen wir nun wählen.«

Das Sonnenlicht brannte auf uns herab und sog alle Flüssigkeit aus unseren Körpern. Meine Lungen hatten keine Atemluft mehr, waren von der Hitze ihrer Feuchtigkeit beraubt, so daß ich beim Gehen krächzte und rasselte. Innen und außen verbrannt, wußte ich nur, daß wir, wenn wir nicht bald eine Zisterne finden würden, sterben würden, wie die Hanjii es für uns vorgesehen hatten, dieser gewalttätige Stamm, der uns in der Punja zurückgelassen hatte. Keine Pferde, kein Wasser, nur Waffen, weil wir ein Opfer für die Sonne waren. Eine hungrige Göttin.

»Tiger?«

Die Haut zog sich von Dels Knochen zurück und gab Muskeln und Eingeweide frei. Fort war die nordische Bascha, verbrannt von der südlichen Sonne. Und jetzt war ich an der Reihe.

»Tiger.«

Ich schrak vor ihrer Berührung zurück. Es tat zu weh. Ihre Haut würde meine eigene ablösen.

»Tiger ... halt!«

Ich blieb stehen. Blinzelte. Schaute. Und erinnerte mich daran, daß wir im Norden waren, nicht im Süden ... hier gab es keine Wüste.

Es war ein angenehmer Tag und ein noch angenehmerer Nachmittag, erfüllt von verhangenem Regen und Nebelschwaden, die feucht genug waren, um mich zu ertränken. Der Weg war daher schlammig und das Gras ausgesprochen rutschig. Egal wohin ich mich wandte, ich hatte Mühe, auf den Füßen zu bleiben.

Und ich verfluchte den davongelaufenen Hengst, der jetzt bereits drei Tage fort war.

Ich gebe zu, ich mochte den Burschen. Wir waren sieben Jahre lang zusammengewesen ... und waren über die Jahre zu einem vertretbaren, gerüsteten Waffenstillstand gekommen. Er war zäh, stark, widerstandsfähig — und auch bösartig und hinterhältig. Aber wir hatten uns jeweils mit den Gewohnheiten des anderen abgefunden und kamen einigermaßen gut miteinander zurecht, besonders in kritischen Situationen.

Und jetzt war ich ohne ihn.

Die Menschen sagen, Pferde seien dumm. *Ich* sage,

sie haben lediglich einen Weg gefunden, die Menschen diese Lüge glauben zu machen, so daß sie die Oberhand gewinnen können, sobald ein Mensch in den Sattel klettert.

Oder versucht, in den Sattel zu klettern.

»Tiger«, sagte sie, »bist du in Ordnung?«

»Pause«, murmelte ich und ließ mein Bündel fallen. Ich beugte mich vor, umschloß mit den Händen meine Knie und versuchte, meine Brust freizubekommen. Mein Kopf fühlte sich an, als sei er voller Drogen. Meine Augen waren trocken und sandig und tränten dann, als ich blinzelte.

»Wasser?« fragte sie ruhig und griff nach der Bota, die quer über ihrer Brust hing.

Ich schüttelte den Kopf. Hustete. Wünschte, die Kopfschmerzen würden vergehen. Hustete erneut. Meine Brust war zu und schmerzte.

Del runzelte die Stirn. »Fühlst du dich schwindelig? Manchmal geschieht das mit Menschen, die das erste Mal aufsteigen.«

»Nicht schwindelig. Schwerköpfig ...« Ich nieste und wünschte, ich hätte es nicht getan. »Hoolies, ich fühle mich furchtbar.«

Das Stirnrunzeln vertiefte sich. »Warum bist du verwirrt?«

»Nicht ›verwirrt‹ — *schwer.*« Ich streckte die Hand aus, um mir mit einem wunden Knöchel an den Kopf zu klopfen. »Mein Kopf fühlt sich an wie ein Stein.«

Sie seufzte mit sorgenvoll zusammengezogenen Brauen. »Ich glaube, du hast dich erkältet.«

Erkältet. Einen Augenblick zuvor, verloren in den Erinnerungen an den Süden, war ich von *Hitze* verbrannt worden.

Ich stellte mich aufrecht und versuchte, meine Lungen freizubekommen. Irgend etwas wimmerte jedes Mal tief in meiner Brust, wenn ich einatmete oder mich bewegte. »Was ist das?«

Del blinzelte. »Eine Erkältung?« Sie hielt inne. »Weißt du das nicht?«

»Eine Art Leiden?«

»Kein — Leiden.« Sie war eindeutig verblüfft über meine Unwissenheit, was mir nicht besonders gefiel. »Eine Krankheit, ja ... hast du denn noch nie davon gehört?«

Mit unendlicher Geduld fragte ich: »Wie kann sich ein Mann ›erkälten‹, wenn er sich in einer brütenden Wüste aufhält?«

Sie zuckte die Achseln. »Menschen tun das. Im Norden, im Süden — das spielt keine Rolle. Warst du noch nie vorher krank?« Del machte eine Pause. »*Krank* krank, nicht hinüber von zuviel Aqivi. Das habe ich selbst gesehen.«

Ich runzelte die Stirn und schüttelte den Kopf. »Einige Male Wundfieber. Sonst nichts.« Ich schnupperte und spürte, wie es in meinem Kopf widerhallte. »Hat diese Erkältung — oder was auch immer es ist — etwas mit diesem Schwert zu tun? Mit diesem Sturm?« Ich runzelte die Stirn. »Mitten in diesem Chaos war es kalt wie die Hoolies ... hast *du* mich krank gemacht?« Ich sah sie unheilvoll an. »War das *deine* Machenschaft, Bascha?«

Sie hob abwehrend ihr Kinn an. »Wenn du die Lederkleidung übergezogen hättest, wie ich es dir gesagt habe, und die Felle ...«

Ich schüttelte den Kopf. »Zuviel Gewicht.«

»Wenn du dir dann deine *wertvollsten Körperteile* abfrierst, beschwer dich nicht bei mir.« Sie deutete barsch auf mein Bündel am Boden. »Also komm ... wir verschwenden Zeit!«

Ich schaute den Weg zurück, den wir gekommen waren, dann den Weg entlang, den wir nehmen wollten. »Wo sind wir, Bascha? Ich habe die Orientierung verloren.«

»Immer noch auf dem Handelspfad. Wir müssen weit

gehen.« Sie machte eine Pause. »Du hast uns Zeit gekostet.«

»Das tut mir leid.« Aber das stimmte nicht. Ich hustete und spähte durch den dichten Nebel. »Wird es hier jemals *trocken?*«

»Mittwinterregen«, antwortete sie. »Es wird noch schlimmer, nicht besser, zumindest bis wir das Hochland erreichen. Dann werden wir Schnee haben.«

Ich zitterte, als ein Windstoß meine Haut streifte. Seide wurde an meinen Körper gedrückt. »Hoolies, Bascha — ich wünschte, du wärest eine Südbewohnerin.«

»Ich nicht.« Nachdrücklich. »Ich habe nicht vor, meine Freiheit aufzugeben.«

Ich seufzte. »Ich meinte nur, daß wir dies dann tun könnten, wo es *warm* ist.«

Dels Mund verzog sich zu einem schiefen Lächeln. »Wir werden noch ein Stück weitergehen. Dort soll bald ein Wirtshaus sein. Dort können wir essen und uns trockene Kleidung anziehen — *wärmere* Kleidung — und bis zum Morgen warten, bevor wir unseren Weg fortsetzen.«

Ich beugte mich hinab und hob mein Bündel vom Boden auf. »Ich hasse Regen.« Ich sagte dies mit äußerster Deutlichkeit, um sicherzugehen, daß sie es verstand.

Anscheinend verstand sie es. Sie wandte mir den Rücken zu und machte sich an den Aufstieg.

Wir fanden kein Wirtshaus. Wir fanden einen Regensturm, der alles noch verschlimmerte, der aus mir einen großen Klumpen durchweichter Seide und Elend machte. Ich platschte durch den Matsch, rutschte über nasses Gras, schnaufte, hustete, schnüffelte, arbeitete mich einen Hügel hinauf und einen anderen wieder hinab und hütete mich davor, mich zu beschweren und Del damit neue Nahrung zu geben. Ich richtete meine Aufmerksamkeit darauf, einen Schritt nach dem anderen zu machen, und es gelang mir, dies auszuführen.

Genau in die Spitze eines Schwertes.

Ich erkannte verschwommen, daß Del mir zugerufen hatte stehenzubleiben. Ich hatte sie nicht gehört. Oder aber ihr Schrei hatte sich dem Lärm in meiner Brust hinzugesellt und das Schnüffeln und Husten und Poltern miteinander vermischt, bis alles, was ich noch hörte, mein eigenes Schnaufen war und ich nichts anderes mehr wahrnahm. Einschließlich jeglicher möglichen Warnung.

Das gefiel mir überhaupt nicht. Aber ich war zu müde, um mich darum zu kümmern. Ich schielte hinab zu der Schwertspitze. Sie lehnte an meinem nassen, schweißgetränkten Leib. Und es zitterte, das Schwert, weil die Hände, die es hielten, zu klein waren, zu ängstlich und ohne Übung.

Er war, so dachte ich, vielleicht zehn Jahre alt.

»Halt«, sagte er wild.

»Ja«, stimmte ich zu, »ich habe angehalten.«

»Keine Bewegung!« Eine neue Stimme. Weiblich. Jung. Genauso wild und hart.

Ich runzelte die Stirn. Wandte den Blick von dem Jungen zu dem Mädchen, das drei Schritte hinter ihm stand und einen fahlen, weißen Kampfstock ausgestreckt hielt, obwohl ich bezweifelte, daß sie die Übung hatte, ihn richtig zu gebrauchen. Es dauert Jahre, bis man einen Kampfstock beherrscht, selbst bei einem Mann, und sie war eindeutig weiblich, wenn auch noch eher ein Mädchen als eine Frau.

Del hatte die Satteltaschen abgelegt. Ihre Hände hingen an der Seite herab. Sie machte keinen Versuch, ihr Schwert aus der Scheide zu ziehen oder den Kampfstock des Mädchens abzuschlagen.

Ich blinzelte. Versuchte, einen klaren Blick zu bekommen. Im Moment hatte der Regen nachgelassen. Aber der Tag war grau, blau und grau, von Schiefer und Stahl beschattet.

Hinter dem Mädchen und dem Jungen stand ein Wagen, halb von der Straße gezogen und von der Bergseite abgewandt. Eine ältere, gescheckte Stute stand entmutigt und schlaff zwischen den Deichseln, die Ohren geknickt, den Hals gesenkt, den Kopf zwischen den Knien hängend. Der Wagen, so dachte ich, war genauso alt wie untauglich. Ein Hinterrad, das rechte, lag flach im Dreck. Die Schräglage des Wagens würde es jedem anderen außer einem starken Mann unmöglich machen, ihn aufzurichten. Zwei Kinder konnten das nicht, noch konnte es die Frau, die dabeistand, eingewickelt in eine Wachstuchdecke. Sie war deutlich besorgt und schaute ängstlich zu Del und mir und den Kindern, und ich erkannte, daß es ihre eigenen waren.

Solch tapfere Seelen, die Kinder. Und Kinder mit sehr viel Glück. Del und ich waren freundlich, jeder andere hätte sie für ihre Torheit sofort getötet. Leichtfertig. Ohne eine Sekunde nachzudenken.

Ich seufzte. Es jammerte tief in meiner Brust. »Wir tun euch nichts«, belehrte ich sie. »Wir sind Reisende wie ihr.«

»Das haben *sie* auch gesagt!« fauchte das Mädchen. »Wir hießen sie willkommen, und sie haben uns ausgeraubt.«

»Ist jemand verletzt?« fragte ich in möglichst gütigem Ton.

»Nur unser Stolz«, antwortete die Frau steif. »Wir haben zu schnell vertraut. Aber wir haben daraus gelernt. Jetzt vertrauen wir nicht.«

Ich deutete in Richtung des Wagens. »Ihr müßt letztendlich jemandem vertrauen. Ich glaube nicht, daß ihr das sonst in Ordnung bekommt.«

»Das werden wir selbst erledigen!« Eine wilde, stolze, junge Dame. Fünfzehn oder sechzehn, dachte ich. Blond wie Del. Blauäugig. Und, wie Del, entschlossen zu beweisen, daß sie genauso gut war wie jeder Mann.

Ich lächelte fast. Aber ich tat es nicht, weil ich dachte, sie hätte etwas Besseres verdient.

Del betrachtete den Jungen. Ihr Gesicht war blaß. Sie atmete geräuschvoll ein, atmete wieder aus und sprach sanft.

»Ihr braucht das Schwert nicht«, sagte sie, »oder den Kampfstock. Wir werden euch helfen, den Wagen wieder in Ordnung zu bringen.«

Das Mädchen deutete mit dem Kampfstock gen Norden. »Zieht nur weiter«, sagte sie fest. »Geht nur weiter auf eurem Weg und laßt uns zurück.«

»Und dann wird jemand anderer vorbeikommen ... jemand, der nicht so friedlich ist wie wir?« Ich schüttelte den Kopf. »Um unsere Vertrauenswürdigkeit zu beweisen, sollten wir unsere Harnische ablegen. Welche Bedrohung könnten wir unbewaffnet darstellen?«

»Zieht nur weiter«, wiederholte das Mädchen.

»Cipriana.« Die Stimme der Frau tadelte sanft.

»Wie sollen wir *wissen*, daß sie uns nicht die Kehle durchschneiden werden?« fragte die Tochter. »Was macht sie besser als die anderen?«

»Du tätest gut daran«, sagte Del, »vorsichtig zu sein. Ich schätze deine Entschlossenheit. Aber Tiger hat recht: unbewaffnet könnten wir euch helfen.«

Das Schwert zitterte an meinem Leib. »Cipriana?« Der Junge war eindeutig der schüchternere der beiden und sehr wohl daran gewöhnt, sich seiner älteren Schwester unterzuordnen.

Sie zuckte die Achseln und spannte die Kiefer an. Und dann, plötzlich, stieß sie den Kampfstock fort. »Ich bin nicht dumm«, sagte sie wild, die Augen angefüllt mit Tränen des Ärgers. »Ich weiß, daß ihr uns etwas antun könnt, wenn ihr wollt. Was sollen Massou und ich gegen euch ausrichten?«

»Ihr seid schon sehr gut«, sagte Del sanft. »Und bevor wir fertig sind, werde ich euch lehren, noch besser zu sein.«

Die Frau kam vom Wagen herunter und hielt die Falten ihrer Decke zu. Sie war weder jung noch in mittlerem Alter, sondern altersmäßig irgendwo dazwischen. Eine große, hübsche Frau mit roten Haaren, einem festen Kiefer, grünen Augen. Die Feuchtigkeit hatte lose Haarsträhnen zu Locken geformt, und die übrigen Haare waren als dicker, aufgerollter, vom Regen tief bronzefarbener Zopf am Kopf befestigt.

Sie blieb bei dem Mädchen stehen und berührte sie sanft an der Schulter. »Cipriana, Massou, das habt ihr gut gemacht. Ich bin stolz auf euch. Aber jetzt laßt diese Leute wieder in Ruhe. Sie haben uns ihre Hilfe angeboten, und das wenigste, was wir tun können ist, sie mit Anstand anzunehmen.«

Der Junge lockerte seinen Griff um das Schwert zu plötzlich. Es bekam Übergewicht, fiel ihm aus der Hand und schlug dumpf auf dem Gras auf. Er sah mit angstvoll beschämten Blick zu mir auf.

»Massou?« fragte ich. Er nickte. »Eines Tages, das verspreche ich dir, wirst du groß genug sein, das Schwert deines Vaters zu tragen. Im Moment wärest du mit einem Messer besser dran.«

»Wie dieses?« Die Frau zeigte mir die Klinge, die sie in ihrer Decke verborgen gehalten hatte. Auf mein überraschtes Zwinkern hin lächelte sie. »Glaubt Ihr, ich würde daneben stehen und meine Kinder für mich kämpfen lassen?«

»Oder einen Mann. Wir helfen uns selbst.« Das Mädchen warf Del einen schnellen Seitenblick zu. »Kämpft er für *dich*?«

Del lächelte milde. »Kleine *Ishtoya*«, sagte sie, »dein Mut ist lobenswert. Aber zuerst mußt du bessere Manieren lernen.«

Das Mädchen errötete und beruhigte sich dann wieder. Beschämt senkte sie den Kopf. Sie hatte einen schlanken, kindlichen Hals. »Es tut mir leid«, sagte sie leise. »Aber ohne meinen Vater ...« Ihre Stimme brach. Sie sah den Jungen an, ihre Mutter, hob dann den Kopf und straffte die Schultern. »Es ist uns niemand geblie-

ben, der die Arbeit eines Mannes für uns tun kann, und
so . . .«

»... und so bleibt sie dir überlassen.« Del nickte. »Ich
verstehe. Besser, als du denkst.« Sie schaute hinüber zu
dem Wagen. »Wir werden ihn reparieren, wenn wir
können. Wenn nicht, kann ich vielleicht zu einem Wirtshaus vorausreiten und sehen, ob man ein neues Rad bekommen kann, sofern ihr mir eure Stute leiht.«

Sofort flammte Mißtrauen in den Augen des Mädchens auf. Und erstarb dann. »Wird er bei uns bleiben?«
Sie sah mich direkt an.

Ich nieste und bedauerte es augenblicklich.

»Habt Ihr Euch erkältet?« fragte die Frau. »Armer
Mann, und hier stehen wir im Nassen und schwatzen
unentwegt über Räder und Wagen.« Sie warf Del einen
Blick zu. »Wir sind dankbar für welche Hilfe auch im-
mer Ihr uns gewähren könnt. Aber was können wir für
Euch tun?«

Ich schnüffelte geräuschvoll. »Laßt es wieder warm
werden.«

11

Der Name der Frau war Adara. Massou war zehn, Cipriana fünfzehn Jahre alt. Sie waren Grenzbewohner, wie Adara sagte, die die kleine Ansiedlung von Harquhal aus erst vor einem Tagesritt verlassen hatten, um gen Norden zu ziehen. Adaras Ehemann war Nordbewohner gewesen, obwohl sie selbst zur Hälfte Südbewohnerin war — eine typische Grenzbewohnerin mit einer Sprachfärbung, die aus beiden Kulturen entstanden war —, und er hatte gewollt, daß die Kinder erzogen würden, wie er erzogen worden war, daß sie, im Gegensatz zu dem laschen Lebensstil eines Grenzbewohners, etwas Handfestes lernen sollten. Unglücklicherweise würde er es nicht mehr erleben: Die Reise bis hierher war voller Schwierigkeiten gewesen, und er war vor einer Woche erst gestorben. Adara sagte ruhig, sein Herz habe versagt.

Wir kauerten uns um ein winziges Feuer unter dem Regenschutz, den Adara am Ende des Wagens ausgebreitet und festgezurrt hatte, tranken sandigen Effangtee und lernten einander kennen, bevor die Reparaturen beendet waren. (Effangtee ist keines meiner bevorzugten Getränke, aber sie hatten keinen Aqivi, und Bettler dürfen nicht wählerisch sein. Unser Wein war fast verbraucht. Und zumindest ist Effangtee ein südliches Getränk.) Massou und Cipriana saßen mit ihrer Mutter dazwischen und versuchten eindeutig, sie genauso zu beschützen, wie sie sie beschützte. Del und ich ließen ihnen Raum, denn wir wollten ihre Gastfreundschaft nicht mehr ausnützen als notwendig.

»Vor einer Woche?« Ich war überrascht, daß sie so

bald nach dem Tod des Ehemannes weitergezogen waren. Auch, daß sie überhaupt weitergezogen waren.

Adara atmete tief ein. »Wir haben natürlich erwogen zurückzugehen. Aber Kesar hat so viel Mühe gehabt, uns so weit zu bringen, daß wir ihn nicht enttäuschen konnten.«

Ich sah das Mädchen an, den Jungen, sah die Frau an. »Es ist keine leichte Reise«, sagte ich leise, »für niemanden. Selbst Del und ich sehen die Gefahren.«

»Meint Ihr, wir nicht?« Adara war keine sanftzüngige Frau, obwohl ihr Tonfall unvermindert höflich war. »Wir sind zweimal ausgeraubt worden, Sandtiger — einmal unbemerkt, bei Nacht, das andere Mal am hellichten Tage. Unsere Vorräte schwinden mit jedem Tag, unsere Stute ist alt und müde, unserem Wagen fehlt jetzt ein Rad. Glaubt Ihr, wir sehen diese Schwierigkeiten nicht?«

»Nein«, sagte Del ruhig. »Was er meint ist, daß manche Leute mit diesen Gefahren eher fertigwerden können als andere.«

Cipriana strich sich Strähnen des hellen Haares aus dem Gesicht. »Nur weil *ich* kein Schwert trage, bedeutet das nicht, daß ich nicht meinen Teil beitragen könnte.«

Del lächelte nicht. »Warum hast du es dann Massou überlassen?«

Cipriana öffnete den Mund, schloß ihn schnell wieder. Adara antwortete an ihrer Stelle. »Ich habe ihr gesagt, sie soll es ihm geben«, sagte sie ruhig. »Ein Schwert ist eine Männerwaffe.«

Ihre Kinder schauten Del an, über deren Schulter das Schwertheft hinausragte und die lediglich seufzte und nickte. »Südlich, ohne Zweifel, ungeachtet der Grenzgebräuche. Nun, ich gratuliere Kesar zu seinem Wunsch, seinen Kindern die Freiheit der Wahl zu lassen.«

Adaras Gesicht rötete sich. »Ihr habt unsere Gastfreundschaft angenommen ...«

»... und ich bin dankbar dafür, aber das bedeutet

nicht, daß ich dasselbe glauben muß wie Ihr.« Del sprach sanft. »Frau, behandelt Eure Kinder, wie es Euch beliebt. Sie gehören Euch, nicht mir. Aber Ihr solltet wissen, daß eine Frau, die Dinge unternimmt, die normalerweise ein Mann tut, darauf vorbereitet sein sollte, wie ein Mann zu handeln, wenn es sein muß.« Del schaute das Mädchen an. »Cipriana, du hast Mut und Fähigkeit. Aber wenn du diesen Stock benutzen willst, solltest du besser lernen, wie man damit umgeht.«

Als nächstes schaute sie zur Mutter. »Ihr, Adara, solltet sowohl ein Messer im Stiefel als auch unter der Decke verbergen. Männer erwarten von einer Frau Panik und nicht Vorausschau. Was Massou und das Schwert betrifft ...«, sie schüttelte den Kopf, »der Junge wäre mit einer Schlinge besser bedient. Er kann sie verstecken und heimlich zuschlagen, was eine erheblich wirkungsvollere Art der Verteidigung ist.«

Sie sahen sie an, alle drei, von ihren ruhigen und fachkundigen Vorschlägen sprachlos gemacht. Ich trank Effangtee, hustete, wandte mich zur Seite, um zu niesen. Tränen rannen mir über das Gesicht.

Adara lächelte belustigt. »Armer Tiger«, sagte sie. »Es geht Euch schlecht.«

»Und das wird so bleiben, bis ich wieder im Süden bin.« Ich schaute Del stirnrunzelnd an. »Die Sonne wird bald hinter den Bergen untergehen, Bascha. Wenn wir uns diesem Wagen ansehen wollen, dann sollten wir damit anfangen, bevor es mir schlechter geht.«

»Dank mir.«

»Dank dir.« Ich erhob mich, streckte mich, fluchte innerlich, als alle meine Gelenke protestierten.

Massous Neugier gewann die Oberhand. »Warum ist das *ihre* Schuld?«

»Weil es ihr Fehler war.« Ich besah mir stirnrunzelnd die makellose Heiterkeit von Dels Gesichtsausdruck. Ich dachte daran zu erklären, *wie* sie meine Erkältung verursacht hatte, und wußte, wie es klingen würde. »Mach dir nichts draus, Massou ... laß uns einfach den Wagen reparieren.«

Der Schaden war ziemlich leicht zu beheben. Man mußte nur einen neuen Achsnagel machen, den Wagen hoch genug anheben, um das Rad wieder hinaufzuschieben, dann den Achsnagel durch die hölzerne Achse treiben und ihn feststecken. Unglücklicherweise mußte ich den Großteil der schweren Arbeit machen. Selbst mit Hebelkraft, zusätzlicher Hilfe und starkem Willen war für den Großteil der Unternehmung noch immer rohe Kraft gefordert.

Was *natürlich*, laut Del, bedeutete, daß ich gefordert war. Ihre strenge Aufsicht brachte Cipriana und Adara zum Lachen, während Massou mich lediglich verdutzt ansah.

Ich seufzte. »Sieh dir deine Hände und Füße an, Junge. Eines Tages wirst du so groß sein wie ich, und dann werden sie *dich* ungeschlacht nennen.«

Über Massous sofortige Begutachtung seiner Hände und Füße grinsend, betrachtete Del die Stute. Sanft untersuchte sie die Beine, die Hufe — wobei sie nach Splittern und nach Spat tastete und die Fingernägel in die Risse der Hufwände legte, um nach Krankheiten zu forschen — und sprach die ganze Zeit über sanft auf das Tier ein. Die Stute streifte kurz Dels Haare und verfiel dann zwischen den Deichseln wieder in ihre Dumpfheit.

Del wandte sich mit herabgezogenen Brauen an Adara. »Wie weit müßt Ihr reisen?«

»Bis nach Kisiri«, antwortete die Frau. »Die Verwandtschaft meines Mannes lebt dort.«

Del neigte nachdenklich den Kopf, den Mund zweifelnd verzogen. »Zu weit für diese Stute, denke ich. Den ganzen Weg über den Reiverpaß.« Sie schüttelte den Kopf und tätschelte die Schulter des Pferdes. Selbst ein flüchtiger Blick auf das Tier bestärkte Dels Besorgnis. Zusätzlich zu den Schwächen, die Del entdeckt hatte,

hatte sie einen Senkrücken, X-Beine und war zu dünn — eindeutig von einer Reise herrührend, die erst am Anfang stand. »Die Berge werden ihr den Atem abdrücken.«

»Sie *muß* die Reise überstehen! Wie sonst sollen wir weiterkommen?«

Adara bewegte sich ruckartig zum Kopf der Stüte hin und zwang Del so regelrecht, zurückzutreten. Die Frau streichelte das vom Alter gezeichnete, gescheckte Gesicht und flüsterte ermutigende Worte. »Sie ist müde, das ist alles. Morgen früh wird es ihr besser gehen.«

»Morgen früh könnte sie tot sein.«

Adara wandte sich zu Del um. »Könnt Ihr keine freundlichen Worte von Euch geben? Müßt Ihr uns die Hoffnung nehmen?« Sie warf Cipriana und ihrem Bruder einen schnellen Blick zu, die beide mit bleichen Gesichtern und weit geöffneten Augen dastanden und plötzlich die Möglichkeit eines Fehlschlags erkannten und auch, was dies für sie bedeuten könnte. »Vergeßt Ihr, daß ich Kinder habe, für die ich sorgen muß?«

Dels Tonfall war sanft, aber darunter lag ein feiner Unterton von geschliffenem Stahl. »Ihnen die Wahrheit vorzuenthalten hilft niemandem. Zieht sie mit Träumen und Falschheit unter Ausschluß der Realität groß, und sie werden nicht auf das Leben vorbereitet sein.«

Adaras grüne Augen verengten sich. Sie war eine große, kräftige Frau, stattlicher als Del und mit genausoviel Entschlossenheit. Unter einem wollenen Hemd und einer langen gebundenen Tunika befand sich ein fester Körper, der an Mühsal gewöhnt war. Es war Mühsal einer anderen Art als Dels, aber eine gleichwertige.

Unbehaglich sah ich von einer zur anderen. Ich haße es, wenn Frauen streiten ... außer wenn es, wie kürzlich geschehen, zwei Wirtshausmädchen sind, die um mich streiten. Dies war jedoch etwas anderes.

Adara öffnete den Mund, um eine scharfe Erwiderung zu geben, machte eine Pause, sah kurz zu mir.

Überlegte ihre Worte noch einmal. Sie änderte ihren Tonfall, aber ihr Anliegen blieb deutlich. »Cipriana wird eines Tages eine Ehefrau sein, keine Kriegerin. Und der Mann, den *sie* umsorgt, wird ihr Ehemann sein, ein angesehener Mann, der weder ein Schwert braucht noch eine Frau, die eines trägt.«

»Hoolies«, murmelte ich verdrießlich. Ich fand einen Baumstumpf — der natürlich naß war — und setzte mich darauf, in der Feuchtigkeit zitternd. Der Regen war zu Nebel geworden, aber die Sonne mußte erst noch durchbrechen. Alles war rußgrau und schieferblau, sogar das Gras, das normalerweise ein reiches, lebendiges Grün aufwies, war stumpf und fleckig und von Rinnen durchzogen, die Erdwälle und Hügel und Terrassen abtrugen.

Del fragte finster: »Wie alt wart Ihr, als sie geboren wurde?«

Adara schaute sie an. Und antwortete dann leidlich höflich. »Fünfzehn, so alt wie Cipriana jetzt selbst ist.« Sie sah das Mädchen an, den stillen Stolz einer Mutter sichtbar in ihr Lächeln und die Weichheit ihrer Züge geschrieben. »Ich war erst neun Monate verheiratet gewesen, also war die Verbindung eindeutig von den Göttern gesegnet.«

»Fünfzehn.« Dels Gesicht zeigte nicht, was sie wirklich dachte, aber ich kannte sie zu gut, um den seltsamen Unterton in ihrer Stimme zu überhören. Ein Unterton der Abgespanntheit und der Erinnerung. »Mit fünfzehn träumte auch ich von einem Ehemann und einer Tochter ... und einer sanfteren Art Leben.«

Ihre Augen streiften kurz mich, dann Cipriana, dann die Frau. Ihr Tonfall wurde härter. »Aber die Götter hielten für mich eine andere Art für besser.«

Die Grenzbewohnerin war weder nachtragend noch grausam und führte, Valhail sei Dank, nicht den schnell zustoßenden Dolch der Sprache einer eifersüchtigen Frau. Sie nahm den eigentümlichen Unterton in Dels

Tonfall einfach wahr, und er berührte sie. Die Feindschaft glitt von ihr ab, und ihre Frage kam sehr sacht: »Ist es zu spät, das zu ändern?«

In abgehacktem, barschem Ton antwortete Del: »Viel später als Ihr denkt.« Und dann, als bedauere sie, überhaupt etwas gesagt zu haben, stellte sie plötzlich Fragen über die restlichen Nahrungsmittelvorräte.

Adara seufzte. Ihr Gesicht wurde wieder von Furchen durchzogen, die sie älter als dreißig aussehen ließen. »Wir haben das, was uns die Diebe übriggelassen haben: ein wenig Mehl, Datteln, getrocknetes Fleisch, Hafer für die Stute, falls das Futter nicht reicht ... etwas Tee und Wasser ...« Sie senkte kurz den Kopf und hob ihn dann ruckartig wieder an. Die Grenzbewohnerin würde nicht zugeben, wie schlimm ihre Aufzählung klang. »Wir hatten eine junge Ziege, und eine weitere wurde gerade entwöhnt ...«

»... und zwei Hennen«, sagte Cipriana mit hohler Stimme, »mit einem Hahn. In Verschlägen.« Ihr Gesicht war ernst. »Sie haben alles mitgenommen, außer der Stute. Sie sagten, sie sei es nicht wert.«

Wie auf Kommando schauten wir alle zu dem Pferd. Nein, für Diebe war sie nichts wert. Außer wenn sie sie essen wollten, aber sie war zu alt und zu dünn, um viel mehr als geschmacklose Sehnen und Knochen zu bieten.

Del nickte. »Habt Ihr Geld?«

Selbst Massou, so jung er war, verstand die Möglichkeiten, die diese Frage beinhaltete. Und mißverstand sie, genau wie seine Schwester und seine Mutter. Ich konnte es ihnen nicht vorwerfen, denn sie waren von den Dieben hart gebeutelt worden. Es gab keinen Grund, jemandem zu trauen, bis wir unsere Vertrauenswürdigkeit bewiesen hätten.

»Es ist nichts *übrig*geblieben«, sagte Adara scharf. »Wollt Ihr uns jetzt noch die Stute wegnehmen?«

Dels Ton änderte sich nicht, nur der letzte Teil der

Frage kam unerwartet. »Habt Ihr Geld, um Vorräte zu kaufen, wenn Ihr eine Ansiedlung erreicht?«

Die Grenzbewohnerin errötete. Beschämt sah sie mich an, der noch immer zusammengekauert auf dem Baumstumpf saß. »Nein«, sagt sie sehr weich. »Ich dachte daran, die Stute zu verkaufen.«

Del schüttelte den Kopf. »Sie wird nichts einbringen. Würde jemand Geld für ein Pferd bezahlen, das jemand anderer noch nicht einmal stehlen würde?« Sie erwartete keinen Widerspruch. »Was Ihr jetzt braucht, ist frisches Fleisch. Es wird nicht reichen, aber es wird heute abend und morgen früh sättigen.« Sie sah Massou an. »Weißt du, wie man eine Schlinge legt?«

Sein verkniffenes Gesicht erhellte sich. »O ja! Mein Vater hat es mir beigebracht.« Die Freude schwand aus seinem Gesicht, als die Erinnerung aufkam. Die Trauer brach sich erneut Bahn, und er schaute angestrengt zu Boden.

Dels Stimme wurde leidlich mitfühlend. »Dann triff deine Vorbereitungen, und wir beide werden uns eine Mahlzeit fangen.« Sie machte eine Pause. »Wenn deine Mutter nichts dagegen hat.«

Es war klar, daß Adara etwas sagen wollte. Aber sie machte keine Einwände, da sie eine realistisch denkende Frau war: Von irgendwoher und von irgend*wem* mußte Nahrung kommen, und Kesar lag kalt in der Erde. Statt dessen nickte sie nur.

Massou sah Del an. »Aber ... du bist eine *Frau*. Sollte *er* nicht die Schlingen legen?« Ein Finger zeigte in meine Richtung.

Dels Gesichtsausdruck veränderte sich nicht. »Tiger ist krank und muß sich ausruhen.«

»Nehmt ihr mich auch mit?« fragte Cipriana eifrig und warf ihrer Mutter dann einen betroffenen Blick zu. »Darf ich?«

Dels Mundwinkel verzog sich.

Adaras feste Kiefer waren angespannt, die Haut straff

über den Knochen liegend. Ich wußte, was sie sagen würde und warum. Sie würde nicht Sohn *und* Tochter an Del verlieren. »Es wäre besser, du bliebest hier, Cipriana. Eine Frau *bereitet* die Mahlzeit.« Schnell, bevor Cipriana ihrer Enttäuschung Ausdruck geben konnte, fügte Adara hinzu: »Vielleicht bittest du Tiger, dir von der Punja und all den Orten zu erzählen, die er gesehen hat.«

»Aber was ist mit *mir*«, fragte Massou prompt. »Ich möchte auch zuhören.«

Del sprach in trockenem Ton. »Jammere nicht, Massou. Er kennt Geschichten genug für uns alle und für ewige Zeiten. Und er ist in jeder Geschichte ein Held.«

Ich schnüffelte betont. »Im Moment ist nicht viel davon zu bemerken.«

Adara lächelte. Cipriana kicherte. Massou schaute einfach verwirrt drein.

Ich nickte nachdenklich. »Nun, es *war* einmal ...«

Del machte auf den Fersen kehrt und ging.

Adara überzeugte mich, die Kleidung zu wechseln, weil das, was ich trug, ziemlich durchnäßt war. Sie wickelte das übriggebliebene Bündel aus, das ich Dels ›Vorgebirge‹ hinauf- und hinabgeschleppt hatte, reichte mir verschiedene fremdartige Kleidungsstücke und ging dann mit ihrer Tochter still auf die andere Seite des Wagens, während ich aus der nassen Seide, dem Dhoti und dem Harnisch kletterte.

Unglücklicherweise konnte ich, so kalt wie ich war, die nassen Kleider nicht sofort durch neue ersetzen. Es war schwierig herauszufinden, wie man sie anzog.

Schließlich, während ich heftige, aber unverständliche Flüche durch klappernde Zähne ausstieß (und hustete), suchte ich mit Hilfe von Adaras leisen Erklärungen von der anderen Seite des Wagens Sachen aus.

Aus einem Stoff namens Baumwolle gab es bauschige Hosen, die bis zu den Knöcheln reichten, Gamaschen, die mit Lederriemen, die von den Knien bis zu den Knöcheln gingen, über Kreuz befestigt wurden, und eine langärmelige Untertunika.

Die ärmellose *Ober*tunika war aus Leder gearbeitet und mit silbernen Spitzen eingefaßt. Niedrige Stiefel ersetzten meine Sandalen.

Die Baumwollsachen waren blau, durch und durch, obwohl kein Teil *dasselbe* Blau aufwies, sondern jeweils ein Gemisch aus hellen und dunklen Farbtönen war. Das Leder war von einem einheitlich blutroten Braun. Ich fühlte mich wie ein Flickenmann.

Ich sah hinab auf den Haufen aus durchweichter Seide und dem feuchten Dhoti. Obenauf lagen mein Schwert und der Harnisch. Ich nahm beides auf und erkannte, daß der Lederharnisch zum ersten Mal seit vielen Jahren nicht mehr mit meiner Haut in Berührung kommen würde. Die nordische Kleidung war zu beengend.

Del, so erinnerte ich mich, trug ihren Harnisch über ihre Ledertunika gebunden. Nun war es für mich an der Zeit, dasselbe zu tun.

Die Schnallen öffnend, kam ich hinter dem Wagen hervor. Cipriana lugte um die Ecke, sah, daß ich angezogen war, kicherte und sagte überwiegend in nordische Sprache etwas zu ihrer Mutter. Sie war deutlich rot geworden.

Adara sah mich nicht an, sondern das massive Schwertheft, das aus der Scheide herausragte. »Ist das ein *Jivatma*?« fragte sie.

Ich hielt in meiner Tätigkeit inne. Ihr Gesicht war blaß. Selbst Cipriana schreckte zurück und schaute von meinem Gesicht auf das Schwert und wieder zurück.

»Was wißt Ihr über *Jivatmas*?« Ich machte mich erneut an den Schnallen zu schaffen und verlängerte geschickt die Riemen. Die Scheide, die das Gewicht des Schwertes trug, schwang herum.

»Ich ... mein Mann war Nordbewohner. Er hat mir

ein wenig über die Schwerter erzählt, und über die Leute, die sie handhaben.« Sie berührte mit einer verräterischen Geste der Verletzlichkeit ihre Kehle. »*Ist* das eine Blutklinge?«

Ich brachte die Schnallen in die richtige Position, schloß die Riemen, steckte die Arme hindurch, den Kopf und den Hals und rückte den Sitz mit einer Rollbewegung beider Schultern zurecht. »Für einen anderen Mann war es ein *Jivatma*«, sagte ich ruhig. »Für mich ist es nur ein Schwert. Und nur vorübergehend, bis ich ein anderes bekommen kann.«

Adara bewegte den Kopf nicht. Ich sah den Pulsschlag an ihrem Hals. »Dann ... seid Ihr kein Schwerttänzer?«

Ein Ziehen hier, ein Zurechtrücken dort ... das Leder würde erst nach einiger Zeit richtig sitzen, und ich würde einige Zeit brauchen, um es über den vielen Stoffschichten anzupassen. »Ich bin ein Schwerttänzer«, sagte ich, »aber ein südlicher. Das ist ein Unterschied. Ich weiß nicht, was Euer Mann Euch erzählt hat, aber im Süden ist ein Mann mit einem Schwert ein Mann mit einem *Schwert* und nicht irgendein Zauberer, der eine Klinge zu haben behauptet, die zum Leben erwacht, wenn er ein Lied singt.«

»Schwertsänger«, sagte Cipriana deutlich und mit ausgesprochener Ehrfurcht.

Ich runzelte die Stirn. »Nun, ich denke, das ist auf seine Art die richtige Bezeichnung ... zumindest in bezug auf ein *Jivatma*.« Ich zuckte die Achseln und ließ es dabei bewenden. Ich griff über meine linke Schulter hinauf, um die Klinge in die Scheide zu stecken. »Aber Del und ich sind Schwert*tänzer*.«

Einen Moment herrschte eisiges Schweigen. »Del *auch*?« Adara war offensichtlich schockiert.

Ich lächelte zaghaft. »Was dachtet Ihr, was sie sei? Eine Frau, die mit einem Schwert spielt, nur um eine Wirkung zu erzielen?«

Das war eine Frage, die mir Del einmal gestellt hatte, als ich noch unbedarfterweise davon überzeugt war, daß sie nicht das war, was sie zu sein vorgab, sondern nur eine einfältige Frau auf einer einfältigen, nutzlosen Mission, einen jüngeren Bruder zu finden, der von südlichen Räubern entführt und an südliche Sklavenhändler verkauft worden war.

Natürlich hatte ich gelernt, es besser zu wissen. Letztendlich.

Obwohl sie es vielleicht anders darstellen würde.

Adara schüttelte bedächtig den Kopf. »Ich dachte ... ich dachte ...« Sie brach ab. »Ich weiß nicht, was ich dachte.« So abgestumpft. »Aber ich weiß, was Schwerttänzer sind, was sie *tun* ...« Ihre grünen Augen waren dunkel und weit geöffnet. »Wollt Ihr damit sagen, sie habe Menschen *getötet?*«

Es hatte keinen Sinn, das zu leugnen. »Im Kreis und außerhalb.«

»Und Ihr?«

»Ich auch.«

Sogar ihre Lippen waren blaß. Verwirrt fragte sie: »Was habe ich uns aufgeladen?«

Ich nieste. Nieste erneut. Preßte einen Handballen gegen meinen schweren Kopf. »Im Moment«, murmelte ich belegt, »nur eine miserable Entschuldigung für einen Mann.« Ich schniefte laut und ausgiebig. »Ihr Götter — wenn es euch gibt —, könntet ihr mir nicht einfach ein *wenig* Sonne schicken ...?«

Das brachte Cipriana zum Lächeln.

Die Mutter des Mädchens lächelte nicht.

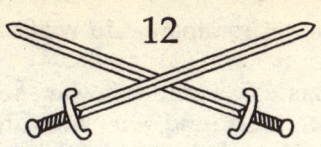

12

Adara wandte sich steif um und ging über den schlammigen kleinen Lagerplatz zu der Stelle, an der ich Dhoti und Burnus am Boden zurückgelassen hatte. Sie hob sie auf, faltete sie ordentlich zusammen, obwohl sie naß waren, und brachte sie zu mir zurück.

Ihr Tonfall war unangenehm förmlich. »Wir sind Euch dankbar für Eure Hilfe bei der Reparatur des Wagens. Aber jetzt muß ich Euch bitten zu gehen.«

»Zu gehen?«

»Zu gehen«, wiederholte sie fest. »Ich möchte nicht, daß meine Kinder Zeugen von Gewalt und Mord werden.«

O Hoolies. »Adara ...«

»Geht!« Ihr Gesicht — und ihr Geist — waren verschlossen.

Ich seufzte, denn ich wußte, daß Argumente und Erklärungen nichts ausrichten würden. Ich hatte Menschen ihrer Art schon zuvor getroffen. »Habt Ihr etwas dagegen, wenn ich auf Del warte?«

Sie hörte die Kühle aus meiner Stimme heraus, vermied es aber, auf gleiche Art zu antworten. »So lange könnt Ihr bleiben.« Ihre Worte kamen abgehackt.

»Du solltest sie bis zum Morgen bleiben lassen.« Ciprianas ruhiger Vorschlag verblüffte uns beide. »Sie haben uns mit dem Wagen geholfen, und Del besorgt uns Nahrung. Das wenigste, was wir tun können, ist, unser Feuer für die Nacht mit ihnen zu teilen.«

Die Mutter starrte das Mädchen an. Vorurteile kämpften mit der Höflichkeit. Schroff schob sie die Kleidung in meine Hände. »Cipriana — du weißt nicht, was sie sind.«

»Schwerttänzer.« Das Mädchen war sachlich. »Ich bin nicht blind oder taub, und wir sind Grenzbewohner. Wir alle sind in Harquhal gewesen. Ich habe schon zuvor Schwerttänzer gesehen, und Massou auch.« Sie zuckte die Achseln. »Ich habe sogar einem Schwerttanz zugesehen.«

»Cipriana!«

»Das *habe* ich.« Ihre Augen blickten ruhig. »Es war nicht so schlimm.«

Ich lächelte. »Das ist es meistens nicht. Nicht viel schlimmer als ein Schaukampf.«

Cipriana nickte. »Sie waren gut, diese Männer. Sogar Vater sagte, daß sie gut waren, aber nicht gut genug, um ein *Ishtoya* oder ein *An-Ishtoya* zu sein.« Helle Brauen zogen sich zusammen. »Was bedeuten diese Worte? Ich fragte ihn, aber er hat es mir nie gesagt.«

Ich sah Adara an, in der Erwartung, daß sie die Unterhaltung abbrechen würde. Aber sie sagte gar nichts, wandte sich nur mit steifem Rückgrat ab und kniete sich hin, um das Feuer zu versorgen. Gelöstes Haar, rot wie Kupfer, fiel nach vorn und verbarg ihr Gesicht. Ungeduldig schob sie es zurück, der Mund eine dünne, harte Linie.

Cipriana wartete. Ihr Gesicht war ernst, aber auch erwartungsvoll und ähnelte vom Knochenbau und vom Ausdruck her Dels. Beide waren blond, blauäugig und hellhäutig. Aber in den Augen des jüngeren Mädchens lag Unschuld, in gleichem Maße wie in Dels Augen Erfahrung lag.

Ich beugte mich hinab, steckte den Dhoti und den Burnus in das Bündel und rollte es wieder auf. »Es sind nordische Worte«, sagte ich und befestigte die Riemen. »Beide bedeuten im Grunde das Gleiche, nämlich ›Schüler‹ — aber *An-Ishtoya* bezeichnet einen höheren Rang als *Ishtoya*.«

Eine Locke gelösten hellen Haares, fein wie Seidenfäden, fiel über eine Schulter. Cipriana schob sie mit einer Geste, die ich von Del kannte, hinter ein Ohr. »Was bist *du*«, fragte sie.

»Ich? Ich bin ein Südbewohner.« Ich grinste, während ich mich erhob. »Im Süden werden diese Dinge anders gehandhabt.«

»Und Del?«

»Del ist — Del.« Ich zuckte die Achseln. »Sie sollte es selbst erklären.«

»Ist sie nicht eine *Kaidin?*« Adaras Stimme war gedämpft. »Sie trägt ein *Jivatma*.«

Ich ließ das einen Moment wirken. »Für eine Frau, die so gegen Schwerttänzer ist«, sagte ich leichthin, »wißt Ihr eine ganze Menge über uns.«

Sie warf mir einen scharfen Blick offenen Unmuts zu, als habe ich sie angegriffen, indem ich ihre Intelligenz angezweifelt hätte. »Ich bin Grenzbewohnerin«, sagte sie knapp. »Wir lernen viele Dinge aus der Notwendigkeit heraus.«

»Und die Kunst zu überleben ist eines davon.« Ich duckte mich unter den Regenschutz und kauerte mich ans Feuer. »Und habt Ihr auch gelernt ...«

Aber ich konnte meine Frage niemals beenden, weil Massou den nächstgelegenen Abhang hinabgerannt kam und etwas mit den Händen umklammert hielt. Adara erhob sich, wandte sich sofort um und trat aus den Seilen und dem Regenschutz heraus, um sich um ihren Sohn zu kümmern.

»Schau!« schrie er. »*Schau!* Siehst du, was mich beinahe erwischt hätte?«

Zwischen seinen beiden Händen ausgestreckt lag das dicke, dunkle Seil einer Schlange. Sie war von einem perligen Indigo, mit glänzenden, gräulichen Tupfern. »Sie hat versucht, mich zu beißen, hat versucht, mich zu *töten*, aber Del zog ihr Schwert und schlug ihr den Kopf ab!« Er zeigte begeistert das kopflose Ende vor, ohne auf das Blut zu achten. »Sie hat versucht, mich in den Arm zu beißen, als ich mich hinabbeugte, um eine Schlinge zu legen, aber *sie* schlug ihr den Kopf in dem Moment ab, als sie zustieß!«

Die *sie*, von der er sprach, kam leise und mit leeren Händen den Abhang hinter ihm hinab. Boreal steckte in der Scheide. »Die Schlingen sind gelegt. Am Morgen sollten wir Fleisch zur Verfügung haben.«

»Sie sagt, wir könnten *dies* essen.« Schüchtern. Massou hielt seiner Mutter den bläulichen Körper hin. Aber Adara beachtete ihn überhaupt nicht — und auch nicht die Schlange. Statt dessen betrachtete sie die Frau, die ihrem Sohn das Leben gerettet hatte.

»Blauschlange«, sagte Del kurz. »Weit besser als Cumfa.« Sie duckte sich unter den Regenschutz, kauerte sich hin, um Tee einzugießen, und schaute mich über den Rand des Bechers hinweg an. Ihre Augenbrauen hoben sich langsam. »Ein Nordbewohner hat sich uns angeschlossen.«

Ich seufzte. »Ja, nun, alles andere war naß.«

»Darum habe ich die Kleidung gekauft«, stimmte Del sanft zu. »Je weiter nördlich wir gelangen, desto kälter wird es werden. Du wirst auch über die Felle froh sein, wenn wir erst einmal den Reiverpaß erreichen.«

Massou quoll noch immer über von seinen Erlebnissen, bemüht, sie mit jedem zu teilen, aber besonders mit seiner Mutter. »Du hättest mich *sehen* sollen!« rief er aus. »Ich hatte mich weit hinabgebeugt, um die Schlinge zu legen ... genau so ...« Er beugte sich hinab und ließ die Schlange in den Schlamm fallen. »... und da *war* sie, wartete einfach, ganz aufgerollt, und ruckte zurück. Sie hätte mich auch gebissen, aber Del sah sie und *zack!* ... schlug sie ihr den Kopf ab!«

Cipriana, die die tote Schlange begutachtet hatte, machte dabei ein gelangweiltes und angewidertes Gesicht.

»Du hast dich nicht vorgesehen, Massou«, schalt Del

ruhig. »Die Welt ist heimtückisch, wenn man nicht aufpaßt.«

So kurz abgefertigt, nickte er, obwohl er taub war für die Schattierungen ihres Tonfalls. Und er war zu aufgeregt, um die Worte lange in Erinnerung zu behalten. Ganz eindeutig hielt er Del nicht mehr für unfähig, Schlingen zu legen oder andere Dinge zu tun, für die normalerweise Männer zuständig waren. Seiner Meinung nach hatte sie sich ihren Platz in einer männlichen Welt verdient. »Nachdem sie tot war, sagte Del, wir könnten sie essen. Ich wollte den Kopf behalten, aber sie sagte, er sei keine Trophäe. Sie sagte, ein Mann sollte niemals stolz auf seine Fehler sein.« Blaue Augen fixierten mich. »Sie sagte, *du* trägst eine Krallenkette um den Hals, und sie sei ein angemessenes Andenken, weil du deine Leute vor einem Sandtiger gerettet hast, der alle Kinder aufgefressen hat.«

Ich schaute Del an. Ihr Gesichtsausdruck war heiter. »Nun, ja ... das habe ich.« Ich griff unter all das Leder und die Baumwolle und zog die Krallenkette heraus, wobei ich das vertraute Klicken und Rasseln hörte. Aus irgendeinem Grund konnte ich die Geschichte unter dem beunruhigenden direkten Blick des Jungen nicht ausschmücken. Aber ich konnte die Gelegenheit auch nicht vollständig mißachten.

»*Irgend jemand* mußte es tun, und ich war nun mal gerade da.«

»War es schwierig?«

Ich berührte meine Wange. »Ziemlich schwierig, *und* gefährlich. Siehst du diese Narben?«

»Das hat der Sandtiger getan?«

»Daher habe ich meinen Namen.« Ich sagte dies ziemlich beiläufig und bedauerte es fast augenblicklich.

»Deinen Namen?« fragte Cipriana stirnrunzelnd. »Hattest du keinen Namen?«

Ich sah zu Del, der es offensichtlich leid tat, überhaupt etwas gesagt zu haben. Wir beide waren schon zu lang allein gewesen oder nur unter uns. Wir hatten vergessen, wie direkt Kinder sein können. Wie sehr sie einfache Aufrichtigkeit forderten — und gaben.

Ich atmete ein. »Ihr seid Grenzbewohner«, sagte ich einfach. »Wie nennt ihr Sklaven?«

»Chula«, antwortete sie prompt. Und bedeckte dann den Mund mit einer Hand.

Massous blaue Augen hatten sich geweitet. »*Du* warst früher ein Sklave?«

Selbst Adara wartete. Del nippte am Tee.

»Früher«, antwortete ich ruhig, »vor sehr langer Zeit.«

Sie starrten mich an, alle drei. *Starrten* mich nur an. Ich empfand es als beunruhigend und im übrigen als ärgerlich, obwohl ich wußte, daß sie dies nicht taten, um mich zu verletzen. Und ich denke, ich verstand es sogar: Hier war ich, ein professioneller Schwerttänzer, der offen zugab, ein Chula gewesen zu sein. Im Süden sind Sklaven weniger wert als Leibeigene, weniger als Menschen, und um das zu zeigen, bekommen Sklaven niemals Namen. Also hatte ich, als ich die Katze getötet hatte, *ihren* Namen angenommen, um meine neugewonnene und hart errungene Freiheit zu demonstrieren.

Adaras grüne Augen zeigten den verschwommenen Blick eines Menschen, der in Erinnerungen verloren ist. Dann, langsam, wandte sie sich von mir zu Del. »Und Ihr?« fragte sie. »Wart Ihr auch ein ...«

»... Chula?« Del schüttelte den Kopf. »Nordbewohner halten keine Sklaven.«

»Dann ...« Adaras Blick richtete sich auf das Feuer und verharrte dort. »Ich sollte nicht fragen.«

»Nein, das solltet Ihr nicht.« Del sprach in ruhigem Tonfall. »Aber Ihr habt es, und darum sage ich Euch soviel: Ich habe mir mein Leben genauso erwählt wie Ihr Euch das Eure ... und ich verurteile nicht, wenn andere einen anderen Weg gehen als ich.«

Adaras Kopf ruckte hoch. »Ich muß meine Kinder beschützen!«

Ein Muskel zuckte in Dels linker Wange. »Ja. Natürlich.«

»Wenn *Ihr* Kinder hättet ...«

Del unterbrach sie sacht. »Wenn ich Kinder hätte«, sagte sie mit ruhiger Klarheit, »dann würde ich ihnen beibringen, selbständig zu denken.«

Mit bleichem Gesicht sah Adara zu ihren Kindern. Erst zu Cipriana, die in graue Baumwolle gekleidet war, kein Mädchen mehr, aber auch noch nicht ganz Frau, dann zu Massou, einem Jungen, der in Brauntöne gekleidet war und noch immer seine dickbäuchige Schlange umklammerte. Strubbelige, blauäugige Kinder, die ihren Vater nicht verleugnen konnten. Ich wußte, daß sie Dels Worte gegen ihre eigenen Überzeugungen abwog, und auch ihre bisherigen Verhaltensweisen und Äußerungen. Keines ihrer Kinder sagte ein Wort, denn sie bemerkten die Spannung, die zwischen den beiden Frauen schwang, aber sie wußten nicht, wie sie darauf reagieren sollten.

Und dann fiel die Spannung von Adara ab und wurde von Resignation abgelöst. »Ich werde die Schlange zubereiten.«

»Das kann ich machen.« Dels Angebot war dazu gedacht, geknickte Federn zu glätten.

Adara verstand es. Sie lächelte schief. »Nein. Eure Aufgabe war es, die Mahlzeit zu *fangen*. Meine ist es, sie zuzubereiten.« Es war eine Nüchternheit aus dem Tonfall der Grenzbewohnerin herauszuhören, aus der man fast schließen konnte, daß sie die Verteilung der Aufgaben bedauerte, aber es schwang keine Feindschaft mit. Sie nahm ihrem Sohn die Schlange ab. »Cipriana, hilfst du mir?«

Das Mädchen öffnete den Mund und war deutlich im Zwiespalt. Sie wollte die beiden Fremden mit den Schwertern auf dem Rücken so vieles fragen. Aber sie sagte nichts, zu niemandem von uns, sondern nickte nur und trat zu ihrer Mutter.

Adara wandte sich nicht sofort ab. Betrübt fragte sie: »Versteht Ihr mich?«

»Ja«, sagte Del, »aber *Ihr* solltet verstehen, daß wir nicht der Feind sind.«

Adara schob sich mit dem Rücken ihrer schwieligen rechten Hand herabgefallenes Haar aus dem Gesicht. »Manchmal«, sagte sie weich, »ist es so schwer zu erklären.«

Wir aßen Massous Schlange, unterhielten uns ein wenig und gingen dann zu Bett. Adara und die Kinder schliefen in dem kleinen Wagen, während Del und ich uns draußen hinlegten, ein wenig vom Wagen entfernt. Die Nachtluft brachte mich zum Husten. Ich verbarg den Kopf in der Ziegenhaardecke und versuchte meine Lungen zu beruhigen.

Del stieß mich an. »Dein Husten wird immer schlimmer.«

Ich befreite meinen Mund aus der Ziegenhaardecke. »Störe ich dich?«

»Nun, ich schlafe nicht ... was denkst *du*?« Und dann seufzte sie tief, rückte ihre Hüfte höher an meinem Oberschenkel hinauf und preßte ihr Rückgrat gegen meinen Bauch. »Nein. Es ist nicht deinetwegen. Es ist meiner selbst wegen. Ich bin dabei, etwas zu tun, wovon ich mir geschworen habe, es niemals zu tun.«

Ich wartete. Sie antwortete nicht sofort. Schließlich gab ich auf und fragte, was es sei.

Helles Haar schimmerte silbern in der Dunkelheit. Ich konnte nur wenig von ihrem Gesicht erkennen. »Ich denke«, sagte sie bedrückt. »Ich denke darüber nach ...«

»... wie es hätte sein können«, beendete ich ihren Satz. »Du fragst dich, welche Art Mensch du wärest und was du tätest.«

Sie war einen Moment still. Dann: »Du nicht?«

»In bezug auf dich oder in bezug auf mich?«

»Sowohl als auch.«

Ich lächelte in ihr Haar. »Niemals.«

Del versteifte sich, stützte sich dann auf, wandte sich um und legte sich wieder unter die Decken, dieses Mal mit dem Gesicht zu mir. Blaue Augen bohrten sich in meine. »Niemals?«

»Ich *weiß*, was ich wäre, Bascha. Ein Chula, oder vielleicht auch tot. Wahrscheinlich tot. Ich hätte jemanden für meine Freiheit getötet, und dann hätten die Salset mich getötet.«

»Wenn sie dich erwischt hätten.«

»Das hätten sie vielleicht. Obwohl Sula mir wahrscheinlich Nahrung und Wasser gegeben und mir zur Flucht verholfen hätte ... und vielleicht dafür bezahlt hätte, wenn sie es herausgefunden hätten.«

Del seufzte. »Eine starke Frau, Sula. Sie hätte ihr Leben für dich riskiert.«

Sula. Ich hatte monatelang nicht an sie gedacht, obwohl es erst ungefähr sechs Monate her war, daß ich sie gesehen hatte. Del und ich waren in der Punja dem Tode überlassen worden, als Sonnenopfer, aber die Salset hatten uns gerettet. Eine seltsame Geschichte war das, denn ein halbes Leben zuvor hatten sie versucht, mich zu töten. Aber da war ich ein Chula und eines Namens nicht würdig gewesen.

Obwohl Sula mir einen gegeben hatte. Sie hatte mir Würde gegeben.

Alte Erinnerungen schmerzen. Ich schob sie beiseite und suchte Zuflucht zu meinem gewohnten Ton. »Ich schätze diese Art Treue. Schau dich an, Delilah.«

Del sagte etwas Unanständiges. Ich lachte und mußte dann erneut husten.

Ihre Finger auf meinem Handgelenk fühlten sich kühl an. »Ist es falsch, daß ich das tue, was ich tue?«

»Nur weil Adara das denkt, heißt das nicht, daß es so ist.«

»Ich frage nicht Adara. Ich weiß, was sie denkt. Ich frage den Sandtiger.«

Ich schnaubte. »Da fragst du gerade den Richtigen. Wir teilen denselben Beruf, Bascha ... und andere Dinge.« Ich machte eine bedeutungsvolle Pause. »Manchmal ist es so. Wenn keine Loki in der Nähe sind.«

Del seufzte und schloß die Augen. »Kannst du niemals ernst sein?«

»Ich bin meistens ernst. Was dich betrifft ...«

»Was erwartest du bei einer Frau, Tiger.«

Ich fröstelte. »Wie bitte?«

»Was erwartest du bei einer Frau?« Sie stützte sich auf einen Ellenbogen auf. »Ein sanftes, hilfloses Wesen, das deinen Schutz braucht? Oder eine Frau, wie Elamain eine war, hungrig nach ständigem Beischlaf?« Sie seufzte leicht und schaute über meine Schulter zum Wagen hin. »Willst du eine Frau, die für dich kocht, für dich saubermacht, deine unzähligen Kinder erzieht ... eine Frau wie Adara?«

»Ja«, antwortete ich prompt.

Sie sah wieder mich an. »Wie wen? Wie Adara?« Überraschung schwang in ihrem Tonfall mit.

»Nein. Wie sie *alle*.«

Dels Mund verzog sich. »Du willst drei Frauen. Warum überrascht mich das nicht?«

Ich grinste. »Du verstehst die Männer nicht, Bascha.«

»Nein«, stimmte sie trocken zu. »Ich habe nur wenige Exemplare getroffen, die es wert gewesen wären, sie verstehen zu lernen.«

Ich ging darüber hinweg. »Es gibt Zeiten, da mich Sanftheit bei einer Frau anspricht. Es gibt Zeiten, da mich ein Hunger wie Elamains anregt. Es gibt Zeiten, da denk ich daran, eine Familie zu gründen. Und das bedeutet eben, Bascha — alle drei Frauen, aber vorzugsweise in einem Körper. Ich will wirklich keinen Harem ... das macht zuviel Ärger, wenn man weiterzieht.«

Sie war nicht in der Stimmung zu scherzen. »Hast du Kinder?«

»Irgendwo wahrscheinlich schon. Ich war nicht enthaltsam. Aber wissentlich ist mir kein Kind bekannt.«

»Und beschäftigt es dich, daß du vielleicht leibliche Söhne und Töchter hast, aber nicht weißt, wer — oder was — sie sind?«

Ich knurrte, rollte mich auf den Rücken und kratzte mich an der Stirn. »Ich *weiß* es nicht, Del. Ich denke nie darüber nach.«

Ihre Stimme war sanft. »Niemals?«

Ich starrte stirnrunzelnd in die Dunkelheit. »Wenn ich mir über alle vorhandenen oder nichtvorhandenen Kinder Gedanken machen würde, hätte ich für nichts anderes mehr Zeit.«

»Aber wenn du sterben würdest, Tiger ... wenn du sterben würdest, ohne eine Sohn oder eine Tochter zu haben, dann wäre niemand da, um dir Lieder zu singen.«

»Lieder?« Ich warf ihr einen mißtrauischen Blick zu. »Welche Lieder, Bascha?«

Del zog die Decken fester um die Schultern. »Im Norden ist es ein Familienbrauch, die Lieder jener zu singen, die vor einem gegangen sind. Wenn ein alter Mensch stirbt — oder auch ein Neugeborenes —, versammeln sich die Verwandten, um diesen Menschen mit Liedern und Feiern zu ehren.«

Ich runzelte die Stirn. »Offensichtlich singt ihr im Norden viel. Ihr besingt euer Schwert, ihr besingt eure Toten ...« Ich schüttelte den Kopf und schaute in die Sterne hinauf. »Ich bin ein Südbewohner, Del. Es gibt niemanden, der für mich singt.«

»Und dennoch«, sagte sie bestimmt, als mache es einen Unterschied.

Ich lächelte, lachte, gab nach. »Und dennoch«, stimmte ich zu. »Darf ich jetzt schlafen?«

13

Ich spürte es, bevor ich es erkannte. Ein Schmerzen und Jucken am ganzen Körper, das Arme und Beine, die Kopfhaut und sogar den Leib quälte. Ich setzte mich auf, fluchte und warf die Decken von mir.

»Tiger ...?« Del, in verschwommenem Ton. Ich stand senkrecht.

»Ich weiß nicht«, sagte ich. »Ich *weiß* nicht ...«

Und dann, plötzlich, wußte ich es doch. Ich erinnerte mich des Gefühls nur zu gut.

Ich nahm mein Schwert auf und zog es mit schabendem Geräusch aus der Scheide.

Del wußte es besser, als daß sie mich erneut gefragt hätte. Sie war jetzt genau wie ich auf den Füßen, war wie ich hellwach und zog das eigene Schwert aus der Scheide.

Ich deutete auf die Bergkuppe zwischen zwei schiefen Hügeln. Der Pfad war kaum zu sehen. »Dort«, sagte ich deutlich.

»Ich sehe nichts, Tiger.«

»Es ist da. Es ist *da*.« Und es war das. Ich spürte es. Es kroch unbarmherzig über die Bergkuppe, Rieselte den Pfad hinunter, unbeirrbar auf den Wagen zu. »Weck sie auf«, wies ich Del an, »aber laß sie im Wagen bleiben. Ich möchte sie zusammen haben, nicht in alle Winde verstreut.«

Die gescheckte alte Stute wieherte unruhig und zerrte an ihrem Halteseil. Ich erinnerte mich der Flucht von Dels gesprenkeltem Wallach und des Verlustes meines eigenen Hengstes.

Del ging leise zu dem Wagen, schob die gewebten

Vorhänge auseinander, sagte leise etwas. Ich hörte Adaras unterdrückten Aufschrei, Ciprianas erhobenen Tonfall, Massous aufgeregte Stimme. Und dann war ich beim Wagen, in der Nähe der Deichseln, und wartete auf die Ankunft.

Tief in meinem Bauch flatterte etwas. Angst, ein wenig, aber vor allem ein eigenartiger enttäuschter Zorn, daß sich eine solche Bedrohung uns näherte und ich nicht wußte, was es war.

Ich sah nichts bis auf die Silhouette des Bergrückens. Dahinter lagen der Himmel und die Sterne und noch dunklere Schatten. »Hoolies...«, murmelte ich beunruhigt. »Wären wir doch in der Wüste!«

»Sie werden drinnen bleiben.« Del glitt neben mich. »Was kannst du mir sagen, Tiger?«

»Spürst du es nicht, Bascha?«

»Nein, nichts.«

Dadurch fühlte ich mich noch schlechter. Wie konnte Del etwas so Deutliches nicht bemerken?

»Genau *dort*«, sagte ich scharf, und plötzlich war es da.

Sie waren da: vier Männer zu Pferde, die den Pfad herabritten. Kaum mehr als gestaltlose Schatten, in schwärzestem Schwarz, in Umhänge oder Burnusse gehüllt. Die Pferde bewegten sich lautlos.

»Das gefällt mir nicht, Bascha.«

»Tiger... *sieh!*«

Ich blinzelte, genau wie sie, und schirmte die Augen mit einer Hand ab, denn der plötzliche Feuerschein blendete. Er explodierte hinter jedem der Reiter, krönte den Bergrücken und machte sie zu bloßen Schemen.

»O Hoolies!« grollte ich angewidert, als jeder von ihnen ein Schwert zog.

Pferde haben Angst vor Feuer. Es macht sie verrückt. Es macht sie kopflos. Es macht sie unberechenbar. Aber diese vier Pferde blieben unbeeindruckt von dem lodernden Feuer hinter ihnen und den tanzenden Flammen, die auf jeder so gefährlich nahe an ihre Köpfe gehaltenen Klinge tanzten. Sie kamen einfach weiter auf uns zu, in grausigem, unheimlichem Schweigen.

Und dann begannen sie zu laufen.

»Del«, sagte ich leichthin, »jetzt wäre der geeignete Moment für deinen Gesang. Wir können jeden möglichen Vorteil gebrauchen.«

Del sang, und die Pferde kamen auf uns zu, wobei sie Rauch ausatmeten. Schwerter loderten wie Brandmale in der Nacht.

Die Reiter teilten sich auf und ritten in vier Richtungen. Zwei fielen zurück, umgingen die anderen und umkreisten den Wagen. Die Schwerter waren Fackeln in ihren Händen, die vier bekannte Gesichter beleuchteten.

Vier *tote* Gesichter. Wir hatten sie bereits einmal getötet. Aber auf irgendeine Weise lebten sie wieder.

Dels Gesang verklang. Ihr stockte der Atem, dann brach es abgehackt aus ihr heraus. »Tiger ... *siehst* du das?«

»Ich sehe es, Bascha. Sing weiter.«

Sie tat es nicht. »Wie ist das möglich?«

»Es ist nicht möglich. Zumindest nicht ohne Magie.« Ich schluckte schwer. »Du hast sie einmal besiegt, Del. Ich weiß, daß du es erneut tun kannst.«

»Aber ich habe sie in *Stücke* geschnitten, Tiger! Dies sind ganze Menschen!«

Ganze Menschen, jeder einzelne, die vom nördlichen Himmel herabkamen. Wieder in südliche Seide gekleidet, südliche Klingen offenbarend, südliche Worte hervorbringend. Aber alles geschah lautlos.

Wie ist das möglich?

»Nur keine Bange«, sagte ich grimmig. »Der Trick liegt darin, erneut zu siegen.«

»Loki«, keuchte Del. »Das müssen Loki sein. Sie sind mächtig genug.«

»Sich wieder zusammenzunähen?« Ich atmete tief

ein. »Nun, dann wollen wir sie erneut auseinandernehmen.«

»Das letzte Mal waren sie *Menschen*.«

Dieses Mal waren sie keine Menschen.

»Sing!« bat ich inbrünstig. »Sing um dein Leben!«

Loki, Menschen, was auch immer, sie wußten, wie man mit Schwertern umging. Und konnten es ausgezeichnet, einwärts schlagend, auswärts schlagend und im Vorbeijagen mit uns spielend. Del und ich wurden an den Wagen zurückgedrängt, dann davon abgeschnitten, getrieben wie dumme Schafe. Aber wir wehrten uns mit unserem ganzen Können, peinigten die berittenen Männer, bis ihr Spiel zu einer Vollstreckung wurde.

Ich hörte die alte Stute schreien. Ich sah aus den Augenwinkeln zu ihr hin und sah ein flammendes Schwert ihr Halteseil durchschneiden. Sie warf sich entsetzt herum, lief zwei Schritte und fiel dann schwer zu Boden. Sie bewegte sich nicht mehr.

Meine Welt bestand aus nichts als Lärm und Flammen. Ich roch Feuer und den Gestank verbrannten Fleisches, den Beigeschmack schweißgetränkten Stoffes, das Salz schweißbedeckten Leders. Klingen schlugen auf Klingen und erfüllten die Luft mit Schwertgesang, dem süßesten Klang, den ich kenne, und bei weitem der tödlichsten.

Ich keuchte, sog Luft ein, schnaufte, hustete, spie Schleim aus. Versuchte, die beiden Schwerter zurückzuschlagen, die mich wieder und wieder attackierten. Schaute zu Del, sah sie gegen zwei flammende Schwerter angehen und wußte, daß unsere Gegner, gleichgültig, wer — oder was — sie waren, lebendig oder wiedererweckt, mehr als nur ein wenig todbringend waren.

Ich berührte niemals Haut mit meinem Schwert. Noch nicht einmal Pferdehaut. Ich konnte nicht nahe genug herankommen, abgeschlagen von flammendem Stahl. Und dann machte einer von ihnen einen Fehler. Er kam etwas zu nahe. Ich schwang herum, schlug zu, stieß hindurch, und das Pferd löste sich in Rauch auf.

»Del!« schrie ich. »Sie sind nicht real!«

»... real genug«, keuchte sie.

»Senk das Schwert und greif die Pferde an. Keines der Pferde ist real. Es sind nur aus Rauch gemachte Geister.«

Ich sagte ihr nicht mehr, sie kann zuhören. Kurz darauf war ein weiterer Reiter ohne Pferd und ritt nur noch auf Rauch, wodurch für *uns* nur noch zwei berittene Gegner übrigblieben. Die nun zu Fuß gehenden Männer näherten sich, aber sie waren jetzt verletzlicher.

Und letztendlich mehr als das. Die zu Fuß gehenden Männer zerfielen.

Stück für Stück fielen Teile von ihnen ab. Ein Arm, ein Kopf, eine Hand. Ihr Gestank erstickte mich fast.

Zwei waren noch heil und zu Pferde. Einer kam auf mich zu, der andere visierte Del an. Wie auch immer sie beschaffen sein mochten, sie ließen sich von dem Verhalten ihrer Kameraden nicht stören. Ihr Bewußtsein war auf uns fixiert.

Einer ritt heran. Ich duckte mich, wirbelte herum, schwang wieder zurück und versuchte ein Fesselgelenk zu treffen, aber der Reiter ließ das Pferd steigen und zog nach links, wobei er sein flammendes Schwert schwang. Ich duckte mich, aber nicht tief genug. Irgend etwas verursachte Schmerzen in meinem linken Arm.

Ich weiß nicht, was ich rief. Zweifellos etwas Unanständiges. Aber im Moment war ich einarmig und führte auch das Schwert nur mit einer Hand. Es war für zweihändiges Greifen gedacht, und daran bin ich gewöhnt. Das Gleichgewicht war in Unordnung, ich war in Unordnung und mein Arm war irgendwie auch in Unordnung.

Ich hörte Dels angestrengtes Stöhnen, gefolgt von einem Aufschrei. Ich versuchte hinzuschauen, aber ich konnte es nicht. Der Reiter griff mich erneut an.

Ich rutschte aus. Fiel auf ein Knie. Versuchte auf die

Füße zu kommen und zur Seite zu springen, aber der Untergrund war trügerisch. Ich sah die Klinge auf meinen Kopf herabschwingen, versuchte sie mit meinem nutzlosen linken Arm abzublocken und hörte jemanden hinter mir schreien.

Hoolies, Bascha, nicht du ...

Nicht Del. Cipriana.

Ich kauerte mich zusammen, rollte zur Seite und kam rechtzeitig auf die Füße, um sie das Ende ihres Kampfstockes in die Brust des Pferdes stoßen und dann den Griff gegen den Wagen klemmen zu sehen, um den Stock so gut wie möglich zu halten. Das Pferd spießte sich auf und vergoß Rauch statt Blut. Und entschwebte ins Nichts.

Der Reiter landete, grinste, fiel hin und zerbrach auf dem Boden in Stücke. Das Schwert flammte nicht mehr, sondern war nur noch toter, kalter Stahl.

In vier Fuß Entfernung durchtrennte Del die Kehle des letzten Pferdes. Und dann waren wir allein und wedelten den Rauch fort, außer Cipriana.

Sie atmete rauh und keuchend ein. Blut war über ihr Gesicht verspritzt, aber nichts davon war ihr eigenes. Sie hatte meines an sich.

»Cipriana.« Ich grummelte, wuchtete mich hoch und stolperte zu ihr hinüber. »Cipriana. Es ist vorbei. *Vorbei.*« Ich entwand ihren verkrampften Händen den Stock. »Das brauchst du nicht mehr.«

Leere Hände griffen nach dem Stock, fanden nur Luft und verbargen das Gesicht vor mir. Im Wagen hörte ich Schluchzen. Nicht Massous: Adaras.

Das machte mich auf seltsame Weise böse. Die Frau weinte um eine Tochter, die sich recht gut gehalten hatte. Anstatt zu weinen, sollte sie lieber herauskommen und nachsehen, was diese Tochter getan hatte.

»Tiger.« Das war Del, an meiner Seite, die einen versengten Ärmel berührte. »Tiger, laß mich nachsehen.«

»Was? Das?« Ich versuchte, ihr den Arm zu entziehen, atmete zischend ein und wünschte, ich hätte es nicht getan. »Hoolies, Bascha, was tust du?«

»Nachsehen«, sagte sie fest. »Halt still ...« Sie zerriß den Stoff mit grimmigem Gesicht. »Nun, ein Gutes haben brennende Schwerter — die Wunde ist ausgebrannt. Wir brauchen sie eigentlich nur zu säubern und zu verbinden ... sie dürfte ziemlich bald heilen.«

Meine Gedanken beschäftigten sich mit Cipriana, die sich noch immer hinter ihren Händen verbarg. »Cipriana, du hast es gut gemacht. Du hast mein Leben gerettet. Du mußt nicht die Augen davor verschließen.«

»Sie wird wieder werden«, sagte Del unbeteiligt. »Können wir uns jetzt darum kümmern?«

»*Ich* werde wieder werden.« Ich berührte Ciprianas Schulter. »Bascha, es ist alles gut ...« Und dann brach ich ab, weil Del sehr still geworden war.

O Hoolies, warum dieser Versprecher?

Ich wollte etwas sagen, irgend etwas, aber ich mußte statt dessen husten. Ich beugte mich vor, preßte mich gegen den Wagen und würgte Schleimklumpen hervor. Meine Brust wollte zerspringen.

Durch das trockene Husten und das Würgen hindurch hörte ich Massou sagen, daß die Stute tot sei. Irgendwie überraschte mich das nicht. Und ich hatte zu große Schmerzen, um mich darum zu kümmern.

»Adara«, fragte Del ruhig, »könnt Ihr ihm einen Tee machen?«

Ich hörte auf zu husten. Flüsterte. »Nichts mehr von diesem Zeug. Ich hätte lieber Aqivi.«

Del legte eine Hand auf meine Augenbrauen. »Du fühlst dich heiß an.«

»Am besten bringt Ihr ihn in den Wagen.« Adaras Stimme. »Dort drinnen wird er es etwas wärmer haben.«

»Ich brauche keine *Wärme*«, protestierte ich krächzend. »Bascha, kannst du einen Sturm herbeirufen? Einen dieser nordischen Schneestürme?«

»Nein«, sagte Del fest und drängte mich zur Rückseite des Wagens.

»Ist er in Ordnung?« fragte Cipriana und vergaß ihre eigene schwere Prüfung.

»Er wird wieder werden«, bemerkte Del, »wenn er erst einmal etwas geschlafen hat. Erst die Erkältung und jetzt eine Wunde ... selbst Sandtiger brauchen Zeit, um sich zu erholen.«

»Hoolies, Del ... es geht mir *gut*.«

»Deine Lungen pfeifen wie ein Blasebalg, du krächzt, als hättest du Stahl gegessen, dein Arm wurde aufgeschnitten und verbrannt. Es geht dir *nicht* gut, Tiger ... Und morgen früh wirst du uns dankbar sein.«

Ich wußte es besser. Aber ich wußte auch, daß ich innen und außen Schmerzen hatte. Ich biß gegen die aufkommenden Flüche die Zähne zusammen, kletterte in den Wagen und streckte meine große Gestalt auf der Pritsche aus. Das Innere des Wagens war kaum groß genug für mich. Ich fragte mich, wie zu den Hoolies Adara *und* ihre Kinder hier Schlaf bekommen konnten.

Unter Schmerzen drehte ich mich auf den Rücken. Blinzelte träge zu der Öffnung mit ihrem gewebten Stoffvorhang hinüber, der jetzt zurückgezogen war. Ich sah blondes Haar, blaue Augen, Sorge. »Bascha ...?«

»Vielleicht«, sagte Del trocken. »Welche von uns wolltest du?«

Schweigen, so beschloß ich eilig, war der bessere Teil der Tapferkeit.

14

Ich war in der Punja. In einem Hyort. Umgeben von Hitze, Schweiß und Gestank.

Ich bewegte mich. Versuchte zu sprechen. Eine kühle, schwielige Hand berührte sanft meinen Mund, ließ mein Murmeln verstummen, und ich versank in Schweigen.

Ich wußte, daß ich den Sandtiger getötet hatte. Aber er hatte auch mich fast getötet. Mein Gesicht brannte vor Schmerz, Tiergift rann durch meine Venen und ließ meine Haut erglühen.

Aber ich lebte noch. Und war jetzt auch frei.

Ich bewegte mich. Sicherlich würde der Shukar jetzt die Möglichkeit klar erkennen, mir die Freiheit zu schenken. Wie könnte er es leugnen? Ich hatte die Bestie getötet, die so viele von uns umgebracht hatte — nein, nicht von uns. Ich bin kein Salset, denn ich bin nur ein Chula — und jetzt müßte mich der Stamm dafür belohnen. Sie mußten es, und die Belohnung, die ich erbat, war die Freiheit.

Die Belohnung, die ich forderte, war die Freiheit.

Ihr Götter des Valhail, ihr Hunde der Hölle — würden sie sie mir letztendlich gewähren?

Meine Lippen waren ausgetrocknet, und ich leckte sie mir. Versuchte sie zu befeuchten und stellt fest, daß mein Mund zu trocken war. Alles an mir war zu trocken, bis eine kühle Hand mit einem getränkten Tuch mein Gesicht benetzte, meinen Nacken, meine Brust, es auf den Bauch tupfte und innehielt. Ich hörte ein eingezogenes Atmen.

Sula?

Mit geschlossenen Augen stellte ich sie mir vor. Eine junge Salsetfrau mit charakteristischer Färbung: glänzendes schwarzes Haar, goldene Haut, feuchte dunkelbraune Augen.

Sula war noch immer unverheiratet, obwohl sie alt genug war, sich einen Mann zu nehmen. Daß sie es noch nicht getan hatte, war mir zuzuschreiben. Und es war ein eindeutiger Bruch der Gebräuche. Ich war ein Chula, sie nicht, und das war noch ein weiterer Grund, warum der Shukar mich haßte. Er hätte sie vielleicht für sich selbst genommen, obwohl Sula selbst ihn abgelehnt hätte.

Die Sula-Vision schwankte, verblaßte und erneuerte sich wieder. Nur daß es diesmal nicht die Sula war, die mir zu Männlichkeit und Würde verholfen hatte, die für meine Freiheit gestritten hatte, die mir gesagt hatte, ich solle gehen, als ich sie rechtmäßig erlangt hatte. Diesmal war es die Sula, die Del und mich aus der Punja errettet und uns ins Leben zurückgeholt hatte. Eine ältere, dickere Sula: mit breitem Gesicht, ergrauendem Haar, jetzt eine Witwe. Aber noch immer eine Frau mit beständiger Kraft und Mut.

Del.

Und ich erkannte, daß ich träumte.

»Bascha?« Es kam als gebrochenes Krächzen hervor.

Die Hand mit dem feuchten Tuch verkrampfte sich auf meiner Haut und wurde dann hastig zurückgezogen. »Nein«, sagte sie, »es ist Adara.«

Adara. Ich öffnete die Augen. Und erkannte, wie weit ich in meinen Träumen abgeschweift war.

Ich befand mich in dem Wagen, dem kleinen pferdelosen Wagen, der vollgestopft war mit der Habe der Grenzbewohner. Adara kniete neben mir, obwohl kaum Platz war, und hielt ein feuchtes Tuch in beiden Händen. Die Finger drehten, verknoteten es und glätteten es wieder, um erneut zu beginnen. Strähnen roten Haares hatten sich an die Seiten ihres Halses verirrt und wurden vom Schweiß gegen die Haut gedrückt. Auch ihr Gesicht glänzte vor Schweiß. Sie wischte sich mit dem Handrücken über die Stirn.

Eine hübsche Frau, Adara. Und stark, auf ihre Weise, obwohl sie kaum Ahnung von Schwertern und dem Tanzen hatte. »Hier«, sagte sie, »ich habe Wasser.«

Es war lauwarm und schmeckte nach der Ziegenhautbota. Aber ich schluckte es hinunter, schmeckte die Nässe und spürt, daß meine Kehle wieder zum Leben erwachte. Ich dankte ihr und schob die Bota fort.

»Ich muß mich entschuldigen«, sagte sie leise.

Ich hob die Brauen.

»Ich war zu hart zu den Kindern. Ich war unhöflich
zu Euch und Del.«

Ich atmete tief ein. »Ich nehme an, Ihr hattet Eure
Gründe.«

»Die habe ich. Die *hatte* ich.« Sie seufzte und zupfte
wieder an dem Tuch. »Mein Mann war ein Schwerttänzer.«

Ein Teil von mir war überrascht. Ein Teil war es überhaupt nicht.

Adara, die es vermied mich anzusehen, sah auf ihre
starren Hände. »Er kam vom Norden zur Grenze herab,
in unseren Ort, ein starker blonder Riese, und ich verlor
mein Herz sofort. Ich war kaum fünfzehn — er war fast
zwanzig Jahre älter, aber irgendwie war das egal. Ich
wollte ihn zum Mann. Aber er war ein Mann, der durch
das Schwert lebte, und ich fürchtete, er würde auch dadurch sterben.« Ihr Mund war ein dünner Strich und
machte ihr Kinn dadurch härter. »Ich habe ihn dazu gebracht, es aufzugeben.«

»Wie?«

»Indem ich ihn vor die Wahl stellte: die Frau oder der
Kreis. Kesar wählte die Frau.«

»Und Ihr habt Eure Kinder entsprechend erzogen.«

»Ja.« Ihre nun erhobenen Augen flackerten nicht.
Grün wie meine eigenen, wie die eines Sandtigers. »Ich
wollte, daß Cipriana ein leichteres Leben haben sollte
als ich, und ich wollte, daß Massou niemals das Schwert
aufnimmt.«

»*Wolltet*«, sagte ich deutlich. »Jetzt habt Ihr Eure Meinung geändert?«

Adara atmete tief und geräuschvoll ein. »Was Del gesagt hat, ist wahr. Ich kann meine Kinder nicht vor dem Leben verstecken, und das Leben ist selten freundlich. Also habe ich Massou *und* Cipriana, wenn sie es will, gesagt, sie sollten von Euch und Del lernen, was sie können, weil sie es vielleicht eines Tages brauchen werden.«

Und vielleicht eher, als ihr lieb war. Aber zumindest würde sie ihnen eine Chance geben. »Wasser«, krächzte ich.

Adara reichte mir die Bota. »Euer Fieber ist zurückgegangen. Mit Schlafen, Essen und Ruhe werdet Ihr Euch bald erholen.«

Ich grunzte und reichte ihr die Bota zurück. »Ich werde morgen früh wieder auf den Beinen sein.«

»Nein, das wahrscheinlich nicht.« Adara schob die Bota fort. Ihr Verhalten war seltsam zögernd, gleichzeitig aber auch ganz entschlossen.

»Ihr und Del seid — miteinander verbunden?«

»Nicht auf offizielle Art und Weise.« Sich miteinander zu verbinden, war ein Heiratsbrauch des Grenzlandes. »Aber auch nicht gänzlich frei ... Wir reiten ganz einfach zusammen.«

»Und ... schlaft zusammen.«

»Nun, ja. *Für gewöhnlich.*« Ich seufzte und kratzte an meinen Narben, wobei ich über meinen Arm nachdachte, der sich seltsam taub anfühlte. »Im Moment wäre es vielleicht schwierig ... und Del hat Angst vor den Loki.«

»Ich nicht«, sagte Adara. Klar und deutlich.

Nachdenklich sah ich sie an. Ich sagte nichts.

Sie hob ihr Kinn an und erwiderte meinen Blick. »Mein Mann war oft nicht in der Lage dazu, nachdem sein Herz schwächer geworden war. Nun — es ist lange her.«

Ich wußte, was sie dazu bewogen hatte, das zu sagen. Im Süden ergreifen Frauen niemals die Initiative, das muß der Mann tun. Adara war eine Grenzbewohnerin und daher irgendwie freier, und zweifellos hatte auch ein nordischer Ehemann dazu beigetragen, aber wie dem auch war, es war ein interessanter — und mutiger — Vorschlag.

Und einer, den ich nicht besonders herbeisehnte, da mir Del mehr als genug war.

Aber wie, zu den Hoolies, erteilt man einer Frau eine Absage?

Letztendlich mußte ich es nicht tun. Adara wußte es instinktiv. Sie schloß für einen Moment die Augen und öffnete sie wieder. Ihre Wangen waren gerötet, aber sie fühlte sich nicht gedemütigt. »Ich weiß«, sagte sie ruhig und ohne überschäumende Gefühle. »Ich bin nur eine Grenzbewohnerin. Eine Frau, die Kinder gebiert und aufzieht und an einem Ort lebt. Die Sonne hat die Weichheit aus meiner Haut gesaugt und mein Gesicht mit Flecken übersät. Ich habe kein Geschick mit Waffen, ich weine, wenn ich mich wehren sollte, und ich könnte kein Schwert führen, wenn mein Leben davon abhinge. Ich bin keine Frau für Euch.«

»Ich wart die Frau für Kesar.«

»Aber ich habe ihn dazu gebracht, sich zu *ändern*.« Sie haßte sich selbst dafür, jetzt.

Ich dachte darüber nach, was Del gesagt hatte. Als sie sich gefragt hatte, ob ich eine weichere Frau wollte, eine Frau mit einem anderen Verlangen, mit anderen Lebensbedürfnissen. Eine Frau wie Adara. Und nun stellte mir eine andere Frau dieselbe Frage, wenn auch die Worte — und wer sie sagte — andere waren.

Ich fragte mich, ob sich jede lebende Frau nach dem Leben sehnte, das sie nicht führte.

Das Leben, das sie nicht führen *konnte*.

Hoolies, welch ein Fluch.

»Ich werde Del holen«, sagte Adara und schlüpfte leise aus dem Wagen.

Del kam. Sie lehnte sich an den Wagen und spähte zu mir herein, die Haare hinter die Ohren schiebend. Sie verlor die Farbe und wurde wieder blaß. »Also«, sagte sie, »lebt er.«

»Mehr oder weniger.« Kehle und Brust schmerzten mich, aber immerhin begann mein Kopf klar zu werden. »Wie lange habe ich geschlafen?«

»Vier Tage lang, tief und fest.«

»Vier Tage!« Ich runzelte die Stirn. »Ich war nur leicht verletzt, und die Wunde war ausgebrannt, wie du gesagt hast.«

»Das war sie«, stimmte sie zu. »Aber es waren von Loki berührte Schwerter, und die Wunde verschlimmerte sich. Ich habe sie geöffnet und ausbluten lassen.«

Ich wandte den Kopf und untersuchte den Arm, wobei ich das Kinn auf die Schulter preßte. Er war dick mit Tuch umwickelt, roch aber leidlich sauber. »Also haben wir vier weitere Tage verloren.«

Del zuckte die Achseln. »Vier weitere, sechs weitere ... was macht das schon? Wenn ich jeden Tag als Kerbe auf meinem Grabstein rechne, werde ich an sinnloser Besorgnis sterben.«

Sie klang ziemlich ruhig. »Aber, Bascha ... die Zeit wird knapp.«

»Das tut die Zeit.« Del lehnte sich hinein, ergriff die Bota, entkorkte sie und trank in tiefen Zügen. »Wenn du wieder gesund bist, werden wir die Nahrungsmittel und die notwendige Habe aussortieren und zu Fuß weitergehen.«

»Die Habe aussortieren?« fragte ich stirnrunzelnd. »Wir haben unsere schon weit genug herumgeschleppt. Warum sollten wir das ändern?«

»Nicht unsere. Ihre.« Sie zuckte die Achseln. »Sie haben kein Pferd mehr.«

Ich blinzelte. »Du meinst ... du willst, daß wir fünf zusammen reisen?«

Del schob die Bota zurück. »Es ist fast sechs Jahre her, seit ich den Handelsweg heruntergekommen bin. Wirtshäuser und Ansiedlungen verlagern sich genauso wie wir. Ich kenne sie nicht mehr. Aber wenn wir die Grenzbewohner ohne Schutz hier zurücklassen und ihnen sagen, daß es hinter den Bergen Hilfe gibt, könnten sie alle tot enden.«

Ich vermute, ich wußte das die ganze Zeit, seit wir sie getroffen hatten. Aber irgendwie hatte ich angenommen, daß wir weiterziehen würden, wenn wir ihnen mit dem Wagen geholfen hätten. Jetzt war diese Hilfe nutzlos. Ohne Pferd, das den Wagen zog, konnten sie ihn nicht mitnehmen.

»Ich habe ihnen gesagt, sie sollen einpacken, was sie brauchen, wenn du erst einmal aus dem Weg bist«, sagte Del. »Ich habe ihnen gesagt, daß sie in der nächsten Ansiedlung ein Pferd kaufen können und einen anderen Wagen, diesen aber verloren geben müssen.« Sie strich über den hölzernen Rahmen. »Und verloren wird er sein, zu der Zeit, wenn sie einen neuen Wagen haben. Diebe werden diesen ausräumen, wie Aas, und das Holz zum Verbrennen gebrauchen.«

»Sie haben kein Geld für ein Pferd und einen Wagen.«

»Aber wir haben Geld.« Ihr Ton war ruhig. »Ich habe den Borjuni ihr Geld abgenommen.«

Ich betrachtete ihren Gesichtsausdruck. Ich wußte, daß Massou sie an ihren Bruder erinnerte, genauso wie mich Cipriana an eine jüngere, unschuldigere Del erinnerte. Und ich vermute, unterbewußt hatte ich niemals wirklich erwogen, sie zurücklassen ... zumindest nicht ernsthaft.

»Was ist los, Del?«

Ihr Gesicht war starr. »*Ich* habe sie herbeigebracht. Die Loki. Als ich so verwirrt in das Tal kam ... und mich an meine Familie erinnerte ...« Sie zuckte die Achseln, eigenartig verletzlich. »Das ist es, was sie anzieht: starke Gefühle. Wenn ich nicht die Herrschaft verloren hätte ...«

542

»Das macht nichts«, belehrte ich sie. »Wir haben sie besiegt, nicht wahr? Wir haben die Loki vertrieben.«

»Vielleicht.« Sie klang nicht überzeugt.

»Und jetzt müssen wir uns um die Grenzbewohner kümmern.« Ich nickte. »Eine weitere Verzögerung, Bascha.«

»Ja«, stimmte Del zu, »aber was sollen wir sonst tun?«

Das war auch meine Antwort gewesen, die Male, als *ich* darüber nachgedacht hatte.

15

„Zunächst ist da der Kreis." Del deutete auf die gebogene Linie, die sorgfältig in das Gras gezeichnet war. »Und dann ist da das Schwert." Sie zog Boreal aus der Scheide. »Und schließlich ist da der Tänzer." Sie trat über die Linie und in den Kreis, um sich genau in die Mitte zu stellen. »Dies ist die Welt des Schwerttänzers."

Ich schaute auf zwei wilde, ernste Gesichter. Nordische Gesichter, beide, hell und weich, unverdorben von der Sonne. Sie waren fortgegangen, bevor sie sie verbrennen konnte.

Massou und Cipriana hatten Dels Unterrichtsstunden mit Begeisterung aufgenommen, nahmen begierig alles auf, was sie ihnen beibrachte, und verschlossen es in sich. Und das auch aus gutem Grund: Del hatte die Angewohnheit, sie immer dann abzufragen, wenn sie es am wenigsten erwarteten, um zu wiederholen, was sie ihnen beigebracht hatte. Sie antworteten bereitwillig: Massou sehr schnell und eifrig, Cipriana eher reserviert. Aber sie erinnerte sich an alles, während Massou manchmal etwas vergaß.

Wir hatten den Wagen zurückgelassen und zogen zu Fuß in Richtung Norden. Mein Fieber war vorbei, mein Kopf wieder frei, der schlimmste Husten verbannt, aber ich fühlte die Steifheit meiner Knochen. Umgeben von vier Menschen, die jünger waren als ich und die das Wetter nicht beeinträchtigte, fühlte ich mich entschieden alt und allgemein minderwertig.

Innerhalb von fünf Tagen hatten wir eine gewisse Routine entwickelt. Jeder trug seinen Teil ohne Klagen die Hügel hinauf und hinab, über gewundene Pfade, die

Lasten der Reise still hinnehmend, egal, wie groß das Bedürfnis zu sprechen war. Adara war an Härte gewöhnt und paßte sich sehr gut an. Ihre Kinder waren, obwohl sie daran gewöhnt gewesen waren, daß ein Vater alles für sie erledigte, jung genug, um das Ganze als Abenteuer anzusehen. Massou hatte die unbändige Energie und den Enthusiasmus aller Jungen in seinem Alter. Seine Schwester wollte die Erwachsenen zufriedenstellen und brauchte unsere Anerkennung.

Wir machten jeweils spät am Nachmittag Rast, und der Unterricht begann.

Adara sagte nichts dazu, daß ihre Kinder Tag für Tag die Kunst des Tanzes erlernten. Vieles davon war Ritual, keine Todesübung. Del war vorsichtig in ihren Formulierungen und unterband Massous gelegentliche Ausrutscher in blutrünstige Diskussionen. Sie war ehrlich mit ihnen, beantwortete alle ihre Fragen, aber sie lehrte sie auch, den Tanz zu ehren und nicht die Gewalt zu verherrlichen.

Sie hatten nur das Schwert ihres Vaters, und daher wechselten sie sich ab. Del konnte Boreal nicht verleihen, und ich bot ihnen nicht die Möglichkeit, Therons Schwert auszuprobieren. Die ganze Zeit über, seit ich es in den Boden gesteckt hatte, nur um diesen Boden explodieren zu sehen, hatte ich darauf geachtet, es von jedermann fernzuhalten. Del hatte gesagt, es sei nicht wirklich gestimmt, nicht wie Boreal, aber ich wollte das Risiko nicht eingehen, das Mädchen oder den Jungen zu verletzen.

Eine nach der anderen erhielten sie ihre Lektionen. Und dann sah mich Massou, als er aus dem Kreis heraustrat, mit strahlenden Augen an.

»Warum tanzt *Ihr* nicht mit Del?«

Ich saß auf einer Bodenerhebung und beobachtete ihren Unterricht. »Ich tanze ständig mit Del.«

Cipriana lächelte schelmisch. »Wir meinen — mit einem *Schwert*.«

Ich warf ihr einen unheilvollen Blick zu. Sie errötete, kicherte und richtete sich dann kerzengerade auf. Fünfzehn Jahre alt war Cipriana, kein Mädchen mehr, aber auch noch keine Frau. Gefangen in einem Zwischenstadium und doch mit der Befangenheit kämpfend.

Hoolies, *das* fehlte mir gerade noch.

Dels Lächeln geriet schief, auf einen Mundwinkel beschränkt. »Warum nicht, Tiger? Du könntest die Übung gebrauchen.«

Ja, nun, Übung hätte ich gebrauchen können. Die Kälte und die Armwunde hatten mich stillgelegt, und ich hatte zu lange nicht getanzt. Es war höchste Zeit, ein wenig zu üben, ganz egal, wie gut ich war. Also seufzte ich, hievte mich hoch und zog Therons Schwert aus der Scheide.

Massous Grinsen teilte sein Gesicht, als er die traditionelle Aufforderung aussprach. »Tretet in den Kreis.«

»Ich gehe. Ich gehe.« Ich ging, trat über die gebogene Linie und sah Dels seltsamen Gesichtsausdruck. »Bascha?«

Er verschwand fast augenblicklich. »Nichts«, sagte sie. »Bist du bereit?«

Wahrscheinlich nicht. Ich trug zuviel Kleidung, und meine Gelenke waren steif. Der Tag war feucht, wenn auch nicht regnerisch, aber ich hatte herausgefunden, daß das keine Rolle spielte. Meine Knochen haßten den Norden.

»Übung oder Tanz?« fragte ich. Das macht einen entscheidenden Unterschied.

»Übung«, sagte sie. »Ich glaube nicht, daß du schon für den Tanz bereit bist.«

Das Gras war feucht, aber nicht rutschig, durchwachsen von Schößlingen und Büscheln, die besseren Halt boten. Nordische Schuhe halfen ebenfalls. In meinen Sandalen wäre ich leicht ausgerutscht. »Dann laß uns anfangen, Bascha.«

Ich gebe zu, ich war faul. Faul und außer Form. Das

Schwerttanzen erfordert tägliche körperliche und geistige Arbeit, und ich hatte in letzter Zeit keines von beidem betrieben. Als Del mich dann angriff, geschmeidig und stark, war ich nicht auf sie vorbereitet. Zwei schnelle Angriffe, und sie hatte mich aus dem Kreis gedrängt.

Massou bekam große Augen. »O *Tiger!*«

Hoolies, man hätte denken können, er hätte Geld auf mich gewettet! Cipriana sagte gar nichts.

»Wir üben«, erklärte ich. »Übung ist nicht real.«

Del war sofort entflammt vor Empörung. »Hast du nichts von dem behalten, was ich gesagt habe?« fragte sie. »Hast du fünf Tage lang hier gesessen und zugehört, wie ich meinen *Ishtoya* erklärt habe, wie man die Rituale des Kreises ehrt, um sie dann selbst zu mißachten?«

Ich räusperte mich. »Del ...«

»Wie kannst du dich Schwerttänzer nennen, wenn du es nicht ernst nimmst?« Ihre Feindlichkeit war anspornend. »Wie kannst du deinen *An-Kaidin* so leichtfertig entehren?«

»Shodo«, sagte ich kühl. »Im Süden ist der Lehrer ein Shodo.«

»Shodo, *Kaidin*, *An-Kaidin* ... denkst du, ich kümmere mich um Namen?« Sie trat an den Rand des Kreises. »Ich kümmere mich um das Leben und das Sterben, Tiger, und wie ich die Ehre meines *An-Kaidin* aufrechterhalten kann.«

»Desselben *An-Kaidin*, den du getötet hast.«

Das machte sie natürlich sprachlos, wie ich erwartet hatte. Sie wurde so schnell blaß, daß ich dachte, sie würde umfallen. Aber sie blieb stehen, sah mich starr an, obwohl ich glaube, daß sie mich nicht sah.

Massou stand mit offenem Mund da, Cipriana war blaß. Keiner sagte ein Wort.

»Ja«, sagte sie schließlich, »aber zumindest war er den Tanz wert.«

Das war's. Betont bedächtig trat ich über die schmutzige Linie zurück in den Kreis. »Gut«, sagte ich, »fangen wir an.«

Keine Übung mehr. Wir tanzten, Delilah und ich. Auf einem feuchten, grasbewachsenen Abhang in den Ebenen des Nordens. Ich vergaß, daß die Kinder zusahen. Ich vergaß, daß Adara zusah. Ich vergaß, daß ich außer Form war. Ich erinnerte mich nur der Gebräuche, die man mir vor so langer Zeit beigebracht hatte.

Schwertgesang erfüllte das Lager, das Klirren und Schmettern magiebehaftenden Stahls. Del stimmte ihr Schwert nicht, und ich konnte es nicht, daher blieben die Klingen unerleuchtet, aber das Silbern war mehr als genug. Ich gestaltete im Sonnenuntergang einen blendenden Vorhang.

Durch den Lärm der Schwerter erklang ein polyphoner Laut. Ich keuchte ein wenig, sog die Luft ein, und Del murmelte vor sich hin. Es war eine beständige Geräuschkulisse von uns beiden, Keuchen, Grunzen, Ein- und Ausatmen, die gedämpfte Stimme der Frau.

Als der Tanz voranschritt, gewannen Dels Geräusche an Lautstärke. Und ich erkannte, daß sie nicht wirklich murmelte, sondern statt dessen *Anweisungen* gab. Sie kommentierte meinen Stil, meine Technik, widerwillig anerkennend oder ausgiebig tadelnd.

»Was zu den Hoolies«, keuchte ich, »tust du?«

»Du bist langsam ... du bist *langsam* ... dein Stil ist zu träge ...«

»Hoolies, Frau ... ich war *krank* ...«

»Und du könntest tot sein ...«

Schritt, Hüpfer, Sprung.

»... ich dachte, das sei nur *Übung* ...«

»... das ist es ...«

»... ich dachte, wir trainieren nur ...«

»... das tun wir ...«

Finte, Schlag, Rückzug.

»... das hast du nie zuvor getan ...«

»... du hast es nie gebraucht, Tiger ...«

»... und jetzt brauche ich es ...?«

»... das tust du. Du bist nachlässig geworden, Tiger.« Nachlässig. *Nachlässig*.

Nimm *das* für die Nachlässigkeit, Bascha.

»... besser, Tiger ... besser ...«

Und das *auch*.

»... viel besser, Tiger. Hör jetzt nicht auf ...«

Hoolies, die Frau würde mich töten. Und es hätte nichts mit ihrem Schwert zu tun.

»... wenn du nicht jenen Bansheesturm entfesselt hättest, wäre ich niemals krank *geworden* ...«

Ducken, Sprung, Drehung.

»... oh, ich verstehe ... wir machen *mich* dafür verantwortlich ...«

»... wenn es nicht so dreimal verflucht kalt wäre ...«

»... dies ist nicht kalt, Tiger ...«

Boreal küßte meine Kehle.

»... Hoolies, Del, das ist *nahe* ...«

»... und ich hätte nicht durchkommen sollen ... schreib dir das selbst zu, Tiger ...«

Schreib dir *das* zu, Bascha.

Aber ich verfehlte sie. Und Del mich, wie üblich, nicht.

Ah, Hoolies ... es tat weh.

»Tiger?« Del kniete in zertretenem Gras, als ich mich langsam aufsetzte. »Tiger ... ist es schlimm?«

Vorsichtig befühlte ich den Schnitt an meinem Kinn. Kein bißchen Blut. Hauptsächlich verletzter Stolz. »Mein Arm schmerzt schlimmer.« Und gab damit widerwillig zu, daß es mir gutging.

Dels Brauen glätteten sich. »Ich *sagte* dir, daß du zu langsam bist.«

»Zu langsam, zu steif, zu alt.« Ich wandte den Kopf und spie aus. Der Tanz hatte mich zutiefst beansprucht.

Etwas flackerte in blauen Augen. Etwas ähnliches wie Erkenntnis und Verständnis. »Willst du also zurückgehen?«

»Ja.« Es *war* Verständnis, das sah ich. »Aber nicht bevor wir fertig sind.«

Ihre Stimme klang rauh. »Fertig womit?«

»Damit, was immer du zu erledigen hast.«

Die Erleichterung war greifbar, obwohl sie schwer darum kämpfte, dies zu verbergen. »Es tut mir leid. Ich war ärgerlich. Ich habe nicht an deinen Arm gedacht.«

Ich stand langsam auf und spürte die Anstrengung. »Vielleicht brauchte ich das.«

Del stand ebenfalls auf und sah ihre Schüler an. »Ich hatte unrecht«, sagte sie ihnen offen. »Ich war ärgerlich. Ärger im Kreis ist schlecht.«

Massous Gesicht war bleich. »Hättet Ihr ihn töten können?«

»Ja«, antwortete Del ehrlich, »oder Tiger hätte *mich* töten können.«

Nun, es war nett von ihr, so etwas zu sagen.

»Hättet Ihr?« Cipriana entging offensichtlich nichts.

Ich beugte mich hinab und hob das Schwert auf. »Nicht heute«, sagte ich. »Vielleicht auch noch nicht morgen. Aber vielleicht übermorgen ... wenn ich lange genug lebe.«

Nach zwei Tagen nahm auch ich an den Lektionen teil. Ich hielt es für besser, obwohl Del gelegentlich vergaß, daß ich bereits so ziemlich alles wußte, was sie lehrte. Zugegebenermaßen sind unsere Stile sehr verschieden, da sie aus verschiedenen Kulturen stammen, aber sie weiß nicht vieles, was ich nicht weiß. (Und, um ehrlich zu sein, auch umgekehrt.) Auf jeden Fall war es eine gute Übung, und ich brauchte sie.

Adara behelligte mich nicht wieder mit irgendeinem Antrag. Ich war ein wenig überrascht. Glaubte sie nicht, daß ich es wert sei? Und erwartete eine Frau von einem Mann nicht, daß er *sie* umwirbt, auch wenn sie zunächst nein sagt?

Aber als ich dann darüber nachdachte, erkannte ich,

daß es ein wenig schwierig werden könnte. Loki oder keine Loki, Del war immer da. Das würde jede Art von Verabredung schlichtweg unmöglich machen.

Obwohl ich es, so überlegte ich, trotzdem einmal versucht hätte. Einfach zum Spaß.

Cipriana hielt sich immer mehr in meiner Nähe auf. Ruhig bat sie mich, ihr Geschichten zu erzählen. Wahre Geschichten, sagte sie, Erzählungen von Siegen im Kreis. Und so gewöhnte ich mir an, abends, wenn wir um das Feuer saßen, Dinge zu erzählen, die früher geschehen waren, wobei ich darauf achtete, nicht zu übertreiben. Ausschmückungen sind erlaubt, wie Bellin die Katze sicher zugestehen würde, aber ich hielt es für besser, wenn ich nicht *zu* unbesiegbar klang. Massou und Cipriana könnten mir sonst glauben und versuchen, es mir gleichzutun.

Und allmählich kam ich auf Del zu sprechen. Die mich ernst ansah und nichts dazu tat, um mir zu helfen.

»Dies sind auch *deine* Geschichten«, erklärte ich. »Erzählt ihr im Norden keine?«

»Der echte *Skjald* ist höchst angesehen bei unserem Volk.«

»Und ...?«

»Ich bin kein *Skjald.*«

Ich kratzte als Bitte um Geduld an meiner krallengezeichneten Wange. »Nein, vielleicht nicht, aber du kannst zumindest dein Ende der Geschichte erzählen.«

»Jetzt sprichst du von *Skjelps.*«

»Was?«

Sie lächelte nicht. »*Skjelps* sind Historiker. *Skjalds* sind Geschichtenerzähler.«

Hoolies, auf ein neues. »Und da gibt es einen Unterschied.«

»Genauso wie es einen Unterschied gibt zwischen Loki und Afreets.«

»Loki?« Massou horchte natürlich auf. »Was ist mit Loki?«

»Was ist mit Afreets?« fragte Cipriana.

Del grinste mich betont an.

Ich seufzte. »Afreets sind südliche Dämonen. Verspielte Dämonen. Sie können einen nicht wirklich verletzen, sie ärgern einen nur.«

»Loki können es.« Massou war ernst, aber die Neugier ließ seine Augen leuchten. »Loki können Menschen *töten.*«

Cipriana nickte. »Loki sind böse Dämonen.«

Adara, die bis jetzt ruhig gewesen war, fügte ihren bestärkenden Kommentar hinzu. »Kesar pflegte zu erzählen, wie die Loki im hohen Norden ganze Siedlungen beraubten.«

Und hier hatte ich von ihr erwartet, daß sie ihre Kinder warnen würde, weil sie Unsinn redeten. »Huh.« Vor lauter Ekel fiel mir nichts anderes ein.

»Es waren Loki, die die zerstückelten Räuber wieder zusammengesetzt haben.« Massous Beschreibung war, so dachte ich, nur ein kleines bißchen zu fröhlich grausam, wenn auch überzeugend korrekt.

»Und es waren Loki, die Pferde aus Rauch geschaffen haben.« Ciprianas Augen waren schwarz im Licht des Feuers.

Sie hatte nichts von ihrer Heldentat mit dem Kampfstock gesagt, sondern alles in sich verschlossen. »Ich weiß, wie sie Macht erlangen.«

»Cipriana.« Ihre Mutter, leise.

»Nun, das tue ich. Ich habe alle diese Geschichten gehört.« Helles Haar fiel ihr über die Schultern. In fahlem Licht war sie Del, oder Del war eine ältere Cipriana. »Sie schlafen mit Männern und Frauen.«

Massou stieß einen gepreßten Laut des Ekels und des Unglaubens aus.

»Das *tun* sie«, beharrte seine Schwester. »Auf diese Weise schaffen sie mehr Loki.«

Adaras Stimme wurde schärfer. »Cipriana, es reicht. Du verursachst deinem Bruder Alpträume.«

Das glaubte ich nicht. Und er auch nicht.

Massous Augen waren groß. »Du meinst — wie Welpen und Kätzchen?«

Ich hatte eine seltsame kurze Vision: ein Fluß aus Dämonenwelpen und Teufelskätzchen. Ich mußte ein Lachen unterdrücken. Massou meinte es ernst. Wir lachen zu oft über Kinder.

»Loki existieren«, sagte Del ruhig. »Aber wenn wir aufpassen, verletzen sie uns nicht.«

»Und man kann sie sowieso besiegen.« Massous Glaube war sachlicher Natur. »Habt ihr sie schon mal besiegt?«

»Ich habe dabei *geholfen*«, sagte seine Schwester.

Adara erhob sich. »Zeit zum Schlafengehen.«

Natürlich protestierten sie. Und natürlich gewann sie. Massou und Cipriana zogen sich zurück, um ihre Träume von den Loki zu träumen, während Del mir einen direkten Blick über das Feuer zuwarf, als Adara in die Schatten trat, um sich um persönliche Belange zu kümmern.

»Du bist ein Narr«, sagte sie.

Ich erhob mich und ließ verknotete Muskeln knacken. »Das hast du schon früher gesagt.« Ich streckte mich genüßlich und machte entsprechende Geräusche. »*Ich* glaube, daß es einfach eine angenehme Entschuldigung ist, um mich von deinem Bett fernzuhalten.«

Del lächelte mild. »Ich bin sicher, Adara wäre glücklich, dich in ihr Bett zu lassen.«

Hoolies. Ich kann vor Frauen nichts verbergen.

Ich befühlte den verschorften Schwertschnitt am Kinn. »Ich gehe zu Bett«, bemerkte ich, »mit dir oder ohne dich.«

»Ohne«, sagte sie knapp.

Ich hielt inne. »Bist du in Ordnung?«

»Ich denke nur nach, Tiger.«

»Dann bist du *nicht* in Ordnung.« Ein schwerfälliger Versuch, witzig zu sein. Selbst ich hielt ihn für armselig.

»Geh zu Bett«, schlug Del vor.

Das tat ich und träumte von Loki.

16

Nachdem Massou und Cipriana über eine Woche lang intensives Interesse am Kreis und am Schwerttanzen gezeigt hatten, verloren sie es nun völlig. Und zwar fast über Nacht. Beide weigerten sich unerbittlich, den Kreis zu betreten.

Wir konnten sie nicht *zwingen*. Es war ihre freie Entscheidung, die sie nun abänderten. Aber es erschien seltsam, bis Del eine mögliche Erklärung fand. »Sie haben alle deine Erkältung erwischt. Sie fühlen sich nicht danach, überhaupt *etwas* zu tun.«

Wir saßen uns auf einer Ziegenhaardecke gegenüber, reinigten und schliffen unsere Klingen. Diese Tätigkeit war uns zur zweiten Natur geworden, und wir hatten beide Freude daran. Es war früh am Abend und natürlich kühl. Del und ich trugen Baumwolle und weiches Leder.

»Was meinst du?« Ich sah über Dels linke Schulter hinweg zu Adara und ihren Kindern, die ruhig miteinander sprachen.

»Sie haben schon seit zwei Tagen geschnieft und fangen jetzt gerade an zu husten.«

Es stimmte. Alle drei waren in der letzten Zeit sehr ruhig gewesen, wenn nicht gar regelrecht bedrückt. Wenn sie sich nur annähernd so fühlten, wie *ich* mich gefühlt hatte, konnte ich ihnen keinerlei Vorwurf machen, daß sie den Kreis nicht betreten wollten.

»Nun, dann vergessen wir den Unterricht. Sie brauchen ihn ohnehin nicht wirklich. Keiner von beiden wird ein Schwerttänzer werden.«

Ich wurde nicht klug aus Del. Ich bezweifelte, daß sie

wirklich geglaubt hatte, einer von ihnen würde dieses Gewerbe ernsthaft erlernen wollen, das Leben aufnehmen, das sie führte, aber ich wußte, daß es für sie schwierig war, ihre beiden *Ishtoya* zu verlieren. Die Unterrichtsstunden hatten ihre Gedanken von der Zeit abgelenkt, die zu verlieren sie sich nicht leisten konnte und die doch weiterhin zu schnell verging.

Ihre Stimme war weich. »Massou könnte gut werden.«

Meine Stimme war nicht weich. »Massou ist zu jung, um zu wissen, *was* er will, Bascha. Er erinnert dich nur an Jamail.«

Del fuhr fort, ihre Klinge zu reinigen, aber ich konnte die Anspannung ihrer Schultern sehen. »Und was ist mit Cipriana?«

»Was *ist* mit Cipriana?«

»Du hast die Mutter abgelehnt. Wartest du auf die Tochter?«

Ich lächelte nicht einmal. »Nein. Ich warte auf dich.«

Sie sah von ihrer Waffe auf. »Ich habe dir *gesagt* ...«

»Du hast mir von den Loki erzählt«, sagte ich ruhig. »Ich denke nicht, daß ich dir *nicht* glaube, nach allem, was passiert ist, aber ich denke, du gehst zu weit. Es ist drei Wochen her, seit ich den Kreis durchbrochen habe — und zwei, seit wir diese wiederbelebten Räuber geschlagen haben. Hast du vor, für immer keusch zu leben, vorsichtshalber?«

»Du weißt nicht, was sie tun können ...«

»Ich weiß, was sie getan *haben*.«

Dels Gesicht war verschlossen. »Dann hol es dir woanders!«

Sie hatte Mühe, nicht von den anderen gehört zu werden. »Adara würde dich nehmen. Und auch Cipriana.«

Dann fiel mir etwas ein. »Bist du eifersüchtig?«

»Nein. Warum sollte ich?« Ihre Stimme war jetzt kühl und fest. Del hatte sich wieder gefangen. »Wir haben uns nicht geschworen, zusammenzubleiben. Und selbst wenn wir es getan hätten, tätest du, was du tun willst. Schwüre würden dich niemals abhalten.«

Ich hörte auf, mein nordisches Schwert zu überprüfen. »Willst du damit sagen, ich könnte untreu werden?«

Helle Brauen bogen sich. »Nun? Könntest du das nicht?«

Könnte ich? Würde ich? O Hoolies, es lohnte sich nicht, darüber nachzudenken. »Wenn eine Frau vielleicht nicht so viele Ausreden erfände, um mit einem Mann nicht schlafen zu müssen, hielte er vielleicht nicht nach anderen Bettgefährtinnen Ausschau.«

Dels Stimme klang entschieden kühl. »Das ist nicht das Thema, Tiger.«

Nun, nein, aber ich wünschte, es wäre das Thema. Es war einfacher als das andere. »Ich will nicht mit Adara schlafen, und Cipriana ist zu jung.«

»Sie ist in demselben Alter, in dem Ajani mich nahm. In demselben Alter, in dem ihre Mutter eine Tochter geboren hat.«

Del schob die Haare auf den Rücken. »Mißachte Zuneigung nicht, nur weil der Geber zu jung scheint.«

»Bascha ...«

Del wich meinem Blick nicht aus. »Sie erinnert mich an mich. Sie erinnert *dich* an mich ... oder vielleicht an das Ich, das ich wäre, wenn Ajani niemals gewesen wäre.«

Es stimmte, daß es Ähnlichkeiten gab. Es stimmte, daß sie sich sehr ähnelten, sowohl vom Körperlichen als auch vom Geistigen her. Aber ich hatte diese Verbindung niemals gänzlich hergestellt.

Nachdenklich tippte ich mit einem Nagel auf die Schneide von Therons Klinge. »Vielleicht sind wir beide Narren, Del ... wenn wir nach etwas Ausschau halten, was nicht da ist.«

»Ich nach meinem Bruder ...«

». . . und ich nach einer unverdorbenen Del?«

Sie nickte und schaute fort. »Ich weiß, daß er nicht Jamail ist, aber es ist schwer, nicht so zu tun.«

»Und ich glaube nicht, daß du *verdorben* bist.«

»Nein. Vielleicht nicht. Aber fragst du dich nicht manchmal, wie ich ohne dieses Schwert wäre?«

Del ohne jenes Schwert war wie der Süden ohne Sonne. »Nein«, sagte ich wahrheitsgemäß. »Denn wenn du es nicht hättest, wäre ich schon zehnmal gestorben.«

Del lächelte zaghaft, aber das Lächeln geriet schief. »Typisch Tiger«, bemerkte sie, »an seinen Hals zu denken.«

»Und an andere Teile meines Körpers.«

»Wie auch an Teile *meines* Körpers.«

Nun, ja. Natürlich. Warum sollte ich es leugnen?

Del steckte Boreal in die Scheide und schloß damit das Schimmern mit Runen versehenen Stahls weg. »Da ich die anderen verloren habe, willst du mein *Ishtoya* sein?«

Es *würde* die Zeit vertreiben. »Solange du dich daran erinnerst, wer ich bin.«

Sie schnaubte unfein. »Wie könnte ich das jemals vergessen?«

Ich beschloß, daß es besser wäre, gar nichts dazu zu sagen.

Am nächsten Tag teilten sich, dank Valhail, die dicken Wolken, und Sonnenlicht fiel hindurch, das die Welt in einem Gold- und Silberüberzug erstrahlen ließ. Der Tau verdampfte, der Dunst verschwand, die Feuchtigkeit sickerte ein.

Ich hatte seit Tagen kein normales Licht mehr gesehen und war deshalb leicht gereizt. Es ist einfach nicht natürlich, so von Bergen und Bäumen umringt zu sein, gar nicht zu reden von der Bedrückung durch die Wolken, die die Berggipfel so selbstverständlich umlagerten. Ich hatte das Gras und das Schilf leid, die hellrosa farbenen Blumen und das purpurne Heidekraut, die schmutziggrauen, schieferblauen Tage. Ich wollte Sonne und Sand und die Hitze der südlichen Wüste.

Wir kletterten aus den Wolken hinunter in ein üppiges, reiches Tal, das dicht mit Gras und anderer Vegetation bewachsen war. Es war ein kleiner Platz, der von hochaufgerichteten Bergen eingefaßt war, die wie Orakelknochen durcheinanderpurzelten. Am entfernten Ende lag ein gewundener Hohlweg, bläulichschwarz in blauroten Purpur gebettet: ein schmaler Eingang von Norden. Durch die Mitte des Tales schnitt der Händlerpfad, der sich von unserem Standort aus hinabwand.

Massou und Cipriana rannten laut schreiend den Pfad hinab. Sie achteten nicht auf gewundene Kurven und Wagenfurchen und waren zu aufgeregt, um in ihrem ungestümen Lauf innezuhalten. Adara machte Anstalten, sie zurückzurufen, aber schließlich tat sie es nicht, so als wünsche sie, genau wie ihre Kinder, Gesellschaft. Es waren zwei lange Wochen gewesen zu fünft.

Das Lager war groß und weit verstreut. Es erstreckte sich von den geschwungenen Berghängen zur Mitte des Tales, wo es den Weg entlang geduckt in Gruppen aufgebaut worden war. Aber es war keine ständige Siedlung, sondern sah mehr wie ein Karawanenlager aus.

Del stimmte mir zu. »Es sind Hochländer«, erklärte sie, »die für eine Weile von den Höhen herunterkommen. Das tun sie zweimal im Jahr, einmal im Herbst und einmal im Frühling.« Ihr Gesicht und ihre Augen leuchteten, und ein Hüpfen hatte sich in ihren Schritt geschlichen. »Es sind gute Leute, Tiger ... großzügig und freundlich. Es wird schön sein, sie wiederzusehen.«

»Kennst du sie?«

»Nicht alle, nein ... vielleicht keinen von ihnen. Aber das scheint unwahrscheinlich. Alle versammeln sich. Im Norden wird das ein *Kymri* genannt.«

»*Jeder* Hochländer kommt herunter?«

»Nein, nicht jeder. Überwiegend die *Vagabunden*.«

Das wurde langsam zu viel. »Wer?«

»*Vagabunden*. Wanderer. Jene, die keine Wurzeln schlagen.«

»Oh, Nomaden.«

Adara nickte. »Kesar hat mir von ihnen erzählt. Er war selbst ein Hochländer, wenn auch kein *Vagabund*. Er hat immer gesagt, es werde mir Spaß machen, an einem *Kymri* teilzunehmen.« Ihr Gesicht war ernst. »Jetzt treffen wir auf ein *Kymri*, und Kesar ist nicht hier.« Sie beobachtete, wie ihre Kinder auf die weite Fläche des Tales hinabliefen. Leute traten bereits aus den Wagen, um die Neuankömmlinge zu begrüßen. Ihre Augen waren fremdartig leer. »Kesar ist nicht hier.«

Unter ihnen wurden Cipriana und Massou von zusammenlaufenden *Vagabunden* verschluckt.

Del seufzte glücklich. »Sie werden Essen und Trinken in Fülle haben.«

Ich strahlte. »Aqivi?«

Sie grinste. »Nein. Etwas, das sich *Amnit* nennt.«

»*Amnit?*«

»Sogar der Sandtiger könnte es als zu stark empfinden.«

»Hmmm. Alkohol, der für den Sandtiger zu stark ist, wurde noch nicht erfunden.«

»Vielleicht.« Del grinste noch immer.

Es war gut, sie glücklich zu sehen. »Hast du Lust auf eine Wette?«

»Spar dein Geld, Tiger. Du wirst es für andere Dinge brauchen.«

Ich seufzte entwaffnet. »Noch mehr Kleidung, vermute ich.«

»Nein. Vorräte, ja, wie zum Beispiel Essen und Getränke und Pferde, aber auch *andere* Dinge.« Ihre Augen waren randvoll mit Zuneigung. »Viele andere Gegenstände als Wetteinsatz.«

»Oh?«

»O ja. Hochländer lieben das Wetten. Hochländer lieben den Schwerttanz.« Sie warf mir einen strahlenden Blick zu. »Hier bewundern sie eine Frau mit Mut. Wir können sie nicht dazu bringen, alles nur auf dich zu setzen, wie wir es in der Vergangenheit mit Südbewohnern getan haben. Hier werden die Tänze reell sein und auch die Wetten.«

Ich dachte zurück an alle die Kreise, die wir auf unserem Weg zu diesem kleinen Tal betreten hatten. »Hast du mich deshalb sosehr bearbeitet? Dieser ganze Unsinn von wegen ›Sei ein Schwert, werde ein Schwert‹ — als sei ich Massou oder Cipriana?« Meine Stimme klang trocken. »Ich *weiß*, wie man tanzt, Del ... Das war nicht nötig.«

Ihre Lebhaftigkeit verflog. Das Leuchten war aus ihren Augen verschwunden. »Ich wünschte, das wäre es nicht gewesen.«

»Ihr werdet uns hier verlassen«, sagte Adara tonlos.

Wir sahen sie beide an. Seitdem sie sich bei mir angesteckt hatte, hatte sie sich teilnahmslos und zurückgezogen verhalten, obwohl sie nicht so krank gewesen war. Und auch Massou und Cipriana nicht. Sie husteten und niesten ein paar Tage lang und schliefen schlecht, aber insgesamt kamen sie erheblich besser davon als ich.

(Was wieder einmal beweist, wie sehr *alles* an mir den Norden haßt.)

Del ist nicht gerade der taktvollste Mensch, den ich kenne. »Ja«, sagte sie. »Das wußtet Ihr. Wir waren einverstanden, Hilfe für Euch zu besorgen. Die *Vagabunden* werden Pferde und Wagen zu verkaufen haben — hier ist *alles* zu verkaufen —, und Ihr könnt weiterziehen.« Vielleicht erkannte sie, wie barsch ihre Worte klangen, denn sie besänftigte ihren Tonfall ein wenig. »Ihr müßt Euch keine Gedanken über die Rückzahlung oder darüber machen, wie Ihr soviel aufbringen sollt. Tiger und ich haben Geld, und was wir für Euch ausgeben, kann im Kreis zurückgewonnen werden.«

Adara erschauerte. »Im Kreis«, sagte sie dumpf. »Die *Welt* ist ein Kreis, und wir sind darin gefangen.«

Del und ich tauschten Blicke. Wir hatten genug Zeit verloren, während wir mit den Grenzbewohnern gereist waren, und konnten nicht noch mehr Zeit erübrigen. Wir mußten Pferde und Verpflegung kaufen und schnellstens ins Hochland ziehen, unabhängig davon, was Adara oder ihren Kindern lieber wäre. Dels Zeit verrann.

»Wir werden Euch helfen, so gut wir können«, belehrte ich sie lahm und wurde mit einem leeren Blick belohnt. Ich entdeckte bald, daß ich entschieden im Nachteil war. Wir hatten den Süden und die Grenze hinter uns gelassen und eine völlig andere Welt betreten, in der die Menschen ein reineres Nordisch ohne den Einfluß südlicher Wörter sprachen. Ich hatte während der Monate eine Menge von Del gelernt, und das Zusammensein mit den Grenzbewohnern hatte meinen Wortschatz erweitert, aber hier war es anders. Hier war ich ein Fremder, der nur mangelhaftes Nordisch sprach.

Ich war erstaunt über die Menge heller Schöpfe. Nicht jeder war blond, aber es war auch niemand wirklich dunkelhaarig, außer mir. Mit meinem braunen Haar und meiner dunklen Haut, gar nicht zu reden von meinen grünen Augen — statt blauer —, stach ich heraus wie ein gebrochener Zeh.

Del war in ihrem Element. Wie schon bei Massou und Cipriana kamen die Leute auch zu unserer Begrüßung heraus. Kinder schnatterten, Männer riefen Begrüßungen, Frauen stellten uns Fragen. Obwohl ich nicht wußte, was sie sagten oder fragten, da ich für die gewundene Sprache taub war.

Alles war ein einziges Durcheinander. Wagen standen zusammengedrängt oder fuhren davon, Pferde waren draußen angebunden oder standen in Behelfspferchen, Hunde und freilaufendes Federvieh rannten durch das Lager. Männer saßen am Feuer, tranken und redeten

oder kauerten bei Wetten zusammen, zeigten Ring-
kämpfe und Kampfübungen. Frauen versammelten sich
bei den Wagen, um zu tratschen, zu kochen und zu nä-
hen, oder beobachteten die Vorführungen ihrer Männer.
Die Kinder hielten niemals Ruhe.

Del schlenderte froh durch die Menschenmenge. »Es
wird viele *Kymri*-Verpflichtungen geben.«

»Was?«

Sie lächelte. »Im Hochland kommen die *Vagabunden*
kaum jemals zusammen, außer zu einem *Kymri*. Alle
Jungen, die sich nach einem Mädchen sehnen, und alle
Mädchen, die sich nach einem Jungen sehnen, haben oft
niemanden — oder nur wenige —, unter denen sie aus-
wählen können. Und so sind *Kymris* sehr willkommen,
und die Kinder, die daraus entstehen.«

Ich zog eine Grimasse. »Das erklärt, warum es hier so
viele gibt, vermute ich.«

Sie lachte laut. »Magst du Kinder nicht, Tiger?«

»Das kann ich so nicht sagen. Ich war früher selbst eines. Aber ich ziehe sie in kleiner Anzahl vor.«

Adara trug das Haar offen. Es legte sich um Hals und
Schultern und hing ihr in die Augen. Sie verlagerte ihr
Bündel von einem Arm auf den anderen. »Wann kön-
nen wir anhalten? Ich brauche eine Pause, Essen und
Wasser.«

Del sah sich um, nickte und verließ den Pfad. »Hier«,
sagte sie und hielt bei einem Wagen an, wo sich bereits
andere versammelt hatten. »Käse, *Amnit*, Brot ... Später
können wir Fleisch kaufen.«

Der Mann an der hinteren Wagenklappe sagte etwas
über Nahrung im Norden. Ich vermutete, daß es sein
Wagen war, und der Inhalt ebenfalls, den er verkaufte.
Er war groß, hellhaarig, blauäugig, ein typischer Nordbewohner.

Adara ließ ihr Bündel fahren und schob widerspensti-
ges Haar aus dem müden Gesicht. »Ich muß meine Kinder finden.«

»Es wird ihnen gutgehen«, sagte Del fest. »Hier gibt es keine Gefahren — *Vagabunden* sind freundliche Menschen. Laßt Massou und Cipriana Freundschaften schließen ... Sie waren zu lange ohne Freunde.« Sie nahm eine Bota von dem Mann entgegen und drückte sie Adara in die Hände. »Trinkt. Ruht Euch aus. Ihr seid gut zurechtgekommen ohne Euren Mann. Ihr solltet stolz auf Euch sein.«

Adara umklammerte die Bota. »Ich bin so allein ... und so müde.«

Dels Gesicht wurde weich. »Geht und setzt Euch hin«, schlug sie vor. »Ihr habt Euch Eure Ruhe verdient.«

Die Grenzbewohnerin, die noch immer ihre Ziegenhautbota umklammerte, nahm ihr Bündel erneut auf und bahnte sich einen Weg aus der Menge hinaus. Männer beobachteten sie, als sie vorbeiging. Ich dachte, während ich sie beobachtete, daß sie nicht lange allein bleiben würde, wenn sie Gesellschaft wünschte.

»Hier.« Del schlug mir eine Bota gegen die Brust. »*Amnit*, Tiger — genug, um deine Begierde zu stillen.«

Ich schnupperte an dem Stöpsel. Das Aroma war sehr wohlriechend. »Wo sollen wir hingehen? An einen bestimmten Platz?«

Del lächelte vor sich hin. »Ich denke, ich werde dich finden. Irgendwie ragst du hier heraus.«

Das tat ich. Mürrisch bahnte ich mir meinen Weg zurück durch die Menge und fand Adara etwas abseits, zusammengekauert im Gras bei ihrem Bündel. Sie hatte das Wasser noch immer nicht angerührt. Tränen standen ihr in den Augen.

Ich legte meine Last ab, setzte mich hin und lehnte mich mit einem zufriedenen Grunzen dagegen. Ich entkorkte die Bota und sog meinen ersten Geschmack nordischen *Amnits* ein.

Meine Kehle verschloß sich, meine Augen tränten, Husten brach aus meinem Mund hervor. Del kam heran und lächelte, wobei sie auf etwas Käse kaute. »Willkommen beim *Kymri*.«

Ich erholte mich, so gut es ging, trank einen weiteren Schluck. Dieser glitt besser hinunter, und ich konnte frei zurücklächeln.

Und dann hörte ich auf zu lächeln, weil ich ein Geräusch hörte, das ich kannte. Ein aufgebrachtes, schrilles Schreien, das die Menge durchschnitt.

Aber es war kein menschlicher Schrei. Er kam aus einem Pferdemaul.

»Hoolies«, sagte ich, »das ist der Hengst.«

17

Del runzelte die Stirn. »Bist du sicher?«
»Denkst du, ich erkenne mein eigenes Pferd
nicht?« Ich war aufgesprungen, bevor sie antworten
konnte, und folgte dem Geräusch.

Letztendlich war es nicht schwer, es zu finden. Es
würde von einem großen Kreis von Menschen umringt,
die sich alle versammelt hatten, um den Aufruhr zu beobachten. Ich hörte den Klang von Geld, das den Besitzer wechselte, Bruchstücke nordischer Sprache, die ich
verstand — wobei sich alles um Wetten drehte —, und
die erhobene Stimme eines Mannes, der Freiwillige für
einen Ritt aufrief. Für einen bestimmten Preis natürlich.

Also begann der Alte schwierig zu werden.

Und das mochte von Nutzen sein.

Er stand inmitten eines menschlichen Kreises, fast genauso wie ich jedesmal, wenn ich den Kreis betrat, um
zu tanzen. Er war aufgebracht, aber unverletzt und offensichtlich bei guter Gesundheit. Ich sollte ihn nicht
aufs Spiel setzen. Seine Beine sahen gesund aus, sein
Gewicht war normal, seine Kondition anscheinend unverändert. Der schreiende Mann hielt die Zügel eines
Stirnriemens, den ich nicht wiedererkannte, und auch
der Sattel war mir fremd, und zwar deshalb, weil der
Hengst, als er vor Dels Bansheesturm geflohen war,
auch vor seinem Sattel geflohen war. Wir hatten ihn zurückgelassen, denn wir wollten ihn nicht zu Fuß weiter-
schleppen.

Das letzte Opfer des Hengstes erhob sich gerade vom
Boden. Blut troff aus einer aufgeplatzten Lippe und einer gebrochenen Nase. Er schwankte ein wenig, während er davonging.

Ich kann nicht sagen, daß mir das mißfiel.

Ich bahnte mir meinen Weg durch die versammelte Menschenmenge, bis ich am Rand des Kreises angelangt war, nicht weit von dem Hengst entfernt. Seine Ohren waren warnend zurückgelegt, und seine Hinterhufe versprachen Gewalt. Der Mann, der ihn festhielt, stand nahe genug bei seinem Kopf, um ihn im Zaum zu halten, aber weit genug von ihm entfernt, um einem ausschlagenden Vorderbein zu entgehen.

Del glitt neben mich. »Nun«, sagte sie trocken, »ich sehe, daß er wieder seine alten Tricks anwendet.«

Ich stieß sie mit dem Ellbogen warnend an und senkte gleichgültig den Kopf, als sie mich ansah. Sanft schlug ich vor: »Laß uns einen Moment ruhig zuhören, in Ordnung?«

»Tiger ...«

Ich lachte, als hätte sie etwas Komisches gesagt, und fügte dann ruhig hinzu: »Laß uns einfach sehen, wie weit das hier geht ... und wieviel Geld gesetzt wird.«

Del schloß die Augen. »Ich hätte es wissen müssen.«

Ich beugte mich ein wenig näher zu ihrem Ohr und beobachtete die Leute, die um uns herumstanden, um sicher zu sein, daß mich niemand hörte. »Er ist nicht verletzt. Und er *gewinnt* ... Es ist nichts einzuwenden gegen gepflegte Unterhaltung.«

Del lächelte süß und schimpfte höhnisch zwischen zusammengebissenen Zähnen, während sie mich mit vorgetäuschter Heiterkeit ansah. »Außerdem ist es ja nicht so, daß wir ähnliche Dinge nicht schon vorher getan hätten. *Stimmt's?*«

Ein Geschrei erhob sich. Ein weiterer Reiter hatte auf den Köder angesprochen. Ein großer, breiter, blonder Mann, der genau wie alle anderen aussah. Er trat vor, grinste und machte seinen lauten Freunden gegenüber Bemerkungen, stolzierte in den Kreis und sagte etwas über seine Absicht, das Pferd zu zähmen.

Das Pferd zähmen. Eine gute Gelegenheit.

Der Mann, der den Hengst festhielt, ratterte ein paar Worte in Nordisch herunter, was mich dazu veranlaßte, Del um eine Übersetzung zu bitten.

»Er sagt, der Reiter muß einen Einsatz bringen. Wenn er den Hengst reitet, bekommt er alles. Wenn nicht, verliert er das Antrittsgeld.«

»Das scheint ganz einfach ... außer, wenn man den Hengst kennt.«

Del warf mir einen Blick zu. »Wenn irgend jemand hier zufällig erfährt, daß du dieses Pferd so gut kennst, kann ich nicht für die Reaktion garantieren. Und ich kann nicht versprechen, daß du die Tracht Prügel überleben wirst.«

Ich zuckte die Achseln und grinste. »Das ist das Risiko bei jeder Schummelei, Bascha. Und abgesehen davon haben wir das schon früher erlebt.«

»Das war im Süden.«

»Oh, ich verstehe. Im Norden willst du, daß *sie* gewinnen.«

»Laß uns einfach sagen, ich möchte nicht sehen, daß dir deine wertvollsten Körperteile von einem verärgerten Nordbewohner abgerissen werden.«

»Unmöglich, Bascha.«

Del grunzte. Ich beobachtete, wie der Nordbewohner versuchte, den Hengst zu besteigen.

Er machte es natürlich grundverkehrt. Nachdem er Zeuge der anderen Katastrophen gewesen war, ließ er sich Zeit. Er ergriff die Zügel mit einer Hand. Stellte den Fuß in den Steigbügel und zog sich hoch. Hing einen langen Moment da, sein ganzes, nicht unerhebliches Gewicht zog nach einer Seite, und er wartete darauf, daß der Hengst rebellieren würde. Als er es nicht tat, schwang der Nordbewohner das rechte Bein über den Sattel und ließ sich hineinfallen. Er war groß, ungelenk und außerordentlich blind für die Intelligenz des Tieres, auf dem er saß.

Gar nicht zu reden von seiner Entschlossenheit.

»Vielleicht drei Sprünge«, prophezeite Del.

»Noch nicht einmal zwei, Bascha.«

Es war nicht einmal ein halber Sprung notwendig.

Der Hengst ist kein besonders großes Pferd. Und auch kein besonders *ansprechendes*, denn er ist ein typisches Wüstenpferd: von mittlerer Größe, mit mittelschweren Knochen, einem schweren Kopf und tiefliegender Brust. Seine Augen liegen zu weit auseinander, als daß er gutaussehend wäre, aber das liegt daran, daß sich ein Gehirn dahinter befindet. Er ist kompakt, nicht langbeinig oder mit langgestrecktem Körper. Er ist nicht dafür geboren, Rennen zu gewinnen. Er ist nicht muskulös, aber was an Muskeln vorhanden ist, ist fest verschlungen und entlädt sich in Kraft und Stil. Er ist von einfacher, herkömmlicher, mittelbrauner Farbe mit schmutzig-dunklen Tupfen an allen vier Beinen und einem struppigen schwarzen Schweif. Seine Mähne ist immer gestutzt. Im Moment stand sie als Stacheln so hoch aufrecht wie die Spannweite der Hand eines Menschen. Und sein Fell, das normalerweise weich und glatt war, nahm jetzt an Länge und Dichte zu.

Ich runzelte die Stirn. »Er ist völlig struppig.«

Del nickte. »Er bekommt Winterfell.«

»Das hat er nie zuvor bekommen.«

»Wer braucht das auch im Süden? Aber jetzt ist er im Norden, Tiger. Du trägst Baumwolle und Leder, ihm wächst zusätzliches Fell.«

Ein weiterer Grund, dachte ich verdrießlich, um so bald wie möglich heimzukehren.

Der Mann, der ihn festhielt, rief erneut etwas. Ich bat um eine weitere Übersetzung.

»Er sagt, daß das Pferd müde wird.«

»Nein, das wird er nicht. Er hat sich noch kaum bewegt.«

Del seufzte. »Soll ich übersetzen oder nicht?«

Ich erwiderte scharf: »Mach weiter.«

»Er sagt, da das Pferd müde wird, nimmt er nur noch

einen Reiter an. Aber daß dieser, wenn er gewinnt, alles bekommt — er wird auch den Hengst bekommen.«

»*Was?*«

»Der Hengst ist ein Teil des Gewinns.«

Plötzlich war ich weniger daran interessiert, irgendeinen Flegel von Nordbewohner scheitern zu sehen, als daran, Anspruch auf mein Pferd zu erheben. »Setz etwas Geld auf mich, Del. Wir wollen die Taschen aller Gaffer leeren.«

»Tiger ...«

Aber es war zu spät. Ich legte meinen Harnisch ab, gab ihn Del und trat in die Mitte des Kreises, während ich ankündigte, daß ich es versuchen wolle.

Der Hengst rollte ein dunkles Auge in meine Richtung. Sah mich einen langen Augenblick an, in dem er die Ohren mit den schwarzen Spitzen anlegte und wieder aufrichtete. Dann legte er sie erneut an. Entblößte große gelbe Zähne. Schlug mit einem kraftvollen Hinterbein aus und bat mich, nahe genug heranzukommen.

Ich lächelte nur.

Der Mann, der ihn festhielt, war ein blonder Kerl mittleren Alters, dessen jahrelange Erfahrung mit Pferden durch Bißnarben auf den Unterarmen bezeugt wurde. Seine Beine waren krumm, und er wirkte nicht sonderlich eingeschüchtert durch die schlechten Angewohnheiten des Hengstes. Er stand nur da und hielt den Stirnriemen fest, wobei er wie abwesend einem Zwicken entging, und fragte, ob ich sicher sei, meinen südlichen Hals riskieren zu wollen.

Ich sagte ihm in nordischer Sprache, daß es so sei, und fragte ihn dann, warum er bereit sei, das Pferd zusätzlich zu dem Geld, von dem er einen Teil bekommen würde, als Preis auszusetzen.

Er stieß mit geübter Hand nach dem zubeißenden Maul des Hengstes. »Zuviel Ärger«, sagte er in akzentuierter Grenzlandsprache, wobei er die nordische und die südliche Sprache munter vermischte. »Ich bin Zureiter

570

für Pferde, nicht für *Bestien* — ich möchte sauberes, unzerbissenes Pferdefleisch verkaufen. Dieses hat versucht, jede Stute aus meinem Bestand zu besteigen, hat das linke Bein meines besten Hengstes gebrochen und den Hengst, den ich *mag*, fast zum Krüppel gemacht.« Er grinste und taxierte mich, um festzustellen, ob ich den Hengst reiten könnte. »Ich will ihn loswerden, aber nur mit Profit.«

»Warum habt Ihr ihn dann gekauft?«

»Das habe ich nicht. Er kam von den Hügeln herab und direkt in mein Lager. Hat nach Stuten Ausschau gehalten, denke ich. Er scheint nichts gegen Zaumzeug und Gebiß zu haben, aber er läßt niemanden länger als für einen oder zwei Sprünge auf seinen Rücken.«

Ich nickte und erwies dem Nordbewohner zuliebe dem Hengst falschen Respekt. »Wie lange muß ein Mann obenbleiben, um zu gewinnen?« Der Zureiter stieß mit einem Daumen in Richtung eines Jungen, der neben ihm stand. »Seht Ihr das Stundenglas in seinen Händen? Wenn Ihr aufsteigt, wird er es umdrehen. Reitet, bis der Sand durchgelaufen ist, und das Pferd sowie das Geld gehören Euch.« Der Tonfall strafte seinen entschiedenen Mangel an Vertrauen in mich Lügen.

»Und wenn ich abgeworfen werde, bevor der Sand durchgelaufen ist?« Das war bei dem Hengst immer möglich. Ich bin kein Narr, der schwört, er könne jedesmal gewinnen.

Der Nordbewohner zuckte die Achseln. »Dieser hier ist für mich, so wie er ist, nicht gut genug. Und niemand wird ein Pferd kaufen, das nicht geritten werden kann. Er ist auch zu klein für den nordischen Geschmack, so daß niemand ihn zur Zucht gebrauchen mag.« Er zuckte erneut die Achseln. »Und dann bleibt mir nichts anderes übrig, als ihn den *Vagabunden* zu überlassen.«

Ich runzelte die Stirn. »Aber Ihr sagtet, niemand wolle ihn.«

Der Zureiter grinste. »Ihr im Süden eßt Ziegenfleisch

und Schafsfleisch und Hundefleisch. Hier mögen die *Vagabunden* den Geschmack von Pferdefleisch. Ich sähe es nicht gern, wenn der Gaul geschlachtet würde, aber wenn er meinen Geldbeutel nicht füllen kann, wird er zumindest ein paar Bäuche füllen.«

Ich riß mich gewaltsam zusammen, um ihm nicht die Faust ins Gesicht zu setzen. »Ich werde es schaffen«, sagte ich einfach. »Wenn nicht, könnt Ihr *mich* schlachten.«

Der Nordbewohner nannte mir den Preis für den Ritt, nahm das Geld, das ich ihm gab, und reichte mir die Zügel. Das kastanienbraune Pferd schaute mich gerade und entschieden herausfordernd an. Er hatte gerade einen Teil des Tages damit verbracht, Männer vom Rücken zu werfen, und daß *ich* der nächste war, schien für ihn keinen Unterschied zu machen. Er wußte, was von ihm erwartet wurde, und beabsichtigte, sich entsprechend zu verhalten.

Dels Warnung klang in meinen Ohren wahr. Wenn alle diese Wetter *tatsächlich* über die Wahrheit meiner Beziehung zu dem Hengst stolpern sollten, hätten sie das Recht, mir die Hoolies aus dem Körper zu prügeln. Also war es wichtig, daß ich den Hengst in keiner Weise anders behandelte als sie oder versuchte, ihn zur Willfährigkeit zu verleiten.

Also mußte ich nur dafür sorgen, daß er sein Bestes tat, um mich abzuwerfen, und dann versuchen, oben zu bleiben.

»Hoolies«, murmelte ich, »ich wünschte, dies wäre ein Schwerttanz.« Der Hengst zuckte mit einem Ohr.

Ich atmete tief ein, ergriff Zügel und Mähne und schwang mich ohne Zuhilfenahme der Steigbügel hinauf. Ich setzte mich fest in den Sattel, bevor der Hengst auch nur blinzeln konnte, und hakte die Füße in die Steigbügel. Ich setzte mich so tief hinein wie möglich.

Nun, es war *möglich*, daß er beschließen würde, seine Kampftage seien vorüber, zumindest für den Moment.

Es war möglich, daß er sich genau daran erinnerte, wer ich war, und für eine Überraschung sorgen würde, indem er mich einfach oben ließ. In diesem Falle wäre das Spiel ganz entschieden gelaufen, und sie würden *mich* wahrscheinlich, zusätzlich zu dem Hengst, auch schlachten.

Also pflanzte ich meine in Stiefeln steckenden Fersen in seine Flanken und stieß sie so fest wie möglich hinein.

Der Hengst ging in die Luft wie ein tödlicher Samum, ganz Hufe, Zähne und Lärm.

Nun, der erste Teil meines Planes gelang. Jetzt mußte ich nur noch oben bleiben, während der Sand durch das Glas lief.

Ich nahm undeutlich Schreie und Lachens wahr. Nahm starrende Augen und geöffnete Münder kaum wahr. Und noch undeutlicher das Zurückfallen des menschlichen Kreises, zurück, fort ... womit der Hengst Raum bekam, sich auszutoben. Aber ich war mir auch *völlig* der Bedrohung bewußt. Der Hengst tat sein Bestes, mich so heftig wie nur möglich abzuwerfen.

»... einfältiger Sohn einer Salsetziege ...«

... *hopp ... hopp ... Sprung ...*

»... *willst* du geschlachtet werden ...?«

... *tauchen ... buckeln ... drehen ...*

»... willst du mir jede Gelegenheit nehmen, jemals Kinder zeugen zu können ...?«

... *losstürzen ... buckeln ... stampfen ...*

»... man sollte aus dir einen Wallach machen ...«

... *herumwirbeln ... herumwirbeln ... drehen ...*

»... du eingebildeter Sohn einer ...«

... BUCKELN ...

Ich wurde natürlich vorwärtsgeschleudert. Stieß mit seinem Kopf zusammen. Wurde in den Sattel zurückgestoßen, wo ich von einer Seite zur anderen schwankte. Ich wollte nur eins: *absteigen ...*

Also half mir der Hengst aus der Klemme.

Wenn man vom Rücken eines Pferdes abgeworfen wird, weiß man manchmal nicht, wo oben und unten ist. Man weiß lediglich, ist, daß man irgendwie von seinem Pferd getrennt wurde, durch Pech oder Gewalt, und jetzt, wenn auch vielleicht nur kurz, irgendwo in der Luft hängt. Die rechte Seite nach oben, kopfüber — man *weiß* es niemals wirklich.

Das heißt, bis man landet.

Ich landete.

Und dachte: ... *du einfältiger Sohn einer Salsetziege, jetzt werden sie dich aufessen* ...

Und dann hörte ich ganz auf zu denken, weil der Hengst an meinem Kopf stand und mein blutbeschmiertes Gesicht beschnupperte.

Hoolies, es bedurfte nur eines einzigen Tritts eines eisenbeschlagenen Hufes, und meine Tanztage wären vorbei.

Alle Tage wären vorbei.

Nüstern blähten sich vor meinem Gesicht auf. Heißer Pferdeatem trocknete den Blutfilm an meiner Nase. Er sog die Luft ein und schnaubte geräuschvoll, wobei er Feuchtigkeit über mein ganzes Gesicht versprühte.

Ich setzte mich auf, fluchte und versuchte, mir das Blut und den Schleim aus dem Gesicht zu wischen. Schließlich reichte mir jemand ein feuchtes Tuch, das hilfreich war. Der Zureiter fing den Hengst ein und führte ihn zu mir herüber, als ich den beschwerlichen Weg auf meine Füße antrat.

Ich schaute auf unschuldige dunkle Augen und zitternde Barthaare. »Ich kaufe ihn Euch ab«, sagte ich. »Er hat vielleicht den Kampf gewonnen, aber ich sähe es nicht gern, wenn er geschlachtet würde.«

Der Nordbewohner grinste, während ich mir das Gesicht abwischte. »Nun, wenn ich ein unehrlicher Mann wäre, würde ich zustimmen und Euer Geld annehmen. Aber das bin ich nicht.« Er übergab mir die Zügel. »Er hat Euch vielleicht abgeworfen, aber er hat es getan, *nachdem* der Sand durchgelaufen war.« Ich stand da, die Zügel in der Rechten, als der Zureiter eine lederne Satteltasche in meine Linke fallen ließ. »Ich habe meinen Anteil herausgenommen«, sagte er. »Der Rest gehört Euch.« Er sah den Hengst fragend an. »Er wird Euch töten, bevor der Winter vorbei ist.«

»Oder wir werden uns gegenseitig töten.« Ich wandte mich um, bahnte mir meinen Weg durch die Zuschauer, die jetzt über gewonnene und verlorene Wetten lamentierten, und führte den Hengst zu Del.

Sie stand da und hielt den Harnisch und das Schwert umfangen. Nickte ein wenig. Nahm mir das Tuch aus der Hand, um mir das Blut abzuwischen. »Gar nicht so schlecht«, sagte sie, »aber du hast es ein bißchen zu weit getrieben. Ein Sprung früher, und du hättest ihn *und* das Geld verloren.«

»Früher, später ... das war unwichtig, Bascha. Er achtete auf nichts, was ich sagte oder tat.«

Del tätschelte das große Maul des Hengstes. »Keine schlechte Arbeit für einen Tag. Du hast Geld und ein Pferd gewonnen ... Jetzt brauchen wir nur noch ein Pferd für mich zu kaufen.«

Und eine herausfordernde Stimme fragte: »Und was ist mit einem Pferd für *mich*?«

Del drehte sich brüsk um. »Massou«, sagte sie, völlig überrascht. Dann, mit unendlicher Sanftheit: »Massou, du wirst mit Cipriana und deiner Mutter weiterziehen.«

Sein Gesicht zeigte Trotz. »Ich will mit *Euch* gehen.«

»Das kannst du nicht«, erwiderte sie. »Tiger und ich müssen ins Hochland hinaufziehen, weit jenseits des Reiverpasses. Du wirst mit deiner Mutter und deiner Schwester nach Kisiri weiterziehen.«

»Das will ich nicht.«

»Massou ...«

»Das *will* ich nicht.«

Der Hengst streckte den Kopf vor und biß ihn.

18

Es war nicht wirklich *schlimm*. Nicht viel mehr als ein Zwicken. Der Hengst hatte nur den Hals vorgereckt, Massous rechte Schulter erwischt und zugebissen.

Del schrie. Ich fluchte. Massou kreischte. Und hieb den Hengst so fest wie möglich auf die Nasenspitze.

Diese Reaktion erfreute den Hengst natürlich nicht sonderlich, der — in verständlicher Verwirrung — zurückscheute und die Zügel straff anzog, wodurch wiederum als Folge mein *Arm* straff angezogen wurde. (Hoolies, dieser Anprall riß mir fast den Ellbogen aus.) Ich stolperte rückwärts, als sich der Hengst zurückzog, errang mit außerordentlicher Anstrengung mein Gleichgewicht wieder, umklammerte die Zügel und verfluchte ihn ununterbrochen.

Der nordische Zureiter, der gerade vorbeiging, hielt das für sehr lustig.

Del versuchte in der Zwischenzeit, Massous Schulter zu untersuchen, aber Massou hielt nichts davon. Er weinte, aber leise, und die Tränen wurden durch Ärger verursacht, nicht durch Schmerz oder Angst. Sein Gesicht war fleckigrot. Blaue Augen sprühten vor Zorn. Beide Hände waren zu Fäusten geballt, als er von Del fortdrängte und sich dem Hengst näherte.

Der sich natürlich weiter zurückzog. Da er durch die Zügel mit mir verbunden war (und ich nicht die Absicht hatte loszulassen), zog auch ich mich zurück. Es gefiel mir nicht, mitten in einem Disput zwischen einem Tier, das mir kräftemäßig weit überlegen war, und einem Jungen, der mir kaum bis zur Hälfte reichte, gefangen zu sein. Es wurde, das spürte ich, ein gewisser Mangel an Würde erkennbar.

»Genug«, sagte ich gereizt. »Ich weiß, daß er dich gebissen hat, Massou, und es tut mir leid, aber wenn du
nochmals versuchst, ihn zu schlagen, könntest du noch
schlimmer verletzt werden.«

Massou spie etwas Ärgerliches in unverständlichem
Nordisch aus, machte auf dem Absatz kehrt und rannte
davon. Was mich zwang, Del gegenüberzutreten.

Ich wartete vorsichtig ab.

»Ich vermute, es ist zuviel verlangt«, begann sie sehr
ruhig, »wenn man von einem Pferd erwartet, daß es
bessere Manieren hat als sein Herr.«

Hoolies. Sie *machte* mich dafür verantwortlich. »O Del
— komm ... Wie hätte ich wissen sollen, daß er den
Jungen so wenig mag? Er warnt mich bei solchen Dingen nie vor. Er *tut* es einfach.«

Durch ihre Ruhe bekam ihr Ärger eine besondere Be-
tonung. »Vielleicht wären wir besser dran gewesen,
wenn du den Wettbewerb verloren hättest.«

»O nein«, antwortete ich sofort. »Wenn ich *verloren*
hätte, wäre der Hengst für irgend jemanden zur Mahlzeit geworden.«

Gebogene Brauen und ein geschürzter Mund sagten
mir, daß das genau das war, was sie gemeint hatte.

Ich schaute stirnrunzelnd zurück, als mir der Hengst
sein Maul in den Rücken stieß. »Komm, Del ...«

Sie unterbrach mich jäh. »Ich werde nachsehen, wie
es Massou geht. Ich glaube nicht, daß der Biß schlimm
war, aber dennoch ...«

Ich winkte mit der Hand. »Ich weiß«, sagte ich, »ich
weiß. Du mußt es nicht sagen, Bascha.«

»*Jemand* muß es tun.« Sie drückte mir den Harnisch
und das Schwert in die Arme und warf einen Blick zurück auf den Hengst. »Paß nur auf dein Pferd auf.«

Ich seufzte tief, während ich ihr nachsah, und schob
die knabbernden Lippen des Hengstes von einem Riemen fort. »*Jetzt* hast du es geschafft.«

Der Hengst zog es vor, nicht zu antworten.

Jemand blieb neben mir stehen. »Ich würde lieber auf *sie* aufpassen.«

Es dauerte einen Moment, bis ich erkannte, daß er sich auf Dels letzte Bemerkung bezog. Was bedeutete, daß er gelauscht hatte. Aber da wir nicht laut gesprochen hatten, bedeutete es, daß er mehr getan hatte, als nur zu lauschen. Es bedeutete, daß er *zugehört* hatte.

Ich sah ihn an. Er war jung, männlich, eingebildet, seiner Kraft und Anziehung sicher. Der Typ von Mann, den ich aus einer Vielzahl von Gründen hasse.

Er warf mir einen schiefen Blick aus blaßblauen Augen zu und wartete auf meine Antwort. Statt dessen brachte ich ihn aus der Fassung, indem ich ihn unverwandt ansah.

Das amüsierte ihn. Er lächelte. Das Lächeln galt ihm selbst, war aber auch schräg auf mich gerichtet. »Aha«, sagte er mit Ironie in der Stimme, »der Südbewohner spricht kein Nordisch.«

Er gebrauchte die Sprache der Grenzbewohner, nicht den reinen Hochlanddialekt. Er wollte, daß ich ihn verstand. Was bedeutete, daß er Ärger *suchte.*

Innerlich seufzte ich (ich war nicht wirklich in der Stimmung zu streiten), ahmte sein eigenes Lächeln freundlich nach, einschließlich seiner gekräuselten Lippen. »Nur wenn ich mich dazu entschließe ... oder wenn die Gesellschaft es wert ist.«

Das Lächeln des Nordbewohners gefror, flackerte und breitete sich dann weit aus, während sich die hellen Augen abschätzend verengten. Ich habe diesen Blick schon früher kennengelernt. Er wollte meinen Wert herausfinden, bevor er Feindlichkeiten einsetzte. »Südbewohner ...«

»Spart Euch das«, sagte ich kurz. »Wenn Ihr kämpfen wollt, werden wir kämpfen, aber wir werden dies in einem Kreis tun anstatt mit Worten. Beleidigungen sind Zeitverschwendung, und Ihr seid zu jung, um allzu gut zu sein.«

Er sah mich erschreckt an. Er war sogar noch heller als Del, wodurch sein Haar fast weiß wirkte, und seine Augen waren von dem hellsten, eisigsten Blau, das ich je gesehen hatte, eingerahmt von ebenso frostigen Wimpern. Einerseits paßte das nicht zueinander, denn es verlieh ihm das Aussehen fast unberührter Jugend, was aber offensichtlich täuschte. Andererseits rief es eine fast außerirdische Transparenz hervor.

Natürlich schwächte die gezackte Narbe auf seiner Oberlippe die Unschuld der Züge ab. Es sah so aus, als stamme die Narbe von einem Messer und sei bereits älteren Datums.

Er schaute auf den Lederriemen in meiner Hand. Er schaute auf die Scheide und das Heft. Weiße Brauen hoben sich. »Schwerttänzer?«

»Schwerttänzer«, bestätigte ich. »Wollt Ihr in den Kreis eintreten?«

Lider zuckten. Helle Wimpern schirmten helle Augen ab. Kurz darauf spreizte er die Hände und lächelte, um unschuldigen Vorsatz zu demonstrieren. »Ich habe kein Schwert. Meine Waffe ist das Messer.«

Ich zuckte die Achseln und schnalzte mit der Zunge. »Das ist aber zu schade. Ich denke, wir müssen Freunde werden.«

Er überhörte die Bemerkung völlig und wies mit dem Kinn in Dels Richtung.

»Gehört die Frau Euch?«

Es wäre so einfach gewesen, mit ja zu antworten, Anspruch auf Del zu erheben und ihn zu warnen, die Finger von ihr zu lassen. Aber ich hatte dank Del gelernt, daß man keinen Anspruch auf eine Frau haben konnte, daß man eine Frau nicht besitzen konnte und daß ihre Wegrichtung ihre eigene Wahl war, die nicht von einem Mann abhing.

Es wäre so einfach gewesen. Aber es wäre eine Lüge gewesen.

»Fragt *sie*«, schlug ich vor, »aber vielleicht wird Euch

die Antwort nicht gefallen. Sie ist eine Schwerttänzerin.«

Helle Brauen hoben sich erheblich. Er sah hinter Del her, obwohl sie schon fort war, verengte die eisigen Augen und sah mich an. Es war offensichtlich, was er dachte: Mein Verzicht machte mich zum Narren.

Der Hengst knabberte an meiner Schulter. In Erinnerung an Massous Erfahrung schob ich das Maul fort.

Das brachte den Nordbewohner zum Lächeln. »Ich habe durch Euch Geld gewonnen.«

Ich blinzelte. »Ihr habt auf mich gewettet und gewonnen?«

»Ich kenne mich mit Pferden aus.« Ein verstohlenes Lächeln breitete sich aus. »Vielleicht besser als der Zureiter, der so bereit war, diesen Hengst aufzugeben. Es ist mein Geschäft, wenn auch auf andere Art.« Das Lächeln breitete sich noch weiter aus und verzog die Oberlippe. Die Narbe verunstaltete ihn nicht völlig, aber sie zog Aufmerksamkeit auf sich. Und ich glaube, sie erfreute ihn eher, als daß sie sein Naturell behindert hätte. (Ich kenne mich ein wenig mit Narben aus.) »Ich hätte ihn selbst ausprobiert, aber Ihr habt gesprochen, bevor ich es tun konnte.«

»Das sagt mir noch immer nicht, warum Ihr auf mich gewettet habt.«

Er rieb mit einem müßigen Zeigefinger über die verzogene Lippe. »Das Pferd kennt Euch«, sagte er schließlich. »Es gibt eine sehr persönliche Sprache bei Pferden, und ich kenne sie.« Er zuckte die Achseln. »Nicht aus Worten oder Gedanken, sondern aus Gefühlen. Das Tier kennt Euch gut, also wußte ich, daß Ihr den Wettbewerb gewinnen würdet.«

Ich grunzte. »Das hättet Ihr mir früher sagen und mir eine blutige Nase ersparen können.«

Er grinste, wodurch die Arroganz wich und von echter Belustigung abgelöst wurde. »Aber ich wollte *gewin-*

nen. Die Dinge standen gut für mich, denn jeder andere wettete gegen Euch.«

Ich taxierte ihn jetzt so genau, wie er mich taxiert hatte. Groß, aber schmächtig, wenn auch nicht so groß wie ich. Anmutig sogar in der Bewegungslosigkeit. Der Junge wußte sich zu bewegen. Er trug Baumwolle und Leder wie ich, an den Waden und den Unterarmen über Kreuz gebunden, aber sein helles Haar war sehr lang und in zwei Zöpfe geteilt, einer auf jeder Schulter. Er hatte sie mit Lederriemen befestigt, an denen blaue und silberne Perlen baumelten. Sie klimperten, wenn er sich bewegte.

»Dann, so denke ich, schuldet Ihr mir einen Trunk.«

Er blinzelte. Dann lächelte er. »Also müssen wir Freunde werden? Oder Feinde wegen der Frau?«

»Oh, wir können beides werden. Das hängt von Euch ab. Aber wenn Ihr noch immer hier seid, wenn Del zurückkommt, werdet Ihr merken, daß es keine Rolle spielt.«

Er lachte. Neigte den Kopf. Und lud mich in fließend südlicher Sprache in sein Lager ein.

Ich nahm an. Den Alkohol eines Mannes zu trinken ist besser, als gegen ihn zu kämpfen.

Es sei denn, man kann beides tun.

Er sprach sowohl die südliche als auch andere Sprachen, obwohl er sich überwiegend an das Grenzlandkauderwelsch hielt, das sogar ich verstand. Sein Name, sagte er, sei Garrod, und er sei ein Pferdesprecher. Als ich ihn nach dem Unterschied zwischen einem Pferdesprecher und einem Pferdemeister fragte, sagte er, das zweite sei eine falsche Bezeichnung, da kein Mensch ein Pferd beherrschen könne. Ich hielt den einen Namen für genauso gut wie den anderen und sagte es ihm.

Garrod saß auf einer blau und grau gewebten Decke auf dem Boden und lehnte sich gegen einen Baumstumpf. Es war ein winzigkleines Einmannlager, das aus einer aschegefüllten Feuerstelle, einem Durcheinander von Lederriemen und fünf ausgezeichneten Pferden bestand.

Er neigte ein wenig den Kopf. Die Zopfperlen klimperten. »Genauso ein Unterschied«, sagte er ruhig, »wie zwischen einem Hengst und einer Stute.«

Ich schnaubte meine Erwiderung und genoß das erfreuliche Glühen nordischen Alkohols, während ich auf Garrods Decke saß und Garrods *Amnit* trank. »Ihr seid hierhergekommen, um Eure Pferde zu verkaufen, nicht wahr? Das scheint mir dasselbe zu sein.«

»Pferde sind für *mich* mehr als Verkaufsgegenstände. Mehr als nur Tiere, die zum Tragen oder Ziehen ausgebildet werden.« Seine eisigen Augen waren seltsam verschwommen, während er zu seinen fünf Pferden hinübersah, die draußen auf dem grünen Gras angepflockt standen. »Pferde sind meine Magie.«

Ich war sein Gast, und es gibt Regeln. Ich widerstand dem Drang, laut aufzulachen. Statt dessen hielt ich ihm die Bota hin. »Trinkt noch etwas.«

Ernst nahm er sie entgegen, trank, lächelte kameradschaftlich zurück. »Ich hätte Euer Pferd reiten können. Ich hätte es zu meinem machen können.«

»Indem Ihr mit ihm gesprochen hättet, nehme ich an.«

Er schaute mich nachdenklich an. Sein Gesichtsausdruck sagte mir nichts, im Gegensatz zu dem, was seine Abschätzung ergeben hatte. Und dann lächelte Garrod, wobei er die vernarbte Oberlippe verzog. »Es hätte Euch eine blutige Nase erspart.«

Ich nahm die Bota zurück. »Ich muß ein Pferd kaufen.«

»Für die Frau oder für Euch selbst?«

»Für sie. Für Del. Es hängt natürlich vom Preis ab.«

Garrod zuckte unbeteiligt die Achseln. »Ich müßte sie sehen. *Sie ihnen* zeigen.«

»Wem? Den Pferden?« Ungläubig starrte ich auf die

fünf grasenden Tiere. »Wollt Ihr damit sagen, daß Ihr sie erst um ihre *Meinung* fragt?«

Sein Ton zeugte von unendlicher Geduld. Er war diesem Unglauben schon früher begegnet. »Die Menschen suchen die Pferde aus falschen Gründen aus. Sie denken an sich selbst, nicht an das Tier. Sie kaufen oder verkaufen auf dumme Art, und oft leidet das Pferd darunter.« Er lächelte. »Oder der Reiter.«

»Ihr meint mich.«

»Ich meine Euch.« Garrod setzte sich aufrecht, wechselte seine Lage und lehnte sich erneut zurück, wobei er den linken Zopf unter einer Achsel hervorzog. »Ihr und Euer Pferd könnten bessere Freunde sein, wenn die Partnerschaft auf Gleichheit beruhen würde. Ihr habt zuviel Zeit damit verbracht, ihm zu sagen, Ihr wäret sein Herrscher, während er Euch dasselbe erzählt.« Er zuckte leicht die Achseln, wobei Perlen in dicken hellen Zöpfen erneut klimperten. »Er ist einigermaßen glücklich und Ihr auch, aber Ihr könntet beide noch glücklicher sein.«

Ich habe schon früher von seltsamen Dingen gehört, aber noch niemals von einem Mann, der mit Pferden sprechen kann. Oder von Pferden, die zuhören.

»Garrod ...«

»Zeigt sie ihnen«, sagte er. »Ich werde Euch jenes Pferd verkaufen, das für sie am besten ist.«

Ich dachte über Dels Reaktion nach. »Sie mag vielleicht keines von *ihnen*.«

Garrod lächelte. »Sie ist Nordbewohnerin, nicht wahr?«

»Del? Hoolies, ja ... sie ist fast so hell wie Ihr.«

»Dann wird sie verstehen.«

Garrod und ich teilten uns den Rest der Bota, erzählten uns Geschichten voller Wahrheiten und Lügen und genossen ganz allgemein einen erfreulichen Nachmittag. Einmal mußte ich den Hengst erneut festbinden, da er sich von einem Ast, an dem ich ihn festgebunden hatte, befreit hatte, aber ich fing ihn, bevor er Garrods Pferden Schaden zufügen konnte, und vergewisserte mich, daß mein Knoten fest genug war.

Bis dahin hatte er kaum mehr getan, als die anderen verdrießlich anzustarren oder Gras abzurupfen und büschelweise erdige Wurzeln auszuspucken.

Garrod schaute zum Himmel hinauf. »Die Sonne geht unter.«

Ungefähr in diesem Moment erreichte uns Del. »Ich habe dich überall gesucht.«

Ich zuckte die Achseln, bequem auf Garrods Decke sitzend. »Du hast gesagt, es sei nicht schwer, mich zu finden.«

»Das dachte ich«, stimmte sie zu, »aber dabei habe ich dummerweise vergessen, daß du dir höchstwahrscheinlich einen Rausch antrinken würdest.«

Ich hob die Augenbrauen. »Wir hatten einen schlechten Nachmittag, nicht wahr?«

Garrod lächelte und schob ihr die Bota zu. »Wir haben einen oder zwei Schlucke für Euch übriggelassen.«

Del nahm die Bota, trank aber nicht, sondern taxierte uns beide schweigend. Ihr Blick ruhte länger auf Garrod, um nichts zu übersehen. Selbst *ich* konnte nicht sagen, was sie dachte. Aber ich glaube, daß sie nicht allzu begeistert war.

»Massou geht es gut«, sagte sie schließlich. »Der Biß wird blau werden, aber nicht mehr.«

»Das hätte ich dir auch sagen können.« Ich deutete auf meinen Gastgeber. »Sein Name ist Garrod. Er ist Pferdesprecher, sagt er.«

»Pferdesprecher?« Del runzelte die Stirn und betrachtete den jungen Mann jetzt intensiver, den ich auf ihr Alter schätzte. »Ihr seid sehr jung dafür.«

»Wahres Talent wartet nicht auf das richtige Alter«, antwortete Garrod. »Aber dasselbe könnte ich von Euch sagen, nicht wahr? Er sagt, Ihr wäret eine Schwerttänzerin.« Er hielt für einen Moment bewußt inne. »Obwohl Ihr eine *Frau* seid.«

Uh, oh. Kein guter Anfang.

Del sah ihn geringschätzig an. Entließ ihn dann mit unübertrefflicher Geschwindigkeit aus ihrem Blick und wandte ihn mir zu. »Wir haben ein Lager errichtet, und Adara hat eine Mahlzeit gekocht.«

Ich seufzte und erinnerte mich an Massous Naturell und Adaras düstere Trägheit. »Wie lange müssen wir für sie noch Kindermädchen spielen?«

Ein kurz aufflackernder Ausdruck auf ihrem Gesicht sagte mir, daß sie es genauso leid war, obwohl sie nichts sagte, was darauf hätte schließen lassen. »Noch eine Nacht«, sagte sie ruhig. »Wir werden ihnen morgen früh ein Pferd und einen Wagen kaufen, und dann steht es uns frei zu gehen.«

Sie war eindeutig erschöpft. Ich sah die geheimen Anzeichen der Anspannung auf ihrem Gesicht.

Garrod schob sich an dem Baumstumpf hoch und rieb vernarbte Lippe. »Er sagt, Ihr braucht ein Pferd.«

Dels Gesicht wurde zur Maske. »Und Ihr habt eins zu verkaufen.«

Er deutete mit einer nachlässigen Handbewegung über die Schulter. »Ich habe *fünf* zu verkaufen.«

Del sah zu den Pferden hinüber. Sie grasten ruhig und waren wie Hunde an einer Führungsleine angepflockt. Große robuste Pferde mit struppigem Winterfell. Zwei Kastanienbraune, zwei Füchse, ein Grauer. Sie sahen ganz zufrieden mit ihrem Schicksal aus, entschieden zufriedener als der Hengst. Aber letztendlich bedeutete das nicht viel.

Sie warf mir einen schnellen Blick zu. Ich zuckte ganz leicht die Achseln, wobei ich fast unbemerkbar eine Schulter anhob. Sie fragte mich, was ich von Garrod und seinem Anspruch auf Pferdemagie hielt. Offen gesagt, wußte ich nicht, *was* ich dachte.

Dels Mund festigte sich, verzog sich schwach, lockerte sich wieder. »Ich glaube nicht«, sagte sie, »jetzt nicht. Vielleicht morgen früh.«

Garrods Lächeln verblaßte. »Morgen früh sind sie vielleicht nicht hier.«

Pferdesprecher oder nicht, diese Sprache verstand sogar *ich* sehr gut. Pferdehandel und Feilschen sind so alt wie die Zeit selbst.

»Morgen früh«, schlug Del vor, »verlangt Ihr vielleicht einen geringeren Preis.«

Der Nordbewohner grinste. »Morgen früh kosten sie vielleicht *mehr*.«

»In Ordnung, in Ordnung.« Ich war das Spiel leid. »Laß uns etwas essen gehen, Bascha — wir werden morgen früh nach einem Pferd sehen.«

Sie warf Garrod einen seitlichen und kühl abweisenden Blick zu und machte auf dem Absatz kehrt, um zu gehen. Offenes blondes Haar tanzte auf ihrem Rücken und verbarg den größten Teil des Harnischs und die Schwertscheide.

Aber es verbarg nicht das silberne Heft, das sich über ihre linke Schulter erhob.

Garrod schaute zu mir herauf, als ich mich erhob. »Ein guter Rat, Freund Tiger: Trau niemals einer Frau mit einem Schwert. Ihre Zunge ist spitz genug.«

Ich lachte. Hielt inne, als Del herumfuhr. Zeigte ihr einen unschuldigen Gesichtsausdruck und sah Garrod grinsend an. Er hob grüßend seine Bota.

»*Männer*«, bemerkte Del, als sage das alles.

Und ich denke, manchmal ist das auch so.

19

Del und ich bahnten uns unseren Weg zurück durch Männer, Frauen, Kinder, Hunde, Pferde und anderes, verschiedenartiges, lebendes Inventar, das sich um die Wagen, Herdfeuer und offenen Lager schlängelte, eintauchend und auf unserem Weg verschiedenen Spielen ausweichend. Die Sonne ging endgültig unter. Sie krönte die Berge mit Gold und Bronze und vertiefte die Purpurtöne zu Schwarz.

»Du warst ein bißchen hart zu Garrod, findest du nicht?« Del ist sehr groß. Unsere Schritte paßten sich einander an, besonders dadurch, daß ich den Hengst führte.

»Ich mag ihn nicht.«

Ich grunzte. »Das habe ich schon irgendwie mitbekommen. *Warum*, ist die Frage. Oder vielleicht: warum nicht?«

Sie zuckte die Achseln. »Ich mag ihn einfach nicht.«

Ich vermute, ich hätte froh sein sollen. Der narbigen Lippe und allem anderen zum Trotz war Garrod ein gutaussehender junger Draufgänger und entschieden eher in Dels Alter als ich. Aber da wir eine Bota geteilt und eine Menge Geschichten ausgetauscht hatten, hatte ich das Gefühl, ihn gut genug zu kennen, um mich nicht durch seine Jugend oder sein gutes Aussehen bedroht zu fühlen, das ich bereits vor einiger Zeit verloren hatte — obwohl *einige* Frauen vielleicht anderer Meinung sind. Also konnte ich es mir leisten, durch Dels Herabsetzung Garrods gekränkt zu sein.

»Du kennst ihn nicht einmal. Wie kannst du dir so schnell eine Meinung bilden?«

»Genauso schnell, wie du dir eine Meinung über einen Gegner bildest, wenn du in den Kreis eintrittst«, konterte sie trocken. »Das *braucht* nicht viel Zeit.«

Der Hengst wollte mich überrennen. Ich stieß ihn mit dem Ellbogen zurück. »Aber du mochtest auch *mich* nicht, als wir uns das erstemal trafen.«

Del schaute nachdenklich drein. »Das stimmt«, gab sie zu und nickte. »Du warst Garrod immerhin sehr ähnlich: geschniegelt, eingebildet, anmaßend, überzeugt von einer nicht existierenden Überlegenheit ...«

Sie zuckte die Achseln. »Aber du hast dich sehr zurückgenommen, nachdem ich dich erst einmal im Kreis besiegt hatte.«

»Du hast mich *niemals* im Kreis besiegt.«

»Oh? Und was ist mit dem einen Mal, als wir vor den Hanjii und ihren bemalten Frauen tanzten? Ich glaube mich daran zu erinnern, daß du dich von deinem Essen verabschiedet hast.«

»Und *ich* glaube mich daran zu erinnern, daß du mir ein Knie in ...«

»... dein Gehirn gestoßen habe?« Del lächelte milde. »Eines Mannes ewige Verwundbarkeit.«

Ich würdigte sie keiner Antwort und zog es vor, unseren anfänglichen Schwerttanz zu vergessen, der eine Karikatur gewesen war. »Nichts ist jemals richtig zwischen uns geklärt worden«, erinnerte ich sie. »Wir haben getanzt, ja, aber zumeist ist es lediglich Übung gewesen. Wir haben es niemals richtig getan, festgelegt, wer der Beste ist.«

»Ich habe eine ziemlich klare Vorstellung davon.«

»Ich auch, und du bist es nicht.«

Del seufzte und deutete mit einem Arm in östliche Richtung. »Das Lager ist dort drüben ... Tiger, ich will dich nicht verärgern, aber du solltest inzwischen bemerkt haben, daß ...«

»... was? Daß du besser bist? Nein, das habe ich nicht bemerkt ... weil es nicht wahr ist.« Ein kaputter Ball rollte uns aus einem Spiel heraus über den Weg. Der Hengst blieb stehen und ich daher auch. Er atmete geräuschvoll, die Ohren zuckten, und er beäugte den Ball mit Unbehagen. Ich sagte ihm, er sei ein Feigling, beugte mich hinab, nahm den Ball auf und schoß ihn zurück zu dem wartenden Jungen. »Ich bin größer, stärker, mächtiger ...«

»Und ich bin bedeutend schneller und treffsicherer in meinen Stößen.« Del streckte ein Handgelenk vor und beugte es. »Wenn es darum geht, Muster zu gebrauchen ...«

»Aber das ist der *nordische* Stil. Ich bin ein Südbewohner.«

Sie fuhr herum, um mich anzusehen. »Aber wir sind jetzt im Norden, Tiger. Du mußt *meinen* Stil anwenden.«

»Warum?« fragte ich knapp. »Ich bin sehr gut in meinem eigenen.«

»Weil ...« Jäh brach die Dringlichkeit in ihrem Ton durch. Sie schloß kurz die Augen und sah mich dann erneut an. »Weil ein guter *Ishtoya* immer bereit ist zu lernen.«

Ich hielt meine Stimme sehr ruhig. »Ich bin ein Schwerttänzer des siebten Grades«, sagte ich deutlich. »Nicht des ersten, nicht des dritten, nicht des fünften. *Des siebten*, Del. Es gibt nicht sehr viele davon.«

Del befeuchtete sich die Lippen, strich sich Haare aus dem Gesicht, schien seltsam ängstlich. »Südlich«, sagte sie, »*südlich*. Dies ist der Norden, Tiger ... Wir müssen uns an nordische Gebräuche halten.«

»*Du* mußt dich an nordische Gebräuche halten. Ich bin einfach ich.«

»Tiger ...«

»Das bringt uns nicht weiter«, sagte ich kurz. »Du kannst mich nicht zu etwas machen, das ich nicht bin, genausowenig wie ich dich zu etwas machen kann, das *du* nicht bist. Sähst du es gern, wenn ich von dir forderte, das Schwert abzulegen und, völlig hinter südlichen Schleiern verborgen, mein Haus in Ordnung zu halten?«

Dels Gesicht war starr. »Es gibt einen Unterschied zwischen Schwerttanzen und *Haushalt*.«

»Tatsächlich? Das eine ist die Arbeit eines Mannes, das andere die einer Frau.« Ich machte eine Pause. »Normalerweise.«

»Du verstehst nicht.«

Die ewigwährende Verteidigung einer Frau, obwohl ich ihr das nicht sagte. »Vielleicht nicht«, stimmte ich zu. »Ich weiß nur, daß du dich schon die ganze Zeit, seit wir die Grenze überquert haben, seltsam verhältst.«

Ihr Gesicht war starr, und das war eine Schande, denn Dels Züge verdienten eine bessere Behandlung. »Ich habe Verpflichtungen.«

»Wie wir alle, Del.«

»Und was das seltsame Verhalten betrifft, das gilt auch für dich. Besonders in letzter Zeit.«

Ich kratzte an meinen Narben. »Ja, nun … es schien in letzter Zeit alles nicht richtig. Ich weiß nicht, was falsch ist, aber ich verspüre dasselbe Prickeln wie zuvor.«

Dels Brauen schossen in die Höhe. »Prickeln?«

Ich seufzte. »Ich weiß nicht, wie ich es erklären soll. Es fühlt sich einfach alles nicht *richtig* an.« Ich machte eine Geste. »Wollen wir das Lager suchen?«

Sie zögerte noch einen Augenblick lang, wandte sich dann jäh um und stolzierte davon. Ich folgte eher langsam, behindert durch ein aufgeregtes Pferd.

Tatsächlich ein Lager, wie es sein sollte. Da war der bekannte Regenschutz, obwohl es keinen Wagen gab, an dem man ihn hätte befestigen können, sowie ausgebreitete Decken und ein Feuer. Adara kauerte neben dem Steinkreis und rührte in einem Topf, aus dem es wie Stew roch. Cipriana half ihrer Mutter, indem sie Becher mit Tee füllte. Massou, die Schale in der Hand, saß auf einer Decke und starrte finster den Hengst an.

Das kleine Lager war nicht gut abgeschottet, da es zwischen dem Weg und mehreren verstreut stehenden Wagen mit angrenzenden offenen Lagern eingekeilt war. Aber es wäre annehmbar, ganz sicher bis zum Morgen. Ich nahm den unruhigen Hengst beiseite, weil ich nicht wollte, daß er den Jungen beunruhigte, und pflockte ihn draußen auf einem Fleckchen Gras an, das noch nicht von Rädern, Stiefeln und Hufen zertrampelt war.

Del folgte mir. »*Kymri* sind ein Grund zum feiern. Heute abend wird gesungen und getanzt.« Das war, so dachte ich, eine Art Entschuldigung.

Ich tätschelte den Hengst an der Schulter. »Ich bin sehr fürs Feiern, aber ich kann weder singen noch tanzen.«

»Du tanzt im Kreis.«

»Das ist etwas anderes.«

»Und ich habe dich noch nie singen hören. Vielleicht bist du sehr gut.«

Ich grinste sie an. »Bascha, hast du schon mal einen Danjac kreischen gehört?«

Sie schaute mich verwirrt an. »Einen was?«

»Einen was: einen Danjac. Ein Lasttier, unten im Süden.« Ich lächelte. »Nicht sehr bekannt für seine Stimme.«

»Nein, ich habe noch nie einen gehört.«

»Und du willst mich nicht hören.«

Sie runzelte ein wenig die Stirn. »Singst du *niemals?*«

»Niemals, Bascha.«

Del schüttelte den Kopf. »Ein Schwerttänzer sollte singen.«

»Verschwendung von Atem, Bascha.«

»Nicht, wenn du siegen willst.«

»Ja, nun, ich scheine ganz gut zurechtzukommen, ohne Geräusche von mir zu geben.« Ich nahm den Stiefel von dem Grasfleck, den der Hengst plündern wollte, und wandte mich wieder dem Lager zu. »Nur weil *du* singst . . .«

Sie ergriff meinen Arm. »Tiger: *Schau* . . .«

Ich schaute. Ich sah nicht viel mehr als das übliche: nur drei Männer, die den Weg hinabritten, während ihnen ein vierter entgegenging. Ein hellhaariger Mann mit Zöpfen.

»Garrod«, sagte ich, »meintest du das? Er ist hier, um seine Pferde zu verkaufen.«

Dels Finger gruben sich in meinen Unterarm. »Diese Männer . . . Tiger, ich *kenne* sie. Sie gehören zu Ajani.«

Ich zog sie zurück, bevor sie auch nur einen Schritt tun konnte. »Del . . . warte.«

»Ich *kenne* sie, Tiger.«

»Bist du sicher?«

»*Ja*.«

»Und was willst du tun: dorthin stürmen und sie zu einem Schwerttanz auffordern?«

Sie versuchte sich meinem Griff zu entwinden. Ich hielt sie fest. »Tiger — du verstehst nicht . . .«

»Doch, das tue ich. Und ich verstehe auch, daß gerade jetzt wahrscheinlich nicht der geeignete Zeitpunkt wäre, sie herauszufordern.«

Sie hörte auf zu kämpfen. Ihr Gesicht war hochrot. »Und wann *ist* der geeignete Zeitpunkt?«

»Morgen früh wahrscheinlich, wenn du darauf bestehst. Wir haben die letzten zwei Wochen damit verbracht, uns über alle diese Hügel zu mühen, Bascha . . . Warum willst du nicht noch eine Nacht guten Schlafs nutzen? Sie werden hier sein. Und Garrod auch. Wenn er *sie* kennt, könnte er auch Ajani kennen. Oder auch *nicht*. Vielleicht wollen sie einfach nur seine Pferde.«

»Sie *haben* Pferde, Tiger.«

»Wir können ihn wenigstens *fragen*, bevor wir ihn mit deinem Schwert aufspießen.«

»Dann sollten wir ihn sofort fragen.«

»Das sollten wir nicht.« Ich zog sie erneut zurück. »Del, ich werde dir sogar helfen, aber laß uns bis zum Morgen warten.«

»Wir müssen morgen früh losreiten.«

»Und ein Pferd und einen Wagen für diese Leute finden.« Ich neigte den Kopf in Richtung Adara und der Kinder. »Es ist unsere letzte gemeinsame Nacht, Bascha ... glaubst du nicht, sie möchten sie gern verbringen, ohne Zeuge eines Blutvergießens im Kreis zu werden?«

Sie knirschte mit den Zähnen. »Du bist ein sentimentaler Narr.«

Ich ergriff ihren Arm fester. »Besser als *nur* närrisch, was genau du im Moment bist.«

»Diese Männer schulden mir einen Blutzoll«, zischte sie ärgerlich. »Jeder einzelne von ihnen schuldet mir mehr als zehnmal einen Blutzoll dafür, was meiner Familie angetan wurde. Und wenn du denkst, ich ließe sie durch dieses *Kymri* reiten, ohne sie in den Kreis zu fordern, dann bist *du* der Narr!«

»Und wenn sie sich weigern?« Ich ließ sie los und sah den roten Handabdruck auf ihrem Arm. »Das werden sie wahrscheinlich, Del. Sie sind trotz allem Südbewohner. Sie werden die Aufforderung nicht ernst nehmen. Was sie jedoch tun *werden*: dich in Stücke schneiden, wenn du nicht hinsiehst, denn das ist die Art, wie sie leben. Sie haben keine Ehre, Del. Und du wirst deshalb sterben.«

»Nicht, bevor ich Ajani gefunden habe.«

Irgend etwas zog sich in mir zusammen. »Ich will, daß du *überhaupt* nicht stirbst.«

Die Sonne war fast untergegangen. Das vergehende Licht machte die Linien von Dels Gesicht weich und verwandelte ihren Gesichtsausdruck in etwas Freudigeres als den vorherigen Ärger. Sie schaute für einen Moment verwirrt zu mir zurück und atmete dann tief ein. »Nein. Ich möchte auch nicht sterben.«

»Dann laß uns sichergehen, daß es nicht geschieht.«
Die Männer waren fort und Garrod mit ihnen. »Und laß
uns etwas essen.«

Umhüllt von einem merkwürdig persönlichem
Schweigen, trat Del ans Feuer.

Das Essen war sehr gut, obwohl ich bessere Gesellschaft vorgezogen hätte. Adara blieb in ihrer Verstim-
mung befangen, unterbrach kaum ihr Schweigen, und
Massou schmollte weiterhin. Del versuchte ihn umzu-
stimmen, und er ging ein wenig darauf ein, aber nur
mürrisch, als mache er mich für die Feindlichkeit des
Hengstes verantwortlich.

Nun, vielleicht beeinflußte alles, was *ich* empfand,
auch den Hengst.

Was Cipriana anging, so hatte sie ein seltsames,
strahlendes Glänzen in den Augen, lächelte vor sich hin
und berührte gelegentlich den Ausschnitt ihrer Tunika.
Sie bediente mich anstelle ihrer Mutter, füllte meinen
Becher, bis ich ihr einzuhalten gebot, und füllte meine
Schale dreimal nacheinander bis zum Rand.

Del bemerkte es natürlich, lächelte schief und sagte
nichts. Einerseits war es nett, unter dem Schmollen einer eifersüchtigen Frau zu leiden, aber andererseits wäre es vielleicht auch nett gewesen zu wissen, daß es ihr
wirklich etwas ausmachte. Bei Del schien das nicht der
Fall zu sein — oder zumindest erachtete sie Cipriana als
Gegnerin nicht für würdig.

Es wurde mir jedoch sehr bald klar, daß Cipriana das
anders sah.

Nach dem Abendessen kehrte ich zu dem Hengst zurück, der sich sehr laut verhielt. Er stampfte, scharrte,
grub Löcher, schnaubte, zog die Lippen zurück, um
gelbliche Zähne zu zeigen. Ich dachte, es sei vielleicht
eine Stute in der Nähe. Es braucht nicht viel, um ihn
aufzuregen.

Ich beruhigte ihn, so gut ich konnte, aber er war an

nichts, was ich zu sagen hatte, sonderlich interessiert, und auch eine oder zwei Streicheleinheiten besänftigten seine Unruhe nicht. Ich versuchte die festen Muskelschichten, die zwischen den langen Knochen seines Unterkiefers lagen, zu kraulen, was normalerweise zu einem albernen Ausdruck der Zufriedenheit führt, begleitet von halbgeschlossenen Augen. Dieses Mal war alles, wozu es führte, ein nasses, schmutziges Schnauben tiefster Verachtung.

»Nun gut«, belehrte ich ihn, »bleib hier draußen und schmoll. Ich werde dich zu keiner Stute bringen, egal, *wie* sehr du mich bittest.«

Cipriana kam auf mich zu, löste sich aus dem Feuerschein. Es war jetzt dunkel, und das gesamte *Kymri* war in Rauch und blendendes Licht eingehüllt und roch nach Essen und Alkohol. »Tiger?«

Der Hengst entblößte die Zähne, und ich schlug seine Nase von dem Mädchen fort. »Ja«

»Könntet Ihr ...« Sie brach ab, nahm allen Mut zusammen und stellte die Frage. »Würdet Ihr mit mir gehen?«

Hoolies. O *Hoolies*.

»Nicht weit«, sagte sie. »Nur — nach dort draußen.« Ein Winken ihrer Hand deutete nach irgendwo jenseits des Hengstes.

Sie ist ein *Mädchen*, sagte ich mir. Wovor hast du Angst?

Nun, vor nichts. Vor nichts, *wirklich*. Nur daß ich mich vor dem in acht nehmen wollte, was sie wollte, während ich das Gefühl hatte, daß ich es bereits wußte. Ein Teil von mir schlug vor, nein zu sagen und zum Feuer zurückzugehen, die Situation zu vermeiden. Ein anderer Teil machte sich darüber lustig, ein solcher Feigling zu sein. Aber ich hatte keine Erfahrung mit fünfzehn Jahre alten Mädchen. Ich mag meine Frauen älter.

Dennoch, es gab keinen würdigen Weg abzulehnen. Also versuchte ich es gar nicht erst.

Wir ließen den Hengst zurück, der eifrig Löcher ins Gras bohrte. Seite an Seite wechselten wir aus dem Licht unseres Feuers in die Dämmerung anderer Lager. In der Ferne hörte ich das Schlagen von Trommeln, das Rasseln von Klapperknochen, den trällernden Klang hölzerner Flöten. Ich dachte, Cipriana habe es verdient, tanzen zu gehen, anstatt mit mir herumzuspazieren, und das sagte ich ihr.

Sie zuckte die Achseln. »Ich wollte bei Euch sein.«

Hoolies. »Du bist in den letzten zwei Wochen bei uns allen gewesen.«

Sie ging mit über der Brust gekreuzten Armen und gebeugtem Kopf vorwärts. Helles Haar fiel vor und verbarg ihr Gesicht. »Weil ich bei *Euch* sein wollte.«

Ich seufzte. »Cipriana ...«

Sie blieb stehen, hob den Kopf und warf mit einer schnellen Drehung des Kopfes das Haar aus dem Gesicht. »Ich bin verwirrt«, sagte sie. »Es sind heute Dinge geschehen, die ich nicht verstehe, und ich muß jemanden danach fragen.« Sie zuckte erneut die Achseln und umschlang sich mit den Armen. »Mein Vater ist tot, und Massou ist zu jung. Es gibt sonst niemanden außer Euch.«

O *Hoolies.*

Ich atmete tief ein und versuchte damit Zeit zu gewinnen. Und versuchte eine Antwort zu finden. »Ich glaube ...«

»Männer haben mich heute *angesehen*«, sagte sie. »Männer haben mich angesehen und sind mir mit den Augen gefolgt ... Einige *Männer* sind mir sogar richtig gefolgt. Und sie haben Dinge gesagt, einige von ihnen ...« Sie schaute nicht fort, wartete einfach auf eine Erklärung.

»Vielleicht wäre es besser, wenn du das mit deiner Mutter besprichst.« Eine sichere Antwort, dachte ich.

Cipriana schüttelte den Kopf. »Sie ist zu müde. Sie würde nicht zuhören.«

»Nun — was ist mit Del?«

Blaue Augen weiteten sich. »*Del* versteht das nicht!«

Ich runzelte die Stirn. »Warum nicht? Sie ist eine Frau. Sie kennt sich mit solchen Dingen aus.«

Cipriana fehlten einen Moment lang die Worte, und sie suchte nach einer Antwort. »Weil«, sagte sie schließlich, »weil alles, worum *sie* sich sorgt, ihr Schwert ist, und der Schwerttanz.«

Ich bin nicht völlig dumm, wenn es um Frauen geht, selbst wenn es junge Frauen sind. Ich erkenne Eifersucht, wenn ich sie höre. Ich kann sie *riechen*.

»Cipriana«, sagte ich fest, »wenn du die Härten überlebt hast, die Del überlebt hat, und gelernt hättest, wie man in einer Männerwelt frei lebt, egal, was passiert, dann könntest du so etwas sagen. Aber du bist zu jung und zu unschuldig, um zu verstehen, wie Dels Leben war, also schlage ich vor, daß du kein Urteil abgibst.«

Das Mädchen war nicht abgeschreckt. »Sie haben mich *angesehen*«, sagte sie. »Einer hat mir sogar das gegeben.«

Ich sah zu, wie sie etwas aus ihrer baumwollenen Tunika zog. Eine Art Kette, Perlen, die auf Leder aufgespannt waren, oder Steine. Sie waren dunkel und schwer und asymmetrisch. Die Schnur war in ihrem Nacken gebunden.

»Und du hast sie *angenommen?*« Ich war mehr als nur etwas erstaunt.

Sie zuckte die Achseln und war offensichtlich verwirrt. »Er sagte, ich solle sie haben. Ich sei hübsch genug dafür...« Sie lächelte leicht, mit strahlenden Augen. »Bin ich hübsch, Tiger?«

Hoolies, Hoolies, *Hoolies*.

»Du wirst es sein«, erklärte ich ihr gequält, »aber ich glaube, du solltest vielleicht keine Geschenke von fremden Männern annehmen.«

»Von Euch nähme ich Geschenke an.« Sie kam näher. »Selbst *Ihr* beobachtet mich, Tiger. Ich habe es gesehen.

Ich habe gesehen, daß Ihr mir mit den Augen gefolgt seid und dann Del angesehen habt. Ihr seht sie an, als würdet Ihr uns vergleichen: die hartgewordene Frau und das weiche junge Mädchen.« Sie roch nach Moschus und Lavendel, neigte sich noch näher und flüsterte: »Ich bin weicher und jünger als Del ... Und *ich habe noch niemals einen Mann getötet.*«

Der Hengst schrie schrill. Hände griffen hinauf, um sich in meinen Haaren festzuhalten. Ich ging zwei Schritte zurück, ergriff ihre Handgelenke, entdeckte, daß die weiche, junge Cipriana die Kraft einer voll ausgewachsenen Frau hatte, die ganz entschieden einen Mann wollte.

»Cipriana — *nein* ...« Ich stieß ihre Hände fort, schob sie rauher zur Seite, als ich wollte, und bemerkte, daß das Prickeln wieder in meinem Körper war. »Irgend etwas stimmt nicht«, sagte ich scharf. Die Haare auf meiner Haut sträubten sich. »Irgend etwas *stimmt nicht.*«

Rund um uns herum spielte die Musik. Menschen lachten, riefen, sangen.

»Tiger ...«

Ich zitterte. »Hoolies — was *ist* es ...?« Aus eigenem Antrieb wanderte meine Hand zum Schwertheft und riß die Klinge aus der Scheide. Cipriana schnellte einen Schritt zurück und ergriff ihre schwere Kette.

Der Hengst schrie erneut schrill auf. Ich hörte ihn im Gras stampfen und noch tiefere Löcher schlagen. Was immer es war, er fühlte es genauso stark wie ich.

Feuerschein erstrahlte von meiner bloßen Klinge. Nachtgeschwärzte Runen waren ineinander verschlungen und lösten sich, als ich mein Gewicht verlagerte und mich von einer Seite zur anderen wandte.

Cipriana streckte eine Hand aus und berührte die bloße Klinge.

»Nicht«, sagte ich scharf. »Du weißt es besser.«

»Tue ich das?« Finger schlossen sich um die Schneide. »Dies ist ein Schwert der Macht.«

»Das war einmal«, stimmte ich aufgewühlt zu. »Jetzt nicht mehr. Der Mann, der es getränkt hat, ist tot.«

»*Ihr* habt ihn getötet.«

»Ja.« Ich war schroff. Zu schroff, aber die Knochen schmerzten in meiner Haut. »Hoolies, ich kann es *fühlen* ...«

»Ich auch«, sagte sie. »Es ist hier, in dem Schwert. Und will ausbrechen ...«

Vorsichtig bewegte ich die Klinge von ihrer Hand fort. »Theron ist tot und in südlichem Sand begraben. Die Punja hat die Haut von seinen Knochen gerieben. Es ist kein Leben mehr in diesem Schwert.« Ich trat von ihr fort und versuchte die Quelle meines Unbehagens auszumachen. Es wurde stärker, *zu* stark. Ich fühlte mich leicht krank. »Es ist überall«, sagte ich und ging im Kreis um das Lager herum. »Es kommt aus jeder Richtung. Spürst du es nicht?« Ich wandte mich um, als sie mir folgte. »Geh zurück zum Feuer, Cipriana. Geh zurück.«

»Ich will mit Euch ...«

»*Geh zurück!*« Meine Handflächen waren am Heft naß. Ich ließ es lange genug mit einer Hand los, um Cipriana zum Feuer zu schieben. »Del!« schrie ich.

Sie kam. Ihre Klinge lag blankgezogen in ihren Händen.

»Irgend etwas stimmt nicht«, sagte ich ihr. »Irgend etwas *Böses*.«

Ihr Schwert glänzte im Feuerschein. Das Gefühl der Gefahr verstärkte sich bei diesem Glänzen, verursachte mir Übelkeit und machte mich ein wenig unsicher. Ich spürte Haß. Feindlichkeit. Eine brennende Hingabe, die beständig näher herankam, um uns in der Dunkelheit einzuschließen.

»Etwas ...«, begann ich erneut.

Das Feuer war hinter ihr. Ich konnte ihr Gesicht nicht sehen. »Was denkst du ...«

Aber sie hatte keine Gelegenheit, den Satz zu beenden, weil Menschen zu schreien begannen.

20

E s stinkt«, sagte ich.

Del warf mir einen Blick zu, eine Mischung aus Unglauben und Ungeduld. »*Jetzt* ist nicht die Zeit, dir Gedanken darüber zu machen, was deine Nase stört.«

»Es *stinkt*«, wiederholte ich. »Kannst du es nicht riechen? Es ist Magie, Del ... und uns nicht freundlich gesinnt.«

Das *Kymri* war völlig durcheinandergeraten. Kein Flötenklang mehr, kein Singen mehr, kein Tanzen mehr. Jedermann floh.

Der Feind war noch immer unsichtbar. Aber daß er existierte, war klar. Ich spürte ihn, ich *roch* ihn und wußte, daß er mächtig genug war, jede beliebige Anzahl von Menschen zu vernichten. Die Hunderte, die sich hier versammelt hatten, würden ihn niemals aufhalten. Ihn noch nicht einmal verlangsamen.

Del und ich sind erfahrene Kämpfer. Wir erkennen sehr genau, wann die Umstände einen Sieg unmöglich machen, und sind bereit, uns unabhängig davon zurückzuziehen, wie andere die Flucht beurteilen. Wir waren auch jetzt bereit, zu kämpfen *oder* davonzulaufen; aber nicht zu wissen, wer, was oder wo der Feind war, machte es unmöglich, überhaupt eines von beidem zu tun. Wir konnten nur mit Adara und den Kindern am Herdfeuer bleiben, während die *Vagabunden* um uns herum in Panik gerieten und in die Dunkelheit jenseits des qualmenden Feuerscheins flohen.

Flohen und starben.

Anhand der Schreie konnten wir erkennen, aus welcher Richtung sich der Feind näherte. Dieses Wissen erfreute uns nicht. Das *Kymri* war umzingelt. Von den Hügeln und Bergen floß ein Strom der Feindlichkeit, der wie Geistererscheinungen durch die Dunkelheit glitt und auf seinem Weg alles verschlang.

»Augen«, sagte Del knapp. »Sieh dir alle die *Augen* an ... von Menschen? Oder von Tieren?«

»Zu nahe am Boden für Menschenaugen, es sei denn sie kröchen auf Händen und Knien.« Was eine Möglichkeit war. »Ich glaube, es sind Tiere.«

Del runzelte die Stirn. »Zu viele für Wölfe. Sie sind *überall.*«

Wir standen zu beiden Seiten des Feuers, unsere Rükken gegeneinander, die Grenzbewohner in der Mitte, zusammengepfercht um den Kreis. Noch immer brannten an anderen Wagen Lagerfeuer, aber sie waren alle unbeaufsichtigt. Die Menschen flohen oder kletterten in und unter Wagen und riefen verschiedene nordische Götter an.

»Hunde?« fragte ich. »Hunde spielen manchmal verrückt.«

»Das glaube ich nicht. Die *Kymri*hunde sind ruhig.«

Das waren sie, und das störte mich. Der Hengst stampfte und scharrte und zeigte ganz allgemein sein Unbehagen, wie es auch die anderen Pferde taten, die in benachbarten Lagern angebunden waren, aber die Hunde waren seltsam ruhig, alle, als verstünden sie den Feind weit besser als wir alle, und als nähmen sie die Rolle der Unterwerfung ohne Anzeichen von Widerwillen an.

Der Strom näherte sich. Die Augen waren überall um uns herum, starr und unheimlich wild. Schräge, geschlitzte Augen mit dem Schimmern von Eis in der Dunkelheit.

Ich war mir insgeheim sicher, daß wir zu Pferde eine bessere Chance hätten. Aber wir hatten nur ein Pferd für fünf Menschen.

Das heißt, bis Garrod kam. Er ritt den Grauen und

führte die Kastanienbraunen und die Füchse mit sich. Alle waren gezäumt, aber er hatte keine Zeit gehabt, sie zu satteln.

»Verschwendet keine Zeit«, sagte er kurz, »die Bestien sind überall um uns herum. Es sind genug, um die Pferde zu zerreißen, aber wenn wir davonlaufen, haben wir eine bessere Chance, ihre Reihen zu durchbrechen.«

Del und ich steckten unsere Schwerter in die Scheiden und nahmen die Zügel auf, die er uns zuschob. »Adara, steigt auf!« befahl ich.

»Massou und Cipriana ...«

»... wird es gut gehen. Kommt her.« Sie kam. Ich versuchte, sie aufs Pferd zu schieben, aber der Fuchs scheute. Ich zog Adara zur Seite und sah Garrod stirnrunzelnd an.

Auch er runzelte die Stirn. »Sie sollten nicht ...« Aber er brach ab, sagte etwas über Bestien und begann dann auf die Pferde einzureden.

Er sprach in einem nordischen Dialekt, den ich nicht kannte, aber ich erkannte den Tonfall der Beruhigung und Besänftigung, ein Lied beschwichtigender Versprechen und unendlicher Sympathie. Alle Pferde beruhigten sich fast sofort.

»Adara«, sagte ich, hob sie hinauf und sorgte dafür, daß sie sicher auf dem Rücken des Fuchses saß. Dann wandte ich mich um, um ein weiteres Pferd von Garrod zu übernehmen, eines der Kastanienbraunen. »Cipriana.«

Sie war sofort da, sagte nichts, als ich mit verschränkten Fingern eine Leiter für sie bildete und sie hinaufhob. Sie landete ungeschickt in einem Gewirr baumwollener Röcke, den Bauch unterhalb der Schulter des Pferdes, drehte sich dann aber um und stieß die Röcke aus dem Weg, während sie sich zurechtsetzte.

»Es sind gute Pferde«, sagte Garrod, der uns beobachtete. »Die besten. Aber keines von ihnen ist sanft.«

Cipriana nahm die Zügel auf, mit grimmigem Gesicht. »Ich kann reiten«, sagte sie fest. »Ich werde oben bleiben.«

Ich sah ein kurzes, bewunderndes Glitzern in Garrods hellen Augen, aber dann wandte er den Kopf, um Del anzusehen, die gerade dafür sorgte, daß Massou sicher auf dem anderen Kastanienbraunen zu sitzen kam. Also blieb der andere Fuchs für Del übrig. Sie schwang sich leicht hinauf, was für sie einfacher war als für Cipriana, da sie, wie immer, keine Röcke trug, sondern mit Trägern befestigte karierte Hosen und bis hoch hinauf gebundene Stiefel, die den meinen sehr ähnlich waren.

Nur ich blieb übrig. Ich trat zu dem Hengst und zog den Pflock heraus. Ich hatte ihn aufgezäumt gelassen, was nicht ungewöhnlich ist, und hatte ihn am Boden festgebunden durch eine Halterung, ein Seil und einen Pflock. Jetzt bildete ich mit einem Seil und den Zügeln eine Schlinge und führte ihn näher ans Feuer.

»Habt Ihr das gewußt?« fragte ich Garrod direkt. »Ich habe den Gestank gerochen. Pferdesprecher — *wußtet* Ihr, daß sie kommen würden?«

Er schüttelte den Kopf. Helle Zöpfe flogen ihm um die Schultern, wobei die im Licht glitzernden Perlen klimperten. »Nicht bevor die Pferde es mir gezeigt haben. Aber da war es schon beinahe zu spät. Ich hatte nur noch Zeit, mich um Euch alle zu kümmern.«

Ich ergriff eine Handvoll stacheliger Mähne, lehnte mich zurück und schwang ein Bein über den Leib des Hengstes. Hinauf und hinüber, sich zurechtsetzen, die Zügel und das Seil aufnehmen. Ohne Sattel war er rutschig. Ich preßte das Gesäß und die Beine gegen sein Fell und spürte das Spiel der Muskeln. »Uns *allen*? Aber Ihr kanntet nur Del und mich … warum habt Ihr an uns *alle* gedacht?«

»Weil ich Euch gesehen habe«, sagte er ruhig, »als ich herunterkam, um mit Ajanis Männern zu reden.«

Ich sah Del an. Ich wußte, daß wir beide das gleiche

dachten: Ajanis Männer stahlen Menschen, um sie als Sklaven zu verkaufen. Machten wir es ihnen leicht?

»Laßt uns *los*reiten«, sagte Garrod scharf. »Oder wollt Ihr, daß sie Euch auffressen?«

Wenn ich die Wahl hätte, würde ich lieber Menschen statt Bestien bekämpfen. Wir ließen den Pferden freien Lauf.

Garrod führte uns zum Ende des kleinen Tales. Zweifellos verstand er etwas von seinem Geschäft. Ich hatte erwartet, daß sich die lebhaften Pferde als schwierig erweisen würden, aber Garrod hatte anscheinend mit ihnen ›gesprochen‹. Sie waren schnell und wachsam, gehorchten und gerieten nicht in Panik. Und sie verloren ihre Reiter nicht.

Der Hengst war unterdessen nicht sehr begeistert von der Richtung, die die Flucht nahm, da er in die andere Richtung hatte laufen wollen. Ich bekämpfte ihn mit Händen und Fersen und hielt die Zügel kurz, während ich ihn gewaltsam durch das *Kymri* brachte. Garrod führte, während Del und ich zurückblieben, um Adara und ihre Kinder hinter ihm herzutreiben. Rund um uns herum waren im Stich gelassene Feuer, sperrige nordische Wagen, zusammengekauerte Menschen und verschrecktes Vieh zu sehen.

Und *Augen*.

Wir eilten, und sie eilten mit uns. Ich sah allmählich Umrisse, kaum mehr als Bruchstücke von Schatten, während ich auf dem buckelnden Hengst zu bleiben versuchte. Ich sah lange, gewundene Hälse, geöffnete Kiefer, Zungen, die aus Mäulern hingen. Sah das harte Schimmern von Augen und Zähnen. Hörte das Winseln und Pfeifen keuchenden Atems. Es waren vierfüßige Wesen mit buschigen Schwänzen und einer Mähne über gekrümmten Schultern. Schmutziggraues, aber gescheckted Silber. Keine Wölfe. Keine Hunde. Keine Füchse. Irgend etwas dazwischen.

»Hunde der Hoolies«, murmelte ich.

Dels Pferd war neben mir. »Was hast du gesagt?« fragte sie. »Eine Gutenachtgeschichte im Süden.« Es war schwierig, sich über das Stampfen der Hufe und das geräuschvolle Atmen rennender Pferde hinweg zu verständigen. »Vermutlich sind es die Verwandten von Dybbuk selbst.«

»Von wem?«

»Dem Herrn der Hoolies, wohin ich zweifellos kommen werde, wenn wir weiterhin diesen Weg nehmen.«

»Oh.« Ihr Fuchs stolperte. Del zog die Zügel an, riß den weißgesprenkelten Kopf des Wallachs hoch und brachte ihn wieder zum Laufen.

»Wofür auch immer das wert ist«, sagte ich, »ich glaube nicht, daß Garrod uns in die Sklaverei treibt.«

Del neigte nachdenklich den Kopf. »Vielleicht nicht gleich. Aber wenn wir erst einmal das Tal verlassen haben, wer kann dann sagen, *was* er mit uns vorhat?«

Ich grinste. »Uns vielleicht als Schwerttänzer einsetzen.«

»Tiger — paß auf!«

Irgend etwas schnappte nach den Fesselgelenken des Hengstes. Fluchend sah ich das Blitzen von Zähnen und das Schimmern heller, schräger Augen. Der Strom hatte uns letztendlich erreicht.

»Reitet weiter!« schrie Garrod, der sich umgewandt hatte, um über die Schulter zurückzurufen. Helle Zöpfe wippten. »Wenn wir langsamer werden, ziehen sie uns hinunter. Reitet einfach weiter und laßt die Pferde laufen!«

Massou und Cipriana saßen vornübergebeugt und hielten die Zügel und die fliegenden Mähnen umklammert. Sie machten sich sehr klein, indem sie Knie und Knöchel nach oben zogen, um somit kleinere Zielscheiben für die springenden ›Hunde‹ abzugeben. Massou war sicherlich klein genug, um damit Erfolg zu haben, und er hing an seinem Kastanienbraunen wie eine Zekke an einem Hund. Cipriana und Adara mit ihren längeren Beinen hatten größere Probleme, aber sie schafften es, genau wie Del. Ich war größer als alle anderen und saß auf dem unberechenbarsten Pferd. Innerlich fluchte ich und streckte die Hand aus, um Therons Schwert aus der Scheide zu ziehen, die über meinem Rücken hing.

»Bascha — merzen wir das Pack aus, in Ordnung?«

Del schaute herüber, sah das metallische Glitzern und lächelte. Und befreite ihre eigene Blutklinge.

Als sofortige Reaktion begannen die Bestien zu bellen.

»Durch die Schlucht!« rief Garrod. »Der Eingang ist genau vor uns.«

Wir ritten in die Schlucht, wir alle sechs, und schnitten einen Weg durch Blut und Knochen. Del und ich flankierten die anderen, jagten um Vorsprünge und schlossen sie ein. Die Hunde schnappten und heulten und jaulten, versuchten die Pferde hinabzuziehen, aber sie kamen nicht gegen die zustoßenden Klingen und die schmetternden Hufe an. Wir schlugen sie zurück, vernichteten sie, brachen durch ihre gefährlichen Reihen. Und überließen sie ihren Brüdern.

Blut spritzte auf. Del und ich waren damit stark besudelt. Aber das kannten wir ja schon.

Der Strom floß weiter. Die Hunde zügelten ihren Schritt nicht, hielten irgendwie mit den Pferden mit. Garrod führte uns durch die Schlucht und aus dem *Kymri*tal hinaus auf eine offene Ebene, die sich bis in die Ewigkeit erstreckte. Sie bot besseren Untergrund, machte den Strom zu einem Fluß und erlaubte es uns, die Anzahl der Angreifer besser abzuschätzen.

»Hoolies«, sagte ich kurz. »Wie viele davon *gibt* es?«

»Zu viele.« Del reagierte heftig, wenn sie entmutigt war. »Warum greifen sie noch immer weiter an? Warum kehren sie nicht um?« Ein Blick in ihr Gesicht zeigte mir, daß sie ärgerlich und unerbittlich grimmig war. »Wenn sie nur eine Mahlzeit wollen, haben sie dafür viele Tote im Tal zurückgelassen.«

»Also wollen sie mehr.« Ich beugte mich nach rechts hinab, riß mein Schwert mit einem Ruck heraus und schlug einem der Hunde den Kopf ab. »Ich habe dir gesagt, es ist Magie, Del. Sie tun das nicht von sich aus. Irgend etwas Mächtiges hat sie *geschickt*.«

»Du bist sandkrank.« Sie gebrauchte meinen eigenen Ausdruck. »Es gibt keinen Grund für irgend jemanden, alle Teilnehmer eines *Kymri* zu töten.« Del schüttelte den Kopf, und das Schwert blitzte in ihrer Hand. »Es gibt hier Kämpfe, ja, manchmal, und Menschen sterben, aber es gibt keinen Grund hierfür. Warum alle töten?«

Ich fluchte, als der Hengst über einen Schatten sprang, kämpfte um mein Gleichgewicht und klammerte mich mit Knien und Knöcheln fester an. »Es sind nicht mehr alle *beim Kymri*. Sechs von uns sind hier draußen, und die Hunde folgen uns.«

»Nicht *alle* ... nicht wahr?« Del wandte sich um und schaute den Weg zurück, den wir gekommen waren. »O *Tiger* ...«

»Ich weiß. Das habe ich gemeint. Einer von uns ist das Ziel.«

»Oder vielleicht wir alle.«

»Wir sind nicht alle in der Gefahr, für die Tötung eines nordischen *An-Kaidin* verurteilt zu werden.«

»Du denkst, sie wollen *mich*?«

Ich zuckte die Achseln. »Das ist nur eine Idee.«

Del schwang ihr Schwert. Ich hörte einen Hund jaulen. »Nein, Tiger — *nein*. So wird das nicht gehandhabt. Sie würden Menschen schicken, keine Bestien. Und sie würden niemals Unschuldige töten.«

»Ich sagte bereits, daß es nur eine Idee war.«

»Behalt sie für dich.«

Der Fluß ergoß sich über die Ebene und flankierte sechs fliehende Reiter. Die Hunde sprangen uns nicht mehr an, um uns zu beißen und zu zerreißen. Jetzt schienen sie uns zu jagen und direkt auf den Rand der Ebene zuzutreiben.

Es war, so schien mir, zu spät, um die Initiative zu ergreifen.

Garrod ritt noch immer voran, aber nur ein kurzes Stück. Del und ich galoppierten nebeneinander her, um uns einen Weg durch den Fluß zu bahnen. Aber der Fluß war jetzt neben uns und gab uns somit auf der Ebene kilometerweit Vorsprung.

Ich drängte mich an Garrods Grauen und hielt noch immer mein blutiges Schwert in Händen. »Kehrt um!« schrie ich. »Wendet Euch nach links. Durchschneidet die Flanke. Damit wir von dieser Ebene wegkommen.«

Er nickte und entsprach meinen Vorschlägen. Del und ich fielen zurück, um für Adara und ihre Kinder die Vorhut zu bilden, denn wir wußten, daß sie vielleicht zu müde oder zu langsam waren, um auf den Richtungswechsel zu achten. Es ergab sich, daß Del und ich sie zwischen uns nahmen, so daß unsere Knie zusammenschlugen, die Beine zwischen zitternder Pferdehaut gefangen waren und wir uns vornüberbeugen mußten, um die Pferde zu lenken.

»Sie können nicht ewig laufen!« schrie Adara. Ihr Haar hatte sich gelöst und flog im Wind wie ein rötlicher Wimpel. »Wenn eines von ihnen zu Boden geht, wird es seinen Reiter töten ... oder einer von uns könnte hinunterfallen ...«

Das war alles wahr. Aber wir hatten keine andere Wahl.

»Haltet Euch einfach fest!« schrie ich ihr über den Trommelschlag stampfender Hufe hinweg zu. »Haltet Euch an das Pferd, es wird Garrod folgen. Del und ich werden die Hunde zurückhalten. *Reitet* einfach.«

»Ich habe Kinder ...«

»... und Euch selbst.« Ich beugte mich hinüber und führte mein Schwert mit einem tiefen, mit flacher Klinge ausgeführten Schlag über den Leib ihres Fuchses.

»Massou und Cipriana geht es gut. Del und ich passen auf sie auf.« Ich deutete auf Garrod, dessen helle Zöpfe hinter ihm herflatterten. »Bleibt *bei* ihm ... fallt nicht zurück!«

Adara schaute über Schulter zu den dahinjagenden Hunden zurück. »Sie sind nicht hinter *uns* her.«

Es wurde entschieden zu wenig gewürdigt, welches Risiko Del und ich für die Grenzbewohner eingingen. Ohne sie hätten wir eine bessere Fluchtmöglichkeit gehabt. »Nun«, fragte ich barsch, »warum bleibt Ihr dann nicht einfach stehen? Wenn es für Euch keinen Grund zum Davonlaufen gibt, dann verschwendet nicht die Pferde.«

Adara warf mir einen schnellen Blick zu und schüttelte ablehnend den Kopf.

»Dann *beeilt* Euch, Frau! Tut, was ich Euch sage!«

Es war, das gebe ich zu, übertrieben hart, aber es hatte die gewünschte Wirkung. Adara beeilte sich.

Der Hengst wurde müde. Er war zäh, er war entschlossen, er hatte Mut, aber auch außergewöhnliche Lebenskraft gibt auf, wenn sie überfordert wird. Ich konnte noch nicht beurteilen, wie zerfetzt seine Beine oder sein Bauch von den wiederholten Angriffen waren oder wieviel länger er noch laufen konnte, bevor er stolpern, fallen und mich auf die Ebene in den Fluß der Bestien schleudern würde.

Kein glücklicher Gedanke. Also befahl ich mir, nicht daran zu denken, und bat den Hengst im Geist, seinen ganzen Mut zusammenzunehmen.

Die Hunde fielen zurück. Ihr Jaulen wurde schwächer, die Augen verglommen, und der Fluß ließ nach. Ich glaubte keine Minute lang, daß der Abstand ausreichen würde — sie hatten bewiesen, daß sie ihrer Aufgabe zielstrebig ergeben waren —, und ich wußte, daß sie nicht innehalten würden. Zurückfallen, ja. Völlig stehenbleiben, nein. Sie hatten sich auf ihre Beute eingestellt.

Garrod erreichte den Rand der Ebene, dirigierte seinen Grauen in Richtung Nordwesten und ritt am Rand des schattigen Abhanges entlang. Das Mondlicht war günstig, aber es war uns keine wirkliche Hilfe auf unserem Weg. Wir wandten uns alle nach links wie er, sahen den Fluß hinter uns und wußten, ohne darüber zu reden, daß wir einen anderen Kurs finden mußten.

Del steckte ihr Schwert in die Scheide und streckte eine gespreizte Hand aus. »Wartet«, sagte sie, »vielleicht gibt es einen Weg.«

Wir wurden langsamer wie sie, waren uns auf schrecklich deutliche Weise der Hunde bewußt. Sorgfältig suchte Del den Rand ab und faßte mit einer Hand hin. »Ein Erdfall«, sagte sie. »Folgt mir hinab.« Und tauchte unter den Rand der Ebene.

Der Erdfall war weich und tief, verschluckte die Beine bis über die Knöchel, zog an den Fußgelenken und Knien und bedrohte vorgewölbte Bäuche. Aber er glitt leicht zur Seite, als sich die Pferde vorwärts mühten, hindurchpflügten und lautlos den Weg bereiteten, um uns von der Ebene hinabzubringen. Der Hengst schnaubte und zitterte, denn er mochte die rutschende Erde nicht, aber er gehorchte der festen Hand an den Zügeln — die andere klammerte sich an seine Mähne — und versuchte nicht auszubrechen.

Helle Köpfe hüpften über festen Hälsen. Dann kam die rothaarige Adara, die sich gegen die Triebkraft zurücklehnte. Und ich, der Sandtiger — mit braunen Haaren, brauner Haut, grünen Augen —, der die Nachhut bildete: ein südlicher Schwerttänzer auf einem südlichen Hengst. Irgendwie paßte ich nicht dazu.

Waren sie vielleicht hinter mir her?

Ich schüttelte den Gedanken ab. Vielleicht. Und wenn schon! Na und? Ich würde damit zurechtkommen, wie immer.

»Hunde der Hoolies«, murmelte ich.

Der Hengst schwitzte. Feuchtigkeit durchtränkte meine baumwollenen Hosen. Salz und Pferdehaar verursachten mir Schmerzen, aber zumindest war es leichter, auf einem nassen Pferd zu bleiben als auf einem trockenen. Ich umklammerte ihn mit den Beinen und lehnte mich zurück, wirkte seinen Schwächen entgegen. Ein Fehltritt würde mir vorübergehend das Interesse an Frauen nehmen — oder mich sogar unfähig dafür machen —, für mindestens einen oder zwei Tage. Irgendwie wollte ich mir unnötiges Unbehagen ersparen.

Wir stiegen immer tiefer, rutschten durch die weiche Erde. Und dann trafen wir auf dem Boden auf, festem Boden, und blieben lange genug stehen, um zum Rand der Ebene zurückzuschauen. Er war schwarz vor dem Himmel, nicht mehr als eine Silhouette. Im Moment war er leer, aber wir wußten, daß das nicht anhalten würde.

»Wo sind wir?« fragte Massou keuchend.

Der Erdfall hatte uns wie ein Trichter in eine felsige Schlucht hinuntergeführt. Links — südlich — erstreckte sich ein breites trockenes Flußbett, das nach Sand und Flußsteinen roch. Zur Linken verengte sich das Flußbett erheblich und verwandelte sich zu kaum mehr als einem Riß zwischen den zu der Ebene aufsteigenden Klippen und einer weiteren fleckigen Wand.

Garrod schüttelte den Kopf. »Wir sollten einfach weiterreiten. Wir sollten nicht anzuhalten wagen, nicht mit diesen Bestien auf den Fersen. Vielleicht bei Sonnenaufgang ...«

»Sonnenaufgang!« Adara platzte damit heraus. »Ihr könnt nicht von uns *oder* den Pferden erwarten, die ganze Nacht weiterzuziehen.«

»Wenn es sein muß, dann werden wir es tun.« Cipriana überraschte uns alle mit ihrer Heftigkeit.

Garrods Brauen hoben sich. Er neigte nachdenklich den Kopf und grinste. »Es muß sein«, sagte er, »und wir werden weiterreiten.«

»Dann los!« rief Del rauh und deutete mit dem Kinn

gen Norden. »Laßt uns diesen Weg ausprobieren ... das Flußbett liegt zu frei. Wir werden einfach der Schlucht folgen und sehen, wohin sie führt. Das ist besser als dort oben bei diesen Hunden zu sein.«

»Und außerdem«, sagte Garrod, »können wir die Pferde nicht stehen lassen.« Er wandte seinen Grauen um und ritt gen Norden, wobei er ihm die schweißbedeckte rechte Schulter tätschelte. Vielleicht sprach er so mit ihm?

»Geht«, gebot ich Adara. »Del und ich reiten für den Fall, daß sie uns folgen, hinterher.«

»Sie werden uns folgen«, erklärte Massou.

Ich runzelte die Stirn. »Warum sagst du das?«

»Ich weiß es einfach.« Er schaute zurück, noch immer schmollend wegen des Bisses.

Ich versetzte ihm einen Klaps mit der Hand. »Geh!«

Er ging. Cipriana folgte ihm. Del und ich bildeten die Nachhut.

»Sie *werden* uns folgen«, sagte Del ruhig.

»Ja, das glaube ich auch.«

»Wenn sie uns in die Enge treiben ...«

»Ich weiß. Laß uns einfach darum beten, daß diese Schlucht keine Falle ist.«

Del atmete langsam und tief ein. »Ich habe immer gewußt, daß ich sterben könnte«, sagte sie leise, »aber niemals gedacht, daß es *so* sein könnte.«

»Wir sind weit vom Sterben entfernt, Del.«

Sie wandte den Kopf und sah mich an, sehr offen und einen gebannten Moment lang. Und dann lächelte sie leicht. »Das hast du mir schon einmal gesagt, als die Hanjii uns zum Sterben in der Punja zurückließen.«

»Und ich hatte recht.«

Sie nickte, in der Erinnerung verloren. »Aber hier gibt es keine Salset, die uns retten könnten.«

»Vielleicht retten wir uns selbst.« Ich lächelte sie an und zuckte die Achseln. »Das ist nicht unmöglich.«

Del seufzte. »Vielleicht nicht.«

»Hab Vertrauen, Bascha!«

Helle Brauen hoben sich. »In wen oder was, Tiger? Ich dachte, du glaubst nicht an Götter und göttliche Erlösung.«

»Das tue ich auch nicht. Ich glaube an mich selbst.«

»Oh, *gut*.« Ihr Gesicht war völlig ausdruckslos. »Jetzt kann ich beruhigt sein.«

Ich grunzte. Zog eine Grimasse. Schaute. »*Jetzt* kannst du deinem Pferd verbieten, seinen Kopf — und seine Zähne — weiterhin an meinem Knie zu reiben.«

Del sah mich an. Lachte. Zog ihr Pferd zur Seite ... *nachdem* es mich ins Knie gebissen hatte.

Welch ein hilfsbereites Mädchen.

21

Unsere Flucht endete genauso jäh, wie sie begonnen hatte. Plötzlich war da Garrod, der seinen Grauen zügelte, bevor er unmittelbar gegen eine Felswand aus undeutlich aufragendem Gestein prallen konnte. Und da war auch Adara, mit bleichem Gesicht, die verbittert Worte in wilder Grenzsprache zischte. Und auch ihr Sohn und ihre Tochter, die kraftlos auf ihren Pferden hingen und sich umwandten, um Del und mich hoffnungsvoll anzusehen, als wir unsere müden Pferde anhielten.

»Die Schlucht ist eine Falle«, sagte ich kurz. »Wir können nur umkehren.«

»*Umkehren!* Und zurückgehen?« Adara starrte mich erschrocken an, das Gesicht halb von zerzaustem Haar bedeckt. »Ihr meint, wir sind diesen ganzen Weg entlang geritten ...«

»Wir hatten keine andere Wahl«, belehrte Garrod sie, womit er sie ruhig unterbrach. »Zumindest hat es uns ein wenig Zeit geschenkt.«

»Zeit«, sagte sie bitter. »Zeit, hier zu sterben anstatt *dort?*«

Ich sah ihre Kinder an. Massou war auf seinem Pferd fast eingeschlafen und saß ganz zusammengekauert und steif da, als hätte er seine Gelenke vor Stunden miteinander verknotet. Sein Kopf schwankte ein wenig, und die Augen fielen ihm zu, egal, wie sehr er auch versuchte, sie offenzuhalten. Cipriana ging es nicht viel besser, obwohl ihre Lider noch eher gehorchten. Die Beine hingen ihr schlaff am Pferd hinab, fast ganz entblößt von den hochgeschobenen Röcken, und zeigten hohe baumwollene Gamaschen. Blondes Haar breitete sich in Strähnen aus, und sie strich es mit Anstrengung zurück.

»Was tun wir?« fragte sie.

Ich sah mich auf dem Platz um, der uns jetzt gefangenhielt. Wir hatten uns den Weg durch einen enge gewundene Röhre gebahnt, die sich durch die zur Ebene hin gelegenen Klippen und die Felsen auf der freiliegenden Seite zog und von Wind und Wasser völlig verformt war. Der Boden war aus festem Gestein mit nur einer dünnen Schicht Erde, und an manchen Stellen bestand er nur aus nacktem Fels. Nach einiger Zeit hatte sich die Schlucht in der Dunkelheit im Nichts verloren, lediglich gekennzeichnet durch aufragende Wände und ein Schimmern schwachen Mondlichts.

Aber nun wurde die Dunkelheit von der Dämmerung vertrieben. Und in der Ferne hörte ich ein Heulen.

Die Hunde würden uns, wie ich wußte, sehr bald folgen. In genau diesem Moment standen sie wahrscheinlich am Rande der Ebene und beäugten den Erdfall in die enge Schlucht hinab. Vielleicht waren sie auch bereits über den Rand hinausgelangt und ergossen sich in einem weißäugigen Strom herab.

Ich schaute zu Del, die ruhig auf einem von Garrods Füchsen saß. »Wir könnten zu der engsten Stelle der Schlucht zurückreiten und sie aufhalten, du und ich. Sie zur Umkehr zwingen. Sie am Durchkommen hindern.«

Das wäre, wie ich wußte, nur ein kurzes Manöver gewesen. Es schien wahrscheinlich, daß uns die Hunde in ihrer weit überlegenen Anzahl beide töten und die anderen dennoch weiterhin verfolgen würden.

Es sei denn, daß *wir* es waren, nach denen sie suchten. In diesem Falle würden sie die anderen vielleicht in Ruhe lassen.

Del zog ihr Schwert aus der Scheide. »Ich habe eine bessere Idee.«

Ich schaute auf Boreal. Und fragte mich plötzlich,

warum sie die Waffe nicht schon vorher gebraucht hatte. »Bascha ...«

»Du hast gesehen, was geschehen ist.« Sie wußte ganz genau, was ich meinte. »Du hast *gespürt*, was geschehen ist. So losgelöst — unkontrolliert, *ungelenkt* — kann Boreal Unschuldige genauso verletzen, wie sie den Feind vernichten kann ... Auf der Ebene habe ich es nicht gewagt.«

Ich sah mich um. Die Dämmerung erfüllte die kleine Schlucht, die zur Falle geworden war, mit einem schwachen rosafarbenen Licht, das zahllose Höhlen und Sprünge offenbarte, die in die Wände geschnitten waren. Und es schien mir, daß Boreals Rückprall hier doppelt so groß sein würde.

»Del ...«

Sie streckte eine starre Hand aus. »Siehst du die Verengung? Ich werde sie dazu benutzen, die Macht zu leiten, und die Wände werden euch alle beschützen.«

Verengung. Ein Wort wie jedes andere. Am Eingang der zur Falle gewordenen Schlucht gab es eine Vorwölbung aus verwittertem Gestein, die den Zutritt verengte. Ein natürlicher Schutz, irgendwie, der sich auf jeder Seite vorschob — eine Pforte aus festem Gestein —, kaum breit genug, um einem Pferd den Durchgang zu erlauben, obwohl sie sechs davon verschluckt hatte.

»Was werdet Ihr tun?« fragte Massou scharf.

Del schaute zu ihm zurück. Wie immer, wenn es um ihn ging, wurde ihr Gesichtsausdruck weich. Massou war für sie Jamail. »Ich werde versuchen, die Bestien zur Umkehr zu bewegen.«

Blaue Augen weiteten sich. »Wie?«

Es war nicht Dels Art, zu lügen oder die Wahrheit auch nur zurechtzubiegen. Um keinen Preis. »Mit Magie«, sagte sie geradeheraus.

Cipriana drängte ihren Kastanienbraunen näher an Dels weißgesichtigen Fuchs heran. »Magie«, sagte sie. »*Magie?* Wie? Was werdet Ihr tun?«

Adara schob sich wirres Haar aus dem müden Gesicht. In ihren Augen glitzerte etwas: eine seltsame, strahlende Bewußtheit. »Sie wird ihr *Jivatma* gebrauchen.«

Vier Augenpaare hefteten sich auf das Schwert. Ich machte mir nicht die Mühe, denn ich hatte Boreal schon früher in Aktion gesehen. Statt dessen schaute ich meine Gefährten an. Garrod, der eindeutig erschrocken war, da er erst jetzt erkannte, daß Del genau diejenige war, die sie zu sein behauptete. Adara und ihre Kinder, die gierig auf die Klinge starrten. Als ob sie vor Durst stürben und wüßten, daß sie ihnen helfen könnte.

Und zuletzt Del, die von ihrem Pferd glitt. »Ihr tätet gut daran«, schlug sie vor, »wenn ihr euch einen Platz suchen würdet, wo ihr euch verstecken könnt. Auf diese Weise könntet ihr den Bestien immer noch entgehen, selbst wenn ich versagen sollte.«

Plätze, wo man sich verstecken konnte. Gab es die? Die zur Falle gewordene Schlucht war kaum mehr als ein Pferch aus Felsen und wir das darin versammelte Vieh.

Garrod legte den Kopf zurück und schaute aufwärts. Mit Perlen verzierte Zöpfe baumelten herab und schwangen über den grauen Leib des Pferdes. »Dort sind Höhlen«, sagte er. »Simse, Absätze und Höhlen.«

Das stimmte. Die Wände, die uns ringsum ungefähr halbkreisförmig einschlossen, waren großzügig mit Hohlräumen und richtigen Höhlen durchsetzt. Es war möglich, daß die Wände, die uns gefangenhielten, uns auch ein Mittel zur Flucht vor den Hunden in die Hand gaben.

In der Ferne hörte ich das Gekläffe der Bestien, die sich durch die enge Schlucht herunterwanden. Ich sprang von der Stute und lief zu der nächstgelegenen Klippenformation hinüber. Das Morgenlicht war noch sehr schwach, aber es wurde jetzt stärker. Schatten glitten fleckige Felsen hinab auf Felsenboden, der durch einen inzwischen ausgetrockneten Fluß Treppenform angenommen hatte, und ergossen sich in die schmutzige Dunkelheit. »Sind irgendwelche Höhlen groß genug? Solche, die wir erreichen können?« Ich suchte methodisch nach Felslöchern, die wir benutzen konnten. »Massou — hier herüber!«

Er kam sofort und spähte hinauf zu der Höhle, die ich entdeckt hatte. »Zu hoch«, sagte er.

»Der ganze Fels«, stimmte ich zu. »Hier — ich helfe dir hinauf. Komm schon.«

Garrod stieg von seinem Pferd und führte seine eigene Suche durch, wobei er Cipriana und ihrer Mutter bedeutete, ebenfalls abzusteigen und sich ihm anzuschließen. Es dauerte nicht lange, und er hatte einen Sims entdeckt, der gerade groß genug für zwei Leute war. Er schob das Mädchen hinauf, dann Adara und befahl ihnen, dort zu bleiben.

»Was ist mit Euch?« fragte Cipriana. Ihre Stimme hallte in der Schlucht wider.

Garrod war sichtlich erfreut, obwohl er sehr ruhig antwortete. »Ich werde unten bei den Pferden bleiben.«

»Aber — wenn diese *Bestien* durchbrechen ...«

»Ich werde bei den Pferden bleiben«, wiederholte er mit merkwürdigem Ernst. »Sie haben auch Angst. Ich kann sie beruhigen.«

Ich warf ihm einen zynischen Blick zu, während ich den Hengst zur Wand führte und seine Zügel um einen Steinpfeiler wickelte. »Indem Ihr mit ihnen redet, Garrod?«

Er fühlte sich nicht beleidigt. »Ich habe auch Euch mit Eurem Hengst reden hören.«

»Das ist etwas anderes«, erklärte ich. »Das ist nur Gerede. Er versteht mich nicht wirklich.«

Garrod grunzte. »Wollt Ihr, daß ich das herausfinde?«

Ich dachte darüber nach. Wenn er mit dem Hengst reden *könnte* — nein, vergiß es. »Nein«, sagte ich zu ihm. »Wir kommen gut auch so zurecht.«

Del stand an ihrer Verengung. Sie runzelte leicht die Stirn und betrachtete das Innere der Schlucht sehr intensiv, den engen Eingang, die sich vorwölbenden Gesteinformationen auf jeder Seite. Und traf dann eine Entscheidung. Sie wandte sich um und ging eilig direkt auf Garrod zu, der dastand und ruhig auf die Pferde einsprach.

»Ich brauche ein Pferd«, sagte sie. Da er unterbrochen worden war, sah er sie mit seltsam unstetem Blick an. »Was?«

»Ich brauche eins«, wiederholte Del und deutete auf die Pferde. *Jetzt.*«

Garrod runzelte die Stirn. »Warum? Wollt Ihr zurückreiten? Ich dachte, Tiger hätte gesagt, dies sei der beste Platz, um sie zur Umkehr zu bewegen.«

»Das stimmt«, sagte sie geradeheraus, »aber wir brauchen etwas, um den Eingang zu blockieren, was wie ein Stöpsel in einer Flasche wirkt.«

Ich verstand sofort und bewunderte ihren Plan, ebenso wie ihren Mut, Garrod um ein solches Opfer zu bitten. Während ich das Zwischenspiel beobachtete, kratzte ich nachdenklich an meinen Narben. Garrod würde das überhaupt nicht gefallen, wenn er erst einmal genau verstanden hatte, was sie meinte.

Im Moment verstand er es noch nicht. Mit Perlen besetzte Zöpfe klimperten, als er den Kopf schüttelte. »Wenn die Bestien kommen, wird das Pferd niemals stehenbleiben. Es wird davonzulaufen versuchen, und Ihr werdet Euren Stöpsel verlieren.«

»Nicht, wenn es nicht davonlaufen *kann*.« Dels Hand unterstrich ihre Worte. »Gebt mir ein Pferd, Garrod. Ich kann mit Tiger zusammen reiten.«

Plötzlich verstand er. Helle Augen weiteten sich in erstauntem Unglauben und verengten sich dann ärgerlich. Ich weiß nicht genau, was er sagte, da er in dem Dialekt der Hochländer sprach, aber es war eindeutig nichts Höfliches. Und es war auch keine Zustimmung.

Das Gekläff wurde lauter. Del überhörte Garrods ausfallende Worte und streckte die Hand aus, um die Zügel des nächststehenden Pferdes zu ergreifen. Es war der Fuchs, den sie geritten hatte.

Er ist schnell, der Nordbewohner. Er hatte sein Messer herausgerissen, bevor ich ihn erreichen konnte, aber ich schlug den bösartigen Versuch ab und stieß Garrod gegen die Felswand.

»Nein«, sagte ich ruhig und entwand ihm das Messer.

Er sah mich nicht einmal an, obwohl ich ihn gegen die Felsen drängte. Statt dessen sah er an mir vorbei zu Del, die den Fuchs auf die freie Fläche führte. Sein hellhäutiges Gesicht war rot vor Ärger. »Sie kann ihn nicht töten — sie *kann* ihn nicht töten . . .«

»Sie kann«, sagte ich ruhig. »Um unser Leben zu retten, Garrod.«

»Wie kann sie ein *Pferd* töten?«

Del stellte den Fuchs seitlich zu der Verengung auf, so daß er die Öffnung blockierte.

Garrod stieß sich von der Wand ab, ließ mich zwei Schritte zurücktaumeln und versuchte sich mir zu entwinden. Er schaffte es auch beinahe. Es gelang mir nur mit Mühe, ihn wieder herumzudrehen und erneut gegen die Wand zu drücken. »Wir haben keine Zeit dafür, Garrod . . .«

Er fluchte wild, unterbrach mich damit und spie mir etwas im Dialekt der Hochländer entgegen. Etwas, wie ich glaube, über einen alten Mann und eine weibliche Ziege.

Ich lehnte mich leicht gegen ihn und lächelte. »Wenn Ihr wollt, können wir *Euch* benützen, um den Durchgang zu blockieren.«

Garrod wehrte sich erfolglos. »Ihr versteht nicht . . .«

»Das einzige, was ich verstehen muß, ist die Tatsache, daß *unser* Überleben wichtiger ist als das eines Pferdes. Und Ihr würdet sicher zustimmen, wenn Ihr Geist hättet.«

»Ich bin ein Pferdesprecher, Ihr Narr! Wißt Ihr nicht, was das bedeutet? Versteht Ihr nicht?« Er drängte gegen mich. »Ich empfinde, was sie empfinden ... fühle, was sie fühlen ...«

In der Schlucht hörte ich das näher kommende Heulen der Hunde. »Das wäre mir im Augenblick selbst dann gleichgültig, wenn es bedeutete, daß Ihr selbst ein Fohlen gebären wolltet«, belehrte ich ihn. »Del versucht unser Leben zu retten.«

Er spie einen weiteren Fluch in nordischer Sprache aus. Dieses mal war Del das Ziel.

Ich seufzte und schloß ihm gewaltsam den Mund. »Jederzeit, Bascha.«

Garrod murmelte erregt gegen meine Hand und wurde dann völlig starr. Ich schaute nicht zu, als Del das Pferd tötete, da meine Aufmerksamkeit Garrod gehörte, aber ich hörte das vertraute jaulende Pfeifen eines ungestimmtem *Jivatma* in Aktion. Das Pferd fiel schwer zu Boden, und Garrod schloß gequält die Augen. Dann sank er gegen die Felswand.

Del wandte sich steif von dem toten Pferd ab. Ihr Gesicht war merkwürdig angespannt. »Wenn man gesehen hat, wie die eigene Familie von Ajani getötet wurde, ist das Töten eines Pferdes nichts.«

Garrod öffnete ruckartig die Augen.

Dels Stimme schwankte nicht. »Wenn wir hier herauskommen, muß ich Euch einige Fragen stellen. Fragen über Ajani.«

Garrod schwieg, noch immer wie betäubt von dem Tod seines Pferdes. Del wandte sich ab.

Kurz darauf, als ich sicher war, daß Garrod jetzt nichts unternehmen würde, trat ich zu ihr. »Ich werde bei dir sein, Bascha.«

Ihre Stimme war ein wenig unstet. »Du tätest gut daran, hoch hinaufzusteigen.«

»Vielleicht«, stimmte ich zu, »aber ich habe nicht die Absicht, mich zu verstecken.«

Einen Augenblick lang zuckten ihre Lider. »Weil Garrod unten bleibt?«

Ich hatte keine Lust zu streiten. »Weil ich bei dir bleiben will.«

Ihre Augen suchten die meinen. Flackerten. Dann kniff sie leicht die Lippen zusammen. »Ich brauche keine Gesellschaft zum Sterben.«

»Ich auch nicht, Del. Aber ich habe auch nicht die Absicht zu sterben.« Ich spähte durch die Verengung auf den dahinterliegenden Einschnitt. Hörte das Gekläff des herannahenden Flusses. Nahm meinen Platz hinter ihr ein. Wenn sie an Boreal vorbeikämen, hätten sie noch immer einen Feind vor sich. »Die Hunde kommen näher, Bascha. Du solltest besser deinen Gesang anstimmen.«

Del wandte sich um. Sie kauerte sich unmittelbar hinter das tote Pferd, das von hochragendem Gestein flankiert wurde. Solch ein zerbrechliches, schwaches Tor aus Haut und Knochen! Aber ich dachte, es könnte genügen, weil es da auch noch Boreal gab.

Del hob das Schwert und hielt es in einem Winkel mit Schulter und Hüfte. Ich wußte, daß Dels Arme unter der weichen Baumwolle, die vom Handgelenk zum Ellbogen über Kreuz gewickelt war, muskulös und fest waren. Ihre Beine waren gespreizt und fest auf dem Boden aufgestellt, die Knie nur leicht gebeugt. Sie hielt ihre Stellung bei und wartete.

Sie ist groß. Sie ist stark. Sie ist unbeugsam. Keine weiche Frau, wie Cipriana unnützerweise aufgezeigt hatte. Was Del war, das *wußte* ich: ein geweihter Krieger im Dienste ihres Schwures.

Mein Schwert zischte, als ich es aus der Scheide zog. Aber der Gesang des Stahls ging in Dels Gesang unter.

Die Schlucht spie sechs Hunde aus. Die Vorhut war angekommen.

Hoolies, Bascha, *tu es …*

22

Aus den Augenwinkeln sah ich etwas flackern. Etwas, das hoch oben war, oben in der Felswand und nicht da, wo Garrod und ich jemanden von unserer Gruppe versteckt hatten. Was bedeutete, daß die Hunde vielleicht einen anderen Weg in die Schlucht gefunden hatten und die Vorhut nur ein Köder war.

Ich schaute schnell zu Del hinüber, die ihr Schwert durch Gesang zum Leben erweckte. Sie wurde im Moment nicht von den Hunden gestört, die lediglich über den Boden krochen, vorwärtskrochen, um ihre Zähne zu zeigen. Ich schaute erneut die Felswand hinauf, sah den weißen Fleck eines Gesichtes in einer der Höhlen und wußte, daß es ein Mensch war und keine Bestie.

Ich steckte mein Schwert zurück in die Scheide, durchquerte die zur Falle gewordene Schlucht mit zwei Sprüngen und erklomm eine Felswand mit treppenartigen Vertiefungen. Ich kletterte leicht hinauf, machte an dem Sims gut vierzig Fuß über dem Boden einen Klimmzug und zog mich vorsichtig hoch. Ich hatte kein großes Interesse daran, die Augen ausgeschlagen zu bekommen.

Aber es bestand keine Gefahr. Die Höhle war leer, doch es war nicht ganz eine *Höhle*. Es war ein Tunnel im Fels, von Wind, Wasser und Zeit geebnet. Undeutliches Licht färbte ihn rosa- und ockerfarben, was bedeutete, daß der Tunnel jenseits der zur Falle gewordenen Schlucht hinausführte und uns eine Fluchtmöglichkeit eröffnete.

»Garrod!« rief ich. »Garrod, holt die anderen herunter. Bringt sie hierher. Ich habe einen Weg nach draußen gefunden.« Ich schwang mich hinab und herum, hing für einen Moment am Rande des Simses, fand mit den Zehen bequemen Halt und begann den umständlichen Abstieg.

Ich war unten, sprang die letzten fünf Fuß hinab, während Garrod einer Frau vom Sims herabhalf. Ich ergriff Massou und führte ihn zu der groben Leiter in der Felswand. Ich empfand die Hand- und Fußstützen als lächerlich nahe beieinander liegend, eher für einen Jungen von Massous Größe, als für einen Mann. Aber jetzt war keine Zeit, sich darüber Gedanken zu machen. Es bedeutete einfach, daß Massou der Aufstieg leichtfallen würde. Er war schnell und wendig und mehr als bereit.

Adara war es jedoch nicht. »Dort hinauf?« fragte sie entsetzt.

»Gerade hoch«, bestätigte ich. »Dort ist ein fester Sims, wenn Ihr hinaufkommt, und ein Tunnel.«

»Aber Ihr wißt nicht, wohin er führt!«

»Hier heraus«, sagte ich fest und faßte sie um die Taille. »Nehmt die Röcke hoch und klettert.«

»Aber ...«

»*Klettert, Frau!* Oder wollt Ihr lieber gefressen werden?«

Hastig raffte sie ihre Röcke zusammen, stopfte sie hinter ihren Tunikagürtel, wobei blaue baumwollene Gamaschen sichtbar wurden, und wandte sich zu der Felswand um. Ich schob sie hinauf. Erschreckt setzte sie die Hände und die Füße in die Griffe.

Hinter Dels Verengung und dem aus einem toten Pferd bestehenden Tor versammelten sich jetzt immer mehr Hunde. Widerwärtige Hunde waren es, mit silbernen Tupfern auf schmutziggrauem Fell, mit tiefhängenden Köpfen und riesigen Mäulern, die schreckliche Zähne freigaben. Sie hatten gezackte Wolfsohren, obwohl diese unbehaart, ledrig und grau waren und aufrecht standen, auf den Gesang gerichtet. Die Hinterbeine waren dünn im Vergleich zu den schweren Schultern, die durch wirre Mähnen noch breiter wirkten. Buschige Schwänze verbargen die Genitalien, die fest an mageren Bäuchen anlagen.

Im schwachen Schimmer der Dämmerung wirkten die schrägen Augen farblos. Bei Nacht, das wußte ich, waren sie weiß und reflektierten das Licht.

Del sang. Ich spürte, daß die Temperatur fiel. Tiefer und tiefer, bis mein Atem in der Luft sichtbar wurde. Ich wußte, daß es nur die Rückwirkung war. Der gewundene Durchgang vor Del würde die volle Wucht des Sturms abbekommen. Aber ich fror dennoch, obwohl ich mir nicht sicher war, ob die Reaktion von der Kälte herrührte oder vom Aberglauben.

Auch die Hunde spürten es, spürten *etwas*. Als Del das Schwert herauszog, legte jeder von ihnen den häßlichen Kopf in den Nacken und heulte zum Himmel.

Ich schüttelte den Kopf und schaute. Es erinnerte mich sehr an irgendeine unheimliche Art von Gehorsam. Del gegenüber? Oder dem Schwert gegenüber? Oder vielleicht der Magie gegenüber?

Hoolies, ich hasse Magie. Es ist nichts *Reines* daran.

»Komm«, befahl ich Cipriana barsch, als ihre Mutter halb oben war, »du bist an der Reihe.«

Sie hatte ihre Röcke bereits hochgebunden. Sie wandte sich der Wand zu und dann wieder zu mir. Sie fiel mir um den Hals, umarmte mich und küßte mich, bevor ich ein Wort sagen konnte. Und kletterte die aus Löchern bestehende Leiter hoch, wobei sie in sich hineinlachte.

O *Hoolies*. Wovon sind manche Frauen besessen?

Massous Gesichtsausdruck zeigte überraschtes Mißbehagen. Garrods Miene verwirrte Vermutungen. Dann runzelte er die Stirn. »Habt Ihr einen *Harem*, Südbewohner?«

»Sie ist jung«, murmelte ich und streckte die Hand aus, um Massou heranzuziehen. »Sie weiß nicht, was sie will.« Ich brachte den Jungen zur Wand, beruhigte ihn und schickte ihn hinter seiner Schwester her. Wie ich es erwartet hatte, fiel ihm das Klettern leicht.

Garrods Atem wand sich um sein Gesicht. »Was ist mit den Pferden? Bringen wir sie durch die Schlucht zurück?«

Ich seufzte. »Ihr lernt nicht allzuschnell, nicht wahr? Nein, Garrod, wir bringen sie nicht durch die Schlucht zurück. Wir lassen sie hier.«

»Sie *hierlassen* ...« Er brach ab. »Ihr hofft, daß die Bestien mit ihnen anstelle von uns vorliebnehmen.«

»Ich rechne nicht damit.« Ich wies mit dem Daumen nach oben. »Ihr seid an der Reihe, Pferdesprecher.«

»Was ist mit Eurem Hengst?«

Ich nahm mich sehr zusammen, um unbeteiligt die Achseln zu zucken. »Er hat keine Flügel, oder? Also vermute ich, daß er bei Euren Pferden bleiben wird.«

Garrod schaute zurück. Vier nordische Pferde standen zusammengedrängt an der gegenüberliegenden Felswand. Das fünfte lag tot am Eingang der Schlucht. Ich sah sein Gesicht erstarren, und dann kletterte er die Leiter hinauf.

Ich blieb übrig. Und Del.

Dels Gesang geriet ins Wanken. Brach ab. Ich hatte ihr vielleicht gesagt, sie solle singen, um die Hunde aufzuhalten, aber bestimmt war es nicht die Macht Boreals, die sie vom Angriff abhielt. Vielleicht irgendeine Form von Drogen?

Ich fühlte mich nicht wohl in meiner Haut. Der Gedanke, daß die Bestien mehr als nur räuberische Lebewesen waren, daß sie unter einem Befehl standen, gefiel mir überhaupt nicht.

Del äußerte ähnliche Gedanken. »Sie kommen näher«, sagte sie, als ich bei ihr war. »Siehst du es? Gerade jetzt beobachten sie mich, bilden sich ein Urteil über mich ... Sie denken sich eine Angriffstaktik aus.«

Sie zitterte leicht. »Sie sind *intelligent*, Tiger. Genauso wie du und ich.«

Ich schaute hinaus zu den Hunden. Dutzende von ihnen kauerten vor dem toten Pferd, mit scheinbar müßig heraushängenden Zungen, was aber von der Wachsamkeit in ihren hellen Augen widerlegt wurde. Del hatte recht. Sie *bildeten* sich ein Urteil über sie.

Ich befeuchtete meine Lippen. »Vielleicht ist es gar keine Intelligenz«, sagte ich. »Vielleicht ist es nur Lenkung.«

»Was meinst du?«

»Sie haben uns von dem *Kymri* getrennt und uns in die Ebene hinaus getrieben. Sie haben uns in der Schlucht kurzzeitig verloren, aber jetzt haben sie uns festgenagelt. Und doch greifen sie nicht an.« Ich zuckte die Achseln. »Ich glaube noch immer, daß Magie im Spiel ist ... Und ich glaube, daß sie verhext wurden.«

»Wenn das wahr ist ...«

»Das ist unwichtig«, unterbrach ich sie. »Es gibt einen Weg nach draußen, Del. Die anderen sind frei — also sind nur wir noch übrig.« Ich machte eine Geste. »Dort, Bascha — die Felswand hinauf und hinaus. Dort ist ein Tunnel.«

Del schaute zu der Leiter aus Vertiefungen hinüber. Der Schwertgesang hatte ihre ganze Konzentration erfordert und sie taub und blind gemacht für uns andere. Ich sah, wie sich ihre Überraschung in Erleichterung verwandelte, dann runzelte sie die Stirn und schaute zu den Pferden.

»Der Hengst ...« Sie beendete ihren Satz nicht, als sie mir ins Gesicht sah. »O Tiger ...«

»Klettere hinauf«, verlangte ich barsch. »Ich kann genauso hartherzig sein wie du.«

Es hatte ein Witz sein sollen. Es kam anders heraus. Aber es war zu spät, um mich zu entschuldigen. Del eilte auf die Felswand zu.

Die Hunde rührten sich, um ihr zu folgen.

O Hoolies. Es *war* Del, die sie wollten.

»Hinauf!« schrie ich. »Klettre *hinauf!*«

Sie wandte sich um, sah die Hunde über das Pferd steigen.

»Klettre!« schrie ich und riß mein Schwert aus der Scheide. »Sie wollen dich, Bascha. Steig die Wand hinauf, bis du über ihnen bist. Verschwinde aus ihrer Reichweite!«

»Tiger...«

»*Tu* es einfach, Bascha — ich kann sie aufhalten.«

Nun, ich wollte es *versuchen*.

Del war die Wand halb hinaufgeklettert, als die Hunde über das Pferd in die Schlucht strömten und sie in Besitz nahmen. Ich spürte ihren heißen Atem, das Kratzen ihrer Krallen auf Lederstiefeln, das Stoßen von Schultern und Brüsten gegen meine Beine. Ich stand knietief in einem Fluß aus Bestien.

Sie schnappten nach mir, schlugen und kratzten mich und versuchten mich zur Seite zu drängen. Die meisten bissen nur halbherzig, aus Reflex. Ich war es nicht, den sie wollten, aber wenn ich ihnen im Weg war, würden sie sich bemühen, mich zu beseitigen.

Nun, ich hatte die Absicht, ihnen im Weg zu sein, indem ich mein Schwert wie eine Sense schwang. Ich nahm Köpfe, durchtrennte Rückgrate, schlug Löcher in Brüste und Rippen. Ich machte mich überaus unbeliebt.

Del war fort. Dementsprechend wandten sie sich von der Felswand mir zu, drängten mich zurück, zwangen mich auf die andere Seite der Schlucht. Hinter mir wurden Garrods Pferde unruhig, und der Hengst stampfte unbehaglich.

Der Hengst. Hoolies. Warum sollte ich dies zu Fuß tun?

Ich kämpfte mich aus dem flimmernden Strom, fing den Hengst ein und schwang mich auf seinen Rücken. »Nun, alter Junge, laß uns dies gemeinsam versuchen.« Ich nahm die Zügel in eine Hand und ergriff das Schwert mit der anderen. »Laß uns ein paar Hunde niederstampfen, Alter!«

Die meisten Hunde schienen von Dels Verschwinden abgelenkt. Andere flossen zurück und leckten an denen, die ich getötet oder verletzt hatte. Aber ein paar griffen uns an. Sie schnappten nach Fesseln, Knöcheln und Knien. Schlugen nach Bäuchen, Genitalien und Flanken. Versuchten, den Hengst hinabzuziehen, ihn zu zerreißen, ihn von der Flucht abzuhalten. Aber der Hengst war ärgerlich und ängstlich, versuchte sein Bestes, um zu fliehen, und wenn ein so dickköpfiges Pferd wie der alte Junge beschließt, daß es laufen will, dann kann es *nichts* aufhalten.

Nicht einmal ein Mensch auf seinem Rücken.

Es hat etwas Erhabenes, wenn man vom Rücken eines sehr guten Pferdes aus gegen die Umstände ankämpft. Ein elementares Gefühl, das die sogenannte Zivilisation abstreift, die wir errichtet haben, um in Siedlungen oder Städten zu leben oder mit einer Karawane durch den Sand zu reisen. Irgendwie war ich nicht mehr nur ein Mann, sondern ein Mann in Gemeinschaft mit dem Pferd. Das machte mich stark, stolz und seltsam zufrieden, alles zugleich, mit einem mächtigen Aufbranden von Gefühl, das die angreifenden Bestien zu kriechenden Kreaturen machte. Und das machte es leicht, sie zu töten.

Es war ein seltsames Losgelöstsein. Ich spürte das Pochen der Muskeln des Hengstes unter meinem Gesäß, spürte den mächtigen Zorn, hörte das Schnauben und die Wutschreie. Er schlug untrüglich mit eisenbeschlagenen Hufen um sich. Zusammen waren wir unbesiegbar.

Ich roch Blut und Urin und Exkremente. Den Gestank von frisch hervorquellenden Eingeweiden. Aber hauptsächlich roch ich Macht und den Geruch der Magie.

»Tut mir leid«, sagte ich laut, »aber ich bin nicht beeindruckt.«

Ich wußte es besser, als daß ich den Hunden eine Gelegenheit gegeben hätte, uns hinunterzuziehen. Sie waren noch immer erheblich in der Überzahl, und der Hengst und ich konnten sie nicht ewig aufhalten. Ich wartete, bis der Strom innehielt, um nochmals zu überlegen, stieß dem Hengst die Fersen in die Seiten und führte ihn durch die knurrende Hundemeute.

Es war möglich, das wußte ich, daß er sich weigern würde, über das tote Pferd zu springen. In diesem Falle hätten wir wirklich in der Falle gesessen, weil er nicht viel länger durchhalten konnte. Zu Fuß hatte ich kaum eine Chance. Also lenkte ich ihn zu der Öffnung, ließ die Zügel frei und schlug mit der flachen Seite meiner geborgten Klinge auf seinen blutbefleckten Leib ein.

Er sprang, mein lahmer alter Junge, überflog den Pferdekadaver und landete mit einem Klappern von Eisen auf dem Felsen dahinter. Und da er in diesem Moment soviel Schubkraft hatte, machte ich mir nicht die Mühe, ihn aufzuhalten. Ich gab ihm lediglich einen zweiten Klaps und beugte mich über seinen stachelmähnigen Hals hinab.

»Jetzt hast du deine Chance!« schrie ich.

Folgsam rannte der Hengst mit mir davon.

23

Wir machten Lärm, der Hengst und ich. Hufe klopften und klapperten auf den harten Fels, kratzten Splitter ab, zerschmetterten kleine Steine und schleuderten Brocken gegen die aufragenden Felswände. Ich konnte jetzt besser sehen, daß die Sonne aufgegangen war, aber ich fühlte mich noch immer fremd in der Schlucht, und das, obwohl ich die ganze vorherige Nacht hindurchgeritten war.

Bei diesem Todesritt und ohne Sattel war es schwierig, auf dem Hengst zu bleiben. Ich umschlang ihn mit aller Kraft mit Oberschenkeln und Knöcheln und klammerte mich mit der linken Hand in der starr hochstehenden ungeschnittenen Mähne fest. Meine andere Hand hielt das Schwert, das ich bei dieser Geschwindigkeit nicht einzustecken wagte. Ich hätte mir wahrscheinlich den linken Arm abgeschnitten.

Wir stürmten durch die Schlucht, überhängenden Klippen ausweichend und Felsstreifen überspringend. Zeitweise ragten die Klippen gefährlich nahe neben meinem Kopf auf und drohten mir die Ohren abzureißen, aber ich beugte mich tief hinab und versuchte so wenig Angriffsfläche wie möglich zu bieten. In diesem besonderen Augenblick benötigte der Hengst meine Hilfe nicht. Er schien zu wissen, was er tat. Aber schließlich weiß er dies während einer Flucht meistens.

Schließlich erreichten wir den Erdrutsch. Ich hatte meine Erfahrungen und versuchte nicht, über ihn auf die Ebene zu gelangen. Der Untergrund war nicht begehbar, zu weich für ein Pferd oder einen Menschen. Und so ritt ich geradeaus, ließ die enge Schlucht hinter

mir und betrat statt dessen das Flußbett, die weite Fluß-
ebene verschwundenen Wassers. Eine Schlucht blieb
übrig, aber hier teilten sich die Wände und nahmen Abschied voneinander. Zu meiner Linken ragten die sich
zur Ebene erhebenden Klippen empor, zu meiner Rechten die niedrige gefurchte Linie einer rötlichen Wand,
die mich an den Tunnel erinnerte, in den ich die anderen
geschickt hatte.

Die anderen. Ich fluchte und wandte mich auf dem
Hengst um, schaute den Weg zurück, den wir gekommen waren. Die Schlucht verschwand zu einer dünnen
schwarzen Linie, durch die Entfernung unsichtbar gemacht.

Hoolies, wo war Del?

Und wo waren, in diesem Zusammenhang, die
Hunde?

War es möglich ...? Nein, wahrscheinlich nicht. Und
dennoch war nicht *ich* es, hinter dem sie her waren, sondern Del. Und Del war die Wand hochgeklettert und im
Nichts verschwunden. Ich hatte keine Vorstellung davon, wie gut die Hunde einen Geruch verfolgen konnten, und es war möglich, daß sie sie völlig verlieren
würden. Es war auch möglich, so hoffte ich, daß sie es
aufgeben würden, mich zu jagen.

Ich tätschelte den Hengst. »Ich wette, *du würdest* das
mögen, Alter.«

Er hatte Mühe. Das Geräusch seines Atems gefiel mir
nicht. Wenn er noch länger in dieser Geschwindigkeit
rannte, würde ihm der Atem ausgehen. Oder er würde
den Beinschutz verlieren. Oder sich gar die Beine brechen. Was alles bedeuten würde, daß er für mich oder
für andere nutzlos würde. Und ein Pferd, das niemandem mehr nützt ... Ich fluchte heftig. Nein. Er verdiente
etwas Besseres.

Ich wandte mich um, um erneut zurückzuschauen.
Keine Hunde, obwohl ich in der Ferne Geheul hörte. Ich
atmete tief ein, überdachte kurz die Lage und traf meine

Entscheidung. Vorsichtig bremste ich den überstürzten Galopp des Hengstes, verlangsamte ihn zum Trab und dann zum langsamen Trab. Und letztendlich zum Schritt.

Ich hob mein Bein hinüber und glitt an der rechten, anstatt an der linken Seite hinab, um den Hengst nicht mit dem Schwert zu verletzen. Er stolperte und schwankte so heftig, daß ich Angst bekam, er könnte mit dem Kopf herumschwingen und selbst in die Klinge geraten. Ich nahm die Zügel auf und führte ihn, wobei ich nach einem Spalt in der niedrigen Wand der Schlucht suchte. Ich wollte aus dem Flußbett hinausgelangen, das sehr breit war, und erhöhten Boden aufsuchen, einen Platz, von dem aus ich nach den Hunden Ausschau halten konnte, während ich dem Hengst — und mir — eine Ruhepause gönnte.

Irgend etwas erregte meine Aufmerksamkeit. Eine Kerbe in der zerfurchten Wand. Es war möglich ... ja, nicht nur möglich, sondern tatsächlich. Die Kerbe war ein zerklüfteter Spalt, der sich von der Linie der Wand eindeutig bis zum Flußbett zog. Eine grobe, trügerische Treppe hinauf in die Ebene.

Der Regen hatte den Stein geglättet und gezackte Ränder hervorgerufen. Es gab Hohlräume, in denen sich Pfützen gesammelt hatten, Bögen, die wie die Schultern einer Frau geschnitten waren, Ritzen, die groß genug waren für Stiefel und beschlagene Hufe. Diese Treppe war, dank den Göttern des Valhail, nicht besonders steil, aber es würde dennoch ein harter Aufstieg für den Hengst werden. Er war ein Pferd, keine Bergziege.

Und auch für mich würde es ein harter Aufstieg werden. Ich wagte nicht, ihn hinaufzuführen, denn wenn er erst einmal seine Bereitschaft wiedergefunden hatte, würde er auch seine Geschwindigkeit wiederfinden. Pferde klettern solche Steilstücke, wenn man sie sich selbst überläßt, in Sprüngen und Sätzen hinauf. Ich würde dabei gegen die Felsen gequetscht werden. Und ich konnte ihn nicht *reiten*, denn die Treppe war zu steil, zu trügerisch, um ihn mit meinem Gewicht zu belasten, und ich würde — ohne Sattel — wahrscheinlich abrutschen. Aber ich bezweifelte, daß er die Treppe mit lediglich ein wenig Ermutigung hinaufgehen würde, also führte ich seinen Kopf in den Spalt, zog ihn am Gebiß vorwärts und trat schnell zur Seite, während ich ihn erneut mit der flachen Seite von Therons Schwert schlug.

Vielleicht war er ja doch eine Bergziege ... Drei ausgreifende Schritte brachten ihn auf halbe Höhe, wo er ausrutschte, ein Stück herunterglitt, strampelte, sich wieder fing und erneut aufwärtssprang, bis er oben ankam.

»Warte auf mich«, sagte ich lahm und steckte mein Schwert endlich in die Scheide.

Er wartete, denn er war zu erschöpft, um ohne mich weiterzugehen. Nachdem ich selbst oben angekommen war, stellte ich fest, daß der Hengst still dastand und traurig den Kopf hängen ließ. Schweiß bedeckte die Brust, die Schultern, die Flanken. Schweiß rann ihm zwischen den Ohren hinab bis zur Nasenspitze. Er atmete wie ein Gebläse.

»Tut mir leid, alter Junge ... wir konnten nichts anderes tun.« Ich ergriff einen Zügel und untersuchte ihn kurz, wobei ich mit den Zähnen knirschte, als ich die Wunden entdeckte. Rote Hautflecken, mit salzigem weißen Schaum bedeckt. Blut floß von der Brust, den Flanken, den Fesselgelenken, den Fesseln. Die Hunde hatten bei ihrem Versuch, ihn umzuwerfen, Fell und Haut abgerissen. Er brauchte Ruhe, Zuwendung, Futter und Wasser. Und ich konnte ihm nichts davon geben, denn die Hunde waren viel zu nahe.

Ich erschauerte. Schaute gen Himmel. Es war noch früh, aber erneut verschluckten Wolken die Sonne und sandten graues Licht statt gelbes, wodurch die Härte des Tages von Feuchtigkeit, dumpfen Geräuschen und

Farben gemildert wurde. Als es zu regnen begann, war ich nicht überrascht und entsprechend unglücklich.

Es war kaum mehr als schwerer Nebel. Aber ich fühlte mich nichtsdestotrotz miserabel und sehnte mich nach meiner Wüste. Ich wollte Wärme. Ich wollte Sonnenschein. Ich wollte Sand unter den Füßen statt Gras und Blätter.

Und jetzt, da ich den Hengst zurückhatte, wollte ich auch Del.

»Hoolies, du bist sandkrank.« Ich sprach es laut und betont aus und war ganz allgemein durch die Stärke meines Verlangens verärgert. »Du hast über dreißig Jahre allein verbracht, und jetzt plärrst du wie ein neugeborener Danjac, der nach seiner Mutter verlangt.« Ich strich über den nassen Kopf des Hengstes. »Zunächst einmal wirst du deine Freunde bald finden — sie sind nicht *so* weit von hier fort. Und selbst wenn du sie nicht findest, kannst du wieder nach *Hause* gehen. In den Süden, wo es warm und hell ist und keinen dreimal verfluchten Regen gibt. Wo dir Schankmädchen auf den Knien sitzen und Männer dir Aqivi spendieren und stolz darauf sind und später Geschichten erzählen, wie sie ihre Zeit mit dem Sandtiger verbracht haben. Wo der Kreis im *Sand* gezogen wird und nicht im Dreck. Wo Gegner nicht von nördlichen Mustern und nördlichen *An-Kaidin* murmeln, wo die Tanzeer deinen Namen kennen und dir Gold anbieten, wenn du ihnen einen Dienst erweist. Und wo man sich keine Gedanken darüber machen muß, ob sich die nordische Bascha im Kreis umbringt und dich wieder allein in der Welt zurückläßt ...« Ich hielt inne. Der erschöpfte Hengst schaute sichtlich gelangweilt zu mir zurück.

»O Hoolies ... ich *bin* sandkrank.« Ich wandte den Hengst gen Norden und ging los. Auf die Jagd nach der nordischen Bascha.

Die Jagd dauerte bis zum späten Nachmittag, und als sie endete, war ich der *Gejagte*, nicht der Jäger, denn es war Del, die mich fand, statt umgekehrt.

Ich erleichterte mich gerade, als sie sich aus dem Nebel löste, das feuchte Haar am Rücken klebend. Sie sah den Hengst, nicht mich. Ich hatte ihn im offenen Gelände zurückgelassen, während ich die Bäume aufgesucht hatte. Ich erwog, sie anzurufen, ließ es dann aber sein. Das Wiedersehen mochte warten, bis ich fertig war.

Del trat auf den Hengst zu und sprach leise auf ihn ein. Er wieherte ein wenig, stieß sie mit der Nase an und rieb seinen Kopf an ihrer Schulter, als sie nahe genug herankam, um ihm den Hals zu streicheln. Ich war fertig, ging zwei Schritte, blieb stehen. Sagte nichts. Statt dessen hörte ich ihr zu und schaute.

»Armer Junge«, sagte sie weich. »Armer tapferer Junge, so von Zähnen und Klauen zerrissen ... Man hat dir übel mitgespielt, nicht wahr? Man hat dich rennen und kämpfen und noch weiter rennen lassen ... und dir keine Chance gegeben, dich auszuruhen.« Sie lächelte leicht, als er sie anstieß und sich stärker an ihr rieb, wobei er die Feuchtigkeit des Fells an gleichermaßen feuchte Baumwolle weitergab. »Armer, im Süden aufgewachsener Junge, hast die Kälte und den Regen und die Feuchtigkeit so satt ... genausosehr wie dein Reiter, mein armer, mitgenommener Sandtiger, so weit fort von dem vertrauten Zuhause.«

Del schaute sich um, wobei sie noch immer den Kopf des Hengstes rieb. Sie hatte sich das nasse Haar aus dem Gesicht gestrichen, wodurch die Konturen ihres Gesichtes deutlicher hervortraten und ihm die weibliche Weichheit nahmen. Ich erkannte, als ich sie erneut betrachtete, daß sie abgenommen hatte und daß Anspannung ihre Haut in den Mund- und Augenwinkeln gestrafft hatte. Es machte sie älter und entschlossener als je zuvor. Nahm ihr die Leichtigkeit der Jugend und zeigte die Last der Verantwortung, die niemand je kennenlernen sollte, egal, welchen Geschlechts er wäre.

Meine arme tapfere Delilah, so getrieben von dem zweifachen Bedürfnis nach Vergeben und Vergeltung.

Ich trat zwischen den Bäumen hervor und ging zu ihr hinunter, wobei ich die Veränderung in ihren Augen bemerkte, als sie mich sah. Das kurze Aufflackern der Erleichterung, das bedeutete: *Er lebt, er ist gesund, er ist noch immer der Sandtiger.*

Was bedeutete, daß ich einem Bild gerecht zu werden hatte.

»Nun«, sagte ich leichthin, »du hast ziemlich lange gebraucht.«

Del lächelte breit. »Wir *haben* daran gedacht, dich zurückzulassen.«

»Und warum habt ihr es nicht getan?«

»Wir brauchten das Pferd.«

Das stimmte, da fünf Pferde bereits tot waren. »Wie geht es den anderen?«

»Adara ist müde und zeigt es offen. Garrod ist noch immer verärgert über den Verlust seiner Pferde. Er ist eben ein Pferdesprecher. Massou hält alles für ein Abenteuer, und Cipriana, na ja ...« Del zuckte die Achseln. »Sie wollte mitkommen, aber Adara wollte, daß sie dablieb.«

Ich rieb mir mit einer Hand über das Gesicht. »Hoolies, Del, was soll ich mit ihr machen? Sie ist nur ein *Mädchen* ...«

»Und wenn sie älter wäre?« Del lächelte erneut und hob anzüglich die Brauen. »*So* ist sie nun auch wieder nicht, Tiger. Ich bin nur fünf Jahre älter.«

»Ich weiß, ich weiß ... Erinnere mich nicht daran.« Ich seufzte. »Manchmal denke ich, daß *du* zu jung für mich bist.«

»Ich auch.« Herzlos. »Jemand wie Garrod, nun ...« Ihr Gesichtsausdruck war nachdenklich.

»Nein«, sagte ich barsch, »nicht Garrod! Nicht für

dich. Ein Mann, der vielleicht an dem Mord an deiner Familie beteiligt war.«

Diese Bemerkung unterbrach den Moment guter Laune wirkungsvoll. Das Eis in ihren Augen wurde wieder sichtbar. »Das hat Garrod nicht getan«, sagte sie kühl, »aber er weiß sicherlich davon. Er müßte es wissen, denn er ist mit Ajani geritten.«

»*Mit* ihm geritten?« Ich runzelte die Stirn. »Ihn zu kennen ist eine Sache, mit ihm zu reiten ist eine andere.«

»Er kennt ihn. Zumindest behauptet er das. Und er ist auch mit ihm geritten. Aber nicht kürzlich, sagt er, und niemals, um Menschen umzubringen.« Dels Stimme klang so flach, daß das ihren Ärger deutlicher machte, als wenn sie geschrien hätte. »Irgendwo gibt es einen Unterschied, aber ich muß ihn erst noch herausfinden.«

Garrods Lebensweise war es wert, daß man darüber diskutierte, dachte ich, besonders im Hinblick auf seine Verbindung zu Ajani, aber es gab wichtigere Dinge. Wie die Hunde. Und das sagte ich auch.

Del schüttelte den Kopf. »Im Moment sind sie verschwunden. Aber ich denke, sie werden zurückkommen.« Sie umschlang den Hengst, als dieser sich erneut an ihr rieb. »Vielleicht hast du recht, Tiger. Ich glaube, sie sind hinter jemand — oder *etwas* — Bestimmtem her ... und ich glaube, daß es heraufbeschworene Bestien sind. Sie sind nicht natürlich. Sonst wären sie nicht so wählerisch, so engstirnig. Und sie hätten dich und den Hengst niemals entkommen lassen.«

»Ich habe mich schon selbst darüber gewundert.« Ich sammelte herabbaumelnde Zügel ein. »Er ist zu müde, um uns beide zu tragen, Bascha. Wir werden laufen müssen, wenn du uns den Weg zeigst.«

Sie deutete in nördliche Richtung. »Diesen Weg ein paar Meilen zurück. In einer Schlucht ...« Sie lächelte seltsam. »Einer sehr bemerkenswerten Schlucht.«

»Keine weitere Falle.« Ich ging los und führte den Hengst.

»Nein. O nein. Und es besteht dort nicht die Gefahr, daß die Bestien uns angreifen. Die Magie ist zu stark.«

»Magie.« Ich blieb stehen. »Magie?«

Del nickte. »Eine sehr mächtige Magie, mächtiger als alles, was du bisher erlebt hast.«

Ich grunzte. »Ich habe in meinem Leben schon einiges an Magie gesehen, Bascha. Und ich habe nichts davon gemocht. Die Hunde sind *selbst* Magie — das gibst sogar du zu.«

»Das gebe sogar ich zu«, bestätigte sie geduldig. »Ja, die Hunde sind aus Magie geboren. Und zwar aus einer bösartigen Magie ... Aber die Canteada sind es nicht.«

»Die was?«

»Nicht was: *wer*. Die Canteada.« Del seufzte und sah ungewohnt einfältig aus. »O Tiger, wenn du nur verstehen könntest ...«

»Ich werde es versuchen«, sagte ich trocken. »Erklär es mir.«

Del schüttelte den Kopf. »Erklärungen würden nichts nützen. Du verstündest es nicht. Ich glaube nicht, daß du verstehen *kannst*, nicht du.«

Ich war nicht sonderlich erfreut über ihre Ansicht. »Woher willst du das wissen? Ich bin nicht völlig blind ...«

»Nicht blind«, unterbrach sie mich, »taub. Zumindest taub für Musik.«

»Musik.« Ich seufzte und rieb mir erneut über das Gesicht. »Bascha, kannst du nicht ein bißchen deutlicher werden? Dieses ganze Gerede über Musik und Magie ...«

»Dieses ganze ›Gerede‹, wie du es nennst, ist so konkret wie es wird.« Sie deutete gen Norden und schlug vor, daß wir unsere Reise fortsetzen sollten.

Ich drängte den Hengst erneut vorwärts. »Du willst mir erzählen, diese Canteada-Leute seien Musiker.«

»Nein«, sagte sie sanft, »ich erzähle dir, daß die Canteada *Musik* sind.«

Ich grunzte. »Derselbe Unterschied.«

»Du *bist* schlecht gelaunt, nicht wahr?« Del schüttelte den Kopf. »Ich habe dir vorher gesagt, daß du es nicht verstehen würdest.«

»Ich verstehe lediglich«, erklärte ich ihr schroff, »daß wir von einem Zauberer verfolgt wurden, der ohne besonderen Grund — außer vielleicht wegen eines seltsamen Geschmacks an Unterhaltung — die Hunde der Hoolies auf uns gehetzt hat. Und das mag ich nicht besonders.« Ich schaute sie finster an. »Ich mag *es* nicht, ich mag nicht einmal dieses *Land*.« Ich atmete tief ein, blieb erneut stehen und fuhr ungebremst fort, da sie mir gerade zuhörte. »Ich bin naß, seit wir hier sind, halb erfroren durch dein Schwert. Von Loki angegriffen, von lebenden *und* toten Körpern. Von heraufbeschworenen Hunden brutal angefallen, den liebestollen Angeboten von Mutter *und* Tochter ausgesetzt, während ich von dir die ganze Zeit über abgewiesen wurde. Kannst du mir vorwerfen, daß ich schlecht gelaunt bin?«

Del sah mich nachdenklich an. »Du bist müde«, sagte sie schließlich. »Du wirst dich besser fühlen, wenn du etwas gegessen hast.«

»Essen«, fauchte ich. »Ich werde mich erst besser fühlen, wenn wir deinen Auftrag hier beendet haben und wieder zurück in den Süden gehen können, wo es warm und hell und *trocken* ist.«

Del nahm mir die Zügel ab. »Aber wenn wir nicht langsam aufbrechen, Tiger, werden wir niemals irgendwo ankommen.«

Die schlechte Laune ließ, genau wie der Regen, nicht nach. Ich machte auf dem Absatz kehrt und ging los.

24

Zu unserer Rechten zog sich die enge Schlucht hin, die der Hengst und ich zweimal durchquert hatten, einmal hin und einmal zurück. Zu unserer Linken ragte eine feuchte felsige Wand auf, die sich weit über unsere Köpfe erhob. Ihre Vorderseite war grau und blau, rutschig und glatt vom Regen, der aus dem Himmel rieselte. Die Wand der Klippe sah so aus, als hätte sie jemand mit einer gigantischen Axt aus der Erde herausgehauen und sie wellig, scharf und zerfurcht zurückgelassen. Aber die zerklüftete, rauhe Oberfläche wurde durch Moos und herabgefallenes Laub, durch Tupfen von Grün, Gold und Karneol, durch einen Hauch blasser Pflaumenfarbe gemildert.

»Die Farben sind hier anders«, sagte ich und schritt raschelnd durch regenfeuchtes Laub.

Del sah mich an, schaute auf die rauhe Vorderseite der Klippe, auf kahle Bäume, auf laubweichen otterbraunen Boden. Kurz darauf nickte sie. »Sie sind tiefer, reicher, gereifter ... nicht so blaß wie im Süden.«

»Blaß.« Das klang seltsam.

»O ja. Im Süden sind die Farben zarter, mehr von den Launen des Wetters abhängig. Von den Simumen, die den Sand über Meilen verstreuen. Vom Wassermangel, der die Feuchtigkeit und Farbe aus den Bäumen und der übrigen Vegetation saugt. Und von der Sonne, die allem das Leben nimmt, Menschen und Tieren gleichermaßen.«

Ich runzelte die Stirn. »Du hast mir einmal gesagt, daß du den Süden magst.«

»Ich respektiere ihn. Ich bewundere seine Kraft, seine

wilde Schönheit, seine Entschlossenheit zu überleben. Aber dies — *dies* ...« Ein Arm umfaßte die Klippe, die Schlucht, den Wald. »... ist es, was ich seit meiner Geburt kenne. Diese Farben sind meine, sogar der *Geruch* des Nordens, der Geschmack regendurchtränkten Bodens. Das ist es, was mich geformt hat.«

In mir erblühte etwas. Eine winzig kleine Knospe, die sich zu entfalten drohte. »Du klingst, als wolltest du hier *bleiben*.«

Del sah mich scharf an. Und schaute dann fort.

Die Knospe wurde zur Blüte und zeigte mir die Farben meiner Angst. »Bascha — wenn das alles vorbei ist, gehen wir wieder in den Süden. Zumindest *ich*. Du nicht?«

Sie sah mich noch immer nicht an. »Das habe ich noch nicht entschieden.«

Frauen sind spontane Wesen. Sie durchdenken die Dinge im allgemeinen nicht logisch, sondern verlassen sich überwiegend auf ihr Gefühl. Sie neigen dazu, vorschnell zu urteilen, und halten, nur um den Schein zu wahren, um das Gesicht und den Stolz zu wahren, starrsinnig daran fest, selbst wenn man ihnen zeigt, daß sie völlig falsch liegen. Selten betrachten sie die Dinge aus allen Blickwinkeln, sondern sehen nur, was sie sehen wollen. Sie sehen, sie wollen, sie nehmen, oder sie finden einen Mann, der es für sie erringt.

Sie reden sich um Kopf und Kragen und bedauern es später, immer, und leugnen dann, es je gesagt zu haben.

Frauen sind wankelmütige Wesen.

Und nicht so viel anders als Männer. Was bedeutete, daß ich wußte, was Dels ausweichendes Verhalten verursacht hatte, egal, was sie sagte.

Sie *sagte*, sie habe es noch nicht entschieden, was natürlich bedeutete, daß sie es sehr wohl schon getan hatte.

Ich blieb jäh stehen, wodurch auch der Hengst stehenblieb. »Willst du damit sagen, du hättest mich den ganzen Weg hier herauf geschleppt, auf dieser dreimal verfluchten Mission der Erlassung, obwohl du keinerlei Absicht hast, wieder nach Hause zurückzukehren?«

Sie antwortete nicht sofort. Dann sagte sie weich: »Ich *bin* zu Hause, Tiger.«

Hoolies. Das war sie.

Meine Stimme klang kurz angebunden. »Del ...«

»Ich sagte, ich hätte es noch nicht entschieden.«

»Und wann *wirst* du es entscheiden?«

Sie zuckte die Achseln. »Wenn ich es tue.«

Das half mir sehr. Ich kratzte an meinen Narben, wobei ich abgebrochene Nägel durch deutliche Krallenspuren zog. Ich hatte mich mehrere Tage lang nicht rasieren können, und die Stoppeln machten mich verrückt. »Und wann, denkst du, könnte das sein?«

»Ich weiß es nicht!« Ihr Aufschrei hallte in der Schlucht wider, kletterte die Klippe hinauf und verlor sich in den Bäumen. Der Hengst stellte die Ohren auf.

»Aha«, sagte ich, »ich verstehe.«

Dels Gesicht rötete sich ärgerlich. »Wie soll ich es wissen?« fragte sie. »Wie soll ich wissen, ob ich überhaupt noch ein Leben zu leben habe, wenn ich den *Ishtoya* und *An-Ishtoya*, den *Kaidin* und *An-Kaidin* gegenübergetreten bin? Ich muß vor sie hintreten und mich erniedrigen, sie um Vergebung bitten, um ihr Urteil, um die Strafe bitten. Wie kann ich sagen, was ich mit meinem Leben anfangen werde, wenn sie es mir vielleicht gar nicht gewähren?«

»Oh, ich denke, sie werden es dir gewähren ...«

»Das *weißt* du nicht, Tiger!«

Ganz offensichtlich hatte ich sie erzürnt. »Nun, Del ...«

»Nein!« sagte sie wütend. »Sei nicht so gönnerhaft. Werte meine Angst nicht ab, als sei sie unwichtig. Tätschle mir nicht den Kopf und sage nicht, daß alles gut wird. Versprich mir nicht, die Schatten zu vertreiben, weil du *nicht weißt, was sie sind.«*

Nun, nein, das wußte ich nicht. Es sei denn, sie sagte mir, welche es waren.

»Ich will dich nicht verlieren«, sagte ich. Und bedauerte es dann sofort.

Glücklicherweise starrte Del mich nur an. »Du *hast* mich nicht, Tiger.«

»Nein«, stimmte ich zu, »in letzter Zeit nicht. Du und deine Lokibesessenheit . . .«

Sie sagte kurz etwas Unflätiges über die Loki, ordinär — südlich.

»Ich könnte mir vorstellen, daß sie das mögen«, erklärte ich. »Immerhin hast du es mir erklärt . . . wie sie von Männern und Frauen ›in der Begegnung‹, wie du es nanntest, angezogen werden.«

»Das werden sie.« Nur ihre Lippen bewegten sich, ihre Zähne waren fest zusammengebissen.

»Nun, dann brauchen *wir* uns über nichts Gedanken zu machen.« Ich lächelte süß. »Nicht wahr?«

Del fuhr herum und ging davon.

Es war der Hengst, der uns warnte. Vielleicht waren Del und ich da schon beide des Laufens müde, sprachen nicht, dachten aber viel. Wir bemerkten es einfach nicht. Aber glücklicherweise bemerkte es der Hengst.

Ohren richteten sich ruckartig auf. Er atmete tief ein, dann geräuschvoll wieder aus, was Pferde tun, wenn sie unsicher sind. Und dann blieb er abrupt stehen, so daß die Zügel fest an meiner Hand ruckten.

Ich roch sie, bevor ich sie sah. Ich erinnerte mich von der kurzen Gefangenschaft in der Schlucht her gut an den Geruch — den verfaulten, moschusartigen Gestank des Todes. »Ich dachte, du hättest gesagt, die Hunde seien fort.«

»Das waren sie.« Stahl sang, als Del ihr Schwert aus der Scheide zog. »Sie sind durch die Schlucht zurück hinter dir hergegangen und dann einfach verschwunden.«

»Nun, jetzt sind sie wieder da.«

Wir folgten keinem Weg, sondern bahnten uns unseren Weg auf einem Streifen Untergrund zwischen der Schlucht und der Wand der Klippe. Bäume wuchsen dicht auf beiden Seiten, engstehend oder auch weiter verstreut, während der Regen von kahlen Zweigen tropfte. Es gab nur wenig Deckung, aber die Hunde wußten, wie sie die wenige vorhandene Deckung nutzen mußten.

Nasse Blätter machen nicht so viel Lärm wie trockene. Wasser dämpft den Klang, läßt sie zusammenkleben, bereitet einen feuchten Teppich. Aber auch sie sind nicht lautlos, und ich hörte die Hunde um uns herum. Vor uns und an den Seiten und hinter uns.

Diesesmal wurde die Schlucht nicht zur Falle. Diesesmal brauchten sie keinen Hinterhalt.

Es war wie immer — zumindest für mein Empfinden — ein Tag der Grautöne: aschig, eisenfarben, oliven. Und jetzt auch noch die Hunde, stumpfes Schiefer und gesprenkeltes Silber, übereinstimmend mit dem Regen und übereinstimmend mit der Klippe. Leise glitten sie durch die Bäume, die Köpfe gesenkt, die Schwänze eingezogen, die Mähnen auf ihren breiten Schultern wippend.

Mit einer Hand zog ich mein Schwert. »Was zu den Hoolies *wollen* sie?«

»Uns«, sagte sie.

»Dich.«

Del sah mich scharf an. »Du meinst nicht ...«

»Doch. Du bist die Wand dieses zur Falle gewordenen Cañons hinaufgeklettert, und sie folgten dir. Sie wollten nicht mich. Sie jagten mich nur, weil du bereits fort warst. Selbst dann waren sie eher halbherzig bei der Sache. Wie viele sind es — dreißig? Vierzig? Fünfzig? Mehr als genug, um den Hengst hinabzuziehen, und doch haben sie in Wirklichkeit gar nichts getan.«

»Nichts«, echote sie. »Ich habe den Hengst gesehen,

Tiger, und ich habe *dich* gesehen. Das ist nicht alles Pferdeblut auf deiner Kleidung.«

Nun, nein, aber ich hatte mir ganz einfach noch nicht die Zeit genommen, es zu untersuchen. Ich war steif und wund und vielleicht ein wenig angegriffen, aber es ging mir leidlich gut.

»Ich sage es noch einmal. Sie sind hinter dir her«, belehrte ich sie. »Wenn sie sprechen könnten, würde ich sie fragen.«

Del sagte nichts, sondern beobachtete, wie die Hunde umherstreunten, um uns einzukreisen. Sie hielten Abstand und ließen uns viel Raum, und dennoch hatte ich das Gefühl, daß sie uns, wenn wir uns bewegen würden, sofort folgen würden. Sie umlauerten uns erneut, wie ein Hund, der auf südliche Ziegen angesetzt ist.

»Das ergibt keinen Sinn«, sagte sie. »Die *Voca* würden niemals das mir zur Erwiderung gewährte Jahr für nichtig erklären.«

»Wer?«

»Die *Voca*. Diejenigen, die sich zum Urteil versammeln.«

»Theron ist dir gefolgt.«

»Theron hat sich darauf verwendet, die Blutschuld einzutreiben. Nach *Vocarecht* war er gefordert, mir die Wahl zu lassen, ob ich in den Kreis eintreten oder nach Hause zurückkehren wollte, um das Urteil meiner Gleichrangigen und Lehrer anzunehmen.« Ihr Gesicht war starr. »Wie du weißt, hat er die Wahl getroffen, gegen mich zu tanzen. Er hat verloren, deinetwegen. Das bedeutet, daß mich niemand anderer herausfordern darf, bis das Jahr abgelaufen ist.«

»Das dauert nicht mehr lange, Bascha. Durch die Verzögerungen, die wir hatten, ist es nur noch eine Frage von Wochen.«

»Ja, Tiger. Ich weiß. Aber sie hätten niemals die Bestien geschickt. Das ist nicht die Art der *Voca*.« Ihr Gesichtsausdruck war grimmig. »Sie würden Männer schicken, Tiger, vielleicht auch Frauen. Alles sorgfältig ausgebildete Schwerttänzer.«

»Warum suchen dich dann diese Hunde?«

»Vielleicht wollen sie nicht mich.«

»Ich *weiß*, daß sie nicht mich wollen, Del.«

»Dich nicht, mich nicht.«

»Vielleicht wollen sie *dies*.« Sie hob das Schwert leicht an.

Ich schüttelte den Kopf. »Was sollte ein Rudel Hunde mit einem Schwert wollen, Del? Sie können es nicht wirklich gebrauchen.«

»Sie haben sich uns vielleicht einfach nur angeschlossen.«

»Nun, ja ...«

»Sie haben uns niemals richtig angegriffen, sondern uns meist nur nordwärts getrieben.«

»Nun, ja, es scheint ...«

»Die Macht hat sie nicht abgehalten, Tiger. Als ich sang. Sie scheinen die Macht zu *genießen*, statt sie zu fürchten.«

Ich dachte darüber nach. Das stimmte. »Und dennoch, Del, ich frage mich ...«

»Sie eskortieren uns zu jemandem. Zu jemandem, der dieses Schwert will.«

Ich seufzte. »Das scheint mir etwas weit hergeholt, Del. Warum sollte man ein Rudel Alptraumhunde schikken, wenn Menschen ... das genauso gut tun könnten, wenn nicht besser? Immerhin haben Hunde keine Hände, um ein Schwert zu halten.«

»Sie brauchen keine Hände. Sie haben uns.«

Ich spähte hinaus durch das Grau. Grau in grau, vollkommen ruhig im gesamten Umkreis. Starrte auf Del und ihr Schwert. »Es ergibt einfach keinen Sinn, Bascha.«

»Das Übel ergibt selten Sinn.«

Ich schaute sie scharf an. »Was meinst du denn mit ›Übel‹?«

»Das kommt darauf an, was du darunter verstehst«, sagte sie, »aber Übles ist normalerweise schlecht.«

Der Hengst stand still und schaute, beobachtete die Bestien starren Blicks. Heißer Atem wärmte meine Schulter. »Also sagst du, daß es einen Zauberer *gibt* ...«

»Oder Loki«, sagte sie ruhig. »Loki benötigen Macht. Und Macht lebt in diesem Schwert.«

Ich erinnerte mich daran, wie sie mich angeschrien hatte, mein geborgtes Schwert in dem Lokikreis nicht zu gebrauchen. Konnten sie vielleicht alle übriggebliebene Macht aufgesaugt und für sich selbst gebraucht haben?

Und jetzt brauchten sie noch mehr.

»Loki«, sagte ich angewidert.

»Ein Schwert ist ein Schwert«, sagte Del. »Ein *Jivatma* ist mehr als ein Schwert. Wenn ich sie vollends stimme, kann ihre Macht gegen uns verwendet werden.«

»Nun, dann laß sie uns nicht stimmen, oder?«

Del lächelte müde. »Was glaubst du, wie viele wir töten können, bevor sie uns töten?«

»Du hast eben gesagt, sie hätten nicht die Absicht, uns zu töten.«

»Wahrscheinlich nicht, wenn wir gefügig sind. Aber ich habe nicht die Absicht, mit ihnen zu gehen.«

Es kommt eine Zeit, wenn Worte erschöpft sind und nichts mehr einbringen. Es kommt eine Zeit, wenn Handeln die einzige Antwort ist, unabhängig von den Umständen.

Del und ich hatten schon vor einiger Zeit gewußt, daß es dazu kommen würde. Wir hatten es verdrängt, weil niemand gern seine Machtlosigkeit etwas Tödlichem gegenüber eingesteht. Das ist eine Art, den Tod zu betrügen.

Aber das vergeht schließlich alles, und dann will man Blut.

Ich ließ den Hengst frei und tätschelte ihm seinen Hals.

»Nun denn, Bascha ... sieht so aus, als hätten wir einen Kampf vor uns.«

Del atmete tief ein. »Wir wollen ihn zu ihnen bringen, Tiger.«

Mir war seltsam leicht ums Herz, und ich grinste. »Gibt es eine andere Möglichkeit?«

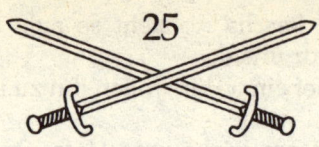

25

Das Problem war, daß wir niemals dazu kamen, jemandem den Kampf anzutragen. Denn als wir uns gerade in Bewegung setzen wollten, bereit, ein Blutbad anzurichten, brachte etwas die Hunde zum Innehalten. Und etwas brachte *uns* zum Innehalten.

Ein Geräusch. Ein schrilles, pfeifendes Geräusch, das anschwoll und abnahm, wogte, sich seinen Weg um die Bäume wand, die Stämme herunterglitt, um auf dem Boden aufzuschlagen, und sich ausbreitete, um unsere Füße zu umschlingen.

Der Hengst, der umhergewandert war, hielt inne. Schüttelte heftig den Kopf und stellte die Ohren auf. Legte sie dann wieder flach an und warf die Oberlippe auf, wobei er beeindruckende Zähne zeigte.

Die Hunde, grau in grau, verschmolzen wieder mit den Bäumen, die Hinterteile auf den Boden gepreßt, die ledrigen Ohren hochgestellt, die Mähnen gesträubt. Vielleicht waren es Bestien, die durch Zauberei herbeigerufen worden waren, aber sie reagierten wie geschlagene Hunde, die sich in ihren Schlupfwinkel zurückziehen.

Del und ich waren nicht viel besser dran, bis sich das Geräusch veränderte. Nicht mehr das Pfeifen, das dazu angetan war, empfindliche Ohren zu durchdringen, sondern ein kokettierender, flötenartiger Gesang, der sich um die Zweige wand und sie umklammerte, in den Spalten der rauhen Klippe umherlief und summte und aus der Schlucht widerhallte. Und dann erstarb auch das und überließ uns der Stille.

Del seufzte. »Canteada.«

»Was?«

»Canteada«, wiederholte sie. »Ich denke, du wirst bald einen davon treffen.«

»Einen dieser Musikleute?«

»Du hast ihn gehört, nicht wahr?«

Ich runzelte die Stirn. »Du meinst, es war *Musik*, die die Hunde verjagt hat?«

»Musik. Magie. Ein und dasselbe bei den Canteada.« Del steckte ihr Schwert ein und lächelte. »Schau, Tiger. Siehst du ihn?«

Ich schaute. Nein, ich sah ihn nicht. Ich sah niemanden.

Und dann sah ich ihn doch und schaute. »Hoolies, Del! Was *ist* das?«

»Das ist ein *Er*«, sagte sie. »Canteada und Meister des Gesangs. Tanzeer würdest du ihn vielleicht nennen. Er ist der Älteste in seiner Sippe.«

Er. Wohl eher *Es*. Er ähnelte nichts, was ich je zuvor gesehen hatte. Nicht einmal in meinen Träumen.

Er war kleiner als Massou, und doch deutete etwas auf ein höheres Alter hin. Da er aus dem Regen kam, war es schwierig, ihn zu sehen, da seine Farbe dem Regen ähnelte. Helle lichtdurchlässige Haut, seltsam opalisierend. Und er war häßlich. Er war *häßlich*. Man konnte es nicht anders nennen.

Aber das vergaß ich, als er sprach, denn seine Sprache war Gesang.

Seid Ihr hierhergekommen, um zu töten?

Ich konnte nur schauen.

Seid Ihr hierhergekommen, um zu töten?

Er schaute mich an, nicht Del. Langsam schüttelte ich den Kopf und wußte nicht, was ich sonst tun sollte.

Ein zarter Finger mit blauem Fingernagel hob sich sanft meinem Schwert entgegen. *Stahlgesang tötet.*

Eine höfliche Art, mich einen Lügner zu nennen. »Del ...«

»Dein Schwert ist blankgezogen«, belehrte sie mich

ruhig. »Steck es weg. Vielleicht nimmt er dann deine Verneinung an. Im Moment wird er es nicht tun.«

Ich steckte mein Schwert ein. »Was *ist* dieses Wesen?« flüsterte ich. »Kein Mensch. Kein Tier.«

»Canteada«, sagte sie weich. »Als Kinder lehrt man uns, daß sie der Welt die Musik gebracht haben. Aber ich hatte niemals geglaubt, einen davon zu sehen, bis heute morgen. Ich war mir nicht einmal sicher, ob sie real wären.«

Ich schaute den kleinen Mann an. Er reichte mir kaum bis zur Hüfte, mit breiter Brust, spindeldürren Beinen und langen ausdrucksvollen Finger. Er trug einen Lederkilt. Seine Augen waren von hellstem Purpur, ein wenig wie Therons Klinge. Die Pupillen waren seltsam katzenähnlich.

Stahlgesang tötet, wiederholte er.

Del atmete tief ein. »Stahlgesang tötet«, stimmte sie zu. »Aber das tun auch Bestien wie jene.«

Der Canteada neigte den Kopf. *Sendegesang hält inne/ Stahlgesang wird nicht mehr gebraucht.*

Ich runzelte die Stirn. »Was sagt er?«

Del lächelte leicht. »Wünschst du dir jetzt nicht, du verstündest die Musik besser? Er sagt, wir brauchen unsere Schwerter nicht mehr. Die Hunde sind fortgeschickt worden.«

»Wie sollen wir das *wissen?*«

»Canteada lügen niemals.«

»Oh, richtig. Du selbst hast mir gerade erst gesagt, du dachtest, sie lebten nur in Geschichten. Jetzt soll ich glauben, daß dieser kleine Mann irgendein magisches Wesen ist, das singt statt redet und uns niemals anlügen würde?«

»Er hat keinen Grund zu lügen.«

»Hunh.«

Streitgesang unharmonisch.

Del lachte prompt.

Ich seufzte. Sah den Canteada an. Einen seltsamen

kleinen Mann, mit seinem vorspringenden Kinn und beweglichen Mund und einer Kehle, die anschwoll, wenn er sprach, ungefähr so wie bei einem Frosch.

»Wir zögen es vor, sie nicht zu töten«, sagte ich höflich, »solange sie uns nicht töten. Wenn, wie Ihr sagt, Euer Gesang die Hunde fortgeschickt hat, wird es dann genügen?«

Wie ein Vogel neigte er erneut den Kopf. Auch seine Ohren waren übergroß, leicht spitz, und schienen überaus beweglich zu sein. Sein Haar, dünn und silbergrau, wuchs aus einer Spitze auf der Stirn heraus und fiel in einem Büschel am Nacken hinab, wobei es sich auf beiden Seiten federartig ausbreitete. Es erinnerte eher an Flaumfedern als an Haare. Und das Büschel konnte sich wie Halsfedern aufrichten, womit es eine eigene Sprache sprach.

Entfernung verringert sich/Verringerung trübt.

»Was?«

Del seufzte. »Ich glaube, er meint, daß sich der Gesang verringert, wenn wir uns zu weit entfernen, und der Zauber nicht mehr wirkt.« Sie runzelte die Stirn. »Kannst du nichts davon verstehen?«

»Ich weiß, daß er singt, Bascha — ich kann einige der Wörter hören —, aber Geräusche sind für mich nur *Geräusche*.« Ich hielt inne. »Was hörst du, Del?«

Sie lächelte mit erschreckender Gelassenheit. »Alles. Alle Töne, alle Modulationen, alle Feinheiten. Diese Musik ist sogar deutlicher als unsere Sprache, weil sie die Gefühle ausdrückt.«

Ich blieb skeptisch. »Und das ist der Mann — das Wesen —, das dich heute morgen gerettet hat?«

»Als wir aus dem Tunnel kletterten, wartete er bereits. Die Todesdrohung hatte ihn und einige andere angezogen. Canteada verabscheuen den Tod.«

»Sterben sie nicht?«

»Ich hätte sagen sollen, daß die Canteada Mord verabscheuen. Egal, wer das Opfer ist.«

Ich seufzte und ging hinüber, um die herabhängenden Zügel des Hengstes zu ergreifen. »Ich bin selbst nicht allzu begeistert davon, besonders wenn ich das Ziel bin. Nun, was tun wir jetzt? Wird er uns zu den anderen bringen?«

»Ich glaube, darum ist er gekommen.«

»Worauf warten wir dann?«

Del seufzte. »Vielleicht auf ein wenig Höflichkeit.«

»Höflichkeit hat ihren Platz«, stimmte ich zu, »aber jetzt ist Schnelligkeit gefordert. Ich würde irgendwie gern unsere kleine Sippe zusammensammeln, Vorräte besorgen und dann wie die Hoolies hier hinaus kommen, bevor wir noch mehr Zeit verlieren.« Ich hielt inne. »Und das solltest auch *du* wollen, Del. Es ist deine Haut, die die *Voci* wollen, nicht meine.«

»*Voca*«, korrigierte sie.

»*Voci*, Loki, was auch immer. Laß uns einfach gehen, Bascha.«

Der Canteada, der zuhörte, schien zu verstehen, bevor Del ein Wort gesagt hatte. Er wandte sich um, sprang einen Baum hinauf und schwang sich durch die Zweige. Er raste von Baum zu Baum, wendig wie ein Affe. In seinem Kielwasser schwang ein zerbrechliches flötenartiges Pfeifen.

»Folgegesang«, erklärte Del. »Nun? Du warst derjenige, der es eilig hatte.«

Ich schnalzte dem Hengst zu und ging los.

Der Regen wurde eher schlimmer, als daß er nachgelassen hätte. Del und ich waren beide bis auf die Haut durchnäßt. Bäche rannen meinen Rücken hinab, kitzelten das Gesäß und patschten in meinen Stiefeln. Die Haare klebten mir am Kopf und versprühten Tropfen, wann immer ich mich bewegte. Ich war naß, und ich fror und fühlte mich so miserabel wie eine Katze, die von einem Regenguß erwischt wird.

Nun, das war ich. Eine Katze und gefangen.

Ich stieß ungeduldig den Atem aus. Der stand genauso in der Luft wie der des Hengstes, dessen Nüstern sich dampfend blähten. Obwohl er normalerweise dunkelbraun war, hatte der Regen ihn fast schwarz werden lassen. Der nasse Schweif schlug gegen die Fesselgelenke und blieb für einen Moment kleben, bevor er durch die Bewegung des Laufens wieder freikam.

»Hoolies, ich hasse die Nässe. Was gäbe ich für etwas Sonne und Wärme . . .«

Del lächelte nicht. »Was *gäbest* du?«

»Was?« Ich runzelte die Stirn, konnte nicht folgen. »O Hoolies, ich weiß nicht. Es war nur so eine Redensart.«

»Wenn du wirklich Sonne willst, können sie sie wahrscheinlich für dich beschaffen.«

»Wer kann das?« Ich folgte ihrer Geste. »Er? Du behauptest, dieser kleine Mann könne das Wetter beeinflußen?«

»Ich glaube, die Canteada können alles.«

»Es sind *Menschen*, Del . . . oder ähnliche Wesen. Nur weil er Bestien vertreiben kann, heißt das noch lange nicht, daß er tatsächlich das Wetter ändern kann.«

»Natürlich nicht.« Sie war eigenartig ernst. »Nicht mehr, als ich es mit dem *Jivatma* kann.«

Soviel zu einem fairen Kampf. »Ich verstehe dein Schwert nicht besser als den Canteada, Bascha, aber ich glaube einfach nicht, daß ihre Magie das Wetter ändern kann.« Ich spähte hinauf zu den dichten dunklen Wolken, die auf der Klippe zu unserer Linken festhingen und sich aufblähten, um über ihren Rand zu laufen wie Streifen zerknitterter perlmuttartiger Seide. »Wenn sie es beherrschen, warum tun sie dann nichts? Warum im Regen und in der Kälte leben?«

»Um das Gleichgewicht zu erhalten«, antwortete sie und zog ihr herabhängendes Bein an. »Hier im Norden glauben wir, daß es ein Gleichgewicht gibt zwischen Hitze und Kälte, Gut und Böse, Männern und Frauen.

Es sind alles Gegensätze, die aber füreinander wichtig sind. Das eine ginge ohne das andere unter.«

»Oh, ich weiß nicht. Manchmal denke ich, daß die Männer ohne Frauen besser dran wären.«

Ihr Mund verzog sich ein wenig. »Für eine Weile, wahrscheinlich. Aber Männer leben nicht ewig. Sie sind zu stur. Zu ungeduldig.« Ihr Gesichtsausdruck war unschuldig. »Wenn ihr euch erst einmal gegenseitig getötet hättet, was bliebe dann übrig? Eine Welt ohne Männer *oder* Frauen.«

»Er hält inne«, sagte ich plötzlich.

Del sah sich um und nickte dann. »Wir sind ihrer Schlucht sehr nahe. Hier entlang, Tiger.«

Die Bäume standen sehr dicht, und ihre Zweige waren dermaßen ineinander verschlungen, daß ich nicht sagen konnte, welche Zweige zu welchem Baum gehörten. Die Stämme waren streifig vom Regen, der sich in Gabelungen und aufgebrochenen Astknorren sammelte, bis er über die Ränder lief. Matsch und Blätter ballten sich unter den Sohlen meiner Stiefel zusammen. Ich folgte schweigend, führte den Hengst noch immer und hoffte, daß die Heime der Canteada groß genug wären, um mich aufzunehmen.

Plötzlich standen wir, ziemlich unerwartet, dem Ende der Welt gegenüber. Aus den Bäumen ins Nichts. Der Boden war nicht breiter als die Klinge eines Schwertes, und ich balancierte am Rand, fiel fast hinunter, bis Del mich am Arm nahm und zurückzog.

»Ich vergaß ...«, sagte sie.

»Du hast *etwas* vergessen?« schrie ich und taumelte zurück. »Vergessen, daß die Welt in dem Moment aufhörte, als ich über den Rand hinausging?«

Del seufzte. »Es war nicht *so* schlimm, Tiger.«

»Hoolies, Frau ... wenn ich es nicht besser wüßte, würde ich sagen, du hast versucht, mich zu töten.« Ich hielt inne. »Vielleicht *weiß* ich es nicht besser. Hast du es versucht?«

»Kaum.« Ihre Stimme klang trocken, aber sie sah mich nicht an. Dann veränderte sich ihr Tonfall zu ernsthafter Bewunderung. »O Tiger, ist das nicht wunderschön?«

Für sie zweifellos. Del war im Hochland und in den Niederungen, auf den Höhen und in den scharfgeschnittenen Schluchten aufgewachsen. Sie war von Wind und Regen gesäugt worden.

Aber ich nicht. Ich nicht. Ich schaute hinaus ins Nichts und sah nur eine wolkige Leere.

Die Welt *war* zu Ende. Was vor uns lag, war eine aus dem Fels geschnittene Schlucht, die aber bis zum Erstikken mit Wolken angefüllt war. Ich sah kaum mehr als die Schichten, die sich gegenüber und an dem weitentfernten Grund entlangzogen.

Wunderschön. Vielleicht. Aber ich wollte ein wenig *Sonne*.

»Wie zu den Hoolies kommen wir überhaupt von hier weg?«

»Wir folgen ihm hinab, Tiger. Der Meister des Gesangs wartet auf uns.«

Das tat er. Vor den Wolken, vor dem Regen war er fast unsichtbar. Er winkte mit einer Hand und war fort, aber ich hörte ein dünnes Pfeifen.

»Wieder der Folgegesang?«

»Du beginnst zu verstehen, Südbewohner.«

Ich ging hinter dem kleinen Mann her und achtete auf die geheimnisvolle Schlucht. Es würde unglaublich einfach sein, danebenzutreten, weil die Wolken den Rand verwischten und heimtückisch über den Boden krochen, um Erde und Himmel miteinander zu verschmelzen. Sie hingen an Stämmen und Erde, füllten die Zwischenräume und blieben in den Baumspitzen hängen.

»Ihr Götter«, flüsterte Del hinter mir, »ich hatte vergessen, *wie* wunderschön es ist.«

»Er ist wieder fort, Bascha.«

»Darum der Folgegesang.«

»Das *gefällt* mir nicht, Del.«

»Nichts gefällt dir.«

Hoolies. Es hatte keinen Sinn, mit ihr zu reden. Sie war sandkrank oder vielleicht auch wolkenkrank. Ihr Zugehörigkeitsgefühl hatte sich verändert.

Ich ging weiter, führte den Hengst und schaute nicht auf die Wolkenbank. Sie rollte umher und schwebte und liebkoste und streckte sich nach meinem Gesicht aus. Das erweckte in mir das Bedürfnis zu erschauern, aber ich tat es in Dels Gegenwart nicht.

Nicht so, daß sie es hätte sehen können. Die Wolken waren wie ein Leichentuch.

Selbst ich muß zugeben, daß der Folgegesang des Canteada unglaublich zwingend war. Ich marschierte dahin, umging beherzt den Rand der Schlucht und fühlte mich von dem Ort umschlossen. Als würde ich den Weg genauso gut kennen wie mich selbst, was mir sehr seltsam erschien. Wer kennt sich wirklich selbst? Auf jeden Fall war ich umschlossen. Was wahrscheinlich genauso gut war.

Als der Boden dann plötzlich ohne Vorwarnung abwärtsführte, geriet ich nicht in Panik. Ich zögerte nicht einmal. Ich ging einfach weiter.

»Magie, hm, Del?« Der Boden fiel weiter ab.

»Er bringt uns in die Schlucht.«

»Ist das der Weg, auf dem du herausgekommen bist?«

»Ja. Nur daß da noch keine Wolken waren. Ich konnte den Weg mühelos erkennen.«

Ich schaute über die Schulter zurück. Del war fast ganz von dem Hengst verdeckt, der zwischen uns dahinschlenderte, aber ich konnte sie durch die Wolkenfetzen ausschreiten sehen. Für mich sahen sie eher wie Nebel aus.

Sie lächelte. Feuchtes Haar fiel vornüber und schlug gegen ihre Schultern. Sie war genauso naß wie ich, ließ sich aber offensichtlich weniger davon stören. Ihre Haltung war weich und ungezwungen, bemerkenswert frei von Anspannung. Sie summte sogar ein wenig, sang die rhythmische Melodie nach. Ihr Gesicht leuchtete vor Zufriedenheit.

Hoolies. Ich würde sie verlieren.

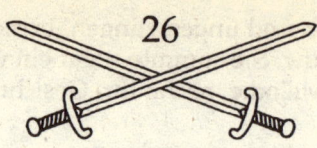

26

Ich konnte nicht mehr sehen als meine Stiefel und vielleicht eine Handbreit weiter. Alles andere war Nebel oder Wolke oder irgendein anderes herbeigerufenes Zeug.

»Das ist lächerlich«, murmelte ich. »Hier bin ich an einem Ort, an dem ich nichts zu suchen habe, und folge einem kleinen farblosen Mann mit blauen Fingernägeln, der *singt*, um uns den Weg zu zeigen.« Ich entließ diesen Gedanken sofort wieder. Laut machte er genausowenig Sinn wie im Geiste. »Hoolies, ich muß sandkrank sein.«

Wie auf ein Stichwort hin hoben sich die Wolken vollständig, und unser Abstieg war beendet, denn wir hatten den Grund erreicht.

Ich blieb so plötzlich stehen, daß der Hengst in mich hineinlief und seine Nase gegen meine Schulter schlug. Aber ich beachtete es nicht, ich bewegte mich nicht einmal — außer um den Kopf zu wenden —, als Del zu mir aufschloß und neben mich glitt.

»Was *ist* dieser Ort?« fragte ich, obwohl diese Frage eher meinem Unterbewußtsein entsprang.

»Das Zuhause der Canteada.«

Sie war kurz vor mir stehengeblieben und hatte sich umgewandt, um mein Erstaunen zu beobachten. Sie lächelte, wenn auch nur leicht, erfreut über meine Reaktion.

Nun, sie hatte die Wahrheit gesagt. Jetzt, da sich die Wolken gehoben hatten, konnte ich die Schlucht deutlich sehen, und was ich sah, war erstaunlich.

Die Wände waren sehr glatt und ragten vom Grund der Schlucht aus gerade hoch. Der Fels war fast grau und mit schwarzen und weißen Flecken versehen, aber eine reiche Vielfalt an Farben ergoß sich über ihn. Die Wände waren scharf, wie mit dem Messer geschnitten und von massiven natürlichen Simsen unterbrochen, wie dies bei Schluchten oft der Fall ist, wobei jeder Sims mit Moos, Gras und Staub bedeckt war. Aber diese Schlucht war anders. Jeder Sims ließ einen Teppich aus Blumen und Weinranken herab, die wirr über den Fels hingen. Rot und Blau und Purpur, gesprenkeltes Kanariengelb und Kupfer und Kalkfarben.

Ich schaute in den Himmel hinauf. Wolken verhüllten noch immer die Sonne, aber sie hatten sich jetzt aus der Schlucht erhoben und auf höheren Ebenen zusammengeballt. Ich konnte den oberen Rand der Felswand, wo ich beinahe über den Rand der Welt hinausgeraten wäre, nicht sehen.

»Ein hübsches Versteck«, bemerkte ich. »Kein Wunder, daß niemand an ihre Existenz glaubt. Sie verstecken sich hier unten.«

»Sie haben allen Grund dazu«, sagte Del. »Wenn sie es nicht täten, würden die Menschen versuchen, ihnen die Magie zu stehlen oder sie zu bewegen, sie in selbstsüchtiger Weise anzuwenden.«

Die Schlucht selbst war ziemlich eng. Sie konnte zur Falle werden, fast genauso wie die andere, auch wenn diese größer gewesen war, und genauso von Hohlräumen und Höhlen durchsetzt, die Blumensimse mit eingeschlossen.

Ich schaute den Weg zurück und war froh, daß ich ihn zuvor nicht gesehen hatte, als er von Nebel und Wolken verhangen gewesen war. Es war ein enger gewundener Pfad, nicht viel breiter als ein Pferd.

Der Folgegesang hatte aufgehört. Der Meister des Gesangs — oder wer auch immer er war — war verschwunden. Aber ich vermeinte immer noch ein leises Summen zu vernehmen, den Hauch eines Klangs, der unauffällig, aber stets da war, wie das Summen der Bienen an einem Sommertag, wenn auch erheblich melodischer.

»Was bedeutet dieses Geräusch?« fragte ich.

»Ein Wachgesang«, erklärte Del mir. »Er hält die Hunde in Schach.«

Jemand rief meinen Namen. Ich wandte mich stirnrunzelnd um und sah Cipriana aus einer Öffnung in der Wand der Schlucht hervorschießen wie einen Korken aus der Flasche. Die Öffnung gab auch Massou frei, Adara und schließlich Garrod.

Cipriana rannte sofort auf mich zu und machte Anstalten, mich zu umarmen. Ich ging dem sozusagen aus dem Wege, indem ich vorgab, der Hengst sei störrisch, und wandte somit ihren Enthusiasmus von mir ab. Del stand lächelnd da, halb amüsiert, halb resigniert, und rührte keinen Finger, um mir zu helfen, sondern beschränkte sich aufs Zusehen.

Glücklicherweise wählte der Hengst genau diesen Moment, um störrisch zu *sein*, so daß mein Vorwand kein Vorwand mehr war, denn ich mußte mich intensiv um ihn kümmern, um ihn unter Kontrolle zu halten.

Massou sagte etwas Unanständiges und rieb sich die Stelle an der Schulter, wo das Pferd ihn gebissen hatte.

»Dann bleib zurück«, belehrte ich ihn, halbwegs abgelenkt von dem Hengst, aber auch durch die anhaltend schlechte Laune des Jungen verärgert. »Es ist ziemlich offensichtlich, daß er dich nicht mag. Du könntest diese Tatsache eigentlich hinnehmen und ihn in Ruhe lassen. Ihn weiterhin zu reizen hilft nichts.«

Garrod stand hinter Adaras linker Schulter. Die hellen Zöpfe hingen ihm auf die Taille hinab. Sein hellhäutiges Gesicht war angespannt, als er mich mit dem Hengst beobachtete, und ich erinnerte mich daran, daß er alle seine Pferde verloren hatte. Ich konnte ihn wirklich verstehen, wenn er es mir verübelte, daß ich mein Tier hatte behalten können.

Der Hengst bleckte die Zähne, hob einen drohenden

Hinterhuf, legte die Ohren flach an. Die braunen Augen rollten. Er starrte Adara an.

Ich seufzte und stieß das Maul von meinem Ohr fort. »Schaut — erst muß ich *ihn* versorgen, dann können wir reden. Wir sollten beratschlagen, was wir tun sollen.«

»Nach Norden ziehen«, sagte Cipriana prompt. »Bringt Ihr uns nicht nach Kisiri?«

Ich warf Del einen schnellen Blick zu. Ihr Gesicht war ausdruckslos, während das Mädchen sprach, aber ich sah die Anspannung um ihren Mund. Weitere Verzögerungen, das wußte ich, würden nicht geduldet werden.

»Wie ich schon sagte, ich muß erst den Hengst versorgen. Kann ich ihn irgendwo hinbringen?«

Massou zuckte die Achseln. »Die Canteada haben keine Pferde.«

»Nun, dann werde ich ihn einfach draußen anpflokken. Es gibt genug Gras hier.« Ich kannte mein Pferd besser, als daß ich Massou gebeten hätte, einen guten Platz zu finden. Der Hengst würde wahrscheinlich erneut zu beißen versuchen, wenn er wieder herausgefordert würde.

»Laßt mich das machen.« Das war Garrod, der hinter Adara hervortrat. »Er ist aufgeregt, und Ihr vergrößert das Problem nur.«

»Tatsächlich? Ich denke, ich kenne mein eigenes Pferd.«

»Manchmal ja, manchmal nein.« Garrod streckte eine Hand aus.

Ich überlegte. Fragte mich, ob Garrod ein Mann war, der wollte, daß andere ebenfalls verlören, was er verloren hatte. Er war mit Ajani geritten, er mochte ein rachsüchtiger Mann sein.

»Wißt Ihr was«, sagte ich leichthin, »laßt uns beide gehen.«

Del deutete durch die Schlucht auf die Öffnung. »Wir werden dort sein.«

Ich nickte und wandte mich um, um den Hengst wegzuführen. Garrod folgte uns und beobachtete die Bewegungen des Hengstes mit aufmerksamem Blick. Ich hörte ihn erschreckt mit der Zunge schnalzen, als er die Streifen und Zahnspuren an den Fesselgelenken und Flanken und die Wunden an den Schultern und am Bauch sah.

»Schwer mitgenommen«, murmelte er.

»Ich hatte keine andere Wahl«, sagte ich kurz. »Wenn ich angehalten hätte, hätten sie uns erwischt.«

»Wie sie *meine* Pferde erwischt haben.« Sein Tonfall verhärtete sich. »Außer dem einen, das *sie* getötet hat.«

Ich blieb stehen, band den Pflock und das Halteseil los und beugte mich hinab, um den Pflock in die Erde zu rammen. Dann trat ich darauf, um ihn zu befestigen. »Sie hat es getan, um unser Leben zu retten«, sagte ich sachlich und untersuchte mein erschöpftes Pferd. »Und es hat die Hunde aufgehalten. Vielleicht gerade lange genug, damit Del die Wand erklimmen konnte ... Aber ich vermute, Ihr hättet es vorgezogen, wenn sie gestorben wäre.«

Garrods Stimme klang verbittert. »Sie klagt mich des Mordes an. Behauptet, ich hätte Familien umgebracht.«

»Ihr seid mit Ajani geritten.«

»Ich habe Ajani *Pferde* verkauft! Wer behauptet, daß das falsch sei? Ich versuche, mir meinen Lebensunterhalt zu verdienen.«

»Del auch«, sagte ich. »Alles, was von ihrem Leben übriggeblieben ist, ist dies.«

Garrod sah mich in angespanntem Schweigen an, während ich mich hinabbeugte, einen Vorderhuf hob, mein Messer dazu benutzte, vorsichtig den Schmutz herauszukratzen, und Huf und Hufeisen untersuchte. Zopfperlen klimperten. Er zupfte an seinen Haaren.

»Sie sagt, Ajani habe ihre Verwandten getötet.«

»Das hat er getan. Er und seine Männer.«

»Ich war nicht dabei.«

»Aber Ihr kennt Ajani.« Ich setzte den Huf ab und trat zu dem anderen Vorderhuf.

»Ich habe Handel mit ihm getrieben, ja. Ich töte keine Menschen.«

»Aber Ihr versorgt jene mit Pferden, die es tun.« Ich reinigte den Huf und holte einen Stein heraus. »Und kauft Ihr auch von Ajani die Pferde, die er den Familien stiehlt?«

Garrod war auffallend schweigsam.

Ich ließ von dem Huf ab, richtete mich auf und sah ihn über den Rücken des Hengstes hinweg an. »Ich denke, sie hat durchaus das Recht, Euch zu mißtrauen *und* Euch nicht zu mögen. Ihr und Männer wie Ihr machen Ajanis Geschäfte möglich.«

»Und Ihr?« klagte er mich an. »Seid Ihr besser, einer von Euch? Wenn Ihr Euch mit Euren Schwertern an jeden verdingt, der das Geld hat, Euch zu bezahlen?« Er spie aus. »Wie viele Männer habt Ihr im Kreis getötet? Wie viele Männer haben im Ritual des Tanzes ihr Leben für Euch gegeben? Ist das besser? Ist das richtig? Gibt Euch das ein Gefühl der Macht?« Helle Augen schauten ärgerlich, hart und kalt wie Eis. »Ich habe in meinem Leben Männer getötet, Männer, die einen Kampf von mir erschwindeln wollten oder ihn mir stehlen oder mich hineinzwingen wollten. Ich bin nicht Ajani. Ich töte und entführe keine Familien. Aber ich bin auch nicht *Ihr*. Ich trete nicht in den Kreis und erhebe mich über die Rechte anderer Menschen, gerechtfertigt nur durch ein *Jivatma*.«

Ich hatte längere Zeit nicht über mein Leben nachgedacht. Es war, was ich war und tat: ein Schwerttänzer, der sich verdingte. Wenn man darüber nachdenkt, was man tut, und in Frage stellt, warum man es tut, steht es einem im Wege. Es bewirkt, daß man sich fragt, warum man sich überhaupt bemüht zu leben. Und das ist in meinem Beruf tödlich.

Ich schüttelte den Kopf. »Es tut mir leid wegen Eurer

Pferde, aber mich herauszufordern bringt sie nicht zurück.«

Sein Gesicht war starr. »Ich bin ein Pferdesprecher, das zählt. Aber das ist es nicht, warum ich das jetzt sage. Ich sage das jetzt, weil ich wegen Dingen beschuldigt werde, die ich niemals getan habe noch jemals tun würde. Ich bin kein Mörder.«

»Sie hat Grund zu der Annahme«, wiederholte ich.

»Nach ihrer Denkungsart zweifellos. Es ist leicht zu rechtfertigen. Aber ich glaube, daß sie verschroben ist. Ich glaube, daß sie verdreht und verschroben und stur ist, völlig gefangengenommen von dem Bedürfnis nach Rache, das ihre Seele auffrißt wie ein Krebsgeschwür.«

»Nur weil Ihr beide nicht miteinander auskommt ...«

Er schüttelte so heftig den Kopf, daß ihm die Zöpfe gegen die Brust schlugen. »Ich spreche von anderen Dingen. Ich bin ein Pferdesprecher: Ich kenne mich mit Gefühlen aus. Mit den Gefühlen von Männern und Frauen, die sich gar nicht so sehr von denen der Pferde unterscheiden, wenn sie auf Bedürfnisse reduziert werden, wie zum Beispiel das, was sie vorwärts treibt.« Er hielt inne, atmete tief ein und streckte eine Hand aus, um den Hengst zu berühren. »Ich will keine von Ajanis Taten ableugnen. Er ist ein grausamer, kaltherziger Bastard. Aber sie sollte auf ihre *eigenen* Handlungen achten. Ist sie so anders?«

Ich fühlte Ärger aufflackern. »Wenn Ihr die Art Hoolies überlebt hättet, die sie überlebt hat — wenn Ihr durchlebt hättet, was sie durchlebt hat ...«

»... dann wäre ich zweifellos auch verschroben.« Garrod nickte. »Aber sie *hat* es überlebt. Sie hat Ajanis Überfall durchlebt. Warum will sie ihm nun den Triumph lassen, indem sie sich seinetwegen zu einer Frau macht, die keine Freundlichkeit und keine Gnade mehr kennt, eine Klinge ohne Namen?«

Ich runzelte die Stirn. »Was?«

»Eine Klinge ohne Namen«, wiederholte er. »Ein Wesen von Staal-Ysta.« Sein Mund verzog sich leicht. »Fragt sie«, sagte er. »Fragt sie, ob sie eine Klinge ohne Namen ist. Fragt sie, ob ihr Gesang ein Ende kennt.«

Ich schüttelte den Kopf. »Das ergibt keinen Sinn.«

»Nein? Fragt *sie*. Fragt sie, was ich Euch gesagt habe. Und sagt ihr ...« Er hielt inne. »Sagt ihr, daß sogar ein Hochlandpferdesprecher von Staal-Ysta gehört hat und von dem Ehrenkodex der *Voca*.«

Ich seufzte. »Garrod ...«

Er unterbrach mich mit einem Kopfschütteln. »Genug davon, Schwerttänzer. Geht und seht nach Eurer Frau. Laßt mich Euer Pferd versorgen. Das ist etwas, was ich kann.«

Schließlich ließ ich es zu und ging, um nach meiner Frau zu sehen.

Nein, nicht nach *meiner* Frau. Ich ging, um nach Delilah zu sehen.

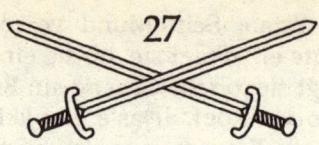

27

Im Süden bin ich daran gewohnt, mich zu ducken, wenn ich durch niedrige Türen trete, denn ich bin größer als die meisten Südbewohner. Im Norden, wo die Menschen normalerweise so groß sind wie ich, muß ich dies nicht so häufig tun. Dieses Mal jedoch tat ich es. Ich mußte sogar fast kriechen.

Die Wände der Schlucht waren, wie ich entdeckte, wabenartig von Höhlen durchzogen. Die größten befanden sich direkt am Boden, halbverborgen in der Erde, so daß ein gebogener Eingang gebildet wurde. Dieser wiederum bildete Halbtunnel in den Fels, die in größere Höhlen führten. Es war eine außergewöhnliche Art zu leben, aber ich war davon nicht begeistert.

Ich beugte mich außerhalb der Höhle nach unten. »Del?« Es hallte durch die Dunkelheit.

Ich wartete. Keine Antwort. Also beugte ich mich seufzend sehr tief hinab und duckte mich unter dem Eingang hindurch.

Hier war es kein bißchen besser. Ich konnte nicht aufrecht stehen. »Hoolies, ich fühle mich wie ein alter Mann.«

Der Tunnel erstreckte sich noch weiter. Ich bahnte mir meinen Weg hindurch, stieß mir den Kopf und zerkratzte mir die Schultern, wand mich zur Seite, befreite mich und entdeckte, daß die Tunneldecke hier höher war. Aber die Seitenwände waren kaum breiter als meine Schultern.

Dann erwischte es mich. Der Schweiß brach mir aus, ich zitterte und schmeckte den metallischen Geschmack der Angst in meinem Mund.

Die Wände umschlossen mich, und plötzlich war ich wieder in Aladars Mine. Keine Ketten drückten mich zu Boden, aber die Erinnerungen taten es. Und sie waren allesamt unglaublich deutlich.

Der Tanzeer hatte mir Monate meines Lebens geraubt. Die Monate hatten mich *meiner selbst* beraubt.

O Hoolies, werde ich niemals vergessen?

Gewaltsam riß ich mich zusammen. Schaute nach vorn in den Tunnel und wußte, daß Del nicht weit war. Und schaffte es weiterzugehen.

»Kleine Menschen«, murmelte ich. »Kleine Menschen bauen kleine Wohnstätten.«

Ich ging bei der gedämpften Beleuchtung, die von der Schlucht hinter mir hereinfiel, vorsichtig weiter. Die Wände waren grau, aber sie glitzerten, weil sie einen Teil des Lichts einfingen. Der Durchgang selbst war kurz, wofür ich dankbar war, und öffnete sich plötzlich in einen weiteren Bogengang. Dahinter war es ziemlich hell.

Schatten fielen in den Durchgang. Dels Kopf erschien. »Hier entlang«, sagte sie. »Paß auf deinen Kopf auf.«

Ich grunzte, beugte mich hinab und kletterte hindurch. Und hörte auf mich, wie ein Narr zu benehmen, denn die Höhle erinnerte eher an einen künstlich angelegten Hohlraum.

Kerzenlicht. Laternen. Helle Glasstücke und poliertes Metall. Ich sah Humpen, Amphoren, Becher, Schalen, Platten, alle aus poliertem Metall. Kein Silber, kein Kupfer, kein Gold. Nichts, was ich schon einmal gesehen hätte.

Ich blinzelte. Durch die Bewegung meines Eintretens flackerten die Kerzenflammen und warfen ihren Lichterglanz zurück. »Ein tolles Haus, Bascha.«

»Dies ist das Haus des Meisters des Gesangs«, sagte Del. »Er ist heute nacht unser Gastgeber.«

Ich schaute mich um. Es gab Teppiche und Decken,

Ledermöbel, hölzerne Flöten und Pfeifen und andere aus Schilfrohr gearbeitete oder aus Kürbissen geschnitzte Dinge. Sogar einige aus Lehm gefertigte Gegenstände mit Fingerlöchern, die in hohle Ausbauchungen gekerbt waren, und kleine Trommeln mit festen Bespannungen.

Ich spreizte neugierig die Hände. »Nun ... wo ist er? Ich habe keinen von diesen Canteada gesehen, seit ich hier unten angekommen bin.«

»Gesangskreis«, antwortete Del. »Alle treffen sich, um Dinge zu diskutieren. Ich denke, sie diskutieren über uns.«

»Vertraulich, ich verstehe.«

»Sehr.«

Ich hatte in der Höhle keine Vertraulichkeit erwartet, sosehr es mich auch danach verlangte. Adara und Cipriana erhoben sich bereits, um mich zu begrüßen. Die Decke erhob sich im Bogen hoch über unseren Köpfen und schwang sich dann bis zum Boden hinab. Jemand hatte die Wände mit stumpfen Farben bemalt: Melonenfarben, Magentarot und Türkis, von einer Spur Lila durchzogen. Die Muster flossen ineinander wie die Runen auf Dels Schwert, Linie auf flüssige Linie, Knoten auf verwirrten Knoten. Genug, um das Auge zu verwirren.

Del sah mein verständnisloses Stirnrunzeln. »Musik«, sagte sie lächelnd. »Ich kann dir später mehr erzählen. Jetzt sollten wir darüber sprechen, was vor uns liegt.«

Cipriana stand sehr nahe bei mir. »Wir werden weiterziehen, nicht wahr?« fragte sie. »Weiterziehen nach Kisiri?«

»Wir haben keine Pferde«, sagte Massou, der in einem Gewirr von Decken im Hintergrund blieb.

Seine Schwester zuckte die Achseln und schob gelöstes blondes Haar zurück. »Garrod kann uns Pferde besorgen.«

»Vielleicht«, sagte ich, »vielleicht auch nicht. Die Dinge haben sich geändert.«

Im Lichterglanz der Kerzen und Laternen wirkte Adaras Haar bronzefarben. »Inwiefern geändert?« fragte sie. »Werdet Ihr uns verlassen?«

O Hoolies. Jetzt waren wir verlassen.

Dels Tonfall war bewußt neutral. »Tiger und ich müssen weiter.«

»Nein!« Das war Massou, der sich aus seinen Decken befreit hatte, um zu Del zu laufen und ihre Hand zu ergreifen. »Ihr könnt uns nicht zurücklassen!«

Sie versuchte nicht, sich freizumachen, aber ich sah die Anspannung in ihrer Haltung. »Wir müssen weiter«, wiederholte sie. »Die Zeit wird knapp. Tiger und ich müssen einen kürzeren Weg durch die Berge nehmen. Kisiri wird nicht an unserem Weg liegen.« Die Höhle verzerrte die Stimmen und dämpfte den Tonfall. Dadurch klang sie barscher denn je.

»Ihr seid einfach eifersüchtig«, beschuldigte Cipriana sie. »Ihr habt einfach Angst, daß er sich entschließen könnte, mich statt Euch zu wollen.«

Del nahm deutlich erkennbar ihre ganze Geduld zusammen. »Kein Mensch besitzt eine Frau, keine Frau besitzt einen Mann. Tiger handelt so, wie es ihm beliebt.«

Cipriana blieb unerbittlich. »Und wenn es ihm beliebt, *mich* zu nehmen?«

O *Hoolies*. Mögen die Götter mir eifersüchtige Frauen vom Halse halten!

Dennoch empfand ich ein Aufflackern tiefempfundener Freude. Del, Cipriana, Adara. Drei Frauen für einen Mann und alle willig.

Oder immerhin vielleicht *zwei*. In Dels Gedanken spukten noch immer die Loki herum.

Was mich ziemlich plötzlich wütend machte. »Genug«, sagte ich kurz angebunden. »Setzt euch hin, und wir werden alles klären.« Sie setzten sich auf Felle und

Teppiche, sogar Del. Ich selbst blieb stehen und vermied so jegliche Stellungnahme. »Wir sind heute nacht Gäste dieser Leute. Morgen früh werden wir die Schlucht verlassen.« Ich dachte kurz an die Hunde, die sich am Rande der Welt in Schwärmen zusammengerottet hatten und warteten. »Wir haben ein Pferd: meines. Del und ich werden darauf reiten.«

»Was ist mit uns?« fragte Massou und starrte Del unverwandt an.

Sie ihrerseits schaute unentwegt zu Adara. »Deine Mutter hätte es dir sagen sollen. Deine Mutter hätte es dir erklären sollen. Ihr drei müßt nach Kisiri. Tiger und ich nicht.«

»Aber Ihr könnt uns nicht *verlassen!*« Das kam von Cipriana. »Wie könnt Ihr uns verlassen? Wie könnt Ihr uns im Stich lassen? Was sollen wir tun?«

Dies war nicht mehr das Mädchen, das sich gegen die Loki als solch standhafte Widersacherin erwiesen hatte. Dies war ein völlig anderes Mädchen. Ich mochte das nicht.

»Ihr werdet tun, was ihr vorhattet, auch nachdem ihr euren Vater begraben habt«, sagte ich fest. »Ihr werdet weiterziehen.«

»Allein!« Tränen glitzerten in ihren Augen. »Zwei Frauen und ein Junge, ohne Wagen, ohne Pferd ... sogar ohne Vorräte!«

»Del und ich werden mit den Canteada sprechen. Vielleicht wissen sie eine Lösung.« Ich wandte mich dem Tunnel zu und streckte eine Hand aus, um Zeit zu gewinnen. »Wir werden jetzt zu ihnen gehen und mit ihnen reden. Ihr bleibt hier.«

Ich bückte mich und ging hinaus, bevor Cipriana einen weiteren Einwand vorbringen konnte. Ich spürte, daß Del mir nachkam, eingehüllt in Schweigen. Erst als wir gänzlich aus den Tunneln heraus waren, fühlte ich mich wieder frei und sog die Lungen voller kühler feuchter Luft. Der Tag hatte nicht viel Sonne gesehen, aber sie ging dennoch unter. Die Schatten vertieften sich.

»Sie hat Angst«, sagte Del einfach.

Ich grunzte. »Sie ist wie Leibschmerzen.«

»Sie haben alle Angst, Tiger. Sogar der kleine Massou.«

»›Der kleine Massou‹, wie du ihn nennst, ist genauso schlimm wie seine Schwester. Und auf ihre Art auch Adara.« Ich kratzte an meinen stoppligen Narben. »Ich bin froh, wenn ich sie los bin.«

»So einfach ist das für dich also? Der Verantwortung den Rücken kehren?«

Ich schaute sie an. »Hoolies, Bascha, *deinetwegen* müssen wir sie verlassen. Die Zeit wird knapp.«

Sie wandte sich um und winkte ab. »Mach dir nichts draus. Mach dir nichts draus. Ich hätte das nicht sagen sollen. Ich bin nur ... O Hoolies, ich weiß es nicht. Ich bin einfach ganz durcheinander.« Sie lehnte sich neben dem Tunneleingang an die Wand der Schlucht.

Ich hatte grinsen müssen, als sie den südlichen Ausdruck gebraucht hatte. Aber das verblaßte, als ich an Garrods Worte dachte. Verschroben, hatte er gesagt. Verdreht und stur. Und ein Krebsgeschwür fresse ihre Seele auf.

»Del ...«

»Horch«, flüsterte sie. »Hörst du es?«

Ich blinzelte und hielt mitten im Schritt inne. Schloß den Mund und lauschte. Runzelte leicht die Stirn und lachte. »Das ist Garrod«, sagte ich. »Er spricht mit dem Hengst.«

»Nein, nein — nicht Garrod. Horch auf den *Gesang*.«

Gesang. Alles, was ich hörte, war dieselbe leise summende Melodie, die Del als Wachgesang bezeichnet hatte und der gesungen wurde, um die Hunde abzuhalten. »Ich höre nicht ...«

»*Hör zu*, Tiger! Kannst du nichts hören?«

Ich seufzte. »Ich habe es dir schon vorhin gesagt, daß

das für mich alles nur Geräusche sind. Ja, ich höre etwas. Jemand bläst dort draußen auf einer Pfeife. Vielleicht auf zwei Pfeifen. Vielleicht auf zehn. Was macht das schon, Del?«

Del hob beide Hände und drückte die Handballen gegen die Augen, wobei die starren Finger im Haar wühlten. »Ich *verzweifle* an dir, Tiger! Ihr Götter, und wie ich verzweifle. Was soll ich tun? Wie kannst du sein, der du sein mußt? Wie kann ich gehen, bevor die *Voca* bestätigen, daß sie mein Blutgeschenk annehmen?« Sie atmete geräuschvoll ein und wieder aus, halb seufzend, halb stöhnend. »*Was soll ich tun?*«

Hoolies, so hatte ich sie noch niemals reden hören.

»Del. Bascha.« Ich streckte die Hände aus, um ihre Hände herabzuziehen. »Wovon redest du?«

Ihre Finger lagen kraftlos in meinen Händen. Die Anspannung grub Linien in ihr Gesicht. »Ich kann es dir nicht sagen.«

»Wenn du es nicht *tust* . . .«

»Ich kann es nicht.«

»Del . . .«

»Ich kann es nicht.«

Ich nahm alle Kraft zusammen, um nicht weiter zu fragen. Statt dessen wechselte ich das Thema. »Wir *könnten* uns morgen früh mit dem Hengst hier absetzen und zurück in den Süden gehen. Wir *könnten* diese ganze *Voca*-Geschichte und diese Blutschuld und das Blutgeschenk und alle die anderen Dinge, die dich halb verrückt machen, einfach vergessen.« Ich lächelte, denn mir gefiel dieser Satz, obwohl Del lediglich die Stirn runzelte. »Wir *könnten* ganz einfach wieder Schwerttänzer werden, die die Freiheit des Kreises kennen.«

Del entzog ihre Hände den meinen. »Es gibt jetzt keine Freiheit. Es gibt Dinge, die ich tun muß.«

Etwas wallte in mir auf, etwas wie Erkenntnis und Enttäuschung, und brach plötzlich aus mir heraus. »Ich glaube, Garrod hat *recht!* Ich glaube, Garrod versteht dich vollkommen, vielleicht besser als ich.« Ich schaute sie an. »Hoolies, Del — hältst du jemals inne, um über etwas anderes nachzudenken? Über *jemand* anderen? Hältst du jemals inne, um daran zu denken, daß es auf der Welt neben Rache und Vergeltung noch andere Dinge gibt?« Ihr Gesicht blieb unbeweglich und weiß. »Weißt du überhaupt, was du tun wirst, wenn diese *Voca*geschichte erst einmal vorbei ist? Hast du schon über irgend etwas jenseits dieser Verhandlung nachgedacht?« Ich schüttelte den Kopf. »Nein. Du bist so verbohrt, daß du dir nicht die Freiheit nimmst, an etwas anderes zu denken. Du bist wie ein Pferd, dessen Zügel sein ganzes Leben lang so festgezogen werden, daß es, selbst wenn man ihm einmal die Zügel schießen läßt, den Hals tief gebeugt hält. Teilweise, weil es eingeschüchtert ist. Aber hauptsächlich, weil es unfähig ist, sich zu entspannen und wieder ein Pferd zu sein.«

Ich habe nie zuvor solch ein Gewirr von Gefühlen im Gesicht und in den Augen einer Frau gesehen. Hoolies, auch nicht in denen eines Mannes. Ich sah Erschrecken, Qual und Ärger, Unglauben, Groll, Erkenntnis und eine seltsame, neu aufgeblühte Entschlossenheit. Ich sah Delilah unmittelbar vor mir eine Mauer aufbauen, Stein für Stein für Stein. Dann verschloß sie die Risse mit Mörtel, um sicherzugehen, daß *nichts* hindurchgelangen konnte.

Als die Mauer erst einmal stand, griff sie nach ihrer tödlichsten Waffe. »Du liebst mich«, sagte sie.

Einen Augenblick lang bedeuteten die Worte nichts. Alles was ich hörte, war ihre Stimme, die aus seltsamen und verwirrenden Einzelheiten bestand. Sie war ärgerlich, das war Delilah, aber es war ein tödlicher, ruhiger Ärger, der aus Eis statt aus Hitze gemacht war und eine seltsame Anklage darstellte.

Ich fühlte mich ein wenig krank. Tief im Innern krank.

Endet es so?

Ich atmete langsam und tief ein. »Ich frage dich, *warum* — jetzt, zu diesem Zeitpunkt, da du soviel dafür getan hast, eine *Persönlichkeit* aus dir zu machen statt einer Frau — ergreifst du jetzt die Waffe einer Frau?«

Das brachte das Eis ein wenig zum Schmelzen. Ich hatte sie ganz eindeutig überrascht. »Waffe . . .«

»Waffe«, sagte ich fest. »Jetzt, da es heraus ist, erwartest du von mir, daß ich den Schwanz einziehe? Erwartest du von mir, daß ich mich ergeben auf den Rücken rolle und dir meinen Bauch darbiete? Oder war diese Bemerkung nur dazu gedacht, mich zu beschneiden, so daß ich immerhin noch gelegentlich von Nutzen bin?«

Selbst ihre Lippen waren blutleer. »Du glaubst, etwas derartiges wollte ich sagen?«

»Ich glaube, du wolltest sagen, was du dachtest.«

Del atmete rauh. Sie hielt sich eine Hand vor den Mund. Die andere umklammerte das Vorderteil ihrer baumwollenen Tunika. »Tiger«, sagte sie, »hilf mir . . .«

Langsam schüttelte ich den Kopf. »Wenn du willst, daß ich dich jetzt in den Armen halte, als sei nichts geschehen — nein. Weil etwas geschehen ist. Wenn du willst, daß ich dich beruhige und dir sage, daß alles gut ist, alles vergessen ist — nein. Weil *nichts* gut ist. Du mußt lernen, daß es sich nicht jeder leisten kann, so zielstrebig zu sein wie du. Nicht jeder kann Stücke von sich selbst abtrennen, weil es das Leben erleichtert, das er erwählt hat.« Ich wollte sie berühren, aber ich tat es nicht. »Nicht jeder«, sagte ich leise, »kann *sich selbst* zwingen, jemand zu sein, der er nicht ist, besonders wenn sein Bewußtsein ihm rät, es nicht zu tun.«

»Bewußtsein . . .?«

»Ich habe dich mit Massou gesehen. Ich habe dich mit anderen Kindern gesehen. Nur mit ihm und nur mit ihnen habe ich die andere Del gesehen.«

»Die andere Del«, sagte sie verbittert. »Diese nachgiebige, weichherzige Närrin . . . die süße, sanfte Seele, die so ist, wie so viele Männer ihre Frau haben wollen.«

»Einige, ja. Vielleicht viele. Im Süden, ja. Und manchmal frage ich mich, wie das Leben wäre, wenn du eine andere Art von Frau wärest.« Ich zuckte die Achseln. »Aber ich will dich nicht ändern, Del. Nicht vollständig. Vielleicht nur ein bißchen ... vielleicht gerade stark genug, damit das Pferd den Hals aufrichten und wieder ein Pferd sein kann.« Jetzt berührte ich sie. Ich streckte die Hand aus, legte sie ihr auf die rechte Schulter und schloß die Finger über die harten Sehnen unter ihrer Kleidung. »Ich will dich nicht *nachgiebig*. Aber ich will dich nicht so hart. Es zerreißt dich.«

Del zitterte ein wenig. »Du weißt nicht ... du verstehst nicht ... du *kannst* nicht wissen, wie es ist ...« Sie hielt inne, schloß kurz die Augen und schüttelte den Widerspruch ab. »Kein Mann, im besonderen kein Südbewohner, kann wissen, wie hart es ist.«

»Nein.«

»Kein Mann kann verstehen, was es heißt, eine Frau zu sein, die wegen ihres Geschlechts nicht, wegen ihres Könnens aber doch dazugehört.«

»Nein, Bascha. Das kann er nicht.«

»*Kein* Mann kann wissen, wie es ist zuzusehen, wie die Mutter, der Vater, die Onkel, Tanten, Schwestern und Brüder getötet werden ... und dann vergewaltigt und erniedrigt zu werden, gezwungen zu werden, sich wie ein *Ding* zu fühlen, ohne Namen, ohne Seele, ohne *Selbst* ...« Sie hielt erneut inne, zitterte noch immer. »Du verstehst nicht, was es bedeutet«, sagte sie, »zu wissen, daß fast jeder Mann, der dich sieht, dich haben will ... nicht dich, nicht wirklich dich, nur diesen Körper, weil er ihm gefällt ... Du *weißt* nicht, Tiger, was es bedeutet, wenn Männer dich mit den Augen vergewaltigen, wenn sie es nicht mit ihren Körpern tun können ... und du dann fortgehst und dich erbrichst.«

Ich mußte mich sehr zusammennehmen, um sprechen zu können. »Nein«, sagte ich, »das kann ich nicht. Aber ich *weiß*, daß dich dieses Vergehen und dieser

Kummer, wenn du sie ewig mit dir herumträgst, zu einem Ungeheuer machen. Sie werden dich der Menschlichkeit berauben. Du wirst zu Ajanis Triumph werden.«

Dels Lächeln kehrte zurück. »Das werde ich nicht tun«, sagte sie belustigt. »Ich werde sie nicht ewig mit mir herumtragen. Nur bis ich ihn getötet habe. Bis Ajani tot ist.«

Schweigend, denn ich getraute mich nicht zu sprechen, strich ich ihr eine Strähne hellen Haares zurück. Und dachte bei mir: *O meine arme Delilah ... du mußt noch so vieles lernen.*

28

Ich hörte Garrod, bevor ich ihn sah, weil seine Zopf-perlen klimperten, als er sich näherte. Ich wandte mich von Del ab, runzelte ein wenig die Stirn und sah, daß sein Gesichtsausdruck dem meinen entsprach.

»Euer Pferd ist aufgebracht«, sagte Garrod.

Ich kratzte an meinen Stoppeln. »Ich vermute, das hat er Euch *gesagt*.«

»Nicht mit so vielen Worten, nein.« Garrod war kei-neswegs amüsiert, sondern abgelenkt von etwas ande-rem. »Aber es stört ihn hier etwas.«

Del schüttelte den Kopf. »Tigers Hengst stört immer etwas. Das ist Teil seines ...« Sie hielt inne. »... Char-mes.«

Garrod zuckte die Achseln. »Ich kann nicht sagen, wie er sonst ist, aber irgend etwas hat ihn im Moment beunruhigt. Er will von hier fort.«

»Oh, ich verstehe.« Ich nickte ernst. »Wenn er Euch schon soviel erzählt, warum erzählt er Euch dann nicht, warum er von hier fort will?«

Der Pferdesprecher seufzte. »Es wäre leichter, wenn Ihr meinen Beruf genauso respektieren würdet, wie ich Euren respektiere.«

»Pferdediebstahl ist nicht notwendigerweise der Be-ruf, den *jedermann* respektiert«, erwiderte ich.

»Ich bin kein ...«

»Seid Ihr nicht?« unterbrach Del ihn. »Nein, vielleicht nicht ... Ihr nehmt nur die Pferde an, die *andere* Leute stehlen.«

Garrod antwortete ihr in einem Dialekt, den ich gar

nicht kannte. Aber was auch immer er sagte, hatte Wirkung, denn ich sah Del erneut blaß werden. Sie antwortete barsch, und ihre Finger bewegten sich ruckartig, als wolle sie ihr Schwert ziehen.

»Nun warte . . .«, begann ich, und dann waren die anderen plötzlich mitten unter uns.

Adaras grüne Augen glitzerten. »Werden sie kämpfen?«

»Nein«, belehrte ich sie knapp.

»Werdet *Ihr* kämpfen?«

»*Niemand* von uns wird kämpfen, und ich dachte, ich hätte Euch allen gesagt, Ihr solltet in der Höhle warten, während Del und ich mit den Canteada reden.«

Cipriana zuckte unbefangen die Achseln. »Wir haben Euch streiten gehört.«

Massous blaue Augen waren unter einem Schopf zerzausten blonden Haars weit geöffnet. »Wir mußten herauskommen«, sagte er.

Dels Geduld war eindeutig am Ende. »Dies ist eine *persönliche* Angelegenheit und braucht euch nicht zu interessieren. Hat euch niemand Manieren beigebracht? Hat euch niemand Respekt beigebracht?«

Massou zupfte an ihrem Ärmel. »Werdet Ihr den Pferdesprecher in den Kreis fordern?«

Blutrünstiger kleiner Bengel. »Nein«, sagte ich, »das wird sie nicht. Aber selbst wenn sie es täte, ginge es dich nichts an.«

Massou starrte mich an. »Ich habe *sie* gefragt.«

Frecher kleiner Bengel noch obendrein. »Ich denke, es wäre am besten . . .«

In der Ferne wieherte der Hengst unruhig.

»Seht Ihr?« fragte Garrod.

Massou starrte Del an. »Ich denke, Ihr solltet gegen ihn kämpfen.«

»Das tue ich nicht.« Ihr Ton klang sehr kurz angebunden. »Ich denke, wir sollten uns daran erinnern, wo wir sind. Ich denke, wir sollten uns besser benehmen. Ich denke ...« Sie brach ab. »Es spielt keine Rolle, was ich denke.« Jäh wandte sie sich um und ging davon.

»Sie ist verärgert«, sagte Adara.

Cipriana nickte. »In letzter Zeit ist Del immer verärgert. Tief innen verärgert.«

»Und ängstlich«, stimmte Massou zu. »Ich spüre ihre Angst.«

Es war alles in allem, so dachte ich, eine unnötige Unterhaltung, die zu nichts führte. »Del ist es leid, den Hütehund für Eure Schafherde zu spielen«, erklärte ich ihnen offen. »Wir haben unsere eigenen Angelegenheiten zu erledigen, ernste Angelegenheiten, und sind durch Euch in Verzug. Unsere Zeit wird knapp. Daran muß Del denken.«

»Was ist mit uns?« fragte Massou. »Werdet Ihr uns einfach hierlassen?«

»Nein.« Ich sagte es zähneknirschend. »Das würde ich den Canteada nicht antun.«

Garrod lachte leise, sagte etwas in der Hochlandsprache, beugte sich dann hinab und betrat den Tunnel. Und überließ uns unserem Streit.

Ich versuchte, an ihnen allen vorbeizukommen, aber Cipriana war mir im Weg. »Geht Ihr hinter ihr her?«

»Cip ...«

»Geht Ihr?« Sie kam näher. »Folgt Ihr ihr immer wie ein Hund, der beschimpft wurde, der aber zurückkommt und um mehr bettelt?« Noch näher. »Das solltet *Ihr* nicht tun. Das *solltet* Ihr nicht tun. Ihr braucht sie nicht, Tiger. Ihr braucht keine Frau wie sie, eine harte, rauhe, gefühllose Frau, die Euch genausoschnell auf ihrem Schwert aufspießt, wie sie Euch ein freundliches Wort gönnt. Ihr braucht nicht ...«

»Was ich brauche, ist meine Sache«, belehrte ich sie und schob sie entschlossen zur Seite. »Was ich *brauche*, ist ein wenig Frieden für meinen Geist, damit ich nachdenken kann.«

»Tiger ...«

Ich schaute über den Kopf der Tochter zur Mutter hinüber. »Solltet Ihr nicht langsam eingreifen? Eure Tochter ist mir wie eine läufige Hündin nachgelaufen. Ihr seid die Mutter — *tut* etwas!«

Adaras rötliches Haar lag noch immer zerzaust um ihre Schultern. »Was *soll* ich tun? Sie ist erwachsen, sie ist eine Frau. Es ist ihre Entscheidung.«

»So wie Ihr Eure getroffen habt — und Kesar für sich.« Ich nickte. »Nun, dann solltet Ihr vielleicht beide wissen, daß ich nicht vorhabe, das Schwerttanzen zugunsten einer Frau aufzugeben. Zugunsten *keiner* Frau.«

Massous Augen leuchteten seltsam. »Noch nicht einmal für Del?« fragte er.

Hoolies, erspar mir die Fragen kleiner Jungen ... und die Aufmerksamkeiten von Schwestern und Müttern.

»Ich werde mit den Canteada sprechen«, sagte ich fest. »Bleibt hier. *Bleibt* hier. Versteht Ihr?«

Cipriana verschränkte die Arme. »Da geht er hin und jagt ... aber es ist in Ordnung, wenn Ihr es tut.«

»Das hängt davon ab«, sagte ich, »ob der andere deine Gesellschaft *wünscht*.«

Adaras Tonfall war ruhig. »Will Del darum nicht Euer Bett teilen?«

O Hoolies ...

Ich wandte mich um und ging davon.

Del stand mit dem kleinen Canteada, den sie als einen Meister des Gesangs bezeichnet hatte, in den Schatten. Ich war erneut völlig verwundert über die helle durchscheinende Haut, die fedrige Flaumfederkappe mit ihrem beredt beweglichen Büschel, den zerbrechlichen Beinen und der schweren Brust. Sein Hals erschien im Ruhezustand normal, aber wenn er sprach — nein, *sang* — schwoll er an und ab wie der eines Frosches.

Ihr Gesicht war sehr ernst. »Sie sind besorgt«, erklärte sie mir. »Er sagt, es gäbe hier Unstimmigkeiten, schwerwiegende Unstimmigkeiten, und die würden den Lebensgesang beeinflussen.«

»Den was?«

»Den Lebensgesang«, wiederholte sie. »Die Art, in der sie ihr Leben führen.«

Ich seufzte tief. »Dieser Gesang, jener Gesang ...« Ich sah ihr Gesicht. »In Ordnung, Del, keine Scherze mehr. Sagt er, warum es Unstimmigkeiten gibt?«

Sie wirkte beunruhigt. »Wir sind fremd für sie, wie eine Dissonanz in einer reinen Melodie. Wir töten Lebewesen. Das verursacht Disharmonie.«

Ich lächelte. »Das ist eine mögliche Interpretation. Aber das einzige, was wir in letzter Zeit getötet haben, sind diese Hunde.«

Sie schüttelte den Kopf und schüttelte damit auch ihr Haar frei, das in Wellen getrocknet war. »Das spielt keine Rolle. Für die Canteada gebührt allen Lebewesen Ehre und Respekt. *Allen* Lebewesen, Tiger. Darum essen sie nur das, was sie anbauen, nicht was sie töten oder das, womit das Land sie versorgt. Das ist der Lebensgesang, Tiger ... ein endloser Kreislauf des Lebens in Harmonie mit der Welt.«

»Sie töten *niemals*?« Das schien unvorstellbar. »Sie leben ihr ganzes Leben lang, ohne *irgend etwas* zu töten?«

Del nickte. »Canteada haben eine große Verehrung für das Leben. Für jedes Leben. Selbst für das einer Stechmücke.«

»Diese Hunde sind eigentlich keine *Mücken* ...«

»Nein. Und der Meister des Gesangs versteht das, weshalb er den Wachgesang gestaltet und ihn anderen zum Singen gegeben hat. Aber er besteht darauf, daß wir, solange wir hier sind, nichts töten oder verletzen.

»Nicht einmal eine Mücke.«

»Nicht einmal eine Mücke.«

»Was ist mit einem ...«

»*Überhaupt* nichts, Tiger.«

Ich grunzte. »Was wäre, wenn wir angegriffen würden? Wir würden uns verteidigen müssen.«

Del lächelte. »Nichts wird uns hier Schaden zufügen. Dies ist ein Ort des Friedens.«

»Frieden hin oder her«, sagte ich. »Ich respektiere ihre Gebräuche, aber ich glaube nicht an diese Wachgesang-Geschichte. Wenn irgendeiner dieser Hunde von den Bäumen herunterkommt, werde ich mein Bestes tun, ihn aufzuhalten.«

»Dies ist auch ein Ort der Macht«, warnte sie mich. »Unterschätz diese Leute nicht.«

Ich war müde. »Nein. In Ordnung. Ich gebe mir Mühe. Können wir uns jetzt ein wenig ausruhen? Und vielleicht etwas essen?«

Del verbeugte sich vor dem kleinen Mann. »Sulhaya, Meister des Gesangs. Wir nehmen Eure Gastfreundschaft an.«

Sein Hals schwoll an. *Traumgesang vermittelt Ruhe/ Heilgesang vermittelt Erneuerung.*

Ich schaute zu Del. »Was?«

»Sie werden dich in den Schlaf singen, Tiger. Sie werden uns alle in den Schlaf singen.« Del nahm meinen Arm. »Komm, laß uns zurückgehen. Wir brauchen alle Nahrung und Ruhe.«

Wir wandten uns in dem Moment um, als der kleine Canteada fortschmolz. Und dann erhielt ich eine kurze Lektion. Ich hatte gedacht, die Schlucht sei kaum mehr als eine Tasche in der Dunkelheit, aber ich hatte nicht mit der Tüchtigkeit der Leute gerechnet, die darin lebten. Jeder Eingang, jeder Rauchfang, jeder Spalt und jeder Windfang war hell von Kerzenlicht erleuchtet, was der Schlucht einen rauchigen, gedämpften Schimmer verlieh. Felswände strahlten wie ein südlicher Begräbniskreis, wo sich Schwerttänzer mit Kerzen versammeln, um die größten der Shodo ins Valhail zu geleiten.

Ich sah mich um. Ich hörte noch immer den rhythmischen Ton, der die Hunde fernhielt. »Werden sie niemals des Singens müde?«

»Wirst du des Atmens müde?«

»Da gibt es einen Unterschied, Bascha. Ich *muß* atmen.«

»Genauso, wie sie singen müssen.« Ich spürte kalte Finger in meine schlüpfen. »Als ich klein war, pflegte meine Mutter mich in den Schlaf zu singen. Und dann Jamail, als er geboren war, und vielleicht vor mir meine Brüder. Und mein Vater summte, wenn er die Schwerter schliff.« Sie seufzte und betrachtete die Lichter, die an den Wänden tanzten. »Ich kann mich nicht erinnern, wann ich das erstemal von den Canteada hörte. Ich schien es einfach immer schon zu wissen, wie jeder andere auch. Aber es heißt, daß es keine Musik auf der Welt gab, bevor die Götter die Canteada schufen. Und die Menschen waren traurig, weil sie nicht wußten, was ihnen fehlte, wußten aber, daß ihnen etwas fehlte.« Ihre Finger schlossen sich leicht. »Also schufen die Götter die Canteada, und die Canteada schufen die Musik.«

Ich ließ dies wirken. In meiner Familie wurde nicht gesungen, denn ich hatte keine Familie. Nur ein Bett bei den Ziegen. »Eine hübsche Geschichte«, sagte ich schließlich, »wenn auch ein wenig schwer zu glauben.«

»Laß uns ein Stück gehen.« Del zog mich an den Händen mit sich. »Erinnerst du dich an alle diese Muster an den Wänden der Höhle des Meisters des Gesangs? An alle die Linien und Knoten?«

»Ich erinnere mich.« Wie gingen im Kerzenschein dahin. Es war kühl, aber nicht kalt, obwohl ich es ohne meine nordischen Baumwollstoffe und das Leder vielleicht anders empfunden hätte. Ich begann sie zu schätzen.

»Nun, diese Knoten sind Noten. Die Linienmuster bezeichnen den Verlauf des Liedes. Zusammen ergibt das Musik.«

Ich grunzte. »Das klingt unheimlich schwierig.«

»Das kann es sein. Aber man muß es nicht lesen, es sei denn, man will singen oder spielen, was schon zuvor gesungen oder gespielt worden ist. Man *kann* ein Lied einfach im Verlauf erfinden oder es im Kopf bewahren, um es ein anderes Mal zu singen.« Sie lächelte leicht. »Das ist eines der Dinge, die ein *Ishtoya* lernen muß.«

»Zusammen mit Sprachen, Mathematik und Geographie.«

»Ja. Und natürlich dem Tanz.«

Ah ja, der Tanz. Wofür wir beide lebten. »Ich glaube, ich mag es lieber weniger kompliziert. Wenn kein Gesang erforderlich ist.«

Ihre Finger verkrampften sich leicht. »Aber im Norden *ist* er erforderlich.«

Ich zuckte die Achsel. »Schön für dich, Bascha. Aber *ich* muß mir keine Gedanken darüber machen. *Ich* muß nur tanzen.«

»Aber *hör* zu, Tiger ... hör auf den Gesang ...«

Ich lauschte dem Gesang. Hörte das Anheben und Absinken der Melodie, das Gemisch mehrerer Stimmen. Oder was auch immer die Canteada benutzten, um ihre Musik zu machen.

»Recht nett«, sagte ich widerwillig, »wenn auch mit der Zeit ein wenig eintönig.«

»Das ist ein Wachgesang, Tiger ... gestaltet, um Hunde fernzuhalten, nicht um menschliche Ohren zu unterhalten.«

Ich grunzte. »Es würde einige Mühe bereiten, *meine* Ohren zu unterhalten.«

Del seufzte. Wir gingen Seite an Seite, die Finger ineinander verschränkt, aber nur lose, ohne zu fordern. Keiner von uns zeigt Zuneigung gern deutlich, hauptsächlich deshalb, weil sie eine sehr persönliche Angelegenheit ist. Aber auch weil es uns, wie ich glaube, beiden widerstrebt, die stille Sprache der Bettgefährten zu benutzen, aus Angst, zuviel aufzugeben. Sowohl von uns selbst als auch an andere.

»Wirst du auch einmal müde?«

Ihre Stimme klang seltsam. Ich schaute sie neugierig an. »Müde?«

»Nein. Ich meine *müde*. Dessen müde, wer du bist ... dessen müde, was du tust.«

Ich antwortete nicht sofort. Wir gingen weiter, in keine bestimmte Richtung, einfach durch den Kerzenschein der Schlucht wandernd. Vor uns wieherte der Hengst. Wir näherten uns der Höhle des Meisters des Gesangs.

Schließlich antwortete ich. »Ich denke, das ist dasselbe.«

Del schaute mich kritisch an.

Ich zuckte die Achseln und fühlte mich unbehaglich bei dieser Wendung des Gesprächs. »Ich meine — der Schwerttanz ist das, was ich tue, aber es ist auch das, was ich *bin*.« Ich spreizte die freie Hand. »Schwerttanzen ist mehr als ein Beruf. Es ist eine Lebensart.«

»Nicht für jeden«, sagte sie. »Nicht für Alric, mit seiner Frau und den zwei kleinen Mädchen.« Sie hielt inne und lächelte. »Inzwischen vielleicht drei — vielleicht ein kleiner Junge dazu. Lena stand vor der Niederkunft.«

Ich hatte monatelang nicht an Alric gedacht. Der große Nordbewohner hatte sich für uns beide im Süden als hilfreich erwiesen, obwohl ich ihm zuerst mißtraut hatte. Er war ein Schwerttänzer, im Norden ausgebildet, aber er beanspruchte nicht Dels Können oder Rang. Er hatte auch kein *Jivatma*, sondern gebrauchte statt dessen eine südliche Klinge.

Ich schüttelte den Kopf. »Das ist nicht die Art Leben, wie es ein Mann führen sollte, wenn er eine Frau hat.«

Del lächelte. »Ich vermute, du bliebest lieber zu Hause, während sie sich um dich, das Herdfeuer und die Kinder kümmert ... Oder du wärst eher noch im Bett und würdest versuchen, diese Kinder zu *machen*.«

»Vielleicht«, stimmte ich zu. »Das ist besser als der Zölibat.« Ich warf ihr einen bedeutungsvollen Blick zu. »Nun, also? Was ist mit dir? Gesagt, getan, Bascha ...

Was geschieht in einem Jahr oder in zwei Jahren? Wirst *du* anfangen, Kinder zu machen?«

Dels Lächeln verschwand. Ihr Gesichtsausdruck wurde nachdenklich. »Du sagtest, ein Mann sollte kein Schwerttänzer sein, wenn er eine Frau hat. Vielleicht hast du recht. Es wäre für die Frau schwierig zu wissen, wieviel ihr Mann jedesmal riskiert, wenn er den Kreis betritt.« Sie seufzte und strich helles Haar zurück. »Und so frage ich mich: Welche Art Mutter wäre ich? Welche Art Mutter wäre ich, wenn ich mein Leben im Kreis riskieren würde?«

»Aber du hast die Wahl«, sagte ich. »Du mußt kein Schwerttänzer sein ... wenn du erst einmal Kinder hättest, gäbe es anderes zu tun. Die Kinder hielten dich in Trab.«

Dels stand der Mund offen. »Da hast du es, Tiger ... ein Mann tut, was er will, selbst wenn er Kinder gezeugt hat. Eine Frau muß eine *Mutter* sein.«

Ich runzelte verwirrt die Stirn. »Ist es nicht genau das, was du willst?«

Del sah mich direkt an. »Nicht jede Frau will Kinder.«

»Aber es erscheint mir nur natürlich ...«

»Tatsächlich?« Ihre Stimme klang unbeugsam. »Hat *deine* Mutter dich deshalb in der Wüste zurückgelassen?«

Etwas stach mich tief innen. Ich fühlte mich ziemlich schlecht.

Dels Finger schlossen sich fester. »Vielleicht hatte sie keine andere Wahl. Vielleicht war sie krank. Vielleicht warst *du* krank, und sie dachte, du lägest bereits im Sterben. Vielleicht ...«

»Vielleicht auch nicht«, sagte ich dumpf. »Vielleicht ist es so, wie du gesagt hast: Sie wollte mich einfach nicht.«

Del blieb plötzlich stehen und hob meine Hand an ihre Lippen. »*Ich* will dich«, sagte sie.

29

E s war der Hengst, der uns warnte, obwohl wir nicht allzusehr darauf achteten, da etwas anderes unsere ganze Aufmerksamkeit in Anspruch nahm, als auf Pferde zu lauschen. Und dann, plötzlich, waren sie *da*, und wir waren nicht mehr allein.

Adaras Hand lag auf meiner Schulter und zog mich in dem Moment fort, als Massou zwischen Del und mich trat. »Auf Wiedersehen ...«, sagte sie. »*Auf Wiedersehen ...*«

»Nun wartet einen ...«

Cipriana ergriff meinen rechten Arm. »Ihr wißt nicht, wie das ist. Ihr wißt nicht, wie das *ist*.«

Ich hörte Del in fragendem Ton etwas zu Massou sagen, obwohl die Worte selbst Adaras und Ciprianas Reden untergingen. Massou antwortete nicht. Er hielt nur weiterhin ihre beiden Handgelenke fest.

»Was zu den Hoolies ...?« Ich versuchte, mich ihnen zu entwinden, stellte aber fest, daß ich es nicht konnte. Stellte fest, daß sie nicht vorhatten, mich freizugeben.

»Auf Wiedersehen ...«, flüsterte Adara.

»Ich zuerst«, sagte die Tochter.

»Macht«, zischte Adara. »Macht in der Haut, Macht im Stahl ...«

»Laßt *los* ...« Aber sie taten es nicht.

»Tiger!« Das war Del, die ungewöhnlich ängstlich klang. »O Tiger ... *Loki* ...«

Nein. Das war nicht möglich. Loki? Adara und Cipriana? Besonders Massou, es war unmöglich.

Aber das war es nicht. Und ich wußte es. Es paßte alles zusammen.

»Hoolies . . .«

Ich versuchte, mich loszureißen, und schrie Del zu, das gleiche zu tun. Ich konnte nicht viel sehen, da ich zusehr von zwei Loki, die sich als Frauen verkleidet hatten, und dem schlechten Licht beeinträchtigt war, um einen Vorteil erzielen zu können. Ich wußte nur, daß sie beide unglaublich stark waren, unglaublich kräftig, und wenn ich nicht vorsichtig war, hätten sie mich auf den Boden gezwungen, bevor ich meinen Namen sagen konnte.

»Del . . .?« Ich wandte ruckartig den Kopf und versuchte, sie zu sehen. Ich sah, wie Massou sie zurückstieß, bis sie so hart gegen die Wand prallte, daß ihr Kopf auf dem Fels aufschlug. Ich hörte das Kratzen ihres Schwertheftes. Und dann sah ich Massou, der nicht mehr Massou war.

»Tiger . . . *Tiger* . . .«

Hoolies, ich hatte sie noch nie so erschreckt erlebt. Ich versuchte erneut, mich loszureißen, aber Adara und Cipriana waren zuviel für mich. Ich spürte Hände in den Bauch eindringen, in den Unterleib und tiefer, zwischen meine Beine.

Adara: ». . . Macht in der Haut . . .«

Cipriana: ». . . Macht im Stahl . . .«

Hoolies, sie lösten das Band meiner Hose!

Del schrie auf.

Ich dachte: *Wenn ich mein Schwert herausziehen kann . . .* Wußte aber, daß ich es nicht konnte. Ich lag flach auf dem Rücken auf der Scheide, so daß das Schwert für mich unerreichbar war.

Cipriana beugte sich zu mir herab, berührte meine Wange mit der Zunge, fuhr die Linien der Narben nach. Etwas klapperte gegen meine Zähne: die Halskette aus massiven Steinen.

Und dann erkannte ich sie. Rötliche unregelmäßige Steine, die auf einen dünnen Lederfaden aufgezogen waren. Sie hatte sie mir schon zuvor einmal gezeigt, sie zweifellos herausfordernd zur Schau stellend, und ich hatte sie nicht erkannt. Jetzt aber wußte ich Bescheid. Jetzt wußte ich, daß es die Halskette war, die Del vor Jahren für ihre Mutter gemacht hatte und die als Opfer für die Loki in den Steinkreis geworfen worden war, in der Hoffnung, es sei genug.

Offensichtlich war es nicht genug gewesen.

Sie waren keine Frauen. Nicht wirklich. Mehr. Dämonen in Frauenkörpern, die die Tricks einer Frau und die Kraft eines Dämons benutzten. Eine war mehr als genug. Zwei würden für mich den Tod bedeuten.

Oder was von mir übrig wäre, wenn sie mit mir fertig wären.

Del schrie noch immer. Massou, der nicht Massou war, hatte sie zu Boden gezwungen. Ich wand mich, drehte mich, rollte herum, sah aber nur Bruchstücke, weil die Frauen zu stark waren. Del lag wie ich auf dem Rücken, spuckend, tretend, kratzend und schreiend, aber sie würde den Kampf eindeutig verlieren. Massou, der nicht Massou war, zog ihre Beine auseinander.

Aber er ist ein Junge, sagte ich innerlich, auch wenn er es nicht war. Es war nichts von dem Jungen übrig, nur ein *Etwas*, das aus Mund und Nase und Ohren herausfloß. Etwas viel Größeres als ein Junge. Sogar größer als ich.

Es blieb nichts übrig zum Bekämpfen. Dels Feind hatte sich verwandelt, gebrauchte aber die Taktiken eines Menschen. Die Taktiken, die ein Eroberer immer gebraucht, wenn er eine stolze Frau unterwerfen will.

Hoolies, nicht *wieder*...

Ich versuchte zu spucken: Cipriana lachte. Ich versuchte zu beißen: Adara lächelte. Ich versuchte auch, zu treten und zu kratzen, aber nichts zeigte irgendeine Wirkung.

Jetzt weinte Del.

Adaras Hand war an einer Stelle, wo sie nicht sein sollte. Cipriana leckte mir das Gesicht, stieß mir die

Zunge in den Mund. Ich spürte das Kneifen im Bauch und den herben Geschmack von Galle in der Kehle aufsteigen.

Hoolies, nicht *so* ...

Nein. Nicht so. Denn es geschah etwas.

Ein Geräusch. Der schwache Klang eines Geräuschs. Nicht das eines Schwertes, nicht das eines Messers, aber das einer Nadel, die in ein Ohr gestoßen wird. Ich spürte nichts, aber es war etwas da. Etwas in meinem Kopf, das in mein Gehirn eindrang.

Eine Vision flackerte auf. Ich roch etwas Widerliches. Schmeckte es auch, obwohl ich nichts hinuntergeschluckt hatte. Mein Hörvermögen schwankte, intensivierte sich dann, ebenso wie das schrille Geräusch.

Und dann wußte ich, was es war.

Die Götter mögen die Canteada segnen.

Hände fielen von mir ab. Körper zogen sich zurück, zurückgetrieben von dem Gesang, und auch die Dämonen zogen sich zurück, gefangen in menschlicher, fremdartiger Haut.

Ich setzte mich auf. Adara, Cipriana und Massou standen stockstreif da, die Hände auf die Ohren gepreßt. Ihre Gesichter spiegelten ihre Qual wider.

»Del.« Ich kroch zu ihr, legte eine Hand auf sie, spürte, wie sich ihre Haut zusammenzog. Sie lag mit dem Gesicht nach unten im Staub. »*Del* ...«

Und dann kam sie unbeholfen hoch. Kroch fort, auf Gesäß und Händen rutschend, fortdrängend. Sie mühte sich durch den Staub, bis sie sich schließlich mit dem Rücken gegen eine Felswand lehnte, und dort saß sie, fest gegen den Fels gepreßt, als wolle sie hineinkriechen.

»Del«, sagte ich. »*Bascha* ...« Aber ich brach ab, weil sie offensichtlich nicht zuhörte.

Hoolies, es ist eine erschreckende Sache, dem Wahnsinn ins Antlitz zu sehen.

O Bascha, nicht du.

Hinter mir standen die Loki gefangen, während die Canteada sangen.

O Bascha, sieh *mich* an, nicht sie.

Sie hatte die Finger in den Fels gekrallt. Sie hält ihre Nägel kurz gefeilt, aber nun sah ich sie einen nach dem anderen abbrechen und gegen den Fels schnellen.

Ich kannte sie zu gut, um sie anzufassen.

Hinter mir winselten die Loki.

»Delilah.« Ich sprach es ruhig aus und mit so viel Festigkeit, wie ich aufbringen konnte.

Sie sah mich an. Verwirrt, aber sie sah *mich* an, was einen entschiedenen Fortschritt bedeutete.

»Delilah«, sagte ich erneut.

Lippen bewegten sich. Zerbissene, blutige Lippen, die bereits anschwollen, und etwas formten, das ich nicht hören konnte.

Sehr sanft, ein drittes Mal: »Delilah.«

Sie schaute mich an. Sie *sah* mich. Das Verständnis kehrte in ihren Blick zurück, ihre Glieder entspannten sich, ihre Bewegungen fanden zueinander.

Del war wieder Del, aber jetzt war sie *wütend*.

Schmutz bedeckte ihr Gesicht. Ich sah Speichel an ihrem Kinn und Blut. Haare hingen ihr in die Augen und blieben an Schweiß, Tränen und Blut kleben. Sie zitterte so sehr, daß sie kaum stehen konnte, aber sie tat es, und es gelang ihr, das Schwert zu ziehen.

Mit ausreichender Zeit hätte sie selbst in ihrem Zustand die Körper getötet, die Schalen, die die Loki beherbergten. Aber sie hatte keine Zeit, weil die Canteada ihr die Arbeit abnahmen. Sie ergriffen sie, schufen sie neu, gaben sie zurück, mit einem Gesang unübertrefflicher Kraft.

Der Gesang verschlang den Klang von Dels wehklagendem Gesang völlig, den Kriegsgesang, den Todesgesang, den Klang, der einen Abschluß versprach. Verschlang ihn, zerkaute ihn, spie ihn zu Boden. Als sie es bemerkte, brach Del ab und begann erneut zu zittern.

Ich wollte sie berühren, aber ich tat es nicht, denn ich wußte, daß sie nicht dazu bereit war. Ich wußte, daß die Frau vor mir nicht die Del war, die ich kannte, sondern Delilah, das Mädchen, das Ajani auf der Schwelle zum Leben fast zerstört hatte. Sie hatte diese Schwelle schließlich überschritten, aber sie war entstellt, reduziert auf Haß und Rachegefühle. Sie hätte sterben können — Frauen starben oftmals —, aber sie tat es nicht, denn sie war Del, die keinem Mann einen Sieg gönnte, den er nicht ehrlich verdient hatte. Ajani hatte ihn nicht verdient. Er hatte ihn nur kurzzeitig gestohlen, und dann hatte sie ihn zurückgewonnen.

Del starrte Massou an, Cipriana, Adara. Die Loki in Menschengestalt, die menschliches Bewußtsein durch Loki-Tücke und menschliche Sehnsüchte durch Loki-Bedürfnisse ersetzt hatten. Die Frau, das Mädchen, der Junge, die irgendwann während der Reise den Kampf an drei Loki verloren hatten und die ich unwissentlich befreit hatte.

Eingänge, Spalten und Rauchfänge glühten, vom Feuerschein bemalt. Jenseits der Loki, in der Dunkelheit, sah ich bewegte Schatten. Kleine helle Schatten, die den Verbindungsgesang sangen.

Sie kamen von überall, die Canteada. Aus den Felswänden heraus und von Felswänden herunter, sie trugen Kerzen und krochen heran, um einen Kreis zu bilden. Sogar hinter Del und mir, sich nähernd, uns weiter nach innen drängend, um sich innerhalb des Kreises zusammenzudrängen.

Die Loki gaben Laute der Qual von sich.

Es war kalt. In der Dunkelheit, die durch Kerzenflammen erglühte, sah ich meinen Atem davonschweben. Aber das Zittern, das meinen Körper schüttelte, kam von innen, nicht von außen.

Die Loki in Menschengestalt waren mehr als nur Menschen. Ich sah den Wahnsinn in ihren Gesichtern und Verzweiflung und Hoffnungslosigkeit. Von dem

Gesang gefesselt, konnten sie nur leiden. Vielleicht genauso sehr, wie ihre menschlichen Gastgeber gelitten hatten.

Der Kreis schloß sich. Da waren Flammen und Gesang und Gesichter, unheimliche, unmenschliche Gesichter. Federartige Schöpfe standen von den Brauen bis zum Hals aufrecht, wogend, vom Feuerschein leicht gefärbt, eine ganz eigene Sprache sprechend. Ich hatte bisher nur den Meister des Gesangs gesehen. Jetzt sah ich die anderen. Jetzt hörte ich sie singen.

Ich bin kein sehr musikalischer Mann und taub für die Feinheiten der Musik. Ich sagte es schon zuvor: Sie ist ein Geräusch, egal was sie beabsichtigt. Aber dieses Mal, *dieses* Mal, war sie weit mehr als das. Weit mehr als Gesang. Der Klang, den ich hörte, war *Macht*.

Die Beine gaben mir nach, ich setzte mich hin. Genauso wie sich andere hinsetzten, wie Del neben mir zusammenbrach, mit lose herabhängenden Gliedern, gummiartig, und das Schwert neben sich fallen ließ, unbeholfen bei dem plötzlichen Verlust der Muskelkontrolle. Auch die Loki. Ich sah sie, einen nach dem anderen, wie Lehm zu Klumpen werden, die darauf warteten, neu geformt zu werden. Neu gestaltet zu werden.

Ich öffnete den Mund, um zu sprechen. Um etwas zu Del zu sagen, um sie zu fragen, was das bedeutete, was die Canteada täten, was sie von uns wollten. Sie war Nordbewohnerin, sicherlich wußte sie es. Aber ich fragte nichts, weil ich nicht konnte. Weil der Gesang meine Welt geworden war.

Flammen schmolzen und verliefen ineinander, machten den Kreis ganz. Ich sah Licht, nur Licht, und dann war sogar das zuviel, um es zu ertragen. Es blieb nur eins zu tun, und ich tat es. Ich rannte davon.

Das Problem war, daß es mit mir kam. Genau wie der Gesang.

Geburtsgesang? fragte jemand.

Geburtsgesang. Geburtsgesang? Verwirrt schaute ich ins Licht.

Eine Pause. *Geburtsname?*

Geburts*name*. Das hatte eine andere Bedeutung. Dergestalt, daß es für mich Sinn ergab.

Ich runzelte die Stirn. Dachte darüber nach. Erkannte, daß ich keine Antwort wußte.

Eine Mutter oder ein Vater gibt einem Kind einen Namen. Ich hatte beide nicht gekannt. Was bedeutete, daß ich keinen Geburtsnamen hatte.

Ich schüttelte deutlich den Kopf.

Der Gesang veränderte sich ein wenig. *Geburtsname*, beharrte es.

Der Meister des Gesangs? fragte ich mich. Erneut schüttelte ich den Kopf.

Der Gesang wurde hartnäckig. Es war unerträglich. Ich spürte starken Druck im Kopf.

Und dann, plötzlich, hörte das Unbehagen auf. Ich spürte einen Hauch von Überraschung, der nichts mit mir zu tun hatte.

Rufname? fragte es sanft.

Diese Frage konnte ich beantworten. »Sandtiger«, sagte ich.

Der Gesang blieb in meinem Kopf. Suchte nach Wahrheit oder Lüge. Fand die Antwort und befahl mir dann, mich zurückzuziehen.

Ich zog mich zurück und runzelte die Stirn. Starrte in die Flammen. Wußte dann, daß ich hindurchgehen sollte.

Ich stand auf. Atmete ein. Trat langsam aus dem Kreis.

Ich sackte gegen die Felswand und spürte nur die Erschöpfung von Geist und Körper. Ich bezweifelte nicht länger, was Del über die magische Musik gesagt hatte. Diese Musik war in meine Seele eingedrungen, und jetzt verstand ich sie.

Ich wandte mich um. Jenseits des Lichts saß Del,

starrte, so wie ich es getan hatte, in den Flammenring. Das Licht war starr auf ihrem Gesicht und hart und bildete Linien der Erschöpfung und der Anspannung. Ich sah Blut und Verletzungen und Schmutz und fast zerstörte Ausdauer. Del war nahe daran zusammenzubrechen.

Ich wollte zu ihr gehen. Ich wollte in den Kreis zurückgehen und sie berühren und sie durch die Flammen hinausführen, durch den Gesang, durch den Kreis aus Canteada. Aber ich wußte es besser. Diesesmal wußte ich es besser, als daß ich die Existenz der Macht ignoriert hätte.

Jetzt war Del an der Reihe.

Geburtsname? fragte der Meister des Gesangs.

Sie starrte in die Flammen.

Es wurde sanfter wiederholt.

»Del«, antwortete der Schwerttänzer.

Geburtsname, beharrte er.

»Delilah«, flüsterte die Frau.

Ich wartete, bis sie vom Kreis befreit war, blind vor Licht und Tränen, und dann nahm ich ihre Hand und führte sie davon, stellte mich neben sie. Sagte nichts, fragte nichts, war einfach da. Und hoffte, daß es ausreichte.

Der Gesang schwoll an. Ich hörte Dissonanzen darin und Härte. Eine zugrunde liegende Forderung. Der Meister des Gesangs war unerbittlich, als er die anderen nach ihren Geburtsnamen befragte.

Einen nach dem anderen fragte er sie. Adara. Cipriana. Massou.

Einer nach dem anderen logen sie.

Der Gesang wurde stärker. Ich sah Dutzende von Kehlen anschwellen, bis sie fast zu bersten drohten. Ich hörte die hohe Melodie klagen, die tiefen Töne summen, das dazwischen liegende Stakkato schwirren. Ich hörte die Macht in dem Gesang und wußte, daß die Loki nicht widerstehen konnten.

Nichts konnte dem Klang widerstehen.

Massou brach zuerst zusammen. »*Shedu!*« schrie er. »Shedu, Shedu, Shedu!«

Der Meister des Gesangs fragte erneut.

»Shedu!« schrie er, mit einer Stimme, die zu tief für seine Kehle war.

Ich schaute zu dem Jungen, Massou. Der nicht mehr Massou war. Dessen Name statt dessen Shedu war.

Adara war an der Reihe. Wie schon Shedu/Massou, brach auch sie unter dem Gesang zusammen. »Daeva«, flüsterte die Frau. Ich sah Schmerz in ihren Augen und Hilflosigkeit und Verzweiflung. »Daeva«, sagte sie erneut und zerbiß sich die Lippen. Blut floß ihr am Kinn hinab. »*Daeva!*« schrie sie, und es hallte in der Schlucht wider.

Schließlich schaute ich zu Cipriana hinüber. Schlanke, aufrechte Cipriana: kokette, fordernde Cipriana, die mich an Del erinnert hatte. Die ihr Bestes getan hatte, um mich zu verführen. Die jetzt mit jeder Unze ihrer Kraft den Gesang zurückschlug.

Die Frage wurde gestellt.

»Cipriana«, antwortete sie.

Die Frage wurde erneut gestellt.

»Cipriana!« fauchte sie.

Noch ein drittes Mal wurde die Frage gestellt.

Helles Haar stand von ihrem Kopf ab. Feste Arme stießen in die Luft. »*Cipriana!*« schrie sie.

Ich trat einen Schritt vor. Del hielt mich zurück. Schweigend schüttelte sie den Kopf.

Ich wartete. Der Gesang nahm nicht ab, brach nicht. Der Meister des Gesangs fragte erneut.

Die Luft knisterte innerhalb des Kreises. Ich sah Wahnsinn in ihren Augen und Haß und Wut und Angst. »*Cip ... Cip ... Cip ...*« Sie hielt inne. Nahm den Namen erneut in Angriff. Ich sah, wie sich ihre Gesichtszüge verzerrten. Hörte, wie sich der Gesang verdichtete.

»Geburtsname«, erklang der Befehl.

Die Lippen zogen sich von den Zähnen zurück. Der Name wurde zischend aus dem Mund ausgestoßen. »Rakshasa«, sagte sie, und es klang mehr nach einer Schlange als nach einem Menschen. »Rakshasa ... *Rakshasa* ...« Fast im gleichen Moment, als sie es sagte, erstarb das Knistern in der Luft. Die Haare breiteten sich wieder über die Schultern, die Hände fielen an den Seiten hinab. »Rakshasa«, sagte sie, aber es war die letzte Verteidigung.

Shedu. Daeva. Rakshasa. Ich kannte die Namen nicht, aber Del offensichtlich doch.

»Bindet sie«, sagte sie, »*bindet* sie. Legt die Steine um sie herum. Singt sie in eine Gefangenschaft, aus der niemals jemand entkommen kann.«

Innerlich zuckte ich zusammen, als ich mich daran erinnerte, wie ich sie befreit hatte.

»Singt«, sagte Del, »*singt* ...« Sie brach ab, preßte sie eine Hand auf den Mund und biß sich in die Hand.

Der Gesang veränderte sich. Ich hörte die Veränderung, so leicht sie auch war, und wußte, daß Dels Wunsch erfüllt wurde. Besonders als sich jeder der Canteada, die den Kreis bildeten, vorbeugte, einen Gegenstand auf den Boden legte und sich wieder aufrichtete. Noch immer die Kerzen haltend. Noch immer singend.

Die Gegenstände waren Steine. Runde glatte Steine, mit runenähnlichen Mustern versehen, wie jene, die ich an den Wänden des Meisters des Gesangs gesehen hatte. Wachsteine also, wie jene, die ich auf der Hügelspitze gesehen hatte. Wie der, den ich zur Seite gestoßen und damit den Kreis gebrochen hatte. Und damit die Loki befreit hatte.

Etwas versetzt mir einen Schlag in die Eingeweide. Von innen, nicht von außen. Ich erinnerte mich plötzlich an den Tag, an dem Massou und Cipriana ihren Unterricht aufgegeben hatten. An jenem Tag hatten sie beide erklärt, daß sie kein Interesse mehr am Schwerttanz hätten. Kein Interesse mehr am *Kreis*.

Jetzt waren sie in einem Kreis gefangen, wie schon einmal.

»Del«, sagte ich, »was ist mit den anderen? Was ist mit Adara und den Kindern? Sind sie tot?«

Hinter schweißgetränktem Haar zogen sich helle Brauen zusammen. »Ich weiß es nicht«, antwortete sie besorgt. »Ihre Körper leben, aber die Loki bewohnen sie. Du kannst nicht einen ohne den anderen haben.«

»Können die Loki nicht hinausgetrieben werden? Sie hatten vorher auch keine Körper.«

Bedächtig schüttelte sie den Kopf. »Ich weiß es einfach nicht.«

Ich schaute zu den Loki. Nein, ich schaute zu der Frau und ihren Kindern. Und ich wußte untrüglich, daß die Grenzbewohner noch immer lebten. Irgendwo innen, wo die Loki sie nicht erreichen konnten, lebten die Geister, die eine Witwe und ihre Kinder veranlaßt hatten, eine unmögliche Reise ohne die Hilfe eines Mannes fortzusetzen.

»Laß uns überlegen«, schlug ich vor und trat zu dem Meister des Gesangs. Er war nicht in den Kreis aufgenommen. Er sang nicht den Gesang. Er hatte ihn gestaltet. Seine Aufgabe war es, ihn an andere weiterzugeben.

»Meister des Gesangs«, sagte ich, »es muß noch etwas getan werden. Die Namen, die Ihr zuvor hörtet — es sind die Namen realer Menschen. Es sind die Namen einer Frau und ihrer Kinder. Namen, die überleben sollten.«

Sein Schopf zitterte und beruhigte sich wieder. *Verbindungsgesang verbindet.*

»Ja«, sagte Del, »das wissen wir. Aber die Loki haben ihre wahren Namen genannt und sie zurückgefordert. Sie haben die anderen Namen befreit. Die Macht wurde verteilt. Können die Frau und ihre Kinder *ihren* Namen nicht zurückfordern?«

Der Canteada runzelte die Stirn.

Ich befeuchtete trockene Lippen. »Ihr seid der Meister des Gesangs«, sagte ich. »Sicherlich könnt Ihr einen Gesang gestalten, der ihnen ihre Freiheit wiedergibt.«

Sein Gesichtsausdruck war besorgt. *Der Traumgesang ist mächtig.*

Ich schaute in bekannte Gesichter, die Loki-Leben in sich hatten. »Ich denke, es ist das Risiko wert.«

Wie ich, schaute auch er sie an. Und dann bewegte er zarte Hände und deutete auf den Eingang zu seiner Höhle. Es lag etwas Gebieterisches in dieser Geste, dem ich nicht zuwiderzuhandeln wagte.

»Bascha«, sagte ich, »laß uns gehen.«

Sie ging bereits.

30

Garrod stand vor der Höhle des Meisters des Gesanges. Ich sah seinen Gesichtsausdruck, der sowohl verwirrte Neugier als auch bestürztes Unverständnis zeigte. Del ging schnell an ihm vorbei, beachtete ihn kaum und bückte sich zu dem gebogenen Eingang hinunter. Garrod trat zur Seite und fuhr herum, um mich anzusehen.

»Ich hörte Schreien«, sagte er. »Schreien ... und *Singen* ...«

»Nicht jetzt«, sagte ich kurz, womit ich seine Worte beiseite schob. Wie Del ging auch ich an ihm vorbei, aber diesesmal folgte er uns.

Der Tunnel war unglaublich eng. Ich wollte nichts mehr, als von dem Gewicht des Felses befreit zu werden und wieder hinaus ins Freie zu gelangen, in die Wüste, unter südlichen Himmel. Aber ich wußte tief in mir, daß jetzt die Zeit war, sich zu verbergen.

Schließlich vom Tunnel befreit, betrat ich die Höhle des Meisters des Gesangs. Ich war erneut geblendet von der Helligkeit des Lichts, das von Metall und Glas abstrahlte, und dem üppigen Reichtum an Teppichen. Gemalte Arabesken und Muster an den Wänden milderten den nackten Fels ab.

»Del ...« Aber es gab nicht mehr zu sagen. Ich sah ihr Gesicht, als sie sich an der Wand zusammenkauerte, fest eingewickelt in eine blaugraue Decke. Ich sah den Schmutz und das Blut und die Anspannung, vor allem aber sah ich ihre Angst.

Ebenso Garrod. »Was *ist* das?« fragte er scharf, aber

da war es bereits für jeden von uns zu spät für eine Antwort, weil die Canteada sangen.

Ich wankte so, daß ich gegen die Wand geschleudert wurde. Die linke Schulter prallte auf, Baumwolle und Leder wurden zerkratzt, das Schwertheft klirrte gegen den Fels. Ich hing für einen Moment da, entsetzt, und glitt dann auf die Knie.

Da ich mich mit der Musik nicht auskannte und ihr auch niemals besondere Beachtung geschenkt hatte, hatte ich auch niemals verstanden, was Harmonie war. Aber jetzt, als ich den aus voller Kehle gesungenen Gesang der Canteada hörte, verstand ich es.

All die Stimmen klangen zusammen, schwangen sich auf, fielen ab, verflochten sich miteinander und strebten wieder auseinander, durcheilten unglaubliche Notenräume, hohe und tiefe und dazwischenliegende, verwischten die Töne, aber auf subtile Art, so daß das Ohr die Unterschiede zwar wahrnahm, aber keinen davon wirklich erkennen konnte.

Hoolies, welch ein herrlicher Klang!

Und dann veränderte er sich. Es war nicht mehr ein Klang, sondern viel mehr. Es war nicht einfach ein Gesang. Es war die Musik der Erinnerungen, die stürmisch aus der Seele drang. Musik, die in die Spalten meines Lebens schlüpfte und alle jene Alpträume wiederentdeckte, die ich zu vergessen versucht hatte.

Einige davon hatte ich vergessen. Aber jetzt erinnerte ich mich an alle.

... ein Junge, vielleicht sechs Jahre alt, mit grünen Augen und braunen Haaren, der kopfüber hängt, den Mund voller Sand. Der versucht, nicht zu schreien, als der Shukar die Strafe für Ketzerei die Peitsche anwendet: Ich habe behauptet, es gebe keine Götter, denn warum sonst bin ich ein Sklave?

Solche Fragen werden genausowenig geduldet wie Ketzerei.

... jetzt zwölf Jahre alt und dennoch wieder geschlagen, dieses Mal von einem Vater, weil er zu lange und sehnsüchtig

seine Tochter angesehen hat. Das Mädchen hat ihn dazu ge-
trieben, behauptet aber jetzt, unschuldig zu sein, wobei ihr die
Tränen über das Gesicht strömen. Aber hinter den Tränen lä-
chelt sie.

Er tut das, hinter dem Blut, nicht.

... jetzt ein junger Mann von fünfzehn Jahren, äußerlich
größer als die meisten Männer, aber innerlich klein gemacht
durch Lächerlichkeit und Erniedrigung. Hände und Füße ver-
sprechen weiteres körperliches Wachstum. Die Behandlung
durch die Salset verspricht beständigen geistigen Rückgang.

Bis er den Haß zu seinem Gott erhebt.

... sechzehn, jetzt in den Augen und Hyorts der Frauen, die
das Recht haben, ihn zu benutzen, wie sie Felle benutzen, um
ihre Betten weicher zu machen, ein Mann. Und in ihren Hy-
orts, in ihren Betten, lernt er, daß er einen gewissen Wert hat,
daß er, wie kurzzeitig auch immer, in den Armen einer Frau
mehr als ein Sklave sein kann.

Und in den Armen einer bestimmten Frau ersinnt er
einen Fluchtplan.

Den Plan, der ihn beinahe tötet.

In der Höhle, noch immer durch den Gesang gefesselt, irrte meine Hand zum Gesicht. Finger suchten, fanden, zeichneten die gewundenen Narben nach, die so
tief in meine Wange geschnitten waren, daß keine Stoppeln hindurchwuchsen. Der Sandtiger hatte mich deutlich gekennzeichnet, aber er hatte mir auch die Freiheit
verschafft. Auch wenn ich seine Freiheit in einem langsamen Fluß von warmem glänzenden Blut gestohlen
hatte.

Mein Blut genauso wie seines.

... die letzte Erinnerung an einen Chula, der zu einem
Menschen statt zu einem Sklaven wird. Nicht mehr das na-
menlose Wesen, sondern ein freier Mann, der sich selbst einen
Namen gibt. Ein Mann, der die Katze getötet hat, die die
Männer und Kinder der Salset gefressen und die Magie des
Shukar mißachtet hat. Was ich getan habe, ist eine mächtige
Tat. Ich verdiene einen mächtigen Namen.

Und so zolle ich der Katze ehrenvollen Tribut, die die mir die Möglichkeit zur Flucht geliefert hat.

Sandtiger, die in der Punja geboren werden, gehören niemandem. Keinem Mann. Keiner Frau. Keinem Gott.

Meine Finger berühren noch immer die Narben, aber jetzt sind da auch Tränen.

Und die Canteada singen weiter.

Erschöpft ließ ich mich von der Wand stützen. Ich hatte nicht die Kraft, mich zu bewegen oder auch nur mit den Augen zu blinzeln. Also ließ ich sie zufallen, fest zufallen, und versuchte, meiner selbst wieder Herr zu werden.

Der Traumgesang hatte geendet. Jetzt hörte ich in der Ferne nur den schwachen Abglanz des Wachgesanges, der die Hunde in Schach hielt.

Ich schaute zu Del. Sie saß noch immer in die Decke gewickelt da, hatte sie fest bis zum Hals hochgezogen, um sich vor allem Unheil zu bewahren. Aber das schaffte die Baumwolle nicht, nur Seelentaubheit hätte es vermocht. Und ich bezweifelte sogar, daß das angesichts solcher Macht genügen würde.

Hoolies, ich hasse Magie. Man kann ihr einfach nicht *vertrauen*.

Ich hörte Bewegung. Nicht von Del. Von Garrod. Ich hatte ihn völlig vergessen. Und erkannte, als ich in sein Gesicht schaute, daß er genauso gefangen gewesen war wie Del und ich, vielleicht sogar mehr, denn er hatte nichts erwartet. Del und ich waren zumindest teilweise vorbereitet gewesen. Der Pferdesprecher hatte nichts gewußt.

Wie ich und wie auch Del saß er zusammengekauert auf dem Boden der Höhle. Aber er bewegte sich, schloß die Hände um lange helle Zöpfe. Sie umfassend, sie umschließend, *daran ziehend*, als wolle er das Haar an den Wurzeln ausreißen.

Dunkel erkannte ich, daß er es tatsächlich tun könnte.

Ich bewegte mich. Kroch. Erreichte Garrod, ergriff ein Handgelenk, hielt es fest. »Nein«, sagte ich sanft.

Lippen wurden über Zähnen zurückgezogen. Er starrte mich aus weißbewimperten Eiswasseraugen an. »Was ich getan habe«, sagte er. »Was ich in dieser Welt getan habe.«

»Nein«, sagte ich erneut.

»Was ich in dieser Welt *getan* habe!«

»Ich weiß«, belehrte ich ihn ruhig. »Denkt Ihr, ich wäre weniger schuldig als Ihr? Hätte weniger Blut an den Händen als Ihr?« Ich ließ sein Handgelenk los und zeigte ihm meine Handfläche. »Keine Blutflecken«, sagte ich, »aber ich habe mehr als meinen Anteil in dieser Welt davon vergossen.«

Er umklammerte noch immer die Zöpfe, zog aber nicht mehr so fest daran. »Pferdesprecher«, sagte er. »Ich *bin* ein Pferdesprecher, was eine wahre Gabe ist, eine Magie für sich, hier im Norden. Und doch habe ich nicht mehr aus mir gemacht als die Huren, die sich an den Mann verkaufen, der bereit ist, den Preis zu zahlen. Ich bin die Hure, *ich* bin die Hure, weil ich mit Diebstahl und Betrügereien handle und die Augen verschließe, wenn nur der Gewinn stimmt. Und selbst aus *Mord* Gewinn ziehe.« Seine Augen waren fest auf mein Gesicht geheftet. »Ich bin ein wertloser Mann. Ich habe meine Gabe beschmutzt.«

Ich seufzte erschöpft. »Schwerttänzer, Pferdesprecher ... glaubt Ihr wirklich, daß das einen Unterschied macht? Keiner von uns ist rein.«

Garrod starrte mich verwirrt an, in seinen eigenen Gedanken verloren. Und dann stieß er mich ohne Vorwarnung zur Seite, trat zu Del und kniete sich vor sie hin.

»Ich habe niemals einen Mann getötet, der nicht zuerst versucht hat, mich zu töten, und auch keinen völlig unschuldigen Mann. Niemals eine Frau oder ein Kind. Ich habe Pferde von Ajani angenommen, um sie zu verkaufen. Ich habe ihm im Gegenzug Pferde verkauft. Ich habe sein gestohlenes Geld genommen und Gewinn daraus geschlagen und mich als klug bezeichnet. Aber ich bin ein Pferdesprecher. *Pferdesprecher.* Kein Mörder. Kein Räuber. *Nicht* Ajanis Mann.«

Seine Zöpfe schleiften über den Teppich. Er wartete auf ihre Antwort.

Del sah ihn auch an. »Spielt es eine Rolle, was ich denke?«

Garrod senkte den Kopf.

Ihr Lächeln war sehr schwach. »Ihr braucht es genauso wie ich.« Dann, sehr sanft, berührte sie seinen Scheitel. Ich weiß nicht, was sie noch sagte, denn sie sagte es in Hochlandnordisch, aber Garrod schien damit zufrieden. Er erhob sich und verließ die Höhle.

Ich fühlte mich noch immer wacklig, zu wacklig, um zu stehen. Der Traumgesang war, wie man uns vorhergesagt hatte, unglaublich schmerzhaft gewesen. Nicht körperlich, sondern seelisch, was manchmal der schlimmere Schmerz sein kann, obwohl die Menschen dies selten erkennen. Gefühle gehören den Frauen.

Ich saß zusammengekauert auf den Teppichen und sah Del an. Dann arbeitete ich mich langsam zu ihr vor und wandte mich zur Seite, um mit dem Rücken an der Wand auszuruhen. Um schweigend neben ihr zu sitzen, nichts zu geben und nichts zu nehmen. Zusammenzusein war genug.

Kurz darauf rührte sie sich. Zog die Decke vom Körper und bot mir eine Ecke davon an. Ich nahm sie. Rückte näher heran, so daß sich unsere Hüften und Schultern berührten. Verlagerte das Gewicht auf Beine und Schoß. Schweigend teilten wir die Heftigkeit unserer Gesänge und wußten, daß dazu keine Worte nötig waren.

Schließlich ließ Del den Kopf zur Seite sinken und lehnte ihn an meine Schulter. Das Gewicht war unbedeutend, doch das Vertrauen, das diese Geste enthielt, war überwältigend. Es berührte unverarbeitete Gefühle und ließ sie als Reaktion erzittern.

Ruhig sagte sie: »Ich dachte, es wäre Ajani. Ich dachte, es wären die Todesfälle.«

Ich runzelte die Stirn, denn das hatte auch ich gedacht. Beide hatten die Frau von einem Mädchen zu einem Schwerttänzer umgeformt. »Also was war es, Bascha?«

»Als ich meinen *An-Kaidin* getötet habe.«

Also. Das bedeutete mehr an Dels Narben. Das reichte tiefer, als selbst ich es vermutet hätte.

»Dieser Gesang ...«, begann ich, aber Dels Tonfall ließ mich verstummen.

»Es war leicht«, sagte sie. »*Leicht*. Ich dachte, es würde hart werden. Ich dachte, es *sollte* hart sein ... Aber es war leicht, Tiger.«

Kurz darauf nickte ich. »Die Mechanismen des Todes sind nicht so schwierig, wenn man angemessen ausgebildet wurde. Du warst es. Also denke ich ...«

Dels Kopf rollte leicht gegen meine Schulter. »Ich meine nicht die *Mechanismen* des Todes. Ich meine den Tod selbst. Als ich das Leben des *An-Kaidin* nahm. Als ich ihn in mein Schwert nahm.« Sie hielt inne. »Als Boreal mein wurde, wirklich mein, wie es ein *Jivatma* werden muß ... ein blutdurstiges, wahres *Jivatma*.«

Ich konnte nicht viel von ihrem Gesicht sehen. Das meiste war von Haar verdeckt. Aber ihr Tonfall sagte mir mehr als genug. »Bascha ...«

Sie unterbrach mich jedoch erneut. Sie setzte sich auf, warf die Decke von uns beiden und kam schwankend auf die Knie. Ein schneller Blick in meine Richtung sagte mir, ich solle ruhig sein. Ich blieb ruhig. Und Del zog ihr Schwert.

Aus der Höhle klang es. Es *sang* wie ein Canteada. Und ich erkannte in diesem Moment, daß die Welt aus Musik gemacht war. Lebensgesang, Todesgesang, Traumgesang. Der personifizierte Kreislauf.

»Schwertsänger«, sagte ich.

Del bewegte sich ruckartig, hielt das Schwert fest. Wandte den Kopf, um mich über die Schulter hinweg anzusehen.

»Schwertsänger«, wiederholte ich. »Der Tanz erfordert einen Gesang.«

Delilah begann zu lächeln.

»Genau das tust du, nicht wahr?« fragte ich. »Ansingen. Dein Schwert. Deinen Gegner. Deine Götter. Um der Welt Tribut zu zollen.« Ich nickte bedächtig. »Ich erinnere mich an die Worte des alten Mannes ... des alten Nordbewohners in Harquhal, der dir Leder, Felle und Baumwolle verkaufte.« Ich nickte erneut. »Er hat dir geraten, gut zu singen.«

Del sog den Atem ein. »Kein Tanz wird schweigend getanzt.«

»Und daher stimmst du auch dein Schwert.«

»Teilweise«, stimmte sie zu. »Es gehört mehr dazu als nur das, aber ja ... Der wahre Name, der Gesang — alles ist erforderlich.«

»Und ich vermute, es muß ein besonderer Gesang sein, wie auch der Name. Ein persönlicher Gesang? Etwas, das niemand anderer kennst?« Ich runzelte die Stirn. »Aber das ergibt keinen Sinn, Bascha. Wenn dich jemand singen hört, ist der Gesang nicht mehr geheim.«

Del wandte sich um und hielt noch immer das Schwert fest. Und sie kniete noch immer. Und dann schob sie die Füße unter das Gesäß, setzte sich auf und legte das *Jivatma* über die Oberschenkel. Eine Hand am Heft. Eine Hand an der Klinge. Mit unendlicher Sanftheit.

»Man gestaltet einen neuen«, sagte sie, »jedesmal. Du berührst dich selbst — was du bist, was du warst, was du sein kannst — und gestaltest daraus einen Gesang. Er ist dann genausosehr du wie deine Hand am Heft, aber aus einer tieferen Ebene gezogen. Von derjenigen, die du vielleicht niemals erkennen wirst.« Hinter

Schmutz, Blut und zerzaustem Haar war das makellose Gesicht schwermütig. »Du singst dich selbst in das Schwert, bis das Schwert ein Teil von dir wird.«

»Warum macht man sich dann die Mühe, es in Blut zu tränken?« fragte ich. »Warum dieser ganze Unsinn, es in Blut zu tränken, indem man einem ehrenwerten Feind das Leben nimmt?« Ich richtete mich ein wenig auf und runzelte die Stirn. »Was geschieht, wenn der Feind nicht ehrenwert ist? Was geschieht, wenn man töten muß, bevor man dazu bereit ist?«

Dels Stimme klang fest. »Ein Schwert fordert Blut. Das erste Blut ist ein Teil des Rituals, es ist ein Ritual des Übergangs.« Sanft betastete sie die Klinge. »Ein Junge wird zum Mann. Ein Mädchen wird zur Frau. Ein Schwert wird zum *Jivatma*. Bis dahin ist es nicht vollständig.«

»Du hast keinen Feind getötet. Du hast statt dessen einen Freund getötet.«

Sie bewegte sich nur ruckartig. Aber dann sah ich Blut an ihren Fingern. Und Blut in die Runen laufen.

»Ich habe im Namen meines Bedürfnisses getötet«, sagte sie. »Ich habe meinen ehrenwerten *An-Kaidin* getötet und ihn in mein Schwert genommen.«

»Und bist du zufrieden damit?«

Sie schaute unverwandt auf die Klinge. »Ich mußte es tun.«

»Und bist du zufrieden damit?«

Ihre Hand spannte sich um das Heft. Die Sehnen standen unter der Haut hervor. »Es gibt Zeiten, da ich dieses Schwert hasse. Es gibt Zeiten, da ich mich selber hasse.«

»Bedauerst du, was du getan hast?«

Del sah mich offen an. »Nein«, sagte sie, »ich bedaure nichts. Und das erschreckt mich.«

Wir standen neben dem Lokikreis in der Dämmerung: Del, ich selbst, Garrod und die Grenzbewohner. Nebel sammelte sich über uns, lag am oberen Rand der Schlucht. Unten hing der Dunst an uns und machte unser Haar feucht. Meine Nase und meine Ohren waren kalt.

Massou riß sich von seiner Mutter los und rannte zu Del. »Es tut mir leid!« schrie er. »Es tut mir leid!«

Ich sah sie zurückschrecken. Ich sah sie schaudern. Ich sah sie gegen die Antwort ankämpfen, die ihn vielleicht zerstört hätte.

»Es tut mir leid!« rief der Junge und klammerte sich an Dels Körper. »Das war nicht ich, ich schwöre es ... das war nicht ich ... *das war nicht ich!*« Schluchzen schnitt weitere Worte ab, machte sie unverständlich.

Es war klar, daß sie alle davon wußten. Und sich alle erinnerten. Ciprianas Gesicht flammte rot auf. Sie konnte mich nicht ansehen. Adara war weniger gedemütigt, aber ich sah, wie schwer es auch für sie war, mir in die Augen zu sehen. Sie hatte die Hände in ihren Rock vergraben.

Ich schaute mich in der Schlucht um. Erneut waren die anderen Canteada verborgen und hatten den Meister des Gesangs zurückgelassen, damit er sie vertrat. Aber ich erinnerte mich an sie aus der vergangenen Nacht. Erinnerte mich an sie, wie sie mit den Kerzen und Wachsteinen aus der Dunkelheit schmolzen, um die Grenzbewohner durch Gesang zu befreien. Um die Loki in einen Kreis einzusperren, den ich nicht mehr öffnen könnte.

Solch ein zerbrechliches Gebilde, der Kreis. Oberflächlich gesehen so vergänglich. Glatte, abgerundete Steine, die in der Mitte der Schlucht, nicht weit von der Höhle des Meisters des Gesangs, zu einem sorgfältigen Kreis ausgelegt waren. In ihm wohnten Loki. Daeva. Shedu. Rakshasa. Die Dämonen aus Kindheitsträumen.

»Wir müssen gehen«, sagte ich. »Wir können nicht hierbleiben. Dies ist ein Ort des Friedens, und wir haben den Gesang gestört.«

Ich spürte Dels Blick. Nun, ich war genauso überrascht. Aber ich wußte, daß meine Worte stimmten.

»Was ist mit uns?« fragte Adara sanft. »Ich weiß, daß Ihr weiterziehen müßt, aber was sollen wir tun? Wie Ihr bereits sagtet, können wir nicht hierbleiben.«

Garrod stand direkt hinter Del, deren Gesicht frisch gewaschen war, aber noch immer bläuliche Prellungen zeigte. Seine Lider waren gesenkt und verbargen helle Augen. Aber sie hoben sich, flackerten, öffneten sich. Er sah die Grenzbewohner an. »Ich werde euch mitnehmen«, sagte er.

Ciprianas Kopf fuhr herum. Sie sah ihn überrascht an.

Massou hing noch immer an Del. »Könnt Ihr uns nicht mitnehmen?«

Ich sah deutlich, daß sie sich unbehaglich fühlte bei der Erinnerung an den Loki-Massou. Unter Mühen hielt sie die Stimme ruhig und entzog sich ihm nicht. »Nein«, sagte sie ruhig und berührte das zerzauste blonde Haar. »Nein, ich muß weiterziehen. Ich habe etwas zu erledigen.«

Adara sah Garrod an. Hoffnung lag in ihren grünen Augen, aber auch eine Spur Verwirrung. Und ich erinnerte mich daran, daß Garrod ihnen ziemlich fremd war, da er nur die Loki in ihnen gekannt hatte.

Der Pferdesprecher schaute zu mir herüber. »Ich übernehme die Verantwortung.«

Ich hob die Augenbrauen. »Könnt Ihr das?«

Die narbige Lippe verzog sich leicht. »Nach dem Traumgesang, ja. Und ich denke, es ist an der Zeit, daß ich es tue.«

Adara glättete ihre Röcke. »Wir gehen nach Kisiri.«

Garrod lächelte leicht und warf Cipriana einen flüchtigen Blick zu. »Nach Kisiri geht es lange Zeit aufwärts, aber das Hochland ist meine Heimat. Ich werde Euch sicher hinbringen.«

Ich gebe es zu: Ich war erleichtert. Del und ich konnten ganz einfach nicht die Zeit erübrigen, die Grenzbewohner zu begleiten, aber wir konnten sie auch nicht zurücklassen, ohne uns um ihr Wohlergehen zu sorgen. Nun wollte Garrod es für uns tun. Das wäre für uns alle gut.

Cipriana schaute zu ihm zurück. »Wir haben keine Pferde.«

Zopfperlen klimperten, als der Pferdesprecher lachte. »Überlaßt das mir. Ich kenne Mittel und Wege, um an Pferde zu kommen.«

»Durch Betrügerei?« fragte ich. »Die Canteada reiten nicht. Hier gibt es keine Pferde zu stehlen.«

Eiswasseraugen taxierten mich, und ich wandte mich ab. Aber das Lächeln erschien erneut. »Der Meister des Gesangs hat mir letzte Nacht erzählt, daß es einen halben Tag in Richtung Süden eine Ansiedlung gibt. Ich habe vor, die Pferde zu *kaufen*, Südbewohner... mit dem Geld, das Ihr uns leihen werdet.«

»Euch *leihen*...«

»Oder geben«, sagte Adara sanft. »Ihr habt versprochen, uns ein Pferd und einen Wagen zu kaufen, um zu ersetzen, was wir verloren haben.«

»Ja«, sagte Del, »das hast du versprochen.«

Ich sah sie stirnrunzelnd an. Griff hinab, um meinen Münzbeutel hervorzuziehen. Zählte die Münzen ab und gab sie Garrod.

Adaras Hand schoß vor. »*Ich* werde das Geld aufbewahren.«

Der Pferdesprecher sah aus, als hätte er in etwas Saures gebissen. Zähneknirschend reichte er Adara die Münzen. Sie band sie in ihre Tunika, während Del zustimmend nickte.

Vertraue einer Frau, die das Geld haben will. Die Frau ist es, die es immer ausgibt.

»Ich werde den Hengst holen«, sagte ich und hörte ihn in der Ferne wiehern.

Ich glaube, er war glücklich, mich zu sehen. Mit Sicherheit erfreut, seine Nase in meinen Nacken zu stoßen und Schleim zu versprühen. Ich fluchte, schob die Nase fort, zog den Pfahl aus dem Boden. Wandte mich um und sah Cipriana.

Ihr Gesicht war hochrot. Sie umfaßte sich in der Taille und schaute zu Boden, wollte sprechen, konnte es aber eindeutig nicht.

Der Hengst streckte die ewig fordernde Nase vor. Berührte ihr Gesicht, rieb darüber. Und schnaubte sie dann an.

Cipriana war wenig erfreut und wischte sich mit dem Unterarm über das Gesicht. Ich schob den Hengst fort und wußte dann plötzlich, was nicht stimmte.

Nein. Was *stimmte.*

»Die ganze Zeit«, sagte ich erkennend. »Die ganze Zeit ... wußte *er*, daß etwas nicht stimmte. Erinnerst du dich?«

Cipriana schaute nur und rieb sich noch immer über das Gesicht.

»Er hat Massou gebissen«, sagte ich, »und war in deiner Nähe immer unruhig. Der Hengst wußte, was falsch war. Garrod sagte mir das auch. Er konnte mir nur nicht erklären, was oder warum es war.«

Als wolle er mir recht geben, schlich sich der Hengst seitlich an Cipriana heran. Das Mädchen kam näher zu mir, fing sich dann und sprang zurück. Röte stieg in ihr Gesicht.

Ich schlug den Hengst auf die Nase, aber nur halbherzig. »Es ist in Ordnung«, belehrte ich sie. »Ich werfe dir nichts vor — es war nicht dein Fehler. Du hattest nichts damit zu tun.«

»Aber — die ganzen Dinge, die ich gesagt habe.« Das Mädchen konnte kaum sprechen. »Die Dinge, die ich gesagt und getan habe ...«

»Das warst nicht du«, wiederholte ich. »Nicht du, nicht deine Mutter, nicht Massou.«

»Aber — ich *mochte* Euch. Wirklich.« Sie klang überrascht, was mich ein wenig verstimmte. »Und dann habe ich mich derart dumm benommen, als ich diese Dinge gesagt und getan habe ... als ich versucht habe, Euch dazu zu bringen ... mich zu *wollen*.« Die Röte überzog ihren Hals. Ich sah, wie ein aus Scham entstandener Schweißfilm ihr Gesicht bedeckte. »Ich habe mich wie ein Wirtshausmädchen aus Harquhal benommen, das sich für Geld verkauft.«

»Du hast dich wie eine Frau verhalten, die einen Mann will«, belehrte ich sie offen. »Cipriana, du bist jung, aber nicht so jung. Du mußt dich wegen nichts schämen. Bald wird der Tag kommen ...« Ich dachte plötzlich an Garrod. »... vielleicht eher, als du denkst, da ein Mann diese Gunst erwidert ...« Jetzt dachte ich an ihre Mutter. »... wenn du erst verheiratet bist.«

Schüchtern lächelte Cipriana. »Das hat meine Mutter mir auch gesagt.«

»Dann solltest du vielleicht auf sie hören. Sie hat es nicht so schlecht gemacht.« Ich wandte mich um und ging langsam zurück zu Del. »Mach dir niemals selbst Vorwürfe, Cipriana. Nicht wegen ehrlicher Gefühle. Es ist besser, sie laut auszusprechen.«

Zurückhaltend hob sie eine Augenbraue. »Und sprecht Ihr sie Del gegenüber aus?«

Ich seufzte ergeben. »Wahrscheinlich nicht genug.«

Sie paßte sich meinem Schritt an. Hielt mir dann etwas hin. »Ich will es nicht«, sagte sie. »Es gehörte Rakshasa, niemals mir.«

Ich nahm es. Schaute es an: eine Kette aus massiven Steinen, rotbraun auf meiner Handfläche. Glattgerieben von Jahren des Tragens.

In Gedanken sah ich Dels Hals. Sah mich selbst, wie ich ihr die Kette umlegte, wie sie sie ihrer Mutter umgelegt hatte.

Cipriana lächelte. Und rannte dann voraus zu *ihrer* Mutter.

31

Die Hunde hatten sich um uns aufgestellt. Ich hatte vergessen, wie abstoßend sie waren.

Der Hengst war naturgemäß weniger glücklich mit der Umzingelung durch die Hunde. Er erinnerte sich zu gut an die Bisse und Kniffe und Kratzer, die er von ihnen schon erhalten hatte. Er stampfte und scharrte und schnaubte in dem Versuch, sie zum Verschwinden zu bewegen.

»Hoolies«, sagte ich, »was *jetzt*?«

Del saß hinter mir auf dem Hengst, die Hände im Leder festgekrallt. Da wir nur an die Reise gedacht hatten, hatten wir die Schlucht ebenso wie den Wachgesang weit unter uns gelassen und vergessen, daß der Gesang das einzige Mittel gewesen war, die Hunde in Schach zu halten.

»Dies«, antwortete sie ruhig und betastete ihre baumwollene Tunika.

Ich wandte mich nicht um, um nachzusehen, denn ich wollte meine Aufmerksamkeit nicht von den Hunden abwenden. Daher sah ich nicht, was sie tat. Ich wußte nur, daß wir im einen Moment von weißäugigen Bestien umringt und im nächsten Augenblick wieder unbehelligt waren. Sie waren geflohen wie gebissene Köter.

Nun drehte ich mich ein wenig. »In Ordnung, Bascha ... was tust du?«

Sie zog sich etwas über den Kopf und hielt es mir hin. Ich nahm es: ein dünnes Lederband und ein winziges Metallröhrchen, das in dem schwachen nebligen Sonnenlicht silbern glitzerte.

»Dies?« fragte ich mißtrauisch. »Was zu den Hoolies ist das?«

»Etwas von den Canteada.« Sie trat dem Hengst in die Seiten, drängte ihn vorwärts, obwohl sie *hinter* dem Sattel saß. Das brachte mich dazu, mich aufzusetzen und hinzuschauen.

»Hey ...« Ich zügelte den Hengst über Hüpfen, Hopsen und Springen zu einer geziemenderen Gangart, wobei ich noch immer den Gegenstand am Lederband betrachtete. Es war hohl. Ein Ende war offen. In einer Seite war ein Loch. »Eine Pfeife?«

»Der Meister des Gesangs hat gesagt, sie halte die Hunde fern.«

»Aber sie vertreibt sie nicht.«

»Nein. Sie scheinen unter einem Bann zu stehen oder einer anderen Art von Bindung unterworfen zu sein. Sie werden uns wahrscheinlich folgen, aber zumindest müssen wir uns keine Gedanken darüber machen, daß sie uns zu nahe kommen.«

»Das gefällt mir nicht«, sagte ich.

Del seufzte. »Gefällt dir jemals irgend etwas?«

Ich antwortete prompt. »Ein Schwert, ein Kreis, eine gute Frau. Das heißt, ein *südliches* Schwert — ich könnte ohne dieses auskommen.«

»Und eine südliche Frau?«

Ich führte den Hengst zwischen den Bäumen hindurch und streifte mir das Pfeifenband über den Kopf. Ich habe niemals einen Vorteil ausgeschlagen, gleichgültig, von welcher Seite. »Südliche Frauen«, sagte ich ruhig, »können einige Punkte zu ihren Gunsten verbuchen. Sie sind zum Beispiel fügsamer. Man muß sich keine Gedanken darüber machen, daß sie anmaßend werden, wenn man sie um etwas bittet. Und sie sind sehr tüchtig in der Hausarbeit, im Kochen und Saubermachen und in der Hingabe an die Belange eines Mannes. Und sie wissen, wie man einen Mann erfreut, im Bett und außerhalb, da sie dazu erzogen werden und wissen, was ein Mann braucht.«

Del war für einen langen nachdenklichen Moment

still. Ich grinste über die Ohren des Hengstes hinweg und wartete auf ihre Antwort.

»Wenn südliche Frauen so wunderbar sind«, sagte sie schließlich, »warum sind südliche Männer dann so schnell damit bei der Hand, *nördliche* Frauen zu stehlen?«

Mein Grinsen verschwand. Schließlich sagte ich: »Wahrscheinlich weil sie anders sind. Im Aussehen, in den Gebräuchen, in der Persönlichkeit.«

»Was bedeuten *könnte*, daß südliche Männer tatsächlich Frauen mit mehr Unabhängigkeit und Geist bevorzugen.«

»Das könnte sein«, stimmte ich vorsichtig zu, »aber ich habe noch nie von einem südlichen Mann gehört, der eine streitsüchtige Frau will.«

»Es gibt einen bedeutenden Unterschied«, sagte Del, »zwischen einer streitsüchtigen Frau und einer unabhängigen.«

»Nur Frauen, die wahrhaft unglücklich sind, sehen da einen Unterschied«, konterte ich. »Ich könnte wetten, wenn du die meisten südlichen Frauen fragen würdest, welchen Lebensstil sie bevorzugen, zögen sie den südlichen dem nördlichen vor.«

»Vielleicht«, stimmte sie lässig zu, »zunächst, weil sie ihn kennen ... aber nur bis sie die Möglichkeit hätten, unsere Freiheit zu erfahren.«

»Nicht, wenn sie ihre Männer aufgeben müßten.«

»Ein *wahrer* Mann fühlt sich von einer unabhängigen Frau nicht herausgefordert.«

»Wie willst *du* wissen, wovon sich ein wahrer Mann herausgefordert fühlt oder nicht?« fragte ich streitlustig. »Wenn du so nahe an meinem Rücken sitzt, *kann* ich dich beim besten Willen für keinen Mann halten. Und was das für mich bedeutet, kannst du nicht wissen.«

Del rückte ein Stück ab, was ich nicht beabsichtigt hatte. »Ich weiß es wohl«, antwortete sie störrisch, »und ich kann es dir beweisen, indem ich dir eine einfache

Frage stelle: Fühlst du dich durch mich herausgefordert?«

O *Hoolies*, sie ist so gut darin, Fallen zu stellen.

»Nun?« Del wieder.

»Viele Männer wären ...«

»Bist *du* es?«

»... und wahrscheinlich aus gutem Grund. Du bist vielleicht die Phantasie eines Mannes, aber nicht die Art Frau ...« Da brach ich ab, weil die Fallgrube noch tiefer wurde.

»Tiger, beantworte meine Frage. Fühlst *du* dich von mir herausgefordert?«

»Wenn ich ja sagen würde, würde ich lügen. Aber wenn ich nein sagen würde, klänge ich wie ein eingebildeter Narr.«

»Das hat dich früher nie gestört.«

Del war so nett. »Nein, ich fühle mich nicht von dir herausgefordert.«

»Was bedeutet, daß ein *wahrer* Mann Unabhängigkeit bei einer Frau hinnehmen kann.«

Daran hatte ich ein wenig zu kauen. Ich bin in bezug auf Frauen nicht so dumm, daß ich all ihre Schmeicheleien glaube, hintergründig oder nicht.

»Nun«, sagte sie, »welche Art Frau bin ich nicht?«

Hoolies. Sie hatte es bemerkt.

Ich seufzte. »Nicht die Art von Frau, die Südbewohner heiraten.«

»Nur die Art, von der sie träumen ... wenn sie vor lauter Torheit noch Raum für Vorstellungen haben.«

»Nun, Del ...«, seufzte ich erneut und gab es auf. Es war den Streit nicht wert. »Natürlich träumen Südbewohner. *Alle* Männer träumen. Und ich würde glatterdings wetten, daß nordische Männer von südlichen Frauen träumen.«

»Ich beschäftige mich nicht mit Träumen«, sagte sie schroff. »Wenn Männer Frauen in der *Wirklichkeit* unterdrücken, dann mache ich mir Sorgen.«

»Der Norden und der Süden sind zwei unterschiedliche Gegenden, Del ... mit unterschiedlichen Leuten, unterschiedlichen Gebräuchen, unterschiedlichen Göttern. Das eine Gebiet ist nicht besser als das andere ... sie sind einfach *unterschiedlich*.« Ich hielt inne. »Und überhaupt, woher kommt deine Begeisterung für die Unabhängigkeit der Frau?«

Sie antwortete nicht sofort. Als sie es dann tat, geschah dies mit seltsamer Stimme. »Überwiegend von meiner Familie«, sagte Del weich. »Meine Mutter war eine starke, energische Frau, die ihre Söhne dahingehend erzogen hat, das weibliche Geschlecht zu respektieren, und dies auch ihren Mann gelehrt hat. Ich war ihre einzige Tochter ... Ich wuchs auf und tat alle die Dinge, die meine Brüder und Onkel und mein Vater taten, selbst was den Gebrauch von Messer und Schwert und die Kenntnis betrifft, wie ein Mann zu kämpfen. Aber erst in Staal-Ysta lernte ich, ich selbst zu sein. Dort lernte ich, eine *Persönlichkeit* zu sein, statt männlich oder weiblich.«

Staal-Ysta. Ich erinnerte mich dieses Namens von Garrods Erwähnung her. *Fragt sie*, hatte er mir geraten. *Fragt sie nach Staal-Ysta*. Also tat ich es.

Del antwortete nicht sofort. Und da ich mit dem Rücken zu ihr saß, konnte ich ihren Gesichtsausdruck nicht erkennen. Allein an der Anspannung ihres Körpers, der notgedrungenerweise dem meinen sehr nahe war, ermaß ich ihre Reaktion.

Schließlich fragte ich erneut.

»Ein Ort der Schwerter«, sagte sie schließlich. »Das ist die Bedeutung der Worte.«

Ziemlich poetisch, dachte ich. Und auch eindringlich, wenn man ein Schwerttänzer war. Ich mochte das Bild, das diese Worte heraufbeschworen.

Aber Garrod hatte nicht gemeint, ich sollte sie wegen des Namens befragen. »Was bedeutet: *eine Klinge ohne Namen?*«

Del versteifte sich hinter mir. Nur wenig, aber ich fand es nichtsdestotrotz bemerkenswert. »Wo hast du das gehört?«

Ich hätte lügen können. Aber ich tat es nicht. Es schien eine leidlich aufrichtige Frage. »Garrod. Er war ärgerlich ... aufgebracht wegen der Pferde. Er sagte etwas ...« Ich hielt inne, runzelte die Stirn. »... etwas über dich: daß du eine Klinge ohne Namen seist.« Ich zuckte die Achseln und dirigierte den Hengst. »Er sagte, es habe mit Staal-Ysta zu tun.«

»So ist es.« Ihre Stimme klang kühl.

»Etwas Geheimes, ich verstehe.«

»Eine Klinge ohne Namen bedeutet übersetzt Verstoßener, Geächteter, Wolfskopf«, erklärte sie. »Es bezeichnet etwas, das außerhalb der Ehrenkodexe der *Voca* liegt.«

»Vorzugsweise.«

»Vorzugsweise«, stimmte Del zu. »Jemand, der den Kodex nicht lernen *kann* oder die Ausbildung nicht beendet, wird lediglich nach Hause geschickt. Aber ein *An-Ishtoya*, der die letzte Ausbildungszeit, die ihn zum *Kaidin* machen würde, verweigert und sein Schwertkönnen dennoch benutzt, um Schaden zuzufügen, wird als Klinge ohne Namen angesehen.«

»*Du* bist nicht *Kaidin* geworden.«

»Nein. Aber ich habe mich entschieden, Schwerttänzer zu werden, was den Schülern ebenfalls erlaubt ist. Und ich lebe innerhalb des Kodex.«

Irgend etwas kitzelte mich im Bauch. »Wie nahe bist du dran, Del? Wie nahe bist du daran, den Kodex zu brechen?«

»Das ist eine Sache von Wochen«, sagte sie, ohne zu zögern. »Wenn ich Staal-Ysta nicht innerhalb von drei Wochen erreiche, um mich dem Urteil der *Voca* zu stellen, werde ich zur Klinge ohne Namen erklärt werden und kann dann von jedermann, der es versuchen will, getötet werden.«

Das hatte ich gewußt. Aber nicht die entsprechenden Begriffe. »Noch eines«, sagte ich. »Wird dein Gesang einmal enden?«

Zuerst sagte sie gar nichts. Und dann: »Halt das Pferd an.«

Ich tat es zunächst nicht. »Del . . .«

»*Halt das Pferd an!*« Ich bin nicht taub, sie war aufgebracht. Sie schrie nicht, aber das braucht Del auch nicht. Sie weiß, wie sie ihre Stimme gebrauchen muß. Dementsprechend hielt ich das Pferd an. Schaute mich um, als Del hinunterglitt, um im feuchten Laub stehenzubleiben. Sah das Eis in ihren Augen, aber auch das Lodern dahinter.

Hoolies. Jetzt hatte ich es getan.

»Del . . .«

»Steig ab«, sagte sie.

»Steig *auf*«, konterte ich. »Du selbst hast gesagt, daß du nur noch drei Wochen Zeit hast, bevor die *Voca* dich zur Geächteten machen können. Sollten wir nicht weiterziehen?«

Del zog ihr Schwert. »Steig ab«, sagte sie. In der Ferne heulten die Hunde.

Ich kratzte an meinen Bartstoppeln. Überlegte, auf den Streit einzugehen. Entschied mich dagegen. Dieser Ausdruck in ihren Augen riet mir, sie ernst zu nehmen und keine weitere Zeit zu verschwenden.

Ich schwang ein Bein hinüber und glitt von dem Hengst, wobei ich aber die Zügel in der Hand behielt. Es wäre nicht gut gewesen, ihn jetzt zu verlieren, nachdem wir schon zuvor zu Fuß gegangen waren.

Del stieß die Klinge in den Boden. Sie versank halb in den feuchten, vermoderten Schichten regengetränkter Blätter, glitt dann in den Schlamm und blieb stecken. Sie nahm die Hände von dem Heft.

»Ich kann die Schwüre nicht an dich abtreten«, sagte sie, »weil sie eine persönliche Sache sind. Aber ich habe sie auf die Seelen meiner ermordeten Verwandten geschworen, habe sie in mein eigenes Blut eingeschrieben, habe sie dem Runenmeister benannt, der sie in diese Klinge eingraviert hat.« Finger berührten die fremdartigen Zeichen, die vom Heft zur Spitze verliefen, wenn auch jetzt halb im Boden verborgen. »Diese Schwüre abzutreten würde mein Schwert, meine Ausbildung und meine Verwandten entehren. Glaubst du, das könnte ich tun?«

»Ich habe nur gefragt …«

»Du hast gefragt, ob mein Gesang einmal enden würde.«

»Nun, ja …«

»Ohne zu wissen, was es bedeutet.«

»Nun … ja …«

»Ohne zu wissen, was du gefragt hast.«

Und wieder ja. »Garrod hat gesagt, ich solle dich fragen.«

Ihre Stimme klang verbittert. »Und tust du immer das, was deine nordischen Fremden dir raten? Besonders einer, dessen eigene, persönliche Ehre höchst fragwürdig ist?«

Ich überhörte ihre Fragen. »Vielleicht hatte Garrod recht damit, mir diese Frage zu empfehlen.«

Ich nahm ihr den Wind aus den Segeln. »Was?«

»Er sagte, daß sogar ein Pferdesprecher aus dem Hochland von Staal-Ysta und dem Ehrenkodex der *Voca* weiß. Es schien ein Unterschied zu sein. Aber ich, als Südbewohner, weiß nichts über diesen Ort. Nichts über die Gebräuche.« Ich schaute Boreal an, dann wieder Del. »Wird dein Gesang einmal enden?«

Ihr Gesicht war weiß. »Du fragst das, ohne zu wissen, was du fragst?«

»Vielleicht wüßte ich es, wenn ich eine Antwort hätte.«

Del schaute auf ihr Schwert. Es war klar, daß ich sie in Aufruhr versetzt hatte, obwohl die Hinweise nur angedeutet waren. Del hat ihren Gesichtsausdruck gut in der Gewalt, aber ich habe gelernt, die Anzeichen zu lesen. Sie schaute auf ihr Schwert, als hoffe sie — oder erwarte es tatsächlich —, daß es ihr raten würde, was sie tun solle, aber letztendlich entschied sie alles selbst.

»Er wird es wissen müssen«, sagte sie finster, »auf die eine oder andere Art.«

Das war keine Antwort, die ich als ermutigend bezeichnen würde. »Del ...«

»Ich habe Schwüre geleistet«, sagte sie, »wie ich dir gesagt habe. Aber es sind Schwüre anderer Art als diejenigen, die man normalerweise leistet. Sie haben mit Staal-Ysta zu tun und damit, was es aus einem macht, was man wird, um ein *Jivatma* zu benennen.« Ihr Blick ruhte auf Boreal. »Ich zweifle nicht daran, daß du in deinem Leben Schwüre geleistet hast, Tiger, und sie sind so bindend, wie man es will ... Aber im Norden ist es anders. Und in Staal-Ysta noch anders. Die Bindung ist beständig, aus Blut, Stahl, Magie und dem Segen der Götter gemacht.«

»Nun, Del ...«

Sie hob ruhegebietend die Hand. »Ich gebe dir eine Antwort auf deine Frage. Sag niemals, ich hätte dich nicht gewarnt. Es ist mehr, als die meisten Leute bekommen.«

Ein Teil von mir wollte das Gespräch abbrechen, Unklarheiten verwirrten mich. Aber Del war eindeutig ernst, und zuzuhören würde nicht weh tun.

Zumindest dachte ich das. »In Ordnung, Bascha ... erzähl weiter.«

»Wenn du dir eine Aufgabe stellst, machst du dich zu einem Gesang. Und du singst ihn immer weiter, bis die Aufgabe erfüllt ist.«

Ich runzelte die Stirn. »Ich verstehe nicht.«

Dels Gesicht war ausdruckslos. »Meine erste Aufgabe war es, Jamail zu finden und ihn nach Hause zu bringen. Wie du weißt, schaffte ich es nicht. Dieser Teil des Gesangs war zerstört. Aber es bleibt noch immer ein anderer. Ein Blutgesang, Tiger ... ein *Todesgesang*. Meine Aufgabe ist es, Ajani und die Männer zu töten, die ihn begleitet haben. Bis das vollendet ist, kann mein Gesang nicht enden. Und ein Gesang ohne Ende ist überhaupt kein wahrer Gesang, sondern nur bedeutungsloser Lärm.«

In der Ferne bellten und heulten die Hunde. Ich sah mich um und blickte dann wieder zu Del zurück. »So ähnlich wie die«, sagte ich.

»Ja«, bestätigte sie, »aber für immer. Lärm ohne Sinn oder Ende.«

Ich nickte. »Es handelt sich demnach um einen Schwerttänzer außer Kontrolle. Einen Schwerttänzer ohne Sinn und Ehre.«

»Ich bin hart«, sagte Del. »Hart und kalt und grausam. Aber mein Gesang wird enden. Meine Klinge hat einen Namen.«

»Wieviel länger noch?« fragte ich. »Wenn die *Voca* dich für schuldig befinden und deine Hinrichtung anordnen, wird deine Aufgabe unvollendet bleiben. Dein Gesang wird niemals enden. Deine Schwüre werden alle gebrochen werden.«

»Nein«, sagte sie, »das werden sie nicht. Ich habe einen Pakt mit den Göttern geschlossen.«

Ich wollte lachen, aber ich tat es nicht. Del war zu ernst.

Ich deutete auf das Schwert. »Reinige das Ding und laß uns weiterziehen.«

32

Ich erwachte, weil ich fror und weil mir jemand ins Gesicht spuckte. Keine gute Art, den Tag zu beginnen.

Ich fluchte unter schweren Decken, hievte mich hoch, erkannte, daß der *Himmel* das Spucken besorgte. Nasse kalte Dinge fielen aus ihm heraus. Kein Regen, ich kannte Regen. Etwas wie klebriges Eis.

»Del!«

Sie wachte auf. Spähte schläfrig zu mir herüber. »Du läßt die Kälte herein.«

Das stimmte. Ich legte mich wieder hin, aber steif, die Decken wie eine Kapuze um meinen Kopf gezogen. »Del ... was *ist* dies?«

»Schnee.« Sie rückte näher heran, und ihr Haar verfing sich in meinen Stoppeln. »Warum — was war es deiner Meinung nach?« Als ich nicht antwortete, richtete sich Del auf einem Ellbogen auf und betrachtete mich genauer. Und dann begann sie zu lachen.

»Das ist nicht lustig«, murmelte ich. »Wie hätte ich das wissen sollen?«

Del lag neben mir ausgestreckt, die Füße mit meinen verschränkt. Ich spürte das Zittern ihres Lachens, hörte das Kichern, das sie zu unterdrücken versuchte.

Ich drehte mich unter den Decken zu ihr um. Kälte schnitt in die Falten ein, ließ freiliegende Haut frösteln und an den Rändern nördlicher Backenknochen rosarot werden. Ich streckte die Hand aus und strich ihr Haar zurück. Es war gut, sie lachen zu hören, sogar auf meine Kosten.

Ich zog die Decke von ihrem Kopf. Schnee klebte an

Haaren und Wimpern und wurde auf ihrem Gesicht zu Tröpfchen. Mit bloßen Händen berührte ich ihre Wange. »Wie lange ist es her, daß du zuletzt gelacht hast? So wie jetzt, meine ich, wirklich *gelacht*?«

Langsam verblaßte das Lächeln. Tränen der Belustigung trockneten in ihren Augen. Sie antwortete gar nichts, zu verdutzt über meine Frage. Ihr Gesichtsausdruck zeigte sowohl Vorsicht als auch Verwirrung.

Ihre Stimme klang seltsam. »Ich weiß es nicht.«

Ich zeichnete das dünne Band einer silbrigen Narbe nach, die die Haut auf einer Wange überzog. »Vor einer Woche standest du vor deinem Schwert und hast dich als hart und kalt und grausam bezeichnet, darauf eingeschworen, deine Familie zu rächen. Ich widerspreche nicht, manchmal bist du so. Aber du kannst auch anders sein. Eine Frau der Leidenschaft und des Lachens.«

Sie zuckte die Achseln. »Vielleicht irgendwann.«

Ich grunzte. »Eher, Bascha. Ich würde darauf schwören. Ich teile dein Bett, erinnerst du dich?«

Del seufzte. Wir sind keine Menschen, die sanfte Worte wechseln, denn wir werden zu sehr von anderen Dingen beherrscht. Sind zu fest in unseren Rollen gefangen und erlauben uns keinen Spielraum. Aber ich wäre ein Lügner, wenn ich sagen würde, daß ich nicht in Gedanken sanft bin. Wenn ich sagen würde, daß ich keine sanften Empfindungen habe. Und ich denke, Del geht es genauso.

Die Dämmerung war süß und still, bis auf das Geräusch des nahegelegenen Stromes, und von fallendem Schnee erfüllt. Es war kalt, aber wir froren nicht, da wir für den Moment von neuen Gedanken und Gefühlen gewärmt wurden und nicht über das Wetter nachdachten. Und dann senkte Del schneebereifte Lider, verschloß ihre Gedanken vor mir und wandte sich ein wenig ab.

»Nicht«, war alles, was sie sagte.

»Del, ich möchte dich nicht verletzen. Ich denke nur,

daß etwas zerbrechen wird, wenn du dich noch härter vorantreibst und dich noch stärker erschöpfst.«

Angespannt: »Es gibt Dinge, die ich tun muß.«

»Nicht auf das Risiko hin, dich selbst zu zerstören.«

»Das hat Ajani vor langer Zeit besorgt.«

Innerlich fluchte ich. Äußerlich schüttelte ich den Kopf. »Und daher hast du die wahre Delilah zu einer Frau umgestaltet, die sie nicht ist.«

»Die ich nicht bin«, wiederholte sie sanft. Kurz darauf schüttelte sie den Kopf. »Ich weiß nicht, wer ich bin oder nicht bin. Ich weiß nicht, wieso ich anderes *bin*, als ich sein sollte.« Del zog die Decken zurecht. »Ich bin nicht soviel anders als du.«

Ich erhob mich, nahm Harnisch und Schwert auf und stellte mich aufrecht, der Dämmerung entgegen, obwohl sie eher mir entgegensank. Solch eine weiche, sanfte Angelegenheit, die sich heranstahl wie die Zärtlichkeit einer Frau. Flocken fielen aus dem Himmel, ließen sich überall auf mir nieder, schmolzen oder klebten aneinander. Die Welt selbst war verwischt, weichgezeichnet von fallendem Schnee. Ich hörte nichts außer meinem eigenen Atem, während ich eine Dampfwolke ausstieß.

»Ich bin ein Mörder«, sagte ich. »Streif die netten Wörter ab, und die wahren kommen an die Oberfläche. Menschen heuern mich an zum Töten. Das ist es, was ich tue.«

Sie drehte sich um und sah mich an. Ihr Gesicht war vor Entsetzen bleich.

»Nicht immer«, sagte ich. »Manchmal hat der Beruf nichts mit Töten zu tun. Aber ich bin erfolgreich, weil ich töten *kann*, und die Leute wissen, daß ich es notfalls tun werde. Es ängstigt sie bis zur Fügsamkeit, bis zur Vergütung ... bis sie tun, was immer ich ihnen auftrage, denn ich werde angeheuert, um ihnen gewisse Dinge zu sagen. Ich ergreife keine Partei — oder zumindest nur selten. Meistens ergreife ich das Geld. Ich nehme das Geld, um zu tanzen.« Ich nahm das Schwert aus der Scheide. »Auf meine Art bin ich eine Hure, beherrscht von Habgier, nicht von Vergeltung. Aber ich glaube, ich bin glücklicher als du.«

Del schlug die Decken zurück und setzte sich auf. Schnee sammelte sich auf ihrem Kopf und ihren Schultern, lag auf ihrem Haar. »Warum erzählst du mir das? Was willst du damit erreichen?«

»Ich will nichts damit erreichen. Ich möchte nur, daß du erkennst, daß es eine häßliche Art von Leben ist, das du dir im Namen der Vergeltung zugewiesen hast.«

Dels Mund stand vor Erstaunen beinahe offen. »Du meinst, daß ich Ajani nicht verfolgen soll? Nach allem, was er *getan* hat?«

»Nun, das habe ich nicht gesagt, oder?« Ich wandte mich von ihr ab, fand einen Ast und zog damit einen Kreis. Der Schnee würde den größten Teil dieser Linie verdecken, aber das würde keine Rolle spielen. Wir würden wissen, wo sie war. In unseren Herzen, wenn nicht woanders. »Ich dachte nur, du solltest dir Raum geben, neben dem Schwerttänzer, der als Del bekannt ist, auch Delilah zu sein.«

Feuchtes Haar hing wirr an beiden Seiten ihres Gesichts herab. Sie schaute mich mit blinden Augen an, blockte geistig ab.

Ich richtete mich auf, warf den Ast beiseite. »Ich habe in meinem Leben genauso gut — oder besser — gehaßt wie jeder andere, vielleicht sogar wie du. Weil vieles davon nichts mit Leben zu tun hatte. Ich hatte niemals etwas — oder *jemanden* — zu verlieren, außer mich selbst. Ich bezweifle nicht, daß ich auch voller Haß wäre, wenn mir meine Familie und meine Unschuld auf die Weise genommen worden wären wie dir. Auch ich würde mich rächen wollen. Aber ich würde mir nicht gestatten, mich auf diesem Weg selbst zu zerstören.«

Dels Blick wurde schärfer. Sie runzelte leicht die

Stirn, dachte über meine Worte nach, stand auf und befreite sich vom Schnee.

»Eine Frau ist gefordert, stärker zu sein«, sagte sie ruhig. »Sogar im Norden, sogar in Staal-Ysta. Zäher. Stärker. *Besser* — wenn sie überhaupt als wertvoll angesehen werden will. Und so sind Opfer notwendig ...«

Ich ließ sie nicht weitersprechen. »Hat man diese Opfer gefordert? Oder hast du sie ganz einfach angeboten, sie selbst festgelegt?«

Del stand ganz still. »Ich weiß nicht«, sagte sie dumpf. »Ich kann mich nicht mehr daran erinnern.«

Es machte mich ärgerlich, daß sie so auf Haß und Rache fixiert war, daß sie sich selbst vergessen konnte. Ich stakste durch den Schnee zurück, um sie direkt anzusehen. »Sei du selbst«, sagte ich schroff. »Einfach *du selbst*, wer auch immer das sein mag ... Das ist es, was *ich* von dir will. Und wenn das bedeutet, durch zwei Länder zu jagen, um den Mann zu finden, der deine Familie getötet hat, dann soll es so sein. Ich mag ihn auch nicht besonders. Wenn es bedeutet, durch Graupel und Schnee und Bansheestürme zu gehen, werde ich es bereitwillig tun. Nicht gern, aber ich werde es tun. Es ist genug zwischen uns, um es zu tun, selbst wenn du es nicht zugeben willst. Aber wenn es bedeutet, daß du dich zu einem Zerrbild deiner selbst entstellst, weil das vermeintlich der einzige Weg ist, dann sage ich, daß es das nicht wert ist. Du verdienst etwas Besseres.«

Sanft sagte sie: »Ich habe Angst.«

»Das weiß ich, Bascha. Ich habe es die ganze Zeit über gewußt. Aber das macht dich nicht zu einem schlechten Menschen.« Ich lächelte, griff hinter ihre linke Schulter und zog ihr nordisches Schwert. »Tritt in den Kreis, Del. Laß uns das tun, was wir am besten können.«

Gute Idee, schlechte Ausführung. Ich bin nicht an Schnee gewöhnt. Und so bot ich eine klägliche Vorstellung und machte es Del leicht, aber am Ende erfüllte es seinen Zweck. Sie dachte an den Tanz, nicht an sich selbst, und er brannte die Spannung aus ihr heraus.

»Nein, *nein!*« stieß sie hervor, als ich eines ihrer komplizierten Handgelenksmuster durch meine zufällige Deckung hindurchließ. »Wenn du das in Staal-Ysta tust, wirst du *niemanden* beeindrucken.«

Ich grunzte und trat wieder zurück. »Ich wußte nicht, daß ich jemanden beeindrucken sollte. Wir wollen deinetwegen dorthin, erinnerst du dich? Nicht meinetwegen.«

Ihr Mund war schmal und grimmig verzogen. »Du bist der Sandtiger. Einer der größten Schwerttänzer des Südens. Wenn du denkst, du könntest nach Staal-Ysta kommen, *ohne* zum Tanz gefordert zu werden, dann bist du sandkrank.«

Einer der größten, nicht *der* größte ... Sie wußte wie immer, wie sie mich provozieren konnte. Ich schlug ihre Klinge zurück und parierte mit einem schneidenden Schlag, der, wenn er getroffen hätte, einen Arm an der Schulter getrennt hätte.

»Besser«, sagte sie zähneknirschend und sprang aus dem Weg.

Besser — ich war der *Beste.* »Wie lange wird diese Verhandlung vermutlich dauern? Ich meine, werden wir vor dem Frühling fertig sein? Wir müssen hier nicht überwintern, oder?«

Del bewegte sich vorsichtig, um meine Absichten zu erkunden. Es fiel noch immer Schnee, aber sanft, und er störte sie offensichtlich nicht. Aber *ich* hätte ohne ihn auskommen können. Ich mag es nicht, wenn die Beinarbeit durch Schneematsch zunichte gemacht wird.

»Vielleicht«, sagte sie leise, fast unhörbar.

»Vielleicht? *Vielleicht?* Du meinst — diese Sache könnte Monate dauern?« Ich ließ meine Deckung völlig fallen und blies den Tanz ab. »Was um alles in der Welt mußt du denn tun?«

»Ich weiß es nicht. Tiger, hör nicht auf. Du mußt lernen, wie man sich bewegt. Schnee, Schlamm und Schneematsch können den Tanz erschweren.«

»Ich tanze nicht!« schrie ich. »Ich begleite dich auf deinem Ritt, und das ist *alles*. Ich glaube, wenn mich jemand auffordern würde, an einer freundlichen kleinen Wette teilzunehmen, bei der es um einen Tanz geht, würde ich es tun, aber weiter geht es nicht. Ich bin kein Hund, der Männchen macht.«

»Nein, aber du bist mein Bürge.«

Ich erinnerte mich dunkel, solch einen Titel angenommen zu haben. »Ich sagte, ich würde dich bei der Verhandlung unterstützen.«

»Und wenn die Verhandlung ein Tanz ist?« Auch Del war stehengeblieben. Wir sahen uns über den Kreis hinweg an und trübten die Luft mit unserem Atem. »Hier im Norden werden solche Dinge oft im Kampf entschieden. Es gilt als das Ehrlichste.«

»Einen Moment! Willst du mir damit sagen, daß du mich den ganzen Weg hier herauf geschleppt hast, damit ich *für* dich kämpfe?« Ich starrte sie überrascht an. »Hoolies, Del, *du bist* sandkrank! Solange ich dich kenne, hast du mir die Ohren vollgetönt, daß du eine genauso gute Schwerttänzerin wie ein Mann seist — mich eingeschlossen —, und *jetzt* sagst du mir, ich müßte vielleicht an deiner Stelle tanzen?« Ich schüttelte den Kopf. »Welche Art Handel ist das?«

Del nickte grimmig. »Es hat nicht viel von einem Handel, nicht wahr? Aber vielleicht ist es der *einzig mögliche* Handel. Wer kann vorhersagen, was die *Voca* tun werden?«

»Du«, beschuldigte ich sie. »Ich habe diesen Blick in deinen Augen gesehen ... Du hast eine gute Idee.«

»Nein«, widersprach sie ruhig. »Jetzt zu deiner Beinarbeit ...«

»Zu den Hoolies mit der Beinarbeit, Bascha! Ich will wissen, was mir bevorsteht.«

Del schaute über den Kreis hinaus. »Ich *weiß* es nicht!« schrie sie. Dann, ruhiger: »Aber du hast gerade erneut gesagt, du würdest mit mir gehen, also denke ich, daß wir es zusammen herausfinden werden.«

Ich sagte etwas sehr Unfreundliches in der Wüstensprache, weil Del diese Sprache nicht verstand und weil ich sie wirklich nicht mit Schimpfworten belegen wollte, aber ich hatte das Gefühl, zumindest *etwas* tun zu müssen. Als dann also alles gesagt war, sah ich sie weiterhin stirnrunzelnd an. »Manchmal«, sagte ich, »*manchmal.*«

Del wartete mit hochgezogenen Augenbrauen.

»Manchmal«, murmelte ich erneut und trat aus dem Kreis.

»Wohin gehst du, Tiger?«

»Mir das Gesicht waschen«, antwortete ich. »Vielleicht macht mich die Kälte wach, damit ich weiß, daß alles ein Traum ist.«

Ich trottete hinunter zu dem vorbeieilenden Strom, steckte mein Schwert in die Scheide und kniete am schneebedeckten Ufer nieder. Ich hatte die Absicht, mein Gesicht ins Wasser zu tauchen, aber irgend etwas hielt mich davon ab. Irgend etwas sagte mir, daß es fürchterlich, entsetzlich kalt sein würde. *Zu* kalt, selbst wenn man wütend war. Ich hielt inne, dachte darüber nach und spürte dann das vertraute warnende Kribbeln in den Knochen.

»Magie«, stieß ich ungläubig hervor und fuhr herum, um Del zu warnen.

Unglücklicherweise kam die Magie von hinten. Vom Wasser. Sie griff hinauf und zog mich nach unten.

Der Fluß war nicht tiefer als zwei und nicht breiter als drei Fuß. Aber plötzlich fühlte er sich wie ein Fluß an, der Hochwasser führt. Er zog mich in die Tiefe.

Ich fror natürlich, denn ich war im Handumdrehen durchnäßt. Ich hatte auch Angst und war ärgerlich. Was, zu den Hoolies, hatte mich? Und was konnte ich dagegen tun?

Ich rief gurgelnd Dels Namen. Wußte, daß sie es niemals hören könnte, aber sicherlich würde sie mein Platschen hören. Ich trat wie ein Danjac um mich und versuchte den Kopf über Wasser zu bringen, um wieder atmen zu können.

Hände waren bei mir. Einen kurzen Moment lang dachte ich, sie gehörten Del, die zu meiner Rettung gekommen sei, und dann erkannte ich, daß die Hände an meiner Vorderseite waren, nicht an meinem Rücken, und mich weiter nach *unten* zogen.

Das kann nicht wahr sein, dachte ich. Der Fluß ist nicht tief genug.

Hände zogen mich abwärts.

Hoolies, nicht so ... ich bin ein Mann der *Wüste* ...

Und dann bemerkte ich, daß das Wasser warm war. Unglaublich warm. Wie auch die Hände, die sich in meinem Haar verfingen. Die Finger, die sich durch meinen Bart wanden. Mein Gesicht zu ihrem zog ...

Zu ihrem?

Hoolies, ich bin sandkrank geworden. Oder doch nicht? Eine *Frau* schaut mich an ... eine Frau mit grauen Haaren und grauen Augen, jung, nicht alt, aber völlig grau, grau und bleich weiß, aber die Lippen sind karmesinrot.

Hoolies, ich *bin* sandkrank!

Und dann ergriff mich plötzlich etwas an den Haaren und zog mich aus dem Wasser.

Es tat weh. Ich schrie, kämpfte, planschte, wurde mit einem weiteren Ziehen an meinen Haaren belohnt.

»Komm heraus!« schrie Del. »Komm *jetzt* aus dem Wasser heraus!«

Nun, ich versuchte es. Aber das tat auch die andere Frau, die heraufreichte, um meine Hände zu ergreifen.

Hoolies, *zwei Frauen?*

»Es ist eine Wassernymphe!« rief Del. »Tiger ... befrei dich von ihr! Sie wird dich ertränken, wenn du aufgibst!«

Rote Lippen lächelten mich an. Graue Augen schauten flehend in meine. Nasses Haar verwickelte sich in Knoten um meine Handgelenke.

Del zog noch fester. »Komm da *heraus!*« kreischte sie.

Hoolies, die eine Frau wollte mich ertränken, die andere riß mir die Haare aus.

Die Haare waren wie Draht um meine Handgelenke. Ich versuchte mich herauszuwinden, aber es gelang mir nicht. Ich stieß mich zur Seite, als Del gerade fester zupackte. Ich landete mit dem Gesicht im Schnee, während mein restlicher Körper noch immer im Wasser war.

Eine Hand war frei. »Messer«, krächzte ich und spürte, wie Del mir ihr Messer in die Hand drückte. Schnell durchschnitt ich die Haare, die mein rechtes Handgelenk fesselten, und fühlte die Spannung nachlassen.

»Steh auf«, sagte Del, »weg von hier. Sie kann dich noch immer erreichen.«

Ich zog mich auf die Knie, auf die Füße, taumelte zwei Schritte, stolperte, stand auf und rannte weiter. Und fiel erschöpft wieder hin.

»Das ist weit genug«, sagte Del. »Gib mir die Haare, Tiger.«

Ich konnte nur atmen. Ich hielt den Arm hoch, spürte, wie sie mir das Haar vom Handgelenk streifte. Und beobachtete laut hustend, wie sie es ins Feuer warf.

Ich dachte, das Wasser werde die Flamme löschen. Aber einen Moment lang brannte es besonders hell, rot wie Blut, und dann zerfiel das Haar in Nichts und hinterließ einen beißenden Geruch.

Ich atmete keuchend ein. »Was zu den Hoolies *war* das?«

»Eine Wassernymphe«, belehrte sie mich. »Sie wollte dich für sich. Dummerweise hätte sie dich ertränkt. Das ist die einzige Möglichkeit, wie sie dich hätte behalten können.«

»Behalten — für welchen Zweck?«

Del zuckte die Achseln. »Für einen Zweck, den die

meisten einsamen Frauen ersehnen … Sie wollte einen eigenen Mann.«

Ein Husten verzerrte meinen wütenden Gesichtsausdruck des Entsetzens. Ich war naß und fror und zitterte. Wenn ich nicht aufpaßte, würde ich erfrieren. »Dieses — *Ding* — wollte mich behalten?«

»Die Legende sagt, daß die Wassernymphen, die immer weiblich sind, eine menschliche Seele erlangen können, wenn sie von einem menschlichen Mann geschwängert werden.« Sie zuckte die Achseln. »Ich vermute, sie wollte eine Seele.«

Ich spähte aus schmerzenden Augen zu ihr hinüber. »Du bist diesbezüglich schrecklich gelassen.«

»Sie wollte nicht *mich*.«

Ich versuchte mich aufzusetzen und versagte. »Zuerst die Loki und jetzt das. Ist so der Norden? Voll von enttäuschten weiblichen Geistern?«

Del brach in lautes Lachen aus, unterdrückte es dann, aber die Belustigung blieb in ihren Augen sichtbar. »Und nun«, sagte sie sanft, »werde ich ein Feuer anzünden. Du ziehst dich aus und schlüpfst unter die Decken. Ich komme zu dir und lege mich neben dich.«

»Zumindest bist du *menschlich*«, krächzte ich. »Hoolies, *ich hasse diesen Ort*.«

Aber zumindest hatte es aufgehört zu schneien.

33

Tage vergingen. Ebenso der Sturm, dem aber ein weiterer auf den Fersen folgte. Genau wie die Hunde uns folgten.

Sie waren immer irgendwo dort draußen und schlichen zwischen den Bäumen umher. Die Wachpfeife hielt sie fern, aber sie vertrieb sie nicht. Das machte uns reizbar, mürrisch, weil wir nicht sicher waren, was sie tun würden, außer uns nach Norden zu treiben. Dorthin wollten wir schon, aber möglichst ohne Eskorte.

Del kauerte im Schnee und hütete sorgfältig ein kleines Feuer, in dem Versuch, es am Brennen zu halten. Aber der Wind machte es schwierig, der Wind, der Schnee und das feuchte Holz. Ich tat, was ich konnte, um einen Windschutz zu bilden, indem ich eine große Decke hochhielt, aber ich wußte, daß die Anstrengung nutzlos war.

»Hoolies«, sagte ich, »ich habe das satt! Was gäbe ich für ein bißchen *Wärme!*«

Del kauerte über flackernden Flammen. »Was gäbst du?« fragte sie.

»Meinen Bart?« schlug ich hoffnungsvoll vor.

Sie grinste und warf mir einen Blick zu, während sie einen Windschutz bildete. »Wie oft muß ich es dir sagen? Du bist mit Bart besser dran. Es ist eine Art Winterfell, wie es auch der Hengst hat.«

»Er ist ein *Pferd*, Del. Ich bin ein Mann. Und ich ziehe die bloße Haut einem Fell vor, besonders im Gesicht.«

Sie lachte leicht und nickte. »Bei den vielen Haaren, die dir in letzter Zeit gewachsen sind, denke ich langsam, daß du ein halber Bär bist.«

Nun, das war ich. Die Canteada hatten uns Decken zum Schlafen gegeben, aber wir hatten in letzter Zeit begonnen, sie als Umhänge gegen die zunehmende Kälte zu benutzen. Ich hatte mir seit Wochen nicht die Haare geschnitten oder mich rasiert. Es war nicht mehr viel von meinem Gesicht zu sehen, außer meiner Nase, den bloßen Hautflecken unter den Augen und den Sandtigernarben auf der Wange. Alles andere war von Haaren, Baumwolle und Leder bedeckt. Del hatte natürlich nicht den Vorteil, einen Bart zu haben, was bedeutete, daß sie die meiste Zeit bis an die Augen in ihre Decken gewickelt zubrachte. Jetzt hatte sie sie zur Seite gelegt, der Wind rieb ihr Gesicht rosarot und trieb ihr die Tränen in die Augen.

»Wie lange noch?« fragte ich.

Sie schaute gen Norden und runzelte die Stirn. Die Bäume waren nackt, bis auf den Frost, und der Schnee verfing sich in den Gabelungen. Der Sturm hatte in der Nacht zuvor begonnen und schien nicht aufhören zu wollen.

Del seufzte und zuckte leicht die Achseln. »Bei gutem Wetter eine Woche. Bei Schnee vielleicht zwei.«

»Zu lange«, sagte ich.

Sie kauerte sich erneut über das Feuer. »Ich weiß, Tiger. Ich weiß.«

»Gestehen sie dir nicht mehr Zeit zu? Ich meine, bei diesem vielen Schnee ...« Ich hielt inne. Del schüttelte den Kopf.

»Unwahrscheinlich«, erklärte sie mir. »Ein Jahr ist mehr als genug Zeit. Sie würden nur sagen, ich hätte gewartet, bis es zu spät war.«

»Aber du bemühst dich doch, Bascha. Halten sie dir das nicht zugute?«

Schnee schlug ihr ins Gesicht, bedeckte ihr Haar. »Das glaube ich nicht, Tiger. Wenn ich zu spät dran bin, bin ich zu spät dran.«

Der Wind drehte sich. Ich auch, in dem Versuch, seine

Wucht abzublocken, so daß Del das Feuer am Leben erhalten konnte. »Wie lange, denkst du, wird das dauern?«

Sie murmelte etwas in Nordisch, fluchte wegen des nachlassenden Feuers und richtete sich aus ihrer knienden Stellung auf. »Ich weiß es nicht!« schrie sie. »Glaubst du, ich wüßte alles?« Und dann bedeckte sie das Gesicht mit den Händen. »Ihr Götter, o ihr *Götter*, was geschieht mit mir? Warum bin ich immer so *ärgerlich?*«

»Du bist müde«, erklärte ich nüchtern. »Müde und erschöpft bis auf die Knochen.« Ich bahnte mir meinen Weg durch wadentiefen Schnee, haßte die Schwere, legte die Decke um ihre Schultern und stopfte die Enden fest. »Als du in den Süden kamst, war Jamail alles, worüber du dir Gedanken machen mußtest. Jetzt ist da viel mehr: die Zeit, Ajani, die *Voca*, die Hunde, sogar das schlechte Wetter. Was hast du erwartet?«

Der kurze Ärger hatte sich selbst verausgabt. Jetzt war sie nur noch müde. »Ich weiß nicht, was ich erwartet habe. Zuerst war ich einfach glücklich, zu Hause zu sein. Aber jetzt ... jetzt sind da andere Belange. Du hast mich veranlaßt, zum Beispiel darüber nachzudenken, was ich tun werde, wenn die Verhandlung vorüber ist.«

»Gut.«

»*Wenn* sie mich am Leben lassen.«

»Das steht außer Frage.« Ich pflügte mir durch den Schnee meinen Weg zu dem Hengst, der an einen Baum angebunden war. Er hatte sein Hinterteil dem Wind zugewandt und ließ den Kopf hängen. Ich befreite ihn von dem Schnee, der ihn von Kastanienbraun in Grau verwandelt hatte. »Immerhin, mit dem Sandtiger als deinem Bürgen ...«

»Tiger ... *paß auf* ...«

Ich fuhr herum und griff nach meinem Schwert, aber die Bestie war bereits über mir. Ich spürte, wie sich Kiefer um mein linkes Handgelenk schlossen und versuchten, durch Baumwolle und Leder hindurchzubeißen. Ich roch den moschusartigen Gestank, hörte das Knurren tief in der Kehle. Da ich völlig in der Überraschung befangen war — wofür ich mich verfluchte —, fiel ich auf ein Knie und fühlte, wie die Kiefer mein Handgelenk zusammenpreßten.

Hoolies, das Wesen war stark!

Ich spürte den Hengst hinter mir, der nach seinem Seil zu schnappen versuchte. Ich hörte sein wildes Schreien. Fiel rückwärts gegen seine Vorderbeine und spürte, wie er zitterte und versuchte, mir aus dem Weg zu gehen. Ein Pferd haßt es, auf einen Menschen zu treten, tut es aber, wenn es nicht ausweichen kann.

Hinter der Bestie sah ich Del. Boreal war zum Schlag erhoben. Aber ich sah auch Qual und Unentschlossenheit. In der Eile hätte sie mich treffen können. Bei einer Verzögerung könnte mich die Bestie töten.

Eine schwere Entscheidung, Bascha.

Sie veränderte ihre Stellung. Ließ sich auf ein Knie nieder. Veränderte ihren Griff am Schwert und gebrauchte es wie einen Spieß, indem sie es der Bestie in den Unterbauch stieß. Ich war dankbar, daß sie mich verfehlte.

Blut regnete herab, heiß und beißend. Die Bestie heulte, wand sich und lockerte den Biß um meinen Arm, um nach der Klinge zu schnappen. Eingeweide hingen heraus. Del hatte mehr getan als nur zuzustoßen. Sie hatte der Kreatur die Eingeweide aus dem Bauch gerissen.

Ich schob mich unter ihr heraus, stolperte auf die Füße, lief als Reaktion einfach drei Schritte an dem Hengst vorbei. Fuhr herum, schaute zurück und schnaubte vor Anstrengung Dampfwolken in die Luft.

Durch den fallenden Schnee sah ich ihr Gesicht. Gerötet von der Anstrengung, aber auch blutbefleckt. Sie hob eine behandschuhte Hand, um ihre Wange zu berühren, verschmierte das Blut, nahm sie wieder herunter. Ihre Augen ruhten auf der Bestie, die jetzt tot im Schnee lag.

Ich ergriff das Halteseil des Hengstes. »Ruhig«, sagte ich, »ruhig.« Ich band ihn los, führte ihn drei Bäume weiter und band ihn wieder an. Er war noch immer durch die Bestie verschreckt, aber ich wagte nicht, ihn in größerer Entfernung anzubinden. Wo eine war, gab es wahrscheinlich noch mehr.

Ich schleppte mich durch den Schnee zurück und bemerkte karmesinrote Blutflecke. Und war froh, daß es nicht mein Blut war.

Del stand langsam aus. »Wolf«, war alles, was sie sagte.

Ich runzelte die Stirn. Ich hatte erwartet, einen Hund zu sehen. Aber eine nähere Betrachtung gab ihr recht. Die Bestie war ein Wolf, kein Hund.

»Die Pfeife«, begann ich verwirrt. »Sollte sie nicht auch Wölfe abhalten?«

»Die Canteada haben sie für magiegestaltete Bestien gemacht. Dieser Wolf war nur ein Wolf, der tat, was Wölfe im Winter tun: eine Familie ernähren.«

Ich warf ihr einen erzürnten Blick zu. »Kling nicht gerade bedauernd, Del. Vielleicht wäre *ich* die Mahlzeit gewesen.«

Sie zuckte eine Schulter, und von ihrem Schwert troff Blut, das den Schnee färbte. »Wahrscheinlich wollte er den Hengst. Du warst ihm einfach im Weg.« Sie schaute von dem Wolf zu mir. »Sie greifen nur selten Menschen an, denn sie bevorzugen andere Beute. Aber im Winter, wenn das Wild knapp ist, wenn sie hungrige Junge in ihrer Höhle haben, dann greifen sie auf Menschen zurück. Oder auf alles andere, was sie finden können.«

Sie war, wie viele Frauen, für Tiere leicht einzunehmen, besonders für die jungen. Ich erinnerte mich an ihren Widerstand gegen die südlichen Gebräuche, indem sie kurzerhand zwei Sandtigerjunge adoptiert hatte, obwohl sie wußte, wie gefährlich sie würden, wenn die giftigen Krallen erst einmal ungeschützt wären und die Milchzähne durch Fänge ersetzt worden wären. Glücklicherweise waren wir sie losgeworden, bevor sie heranwuchsen.

»Nein«, sagte ich kurz.

Del sah mich stirnrunzelnd an. »Was meinst du mit nein?«

»Ich weiß, was du denkst, Bascha. Du denkst an zwei oder drei Wolfsjunge, die in einer nahegelegenen Höhle verborgen sind. Nun, ich sage nein. Wahrscheinlich haben sie eine Mutter.«

»Das weißt du nicht, Tiger.«

»Ich *weiß* nur, daß wir nicht eine Stunde Zeit haben, um nach ihnen zu sehen. Wir haben überhaupt keine Zeit zu verlieren.«

Del schaute auf den geschlachteten Wolf hinab. »Nein«, sagte sie, »die haben wir nicht.« Sie wandte dem Wolf den Rücken zu und ging davon, um ihr Schwert zu reinigen.

Ich folgte einen Moment später. »Wir müssen das Lager abbauen. Wahrscheinlich wird der tote Körper weitere Bestien anlocken. Das möchte ich lieber nicht riskieren, Del, besonders nicht so kurz vor Einbruch der Dunkelheit.«

Sie reinigte die Klinge und steckte sie wieder in die Scheide. »Laß mich dein Handgelenk sehen.«

Ich zuckte kurz mit einer Schulter. »Es ist wund, aber es ist nicht weiter schlimm. Er hat die Haut nicht sehr verletzt.«

»Laß es mich sehen, Tiger. Vorher werden wir nicht weiterziehen.«

Ich fluchte, murrte und streckte den linken Arm aus. Del schob die Kleidung zurück. »Siehst du?« sagte ich. »Kein Blut. Nur ein bißchen geschwollen.«

Sie berührte es. Ich winselte. »Umm hmmm«, murmelte sie, »ich sehe schon. Geschwollen, wie du sagst …« Ihre Stimme brach ab.

Ich schaute auf ihren gebeugten Kopf hinab. »Wenn ich es nicht besser wüßte, würde ich sagen, daß etwas — oder *jemand* — darauf aus war, mich zu erwischen.«

Del antwortete nicht sofort, sondern inspizierte geschickt mein Handgelenk. Schließlich fragte sie, warum.

»Nun, zuerst waren da die Loki ... dann jene Höllenhunde ... die Wassernymphe ... und jetzt der Wolf.«

»Der Norden ist von Natur aus eine gefährliche Gegend«, sagte sie geduldig, »wie der Süden. Niemand versucht, dich zu *erwischen*.«

»Wie willst du das denn wissen? Du warst nicht das Ziel.«

Sie schaute böse auf. »Nein? Willst du aufrechnen, um das zu beweisen? Ich wette, daß die Hunde mich verfolgen. Mich *und* mein Schwert.«

Ich dachte darüber nach. »Nein, laß uns nicht aufrechnen — *autsch!*«

»Es wird wahrscheinlich gegen Morgen brennen.« Süß lächelnd bewegte sie die Hand, bevor ich sie steif halten konnte. »Vielleicht verstaucht, Tiger, aber das wird einen großen starken Mann wie dich nicht beeinträchtigen.« Sie zog die Kleidung wieder herab, erhob sich, schlug mir auf die Schulter. »Hol den Hengst, und laß uns weiterziehen.«

So viel zum Thema Sympathie. Verdrießlich holte ich das Pferd.

Zwei Tage später führte uns der Weg über die Baumgrenze hinaus in die verschneiten Berge. Del nannte sie die Höhen.

»Dies ist der Reiverpaß«, sagte sie. »Von hier aus ist Staal-Ysta vielleicht noch eine Woche entfernt. Wir könnten es dennoch schaffen.«

Wir standen auf einer baumlosen Böschung: Del, der Hengst und ich. Hinter uns fiel das Hochland ab, weiter unten die Niederungen, darunter das Grenzland und die Hochebenen in der Nähe von Harquhal. Die Schneestürme hatten endlich aufgehört, aber die Kälte hatte noch zugenommen. Ich zitterte unter meinen baumwollenen Decken und wünschte, ich *wäre* ein Bär. Dann hielte ich ungeachtet der Kälte Winterschlaf.

Es lagen jedoch noch Berge vor uns, von Wind umweht und mit Eis bedeckt. Sie glitzerten im schwachen Sonnenlicht wie die Sandkristalle in der Wüste. Meine Augen wurden von dem Licht geblendet. Ich hob die Hand, um sie abzuschirmen.

»Ein guter Tag«, sagte Del. »Die Wolkendecke ist dünn, und die Sonne scheint hindurch. Siehst du den Ring rund herum? Er weitet sich, statt sich zusammenzuziehen. Das bedeutet, daß das Wetter besser wird. Der Segen der Götter.«

»Hmm.« Ich war da nicht so sicher. »Wie *lebt* ihr hier oben? Wie überlebt ihr die Winter?«

»*Du* überlebst gerade einen solchen Winter.« Del grinste mich an und strich windzerzaustes Haar zurück. »Der Mensch paßt sich an, Tiger ... sogar ein Mensch wie du. Wenn du dich erst einmal eingewöhnt hast ...«

»Eingewöhnt? *Nichts* da!«, sagte ich barsch. »Wenn deine Verhandlung erst einmal vorbei ist, eile ich wieder in den Süden.«

Zu schnell schaute Del fort. »Wir sollten weiterziehen, Tiger. Ich möchte einem weiteren Sturm entgehen.«

»Du sagtest gerade, das Wetter werde besser.«

»Vielleicht habe ich gelogen.«

Ich seufzte. Schaute den Weg zurück, den wir gekommen waren. »Ich sehe die Hunde nicht.«

Del wandte sich um. »Die Wachpfeife wirkt noch immer.«

»Warum geben sie dann nicht einfach auf?«

Sie schüttelte den Kopf. »Ich weiß es nicht, Tiger. Vielleicht sind sie wie ich ... Vielleicht ist ihr Gesang noch nicht beendet.«

Ich sah sie scharf an. Sie war wieder rätselhaft. Wie

immer ärgerte es mich. »Ich glaube kaum, daß *Bestien . . .*«

»Ich würde es glauben«, unterbrach sie mich, »wenn jemand sie beauftragt hat, einen Gesang zu singen.«

»O Del, nun komm!«

Sie streckte die Hand aus und deutete auf die weit unter unserem Weg sichtbare Baumgrenze. »Irgend jemand hat sie auf uns angesetzt, Tiger . . . Jemand hat ihnen befohlen, bei uns zu bleiben. Die Wachpfeife hält sie in Schach, aber sie vertreibt sie nicht. Hast du eine andere Erklärung?«

»Vielleicht haben sie einfach Hunger.«

Sie warf mir einen müden Blick zu.

Ich wandte den Hengst um und schwang mich hinauf, wobei ich einen Schmerzenslaut unterdrückte. Das Handgelenk war noch immer sehr wund, aber das würde ich ihr nicht sagen. Sie würde das nur dazu benutzen, irgendeinen zweifelhaften Sieg der Frau über den Mann zu beanspruchen.

»Kommst du?« fragte ich.

Del ergriff mein Handgelenk, was weh tat, schwang sich hinauf und setzte sich auf dem fellbewachsenen Hinterteil des Pferdes zurecht. Der Hengst hatte an Gewicht verloren, seit wir zum ersten Mal unseren Schatten begegnet waren, insbesondere weil er zwei Menschen tragen mußte, aber er war zäh, starrköpfig und tapfer, und ich wußte, daß er niemals aufgeben würde.

Genausowenig wie Delilah.

34

Del lehnte sich seitlich nach vorn und drückte gegen meinen Rücken. Ein Arm legte sich um mich, und sie deutete nach vorn. »Dort«, sagte sie, »Staal-Ysta.«

Ich schaute und *sperrte den Mund auf.* Sie deutete auf einen See, einen kalten glasschwarzen See, der wie zusammengekauert zwischen den Bergen lag. In seiner Mitte schwamm eine Insel. »Das?« fragte ich lakonisch.

»Das«, bestätigte sie. »Es gibt einen kleinen Pfad zum Ufer hinunter.«

Er war da, wand sich hinab. Ich war nicht sicher, daß ich ihn benutzen wollte. Der See wirkte unergründlich, und ich kann nicht schwimmen. »Bascha …«

Aber Del war bereits abgestiegen, ging vorwärts und blieb am Anfang des Pfades stehen. Hier blies der Wind ständig, wenn auch nicht mit voller Stärke. Aber er befreite immerhin den Boden, auf dem wir standen, vom Schnee und legte dunkle Erde und noch dunkleres Geröll frei. Sie stand da, das Haar wurde ihr aus dem Gesicht geweht, und schaute hinab auf den Ort der Schwerter. Ich konnte nicht sagen, was sie sah, aber ich sah, wie es sie bewegte.

Ich stieg ab und ließ den Hengst grasen. Das harte faserige Gras, das hier und dort in großen Flecken wuchs, würde ihn am Weglaufen hindern. Ich trat hinter Del und legte ihr die Hände auf die Schultern. Haarsträhnen verfingen sich in meinem Bart, blond auf braun. Verzerrt lächelnd löste ich sie.

Del atmete tief ein. »Vor fast sechs Jahren kam ich allein hierher, weil ich es tun mußte. Niemand sonst konnte den Mord an meiner Familie rächen, kein Sohn, kein Bruder, kein *Vetter*. Nur ich, ein fünfzehnjähriges Mädchen, das genug von dem Schwert wußte, um zu wissen, daß es ihre Erlösung und die ihres Bruders sein könnte, wenn sie entscheiden würde, es in die Hand zu nehmen.« Ihre Stimme verhärtete sich. »Ich traf meine Wahl. Damals traf *ich* meine Wahl. Aber jetzt bin ich zurück, mit meinem unbeendeten Gesang, damit die Entscheidung *für* mich getroffen wird: Werde ich leben? Oder werde ich sterben?«

Ich schaute hinaus auf die Flanken der verschneiten Berge, die sich in Reihen um den See zogen. Die Insel in der Mitte war an den Ufern ausgezackt wie Spitze, mit dornigen Bäumen voll unbelaubter Zweige bewachsen, mit Vegetation in Blautönen bedeckt, der das kalte Wetter nichts anhaben konnte. Die Farben waren schmutzig und stumpf wie die Winterlandschaft: rauchblau, stahlgrau, blauschwarz, alle in das unverfälschte Weiß der Trauer gehüllt. Von hier oben sah die Insel ziemlich klein aus. Aber von dort gesehen galt das auch für uns. Wenn sie uns überhaupt sehen konnten.

Ich drückte kurz ihre Schultern. »Laß uns hinuntergehen, Delilah. Du hast lange genug gewartet.«

Hinunter. Wir gingen zu Fuß, führten den Hengst, denn der Pfad war steil, und er war es müde, zwei Menschen zu tragen. Del ging vor mir, ich vor ihm. Er schien dankbar zu sein und ließ den Kopf baumeln.

Hinunter und hinunter und hinunter, bis wir den Boden erreichten und sich die Uferlinie links und rechts vor uns dahinzog und an baumlose Berghänge angrenzte, die nur Schnee trugen.

Ich runzelte die Stirn. »Was bedeuten alle diese Hökker?«

Del antwortete nicht sofort. In ihre geborgten Decken gewickelt, ging sie vorwärts, auf die Uferlinie zu, der Höcker ungeachtet.

Das Gras war winterbraun, wuchs aber üppig. Es kroch von der Uferlinie zu dem Pfad, den wir gerade hinabgestiegen waren, und sogar über die länglichen Höcker, wie ein Umhang. Es machte alle Ecken weich, Samt über Stein.

Auf halbem Weg zum Ufer blieb Del stehen. Wandte sich um und sah mich an. »Keine Höcker«, sagte sie, »Hügelgräber. Siehst du die Steine? Hügelgräber und Dolmen, die die Durchgangsgräber markieren.«

Ich blieb so plötzlich stehen, daß der Hengst in mich hineinlief. Er schnaubte, schüttelte den Kopf, knabberte an meinem Ellbogen.

Hoolies. *Gräber.*

Ich atmete tief ein. Die Höcker — *Hügelgräber* —, die mir am nächsten lagen, trugen keine Steine, sondern waren nur mit Gras bewachsene längliche Erdwälle. Aber diejenigen, die in Dels Nähe waren, näher am See, hatten konische Anhäufungen verwitterter dunkler Steine aufzuweisen oder große flache Felskappen, von denen einige aufrecht standen standen und andere darüber lagen wie eine Tischplatte. In die aufrechtstehenden Steine waren, wie ich sah, Runen eingraviert.

»Staal-Kithra«, sagte Del ruhig. »Der Ort der Geister.«

Ich schauderte. »Wie gelangen wir auf die Insel? Es gibt kein Boot. Und ich habe nicht vor zu schwimmen — besonders, da ich es nicht kann.«

»Es wird ein Boot dasein.« Del schaute hinaus zu der Insel. »Da gibt es noch etwas zuvor zu tun. Und dann werden wir sehen, ob wir die Erlaubnis bekommen, nach Staal-Ysta zu kommen oder ob es zu spät ist.«

In der Ferne hörte ich das Wiehern eines Pferdes. Der Hengst tat es ihm nach. Er hob den Kopf und antwortete, indem er den Laut in die klare Winterluft schmetterte.

»Es kommt jemand«, sagte ich.

Sie schüttelte den Kopf. »Noch nicht. Es wird sich jemand um den Hengst kümmern, ja, aber nicht vor der Zeit.« Sie deutete mit dem Kopf ostwärts, das Ufer entlang. »Die Pferde werden dort drüben gehalten, eine oder zwei Meilen entfernt, bei der Ansiedlung. Sie werden von Kindern versorgt, die sich abwechseln. Es ist eine Möglichkeit, ihnen Verantwortlichkeit beizubringen. Aber es gibt dort auch Erwachsene, die Familien der *Ishtoya* und *An-Ishtoya*. Diejenigen, die einen höheren Rang bekleiden, dürfen ihre Familien auf der Insel behalten.«

»Warum so weit weg? Warum nicht hier?«

»In Staal-Kithra«, sagte Del einfach, »leben nur die Toten.«

Der Hengst wieherte erneut, er roch die Stuten und andere Hengste. Ich nahm die lose herunterhängenden Zügel auf und hielt ihn trotz seines Protestes nahe bei mir, denn ich wollte ihn jetzt nicht verlieren. Ich würde ihn vielleicht wieder brauchen. Und zwar bald.

»Was wirst du tun?« fragte ich.

»Den *Voca* sagen, daß ich hier bin.« Del schlug die Decken zurück, schlüpfte heraus, faltete sie sorgfältig zusammen und legte sie auf den Boden. Im Wind flatterten ihre baumwollene Tunika und ihre lederartige Hose, wobei er an Lederfransen und Knoten zog.

»Es sollte nicht lange dauern, Tiger.«

Inmitten der Hügelgräber, Steinhaufen und Dolmen von Staal-Kithra, dem Ort der Geister, zog Del Boreal aus der Scheide und hielt das *Jivatma* hoch, wie sie es schon zuvor getan hatte, auf die Grenze zwischen Nord und Süd, wobei sie das Heft auf den offenen Handflächen beider Hände balancierte und somit Boreal den Himmeln anbot, den Göttern und ihrer Familie. Vielleicht auch den Geistern.

Oder vielleicht den *Voca*, die darauf warteten, ihr Urteil zu verkünden.

Dann, ohne zu sprechen, änderte sie ihre Haltung. Ließ das Schwert sinken, änderte ihren Griff, stieß die Klinge in den Boden, so daß das Heft kühn aufrecht stand.

Del kniete nieder und begann zu singen.

Über dem Wasser machte sich Bewußtheit bemerkbar. Sie bewirkte, daß mir die Haare im Nacken hochstanden.

Hinter mir blies der Hengst geräuschvoll aus. Unbehaglich. Ich spürte seine Energie, seine zurückgehaltene Aufmerksamkeit, die sich von den Stuten und Hengsten fort auf Del und ihr Schwert richtete. Und auf ihren Gesang.

Sie sang, bis das Boot auf dem Strand auflief. Und dann hielt sie inne und wartete, wobei sie Boreal, für den Moment, in lebendiger Erde stecken ließ.

Ein Mann. Ein Nordbewohner. Blond. Jung. Nicht viel älter als Del selbst. Blauäugig, wie ich es erwartete hatte, und ausgesprochen gutaussehend. Er bewegte sich mit Anmut und Lässigkeit, einer Mischung, die nicht antrainiert, sondern angeboren war, und er hatte davon im Überfluß.

Wie Garrod trug auch er Zöpfe. Aber seine waren von oben bis unten mit grauem Fell umwickelt und mit schwarzem Band zusammengebunden. Auch seine Kleidung war schwarz, ein einfaches schmuckloses Schwarz, bis auf den Lederharnisch. Er hatte ihn mit Silber beschlagen, damit er zu dem Heft seines Schwertes paßte, das er in dem Harnisch hinter der linken Schulter trug.

Also ein Linkshänder.

»Bron«, sagte Del. Nicht mehr als das, aber ich hörte Überraschung, Freude und Dankbarkeit aus ihrer Stimme heraus. Sah das leichte Nachlassen der Härte in der Linie ihrer Schultern, während sie sich hinkniete.

»Delilah.« Er blieb vor ihr stehen, sah kurz an ihr vorbei zu mir. Sein Gesichtsausdruck war streng, herb, zu starr für ein Gesicht wie seines, das für Lachen und Frohsinn gemacht war. Aber in seiner Stimme war nichts davon zu hören. »An-Ishtoya«, fügte er hinzu, und seine Lider flackerten nur einen kurzen Moment.

»Schwerttänzer«, erklärte sie ihm ruhig in der Grenzlandsprache. »Beleg mich nicht mit einem Rang, Bron. Du weißt, warum.«

Erneut sah er mich an. Sagte etwas zu ihr in einem Dialekt, den ich nicht kannte.

Del antwortete ihm gleichermaßen, neigte den Kopf leicht in meine Richtung, und ich hörte das Wort für Südbewohner.

Es zeigte Wirkung. Sein Mund verfestigte sich. Sein Gesichtsausdruck wurde ernster. Er sprach in akzentuierter Grenzlandsprache, begrüßte mich, hätte eindeutig den Hochlanddialekt bevorzugt, sprach aber statt dessen in einer Sprache, die ich kannte. Ich konnte nicht übergangen werden. Ich war der Bürge der *An-Ishtoya*.

Oder würde es letztendlich sein, wenn Bron uns gehen ließ.

Aber das tat er nicht.

»Das Jahr ist vorbei«, teilte er ihr mit, »seit drei Tagen. Ich wurde gesandt, um der Klinge zu sagen, daß sie keinen Namen mehr hat, und um sie aufzufordern, in den Kreis einzutreten. Hier. Jetzt. In Staal-Kithra, wie es angemessen ist, mit den Geistern anderer als Zeugen, bevor die Klinge ohne Namen den Ort der Schwerter entweihen kann.«

Ruckartig stand Del auf. Sie zog die Klinge aus dem Boden. »Ich habe einen Namen«, sagte sie fest.

»Aufgrund der drei vergangenen Tage hast du keinen mehr.«

»*Ich habe einen Namen*«, sagte sie.

Bedächtig schüttelte er den Kopf.

»Bron ...« Aber sie brach ab. Fuhr herum, um mich anzusehen. »Sandtiger«, sagte sie gepreßt, »willst du uns die Ehre erweisen, den Kreis zu ziehen?«

Ich schaute zu Bron hinüber. Er war freundlich, wie alle Nordbewohner, aber da ich mit Del geritten war, kannte ich die Zeichen. Er hielt sich unter harter Selbstkontrolle. Es gefiel ihm nicht mehr als ihr. Aber er war genauso durch den Ehrenkodex gebunden wie die Frau, die ihm gegenüberstand.

Ich löste das Halteseil und den Pflock des Hengstes und stieß ihn mit einem einzigen Stoß meines Fußes mühelos in das weiche Gras. Trat zurück und nahm mein Schwert aus der Scheide.

Nein. Nicht meines. Therons. Und Bron wußte es.

Sehr kühl war er. Aber ich habe gelernt, den Ausdruck der Augen zu beurteilen, die Haut, die Festigkeit winziger Muskeln. Einer zuckte an seinem linken Auge.

Sie warteten schweigend, Del und Bron, während ich den Kreis zog. Das Gras gab dem geschliffenen Stahl mühelos nach und teilte sich, um feuchte Erde freizulegen. Ihre Beinarbeit mochte ihn verwischen, die Linie verändern, aber ich wußte, daß sie mich nicht als Schiedsrichter benötigen würden, der sie warnte, wenn sie ihr zu nahe kämen. Bron und Del kannten sich eindeutig gut.

Ich trat zurück. Reinigte meine Klinge. Steckte sie zischend wieder in die Scheide. Wartete, während sie ihre Harnische und Handschuhe auszogen, sie außerhalb des Kreises ablegten, ihre Klingen in die Mitte legten und dann ihre Plätze an gegenüberliegenden Seiten außerhalb des Kreises einnahmen, während sie auf meine Aufforderung warteten, den Tanz zu beginnen.

Zum ersten Mal in meinem Leben veränderte ich das Ritual. »Drei Tage«, sagte ich, »sind nichts. Sie ist hier. Sie ist bereit, den *Voca* gegenüberzutreten, ihre Entscheidung anzunehmen. Ist dies nicht ziemlich unnötig?«

Bron war entsetzt. Er starrte mich sprachlos an, sandte dann Del einen wütenden Blick zu, als wolle er sie für mein Verhalten verantwortlich machen.

»Oder ist es so, daß Ihr sterben *wollt*?« fragte ich. »Denn das werdet Ihr. Sie ist gut genug, Bron. Aber immerhin wißt Ihr das. Ihr habt schon zuvor mit ihr getanzt.« Ich verschränkte die Arme. »Warum nicht dies abbrechen und die *Voca* statt dessen entscheiden lassen? Es muß kein Blutvergießen geben ...« Ich hielt inne. »... noch nicht.«

Er sagte etwas zu Del in schnellem reinen Hochlanddialekt. Ich verstand nichts davon, außer dem Ärger in seiner Stimme. Seine Beherrschung ließ nach, aber nur ein wenig. Nicht genug.

Del schüttelte den Kopf. Mit starrem Gesicht sah sie mich an.

»Tiger, bitte ... laß den Tanz beginnen.«

»Warum?« Ich zuckte die Achseln. »Keiner von Euch will tanzen. Das kann ich sehen. Ihr nicht?« Ich hielt inne. »Ja. Ihr könnt es sehen. Wenn es auch keiner von euch zugeben will.« Ich zuckte erneut beiläufig die Schultern. »Warum steigen wir dann nicht einfach in dieses Boot, rudern zu der Insel und besprechen alles mit den *Voca*? Haben sie nicht die Befugnis? Sind nicht *sie* die Richter?«

Bron bellte kurz etwas. Es veranlaßte sie zu erröten. »Entehrt mich nicht«, sagte sie, nicht bittend, sondern fordernd. »Entehrt nicht den Kreis.«

Ich sah Bron an. Sah Del an. Neigte den Kopf und senkte die Arme. »Bereitet Euch vor.«

Beide Nordbewohner sangen. Leise kleine Gesänge des Todes in einer Sprache, die ich nicht kannte. Und ich wollte sie auch nicht kennen.

»*Tanzt!*« forderte ich sie schroff auf.

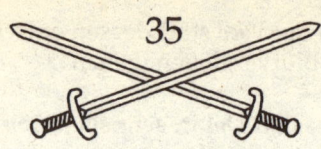

35

Ich habe in meinem Leben viele Schwerttänze gesehen. Die meisten hatte ich tatsächlich *persönlich erlebt*, da ich selbst an den Tänzen teilgenommen hatte, aber als ich Del und Bron beobachtete, wußte ich, daß ich die reinste Form des Tanzes sah. Die Magie wahrer Begabung.

Hier unterschied sich der Stil von dem Stil, den ich im Süden gelernt hatte. Anstelle roher Kraft stand hier Eleganz, anstelle von Stärke Geschicklichkeit. Und Schnelligkeit und unglaubliche Reflexe. Ich bin groß, stark, mächtig und schwer zu besiegen. Aber Del ist die personifizierte Schnelligkeit, raffiniert und berechnend, geübt darin, alle Ausdauer auszulaugen, mit reinem Können zu zermürben, das einen Gegner auf lange Sicht geistig in die Knie zwingen kann. Er wird Fehler machen. Sie nicht.

Wir haben viele Male zusammen geübt, Del und ich. Wir haben sogar richtig getanzt, wenn auch nur als Darstellung. Aber jetzt, gegen Bron, in einem nordischen Kreis und gegen einen nordischen Gegner, entfaltete sich Dels Können vollständig und zeigte mir eine neue Art hervorragender Fähigkeit.

Eine von Dels seltsamen Gaben ist die Fähigkeit, Fehler zu erzwingen und Unsicherheit auf seiten ihres Gegners hervorzurufen. Sie hat sie bei mir angewandt. Und nun versuchte sie sie bei Bron anzuwenden.

Aber auch Bron war gut, so gut wie jeder Könner, den ich jemals gesehen hatte, und er würde nicht auf ihre Tricks hereinfallen.

Die Schwerter waren durch die Gesänge gestimmt

worden. Dels Schwert leuchtete lachsfarben-silbern, Brons kupfergolden. Zusammen bezwangen sie den Winter und ließen es wieder Frühling werden, indem sie den schmutziggrauen Himmel mit Festbeleuchtung erhellten, die aus nordischen Sternen und Nachthimmeln geboren war.

Sie paßten vollendet zueinander. Der Tanz war großartig. Aber ich wußte, daß einer von ihnen sterben mußte.

Schwerttänzer. *Schwertsänger.* Jeder hervorragend ausgebildet. Und jeder eindeutig auf die Notwendigkeit konzentriert, den anderen zu töten.

Klingen schlugen gegeneinander, jaulten, befreiten sich mit kratzendem Geräusch. Spien Funken in das blaue Licht des Winters. Fremdartige Runen knüpften fremdartige Knoten, lösten sich dann wieder und begannen von neuem, mit vermehrter Entschlossenheit.

Ich sah, wie die Muster sich in der Luft zwischen ihnen formten. Sie bildeten ein Gitter, jeder von ihnen. Woben einen lebendigen Teppich ausgefeilter tödlicher Hiebe, die ihre Handschrift widerspiegelten. Der nordische Schwerttänzer arbeitet mit dem Handgelenk, wie ein Maler an seiner Leinwand. Ein Schlag hier, eine Drehung da, ein komplizierter Schnörkel *dort.* Abgesehen davon, daß ihre Pinsel aus Stahl gemacht waren und die Farbe, die sie verspritzten, Blut war.

Schweiß glänzte auf beiden Gesichtern. Atem benebelte die Luft. Brons Gesichtsausdruck zeigte angespannte Erwartung, eine sorgfältige Berechnung ihrer Bewegungen. Aber ich sah, daß er sich zu entspannen, sich zu lösen begann, die Spannung in seinen Muskeln aufgab und ihr herauszufließen erlaubte. Er war unglaublich anmutig, besonders für einen Mann. Er hatte, im Vergleich zu mir, etwas von einem Ballettänzer. Fellgeschützte blonde Zöpfe schwangen frei, als er sich weich bewegte, leicht, eindeutig an die Unebenheit des Grases gewöhnt. Er wurde von seiner Beschaffenheit nicht beeinträchtigt, was Del in bezug auf *mich* vorausgesagt, was aber nicht gestimmt hatte.

Del lebt in einer anderen Welt, wenn sie tanzt, weil sie sich dann über normale körperliche Gegebenheiten und ihre Grenzen erhebt. Es ist fast, als *werde* sie zu dem Schwert, das sie führt, und wende alles Wissen ihres getöteten *An-Kaidin* an.

Aber ich wußte, daß sie schneller ermüden würde als Bron, unabhängig davon, wie groß ihr Können war, weil sie zu lange von den Bergen fortgewesen war. Ihr Atem würde vor seinem knapp werden und sie benommen und röchelnd zurücklassen. Der Tanz mußte schnell beendet werden.

Aber ich sah nicht, wie das zustande kommen sollte. Ich sah nicht, wie das zustande kommen *konnte*.

Die Klingen waren Lichtkleckse, die den Tag entzündeten. Muster tropften in die Luft, wie Honig, der von einem Löffel läuft. Vor dem Hintergrund des Sees und der Insel verknüpften sie neue Farben und überwältigten das Grau des Tages.

Hoolies, laß es zu Ende kommen. Bevor ich den Tanz entehre.

Del schrie auf. Die Kraft verzehrend, die Macht ausstoßend, bis zum Äußersten. Sie rief in nordischer Sprache etwas aus und spannte sich dann für den Stoß.

Er kam schnell, schnitt durch die Luft. Bron zerteilte alle übriggebliebenen Muster mit der Unerschrockenheit seines Schlages und versuchte ihr das Schwert in den Bauch zu stoßen.

Boreal schnellte vor. Traf seine Klinge, hielt fest. Schlug die Kraft des Schlages beiseite, wenn nicht sogar den Schlag selbst, und kreischte in mißtönendem Protest, als Brons Klinge über die Runen glitt.

Ich sah, wie sich der Stoff von Dels Tunika teilte. Ich sah darunter helle Haut. Ich wartete auf das Blut, aber es war nichts zu sehen.

Hefte verhakten sich. Dann riß Del ihres frei, forderte

die Klinge zurück, beugte sich schnell zur Seite, kam wieder hoch, mit einer Drehung entschlossener Handgelenke.

Brons Klinge hatte sie verfehlt. Boreal tat dies nicht.

Sie stieß ihm ihr Schwert durch den Bauch. Es war ein sauberer, einfacher Stoß, vorbei an Knochen, die die Klinge hätten ablenken können und ihr statt dessen tödliche Freiheit gewährten. Ihr *An-Kaidin* wäre stolz gewesen. Die Tötung war ihrer wert.

Bron fiel, entzog sich dem Schwert. Seine eigene Klinge schwang wild umher, fiel ihm dann aus der Hand, um schließlich unbeachtet außerhalb des Kreises liegenzubleiben. Er blieb in dem Kreis.

Er schaute überrascht zu ihr auf, sagte dann etwas in der Hochlandsprache. Del antwortete gleichermaßen, während sie an seiner Seite kniete. Sie war sichtlich erschöpft, von der Anstrengung außer Atem. Ihre Hand zitterte, als sie die seine berührte.

Ich weiß nicht, was er noch sagte. Ich spreche die Hochlandsprache nicht, und sein Leben war fast vorüber. Aber es bedeutete Del etwas. Sie beugte sich vor und küßte seine Augenbrauen. Als sie sich aufrichtete, war er tot.

Del saß lange Zeit ganz ruhig da. Langsam beruhigte sich ihr Atem, wurde weicher. Ich sah die Empfindungen auf ihrem Gesicht: Kummer, Schuld, Bedauern, vermehrte Entschlossenheit. Aber das letztere war am deutlichsten erkennbar. Es hatte ihr Gesicht von Haut zu Marmor verwandelt und es der Menschlichkeit beraubt.

Sorgfältig reinigte Del ihr Schwert. Erhob sich. Trat aus dem Kreis. Steckte ihr Schwert in die Scheide und legte den Harnisch an, bückte sich dann, um seine Habseligkeiten einzusammeln, einschließlich des jetzt stumpfen *Jivatma*.

Sie starrte an mir vorbei gen Osten. »Sie kommen wegen des Hengstes.«

Ich wandte mich um. Sah zwei Kinder, ein Mädchen und einen Jungen. Das Mädchen war vielleicht zwölf, der Junge ein oder zwei Jahre jünger. Flachshaarig wie sie alle.

»Was hat er gesagt?« fragte ich.

Del sah mich an. Eine neue und kühle Strenge war in ihren Augen erkennbar, genauso wie sie in Brons erkennbar gewesen war. »Daß ich meinen *An-Kaidin* ehren muß.«

Ich runzelte die Stirn. »Das ist alles?«

»Alles, was nötig ist.« Sie schaute auf den Harnisch und das Schwert hinab und liebkoste kurz silberne Beschläge. »Bron und ich waren, so lange ich hier war, Schwertgefährten. Sein *An-Kaidin* war auch meiner. Wir waren seine bevorzugten *An-Ishtoya.*«

Persönliches hat seinen Platz, aber ihr Verhalten war zu hart. »Was noch, Bascha?«

Del sah mich an. »Er hat mir den Namen seines Schwertes genannt.«

»Hat *dir*...« Ich schaute. »Aber du sagtest doch, daß ein Nordbewohner das niemals tut ... daß es alle Magie zerstört — die Macht schwächt oder so etwas.«

»Es war ein Geschenk für mich«, sagte sie rauh, »um die Dinge zu würdigen, die wir einst als *Ishtoya* und *An-Ishtoya* geteilt haben. Und so werden sie wissen, daß er mir die Blutschuld vergeben hat. Einer ist genug, sagte er.«

»Del«, sagte ich, »es tut mir leid.«

Kurz darauf nickte sie. »*Sulhaya*, Sandtiger. Ich weiß, was du versucht hast ... wie du versucht hast, den Tanz abzubrechen.« Sie zuckte leicht die Achseln, mit starrem Gesicht. »Aber wenn du ein Ritual brichst, einen Schwur, dann werden die anderen genauso wertlos. Die Verpflichtungen werden nicht eingelöst.«

Die Kinder hatten uns schließlich erreicht. Ich zog den Pflock heraus und band das Seil fest, so daß sich der Hengst nicht losreißen würde, und gab dem Jungen die Zügel, der mich an Massou erinnerte. Der Del an Jamail erinnerte.

Ich wandte mich zu ihr um. »Was ist mit der Leiche?«

Die Unpersönlichkeit dieser Frage brachte sie ins Wanken. »*Bron* ...« Aber sie hielt inne, verhärtete ihre Stimme, sagte, die *Voca* würden jemanden schicken, um ihn in Staal-Kithra zu begraben.

Ich nickte. Schaute zu der Insel hinüber, die auf dem Winterwasser schwamm. »Ich weiß nicht, wie man rudert.«

»Das ist in Ordnung. Ich weiß es.« Resolut wandte sich Del dem See zu.

Staal-Ysta. Ein starrer, kahler Ort, inmitten eines glasschwarzen Sees schwimmend: ein tief eingeschnittener Kessel, der mit zu dunklem Wein gefüllt war, rundum gesäumt von weißbedeckten Bergen. Als Wüstengeborener war solcher Überfluß an Wasser für mich unverständlich. Aber es war überall: der See, der Schnee, selbst die Beschaffenheit der Luft. Alles war *naß*, auf eine seltsame, undefinierbare Art.

Ich schaute in Dels Gesicht, während sie ruderte. Sie hatte sich vor mir maskiert, aber ich hatte gelernt, die Maske fortzunehmen und zu entdecken, was darunterlag. Die Anspannung der Ankunft zumindest an dem Ort ihrer Ausbildung hatte ihren eigenen Tribut gefordert. Brons Tod — und die Art, wie er gestorben war — machte es noch schlimmer.

Sie hatte ihre Mauer wieder aufgebaut, die alte bekannte Mauer, die schon zuvor, als wir uns das erste Mal trafen, als Schild gebraucht worden war und die aus Härte, Kälte und Unbarmherzigkeit gemacht war. Die Konturen ihres Gesichts waren scharf wie Glas. Ich rechnete damit, daß die Wangenknochen durch die Haut schneiden würden.

Ich bin nicht der Mann, der Dinge ungesagt läßt, wenn er sie sagen will, unabhängig von der Situation.

Aber dieses Mal, unter diesen Umständen, angesichts ihres Gesichts, behielt ich mein Schweigen bei. Del war irgendwoanders. Wenn sie mich wollte, wenn sie mich *brauchte*, wäre ich verfügbar.

Sie brachte das Boot geschickt ans Ufer, schmiegte es an den Rand der Insel. Sowohl das Seil als auch Brons Harnisch und sein Schwert in der Scheide umfassend, sprang sie hinaus auf den Strand, wodurch das Boot erzitterte und knirschend auf Grund lief. Dann wartete sie darauf, daß ich ihr folgte. Sie sagte nichts.

Ich erhob mich vorsichtig, bahnte mir meinen Weg vorwärts, wählte klug den besten Platz zum Aussteigen und sprang. Ich landete in weichem, seenassem Gras und Schlamm, glitt auf ein Knie und stand mit einem gemurmeltem Fluch auf. Del befestigte das Seil unter einem Stein, wandte sich um und eilte landeinwärts.

Es gab dort, wie ich sah, einen Pfad, der sich durch die Bäume schlängelte. Schwaches Sonnenlicht verfing sich auf kahlen Zweigen und nassen dunklen Stämmen, wobei es vage Schattenspiele vor dem Schnee und dem bloßliegenden braunen Gras vollführte. Mein Schatten, der verzerrt war, ging mit mir und wurde länger und größer. Ein bärtiger, bärenartiger Mann, aus Baumwolle und Leder und Haaren bestehend, mit einem auf den Rücken gebundenen Schwert.

Die Bäume machten jäh Platz für ein großes ovales Feld, das gerodet und von Bewuchs befreit worden war und dessen Ränder in ovaler Symmetrie von Holzhäusern gesäumt wurden. Rauch stieg von jedem Haus in die Luft, Grau auf Grau und Bläulich. Lange rechteckige Häuser, deren Risse mit Gras, Schlamm und Holzspänen ausgestopft waren, um die Winterkälte abzuhalten.

Außerhalb der Häuser waren mehr als hundert nordische Krieger mit gezogenen Klingen versammelt die in dem stumpfen Licht eines blaugrauen Tages matt schimmerten, und eine Handvoll ebenso hellhaariger

Frauen. Alle mit Schwertern. Alle schweigend. Alle unser Herannahen beobachtend.

Del trug ihr eigenes *Jivatma*, das wieder in seiner schräg über den Rücken gebundenen Lederscheide steckte. In ihren Händen trug sie Brons Nachlaß, die Harnischriemen wie Bandagen um die Scheide gewickkelt. Sie trug es so, wie eine Frau einen Säugling getragen hätte, vorsichtig und stolz und voller Ehre.

Ich ließ sie vor mir hergehen und gab ihr somit Vorrang vor dem Mann. Im Süden hatte sie, wenn es nötig war — und es war nur zu oft nötig gewesen —, dasselbe für mich getan.

Del ging direkt auf das Ende des Ovals zu und achtete nicht auf jene Leute, die sie beobachteten. Und als sie das Ende erreichte und den zehn Männern gegenüberstand, die davor warteten, erwies sie niemandem eine Ehre, sondern stand aufrecht und groß und stolz da. Delilah pur.

»Er starb aufrecht«, erklärte sie ihnen, mir zuliebe in reiner Grenzlandsprache. »Er hat seinem *An-Kaidin* Ehre gemacht.«

Zehn Männer. Die *Voca*, wie ich wußte. Alles starke Männer, in allen Größen, einige grauhaarig, andere blond, einer sogar mit hellbraunem Haar. Es waren narbentragende, harte Männer, gewöhnt an ein hartes Leben, durch ihr Geschlecht wahrscheinlich nicht eben weicher gestimmt. Und wenn überhaupt, dann widerstrebend. Ich konnte es in ihren Augen sehen.

Einer von ihnen sagte etwas in reiner Hochlandsprache. Er schaute an Del vorbei mich an und erkundigte sich zweifellos nach dem Grund für mein Hiersein.

Erneut in der Grenzlandsprache sagte Del ihm, ich sei ihr Bürge.

Er wechselte geschickt die Sprachen. Der älteste von ihnen, dachte ich, mit schneeweißen Zöpfen und windgeröteter Haut. Aber er war zumindest so groß wie ich, und nichts an ihm deutete auf Schwäche hin. »Einer

Klinge ohne Namen gebührt keine Verhandlung und daher auch kein Bürge.«

Dels Stimme klang steif und formell. »Drei Tage«, sagte sie. »Ich habe Verhandlungen kennengelernt, die drei *Wochen* gedauert haben, wenn sie den *Voca* überlassen waren. Bin ich nicht Erwägungen aufgrund des Wetters wert? Aufgrund der Härten? Aufgrund von Hexerei, die gegen uns gerichtet wurde?«

Das schärfte zehn Paar Augen in allen Schattierungen von Blau und Grau. Eine helle Rasse, die Nordbewohner. Ich fühlte mich im Vergleich sonnenverbrannt, kupferbraun mit bronzefarbenem Haar.

»Welche Art von Hexerei?« fragte der alte Mann.

Del zuckte die Achseln. »Hunde. Bestien. Sogar jetzt warten sie jenseits des Wassers ... es sei denn, sie können schwimmen.«

Lider flackerten. Er schaute die anderen an und änderte seine Meinung. Dies war eindeutig ein Einwand, der bedacht werden mußte. Und da Del ihnen nichts von der Wachpfeife erzählt hatte, täte auch ich es nicht. Es ist gut, einen Vorteil zu haben.

»Verhandlung«, sagte er schließlich. »Morgen in der Dämmerung beginnend.«

Ein weiterer Mann ergriff das Wort. »Du kennst die Rituale, die Beschränkungen. Du darfst Staal-Ysta nicht verlassen. Darfst dein *Jivatma* nicht blankziehen. Seine Macht nicht beschwören. Du mußt bis zur Verhandlung verborgen bleiben. Kein Gast, aber auch kein Gefangener. Und auch dein Bürge wird nicht schlecht behandelt, so lange er die Gebräuche von Staal-Ysta ehrt.« Er war jünger als die anderen, mit braunen Haaren und grauen Augen. Etwas besänftigte die Linie seines Mundes. »Kalle ist dort«, sagte er ihr und deutete mit dem Kopf in Richtung eines Hauses.

Del schaute auf den Harnisch und das Schwert in ihren Händen hinab. Für einen langen Augenblick bewegte sie sich nicht. Und dann, langsam, kniete sie sich hin.

Legte Brons *Jivatma* auf den von Stiefeln zertretenen Boden. Eine Hand berührte das Heft. Sie schaute zu den sie beobachtenden *Voca* auf.

»Es war genug, Bron zu schicken«, sagte sie fest. »Mehr als genug. Ihr könntet mir keine Strafe auferlegen, die so hart oder härter als das wäre, selbst wenn ihr meine Exekution aussprechen würdet.«

Der Gesichtsausdruck des alten Mannes veränderte sich nicht. »Darum haben wir ihn gesandt.«

Del erhob sich. Machte auf dem Absatz kehrt und ging davon. Eilte direkt zu dem Haus, auf das der jüngere Mann gedeutet hatte.

Diejenigen, die davor standen, bildeten eine Gasse, ließen sie hindurch, sagten nichts, als sie die hölzerne Tür öffnete. Ich sah harte Gesichtszüge und noch härtere Augen. Ich sah Ärger, Kummer und Vorbehalte. Aber ich sah auch Respekt.

Die Tür kratzte über Schmutz. Del drückte sie auf und trat ein. Ich schloß sie.

Das Innere des Hauses lag überwiegend im Dunkeln, nur durch Öffnungen und das Rauchabzugsloch erhellt sowie von einer einzigen Laterne, die vom Dachbalken herabhing. Das Haus war breit, gedrungen und in der Mitte durch zwei Reihen von Pfosten geteilt, die in gleichem Abstand voneinander standen, um einen Gang ohne Mauern zu bilden. An beiden Seiten der Pfostenreihen gab es Unterteilungen, so etwas wie große Pferdestände. Darin sah ich Frauen und Kinder, auch Hunde und Katzen. Der erdige Boden war festgestampft und mit Stroh bedeckt, um Wärme zu spenden. Es war mir alles sehr ungewohnt.

Mehr denn je vermißte ich den Süden.

»Kalle«, sagte Del leise.

Niemand antwortete. Niemand rührte sich. Und dann beugte sich eine der Frauen vor, flüsterte einem kleinen Mädchen etwas zu und schickte es vor, um Del zu begrüßen.

Schickte es vor, um die Mutter zu begrüßen.

Ein einziger Blick verriet es mir. Es gab keinen Anlaß für Erklärungen. Und Del gab mir auch keine. Sie drehte das Mädchen einfach zu mir um, wandte sich selbst mir zu und überließ es der Haut und den Gesichtszügen, die Geschichte erzählen.

»Kalle«, sagte sie einfach. »Das Ergebnis von Ajanis Begierde.«

Oh. Hoolies. Bascha.

»Nun«, sagte ich geistlos, »zumindest gleicht sie ihrer Mutter.«

Langsam schüttelte Del den Kopf. »Mutter *und* Vater. Ajani ist ein Nordbewohner.«

36

Sie war fünf Jahre alt und großartig. Klein, zart, zurückhaltend, wunderschön wie eine zerbrechliche, unverdorbene Blüte. Aber sie war auch eindeutig ein Kind: lebendig, unbeholfen, ungezwungen. Sie zeigte offen ihre Vorliebe, die ihrer *Mutter* galt, nicht Del.

Del ließ sie gewähren, zwang sie zu nichts. Sie beanspruchte nicht die Ergebenheit des Mädchens, denn es gab keine Grundlage dafür. Sie beanspruchte auch keine Höflichkeit, denn sie verstand das Denken eines Kindes. Sie ließ Kalle einfach mit der Frau hinausgehen, die sie als ihre Mutter kannte, dem Namen nach, wenn auch nicht dem Blut nach, und setzte sich in einer abgetrennten Ecke nieder, die die anderen deutlich sichtbar für die Klinge ohne Namen leer gelassen hatte.

Sie kniete sich hin. Band Harnisch und *Jivatma* los und legte beides schweigend zur Seite. Dann zog sie ein blaugesprenkeltes Fell über ihre Beine und schaute zu mir auf. Ich stand noch immer, denn ich war zu sehr mit Denken erfüllt, um mich hinzusetzen.

Del zog die Beine hoch, schlang die Arme um fellbedeckte Knie, seufzte ein wenig, war erschöpft. »Als ich Ajani und seinen Männern entkam, wußte ich nicht, wohin ich gehen sollte. Meine *ganze* Familie war tot, außer Jamail, und ihn entführten sie fast sofort in den Süden. Ich wußte es besser, als daß ich versucht hätte, ihn ohne Waffen, ohne entsprechende Ausbildung zu befreien ... es wäre mir mißlungen. Er wäre ohnehin verkauft worden und ich wahrscheinlich auch ... Also zog ich in den Norden. In den Norden zu dem Ort der Schwerter.«

»Eine schwierige Reise, allein.«

Del schob zerzaustes Haar aus dem Gesicht zurück. »Als ich ankam, war ich hochschwanger. Aber ich hatte meine Entscheidung getroffen, und nichts sollte mich von meinem Kurs abbringen. Ich wollte das Kind nicht, ich konnte das Kind nicht *lieben*. Es war nicht mehr als das Ergebnis zufälligen Samens, der von einem wolfsköpfigen Nordbewohner verschüttet worden war ... Warum sollte ich dieses Zufallsprodukt wollen?«

Warum, tatsächlich? Die Frage war berechtigt. Und doch klang sie so fürchterlich kalt.

»Die *Voca* schickten mich nicht fort, weil sie einem Menschen in Not Beistand gewähren, aber sie erkannten mich auch nicht als *Ishtoya* an. Erst nachdem ich geschworen hatte, mich nach der Geburt des Kindes zu beweisen, waren sie einverstanden, wenigstens zu erwägen, mich als Lehrling anzuerkennen. Und so gebar ich Kalle in der stillsten Zeit des Winters, und als ich körperlich in der Lage dazu war, zeigte ich den *Voca*, daß ich ein Schwert handhaben konnte.« Sie seufzte. »Nicht so gut, wie es für meine Zwecke nötig gewesen wäre, aber gut genug, um sie von meinem Wert zu überzeugen. Und so erkannten sie mich an.«

Del und ich waren seit fast einem Jahr zusammen. Davor war sie fünf Jahre lang in Staal-Ysta gewesen. Aber sie hatte auch ein Kind geboren. Das bedeutete, daß sie höchstens viereinhalb Jahre lang ausgebildet worden war.

Ich setzte mich ihr gegenüber hin und lehnte mich gegen den Raumteiler. »So ausgesprochen gut«, sagte ich leise, »in so sehr kurzer Zeit.«

Sie wich meinem Blick nicht aus. »Ich hatte Grund dazu«, sagte sie. »Einen großen und furchtbaren Grund. Du hast das Ergebnis gesehen.«

»Vergeltung.«

»Rettung«, konterte sie, »das immer an erster Stelle.

Später Rache, ja. Ich will den Blutzoll eintreiben, den Ajani mir schuldet.«

»Wie die *Voca* denjenigen eintreiben wollen, den du Staal-Ysta schuldest.«

»Wieder einmal die Wahl«, sagte Del. »Indem du Theron getötet hast, hast du es mir ermöglicht, den Rest des Jahres frei von der Blutschuld zu leben. Selbst dann hätte ich die Rufe überhören und im Süden bleiben können, frei von den *Voça*, zur Klinge ohne Namen erklärt.« Finger streichelten das Fell, das über ihre Knie gebreitet war. »Aber ich *habe* einen Namen, einen wahren Namen, und ich lasse nicht zu, daß sie ihn mir nehmen.«

»Und wenn der *Tod* ihn dir nimmt?«

Langsam schüttelte sie den Kopf. »Ich werde in Staal-Kithra begraben werden, neben Bron und anderen wie ihm. Ein ehrenvoller Tod. Mein Name wird in die Dolmen eingraviert und in allen Gesängen gesungen werden.«

Mein Mund verzog sich leicht. »Unsterblichkeit, so wie es aussieht.«

Del seufzte. »Ein Südbewohner könnte das nicht verstehen . . .«

»Ich verstehe den Tod«, unterbrach ich sie schroff. »Ich verstehe die Beständigkeit. Dein Name lebt vielleicht ewig, aber es wäre mir lieber, du lebtest auch ewig.«

Sie wechselte das Thema abrupt. »Es gibt *Amnit*«, sagte sie, »wenn du es willst. Und Essen. Wir sind keine Gefangenen, wie Stigand sagte. Wir haben die Freiheit, zu tun und zu sagen, was wir wollen, solange es hier drinnen geschieht.«

»Stigand ist der alte Mann?«

»Ja. Der andere, der jüngere, war Telek.« Sie lächelte, aber nur kurz, als sei es zu mühsam, es beizubehalten. »Als ich fortging, war er gerade erst zum *An-Kaidin* ernannt worden. Zumindest hat es ihn nicht verdorben. Er war immer ein fairer Mann.«

»Und Stigand ist das nicht?«

»Er ist nicht *unfair*. Nur hart. Fordernd. Schwierig zu erkennen. Er ist von der alten Schule, wie es auch Baldur war ... und Baldurs bester Freund.« Sie seufzte. »Stigand selbst war es, der mir die Wahl ließ, Schwerttänzer oder *Kaidin* zu werden ... Ich beleidigte ihn, als ich Staal-Ysta verließ. Er hatte von mir erwartet, daß ich bliebe. Und dann habe ich natürlich Baldur getötet. Er hat mich dafür gehaßt.«

Ich erkannte, warum. Aber ich sagte es ihr nicht. »Telek schien vernünftig zu sein.«

»Telek ist ein guter Mann. Er und seine Frau nahmen Kalle als ihr eigenes Kind an und gaben ihr ein schönes Zuhause.«

»Aber sie gehört ihnen nicht«, sagte ich. »Kalle ist *deine* Tochter.«

Dels Gesichtsausdruck war eigentlich gar keiner, denn sie hatte wieder ihre Maske aufgesetzt. Diesesmal konnte ich sie nicht lesen. »Ich überlebe vielleicht den morgigen Tag nicht, abhängig von dem Urteilsspruch. Was würde es Kalle nützen, eine Mutter zu verlieren, die sie nicht kennt? Eine Mutter, die sie niemals hatte?«

Ich hatte keine Antwort für sie parat, weil sie nicht mit mir sprach. Sie sprach mit sich selbst.

Ihre Brauen wurden zu einer gebogenen Linie. »Warum sollte man ein Kind von den einzigen Eltern fortnehmen, die es gekannt hat, es einer Fremden übergeben und ihm befehlen, sie wie eine Mutter zu lieben?«

Ich antwortete noch immer nicht.

Del fuhr sich mit den Fingern durch die Haare und schob sie aus dem verstörten Gesicht. »Warum«, begann sie leidenschaftlich, »wird von mir erwartet, daß ich das Mädchen *will*? Ich bin nicht dazu geeignet, die Mutter zu sein.«

Delilah war, so dachte ich, geeigneter als viele Frauen. Ich hatte sie schon früher mit Kindern gesehen.

Aber ich hatte Angst vor diesem Kind. Davor, wer

und was sie war, davor, was sie verkörperte. Vor der Bedrohung, die sie ganz entschieden darstellte.

»Was diese Verhandlung betrifft«, sagte ich. »Wie genau wird sie ablaufen?«

»Genau? Das weiß ich nicht.« Del zuckte die Achseln und sank gegen die Wand. »Wir werden es morgen früh erfahren.«

»Ich wüßte es lieber jetzt.«

»Du wirst Geduld haben müssen, Tiger. Wir müssen hier drinnen bleiben, bis man nach uns schickt.«

Ich runzelte die Stirn. »Und *überhaupt* nicht hinausgehen? Aber was ist mit . . .«

Sie winkte ab. »Der Nachttopf ist dort drüben.«

Das war, so dachte ich, genug, um die Unterhaltung zu beenden. Und so rollte ich mich in eines der Felle, streckte mich aus und schlief . . .

. . . und träumte von Dutzenden von blonden kleinen Mädchen, die sich an Dels Schwert hingen. Und sie davon abhielten, es zu gebrauchen, selbst um mein Leben zu retten.

Ich wachte später auf, lange genug, um zu essen und zu trinken, was uns gebracht worden war, und schlief dann wieder ein. Die Reise in den Norden hatte ihren Tribut gefordert, und ich war unglaublich müde. Ich dachte nicht, daß es Del stören würde, denn sie selbst war auch eingeschlafen.

Ich hoffte, daß ihre Träume angenehmer wären als meine.

Ich schlief fest und wachte mitten in der Nacht auf. Der Schlaf war vollkommen verflogen. Ich hatte aufgeholt. Ich stand auf, benutzte den Nachttopf und sah mich in der Hütte um.

Das Licht war schlecht, aber ich hatte mir gemerkt, wo die Tür war. Leise ergriff ich Therons Schwert, bahnte mir meinen Weg zwischen der Pfostenparade den Gang hinunter, öffnete die Tür und schlüpfte hinaus. Ich machte kein Geräusch.

Die Nacht war kalt. Der Schlamm und das Gras unter meinen Füßen waren hart gefroren. Das Licht war schwach, aber das Schimmern der Berge zeigte genug, damit ich sehen konnte. Ich atmete frostige Luft ein und wünschte, ich hätte ein Fell mitgenommen.

Die Hand legte sich auf meine Schulter. Ich zuckte zusammen, fuhr herum, hob mein Schwert, sah Teleks Gesicht in dem schwachen Licht. Wir waren von gleicher Größe und gleichem Körperbau, obwohl die Ähnlichkeit damit auch schon aufhörte. Er war, an mir gemessen, hellhäutig und wahrscheinlich ein oder zwei Jahre älter. Aber noch jung, wenn man alles andere verglich.

Er hatte seine Zöpfe gelöst. Hellbraunes Haar fiel ihm auf die Schultern. Aber das war der einzige Unterschied zu dem Mann, der er zuvor gewesen war.

In fließender Grenzlandsprache erinnerte er mich daran, daß ich hätte drinnen bleiben sollen.

»Das weiß ich«, stimmte ich zu. »Aber wenn man mir ohne Grund befiehlt, etwas nicht zu tun, versuche ich im allgemeinen, es doch zu tun. Das ist meine Art, Ungerechtigkeit zu bekämpfen.«

Er nahm seine Hand von meiner Schulter. »Ihr denkt, wir wären ungerecht, wenn wir von Euch erwarten, die Gebräuche von Staal-Ysta zu ehren?«

»Ich möchte Stigand sehen.«

Telek sog den Atem ein. »Jetzt? Warum? Was habt Ihr mit ihm zu besprechen?«

»Privatangelegenheiten, Telek. Werdet Ihr mich zu ihm bringen?«

Grimmig schüttelte er den Kopf. »Bei Morgengrauen beginnt die Verhandlung.«

»Das ist der Grund, warum ich ihn *jetzt* sprechen will. Er wird später keine Zeit dazu haben.«

»Die Gebräuche erfordern ...«

»Ich gebe keinen roten Heller dafür, *was* Eure Gebräuche erfordern«, bellte ich. »Dies hat mit der Frau dort drinnen zu tun, die Ihr alle zur Klinge ohne Namen erklärt habt, obwohl sie einen ausgeprägteren Sinn für Ehre hat als jeder andere von uns auf dieser Insel.« Ich deutete mit dem Kopf in Richtung Tür. »Ich habe fast ein Jahr mit ihr verbracht, Telek ... Ich werde auf alles, was Ihr wollt, schwören, daß sie das, was sie getan hat, aus Notwendigkeit getan hat und nicht aus Begehren, aus Überzeugung, nicht aus einer Laune heraus. Und ich werde auch beschwören, daß sie die Schuld mit Ehre trägt, wie es eine wahre *An-Ishtoya* tun sollte, die ihrer Ausbildung, ihrem Schwert und ihrem *An-Kaidin* Respekt zollt. Sie entehrt Euch oder sonst jemandem an diesem Ort nicht. Sie entehrt Staal-Ysta nicht.«

Das schwache Licht verbarg den größten Teil seines Gesichts, das noch dazu im Schatten lag. »Und wenn ich von Euch fordere, den Schwur zu leisten, den Ihr angeboten habt?«

»Tut es«, sagte ich schroff.

Sein Mund verzog sich ein wenig. »Dann werde ich es tun«, sagte er glatt. »Ich fordere von Euch, beim Leben von Delilahs Tochter zu schwören, daß Ihr nicht in die Verhandlung eingreifen, sondern ihre Bedingungen anerkennen werdet. Unabhängig davon, welche es sind.«

Meine hervorgestoßene Antwort kam wie von selbst. »Aber Kalle ist *Eure* Tochter.«

Teleks Blick schwankte nicht. »Ja«, stimmte er fest zu, »und das ist es, was Ihr sagen werdet, wenn Euch Del um Euren Rat bezüglich Kalles Zukunft bittet.«

Das war, so dachte ich, ein ironischer, wenn auch interessanter Pakt. Ich hatte Angst, daß Del beschließen könnte, hierzubleiben, um das Mädchen zu behalten und das Leben, das wir geteilt hatten, aufzugeben. Auch Telek spürte diese Angst — wenn auch aus anderen Gründen.

Es war ein leichter Schwur. Aber er bewirkte, daß ich mich beschmutzt fühlte.

Telek öffnete die Tür. »Ich bringe Euch zu Stingands Haus.«

Es mißfiel dem alten Mann sichtlich, mich zu sehen. Er sprach in schnellem, abgehacktem Hochlanddialekt zu Telek, der ruhig, leise und vernünftig antwortete. Und schließlich war Stigand bereit zuzuhören.

Wir kauerten uns in seinem Abschnitt innerhalb des rechteckigen Hauses hin. Seine Frau lag in Felle eingerollt und schlief geräuschvoll. Schnarchen und die Geräusche der Kopulation erklangen aus anderen Abschnitten. Ein Baby schrie kurz, hielt dann inne. Einer der Hunde bellte im Traum. Ich hätte etwas mehr Abgeschiedenheit vorgezogen, aber da ich nicht hinausgehen durfte, fügte ich mich.

Telek verließ uns. Stigand wartete schweigend, nachdem er mich mit einer Handbewegung zum Sprechen aufgefordert hatte.

Er war alt. Bei Nacht noch älter, mit seinen lose herabhängenden Zöpfen und dem um die Schultern gewikkelten Fell. Ich sah die Narben in seinem Gesicht, die Krümmung seiner Nase, die Linie eines Kiefers, der jedes Jahr mehr Zähne verlor. Draußen, als er Del gegenübergestanden hatte, war er ein starker, wenn auch alter Mann gewesen. Jetzt war er einfach nur ein alter Mann.

Ich atmete tief durch. »Freundschaft ist eine ehrenwerte Sache«, sagte ich ruhig. »Das Band, das zwischen Freunden aus der Kinderzeit, Schwertgenossen, anderen *Ishtoya*, *Kaidin* und *An-Kaidin* geschmiedet wird, muß geachtet werden. Es ist etwas, das respektiert werden muß. Eine Angelegenheit tiefer und beständiger Ehre.«

Hellblaue Augen schauten mich an. Er blinzelte nicht. Er würde sehr unnachgiebig sein.

»Männer, die im Mißgeschick und unter gegenseitiger Bewunderung zusammen älter werden, stehen sich näher als gemeinsam zur Welt gekommene Säuglinge.

Aber einer muß zuerst sterben. Einer stirbt immer zuerst und überläßt den anderen dem Kummer.«

Noch immer sagte der alte Mann nichts.

»Sein Tod war schlimm genug«, sagte ich, »aber verdient er einen weiteren? Würde Baldur das wollen?«

Stigands Lippen bewegten sich kurz. »Es möge sein, was *ich* will«, sagte er.

Kurz darauf nickte ich. »Aber auch das, was *sie* will, Stigand. Um den Mord an ihrer Familie zu rächen. Die Sklaverei ihres Bruders. Den Verlust der Unschuld durch die Hände eines Nordbewohners, der seiner Ehre schon vor langer Zeit abgeschworen und sie durch Brutalität ersetzt hat.«

»Wir haben ihr einen Platz gegeben«, sagte er. »Wir haben ihr Können und einen Handel gegeben. Wir haben ihr sogar Ehre gegeben, indem wir ihr etwas anboten, was wir keiner anderen Frau jemals angeboten haben.«

»Ihr habt ihr keine Ehre *gegeben*. Was Del hat, hat sie sich verdient.«

»Sie hat Staal-Ysta nicht anerkannt.«

»Sie hatte andere Verbindlichkeiten.«

»Sie hat ihr Schwert in dem Blut von einem von *uns* getränkt ...«

»Und nun wird Baldur niemals sterben.«

Das verwirrte ihn. Er riß den Mund auf.

Ich nickte. »Ihr habt vielleicht seinen Körper in Staal-Kithra begraben, aber sein Geist lebt in ihrem Schwert weiter. Seine *Lehre* lebt in ihrem Schwert weiter. Baldurs Weisheit besteht unverändert. Sein Können ist nicht vergessen. Er lehrt sie jeden Tag.«

»Das sagt *Ihr*, Südbewohner ...«

»Ich habe ihren Tanz gesehen.«

»Ihr versteht unsere Gebräuche nicht ...«

»Ich habe gegen sie getanzt.«

Stigand sah mich an. »Macht Euch das in irgendeiner Weise zum Richter? Was weiß ich von Euch?«

»Wahrscheinlich nichts«, gab ich zu. »Im Süden bin ich sehr bekannt und gut ... aber dies ist der Norden. Dies ist Staal-Ysta. Hier bin ich wahrscheinlich ein leerer Name. Aber vielleicht bedeutet es Euch etwas, wenn ich Euch sage, daß ich Theron besiegt habe.«

Faltige Lider zuckten. Jetzt achtete er auf meine Worte. »Er wurde gesandt, um ihr die Wahl zu lassen.«

»Und er hat es getan, aber schlecht. Er wollte gegen sie tanzen.« Ich zuckte die Achseln. »Del tat ihm den Gefallen. Aber ich habe ihn getötet.«

»Könnt Ihr das beweisen?«

Ich hielt das Schwert in das schwache Licht. »Ich kenne seinen Namen nicht«, belehrte ich ihn, »aber dies ist Therons *Jivatma*. Besäße ich es, wenn er noch lebte? Wäre es eine machtlose Klinge?«

Der alte Mann sah auf das Schwert hinab, das über meinem Schoß lag. Ich legte meine Hände ruhig auf Heft und Klinge und zeigte ihm, was ich tat. Zeigt ihm, daß ich überlebte. Einst hätte ich das nicht getan ...

Stigand streckte eine verkrümmte Hand aus. Ich sah Flecke darauf, verzerrte Sehnen, geschwollene Knöchel. Er legte die Finger auf die Runen.

»Es muß schmerzhaft für Euch sein«, sagte ich, »die Frau anzusehen, die Eurem Freund das Leben genommen hat. Wenn Ihr mir die Gelegenheit gebt, werde ich sie von hier fortnehmen.«

Das bestürzte ihn. Er zog ruckartig die Hand zurück und starrte mich an. »Sie aus Staal-Ysta fortnehmen?«

»Vorausgesetzt, daß sie *lebt*.«

Langsam schüttelte er den Kopf. »Ich bin nicht der einzige Richter. Die *Voca* besteht aus zehn Männern.«

»Aber Ihr habt hier die Macht inne. Traditionsgemäß beugte man sich Eurem Urteil. Das kann ich an Telek sehen. Ihr könntet die Entscheidung beeinflußen.«

Stigand stieß etwas Ärgerliches im Hochlanddialekt aus. »Wißt Ihr«, sagte er gepreßt, nachdem er seine Grenzlandsprache wiederentdeckt hatte, »wißt Ihr, daß ich Euch dafür töten lassen könnte? Dafür, daß Ihr eine solche Frage stellt?«

»Ich frage aus einer Notwendigkeit heraus.«

»Aus *welcher* Notwendigkeit heraus?« fragte er. »Was bedeutet die Frau einem Mann wie Euch, einem *Südbewohner*, für den Frauen nur Dinge sind?«

Ich kämpfte darum, ruhig zu bleiben. »Alles, was Baldur für Euch war. Ich verehre sie genauso sehr, wie Ihr ihn verehrt habt.«

Stigand spie neben meinem Knie aus. »Ihr wißt nichts von Ehre. Wenn Ihr es tätet, trätet Ihr hier nicht so auf und würdet nicht versuchen, mich in diese oder jene Richtung zu drängen. Versuchen, Eure Zuneigung in Gerechtigkeit zu kleiden. Was wißt *Ihr* von Ehre?«

»Ich kenne den Kreis«, belehrte ich ihn, »den Schwerttanz. Wenn Ihr wollt, schwöre ich darauf, damit Ihr wißt, daß ich meine, was ich sage.«

Tränen glitzerten in feuchten Augen. »Er war mein *Freund*.«

Ich schluckte schwer. »Im Süden gibt es ein Sprichwort über Katzen. Eine Wüstenkatze, die in der Punja geboren wurde, ist ein Tier, das man meiden sollte. Wir sagen: ›Der Sandtiger zieht allein‹.«

Stigand sah mich an, und ich fuhr fort.

»Aber er ist des Alleinseins müde. Der Sandtiger hat eine Gefährtin erwählt... Schwertgefährtin, Bettgefährtin, Lebensgefährtin. Aber jetzt bringt Ihr sie in Gefahr. Glaubt Ihr, das lasse ich zu?« Ich beugte mich vor, über das Schwert. »Alter Mann, ich werde Eure Gebräuche bis zu einem gewissen Grad ehren, weil sie es wert sind — *bis zu einem gewissen Grad*. Aber wenn Ihr diese Frau zum Tode verurteilt, werde ich meine eigene Rache ausführen. Die Rache eines Sandtigers.«

Sein Kinn zitterte. »Ihr bedroht einen alten Mann.«

»Nein.« Ich schüttelte den Kopf. »Ich spreche einen Krieger an, Stigand. Ich spreche einen *An-Kaidin* an. Ich spreche einen Mann an, den ich respektiere, weil Ihr, in meiner Sprache, ein Shodo seid. Ein Schwertmeister. Einer, der andere den Kreis lehrt und die Schönheit des Tanzes.«

Stigand schaute auf das Schwert. »Das ist nicht Eures.«

Ich nahm es auf und legte es auf die Teppiche. »Ich gebe es gern auf. Es gehört nach Staal-Kithra.«

Der alte Mann runzelte die Stirn. Preßte die Zunge gegen die Zähne. Schaute kurz zu der Frau, die noch immer in ihre Felle gewickelt schlief.

Er seufzte schwer. »Es ist schwer, einen Freund zu verlieren.«

»Und noch schwerer, eine Gefährtin zu verlieren.«

»Geht«, befahl Stigand.

Ich wollte aufstehen, hielt jedoch inne. »Kann ich eine Antwort bekommen?«

»Morgen früh«, antwortete er schroff.

Bestürzung flackerte dumpf in mir auf. Es waren neun weitere Männer mitentscheidend. Ohne Versicherungen von diesem ... »Shodo ...«

»*An-Kaidin*«, korrigierte er mich. »Ich habe Euch befohlen zu gehen.«

Hoolies. Ich konnte nichts mehr tun.

Ich erhob mich. Schaute auf das *Jivatma* hinab, das ich so lange getragen hatte. Sagte ihm dann leise Lebewohl und wandte mich um, um zu gehen.

»Südbewohner.« Ich fuhr herum. Stigands Gesichtsausdruck war rätselhaft. »Wie alt seid Ihr?«

Das verblüffte mich. »Alles in allem? Ich weiß es nicht. Vierunddreißig, vielleicht fünfunddreißig ... Ich bin ohne Mutter und Vater aufgewachsen.«

»Wie lange seid Ihr schon Schwerttänzer?«

Ich zuckte die Achseln. »Achtzehn Jahre, plus oder minus einem Tag. Ohne mein Alter zu kennen, ist das schwer zu sagen.«

Sein Blick hielt den meinen fest. »Baldur und ich wurden am selben Tag in demselben Dorf geboren, vor zweiundsiebzig Jahren. Wir waren Gefährten von Geburt an. Es war ein starkes Band, das wir ausgesprochen ehrten.«

Ich nickte schweigend.

»Meine Frau und ich sind seit mehr als fünfzig Jahren zusammen. *Dieses* Band ehre ich auch.«

Ich runzelte verwirrt die Stirn.

Stigands Stimme klang rauh. »Das ist meine Antwort. Und jetzt geht.«

Leise ging ich. Und wünschte, ich hätte den Sinn seiner Worte verstanden.

Ich schlenderte zurück zu der abgetrennten Ecke, die Del und ich uns in Teleks Haus teilten. Aber ich blieb schon vorher stehen und hielt inne, um auf Telek selbst hinabzusehen, der bei seiner Frau und der Tochter schlief, die Del geboren hatte.

Sie wirkten wie Klumpen unter den Fellen, gegen die Kälte zusammengekauert. Das Mädchen schlief zwischen ihnen, zusammengerollt, um die Körperwärme zu nutzen, aber ein Arm hatte sich aus den Fellen und Decken befreit. Ein kleiner schlanker Arm mit einer zarten Hand und noch zarteren Fingern. Und ich fragte mich, während ich sie ansah, ob diese Hand jemals ein Schwert halten würde, wie es die ihrer Mutter tat. Wenn das Mädchen überhaupt jemals den Kreis betreten würde.

Feines helles Haar breitete sich über das Lager aus pelzumwickelten Strohsäcken. Der größte Teil ihres Gesichts war verdeckt, aber ich sah ihren Mund — Dels Mund ... den feinen Spalt in ihrem Kinn — Ajanis Kinn? fragte ich mich. Die Linie einer Wange. Und daraufliegende Wimpern.

Ich wandte mich um. Ging, um mich in unserer Ecke wieder zu Del zu gesellen. Sah, daß sie die Augen geöffnet hatte und mich ansah. Sah das Schimmern von Tränen darin. Sah die verzweifelte Anspannung in den

Umrissen ihres Mundes, während sie darum kämpfte, sich nicht gehenzulassen.

Ich wollte ihr sagen, daß es nichts ausmachte, daß ich es verstehen konnte. Daß ich die unglaubliche Anspannung verstand, unter der sie mit dem Wissen gestanden hatte, daß sie ein Kind zurückgelassen hatte. Ich erinnerte mich sogar an unsere kurze Diskussion über Mütter und Väter und Kinder von Schwerttänzern. Dels nachdenkliche Melancholie, der Unterton der Verzweiflung. Ich wollte ihr sagen, daß das alles jetzt einen Sinn ergab, da ich *verstand* und es ihr nicht vorwarf.

Aber als ich mich neben sie legte, wandte sich Del von mir ab, der hölzernen Wand zu und schloß mich eindeutig aus.

Ich verbrachte den Rest der Nacht hellwach. Und so erging es, wie ich wußte, auch Del.

37

Kurz vor Morgengrauen wurden Del und ich getrennt. Ich war nicht sehr glücklich darüber, denn ich machte mir ziemlich große Sorgen um Dels Geisteszustand, aber Telek versicherte mir, daß dies üblich sei. Seine Frau Hana — mit Kalle als Helferin — nahm Del in einen Abschnitt ganz am anderen Ende des Hauses mit. Telek selbst nahm mich mit in den Bereich, den er mit seiner Familie bewohnte, und gab mir neue Kleidung.

»Nordische Kleidung, keine südliche«, entschuldigte er sich höflich. »Aber wir haben die gleiche Größe, und es gibt hier keine andere Kleidung als unsere eigene.«

Ich zuckte die Achseln. »Wenn ich nur mit einem Dhoti, einem Burnus und Sandalen bekleidet in den Norden gekommen wäre, hätte ich mir schon längst alles abgefroren — zumindest hat Del mir das wiederholt erzählt.« Ich lächelte genau wie Telek. »Ich habe mich an das Gewicht gewöhnt.«

Er warf einen Blick zu Hana hinüber, die Del eifrig half. »Ich werde nicht fragen, was letzte Nacht zwischen Euch und Stigand geschehen ist — das ist Eure eigene Angelegenheit —, aber ich werde Euch bitten, an die Vereinbarung zu denken, die Ihr mit mir getroffen habt.«

Ich schälte mich aus Riemen, Gamaschen und Stiefeln. »Ja. Ich denke daran. Ich werde die Bedingungen der Verhandlung anerkennen.« Ich zog die Tunika über den Kopf. »Sicherlich könnt Ihr mir keinen Hinweis darauf geben, was ich zu erwarten habe.«

Telek schüttelte den Kopf. »Ich bin nur ein Mann. Die

Voca wird von der Mehrheit regiert. Selbst wenn ich Euch das Urteil mitteilen würde, das ich unterstütze, würden andere vielleicht anders entscheiden.«

Ich kratzte über meine Brust und lockerte Haar, das durch die enge Bekleidung niedergedrückt worden war. Hoolies, und was würde ich nicht alles geben, um die Seiden und Gazestoffe des Südens wieder tragen zu können, unbehindert durch kratzige Baumwolle, schwere Felle und steifes Leder!

»Und *Ihr* wollt, daß Del Staal-Ysta verläßt, nicht wahr?« Stigand ebenfalls, aber ich sagte es nicht. Ich rechnete mir aus, daß die Ergebnisse der Verhandlung für sich selbst sprechen würden.

Teleks Gesicht war grimmig, die Augen wirkten seltsam feindlich. »Ich habe Angst«, sagte er leise. »Angst, daß sie zu sehr an Kalle hängen wird, wenn sie bleibt, und sie beansprucht wird.«

Ich senkte meine Stimme, denn ich wollte nicht, daß Del — *oder* Kalle — zuhörte. »Aber sie hat sie Euch *gegeben*, nicht wahr? Euch gebeten, ihre Tochter aufzuziehen.«

Er nickte kurz. »Am Tage nach Kalles Geburt wurde sie in unsere Obhut gegeben. Wir gaben ihr ihren Namen, nicht Del. Ich war damals *Kaidin* bei Dels *Ishtoya*, bevor sie zur *An-Ishtoya* erhoben wurde; sie kannte mich, respektierte mich, ehrte mich … Und es war eine Freude, das Mädchen anzunehmen. Hana ist — unfruchtbar.« Er warf einen schnellen Blick den pfostengesäumten Gang hinunter. Alle außer Hana, dem Mädchen und Del waren fort, einschließlich der Hunde und Katzen. »Es war ein Geschenk der Götter. Aber jetzt …«

»Jetzt habt Ihr Angst, daß das Geschenk rückgängig gemacht wird.« Ich nickte grimmig, während ich frische baumwollene Hosen anzog. »Nicht mehr als ich, Telek. Ich glaube, wir haben vieles gemeinsam.«

Er runzelte die Stirn und reichte mir die gestreifte

baumwollene Untertunika. »Was hättet *Ihr* zu befürchten, Südbewohner? Was bedeutet Kalle für Euch?«

»Veränderung«, erklärte ich knapp. »Zufällig mag ich mein Leben. Ich mag die Freiheit, die Herausforderung, das Risiko. Und ich mag es, das alles mit Del zu teilen ... unbelastet, könnte man sagen, durch etwas so Bedeutsames wie ein Kind.«

»Bedeutsam«, echote er. »Tatsächlich, ein Kind *hat* Bedeutung. Und der Mann oder die Frau, die das nicht sehen, haben keine Ehre.«

Wieder Ehre. Ein vertrauter Refrain. »Ich mag Kinder und finde, Kalle ist ein wundervolles kleines Mädchen ...«

»... aber Ihr wollt die Verantwortung nicht übernehmen.« Telek nickte. »Ich habe früher genauso empfunden. Aber damals schwor ich auch, niemals eine Frau zur Ehefrau zu nehmen, weil ich die Leichtigkeit lockerer Beziehungen vorzog.« Sein Lächeln war verzerrt. »Wir verändern uns alle, Südbewohner. Früher oder später. Einige von uns mehr als andere.« Sein Blick ruhte auf Dels entfernt sichtbarem Kopf, der sich über dem Raumteiler ruckartig bewegte.

Das ernüchterte mich. Zu häufig machte ich mir nicht die Mühe, darüber nachzudenken, was geschehen würde, wenn ich alt würde — nun, *älter*, vielleicht nicht alt — und nicht mehr in der Lage wäre, mir meinen Lebensunterhalt als Schwerttänzer zu verdienen. Es gab nicht viele alte *oder* ältere Schwerttänzer. Das Alter fordert seinen Tribut, und wir neigen dazu, uns selbst zu vernichten.

Also denke ich nicht viel darüber nach. Ich beschloß auch jetzt, nicht darüber nachzudenken.

Ich zog mich schweigend fertig an. Die geborgte Kleidung bestand aus guter, tief blauschwarz gefärbter Baumwolle. Die langärmelige Tunika hatte einen vom Hals hinabführenden Saum, der mit silbernen Perlen verziert war, die klimperten, wenn sie zusammenschlugen. Weichgekämmte Hosen, Fellgamaschen mit Silberspitzen, die von den Knöcheln bis zu den Knien über Kreuz gebunden wurden, schwere Lederarmschützer, die sich von den Handgelenken bis zur Hälfte des Unterarmes hinaufzogen und mit runden Silberverzierungen beschwert waren.

Hoolies, solche Eitelkeit!

Und *noch* mehr: ein dazu passender Gürtel, der so breit war, daß er fast meinen ganzen mittleren Körperteil bedeckte, und ebenfalls kunstvoll verziert war, und schließlich ein schwerer baumwollener Umhang, der in einem kräftigen, strahlenden Indigotürkis gefärbt war, um sich gegen die dunklere Farbe der Tunika und der Hose abzusetzen. Telek wickelte ihn von Schulter zu Schulter, schlug ihn zurück und befestigte ihn mit schweren Silberbroschen, auf jeder Schulter einer. Das Gewicht des Umhangs, der bis auf meine Stiefel reichte, drückte mir auf die Schultern.

Ich rollte mit den Schultern, denn ich war solches Gewicht nicht gewöhnt. »Wenn ich in den See fiele, ertränke ich in all diesem Glanz.«

»Ihr ertränket ohnehin. Del sagte, Ihr könntet nicht schwimmen.« Telek grinste. »Abgesehen von der sonnengebräunten Haut und den braunen Haaren könntet Ihr einer von uns sein.«

»Nein, danke«, sagte ich höflich. »Damit sind zu viele Traditionen verbunden ... Ich möchte lieber einfach ein südlicher Schwerttänzer sein, dessen einziges Anliegen das Überleben im Kreis ist.«

»Ein wertvolles Streben«, sagte Telek ruhig und deutete dann mit dem Kopf in Dels Richtung. »Die *An-Ishtoya*, Südbewohner, Baldurs beste Schülerin ... und sein größter Fehlschlag.«

Ich wandte mich um. Einen Moment lang konnte ich Del nur anschauen, bleichgesichtige, starrgesichtige Del, die dieselbe Farbe trug, die Bron im Kreis getragen hatte: einheitliches Schwarz und auch fellgeschützte, mit Band umwickelte Zöpfe. Wie ich trug auch sie Armschützer an den Unterarmen, aber statt aus Leder waren ihre aus Silber. Über ihre linke Schulter ragte das *Jivatma* namens Boreal.

Sie war großartig. Sie war auch hart und kalt wie der Tod, dessen Farbe sie so tapfer trug.

Ihr Gesichtsausdruck war unerbittlich. »Sie rufen uns.«

Telek nickte und ging uns voran durch das langgestreckte Haus. Sein hellbraunes Haar war von Hana neu geflochten und umwickelt worden, und er trug gedämpftes Braun. Sein Umhang war in warmem Siena gehalten, das mich an den Süden erinnerte.

Als wir vorbeigingen, streckte Hana die Hand aus, ergriff Kalle an einer Schulter und zog sie aus dem Weg. Del hielt inne, kniete sich hin und strich dem Mädchen das feine Haar zurück. »Ich werde dafür sorgen, daß du heute stolz auf mich sein kannst.«

Ich sah das Aufflackern der Angst in Hanas Gesicht, obwohl Kalle lediglich lächelte und die Unterströmungen des Augenblicks nicht verstand.

Ich schaute Telek an. Sein Gesicht war grimmig und hart, obwohl ich in seinen Augen auch noch etwas anderes sah. Entschlossenheit, Ungeduld und eine große Anteilnahme, die er trotz des eisernen Griffs, den er um seine Gefühle legte, kaum verbergen konnte. Er sah, daß ich ihn anschaute, und stieß die Tür auf. »Der Kreis wartet, Del.«

Sie erhob sich. Die Fingerspitzen wühlten kurz in Kalles Haar. Dann wandte sie sich resolut von dem Mädchen ab.

Als wir hinaustraten, war ich dankbar für den schweren Umhang. Ihm fehlte zwar die Bewegungsfreiheit, die ich von einem Kleidungsstück erwartete, aber zumindest hielt er ein wenig warm. Die Luft war frisch und klar und kalt. Schnee und Gras knirschten unter meinen Stiefeln.

Das Licht war bis jetzt noch schwach. Es fiel durch die kahlen Zweige der Bäume und malte schwach gestreifte Muster auf den Boden. Es verlieh allem eine ätherische blaugraue Färbung und polierte das Silber der Schwerthefte, die auf so viele Rücken zu sehen waren. Alle waren versammelt, sogar die allerkleinsten Kinder.

In der Mitte der Lichtung standen neun Männer, unter ihnen Stigand. Jeder von ihnen trug ein Schwert. Telek bedeutete mir, seitlich stehenzubleiben, abseits der Mitte und auch abseits der Zuschauer. Del führte er genau in die Mitte, vor die *Voca*, und befal ihr, sich vor jene zu stellen, die das Urteil sprechen würden.

Sie nahm ihren Platz ein. Sie stand im Profil zu mir, das so scharf war wie Glas, starr und völlig beherrscht. Welches Urteil auch immer man verkünden würde, sie war bereit dafür.

Telek trat zuerst vor. Er zog sein Schwert, trat dicht an Del heran, berührte mit der Schwertspitze den Boden. Und drückte sie hinein, bis das Heft und die halbe Klinge aufrecht in der Dämmerung standen.

Neun Männer folgten seinem Beispiel, bis sie von einem Kreis von Schwertern eingesperrt war. Ihr eigenes trug sie auf dem Rücken.

Stigand stand in der Mitte der Linie der Männer, Seite an Seite mit jenen, die jünger und stärker waren als er. Aber keiner, das wußte ich, hatte seine Macht. Ich hoffte, sie würde ausreichen.

Dem Bürgen der *An-Ishtoya* zuliebe sprach er in der Grenzlandsprache. »Erklärt Euch uns.«

»Delilah«, antwortete sie ruhig, »Tochter von Staal-Ysta.«

»Warum seid Ihr zu uns gekommen?«

»Um Gericht über mich halten zu lassen für den Tod des *An-Kaidin* Baldur, dem ich letztes Jahr das Leben nahm.« Del atmete tief ein. »Um die Blutschuld abzubüßen und für seinen Verlust Schwertgold zu bezahlen.«

Das Schweigen wog schwer. Unauffällig schaute ich mich um und versuchte, die anderen einzuschätzen. Ich sah starre nordische Gesichter, hörte kurze nordische Bemerkungen in der Sprache, die ich nicht kannte. Sie waren nicht gesinnt, ihr für den Tod des alten *An-Kaidin* Nachsicht zu gewähren.

»Sagt uns, warum«, sagte Stigand.

»Ich mußte mein *Jivatma* tränken.«

»Aber warum in Baldur tränken? Er war kein ehrenvoller Feind — er war ein ehrenvoller *Freund!*«

O Hoolies. Jetzt war Stigand böse.

»Ich brauchte ihn«, sagte Del. »Ich brauchte ihn in meinem Schwert.«

Stigands Stimme zitterte. »Dann sagt uns, warum. Sagt uns, warum es sein Leben wert war.«

Del erzählte es ihm. Sie sprach zu Stigand, nicht zu den anderen, obwohl auch sie alles hören konnten. Und auch alle anderen. Ruhig, emotionslos, berichtete sie, was mit ihrer Familie geschehen war. Wie Ajani und die Räuber alles zerstört hatten, was sie gekannt hatte. Die Aneinanderreihung trockener Tatsachen in ihrem Bericht nahm ihm die Wirkung und ließ mich um das Ergebnis bangen.

Schließlich beendete sie ihre Erklärung. Es war nicht wirklich eine Verteidigungsrede gewesen, sondern wenig mehr als eine nacherzählte Geschichte, und ich hatte Angst, daß die eisige Beherrschung, die sie sich selbst auferlegte, die Vorurteile gegen sie noch mehr schüren würde.

Nun war ich an der Reihe.

Stigands Augen blickten scharf. »Möchte der Bürge der *An-Ishtoya* vortreten und sich erklären?«

Dies war keine Frage, obwohl als solche formuliert. Ich trat vor, hörte gemurmelte Kommentare und versuchte Dels Blick auf mich zu ziehen, aber es gelang mir nicht. Ihr Blick ruhte fest auf den *Voca*.

»Ich bin der Sandtiger«, sagte ich. »Im Süden geboren, in der Punja geboren … Ich bin ein Schwerttänzer des siebten Grades.«

Diese Erklärung bewirkte Stille.

Kurz darauf nickte Stigand. »Dieser Mann ist mir bekannt. Er ist tatsächlich der Sandtiger, der die Narben der Katze trägt, die er tötete, um einen Namen zu bekommen, in Ehre und Würde erlangt.«

Nun, es hatte in Wirklichkeit nicht viel mit Würde zu tun gehabt. Die Katze hatte beinahe *mich* getötet. Es war reines Glück gewesen, daß ich den schlimmsten seiner Prankenhiebe ausgewichen war, während es mir gelang, ihn mit meinem groben Speer gegen die Felsen zu drücken, bis ich seine Lebensader durchbohrt hatte.

Ehre? Vielleicht. Ich wollte nur meine Freiheit, und das schien damals der einzige Weg zu sein.

Stigand sprach eintönig weiter. »Ihr seid als Bürge der *An-Ishtoya* nach Staal-Ysta gekommen.«

Ich bestätigte es.

»Und Ihr wußtet, was diese Verantwortung mit sich bringt.«

Nun, mehr oder weniger. Ich würde Dels Geschichte unterstützen und ihnen sagen, daß ihre Handlungen meiner Ansicht nach verdienstvoll gewesen waren. Ich sagte es.

»Bereit, diese Verantwortung zu übernehmen, unabhängig welche Form sie annimmt.«

Innerlich seufzte ich. Sagte ihm, daß ich dem zugestimmt hatte. Wünschte, sie würden sich beeilen.

»Wie gut kennt Ihr die *An-Ishtoya*?«

Hoolies, auf diese Weise würde es den ganzen Tag dauern, nur meinen Lebenslauf zu erstellen!

Ich teilte den *Voca* kurz mit, daß ich die letzten zehn Monate meiner Reise mit Del verbracht hatte und sie wahrscheinlich so gut oder auch besser kannte als jeder andere, da wir außer Schwertgefährten auch Bettgefährten gewesen seien, daß ich mit ihr sowohl im Kreis geübt als auch Schautänze durchgeführt hatte *und* sie bei der Ausführung von Aufträgen begleitet hatte, was leicht nachzuweisen sei, wenn sie sich die Zeit nehmen wollten, unsere südlichen Arbeitgeber ausfindig zu machen.

Ich dachte, es würde ihn zufriedenstellen, denn Nachforschungen würden sehr lange dauern.

Stigands Gesichtsausdruck war grimmig. »Und unterstützt Ihr alles, was die *An-Ishtoya* gesagt hat? Unterstützt Ihr ihren Grund, warum sie Baldur getötet hat?«

Es war wahrhaftig ein Test, und zwar ein tückischer. Ich würde meine Antwort sorgfältig wählen müssen.

Während ich mein Unvermögen verfluchte, die Grenzlandsprache fließend zu beherrschen, verlegte ich mich auf eine — wie ich hoffte — beredte, leidenschaftliche Verteidigung von Dels Handlungen. Aber auf halbem Wege ging mir die Beredsamkeit vollständig aus, ich hielt inne und trat einen weiteren Schritt vorwärts.

»Das ist unwichtig«, belehrte ich sie. »Wichtig ist allein, wie die *Voca* ihre Handlungen auslegt, und nicht eine auf Richtigkeit oder Falschheit beruhende Entscheidung. Wir waren alle schon damit befaßt, Dinge zu tun, die wir lieber nicht hätten tun sollen. Ich bezweifle, daß es irgend jemand von uns *genießt*, Menschen zu töten, aber wir tun es, wenn wir dazu gezwungen sind. Ich sage, daß das *Gezwungensein* von der Härte der Umstände abhängig ist.« Ich atmete tief ein. »Del hat einen Schwur sowohl auf die Seelen ihrer ermordeten Verwandten als auch auf ihr *Jivatma* geleistet, um den Tod der Familie zu rächen. Das ist ehrenvoll in sich selbst, wie es hier in Staal-Ysta gelehrt wird. Aber sie wußte, daß ihre Erfolgsaussichten gering waren. Eine Frau allein, egal, wie gut sie mit dem Schwert ist, kann nicht zwanzig oder dreißig Männer überwältigen.« Ich deutete kurz in Dels Richtung und auf ihr Schwert. »Sie konnte auf niemanden zählen, außer auf sich selbst — eine Blutschuld einzutreiben ist eine Sache, die der Verwandtschaft überlassen wird, aber ihr war niemand geblieben — also wandte sie sich an den einzigen Mann, er in der Lage gewesen wäre, ihr die Kraft, den Rückhalt und die Macht zu geben, die sie benötigte — sie wandte sich an ihren *An-Kaidin*.«

»Sie hat ihren *An-Kaidin getötet!*«

Stigands leidenschaftlicher Aufschrei hing in der Morgenluft. Und ich dachte, als ich ihn anschaute, daß ich ein Narr gewesen war, als ich hoffte, er werde als gerechte Strafe etwas anderes als ihren Tod vorschlagen.

Ich benetzte meine Lippen. »Aber Baldur ist nicht tot. Er lebt in ihrem *Jivatma* weiter.«

»Das ist nicht möglich«, erklärte Telek.

Ich widersprach. »Glauben Nordbewohner nicht daran, daß ein Jivatma-Schwert die Eigenschaften jenes Menschen annimmt, in dessen Körper man es tränkt?«

Telek machte eine Geste. »Dazu gehört mehr als dies.«

»Gebrochen«, sagte ich fest, »das bedeutet es im Grunde. Und das *ist* es vielleicht. Ich habe *Jivatmas* sterben sehen, wenn ihnen das Leben des Schwerttänzers genommen wurde. Zuerst Therons Schwert, dann Brons Schwert ... Sie wurden bloße Schwerter, anstatt *Jivatmas* zu bleiben.«

Die *Voca* tauschten Blicke. Ich hatte eindeutig nichts Neues enthüllt, aber vielleicht hatten sie gehofft, ich wüßte nicht soviel über ihre Gebräuche.

»Also«, sagte ich ruhig, »wandte sich Del um Hilfe an Baldur, und Baldur half ihr. Er trat in den Kreis. Er tanzte mit seiner besten *An-Ishtoya*. Und er starb, damit Dels *Jivatma* leben konnte. Damit sie die Blutschuld in wahrem nordischen Stil eintreiben konnte. Mit wahrer nordischer *Ehre*.«

Der alte Mann sah mich an. Ich sah Kummer, Zorn, Anerkennung. Aber er sagte nichts. Er wandte sich lediglich um und ging davon, während die anderen neun ihm folgten.

Hoolies, ich hasse es zu warten. Aber wir mußten warten, Del und ich. Während alle anderen dastanden und beobachteten und genauso warteten wie wir.

Schließlich kam Stigand mit den *Voca* zurückmarschiert. Nahm erneut seinen Platz vor Dels Käfig aus Schwertern ein. Sagte nichts, während sich die anderen neben ihm aufstellten. Telek mied meinen Blick, genau wie Stigand.

Kein gutes Zeichen.

Der alte Mann sah Del direkt an. »Ihr habt einen aus unserem Kreis getötet. Das ist unverzeihlich. Und unverzeihlich ist auch der Tod der anderen.«

Del blinzelte nicht einmal.

»Ihr habt Euch einverstanden erklärt, Baldurs Familie *Schwertgold* zu bezahlen, aber er hat keine Familie. Ihr werdet es statt dessen an Staal-Ysta bezahlen, um in Zeiten der Not zu helfen.«

Del nickte.

»In bezug auf die Strafe wegen des Mordes an Eurem *An-Kaidin* werden wir gnädig sein. Wir lassen Euch die Wahl: Tod oder Leben. Geht und begebt Euch ins Exil, oder bleibt hier und werdet hingerichtet.«

Sofort brach ein Raunen in den Zuschauerreihen aus. Einige hielten das Urteil eindeutig für gerecht, andere argumentierten dagegen.

Ich schaute Stigand an. Gut, der alte Mann hatte seinen Teil des Handels eingehalten. Ich schaute Telek an. Sein Gesicht war versteinert, aber ich sah Zufriedenheit in seinen Augen. Die Ehre von Staal-Ysta wurde aufrechterhalten, Del wurde bestraft, beide hatten bekommen, was sie wollten: Staal-Ysta freizuhalten von schmerzvollen Erinnerungen an Tod *und* Geburt.

Ich stieß einen erleichterten Seufzer aus. Jetzt konnten wir gen Süden ziehen. Jetzt konnten wir heimkehren.

»Wie lange«, fragte Del, »gilt das Exil?«

»Für immer«, belehrte Stigand sie.

Wenig überrascht nickte Del. »Ich möchte ein Jahr zurückkaufen.«

Der Satz gebot allem Lärm Einhalt. Alle schauten, einige mit offenem Mund.

Stigand war deutlich verwirrt. »Ein Jahr zurückkaufen?«

Dels Stimme erklang deutlich, wurde durch die kalte Luft getragen. »Ich möchte, daß der erste Tag meines Exils zwölf Monate in die Zukunft verlegt wird. Ich werde dafür bezahlen.«

»Warum?« fragte Stigand.

»Ich habe ein Kind.« Del schaute ihn offen an. »Ich möchte eine Mutter sein, wenn auch nur für ein Jahr.«

Telek schloß die Augen.

Stigand schüttelte den Kopf. »Das ist nicht annehmbar. Ihr habt das Mädchen aufgegeben ...«

»... weil ich keine andere Wahl hatte.« Ihre Stimme war ruhig, aber die zugrunde liegende Leidenschaft unterstrich ihr Anliegen genausosehr wie ihr Aufschrei. »Welche Art Mutter wäre ich ohne Ehre? Welches Leben könnte ich einem Kind bieten? Keines. Und so legte ich meine Schwüre ab und gab es auf, so daß ich die Blutschuld eintreiben konnte, um die Ehre meiner Familie wiederherzustellen ... und *Kalle* die gleiche Ehre zu gewähren.« Sie sah Telek gerade an. »Ich will sie Euch nicht wegnehmen. Ich möchte sie nur ein Jahr lang *teilen*; dann wird sie für immer Euch gehören, ungeteilt, während ich mein Leben in anderen Ländern verbringen werde.« Bitterkeit trat zutage. »Ist das zuviel verlangt? Ein Jahr im Austausch für ein ganzes Leben?«

O Hoolies, Bascha. Das war nicht Teil unseres Handels.

Stigand sah nicht besorgt aus, obwohl Teleks Gesicht grau war. Der alte Mann lächelte nur. »Ihr sagtet, Ihr würdet das Jahr zurückkaufen. Womit? Ihr müßt Staal-Ysta Schwertgold bezahlen ... Was bleibt zum Ausgeben übrig?«

»Ein Blutgeschenk«, sagte sie fest, »für den Zeitraum dieses Jahres.«

Stigands Stimme war sanft. Er war sich des Ausgangs sicher. »Ich sage erneut: was? Wollt Ihr Euer *Jivatma* aufgeben?«

»Nein«, antwortete Del ruhig. »Ich gebe Euch einen neuen *An-Ishtoya*. Ich gebe Euch den Sandtiger.«

38

Lärm. Alle redeten mit mir, redeten *auf* mich ein: Stigand, Telek, weitere Mitglieder der *Voca*, andere Nordbewohner. Aber es war alles einfach Lärm, *alles*. Ich ging einfach fort, drängte mich durch die Menge und gelangte schließlich zu Del.

Ich streckte die Hand aus, ergriff einen Arm über dem Ellbogen, zog sie nahe zu mir heran. »Wir müssen miteinander reden.«

Die *Voca* hatten sie aus ihrem Käfig befreit, indem jeder Mann sein Schwert aus dem Boden gezogen und in die Scheide gesteckt und damit seine Anerkennung ihres Vorhabens angezeigt hatte. Das heißt, alle bis auf *zwei*. Weder Stigand noch Telek waren zufriedengestellt, aber sie wurden von einer entschiedenen Mehrheit geräuschvoll überstimmt, und so nahmen auch sie schließlich ihre Schwerter vom Boden auf. Del hatte ihr Jahr erworben.

Sie versuchte einmal, ihren Arm aus meiner Hand zu befreien, aber es mißlang, und sie gab auf. Erlaubte mir, sie von dem Tumult wegzuführen, zurück zum Strand, wo das Boot verankert lag.

Ich ließ ihren Arm frei und wußte, daß ich zweifellos rote Fingerabdrücke auf ihrer Haut hinterlassen hatte, die am Morgen blau werden würden. Del ist so hellhäutig.

Sie stand starr, fast linkisch da und schaute unbeirrt über den See, zu der Stelle, wo die Berge in den Himmel stießen. Wasser trägt den Klang. Ich hörte in der Ferne Geräusche. Ich glaubte den Hengst zu hören.

Vorsichtig deutete ich auf das Boot. »Was«, begann

ich ruhig, »sollte mich daran hindern, in dieses Boot zu steigen und wegzufahren?«

Dels Stimme klang matt. »Du kannst doch nicht rudern.«

»Oh, ich lerne ziemlich schnell ... und du hast mich *mehr* als genug herausgefordert, damit ich jetzt einsteigen und es tun sollte.«

»Dann geh«, sagte sie tonlos.

Ich ergriff erneut ihren Arm und riß sie zu mir herum. »Du weißt ganz genau, daß ich das nicht *kann!* Dafür hast du gesorgt, nicht wahr? Du wußtest, daß ich — wenn ich erst einmal zugestimmt hätte, das Urteil der *Voca* anzuerkennen — kraft meiner eigenen Worte in der Falle säße und du tun könntest, was du wolltest, gleichgültig, ob ich damit einverstanden wäre.«

»Du hast die Wahl«, sagte sie kurz. »Du bist kein Gefangener. Du bist ein Schüler, genau wie alle anderen ... Niemand wird dich hier gegen deinen Willen festhalten. Niemand wird dich anketten oder dich in ein Haus einsperren. Schlimmstenfalls werden sie dir ein *Jivatma* geben.«

»Ich *will* keines!« schrie ich. »Ich will in dieses Boot steigen — *mit* dir — und über den See zurückrudern, wo wir uns den Hengst schnappen und wie die Hoolies wegreiten, und zwar auf der Stelle!«

»Ich habe ein Jahr«, sagte sie grimmig. »Rechtmäßig erworben und bezahlt.«

»Auf Kosten *meiner Freiheit*, Del!« Ich starrte sie an, erstaunt über die Tiefe ihrer Entschlossenheit und ihren Mangel an Mitgefühl mir gegenüber. »Du hast mich nicht einmal *gefragt!*«

Sie fuhr herum und sah mich offen an. »Und wenn ich zu dir gekommen wäre und honigsüß gesagt hätte: ›Bitte, Tiger, wirst du das für mich tun? Tiger, wirst du mir ein Jahr deines Lebens schenken?‹« Sie schüttelte den Kopf. »Warum sollte ich meinen Atem verschwenden? Ich wußte, was du sagen würdest.«

»Nein, das weißt du nicht. Du hast nicht die leiseste Ahnung. Weil du so sehr mit dir selbst und deinen Bedürfnissen beschäftigt bist, daß du für mich völlig blind bist.«

»Nicht blind!« schrie sie. »Ich sehe dich! Aber ich sehe auch Kalle. Ich sehe auch *meine Tochter*...«

»... die du am Tag nach ihrer Geburt aufgegeben hast.«

»Weil ich *mußte*...«

»Erzähl mir nicht solchen Ammenmärchen, Del. Du *mußtest* nichts dergleichen tun. Niemand hat dich dazu gezwungen. Niemand hat dir dieses Kind weggenommen und gesagt, du könntest es nicht wiedersehen, bis du deine Familie gerächt hättest. *Du* warst es. Du warst es...«

»Was weißt du davon?« schrie sie. »Was weißt *du* von Liebe und Ehre innerhalb einer Familie? Weißt *du* von der Verantwortung der Familie gegenüber? Du hast in deinem ganzen Leben niemals irgendeine Verantwortung übernommen!«

Das tat weh. »Und wieviel Verantwortung hast du *Kalle* gegenüber gezeigt, als du sie aufgabst? Hast du *ihre* Bedürfnisse befriedigt oder deine eigenen?«

Dels Augen glühten. »Ich mußte...«

»... es tun, ich weiß.« Ich schüttelte den Kopf. »Du hast jedes Recht, unangenehme Entscheidungen für dich selbst zu treffen, Del, sogar falsche, aber du hast absolut kein Recht zu entscheiden, wie andere leben sollen.«

»Kalle gehört mir.«

»Du hast deine Anrechte an ihr aufgegeben.«

»Nein.«

»Doch.« Ich seufzte schwer und kratzte an den Krallenspuren in meinem Bart, während ich versuchte, Geduld und Laune zu bewahren, und wurde hart bedrängt. »Es geht ihr gut bei Telek und Hana, das hast du selbst gesagt. Warum willst du das jetzt zerstören?«

»Ich zerstöre nichts. Ich *teile* sie für ein Jahr.«

»Und wie, glaubst du, wird Kalle das sehen? Bist du eine Mutter auf Zeit, die nach *eigenem* Belieben kommt, um sie zu sehen, und von ihr erwartet, daß sie ihr dieselbe Liebe und Zuneigung entgegenbringt, die sie Hana gegenüber empfindet?« Ich schüttelte den Kopf. »Wie wird das für sie sein, Del?«

Del wandte den Kopf ab und schaute ärgerlich über den See. Ich sah Tränen in ihren Augen glitzern. »Es ist ein Jahr für ein ganzes Leben.«

»Und wie wird es für dich sein, wenn dieses Jahr vorbei ist und du sie für immer verlassen mußt? Denkst du, das wird leicht sein? Denkst du, du kannst einfach fortgehen und sagen, deine Zeit sei um?«

»Ich würde lieber in dem Wissen gehen, ein Jahr mit ihr *gehabt* zu haben, anstatt jetzt zu gehen und nichts gehabt zu haben.«

Es war unglaublich zermürbend. »Aber du hast sie einen Tag nach ihrer Geburt aufgegeben, Del! Du hast die letzten fünf Jahre weit weg von ihr verbracht — warum bist du jetzt so fordernd?«

»Weil ich mich geirrt habe.« Del wandte sich um und sah mich erneut an. »Ich habe mich *geirrt*, Tiger.« Sie hielt sich so krampfhaft aufrecht, daß ich Angst hatte, sie werde zusammenbrechen. »Ich war so wütend, als ich hierherkam, daß ich nichts als die Rache sehen konnte, die ich an Ajani und seinen Männern nehmen würde. Das war es, Tiger, was mich auf der Reise hierher *genährt* hat. Zu wissen, daß ich dieses Kind trug. Zu wissen, daß ich, hätte ich erst einmal den Umgang mit dem Schwert gelernt und mir mein *Jivatma* verdient, tun könnte, was immer ich wollte. Ich würde das Können und die Kraft erwerben, es zu tun.«

Ruhiger sagte ich: »Ich verstehe Rache. Ich verstehe Haß. Aber du kannst kein normales Leben leben, wenn du nur von diesen Empfindungen abhängig bist.«

Dels Mund war eine dünne Linie. »Ich habe fünf Jahre lang mit diesen Empfindungen gelebt, Tiger. Sag mir nicht, daß man das nicht kann.«

»Ich sagte, *ein normales Leben*, Del. Dein Leben ist nicht normal. Es ist noch nicht einmal annähernd normal.«

»Vielleicht nicht«, stimmte sie zu. »Aber vielleicht wird mir das Jahr mit Kalle das Gleichgewicht schenken, das ich brauche.«

Ich spreizte die Hände. »Was ist mit Kalle? Wie wird *sie* empfinden?«

Del schüttelte so entschieden den Kopf, daß ihr die Zöpfe die ihre Schultern schwangen. »Tiger, du verstehst nicht. Du hast keine Ahnung ...«

»... wie Kalle vielleicht empfinden wird?« beendete ich ihren Satz. »Denk noch einmal nach, Del.«

Sie legte die Handflächen flach auf die Schläfen. »Du *verstehst* nicht«, wiederholte sie. »Wie könntest du auch? Du hast selbst zugegeben, daß du nicht weißt, ob du Kinder gezeugt hast — vielleicht, vielleicht auch nicht. Du stehst der Möglichkeit, daß da vielleicht Söhne und Töchter deines Blutes über den Süden verstreut leben könnten, höchst gleichgültig gegenüber.« Sie zog die Hände fort und schlug sie auf die Oberschenkel. »Und dennoch stehst du hier und sagst mir, du wüßtest, was meine Tochter empfinden wird?«

»Ja«, sagte ich einfach. »Besser, als *du* es wissen kannst.«

Ungeduldig: »O Tiger ...«

»*Ich weiß es*«, sagte ich und klopfte mir mit den Fingern gegen die Brust. »Ich weiß — tief drinnen, tief *hier* drinnen —, was es heißt, verlassen zu sein. Was es heißt, aufzuwachsen in dem Wissen, daß niemand einen haben will ... was es heißt, absolut niemanden zu haben, außer sich selbst ... was es *heißt* zu wissen, daß die Frau, die dich geboren hat, dich in den Sand fallen ließ wie einen Haufen stinkenden Mist und dich dort liegengelassen hat, damit du verrotten solltest.« Ich trat näher an Del heran, sehr nahe. »*Ich weiß es*, Del. Ich weiß es sehr gut.«

Sie sah mich mit bleichem Gesicht an. Ich hatte sie mit meiner Leidenschaft erschreckt, aber ich hatte ihre Gefühle nicht geändert. Zu leicht ging sie über meine Einwände hinweg. »Das ist nicht dasselbe, Tiger. Ich *verlasse* Kalle nicht ...«

»Sie wird den Unterschied nicht erkennen«, sagte ich schroff. »O ja, du und Hana und Telek werdet versuchen, es ihr zu erklären, aber sie wird es nicht verstehen. Sie wird nur wissen, daß du fortgegangen bist. Daß du von *ihr* fortgegangen bist ... Das ist das einzige, was zählt. Sie wird die deiner Abreise zugrunde liegenden Gründe nicht verstehen. Sie wird nur wissen, daß du *fort* bist.«

»Wenn sie älter ist ...«

»Wieviel älter?« fragte ich. »Es dauert Jahre, Del. Viele, viele Jahre, bis du damit zu Rande kommen wirst ... Und selbst dann wirst du es niemals wirklich schaffen. Du verstehst es ein wenig besser, aber der Schmerz sitzt immer noch dort drinnen.« Ich atmete tief durch. »Das Urteil ist hart. Ständiges Exil von Staal-Ysta, von deiner Tochter ... Aber hast du darüber nachgedacht, was dein gekauftes Jahr *ihr* antun wird?«

Hölzern: »Gib ihr Zeit mit ihrer Mutter.«

Kurz darauf schüttelte ich den Kopf. »Hana ist ihre Mutter.«

»Du *verstehst nicht!*« schrie sie. »Wie sollst du es auch verstehen? Du wirst so sehr von deinen eigenen Begierden und deiner Selbstsucht geleitet, daß du nur die Bedrohung sehen kannst, die sie für das Leben darstellt, das du und ich geteilt haben. Nun, es ist *vorbei!* Was ist davon geblieben?«

»Ein Jahr«, sagte ich grimmig. »Dessen hast du dich versichert, nicht wahr? Vor langer Zeit, als du das erste Mal von Tanzstilen und den Gebräuchen von Staal-Ysta gesprochen hast ... vor langer Zeit, als du mich das erste Mal unterrichtet hast, als seist du der *Kaidin* und ich der *An-Ishtoya*.« Ich nickte, als sie mich ansah. »Da hätte ich es erkennen müssen. Dieses ganze unsinnige Gerede über den Norden ... da hätte ich es erkennen müssen. Du wußtest, daß es die Möglichkeit gäbe, deinen Kopf aus der Schlinge zu ziehen, indem du den *Voca* ein Blutgeschenk anbötest — und dieses Geschenk, so hattest du beschlossen, sollte ich sein.«

Dels Stimme klang tonlos. »Ja.«

Zorn, seltsamer Zorn, gemildert durch ihr Eingeständnis. Ich seufzte tief. Wandte mich von ihr ab, dem See und den Bergen zu, und verschränkte die Arme vor der Brust. »Ich vermute, ich werfe es dir nicht einmal wirklich vor. Und ich glaube, das macht mich am zornigsten — ich *kann* irgendwie verstehen, was du getan hast.«

»Und *warum*?«

Ich zuckte die Achseln. »Genug von dem Warum. Hauptsächlich fühle ich mich leer. Müde, dumpf und leer ... Ich fühle mich, als sei ich *benutzt* worden.«

Del stand mit starrem Gesicht da und sagte nichts.

Untätig rollte ich einen Stein aus seiner Vertiefung am Boden. Bückte mich, hob ihn auf, warf ihn hinaus in den See. Beobachtete, wie er fiel, hörte sein Aufplatschen. Sah die Ringe, die sich um die Stelle des Aufpralls bildeten. »Ich kann nicht hierbleiben.«

Sie atmete tief und stoßweise ein. »Vielleicht gibt es doch einen ehrenvollen Weg. Ich glaube, wenn du mit Telek sprichst oder vielleicht sogar mit Stigand, dann könnten sie eine Möglichkeit finden, dir das Jahr zu erlassen.«

Hoffnung schimmerte auf. Die dann aber wieder verschwand. »Einen Weg für *mich*, um mich aus meinem Urteil freizukaufen?« Ich lächelte und lachte leise. »Aber was habe ich denn zu verkaufen? Womit soll ich handeln?«

Del wandte sich brüsk von mir an. Starrte blind hin-

aus aufs Wasser und fuhr dann genauso brüsk wieder
herum. »Ich will dieses Jahr mit Kalle. Aber ich will es
auch mit dir.«

Nun, ich denke, das ist immerhin etwas.

Aber ich bin mir *jetzt* nicht sicher, ob es genug ist.

39

E s war die Zeit des Sonnenuntergangs. Im Norden sind die Farben anders. Hier versinkt die Sonne hinter schneebedeckten Bergen und nimmt das Tageslicht mit sich. Und weil der größte Teil des Tages grau und blau und elfenbeinfarben ist, sind auch die Farben des Sonnenuntergangs gedämpft. Sie verblassen einfach zu tieferem Blau und trüberem Grau, bis die Sonne vom Mondlicht ersetzt wird, das vor farblosem Schwarz leuchtend Hof hält.

Wir versammelten uns in der Nähe eines Dolmens auf der Insel: Stigand, ich selbst, Telek. Um Fragen zu klären, Erklärungen abzugeben und auf Lösungen zu hoffen. Keiner von uns war glücklich.

Stigand war in einen warmen grünen Umhang gewikkelt, und die weißen Zöpfe waren mit Goldkordeln umwunden. Er hatte den Stoff bis zum Kopf hochgezogen, um seinen Nacken vor der Zugluft zu schützen. Finster starrte er an mir vorbei zu dem Dolmen und sog an seinen übriggebliebenen Zähnen.

Telek war kaum besser dran. Er trug noch immer dunkles Braun und warmes Siena. Seine Stimmung war entschieden niedergeschlagener.

»Sie wird es sich nicht anders überlegen«, sagte ich. »Sie hat ihre Entscheidung getroffen.«

Teleks Mund verzog sich in verschrobenem Mißvergnügen. »Del war schon immer dickköpfig.«

Stigands Stimme klang verdrossen. »Sie zollt unseren Gebräuchen keinen Respekt.«

»*Das* stimmt nicht«, widersprach ich. »Und das wißt Ihr, alter Mann.«

Wir hatten die manchmal lästige Höflichkeit unter Fremden hinter uns gelassen, da wir alle der gleichen unglücklichen Wirklichkeit gegenüberstanden, die wir zu umgehen gehofft hatten. Wir verschwendeten jetzt keine Zeit mehr.

Stigand seufzte und zog seinen Umhang fester um sich. »Die anderen sind unnachgiebig. Sie hat sich ihr Jahr, wie sie sagen, mit dem Geschenk des Sandtigers erkauft. Eine wertvolle Zugabe, sagen sie, zum Rang eines *An-Ishtoya*.«

Ich strich durch meinen Bart zum Kinn. »Ich hätte gedacht, ich würde zumindest zum *Kaidin* ernannt werden.«

Telek unterdrückte ein kurzes Auflachen. »Ja, nun — zweifellos. Es war nicht als Beleidigung gedacht. Aber ihr kennt unseren Stil nicht, bis auf das, was Del Euch gelehrt hat, und das ist in sich schon etwas, das Euch eher den *An*-Titel verleiht, als Euch nur zum *Ishtoya* zu machen. Das ist etwas, Südbewohner. Seid dankbar.«

Ich schaute ihn direkt an. »Nein. Was ich *bin*, wird als unangenehm empfunden.« Ich zog den geborgten Umhang um mich und wickelte mich darin ein wie ein südlicher Sandwurm. »Ich gehöre nicht hierher. Ich mag nicht hier *sein*. Ich will über den See zurückzurudern und zu meinem Pferd, damit ich wieder nach Hause reiten kann. Hinunter in den Süden, wo ich hingehöre. In die Punja, wo es *warm* ist.«

»Wenn ich könnte, würde ich Euch hinschicken«, murmelte Stigand.

»Ihr werdet für ein Jahr hier sein«, belehrte mich Telek geduldig, wobei er den verdrießlichen Kommentar überhörte. »Es wird viel zu tun geben. Ich bezweifle, daß Ihr lange Zeit nur ein *An-Ishtoya* bleiben werdet — mit Eurem bereits vorhandenen südlichen Können werdet Ihr sicherlich schneller in den Rang eines *Kaidin* erhoben werden als die meisten — und dann könnt Ihr Schüler lehren, die dessen wert sind.«

Ich grunzte. »Ich möchte nicht lehren. Ich bin ein Schwerttänzer, ich tanze.«

Stigand stieß etwas durch die Zähne hervor und spie es auf den Boden. »Es ist Zeitverschwendung — unserer Zeit *und* ihrer Zeit —, wenn Schüler das Schwerttanzen dem ehrenvolleren Rang eines *Kaidin* vorziehen.«

Telek seufzte. »Das Schwerttanzen ist auch ein ehrenvoller Beruf«, sagte er geduldig. »Euer eigener Sohn zog das Schwerttanzen dem Rang des *Kaidin* vor, Stigand ... laßt es nicht zu, daß Euch Euer Vorurteil im Wege steht.«

Der alte Mann spie erneut aus. »Mein eigener Sohn war ein Narr«, sagte er kurz. Er sah mich einen Moment lang forschend an, dann verzog sich sein Gesicht unsicher. »Wißt Ihr es?«

Ich runzelte die Stirn. »Was soll ich wissen?«

»Daß Theron mein Sohn war.«

Das erschütterte mich. Ich konnte den alten Mann nur entsetzt anstarren, dessen Sohn ich im Kreis getötet hatte, um ihn davon abzuhalten, Del zu töten. Theron, der in den Süden gekommen war, um die *An-Ishtoya* zu finden und ihr die Möglichkeit zu geben, ihm im Kreis gegenüberzutreten, oder in den Norden zu gehen, um sich den *Voca* zu stellen.

Dessen totes *Jivatma* ich seinem Vater präsentiert hatte.

»Nein«, sagte Telek, »wie solltet Ihr das wissen? Es sei denn, Del hätte es Euch erzählt, was unwahrscheinlich scheint. Del sagt die meiste Zeit sehr wenig.«

Ich überlegte laut, daß es Zeiten gab, da Del insgesamt viel *zuviel* erzählte.

Stigand grunzte. Telek lächelte.

»Es tut mir leid«, sagte ich zu dem alten Mann. »Wenn ich gewußt hätte ...«

Stigand ließ mich nicht zu Ende sprechen. »Ist er ehrenvoll gestorben?«

Der Tanz war mir noch sehr gut in Erinnerung. Nein,

Theron war nicht ehrenvoll gestorben, weil er betrogen hatte. Er hatte sein Schwert erneut getränkt, wie Del es genannt hatte, und sein *Jivatma* damit doppelt gefährlich gemacht. Und doppelt mächtig.

»Ja«, log ich, »er starb ehrenvoll. Es war ein guter Tanz.«

Stigand seufzte tief. »Theron war immer ein sturer, dickköpfiger Junge ... viel schlimmer als alle anderen.«

Ich schaute Telek an und hob in stummer Frage die Augenbrauen.

»Stigand hat — *hatte* — acht Söhne«, sagte er ruhig.

Nun, das war *etwas*. Zumindest hatte ich nicht den einzigen getötet.

Teleks Lächeln war sehr sanft. »Und ich bin einer von ihnen.«

Hoolies. Hier stand ich allein unter den Bäumen in der Dunkelheit mit dem Vater und dem Bruder des Mannes, den ich getötet hatte. Das war kein Anlaß für einen Mann, sich besonders willkommen zu fühlen.

Ich bewegte mich unbehaglich. »Ich hatte keine große Wahl, wie Ihr wißt. Es war ein Tanz auf Leben und Tod.«

Telek nickte. »Theron wußte das, als er von hier fortging, um Del zu suchen.«

Stigands Stimme klang finster. »Sie war schon immer besser als Theron.«

Telek nickte. »Und er hat ihr das immer übelgenommen.«

Ich räusperte mich. »Was unser Problem bezüglich meines Fortgehens von Staal-Ysta betrifft ...«

Vater und Sohn zeigten den gleichen Gesichtsausdruck des Verdrusses.

»Es muß einen Weg geben«, sagte ich leise und gleichermaßen verdrossen. »Findet einen Weg.«

Telek schaute Stigand an, der nichts sagte, sondern nur mürrisch schaute. »Del hat uns Euch für zwölf Monate versprochen, und die *Voca* haben zugestimmt.«

Es gelang mir nur mit Mühe, sie nicht anzuschreien. »Seht, ich bin ein Südbewohner, kein Nordbewohner... Ich kann mich von Euren *Voca* oder Euren Gebräuchen nicht gebunden fühlen, wenn sie mit meinem persönlichen Lebensstil in Konflikt geraten. Del hat mich nicht in ihre Pläne eingeweiht, so daß ich niemals die Möglichkeit hatte, mich zu weigern.« Ich schüttelte den Kopf. »Dies ist nicht mein Ort. Ich habe nicht die Absicht, hierzubleiben.«

Teleks Gesichtsausdruck war grimmig. »Ihr habt Euch einverstanden erklärt, das Ergebnis der Verhandlung anzuerkennen.«

Ich nickte lebhaft. »Ja — *bevor* ich wußte, daß Del die Absicht hatte, mich erneut in die Sklaverei zu verkaufen...« Ich brach ab, bevor die beiden meine Verzweiflung bemerkten. »Es muß eine Möglichkeit geben, Telek. Eine ehrenvolle nordische Möglichkeit, um diesen südlichen Schwerttänzer freizulassen.«

Kurz darauf sah Telek seinen Vater an. Stigand sah nicht erfreuter aus. »Ihr bittet um eine besondere Behandlung«, grollte er.

»Es ist mir gleich, wie Ihr es nennt. Ich möchte nur fort von hier.«

Telek kratzte sich am Kinn. »Vielleicht gibt es eine Möglichkeit. Aber habt Ihr auch an die Folgen gedacht?«

Ich runzelte die Stirn. »Welche Folgen?«

Telek beschönigte nichts. »Es würde bedeuten, daß Ihr Del zurücklassen müßtet.«

Ich sah Stigand direkt an. »Sprecht mit den *Voca*«, bat ich. »Findet einen Weg, damit ich gehen kann.«

Der alte Mann sog an einem Zahn und spie aus.

Warten macht mich sandkrank. Und Untätigkeit auch. Besonders wenn sie mit ersterem zusammentrifft, versuche ich letzteres mit aller vorhandenen Kraft zu bannen, indem ich mir Gegner suche, die mir im Kreis gegenübertreten. Aber diesesmal konnte ich das nicht. Ich hatte kein Schwert.

Ich fragte natürlich. Ich dachte, daß mir sicherlich *irgend jemand* ein Schwert leihen könnte. Aber niemand wollte das. Man erklärte mir — höflich natürlich —, daß nur der *An-Kaidin* ein Schwert für mich erwählen könne. Als ich erwiderte, ich müsse wenigstens *etwas* haben, und sei es auch nur um mich in Form zu halten, wurde die Erklärung wiederholt. Schüler seien nicht in der Lage, das richtige Schwert für sich selbst zu erwählen. Die Aufgabe falle dem *Kaidin* oder *An-Kaidin* zu. Da mir noch keiner offiziell zugewiesen war, müsse ich warten.

Wieder warten.

Ich konnte es nicht beschleunigen, wie sehr ich auch protestierte, und so forderte ich zumindest jemanden, der mich über den See auf die andere Seite rudern würde, wo ich wenigstens den Hengst reiten könnte. Das war annehmbar. Und so teilten sie mir Del zu.

Schweigen ist eine seltsame Sache. Es kann unbehaglich sein oder entspannend. Friedvoll oder störend. Freundschaftlich oder feindselig. Aber das Schweigen, das herrschte, als mich Del hinüberruderte, bestand aus einem gänzlichen Fehlen von Unterhaltung. Ich dachte an alle die Themen, die ich anschneiden wollte, erwähnte jedoch keines davon. Ich hatte sie noch nicht geordnet.

Als das Boot auf Grund lief, sprang ich hinaus. Zwei der Kinder aus der Ansiedlung hatten den Hengst und ein anderes graues Pferd herbeigebracht, und ich ergriff sofort die Zügel des Hengstes, ohne mich darum zu kümmern, was Del tat. Wahrscheinlich das Boot vertäuen … aber ich wartete nicht. Ich ging mit großen Schritten zwischen den Hügelgräbern und Dolmen von Staal-Kithra entlang, führte mein Pferd und erklomm den steilen Pfad, der oberhalb des Sees entlang führte.

Der Hengst schnaubte und war neugierig, schob ein

forderndes Maul unter meinen Arm und knabberte. Abwesend strich ich ihm über das Maul, gab ihm aber nicht wirklich die Zuwendung, die er forderte. Statt dessen schaute ich hinab auf Staal-Kithra und beobachtete, wie Del die Zügel ihres geborgten Pferdes entgegennahm. Sie spähte zu mir herauf, wobei sie die Augen beschattete. Ich reagierte nicht.

Del kam natürlich herauf. Wie ich mußte auch sie halb klettern, halb kriechen und versuchte, einem Pferd aus dem Weg zu gehen, das es eilig hatte, den Gipfel zu erreichen.

Der Graue war ein Wallach, ein stahlfarbenes Pferd mit dunkleren Flecken, heller Mähne, hellem Schweif und einem schmutzigen Maul. Wie der Hengst trug auch er Winterfell, wodurch er sehr unförmig wirkte und wodurch sein Gewicht kaum bestimmbar war. Del brachte ihn herüber, lockerte die Zügel und ließ ihn grasen, während sie neben mich trat.

Das erste Mal, seit ich sie kannte, wollte ich sie nicht bei mir haben.

Der Tag war hell, klar und kühl. Wind zerzauste mein Haar, blies es aus den Augen und gewährte mir einen uneingeschränkten Blick auf die Insel im Wasser.

»Ich gehöre nicht dorthin«, sagte ich.

Dels Stimme klang ruhig und freundlich. Dennoch kränkten mich ihre Worte. »Du gehörst dorthin, wo du hingehören willst.«

»Ich *will* nicht dort unten hingehören«, belehrte ich sie schroff. »Das ist nicht mein Ort. Ich bin ein altes Pferd, Del. Du kannst mich nicht zum Wasser führen und erwarten, daß ich jedes Mal trinke, nur weil du das verlangst, besonders wenn ich weiß, daß das Wasser verdorben ist.«

Sie sah mich scharf an und ihre Zöpfe schwangen. »Verdorben! Staal-Ysta ist nicht . . .«

»Das ist es«, sagte ich fest, »für mich. Es ist nicht das, was ich will, Del. Es ist das, was du willst, was du vielleicht *brauchst*, aber es ist nicht das, was ich mir ersehne. Ich bin ein Südbewohner. Ich habe nicht die Absicht, mich zu ändern, nur um in deine Welt zu passen. Unten im Süden habe ich *meine* Welt, und dorthin werde ich zurückkehren.«

Der Wind trieb ihr die Farbe wieder ins Gesicht. »Also — hast du mit Telek und Stigand gesprochen.«

»Ja.«

»Haben sie eine Möglichkeit für dich gefunden, dir das Jahr zu erlassen?«

»Noch nicht.«

Sie nickte. »Was geschieht, wenn es ihnen nicht gelingt? Wirst du trotzdem gehen?«

Ich wandte mich um und setzte so der Unterhaltung ein Ende. Führte den Hengst von dem Aussichtspunkt fort. »Ich bin hier heraufgekommen, um zu reiten, Del, nicht um zu reden. Wenn du reiten willst, gut ... wenn nicht, dann warte einfach unten auf mich.« Ich schwang mich aufs Pferd. »Es sei denn, du siehst mich lieber schwimmen.«

Del hielt den Grauen zurück, als er dem Hengst zu folgen versuchte. Ich sah den Kampf in ihrem Gesicht: Überraschung, Ärger, Schuld ... und dann floß alles schnell davon. Ihre Haut wurde so hart wie Stein. »Ich habe das Richtige getan.«

»Das Richtige für wen, Del? Für dich selbst? Vielleicht für Kalle? Nein. Für mich? Ganz eindeutig nicht. Du hast nicht an mich gedacht. Du hast nicht einmal an Kalle gedacht. Du hast an Del gedacht.«

»Glaubst du nicht, daß ich das *sollte?*« Ihr Schrei rollte über die Berge. »Glaubst du nicht, es war an der Zeit, statt an meine ermordete Familie endlich einmal an mich selbst zu denken?«

»Vielleicht«, stimmte ich zu, »aber vielleicht hättest du auch an mich denken sollen, bevor du mich wieder in die Sklaverei verkauft hast.« Der Hengst war bis zum Bersten angefüllt mit Energie. Ich konnte ihn nur kurz halten. Er sprang, scharrte, scherte seitwärts aus und kaute auf der Gebißstange. Zeigte mir, wie er sich fühlte. »Del, ich bezweifle nicht, daß es leichter für dich ist, meine Gefühle einfach zu ignorieren, indem du sagst, du hättest das alles für Kalle getan. Vielleicht war es so — auf verschrobene, verdrehte Art. Aber das ändert nichts an der Tatsache, daß du mich zum Gefangenen eines Lebensstils gemacht hast, den ich nicht leben will.«

»Es ist doch nur für ein *Jahr!*«

»Zu lange«, erwiderte ich. »Sechzehn Jahre lang als Sklave bei den Salset waren zu lange für mich. Vier Monate als Sklave in Aladars Mine waren zu lange für mich. Auch *dies* ist Sklaverei, Del, weil du mir keine Wahl gelassen hast. Du hast dich einfach entschieden, ohne mich zu fragen.«

»Ich hatte keine andere Wahl.«

»Das ist Bockmist, Del, und du weißt es.« Verbittert hielt ich inne. »Nun, Bascha, du hast deine Wahl getroffen — und jetzt mußt du damit leben. Aber *ich* tue das, so sicher wie die Hoolies, nicht.«

»Tiger ...«

»Nein.« Ich zügelte den gereizten Hengst. »Dies nur einen Moment länger mit dir zu diskutieren ist auch entschieden zu lang, zu ... Also schlage ich vor, daß wir es beenden.«

»Tiger — *warte!*«

Ich zügelte den Hengst erneut, wandte ihn um, schaute auf sie hinab. Wartete, wie sie es erbeten hatte.

»Tiger ...« Del kam über windzerstörtes Gras und führte den Grauen am Zügel. Sie trat an den Hengst heran, an den Steigbügel und legte eine Hand auf mein Bein. »Tiger, ich schwöre ... *ich schwöre*, daß ich das nicht geplant hatte. Das war nicht der Grund, warum ich mit dir geritten bin, mit dir *geschlafen* habe — ich habe dich benutzt, ja, und ich verstehe, daß du böse bist ... aber ich schwöre, daß ich nichts von den anderen

Dingen getan habe, nur um mir die Zeit mit Kalle zu erkaufen. Aber als ich sie sah, als ich sah, wie gut sie auch ohne mich auskam, ertrug ich es nicht mehr. Ich mußte eine Möglichkeit finden und mir ein wenig Zeit mit meiner Tochter erkaufen.«

Ich schüttelte den Kopf. »Aber du hast es gewußt, Del. Vielleicht nicht, was Kalles Anblick auslösen würde, aber du wußtest, daß du dir deinen Weg zurück in die Gnade der *Voca* erkaufen könntest, wenn du ihnen einen neuen *An-Ishtoya* anbötest.« Der nordische Begriff klang verbittert. »Du hast mich gebeten, dein Bürge zu sein ... und du tatest dies in dem Wissen, daß mir dieser Umstand die Gefangenschaft einbringen könnte.«

Dels Gesicht war gramzerfurcht. »Tiger, *bitte* ...«

Ich schüttelte den Kopf. »Ich habe dir einmal gesagt, ich würde dich lieben. Vielleicht stimmt das. Vielleicht liebe ich dich. Aber genau jetzt, nach alledem, empfinde ich es als sehr schwer, dich auch nur zu *mögen*.«

Del war zu entsetzt, um etwas zu sagen. Ich ließ dem Hengst die Zügel locker und ritt davon.

40

Wir trafen uns wieder an den Dolmen, wieder nach Sonnenuntergang. Stigand sah trübsinniger aus denn je, und Telek, der den größten Teil des Tages mit den *Voca* verbracht hatte, wirkte sehr abgespannt. Und auch angewidert, was hinsichtlich des Ergebnisses des Treffens nichts Gutes ahnen ließ.

Ich verschränkte die Arme unter dem geliehenen Umhang. »Die anderen haben zu einer besonderen Behandlung vermutlich nein gesagt.«

Stigand murmelte leise etwas in der Hochlandsprache. Dann sprach er lauter, diesesmal in der Grenzlandsprache. »Narren, sie alle. Warum sollten sie sich um einen südlichen Schwerttänzer Gedanken machen, der unseren Gebräuchen keinen Respekt zollt?«

Das traf mich mehr, als ich erwartet hatte. »Ich empfinde Respekt für Eure Gebräuche«, erklärte ich. Dann dachte ich über meine Situation nach. »Zumindest für die, die ich respektieren *kann*.«

Teleks Gesichtsausdruck war ernst. »Wollt Ihr hören, was ich Euch sagen muß?«

Sein Ton machte mich frösteln. »Ja.«

Er wandte sich ab und schaute auf die Dolmen. »Angehende Schüler kommen aus dem ganzen Norden nach Staal-Ysta. Die meisten werden nach einer Zeitspanne der Erprobung fortgeschickt, weil sie die gestellten Ansprüche nicht erfüllen.« Er warf Stigand einen kurzen Blick zu, der griesgrämig an seinen Zähnen sog. »Jene, die die Prüfungen bestehen, werden in den Rang des *Ishtoya* aufgenommen. Danach werden sie, wenn sie sich als würdig erweisen, zum *An-Ishtoya* ernannt.«

Er hielt inne. Ich sagte ihm, ich verstünde, und bat, er möge fortfahren.

Telek sprach genauso schleppend weiter wie zuvor. »Wenn der *An-Ishtoya* erst einmal von seinem *An-Kaidin* für wert befunden wird, bekommt er ein *Jivatma* und erringt den Rang des *Kaidin*. Das kann gut und gern zehn Jahre dauern, vielleicht sogar länger. Viele Schüler geben auf. Vielen gelingt es nicht, die Ausbildung zu beenden. Einige beschließen, Schwerttänzer zu werden, wie Del, wie Theron, so daß sich die Ränge der *Kaidin* daher noch mehr leeren.«

Ich runzelte die Stirn. »Was wollt Ihr mir denn sagen?«

Stigand sah mich an. »Staal-Ysta besteht weiter, um zu lehren. Ohne Schüler hat es keine Daseinsberechtigung.«

Teleks Stimme klang ernst. »In letzter Zeit sind immer weniger Schüler gut genug ... Immer weniger Schüler erreichen höhere Ränge als den des *An-Ishtoya*. Wir brauchen gute Schüler. Wir brauchen solche, die gute Lehrer abgeben werden.«

Ich nickte, denn ich verstand das alles nur zu gut. »Und so wollen die *Voca* keinen einzigen Schüler verlieren, nicht einmal einen Südbewohner, der gegen seinen Willen zu einem Schüler gemacht wird.«

Teleks Stimme war weich. »Ihr würdet Staal-Ysta Ehre machen.«

Ich wollte etwas Ungehobeltes sagen. Statt dessen schüttelte ich den Kopf und sah stirnrunzelnd hinaus zu den Dolmen. Ein fremdartiges Gefühl der Sinnlosigkeit und Verzweiflung wallte in mir auf. Was, zu den Hoolies, tat ich hier? Warum *ging* ich nicht einfach? Sie konnten mich nicht hierbehalten. Nicht gegen meinen Willen. *Del* hatte mich verpfändet. Ich hatte mich zu nichts verpflichtet.

Als könne er meine Gefühle lesen, wandte sich Telek an seinen Vater. »Stigand, es ist spät, und es wird kälter.

Es tut alten Knochen nicht gut, hier draußen zu bleiben, wenn es nicht nötig ist. Warum geht Ihr nicht zu Bett und laßt den Südbewohner und mich dies ausgiebiger diskutieren?«

Stigand lächelte zaghaft. »Sagte der Fuchs zum Hasen?‹ Gut, ich werde gehen ... Denk nur an dich, Telek. An dich *und* an deine Familie.«

Der alte Mann verschwand schnell in der Dunkelheit, leichtfüßiger, als ich es bei einem Mann seines Alters erwartet hätte. Ich schaute Telek an und deutete stirnrunzelnd eine Frage an.

Er lächelte, zog seinen Umhang fester um sich und nickte. »In der Tat, jetzt können wir offen reden. Stigand ist der Älteste der *Voca*. Er trägt die größte Verantwortung, und sein Eindruck ist wichtig. Ich bin der Jüngste und trage am wenigsten Verantwortung. Aber wenn es aussieht, als wisse Stigand nichts von meinem Plan, dann wird seine Macht mehr Gewicht haben denn je. Und er wird ihn gutheißen.«

»Welchen Plan?«

Telek zuckte die Achseln. »Obwohl Ihr, entsprechend Eures südlichen Ranges, für den *An*-Titel für würdig befunden werdet, geschieht dies hauptsächlich aus Höflichkeit. Für alles, was darüber hinausgeht, müßtet Ihr Euch beweisen, genau wie alle anderen.« Er seufzte. »Dies *ist* immerhin der Norden. Wir sind nicht so versessen darauf, einem Südbewohner den Rang zu schenken, den sich Nordbewohner verdienen müssen.«

Mein Stirnrunzeln vertiefte sich. »Nein. Natürlich nicht.«

»Wie gut seid Ihr?« fragte er. »Das ist nicht respektlos gemeint, aber der südliche Stil ist hier nicht sehr bekannt. Wenn Ihr vom siebten Grad sprecht, so hat das nach unserer Beurteilung der Dinge keine Bedeutung. Aber Stigand hat von Euch gehört, weil Stigand alles erfährt, und Del hat für Euch gesprochen.«

Normalerweise bin ich schnell bei der Hand, meine

Überlegenheit im Kreis zu beanspruchen. Aber Telek war zu ernst, und die Frage klang, als sei mehr daran als nur das, was sich oberflächlich zeigte.

»Ich bin gut«, sagte ich. »Sehr gut. Und falls es Euch hilft: Del und ich müssen noch den Beweis erbringen, wer von uns besser ist.«

»Und Ihr habt Theron besiegt.« Telek lächelte dünn und scharf wie ein Messer.

»Warum?« fragte ich. »Warum ist das so wichtig?«

Er sah mich direkt an. »Welches wäre Eurer Meinung nach der leichtere Weg, Eure Freiheit zu erlangen?«

»Im Kreis«, antwortete ich prompt. »Sagt mir nur, wann und wo.«

Telek lachte, und seine Zähne schimmerten im Mondlicht. »Das dachte ich mir. Nun, vielleicht haben wir die einfachste aller Lösungen gefunden. Eine südliche ... wenn ich die *Voca* dazu bringen kann, dem Tanz zuzustimmen.«

Ich zuckte die Achseln. »Das dürfte ziemlich leicht sein. Appelliert an ihren Stolz. Appelliert an ihre Ehre. Macht es zu einer Angelegenheit eines Südbewohners gegen einen Nordbewohner ... eines Stils gegen einen anderen ... einer Technik gegen eine andere.« Ich lächelte. »Setzt den Einsatz hoch genug an.«

»Das hatte ich vor«, stimmte er zu. »Vielleicht etwas, wofür sich ein Tanz lohnt.« Er rieb sich nachdenklich über die Unterlippe. »Etwas Einfaches ... etwas Auserwähltes ... etwas Verlockendes. Wir sollten die *Voca* so gierig machen wie einen Trunkenbold nach Alkohol.«

Ein Mann nach meinem Herzen. »Habt Ihr irgendwelche Vorschläge?«

Telek nickte. »Laßt mich sehr direkt sein: Wenn Ihr ein *Kaidin* wärt, hätten die *Voca* nichts mehr zu sagen bezüglich Eurer Entlassung. Del könnte Euch nicht im Tausch für ihr Jahr mit Kalle anbieten. Ihr wärt ein Mann, der seinen Rang verdient hätte wie wir, gemäß unseren Gebräuchen, und die *Voca* wären durch ihr eigenes Festhalten an den Gebräuchen machtlos. Sie *müßten* Euch das Fortgehen erlauben.«

»Gut«, stimmte ich trocken zu. »Wie werde ich *Kaidin*, ohne fünf oder zehn Jahre hier zu verbringen?«

Telek zuckte mit keiner Wimper. »Indem Ihr einen erwählten Meister im Kreis besiegt.«

Ich starrte ihn an. Dann lachte ich. »Wenn das *so* einfach ist, warum haben andere Schüler dann nicht dieselbe Abkürzung versucht?«

»Viele haben es versucht. Sie sind alle gescheitert.«

Ich nickte gedankenvoll. »Das ist also der Trick? Einen Meister zu besiegen, der von den *Voca* ausgewählt wird?«

Teleks Gesichtsausdruck verriet nichts. »Aber nicht einfach irgendeinen Meister. Sondern einen, der Eure Stellung sehr genau versteht ... einen, der bereit ist, für kurze Zeit ein wenig Gesicht zu verlieren, wenn auch nur, um auf lange Sicht mehr zu *gewinnen.*«

Hoolies, er wollte den Tanz mit betrügerischer Absicht verlieren. »Das ist eigentlich nicht der *ehrenvolle* Weg, nicht wahr, Telek?«

Er wurde ärgerlich. »Sie bedroht meine Familie, Südbewohner ... sie tut meinem Heim und meiner Frau unrecht. *Das* ist Ehrlosigkeit. Hier ist das Mittel, um den Makel auszumerzen.«

Seine Veränderung entsetzte mich. Aber nur weil ich blind gewesen war. Telek war ganz genauso um Kalles Wohlergehen besorgt wie Del und vielleicht sogar mit mehr Recht. Ich hätte es eher erkennen müssen. Er *würde* mir helfen freizukommen, aber nur, wenn ich im Gegenzug auch ihm half.

Kurz darauf nickte ich. »Also ist *Del* das Problem.«

Seine Stimme klang gedämpft. »Del ist Euer Preis. Denkt Ihr, ich könnte es nicht sehen? Ihr seid füreinander geschaffen, Ihr und die *An-Ishtoya* ... Ihr seid Klingen derselben Art, derselben Schärfe, im selben Blut getränkt, unabhängig davon, wo es vergossen wurde. Und wenn ich mir selbst Schande bereiten muß, um Staal-Ysta von ihr zu befreien, dann werde ich es tun. Das ist es wert. Und was Euch betrifft? Nehmt sie mit Euch. Ihr wollt sie. *Nehmt* sie. Gewinnt den Tanz, und *nehmt* sie — als *An-Kaidin* werde ich Euch für das Ritual als entsprechend höhergestellt erklären, denn Ihr werdet Euch dies durch einen Schwerttanz erworben haben. Einen Schwertkampf, zu dem *ich* Euch herausfordern werde. Ich verstehe die Situation besser als jeder andere, ist es nicht so? Ich verstehe die Notwendigkeit des Sieges. Ich werde Euch diesen Sieg *schenken,* hier und jetzt, im vorhinein, wenn Ihr mich von Delilah befreit.«

»Mir ist bewußt«, sagte ich kurz darauf leise, »daß ich Euren Bruder getötet habe.«

Teleks Kopf fuhr hoch. »Denkt Ihr, ich wollte mich *dafür* rächen?«

Ich lachte, obwohl es eigentlich nicht lustig war. »Es wäre eine Möglichkeit. Ihr bringt mich mit List in einen Kreis, unter dem Vorwand, ich würde so meine Freiheit wiedergewinnen, und dann tötet Ihr mich. Ehrenvoll. Alles in Therons Namen.«

Teleks Stimme zischte. »Dies alles geschieht nicht, weil ich Rache will — das ist *Dels* persönlicher Gesang.« Er schüttelte den Kopf, sprach ruhiger, unterdrückte seine Gefühle. »Nein. Ich möchte, daß sie fortgeht. Dies wird kein Tanz auf Leben und Tod, sondern er wird nur so lange dauern, bis sich einer von uns ergibt. Der Verlierer werde natürlich ich sein. Wenn meine Niederlage im Kreis eine Garantie dafür ist, daß sie von hier fortgeht, dann würde ich es tausendmal tun.«

»Also«, sagte ich, »wenn ich gewinne — *wenn* ich gewinne —, werde ich sofort *Kaidin,* und es steht mir dann frei zu gehen, wohin ich will, ohne Verpflichtungen gegenüber Staal-Ysta.«

»Und Ihr nehmt Del mit«, stimmte Telek zu. »Versteht Ihr nicht? Wenn Ihr zum *Kaidin* erhoben werdet, seid Ihr kein Handelsobjekt mehr. Del hat dann nichts mehr, womit sie sich ihr Jahr erkaufen könnte. Die *Voca* werden ihr das Jahr mit Kalle absprechen.«

Ruhig sagte ich: »Und dann bestehen sie natürlich wieder auf ihrem sofortigen Exil.«

Teleks Blick schwankte nicht. »Das wollt Ihr doch, oder? Ist das nicht Euer Preis?«

»Vielleicht«, sagte ich, »vielleicht. Aber vielleicht habe ich auch keinen.«

Der Nordbewohner lachte. »Ihr seid ein Südbewohner. Ein sich verdingendes Schwert. Ihr verkauft Eure Seele an den Meistbietenden. In diesem Falle bin ich es ... Und meine Münze ist die *An-Ishtoya*.«

Ich atmete tief durch, um mich zu beruhigen, was ich als schwierig empfand. »So viel geopfert für die Ehre«, sagte ich. »Und doch denke ich, daß Ihr alles sorgfältig mit Eurer Ehre abgestimmt habt.«

Das traf ihn. »Was ist mit Euch?« fragte Telek ärgerlich. »Was bedeutet es für *Eure* Ehre, wenn Ihr die Bedingungen annehmt?«

Und ich würde die Bedingungen annehmen. Ich wollte zu gern von hier fort. Del wäre mir nicht dankbar, das wußte ich, aber ich hoffte, daß sie es eines Tages verstehen würde. Und ich würde ihr auch die Wahrheit sagen: Ich glaubte, daß es für Kalle besser wäre. Wie ich auch glaubte, daß es für Del besser wäre, unabhängig davon, was *sie* empfand.

Und außerdem hatte sie *mich* zuvor als Münze benutzt. Es können auch zwei ihr Spiel spielen. Und ich lerne schnell.

»Wann und wo?« fragte ich kurz.

Teleks Lächeln war kaum wahrnehmbar geringschätzig. »Zuerst müssen wir ein Schwert besorgen.«

»Ich höre zu.«

»Tut Ihr das? Dann hört gut zu: Ich habe ein *Jivatma*.«

In meinen Kopf erklang eine Alarmglocke. »Ich will kein *Jivatma*«, sagte ich nachdrücklich. »Ich will ein Schwert, einfach ein Schwert — ein Heft mit einer daran befestigten Klinge. Kann das bewerkstelligt werden? Könnt Ihr mir einfach ein *Schwert* leihen?«

Telek lächelte zaghaft. »Geht und besucht Kem.«

Ein Frösteln rann mir den Rücken hinab. »Ich will kein *Jivatma*.«

Telek nickte und lächelte noch immer. »Geht und besucht Kem. Erzählt ihm, was Ihr braucht.«

41

Er schaute mir gerade in die Augen und schwieg. Er las mich, wie ich wußte, mit einem Blick — und schälte dann alle Schichten ab und schaute tiefer, *tiefer*, bis ich mich unbehaglich bewegte.

Er lächelte nicht. »Zeigt mir Eure Hände.«

Seufzend streckte ich sie aus, die Handflächen nach unten und zeigte ihm die sonnenverbrannten Handrükken, die über und über mit metallenen Flecken und verschiedenartigen Narben bedeckt waren, den Freundlichkeiten der Sklaverei.

Er ergriff sie, bevor ich protestieren konnte. Seine eigenen Hände waren riesig, aber sein Griff war sanft. Er tat nichts weiter, als sie festzuhalten. Seltsam, es war, als wöge er meine Mannbarkeit durch ihr Empfinden.

»Umdrehen«, sagte er und löste seinen Griff.

Dem entsprechend drehte ich sie um. Die Handflächen waren rauh, voller Schwielen, mehr an Fell als an Hände erinnernd. Erneut hielt er sie fest, betrachtete sie und sah mir dann direkt in die Augen.

»Ihr solltet glauben«, belehrte er mich einfach. »Ihr vor allen anderen. Habt Ihr die Wesenheit nicht die ganze Zeit gespürt, seit Ihr die Grenze überquert habt? Habt Ihr sie nicht *gerochen?*«

Ich blinzelte. »Was?«

»Die Wesenheit«, wiederholte er. »Die Magie hat einen Geruch, einen Geschmack, ein *Gefühl*, die ihr ganz eigen sind. Einige von uns empfinden sie stärker als andere. Einige von uns sind tiefgreifender beunruhigt.« Langsam nickte er. »Ich denke, Ihr seid einer von ihnen.«

Ich wollte widersprechen, ihn fragen, wovon, zu den Hoolies, er spreche, aber er ließ meine Hände frei und wechselte das Thema.

»Ich kann Euch ein Schwert geben«, sagte er, »ein‹fach› ein Schwert, wie Ihr es wollt ... Aber es wird nicht so bleiben. Kein Schwert verhält sich so. Aber dieses eine, das Euch angepaßt ist ...« Er zuckte die Achseln. »Ihr werdet schnell lernen müssen, es zu beherrschen.«

Ich schaute ihn durch einen Schleier beißenden Kohlerauchs an. »Telek sagte ...«

Ich konnte den Satz nicht beenden. »Telek hat Euch gesagt, Ihr solltet mich nach einem *Jivatma* fragen.« Er nickte. »Das ist mein Beruf: *Jivatmas* machen. Zumindest übernehme ich die Gestaltung — Ihr werdet das Arbeiten, das Binden, das Benennen übernehmen ... die Rituale.«

Es klang alles sehr verwirrend. »Alles, was ich brauche, ist ein Schwert. Ein einfaches Schwert, nicht mehr. Stellt Ihr die nicht her?«

Er schüttelte den Kopf. »Ich mache neue Klingen, *unbenannte* Klingen, aber voller Rohpotential. Einmal getränkt, sind sie *Jivatmas*.«

Mein Unglaube war unhöflich, aber ich konnte ihn nicht verbergen. »Wollt Ihr damit sagen, daß *jedes* Schwert in Staal-Ysta eine Blutklinge ist?«

Geduldig erklärte er es mir. »Hier ist kein Schwert ›normal‹, es hat lediglich ein Potential, das aber noch ungenutzt ist. Meine Aufgabe ist es, das Potential zu finden und zu gestalten und es dem Krieger anzupassen. Alle kommen zu diesem Zweck zu mir. Für diese Aufgabe wurde ich geboren.«

Ich seufzte, zu müde, um zu argumentieren. »Ich brauche ein Schwert. Gebt mir einfach ein Schwert. Ich werde nehmen, was ich kriegen kann.«

Er senkte den Kopf. »Dann werde ich Euch ein Schwert machen.«

Kem war natürlich Nordbewohner und — wie sie alle — groß, breit, gut gebaut, sehr blond und sehr kräftig. Aber er war kein *Ishtoya* oder *An-Ishtoya*, *Kaidin* oder *An-Kaidin*. Er war der Schwertschmied, der Mann, dem wahrscheinlich mehr Respekt entgegengebracht wurde als irgend jemandem sonst in Staal-Ysta.

Und jetzt war ich hier in seiner Schmiede und schaute auf Klumpen von Eisen.

Seine Grenzlandsprache war knapp. »Nicht anschauen: *berühren*.«

Zwölf klumpige Bündel, jetzt ausgewickelt. Ich sah fleckiges graues Metall wie nur halb gekneteten Brotteig. Kem hatte sie in Doppelreihen von je sechs aufgereiht und wartete darauf, daß ich sie *berührte*.

Die Schmiede war im Vergleich zu den Häusern eher klein, wenn sie auch noch kleiner wirkte durch die reichlich vorhandenen Arbeitsutensilien.

Ambosse, Gebläse, Zangen, Bottiche, Hämmer, Schleifsteine und zahllose andere Dinge, alle in Ecken und an Wände gequetscht und von Dachbalken herabhängend.

Kem wartete. Sein Gesicht war breit und genauso getüpfelt wie das Eisen, ausgehöhlt und mit Narben versehen. Sein blondes Haar verfärbte sich allmählich zu Grau und war zu einem einzelnen Zopf zurückgebunden. Er trug nur ein dünnes Baumwollhemd, Hosen, Stiefel und Lederarmschützer.

Kem lächelte und zeigte schadhafte Zähne. Er kreuzte träge die Arme und wartete, die personifizierte Geduld. Ich kniete mich hin. Berührte die Klumpen, einen nach dem anderen, dem Mann zum Gefallen. Bis ich den achten Klumpen erreichte.

Kem sah mein Gesicht. Lächelte. Nickte. Hob dann den Klumpen von dem festgestampften Boden auf. »So«, sagte er, »nun bin ich kein Narr und kein Lügner mehr, sondern ein Mann, der sein Gewerbe versteht.« Er legte den achten Klumpen auf seinen größten Amboß und ließ ihn dort, wickelte die anderen elf einen nach dem anderen ein und verstaute sie in einer Truhe.

»Er war warm«, sagte ich überrascht. »Die anderen waren alle kalt.«

»Warm, kalt, das macht keinen Unterschied. Das Eisen hat Eure Berührung erkannt.«

»Aber ich bin ein *Südbewohner!*«

Kem zuckte die breiten Achseln. »Denkt Ihr, es kümmert sich darum, *wo* Ihr geboren wurdet? Ihr habt es berührt, und es hat Euch erkannt. Genau wie die Magie Euren Namen kennt, Eure Gegenwart — Eure *eigene* Wesenheit.«

»Es ist nur ein *Klumpen Eisen.*«

»Es ist viel mehr als das, Südbewohner ... es ist himmelgeboren, von den Göttern, und voller wilder Magie.« Kems Stimme klang teilnahmslos. »Wenn wir fertig sind, wird es weit mehr sein als ein Klumpen, und die Magie wird nutzbar gemacht werden. Es wird eine Blutklinge sein.«

Ich beobachtete ihn, als er sich an den Rand einer flachen Grube kniete. Sie war mit rotglühenden Kohlen gefüllt, die mit feiner grauer Asche bedeckt waren. Vorsichtig scharrte er darin, um sie zu schüren und damit sie noch heißer würden.

Argwöhnisch fragte ich: »Was soll *ich* tun?«

»Diesen Eisenklumpen halten. Ihn wie eine Frau hegen. Ihn mit Eurem Atem liebkosen.«

»*Was?*«

»Ihr habt mich gehört, Südbewohner. Tut es.«

Ich wußte ein wenig darüber, wie Schwerter gemacht werden, aber dies gehörte nicht dazu. Doch Kem schien kein Mann zu sein, der einen zum Spaß neckte, denn er schien absolut keinen Sinn für Humor zu haben, und so hob ich den Eisenklumpen auf und barg ihn an meinem Bauch.

»Liebkost Ihr so eine Frau?« Kem kniete noch immer an der Grube.

»Ich soll *wirklich* ...«

»Doch. Berührt ihn mit Eurem Atem, wie ich gesagt habe. Kennzeichnet ihn, wie eine Katze.«

Ich schaute ihn mißtrauisch an, suchte nach Spott auf meine Kosten, aber ich sah in den blauen Augen nichts als äußersten Frieden und unendliche Geduld. Stirnrunzelnd starrte ich auf den narbigen, knorrigen Klumpen in meinen Händen hinab. Dann hob ich ihn an den Mund und hüllte ihn mit meinem Atem ein, wobei ich mir sehr lächerlich vorkam.

Er war warm in meinen Händen, viel mehr als kaltes Metall, mit einer seidigen Oberfläche, die sein narbiges Aussehen Lügen strafte. Ich merkte, daß ich nach Makeln suchte, als könne ich sie tatsächlich finden, bevor die Klinge gemacht würde.

Angewidert zwang ich mich innezuhalten. Aber meine Haut war irgendwie darauf eingestimmt und wollte den Klumpen weiterhin berühren. Unbehaglich fragte ich mich, ob das etwas mit Kems Gemurmel über die *Wesenheit* zu tun hatte.

»Bringt ihn her«, sagte er. Ich trug den Klumpen hinüber und legte ihn in die Kohlen, als er es mir sagte. Er schob Kohlen darüber und setzte sich dann zurück. »Was erwartet Ihr in einem Schwert?«

Ich zuckte die Achseln, denn ich hielt es für offensichtlich. »Wahres Temperament. Gute Ausgewogenheit. Eine fein geschliffene scharfe Klinge, die hält.«

Kems Blick schwankte nicht. »Was erwartet Ihr in einem Schwert?«

Sein Tonfall ließ mich innehalten. Er machte keinen Spaß. Er wollte es wirklich wissen. Ich dachte, es sei vielleicht eine Art Test, und ich wollte ihn unbedingt bestehen.

»Alles, was ein gutes Schwert haben *sollte*«, belehrte ich ihn. »Ich möchte natürlich ein Schwert, auf das ich mich verlassen kann — eines mit einer starken, aber geschmeidigen Klinge, die immer sauber einschneidet, ohne sich zu verhaken oder an Knochen hängenzubleiben. Eine, die ihren *Meister* kennt und ihm unaufhörlich zu gefallen versucht.« Ich zuckte die Achseln, denn ich wußte nicht, wie ich es erklären sollte. »Eine, die in meiner Hand *mein* ist, anders als alle anderen, mit einer Persönlichkeit, die der meinen ähnlich ist.« Ich lächelte schief. »Ich habe schon viele Schwerter gehandhabt. Sie alle haben bestimmte Eigenarten. Ich möchte eins, das meine Eigenarten versteht.«

Kurz darauf lächelte Kem. »Vielleicht *seid* Ihr ein Schwerttänzer.«

»Gebt mir einfach ein Schwert«, schlug ich freundlich vor. »Ein Schwert, einen Kreis, einen Gegner ... das ist meine Welt, Schmied. Und jetzt seid Ihr ein Teil davon.«

Kem nickte nachdenklich. »Das könnte immerhin gelingen.«

Als der Klumpen heiß genug war, hob Kem ihn mit Zangen aus der Grube und legte ihn auf den Amboß. Dann hob er seinen Hammer auf. »*Ihr* könnt ihn festhalten«, sagte er. »Es ist genauso Eure Aufgabe wie meine.«

Ich hielt die Zange, während Kem das Eisen bearbeitete. Wir verfielen in einen zyklischen Rhythmus: festhalten, hämmern, erneut erhitzen, festhalten, hämmern. Es war wichtig, so erklärte Kem, daß die Temperatur ständig konstant blieb, nicht zu heiß und nicht zu kühl, sonst würde die Seele des Metalls zerstört.

Der Lärm war vernichtend. Aber dann gewöhnte ich mich langsam daran, begann sogar den Lärm zu mögen, der seinen ganz eigenen Gesang hatte. Ich dachte an die Canteada. Hörte das Echo ihrer Musik. Wußte, daß sie in Kem war. Wußte, daß sie in dem Schwert war.

Und vielleicht sogar in mir?

Ich dachte plötzlich an Dels Gesang zum Stimmen ihrer Blutklinge.

Ein Schauder lief mir das Rückgrat hinab. »Könnt Ihr die Magie herauslassen?« fragte ich.

Kem schlug beinahe daneben. Der Rhythmus kehrte zurück, aber ich sah seine gefurchten Brauen, als er mich über den heißen Eisenklumpen hinweg ansah, mit schweißbedecktem Gesicht, das von der abstrahlenden Hitze rot war. »Wenn wir hiermit fertig sind, wird es viel mehr sein als ein Schwert. Und Ihr werdet viel mehr sein als ein Schwerttänzer.«

Meine Nackenhaare sträubten sich. »Ein *Kaidin*, ja, ich weiß ... aber nur, wenn ich es tränke.«

Kem winkte mich fort und legte den Klumpen erneut in die Kohlen. »Ihr seid ein Narr«, sagte er. »Und ich bin auch ein Narr, weil ich meine Zeit für einen Mann verschwende, der nicht zu schätzen weiß, was nordische Schwertmagie bedeutet ... oder was er selbst sein kann.«

Während der nächsten zwei Tage schaute ich zu, wie Kem den Klumpen zu einer Stange hämmerte und sie dann faltete. Er nahm dünne Eisenstäbe und wickelte sie um die Stange, hämmerte sie dann alle zusammen, verdrehte sie und hämmerte erneut darauf. Ich verlor den Überblick darüber, wie oft, obwohl ich sicher war, daß Kem es wußte. Er war ein Mann, der seine Kunst beherrschte.

Das Hämmern ging weiter. Aber jetzt war der Klumpen zu mehr als einer Stange geworden, und die Stange war mehr als nur sie selbst. Das Eisen zeigte *Gestalt*, obwohl es noch nicht seine endgültige Form hatte.

»Seht Ihr?« fragte Kem.

»Spitze, Heftzapfen — ja.«

Er grunzte und hämmerte weiter. Die Stäbe waren nicht mehr zu sehen, denn sie waren in die Stange eingearbeitet worden. Die Klinge war sehr stabil und zeigte keine Anzeichen mehr von ihren klumpigen, knorrigen Ursprüngen oder ihren schlanken, gedrehten Vorfahren.

Er ließ sie abkühlen und stellte das Hämmern ein. Dann nahm er sie auf und gab sie mir. »Nehmt sie mit ins Bett. Jede Nacht, bis sie vollendet ist.«

»Ich soll *was* tun?«

»Sie mit ins Bett nehmen«, sagte er, »jede Nacht. Das ist ein Teil des Bindungsrituals. Das Schwert muß seinen Meister kennenlernen.«

Die unvollendete Klinge war warm in meinen Händen. »Soll ich mich auch mit ihr vereinen?«

Kems Lächeln blieb. »Bringt sie einfach jeden Morgen zurück.«

Ich nahm sie mit ins Bett. Ich brachte sie jeden Morgen zurück. Das Ritual wurde ausgeführt, obwohl ich mich wie ein Narr fühlte.

Das Gleichgewicht war ausgezeichnet, sogar ohne Heft, Griff und Knauf. Ungeschliffen, wie sie war, fehlte ihr noch immer die Schärfe, aber das Versprechen lag in ihr. Der Gegenstand war in meinen Händen lebendig, glatt, warm und *lebendig*. Ich sah die Klinge überrascht an.

»Also«, bemerkte Kem, »beginnt der Skeptiker zu glauben.«

Ich erschauerte, hatte das Bedürfnis, die Hände an der baumwollenen Hose abzuwischen. Wagte es aber nicht in seiner Gegenwart. »An Euer Können, gänzlich. An andere Dinge, da bin ich mir nicht sicher.«

Er nahm mir die Klinge fort. »Es ist an der Zeit, daß wir sie zu Stahl machen.«

Erneut erhitzte er die Klinge, diesesmal bis sie weiß und heiß glühte. Kem bedeckte sie mit Kohlen, ließ sie in der Grube und trat an das Gebläse. »Fast ein Schwert«, sang er leise. »Jetzt dauert es nicht mehr so lange.«

Es war Nacht und sehr spät. Ich hörte das Surren und Pfeifen des Gebläses und Kems brummendes Hochländergemurmel. Zog mich aus dem Schlaf und stand von meinem Platz an der Tür auf. »Wie lange *jetzt* noch?«

»Jetzt nicht mehr so lange.« Er nahm das Schwert aus den Kohlen, legte es auf den Amboß und begann die Schneiden zu hämmern, wobei er es festhielt. Und dann legte er es zurück in die Kohlen und bedeckte es ein letztes Mal. »Wenn es herauskommt, wird es fertig sein. Und dann werde ich Euch die Klinge geben, und Ihr werdet sie zum See bringen und sie im Wasser tränken.«

Meine Haut kribbelte. »*Wie* wird sie denn getränkt, Kem?«

Er lachte leise, wobei erneut die schadhaften Zähne sichtbar wurden. »Nicht diese Art, Südbewohner. Dies ist das sanfte Tränken. Das erste Bad eines Säuglings. Noch nicht das wahre Tränken oder das, was sie zur Blutklinge macht. Dafür wird später noch Zeit sein.«

Ich war ungeheuer erleichtert, aber zu verwirrt, um es zu zeigen. »Es ist ziemlich leicht, sie einfach nur in den See zu tauchen.«

Kems Blick schwankte nicht. »Und während sie getränkt wird, werdet Ihr den Segen erbitten.«

Das war mir bekannt. Sogar mein südliches Schwert, Einzelhieb, war während seiner Entstehung gesegnet worden. Aber es war nicht von mir verlangt worden. Der Shodo hatte es einfach getan.

»Ich verstehe nicht.«

»Der Segen«, wiederholte er. »Ihr werdet ihn von den Göttern erbitten, während die Klinge im Wasser ist. Es muß schnell geschehen. Wenn Ihr sie zu lange darin laßt, wird die Klinge zu sehr abkühlen.«

Ich seufzte und belächelte ihn. »Was geschieht, wenn die Götter sie *nicht* segnen, Kem?«

Er zuckte die Achseln. »Dann wird der Stahl brüchig werden. Das Schwert wird Euch im Stich lassen ... wahrscheinlich dann, wenn Ihr es am dringendsten braucht.«

Ich kratzte meinen Bart in Richtung Kinn. »Ich glaube nicht an Götter.«

Der Nordbewohner nickte nur. »Sagt es ihnen«, schlug er vor. »Ich bin sicher, es wird sie erheitern.«

Letztendlich nahm ich die heiße Klinge mit zum See, tauchte sie ins Wasser und blinzelte gegen den Dampf an, während ich die Zange festhielt. Schwarzes Wasser wurde aufgewühlt, bildete Blasen und sog die Hitze auf.

Erbittet den Segen, hatte Kem gesagt.

Nun, soviel schuldete ich dem Mann.

»Ihr Götter«, sagte ich laut, »ich weiß nicht, was ich sagen soll. Ich weiß nicht, was ich *erbitten* soll, außer diesem Segen. Warum gebt ihr ihn mir also nicht, und sei es auch nur, um Kem einen Gefallen zu erweisen?«

Das war, so dachte ich, genug. Ich hob die Klinge aus dem Wasser. Der Stahl glühte weinrot. Er dampfte an der kalten Luft.

Ich brachte die Klinge zurück zu Kem.

Er nickte erfreut. »Jetzt«, sagte er, »in diesen Trog. Das Wasser ist nicht sehr kalt.«

Ich sah den Trog, den er gemeint hatte, einen länglichen Eisentrog, der mit Wasser gefüllt war. Ich legte die Klinge hinein, ließ sie liegen und reichte Kem die Zange. »Was nun?«

»Wir warten«, sagte er knapp.

Wir warteten. Und dann rührte sich Kem schließlich und zog die Klinge mit Hilfe der Zange aus dem Trog. »Fertig«, sagte er, »für den Moment. Was noch fehlt, ist die Ausgestaltung ... das Schleifen ... das erste Stimmen, wenn Ihr sie tränkt.«

»Das erste Stimmen«, echote ich. »Was ist das?«

Er sah auf die Klinge hinab. »Ihr tränkt Euer *Jivatma* in Fleisch und Blut ... Das ist das wahre Tränken, das erste In-Blut-Tränken, wenn die Magie zum erstenmal erweckt wird, zum erstenmal anerkannt und nutzbar gemacht wird. Aber sie ist in dem Schwert, nicht in Euch — Ihr müßt einen Weg finden, sie Euch zu erschließen ... einen Weg, Euch selbst einzustellen. Dafür ist der Gesang gedacht — Euch einzustellen, während Ihr Euch die Macht erschließt. Ihr *stimmt* das Schwert, um sie Euch zu erschließen, denn sonst gerät die Magie außer Kontrolle.«

Ich hatte das Bedürfnis, meinen kribbelnden Nacken zu kratzen. »Aber wenn man nicht singt, ist es einfach ein Schwert ... richtig?«

Er seufzte. »Sie haben Euch nichts beigebracht.«

»Ich bin ein *Südbewohner*, erinnert Ihr Euch?«

Kem stocherte in seinen Zähnen. »Ihr könnt es nicht stimmen, bevor es nicht wirklich in lebendem Fleisch getränkt wurde. Das Tränken erweckt die Macht, das *Stimmen* beherrscht sie. Aber wenn Ihr nur eine Andeutung von Macht wollt, nicht viel mehr als einfaches Können mit dem Schwert, dann solltet Ihr Euch keine Gedanken um das Singen machen.«

Ich dachte zurück an die vielen Male, als Del und ich im Übungskreis getanzt hatten. Niemals hatte sie das Schwert gestimmt, nicht einmal ein wenig. Ich konnte mich nicht an ihr Singen erinnern. Nur gegen einen Feind. Nur wenn sie die Macht brauchte.

Ich erinnerte mich der Frage, die er nicht beantwortet hatte. »Was ist das erste Stimmen?«

Kem biß sich einen Nagel ab. »Ihr könnt das Schwert nicht stimmen, bevor es nicht getränkt ist. Bis dahin kennt es Euch nicht, nicht so, wie es Euch kennen muß. Also ist die Magie unkontrolliert. Aber der erste Gesang, den Ihr danach singt, wird die genaue Einstellung für das erste Stimmen. Danach gehört die Macht Euch.«

Mein Interesse nahm erheblich zu. »Wenn ich also nicht singe — selbst wenn ich jemanden im Kreis töte —, wird das Schwert niemals ein wahres *Jivatma*?«

Kem spie den Nagel aus. Seine Stimme klang sehr sanft, als spräche er zu einem Kind. »Ihr könnt jemandem im Kreis durchbohren, und das Schwert wird ungetränkt bleiben. Ihr mögt ihn sogar ernstlich treffen, das Schwert wird ungetränkt bleiben. Aber wenn Ihr jemanden tötet, *egal, wen,* habt Ihr das Schwert getränkt, und das Schwert wird zum *Jivatma,* mit dem Können und den Eigenschaften des toten Mannes, einem Stück der Seele des toten Mannes.« Er zuckte die Achseln. »Wenn Ihr später singt, um es zu stimmen, muß diese Seele sich die Eure erschließen ... diese und die nordische Magie.«

Das schien ziemlich einfach. Bis ich in den Süden gelangen und sie verkaufen könnte, ohne jemanden töten zu müssen, könnte ich das Schwert ein *Schwert* sein lassen. Und selbst wenn etwas dazwischenkäme und ich jemanden töten *müßte,* würde ich niemals singen, während ich dies tat. Das *Jivatma* würde niemals gestimmt werden.

Ich schaute mißtrauisch auf die Klinge. Sie bestand aus Stahl und nicht mehr aus Eisen. Mit einer schimmernden hellen Oberfläche wie nichts sonst auf der Welt. Die Schneiden waren jetzt noch stumpf, aber schon sichtbar und warteten auf den letzten Schliff.

»Nehmt es«, sagte Kem.

Vorsichtig nahm ich es auf. Keine Zange, nur die Klinge. Sie war kühl vom Wasser, aber ich fühlte die tieferliegende Wärme, wie Blut, das durch die Venen rinnt. Ich schwöre, es war *Leben* in diesem Schwert ...

Schwitzend legte ich es mit einem Klirren auf den Amboß. »Ich will dieses Ding nicht.«

Kems Gesicht veränderte sich nicht. »Ihr habt es zu Eurem Schwert gemacht.«

Ich fühlte mich äußerst unwohl. »Ich will es nicht. Es ist kein Schwert — es ist *mehr* als ein Schwert ... Habt Ihr mich belogen? Ist dieses Ding bereits ein *Jivatma?*«

Langsam schüttelte er den Kopf. »Es ist noch kein *Jivatma.* Es hat kaum zu leben begonnen ... Aber das Leben, das jetzt vorhanden ist, ist Eures.«

Ich hatte das starke Verlangen zurückzuweichen, aber ich wollte es nicht zeigen. »Ein Schwert ist eine Waffe, ein Instrument zum Töten, ein Werkzeug, das dafür gemacht wird, Leben zu nehmen. Nicht dafür, allein zu leben. Es ist einfach ein Stück Metall ...«

»Und das ist es auch«, stimmte Kem zu. »Dieses Schwert ist nur halb fertig. Ihr braucht es noch nicht zu fürchten.«

»Ich will es niemals fürchten!«

Er stand da, gebadet in dem schwachen roten Licht der Kohlen und dem Schimmern einer einzigen Laterne, die hoch oben in einer Ecke hing. »Es ist zu spät, um sich jetzt abzuwenden. Es wäre, als würde man ein Kind töten, das gerade erst zu leben begonnen hat.«

»Es ist ein *Schwert* ...«

»... das einen Namen braucht«, beendete Kem meinen Satz ruhig. »Es kennt sich selbst noch nicht. Es kennt nur das, was Ihr ihm gegeben habt: einen Vorgeschmack auf das, was Leben bedeutet.«

Ich fühlte das Kribbeln im Nacken und auf den Armen. »Irgend etwas stimmt nicht«, sagte ich scharf. »Es liegt Hexerei in der Luft!«

Er sah mich durchdringend an und fragte nicht einmal, wie ich das wissen konnte. Nur: »Wo?«

»... etwas *stimmt* nicht ...«

In der Ferne hörte ich Schreie. Schwache, leise Schreie, vom Wasser und dem Echo verzerrt.

Kem hörte sie auch. »Die Ansiedlung!« schrie er.

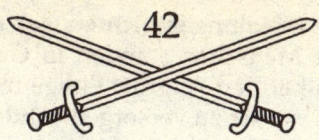

42

Ich rannte aus der Schmiede, an den Bäumen vorbei zum Seeufer, wo Boote auf dem Wasser dümpelten. Das Schreien war jetzt deutlicher zu hören, ebenso das schrille Wiehern erschreckter Pferde.

Ich war nicht lang allein. Kem war da und andere, die sich in den Booten vom Ufer abstießen. Ich wartete und suchte nach Del, aber ich sah nur Telek.

»Wo ist sie?« fragte ich.

»Bei Kalle.« Er beugte sich hinab, um das Seil zu lösen.

Ich blinzelte. »Warum? Es sieht Del nicht ähnlich, einen Hilfeschrei zu mißachten.«

Telek richtete sich auf und hielt das Seil fest. Seine grauen Augen schauten fast wild, und seine Stimme entsprach dem Blick. »Ich habe ihr gesagt, daß sie die Insel nicht verlassen soll. Daß sie, wenn sie sich so sehr wünscht, bei Kalle zu bleiben, auch bei Kalle *bleiben* soll.«

Ich schüttelte den Kopf. »Das ist nicht anständig. Egal, wie Ihr für sie empfindet, so beraubt Ihr Staal-Ysta und die Ansiedlung doch immerhin eines guten Schwertes.«

»Steigt in das Boot«, wiederholte Telek. »Wir sollten keine Zeit mehr verschwenden.«

Er hatte recht, wenn ich auch gern noch weiter argumentiert hätte. Ich kletterte in das Boot, setzte mich hin und beobachtete grimmig, wie Telek das Boot abstieß und hineinsprang. Er ergriff die Riemen und ruderte los, wodurch er uns diagonal über den See führte, auf die Schreie und das schrille Wiehern zu.

Als wir die Ansiedlung erreichten, gab es nichts mehr zu bekämpfen. Menschen standen in Gruppen herum und sprachen über den Angriff. Einige trugen Verwundete in Häuser, um sie zu versorgen. Andere sammelten die Leichen ein und bereiteten sie für die Beerdigungsrituale vor. Ich sah die Markierungen auf den toten Körpern. Ich wußte, wer das getan hatte.

»Hunde«, belehrte ich Telek auf dem Weg zu den Pferchen. »Bestien, ich nenne sie Höllenhunde — ich weiß nicht, was sie sind. Aber sie sind Del und mir wochenlang gefolgt.«

Sein Gesicht war starr. »Nachdem sie *uns* verlassen hatten.«

Ich sah ihn scharf an. »*Diese* Hunde? Seid Ihr sicher?«

Sein Gesichtsausdruck war freudlos. »Wir haben nichts gesagt, weil wir bis jetzt sicher waren. Die Bestien können nicht schwimmen, so daß Staal-Ysta als Zufluchtsort galt. Und sie haben uns schon vor Wochen verlassen, auf den Spuren anderer Beute ... Wir glaubten, sie seien für immer fort.« Er schüttelte den Kopf und runzelte die Stirn, während er sich das Blutbad ansah. »Sie haben die Ansiedlung bis jetzt nicht beachtet und nur Staal-Ysta beobachtet, als sei dort etwas ... etwas, das sie anzieht. Sie wollen etwas *Bestimmtes* ...«

Ich nickte. »Ich glaube, sie wollen ihr Schwert.«

Das verblüffte ihn. »Ihr *Jivatma?* Warum? Welchen Nutzen hätten *Hunde* davon?«

»Ich glaube, sie sind von jemandem gesandt worden.« Ich erzählte ihm kurz, wie sie unserer Spur gefolgt waren, uns zusammengehalten und nach Norden getrieben hatten. Und wie sie auf Dels Schwert reagiert hatten, als sie es in der Schlucht gestimmt hatte.

Als ich geendet hatte, nickte Telek. »Ihr könntet recht haben«, stimmte er zu. »Wenn wirklich jemand hinter den Hunden steht — jemand, der sie, zu welchem Zweck auch immer, gesandt hat ...« Er wollte den Kopf schütteln, fuhr aber statt dessen herum und sah mich erschreckt an. »Es *ist* ihr Schwert! Das *muß* es sein! Denn bis heute nacht waren keine Hunde hier in der Ansiedlung gewesen.«

Ich runzelte die Stirn. »Ich verstehe nicht.«

Er wurde angesichts meiner Unwissenheit ungeduldig. »Wir haben, erst drei Tage bevor Ihr und Del ankamt, zwei *An-Ishtoya* in den Rang des *Kaidin* erhoben. Ihre Schwerter waren noch nicht getränkt ... Sie bereiteten sich gerade darauf vor, mit ihren Förderern hinauszureiten, um sie im Kreis zu tränken. Es war ihre letzte Nacht hier. Sie waren gekommen, um sie mit ihren Familien zu verbringen — *fort* von der Insel: hier.« Sein Gesicht war angespannt. »Aber vielleicht ist es nicht einfach *Dels* Schwert. Vielleicht ist es überhaupt jedes *Jivatma* — und das zog die Bestien diese Nacht an.«

Ich schüttelte den Kopf. »Aber wenn die Schwerter noch nicht getränkt waren ...«

»Die Magie wohnt ihnen dennoch inne«, wandte er erregt ein. »Sie ist nur noch nicht erweckt, nicht durch das Tränken nutzbar gemacht ... Ein Zauberer, der *Jivatmas* kennt, wüßte das auch. Es würde ihn nicht daran hindern, die Bestien zu schicken — *wenn* es das ist, was er will.«

Ich konnte genauso treffend argumentieren. »Dann schlage ich vor, daß Ihr diese neuernannten *Kaidin* so schnell wie möglich findet. Daß Ihr nachseht, ob sie hier sind. Daß Ihr nachseht, ob ihre *Schwerter* hier sind.«

Telek sah mich in dämmerndes Entsetzen an. Und dann wandte er sich auf dem Absatz um und rannte davon.

Wir erreichten die Pferche. Einige waren zerstört und leer, da die Pferde in Panik geraten und davongelaufen waren, aber andere waren unbeschädigt geblieben, die Pfosten und das Strauchwerk noch intakt. In einem davon stand der Hengst.

Ich spürte, wie sich der Knoten in meinem Bauch löste. »Also, Alter, du hast überlebt ... bist noch immer zu zäh, um getötet zu werden.«

Ich öffnete das Tor, schlüpfte hinein, schob grasende Pferde aus dem Weg und ließ den Hengst auf mich zu kommen.

Ich streichelte sein Maul und war froh, ihn wieder zu berühren. Das schenkte mir unerwarteten Frieden. »Sie wollen etwas«, überlegte ich laut. Seine Ohren mit den schwarzen Spitzen zuckten. »Diese Höllenhunde *wollen* etwas. Sie waren sehr geduldig, aber ich denke, sie haben das Warten satt.« Ich tätschelte den behaarten Hals. »Ja, ich denke, sie kommen zurück ... Es gibt hier noch mehr *Jivatmas*, und eines davon wird diesen Ort sehr bald verlassen.«

Telek kam zurück und keuchte. Sein Atem stand weiß in der Luft. »Sie sind fort«, japste er, »beide. Sie *und* ihre Schwerter.«

Ich griff mir an den Hals, zog mir das Band über den Kopf und gab ihm die Wachpfeife. »Gebt dies jemandem, der verantwortlich ist. Die Pfeife wird die Hunde fernhalten. Sie hat es Del und mir ermöglicht, durchzukommen. Ich werde sie bald wieder brauchen, aber im Moment soll sie der Ansiedlung Sicherheit garantieren.«

Telek runzelte die Stirn und schaute auf die Pfeife. »Was habt Ihr vor?«

Ich zog den Hengst am Ohr und lächelte, als er zurückwich. »Ich habe vor, Euch im Kreis zu besiegen, Nordbewohner, und Staal-Ysta dann zu verlassen.« Ich zuckte die Achseln. »Vielleicht ein wenig jagen.«

Ein neugewonnener Respekt erschien in Teleks Augen. »Ihr werdet mit Eurem eigenen *Jivatma* fortgehen. Wenn es das wirklich *ist*, was die Bestien anzieht ...«

»... dann kann ich sie fortlocken.« Ich lächelte. »Natürlich mögt Ihr sagen, dies sei meine Art, einen Tanz wieder wettzumachen, der kein Tanz ist. Ich möchte meine Freilassung irgendwie erkaufen. *Ehrenvoll*. Und dies ist eine Art, es zu tun.« Ich zuckte die Achseln. »Nebenbei gesagt glaube ich, daß es ein Weg ist, vielen Menschen, die ich kenne, zu helfen: Del, Kalle ... einer Grenzbewohnerin und ihren Kindern ... sogar einem Pferdesprecher aus dem Hochland.« Ich zuckte erneut die Achseln. »Es ist ein wenig Zeitvertreib.«

Er schüttelte langsam den Kopf. »Das hätte ich nicht von Euch erwartet.«

»Nein, wahrscheinlich nicht.« Ich grinste. »Tatsächlich haben mich die Menschen seit *Jahren* falsch beurteilt.«

Aber Telek lachte nicht. Er lächelte nicht einmal.

In der Nacht darauf stand ich Kem in der Schmiede gegenüber. Ihm *und* meinem Schwert.

»Es wird Wasser zerschneiden«, sagte Kem. »Es glatt zerschneiden, wie Haut oder Seide, und es zum Bluten bringen, sogar Wasser.«

Er hatte Klinge und Heft zusammengefügt, so daß das Schwert eine Einheit war. Es war ganz mit Silber überzogen, darunter war alles Stahl: Heft, Griff, Knauf, ein gedrehtes Seidenseil, das irgendwie in Metall verwandelt worden war. Seine Farben waren Mondlicht und Eis.

In meiner Hand war es eine Verlängerung meiner selbst. Das Gleichgewicht war so ausgewogen wie bei keinem Schwert, das ich je gekannt hatte, so fein und rein, daß es mich trug anstatt umgekehrt. Und es war warm in meiner Hand, wie Haut.

Dels Schwert war für mich kalt, aber sie hatte gesagt, für sie sei es warm. Ich fragte mich, ob es in diesem Fall dasselbe sei: Rauhreif für jeden anderen, Sonnenlicht nur für mich.

»Natürlich«, sagte Kem bestimmt, »ist es noch nicht fertig.«

Ich sah ihn über die Klinge hinweg an. »Was meint Ihr mit ›noch nicht fertig‹?«

Er klopfte auf seinen Amboß. »Legt es hierher. Es wird nur einen Moment dauern.«

Sofort flammte Mißtrauen auf. »Was wollt Ihr tun?«

»Die Benennung steht noch aus. Jetzt ist sie noch eine unbenannte Klinge. Wenn man sie so läßt, ist sie die Herstellung nicht wert. Hier.« Er klopfte erneut auf den Amboß.

Langsam legte ich das Schwert hin und nahm meine Hand seltsam widerstrebend fort. Dann zog Kem sein Messer, drängte mich vorwärts, ergriff meine linke Hand und drehte sie um, mit der Handfläche nach oben.

»Wartet«, platzte ich heraus.

»Dies ist nicht das wahre Tränken«, sagte Kem geduldig. »Ich habe Euch alles erklärt, erinnert Ihr Euch? Dies ist Teil der Benennung.«

Ich verhielt mich ruhig, als er tief in den fleischigen Teil des Handballens zwischen Daumen und Handgelenk einschnitt. Als das Blut frei floß, nickte er und führte die Hand zum Schwert. Vorsichtig hielt er das Schwert in der richtigen Stellung, führte meine Hand an der Länge der Klinge entlang und beschmierte sie mit Blut.

Und noch einmal, nachdem er sie umgedreht hatte. Der Stahl schimmerte blutig und matt, der Mondsilberschein jetzt abgeschwächt.

Er grunzte und reichte mir einen Lappen. »Rein.« Grau werdende Brauen zogen sich einen Moment lang zusammen. Dann stieß Kem einen tiefen Seufzer aus, als hätte ich ihn enttäuscht. »Nun, das kommt daher, daß ich es mit einem Mann zu tun habe, der nicht glaubt.«

Ich schaute stirnrunzelnd auf das Schwert hinab und stillte das Bluten mit einem Lappen. »Was *soll* es denn tun?«

»Einmal Gemacht, einmal Gebunden, einmal Gesegnet, hat jede Klinge ein Herz ... eine Seele, die nur sie allein kennt und die sich in den Runen zeigt.«

Ich erinnerte mich an die fremdartigen gewundenen Formen, die in Dels Klinge eingraviert waren. Die Runen erschienen mir lebendig und niemals gleich, sich ewig verwandelnd. Aber meine Klinge war so rein wie Blut.

»Hat es jetzt einen Namen?«

Kem sah mich offen an. »Wenn es einen Namen hätte, wüßtet Ihr es. Da Ihr es nicht wißt, hat es keinen Namen.«

»Wird es *jemals* einen Namen haben?«

»Wahrscheinlich, wenn es erst einmal getränkt ist. Oder vielleicht wenn Ihr schließlich doch noch lernt zu glauben. Dann wird das Schwert es Euch sagen.« Er zuckte die Achseln, seine Stimme klang leicht verächtlich. »Aber Ihr wollt es nicht tränken. Ihr wollt nicht glauben. Ihr wollt es lieber unbenannt lassen und nur halb lebendig.«

Ich spürte ein Ziehen im Bauch: Schuld, Groll, Erkenntnis. »Solange es mir im Kreis dienlich ist, ist das alles, was ich brauche«, belehrte ich ihn schroff. »Unten im Süden ist Können die einzige Magie. Wir sind nicht von anderen Dingen abhängig.«

Kem stemmte die Hände in die Hüften. »Es ist mir gleich, welche Gebräuche es im Süden gibt. Dies ist ein nordisches Schwert.« Er gestikulierte erregt. »Nehmt es mit zum See. Wascht das Blut ab. Meine Arbeit ist getan. Von jetzt an untersteht es Eurer Obhut, so unzulänglich sie auch sein mag.«

Kein höflicher Mann, dieser Kem. Aber schließlich hatte ich das auch nicht erwartet. Ich war für ihn ein Fremder — und ein Südbewohner —, und doch trug ich den Rang eines *An-Ishtoya*. Da er daran gewöhnt war, daß nordische Schüler zu ihm kamen und um ein *Jivatma* baten, war meine Gleichgültigkeit der Magie gegenüber für ihn sowohl erschreckend als auch beunruhigend.

Und wahrscheinlich verletzte es sein Ich.

Ich hob das Schwert dennoch erneut hoch, bewunderte dennoch erneut die seidige Oberfläche des Stahls, das unglaublich vollkommene Gleichgewicht, das Leben, das in der Klinge aufschrie. Auch Einzelhieb war für mich gemacht gewesen, um genau zu sein, aber sogar jenes bemerkenswerte Schwert hatte sich gegen Kems Meisterwerk wie Abfall gegenüber Gold angefühlt.

Als könne er meine Gedanken lesen, schüttelte er den Kopf. »Ich war der Macher, ja, aber der Rest kommt von Euch. Das Binden, das Segnen ... was auch immer Ihr tun werdet. Dieses Schwert wird sein, was immer es für Euch sein soll. Es wird *Ihr* sein, wachsend aus allem, was immer Euch während der Jahre geformt hat. Kein anderer kann es gebrauchen, wenn es erst einmal getränkt ist, denn es wird sich gegen sie schützen und sich nur Euch zuwenden.«

»*Wenn* es ein *Jivatma* wird.«

Langsam schüttelte Kem den Kopf. »Ihr entehrt dieses Schwert, Südbewohner. Betet zu den Göttern, daß es nicht Euch entehrt.«

Wenn man die Unstimmigkeiten beiseite ließ, so hatte er immerhin ein ausgezeichnetes Schwert gemacht. Da ich nicht wußte, was ich sonst tun sollte, fragte ich ihn nach dem Preis für seine Arbeit, wobei ich ganz genau wußte, daß ich es nicht bezahlen konnte. Er antwortete, er nehme nichts an, da seine Magie von den Göttern komme und sie ihn gut belohnen würden. Sein Leben fand hier in Staal-Ysta statt. Allen seinen Wünschen werde entsprochen. Er benötige nichts von mir außer dem Respekt vor der Waffe, die ich trug.

Ich dankte ihm, verließ ihn und ging in der Dunkelheit hinunter zum See, um die Klinge vom Blut zu reinigen.

Und dort fand mich Delilah.

»Also«, sagte sie, »ist es vollbracht.«

Ich kniete noch immer am Wasser. »Nein. Nicht ganz.

Ich habe nicht die Absicht, es zu tränken. Alles, was ich will, ist ein Schwert.«

»Es ist weit mehr als das.«

Ich trocknete den Stahl sorgfältig mit dem Tuch, das Kem mir für meine Hand gegeben hatte. »Nur wenn ich es zulasse.«

»Tiger ...« Del kniete sich neben mich und stützte die Hände auf baumwollbedeckte Knie. »Du mußt verstehen, was du getan hast ... welche Art Verantwortlichkeit du angenommen hast. Ich weiß, daß du nicht *vorhast*, dieser Klinge jemals einen Namen zu geben oder sie zu einem wahren *Jivatma* zu machen, aber vielleicht hast du keine andere Wahl. Du könntest *gezwungen* werden — und das Ergebnis könnte verhängnisvoll sein.«

Ich schüttelte den Kopf. »Ich werde dieses Schwert hier im Kreis gebrauchen, um zu beweisen, daß ich es wert bin, *Kaidin* genannt zu werden. Und dann werde ich nach Hause zurückkehren.« Ich sah sie nicht an, sondern kümmerte mich ausgiebig darum, das Schwert zu trocknen. »In den *Süden*, Del, wo ich dies zu verkaufen — oder damit zu handeln — gedenke, um ein südliches Schwert zu erwerben.«

Nach einem kurzen Moment des Entsetzens schüttelte Del den Kopf. »Das Schwert wird das niemals zulassen.«

»O Hoolies, Del, bist du sandkrank? Dies ist ein *Schwert*, kein Mensch! Nichts, das mein Leben bestimmt!« Ich wandte mich auf den Fersen um, noch immer in kniender Haltung, und sah sie enttäuscht und verärgert an. »Es ist ein Stück Stahl, nicht mehr.«

Meine Proteste schlugen keine Kerbe in ihre Mauer aus Aberglauben. »Es ist unwahrscheinlich, daß du den Süden erreichst, ohne diese Klinge zu tränken. Und wenn das so ist, dann hast du vielleicht auch keine Wahl hinsichtlich des Instruments seiner Benennung — Tiger, verstehst du nicht? Wir werden gelehrt, uns einen Feind sorgfältig auszusuchen, weil die Klinge, wenn sie erst einmal getränkt ist, den Charakter und die Eigenschaften jenes Feindes annimmt.«

»Wie, zu den Hoolies, schafft es dann jeder, sein Schwert in den *angemessenen* Feinden zu tränken?« fragte ich. »Was geschieht, wenn man den falschen Menschen tötet? Was, wenn man einen ungelernten Arbeiter tötet? Würde das das Schwert nicht schwächen?« Ich schüttelte den Kopf. »Dieser ganze abergläubische Unsinn ... Was hält einen Feind, der von diesen magischen Schwertern weiß, davon ab, einen Dummkopf zu schikken, der sich auf das Schwert wirft und es somit fast nutzlos macht?«

Del biß die Zähne zusammen. »Wenn ein neuernannter *Kaidin* auf seine Tränkreise geht, begleitet ihn ein Förderer. Wenn eine Tötung angezeigt ist, kümmert dieser sich darum. Bis das neue Schwert getränkt ist.«

Nun, das ergab Sinn, und sofort legte sich mein aufbrausender Zorn. Ich erhob mich, strich mit dem Lappen erneut über die Klinge und spürte, wie sich der Stoff sauber über die Schneide teilte. Wie Seide. Wie Wasser. Wie Haut.

»*Du* hast natürlich keinen Förderer gebraucht. Du hattest dein Schwert bereits getränkt.« Ich sah sie an. »Und du hast es auch gestimmt. Wie sonst hättest du diese Macht erlangen sollen? Wie sonst hättest du sein Können erlangen sollen?«

Mit bleichem Gesicht stieß Del sich vom Boden hoch. »*Hör mir zu*, Tiger ... wenn du morgen dort hinausgehst und ein *Eichhörnchen* tötest, dann ist das das wahre Tränken, und dein Schwert wird die Gewohnheiten annehmen, die ein Eichhörnchen besitzt. Verstehst du?« Ihr Gesichtsausdruck war ernst und eindringlich. »Welche Legende böte der Sandtiger, wenn er ein *Eichhörnchen* in sein Schwert nähme?«

Ich weiß nicht, warum es mich so seltsam berührte, aber es war so. Ich begann zu lachen und konnte nicht mehr aufhören zu lachen. Das Lachen lief als Echo hinaus über das Wasser.

Del spie einen kurzen Kommentar in der Hochlandsprache aus, wahrscheinlich etwas, das mit mangelndem Respekt, Lärm und Torheit zu tun hatte, aber es machte mir nichts aus. Ich lachte nur, nickte und wandte mich wieder den Häusern zu.

»Du dreimal verfluchter Sohn einer Salsetziege!« schrie sie. »Kannst du nicht verstehen, daß ich dir zu helfen versuche?«

Ich fuhr herum und stand sehr still. Alles Gelächter war verbannt. »Wenn das wahr wäre«, belehrte ich sie, »kämst du jetzt mit mir. *Heute nacht* noch. Du ließest diesen Ort hinter dir.«

Ihre Haltung war furchtbar angespannt, ohne die charakteristische Anmut. »Ich habe dir meine Gründe immer wieder genannt. Es ist deine Entscheidung, anderer Meinung zu sein. Aber es ist *meine* Entscheidung, die ich treffen muß. Niemand kann sie für mich treffen, es sei denn, er wäre in meiner Lage. Und das bist du ganz entschieden nicht. Vielleicht wirst du es niemals sein.«

Das war, so wußte ich, ein Seitenhieb auf mein tiefgreifendes Desinteresse an Vaterschaft. Nun, das mußte ich ihr zugestehen. Ich war *nicht* in ihrer Lage.

»Hat sich eigentlich«, fragte ich leichthin, »jemand Gedanken darüber gemacht, wie *Kalle* darüber denkt?«

Das Mondlicht lag hart auf den Spuren der Anspannung, die in Dels Gesicht eingegraben waren. »Kalle ist fünf Jahre alt.«

Ich zuckte die Achseln. »Ich erinnere mich daran, als *ich* fünf Jahre alt war. Sehr deutlich. Was ist mit dir?«

Del antwortete nicht. Sie fuhr herum und ging davon.

Ich sah in der Dunkelheit hinter ihr her. »Frag sie irgendwann«, sagte ich.

Aber es kam keine Antwort.

Ich kehrte allein zurück zu Teleks Haus, nachdem ich mich mit meinem Schwert vertraut gemacht hatte. Das hatte nichts mit einem Ritual oder mit Magie zu tun, sondern bestand darin, ein wenig Zeit mit dem Umgang des Stahls zu verbringen. Ich hatte es als lächerlich einfach empfunden, dies zu tun, fast *zu* einfach. Das Schwert war eindeutig meines. Und das wußte es auch eindeutig.

Mein Harnisch befand sich im Haus, in der Ecke, die ich mir mit Del teilte. Ich hatte vor hineinzugehen, das Schwert in die Scheide zu stecken und schlafen zu gehen. Aber Stimmen lenkten mich ab. Ich hielt vor der Tür inne und hörte Männer bei den Bäumen rechts vom Haus leise sprechen.

Es war nicht meine Angelegenheit. Ich hätte es überhören können. Aber die Stimmen gehörten Telek und Stigand, und mein Name wurde genannt.

Leise trat ich zwischen die Bäume und hielt mich im Schatten verborgen. Ich konnte sie nicht sehen, aber das brauchte ich auch nicht. Ich wollte sie nur hören.

Teleks Stimme klang angespannt. »... den Tanz gewinnt, wird er gehen. Und er wird Del mitnehmen. Das ist der einfachste Weg.«

Stigand war unerbittlich. Er klang überhaupt nicht alt. »Er hat Theron getötet. Das ist genug Schmach, findest du nicht? Sollen wir ihm erlauben, uns noch mehr aufzuladen?«

»Aber ein Tanz auf Leben und Tod nützt nichts. Wenn er verliert, ist *unser* Endzweck verloren, denn dann kann er sie nicht mit sich nehmen, und sie bleibt.«

Stigand stieß einen höhnischen Laut aus. »Bist du ein Narr? Bist du blind? Wenn er verliert, *stirbt* er ... Therons Tod ist dann gerächt, *und* die *An-Ishtoya* verliert ihr Tauschobjekt. Es bleibt nichts übrig, womit sie ihr Jahr kaufen könnte. Die *Voca* werden sie umgehend ins Exil schicken.« Seine Stimme klang äußerst zufrieden. »Das ist bereits entschieden worden, Telek, erst heute morgen. Der Tanz wird ein Tanz auf Leben und Tod werden.«

Also schmerzte Therons Tod den Alten *tatsächlich*. Es würde keinen einfachen Schaukampf im Kreis geben, kein klar festgelegtes Austesten des Südbewohners gegen den Nordbewohner, um zu sehen, ob ich die Erhebung wert war. Nein, nichts so Einfaches. Es würde trotz allem ein Racheakt werden und eine Möglichkeit, Del in Unehre fortzuschicken, als eine Klinge ohne Namen.

Und als eine Mutter ohne Kind.

Ich ergriff das neugestaltete Schwert. Ich spürte seine Wärme, seine Kraft, spürte das Versprechen ungestimmter Macht, noch nicht erschlossen, aber bereit, auszubrechen. Tatsächlich wilde Magie, die die Nutzbarmachung brauchte. Die einen angemessenen Gesang forderte.

Und plötzlich hatte ich Angst, weil ich wußte, was ich tun konnte. Es würde der endgültige Sieg werden. Die endgültige Rache.

Del hatte es einmal getan. Warum sollte man es nicht wieder tun? Er war nicht mein *An-Kaidin*, aber ziemlich eindeutig ein Feind. Wenn auch strenggenommen kein ehrenvoller.

Etwas tief in mir sagte mir, daß dies eine ironische Art von Gerechtigkeit war.

Ich lächelte auf das Schwert hinab. Dachte: Telek wird entsetzt sein.

Und auch der alte Mann.

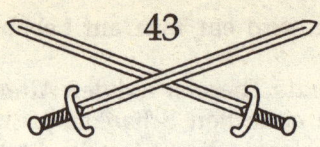

43

Ich badete in einem Becken mit Eiswasser und zog dann die ironischerweise von Telek geborgte Kleidung an: blauschwarze Tunika und Hose, Fellgamaschen mit silbernen Spitzen, Armschützer mit Silberverzierungen und einen Gürtel. Ich ließ nur den Umhang und die Broschen aus und legte sie für später zur Seite. Für die Zeit *nach* dem gewonnenen Tanz.

Ich legte meinen Harnisch mit dem Gewicht des nordischen Schwertes an. Zuvor, mit Einzelhieb, hatte ich die Riemen und die Scheide getragen, ohne darüber nachzudenken, weil es mir zur zweiten Natur geworden war. Dann, nachdem mein Schwert zerbrochen war, hatte ich Therons totes *Jivatma* getragen, weil ich ein Schwert brauchte, und mich über die Notwendigkeit geärgert.

Aber jetzt war das Gewicht anders. Viel leichter, weil es sich seltsamerweise als einen Teil von mir anfühlte. Und viel schwerer, weil ich die Wahrheit dieses Schwertes kannte. Das sich — getränkt, gestimmt, beschworen — als die verheerendste Waffe erweisen konnte — erweisen *würde* —, die ein Mann je zu besitzen erhoffte.

Oder *nicht* zu besitzen erhoffte.

Skepsis ist gesund. Sie verhindert, daß man von täuschenden Worten verletzt wird. Unglaube an ihrer Statt ist gelegentlich auch gesund, weil man durch ein angemessenes Maß davon bescheiden bleibt. Aber wenn ich die Hände auf das Heft aus gedrehter Seide legte und die wachsende Ungeduld in dem Schwert spürte, die Macht und die Kraft und das Leben, das nur durch meine Ablehnung unterdrückt wurde, wußte ich, daß kein Platz mehr war für Unglauben.

Es ist schwer zuzugeben, daß man sich geirrt hat. Und noch schwerer, wenn man gespottet hat und die Wahrheit auf andere Art mit blinder, ausdauernder Entschlossenheit lächerlich gemacht hat, mit so vergnügter Zuversicht in die eigene Unfehlbarkeit. Aber dann eines Tages — oder eines Nachts — bekommt man die Wahrheit in die Hände gelegt, und man erkennt, daß jene Geschichten und Gesänge und Legenden, die von nordischen Fremden erzählt werden, trotz allem Wahrheiten sind und daß man von niemandem belogen wurde.

Nicht einmal die nordische Bascha, die bei so vielen Gelegenheiten aus so vielen verschiedenen Gründen gelogen hatte.

Nein. Nicht bei so vielen Gelegenheiten. Bei zweien.

Erstens: die Angst vor der Hinrichtung. Angesichts eines Urteilsspruchs von solchen Männern wie Staal-Ystas uneinschätzbaren — und blutrünstigen — *Voca* hätte auch ich benutzt, was immer verfügbar war — sogar Del hätte ich mißbraucht.

Vielleicht.

Vielleicht?

Hoolies, ich weiß es nicht.

Und *zweitens:* die Angst, Kalle zu verlieren. Eine Angst, die vielleicht fehl am Platze war, da sie Kalle vor langer Zeit freiwillig *verloren* hatte, aber vielleicht auch nicht, weil die Existenz des Kindes jetzt unzählige Möglichkeiten versprach.

Die Möglichkeiten, die Telek jetzt dazu trieben, auf Leben und Tod mit mir zu tanzen. Das und seines Vaters Wunsch nach Rache.

Meine Hände ruhten auf den Harnischriemen, die Fingerspitzen liebkosten das geschmeidige Leder. Telek stellte sich leise neben mich.

»Es ist Zeit«, sagte er weich.

Ich wandte mich um. Schaute ihm direkt in die Augen. Sie verrieten nichts. Ich hoffte, daß meine Augen es auch nicht taten.

»Tiger.« Am Ende des pfostengesäumten Ganges, an der Tür, wartete Del. Schwarz gekleidete, mit eingehüllten Zöpfen dastehende Delilah, die ein tödliches *Jivatma* trug.

Tödlicher als meines, denn die Seele — die reine *Macht* — in meinem Schwert war noch nicht durch Blut und Gesang erschlossen.

Aber wie lange noch?

Sie berauscht: die *Macht*. In sich und aus sich selbst, aber auch durch das Wissen, daß sie so nahe ist.

Alles, was nötig ist, sind Tod, Blut, ein *Gesang*.

Hoolies, ich möchte nach Hause. Dahin zurück, wohin ich gehöre. Wo ich verstehe, wie die Dinge sich regeln, Dinge ohne große Magie, sondern nur mit einfachen Tricks und Fingerfertigkeit zu bewerkstelligen. Dahin zurück, wo Schwerter *Schwerter* sind, rein und strahlend und tödlich, ohne Zuhilfenahme solcher Macht wie bei Boreal, die auf Dels Launen hin die fürchterlichen, schrecklichen Kräfte eines nordischen Bansheesturmes heraufbeschwören kann.

Ich bin ein *Südbewohner*. Was will ich mit Bansheestürmen? Was will ich mit diesem Tanz?

Eine Gelegenheit, wieder nach Hause zurückkehren zu können. Eine Möglichkeit, wieder Wärme zu spüren.

Und jetzt ein neues und erschreckendes Verlangen: eine Gelegenheit, mein Schwert zu tränken.

Ich ging mit Del hinaus. Es schien zu passen.

Stigand selbst zog den Kreis, wobei er durch winterbraunes Gras bis auf die harte dunkle Erde darunter schnitt. Der Kreis befand sich genau in der Mitte des ovalen Feldes, auf dem Del zuvor den *Voca* gegenübergetreten hatte, umgeben von den Häusern, vor denen sich die anderen versammelt hatten, um zuzusehen: Männer, Frauen, Kinder, einige Krieger, einige nicht, aber alle Zeugen. Genauso wie sie sich jetzt versammelten.

Der alte Mann beendete seine Handlung. Nickte. Bedeutete mir, mein Schwert genau in die Mitte des Kreises zu legen.

Ich streifte den Harnisch ab und zog das neugestaltete Schwert aus der Scheide. Im Morgenlicht war es kurzzeitig strahlend weiß, makellos, frei von Runen, die es als benannt und getränkt ausgewiesen hätten. Aber das blendende Licht verblaßte. Es zeigte keine andere Farbe als die neuerschaffenen Stahls.

Bald würde dort Blut sein. Und vielleicht Runen?

Ich legte den Harnisch ab. Ging schweigend zur Mitte, legte das unbenannte Schwert ab, wandte mich um und trat wieder hinaus. Um unmittelbar außerhalb des Kreises stehenzubleiben.

Stigand nickte kurz und hob dann seine Stimme, damit sie rundum zu hören war. »Vor uns haben wir den Sandtiger, einen südlichen Schwerttänzer, der verpflichtet wurde, ein Jahr lang in Staal-Ysta zu leben. Aber er ficht diese Verpflichtung an, behauptet, solche Verpflichtungen nicht zu kennen, und sagt, er sei daher nicht daran gebunden. Seine Behauptung hat einige Berechtigung.«

Die blassen Augen sahen mich an, und ich sah nur Neutralität. »Die *An-Ishtoya*, bekannt als Del, verpfändete den Sandtiger, um ihr ständiges Exil für den Mord an ihrem *An-Kaidin* um ein Jahr hinauszuzögern. In gutem Glauben nahmen die *Voca* dieses Pfand an. Aber jetzt ist dessen Wertigkeit in Frage gestellt und muß im Kreis geklärt werden.«

Ich sah Telek an, der bei Mitgliedern der *Voca* stand. Sein Schwert lugte ihm über die Schulter.

Stigand fuhr fort. »Es ist die Entscheidung der *Voca*, daß ein Meister ernannt werden soll, um gegen den Sandtiger zu tanzen. Es ist die Entscheidung der *Voca*, daß dieser Tanz folgendes entscheiden soll: daß der

Sandtiger, wenn er siegt, in den Rang eines *Kaidin* erhoben werden soll und jederzeit fortgehen kann. Sollte aber der Meister siegen, dann erklärt sich der Sandtiger bereit, der ursprünglichen Entscheidung zuzustimmen und ein Jahr lang hierzubleiben.«

In diesem Moment erwartete Telek von mir, daß ich sehr ruhig, sehr entspannt wäre und die Wahrheit nicht ahnen würde. Unzweifelhaft beabsichtigte er, mich sofort anzugreifen, in der Hoffnung, mich unvorbereitet zu finden, so daß er mich leicht töten könnte.

Nein, das glaubte ich nicht.

Stigand sprach eintönig weiter. »Dieser Meister soll das Beste verkörpern, was wir zu bieten haben: Er soll stark, stolz, entschlossen und der Aufrechterhaltung der Ehre und der Gebräuche Staal-Ystas geweiht sein, sogar gegen einen so großartigen Gegner wie den Sandtiger.«

Das wurde mir zu Gefallen gesagt, aber ich lächelte nicht einmal.

»Dieser Meister soll, wenn es sein muß, im rituellen Kampf sterben, um die Ehre unserer Vorfahren und der Götter aufrechtzuerhalten.«

Telek lächelte schief, als er die hochtrabende Verlautbarung hörte. Ich fragte mich träge: Lassen sich Götter von so etwas beeindrucken?

»Dieser Meister soll uns vertreten: die *An-Ishtoya*, die als Del bekannt ist.«

Del. Er sagte Del. Er meinte — *Del?* War der alte Mann sandkrank geworden?

Nein. Nein, natürlich nicht. Er wußte genau, was er tat.

Und jetzt wußte ich es auch.

»Nein«, sagte ich ruhig, »so war es nicht vereinbart.«

Ein Zittern lief aufgrund meiner Worte durch sämtliche Zuschauer. Telek trat schnell vor.

»Dieser Mann kam zu mir und bat mich, den Tanz absichtlich zu verlieren, damit er erhoben werden und frei sein würde, Staal-Ysta zu verlassen. Er stellte sowohl die Ehre Staal-Ystas absichtlich in Frage als auch meine.« Seine Stimme klang äußerst geringschätzig, er machte seine Sache sehr gut. »Ich stimmte zugunsten des Augenblicks zu, damit ich dies mit den *Voca* erörtern konnte. Es wurde beschlossen, den Tanz stattfinden zu lassen, aber mit einem anderen Meister. Einem, dessen Ehre bereits verloren ist.«

»Wie kann sie dann die Ehre von Staal-Ysta aufrechterhalten?« bellte ich. »Wenn sie keine hat, kann sie kaum ein Meister sein!«

Telek neigte den Kopf. »Dies ist die Möglichkeit, sie zurückzugewinnen. Was sogar, wie ich glaube, im Süden üblicherweise so gehandhabt wird. Ein Dienst, den man jemandem erweist, kann eine Schuld aufheben und die Stellung — sicherlich aber die Ehre — wiederbringen.«

Ich sah Del zum erstenmal an. Sie starrte entsetzt auf Telek.

Stigand übernahm erneut das Reden. »So soll es also sein, wie von den *Voca* beschlossen: Del soll als Meister kämpfen, den Norden und Staal-Ysta vertreten, den Ort, der ihr in ihrer höchsten Not Beistand gewährte. Sollte sie den Tanz gewinnen, wird ihr das Exil erlassen. Sie wird frei sein, zu kommen und zu gehen, wie es ihr beliebt.«

Ein Schauer rann mir das Rückgrat hinab. Für alles das würde sie es tun. Für die Ehre und die Freiheit und für Kalle.

»So soll es sein: Sollte der Sandtiger gewinnen, erringt er den Rang eines *Kaidin* und seine Freiheit von der Verpfändung, die von der *An-Ishtoya* vorgenommen wurde. Wenn er aber verliert, bleibt er hier.«

Das klang nicht so schlecht, wenn man es mit dem verglich, was Del verlieren konnte. Ein Jahr. Es würde ziemlich leicht sein, Del den Sieg zu schenken und ein Jahr zu *bleiben*, wenn man damit nur diesen Tanz vermeiden könnte.

Aber Del würde das niemals hinnehmen. Und ich war mir nicht sicher, ob Stigand es hinnehmen würde. Ich wußte, wenn Del gewinnen *würde*, dann würde man eine andere Möglichkeit finden, sie loszuwerden, wahrscheinlich für immer. Die *Voca* hatten ihr wahres Gesicht gezeigt. Sie würden sie nicht hier bei Kalle lassen. Sie würden einen weiteren Weg ersinnen, sich von der *An-Ishtoya* zu befreien. Und ich würde nicht hier sein, um sie davon abhalten zu können.

Was bedeutete, daß ich gewinnen mußte, damit ich sie hier wegbringen konnte.

Während sie versuchte, *mich* zu besiegen.

»Del«, sagte Stigand, »werdet Ihr Euren Platz als Meister annehmen?«

Dels Stimme klang völlig beherrscht, aber ich wußte sie zu lesen. Sie war ganz entschieden unglücklich. Aber entschlossen zu tun, was sie tun mußte. »Ja, ich nehme an.«

»Dann legt Euer Schwert in den Kreis.«

Ich beobachtete, wie sie aus der Menge heraus zum Kreis trat. Schwarze Kleidung, blonde Haare, weiße Haut, *zu* weiß. Alle Farbe war aus ihrem Gesicht gewichen.

Sie trat über die gekrümmte Linie, ging in die Mitte, legte Boreal neben meine unbenannte Klinge ins Gras. Wortlos drehte sie sich um und trat wieder hinaus, wandte sich dann um und sah mich an, während sie den Harnisch ablegte.

Murmelte: »*Tiger, ich muß es tun.*«

Ich nickte nur. Mehr war nicht nötig. Wir wußten beide, was jeder von uns tun würde und daß wir unser ganzes Können einsetzen würden.

Wahrscheinlich sogar einige Tricks.

Del ließ den Harnisch zu Boden gleiten. Ihre Hände waren leer, ihre Augen nicht. Blaue kalte Augen, voller Erkenntnis.

Sie hatte uns so weit gebracht. Und jetzt würde ich

vielleicht allem ein Ende setzen, indem ich sie zur Aufgabe zwang.

»Bereitet Euch vor«, sagte Stigand.

Ich sah, wie sich ihr Körper veränderte. Ich sah, wie sich ihr Verhalten veränderte. Del war eine Schwerttänzerin. Egal, was sie empfand, der Tanz war, solange sie im Kreis war, das Wichtigste. Es würde keine Schwäche sichtbar werden, egal, was sie dachte. Egal, wie sie *fühlte*, würde sie mir wahrhaftig gegenübertreten.

Ich mußte fast lächeln. Jetzt würden wir es vielleicht erfahren. Vielleicht ein für allemal. Wir würden herausfinden, wer von uns besser war.

Aber ich glaubte nicht, daß diese Frage den Tanz wert war.

»Tanzt!« befahl Stigand.

Dafür lebten wir, wir beide, *dafür*, Schwerttänzer und -sänger, aus Haß und Vorurteil und dem Verlangen nach Rache geboren, geformt vom Stolz und der Notwendigkeit und einer verzweifelten Entschlossenheit.

Wir beide.

Tanzt! hatte Stigand befohlen.

Und wie wir tanzten, Del und ich.

Tanzten.

Schwitzten.

Bluteten.

Sie ließ Hiebe regnen: Ich blockte sie ab.

Sie malte feine Muster in die Luft: Ich schlug sauber hindurch.

Wir schlugen und benutzten Finten und parierten, wir beide. Suchten nach Lücken und Schwächen bei einem Tänzer, der nur vollendetes Können lieferte, wobei er Kraft und Macht und Geschwindigkeit, Gewandtheit, Intelligenz und Flexibilität vereinte. Und andere unbenennbare Dinge, das nicht Greifbare, das den guten Schwerttänzer von dem lediglich hinlänglichen, den hervorragenden von dem sehr guten trennt.

Bis hin zu Del und mir. Nicht mehr als das, weil mehr

nicht nötig ist. Nur Del und ich. Delilah und der Sandtiger, rein und pur und stolz: südliche Kraft gegen nordische Schnelligkeit. Männliche Macht gegen weibliche Geschicklichkeit. Bis hin zu Kunstfertigkeit und Verschlagenheit im Versuch, Lücken ausfindig zu machen.

Zerbrochene Muster, abgewandte Hiebe.

Parierte Stöße und blitzartige Gegenschläge.

Sogar gelegentliche Einschnitte und kleine Wunden, wenn es der einzige Weg war.

Wie bei mir begann auch Dels Atem knapp zu werden. Wir waren beide noch nicht lange genug im Norden, um uns angepaßt zu haben, obwohl Del näher daran war als ich. Sicherlich nahe genug, um zu singen. Ich versuchte nur zu atmen.

Sie konnte mich, wie ich wußte, aus dem Kreis singen. Und sie würde es tun, wenn ich sie nicht aufhielt. Ich sah, daß der Gesang begann. Sie wandte sich ihrem *Jivatma* zu und erschloß sich einen Teil seiner Macht. Nicht viel, das wußte ich — sie wollte mich nicht töten —, aber sie entzog ihm so viel Macht, wie sie zum Sieg brauchte.

Ich hatte keine Macht, die ich mir hätte erschließen können. Mein Schwert schrie nach Blut, schrie nach Leben, und ich durfte dem Verlangen nicht nachgeben.

So blieb mir nur eine Möglichkeit, sie zu aufzuhalten: ihre persönliche Macht einzudämmen und sie durch meine eigene Macht zu ersetzen, eine Macht, die aus Anspielungen bestand, aus Lügen, aus Hinweisen, die alle angewandt wurden, um Fehler zu erzwingen, die sie anderenfalls niemals machen würde, weil Del niemals Fehler macht.

Aber jetzt würde sie Fehler machen müssen, wenn ich diesen Tanz gewinnen wollte.

Und ich mußte diesen Tanz gewinnen.

Ich beobachtete sie genau, während ich mich ununterbrochen in Bewegung hielt. Wir neckten einander mit den Klingen, kratzten, berührten, glitten aneinander entlang und versprachen nichts, das wir geben wollten. Bei Del und mir ist beim Übungskampf immer eine sexuelle Komponente vorhanden gewesen, ein stellvertretendes Zwischenspiel, weil wir so gut zusammenpassen, im Bett und außerhalb. Der Tanz wird ebenso zur Werbung wie zum rituellen Kampf.

Aber diesesmal reichte es viel tiefer. Wir brauchten beide eine Befriedigung, die der andere nicht geben wollte, konnte, würde.

Und jetzt war da noch etwas mehr. Etwas *Wachsendes*. Ich spürte es, bevor ich es erkannte, und als ich es erkannte, machte es mir angst. Was ich empfand, war Zorn.

Nicht wirklich auf Del, in diesem Moment, weil dieser Moment nur der Tanz war. Aber auf die Dummheit, die uns hier hergebracht hatte, uns gegeneinander kämpfen ließ zur Belustigung Teleks, Stigands und der anderen, die uns loswerden wollten. Die uns beide *tot* sehen wollten und bereit waren zum Betrug, um zu siegen.

Zorn. Jetzt *auf* Del, die so entschlossen meine persönlichen Bedürfnisse mißachtet und sich nur um ihre eigenen Belange gekümmert hatte. Die mich so leichtfertig in die Sklaverei zurückverkauft hatte, ohne daran zu denken, was das bewirken würde.

Stiller, beharrlicher Zorn. Der anwuchs. Der aus mir heraus in mein Schwert und in meinen Tanz einströmte und sich ausbreitete, um Del zu berühren.

Unsere Muster wurden heftiger. Unsere Einstellung fordernder. Und der Zorn steigerte sich allmählich, durchtrennte die Bindung an die Gegnerin jenseits des blinden Antriebs nach Sieg.

Wie viele Male waren Del und ich im Kreis zur Übung zusammengetroffen? Wie viele Male waren wir wieder hinausgetreten, ohne wirklich zu wissen, wer besser war, wobei aber jeder innerlich die Überlegenheit für sich beanspruchte?

Hatte Del dies beim *Kymri* nicht sogar laut getan? Es war niemals entschieden worden. Heute vielleicht. Zeit, diese Farce zu beenden.

Sie zauderte, mit leicht gespreizten Beinen stehend, angespannt, ständig in Bewegung, zumindest ein wenig, niemals innehaltend, niemals mir Zeit gebend, sie zu beurteilen. Unter den silbernen Armschützern erahnte ich ihre Handgelenke, eisern und dennoch bereit, mit Stahl zu malen.

Ich brauchte meinen Atem, um zu kämpfen, aber Worte können genauso wirkungsvoll sein. Und möglichst wenige, dazu gesagt, sie verwundbar zu machen und ihren persönlichen Gesang zu zerstören.

Ich ließ meinen Zorn in die Stimme einfließen. »Erkennst du dies?« fragte ich. »Hör zu. Schau, ob du es erkennst.«

Über den Kreis hinweg öffnete sie den Mund, als wolle sie singen, aber ich unterbrach sie.

»Die *An-Ishtoya*, die die Freiheit will ...«

Del zuckte mit keiner Wimper.

»... die *An-Ishtoya*, die ein *Jivatma* tränken muß ...«

Noch immer keine Antwort. Ihr Gesichtsausdruck war, wie immer, wild. Aber diesesmal war es für mich gedacht.

»... die tun wird, was immer notwendig ist ...«

Sie schoß heran, schlug gegen meine Klinge und sprang wieder zurück.

Hoolies, ich haßte ihre Schnelligkeit. Sie läßt mich hinter sich. »... um wiederzugewinnen, was *verloren* war.«

Das drang durch. Ein Flackern erschien in ihren Augen. Ich schnitt dennoch noch tiefer in die Wunde ein. »Klingt das vertraut, Del? Siehst du dich selbst?«

Das tat sie eindeutig. Ich sah das erschreckte Entsetzen in ihren Augen und dämmernde Erkenntnis.

Ein letzter Schlag: »Ich bringe dich von hier weg. In den Süden, wo ich alles haben kann: ein *Jivatma*, Macht,

Delilah.« Ich machte eine wirkungsvolle Pause. »Wenn ich dich erst einmal auf deinen Platz verwiesen habe.«

Das wirkte. Sie war wütend, *zu* wütend, um sich noch völlig unter Kontrolle zu haben. Sofort nutzte ich meinen Vorteil, indem ich ihre Abwehr zu zerschlagen versuchte.

Das Problem war, daß ich in dem aufgewühlten Gras stolperte. Es war nur ein leichter Fehltritt, aber mehr als genug für sie. Der Vorteil lag bei Del.

Sie brach durch, stieß zu, stach in mich hinein, genau über dem breiten Gürtel. Ich spürte das kurze Kitzeln kalten Stahls, das Stoff und Haut durchtrennte, durch beides leicht hindurchglitt, dann kurz von einer Rippe aufgehalten wurde, daran entlangrieb, tiefer schnitt und die Eingeweide durchstach. Da war überhaupt kein Schmerz, denn er wurde vom Entsetzen und vom Eis verschluckt, und dann rann mir die Kälte durch die Knochen und fraß sich in jeden Muskel.

Ich sprang zurück und befreite mich von der Klinge. Die Wunde selbst schmerzte nicht, denn sie war zu taub, um mich zu beeinträchtigen, aber der Sturm tobte in meinem Körper. Das Blut, das ich von mir gab, war Eis.

»Ergib dich!« schrie sie. *»Ergib dich!«* Entsetzen und ein Rest von Zorn machten ihre Stimme grell.

Ich wollte, aber ich konnte nicht. Da war etwas in mir, in meinem *Schwert*. Etwas kroch ins Blut und in die Knochen und in die Sehnen und in den neuen schimmernden Stahl. Etwas, das von Notwendigkeit sprach. Das von Möglichkeiten zum Sieg sprach. Das von Möglichkeiten sang, die Klinge zu *tränken* ...

»Ich besiege dich«, keuchte sie. »Irgendwie ...« Und sie griff mich an, *mich*, brach durch meine geschwächte Abwehr und zeigte mir drei Fuß des tödlichen *Jivatma*. »Ergib dich!« schrie sie erneut.

Mein Schwert schrie nach Blut.

Du könntest dazu gezwungen sein, hatte sie gesagt, *und das Ergebnis könnte furchtbar sein*.

Ich schrie laut, widerstand. Versuchte, es zu *beherrschen*, und wußte, daß ich es nicht konnte. Das Schwert war viel zu mächtig.

Also das, dachte ich flüchtig, bedeutet es, ein *Jivatma* zu besitzen, wenn auch ein unbenanntes: Macht, Stärke, eine unglaubliche Hingabe.

Wie bei Del.

Hoolies, wie wäre es, wenn ich es tränkte?

Und genau das war es, was ich wollte.

Wilde Magie, hatte Kem warnend gesagt. Unbesungen, ungestimmt, nicht nutzbar gemacht. Und nun zahlte ich den Preis.

Aber nicht so teuer wie Del.

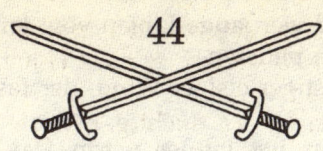

44

Er stand am Rande der Aussichtsstelle. Unter ihm lag Staal-Kithra mit seinen Hügelgräbern und Dolmen. Der glasschwarze See und starre Gipfel vor dem fahlen Himmel.

Und Staal-Ysta selbst in der Mitte, Schwarz in Schwarz auf dem Winterwasser schwimmend, mit Reihen kahler Bäume, die Wunden in den Himmel schlugen wie Schwerter.

Er wandte sich um, und der prächtige helle Umhang entfaltete sich, schob sich noch weiter auf und umhüllte die Absätze seiner Stiefel. Er trat zu dem kastanienbraunen Hengst, der wartete, tätschelte ihn, rieb die taubenetzten Nüstern, die in doppelte Dampfwolken eingehüllt waren.

Und ging dann wieder fort, das Schwert mit sich tragend.

Er nahm es mit an den Rand des Abhangs, ohne Scheide und ohne Runen, setzte die Spitze auf dem Boden auf und stieß zu, trieb es in das Gras, in den Boden, in das Herz des Nordens.

Schweigend kniete er sich hin. Langsam und steif, nur auf einem Knie ruhend, dem rechten, den linken Fuß flach aufgelegt, sich erbittert aufrechthaltend. Er streckte die großen Hände aus und umfing das Heft damit. Der Wind schlug seinen Umhang zurück.

Es war ein kalter, rauher Wind, der die Finger in bronzebraunes langes Haar wühlte, Nägel über die rechte Wange des Sandtigers zog, die bloßlag bis auf die Spuren des Sandtigers, die sogar unter dem Bart sichtbar waren und vier lange Linien von den Wangenknochen zum Kinn bildeten.

Ein rachdurstiger eisiger Wind, der fast ein Banshee war.

Das Heft war, wie immer, warm. Das gedrehte Heft mit der seidigen Oberfläche, das ihm große Macht versprach.

Er hörte zu und hielt das Schwert fest. Und er hörte den Gesang, wenn auch nur schwach. Kaum mehr als ein Echo, das in der Erinnerung klang. Und dann wußte er es:

Canteada. Ihr Gesang war in seinem Kopf.

Ihr Gesang war in seinem Schwert. Er mußte ihn nur zu singen lernen.

Der Hengst langweilte sich und schnaubte. Das rüttelte ihn auf. Er erhob sich, zog das Schwert aus dem Boden und hielt dann jäh inne.

Runen zogen sich die Klinge hinab. Reine, neugestaltete Runen. Die ihm einen Namen nannten.

Alle Farbe war aus seinem Gesicht gewichen. Er starrte auf die mit Runen versehene Klinge, die Hände um das gedrehte Heft verkrampft. Und schaute dann hinab auf Staal-Kithra, den Ort der Geister, den Ort der Todes und der Geburten. Den neuentstandenen Namen aussprechend.

»Samiel«, sagte er. »Jetzt haben wir gleichgezogen, Del.«

Vorsichtig reinigte er die Klinge an seinem Umhang, steckte sie dann zurück in die Scheide und den Harnisch, die am Sattel hingen. Er steckte sie ein und verhüllte die Herrlichkeit himmelsgeborenen Stahls.

Er schwang sich hinauf, unterdrückte ein Stöhnen, schob den Umhang aus dem Weg, so daß er sich nicht am Geschirr oder am Harnisch verheddern oder den Hengst verunsichern konnte, der keine Entschuldigungen brauchte.

Noch einmal, nur einmal schaute er zurück. Dann

nahm er die Zügel auf und wendete den Hengst, verwischte alle Hufabdrücke im Gras und im Staub.

»Komm, Alter«, sagte er. »Wir müssen die Höllenhunde jagen ... und haben jetzt ein Schwert, um sie einzufangen.«

Er band den Hengst los und wandte sich gen Osten.

Micha Pansi

Das Debüt einer hoch
begabten Autorin!
Das faszinierende Epos
einer archaischen Welt
auf den Trümmern
unserer Gegenwart!

»Geschickt vermischt sich
Realistisches mit
Visionärem ...
Ein gekonntes Spiel mit
kruder Lust am Kitsch
und viel Spannung.«

Neue Zürcher Zeitung

06/9111

HEYNE-TASCHENBÜCHER